汉武大帝

杨焕亭 著

① 君临天下

长江出版传媒　长江文艺出版社

图书在版编目（CIP）数据

汉武大帝：全三册：全新修订珍藏版 / 杨焕亭著. -- 武汉：长江文艺出版社，2022.2
 ISBN 978-7-5702-2352-7

Ⅰ.①汉… Ⅱ.①杨… Ⅲ.①长篇历史小说－中国－当代 Ⅳ.①I247.5

中国版本图书馆 CIP 数据核字(2021)第 261286 号

汉武大帝
HANWU DADI

责任编辑：田敦国	责任校对：毛 娟
封面设计：颜森设计	责任印制：邱 莉　王光兴

出版： 长江出版传媒 ｜ 长江文艺出版社
地址：武汉市雄楚大街 268 号　　邮编：430070
发行：长江文艺出版社
http://www.cjlap.com
印刷：中印南方印刷有限公司

开本：720 毫米×1040 毫米　　1/16　印张：85.25　　插页：3 页
版次：2022 年 2 月第 1 版　　　　　　2022 年 2 月第 1 次印刷
字数：1272 千字

定价：136.00 元（全三册）

版权所有，盗版必究（举报电话：027—87679308　　87679310）
（图书出现印装问题，本社负责调换）

序一：历史眼光　人间情怀
——读杨焕亭长篇历史小说《汉武大帝》

李　星

杨焕亭的《汉武大帝》是继姚雪垠的《李自成》、孙皓晖的《大秦帝国》之后中国当代历史小说的又一重要收获。章回体式的通俗包装，并不改其严肃历史文学的内质。何况章回体并非就是如《三侠五义》《包公案》式的信马由缰、虚构和戏说。四大名著如《红楼梦》等也是章回体，而当今许多假历史之名的高深文字，却并非严肃的历史文学。

《汉武大帝》吸收了以上种种优秀的历史小说所积累的经验教训，赋予它以纯正的历史品格。忠实于历史史实，客观公正的评价历史人物，再现历史的真实氛围，把人们带到更接近事实与可能的历史现场，给人以尽可能真实的历史。

历史之于小说、文学的结合，虚构是难以避免的，甚至可以说没有虚构就没有历史小说。其原因正如孙皓晖所说："史料所呈现出来的，是既定的格局，是已经风干了的种种骨骼。历史小说的使命，是复活历史的脚步，是复原人物的血肉。"赋予历史骨骼以生命的血肉，给重大的历史事件以更接近历史本质环境，以生动真切的氛围，把读者带入历史事件的现场，正是历史小说家史识文才之着力处。

在史识方面，杨焕亭有着深厚的历史功底、广阔的历史视野。早在中学时代他就对咸阳及咸阳原上的秦汉历史遗迹和帝王坟冢所埋葬的帝后将相和传说产生了浓厚的兴趣。中学毕业后他又报考了西北大学历史系，由通史而断代史,钻研不辍,积累了丰富的秦汉史知识。大学毕业后他又一直工作在咸阳,与秦渭、阿房、长陵、阳陵、茂陵、霍去病墓朝夕相对。而他司职的新闻、文艺工作,及文艺理论批评的写作,又大大拓展了他的理论视野,使他获得了一般史学工作者和文学工作者所不具备的思想素养。

正是这些求学和专业经历,使他在过了知天命之年以后,产生了要给中国历史和长眠在故乡大地上的一个个伟大魂灵以生命的强烈艺术冲动,历时六个春秋,几易其稿,终于完成了一百多万字的这部历史小说,给自己也给家乡的土地一个可堪告慰的答卷。

《汉武大帝》是巨大而恢宏的历史长卷。不仅生动而真实地再现了汉武大帝叱咤风云,有功有过的一生,而且全景式地、多侧面地再现了武帝一朝政治、军事、经济、文化、宫廷斗争的几乎所有重大事件,平定闽越、盐铁官营、废五铢钱、几次重大的巫蛊案、废太子刘据、立刘弗陵而杀其母钩弋夫人等,皆有艺术的再现。

其线条清晰,场景生动,时而金戈铁马、起伏跌宕、惊心动魄;时而君臣相知、和风细雨、春光明媚、情意款款;时而形势突变、君王变脸、人头落地、好人蒙冤……勾画出一幅专制王朝之下的多姿多彩的社会政治生态图景,不仅给人以丰富的历史知识,而且让人品味出王朝政治的险恶无常和专制本质。

《汉武大帝》在结构和人物塑造的着笔深浅上,不仅考虑到历史的真实,还考虑到受以往诗文、影视、戏剧影响的观众对一些历史人物、历史事实的关心,力图以史实为依据,以自己的人生阅历和理解还原这些故事和人物的真相。如与政治、经济、军事、民族有关的人物有窦太后、窦婴、田蚡、卫绾、董仲舒、公孙弘、周亚夫、卫青、霍去病、李广、李陵、李蔡、韩安国、苏武、汲黯、霍光、桑弘羊、张骞、司马迁、张汤、江充、灌夫、程不识、严助、刘据、刘安、韩嫣、主父偃、李广利、金日䃅等;与文化艺术有关的有司马相如、东方朔、李延年等;与皇帝后宫生活有关的有王娡及乡下女儿金俗、长公主、陈阿娇、平阳公主、卫子夫、王夫人、李夫人、钩弋夫人等。

这些人物或以自己出色的才能,为武帝所重,升官拜将,为国家立下不世之功;或因性格耿介,宽厚无私,忠贞为国,得罪权势,铸成悲剧人生;或因一心揣摩圣意,嫉贤妒能,贪赃受贿,罢民田产,滥杀无辜而臭名于今;或因文才或美貌超绝,而为帝所宠,但也前喜后悲,命运起伏……所有这些人物命运与其相连接的故事:如金屋藏娇、骑奴掌军、司马相如与《长门赋》、周亚夫军细柳、传子杀母、马踏匈奴、李广难封、司马腐刑、张骞通西域、苏武牧羊、公主和亲、霍光辅政、韩嫣乱宫、酷吏张汤、后庭巫蛊、刘安与《鸿烈》、董仲舒与独尊儒术、武帝封禅求仙等等,都在作品中一一得以表现,并有机地融入情节结构中,大大增加了它的知识性和可读性。

《汉武大帝》在历史人物和历史事件评价上,一方面具有严谨的历史立场,另一方面具有当今的时代高度。前者集中体现在对主人公刘彻的评价上,既没有否定他作为一代英主,在即位后决定国政大计,建明堂、尊儒学、培养人才、奉贤良,后来又不拘一格用人才,任用平民卫青、公孙弘、赵绾、霍去病、张骞等年轻政治家和将领,开疆拓土、平定内乱的文治武功;任用韩安国、郑当时为大农令,发展经济的伟大成就,又没有忽视他在取得重大成绩之后心态的变化:一是频繁动用武力,劳民伤财,以致国库空虚;二是急功近利,好大喜功,不断地举行声势浩大的庆祝活动,恣意封赏,动辄千金,挥霍国家财力;三是虽然对汲黯等忠贞之士的批评采取适当容忍态度,却好冲动,爱听好话谀辞,重用奸人酷吏,自毁国政根基;四是重女色,疏远端谨贤淑、宽人严己的皇后卫子夫,致使以个人对钩弋夫人的喜爱,而导致一场血雨腥风的"巫蛊事变";五是迷信术士及长生不老,求仙问丹,耽误朝政,损害自己健康。

如此严苛的批评态度,实在是集历来对刘彻批评的大成。这种批评,笔者以为是对近代史以来因外族入侵而高涨的民族救亡情结中,过分显扬秦皇、汉武、康熙等帝王以开拓疆土而有功于民族的史观的一种"拨乱反正"。这种观点不仅有历史价值,而且具有鉴古照今的现实意义。

《汉武大帝》最具时代高度的见解是正确阐释了历史上与北方匈奴、西域少数民族的战争与和平的本质,以及"和亲""修好"的价值与意义。全书并没有将匈奴丑化、异化,既理解了他们逐水草而居,善骑射奔走、吃肉食住毡篷的生产生活方式,又肯定了他们在严酷的自然条件下,同样渴望和平生活的民族文化心理,表现了他们在汉军大举进攻时的英雄主义。小说对韩安国、张骞等知匈人士提出的以贸易之利、礼仪教化、互通往来的"殊俗相容"的民族政策给予了充分肯定。当国土安全、民族生存受到威胁时,对异族侵略者的武力打击是合理的,但当国家不受威胁时,民族的和平、交往、互利、共存就应该成为民族关系的常态。在隆虑阏氏和张骞与匈奴婚姻的表现上,于单以匈奴太子身份投汉等情节中,作者寄寓的正是这种民族互利、共存共荣的思想。

《汉武大帝》一书,在历史文学上的最大亮点,是它做到了将事件、故事的历史还原为人的,包括人性、人情,人的精神、心理和意志力量,使历史成为真正的人的历史。

在作者的笔下,刘彻成为一个生动、具体、真实的人,由于母亲王娡曾经的平民身份,所受的历史文化教育,从而使他的性格、心理是健全的;不仅敢于藐视祖母窦太后的权威,而且敢于拒绝母亲为家族成员谋私利的要求,无论选贤任能,内政外交,还是军事经济,都达到了西汉王朝的巅峰。但随着权力的稳定、国家的强大,他越来越沉迷于女色,既享受着个人无限的权力,又贪婪于肉欲的快乐。当意识到这一切将随着老病而结束时,他又迷上了寻仙问丹,封禅求神,直到死亡的钟声即将敲响时,他才意识到"连年征战,误了农桑",导致国力渐衰,下了"罪己诏"。作者在这里表现的不只是一个帝王心理的嬗变,而是不可更改的生命规律,不受约束的权力和个人欲望发展变化的必然逻辑。

与对书中主人公刘彻性格心理表现为一体,本书的其他主要人物如陈阿娇、卫子夫、窦太后、平阳公主、卫青、田蚡、窦婴、周亚夫、司马迁、李广、李陵等人的性格、心理及命运变化,都是充分人性化了的。尤其是对卫子夫、平阳公主等女性心理状态表现得更为细腻而丰富,不仅写出了宫廷生活,以及宫廷之中人与人关系的日常化、伦理化特点,也写出了宫廷斗争独有的恐怖与残酷。

朝会是皇权政治决策和各种力量角逐的主要场所,也是作者揭示不同立场、不同利益代表的封建政治家的德性、品质的主要方式。书中的一些主要朝会都写得很好,于面争廷折中写出了人性的复杂和人的心理的瞬息之变。正是通过朝会,作者不仅把刘彻的思想、心理、性格表现得淋漓尽致,而且通过朝会上的选择,把各种势力的明争暗斗与人的伟大与卑微、勇敢与怯懦、大公与无私、光明与黑暗,表现得淋漓尽致。

与此同时,作者还充分表现了在皇权政治中,人性的复杂与丰富。如位高权重的田蚡,在政治思想上虽有投机的成分,但还是正确的,然而他的为人及个人生活却是卑鄙无耻、不择手段、贪贿成性的;如张汤,他是一个以株连和陷害为能事的酷吏,甚至因嫉妒而制造了他原来的上司李文灭族的惨案,但在经济上却又是清廉的,连他的老母亲也以有这样"勤于国事"的儿子而骄傲。

在对一些历史人物和历史事件的评价上,作者持的是以国以民为本的道德主义立场,它张扬的是李广、司马迁、张骞、卫青、卫子夫、韩安国、周亚夫、苏武、汲黯等能臣良将公而忘私的高尚人格和境界,鄙视的是韩嫣、田蚡、李蔡、李延年、李广利这样溜须拍马、曲意逢迎、只为个人谋利益的小人。所以全书弥漫着一种伟大民族精神的浩然之气,又充盈着高贵的人格力量。将历史、民族、政治人格化,不是为史而史,而希望对当今社会、政治、文化和政治家的人格建构有所启示和引导的作用,这或许是已达"知天命"之年的作者对社会政治和人性人情的新的感悟。

德国哲学家恩斯特·卡西尔在他的名著《人论》中说:"人类生活乃是一个有机体,在它之中所有的成分都是互相包容互相解释的。因此对过去的新的理解同时也就给予我们对未来新的展望,而这种展望反过来又成了推动理智生活和社会生活的一种动力。"

正因为如此,克罗齐说:"一切历史都是当代史。"杨焕亭的史家眼光、学者修养,我以为不只是对历史与人的历史阐释中,表现了一种哲学的眼光。这就是他不仅有对历史的"新的理解",同时也包含着对推动当今社会政治生活、经济文化生活的巨大热情,表现出一个作家深厚而广阔的人间情怀。

本文作者系茅盾文学奖评委,《小说评论》原主编,著名文学评论家

2012 年 10 月

序二：诗人激情与史家理性的结晶
——记长篇历史小说《汉武大帝》

常智奇

在人类文学史上，我对苏联文学评论家车尔尼雪夫斯基情有独钟，我非常欣赏他那集博深的哲思与狂飙式的诗情于一身的文学天赋。每当想起他的长篇小说《怎么办》时，我就在心中自问，中国的"车尔尼雪夫斯基"在哪里？在这种心理的支配下，我在读钱锺书的小说、刘再复的散文诗时，就有一种别样的审美感受。

当来自茂陵边的杨焕亭先生，在壬辰十月阳光的照耀下，把历经六年，几易其稿的《汉武大帝》书稿送给我，并邀我为之写序时，我心头为之一震。

阅读完这部长达一百多万字的皇皇大作后，我喜出望外。这位以文学评论享誉文坛的关中学子，追随着车尔尼雪夫斯基、钱锺书、刘再复的脚步，写出了一部感人至深的历史小说。

当代历史小说创作，在实用主义，新历史主义，虚无主义的狂潮冲击下，一批以消遣娱乐为目的的读物充斥着图书市场，混淆着读者的认知判断。

历史小说是历史与小说的二元融合。它首先是历史，然后才是小说，它需要"史"的品质，"诗"的情感，它是文献逻辑向审美表达的形象转化，是历史真实与艺术真实的有机统一。

历史的真实是指历史背景、历史事件、历史人物、历史精神的真实；艺术的真实在这里是指在历史真实的前提下，作者还原历史人物，诗化历史情境，虚构历史心理、意绪、氛围、艺术形象，给读者以审美的共鸣和生活的启示。

杨焕亭先生历经六年,呕心沥血创作的《汉武大帝》正具有这样的审美效果。他在尊重历史,从史实出发;还原历史,从生活出发;重温历史,从情感出发;追求文学,从心灵出发;追求审美,从形象出发;追求诗性,从神思出发的前提下,用诗人的激情和史家的理性,在历史唯物论和艺术审美论相结合的立场上,以宏阔雄健的笔触,把对历史的评价和审美的评价有机结合起来,艺术地再现了汉武大帝时代改革与保守,清廉与贪污,勤政与枉法的政治斗争;形象地表现了宫廷内部、家族血缘之间争权夺利的矛盾冲突,全面地展现了大汉时期的历史风貌,诗意地传达了我们这个民族在封建帝王的统治下,人性历练成民族精神的艰难历程。

作者以渊博的历史知识和深厚的文学素养,站在了二十一世纪初叶中国历史小说创作的高地。在崇高与卑贱,善良与邪恶,历史与现实,战争与和平、感性与理性,爱情与阴谋之间,寻找着历史与艺术的真实统一,民族精神与人性裂变的统一,为当代中国历史小说的百花园里增添了一束喷霞吐露的新葩。

这是一部具有史诗品质的文学作品,作者以诗人的激情,飞扬的神思,充分的历史知识准备,文学的审美诉求,拥抱了历史的巨子——汉武大帝。与其说杨焕亭先生选择了汉武大帝,不如说汉武大帝选择了杨焕亭先生。这是两种时代精神、两种历史观念、两个生命主体、两种人文气质相吸、相近、相敬、相通的叠加;这是历经两千多年,茂陵上的流云、飞鹰、草木花香、灵魂王气在一个书生笔下的融合和聚集。

杨焕亭先生长期生活、工作在古都咸阳,茂陵的苍松翠柏下有他读书学习的身影,青石雕像旁有他漫步思考的脚印。他的阅历、学养、气质,给了他与汉武大帝相遇成书的条件。他化历史为艺术,化文献为情境,化史实为审美,站在描人、写心、抒情的基点上,用宏大叙事的手法,表现了汉武大帝开创大汉帝国顶峰时代的风貌,写出了这个立体、多面的人物形象。

汉武大帝在作者笔下是一个心胸开阔,足智多谋,高瞻远瞩,任人唯贤,广开言路,善于纳谏,集思广益,励精图治,开疆拓土,敢为人先,有理想、有追求、有抱负、有雄心、有气魄、有才华、有远见的政治家。他为汉朝的强盛而图谋,他为匈奴的侵扰而忧虑,他为太皇太后的专权而压抑,他为凿空西域的壮举而高兴……他在朝议时,从不计较贤臣良将尖锐的批评。他在"罢黜百家,独尊儒术"之后,对好"黄老之学"的贤士仍一视同仁。

他是一个思想解放,善于思考,善于学习的封建帝王。卫青首战告捷后,汉武大帝面对从匈奴缴回来的马与刀,果断地提出,今后一定也要给汉军配备这样的刀和马。

他在错综复杂的冲突中,始终把国家利益放在首位。他大义灭亲,秉公护法,忍受着心灵的煎熬,艰难地推进着"新制""推恩制"和"元狩变革",拓展强国之路。

当然,作者并不是一味地美化汉武大帝,而是继承了司马迁"秉笔直书"的精神。他也写刘彻会玩弄权术,写他喜欢文士与喜欢天马无异,努力塑造一个有血有肉的、符合历史真实的帝王形象。

作品中与汉武大帝相伴的有近二百个人物形象,人人都出彩,个个有特征,或浓墨重彩,或轻描淡写,都鲜明生动,富有个性。如居功不骄、自律朝野的卫青;青春劲发、英勇善战的霍去病;察言观色、忠诚勤快的包桑;圆滑周转、逢迎揣摩的公孙弘;历尽艰辛、不辱使命的张骞;书生意气、固守己见的董仲舒;才华横溢、重情重义的司马相如;温婉恭和,却谄媚殷勤的李蔡;体恤民情、不务虚言的郝贤;宽怀大度的隆虑阏氏;左右摇摆的赵信;不愿投降的巴图鲁;狂妄的昆邪尔图;诡谲狡黠的伊稚斜;壮心不已的李广;桀骜矜持的长公主;内敛淑惠的卫子夫;忠君保国的韩安国;阴险狡诈的淮南王;莽撞的灌夫,精明的韩嫣……都给人留下了难忘的印象。

杨焕亭先生是一个诗、书、画皆通,饱受中国传统文化熏陶的作家。他推崇传统文化,塑造的人物大都是传统道德情操的主流形象。例如汲黯,一个官居主爵都尉的九卿,却让皇上都无法在他的面前随意放纵。为什么他的矜持和傲岸让卫青分外钦敬?原来,在他的背后是品节铸就的伟岸。

作者在汲黯这个典型形象塑造中,表现的是刚直不阿、坦荡磊落、实事求是、秉公执法、平等待人、直言陈理的价值观。当然,作品中也塑造了主父偃、张汤、江充这样心胸狭窄、嫉贤妒能的政治投机者。即使这样,作者也没有抹杀他们在特定的历史条件下所起的积极作用。

作者在一百多万字的皇皇大作中,用充满激情的文字展现了人的生存意义,人的食色欲望,人性从野性向理性发展的艰难历程;表现了在情与理、灵与肉、家与国纠葛中的心灵阵痛,在人性的剖析中表达对历史的思考,在良知与道德的拷问中表现人类文明价值的走向。例如:霍去病与阳石公主的相恋,张骞与纳吉玛的情感,刘彻与卫子夫的炽爱、长公主对卫青的牵挂、司马相如与卓文君的笃深,赵信与可西萨仁的苦爱……

作者是一个谴责战争,敬民保家的和平主义者。对楼烦英雄主义精神的歌唱,实质上是对民族平等的期盼,作品中许多地方流露着这种人道主义的精神。

作者是一位充满激情的诗人。诗人是酒神的祭司,在黑夜中,他走遍大地,书写历史和现实。杨焕亭先生饱蘸诗情,书写着大汉历史。他"物我同一"的叙事笔端流露着一股"天人感应"的诗情。他的抒情,往往是在特定情境下,扼制住时间的咽喉,放大情感的波动,用特写的、凸显的、叠加复唱的句式,层层递进,反复强调一种心理感受。

例如在写到太皇太后年老体衰,行将就木时,作者是这样记叙的:"建元五年九月最后一天的太阳把它橘黄色的光芒留给了秋日的万里云天,悄悄地隐没在苍山背后。"留下生命终极的意味。

在第二卷中作者写道:"这是河西大战的最后一役,以血迹对土地的浸渍,以白骨对河水的激荡,以兽性对人性的吞噬而降下了它壮烈而又悲惨的帷幕。"紧接着有这样的文字:"王朝就在这样紧张的脚步中送走了欢欣鼓舞的春天,告别了头绪繁复的夏天,走进了秋风生渭水,吹落长安叶的季节。"

这是一种创作激情的喷射,诗化史料的抒情,优美散文的倾泻。作者以其饱满的审美激情,融化了历史文献的逻辑"硬块",用他"神与物游"的诗心复活了冰冷的历史人物。作品中的抒情,是在叙事中抒情;作者的叙述,是一种携情带韵的叙述。这种融诗性与史实的叙事表达,使这部小说具有极大的艺术感染力。

作品中不时夹杂着匈奴等民族的唱诗,这些唱诗写得都很有时代特征、民族风情。例如楼烦人与白羊人在祭祀天地时唱道:

阴山高啊河水长,
牛羊肥啊汉子壮。

是太阳神给了楼烦人美丽的草原,
是太阳神给了楼烦人温暖的阳光。
是英雄的符离大王,
给了我们幸福和安康。
……

诗中有汉乐府的节律,有草原诗的比喻和象征,有英雄创世的诗情。看得出,作者是在神祇的祭坛上寻找草原民族的精神之根。

作者长于心理描写。其中君臣之间的揣度,将相之间的猜测,王侯之间的角逐,后宫妃嫔之间的争宠,朝野之间的利益纷争……都惟妙惟肖地展现在大家面前。

作者写得很入微,很恰当,很感人。例如汲黯与郝贤在夜巡上谷时的对话描写;李蔡与张汤被拜为三公之后,两人共商对策时的心理描写……都是很见功力的。

长篇历史小说是结构的艺术。特别是一部超过百万字的皇皇巨著,要做到结构规整,前后照应,有进有退,有收有放,实属不易。作品中有纵横千里,宏大激烈的战争场面,又有花前月下,庭院闺房的爱情私语;有朝廷上你来我往的唇舌烽火,也有权力背后的陷阱暗箭。

线索多,丝丝入扣;时间长,条分缕析。这种前后照应,散得开,收得拢,抛出一根线头,钓到一条大鱼的整体构思,使这部小说都显得宏大中有细腻,整体中有个性。

作者化历史文献成情景描写,融历史资料为审美情思的艺术表达。读这部小说,我有一种身临其境的真实感,如沐春风的舒适感,这是一种艺术表达的审美感染。

作者的创作思维是非常敏锐活跃的,他会讲故事,当情节发展到一定阶段,结构组合需要细节来填补时,他可以信手拈来一个故事放在那儿。这种虚构和调配细节的能力,常常使我感到,他有一种举重若轻的创作天分。

《汉武大帝》是当代长篇历史小说创作的新收获。它以题材的重大,场面的宏阔,人物的众多,篇幅的巨大,思想的睿智,表达的诗意,揭开了汉武大帝这个历史人物小说创作的新篇章。

相信这部黄钟大吕式的作品会赢得读者的青睐。

    本文作者系文学评论家、研究员,陕西省文学院院长
        2012年12月于古城西安

目 录

楔　　　子		……………………………………………001
第 一 章	惊天刺案动长安　刘彻请缨出京都	………004
第 二 章	慧识忠勇赠虎鏊　谋出少壮擒元凶	………021
第 三 章	刘彻远虑焚狱词　李广出奇却敌兵	………035
第 四 章	金屋藏娇谈笑里　风雨化虹辩词间	………054
第 五 章	登楼追远忧国政　帝后论人起锋争	………076
第 六 章	尊儒策问正纲纪　上林不眠议国是	………094
第 七 章	王娡书札言心事　刘彻细柳振军威	………110
第 八 章	心怀高远拒风雨　积怨太深两情疏	………127
第 九 章	张骞持节使西域　汉皇探心宴刘安	………148
第 十 章	赵绾倾舟坠情网　祸起萧墙遇逆风	………167
第十一章	公主明理救汉使　刘彻动情遇红颜	………187
第十二章	汉皇韬晦待崛起　窦后锁眉愁烽火	………207
第十三章	柏谷历险镌足痕　江南伐酋主沉浮	………227
第十四章	盈泪出宫恨无语　思漫归京赴新程	………246

第十五章	暮霭深秋残阳落	风雨关河看英杰	262
第十六章	不战屈兵平南叛	力主和亲谋北安	281
第十七章	闽越分国南藩定	永巷事发韩嫣倾	299
第十八章	静心自问思官品	开怀放眼选良才	318
第十九章	王恢巡边雁门郡	周风沐贤古雍城	338
第二十章	余吾水荡情爱曲	未央廷议析战局	358
第二十一章	马邑首战失地利	池阳闻报怒冲冠	378
第二十二章	痛追败因还自省	争宠尤人意难平	394
第二十三章	窦婴含恨辩朝堂	阿娇泄妒作巫蛊	408
第二十四章	引颈喋血巫蛊案	废后阿娇出椒房	429

楔　子

竹帛烟销帝业虚，关河空锁祖龙居。

坑灰未冷山东乱，刘项原来不读书。

大约在公元876年的秋天，一位来自浙江的新科进士，在萧瑟的秋风中沿着茫茫的渭水漫步。他南望秦岭，北顾莽原，数历代之兴衰，叹世事之无常，不禁感慨万千，发出了这千古绝唱。

遥想当年，秦皇一扫六国，虎视天下，何其雄哉？十年征战，远交近攻，山东六国，土崩瓦解，最终一统天下。他胸怀壮志，欲图万世基业，然陈胜、吴广揭竿而起，打碎了他一世二世乃至千万世的梦想。

骤雨卷华夏，烽火漫中原。

陈胜、吴广起义被镇压后，项羽、刘邦相继而起，秦朝统治岌岌可危。

公元前207年，刘邦攻入咸阳，项羽闻之大怒，在灞上设鸿门宴。推杯换盏间，剑拔弩张，杀机四伏。刘邦为避其锋芒，出走汉中。

公元前206年，项羽自立为西楚霸王，分封天下，刘邦是为汉王。八月，刘邦趁齐赵反叛、彭越作乱之际，明修栈道，暗度陈仓，起兵讨楚，西定"三秦"，东取洛阳，拉开了楚汉战争的序幕。

力拔山兮气盖世，时不利兮骓不逝。

公元前202年，刘邦大军围项羽于垓下。是夜，寒风凛冽，垓下四面楚歌，昼夜不绝；楚军思乡垂泪，人心离散。项羽见大势已去，率少数骑兵败走乌江，自刎而死。楚汉相争最终以刘邦的胜出而告终。

山连河水碧氤氲，瑞气东移拥圣君。

话说刘邦一路西来,行至洛阳。他见河洛滔滔,嵩山苍翠,中原形胜,欲在此建都。但娄敬却谏言道:"且夫秦地被山带河,四塞以为固,卒然有急,百万之众可具。因秦之故,资甚美膏腴之地,此所谓天府。陛下入关而都之,山东虽乱,秦地可全有也。"

此正所谓"褐衣忠言兴汉室,丹心秀语定关中"。

刘邦入主长安后,整治朝政,与民休息,裂土分封,强干弱枝,徙关东豪强十万入关中,从此揭开了汉朝气势恢宏的篇章。

卧榻之旁,虎狼犹在。

曾在秦军重击下"不敢南下而牧马"的匈奴,趁秦末战乱之际迅速在北方崛起。

公元前209年,匈奴太子冒顿发动政变,成为大单于。他雄心勃勃,欲挥师南下,饮马渭水;他西击大月氏,取其国王头颅为酒器。诸族震恐,纷纷臣服,遂控弦三十万。他扩地千里,挽弓南望,铁蹄屡犯大汉河山。

公元前201年冬,韩王信投降匈奴,刘邦拒听娄敬劝阻,亲率三十万大军北上征讨。时值深冬,大雪纷纷,汉军行至白登山,被冒顿大军围困七昼夜,乃得解围。刘邦痛定思痛,审时度势,首开和亲之议,图谋边境和睦。

屋漏偏逢连夜雨,船迟又遇打头风。

外患方息,内乱又起。

公元前196年,淮南王英布谋反,刘邦率军讨伐,为流矢所中。公元前195年,驾崩于长乐宫。

太子刘盈继位后,内修政治,纳谏用贤,可谓宽仁厚德。可他在位七年,因吕太后专权,郁郁而终。吕后临朝称制,封诸吕为王,擅权用事,排斥老臣,拔擢亲信,群臣惶恐,政局飘摇。

公元前180年,吕后驾崩,丞相陈平、太尉周勃协力诛杀诸吕,后派使者前往代地,迎刘恒进京登基。

公元前180年冬,刘恒入主未央宫,是为汉文帝。他任用贤能,继往开来,重振朝纲。他废酷刑,重农桑,轻徭薄赋,弛山泽之禁,废关传之制,躬行节俭。他内得民心而天下定,外睦友邻而边塞安,终于迎来了大汉立国以来的第一个治世。

公元前157年,汉文帝刘恒驾崩,刘启继位,是为汉景帝。

公元前156年,伴随着刘启登基大典的雅乐高蹈,鼓动钟鸣,王娡生下了一个男孩,刘启为他起了一个很不雅的名字,曰"彘"。

他并不是皇上的长子,在诸多的皇子中,他排行第十。但让刘启不能忘怀的是他"红日"入怀的出生背景,加之刘彘相貌奇伟,天资聪颖,颇得刘启喜爱。

在刘彘三岁时,大汉王朝经历了一次几于倾覆的危机。公元前154年,吴楚七国之乱爆发,诸侯打着"诛晁错,清君侧"的旗号发动叛乱。刘启在惶恐之际,诛晁错于长安,此举非但没有阻止叛军大举西进,反而让他们有了问鼎长安、欲夺皇位的野心。

据守濉阳的是景帝胞弟梁王刘武,在韩安国鼎力协助下,他们力拒强敌于城下。危急关头,刘启起用周亚夫为太尉,窦婴为大将军,率领大军断敌粮道,终使叛军崩溃。

公元前153年,战争的阴云终于散去,长安城头天高气清,王朝迎来了平叛后第一个朝觐之日,刘启举行了盛大的仪式,出城十里迎接从封地赶来的刘武。

函谷关上,旌旗猎猎;长安城外,军威赫赫。

刘武踌躇满志,想起一年前皇兄许下百年之后传位于自己的承诺,他内心就高兴不已。

然而,就在未央宫前殿大宴诸侯、群臣之际,刘启断然下诏:立长子刘荣为太子。

刘武梦破长安,怀着满腹愤懑回到了濉阳,他发誓要让那些反对他的大臣付出代价。

树欲静而风不止,雨过长安,而危乱伏。大汉王朝从此刻开始,又酝酿着新的血雨腥风……

第一章

惊天刺案动长安　刘彻请缨出京都

汉景帝中元二年(公元前148年)深冬的一个深夜。

夜色如墨,凛冽的北风呼啸地穿过长安城,在城中的每个角落肆虐,只有未央宫前昏黄的灯火,将宫阙两边绣有青龙、白虎、朱雀、玄武图案的旗子投射在冰冷的宫墙上。城头上传来打更的声音,唱着子时的幽歌……

此刻正是值守的羽林卫换岗之时,在每一条大街口,当值的士卒在什长交代了应注意的事项后,便瑟缩着身体匆匆离去。

霎时,风中传来的浓烈血腥味,让中尉郅都的眉毛骤然收在了一起。

"不好!出事了!"长期以来养成的习惯使他果断地向身后的部属喊了一声,然后就催动坐骑向大臣们聚居的尚冠街奔去。"嘚嘚嘚"的马蹄声伴随着步卒的跑步声打破了午夜的宁静,街道两旁的屋宇间荡起杂沓的回音,沉闷而急促。

战马比他更敏感地捕捉到弥漫在暗夜中的杀气,它疾奔的四蹄在太常袁盎的府邸前骤然停止,然后怎么也不愿往前一步了。郅都勒紧马缰回眸一看,只见袁盎血肉模糊的头颅被悬挂在府门前,鲜血已凝固成紫色。两具守卫的尸体一个头朝外,倒栽葱式地卧在台阶上;一个头朝里,沾满鲜血的手伸向门内,口张得老大,似乎连最后的一声惊叫都来不及喊出,就被身后的剑穿透了胸膛……

"袁大人,下官来迟了。"郅都压抑住胸中的负罪感,向身后的羽林卫沉闷地发出命令，"有刺客！以一什为列，向四周搜索！"说罢，他便带着一名司马和四名羽林卫登上了台阶。

门虚掩着，轻轻一推，一股浓郁的血腥味扑鼻而来，袁府府令也倒在血泊之中，尸体已僵硬多时。郅都绕过血迹，直奔后堂，从内室传来袁夫人母子的呼吸声。他来不及多想，转身又奔向书房，只见案前的灯火依旧亮着，袁盎的身体斜躺在案边。血从脖子喷出来，染红了月蓝色的深衣。环顾室内，除地上散落着几筒竹简外，没有任何打斗的痕迹。站在袁盎的尸体旁，郅都的眼里喷出愤怒的火焰。

刺客的目的十分明确，就是要取袁盎的性命。也许，正是因为这个原因才使得袁夫人母子幸免于难。

刺客选择在两班值守交接，后一拨还没有到，而前一拨因为气候寒冷，精神疲惫，警惕性不强之时。而且他的行动诡秘而又利落，显然是在袁盎没有任何防备的情况下入室行凶的。

这是一个冷酷残忍的杀手，他不但杀了袁盎，而且还肆无忌惮地将他的头颅割下来高悬府门，这究竟意味着什么呢？

面对这突如其来的变故，郅都来不及理清自己的思绪，就吩咐羽林卫用丝绢裹了袁盎的尸体，抬到院内的竹林旁。他正要离去，却不知道踩到了什么东西，就听见脚下传来"咯吱"的声响。他下意识地低下头去，就从几片染了鲜血的竹简上看到了几行令他十分吃惊的文字：

刺客虽罪在不赦，然尚知过而不惮改。且区区刺客能耐我大汉者何？臣之所忧者，乃刺客身后主谋。贼之所谋，在乱我朝廷，惑我人心。臣虽死不足惜，唯念陛下、太子与各位同僚之安危。

他弯腰捡起血书，从字里行间仿佛看到了袁盎犀利忧郁的目光。那些字虽然被血水浸渍得有些模糊不清，可这工整流畅的行文诉说着这位大臣的远虑和近忧。郅都判断，刺杀袁盎的事绝不止这一次，此前一定还有刺客欲对他下手，只是因为种种原因，而未能得逞……

郅都的目光牢牢地盯着竹简，忽然一道闪电划过脑海，眼前骤然出现一幅让他惊心的画面。

时光追溯到四年前,时值吴楚七国之乱刚刚平息,大汉在经历了一场几乎倾覆的劫难之后,终于迎来了十月朝会。那一天窦太后在后宫设宴,为从濉阳归来的小儿子刘武接风。席间太后再度提出,要皇上践行一年前册立梁王为储君的承诺——上次这个议题因当时在太后身边担任詹事的窦婴反对而搁浅。窦婴是太后的侄儿,他的态度成为旁人在立嗣问题上表态的依据。

皇上十分尴尬,为当初酒后失言追悔不已,他希望朝臣中有人像窦婴一样挺身而出,为他说话。而就在这时,袁盎站了出来。

他整理了一下衣冠,目光炯炯环视着大厅,然后抑扬顿挫地说道:"臣以为,当初窦大人反对立梁王为储君,持之有故,言之成理,他只不过重申了太祖高皇帝当年的誓约。"

因为只隔几步远,他已经发现太后面露不悦,但他并不顾忌,继续阐述自己的观点:"臣夜观《春秋》,掩卷沉思,久不能寐。昔日宋宣公舍其子舆夷而立穆公;穆公舍其子冯而立舆夷,其后冯与舆夷争国,战乱不已,生灵涂炭,国势日衰。前车可鉴,望陛下明察。"

若不是长公主在紧要关头及时出来打圆场,愤怒的太后怎会放过这个敢藐视她权威的臣下呢?

那一场宴会的结果,就是皇上一连发了两道诏书:第一道就是免除了梁王刘武的朝觐,要他据守濉阳,断了回京的念头;第二道就是册立栗姬的儿子刘荣为太子,打碎了梁王觊觎储君的美梦。

从那时起,袁盎就常常伴在皇上左右了。

他现在仍然清楚地记得,那一天散朝后,太尉周亚夫在司马门外等待袁盎的情景。周亚夫对袁盎维护大汉祖制表示了由衷的赞赏,并邀他登上自己的车驾,相约携手为大汉江山尽忠。两位同僚正谈到高兴之时,一支利箭飞来,正中了驭手的脖子。

四年之后,袁盎又一次以他的清醒和果敢赢得了皇上的赞赏。

风波都是由那个迂腐的大行引起的。朝野都很清楚,四年来皇上之所以不愿意册立皇后,都是因为对栗姬不满。她刻薄、尖酸而且性情浮躁,没有一点母仪天下的风范。可是大行偏要在那个冬日的早晨,不知天高地厚地进谏皇上速立栗姬为后，因此导致皇上龙颜大怒，竟然不顾太傅窦婴和太尉周亚夫的劝阻，要废掉太子刘荣，改立胶东王刘彻为太子。

袁盎很清楚，如果栗姬无法获得皇上的宠爱，那么废掉太子，册立新嗣是迟早的事，他几乎没有任何犹豫就站在了皇上一边。他也认为刘荣不适宜继续做太子，不单单是因为栗姬的人品，更在于其自身的懦弱。

"臣以为相比于太子，胶东王智慧超群，举止合仪，立为太子，乃国之所望。"他的这番言语让太尉和太傅大为不解，但是却顺了皇上的心意。袁盎不是没有想到这样做会再一次加深与刘武之间的愤恨。可是，他毫不后悔。

袁盎一番慷慨陈词，影响了包括郅都在内的一大批同僚，结果这场废立的廷议以皇上连发的三道诏书而形势大变。

制曰：太子刘荣，生性懦弱，着即封为临江王；即日起程，不得滞留。立美人王娡为皇后，胶东王刘彻为太子，中尉卫绾为太子太傅。钦此。

制曰：丞相陶青，履职以来，殚精竭虑，恪尽职守，朕念其年迈体衰，准予致仕，颐养天年。封周亚夫为丞相，钦此。

制曰：临江王之母栗姬，性度乖戾，觊觎后位，结怨诸姬，朕屡有警责，然不思悔改，言多不逊。着即闭门思过，朕不再见。钦此。

而那位提出立栗姬为皇后的大行则被斩首。

……

袁大人，请您告知下官，到底是谁主使了这次疯狂的暗杀？又是什么人意图毁我砥柱，乱我朝廷？

突然，一个念头电光火石般闪过脑际，他的心跳骤然加速了，头上冷汗顿出。他对司马叫道："快派羽林卫守好袁府，你速率所部沿街察看，我这就去丞相府禀告。"

说罢，郅都奔出门外，骑上快马疾驰而去……

到丑时一刻，各路什长纷纷前来禀报。这一夜，长安城中有十数位大臣倒在血泊之中。

一颗颗人头落地。

一股股鲜血飞溅。

一具具尸体横陈。

这的确是一场有预谋的暗杀,目标如此明确,手段如此相同,连悬挂头颅的位置似乎都经过主谋者的精心谋划。

丑时三刻,尚冠街布满了羽林卫将士,太常街、华阳街上,军队也在迅速集结。

当郅都陪同周亚夫全副披挂地出现在袁府门前时,几位司马纷纷上前,禀告结果——所有被害者都是拥立胶东王的大臣。在昏黄的灯光下,周亚夫面沉如水,脸色铁青。

他低沉而又有力地说道:"大汉天下,哪容蟊贼兴风作浪?郅大人听令!"

"下官在!"

"速传我命令,命各城门司直严防死守,决不让一个贼徒漏网。"

"诺!"

郅都正要离去,只听见耳边响起一阵马蹄声,片刻之间,廷尉刘福已来到周亚夫面前。

周亚夫道:"情势紧急,请廷尉府诸位值守以待,等抓住刺客,立即审问,务必让他们供出主谋。"

这时候,左右内史也相继赶到,周亚夫严令他们在京畿各县展开搜索,防止贼徒潜入乡里,危害百姓。

待各路官员纷纷领命离去,已是卯时一刻。往常这个时候,正是周亚夫梳洗整装、准备上朝的时候。然这突如其来的事变,让他来不及换上朝服,就匆匆地策马向未央宫奔去……

王娡这些日子脸上布满了喜色,她终于把一个个对手踩在脚下,一举入主了椒房殿。

虽然未央宫黄门总管严锦当着她的面把栗姬送进冷宫的那一刻,她为大行的丢命而心头掠过短暂的一丝自责,但这种心情很快就被黄门、宫娥们的朝拜所冲走。比起一人之下万人之上的皇后来说,牺牲一两个官员又算得了什么呢?只是那个倒霉的大行,他至死也不会明白,唆使他在皇上面前提起立栗姬为皇后的谦恭谈话,其实是王娡预设的圈套。

王美人告诉他说，椒房殿总不能就这样空着，既然刘荣已贵为太子，他的母亲栗姬成为皇后是理所当然的事情。

　　王美人告诉他说，知恩图报是人之常理。大行既然为栗姬说了话，她一旦登上皇后宝座，又怎么会忘记大行的功劳呢？就是她为大汉江山计，也要重重地感谢大人。

　　几乎就在大行遭到皇帝痛斥的同时，王娡带着她的儿子、胶东王刘彻走进了栗姬的宫殿。她像亲姐妹一样称颂着栗姬的容貌和身姿，为栗姬长达四年不能荣升皇后而扼腕，她拉着栗姬的手摩挲着，表示要面奏皇上，尽快册立她为皇后。

　　而那个心计与容貌差距甚大的栗姬就在这些温言软语中陶醉了，她并不回避"子贵母荣"的现实，当着王娡的面，她毫无顾忌地声言这皇后之位非她莫属。

　　王娡用体贴的微笑掩藏着复杂而又嫉恨的内心，在两个女人趁着正午的阳光在花坛散步时，王娡适时地折了一枝黄灿灿的蜡梅，插在栗姬的鬓角，笑道："妹妹插上这花，愈发貌若天仙了。"而当时，一场废掉太子刘荣的风波正在宣室殿内涌动。

　　此刻，当女御长紫薇为她奉上一杯热茶时，王娡的眉梢流露出了掩饰不住的笑意。她从心里鄙夷栗姬的浅薄，她怎么能读懂"将欲取之，必固与之"的道理呢？

　　"她哪里配戴蜡梅呢？那应该是我头上的点缀才对。"她在心里想。

　　说起来，其实她走到今天这一步也很不容易。这些年来在栗姬等妃嫔面前忍辱受屈且不说，将亲骨肉扔在安陵乡间也不去论。她不会忘记在立嗣大典的那天，匈奴人忽然提出了和亲的要求，并且指名道姓地要她的三女儿隆虑公主。

　　虽说宫苑深深，可她也是个母亲，她是无论如何也不愿意女儿远嫁到茫茫草原的。但是，她最终接受了这个残酷的现实。她在关键时刻的深明大义，使她与皇上的情感又深了一层。她明白，皇上之所以在立后这件事情上举棋不定，也是顾及她的感受。如今只要一静下来，她就会想起隆虑公主走过横桥时的回眸，就会禁不住潸然泪下。

王娡刚在宫娥们的搀扶下坐定,兄弟田蚡就来了。

"臣弟参见皇后娘娘。"田蚡一改往日出入的随意,脸上显出从没有过的庄重。那淡黄色的胡须,随着叩首的节奏如雀儿尾巴一样微微翘动,使本来就不那么舒展的眉毛更显低垂,与突出的鼻梁挤在一起,看上去显得十分别扭。

王娡被眼前的情景逗得掩口失笑,忽然觉得这位来自安陵的小个子兄弟很滑稽,几乎找不到与自己相似的地方。

"自家兄弟,何必认真呢?再说还没有举行立后大典呢!"她示意紫薇为田蚡看座。

但是,当田蚡站起来的时候,王娡却从他的眉眼间觉察到一种从未有过的惊恐。她的心立刻提到了半空,问道:"出何事了,让你如此惊慌?"

田蚡一想起清晨看到的情景仍不寒而栗,说道:"娘娘,昨夜有十几位大臣被刺杀了。"

"啊!谁这么大胆,竟敢在京城行刺?"王娡的身体不自觉地向前倾了倾,一脸惊讶。

田蚡摇了摇头,口里讷讷着:"那样子,真令人悚然啊!"

"中尉们呢?难道就没有一点警觉么?"

田蚡一听这话,连忙道:"皇后这一提,臣弟倒想起来了,前几日早朝时,袁盎曾告诉臣弟一件奇怪的事情,说有一天夜里,他正在灯下看书,忽然有一蒙面人闯进府中,言他受了人的钱财,前来取袁大人的头颅。可他潜入京城后,却不断地听到有关袁大人不畏权贵,敢于直言的消息,于是不忍下手。那人道,游侠虽以行刺为业,但决不滥杀无辜,要袁大人好自为之,说完就消失在茫茫夜色中。"

"袁大人没有听出那人的声音么?"

"没有。那人始终没有露出真容,而且声音听起来很生疏,不像京城人氏。"

"那一定是濉阳派来的刺客了。"

"何以见得呢?"

"兄弟难道忘了四年前尚冠街头的血案了么?要不是当时袁盎坐在太尉

的车驾上,也许早就做了箭下冤魂了。还有一件事情……"王娡屏退身边的女御长和宫娥,"这件事让我百思不得其解。自那次梁王立储的图谋失败后,他就向皇上提出,要从他在京城的王府与长信殿之间修一条复道,不知他有何图谋呢?"

田蚡低头想着王娡的话,越想越觉得其中蹊跷无比,狐疑道:"是啊!复道本是出于安全之虑,不让人窥见皇上行踪,梁王为何要这样做呢?难道仅仅是为了礼抗陛下么?"

"不!"王娡眉头皱了皱道,"是为了掩盖他去太后宫中的行踪。"

"噫!"田蚡不禁倒吸一口气,"这么说来梁王也许就在京城?"

"即使他不在京城,尚冠街上的那座王府也可能是藏奸纳邪之处啊!"王娡说着,心头便越发地沉重了,"'螳螂捕蝉,黄雀在后'。彻儿安危系着王、田两家,倘若彻儿出了事,你我还有活路么?"

田蚡站了起来,坚定地说道:"娘娘不必忧心,臣弟这就去找郅大人,要他加强警戒,决不能让太子出一点差错。"

田蚡走出丹景台的时候,已是巳时了。他忽然想到,再过半个月就是正月了。过了年,就要举行立后大典。看来,这个年是过不消停了。他登上车驾,驭手询问道:"大人是要回府么?"

田蚡挥了挥手,很果断地说道:"不!去中尉府。"

但是,在他刚刚登上车驾,未央宫黄门就来传话了,说皇上要他速去宣室殿。田蚡心底"咯噔"一下,不敢多想,就匆匆地跟着黄门去了。

此刻,王娡的心陷入了入宫以来从未有过的烦乱。她忽然觉得宫中的生活太累,不是想着暗算别人,就是担心被别人暗算。于是,她因战胜栗姬而获得的喜悦渐渐退去,一种难以言状的隐忧如同窗外假山上的青藤在心中盘绕,挥之不去。她狠狠地摇摇头,试图将这些烦恼赶出自己的思绪。但她越是想让自己平静下来,就越是心潮汹涌。

用过午膳,王娡觉得有些疲惫,就对紫薇说道:"我要歇息一会,任何人都不见。"

昨夜与皇上的云雨和上半天的兴奋使得王娡感到困倦,在紫薇轻轻合上帷帐时,她已悠然进入梦乡了。

王娡感觉自己飘飘然地到了一个云霓环绕、紫气蒸腾的幻境,满天星斗在她周围眨着俏皮的笑眼,一簇簇牡丹花在她的脚下铺开芬芳的道路,嫣红的花瓣被风托着,飞飞扬扬地点缀着她柔软的肩头。

忽然那云彩开了,蓝天深处走出一群窈窕美女,莲步袅袅地来到她面前,那走在前面的女子是谁呢?那不是陪嫁到匈奴的紫燕姑娘么?她怎么会在这里呢?她们道贺的话像歌声一样悦耳动听,流水一样清脆嘹亮,美酒一样清润甘甜。

那女子轻轻指着前方。王娡便抬眼望去,只见一座金碧辉煌的大殿在苍穹的尽头岿然耸立,灿灿的光芒照得她双眼迷离。顷刻间,从殿门内飘出一条红色的绢帛,直铺到她的脚下。那女子搀扶着王娡的胳膊,温柔地说道:"皇后娘娘请。"王娡正待举步,眼前的一切却在瞬间幻化成一片血色。血色的天空,血色的云块,血色的星辰,刚才还温言软语的女子摇身一变,成了栗姬狰狞的面容。王娡低头看去,只见足尖有殷红的血迹,她不禁惊叫一声,跌坐在地,脸色霎时变得惨白。

是的,这是从栗姬身上喷涌出的鲜血,那紫红色的斑点中映出栗姬冷酷的、仇恨的眼神;那早已凝固的血丝里回旋着栗姬绝望的、愤怒的哭声;那浸渍在锦缎纹理中的血色,把严冬的寒意渗入王娡的骨髓;那无法冲洗掉的血印,把恐惧的阴霾注入这个即将走向人生顶峰的女人心底。

王娡醒了,发现紫薇正站在床前,正轻声地呼唤。她一抹额头,冷汗淋漓。

"彻儿!我的彻儿!"她的目光焦急地四处寻找。

"娘娘!太子被皇上召到未央宫去了。"

"哎呀!"王娡一下子跌坐在榻上,颤抖的右手抚着急剧跳动的心,"这是怎么了?我这是怎么了?"

太子刘彻是在思贤苑里听到十几位大臣被杀的消息的。

清晨,他在黄门的伺候下乘车穿过杜门大街时,看到满街都是羽林卫将士,便知朝廷发生了大事。他询问身边的黄门,却不得要领。待他走进思贤苑讲书堂,却没有看到往常总是先到的太傅卫绾。

"太傅为何还没有来？"刘彻向思贤苑黄门总管问道。

黄门总管脸上的惊惧还没有退去，急忙上前禀奏道："袁盎等十数位大臣昨夜遇刺身亡，卫大人一早就奉旨去宣室殿觐见皇上了。"

"大汉朗朗乾坤，几个蟊贼岂敢猖狂？"刘彻说着，就转身朝外走。

黄门总管急忙跟上来问道："殿下这是要去何处？"

"我这就去宣室殿，求父皇允准我捉拿刺客。"

黄门总管一听就急了，紧走几步，赶到刘彻前面跪倒了："太傅临行时反复叮嘱，要殿下将昨日布置的文章写完。擒贼之事，皇上自有定夺。殿下此刻要前往皇宫，太傅回来若是责问奴婢，奴婢如何担待得起？"

刘彻挥了挥手，却没有回去的意思，继续朝外面喊道："轿舆伺候，我要前往未央宫！"

黄门总管从地上爬起来，追着刘彻的脚步喊着："殿下！殿下！万万不可啊！"可他还是眼巴巴地看着刘彻登上轿舆，出思贤苑去了……

长安一夜间十数名大臣死于非命，朝野一片震惊。尽管刘启面对众多的大臣，表现出临乱不惊的镇定和从容，可这自大汉立国以来从未有过的大案还是让他内心忐忑不安。朝会一结束，他就要严锦去传周亚夫、卫绾、郅都、刘福和田蚡到宣室殿议事。

当严锦战战兢兢地呈上袁盎写给同僚们的最后一卷信札时，刘启朝殿外喊了一声"袁爱卿"，然后就叹息着闭上了眼睛，喉头哽咽道："他们皆是国之栋梁啊！"

周亚夫、卫绾、田蚡等人很自然地把眼前发生的一切同四年前尚冠街头的血案联系在一起，郅都更是把锋芒指向了濉阳。

这时候，一位黄门进来禀报，说城门司直在黎明时抓到几个神色诡异之人，后经审问正是行刺大臣们的凶手。

刘启盛怒到了极点，吼道："朕要将这些乱臣贼子碎尸万段！"

可刺客首领羊胜、公孙诡却借着羽林卫与属下们打斗的机会，逃出京城，往濉阳方向去了。

事情一牵扯到梁王，刘启就为难了。太后在那里坐着，就如同一堵墙让他感到棘手。可如此大案，岂能不了了之呢？不擒住凶犯，会殃及更多人的性命。正踯躅间，却听见殿外传来稚嫩的声音："儿臣愿往濉阳擒拿凶犯！"

大臣们回头看去，只见刘彻气宇轩昂地进了宣室殿。刘启立时满脸不悦，斥道："不经宣召，你为何来此？"

刘彻跪倒在地说道："启奏父皇，儿臣此来是请缨前往濉阳捉拿凶犯，请父皇恩准。"

"一个孩子……"刘启断然拒绝，"朝廷大案，你不知深浅，还不速回思贤苑去！"

"孩子又怎么了？"刘彻的眼睛里透出倔强和自信，"儿臣在思贤苑中读书时，窦太傅曾讲过，甘罗十二岁就出使赵国。儿臣都八岁了，比当年孔子的老师项橐还要长两岁呢！"

"你！"刘启吃惊地看着他，他没有想到刘彻会拿这些人反驳，"今非昔比，你可知此案轻重？"

"股肱之臣死于刺杀，是可忍，孰不可忍！儿臣身为太子，理应替父皇分忧，为朝廷除害！"

见此情景，卫绾十分着急，他生怕皇上一怒之下，责怪自己为师不严。他急忙上前，低声对刘彻道："殿下！此事牵涉到梁王，他可是殿下的皇叔……"

"皇叔又如何？皇叔就可以目无朝廷，为所欲为？当年七国之乱的始作俑者不也是父皇的皇叔么？"刘彻高声道。

"那太后那边……"

"这个……"刘彻挠着头，不知该如何回答这个连皇上也感到为难的问题。他想不了这么多，他有限的阅历还无法面对复杂的现实，更无法理解身为九五之尊的父皇为什么事事都要看祖母的脸色。

这时候，田蚡也明白自己该做些什么了。他不能眼看着外甥的地位有丝毫动摇，于是便上前禀奏道："皇上完全可以绕过太后处理此事。"

闻言，刘启立即申斥道："你是要陷朕于不孝么？"

对触及皇上情感的事情，卫绾的话语显得更加委婉一些："田大人的意思是在案情还没有搞清楚的情况下，先不要惊动太后。也许这事本来就跟梁王无任何关系，到那时也好还梁王一个清白。"话说到此处，刘启紧绷的脸色终于有了一些松动。

他转脸打量了一下刘彻，虽然他脸上还没有脱去童稚，然而面对如此大案，他竟毫无惊惧之色。刹那间，当年王娡怀孕时的奇梦涌上心头。

那是在他们云雨两个月之后的一天，王娡告诉皇上，夜间忽得一梦，有红日扑入怀中，不久就从太医那里传来喜讯，说王美人怀孕了。也许是上苍注定了他要承继大汉国脉的重任，这些年来，窦婴在谈到两位皇子时，总是不自知地流露出对刘彻的赞赏。

是的！从太祖到先帝，哪一个不是从风口浪尖上走过来的呢？刘启最终决定，让太子随周亚夫和卫绾奔赴濉阳。

"那就依卿所奏！丞相率五千人马先行到濉阳城外驻扎，郅都持诏奉节入城擒拿凶犯，所有行动不能伤及梁王，太子由卫绾陪同，随后出行。"

……

这是关中平原一年中最寒冷的日子，风每天从南山头刮起，掠过平原，把滔滔东去的渭水冻成坚冰。只有猎猎的旌旗告诉东去的队伍，战争就在眼前。昨天，他们还在长安城外举行了短暂的开拔仪式，今天就已经奔驰在两山夹道的函谷关外了。

刘彻的车驾走在卫队的中间，这位身披狐裘、捧着木炭手炉的太子现在正依偎在卫绾身边。他还没脱离稚气的眼睛很不安分，时不时想掀开窗帘。每到这时候，卫绾总是很谦恭地以臣下的身份，又带着长者的温厚劝他："外面太冷，殿下身体要紧，此去还有很长路程，千万不能染上风寒。"

刘彻听到这些话后很失望，百无聊赖的把手炉弄得嗡嗡作响，甚至天真地埋怨卫绾，说究竟是太傅应该听太子的，还是太子处处要受太傅的约束呢？

面对这个比同龄孩子早熟的太子，卫绾并不辩解，只是报以温和的微笑，而不像窦婴那样总是一副严肃的样子。

望着身边陷入沉思的卫绾，刘彻的心里有一种难以言说的感受，奇怪！同样的意思，舅父说了，父皇就不高兴；太傅说了，父皇怎么就那样深信不疑呢？正想着，前军司马来报，说函谷关守将李息就在关外迎候。

刘彻早被憋坏了，听说守关将领在外迎候，他立即放下手炉，跳下车来。他抬眼望去，这函谷关果然地势险要，两边峰峦叠嶂，直插云天，山上林深路隘,关城就筑在两山之间,恰似一只猛虎,雄踞在千里驰道上。

刘彻向卫绾问道:"当年秦皇就是从这里去山东巡视的么?"

"殿下所言极是。秦皇先后五次东巡,有三次是从这函谷关经过的。"

刘彻抑制不住心头的兴奋与好奇,进而问道:"听窦太傅说,高皇帝也是从这里进入咸阳的?"

卫绾点了点头:"殿下好记性。当年高皇帝与项羽定下盟约,先入咸阳者为王。那年八月,高皇帝率军攻下武关,驱兵关中,进入咸阳,并约法三章——'杀人者死,伤人及盗抵罪',遂成千古佳话。"

刘彻在一旁听得入神,眼神光彩熠熠,幼小的心灵联想到未来,自己一定也像秦皇、太祖那样威风,于是性至于情脱口而出道:"大丈夫当如是也!我将来一定要扫平内忧外患,缔造大汉盛世。"

卫绾转脸凝视着刘彻,他披着一件皂色的大氅,边上缝着一轮白色的裘毛,内着玄色长袍,腰扎褐色革带,佩戴虎头鞶,足蹬黑色战靴,小脸被风吹得红扑扑的,煞是英俊,他顿时为太子的壮怀激烈而感到兴奋。

他正看得入神,刘彻忽然扯着他的衣袖问道:"那依太傅说,我这次算不算东巡呢?"

卫绾笑了,他真不知道该如何回答。

"太傅,您说呀,您不是老师么?老师还有什么不懂的?"

卫绾连忙拱手道:"殿下恕罪!臣非圣贤,岂能尽知天下事?"说完,他把刘彻拉到一边,低声劝道,"皇上在上,殿下说话还需谨慎些。"

刘彻皱着眉头沉思了片刻,似乎明白又似乎有些懵懂地点了点头:"就依太傅,我不说就是了。"

但刘彻还是无法掩饰其天性,看到函谷关上旌旗猎猎,刀枪林立,守关将士个个精神抖擞,阵容严整,刚刚被卫绾平复的兴奋顷刻之间又躁动起来。他上前挥手向将士们致意,稚嫩的童音驾着寒风,在两山之间荡起阵阵回音:"将士们辛苦了!"

"恭迎太子殿下!"

……

喊声在山间久久回荡,直到遥远的天际。

卫绾见状，分外吃惊，心想，小小年纪，这是从哪里学来的啊？他的思绪还没有回转过来，李息已经上前行礼了。孰料刘彻摆了摆手道："将军请起。我在思贤苑中陪荣哥哥读书时，窦太傅曾说过，先祖文帝劳军到细柳，周亚夫以甲胄之身不拜，而行军礼。祖父非但不怪罪，反而称赞他为'真将军'。太傅，我是不是也该这样呢？"

卫绾频频点头，心中却暗暗惊叹，窦婴对太子的影响真深啊，以致都成了刘彻的影子，这应是为师者的荣耀啊！

在经过由将士们组成的走廊时，卫绾问起周亚夫与郅都过关的时间，李息说已经过去有六日了。卫绾的心稍稍松了下来，按照这个行程，等太子到达濉阳城时，一切都应该安排妥当了……

而此刻，军次濉阳的周亚夫也在担忧刘彻的安危和郅都查案的结果。

傍晚时分，周亚夫走出营门，望着二里外的濉阳城头，十分惊异地摇了摇头。

濉阳果然不像其他诸侯国都城那样——在城楼的高度上比长安城低了许多，城墙的规模也与诸侯的身份大抵相当。而眼前的濉阳城，城楼高耸，城墙恢宏，吊桥高悬。城头上"刘"字和"梁"字大旗迎风招展，影影绰绰地瞧见城墙上巡逻队伍的穿梭，俨然一个中原长安。

周亚夫捋了捋胡须，长长地叹了一口气道："藩国不削，必成大患啊！"

七国之乱平息仅仅四年，如今又闹出十几位大臣被暗杀的风波来……周亚夫眼里充满忧郁，思绪渐渐地转到了这次出征濉阳上来。他知道，这也许是自己最后一次披挂上阵、号令三军了。皇上之所以把擒拿凶手的重任交给自己，完全是因为还没有一个合适的太尉来统军罢了。难道皇上不知道自己长于兵事而不善于打理国政么？显然，皇上因为自己曾为废太子刘荣辩护而心生了芥蒂。

要说自己还算是好的，窦婴不是已经赋闲在家了么？他似乎还看出皇上改任自己为丞相的另外一个原因，那就是新太子年纪太小，皇上怕他将来驾驭不了这一帮老臣。这一点，最让他感到委屈。满朝文武，谁不知道他周门世代忠良呢？委屈归委屈，耿直的周亚夫决不容许自己对皇上有一闪念的埋怨。他也知道，此次出征非同小可，这不仅因为梁王对他当年没派救兵到濉阳而耿耿于怀,还因为他是太后最宠爱的儿子,如果得罪太后,就会招来杀身之祸。可他没有别的选择,他要让皇上和太子知道,周亚夫是忠臣。

天阴得很,灉阳上空的云团被寒风卷着从他的头顶飞过。他抬头望去,只觉得有清凉的水珠落在额头。噢!纷纷扬扬的雪花不知什么时候静静地开始飘落,他捂着双手,哈了一口热气,抬起头再望了望雪中的灉阳城,自言自语道:"这个郄都,到这时候怎么还不见回来呢?"

一双手从背后为他系上了披风,回头看去,原来是他的儿子、官居中郎将的周建。

"父亲,下雪了,还是回帐去吧?"

"郄大人到现在还没有回来,我实在是不放心。"

"郄大人一向处事干练,再说他是奉旨行事,料梁王也不敢怎样。"

"话虽如此,可作为当朝宰辅,身负重任,怎么能放心得下呢?"周亚夫望着与自己并肩而站的周建,问道,"对了,让你办的事情怎么样了?"

他指的是皇上改任他为丞相后,他知道自己从此将告别战场,因此一回到府中,他就要儿子到工官处购买五百甲盾,以备陪葬之用。

周建道:"请父亲放心,孩儿当日就到工官处议妥了。这次回去,孩儿再去催问。不过,父亲,孩儿……"

"有什么话就说,为何吞吞吐吐的?"

"依孩儿看来,父亲是不是有些多虑了?"

"宦海沉浮,不尽险恶啊!为太子废立之事,皇上已经很不高兴了,这次又要得罪太后,这不是一条夹缝么?"他说到这里,把披风裹了裹,一种无以名状的悲怆向着眼角涌来,"我一把年纪,生死荣辱都不重要了。只是你身为家中长子,还要好自为之,周家就全靠你了。"

周建听了这些话,不知说什么好,父亲心事重重,深深地感染了他。

"我知道你一向孝顺,你母亲那里我不担心什么。只是以你的性格,朝廷的许多事情恐怕难以应付。"

"还请父亲指点。"

"依我看来,你遇事可以向两个人请教:一个是卫绾,他为人忠厚坦荡,又曾追随我平叛,相交甚笃;另一个就是灌夫,他虽然鲁莽,但为人正直,且又精通兵法,我向来把他当作知己。"

"孩儿谨遵父亲教诲!"周建说这话时,眼泪忍不住流了下来。

周亚夫的语气顿时加重了:"男儿有泪不轻弹,不必如此。"

周建有些不好意思,辩解道:"孩儿只是被雪花迷住了眼睛。"

说话间,从远处传来"嘚嘚嘚"的马蹄声,周亚夫抬眼眺望,只见苍茫的暮色中,一队人马向着大营飞奔而来,队伍所过之处,荡起迷离的雪尘。没过多久,马队就来到周亚夫父子面前。

"下官回来甚晚,让丞相担心了。"

"郅大人辛苦,快到帐中说话。"

"丞相一定等急了。"郅都接过卫士递过来的热酒,一饮而尽。他抹了抹嘴唇,一路的风寒顿时被驱散而去。

"连日来,下官遵照皇上的旨意,率人在濉阳城中缉拿嫌犯,与梁相轩丘豹、内史韩安国等一起搜索,已经将十余名嫌犯缉拿归案。唯首犯羊胜、公孙诡在逃。"

"梁王对此事态度如何?"周亚夫问道。

郅都冷笑道:"梁王表面上对行刺朝廷命官之事非常愤慨,一再要轩、韩两位大人协助下官,务必一人不漏地将所有嫌犯缉拿归案。可当下官追问羊、公孙两人行踪时,他却闪烁其词。有人举报,说二贼就藏匿在梁王府中。只是眼下尚无确凿证据,故下官不敢贸然进王府搜查。"

周亚夫听罢,眉头紧皱,沉思许久才道:"有道是擒贼先擒王,打蛇打七寸。如果让二贼脱逃,不仅无法向皇上复旨,而且日后必成大患啊!可这进入梁王府,也非同儿戏,如无证据,难免有僭越之嫌。"

周建也在一旁进言道:"孩儿也以为当务之急是捉拿凶犯,孩儿愿与郅大人一起为父亲分忧。"

郅都鹰一样的眼睛看了看周建道:"听大人的意思,下官是贪生怕事之人了?"说罢,他又饮下爵中之酒,两颊泛红,说出的话都带着浓烈的酒气。

"论起对皇上的忠心,下官的一颗热心天日可鉴。丞相可记得当年陛下游上林苑,贾姬随行。贾姬如厕,遭遇野猪,命在旦夕,陛下要亲自去救。是下官对皇上说,今天死了一个贾姬,明日就会有另一美姬进宫,可执掌大汉天下的却只有陛下一人。如果陛下为了一个贾姬而轻生,那将如何面对宗庙,面对太后呢?后来,野猪逃去。太后闻之大喜,赐下官金百斤。若论起执法,下官与两位大人相比,有过之而无不及,然下官作为中尉,身负掌刑重任,怎能置大汉律法于不顾呢?倘使搜出了反贼还好说,倘使毫无所获却惊扰了梁王,太后追究下来,你我丢官事小,连累了太子和丞相……"

"如此踯躅不前,优柔寡断,贻误了擒贼大事,皇上更要追究。"周建抢道。

周亚夫摆了摆手,欲待说话,却见从事中郎从门外匆匆进来,说太傅与太子到了。如同久雨初晴,周亚夫的脸上豁然开朗,心头轻松了许多,连道:"快!快!出帐迎接太子殿下。"

未及众人反应过来,周亚夫已先行出帐,又是拂尘,又是整冠,又是捋须,一副严肃的样子。

"臣周亚夫恭迎太子殿下!"

连禀数声却无人答应,周亚夫借着灯火细看,才发现沉沉夜色中,太傅背着一人。他不禁大惊,莫非太子路上遇险?他一个箭步上前,满脸狐疑地问道:"太傅,太子这是怎么了?"

卫绾摇着头,径直进了中军帐,轻轻将刘彻放在榻上,拉了锦被盖了。自己才撩起袖襟擦了擦额头的汗水,疲惫地笑道:"真是个孩子,说着话就睡着了。"

周亚夫"啊"地一声道:"吓杀我了。"

大家听卫绾说明情由,脸上的紧张顿消。卫绾接过卫士送上的水,已顾不上仪容,仰起脖子就灌进腹中。周亚夫见状,忙招呼太傅落座,笑着道:"看太傅刚才的神色,真有点周公辅成王的意思啊!"

卫绾喘着气连连道:"快别取笑我了,还请丞相备些酒食来,众位将士都饿坏了。"

第二章

慧识忠勇赠虎鞶 谋出少壮擒元凶

用过酒菜,已近午夜。周亚夫对刘彻道:"太子一路劳顿,臣早已在营中安排了寝宫,虽是简陋了些,却也能遮风御寒。"

刘彻此刻早已从梦中醒来,加之喝了些米酒,此时已毫无睡意,一定要听关于缉拿凶犯的计划:"既然父皇要我督办此案,丞相和太傅就该一一奏来。而两位大人却要我去睡觉,是不是以为我是一个孩子就轻看了?"

周亚夫和卫绾见相劝不成,只好由了他的性子,听郅都叙述完半月来在梁国境内搜索的情况。

周亚夫为难道:"此次擒凶,不比在战场上,是非容易分辨。虽有人举报,可毕竟没有凭据,我们如果贸然进入梁王府,于法于理都不通。"

刘彻却是一脸正经:"既是奉了父皇的旨意,皇叔亦当全力协助,我明日就进城说服皇叔。"

卫绾连忙劝道:"殿下此举万万不可。"

"这是为何?"

"殿下身系大汉国脉,岂可冒险,这些事情交给臣等去办即可。"

"说来说去,太傅还是拿我当孩子看了。如果我连梁王府都不敢进,将来还如何率军讨伐外虏呢?"刘彻的孩子气一来,就分外倔强。

卫绾拈须沉吟了良久才道:"最好是设法让梁王主动地交出羊胜、公孙诡二贼。"

周亚夫不解道:"太傅此言差矣。行刺朝廷命官是何等严重的罪行,梁王不可能不知道此事的轻重,怎么会引火烧身呢?"

听卫绾这样一说,郅都眼前一亮,忙起身禀告道:"太傅的话让下官想起一个人来。"

刘彻忙问道:"谁?"

"多日来,臣与梁国内史韩安国一起追捕逃犯,深感此公为人忠厚,处事稳健。又精通申、韩之术,集文韬武略于一身,虽与梁王私交甚笃,却对羊胜、公孙诡二贼的作为很是愤慨。"

"韩安国?我倒是听说过这个人。"

"韩内史还向臣介绍了一个人。"

刘彻忙不迭地问道:"什么人?"

卫绾心想,殿下怎么对什么人都感兴趣呢?于是随口道:"郅大人说的可是司马相如?"

"正是!"

郅都话音刚落,刘彻又在一旁插话了:"可是那位长于辞赋的司马相如?"

卫绾不想刘彻也知道司马相如此人,惊讶地问道:"殿下也知道此人?"

刘彻说到兴奋处,不禁眉飞色舞:"当初窦太傅曾对我说到过司马相如的才华。我能见此人,也不枉做一回太子了。"

醉心于行伍的周亚夫虽然静静地听着大家谈话,心中却翻起连天波浪。不善交际的他往日里很少与皇子见面,对这位新太子更是知之甚少。征战多年,在他的印象中,皇室贵胄大都是纨绔子弟。可仅仅只几个时辰,他已感受到了刘彻的王者气象。到这时候,他才真正领悟到皇上改立太子的深谋远虑,不由得从内心里感叹。

但作为丞相,此时他最关心的还是如何尽快将首犯捉拿归案。

"郅大人的意思是……"

"如果韩安国和司马相如能说服梁王交出羊胜、公孙诡二贼,那是再好不过的事情了。"

刘彻很快就知道了郅都的用意,拍着双手道:"这样很好,不战而屈人之兵,乃攻伐上策!"

可卫绾还是担心韩安国能否心甘情愿去当说客。

刘彻笑道:"这有何难?明日传韩安国来问问便是。"

周亚夫有点不放心:"据臣所知,韩将军乃重义之士。当初平叛时,濉阳大兵压境,是他顶住了弃城的主张,全力抗敌,才为梁王赢得殊勋。现在要他……"

卫绾接过周亚夫的话道:"丞相的意思我明白,大人是怕韩将军担上贰臣之名。其实,无论是梁王还是诸王,都是皇上的臣子。溥天之下,莫非王土,率土之滨,莫非王臣。忠于朝廷是大忠,忠于梁王是小忠,这个道理对韩将军来说,是不难权衡的。"

"太傅所言极是!"刘彻浓黑的眉毛悠悠抖动,大声宣布,"明天一早就传话给梁王,说我到了。"

众人先是一愣,而后周亚夫合掌而击,连称妙计:"这对梁王也是一个考验。若是他未做有负朝廷的事情,一定会亲自来迎接太子;若是他心怀叵测,臣这里有五千精兵,他一定不敢贸然出城,只会派使者前来表示慰劳之意。"

"眼下最可能来的人就是韩将军了。"

周亚夫点了点头,不过他还是担心韩安国难以割舍与刘武的私情,问道:"万一韩将军他不……"

后面的话还没有说出来,就被刘彻截住了:"丞相不必多虑,他只要进了这座营帐,就在朝廷的掌握中了。他要同意,一切都好说;他要抗拒,那就一并拿了回京复旨。"

众人都被刘彻的果断所折服,周亚夫心想,从小看老,现在就如此,将来当了皇上,杀起人来一定不会眨眼的。

……

梁王府坐落在濉阳城的东侧,这一片庞大的建筑对濉阳的老百姓来说,是一个神秘的所在。尽管他们知道这里居住着当朝至贵的梁王,却从来没有见过这位王爷的身影,而只能透过复道的喧哗去想象那车驾的豪华,仪仗的威严和皇家的气派。因此,他们更无法知道在这片貌似平静的深宫中,正经历着一场腥风血雨。

而此刻,刘武望着窗外纷纷扬扬的大雪,也有些烦躁不安。

显然,皇上把京都血案的源头追到濉阳了。否则,他怎么会陈兵城外呢?虽然说这是追索逃犯的必备,可刘武心中明白,如果在梁国境内找不到羊胜和公孙诡,战火势所难免。一旦动起刀兵,他又怎会是周亚夫的对手呢?

他清楚羊胜、公孙诡就在府中藏匿,而这种藏匿不可能持久,他要与这两位最信赖的心腹商量对策。

"周亚夫大军虎视眈眈,你们说这该如何是好?"

羊胜似乎并不把此事放在心上,他慨然道:"请殿下放心,在濉阳地面,周亚夫未必熟悉地形,打起仗来谁胜谁负,也未可知。"

"将军此言差矣!"公孙诡截住羊胜的话头,捻着胡须道,"且不说周亚夫善于用兵,单就濉阳山川情势而言,他当初抗击七国叛军时,就曾在这一带驻军数月。濉阳的一沟一壑,一草一木,他都了如指掌,打起来未必对我们有利。"

"照先生这样说,我等就只能束手就擒了?"羊胜不以为然地反问道,"先生总是这样谨小慎微,哪是干大事的样子?"

对羊胜的指责,公孙诡并不理会,现在不是与这个莽汉计较的时候,大敌当前,他们需要的是团结。公孙诡放开指尖的胡须,看了一眼刘武道:"为今之计,只能智胜。"他自信的目光停留在窗外的雪幕上,笑道,"此天助我也。"

刘武转过身,看着公孙诡问道:"何谓天助我也?先生无须打哑谜,本王现正在火炉上烤呢!"

"臣听说,昨夜太子已经到了濉阳。"

"这又如何?"

"依臣看来,太子年幼,凡事都是周亚夫和卫绾的主意。"

"先生能不能简单些?"

"大王是皇叔,总不该让太子住在冰冷的军营吧?"

"先生的意思是……"

"大王可以皇叔名义,邀请太子住到濉阳城中来。"公孙诡站起来,环视一下周围,"只要太子住进城中,一切就都在大王掌握之中了。进,可以太子为筹码,逼迫太后和皇上立大王为储君;退,也可以让皇上暂时退兵!"

刘武满脸狐疑:"这行么?"

"大王,此乃可遇不可求之良机。臣料定周亚夫为太子安危计,断不敢攻打濉阳。若是因动刀兵而危及太子,大王不是又可以上演一出新的清君侧了么?那时候……"

"可是,派谁去好呢?谁又能取得周亚夫和卫绾的信任呢?"

"臣以为有一人可担此重任。"

"先生是说韩安国?"

"大王圣明!臣听说韩将军颇得长公主信任,皇上也赐过他黄金百斤。"

刘武叹了口气道:"看来也只有他了。"

第二天,郏都奉刘彻的指令进城后不久,就带着韩安国回到了汉军大营,他先是拜见了周亚夫,然后又在他们的引导下前往刘彻的寝宫。

军营里喊杀连天,将士们正冒着严寒操练军阵。只见点将台上,周建稳坐,一位司马挥着手中的彩旗,士兵们按照彩旗的指令,时而集结,时而分散,时而一字长蛇,时而巨龙入海,演绎着各种阵法。而在军营的另一角,一队士兵在司马的带领下,操练着骑射。一匹匹战马嘶鸣着从校场驰过,带起阵阵雪尘。

韩安国不由自主地停住了脚步,看了好一会儿,才收回目光。他从心底叹服周亚夫的带兵才能,难怪刘濞一伙一遇到他就纷纷败北。在这样的精兵良将前,羊胜、公孙诡挑唆梁王与朝廷分庭抗礼,是多么的不自量力!韩安国正想得出神,周亚夫却在一旁催促道:"韩大人,请这边走。"

韩安国回过神来,不好意思地笑道:"丞相真是治军有方啊!"

"韩大人过奖了。老夫乃一介武夫,只知效忠皇上!"

"朝廷有丞相主兵,乃社稷之福啊!"

周亚夫摇了摇头叹道:"廉颇老矣!老夫期待有年轻的将军主兵,辅佐皇上,强国安邦。听说韩大人不但精通兵法,且对申、韩之术也颇有心得,前途不可限量啊!"

"下官才疏学浅,只求效命朝廷,还请丞相多加指点才是。"

两人说罢,相视而笑。

刘彻的寝宫在大营中央，说是寝宫，其实也就只比军中的其他营帐更大一些。下了一夜大雪，灉河已经结了厚厚的一层冰，寝宫在大雪衬托下，更增添了冰冷的威严。那些持戈守卫的羽林卫士兵，每隔三五步就是一岗，从路口一直排到寝宫前，不敢有丝毫的懈怠。他们听见有踩踏积雪的声音，立即警觉起来，喝道："太子在此，何人走动？"

周亚夫挥了挥手，对士兵们道："你等不必惊慌，这是梁王的使臣韩大人。"

士兵收回兵器，拱手躬身道："丞相请，大人请！"

刘彻早已起床，正在练剑。一把短剑在他的手中舞得密不透风，一会儿凤凰展翅，一会儿犀牛望月，卫绾在旁时不时指出其中的破绽。看样子，已经练了有些时候了，他的小脸红扑扑的。

看见周亚夫来了，卫绾赶忙上前见礼。

刘彻宝剑回鞘，周亚夫就不失时机地把韩安国介绍给他。韩安国正要行朝拜礼，却被刘彻一把拦住："大人快快请起！这是军营，又不是京城。"

韩安国便不知所措，局促地说道："殿下！这……"

"皇祖早就立下规矩，军中不行朝拜之礼，不信你可以问丞相。"

周亚夫又是一惊，叹道："殿下果然是博闻强记啊！"

刘彻一边进帐，一边说道："这些都是窦太傅告诉我的，三军将士，每日不是操练就是打仗，让这些繁文缛节捆住手脚，还有多少时间练兵习武呢？太傅，您说是不是？"

卫绾点了点头道："太子所言极是。"

但是，韩安国进帐后，还是行了该有的礼数，并禀奏道："梁王闻听太子驾到，甚感不安，并大骂羊胜、公孙诡一伙无视朝廷，螳臂当车，不自量力，劳太子冰天雪地，驱兵千里，一定要微臣作为使者迎接殿下入城。梁王早已命人准备好了行宫，就等太子殿下入城。"

周亚夫等人在旁边听着韩安国转达梁王的意思，一时间如坠五里云雾之中，猜不透他的心思。不料刘彻冷不丁问了一句："那依韩大人之意，我是住进皇叔的灉阳城中好呢，还是就住在这里好呢？"

韩安国略思片刻便说道："臣作为梁王的使者，身负大王的使命，自然要完整地禀奏梁王的意思。至于臣的意见……"

"我问的就是你的意见!"

韩安国望了望周亚夫、卫绾和郅都,眉头紧蹙,神情顿时凝重起来:"只是臣作为梁王的使者,有一言不知当讲不当讲?"

周亚夫道:"大人现在汉军大营之中,还有什么不能说的?"

还是卫绾善解人意,道:"我理解大人的难处,大人素重情义,如果我没有猜错,大人的主张一定与梁王的使命有相违之处,说出来怕落个不忠的罪名。不过,依我看来,梁王与皇上乃同胞手足,绝不会干出亲者痛、仇者快的事情。即使暂时有离心之为,也是受了乱贼的蛊惑。而离间梁王与皇上的关系,正是乱贼之所图谋。大人一世英名,也决不愿意看到汉室骨肉相残吧?"

卫绾的一番推心置腹,令韩安国十分感动,疑窦顿消,遂道:"太傅所言甚是,两名贼首尚未落网,眼下太子还是不要进城的好。"

人之相知,贵在知心。无论是周亚夫,还是卫绾、郅都,都从韩安国眼中读出发自肺腑的真诚和仁厚。

卫绾上前一步,拉住韩安国的手道:"难得大人一片忠心,大汉有大人这样的忠臣,何愁奸贼不能落网?"

韩安国刚刚起身,在刘彻身边伺候的黄门已将一爵热酒送到他的手中。韩安国接过酒爵,似有一股热流在胸中奔涌。他随之转身面向刘彻,索性把自己多日来对梁王的劝谏、与羊胜、公孙诡等人的争执和盘托出。

"臣这就回去说服梁王交出羊胜、公孙诡二贼,待臣擒拿二贼后再饮此酒不迟。"韩安国说罢,转身向外走去。

"韩大人请留步。"

刘彻随手从腰间解下随身佩戴的虎头鞶,将征询的目光投向卫绾和周亚夫:"丞相、太傅,我可把此物赠予韩大人吧?"

周亚夫十分感佩,他小小年纪,倒学会了笼络人心。虎头鞶戴在刘彻身上,只是私人之物,如今赐予梁使,其意义非同一般,他们当然赞同。

"韩大人请看,这上面刻有我的小名。日后大人进京,凭借此物,就可以直接来见我。"

韩安国的心潮再次涌动,他把赠物藏好,便翻身上马出了汉营,直奔濉阳去了。

韩安国一走,周亚夫立即传来郄都,吩咐他持节进城,缉拿要犯。又传周建等人,令他们迅速整顿军马,做好攻城准备。

卫绾见此疑惑道:"丞相还信不过韩大人么?"

"不是我不相信韩大人,但韩大人此去,祸福两可。倘若梁王念及社稷,定会听从韩大人的劝谏,交出羊胜、公孙诡二贼;如果他翻脸不认人,那么韩大人就要大难临头了。我现在这样做,是有备无患。"

周亚夫告退后,刘彻的心早已不安分了,对卫绾道:"这半天把我憋坏了,这军营真不能与未央宫相比,连个玩的地方也没有。"说罢,就朝帐外跑去。

卫绾追上去喊道:"殿下,外面天冷……"

冬日的濉河,早已没有了欢动的浪花,河面冻结成冰,与中原大地融合在一起,显得辽阔无边。垂柳枝头挂满了雪花,时不时落下晶莹的雪团,被风一吹,恰似带雨梨花,纷纷扬扬地在天地间飘洒。对面是一个村庄,点点农舍,沿着河岸蜿蜒曲折坐落;太阳在雾气的过滤下,轮廓清晰地悬挂在上空。刚才还在埋怨的刘彻,被眼前的一切深深地吸引了。

长这么大,他还从来没有看到过这样千里冰封、气势恢宏的景观。特别是当他看到河面上有十数小儿追逐嬉戏打雪仗的场面,顿时兴奋异常。往日深宫重重,每动一步都有大群宫娥、黄门相伴,他们要么只会回答一个"诺"字,要么就只会拣好听的说,哪有什么自在呢?

刘彻眼里充满了羡慕,回过头来对身后的黄门们道:"我与你等也来打雪仗如何?"黄门们听了垂手而立,众口一词地道不敢。刘彻很不高兴,可任由他怎么说,黄门们只是呆若木鸡般地站着。

刘彻气不打一处来,弯腰捏了一团雪,就朝一个黄门的头上扔去。那黄门赶紧抱住头,既不敢躲闪,又不敢还手,只是口中连连求饶。刘彻也不管这些,只管任着性子用雪球击打着黄门们,一时间求饶声此起彼伏。

刘彻的心中忽然生出惆怅,觉得自己永远没法像远处那些少年无拘无束地嬉戏。他说不清这感觉是优越,还是落寞,于是把捏在手上的雪球扔在地上,兴味索然地对惊魂未定的黄门们道:"起来吧,我不跟你们玩了,我去找那些人玩去。"

黄门们没有一个人敢站起来说话,刘彻很鄙夷地看了他们一眼,就从羽林卫的缝隙间穿过,直奔河中心而去,却不承想被从身后赶来的卫绾拦腰抱住了。

刘彻扯着嗓子叫喊,却无法挣脱卫绾的双臂:"太傅为何要阻拦我?"

卫绾一脸严肃:"殿下不能去。"

"为什么?为什么呀?"刘彻倔强地把头扭到一边,嘴噘得老高。

"因为您是太子。"

"太子怎么了,太子就不能和别人一起嬉戏么?"

"太子忘了此行的使命么?"卫绾虽然仍然以君臣的语气与刘彻对话,可其中分明加入了老师对学生的教诲,"皇命如天。臣在长安听到殿下请命缉拿乱贼,深感上苍赐英主于我大汉。现在贼首在逃,殿下却置皇命于不顾,放纵自己,倘若皇上知道,岂不是要责罚微臣失职么?"

卫绾的话字字落地,铿锵有声,刘彻虽然情感还没有转过来,但是也不再执拗了。

见刘彻不再强辩,卫绾便知道他已经明白错了,他毕竟是当朝太子,又天资聪颖,只能点到为止。再说他也只是个孩子,贪玩也是他的天性,说不上多大过错。况且像他这样的个性,只能疏导而不能强求,于是卫绾用谦恭而又平和的语气说道:"韩大人、郅大人进城已经多时,殿下还是回大营去等候消息吧!"

"就依太傅!"刘彻不好意思地笑了笑,他回头看去,只见黄门们还跪在地上,一个个脸上冻得青紫,牙齿"咯咯"的直打战。

"你等还不起来,是想冻死么?"说罢,他就与太傅一起回大营去了。

……

午后未时,韩安国安排好郅都后,就径直到梁王府复命。

在韩安国前往汉军大营的这几个时辰里,刘武焦虑不安地在王府大厅里徘徊。不管太子会不会接受邀请,刘武都觉得他已陷入了进退维谷的境地。他不知道诓太子入城的计谋是否会得手,如果被周亚夫、卫绾等人识破,又会是怎样的结果?

四年前，吴王联合楚王起兵造反，结果是身死国除，而今只有他孤身一人，岂非以卵击石？况且，当初他本意也只是恐吓朝中反对立他为储君的大臣，并不想闹到骨肉相残的地步。他是有名的孝子，不能置太后的情感不顾；但他也不愿意亲手把羊胜、公孙诡送上断头台。他们有什么错呢？他们所做的一切不都是为了让自己掌握大汉的权柄么？

昨晚，羊胜、公孙诡又一次与刘武聚在一起，三人酩酊大醉，借着蒙眬醉眼，羊胜望着刘武紧蹙的双眉，络腮胡子剧烈地抖动着，大声道："大王！自古忠臣不事二主。臣自跟随大王以来，一片忠心，苍天可鉴。臣与公孙先生之作为，毫无私心，大王匡扶汉室，功盖天下，掌握四海，天理使然。臣等拥立大王为储君，实乃应天顺时之举……"

公孙诡接过羊胜的话道："自古成王败寇，事情发展到今天这一步，臣已无悔。臣知道大王的难处，请大王命人缚了臣等到京城请罪。臣死不足惜，只恐大王从此无望矣。"说完，羊胜和公孙诡跪在地上，做出一副束手就擒的样子。

"唉！二位爱卿这是干什么，本王怎么可能不了解你们呢？"刘武上前扶起羊胜与公孙诡，"二位都是本王的股肱之臣，本王怎么会做出如此不义之举呢？"

可当他今天一早登上城楼远望汉军大营时，那震天动地的喊杀声，那迎风飘舞的旌旗，那营外穿梭巡逻的羽林卫将士，都使他明白，朝廷不拿住首犯是决不会善罢甘休的。继续对抗下去，连他也会重蹈覆辙。

回到王府，他的心情坏到了极点，连宫娥送上来的早膳也被摔到了地上。现在，他颓然地在厅内踱步，两只手不自觉地上下摩挲着，口中讷讷地埋怨韩安国办事拖沓："这个韩安国怎么搞的？去了半天怎么还不见回来。"

虽然着急，但他没有忘记询问羊胜、公孙诡的情况。府令告诉他，自从昨晚相别之后，两位大人只吃了一点东西。

"吃酒了么？"

"吃了！酒倒是吃了不少。"

"借酒浇愁啊！"刘武挥了挥手，吩咐道，"内史大人回来，命他速速来见。"

话音刚落,外边就传来韩安国的声音:"微臣向大王复命来了。"

刘武的眉头骤然展开,忙道:"内史快快请起。来人,给内史奉茶!"

刚刚坐定,刘武就迫不及待地问道:"怎么样?太子答应了么?"

韩安国喝过热茶,从容地答道:"太子殿下尚武好兵,更愿意待在军营。"

"怕是信不过我这位皇叔吧!"刘武叹了一口气,"你对太子印象如何?"

韩安国放下茶盏,正色道:"太子虽小,可天资聪颖,气度不凡,依臣愚钝的眼光来看,将来怕不可限量。"

"那他对处理眼下的事情有何看法?"

"殿下说,大王乃皇上的兄弟、他的皇叔,万不会做出此违背朝廷旨意之举。周丞相和卫太傅也以为,只要大王交出羊胜、公孙诡,皇上定会息雷霆之怒,从轻发落。"

刘武摇摇头道:"羊胜、公孙诡二人逃往何处,本王也不知道。举国大索了这么久,也生不见人,死不见尸,如今却要本王交出首犯,岂不是强人所难么?"

刘武这么一说,韩安国就沉默了。大王在这件事情上陷得太深,无论从情感上还是从现实利害上都不能自拔。韩安国知道,僵持下去,只能兵戎相见。那时候,整个濉阳城恐怕会陷入灭顶之灾,就是他也难免陷"池鱼"之祸。

辞别刘武,韩安国步履沉重,踉踉跄跄地出了大厅,当他走到王府大院的雪地时,再也无法控制自己的情感。他猛然回头,双膝跪倒在雪地上向着大厅痛心裂肺地喊道:"大王!请为濉阳百姓计,为太后计啊!"言罢,他泣不成声,只把那沐过风刀霜剑的额头磕得"咚咚"作响。

刘武远远地瞧见,心里受到极大地震撼。一刹那,昔日韩安国多次临危受命,为自己排忧解难的旧事纷纷涌上心头。他相信韩安国不是那种背信弃义的贰臣逆贼。眼见他额头鲜血染红了面前的白雪,心里不免有些慌乱,忙向站在台阶旁的黄门厉声喊道:"还不快扶起韩大人!"

韩安国被扶进大厅,宫娥打来热水,洗了血迹。刘武发现他不能再隐瞒什么了,便直言道:"内史大人忠肝义胆,令本王感动,本王就是有再大的隐情也不能再瞒着大人了。"

"这样说来,羊胜、公孙诡确实在王府内?"

刘武点了点头："他们都是多年跟随本王的心腹,在这时候,本王若是将他们交给朝廷,这不是要陷本王于不义么？"

"大王此言差矣！"韩安国挪了一下身体,面向刘武道,"臣可否向大王提几个问题？"

"大人有话请讲！"

"请大王自度于陛下,与临江王相比,谁与皇上更亲？"

"当然不可比。"

"临江王身为太子,皇上一言即废,为何？治天下者,终不能以私乱公也。今大王位列诸侯,听信邪臣浮说,犯上禁,挠明法,皇上念及骨肉之情,才不忍致法于大王。再者,太后若见大王兄弟相残,能不痛心么？自京城血案后,太后日夜涕泣,希望大王自改,大王终不自醒。假若有一天太后晏驾,大王还能靠谁呢？那时候,恐怕就要人头落地了。"

韩安国说着,再次拜倒在地泣道："主辱臣死,大王无良臣,故大难至此。今羊胜、公孙诡不能伏法,臣有负皇命,不能为大王分忧,不能拯救黎民于水火,生又何益？请大王赐臣一死……"

韩安国的话还没有说完,就被刘武截住,他急切地问道："太后！你说太后怎么了？"

"臣听周丞相说,太后得知袁盎等大臣被杀,十分吃惊；又闻太子率军到濉阳缉拿嫌犯,生怕大王有个闪失,已数日茶饭不思,只是默默流泪,人也苍老了许多。"

刘武听罢,长呼一声"母后",就脸色苍白昏倒在地了。韩安国急忙传来王府御医,救治了半日,刘武才从昏迷中醒来,却痛哭不已："母后,都是儿臣不孝,连累母后牵肠挂肚。"

韩安国见状,不失时机地递上热茶,待梁王情绪稍稍稳定时,又劝导道："为太后计,大王也不能再有丝毫犹豫啊！"

"这样说来,本王必须交出羊胜、公孙诡了？"

"当断不断,要贻误大事啊！"

"好！"刘武一拍案几,"本王就听内史的！"

"大王又错了！您不是听臣的,而是遵行朝廷旨意。此刻,中尉郄大人正在濉阳城中等候大王召见呢！"

刘武闻此，忙请郅都到王府议事。他望着郅都和韩安国道："你们且到殿外等候，容本王与他们说几句话。"刘武说罢，就向着外面喊道，"来人！拿酒来！"

现在，羊胜、公孙诡已站在王府大厅了。

刘武亲为二人斟满珍藏多年的"濉河玉液"，深情道："请二位饮了这酒，本王有话要说。"羊胜、公孙诡在接酒的时候，就已发现羽林卫站在王府大院了，霎时，他们什么都明白了。

其实，自从逃进梁王府后，他们就清楚这一天迟早是会来的。此刻，他们想起了濉河之夜的盟誓，想起了四年来屡次策划的图谋，想起了那些比他们更早离去的同道们，想起这些日子在王府虽然每日受到梁王丰盛的款待，却如身陷囹圄的难耐时光。他们也曾多次在心里对自己说，与其这样提心吊胆的逃亡、藏匿，倒不如死个痛快，只是他们没有想到事情会来得这么快。他们对自己的行为没任何的后悔，他们只是尽了臣下的责任，这和周亚夫、卫绾没有什么不同。他们痛心的是，没有完成梁王的心愿。

两人相视片刻，饮尽爵中之酒，又续上一爵，双双举过头顶，向刘武敬道："臣为大王，九死不悔。今日就此拜别大王，臣将在九泉之下为大王遥祈，大王保重。"饮罢，向刘武行了三叩九拜大礼，相互搀扶着出了王府。

"爱卿！"刘武看着羊胜、公孙诡被押上囚车，心中不忍，正欲冲出王府，却被从门外进来的韩安国拦住了。

望着门外的雪幕，刘武的眼神被映得一片迷茫。渐渐地，他觉得浑身冰冷，本来就烦乱的心绪，被这种奇怪的感觉弄得更加没有头绪，他不知道自己该干什么，只是茫然地自语道："是本王亲手把他们送上了不归路，是本王害了他们！"

韩安国安慰道："大王不必自责，羊胜、公孙诡咎由自取。大王功在社稷，利在百姓。只是臣认为这事目前还没有结束，大王应尽早考虑下一步事宜。"

"啊？那依内史而言，本王下一步要做什么？"

韩安国略思片刻道："为今之计，大王必须做两件紧要之事。"

"哪两件？内史快快讲来！"

"第一，太后、皇上因为朝廷大臣被刺而迁怒于大王，所以大王应速到京城求得皇上和太后的谅解。"

"出了这样的事情，皇上还能见本王么？"

"现有一人可帮大王疏通！"

"现在谁还敢替本王说话？"

"王皇后啊！"

刘武叹了叹气道："内史之言差矣！谁不知道本王为了储君之事，对王皇后多有得罪，如今要本王去求她，岂不缘木求鱼？"

"臣听说皇后的兄弟田蚡乃贪财好利之徒，大王何不重金与他，让他在皇后面前美言几句呢？"

刘武听罢，仰天长叹："想我刘氏宗亲，一家诸侯，如今倒要去求外戚……"

韩安国接着道："第二……眼下赶紧要做的事，就是大王宜速到城外请太子进城，以叙叔侄之情。"

"此事有劳内史了。只是……"

"大王有话请讲，臣一定竭尽全力。"

"本王只是觉得……唉！事到如今，什么都不说了。请内史随本王出城迎接太子吧！"

第三章

刘彻远虑焚狱词 李广出奇却敌兵

案件办得如此顺利,远超周亚夫等人所料,这是他们第一次见识刘彻的早慧和王者气度。

随着羊胜、公孙诡进了大狱,行刺袁盎等大臣的案子有了个了结。周亚夫及时将濉阳之行的状况向皇上禀奏,自然,刘彻的聪颖和果敢成为宣室殿的主要话题。

"要不是太子以韩安国说服梁王,大索之期或许会延宕许久。"周亚夫一想起太子与韩安国说话时的率直天真,那将虎头鏊放在韩安国手心时的雍容大气,眉宇间就露出锁不住的愉悦,"太子年纪虽小,却是处事果断,收放有度,颇有太祖遗风!"

这些话让刘启因废立太子而缠绕在心头的郁结多少有了些消解,毕竟刘荣是他的长子,没有过错便降为临江王,无论如何都有些不公平。每每想起刘荣离京时的忧伤,他的心总会隐隐不安。现在,刘彻初试锋芒,总算让他心里有了一点踏实。

"太子尚幼,朕之所以遣他前往,意在历练,若非卿等忠直尽命,他能奈贼何?卿等一路劳顿,尽心竭力,朕心甚慰。"话虽这样说,可周亚夫感觉得到皇上语言背后的欣喜。

"请丞相督促廷尉府加快审理此案,依律定罪。"刘启不愿在这件事情上盘桓,朝廷该做的事情太多了:立后的诏书宣达月余,可王娡依旧没有入主椒房殿;立后大典不能再拖,椒房殿空得太久了,后宫急需要人来管理。

周亚夫于是便知趣地告退了。本来从灉阳回来后,他就打算面奏皇上,希望皇上能允准他致仕告老,可刚才皇上一番话让他怎么也不好开口了。

出了宣室殿,他才发现天空又飘起了雪花,现在地上已白茫茫一片了。唉! 时令已到腊月,这期间朝廷变故不断,真让他有些应接不暇了!

卫绾依旧每日在思贤苑为太子讲书,因皇上允准他可以不必每日上朝,所以也有好些日子没见到他了,现在正好去看看他。这样想着,周亚夫登上车驾时,就吩咐驭手转向了。

进入苑内,远远就听见书堂内的说话声。周亚夫是第一次到这里,他发现这园子很大,虽是深冬,园中却是修竹苍翠,青松亭盖。

正踌躇间,只见迎面走来一个扫雪的黄门,就忙要他带自己去见太子。

周亚夫跟着黄门穿过回廊,到了书堂,就参拜道:"臣周亚夫参见太子殿下。"

刘彻忙道:"天雪寒冷,劳丞相辛苦,快快平身!"

周亚夫刚刚站定,就听见"下官参见丞相"的声音,定神看去,却是郅都。及至落座,周亚夫发现除了太子,书堂内还有一位年龄稍大的少年,他打量了一下,便问道:"这位是……"

卫绾忙介绍道:"从灉阳回京后,皇上就找了一位习武的陪读来陪太子。这少年名叫韩嫣,乃弓高侯韩颓当之孙,自幼跟祖父练得一身骑射本领。"

其实这韩嫣不仅武功有些根底,人也生得剑眉玉面,身姿挺拔,说话也伶俐乖巧。卫绾的话音刚落,他就毕恭毕敬地跪在周亚夫面前道:"小人久闻丞相威名,今日得见,实乃三生有幸。"

初次见面,周亚夫对此人说不上什么感觉,但卫绾和韩嫣相处了一段日子,从这少年对刘彻的恭维逢迎中看出了瑕疵,所以对他就多了些反感。他眉头皱了皱,斥责道:"诸位大人在此说话,你还不退下?"韩嫣倒也知趣,跪谢丞相后就悄悄地退了出去。

喝过热茶,寒意远去。周亚夫在木炭盆上烤着火,看了看环绕刘彻而坐的几位大臣,问道:"诸位今日何得闲暇,来与太傅叙话?"

郅都忙道:"经过廷尉和下官多日审讯,凶犯们一一招供,对行刺罪行供认不讳。狱词也尽皆画押，正要向丞相禀报，不料丞相竟冒雪前来了。"说着，他就将竹简递了过去。

周亚夫接过竹简，大体浏览了一番，随口问道："太子和太傅可曾看过？"

郅都点了点头。

"哦！皇上今日正问案情呢？要我督促加快审理，依律定罪。"

卫绾道："刚才在下还和太子议论此事呢……"正要继续，不料刘彻突然站起来，从周亚夫手中拿过狱词，就投入木炭盆中。

众人见状大惊，卫绾和周亚夫几乎是同时发出惊呼："殿下！这……这……"

卫绾一边对郅都喊，一边自己上前去抢。他来不及挽起宽袖，眼看衣裳的一角就烧了起来，旁边的一位黄门眼快，从案头端起茶盏，就朝着卫绾浇了过去……

拉着卫绾的手，郅都见其手腕上红红的一片，忙问道："大人不要紧吧？"卫绾没有回答，只是呆呆地望着竹简一点点被烈火吞噬，口中唏嘘不已。

刘彻却笑道："何须去抢，烟消云散，恩仇泯灭，一了百了。"

卫绾、周亚夫、郅都听了，你望望我，我看看你，在狐疑片刻后，都齐刷刷地跪下了："殿下此举，臣等十分不解。若是皇上怪罪下来，臣等即便万死，亦难辞其罪啊！"

刘彻看着竹简上的火苗慢慢熄灭，青烟随廊庑吹来的冷风飘向窗外，笑道："各位大人请起，我自有话说。"可卫绾他们就是不肯起来。

"各位大人！我焚毁狱词，自有道理。"看着大家战战兢兢的样子，他暗自觉得好笑，脸上却分外庄重。

"此举与各位大人无关，皇上若是追究下来，我一人承担，绝不推诿，这总可以了吧！时候不早了，请各位大人回府吧，我要听太傅讲书了。"

众人走出思贤苑，抬头看了看天，雪越下越大了。每个人都惴惴不安的，无法判断太子焚毁狱词，会给他们带来什么。

刘彻被立为太子的消息传到匈奴，已经是第二年开春了。

塞外的春天总是姗姗来迟，二月了，龙城附近仍没有半点绿色。稀稀落落的枯草在西北风中瑟缩着身体,望着每日从头顶飘过的云团,发出盼春的焦渴。

偶尔有巡逻的马队从高坡上疾驰而下,战马的嘶鸣被风传到很远。在他们身后,总有一只苍鹰警觉地俯视着大地,它坚硬宽大的翅膀笔直地伸开,硕大的影子被阳光投射在草原上。它那双犀利的眼睛一刻也没有停止搜索,似乎草原上的每一个动静,都会激起它搏杀的欲望。

这是一年中最寂寥的季节,草原因此也呈现出没有生机的辽阔和旷远;这也是匈奴人最觉无聊的日子,他们每日在帐篷里围着火盆,大块吃肉,大碗喝酒,然后把希望寄托在春天的到来上。

但是,汉朝改立太子的消息使军臣单于处于极度的兴奋中,他觉得这个早春对匈奴人来说,是一个出击汉朝的良机。

是的,汉人用一年汗水换来的粮食,汉人豢养的牛羊,汉人用高超技艺打造出来的器具,汉人用五谷滋养的美女,这些对匈奴人来说,就像翱翔在万里长空的苍鹰忽然看到了猎物一样,让他们垂涎欲滴。在这时候,匈奴人早已忘记了四年前和亲时定下的盟约,而是摩拳擦掌地酝酿着一场新的战争了。

清晨,军臣单于带着臣下虔诚地向着东方,朝拜着从地平线上冉冉升起的太阳。然后,他急忙把左右骨都侯召到单于庭,商议对付汉人的策略。

"感谢太阳神把进攻汉人的机会赐给匈奴人!"当侍女把滚烫的马奶酒送到大家手中的时候,军臣单于说话了,"汉朝改立太子,因此与梁王发生冲突,这真是天赐良机啊!"

"单于说得对!"左骨都侯吐突狐涂呷了一口马奶酒,一抹嘴唇道,"只是……"

"有话就说,吞吞吐吐干什么?"

"五年前,我大匈奴与汉朝曾因为隆虑公主和亲而再定盟约。如今隆虑阏氏刚刚生下小王子,以汉人的习俗,汉朝的太子与小王子从此就是甥舅关系,单于与当今汉皇就是亲家。这个时候用兵,怕是人心不服啊!"

"这个……寡人倒是没有想到。"军臣单于手里把玩着一只银碗,心不在焉地说道。

右骨都侯耶律孤涂已经喝完了一碗马奶酒，当那马奶酒的香气在单于庭中渐渐弥散时，他大笑道："左骨都侯多虑了。自汉朝建立以来，我大匈奴多次与汉皇和亲，可战争从来没停止过。盟约从来都是弱者的一厢情愿，怎么可以用它绑住匈奴人的手脚呢？"

"说得好！"单于的兄弟、左谷蠡王伊稚斜的话里也充满了嘲讽，"什么时候见过狼对羊信守盟约呢？汉朝就是大匈奴口中的羊。这个时候不出兵，那是草原田鼠的目光。"

但是，左骨都侯还是表示了忧虑："自我们与汉朝交战以来，虽然汉军多次吃亏，但近来我不断地听说上郡太守李广取我军之长，专事骑射和奔袭，常常出其不意攻击我军，我军已多次败在其手。汉人将李广置于上郡，其用意十分明显！"

"这李广年龄多大？"

"从封都尉李穆口中得知，这李广大约四十岁，他的祖先是当年赵国名将李信，他自幼熟读汉人兵书，精通兵器，可拉三百石弓。"

"哦？"军臣单于陷入沉思。

"我还听说，有一天傍晚，李广率兵巡逻，走到一处深草丛中，忽然发现有一头卧虎，他立即张弓搭箭，将其射杀。士兵上前去看，却是一巨石。大家纷纷上前拔箭，可谁知箭矢入石太深，直到折断箭杆，也没有把那箭头拔出来……"

吐突狐涂正要继续说下去，耶律孤涂站了起来，眼中流露出轻蔑的神色："左骨都侯这话怎么像是从兔子嘴里学来的？谁不知汉军自刘邦以来，无不谈战色变，一个李广又能怎样？"言毕，他转身面向军臣单于道，"臣愿作为监军，发兵征讨汉人。"

军臣单于伸出大拇指赞道："好呀！大匈奴要的是雄鹰，不是兔子！"

耶律孤涂很是得意地瞥了一眼吐突狐涂，那神情深深地刺伤了吐突狐涂的自尊心，他愤怒道："听右骨都侯的意思，我倒是贪生怕死之徒了？"

"我可没这样说！"

在军臣单于身边，以右骨都侯为代表的少壮派始终以他们的骚动和激情影响着单于的决策。这批在马背上长大，喝着马奶酒，吃着牛羊肉走进权鼎核心的青年人，身体里总是奔腾着不安分的热血。他们似乎更愿意把生存的筹码押在战争上，对于和亲，他们从来都是不屑一顾。他们十分瞧不起以左骨都侯为代表的元老派，他们并不是不了解元老派也曾经有过叱咤风云的岁月，不过他们说出的话都带有强烈的挑战性——狼老了，就该退出寻肉的行列。

"你！"吐突狐涂指了指穹庐顶，反唇相讥说道，"苍天在上呢！"

"哼！苍天再高，也是雄鹰的家园！匈奴人天生就该是雄鹰！"

在这时候，军臣单于总是以调解人的身份平息他们的争论。他虽然赞成少壮派的主张，但对从老单于年代走过来的老臣，他既不愿得罪他们，也不愿让他们阻碍自己去实现目标。军臣单于清楚，他们虽然老了，但并不是孤立的个人，在他们身后还站着一个庞大的部落群体。

军臣单于伸开臂膀，做了一个拥抱的姿态，大笑道："两位是寡人的左膀右臂，怎能伤了和气呢？虽说吐突大人的顾虑不是没有道理，但耶律大人的勇气更是可嘉。汉朝虽与我屡战屡败，然自汉文帝以来，他们国势日强，的确不可掉以轻心。还是由耶律大人监督左屠耆王攻打上郡，全当一个试探吧。如果出师不利，寡人再做打算也不迟。"

"好！我们听大单于的！"

走出单于庭的时候，耶律和吐突之间的芥蒂并没有因为单于的调解而淡化，他们分别朝着两个方向走去。这时候，那只在空中盘旋已久的苍鹰，箭一样地从云端俯冲而下，仿佛一道黑色的闪电，顷刻间消失在山梁背后，等它扶摇直上时，那可怜的猎物已经放弃了挣扎而蜷缩在它尖利的鹰爪间了。

耶律孤涂望着雄鹰搏击长空的矫健雄姿，浑身顿时一阵燥热，他放开歌喉唱了起来。那浑厚的歌声立即被风载着，传到了草原上的各个角落：

  雄鹰啊！万里长空才是你的世界。
  匈奴啊！茫茫草原才是你的家乡。
  雄鹰离开了雷电就没有了生命，
  匈奴人离开了弓箭就会失去土地。
  张开翅膀飞吧！飞向长城的那一边，

举起马刀前进吧！铁蹄踏遍万里中原。

……

大帐外,这歌声就像雷电一样击中了紫燕姑娘,她手中的银盘掉落在地上,热腾的奶茶很快就渗入厚厚的积雪中。

进入帐中,敏锐的隆虑阏氏就从紫燕的神色中判断出发生了事情。她放下怀中酣睡的小王子,从地毡上站起来问道:"出了什么事?让你像丢了魂似的?"

紫燕"扑通"一声跪倒在地:"公主恕罪,紫燕将奶茶打翻了。"

隆虑阏氏宽容地笑道:"我当出了什么事呢?不就是一杯奶茶么?回头让侍女们送来就是了。"

五年的草原生活,把汉宫的两个女人完全变成了地道的匈奴人。她们不再穿汉服,而是改穿了在袖边和领口镶了羊毛的皮袍和刺绣得十分精致的靴子;她们当年十分滋润白皙的脸庞被塞外的风雪雕琢得黝黑发亮,两颊长期经太阳照射而变成了朱红色;她们飘逸的长发如今缀上了各种兽骨制成的装饰品,从她们肌肤中散发出来的不再是玫瑰香而是牛羊的奶味;她们只能在梦中重温长安的曲江烟柳,未央灯火,去知会相别的亲人。

隆虑阏氏与紫燕相处的时候,就用长安的话语倾诉对家乡的怀念,而这时候她们都明白,不管她们着怎样的胡服袭衣,她们的心永远属于大汉,属于那遥远的母土。

回想当年那远行的仪式,是何等的隆重。除了满朝文武,平阳公主和南宫公主也都赶来送行。隆虑公主含着热泪站在高台上,向祖先辞别,向父皇辞别。然后,步履沉稳地走下高台,依依不舍地拥抱了母亲王娡。

在这个时候,王娡知道,就是有一肚子的泪水,也要强忍着不能让它涌出眼眶。她不愿意让女儿带着牵挂上路,她唯一能够做到的就是尽一个母亲的责任:"儿啊!此去漠北,气候会越来越冷,要注意早晚起居,平安到达。"

隆虑公主默默地点头,在长信殿中向太后辞行那天,她已经承诺,从那天以后,不再流泪。只是这情景,让站在一旁即将陪嫁到匈奴的紫燕有些受不了:"请夫人放心,奴婢一路上会好生伺候公主的。"

在钟鼓笙瑟声中，隆虑公主深深地吻了脚下的土地，轻轻地抓起一把长安的黄土，放入紫燕递上的帛囊中。然后登上车驾，她再也没有回望一眼身后的长安。

……

前些日子，隆虑阏氏从军臣单于那里得知，朝廷已经改立了太子，她的小弟刘彻成为皇位的继承人。那一夜，在军臣单于如雷的鼾声中，她咬着被角哭了半夜，已分不清那泪水究竟有多少含着喜悦，有多少含着悲凄。

她无法得知朝廷发生了什么变故，她很喜欢的刘荣哥哥怎么就被废了呢？在梦中，她又一次听到了刘彻站在横门城楼上狂怒地叫喊："匈奴，我要杀了你！"五年来，这几乎成为她活下去的精神支柱——也许有一天，弟弟会接她回长安。

每当梦醒来后，看着塞外的冷月透过帐顶的气孔，洒在小王子沉睡的小脸上，她总是忘情地亲吻着身边的小生命。其实她并不后悔，毕竟她为大汉与匈奴已经赢得了五年和睦的时光。

"恐怕又要起战事了？"紫燕道。其实，隆虑完全不知道在她身为匈奴阏氏的五年间，边界上的小冲突从来就没有停止过。

"你如何得知的？"

"是单于身边的侍女说的。一大早，单于就召集左右骨都侯议事，说要趁大汉改立太子之机，进攻上郡。"

"不是都和亲了么？"

"谁知道呢？"

"单于现在在哪儿？"

"听说与右骨都侯到左屠耆王那里去了，要一两天才能回来。"

隆虑阏氏立即做出决定："快传封都尉来见。"

"公主有什么事么？"

"不要多问了，快去快回。"

看着紫燕上了马，隆虑阏氏回到帐篷，小王子已经醒来，他响亮的哭声扰乱了阏氏的心绪。她茫然地抱起王子，把丰腴的乳房送进他的嘴里。小王子显然饿了，他贪婪地吮吸着母乳，鼻翼间发出稚嫩的"哼哼"声。

往日,这种声音就是一首美妙的乐曲,会冲淡阏氏浓浓的乡思,但今天不知是怎么了?这声音听起来那么遥远而又微弱,战争的消息,像阴云一样地覆盖在她的心头。她无法让自己的心宁静下来,她无法想象父皇接到边关战报以后的盛怒,更无法想象那位对匈奴有着刻骨仇恨的小弟会怎样牵挂远方的姐姐。

一想到两国百姓因为战争会家破人亡,她就觉得自己有责任劝告单于放弃开战的打算,可他却连给自己说话的机会也没有。她这样想着,泪水就如断了线的珠子,一滴滴地落在小王子的脸上。

帐外"嘚嘚嘚"的马蹄声打断了阏氏的思绪,她急忙放下熟睡的小王子,刚刚整理好衣服,封都尉李穆就在紫燕的引领下进了帐篷。

李穆拜见阏氏之后就急忙问道:"阏氏这样急着唤微臣来,一定有重要的事情吧?"

隆虑阏氏笑道:"也没有什么大事,在这里只有大人和紫燕是汉人,时间久了,就想和你说说话。"

"哦?"李穆喝过侍女送上来的奶茶道,"阏氏的眼神告诉我,您一定有什么重要的事情。"

隆虑阏氏不能不暗暗叹服李穆的目光,便觉得没有绕弯子的必要,在紫燕退出后,阏氏直接把话题转到了即将发生的战事上。

"听说又要打仗了。"

李穆放下茶盏道:"前两天,左骨都侯还向臣打听了上郡太守李广呢!那时候,臣就猜想单于一定有重要的战事。刚才,左骨都侯路过臣的帐前,向臣通报了单于的决定。"

"那么,依封都尉来看,此次出兵胜算有多少呢?"隆虑阏氏在李穆的对面坐下问道。

"臣在匈奴为官多年,自有汉以来,总体上说,在汉匈的战争中,匈奴总占着上风,可是具体到某些战事,则是各有胜负。"

"那么眼下进攻上郡又会如何呢?"

"眼下么?"李穆沉吟片刻,"臣虽然无缘见到上郡太守李广,可边境上回来的人把他说得很传神。据说他精通兵法,善于布阵,又能够与士卒同甘共苦,在军中威信很高。因此臣以为,眼下进攻上郡,胜算不大。"

"这些,封都尉为何不禀告单于呢?"

"唉!"李穆喝干盏中的残茶,无奈地摇了摇头,"不瞒阏氏说,臣虽位居封都尉,可毕竟是汉人,何况单于对汉人很警惕。臣要是阻拦单于出兵,难免会招来杀身之祸。"

她不得不承认李穆的话有道理。多年来,自己与单于同枕共眠,又为他生下了一位可爱的小王子,可在她看来,他们之间总有一种无形的隔膜。

隆虑阏氏转脸望了望睡梦中的小王子,那种许久以来的忧虑再度涌上心头。她知道,单于的儿子很多,她的小王子只是其中的一位,而且年龄与单于长子相差二十多岁。如果有一天他驾崩,她的小王子哪里是他兄弟们的对手呢?

隆虑阏氏决计把小王子托付给李穆。她缓缓地来到封都尉面前,含泪跪下道:"封都尉在上,请受隆虑一拜。"

李穆完全没有料到隆虑阏氏会向他行如此大礼,于慌乱中匍匐在地,头抵着厚厚的毛毯,半天不敢抬起头来:"阏氏这是干什么?折杀微臣了。"

隆虑饮泣着拜完三拜,抬起头时已是泪流满面:"请封都尉接受了隆虑的大礼,我还有话要说。"

"阏氏如此看重微臣,臣就是肝脑涂地,也万死不辞。"

"请封都尉接受隆虑的托付,有朝一日将小王子送到长安,隆虑就是身死他乡,亦无悔了。"言罢,她早已泣不成声。

她的泪水,她的诉说,她的信任,让李穆无法拒绝。多少年了,他第一次接受一个来自长安公主的重托。

李穆写满沧桑的脸上呈现出从未有过的肃穆:"臣定不负公主重托。若有食言,当死于乱军之中。"

正当此时,有马队疾风暴雨般地从帐外跑过,战争的序曲已经奏响了……

大汉的北方重镇、上郡首府肤施城,雄踞在大漠与高原交界处。此城西濒榆溪河,北面是一望无际的瀚海,东倚驼峰山,南带榆阳水。因为它与匈奴接近,所以在历来的王朝战争和国家的棋局中有着极其重要的地位。它曾是秦帝国的三十六郡之一,现今仍然是朝廷最关注的前方。

每年十月,高原的黄土和大漠的沙尘,都会越过沟壑,越过莽原,给这座塞上古城涂上雄浑、苍凉的颜色。

风在长城内外怒吼。

李广站在肤施城头,望着长城在午后阴云下略显朦胧的身影,一种担忧和不安悄悄爬上心头。渐渐地,他按着剑柄的手渗出了汗,腻腻的。

这本应是匈奴人息战蓄锐的季节,可前不久,皇上让中贵人包桑带来一封敕令,说匈奴将趁汉朝发生重案,人心浮动之机进犯上郡。敕令中并没有具体部署,只是提醒边境三郡太守要严防。

李广觉得肩头责任重大,可他不明白,这些中人们本来在长安待得好好的,可为什么皇上偏偏要他们到边塞来习什么兵,演什么武呢?难道大汉真到了兵微将寡的地步了么?

如果他们只跟着将士们在军营里长长见识倒也罢了,可那个包桑偏偏别出心裁地要到长城脚下去看看,他也无可奈何,不得不派长史陪他走上一遭。

虽然李广从心底鄙夷这些人的无知浅薄,但他明白,这些皇上身边的人是亲近不得也得罪不起——他们最擅长的就是在皇上耳边吹风。他们的一句话,不仅会让将军们用鲜血换来的功勋付之东流,而且可能将人置于死地。李广虽不是那种计较的将领,但他最苦闷的是不被信任。

当初,平定七国之乱后,依照大汉条律,他本来应该获得封赏的。可是回京以后,不知为什么对他的赏赐和嘉奖都被束之高阁,相反,他还从最靠近匈奴的云中郡调到了上郡。

据说是因为一位名叫公孙昆邪的典属国在皇上面前说了这样一番话:"李广才气,天下无双,自负其能,数与虏确,恐亡之。"这话传到李广耳里,他胸中的愤怨迅速化为熊熊的烈焰。世间哪有比忠而见疑、信而遭谤更让他感到伤心的呢?

那一天,他有了要杀人的冲动,却不知道刀剑应砍向哪里。李广把自己灌得酩酊大醉,沿着渭水北岸一路狂奔。他挥动长剑,一连砍去几棵柳树的

大枝,最后倒在了渭河湾的一处芦苇丛中,无奈地向上苍发出了一声声诘问:

> 昊天恢恢,请告知李广,广与典属国素无来往,他何以要在皇上面前进谗言呢?广自别离双亲,即以身许国,何曾想背叛朝廷,逃亡匈奴呢?上谷与匈奴,毗邻而居,广若是要降胡,何待今日乎?

暮色渐渐笼罩渭河,他决定不再滞留京城,他要带着士卒回边关去。那晚,他向皇上写了一道奏章,说自己自从军以来,即决计效命疆场,为国戍边,不敢在京城虚度年华。

皇上准了他的奏疏,准他重回云中,他也对这个结果很满足。那里曾洒下他的汗水和热血,那里埋着陇西子弟的忠骨,见证了他从青春少年到不惑之岁的人生经历。

从那时候起的四年时间里,李广一直在上谷、云中、雁门之间转任太守,用手中的刀,腰间的箭,赢得了"飞将军"的美名。

不久前,皇上又诏令他到上郡任太守,接任他的是程不识将军。

他们都是长期屯兵边陲的将军,共同的经历让他们惺惺相惜,对彼此都十分佩服。

交接那天,两人借着酒醉,踏着如水的月色,登上云中城头。他们北望远山,那巨大的黑影横亘在大漠边缘,程不识情不自禁道:"李将军戍边数载,云中亭障林立,敌虽对我大汉疆土垂涎,却不敢轻进,实赖将军之力。只是将军战功赫赫,却未得大用,不免让人扼腕。"

李广嘘了一口气,空气中弥漫着淡淡的酒香:"此乃天命,哪里是人力所能为的呢?就拿程将军来说,这些年来,你我不就是这样不断转任么?"

"事实虽如此,然你我驰骋疆场,非图私利,亦无封赏之欲,只要不被谗言所谤就心满意足了。"

李广点了点头道:"将军之言甚是,我愤懑也在于此。有人竟在皇上面前进谗言,说我有降胡之疑,这不是诬陷吗?"

程不识安慰道:"皇上是不会相信小人谗言的。"

好在上郡仍是大汉的关键边塞,距长安不足千里。匈奴人常常越过九原进入上郡,骚扰边民,甚至威胁长安。对李广来说,还有什么能比马上挽弓、沙场点兵更令他快慰呢?只要有仗打,他就会把一切置之度外。

可现在,他却要为一帮闲人操心。

塞外的风吹着头盔上的红缨,卷起颌下的美髯,遮挡了他的视线,他伸出手按下胡须,重新把目光投向远方。当长城与天际相连的地方渐渐露出黑色的阴影时,他的眉宇终于展开了,包桑他们回来了。

李广下意识地抚了抚盔甲,向左右的司马道:"开门,准备迎接包公公。"

刚刚赶到城下,包桑就踉跄着滚下马来,惊恐地喊道:"将军救我!将军救我!"

李广冲过吊桥,扶起包桑,连道:"公公受惊了!快拿水来!"说着,便从兵卒手中接过水囊递到包桑嘴边。

"公公如何成了这副模样,是遇见匈奴人了么?"

包桑喝过水,平定了许多,但依然不停地呻吟:"哎哟!疼死我了!轻点,疼死我了!"李广见他腿上的血已经凝固,便知是中了匈奴人的箭。

"还好!这只是一支平常狩猎用的箭。否则,我恐难见到公公了。"

听李广这么一说,包桑的神情才放松下来,一边听凭军医官包扎伤口,一边喘着气描绘与匈奴人接触的情景。末了,他感叹道:"匈奴人太厉害了!只三人就把我们十数骑打得大败。多亏长史拼死断后,要不然我等命丧于此了!"

长史在一旁轻松道:"没有那么危险,也用不着属下断后,匈奴人不过三个人。"

李广眉头一挑,急问道:"公公说匈奴几人?"

"三人啊!"

"那肯定不是军人!他们走了多久了?"

"不到半个时辰吧?"

李广听罢,随即翻身上马,对身后的士卒喊道:"上马!追!"

待包桑明白过来,只见黄土大道上,一道烟尘朝着远方滚去……

李广带着百十来骑,追出数十里外,果然发现有三个匈奴人背着弓箭,腰挎弯刀，向北奔驰着。他们显然没有料到汉人会追上来，散漫而又清闲地追逐着。

李广勒住马头，挽起三百石硬弓，只听"嗖"地一声，利箭离弦而去，不偏不倚，正中最前面匈奴人的肩部。那人"哎哟"一声跌下马来，就被汉军士卒活捉了。

那匈奴人被推搡到李广面前，司马问道："你可认得眼前这位将军么？"

那匈奴人直着脖子摇摇头，哼道："我只知道匈奴的大单于，认得他做什么？"

"那你可曾听说过飞将军么？"

那匈奴人抬起头来望了望李广，果然一副国字脸，直鼻梁，浓眉毛。那一双鹰眼，似乎可以看透人心。哦！原来他就是匈奴人闻之丧胆的飞将军。那匈奴人顿时害怕了，神色软了下来。

李广见此便大声问道："你们一共多少人？"

"只有三人，是出来打猎的。"

"哦？"李广看了看远方，对司马道，"为他们疗伤后就放了。"

"放了？"司马不解，"将军，他们可是匈奴人啊！"

李广抚摸着战马，良久才对司马道："匈奴人也是人啊！他们同汉人一样，都是些老百姓。战事乃卒伍之责，人主所决，与他们何干？若不是单于贪婪，若不是中贵人多事，怎么会起纷争呢？兵者，国之凶器也，不得已而为之。他们的妻儿都在盼望着他们回去呢？先帝在时，也对匈奴以兄弟相称呢！"

长叹一声，李广走到三个匈奴人面前道："这是边关，你们离家太远了，回去吧！"

三名匈奴猎者十分吃惊，多年来，生活在边界的匈奴人都知道，只要落在汉军手里，就意味着死亡。因此，当要放他们回去的话出自这位身经百战的将军之口时，他们一时难以相信。

"谢将军不杀之恩。"匈奴人鞠躬之后，转身就离去了。可还没有走出几步，就惊恐地指着远方不动了。

透过沉沉的暮霭，李广发现从远处滚来一团团黑色的乌云，渐渐地，那云团越来越清晰，其间夹杂着"嘀嘀"的呼喊声，原来他们与匈奴骑兵遭遇了。

"将军快走！再不走，就走不了了！"

汉军将士们都有了大战将临的紧张，全都上了马，从腰间抽出战刀，勒紧缰绳。

李广没有上马，他右手按着剑柄，左手拉着战马，紧紧地靠在它的脖子旁。他锐利的目光一刻也没有离开过从远方奔来的匈奴骑兵，他知道，此刻他的任何一个动作，都会影响到士兵们的意志和情绪。

司马有些沉不住气了："大人，咱们赶快撤吧，否则就来不及了！"

"慌什么？"李广瞪了一眼司马，"看样子，敌人并没有弄清我军虚实。你看！"顺着李广手指的方向看去，果然匈奴骑兵在二里外就停止了前进。

敌人一定处在狐疑之中，我可以将计就计。李广迅速做出判断，他毫不犹豫地向司马发出指令："全军撤到山坡上下马休息。"

"将军！您这是……"

"违令者斩！"李广的宝剑在空中划出一道寒光。

百十骑在山坡上扎下阵脚，李广一方面安排哨兵提高警戒，另一方面却要士卒埋锅造饭，茅草燃起的浓烟顺着风势向几里外的匈奴军方向飘去，空气中弥漫着呛鼻的烟味。

不到半个时辰，饭菜便已做好，他看着士卒们每人碗中盛满小米干饭后，才开始与司马用餐。司马特地给李广的碗中夹了一块干牛肉，然后问道："将军为什么不撤呢？"

李广顺手便把干牛肉给了旁边正在吃小米饭的士卒，笑道："亏你还是带兵的司马呢，岂不闻兵不厌诈的道理？匈奴人显然不知我军底细，如果当时撤退，他们一定会穷追不舍。以匈奴人的速度，我们肯定会处在危险之中……"

李广说到这里，忽然像想起什么，转脸就对司马道："通知士卒，点燃篝火，散开围坐，解马卸鞍。"

"这又是为什么？一旦遭敌突袭，我军将无可奈何！"

"匈奴人以为我们要撤走，我们今天就解鞍以示不去。他们怕中埋伏，必不敢轻进。"李广的话音刚落，就有哨兵来报，说发现一个骑白马的匈奴将领带着十几名士卒朝这边来了。

李广略思片刻就判断出这是敌军细作,必是来探听虚实的。他踩镫上马,便带着十余骑冲了出去。在两军相距不足二百步的时候,李广张弓搭箭,朝着冲在前面的白马射去。

暮色中,只听"啊"地一声,那匈奴将领落马。其余的十数骑兵见状,纷纷落荒而去。李广也不追赶,很快回到山坡上。司马十分惊异,赞道:"将军真是摸透了匈奴人的习性啊!"

李广仰起脖子喝干了皮囊中的水,还觉不过瘾,就朝司马喊道:"拿酒来!"接着又是一阵猛喝,直到两颊泛红,才捋了捋胡须上的酒滴,哈哈笑了。

"我料定经此一战后,匈奴人今晚必不敢再来。"说完,他又朝围坐在篝火旁边的士卒喊道,"可有陇西来的人么?"

士卒中一位十八岁的青年站起来回答道:"报将军,小人是从陇西来的。"

"可会唱陇西小调么?"

青年憨憨地笑道:"在家时,听家父唱过。"

"唱一曲如何?"

那青年不好意思地推诿了一下,就从胸腔中吼出了一首粗犷的陇西小调:"家在陇西渭源头啊!"

众军士和道:"渭源头啊!"

"从军千里上了路啊!"

"上了路啊!"

"宝剑出鞘杀胡虏啊!"

"杀胡虏啊!"

"立功回家看我奴啊!"

"看我奴啊!"唱完这一句,士卒们爆发出笑声。

其中有好事者问那青年:"我奴是谁呢?"

"就是,就是……"

"说呀!就是什么?"

"说呀!大丈夫,扭扭捏捏像啥?"

"就是小人的媳妇啊!"

"哈哈哈……"

李广也被士卒的情绪感染了,他来到大家面前说道:"如果不是战争,你等与妻儿不是在家终日厮守么?"

一位君侯接过李广的话道:"白日听将军说,先帝曾对匈奴以兄弟相称,真有此事么?"

李广拨了拨面前的篝火,火光映亮他的脸庞。

"那时候我还年轻,先帝以博大的胸襟,与匈奴约为兄弟,结无侵害边境之盟。之后,左屠耆王私自出兵,侵我大汉边界,匈奴冒顿单于复信先帝,说左屠耆王听从后义卢侯难支之计,'绝二主之约,离兄弟之亲',表达了'除前事,复故约,以安边民,以应古始,使少者得成其长,老者得安其处,世世平乐'的愿望。为表达诚意,他还赠送先帝一匹橐驼,两匹战马,二十四辆车驾。先帝也在回匈奴书中,要双方'明告诸吏,使无负约',也回赠单于袷绮衣、长襦、锦袍以及绢帛、黄金饰具等,并派遣使者前往匈奴再续和睦。"

说到此处,李广将目光驻留在眼前的篝火上:"没有先帝的圣明,大汉不会有相对安宁的边陲。没有相对安宁的边陲,哪会有今日我朝的中兴呢?虽然我戎马一生,可并不以战事为乐啊!"

司马又问:"既是匈奴屡次违约,为什么朝廷不兴兵一举灭之,还要续修盟约呢?"

"国家之间,就像邻居一样,总是强人占上风。匈奴虽然是蛮夷之国,可兵强马壮,国力雄厚,不是一场大战就能灭得了的。何况我军现状还不足以与匈奴抗衡。"

"大人不是也打了不少胜仗么?"

"唉!独木难成林,小胜又怎么可能让匈奴臣服呢?"

夜深了,李广头枕马鞍躺着,前面是熊熊燃烧的篝火,身后是紧紧与他依偎在一起的战马。士卒们的歌声勾起了他的乡思,从肤施往西,要不了几天的路程,就到了他的家乡成纪。那里有他的父母、妻子,他们这会儿都在干什么呢?或许父母正在灯下读着他稀少但很珍贵的家书,或许妻子正在向儿女们讲着他驰骋疆场的故事。

前些日子，从成纪来的商人捎来一封家书。在信中父亲说家乡近年来久旱成灾，尽管官府赈济，但仍是饿殍遍野。他们的情况比普通百姓好些，却也是寅吃卯粮，屡有接济不上的时候。况且，他们也不能看着左邻右舍挨饿受苦，总是设法周济一些，这样日子就过得紧巴多了。

父亲还说，他的几个儿子都很有出息。大儿子李当户已应征入伍，另两个儿子正在温书习武，将来定是国家栋梁之材。这些消息对李广那颗漂泊的心来说，是最大的抚慰。

的确，自从被征入伍的那一天起，他与战马的情缘似乎超过了对亲人的爱，他把自己都交给了国家。小时候，他常听乡亲们说，做了朝廷的官员，就会拥有万贯家财，可是从伍长、什长到将军、太守，他带给家人的除了不绝的思念，还有什么呢？他也曾为之不平，但是这种心绪很快就掠过他的心田而藏入情感深处。

对面就是匈奴的大军，不容他被儿女私情和功名利禄所困扰。李广狠狠地摇了摇头，下意识地摸了摸身边的兵器，凝神静听敌人的动静。

然而，这一夜是平静的。

当东方晨曦渐显的时候，当篝火逐次化为灰烬的时候，从细作那里传来消息——匈奴人在昨夜就已经悄悄撤退了。

李广登上高坡远望，在遥远的天际处，在蜿蜒的黄土大道上，在逶迤的千山万壑间，在落叶的丛林中轻轻飘荡着淡淡的晨雾，高原避免了一场血肉厮杀而回归宁静。李广情不自禁地发出喊声："开拔！回肤施城！"

昨夜，包桑几乎无眠，他在心底祈祷李将军能够平安。天刚刚亮，他就急忙向门外值守的士卒打探李广是否归来。

这一天多时间，成为包桑人生经历的重要一页。他觉得来边关这段日子所获得的东西，比他在宫中几年要多得多。李广爱护士卒的故事、临危不惧的从容，都让他为自己的诸多幼稚之举感到汗颜。现在，李广的身影映入他的眼帘，他忽地就有了一种久别重逢的欣喜。

"都是咱家不知深浅，以致将军远途奔袭，鞍马劳顿，咱家内心真是惭愧。好在将军平安归来，咱家就放心了。"

"区区一场小战，不足挂齿，公公若是在此久住，还会有更大的仗呢！"尽管这些中人给边塞的防务带来许多麻烦,但数日来,李广对包桑的印象从最初的反感逐渐趋于平和。他看得出,包桑与那些专在皇上耳边进谗言的黄门不同,虽然他对兵家之事茫然无知,但做人却还有良知,因此李广说话也就和气多了。

"我等在此讨扰,也是皇命难违。由于咱家已负伤在身,故明日就启程回京。"包桑继续感慨道,"不到边关,不知将士辛苦;不与将军共处,不知治军之难;不与匈奴接战,不知国家安危。回京之后,咱家一定要禀奏皇上,如实汇报边关情况。"

李广忙揖手道:"如此便多谢公公了,明日我便设宴为公公们饯行!"

第四章

金屋藏娇谈笑里 风雨化虹辩词间

长乐宫丹景台此刻来了一位连皇后也不敢怠慢的客人——大汉的长公主刘嫖,以及她的女儿陈阿娇。

王娡心中十分清楚,自己能走到今天这步,与这位当朝皇上的姐姐有着巨大的关系。她常常在心里庆幸,倘若当初栗姬与长公主就刘荣与阿娇的婚姻达成默契,那么今天椒房殿的主人就是栗姬了。

从内心来讲,王娡对这位皇姐的做派十分厌恶。但她也很清楚,至少眼下她必须与这位长公主搞好关系。因此,当长公主的车驾停在殿门口时,她早已等候多时了。

"姐姐到了,快请到殿中休息。"王娡脸上笑得很灿烂,话语间的热情让长公主十分舒服。

"妾身参见皇后。"毕竟不同往昔,长公主很有分寸地例行了宫廷礼节。

王娡连忙上前扶住长公主的肩膀,那手就很自然、很亲密地与长公主的手牵在一起:"姐姐这是干什么?折杀妹妹了。再说大典还没有举行呢!"

"呵呵!诏书都颁了,大典只是个仪式,就是皇后现在搬到椒房殿,后宫也没有谁敢说个不是!"

王娡并不辩解,只说了一句让长公主十分开心的话:"妹妹能有今日,不能忘了姐姐。"

两个女人就这样在相互礼让的氛围中开始了她们微妙的利益和情感交

换。

虽说是春寒未去，但是丹景台奢华的暖炉给这座后宫主人的居室带来了融融春意。长公主一进大殿，就闻到了醉人的兰香。她抬眼望去，便在大厅的一角看到了一盆盛开的兰花，它正张开着诱人的笑靥。

兰花旁是一石头做的盆景，花工精心的照料给石峰间增添了茵茵绿意，石头周围清盈的水中，有一丛碧绿的水仙，绽开着一簇簇洁白的花。但最引人注目的还是大殿中央的一盆红梅，枝虬花盛，生机盎然，显然是经过多年栽培和养育，才能如此大气融融，可见主人的情趣也尽在此中了。

长公主在梅花前久久地端详着，王娡在一旁看着，不用猜就知道了长公主的心思。她轻声笑道："姐姐要是喜欢这花，待会儿带走便是了。"

长公主不好意思地回以温暖的笑容，推却道："娘娘心爱之物，妾身怎好掠人之美呢？"

王娡忙拉着长公主的手臂道："姐姐有恩于妹妹，不要说是一盆花木，就是这殿中所有摆设，姐姐喜欢什么，妹妹差人送到府上就是。"长公主闻此掩饰不住内心的喜悦，忙唤阿娇前来觐见。

阿娇已经十三岁了，与五年前相比，不仅出落得更加漂亮，而且也懂事多了。听到母亲的呼唤，她忙上前彬彬有礼道："阿娇拜见皇后娘娘！"

王娡忙拉起阿娇疼爱地说道："外面这么冷，快别折腾了，外甥女看起来越来越招人喜欢了。"

三人说着话进了殿门，长公主眼前又是一亮。迎面墙上，镶嵌了一只硕大的朱雀浮雕，刀功遒劲，线条流畅。那朱雀双翅展开，翩翩欲飞，周围祥云缭绕，气象峥嵘，烘托出大殿主人诸事得意的心境。长公主明白，这一切肯定都是出自皇上的意思。她自己也常常纳闷，同样都是女人，王娡是凭什么就系住了皇上的心呢？

宾主坐定，早有宫娥端上了热茶、果品。王娡道："也没有什么好东西招待姐姐。待哪日有空了，妹妹摆上一桌酒宴，专门款待姐姐。"

她又从果盘中拿起荔枝递到阿娇的手中，阿娇忙道："谢皇后娘娘。"

王娡笑了："这孩子越来越会说话了。"

"快别夸她了，整个一疯丫头，都是妾身给惯坏了。倒是彻儿，年初到灌阳把那么大一个案子办得干净利落,满朝文武都赞不绝口呢!"

"姐姐见笑了,他一个孩子能干什么?还不是太傅和丞相前后张罗。皇上让他出去,也不过是让他长长见识罢了。"

"古人说,有志不在年高,彻儿一看就是当皇上的料。"长公主的目光在殿内环顾了一周,问道,"彻儿呢?"

"他如今做了太子,就不能由着性子了。这会儿,正在思贤苑中听太傅讲书呢!听说姐姐要来,妹妹已差人去传了。"

话音刚落,就听见门外传来刘彻的声音:"阿娇姐姐在哪呢?阿娇姐姐在哪呢?"

说话间,他人已进了大殿。王娡刚才还笑吟吟的脸色顿时严肃起来:"做了太子,举止还这样没有规矩,还不见过长公主?"

刘彻忙上前作揖道:"彻儿见过姑母。"

阿娇在一旁吃着荔枝,却被刘彻毕恭毕敬的样子逗得"吃吃"直笑。

刘彻行过礼,在阿娇的上首坐了,他悄悄地用胳膊肘推了推阿娇,小声道:"笑什么笑?像个傻子。"

阿娇吃着荔枝,还是笑道:"看太子刚才那样子,那才叫傻呢!"

刘彻举起手,做出要打的样子:"再说我就打你。"

阿娇并不害怕,不服气道:"真动起手来,还指不定谁打谁呢?"

长公主看着两个孩子在那里斗嘴,喜上眉梢,想顺势将此行的目的说出来。但她并不直接道出内心的打算,而是先批评起女儿:"胡说什么?彻儿如今是当朝太子,按理说见了太子是要行大礼,都是娘平日把你给惯坏了。"

阿娇噘着嘴道:"太子怎么了?做了太子就没有姐弟的情分了?他过去没有做太子,是我的弟弟,如今做了太子,还是我的弟弟。难道因为做了太子,就可以不叫姐姐了?"

"这孩子……"长公主叹道。

王娡眼色流转,接过长公主的话道:"阿娇这话也没有什么错。他们无拘无束,说明之间没有芥蒂。倘若见了面就别别扭扭的,倒生分了不是?"

长公主掩口把一颗荔枝核吐在小钵里:"还是皇后娘娘说得对。看他姐弟如此亲密,妾身真是打心眼里高兴。"接着她把目光投向刘彻,笑着问道,

"彻儿,你说说,与阿娇姐姐在一起高兴么?"

"高兴!"

"阿娇姐姐好不好呢?"

"好!"

"什么地方好呢?"

刘彻吃着甘甜的荔枝,嘴里"咕噜咕噜"地说道:"人长得好看嘛!"

"太子说话倒是不掩不藏的。"长公主被刘彻的率真逗得拊掌大笑,她又看了王娡一眼,半是玩笑半是认真地问道,"这样说,太子是喜欢阿娇了?"

"当然了!"

"那么,如果让阿娇做太子妃好不好呢?"

刘彻早已吃完荔枝,他顽皮的眼睛在姑母身上打量着,觉得姑母的话很好玩、很有意思,于是他就拉着阿娇的小手,轻轻抚着,装出一本正经的样子。

"如果阿娇做了太子妃,侄儿就要造一座金屋让她住。"

长公主笑得前仰后合,眼角都溢出了泪花:"这孩子说话真有意思,这不是'金屋藏娇'么?"

话音刚落,旁边一个少年立即上前大声道:"恭喜太子!贺喜太子!"

长公主看这少年,生得眉清目秀,颇是儒雅,便问他是谁家的孩子。王娡说他是弓高侯韩颓当的孙子,名叫韩嫣。因为生的聪明伶俐,被选到宫中做太子陪读。长公主立即换上了一副笑脸赞道:"娘娘慧眼,不但身边的宫娥们个个娇艳非常,就连太子的陪读也如此玉树临风。"

其实,长公主今天来的目的,从她进丹景台的那一刻起,王娡就已经心知肚明了。平常的女人都不放过生活中的每一个细节,何况是经历了与栗姬较量如今又登上了皇后宝座的王娡呢?就算长公主不提阿娇与刘彻的事情,王娡在心中也盘算许久了。

在长公主的笑声中,王娡说话了:"彻儿,果子也吃了,话也说了。阿娇姐姐好不容易来一次,你们就到棋坊中玩去吧!"

刘彻最受不了拘束,听母亲这样说,自是分外高兴。他拉起阿娇便向外跑,黄门们一步不落地跟在身后。

长公主的目光一直追随着两个孩子的身影，言出于心道："真是天造的一对啊！"

王娡的身体很自然地往长公主跟前靠了靠，显得很亲昵的样子，"这事在妹妹这里自是没说的,只是……"

"有什么担忧娘娘尽管说。"

"他是太子,今日的太子妃就是将来的皇后,因此这事还得皇上和母后允准才是。"

长公主笑道："这个不用皇后娘娘操心，妾身自会禀明皇上和母后。再说,皇后娘娘总住在这里也不是长久之计。椒房殿空了许久了,依妾身看来,也早该举行大典才是,这样皇后就可以名正言顺地搬过去了。都是那个不晓事理的梁王给闹的,妾身明日就跟母后说去。"

两个女人都觉得今日的见面很值得,话说到这里就可以了。于是,长公主起身告辞,而皇后在热情的挽留之后,也送长公主出了殿门。但是,当她们搜寻着自己孩子的身影时,却在琴房中看到了很有意思的画面。

阿娇喊着要刘彻为自己找一匹马骑,刘彻十分为难。阿娇不依,撒着娇拉着刘彻胳膊道："不嘛,我就要骑马嘛！"

刘彻无奈,于是对韩嫣道："你能不能为表姐找匹马来。"

韩嫣的脸上顿时堆满了笑容,说道："太子何须舍近求远,韩嫣为翁主当一回马得了。"说完他就伏下身体,让阿娇骑了上去。

韩嫣绕着棋桌转圈,阿娇将拂尘当作马鞭,在韩嫣的屁股上边打边吆喝道："马儿马儿快快跑,快送阿娇去见太子。"

刘彻在一旁暗暗发笑。

见此情景,长公主的心中再度充满愉悦,随口道："看看！真是天作一对啊！"

王娡并不多搭话,心里想,他们现在只是孩子,未来说不定还有什么变数,就算皇上和太后允准了这门亲事,也不能保证彻儿登上皇位后,不会发生移情别恋的事情,这一切都要看他们的造化了。只不过在眼下,这门亲事能巩固我皇后的地位。

王娡忽然想起应该给长公主的夫君带个好,于是便问道："侯爷最近好么？"

"好什么？"长公主刚才洋溢在脸上的喜悦荡然无存,眼圈说着说着就红了,"整日病恹恹的,妾身过的不知是什么日子。"

王娡忙在一旁忙劝慰道:"长公主也不要太伤心,多找太医看看,兴许就会好的。"长公主此刻的心境王娡怎能不理解呢?一个女人,如果没有男人的滋养,很快会变老的,唉……

己酉,未央宫东阙大火。

太史令司马谈在当日的宗室录上沉重地记下了一笔,他的手由于发抖而把字写得歪歪扭扭。走出太常寺时,他回望被大火烧为灰烬的未央宫东阙,心里烦乱极了。

好好一座宫阙,怎么会被大火焚毁了呢?据严锦说,大火是凌晨子时从天而降的。这意味着什么呢?司马谈不敢多想。

早朝时,他在塾门遇见了田蚡,田蚡建议他在当日的宗室录中隐去关于灾象的记载,但他认为作为太史令就应该秉笔直书,不可因为非祥瑞之兆就不记载。

两座宫阙烧毁了一座,远远看去,未央宫就像折了翅的苍鹰显得很不协调了,而镌刻在西阙上的玄武在暮云下成了孤单的身影。司马谈在东阙的废墟旁站了许久,才拖着疲惫的身体回去了。

在汉朝的官制中,太史令并不是什么显赫的位置,品秩不过六百石。但他的作用却是不可忽视的,不但掌天时、星历,而且负责记录朝廷发生的重大事件。

自从父亲那里承袭了这个职位以后,他就有了一个十分庞大的计划,他要写一部上自三代下迄当朝的著作。这样他就忙碌了许多,他不但要全力地搜寻能够找到的所有史籍,而且每年还要去游历名山大川,做实地勘查。

前些日子,他刚从潍阳回来,在那里他遇见了司马相如,书生意气使他们很快便以同族兄弟相称。他们走遍了潍河两岸,司马相如的才情给他留下了深刻的印象。司马相如当时还特别说到了太子赴潍阳督办"行刺朝廷大臣案"时的睿智。他对此行的收获很满意,谁知刚刚回来,就遇到了这样一场火灾。

司马谈的宅院在尚冠街深处的一个小巷里,这段路并不长,可他却用了比平常多了一倍的时间才走到家门口。当他叩开宅门的时候,女仆把一个喜人的消息告诉了他。

"老爷！夫人生了！"

"生了？"司马谈一路上的沉闷顿时淡了许多,"男童还是女童？"他一边问话一边加快步子向后院跑去。

夫人刚刚分娩,脸上还留着疲倦的痕迹,但那在眼角的喜悦让她看上去比平日更有魅力。看见司马谈进来,她忙要坐起来。

司马谈忙伸出双臂托着夫人的肩膀,当女仆把酣睡的男孩送到他怀中时,司马谈笑了:"司马家又多了一个太史令啊！"

看着司马谈笨拙地抱着儿子亲昵,享受着初为人父的喜悦,夫人轻叹一口气嗔怪道:"老爷就记着太史令了,咱们的儿子就不能干点别的？"

"嗯！我还指望他帮我写完史书呢！"司马谈把儿子递给女仆,坐在床头与夫人说话。

"老爷！给孩子起个名字吧。"

司马谈搓着双手陷入了沉思。

他在房中踱起步来,思绪在历史的瀚海中穿梭,眼前再度浮现出游历名山大川时丰富多彩的画面。司马谈眉宇渐开,左手在右手的掌心轻轻敲出节奏,大声道:"就叫迁吧！《诗经》说,出自幽谷,迁于乔木。他长大后与我一样,游遍名山大川,穷究天人之际,通古今之变。"

"好！就叫迁儿。"夫人从女仆手中接过儿子,脸紧紧地贴着儿子粉嘟嘟的两颊,"迁儿！娘的儿啊！"

月亮也从窗外悄悄地投进银色的光,抚摸着司马迁宽阔的额头。

这孩子偏偏在未央宫大火的日子降生,这意味着……司马谈看着夫人怀中的儿子,不敢再往下想。

……

早朝一结束,刘启就把周亚夫、卫绾、郅都、田蚡等人传到宣室殿,询问濉阳一案的结果,周亚夫和郅都分别陈奏了案件的审理情况。

刘启脸上显出几分不悦:"既是审理清楚,为何今日早朝不奏?"

周亚夫道:"启奏陛下,臣有难言之隐,不便在朝堂上陈奏。"

"有何难言之隐,莫非朕冤枉了梁王不成?"

"陛下圣明!臣等日夜审理,刺客对所犯罪行全部招认,只是……"周亚夫说到这里,打住话头。

刘启不免更加着急,蹙着眉头道:"丞相在战场上叱咤风云,如今说起话来怎么吞吞吐吐的,这是要急死朕么?"

周亚夫正要再说下去,刘启摆了摆手,向卫绾问道:"看来丞相也学会明哲保身了。太傅,你说到底是怎么一回事?"

"丞相的难言之隐,也正是陛下所忧虑的。众贼供认,行刺之事确系梁王指使。因此臣等在回京的路上,遵照太子之命,已将所有狱词都焚为灰烬了。"

一听卫绾说完,郅都立即伏地而跪:"焚毁狱词,皆臣所为,陛下要治臣罪,臣死而无憾。"

刘启大惊道:"你是说太子要这样做的?"

他没有想到,一个孩子竟会自作主张地做出如此决断。当初,他答应刘彻督办此事,不过是想让他长长见识罢了,孰料他却当真了。要是放在别的案件倒也罢了,可这是何等重要之案?是十几位大臣死于非命的大案,是针对朝廷废立太子的血案,能如此草率行事么?这事要是放在刘荣身上,他决然没有如此胆量的。

眼前的局面让他想起昨晚王娡的枕边话来。王娡也觉得此案宜大事化小,小事化了。莫非彻儿早已和皇后通了气?他无法将自己复杂的内心袒露在大臣们面前,他选择以斥责大臣们的方式来发泄自己的愤懑。

"你等难道不知道此事关系重大吗?怎能听任太子随兴而为呢?"刘启指着周亚夫大喊道,"你父周勃当年果断剪除诸吕的气度,朕怎么就在你的身上看不到呢?你是不是对朕改任你为丞相心存不满呢?"

"还有你!朕让你做太傅,你就该尽师道之责,可你……却在一个孩子面前唯唯诺诺。当年晁错为太傅时,何曾如此?你是想说话么?你不要说,朕知道你要说什么,无非是为太子辩护。袁盎呢?"刘启的目光在殿内搜索。

周亚夫急忙答道:"袁大人他……"

哦!袁盎已经成了刺客刀下的冤魂,他永远也听不到袁盎那慷慨激昂的辩论、思路清晰的奏疏和力排众议的谏言了,再也看不到他匆匆忙忙的身影了。要是袁盎在,他一定会冷静地处理好这一切。一想到倒在血泊中的袁盎,刘启眼睛就模糊了,对濉阳案的结果就越发不满了。

"还有你!"他又把矛头指向了田蚡,"你身为太子舅父,不思为国尽力,整天在皇后面前递送各种消息,蛊惑人心。"

刘启把大臣们斥责过之后,气犹未尽,又转脸向伺候在一旁的严锦问道:"太子呢?这会儿躲到哪里去了?"

严锦哪里知道太子的行踪呢?他欲言又止的样子,惹得刘启挥起衣袖,"哗"地将面前的笔墨、奏章扫下御案。

"你还站在那里干什么?去呀!快去把太子找来,朕倒要问他长了几颗脑袋?"

严锦不敢怠慢,战战兢兢地出了宣室殿,身边的黄门欲拾起地上的东西,被刘启大声喝住了。殿内空气极度压抑,大臣们一个个垂首肃立,谁也不敢出列辩解。

刘启发泄过后,颓然地闭目埋头座中,叹息道:"你们那!真是让朕伤心透了。"

这时候太常寺长史慌慌张张地进来了,他顾不得与跪在地上的大臣打招呼,就直接陈奏道:"皇上,大事不好了。"

刘启正在气头上,抬起头就劈头盖脸地训斥起来:"如此惊慌失措,哪像个大臣的样子?"

太常寺长史低下头小声道:"天火烧毁了未央宫东阙。"

"啊!"刘启一个激灵,眼睛睁得老大,"你再说一遍?"

听完太常寺长史奏明后,刘启呆了,半天才从胸腔中发出一声长啸:"苍天啊!何故如此惩罚朕?"

他很快将宫阙被焚同刘彻焚毁狱词联系了起来,一定是先帝对刘彻的所为颇多气愤,才有了这灾异之兆,这些事情都把刘启对太子的愤怒推到了爆发点。

"哼!"刘启不无自嘲地想着,朕刚刚废掉了一个太子,今日就再杀一个去求得列祖列宗的宽恕。但话到口边,却变成了对太常寺长史的怒吼,"你还在这里干什么?快传太史令,你要朕砍了你的脑袋么?"

太常寺长史不敢再延宕盘桓,心惊胆战地离开了宣室殿。

此刻,刘启的情绪由气愤转为伤感,他觉得累极了,说话的声音中透着极度的疲惫。

"严锦回来了么?"说着他悲怆地转过身去,给了大臣们一个背影,"你们就给朕跪在那里好好思过吧!"

在大臣们等待太子的时候,田蚡那双小眼睛一直在观察着皇上的表情。皇上近来的脸色很不好,那种疾言厉色并不能掩盖他精神的疲倦;他的目光在发怒时虽仍有犀利的光芒,却不似多年前那样富有穿透力;他的声音虽然在怒斥众臣时让人感到雷霆万钧的威猛,但语言却远不及四年前平定七国之乱那样有条不紊。

对先朝有深入研究的田蚡明白,越在这个时候,皇上对任何事情越敏感。无论是为了太子,还是为了王、田两家,他都觉得现在应该尽快见到刘彻。因此,在刘启闭目养神的时候,他拉了拉卫绾的衣袖,悄声问道:"太傅应该知道太子去了哪里吧?"

卫绾小心地看了看皇上,才用低得只有田蚡才听得见的声音道:"殿下去找灌夫习武去了。"

"这个彻儿,真是想一出是一出。"田蚡在心底埋怨,遂对周亚夫道,"下官有些内急,急需如厕。"说罢,他就蹑手蹑脚地来到宣室殿外,站在台阶上朝远处张望。

他似乎觉得站在这里太显眼,于是又提起袍裾,下了台阶,来到塾门翘首以盼,这样刘彻一俟出现,一切都在他的视线之中了。

虽然田蚡心急火燎地在那里盼望着,可这会儿刘彻却正在兴致勃勃地听灌夫讲他在七国之乱中单骑闯敌阵的故事。

在灉阳办案期间,周亚夫不止一次向刘彻提起这位性格豪爽的将军,于是在他心头,一次次地激起了欲见之而后快的心愿。就在昨天午后,刘彻缠着卫绾,好让他去见见灌夫。

卫绾当时就很为难:"这个还是容臣奏明皇上之后再定夺吧!"

"我知道太傅是怕父皇怪罪下来不好交代。"刘彻合上书卷,露出少年才有的率真,"太傅何必事事都要父皇知道呢?我快去快回,不耽误听书总行了吧?"

卫绾见此就不好再坚持了:"太子言重了,不就是看看老将军么?微臣不说就是了。"

卫绾却没有想到,皇上会在过问灉阳案子的时候,也把他列入宣召之列。现在面对皇上的怒火,他也仓皇得不知该如何自处了。

这一切,刘彻当然不知道,因为此刻他同灌夫正谈得投机。

行伍出身的灌夫,对太子的来访受宠若惊,遂在后花园置宴款待。灌夫不带任何修饰的描述把自己呈现在刘彻面前。

"臣本姓张,家父曾是颖阴侯灌婴的舍人,因为颖阴侯的引荐得以官至两千石。吴楚七国乱起,侯爷为将军,随太尉平叛。家父为校尉,带着微臣出征。"

说到这,灌夫为太子斟满了一爵酒,抬头望着亭外不远处父亲经常挂甲的一棵楸树长叹道:"不瞒殿下,家父当时已是七旬的老人,心知力不从心。但一向重情义的他不忍驳颖阴侯的面子,这一去就踏上了不归路,战死沙场。消息传至朝廷,皇上命臣护送家父灵柩回京。臣乃将门之后,父仇未报,岂可退缩。于是臣就挑选了军中壮士和家奴数十人,冲入吴营,杀伤敌人无数,后终因寡不敌众,仅臣一人回到汉营。"

说到这里,灌夫就借着酒酣敞开了自己衣襟,数十处创伤全都裸露在刘彻面前。那些伤疤,大的若铜钱,小的若豆粒,纷乱地分布在灌夫的肌肤上。刘彻轻轻抚过一个个伤疤,喟然叹道:"将军真乃大丈夫也!"

随后,刘彻又兴意盎然地问道:"将军擅长使何种兵器?"

"臣当年单骑奋战吴军时用的是长戟。"

"将军可否为我舞戟呢?"

"那就让殿下见笑了。"灌夫豪饮之后,一股英气借着酒意油然而出。

卫士很快抬来长戟,灌夫在手中掂了掂,随之舞将起来。两人才能抬得动的长戟在他手里,似游龙出水,倒海翻江;似猛虎入林,落叶纷飞。

刘彻禁不住拍掌欢呼:"好戟法!"

灌夫舞得兴起,干脆脱掉外衣。

刘彻被灌夫一番戟云剑雨激荡得热血沸腾,他紧握着灌夫的双手,脑中却是边城烽火的画面:"倘若有朝一日我带兵出征,将军可愿随往。"

灌夫手按左胸,激动道:"灌夫早已以身许国,愿追随殿下,虽死不辞。"

刘彻端起酒爵,正要说话,耳边却传来严锦尖细急促的声音:"殿下!殿下!"

"何事如此慌张?"

严锦因走得太急而语不成句:"皇上……皇上正在宣室殿中传唤殿下呢!"

"出了什么事?"

"奴婢也不清楚。殿下……去了就……就知道了。"

刘彻不敢怠慢,道了一声将军保重,遂急忙朝未央宫奔去。

宣室殿内,刘启为刘彻的迟迟不到而恼怒到了极点,他怒视群臣,大吼道:"无法无天!无法无天!羽林卫何在?"

立即有一队羽林卫跑步进殿,刘启厉声道:"速拿太子来见。"

周亚夫、卫绾见状,顿觉大事不好,几乎同时跪在皇上面前,说出了同一话语:"陛下且息雷霆之怒!陛下且息雷霆之怒!"

刘启意识到自己的失态,但皇帝的自尊使他无法收回成命,于是他转移了发泄的对象,怒斥道:"都是你等纵容的结果。"

宣室殿外,田蚡焦急地踱着步子,口中讷讷道:"这个彻儿,怎么掂不来事情的轻重呢?"

他心里万分焦急,不时地向远处眺望,终于,透过初春的阳光,他瞧见刘彻在严锦的陪同下,步履匆忙地朝这边来了。

田蚡迫不及待地跑上前去,不顾礼仪地埋怨道:"这半日太子到哪里去了?都急死微臣了!"

严锦忙问道:"皇上这会儿心情如何?"

"还如何呢?皇上正在大骂各位大人呢!"

刘彻闻此便问道:"出什么事情了?"

田蚡长叹一声:"皇上与梁王的事殿下又不是不知道,殿下去焚狱词干什么?一定是那些老臣蛊惑的。"

刘彻听罢,坦然道:"焚毁狱词完全是我的主意,与各位大人没有关系,我这就去向父皇说个明白。"

田蚡在身后连连提醒刘彻小心说话,万不可再惹皇上生气。接着又跑步上前,把严锦拉到一边低声道:"太子命系一刻,烦劳公公速到丹景台请皇后去求太后出面。"

严锦当然知道事情的严重,他不敢怠慢,听完便匆匆赶往丹景台了。

刘彻走进宣室殿,映入眼帘的是跪倒一地的众臣和木然肃立在两厢的羽林卫。他情知自己的祸闯大了,于是小心翼翼地来到殿前回话:"儿臣参见父皇!"

刘启冷冷地看一眼刘彻,哼道:"这半日到何处去了?"

"儿臣找将军切磋兵略去了。"

"小小年纪,懂什么兵略?"

……

见刘彻没有回答,刘启更加生气:"你为何不说话了,平日里不是话很多么?"

"儿臣参见父皇来迟,请父皇恕罪。"

"你可知罪?"

"儿臣不知,还请父皇明示!"

"大胆刘彻,是你主动请缨到灉阳查案。朕之所以允准,只不过是为了让你长长见识,谁知你竟妄自做主,焚了狱词!你还不知罪?难道你不知这是一桩关系到十几名大臣性命的大案么?"

"父皇,儿臣当然知道此案重大。"

"既然知道,为何置大汉律法于不顾,你该当何罪?"

刘彻望着刘启,却并无惧色,平静道:"父皇,儿臣有话说。"

"大胆!违抗皇命,你还有何话可说?来人……"霎时间,羽林卫将士包围了刘彻。

周亚夫见状,知道此刻只有卫绾出来说话,才能拦住皇上,于是他暗地用手推了推卫绾。卫绾会意,忙向前跪了一步,不等刘启发问,就抢先说道:"启奏皇上,臣有话说!"

刘启看了看卫绾怒道:"你还有何话可说?太子犯法,你难脱失职之罪!"

"陛下圣明。昔日秦孝公在位,太子非议商君变法,孝公治太傅公子虔之罪。今太子违抗皇命,臣作为太傅,自有不可推卸之责,臣情愿领罪。但臣知道,陛下向来从谏如流,太子既然有话要说,陛下何不先问个明白,再责罚也不迟。"

刘启之所以这样,一则气在梁王;二则毕竟十几名大臣死于非命,需要向朝野有个交代;三则因为刘彻先斩后奏,让他的自尊心受不了。再加上东阙失火,这些事情环环相绕,使他不由得急火攻心。

其实,他哪是真要向太子开刀呢?现在卫绾给了一个台阶,他的心情也就平静了:"好!你等且平身,朕就听他还能说些什么。"

这半晌可把众位大臣苦杀了,见皇上发了话,一个个踉踉跄跄地起身,彼此相看,虽是早春,却人人汗水直淌。

周亚夫抓住机会,小声向刘彻提醒道:"皇上让殿下说话呢。"

刘彻先是回头面向丞相、太傅伸了伸舌头,转脸又严肃地拂尘整冠,那双还没有脱离稚气的眼睛见父皇不像刚才那样怒气冲天,心中的胆怯就去了许多,遂把如何决定焚毁狱词的前因后果一一详奏。

刘启在上边听得不耐烦,便打断道:"别的朕不想知道,朕只要你回答,此案与梁王干系如何?"

"依大汉律法,皇叔当治死罪。"

"既是如此,就当奏朕知道,为何要焚毁狱词?"

"儿臣以为父皇不知道也好。"刘彻抬头望了望刘启,见父皇没有阻拦他的意思,于是继续道,"梁王乃父皇亲弟,此案若在朝野公开,反而让父皇为难。"

"难在何处?难道朕能视大汉律法为儿戏?"

"这正是儿臣想说明的。"刘彻身体往前挪了挪道,"朝野一旦了解案情,眼睛就会看着父皇。皇叔如不伏诛则是律法不行;皇叔伏法则皇祖母会食不甘味、卧不安枕。皇祖母若是病了,父皇必不能安心朝政。因此,儿臣……"

刘彻正要说下去,却见严锦神色慌张地从宣室殿侧门直接到了刘启身边,小声耳语了几句。刘启顿时大惊,目光立时散乱地望了望下面的众臣和刘彻道:"此事今日就先到此,太子随朕前往长信殿。"

众位大臣相互看了看,就知此事已经惊动太后了。

刘启匆匆赶到长信殿,窦太后第一句话就直截了当地责问道:"你把我的孙儿怎么样了?"

话音未了,刘彻一下子跃到太后面前,操着从母亲那里承继来的槐里口音道:"孙儿向祖母请安!"

三日水米未进的太后吃了王娡调制的银耳人参汤后,精神好多了。刘彻很乖巧地扑到太后怀里,窦太后颤巍巍地搂着刘彻,从头到脸地仔细摩挲了好一会儿,才循着刘启话音抬起头来斥责道:"不是彻儿想出那主意,皇上还不早把武儿问成了死罪?听说你还要治彻儿的罪?"

太后说完喘了口气,刘启忙上前欲要为母后捶背,却被挡开了:"都说皇上孝顺,依我看那是过去的事情了。如今皇上坐稳了皇位,眼中就没有我了。今天要杀这个,明儿要治那个,莫非连我也要做了皇上的刀下鬼不成?"

刘启闻言大惊,也顾不得威仪,慌忙跪倒在地道:"母后言重了,儿子怎么敢……母后有何旨意,儿子遵旨就是。"说着,他瞪了一眼王娡道,"皇后怎么会在这里?"

太后放开刘彻,大声道:"怎么?皇后想看看我,都有罪了不成?"

刘启不语,倒是王娡说话了:"臣妾听说太后玉体欠安,急忙过来伺候,请陛下恕罪!"

"你替他尽了孝道,你有何罪,要他恕什么罪?"接着,太后话锋一转,"我只要皇上回答,对武儿如何处理?你怎么不说话呢?你是欺负我看不见么?可我的心里长着眼睛呢?莫非你还真要治武儿的罪?"

"母后,既然没有证据表明此案与梁王有关,那此案到这就可以了结了。儿子已命廷尉府将乱贼斩首灭族,以慰众卿在天之灵。"

"那么,你告诉我,武儿现在何处呢?"

"这……"刘启显出几分尴尬,"儿子即日派人将梁王接到京城便是。"

太后说着说着,又气从心起,喝道:"你会接他来么?我前些日子派去濉阳的人回来说,武儿根本不在濉阳,一定是你害了武儿……"

太后还要说下去,却被长信殿外说话的声音打断了。太后很是不快,喝道:"是谁如此没有规矩,在此大声喧闹?"

长公主人还没有到,声音就先到了。在她的身后跟着的是阿娇,她简直就是长公主的化身。她一进长信殿,就毫无拘束地跑到刘彻身边,太子长太子短地问个没完没了,直到王娡要紫薇陪他们到花园中去放风筝,殿中才安静下来。

长公主一回到太后身边,就完全没有了场面上的那些讲究。她以家庭一员的身份,以一个皇姐的姿态很热情地同皇上与皇后打了招呼,很亲切地向太后问了安。她把一个让皇上解除尴尬、让太后愁云顿去的消息带进了长信殿——刘武已经在前晚化装回到了京城,现在就在她的府中。

长公主情态丰富地对太后和皇上讲述刘武怎样追悔莫及,怎样为十几位大臣死于非命而潸然泪下,怎样因思念母后而夙夜忧叹,却因为皇上诏命不许回京而寝不安席。末了,她向皇上求情道:"还望皇上开恩,饶恕梁王。"

太后越发地生气了,怒道:"好呀!连武儿在我面前尽孝都不让了,你还配当这个皇上么?你何时发的诏书,我怎么不知道?"

长公主赶忙道:"母后言重了,皇上是怕梁王远途跋涉,免除了他每年的朝觐,怎么会不让他回京尽孝呢?"

她没有忘记王娡对皇上的影响,很亲昵地走到皇后身边道:"皇后!您说这都是自家兄弟,何必弄得剑拔弩张,让亲者痛,仇者快呢?"

王娡忙接过长公主的话道:"臣妾也是这样想。皇上海纳百川,胸有天下,定会化阴云为丽日的。"

可太后的心结仍然无法打开,她捶着胸膛,声泪俱下道:"一个诸侯国的亲王,我的亲骨肉,竟被逼得化装进京。刘启……"自从刘启登上皇位以来,这是太后第一次直呼他的名字,"你好狠心啊!"

太后如此伤心,也让刘启的心境分外的沉重和不安,便越发感到刘彻当初焚毁狱词不失为明智之举。当长信殿中的气氛冲淡了刘启父子之间的冲突时,他甚至感到正是刘彻为他弥合与太后之间的感情创造了契机。

他很虔诚地、集中精力地平息着太后的愤懑,小心地求道:"母后息怒!都是儿子的错,儿子这就差人去接梁王。"

严锦此刻早就在旁边伺候着了,他早已读懂了皇上眼中的意思,有意提高声音道:"奴婢这就去接王爷。"

"用朕的车驾去接!"

皇室弥漫了几个月的阴云终于散去,严锦的心中便充满了喜悦,大声回答:"诺!"

太后的心情渐渐平复,紧锁多日的眉头也渐渐展开了。但她心中清楚,大儿子毕竟是当今皇上,决不能因此事而损了他的威严。

她不失时机地做着挽回皇上面子的事情,抚着皇上的手心道:"我心里明白,这事怨不得皇上,也是武儿用人不当,听信了一帮乱臣贼子的蛊惑。待会儿见了他,还要多加训诫才是。至于被刺身亡的大臣,你要厚葬,要多多抚恤才是。虽说我朝自太祖高皇帝以来,一直奉行黄老清静无为的国策,可黄老学说从来就是无为而无不为,不论是谁,乱我朝廷,天理不容。"

见太后心境好转,王娡意识到此刻提起刘彻与阿娇的婚事是再合适不过了。她的这点心思,长公主一丝不漏地看在眼里,她们几乎没有什么眼神的交流,就禀奏了此事。

"啊!你们是说彻儿与阿娇么?那皇上以为如何呢?"

"依母后就是。"

太后分外高兴,有着丰富人生阅历的她明白,这种婚姻无论对公主还是皇上都是必须和重要的。

"我看也是天作之合啊!彻儿呢,彻儿这会跑到哪里去了?"太后的双手在四处摸索。

王娡心里充满了欣慰,几个月来的担心和忧虑终于消散了,因为太后如此表态,标志着她终于承认了太子的地位。梁王自取其祸,刘彻的智慧周旋无疑成为改变太后初衷的重要原因。最善抓住机会的王娡急忙对长信殿詹事窦宇道:"快去传太子,太后要见他。"

"诺!"

太子和阿娇很快来到殿内,太后已感到了他们的气息:"彻儿,阿娇!你们都到我身边来。"

当刘启要刘彻和阿娇向太后行礼时,太后拦阻道:"家里人在一起,要那么多的礼数做甚?"

她俨然一个慈祥的老太太,笑声随着手在两个孩子肩头的抚摸而显出舒缓的节奏。

"你们的娘要月老用红绳子把你们一辈子拴在一起,这可是天意啊!呵呵!噢!什么是月老?月老是专门为人间男女牵媒的神灵,他要我的阿娇和彻儿做夫妻呢!告诉我,你们脸红了么?"

刘彻一脸不解道:"祖母!做夫妻就做夫妻,脸红什么呢?"

太后被刘彻的话逗笑了,乐道:"毕竟是男孩子啊!阿娇也没有脸红吧?听你的娘说,你生就一个男儿的脾气,这可不行啊!做太子妃就要像个太子妃的样子呀!"

阿娇被太后说得不好意思,摇着太后的肩膀撒娇:"外祖母!您都说些什么啊!阿娇可不是这样的!"

长公主急了,批评女儿不能这样同太后说话。可是太后却不计较这些,忙圆场道:"好!外祖母不说了!阿娇大了,知道害羞了。"

刘彻在一旁小声揭发道:"她哪里知道害羞,疯着呢!刚才还在追着打孙儿。"

太后听了便更加心花怒放了。

看来太后已不再为储君的事烦恼了,刘启望着刘彻依偎在太后身边,心想,这个彻儿,倒比朕想得远些……

绵延到蓝田境内的南山,峻峭险拔,像屏障一样横亘在关中平原南缘。春天的脚步越过巍巍蓝关,在这京畿之地展开了它绚烂多彩的画面。

艳丽的桃花染红了整个山坡,南来的紫燕在林间清脆地鸣唱,泉水轻快地向着山外奔去。浐河展开慈母般的双臂,把从深谷幽涧中归来的儿子轻轻揽入怀抱。

河水在山下转了一个弯,一片气势恢宏的庄园镶嵌在河湾突兀的崖头上。

这些日子,窦婴就在这诗情画境中打发着赋闲的时光。

此刻,初升的太阳透过帷帐,把暖暖的光芒洒在窦婴的床头。他懒洋洋地睁开眼睛,就见睡梦中的赵女修长的胳膊在云鬟边交叉成桃形的娇态。

她艳若桃花,粉嫩如藕,睫毛闪动,小嘴微噘,两颊还荡漾着幸福的微笑。

她简直太可人了!窦婴在心底呼唤。他轻轻地掀开被角,那两只散发着女人馨香的乳房就肉嘟嘟地呈现在眼前。

然而,每一次交欢之后,都是无尽的烦恼,仿佛自己的生命正在被这消闲的时光一点点吞噬,窦婴很担心自己壮志未酬便像流星一样陨落。

窗棂上有人影晃动,窦婴迅速地调整了自己的情绪,隔着帷帐问道:"有事么?"

"启禀大人,京城来人了。"

"又是来讨酒喝的,不见!"

"是周丞相!"

"你说是谁?"

"是丞相大人到了!"

"快快有请!"

他迅速唤来丫鬟为自己梳洗、穿戴。窦婴知道,周亚夫天生性格刚直,最见不得男人被妖冶的女人缠绕。在走出卧室的时候,他叮嘱赵女去后院厢房,周丞相在庄园停留期间,一定不要露面。

不一会,大汉的两位大将军、曾经的太傅和丞相就在庄园的客厅相遇了。

"不知丞相驾到,有失远迎,还望丞相海涵。"

周亚夫苦笑道:"大人不是太傅,老夫也不是丞相。前日早朝时,皇上已经免了老夫的丞相之职,现在你我都是无官一身轻了。"

丫鬟送上点心、茶水,当客厅里只有他们两人的时候,窦婴神色严肃地问道:"这究竟是怎么回事?"

周亚夫摇摇头,叹息道:"这真是一言难尽啊……"

由梁王挑起的风波终于过去了。

用一批人头祭奠另一批亡灵,那是秋后的事情了。现在,刘启要做的是弥合兄弟之间的裂痕。

就在罢朝五天、祭祀天地之后，刘启在未央宫设宴款待刘武。卫绾、周亚夫、田蚡、郅都等人作陪。这样的安排，一半是太后的意思，一半是王娡的劝告。

刘武今天得到了很高的待遇，刘启特地让他与自己并排坐在一起。酒席是丰盛而又奢侈的，熊熊大火煮着大殿中央巨型铜篸里的酒酿，案上的菜肴、果品因酒气的润泽而更加的可口。

在掌管礼仪的仆射宣布宴会开始之后，刘武很谦恭地向刘启敬酒，他的眼角甚至溢出了泪水："谢皇上宽恕。"

刘启拿起酒爵，很大度地与刘武对饮："你我都是太后的骨肉，至亲的兄弟，从今往后，当勤力同心，固我大汉江山，万不可再听信谗言。"

"臣谨遵皇上教诲，臣以后当谨言慎行，只求在母后身边躬行孝道，别无他图。"

刘启把脸转向众臣："众位爱卿，朕今日特地让人烤了上好的乳猪，佐以美酒，让大家尽情享用，岂不快哉！"说完，刘启很爽朗地笑了。于是，大臣们就在这笑声中开始了新的享受——品尝乳猪。

没有谁发现，周亚夫的脸在皇上的笑声中渐渐地阴沉了。是的，当周亚夫的目光被皇上的笑声引向乳猪时，他忽然发现面前桌上既没有切肉的刀具，又没有筷子。他胸中顿生燥热，本来就黝黑的面容此刻变成绛紫色，两道浓眉随着血液的涌动而微微地颤抖。是宫中管事人的疏忽，还是皇上有意地羞辱？

但另一个人的目光让他很快判断出自己的尊严遭受了践踏和漠视——田蚡此刻正用一种隐晦、诡秘的眼神朝这边打量，他似乎对眼前发生的一切早已明白。

周亚夫不能容忍在这样的场合被人侮辱和蔑视，他愤而起身，直朝着皇上的席位走去。

田蚡见到此景十分得意，小胡子因为兴奋而撅成一个弧形。

他从卫绾身边经过的时候，卫绾找不出更好的方式，只是用筷子轻轻地敲击案头，轻声呼唤道："丞相，不可啊！"他试图伸手扯住周亚夫的衣袖，但是周亚夫却从他的手指尖头擦过。

当理智遭遇尊严的时候,显得是那样的苍白和无奈,而冲动的情感却鬼使神差地把周亚夫的行为推向极端。他来到皇上面前,铁青着脸,并不说话。

刘启笑容中夹带着几分奚落:"朕如此待将军,将军亦有愤乎?"

周亚夫很机械地说道:"谢陛下圣恩。只是臣腹中不适,欲回府就医,望陛下恩准。"

刘启并不说话,只是不经意地挥了挥手。

周亚夫深深地叩头,缓缓地转身,迟滞的步履在每一个人的心头走过,渐渐地,他老迈的身影就淡出了大家的视线⋯⋯

"很快!皇上就免了老夫的丞相。"

"皇上怎会做出如此草率的决定呢?省了太尉之职,又免除了你的丞相。"

"不!是老夫得罪了皇后。"

那个王信有什么能耐,除了攀上一个做了皇后的妹妹外,文不能治国,武不能开疆,凭什么封侯呢?因此,当皇上征求他的意见时,他几乎不假思索地拒绝了。

他望了一眼窦婴,自嘲地笑了笑道:"老夫本来就不是当丞相的料。"

"那么,现在是何人在当丞相呢?"

"圣旨已下,御史大夫桃侯刘舍为丞相。"周亚夫不以为然道。

窦婴失望了,看来因为废太子刘荣,皇上对他的成见很深。自从刘荣被贬为临江王后,就再也没有消息。

朝臣们免的免、杀的杀,这让窦婴感到朝廷的动荡并没有过去。他们的心境都陷入无以名状的复杂中去了,他们都找不到恰当的方式安慰对方,只有一爵接着一爵喝着不知滋味的闷酒。

周亚夫告诉窦婴,太子每遇大事时总是想起他的教诲,常常因此弄得卫绾十分尴尬。窦婴听此,便在心中生出不尽的欣慰。

酒酣之时,他们数日的郁闷都被这酒精渐渐淡化,在酒爵交碰中,窦婴心头升起对刘彻的希望。特别是听了刘彻灉阳之行的故事后,他似乎获得了一种新的感知——大汉的崛起在先皇和当今皇上,而大汉强盛就在太子身上。

窦婴情之所至,不能自已,遂站起来,邀周亚夫为太子干杯。但他没有从周亚夫的目光中得到响应。

"请大人饮了此爵,老夫还有话说。"周亚夫说罢,先自饮了,那话也随着琼浆的燃烧而溢出了口,"恕老夫直言,依大人眼下的境况,既愧对于临江王,又愧对于太子。"

"丞相何出此言?"

周亚夫看窦婴饮了爵中的酒,知道他并不计较自己的指责,继续道:"能使将军富贵的是皇上,而与将军最亲近的却是太后。如今太后年迈,皇上龙体欠佳,皇后说动皇上大肆封侯,而大人却长期称病不出,躲在蓝田,以饮酒射猎为乐事。倘若朝中生变,大人则危矣。值此多事之秋,只有大人才能辅佐太子光大大汉基业!为了大汉江山,请大人受老夫一拜。"

窦婴被感动了,他情不自禁地伸手上前与周亚夫的手紧紧握在一起:"多谢大人指点,在下定不负大人厚望,不日便进京朝见太后。"

此时,从南山响起的春雷,滚过滔滔的浐河,在平原上拉开一道口子……

第五章

登楼追远忧国政　帝后论人起锋争

大汉风云变幻了八个年头,到刘彻十六岁的冬天,终于随着在长陵、安陵的东北边矗立起一座阳陵而翻开了崭新一页。

这是建元元年(公元前140年)九月的一天,刘彻在丞相卫绾和中大夫韩嫣的陪同下登上了长安横门城楼。十二年前,他就是从这里目送他亲爱的姐姐走过横桥,走过高原,走向大漠深处的。

尽管他已不记得当时的情景,然而母亲含泪的描述一次次激起了他对匈奴的仇恨。他越过城下的横桥,久久地凝望着远方。那平坦宽阔的驰道,那影影绰绰的帝陵,那郁郁葱葱的松柏,在秋云下显得逶迤而又厚重。

那里长眠着他的曾祖父刘邦,他的堂祖父刘盈,如今,那个把汉朝的声威推向新的巅峰的皇帝——他的父皇刘启也静静地躺在了他们身旁。

刘彻的眼睛渐渐地模糊了,他感叹岁月的无情和人生的苦短。父皇——汉朝的第四代君主,曾叱咤风云地平定了七国之乱,曾在潇洒谈笑中化解了梁王觊觎储君的图谋。可怎就忽然在一个深夜撒手人寰了呢?

也许在这一变故之前,上天降了一些先兆警示人们。

前年五月,上庸县发生了大地震,城墙崩塌,人口死伤无数。消息传来,朝野大惊。

去年正月,刚刚过完上元节,京城的华灯还没有来得及拆卸,东市、西市的年气还没有散尽,百姓们庆祝的龙灯和百戏依然在上演。都城却在一日之间连动三次,皇宫的城垣也被震开一道道裂纹,少府寺整修了十个多月,直到立冬方才结束。

而时令刚刚进入十二月,一场更大的灾象出现了。

那天,刘彻在思贤苑中听卫绾讲书,两人正说到兴奋处,突然从城外滚过一阵惊天动地的雷声。卫绾手中的竹简"哗"地被惊落在地,眉宇间充满了不解和惊恐。

他向来不相信灾象异变的,可这雷声来得太突然了。刘彻顺着卫绾颤抖的手看去,呈现在他眼前的是一幅多么怪异的景象。绚烂温暖的太阳失去了往日的风采,成为一颗悬挂在天空的紫色圆球,而本应晚上才出的月亮却横贯中天。昏暗中,上相、次相、上将、次将四颗星自西向东逆行而聚于太微星周围——这一切,让大家产生了一种大难将至的恐惧。

思贤苑内,黄门们乱作一团,惊恐尖叫声一片。宫墙外,杂沓的脚步声纷至迭去。

卫绾步履仓皇地奔出门外,仰天长呼:"昊昊上苍,卫我圣皇……"一言未尽,身体已经颤抖不已了。

他的行为让刘彻多少有些失望,秦皇挥戈东进,高祖笑唱大风歌的雄姿在他心中油然而生。作为大汉的太子、未来的皇上,他意识到自己的行为和情绪对周围的人——不!对整个王朝的臣民是多么的重要。

他几乎没有犹豫,"嗖"地从腰间拔出宝剑,对着昏暗的天空长啸:"天行有常,不为尧存,不为桀亡。泱泱大汉,德配天地,享国万世。区区天象,能奈我何?羽林卫何在?!"

"属下在!"

"属下在!"

……

年轻的羽林卫将士被刘彻凛然的气度感染,迅速执戈列队,聚集在他的周围。刘彻铿锵的声音在他们的耳际回荡:"张弓开弩,严阵以待,顺我者存,逆我者亡!"

林立的弓弩直指长天,羽林卫爆发出震天的吼声——

"顺我者存!"

"逆我者亡!"

……

吼声从思贤苑中卷起,涌向长安街头,涌向滔滔的渭水,涌向嵯峨的南山,涌进都城每一个百姓的心里,淹没了云天深处的雷声。

这样对峙了大约半个时辰,云退了,风息了,天晴了。太阳重新将灿烂的光芒洒向大地,经历了这场风云的未央宫在阳光下显得更加雄伟壮观,两旁镶着青龙的旗帜发出炫目的光彩。

这件事让卫绾惭愧了许久,从那天起,当他与刘彻在一起的时候,就觉得有一股气流不断地从刘彻体内散发出来,笼罩着他的身心,使他既不敢走近,也无法摆脱。

那些年也是朝廷政局剧烈动荡的日子。

景帝中元六年(公元前144年)四月,刘武怀着一颗遗憾的心在濉阳去世。这位曾谋杀了朝廷十几位重臣的梁王殿下,在弥留之际仍然对自己没有成为大汉的天子而抱恨。据主办丧事的官员回京后传说,梁王薨后依然睁着眼睛,似有牵挂让他难以瞑目。

梁王去世的消息传到长信殿中,太后痛断肝肠,仰天长叹:"皇上果然杀了我的武儿!"

景帝后元元年(公元前143年),周亚夫因置办陪葬的五百甲胄被告发,以谋反罪锒铛入狱。

他虽然是一介武夫,但他清楚皇上这样做的用意,那就是为太子清除执政的障碍。皇上最不放心的就是这些手握重兵的大臣。因此,辩亦死,不辩亦死,辩又何益?

卫绾后来从廷尉府呈送给皇上的奏章中得知,周亚夫在公堂上曾为自己辩护过。他拒不承认加在头上的罪名,他认为购买的甲胄都是用于陪葬的,根本谈不上谋反。而廷尉却说,大人纵然不在生前谋反,死后也会在地下谋反的。周亚夫便不再辩解。

对一位曾统率三军,位极人臣的将军来说,还有什么比被诬陷更令他寒心的呢?还有什么比从昨日座上宾沦为今日阶下囚更让他绝望的呢?最后,他绝食五日,呕血而亡。

是的，皇上是到晚年，性格就越怪异多疑。

景帝后元三年(公元前141年)七月，在丞相位置上待了三年的刘舍被免去职务，卫绾接任丞相。是什么原因，皇上没有说。

在那天灾象退去、日丽风清的时候，刘彻与卫绾一起被召到刘启的床前。

刘启的脸色很苍白，说话间常常伴随着断续的咳嗽，头上也冒着虚汗。他显然清楚自己将不久于人世，他要王娡和卫绾速为太子准备行冠礼。

甲寅日，刘启拖着病体勉强为刘彻举行了冠礼，随后便被抬回了皇宫。

甲子日，刘启在走完了四十八年的人生后，驾崩于未央宫。

而今，先帝已经长眠地下，摆在刘彻面前的问题是——王朝今后向何处去？

景帝晚年行事随性，使朝政动荡，许多机构都已十分混乱，亟待走上正轨。而人才匮乏，官吏更迭频繁，这也是刘彻忧虑的焦点。

社稷不稳，就不可能德配天地，享国长久。因此，刘彻下诏要求丞相、御史、列侯等两千石以上官员举贤良之士。可一个月都过去了，事情却没有什么进展，他不免有些焦虑。

他回头望了望紧跟在身后的卫绾和韩嫣，看他们毕恭毕敬的样子，就觉得不舒服。他心想：朕要的是办事效率，而不是每日的如影随形。

可是，他越不愿看见的事情，就越屡屡发生在他的眼前。刚刚转过横门城楼，韩嫣就发现道边有一块不知何时脱落的城砖，他一边忙不迭地把它搬到城垛的边沿，一边训斥守城的羽林卫士卒："何人如此大胆，竟敢在此遗下砖石？"

韩嫣见无人应对，上前对着一个士兵就是一耳光。士兵在微微摇晃之后，立即恢复了肃然站立的状态。

这一幕让刘彻很感动。是的，固若金汤不仅靠城池的坚不可摧，更在于将士们万众一心。他对韩嫣的举止表示了不悦："韩卿何必如此虚张声势？难道你不知岗哨不经允准，不能与人说话的军规么？"

韩嫣闻言，诚惶诚恐道："臣一心想着陛下的安危，因此疏忽了军规，请陛下恕罪。"

这个韩嫣是什么时候变得如此世故和圆滑了呢?虽然在过去的七年中,他只是一个陪读,可他终究也师从卫绾,怎么如今倒如陌路人一般呢?刘彻心里不解地想着。

不过此刻令卫绾更担心的是,今日的韩嫣再也不是七年前那个单纯的少年了,他是本朝最年轻的中大夫。这样的人如果长期待在皇上身边,后果将不堪设想。可是,这种感觉卫绾现在只能埋在心头。

刘彻并没有发现卫绾的异样,对朝政的思考使他很自然地想将一个敏感的问题提到卫绾面前。他知道当着韩嫣回答这样的问题会使卫绾十分为难,因此他对韩嫣说道:"近来晴好,朕有意到上林苑中游猎,韩卿可速去准备。"

"诺!"

韩嫣迈着轻快的步子下了城,他已许久没有陪皇上狩猎了。他最担心的就是皇上兴趣转移,那样他就会失宠。他决定把皇上登基后的第一次射猎安排得周周全全,给皇上留下须臾不可离开的印象。

走完城楼的最后一个台阶,韩嫣的眉宇间透出难以掩饰的喜悦,甚至笑出了声。

刘彻放慢脚步,等卫绾跟上来后才问道:"太傅怎样看父皇最后七年的朝政呢?"

这是让每一个朝廷官员都难以回答的问题,皇上究竟要表达一种什么意思呢?卫绾不敢深想,他只能首先歌颂先帝的功绩。

"先帝一生,恭俭尊业,移风易俗,黎民拥戴。皇皇业绩,光昭万世。臣每思先帝恩泽,铭感肺腑。"

刘彻摇摇头笑了:"朕知道丞相信守儒家'为尊者讳'的箴训,不肯对先朝的政事说些什么。可朕记得当初在思贤苑听窦太傅讲述《孟子》时说过,人非圣贤,孰能无过?父皇也是人,哪能事事都对呢?"

刘彻并不等卫绾的回答,就继续说道:"朕近日翻阅父皇生前批阅的奏章和发出的诏书,发现有几件事情处理得不够妥当。譬如临江王的冤案,周亚夫的冤案,都不免让忠良之士寒心。还有那个窦婴,只因为对废除刘荣太子之位表示了异议,就被革去职务,长期赋闲在家。其实朕现在想来,窦婴亦无大错。他作为太傅,也是在尽为师之责!还有,因为对周亚夫的猜忌,就省去太尉一职。皇皇大汉,怎能没有执掌军务的大臣呢?"

他说到这里,就打住了话头。这些事满朝文武心知肚明,只能点到为止。只要卫绾不表示异议,就说明他的感觉准确。历史已翻到新的一页,他现在需要清楚的是,自己该做些什么。

"千里之行,始于足下,凡事得从当前做起,朕月内要做两件事情:一件是举行策问,另一件就是恢复太尉府,开始整治军备。"

一提到策问,刘彻就想询问推荐贤良之士的情况:"朕要丞相举荐人才,怎么至今都没有回音呢?"

"启奏陛下……"

一言未了,就被刘彻挥手拦住了:"丞相有话就直说,这又不是在朝堂。"

"诺!启奏陛下……"

"怎么又来了?"

"臣习惯了!臣这就改!"卫绾的额头渗出了汗珠,他在心里埋怨自己,自从去年思贤苑灾象之后,他在皇上面前越来越拘谨了。他轻轻喘了一口气,尽量让心绪平静下来,"自从诏书下发各地后,郡国纷纷举荐忠谏刚直之士。现在报到丞相府的大约有五百人。经过筛选,比较优秀的有严助、赵绾等人。只是……"

"有话就说。"

"只是其中有不少治申、韩、苏、张之徒者,臣以为这些皆属异端邪说,尽可罢黜。"

"丞相说得对。诸侯异政,百家异说,大一统岂非空言?"刘彻说着话,想起一个人来。

"那个董仲舒呢?"

"太常寺已把他作为首选人才。"

"朕在思贤苑陪读时,窦太傅曾为朕讲过他读《公羊春秋》的心得,其取经用宏,其思通古今,其要言不烦,颇有见地。如此之人,朕要亲自问策。"

又是窦婴。卫绾心里不是滋味,他发现皇上最近不断在他面前提起窦婴。过去做太傅的时候,听听也就罢了,可现在……

"朕何时可以当殿问策？"

"臣以为十月可以准备就绪。"

"要抓紧时间,朕可等不及了!"

"诺!陛下圣明!臣这里还有一人,姓公孙名弘,亦善治《春秋》,只是年龄大了些。"

"春秋几何？"

"已经过了知命之年。"

刘彻想了想道:"的确是大了些。朕以为中兴大汉,非少壮有力者不能为之。不过此人还是先放到太常寺吧!"

"诺!"卫绾捻须沉吟片刻之后,缓缓道,"吸纳儒学之士入朝,太皇太后那里……"

君臣的谈话正要继续下去,却见包桑气喘吁吁地上城来了,说太后召见,有要事相商。跟随着刘彻的脚步,卫绾发现自己越来越迟钝,有些不适应皇上锐意进取的节奏了。他从皇上的话音中也隐约听出朝廷格局将发生巨大变化,而这种变化必然要受到来自长信殿和永寿殿两股力量的牵制。他在皇上身边待了十三年,深知窦婴对皇上的影响。

随着景帝的驾崩,窦婴东山再起已成定局,而太后王娡决不会对田蚡的位置不予考虑。这样一来,他的丞相之位肯定是坐不稳了。没有背景,仅靠跟周亚夫平叛立功、靠思贤苑讲书立德、靠研习儒学经典立言的卫绾便有了急流勇退的考虑。

"陛下……"卫绾说话的声音很低,以致连他自己也听不清楚,不知道皇上会怎样对待他的这个请求。

刘彻的一只脚已经登上了车驾,他转身问道:"丞相有事么？"

"陛下!臣……"

"丞相这是怎么了？心事重重的。"

"陛下!臣请陛下爱惜龙体……"卫绾最终还是咽下了要说的话,看着皇上的车驾在黄门的簇拥下渐渐远去了……

田蚡这几天真是忙坏了,时而出入于公卿府上,时而到宫中打探皇上对官职的安排。这会儿,他正在长信殿中与王娡叙话。

田蚡打量着王娡，他发现先帝驾崩后，姐姐忽然就老多了。眼角细密的皱纹记录了这个后宫主人心灵深处的痛苦，而两颊艳丽粉黛的褪去，则标志着她从皇后到太后的身份变化。

这一切，都使田蚡心底生出亲情的恻隐，由衷地安慰道："国事繁杂，还请娘娘珍惜玉体才是。"

"唉！"王娡理了理垂到胸前的长发，"哪能轻松得了呢？先帝走了，彻儿年幼，我觉着这肩上的担子更沉重了。"

王娡这一年来的心情并不轻松，她既要为刚刚登基的皇上牵肠挂肚，又要为田、王两家的未来而费心。太后这至高无上的荣耀排解不了她情感上的寂寞，千头万绪的国事也不能带给她丝毫安静，而错综复杂的关系又使她徒添了许多的烦恼。她现在才明白，为什么太皇太后的性格是那样的孤僻。这皇宫就像一盆炉火炙烤着她的灵魂，使她离自己的本性愈来愈远了。

"其实，只要把人安排妥当，想来是不会出什么事的。"

"兄弟说得是。可你知道么，就是这事最让人闹心。刘姓诸王不能不考虑吧？太皇太后那边更是马虎不得，弄不好就会出事。"

"娘娘所言极是。臣弟听说，窦婴已于昨日被皇上召回京城了。"

"这是皇上的意思，也是我的意思。窦婴秉性耿直，当年为了立储一事，敢于当面顶撞太皇太后，这说明他心底无私。现在正当用人之际，就不该让他闲着。"

王娡的回答让田蚡很吃惊，他原以为太后首先会想到是田、王家族里的任何一个人，却不想她首先把那个在蓝田庄园赋闲的窦婴纳入视线。田蚡觉得不能再等了，他必须弄清楚自己在朝廷中居于什么位置。

"窦婴当然要老成和稳重一些，那娘娘有没有考虑过臣弟的事情呢？"

"这……"王娡没有继续往下说，其实田蚡进宫的那一刻，她已经命包桑传话去了。

黄门悠长尖细的声音打断了姐弟的谈话。

"皇上驾到……皇上驾到……"

王娡站起来对田蚡道："不要看彻儿年轻，可他最烦的就是裙带关系，兄弟还是先回避一下为好。"说完，她就吩咐宫娥伺候田蚡到偏殿休息，又命紫薇帮自己整理好服饰。她刚刚坐稳,就见刘彻出现在殿门口。

"儿子参见母后!"

"平身!紫薇,给皇上上茶!"

刘彻的心思还没有从与卫绾的谈话中转过来,他对太后的忽然召见也感到大惑不解:"母后这么急召儿子进宫,不知有何要事?"

王娡皱了皱眉头,她听得出皇上好像不大乐意来此。她心想:他这点怎么就没有随他的父皇呢?他才十六岁,日后渐渐地大了,还会听她的么?可她又能怎样呢?他一旦坐上皇帝的宝位,就不能再拿他当孩子看了。

王娡屏退左右,才把事情提到刘彻面前,"我今日请皇上来,就是想问问皇上对国事的打算?"

刘彻很快猜到太后找他来的目的,笑道:"母后的意思,不就是要问对舅父有何安排么?"

王娡很吃惊,怎么她的心思被彻儿揣摩得如此透彻,而且还是这样一针见血呢?

"既然皇上明白,我也就直说了。皇上刚刚主政,朝廷诸事未稳,刘氏诸王虎视眈眈。依我看来,田、王、窦氏才是心腹之人。"

"嗯……母后所言甚是,只不过外界对舅父颇有微词!"

"他们都说些什么?"

"有人举报,说舅父借着母后荫庇,侵占民田。"

"哦!有这事么?"王娡疑惑的目光掠过刘彻的额头,质疑道,"也许是有人出于私欲,故意中伤呢?"

刘彻不以为然地摇了摇头:"不瞒母后,儿子虽然年轻,可对舅父贪利多欲的性格还是有所了解的。"

王娡的话被噎了回去。其实,她也不得不承认刘彻的话有道理。但是在田、王两家,除了田蚡,没有谁能替她分忧。她那个兄弟王信,论贪欲比起田蚡有过之而无不及。给他个爵位也就罢了,万不可指望他能帮彻儿打理国政。

自己的儿子自己知道,对刘彻行使母亲的权威,只能激起他更大的反感。她有意转换了说话方式,严肃道:"这个皇上大可放心,我不会因私废公,一定会多加管束的。"

"那依母后之见，安排什么职位比较合适呢？"

"这个请皇上考虑，不过依我看来，总要位列三公才好。"

刘彻皱了皱眉头，王娡的话让他非常不快。说不干涉朝政，却要位列三公，这不是伸手要权么？但不管怎样，她是太后，他掂得出她话中的分量，尤其是目前，有一个太皇太后在那里牵制着，他就更不能违逆太后的意思。刘彻知道，他必须尽快脱身，否则太后必有更多的要求。

"儿子一定谨记母后的旨意，既然父皇将江山托付给儿子，儿子自然是竭力用命，不会因重亲情而轻社稷的。"

"皇上这话是何意思？"

"儿子的意思是，纵然儿子依母后旨意委重任于舅父，他也要依律行事，倘若他触犯大汉律令，儿子也绝不姑息。"接着刘彻便起身告辞，"母后要是没有其他事情，儿子就告退了。包桑，起驾回宫！"

从长信殿外传来尖细的声音："皇上有旨，起驾回宫！"

"皇上有旨，起驾回宫……"

"皇上有旨，起驾回宫……"

"皇上……"王娡望着刘彻的背影，怅然若失。她反复品味着刘彻的话，不免又心生烦恼。什么时候，皇上性格变得如此了！

"娘娘！皇上已经走远了。"田蚡不知什么时候从殿后转了出来，悄悄地站在王娡的身后。

王娡一脸不高兴："刚才的话你都听到了？"

田蚡捻着翘起的胡须叹道："怎么会没有听到呢？看来，我这外甥也是一匹烈马啊！"

"你说什么呢？他可是一条龙，骨子里流着刘氏血液的龙！"

田蚡的小眼里蒙着一层雾，道："这可是一条不易驯服的龙啊！"

王娡白了田蚡一眼："还说呢？我早就对你说过，这朝廷内外都是眼睛，要你注意行事，不可张扬，你怎么就不听呢？虽说我如今是太后，你等因此也受到皇上的恩宠。可是，兄弟也是久治儒学的人，儒学从来就有民为贵，社稷次之，君为轻的箴言。倘若你触犯了大汉律法，无论是我还是彻儿，恐怕也救不了你。所以,你要好自为之。"

"那么,皇上对臣……"

"我已经说了,具体的事我不干涉。不过彻儿绝顶聪明,我的意思他明白,总不会太差。"

田蚡捻着胡须没有说话,他对未来有了一种担心和忧虑,眼里似乎没有往日那样流转和精明了。对自己这位外甥,他实在有些琢磨不透。

出了长信殿,包桑小声问道:"皇上是要到椒房殿去么?"

"不!回未央宫!"刘彻说着话,步履轻盈地登上了车驾。

"皇上可有好些日子没有到椒房殿了。"包桑小心翼翼地提醒。

"这是皇后的意思么?她怎敢干涉朕的事情?"

"不是的!奴婢以为皇上太劳累了,也该调养调养身体了。"包桑抬头去看,刘彻已经坐上了车驾。

"既然不是皇后的意思,你还啰嗦什么?起驾!"可车驾走了没几步,又停了下来,刘彻在车内对包桑高声道,"你去告诉皇后,就说朕夜间要批阅奏章,就不到椒房殿了。"

"诺!"包桑看着皇上的车驾越来越远,才转身朝椒房殿走去。

对皇上,包桑怀着深深的感激。也许是因为当年在思贤苑为皇上讲述李广将军故事的缘故,皇上一登基,就让他做了未央宫黄门总管。这份恩宠让他感激涕零,他不愿看到皇上有一丝不快。他虽然不清楚皇上刚才和太后说了什么,但他凭着直觉,就知道这是一次并不愉快的母子相聚。

自从做了中人之后,包桑早已没有了对异性的冲动。未央宫中美女成群,但对包桑来说,她们只是视角上的不同。所以,他理解不了女人在皇上的眼中究竟处于什么位置。更令他无法理解的是,韩嫣不知用了什么法术,竟让皇上撇下美丽的皇后而同他待在一起。而且韩嫣一到皇上身边,他就只能远远地站在宫门外守候。

其实,韩嫣也有说不出的无奈。他已经十九岁了,对女人的征服和占有欲使他每天都处在骚动和不安中。他到上林苑安排了狩猎的公务后,并没有急着回京复旨,而是坠入了水衡都尉安排的温柔乡里。

那女子是十分精于调情的。她每一个眼神都把韩嫣全部的激情汇聚到她最敏感的部位;她嘤嘤带着娇媚的笑,像一汪春水从韩嫣焦渴的心土上漫过,弥合着他寂寞的裂缝;她滑腻的肌肤,仿佛丝帛一样,在韩嫣的身下抖动着诱惑的光波;而她"哼哼"的喘息,带给这个每日陪伴着皇上的男人,是妙不可言的快感。

那一刻韩嫣真正地体味到,一个没有在女人这方土地上耕耘过的男人,一个不能给女人注入快感的男人,他的生命简直就是清晨的一缕雾霭,轻飘得没有任何分量。

他对这女子说不上爱,完全是一种发泄,他们彼此满足的只是肉体的欲望。这使韩嫣在每一次冲击时总表现出穿透的残酷,他认为只有那女子求饶的声音才能让他感觉到他作为男人的存在。

"哎哟!哎哟!哥哥,您轻点,妹妹受不了了!"那女子斜睨着韩嫣,大声叫道。

但韩嫣的脸色却变了:"你叫本官什么?"他不待那女子回答,就一边用手狠抽那女子的脸颊,一边挪动着身体再次发起冲击,"混账,本官是什么人,敢叫我哥哥?弄死你……"

直到那女子昏厥过去,他才带着满足的轻松离开了那间掩藏在密林深处的房子。

他相信来这地方逍遥的,不只他一人,而水衡都尉却从这些女子身上获得了他所需要的一切。在他被迎到客厅的时候,水衡都尉笑问道:"大人可痛快?"

韩嫣不置可否地笑道:"天下没有不抓兔子的鹰,大人有什么要在下办的事情么?"

当女人做了他们之间的交易筹码时,水衡都尉便不加任何掩饰地把要求摊在了韩嫣面前,"卑职没有什么要求,只是有朋友希望大人在皇上面前引荐一下罢了。"

"此人叫什么?"

"赵绾!是地方上有名的儒生。卑职知道,皇上现如今正在大力求贤,大人何不将这好事做了,赵绾也一定不会忘记大人恩德的。"

"哦！呵呵……"韩嫣以他爽朗的笑表示对所托事情的应允。

现在韩嫣回到了未央宫，他已经早早地站在殿门口迎接刘彻的归来。他扶着刘彻进了未央宫前殿，督促黄门伺候皇上梳洗；尽管御膳坊在为皇上奉上饭菜的时候，已经有专门的黄门尝过，但韩嫣还是在亲自尝过之后，才禀奏皇上进食。他笑容可掬地站在一旁，似乎只要皇上吃得舒心，他就获得了最大的满足。

他所做的这一切，给刘彻留下忠诚的感觉："韩卿，你就与朕一起用膳吧！"

韩嫣顿时激动道："谢陛下隆恩。臣怎么敢与陛下同席用膳呢？臣看着陛下用膳，已是天大的荣幸了。"

"韩卿何出此言？朕从小就与爱卿同榻而卧，吃一顿饭又有何妨？"

韩嫣还是嗫嚅着："皇上……臣……"直到刘彻正色起来，韩嫣才轻手轻脚地在刘彻的对面坐下。

与其说是与皇上一道进餐，不如说韩嫣是想借此寻找向皇上进言的机会。这美食玉馔究竟是什么味道，韩嫣一点也没有尝出。他的一双眼睛一刻也没有离开刘彻的眉宇，在确定刘彻对上林苑狩猎安排妥当表现出肯定时，韩嫣很随意的又把赵绾的名字提到了皇上的面前。

韩嫣绘声绘色地描述着赵绾，说他学养深厚，精稔儒学；说他办事干练，忠于朝廷。刘彻听着听着，嘴角就溢出会心的笑意："韩嫣，朕没有白与你同榻而卧，朕要赐你一杯御酒！"

看着韩嫣饮下澄亮的玉液，刘彻心头再一次闪过一个强烈的信念："兴大汉者，非少壮有力者不能为也！"

……

此刻，在椒房殿里，阿娇正对着她的母亲撒气。

依照宫廷的礼制，皇后的家人拜见，是要先例行宫廷的礼节，然后才论亲情。但阿娇没有等母亲行拜见之礼，就扑在母亲怀里"呜呜"地哭了起来。

"这是怎么了？是谁这么大胆，敢欺负到皇后头上来了？"长公主抚摸着女儿的肩膀问道。可阿娇不说话，只是哭。又是骂宫娥们，又是拿殿中的陈设撒气，看见什么就摔什么。

这都是平时自己放纵了她,可自己当年在窦太后身边时,又何尝不是如此呢?但现在是在宫中,可不是在侯爷府,情形是不可同日而语的。长公主心中这样想着,就不得不正色地批评起女儿来。

　　在母亲连规劝带批评下,阿娇情绪渐渐地平复了,遂将自己的遭遇一一说给了母亲听,她扯着母亲的衣袖撒娇道:"您说,女儿是皇家的外孙,当今的皇后,可是皇上他……"

　　听着阿娇的诉说,长公主的心渐渐沉重了。

　　是啊!论起年龄,皇后虽然比皇上大了三岁,可也不过十九岁,正是一朵花刚刚开放的季节;论起容貌,阿娇虽说不是绝代佳人,可也够得上倾国倾城了;论起身份,她是太皇太后的外孙女,长公主的女儿,皇上为什么就对阿娇冷落了呢?

　　她半是期盼半是担心地向女儿问道:"皇后最近身体有没有不适呢?"

　　"没有啊!"

　　"清晨起来,就没有恶心的感觉么?"

　　阿娇摇摇头。

　　"有没有想吃辣的或者酸的等偏食的嗜好呢?"

　　阿娇还是摇摇头。

　　"皇上对你好么?"

　　"怎么说呢?眼下还可以,往后就……"阿娇抿了抿嘴唇,不好意思地低下了头,那一双眼睛却分明多了几许波澜,"反正他是很能折腾的,有时候一夜几次,女儿……"

　　长公主不再问下去,这样的事情,问得太细反倒不好。只是她有些困惑,也有些担心。从小在皇宫里长大的她不会忘记薄皇后就是因为没有为先帝生下龙种而失宠的。

　　"女儿啊!"长公主的黛眉渐渐收拢了,此刻完全让亲情占据了心胸,"娘不说你也明白,皇后的位子是要靠太子来维系的。听娘的话,在皇上面前千万不可任性,要拴住他的心。娘明日就到永寿殿去找太皇太后商量,找太医来看看。不过,这事千万不能让皇上知道了,以免不必要的麻烦。还有,你对身边的宫娥们既不能放任,也不可太刻薄。不要看她们一个个俯首帖耳的,心里鬼着呢！"

长公主忽然想起刚才进宫时遇见了包桑,忙问道:"包公公来过么？"

"来了！就是他传话说皇上今夜不来的。"

"皇后没有赐点东西给包公公？"

阿娇摇了摇头。

长公主叹息道:"女儿啊,你不要瞧不起那些中人,他们哪个不是皇上的耳目？下次包公公再来,你可不能怠慢了。"

第二天,长公主早早地进了永寿殿。在那里,她看到了表兄窦婴。

窦婴的脸色很好,长期的赋闲并没有影响他的情绪,他依旧是那样谈锋劲健,那样思路清晰。

太皇太后对这个曾经伤她心的侄儿的归来感到很欣慰。景帝驾崩以后,她一直沉浸在白发人送黑发人的巨大悲痛中。先是最疼爱的小儿子刘武撒手人寰,接着刘启又英年早逝,这使这位在太祖高皇帝年代进宫,陪伴了两代皇帝的老人遭到了沉重打击。躺在永寿殿的榻上,人们曾担心她从此会被遗忘,再也不可能成为皇室安定的象征。

可她又一次创造了奇迹,早年的颠沛流离铸就了她坚强的意志,使她作为这个王朝的最高权威依然挺立。这些日子,不断有人传来消息,说皇上对儒学热情甚高,这意味着大汉这艘负载了半个多世纪风雨的大船即将改变航道,这是她不愿意看到的。而就在此时,窦婴回到了京城。

太皇太后对窦婴寄予很大的期望,嘱咐道:"皇上此番召你进京,必有大用,你要好自为之,万不可让我失望。而我窦氏一门,也只有你堪大用了。"她也没有忘记教导一直伺候在身边的窦宇,"往后,跟你族叔学着点,不要整日浑浑噩噩的。"

"侄儿一定不辜负太皇太后的期望,定会竭力辅佐皇上光大汉室。"

但是,太皇太后对这笼统的回答并不满意,她要的是他对国策的具体态度。

"立国之本,莫过于国策。我朝自太祖高皇帝以来,素以黄老之学治国,才得以享国长久。"

"这个侄儿知道。"

"我知道你向来薄老而厚儒。前些年,我们还为此发生了许多不愉快的事情。这一回,我希望你能以国事为重。皇上年轻气盛,在戡定国策上不免会有所遗漏,你作为重臣,可不能由着他的性子来。"

窦婴很清楚,这是太皇太后召他来的核心,也是今后未央宫与永寿殿交锋的核心。而他在进宫之前,恰恰就是儒学立国的鼓动者。他前日一回到京城,皇上就召他到未央宫进行了长谈,话题只有一个,就是要改弦更张,大力吸纳儒学人才,以儒学立国。皇上在谈起自己的治国方略时,眉飞色舞,慷慨激昂,使得窦婴都不忍打断他的话。可是,窦婴却十分清楚,儒学立国最大的障碍就是坐在他面前的这位姑母。

窦婴不再是当年的那个窦婴了。仕途的一波三折使他的性格得到了淬火锻钢般的历练。在太皇太后说话的时候,他始终保持着冷静。

"太皇太后的意思侄儿很清楚,侄儿定会向皇上禀奏的。"

太皇太后的眉宇展开了,她相信当年把窦婴赶出朝廷,让他赋闲在家是多么明智的决定。这一定给他留下了刻骨铭心的印象,会促使他对自己的行为进行反思,性格也会得到磨炼。她于是对这位已到中年的侄儿恢复了早年的亲昵,她颤巍巍地伸手要窦婴坐到她的身边,她拉着他的手亲切询问他在蓝田的日子,她甚至埋怨已经去世的儿子不该为了废太子而罢了他的太傅职务。

这亲情让窦婴十分感动。他想,如果太皇太后不是那么固执地维护祖制,那么刘彻的执政一定会比现在顺利得多。他任太皇太后枯瘦的手在自己的掌心摩挲,却想不出用怎样的话语将这种亲情更加向前推进一步。

恰是长公主的到来打破了这种温馨的平静。

"哎呀!是表兄到了。"长公主爽朗的笑声在窦婴耳边回响,他急忙起身向长公主行礼。

"参见公主殿下!"

长公主忙上前扶起窦婴道:"免了!免了!自家兄妹,何必多礼呢?"

窦婴道:"前日刚刚回京,还没有来得及去拜见皇后和公主呢!"

长公主道:"是呀是呀!阿娇哪天不念叨你这个舅父呢?常说要到蓝田去看望你呢!这下倒好,你回来了,有空就去宫中看看她,也让她放心。"

"嗯，一定一定！"

"不知表兄可曾见过皇上？"长公主总是不失时机地让话题围绕着自己关心的问题展开。

窦婴道："前日回来，就被皇上召见了。"

"依皇上的性格，表兄这回要派上大用场了。"作为女人，长公主并不关心国家大事，她只关心皇后的地位是否稳固。因此，她想得更多的是母后这一族在朝廷的位置。

"只是不知道会不会让兄长做丞相呢？"

"这……"窦婴迟疑了片刻道，"皇上没有说，我也就不便猜度。"

"可是我听说，卫绾昨日已经向皇上递交了辞呈。你说……"

"怎么？卫大人要辞去丞相？"

"而且听说皇上已经准了。"

长公主笑了笑，转身来到太皇太后面前，挨着她的肩膀坐下了。

"母后呀！您说说，这卫绾之后谁会是丞相呢？"长公主意味深长地看着窦婴，而说出的话却指向了宫外，"会是田蚡么？"

她放出这话之后就沉默了，神情专注地观察面前这两个人的反应。果然，太皇太后的嘴角露出了不屑一顾地鄙夷："田蚡？他怎么能做丞相呢？"

"他可是太后的兄弟啊！"

"太后怎么了？我还没有死呢，还轮不上她指手画脚！"长公主的话显然刺伤了太皇太后的自尊，她说话的声音伴随着脸色的严肃骤然高昂不少。

"先帝在世时，有什么事不与我商量呢？我就不相信，一个小小的彻儿，敢把我不放在眼里？我明日就宣彻儿进宫，要他让窦婴做丞相！"

太皇太后这样坚决表示自己的看法，非但没有让窦婴感到如释重负，反而使他的心更沉重了。他预感到，年轻的皇上即将面临一个复杂的局面。

作为曾经的太傅，他最清楚刘彻那种独立不羁的性格，他决不会轻易屈从太后或太皇太后的意志，他所追求的是像秦皇、太祖高皇帝那样的丰功伟绩和皇图霸业。当长公主提醒他要谢过太皇太后的时候，他甚至不知道如何表达自己的心绪。

"你怎么不说话了?是怕得罪太后么?"太皇太后很敏感地解读着窦婴的沉默。

"不!不是!"窦婴迅速地调整着自己的情绪,"谢太皇太后恩典,侄儿是在想,为了大汉江山社稷,应该如何辅佐皇上,以不负太皇太后之恩。"

第六章

尊儒策问正纲纪　上林不眠议国是

这是建元二年(公元前139年)十月的日子。

汉承秦制，以十月为一年之始，可是这并没有给董仲舒一点新岁的欢喜。

长安笼罩在一片萧瑟之下，灰色的云在天空中点缀出冷清的色调，偶尔有大雁从空中飞过，悠长的鸣唱与卖炭翁的叫声交织在一起，在驰道旁的垂柳枝头久久回旋。

回望秋日的长安，眼里已布满了惆怅。董仲舒站在十字路口抬眼眺望，驰道像一条金色的锦带，伸向远方。

他有些失落，在听到皇上诏令天下举贤，并且要亲自策问的消息后，他十分振奋，以为报国的机会来到了。

就在月初，朝野瞩目的策问在未央宫前殿举行。贤良们云集长安，盛况空前，他们翘首期待的量才任官终于开始了。它预示着从此将诞生一个与"非功莫侯"具有同等分量的选才制度，大家都为之振奋。当黄门把皇上拟定的题目一一传递到大家手中的时候，董仲舒真正感觉生命的春天到来了。

那策问是多么精彩啊！皇上在"制"中所体现的"永唯万事之统，忧惧有缺"的虚怀若谷，表达对贤良们"精心致思，朕垂听而问焉"的求贤若渴。

皇上在策问中提及了许多问题，比如：那些先王之法到了后来为什么就无法延续下去了？三代之王受命于天的象征是什么？灾异之变又是因何而起的？面对这些尖锐问题，董仲舒不仅领略到皇上的博大，更感到了终遇知音的激动。他没有丝毫犹豫，洋洋洒洒地写了数千字的策对呈送给皇上，他自信策对很对皇帝的心思。

还没有容得上他喘息，皇上的第二道策问就下来了。皇上把对历史和现实的思考提到贤良们的面前。

皇上在策对中提到，为何同样的帝王之道，虞舜就能垂拱而治，而周文王却忙得连饭都顾不得吃呢？为什么同样的刑罚，在周代可以收到四十余年、囹圄空虚的奇效，而到了秦人那里，竟然"死者甚众，刑者相望"呢？

皇上这道策问对那些食古不化者表示了明显的不满，认为他们虽然言世务却不能解决现实问题；虽然稽古溯源，却都是些无用的东西。皇上要贤良们只管"明悉指略，切磋究之"。

这是什么意思呢？原来是皇上要贤良们不必畏惧那些居于高位，唯黄老之学而是从者的态度，只管敞开心扉，直言进谏。

董仲舒受到了极大鼓舞，在第二道策对中，他不再回避现实，直言不讳地指出皇上虽效法先王"亲耕籍田，以农为先，夙寤晨兴，忧劳万民"，但百姓却没有感受到皇上的苦心，这些事情没有被百姓所理解，而他们不理解的原因就在于教育的荒疏。

董仲舒在策对中提到，不重视教育而希望得到贤者，就如同一块玉，不对它进行雕琢，却希望它光彩熠熠一样。他恳请皇上兴太学，置明师，以养天下之士，这样就不愁天下英才不可得了。朝廷也不必把选才目光局限在官宦、富豪的子弟之中。

皇上所忧虑的廉耻混乱，贤愚混淆，正是因为不能选贤任能而造成的积弊。他认为改变这种状况，就必须实行贤能为上，量才任官，录德定位的政策。

策对递上以后，董仲舒已是大汗淋漓了，他有些后怕，担心皇上不能读懂他的良苦用心，甚至误解他的一片忠诚。

然而，当董仲舒接到第三道策问的时候，他情不自禁地在心底感叹皇上的圣明，因为他从皇上的策问中读出了"虚心以改"四个字。皇上不但没有怪罪他，反而觉得他说话绕弯子，要他直指要害！

董仲舒顿时感到了自己的浅陋和狭隘。在第三篇策对中,他不但就皇上提出的问题做了回答,而且把问题集中到皇上最关心的因革损益上来,他提出了"罢黜百家,独尊儒术"的建议。在这篇策对中,董仲舒还隐藏了一个别人不易察觉的秘密,就是他希望通过策对进入三公行列,虽然在文字上他一再表明自己缺乏三公的经验和才能,但他相信皇上会看出其中的意思。

　　但是,当任命的诏书下来后,他并没有像所期待的那样留在皇上身边,而是做了江都王相。而同时接受策问的严助、赵绾却做了京官。

　　董仲舒内心很清楚,随着窦婴、田蚡、赵绾等人的任命,标志着"罢黜百家,独尊儒术"的谏言已获得皇上认可。至于是什么原因让皇上将自己冷落到一边,他说不清楚,也不敢去打探。他只有打点行装,郁郁登程。临行前,他多么想借向皇上辞行的机会,把对大汉的一片赤诚悉数捧出。可皇上没有给他这个机会,只是让丞相窦婴传来他的旨意,要他在江都国尽责尽力,安一方百姓。

　　策问带来的喜悦已经远去,而他面临的是跋山涉水。现在,御史大夫赵绾、中大夫严助在长安宣城门外十三里的积道亭设宴为他饯行。

　　凭栏望去,秋日的关中平原一片萧瑟,落叶漫道,淡淡的雾霭挡住了董仲舒远眺的视线。

　　此去天各一方,何时才能回到长安,他一片茫然。接过赵绾的送别酒,他的心顿时碎了,话音中带了凄婉的哽咽。同是贤良,同答策问,命运却如此天壤之别,他真不知道该怎样才能表达此刻的心境。

　　"下官此去,定不负圣命。只是家小尚在长安,还请二位关照,下官在这里先谢过二位大人了。"董仲舒说着,就拱手作揖了。

　　赵绾和严助慌忙上前扶起董仲舒,严助道:"董兄言重了。论起才学,严助不敢望董兄项背。赵大人身负设明堂的重任,嫂夫人和贤侄就由我照顾吧。严助只盼董兄在江都大展雄才,早日回京。"

　　"如此,下官就上路了。"董仲舒再拜了拜两位同僚,遂上了车驾。驭手一声鞭响,那马蹄霎时在东去路上敲出"嘚嘚嘚"的节奏声。

　　送走了董仲舒,赵绾和严助沉默了好一阵子,情绪才慢慢恢复过来,他们开始讨论设明堂的规划。多日来,赵绾系统地阅读了《周礼·考工记》。按照礼制，明堂是当年周天子宣明政教和举行朝会、祭祀、庆赏、选士、养老、教学等大典的场所。周朝的明堂共分为九室，一室四户八牖。凡三十六户七十牖，以茅盖顶，上圆下方，取象天法地的意思。

他据此要少府寺绘了工程图，但是皇上看了还觉不满意。一天，刘彻把他和严助召到宣室殿，言清词明地对他俩道："汉室的明堂要体现崇儒的意图，要有大汉的气魄，展示大汉的威仪。"

根据皇上的旨意，赵绾要少府寺做了修改。最后，皇上审定的方案为上圆下方，九室八窗四闼十二重。九室法九州，八窗法八方，十二重法十二月。

狩猎前五天，刘彻亲自带着三公勘测了堂址，要求明堂建在京城南安门以东，杜门以西。刘彻当时就要督促少府寺加紧实施，要求在十月朝觐时，儒生能在这里讲授《春秋》。

现在，赵绾带着严助策马来到了未来的明堂堂址上。工匠们见两位大臣前来视察，立即打起精神。他们围着堂址转了一圈后，严助兴奋地说道："下官大体目测了一下，堂方一百四十丈，比前朝的明堂大了不少。"

赵绾望着远处飘落的秋叶，说道："这正是皇上的圣明之处。可这件事情要做起来，还真不容易。"

严助不以为然："难道还有人敢于违抗圣命么？"

赵绾点了点头："太皇太后还不知道皇上有此举动呢！她要知道了，能不干涉么？"

严助沉默了，他不知道该怎样回应赵绾的话。从会稽来到京城，他虽对皇上与太皇太后的关系有所耳闻，却也摸不清底细。他不像赵绾身处朝廷中枢，可这里只有他们两人，沉默又觉得不妥，于是像自说自话道："过了年皇上就十七岁了，太皇太后大概不会过多干涉吧？"

"你可不要小看太皇太后，先帝在世时，都对她唯命是从，何况皇上呢？最主要的是太皇太后不是一个人，在她的周围还围着一批固守黄老学说的人。不知大人注意到没有，对皇上的这次策问，有一个人一直沉默着。"

"谁？"

"万石君石奋的儿子石建。这石奋以崇尚黄老学说而颇得太皇太后的青睐，先帝做太子时，他就曾是太傅。他的四个儿子现在也都是两千石的秩禄，故而他有万石君之称。他们不甘心被排除在中枢之外，必然要找太皇太后的。"

严助倒吸一口冷气："大人这样一说，下官倒真有了印象。记得那天在司马门外，他就曾放言，说先帝遵循的纲纪要丢了。原来他……"

"所以明堂一事必得有分量的人来主持。这次皇上狩猎回来，我就要奏明皇上，请我的老师申公出山，只有他才能与万石君抗礼。"

"只是不知道大人的这位老师春秋几何？"

"与石奋相差无几。"

"哦！令师春秋已高。皇上眼下可是看重年轻人。"

赵绾道："话虽如此，可没有他出面，恐怕无人能与石奋抗衡。"

"也是！我们都太年轻，分量不够。"

长安这地方，有着许多解释不清的机缘。正当赵绾他们议论着石奋父子时，就见东边过来一辆马车，车上的人竟是石建。

虽然是各怀心思，但在这种场合，同僚们总是彬彬有礼地掩盖着内心世界。相互问候后，石建绕着明堂的堂址转了一圈，然后回到他们说话的地方，似乎很意外地问道："烦劳两位大人赐教，这里是在干什么呢？"

"难道大人不知，这是奉诏选下的明堂堂址啊！"严助直言道，他认为皇上在朝堂上决定的事情，没有必要吞吞吐吐。

赵绾已经听出来了，石建这是明知故问。他虽然信守黄老学说，但也不至于连明堂是做什么的都不知道。

石建点了点头，好似大悟道："哦，是这么回事啊！恕下官浅陋无知。不过我朝自太祖高皇帝以来，一直遵循黄老之说，而明堂却是儒家的礼教之所啊！"

"这……"赵绾捻着美髯正要回答。

石建抢道："这事太皇太后知道么？"

严助惊异赵绾的预见，忙接过话茬道："皇上会禀告太皇太后的。"

石建诡秘地笑了笑："呵呵！是这样啊……"

"大人这是什么意思呢？……"

"没有什么，呵呵……呵呵……"石建继续笑着，一只脚早已登上了车驾,然后慢慢离去了。

两人对石建的忽然到来感到不解。

"石建在此时突然出现,总让人感到蹊跷。"

看赵绾心事重重,严助宽心道:"也许是碰巧,大人不必放在心上。"

"但愿不要起什么风波。"赵绾望着石建的车驾越走越远,讷讷自语道。

韩嫣为刘彻精心安排的狩猎在董仲舒离开长安的第二天就成行了。

浩浩荡荡的队伍出了章城门,然后转头向南,走上了通往上林苑的驰道。数百名担任禁卫的羽林卫骑兵,分为前、中、后三队,在中尉张敺的率领下缓缓而行。

紧随在骑兵之后的,是数十面旌旗和多辆鼓车。震天的鼓声在离开长安城许久之后,才渐渐地平息下来,太尉田蚡的车驾就走在这支队伍的后面。

他从中大夫开始,就很少涉足军事,但今天是皇上的首次狩猎,他也不得不披上沉重的甲胄。他十分不习惯戎装裹身,却又不得不挺直身体,摆出军中统帅的架势。他不明白,为什么当初周亚夫宁愿做太尉也不愿意做丞相。

穿上这东西,实在是不堪重负!田蚡在心里想。其实,远比甲胄沉重的,还有他的心境。

这些日子他频频出入于长乐宫,本来是瞅着丞相的宝位。可是,刘彻却把丞相的职位给了窦婴,这让他心中很不平衡,为此他还找到太后发了一通脾气。王娡意外平静地听完了他的不满,又以女人的聪慧平息了他的怨愤。

王娡告诉他,说窦婴曾平定过七国之乱,又曾经做过彻儿的太傅,还是太皇太后的侄儿。更重要的,他既精通儒学,又懂军务,素来得到朝野的拥戴。而你此前只是一个中大夫,真正的仕途才刚刚开始,就算现在做了丞相,又有几人心服呢?太尉怎么了?太尉也是位列三公的重臣,一样参与军国大事,还可以得个让贤的美名,这样的好事,何乐而不为呢?

话说到这个分上,他只有听从太后的劝告,但是他一刻也没有放松对丞相一职的觊觎。他认为窦婴太刚直了,直了就容易折断。想到这,田蚡脸上浮现出自信的微笑。

"禀太尉,前面就要进入上林苑了!"张鸥勒住马头站在田蚡的车外大声说道。

"速去禀告皇上!"

"诺!"

窦婴今天享受到了回京以来的最高待遇,他以"骖乘"的身份与刘彻坐在一起,而韩嫣则以护驾的身份骑马跟在车旁。

"丞相对前日的策问如何看呢?"

"皇上圣明,前日的策问,聚天下英才于京都,凝贤良智慧于朝纲,此乃我大汉中兴之举!臣只是不解,皇上既然以董仲舒最为杰出,为何不留他在京城,以备大用?而那个略逊一筹的严助,反倒被擢升为中大夫呢?还有赵绾,怎么做了位列三公的御史大夫?"

刘彻犀利的目光朝车外望了望道:"朕至今仍然以为,在策问中,董仲舒以理论深刻,言辞严谨,思虑缜密而居于贤良之首。特别是他提出的'春秋之大一统者,天地之常经,古今之通谊也。今师异道,人异论,百家殊方,指意不同,是以上无以持一统;法制数变,下不知所守',以为'诸不在六艺之科、孔子之术者,皆绝其道,勿使并进,邪辟之说灭息,然后统纪可一而法度可明,民知所从'的策对,不但与卫绾的谏言相契,而且切中了我朝时弊。"

窦婴很吃惊,策问过去了这么久,皇上对那些洋洋洒洒的文字却能一字不漏地背诵出来,他不由得在心里感叹。

刘彻顿了顿,把重点转移到对董仲舒的任用上来:"可丞相没有看出他的书生气么?他竟要朕以古准今。按他的说法,凡是失于古之道者,就是违背了天理。这不是要朕对旧制不能有任何的变革么?这样的书生,只能用其策而不能用其人。朕之所以要他做江都相,就是要他到郡国去历练历练,好让他少些书生气。"

"那么严助和赵绾呢?"

"他们就不同了。他们策对虽不及董仲舒,却懂得经世致用的道理。他们能够从朕最关心的现实切入。譬如赵绾,他策对中所言的设明堂和皇帝独立主政的议论,都是朕眼下思考的问题。他作为御史大夫,一定能够辅助朕推进尊儒的。"

"皇上圣明!"刘彻的一番话说得窦婴心底豁然,倒不是他没有想到这一层,而是这种思虑出自这位少年天子之口,他的目光中就禁不住闪耀着由衷的钦佩。

是啊!皇上是到了应该独立处理国政的时候了。想起回京后与太皇太后的一番谈话,窦婴更感到丞相责任的重大。朝廷再也不能循着"无为"的老路走下去了,如果再不通变,迟早要成为匈奴口中的羔羊。窦婴在心中默默地念道,姑母,侄儿这回又要让您失望了。

有马蹄声自远及近,原来是张敺向御辇跑过来了。

"皇上,前面就是上林苑,请皇上换乘坐骑。"

刘彻与窦婴刚刚下车,便见陪同狩猎的文武大臣在田蚡的率领下,前来迎接。

太仆寺早已备好两匹战马,等待在这里。

韩嫣上前奏道:"请皇上选马。"

刘彻仔细地打量了两匹坐骑。左边的一匹为铁青色,身体虽然略显瘦削,但胸部却十分的宽阔,特别是那浓密的马鬃伴随着高高扬起的马头飘扬,时不时地发出震撼的长啸;右边的一匹为棕红色,在秋日的阳光下,毛色闪闪发光,恰似燃烧的火焰,这马四腿修长,两耳高耸,目光炯炯,性格却是十分的骚动,还带着"啾啾"的低鸣。

看见刘彻过来,它表现出格外的亢奋,顿时前蹄腾空,叫声划过长空。韩嫣大惊,紧紧地拉住手中的缰绳,生怕它伤了刘彻。

刘彻向身边的窦婴问道:"丞相要选哪匹呢?"

窦婴今日一身黑色盔甲,衬紫色的战袍,内外都透着大将军的气息。而刘彻却是一身金色的盔甲,红色的战袍,鱼鳞状的甲片在秋日的照耀下显出闪闪的光芒。按这身装束,乘红马最是般配,但是当窦婴走近两匹战马的时候,他没有丝毫犹豫,就选择了红马。

就当他要从韩嫣手中接过马缰时,却被刘彻拦住了:"丞相年纪不小了,还是让朕骑这匹吧!朕看见了,这马与朕有缘!"

"皇上,万万不可。万一……"窦婴揪着马缰不放。

田蚡和韩嫣也都在一旁帮腔,不让刘彻骑这匹红马。韩嫣还紧勒马头道:"皇上若是担心丞相,就让臣先骑罢了,皇上万万不可……"

刘彻见众人相劝,平日的倔劲就来了,他挥动马鞭朝交织着众人之手的马缰狠狠抽去,大家见状,立时松开了。刘彻趁机抓住马缰,"嗖"地登上马背。待大臣们惊呼"小心"的时候,他已蹿出一箭之地。

窦婴和田蚡见状,一边飞身上马,一边向着警跸和羽林卫们高呼,韩嫣、包桑、张敺等不敢有丝毫的滞慢,紧紧追随着丞相和太尉。

但见云天之下,战马齐鸣,蹄声如涛,犬吠鹰啼。没用一刻,大家就到了苑林深处的"众鹿观",此刻水衡都尉已早早地带了护苑的羽林卫在那里恭候了。

韩嫣上前询问狩猎的筹备情况,水衡都尉称已经将"众鹿观"中的数百只鹿散放于林中,只是老虎凶猛,怕伤了皇上,"虎圈观"没有开放。

韩嫣道:"虎为兽中之王,若不为狩猎对象,只怕皇上不能尽兴。"

但是,水衡都尉还是怕老虎伤了皇上。于是两人商定,只放一头猛虎出来驱赶群鹿。

这一切刘彻全然不知,君臣人等持弓立马,隐蔽在障碍物之后。忽然大家听见远处灌木丛中传来飒飒风声,刘彻举目望去,隐约看见一头斑斓猛虎正紧紧追着鹿群不放。

那猛虎先一天晚上就断了喂食,此刻正饥肠辘辘,见了猎物,自然不肯轻易放过。这情景让刘彻热血沸腾,他两腿一夹马腹,便腾龙般地上了高坡。

那老虎受了惊吓,放下猎物,怒吼一声,朝着狩猎的队伍扑来。窦婴、田蚡、韩嫣以及警跸们顿时神色紧张起来,急忙向刘彻靠拢,在他前面构成一道防线,形成了人虎对峙。

田蚡悄悄回头偷看,却发现刘彻没有丝毫惧色,只见他神色镇定地从身后的箭壶中抽出一支银羽,拉满强弓,只听"嗖"地一声,那箭就飞了出去,不偏不倚地入了虎口。

箭中咽喉,老虎疼痛难忍,腾空而起,向大家发起了疯狂的攻击,众人不失时机地放出猎犬,向老虎发动攻击;韩嫣正待发箭,却见刘彻手中第二支箭已离弦,直入老虎的腹部。连中两箭的老虎终于丧失了力量而重重地摔在地上,不一会就气绝身亡了。猎犬们围着老虎的尸体,"汪汪"地叫个不停,是亢奋,也是邀功。

在沉寂了片刻后,大家爆发出热烈的欢呼声。

窦婴和田蚡来到刘彻面前,几乎同时把充满着钦敬的话语献给了刘彻。

"皇上好力道!"

"皇上好箭法!"

刘彻来到坡下,用靴尖踢了踢从口腔中淌出殷红的血的老虎,抬头问窦婴和田蚡道:"二卿可知朕这会儿想到了什么?"

"请皇上明示!"

"朕想到了六年前第一次听说李广将军暮中射虎的故事。从那时起,朕日夜都想有朝一日到草原上去狩猎。"

刘彻的话让窦婴心中顿起波澜,回想皇上刚才射虎时的张力,再听听皇上心迹的袒露,他知道这位天子平日里一定把匈奴单于做了习武的靶子。

窦婴正想着,又听到刘彻感慨道:"这是一个强者存、弱者亡的天下。禽兽如此,人何尝不是如此呢?朕记得山东六国曾谓嬴秦为虎狼之国,乃在强秦据关中之险,虎视六国。国之不强,必成弱肉,国亡土失,前车可鉴。太尉……"

"臣在!"

"朕命你在羽林卫中挑选精壮英才,组成骑射营,每日加强奔袭骑射训练,以备御敌之用。"

"诺!"

当晚,刘彻留宿苑中长杨宫——这长杨宫因周围遍种杨树而得名。水衡都尉以狩猎的野味为主,为刘彻准备了丰盛的晚宴。饭后,水衡都尉悄悄地找到韩嫣,问是否挑选苑中美女陪伴皇上。

韩嫣不耐烦道:"你难道不怕皇后要了你的命?你那心思我知道,本官会相机向皇上引荐你的。再说,你的那位故人赵绾现今可是皇上身边的红人,炙手可热,你还愁什么呢?"水衡都尉听了之后满意而去。

韩嫣回到长杨宫,就见包桑急忙从宫中出来,他上前悄悄地拉住包桑问道:"皇上安歇了没有?"

"大人久在皇上身边,难道不知道皇上的脾气?这会儿奏章摆满了案头,皇上正在认真地看呢?这不,还要咱家去请丞相和太尉到殿中议事呢!"包桑说完便匆匆而去。

韩嫣进到殿中,只见刘彻正全神贯注地批阅着奏章。灯光太暗,刘彻看得很吃力。韩嫣上前拨亮了灯光,又狠狠地瞪了一眼伺候在身边的黄门道:"伤了皇上的眼睛,你等想找死吗?"

刘彻听见说话,抬起头来见到了韩嫣,问道:"韩卿这会儿到哪里去了?"

"臣刚才到水衡都尉处安排明日的猎程去了。"

刘彻指着案上的竹简道:"这个赵绾,今天怎么没有来狩猎?"

说话间,窦婴和田蚡进来了。刘彻放下正在批阅的奏章,直接进入正题道:"朕今日到苑中狩猎,看这苑子甚大,草茂林深。朕欲使官婢和天下贫民资财不满五千钱者,徙置苑中养鹿。按照养鹿的数量计算,收取一定的抚鹿矢,以充国库之实。不知二卿以为如何?"

窦婴听了之后接口便道:"皇上圣明,这样既可以济贫扶弱,又可以充实国库,实在是一举两得的好事。"

田蚡也以为这样甚好。

"既是这样,那这件事情就这样定了。回京以后朕就拟一道诏书,令各地推行就是。"

窦婴又道:"如今各个诸侯国广造园林,大养苑马,豪强借机侵占民田,百姓怨声载道。"

"太尉知道这些事么?"

田蚡嗳嗫着没有说话,只是似是而非地点了点头。其实,他心里明白,自从王娡册封为皇后之后,田、王两家封君晋侯者甚众,这些人都有自己的苑林。但窦婴提出这样的问题,他又不便明里反对,只有装糊涂。

刘彻道:"此事朕在做太子的时候,就早有耳闻。梁王在濉阳的苑林可与朝廷媲美。诸侯王是这样,大臣们也纷纷效仿。农为国基,民为邦本。天下都造了苑林,百姓何以为生?朕以为除上林苑外,各个郡国都要废除苑林,将土地退还给百姓。"

"还有,朕这里接到不少奏章,皆言转置迎送的卫士太多。朕以为可以省去一万人，充入军中。"

听到此话，田蚡担忧道："这样固然省了不少费用。只是这样一来，臣担心皇上的安全……"

刘彻摆了摆手道："太尉不必多虑。京城有羽林卫，朕身边有警跸护驾，再说了，国家安危，在民心向背。卿等不闻桀纣之时，诸侯离叛，人心不再，徒有京师宿卫甚众，形同孤舟？"

刘彻望了望一直沉默的韩嫣，问道："韩卿以为呢？"

韩嫣赶忙站起来道："皇上圣明。自看了皇上射虎之后，臣的心情就一直没有平静。匈奴之所以屡犯我境，一个重要的原因在于他们是游牧部族，生活的习俗成就了匈奴人的马上功夫。所以臣以为今后要与匈奴开战，一定要建立一支可与匈奴抗衡的骑兵，而这一万人似可先做示范之用。"

"你这个主意好，这件事情就由太尉去办。"

刘彻想了想又问道："你刚才为什么就不说话呢？"

"皇上请两位大人议事，让臣在旁恭听，已属大幸，哪里还敢放肆呢？"

时过三更，月上中天，包桑进来提醒刘彻更深夜凉，两位大臣欲起身告退，但刘彻却毫无睡意。

"我朝自立国以来，长期居中自守，对西域各国不甚了解。朕思谋已久，想选派一名使者，打通与西域各国的关系，这样既可以宣示我大汉国威，互通商贸，又可以联络他们对付匈奴，岂不两利？"

窦婴本已有了几分倦意，但是听了皇上的这番话，他不禁深受鼓舞，倦意一扫而空，由衷赞道："皇上深谋远虑，令臣惭愧。这件事情就交给臣来办，最迟明年就可成行。"

田蚡也在一旁道："臣可从军中挑选精壮之士护卫使臣前往。"

兴奋中的刘彻丝毫没有倦意，思绪一下子由政事跳到了文章上，说他最近读到了一篇《子虚赋》，文采激扬，诙谐有趣，只是不知道是哪位所著。

韩嫣在一旁答道："其实，这篇文章早就在长安传诵开了。臣听说这赋乃蜀人司马相如所作。"

韩嫣这么一说，刘彻想起来了，当年在潍阳，韩安国就曾对他说过此人的才华。

"为何如此人才朕却无缘一见呢？"

韩嫣道："此人现在蜀郡，听说发生了一桩风流韵事，皇上若是想见他，宣他进京就是了。"

刘彻"哦"了一声道："快说说是怎么回事。"

韩嫣于是将梁王薨后，司马相如如何心灰意冷回到蜀郡；怎样在一次饮宴中，以琴声打动了蜀中美女卓文君，又是怎样遭遇了卓文君父亲卓王孙的阻拦，最后竟然携卓文君静夜私奔的故事奏与刘彻。

刘彻听罢，沉吟道："窈窕淑女，君子好逑。这司马相如倒是个敢作敢为的男儿。听韩卿这么一说，朕越发希望见到他。"

大家越说越兴奋，渐渐地竟然忘记时间，直到包桑再次提醒，两位大臣才起身告退。

送走两位大臣，刘彻对身边的韩嫣道："今夜与朕合榻而卧如何？"

韩嫣道："谢皇上，只是臣有一事，不知当讲不当讲？"

刘彻此刻在黄门的伺候下梳洗完毕，一边上床，一边带着年轻人的戏谑道："韩卿今日是怎么了，说话吞吞吐吐的。这么多年了，你有什么话不能对朕讲呢？"

韩嫣道："臣之所以在这个时候说，是因为此事关乎太后。"

"太后？太后怎么了？"刘彻已经躺下，听到事关太后，又坐了起来。

"难道皇上没有听说，您有一位皇姐流落在民间么？"

"什么？你说太后有个女儿还在乡间？"刘彻十分吃惊。

在刘彻的记忆中，王娡不仅端庄秀丽，尤其以贤德淑慧闻名。如今忽然冒出一个乡间女儿来，这岂不是说，母亲当年不是以女儿身进宫的么？

刘彻由震惊转而狂怒，"嗖"地从挂在床头的剑鞘中拔出宝剑，架在了韩嫣的脖颈上，大怒道："大胆韩嫣，朕要杀了你！"

韩嫣望着刘彻手中寒光闪闪的剑刃，跪倒在地，扯着剑穗，按住剑柄连道："微臣罪该万死，请陛下让微臣把话说完，微臣就是做了陛下的剑下鬼，也不枉陛下待臣的瀚海之恩了。"

"讲！"刘彻冷冷道。

韩嫣喘了口大气，话语就飞奔而出了："臣以骑射小技，蒙皇上不弃，才得有今日,臣虽九死而不能报其一,又怎敢无中生有,信口雌黄,妄议宫中大事呢?实在是因为臣从太后贴身女御长那里得知,太后常常为此而夜间涕泣。臣不忍太后骨肉分离,才斗胆奏明皇上。臣知道,我朝以孝治国,必不忍见太后每日以泪洗面。"说完,韩嫣挺直了脖子,而刘彻手中的剑却落在了地上……

"母后!都是孩儿不孝啊!"刘彻朝着长安的方向呼喊,那悠长的声音在韩嫣心头久久地回响。

望着刘彻的背影,韩嫣脸上掠过不易察觉的笑意。他为自己又一次冒险的成功而得意。他相信,随着太后流落在民间女儿的归来,他在仕途上蹒跚不进的境况就不会太久了。

……

安陵邑在秦朝时还是咸阳城郊一个不足几百人的小村落。自从惠帝葬在这里之后,人口就急剧地膨胀了。到景帝时,它已成为一座富豪云集、拥有五万户、近十八万人的小城了。当朝太尉就是攀附他姐姐王娡从这里走进长安的,而王娡的前夫金王孙也居住在陵邑的小市里。

金王孙一想起那个趋炎附势的岳母臧儿,就气郁盈胸。当年,臧儿不就是看中金家的殷实和富足,才将王娡嫁给自己的么?可当她占卜问卦得知王娡将来前途无量、大富大贵之后,这个该杀的老妪,几乎没有丝毫犹豫就毁了木已成舟的婚姻,强行地带走了她的女儿。

金王孙至今也弄不明白,臧儿到底是通过什么关节把王娡送进宫中去并且还做了妃子的。现实是,王娡不但做了妃子,而且还为刘启生下了三个女儿和一个儿子。后来,她竟然登上了皇后的宝座,现在已成了大汉的太后。不过当初,大女儿金俗却留在了金王孙的身边。

他和王娡,一个在天上,一个在地上,咫尺天涯,他只能在叹息中追忆那些无法回去的岁月。

"那可是天底下最漂亮的女人啊!"金王孙抿一口酒,迷醉着眼睛在心里念叨。他不能忘记新婚之夜,洞房花烛的交欢,那通体散发着的骚情不知多少次让他销魂。

"皇上怎么了?皇上怀里搂着的还不是我金王孙睡过的女人,那皇冠不就染上了绿色么？有什么光彩的呢？"可是,这话金王孙只能在心里说。

"这个骚女人,竟然做了太后。她把自己的女儿扔在了乡下,她配做太后么？"这些话,他也只能在心中发泄。

臧儿去世的时候,身处深宫的王娡一无所知,金王孙断然阻止了金俗的奔丧行孝。不久,他也怀着满腹的愤懑离开了人世。

什么大富大贵？什么前程似锦？金俗现在与普通百姓无异,她与丈夫终日都为一双儿女能平安地活在人间而劳碌奔波。

深夜,劳累了一天的丈夫与孩子在身边酣睡,金俗却要在灯下缝补着衣裳,此刻,她就不由自主地怀念起亲娘来。娘啊！您还记得女儿么？乡亲们都说我有一个身为太后的母亲,为什么母亲把这一切都忘了呢？金俗望着窗外的月光,潸然泪下……

"女儿……"王娡从梦中惊醒,一身的冷汗。她在梦中看见了女儿金俗,她怎么就长不大呢？还是在怀里吃奶的样子。

她的喊声惊动了在外间伺候的紫薇,她急忙进来掀开帷帐呼唤道："太后！太后！您有什么不适么？"

王娡摇了摇头,伤心道："我刚才在梦中看见了金俗。"

在长乐宫,只有紫薇一人知道太后的秘密。常年在深宫见不到亲人的她深深理解一位母亲对女儿的牵挂,她安慰道："奴婢懂得太后的苦衷。"

"你睡不着,就陪我说说话吧！"王娡道。

"奴婢遵命！"紫薇披衣来到内室,问道："太后为何不向皇上说说呢？"

太后叹着气摇头道："我又何尝不想说呢？只是我担心皇上性子烈,不认他的姐姐,反倒弄巧成拙。"

多少年来,王娡背着沉重的情感负担。虽然每日锦衣玉食,但她没有一刻不想念她的女儿。先帝在世时,她几次欲说又忍。现在,她也判断不出刘彻能不能接纳金俗。

紫薇为太后披了披被角道："皇上虽然年轻,可他素来倡导仁孝,又怎么能不认自己的亲姐姐呢？"

王娡以为紫薇的话很有道理,随口问道："皇上走了多少日子了？"

"五天了!"

"哦!"王娡决计不再承受情感的折磨,等刘彻回来,她无论如何也要一吐为快——即使他不承认金俗的地位。

王娡再次入睡的时候,长安城已经沉浸在绚烂的晨曦中了。

第七章

王娡书札言心事　刘彻细柳振军威

　　王娡是被紫薇急切的声音唤醒的。

　　"发生了何事？为何如此慌张？"王娡睁开惺忪的睡眼，打了一个哈欠。昨夜梦中与女儿的相遇，让她一夜没有睡好，紫薇此刻叫醒她，使她满腹不快。

　　紫薇隔着帷帐轻声道："娘娘，太皇太后那边的詹事来了，说让您过去呢！"

　　王娡想起来了，按照礼制，今天是她和皇上该向太皇太后请安的日子。不过即使这样，也用不着派人来催啊！一定是朝廷发生了什么大事，要不就是太皇太后身体不适。王娡不敢怠慢，立即唤来宫娥们为她梳妆，随后就急急忙忙地赶往永寿殿去了。

　　当她刚刚迈进殿门，就感觉到殿中气氛不同往常。老态龙钟的太皇太后正襟危坐，一脸严肃。旁边还坐着一个人，就是那平日里称病在家的柏至侯许昌。他见王娡进来，忙起身相迎，然后就匆匆地离去了。

　　他怎么会到永寿殿来呢？自皇上登基以来，他就"请告"回家养病了，现在回到京城，他不先去朝见皇上，为何倒先进了永寿殿？在向太皇太后请安的那一刻，王娡满腹疑窦地想着。

　　"臣妾向母后请安！"王娡向太皇太后行礼。

　　"平身！赐座！"

　　"谢母后。"王娡在对面坐了，这样好让太皇太后感觉到她的亲近。

"母后起居可好？"

"还没死呢！"太皇太后用严厉的话语，发泄着她胸中的愤懑。

王娡顿时蒙了，她实在搞不清楚老人家为何发怒，尽量温顺地回答太皇太后的问话，"是谁惹母后不高兴了？臣妾这就让彻儿治他的罪！"

"问你自己吧！"

"臣妾实在不知，还请母后明示。"王娡说着，提起衣裙又下拜了，一颗心悬在了半空。

"太后可知罪么？"

王娡没有回答，她的确不知道从何说起。

"说话呀！"

"母后，臣妾不知错在哪里？还请母后明示。"王娡委屈得几乎要哭出来，但是她硬是强忍住了。

"你可知彻儿近来所为？"太皇太后无法平心静气地与儿媳说话，而是怒不可遏地数落起刘彻来，"小小年纪，竟敢目无尊长，蔑视祖训。圣人云：我无为而民自化；我好静而民自正；我无事而民自富；我无欲而民自朴。可他就是不安静，搞什么举贤良，设什么明堂，难道他忘了我朝向来以黄老治国的国策么？连韩非子都知道儒以文乱法，他倒好，把儒学捧到了天上。养不教，母之过，身为太后，难道不应负失教之责么？"

太皇太后虽然双目失明，然而讲起话来，声音仍然铿锵有力，透着森森威严："我今日要你来，就是要告诉你，只要我一息尚存，任何人都不要希图忘祖易制。"

王娡明白了，太皇太后的怒气都由刘彻近日的一系列改制而来。

平心而论，王娡近来一直处在进退维谷的状态。作为母亲，她理解刘彻所做的一切都是为了汉室的中兴。可是他锋芒太露，尽管多次告诫他要照顾到太皇太后的情感，不可操之过急。可他那个烈性子，哪里听得进去呢？现在，果然老人家发难了。

此时此刻，王娡首先想到的是为儿子遮风挡雨，她很快就决定把全部的责任承担起来，以减轻太皇太后对儿子的愤怒。

王娡伏下身体，表示诚恳地接受老太太的训诫。

"母后训诫,让臣妾明白这一切都是教子不力的罪过。等彻儿一回来,臣妾就宣达母后的旨意,要他谨遵祖制,维护祖宗基业。"

"你不必跪着,站起来说话。"王娡诚恳的话语使太皇太后的情绪稍微平复。她毕竟是一国太后,虽说年龄仅过了四十,可也是有儿媳的人了,不能太伤她的自尊。

"也不能全怪你。彻儿身边的那些儒生,一个个在他周围嘤嘤嗡嗡,他一个小孩子家难免受人左右。自古亲小人远贤者,没有不误国的。回去告诉彻儿,不要被小人的谗言蒙蔽了耳目。还有,我听说彻儿常在未央宫夜寝,让皇后一人守着空荡荡的椒房殿,这成何体统?"太皇太后知道王娡是绝顶聪明的人,只要点到,她不会不明白的。

"你回去吧,我也有些累了。窦宇,送太后!"

人虽然离了永寿殿,可王娡想起刚才的那一幕,仍然禁不住打了一个寒战,那是一种说不出却能隐约感觉得到的恐怖。眼前这个行将就木的女人,虽然双目失明许久了,但她心中的眼睛何曾有过一刻的松懈呢?他们母子的一举一动,都在她的掌握之中。

这样的思绪一开,王娡的心就分外的烦乱。坐在轿舆里,昔日她与景帝恩爱的情景就涌上心头。

先帝在世时,虽然对太皇太后唯命是从,有时候甚至唯唯诺诺,其实只有她懂得,他心里有多痛苦。他既要顾及大孝的名分,又对太皇太后干预朝政颇有微词。

七国之乱后,特别是匈奴在立嗣大典那天骄横地点名要隆虑公主和亲之后,这些事情给予他心灵的撞击丝毫不亚于文帝驾崩后的诸侯拥兵自重。他不是没有看到自太祖高皇帝以来奉行的黄老之术已不合时宜,可还没有等他来得及对王朝今后的去向有个明晰的梳理,就撒手人寰了。到现在她还清楚地记得,先帝弥留之际,留下的那些挥之不去的遗憾。

他喘着气断断续续地说道:"朕去之后,皇后一定要辅佐彻儿,光大汉室。"

然后,他又对跪在榻前的刘彻道:"自古以来,墨守求稳,不思因变,没有不亡国的。你登基以后,务必顺势应时,变法图强……"

先帝说到这里,已经耗尽最后一缕生命气息,留下"太后……太后……"几个字,就丢下他们走了。

现在,回想刚才太皇太后那一番疾言厉色的训诫,让她想起先帝那未完的话语中包含了太多的不甘和忧虑,他一定是带着复杂无奈的心离去的。

王姞正了正身体,抬头看了看灰蒙蒙的天,就觉得心里堵得慌。彻儿!天降大任于你,也降磨难于你啊!她在心里长叹。就在这时候,紫薇在耳边提醒道:"太后,长信殿到了。"

她回过神来,突然觉得看到了昨夜梦中的情景。韩嫣正站在殿门口迎接她的归来,他的身旁站着一位乡间女子。

在王姞走下车驾的那刻,韩嫣拉着那女子跪在了她面前。

"臣韩嫣叩见太后。"而那女子则一直低着头没有说话。

王姞的目光反复地在那女子身上流动。她黑发垂肩,上身着一蓝色深衣,下着藕色长裙。虽不似宫中女子那样的浓妆艳抹,却也是天然的端庄和俏丽。那眉眼,那身段,那气质,她似乎在梦中见过。

正思索间,她的眼睛突然睁大了。她的脖颈上居然有一颗朱红色的胎痣。

是俗儿!是俗儿!王姞的眼里顿时涌出晶莹的泪珠。这是真的么?难道真是魂牵梦萦的俗儿回到了身边么?她不敢相信眼前的一切。可是,一个怯懦的声音使她确信了眼前的事实。

"民女金俗拜见太后。"

韩嫣见状,忙在一旁禀奏道:"奉皇上诏命,臣迎接修成君回宫。"

"啊!你真的是俗儿!"王姞一步上前,扶起金俗。一声"俗儿",一声"娘",母女就紧紧拥抱在了一起。王姞忘情地抚着金俗的肩头,轻轻地捧起女儿泪如雨珠的脸庞,久久地亲吻她的额头。

"俗儿,想杀娘了。"

"娘!孩儿……只有在……只有在梦里才能看见娘啊!"

紫薇见金俗回了皇宫,就明白是韩嫣将太后的秘密告诉了皇上。眼见面前如此场景,她急忙带着众位黄门和宫娥参拜,这让金俗茫然不知所措。王姞忙对女儿道:"快让他们平身。"金俗虽照着母亲的吩咐去做了,但说出来的话来却十分别扭。

韩嫣陪着太后母女坐定,王娡问起事情的缘由。

"这都是皇上的主意,微臣只不过是将太后的苦衷如实禀奏了皇上。后面的事还是修成君最清楚。"

金俗于是又流泪了,嘴里喃喃道:"娘……"

"事情来得突然,可把女儿吓坏了……"王娡心疼道,又把金俗搂进怀中。

……

原来刘彻在第三天就改变了行程。他要窦婴和田蚡一干人到细柳营等候,自己只带了韩嫣和张敺到安陵邑去寻找失散的姐姐。亲情迅速地消融了岁月的阻隔,使他产生了要改变姐姐命运的冲动。于是,浩浩荡荡的皇家车队越过中渭桥,朝安陵邑行来了。

车驾离开驰道时,百姓跪倒在街道两旁,他们耳边只有车轮滚动的轰鸣、羽林卫和警跸整齐的脚步声,大家都不敢抬头看一眼皇上的风采。

刘彻在里长引导下,直朝着安陵东头的金宅走去。

金俗的丈夫什么时候见到过如此庞大的阵仗呢?从来没有,就连那个身材矮小的里长,也从来没有来过这破落不堪的柴院。里长向他询问金俗的下落,他惊惧的一句话都说不出来,只是战战兢兢地指着虚掩的屋门。

羽林卫把躲在床下的金俗带到刘彻面前时,他惊异地打量着这个荆簪布衣、满脸菜色的女人。这就是母后朝思暮盼的女儿么?她一脸的沧桑,头上几片枯叶,裙裾上沾着黄土,这让刘彻无论如何也不能把她同母亲联系起来,只有那对眉眼,依稀可见母亲的影子。

"阿姐!"刘彻上前一步,拉起了金俗的衣袖,大声道,"母后可是日夜想念阿姐呀!"

金俗无论如何也不能相信当今皇上会忽然登门,惊慌失措地向后倒退两步,"扑通"一声跪倒在地上。

"民女……金俗……惊扰皇上,请……皇上恕罪。"

这情景让刘彻感慨万千,他感慨自己和金俗之间已隔了一道无形的墙。他意识到在这样的场合,只有皇上的诏命才能让金俗真实地感受到命运的转机。

"韩嫣何在？"

"臣在！"

"传朕旨意，阿姐金俗与母后分离多年，备尝艰辛，朕甚悯之。自即日起，册封为修成君，迎回京都，赐钱一千万，奴婢三百，公田五十顷。"

宣完诏命，刘彻亲自扶金俗上车。这时候，金俗的丈夫带着一双儿女上前拉着她的衣袖，流着泪道："你走了，我和两个孩子怎么办？"

可皇命如天，即使她是皇上的姐姐又能如何呢？何况她血脉中遗传着王娡的性格。当年王娡离开金王孙的时候，何曾有过丝毫的犹豫呢？金俗挥泪告别了丈夫和两个孩子，一步三回首地上了车驾。

一路上，孩子的哭声似乎跟随着她，这让金俗无法斩断萦念……在今后的日子，她会相机说服母亲允准她将一双儿女接到京城。虽然那很遥远，可不是没机会。不过现在，她最重要的是要改变命运。

"女儿就是这样在韩大人的护送下回到了母后身边。"

听完金俗的叙述，王娡悲喜交加。她让紫薇服侍金俗前去沐浴、更衣，然后才向韩嫣询问刘彻的去处。王娡还当着韩嫣的面承诺，要让皇上擢升他的职务，还要重重的赏赐。

韩嫣立即起身叩谢："谢太后恩典！臣已将修成君安全护送回京，皇上还在细柳营，臣这就去陪伴皇上。"

"韩爱卿稍待片刻，待我修书一封，你带给皇上。"说话间王娡已铺开丝绢。她觉得手头的笔太沉重，她既要提醒刘彻，又不能说得太直白；既要言明自己的心迹，又不愿意给儿子增添负担。反复斟酌，她才下笔写了简单的话语：

十月京都，云暗天低，寒意萧瑟，皇上狩猎离京，定当倍加珍重。新政初起，百事待兴，然秋风吹皱渭水，落叶犹自不去，淫雨瞬息将至。我身在宫苑，心忧万分；每思前朝近事，夙夜不眠。人心叵测，世事难料，还望皇上为大汉江山计，笃诚慎行，见微知著，切不可操之过急，致舟倾楫摧，有负先帝之托。

写完之后,她用锦囊装好,并且叮嘱韩嫣路上要小心谨慎。韩嫣虽不知道书中究竟写了些什么,但凭借直觉,他知道此事的重大。

"请太后放心,臣以性命担保,万无一失。"

马蹄声渐行渐远,带走了王娡一颗沉重又不平静的心。

细柳营还是那座细柳营,汉军还是当年立下赫赫战功的汉军。可自从周亚夫绝食而亡,先帝省了太尉一职后,军人的士气就大不如前了。

虽然武备名义上归皇上直接统辖,但军队的管理实际上归了各路领兵校尉,加上景帝晚年多有疾患,精神倦怠,自顾不暇,军队的纪律也就松弛多了。

刘彻登基后,恢复了太尉一职,但田蚡怎能和周亚夫相比呢?刘彻担心军队不能招之即来,来之能战!这也是他利用狩猎的机会,巡视军营的初衷。

现在,在这里主军的是周亚夫的另外一个儿子——平曲侯、中垒校尉周坚。

刘彻的车驾到达营前的时候,周坚、窦婴和田蚡已经在营外迎候了。从二里外的渭河南岸起,由战车、射弋、骑士组成的汉军方阵,一直排列到大营之外。

这是从景帝后元三年起以来的第一次阅兵。

秉承父业,负责这次阅兵的周坚,心中有着说不尽的感慨。冥冥中,仿佛父亲和兄长都在看着他。他十分激动,皇上这次钦点阅兵细柳的举动无异于是对父亲和兄长冤案的平反。为此,他十分重视这次机会。

现在军中的一切都是按照父亲当年接待文帝时的礼仪安排的。车驾刚刚到达第一方阵前,领队的司马立即上前对张敺道:"军中不许车驾行走,请皇上下车。"

张敺皱了皱眉头,正要说话,却被刘彻挥手制止了。他按照司马的要求下了车,缓缓地向营门走来。

刘彻一眼就认出了站在迎接队伍中的周坚,黝黑的皮肤,浓黑的眉毛,刚硬的胡须,要不是那双不如他父亲锐利的眼睛,配着镶了铁色鳞片的玄甲，简直就似周亚夫活了过来。

在旌旗猎猎的营门前，周坚代表受阅的汉军揖手挺立，迎接皇上驾临："甲胄之士不拜，请以军礼拜见！"

窦婴在旁边看了，心中不禁感叹，真将门之后也！

登上点将台，周坚上前道："陛下，臣奉命率军演阵，请皇上明示。"

"朕此次观阵，非图一时之快，意在壮我军心，请将军以实战为之。"

"诺！"

周坚一转身，就向校场上的汉军挥了挥手中的旗帜。霎时间，演武场上鼓角齐鸣，杀声连天。先是双方在各自司马的指挥下，向着对方的阵地推进，厮杀在一起；接着是数百骑穿越校场，向靶子射去。接下来就是演练军阵，将士们以周坚手中的旗帜为号，逐次演练了鱼鳞阵、锋矢阵、鹤翼阵等不同阵法。最后是"匈奴军队"或被分割包围，或被聚而歼之，或统帅被俘，完败于汉军。

这些让田蚡看得眼花缭乱，不禁拍手称快，眉飞色舞。

可当他转脸去看窦婴的时候，那笑容便僵住了。他从窦婴的神色中看不出任何鼓舞和欢欣，于是他在心底认为窦婴气量狭小。

这只是一个触机，其实田蚡对窦婴的芥蒂早在景帝驾崩、刘彻勘定"三公九卿"时就产生了。要不是太皇太后给窦婴撑腰，他田蚡大概已经坐上丞相的位子，号令朝野了。

然而，让他最不安的还是皇上的表情。皇上先还是引颈凝望，全神贯注地看着将士们在校场上演练着各种阵法，不过他渐渐就不耐烦起来，后来干脆要周坚停止演练。田蚡见此便如坠入五里云雾中，这是怎么了，难道皇上看出什么破绽不成？

果然，刘彻叫来周坚，很不悦地问道："将军对演习满意否？"

"臣愚钝，请皇上指点。"

刘彻侧脸问身边的窦婴道："丞相以为如何？"

"华而不实！如此浮华虚妄，将来若是遭遇强敌，必将不堪一击。"窦婴脸上没有一丝笑意。

"这不是军演，这与小儿嬉戏无异！"刘彻拂了拂衣袖，满脸怒色。

周坚暗暗叫苦,当初田蚡反复要求的就是要气氛热烈,让皇上高兴。他也曾提出若不以实战为之,恐难逃皇上锐眼。但是从未上过战阵的田蚡却很不以为然,说皇上观阵,不过是朝事之外的消遣。他就是一个将军,如何能改变太尉的意志呢?在这样的场合下,他又无法明辩,只有低头领受皇上的训斥。

"你与你父天壤之别也!"

校场上的风越来越大,但刘彻全然不顾。他被眼前的虚假所激怒,转脸看着田蚡道:"前些年,太尉一职长期省缺,致使军心涣散,军备松弛,长此下去,社稷危矣。过去的事情,朕可以既往不咎,但从今往后,凡贻误军机者,杀无赦!"

尽管已是深秋,凉意习习,但刘彻的话却让田蚡大汗淋漓,他悄悄窥了一眼身边的窦婴,却见他频频点头。田蚡禁不住暗暗切齿:哼!有什么幸灾乐祸的?迟早要让你这老儿知道我的厉害。

其实,窦婴欣喜的是皇上虽然年轻,却目光敏锐,明察秋毫。像这样的演练,不但田蚡,即便自己做了太尉,也逃不过皇上的责难。田蚡和窦婴——这两个大汉重臣的芥蒂,从细柳营阅兵开始,便逐渐演变成一场残酷的斗争。

田蚡很快就明白刘彻阅兵的真正目的,那就是重振汉军雄风。他随机应变,没有丝毫迟疑地接上了皇上的余音,煞有介事地将满腔的不快转变为对周坚的斥责:"我皇皇大汉,岂容匈奴猖獗。可将军却把如此严肃之军演形同儿戏,可知罪否?"

"太尉,属下……"周坚一肚子的委屈正待要说,就被田蚡制止了,"念你父有功于朝廷,且饶你渎职之罪。你还不重整旗鼓,再开演战?"

此刻,细柳营的校场上,军演已经完全回到周坚的思路,"战争的硝烟"弥漫在沣河与渭河夹角的开阔地带。周坚位于阵形中央,手持号旗。"汉军"按照号旗所指,迅速把主要兵力在中央集结,分作若干鱼鳞状的小方阵,按梯次配置。

"匈奴将领"虽屡次发动进攻,但"汉军"固若长城,岿然不动。眼见"匈奴军"渐渐疲惫,周坚挥动号旗,集中兵力对敌阵发起猛攻,"匈奴将领"被分割在汉军的小方阵中,首尾不能相顾。

"匈奴将领"左冲右突，周边不断有"汉军"倒下，但终因寡不敌众而被歼灭。第一阵演练刚刚进入尾声，"汉军"士卒已满面征尘，汗流浃背。但是"汉军"士气依然很旺盛，不待休息，又进入到下一场演练。

坐在点将台上的刘彻看得高兴，按捺不住地喊道："汉军威武！"

观兵的大臣们也爆发出阵阵叫好声……到了这时候，田蚡阴沉的表情才开始有了起色。

周坚手持号旗，位于阵形中后方，兵力向中央集结，前锋张开呈箭头形状，直插"匈奴军"的心脏。"匈奴将领"调集两支队伍，试图从两翼展开进攻，但是在"箭形"的阵列面前，显得有些力不从心。"匈奴将领"遂改变策略，从尾侧发动进攻，顿时"汉军"阵营的尾部有些混乱。周坚见状，迅速转换阵形，稳住阵脚，迫使"匈奴军"放弃尾翼进攻战术……

刘彻看得入神，并没有发现韩嫣已悄悄站在他的身后。

直到太阳西斜、演习结束的时候，韩嫣才轻轻地上前向皇上复旨，说已经将修成君平安送到长乐宫，随即又悄悄附耳通报了太后书信的消息。

"母后有什么要事么？"

"太后没有说，只是……"

"只是什么？"

韩嫣再次压低了声音："太后要臣严守机密。"

刘彻摸着锦囊，眉头一皱，他知道如果不是十分紧急而又严重的事情，太后是不会要韩嫣带信的。

在队伍结束演练、周坚到点将台复旨时，他对后半日的演阵给予了高度评价。

"朕问你，为何同样一支军队，前后大相径庭呢？"

"启奏皇上，后来的演习是依照皇上实战的旨意布阵排兵的，臣心中有敌，自然眼中有敌。"

刘彻对周坚的回答很满意："爱卿所言甚是。兵法云：'知己知彼，百战不殆'，你要多了解匈奴，做到知彼才是。"

"诺！"

刘彻进而问道："不知三军之事，而统三军之政者，则军士惑也。太尉以为然否？"

田蚡蜡黄的脸顿时变得通红,尴尬地低下了头。他何等精明,怎能听不出皇上话里的讽刺呢？那意思很明白,若不是太后,他绝对没有资格去做这太尉的。

这话的分量很重,它给田蚡的不只是尴尬,还有一种无形的压力。田蚡已经明白,往后在这个朝廷里,他单靠那一点精明,不可能赢得皇上的青睐和大臣们的尊重,他不能再像以往那样浑浑噩噩了。

正恍惚间,他又听刘彻道:"传朕口谕,赏周坚金百斤,绢五十匹,以示褒扬。"

"谢陛下！"

田蚡终于松了一口气,但是他的心中并没有丝毫的快意。皇上把赏赐给了周坚,这不是给他难堪么？他似不经意地掠过窦婴,发现窦婴的神色忧郁凝重,他猜不透这个老儿现在心里究竟在想什么。

此刻,窦婴却没有心思去关注田蚡的情绪。刚才接过韩嫣带来的锦囊,刘彻神色的微妙变化引起了窦婴的注意。

走下点将台的时候,窦婴紧跟几步,贴着皇上的后背小声问道:"陛下,发生了什么事情么？"

"些许小事,无关大碍。"刘彻轻描淡写地说着,似乎他现在全部的精力就是分享阅兵的兴奋。

窦婴站住了,看着刘彻走出营门轻快而又矫健的步伐,他想起了当年在思贤苑中的许多故事。只有胸中装着万里江山的圣主才会有如此的度量啊！可还没容他多想,就听见刘彻喊道:"丞相,你乘朕的车驾。"

窦婴掸了掸脚上的尘土,迅速跟了过去……

北地都尉韩安国一到任,就马不停蹄地巡查辖内防务了。

他不知怎样才能表达此行的心境。自从梁王刘武去世后,韩安国被牵扯到一件案子中,由于他谨言慎行没有受到廷尉府的追究,却在家赋闲达数年之久,可他的心没有一刻不想着报效国家。每当夜深人静之际,他总是拿出虎头鍪,在心灵深处呼唤皇上。

可就是他这样曾为灈阳大案立下殊勋的忠良之士，要重新出山都得花五百金去叩开田蚡的府门。据田蚡说，是他说动了太后才为韩安国谋得这个位子的。而最让他伤感的是，当他赴任前想面见皇上时，竟被田蚡以各种理由阻挠。

走在高原的沟壑间，韩安国呼出的气都是干燥的。

这里已有大半年没见一滴雨了。北地郡司马告诉他，草原枯死大半，马匹过冬都很困难。

转过一座山头，韩安国举目远眺，长城逶迤起伏地横亘在眼前。虽说是深秋，但这里已是寒风凛冽了，刀子一样的风从大漠深处刮起，发出肆虐的吼声。风中夹带的黄沙打在脸上，火辣辣地疼。

韩安国下意识地拉了拉头上的风帽，他不得不承认匈奴人的强悍，他们在这样的环境下还能穿过沙漠，在长城内外燃起烽火。回望身后，跟随他的士卒们一个个脸色青紫，盔甲上落满了沙尘。

他勒转马头，面对部属高声道："大家戍边北地，餐风饮霜，艰苦备尝，忠心可鉴。不过从北地到长安，仅数百里路程，我等身负守土保国之重责，宁可粉身碎骨，也不能让匈奴南窥长安一步。如有疏忽大意，贻误战事者，军法是问，明白吗？"

"明白！"

韩安国扬起马鞭，在坐骑的屁股上狠抽一鞭，部队又急速地前进，在他们身后，孤寂的太阳悬挂在灰色的天幕上……

这样的巡边进行了多日，他才回到北地都尉治所义渠城。

义渠城坐落在陇东高原之中，像一只猛虎盘踞在那儿，雄视着北方草原。它是汉王朝北方边陲最大的郡——北地郡郡治所在地，也是北地都尉的行辕。

说起此城的来历，那是四百多年前的故事了。那时候，义渠作为北方的戎狄大国，占据着东达上郡，北到草原，西到陇西，南达渭水的辽阔地域。但是它还不满足，野狼一样的性格使得它对关中之地垂涎三尺。三百多年前，它发动了对秦国的战争，一直打到泾河北岸，距秦国都城不足百里，这对刚刚进入关中不久的秦国构成了致命的威胁。然而，骄横的义渠王怎么也不会想到,他有一天会死在一个女人手里。

秦昭王即位后,母亲宣太后摄政。这个美丽而又掌握秦国大权的女人向义渠王发出了邀请,请他到甘泉宫居住。她施展了女人的全部魅力去消磨义渠王的意志,甚至不惜与他生下两个儿子。直到有一天宣太后将刀架在他的脖子上时,他才醒悟。刚强而又妖媚的宣太后在杀了义渠王后,发兵一举灭了这个曾经称雄北方的大国。从此,秦国版图上又多了一方领土——北地郡。

但是,当韩安国踏上这片广袤的土地开始,就有一种危机感。数日来,他和北地太守、都尉府长史等人一起视察了辖域内的各个要塞。越是向北,他的心情就越发沉重。

他在这里看到了什么呢？是边防意识的淡漠,是将士纪律的松弛,是官吏们的嗜酒懈怠,是老百姓的提心吊胆,是千里之遥竟无亭障要塞。这不为匈奴的长驱直入敞开了大门么?

直到一天,他们在边境的一个小镇,竟发现一个汉军士卒正拿战马的鞍鞯与匈奴人换酒喝。韩安国发怒了,他的马鞭狠狠地抽打在那个士卒的身上。

"大人饶命！小人再也不敢了！"士卒在雨点般的皮鞭下打着滚,鲜血顿时染红了干裂的土地。韩安国铁青着脸,不停地挥鞭。那士兵先还叫着求饶,渐渐地只剩下微弱的"哼哼"声。

"再有违反军纪者,他就是下场！"韩安国怒吼着上了马。

在回都尉府的路上,韩安国的脸色更加阴沉,他心里有一种杀人的冲动。他不能理解,同是镇守边陲的将领,眼前的这位太守怎么就和李广有天壤之别呢?

在踏上都尉府的台阶时,韩安国捋了捋垂在胸前的胡须在心里发誓,一定要用这些误国之徒的血去祭奠那些死于匈奴铁蹄之下的无辜百姓和士卒。

北地太守小心翼翼地陪着韩安国进了都尉府,那个士卒的死使多年来浑浑噩噩的他第一次感到了事情的严重性。别的不说,仅不设亭障这一条就够得上人头落地了。但他还是抱着一丝侥幸——韩安国还不能把他怎么样,他毕竟是朝廷的命官，就是判罪，那也是廷尉府的职责，韩安国充其量也只能向朝廷上疏参劾而已。

刚刚落座，韩安国就怒不可遏地斥责道："太守可知罪否？"

"下官不知，还请大人明示！"

"大胆！你在此为官多年，千里边陲，竟没有一座像样的亭障，难道不是渎职么？"

太守试图为自己的过失辩解，刚刚张口就被韩安国打断："任你巧舌如簧，也无法抵赖放纵部属、松弛军纪、荒疏边防的罪状。本官近日亲自察看，难道冤枉你了不成？"

太守见辩解不成，干脆摆出一副不屑一顾的架势，哼道："就算下官有罪，那也是廷尉府的事，将军能奈我何？"

太守的狂傲激怒了韩安国，他大吼一声："本官要杀了你们这些国之蛀虫，以谢天下。"

"下官是朝廷钦命的官员，只怕皇上没给将军这个权力！"

"将在外，君命有所不受，本官今天就拿你开刀。来人！"韩安国话音刚落，早有刀斧手一拥而上，把太守及其属下二十八人捆绑起来。

韩安国扔下一支令箭，咬着牙齿喊道："把这些误国之徒推出去斩首，把头悬挂城楼上，以儆效尤！"

二十八颗人头现在已经在义渠城楼上挂了多日，有的已开始腐烂。

风，在每天日暮时分，就从高原深处肆无忌惮地朝着古城扫来，凄厉的吼声让每个初到这里的人都感觉到它的蛮荒和寂寥。

土地广袤的北地郡人口却非常稀少，十几万农牧民散落在高原和草原上，按照各自的生活方式延续着他们的生活。偌大的义渠城，不过三万人口。

太阳刚刚西斜，街上已是人迹寥寥；夜色笼罩在古城上空，只有更夫和巡逻的士卒表明，这是一座大汉的城池。

韩安国的睡意早已被窗外的风声吹得老远，街头传来更夫时断时续的喊声，现在已经是后半夜了。他站起来，在火盆前暖了暖冻僵的手，朝着外间喊道："来人！"

从梦中惊醒的卫士顷刻间就站在他面前："将军有何吩咐？"

"把凉茶换成热的。"

"诺!"

从灉阳到京城,他最大收获是将自己的家小安排住在了京城的尚冠街。关于他的职务,太尉的理由是再度出山,不宜过分张扬。其实,韩安国看出来了,太尉是一位十分贪婪的人。他很担忧让这样的人掌管三军会有什么结果。但是,以当时的戴罪之身,自己能有这样一个结果已属万幸,哪敢有过分的要求呢?

离开京城的时候,夫人说塞外风刀霜剑,天寒地冻,要他带些丫鬟和下人过来。不过这些都被他拒绝了,他当时义正词严——大丈夫当以献身疆场为己任,军营里放些女人做什么呢?话虽如此,可他怎能忘记离别时夫人的婆娑泪眼呢?特别是在这漫漫长夜,思亲的情绪更是才下眉头,又上心头,怎么也挥之不去。

他站起来,摇了摇头,在心里问自己这是怎么了,何时也变得儿女情长了?

就在此时,他的腰间"叮当"一响,他下意识地低头去看,皇上送给他的虎头鏊就握在了手上。于是,灉阳知遇的情景迅速地取代了对亲人的思念。

在这个边陲的冬夜,他想起离京时与皇上话别的情景,周身的热血就迅速地驱除了寒冷,让他的胸间浸满了温暖。

虽然太尉有意阻挠,但韩安国还是来到了未央宫北阙,直到韩安国拿出了虎头鏊,司马才放行。但是,当他站在宣室殿巍峨的殿门前的时候,却有些徘徊犹豫了。他怕自己的到来,打扰了皇上打理国政。

这时候,包桑从大殿内出来了,他一眼就认出了当年立嗣大典上的这位梁国使者。关于这位将军的诸多传闻使包桑对他有种由衷的钦敬,他不但热情地邀请韩安国到塾门等候,而且很快就宣达了皇上召见的旨意。

走进宣室殿,刘彻埋头批阅奏章的身影在他看来是何等的亲切,韩安国情不自禁地感慨岁月逝如过隙,当年英气勃勃的太子殿下已经长成一位风华俊奇的大汉天子。而刘彻抬头的一瞬间,看韩安国的目光中也充满了兴奋。

皇上拉着他的手,不厌其烦地询问他这些年的经历,说朝廷现正逢用人之际,像他这样的人才必大有作为,还问他还有何求,尽可奏来。

他本来想诉说他所蒙受的冤情,可忽然发现,与大汉中兴相比,个人的荣辱进退显得多么微不足道。他想将此次出京在太尉那里的遭际和盘托出,可是当他看到皇上御案上堆积如山的奏章和文书时,顿时为自己的狭隘而感到惭愧。

当他说到经过北阙时被司马拦住了,皇上笑了。爱卿何须"门籍",只要出示朕赠予的虎头鞶,这未央宫便畅通无阻了。

辞行之时,刘彻亲自把韩安国送到大殿之外,他握着韩安国的手,殷殷的期待都在话语中了:"自先帝驾崩以后,边关军备松散,亭障废弛,爱卿此去任重如山啊!"

刚强的韩安国听此述说之后,喉头也哽咽了。

韩安国手捧虎头鞶,细细地端详。那是一方温润细腻的蓝田玉,在炭火的映照下,分外玲珑剔透。当风声扑打着都尉府的铁脯首时,他似乎听到了皇上的呼唤。韩安国的眼睛有些潮湿,在听到外间传来卫士的脚步声后,他迅速地用衣襟擦了擦眼眶。

可是,卫士还是发现了韩安国红红的眼角,小声问道:"大人想念夫人和公子了?"

韩安国接过热茶,呷了一口,一股暖流顿时涌遍全身:"没什么,刚才炭火太呛。你去睡吧,我再坐会儿。"

"已经快四更了,大人还是早些歇息吧!"

"啰嗦什么?退下!"

"诺!"

卫士退出后,城角就传来鸡啼——又是一个不眠之夜。韩安国重新回到案头,铺开竹简,缓缓写道:

北地都尉臣韩安国上疏皇帝陛下:

  臣自赴任以来,为严明军纪,整肃武备,以渎职罪诛北地太守以下二十八人。臣知太守乃地方重臣,非廷尉府不能治其罪。然臣观览昔日义渠国之兴亡,深知亡义渠者,非秦也,乃义渠也!诛义渠王者,非宣太后也,乃王也!自古骄奢淫逸,贪恋女色者,未有不身死国灭者也。……

此刻窗外,塞外的第一场大雪已铺天盖地地向古城飘来了。

第八章

心怀高远拒风雨　积怨太深两情疏

从细柳营回京的第二天,刘彻先去看了修成君金俗,多方抚慰之后,就急急奔往长信殿。

屏退左右,母子相对而坐,刘彻发现王娡的眼圈发红,鬓边隐约又添了些许白发。他知道自己离京的这些日子,母后过得一定不轻松。他原以为寻回流落乡间的阿姐,会排解母亲多年的思亲之苦,现在又看到母亲为自己牵肠挂肚,心里就十分心痛。

"让母后担忧,是儿子不孝!"

"你寻回了金俗,解了我的思亲之苦,有什么不孝的?只是我期盼社稷安稳,不负先帝所托。我知道皇上力主新政,是为了光大大汉基业。可这长乐宫中,牵挂皇上的也不只有我一人。先帝宏业未竟,中道崩殂,我以寡居之身,辅佐皇上,时感如负泰岱,心力交瘁。皇上未及弱冠,又逢多事之秋,我每思至此,夙夜忧叹……"

母子间的谈话,眼神、声音所携带的信息,所蕴含的寓意要比话语本身丰富和深刻得多,往往是默默两相视,悠悠万重心。

刘彻通过王娡的表情,已经强烈地感受到来自太皇太后的压力。他心里明白,在这个宫廷里,任何事情一旦与大汉的权鼎纠缠在一起,就不再是单纯的恩怨所能囊括得了的。他和母亲之间,常常因涉及田、王两族的利益而引出诸多龃龉,但这些与太皇太后围绕立国之策而生出的风波相比,就显得微不足道了。

刘彻站起来给王娡续了茶水,然后高高地举过头顶,所有感恩都化为几个简单的字眼:"谨遵母后所嘱,儿子这就去向太皇太后请安。"

当他从太皇太后那里回来后,就觉得新政所面临的困难和阻力要远比太后所说的严重得多。太皇太后没有给她的皇孙留一点情面,而是声色俱厉地申斥他不该舍弃祖制,摒弃黄老学说,喧嚣什么"罢黜百家,独尊儒术"。

在说到在京城设立明堂时,太皇太后的言语中流露出愤怒和不屑。自春秋以来,儒家就如丧家之犬,靠在诸侯之间游说度日。倘若儒学真如孔子门徒们所说的那样,为何孔子会陈蔡绝粮,被桓魋追杀?说到激动处,太皇太后手拍案几,透着凛然的威严。

你若不知进退,一意孤行,休怪我言之不预!

这严厉的警告不断在刘彻耳边响起。这些他当然不能当着大臣们的面讲出来,他在心里反复地掂量着太皇太后话的分量,他不能不对这种压力做出回应。

这天早朝后,他特地召窦婴、田蚡和赵绾到宣室殿议事。虽然刘彻在转述太皇太后意思的时候措辞非常谨慎,但大臣们还是猜到了皇上推行新制遇到了困难。

对太皇太后秉性,深知者莫过于窦婴。她早年被选入太祖高皇帝的后宫时,因为美貌而遭到吕后的妒忌,几乎陷入绝境。后来在作为宫人被外放代国期间,赢得了当时还是代王的文帝垂爱,她不但将情敌们一个个踩在脚下,而且最终登上皇后的宝座。

她辅佐文帝"内兴农桑,外和匈奴",终于在景帝朝时,让大汉迎来了可以与周朝成康时代相媲美的兴盛。这种丰富而曲折、坎坷而独特的经历,不仅奠定了她在景帝朝的权威,更养成了她孤僻、多疑、刚烈、果敢的性格。

窦婴知道,只要触动了这位姑母的利益,她什么事都做得出来的,她的肆权弄威丝毫不逊于吕后。

至于太皇太后眼下的心境,他更是十分清楚。表面上看来,她是在维护朝廷的道统,实际上却是对自己权力巩固的担忧。这一点,窦婴从蓝田庄园回京时就感受到了。

如果说，当年她对刘彻焚毁狱词给予了褒扬与呵护，那是因为此举拯救了她心爱的小儿子刘武，避免了一场宫廷里的自相残杀。其实当时，她也从太子身上感到了他的独立不羁。从那时候起，她就担心如果刘彻掌握了这个国家，还会不会像景帝那样对自己唯命是从。这一切，都使她对刘彻的一举一动十分敏感。

窦婴不得不承认，太皇太后深深影响了自己的性格。只是太皇太后没有想到，她给了窦婴果断和坚毅的性格，却无法让他服从于自己，反而在她试图逼迫景帝许诺梁王为储君时，遭到了窦婴的强烈反对。

窦婴并不打算退却，他绝不愿因私情而让刚刚起步的新政中途夭折，那样的话他才真的无法面对先帝。

他以毋庸置疑的态度说道："前事可鉴，历来变革没有一帆风顺的。当年商鞅变法如此，今日皇上推行新政也是如此。老臣虽然愚钝，但为皇上分忧，万死不辞。大汉已历四代，太祖高皇帝当年推行黄老之术，是迫于当时的情势。如果现在还墨守成规，势必人为刀俎，我为鱼肉。"

"自古为新政而以身殉国者，不计其数，窦婴岂能惜命惧死？"

窦婴一口气说了这些话，有些气喘，他略做停顿，然后继续道："先前上林苑所议国是，皇上只宜速办，不能拖延犹豫。"

"那太尉的意思呢？"刘彻把目光转向田蚡。

田蚡眼睛转了几圈，捻胡须的动作也慢了下来，他虽然看不惯窦婴的沉稳和矜持，但是在确立儒学的主导地位上，他与窦婴并没有分歧。他很快揣摩出皇上的意思，缓缓说道："如果微臣没有猜错，太皇太后一定对皇上目前的举措心存怨愤了。"

"太皇太后何足惧哉？"田蚡的话音刚落，赵绾站了起来，撩了撩袍袖，脸色因为情绪激动而涨得通红。

"太皇太后身历三朝，功在社稷……"赵绾尽量让自己说话的节奏慢一些，以便缓解因紧张产生的结巴，"然……然而，臣以为，太皇……太……太后毕竟春秋已高，自当颐养天……天年，再说，还有太……后呢！皇上……皇上……"

赵绾说到这里，窦婴已经明白下面的意思了，他接过话茬道："赵大人的意思,是不是皇上不必事事禀奏太皇太后?"

"然也!然也!"赵绾长出了一口气,用真诚的目光表达对窦婴的感谢。

此时窦婴的眼眶渐渐发热,眼前的赵绾,让他忆起了当年的自己。那时候,他就像赵绾现在这样年轻,这样热血澎湃。

窦婴觉得作为丞相,自己应当在大是大非面前表明态度,他高声道:"臣以为御史大夫所言甚是。以皇上的圣明,一定能够独立处理国政。再说,少奏事也是为太皇太后的身体考虑!"

"丞相说得好!"田蚡一下子就接过了话。其实,不仅仅是窦婴,田蚡又何曾不为赵绾的胆识和勇气所感动呢?当今皇上是自己的亲外甥,"有覆巢毁卵,而凤凰不翔,刳胎焚夭,碴麒麟不至",皇上一旦有事,首先遭殃的一定是他。

无论从社稷还是家族的利益考虑,田蚡都觉得自己在这件事情上不能暧昧,他忽然生出了作为太尉应有的气魄和果断,"呼"地从座上站起来道:"臣也以为,皇上应该独掌国政,而不必……"话说到这里,他忽然打住了,失声叫道:"皇上……殿后有人……"

就在同时,赵绾也看到一个身影在宣室殿窗外闪了一下就消失了,难道真有人敢冒杀头的危险而偷听么?

这事顿时激怒了刘彻,他"嗖"地拔出宝剑,朝外面大喊道:"大胆,何人在外面……"

皇上的怒吼惊醒了在殿外打盹的包桑,他急忙跑进来,茫然地看着皇上和诸位大臣。

"朕在此议事,何人在外走动?"刘彻怒视着包桑,厉声道。

"没有人啊!"

"你刚才在干什么?"

"奴婢刚才……"

"说!否则,朕这一剑下去,取了你的性命!"

包桑"扑通"跪倒在地,哆嗦道:"皇……皇上……奴婢在外边候着……时间长了,就……"

"说!"

"就打了个盹。忽然听见皇上传唤,就……就赶忙进殿伺候来了。奴婢罪该万死,请皇上赎罪。"

"果真没有人么?"

"没有!"

"你先下去,再有任何疏忽,小心性命!"

"谢皇上,奴婢再不敢了。"

看着包桑走出大殿,大臣们重新落座议事。大家都要求皇上独掌国政,这使刘彻受到了极大的鼓舞。他宽阔的额头泛着亮色,一双犀利的眸子辉映着绚烂、激情、坚毅的色彩。他铿锵有力的声音在窦婴、田蚡和赵绾的心头激起阵阵回音。

"诸位爱卿,朕刚从太皇太后那里回来时,心情的确沉重,但现在却好多了。传朕旨意,加快明堂的建设,明年十月,朕要在那主持诸侯朝觐大典。"

"遵旨!"

刘彻在三位大臣中间穿行,在窦婴面前站住了:"朕素闻申公为山东大儒,值此用人之际,丞相可速遣使者迎申公到京,朕要亲自问政于他。"

窦婴笑道:"臣早已派人去迎请了,只怕此刻已经在路上了!"

"老人家年已七秩,路途遥远,多有颠簸,丞相可想到了?"

"臣命少府寺派了安车,为了减轻颠簸,车轮上都裹了松软的蒲草。"

"申公乃当今大儒,丞相可曾想到马匹的选择?"

"行前臣亲自察看了,马匹均为驯良之骥。"

"先生高寿,饮食起居不可疏忽。"

"嗯,这个臣也想到了。先生乃鲁地人,届时就安排住在鲁王府。"

"好!丞相这件事情办得好!赵绾!"

"臣在!"

"你是申公弟子,接待的事就由你安排好了。朕要从自身做起,大兴尊贤惜才之风。"

刘彻顿时觉得窦婴这个丞相比卫绾做得好,他既不唯唯诺诺,又不矜持倨傲,很对自己的心思。他的思绪从求贤出发,迅速想到打通西域上来,遂把目光转向窦婴,说道:"朕要丞相选一出使西域的人才,可有了着落?"

窦婴忙答道:"已有了一个人选,此人名叫张骞,系光禄勋寺的一位骑郎,汉中人。自幼习武读书,深谙礼仪,儒雅恭谨,处事周密。臣曾多次'考课'于他,他均对答如流。臣将皇上的旨意大略陈述于他时,他不但欣然愿往,而且还提出了不少可用之议。"

"这事不能拖得太久,至迟明年开春就要成行。等朕见过申公之后,朕要在未央宫前殿召见张骞,亲自过问西行之事。"

田蚡这时接话道:"臣已选好了三百人的随行队伍,这些日子都在加紧筹备,正等着皇上的召见呢!"

……

窦婴是最后一个离开宣室殿的。出了殿门,冷风迎面扑来,冬云漫漫,天色有些阴沉。远方的云际间,有一黑点正在盘旋,待到京城上空时,才发现那是一只苍鹰。它硕大的翅膀,沉稳而又潇洒地划过长空。窦婴很久没有在长安看到鹰了,它搏击风云的雄姿让窦婴有了激情重燃的感觉。

是的,自古战斗并不仅限于战场上排兵布阵,精神的厮杀比驰马疆场,不知要艰难多少!

半个月后,申公就来到了京城。他刚刚住下,刘彻就在赵绾的陪同下,到鲁王府向他问政来了。

在鲁王府迎接皇上的除了王府府令,还有随申公一同前来的两名弟子。

赵绾先道:"皇上驾到,快请老师出来迎接圣驾。"

两位弟子有些为难:"老师用过午膳,刚刚睡下。"

赵绾不耐烦道:"烦请二位务必要叫醒老师,就说皇上到了。"

两位弟子面有难色,赵绾的脸上便露出不悦,他虽然知道申公有睡觉时不许打扰的习惯,可眼前来的是当今皇上。他可以怠慢任何人,可不能怠慢皇上啊!

倒是刘彻听了赵绾的问话,很大度地笑道:"先生春秋已高,未免倦怠,朕就到客厅等候吧!"

两位弟子如释重负,急忙迎皇上到了鲁王府客厅,小心谨慎地在一旁伺候。君臣坐了约半个时辰,刘彻就坐不住了,他对赵绾说道:"先生正睡得好,看样子一时半会也不会醒,你们就陪朕到府中各处看看吧。"

"诺！"

于是大家就陪着刘彻顺着厅外的长廊一路走来，先看了鲁王的议事室，虽然陈列规整豪华，打扫得也还干净，但显然许久没有人在这里议事了。

看完议事室，他们又参观了书房。虽然不能与皇家藏书相比，却也收藏颇丰，看着一卷卷竹简蒙着的灰尘，刘彻不禁感叹时世的浮云苍狗。

自从父皇驾崩后，他已经许久没有看到这位皇兄了，而儿时在一起玩耍的情景至今历历在目。他依稀记得，那时候鲁王就表现出皇家弟子少有的寡言和木讷。

这位皇兄虽然生活上奢侈放纵了一些，却也不似其他的皇兄那样荒诞不经，弄得民怨沸腾。朝廷颁布了禁养苑马的诏书后，他就带头把林苑退还给了百姓。这次之所以将申公安排在鲁王府，是因为他也曾向申公研习《诗经》的缘故。

不管怎样，只要他们不觊觎帝位，刘彻都能以宽容和大度对待他们。想到这里，他就不禁批评起府令的失职来，说他没有及时地将这些书籍拿出去晾晒和打扫。

从书房出来，前面是一片竹林，林旁是一条用鹅卵石铺就的小道。从这里过去，经过一道门，就是王府的后花园。刘彻正要前往，就见申公的两位弟子急忙地跑来了。他们说老师醒了，正在客厅迎接圣驾呢！赵绾在心中估摸了一下，皇上至少在鲁王府等了一个时辰。

刘彻来到客厅，申公颤巍巍地俯下身体，口齿不清地说道："臣恭迎皇上。"刘彻急忙上前搀扶，申公竟然喘着气动了几次都站不起来。赵绾见状，忙同皇上一起用力才将申公扶到座上。刘彻很关切地询问了老人家一路上的生活，申公耳聋，常常答非所问。

刘彻问道："先生一路可好？"

申公迟疑了片刻，才答道："皇上，臣起得不早，让皇上久等了，臣罪该万死。"

刘彻又道："先生辛苦了。"

申公又迟疑了片刻，答道："不走了！不走了！臣以垂老之躯受到皇上恩宠，当为皇上效力，还能走到哪里去呢？"

刘彻望着赵绾，笑了笑，又问道："朕欲求治乱之道，还请先生不吝赐教。"

话太长，申公一时无法猜度皇上的意思，又不敢多问，干脆闭目不语，弄得赵绾十分尴尬。他急忙移坐到老师身边，对着申公的耳朵大声传达皇上的意思。

申公看着赵绾，疑惑道："你说什么？"

"皇上问您治乱之道呢？"赵绾有些不耐烦。

刘彻摆了摆手说道："荀子曰，人不可以无师。你不可以对老师无礼，让老人家想想。"

两人等了一会，申公总算猜着了皇上的大体意思，转脸问赵绾道："你是说皇上在问治乱之道么？"

"然也！"

申公点了点头，又闭目思考了一会儿，才回道："为治者不在多言，顾力行何如耳！"

赵绾担心老师口齿不清，皇上没有听明白，又转述了一遍说道："皇上！老师的意思是，为治不在多言，顾力行则可！"

刘彻有点失望道："先生的意思朕已经听明白了。话倒是不错，只是太简单了。像这样的问题，司马相如洋洋千言，犹不能尽；董仲舒条分缕析，如庖丁解牛，先生怎么就用一句话就打发了呢？"

的确，对听惯了太傅们的滔滔不绝，又长期与贤良们多有辞赋唱和的刘彻来说，申公的回答不仅简单，而且还十分枯燥。

刘彻正和赵绾说着话，耳边却传来"呼呼"的鼾声，他们抬头看去，只见申公竟酣然入睡了。

对申公的访问让刘彻有些失望，他原以为这位闻名宇内的大儒一定会如董仲舒那样博闻强记，滔滔不绝，孰料他竟如此老迈昏聩。刘彻等人失望地出了鲁王府，却见窦婴的车驾停在府外。见皇上出来，窦婴立即下车，紧步来到刘彻面前，深行大礼道："臣不知皇上探问申公，姗姗来迟，还请皇上恕罪。"

"丞相不必自责，朕只要赵绾陪同即可，丞相何罪之有？"

赵绾忙上前谢罪道："都是臣办事不力，劳皇上移动圣驾。"

窦婴问道："怎么？不顺利么？"

赵绾不说话，只是叹气。

临上车时，刘彻回头对窦婴说道："也不能说是一无所获。通过向申公问政，朕更加坚定了一个信念，就是我朝在用人上要大力提拔年轻人。官员到了一定年纪，就应该颐养天年了。"

窦婴又问道："那怎么对待申公呢？"

"既然是我们安车蒲轮请来的，总不能让他又回到鲁国去，就赏他一个中大夫吧！关于建明堂的事，你们还是要多向他请教。"

"对了！说到重用年轻人，朕倒想起一件事情。那个韩嫣办事干练，近来又为朕找回了阿姐，太后也有奖掖的意思，朕看就擢升他为上大夫吧！明日早朝时与申公的封赐一并宣布好了。"刘彻说罢，就上了车。

窦婴虽然对韩嫣颇有微词，但皇上根本就没有征询他的意见，他也不好说什么……

椒房殿女御长春芳推开窗户，望着外边纷纷扬扬的雪花，"啊"地叫了一声，那喜悦就涌上了眉梢。大院里的松树上、木槿上都缀满了洁白的雪花，风一吹，悠悠飘落到地上。

站在宫院墙角那株蜡梅，腊蒂满枝，疏影摇曳，暗香浮动，其中一支新发的枝条上，缀着三五初开的花朵，在众多含苞待放的花蕾簇拥下，披着飞雪，直伸到窗前。

春芳微闭眼睛，深深吸了一口清新的空气，便沉浸在如饮甘醇般的陶醉中了。她吩咐宫娥和黄门们给火盆添加木炭，不一刻大殿里就暖意融融了。

春芳又吩咐他们把殿内外打扫得干干净净，只留下院里的雪没有动。女儿家心肠软，觉着这雪为水时至清至澈，为云时不染尘埃，如今来到人间，也是素衣玉颜，污了岂不负了上苍的一片美意？

她怀着这样的心绪来到阿娇的帷帐前，轻语启奏道："娘娘，今儿外面下雪了。"

阿娇睁开惺忪的睡眼，有些慵懒地说道："下雪有什么奇怪的？这长安城中哪一年不下雪？"春芳于是就再不言语，只是伺候在一旁，听从皇后的吩咐。

　　长期在皇后身边,她熟悉皇后喜怒无常的性格。她知道皇后的这种性格是与她从小的娇生惯养和皇上长期的冷落分不开的,她有时在内心也同情这个雍容华贵的女人,觉得她反而不及那些庄户院中的女人活得畅快。

　　宫娥们在这时候都是勤快而小心的,她们迅速为皇后穿衣梳洗,敷粉施丹,轻扫蛾眉,佩戴首饰。

　　这些事前后用去了大约半个时辰,皇后终于掀开帷帐,走到大厅里来了。早已伺候在一旁的两位宫娥,一位捧着漱口的汤盏,一位捧着药汤走上前来。春芳禀奏道:"这是昨日太医开的新药,刚刚煎好,请娘娘趁热服了。"

　　"这是第几剂了?"

　　"大概有几十剂了。"

　　"我都快成药罐子了。"阿娇眉头凝成一个结,"怎么总没有一个结果呢?大概是我注定怀不了龙种。这药我闻一闻都恶心,算了,不喝了,不喝了!"

　　春芳从宫娥手中接过药汤,双膝跪地劝道:"娘娘!太医说从这一剂开始,又添了几味新药,都是补气促孕的。为了娘娘,也为了太主,就请娘娘服了这药吧!"

　　阿娇的心上下悸动着,春芳说得对,良药再苦,也苦不过怀不上龙种被废的那种结局吧?这褐色的药汁系着她母亲,也系着陈家的命运!

　　阿娇最终听从了春芳的劝告,接过药汤,紧闭双目饮了下去。宫娥立即将漱口的汤盏递了上去,阿娇漱着口,在心里默默地念着:但愿这药能让我怀上个儿子。

　　春芳轻轻地为阿娇抚背,直到她呼吸平缓了才扶着她前去看雪。

　　她轻移莲步来到了窗前,初始,她的确为这雪的皎洁、清纯、晶莹而在眉宇间掠过短暂的欢快,她甚至浪漫地想过要请那个司马相如来作一篇雪赋,让乐师谱成曲子吟唱。但这种心境并没有持续多久,她的蛾眉又紧蹙在一起,显出一缕淡淡的惆怅。

　　"唉!这雪虽说是分外的洁净,可毕竟颜色太单调了,少了春花的艳丽。"她觉得这单调的颜色有如自己单调的宫廷生活,一样令人压抑,"天晴的时候,我还可以到花园中去看看。可在这样的日子,我不是更加无聊了么?"

春芳知道,根本不是这雪惹皇后不快,而是皇上。他昨晚又没有到椒房殿来,让皇后寂寞地等了一夜。

这时候,有几只觅食的家雀"叽叽喳喳"在窗外叫个不停,这叫声使春芳忽然找到了一个排解皇后惆怅的妙法。她小心地,带着试探的口气问道:"娘娘,奴婢有一句话,不知该不该说?"

"有话就说,吞吞吐吐的干什么?"阿娇瞥了春芳一眼。

"娘娘!奴婢在乡间时,每遇到这样的日子,也无聊得很。不过那时我们有一个好玩的事情,就是拿蒲萝捉家雀玩,挺有意思的。"

"真的好玩么?"

"奴婢怎敢欺骗娘娘呢?"

"那就玩玩看!"

"诺!"春芳笑盈盈地应道。

过了一会儿,宫娥们就找来了绳子、蒲萝和谷粒。春芳灵巧地把绳子系在蒲萝上,然后轻轻地从窗口拉进来,她又用木棍支起蒲萝,在下面撒了些谷粒。然后,蹑手蹑脚地回到殿内,守在窗口静静地等候着。

不一会儿,就有一只家雀出来觅食。它警惕地四下张望,确定没有威胁,才跳进蒲萝,贪婪地啄食谷粒。宫娥们第一次玩这种游戏,个个屏住呼吸,睁大眼睛瞧着,有按捺不住性子就要伸手去拉绳子的,都被春芳制止了,她说一定要等家雀吃得入神时才好下手。

大家于是又静下心来等,直到那家雀把谷粒吃了一半的时候,春芳做了个手势,一名宫娥立时拉动绳子,只听"扑"地一声,家雀就被扣在了蒲萝下面。

可怜的雀儿受了惊吓,"叽叽喳喳"的在蒲萝下面扇着翅膀寻找出路,宫娥们一阵欢呼,叫道:"娘娘!抓住了!抓住了!"

阿娇受到大家情绪的感染,少女的情怀再度爬上心头,她被大家簇拥着来到院内。春芳拨开积雪,纤纤细手伸进蒲萝,晕头转向的雀儿一下子就跳上了春芳的掌心。宫娥们很快找来一条橘黄色的丝线,拴住了雀儿肉红色的爪子,捧给皇后。

雀儿被阿娇的手托着,惊恐地跳着。阿娇捋着雀儿褐色的羽毛,在它的脖颈处就停下了,哼道:"还想跑么?我看你能跑到哪儿去?!"

阿娇从喉咙深处发出阴冷的笑声:"你这可恶的家伙,也有落到我手里的时候?哼!你去死吧!"她忽然举起鸟儿,狠狠地朝地上摔去。

雀儿的哀鸣非但没有引起阿娇的恻隐,反而激起她更大的愤怒,口里骂道:"让你跑!让你跑!"她接连又摔了几次,雀儿终于气绝,躺在地上不动了。见此,阿娇忽然转身厉声喊道:"看什么看,你们还不快把那讨厌的东西扔出去?"

春芳吃惊地望着皇后扭曲的脸,觉得往日看上去年轻漂亮的皇后原来是这样一个丑陋的女人。这是一场多么无趣而又恐怖的游戏,那惨烈的一幕与皇后的冷酷阴影一样地笼罩在春芳、宫娥和黄门们的心上。大家出出进进都提着一颗心,生怕惹恼了皇后而招来杀身之祸。

果然,雀儿的死还没有让阿娇消气,不一会儿,她又传宫娥进殿,骂道:"你等是不是在心里怨恨我呢?这半天,累得我口焦唇燥的,竟然没有人上一杯茶来?"

一名宫娥忙去沏了茶水,捧过头顶,战战兢兢道:"请娘娘用茶。"

阿娇接过茶水,用舌尖舔了舔,"咝"地吸一口气,就将茶水朝宫娥泼去,大叫道:"你这是要烫死我么?来人!"

椒房殿黄门应声进来,一个个垂手而立。

"把这贱人拖下去,重笞二十。"

"诺!"

黄门正要离去,阿娇又在身后喊道:"扒掉她的鞋,让她赤脚站着。"

接着,殿外就传来宫娥求饶的哭喊声,阿娇听了哼哼地笑出了声,但随之而来的一句话让一旁的宫娥们冷到了骨头里,因为有几个胆小的宫娥哭出了声。

"哭什么哭?你们是要诅咒我么?春芳,让她们掌嘴。"

宫娥们于是站成两排,互相抽打对方的脸,不一刻,每人脸上都是一道道的红印。这时候,行刑的黄门惊慌失措地跑进来叫道:"娘娘!娘娘!不好了,那个宫娥死了。"

"啊!"阿娇先是吃了一惊,但很快就平静了。

"这么不经打啊！"她咬着牙，忽然提高了声音道，"今天的事，谁也不许说出去，否则要你们一个个地下做鬼。听见了么？"

"听见了。"

"滚下去！"

……

这一天，阿娇就这样哭哭笑笑，直到过了午时，才昏昏睡去，椒房殿这才安静下来。

宫娥们围着春芳低声哭泣，都觉得这样的日子没有出头之日，倒不如死了痛快。春芳轻轻地抚摸宫娥们红肿的脸庞，无奈地摇了摇头。

唉！命运为何如此的折磨人呢？论起年龄，皇后和她们不相上下，倘若在父母身边，她们哪个不是父母的掌上明珠呢？只因为她们出生在茅屋草舍，就该如此卑贱、任人宰割吗？可春芳只是女御长，她就是怎样同情她们也无济于事。

她只有想着法儿安慰她们，说世事如此，只能认命忍耐，千万不能有轻生的念头。在这幽深的宫苑里，死一个宫娥，就跟死一个雀儿，没有什么两样。如果上苍有眼，有一天被皇上看上了，也许会有转机……

傍晚时分，雪住了，云稀了，从西边天际露出一缕晚霞。椒房殿詹事忽然从殿外复道口匆匆忙忙下来，对春芳说皇上驾到了。话音未落，就听见长长的传信声："皇上驾到！"

"皇——上——驾——到！"

这声音不免让阿娇心慌意乱，她急忙更衣梳妆，刚刚收拾妥当，刘彻就已踏进了殿门。

"臣妾恭迎圣驾。"

"平身！"

"谢皇上！"

刘彻回头看了一眼紧随在身后的包桑道："你先回去，朕今晚就住在椒房殿了。"

"诺！"包桑愉快地答道。很长时间，他都没有听到皇上这样说了。

"警跸留下，其他人跟咱家回宫去。"他尖细的嗓音在殿门外响起。

最高兴的人还要数春芳。是啊！皇上虽然是九五之尊，可在夫妻感情上，其实也与普通人无异。她相信皇上的到来一定会让皇后心中的冰雪化为春水，她愉快地传话到御膳坊，为皇上准备酒菜，又吩咐宫娥和黄门为炭盆和暖墙加了火，把个椒房殿烘得暖融融的。

刘彻今天心情不错，他亲切地询问了阿娇的情况，谈起童年时追打嬉戏的趣事，逗得阿娇掩口直笑。这难得的场面让春芳暗暗惊异，皇上已是一位日见成熟的男人了。他青春的眸子里退去了少年的稚气而多了男子汉的沉稳，他棱角分明的嘴唇上长出了浅浅的胡须……

春芳突然发现自己走神了，她的脸颊不禁有些发烧，更有些后怕，倘若让皇后发现了，她还有命么？好在御膳坊的酒菜送来了，春芳用麻利地手脚掩饰了慌乱的内心……

刘彻的到来让阿娇的青春活力和温顺迅速苏醒过来，她苍白的脸色再度泛起红润的光泽；干涩的眼睛现在也水汪汪地闪烁着温柔和多情；她烦躁多日的情绪现在被皇上的言语撩拨得春心荡漾。在宫娥们伺候她洗了浸着玫瑰花的热水浴后，她整个肌肤都透着凝脂一样的雪白，每个毛孔都散发着诱人的芬芳。

阿娇被宫娥们扶上了榻床，她们很熟练很老到地在皇后的身下垫了绢巾。春芳隔着薄如蝉翼的帷帐望去，从皇后下体溢出晶亮的春泉，顷刻间在绢巾上绘出湿润的图案。这时候，另一批宫娥搀扶着沐浴后的刘彻入帐来了，当她们缓缓褪下他肩头的浴巾时，他雄健的身躯，迅速地刺激着阿娇焦渴的神经，她丰盈的乳房与细腻平滑的腹部构成静动交合的曲线……

这是生命媾和的圣典。

春芳和宫娥们轻轻地合了帷帐，退到外间的暖阁里等待皇上和皇后的传唤。

皇上如初升的太阳那样喷薄，他的激情如高山瀑布那般跌宕，他对女人的欲念如烈火般炽热。他浊重有力的喘息，皇后如梦如幻的呻吟；他征服一切的冲刺，皇后如醉如痴的呓语；他如流如注的喷发，皇后如癫如狂的尖叫，演奏着人性最美最激越的咏叹。那一个个诠释男女情感的音符让宫娥们心旌摇荡，她们都期待着奇迹的出现……也许这一夜，就能孕育一个新的生命。

但是,当这乐章一步步地走向高潮的时候,却从帷帐里传来皇上愤怒的斥责声。

"放肆!你要破坏朕的兴致么?"

"皇上不能小点声,外面有人呢!"

"是你不识时务,坏了朕的兴致!"

"臣妾身为皇后,为母亲求点公田有何不可?"

"先帝在世时,太主就广占公田。朕登基以来,屡有赏赐,至今少说也有近千顷了,如此贪得无厌,朕还怎么整顿朝纲?还怎么推行新制?"

"皇上喊什么喊,难道皇上忘了当初?如果没有母亲,皇上做得了太子么?皇上当初做不了太子,能有今天么?"

"你这是在要挟朕么?朕继承的是大汉江山,非太主私财。来人!"

这是怎么了,刚还云里水里的,怎么就闹翻了?春芳心里打着鼓,隔着帷帐答道:"奴婢在!"

刘彻几乎是声嘶力竭地怒吼:"轿舆伺候,朕要回未央宫!"

春芳慌了,不敢有丝毫的怠慢,急忙传来椒房殿詹事……

刘彻回到未央宫,直到黎明前才昏昏睡去。等他醒来时,包桑早已在旁边伺候了。

"现在何时了?"刘彻伸了伸酸困的胳膊问道。

"已是巳时了,大臣们在塾门等了两个时辰。"

刘彻"呀"地一声坐了起来,悔道:"朕睡过头了,都是那个可恶的阿娇。"他顿了顿便问道,"大臣们有什么事情么?要是没有什么重要的事情你就代朕宣布散朝吧!"

"皇上!这……"

"这什么?你没看见朕昨夜睡得迟么?就这样,速去传朕旨意。"

"诺!"包桑怀着复杂的心情出了温室殿,向前殿奔去。

这是刘彻登基以来第一次误了早朝,窦婴和田蚡大感不解。窦婴改变了回府的打算,转身就朝着温室殿走去。包桑远远地瞧见窦婴,急忙上前迎道:"丞相大人怎么还没回府?"

窦婴一脸严肃:"皇上梳洗过了么?"

"已经用过早膳,现在正在殿内看书呢!"

"皇上昨夜睡得好么?"

"唉!大人有所不知,皇上昨夜先是睡在椒房殿,可不知为什么三更时分又回到温室殿,直到黎明时才睡着。"

窦婴一听就明白了,一定是那位不懂事的外甥女惹恼了皇上。可即便如此,皇上也没有理由不上朝啊!皇上虽说年轻,也决不能置社稷不顾而放纵自己啊!想到这里,窦婴对包桑道:"烦劳公公通传,就说窦婴有事求见。"

包桑进去不一会儿,就出来对窦婴说道:"皇上请大人回府。"

"烦请公公再去通传,就说窦婴一定要面见皇上。"

包桑面露难色,看到窦婴不肯离去,只好再去禀奏。等他再出来的时候,大气都不敢出了。他来到窦婴面前,小声说道:"丞相还是回去吧,皇上发脾气了。"

包桑没有想到,窦婴听了这话,非但没有离去的意思,反而就在雪地上跪倒了,大声说道:"皇上今日不见,我就一直在这儿跪下去。"

包桑急忙上前搀扶:"丞相使不得,丞相若冻坏了身体,咱家担待不起啊!"

窦婴不再理会包桑,目光直视殿门,仿佛铁铸一般。包桑见此就慌了神,转身就朝殿内跑去。

大约过了一刻时间,殿门口终于传来包桑尖细的声音:"皇上有旨,窦婴觐见。"

窦婴从地上站起来时,顿觉两膝僵硬,整条腿都凉飕飕的。

现在,刘彻的身影已进入了窦婴的视线,他看上去有些疲倦和苍白,虽然手中捧着一卷竹简,但游离的目光表明他的心思并没有在书上。

"臣窦婴参见皇上!"

刘彻抬眼望了望窦婴,吩咐赐座。窦婴却坚持站着说话:"昨天傍晚虽说雪停了,可到后半夜又飘起了漫天大雪。但为了赴早朝,众位大臣寅时起身,卯时到朝,冒着寒冷在塾门等了足有两个时辰,而皇上一句话没说就散了朝,臣以为此举不妥。"

刘彻脸上有些不自在,放下竹简道:"难道包桑没有告诉丞相,朕今日有些不适?"

"既是不适,就该由总管早些告知臣下,为何要大家等到巳时呢?"

刘彻脸上露出不悦:"丞相这是在指责朕么?"

"臣岂敢指责皇上。"窦婴虽然低下了头,但说出的话却是掷地有声,"臣记得荀子说过,'君者,仪也,民者,景也,仪正而景正。'皇上身负重任,自当为臣下做出表率。秦皇当年治理国政,每日要阅批一百二十石奏章,决不留待明日。今日皇上……"

刘彻脸上开始发热,继之涨红,为自己行为辩解的话语中分明夹带了恼怒:"什么不敢?丞相刚才的一番话,不是在指责朕懈怠么?丞相不必再说了,朕念及丞相曾做过太傅,不治你的罪也就罢了,还不退下?"

窦婴似乎没有听见刘彻的呵斥,更不顾包桑在一旁暗使眼色,依然按照自己的思路慷慨陈词道:"皇上要治臣的罪,不过是一句话。但臣听说在先王那里,'人主不可以独也。卿相辅佐,人主之基杖也,不可不早具也。'今皇上国事未兴而先冷了臣下的心,臣恐大汉社稷危矣。"

"危言耸听!"

"皇上!臣当年为大汉社稷而不惜获罪于太皇太后,以致罢黜回乡。臣今冒死进谏,也是为了大汉社稷,皇上纵然杀了臣,臣也得劝谏陛下。自陛下大兴尊儒以来,妇孺皆言修身齐家。陛下若不能率先垂范,何以服天下人?"

窦婴如此犯颜直谏,刘彻在一旁听着,起先十分恼火,但听着听着,怒火就渐渐退去了,他为自己的失信而生出了惭愧。他来到窦婴面前,诚恳地说道:"丞相忠肝义胆,光明磊落,朕受教也。"

包桑此刻趁机奏道:"皇上,司马相如已来到京城了。"刘彻大喜过望,忙宣他进殿。

等候在塾门的司马相如听到皇上的传唤,脸上增添了许多肃然。

司马道不算很长,但司马相如却从灉阳一直走到今天。景帝在世的时候,他本希望到长安一展宏图,无奈皇上不好辞赋,他只有怀着怏怏的心情到了灉阳。

灉阳虽是王都,但在那里时却是他心境最复杂的一段时光。梁王刘武不但精于武功,而且长于辞赋。他广揽贤良文士,这让司马相如常怀着知遇的感动。但待得久了,他见梁王对储君之位过于热心,肆意扩展梁都,就渐渐生出担忧之心。

梁王薨后,他怀着从此高山流水无知音的伤感回到了家乡成都,生活很快就陷入窘境。他不得不感谢朋友临邛令王吉的周济,尽管他从心底瞧不起他的庸俗和浅薄。可王吉却不计较这些,不是他的胸怀宽广,而是司马相如的名声太大了,这让王吉的脸上徒添了许多光彩。

这一天,王吉又登门拜访了:"有个人想见先生,不知先生可愿见否?"

"在下新回故里,家徒四壁,何人如此青睐?"司马相如一边将王吉让进客室,一边问道。

王吉听此,脸上就不免露出几分得意,笑道:"卓王孙其人,先生可知否?"

司马相如摇了摇头。

王吉顿时睁大眼睛,疑惑的目光反复在他身上打量。他唏嘘不已,为司马相如的孤陋寡闻而遗憾:"天哪!先生不识卓王孙?他可是临邛的首富哦!攀上他,先生何须如此窘迫不堪?"

司马相如有些不以为然地笑了:"在下多年游于长安、濉阳,每日与王公贵胄饮宴作赋,什么样的人没有见过?区区卓王孙,何堪入眼?"

王吉的脸色就有些不自然了,不耐烦地问道:"先生就说见不见?"

"不见!"司马相如说罢,自顾抚琴去了,将王吉晾在一边。

此后一连三天,司马相如都是一口回绝。到了第四天,他终于架不住王吉的纠缠,勉强跟着他到了卓王孙的府第。

他没有想到,那场酒醉后的即兴抚琴竟让卓王孙的女儿卓文君心旌摇荡,坠入爱河。

一曲弹罢,酒在血液中燃烧,司马相如不禁有些燥热。他走出了人头攒动的客厅,找了一处僻静的柳荫散热。

什么是寂寞呢?寂寞就是没有人读得懂你的雅韵高蹈。司马相如发现,在他埋头弄弦的时候,招来的目光何其迥异。或盲若瞽者,或茫若聋者,或心有旁骛,或面露不屑。就连那个王吉,也是脑满肠肥,附庸风雅,说几句赞美的话也是文不对题,究竟有几人从那曼妙雅曲中听到了他的惆怅和彷徨呢?

面对月光,他仰天长叹:"子期去矣,伯牙独鸣,知音何在?我也应断了这弦吧!"

"知音在,弦未断,莫负听琴人。"从花影间传来绵绵细语,打断了司马相如的思绪。

朦胧中只见一位窈窕佳人,高髻云鬟,桃腮柳眉,亭亭玉立。她如静夜春风,让司马相如的酒醒了大半。正痴呆间,女子却柔声细语地说话了:"适才妾身一直在帐后聆听先生高音。思杳杳而无际,情缱绻而泪潸。妾身冒昧,解先生之心绪,浩然中透出惆怅。"

互通姓名,司马相如十分吃惊,庸俗势利的卓王孙竟然有如此一位精通音律,貌美若仙的女儿。她不但心随曲行,而且读透了他的苦闷。当晚,两人遂于月下倾心,谈辞论赋,相悦甚欢。

卓文君道:"妾身丧夫孀居,寂寞长夜,独守孤灯。今遇先生,风流倜傥。若蒙不弃,愿以身相许。"

这番话又让司马相如惊叹世间竟有如此敢爱敢恨的女子,正合了自己潇洒飘逸、不拘一格的性格。

但他是清醒的。以目前的境况,他能给卓文君带来什么呢?卓王孙怎能容许卓文君嫁给他这样空有一腹学问,而又穷困潦倒的人呢?

卓文君真是一位奇女子,对司马相如的倾慕使她不顾父亲的反对而选择了私奔。

卓王孙虽然是逐利之徒,但他怎能不顾及自己的面子呢?他虽然有家财万贯,却不愿意分给卓文君一钱,这让司马相如的自尊心受到了极大的伤害。

卓文君矢志不渝地与自己厮守,他有什么不能割舍的呢?司马相如一怒之下卖掉了从濉阳带回来的车骑,购了一间酒舍,干脆让卓文君当垆卖酒,而他则为人佣工……

他没有想到,他的《子虚赋》竟然引起了皇上的注意。如今重回旧地,司马相如感慨万千。如果不是朋友的引荐,凭着卓王孙后来回心转意馈赠的数百万资财,他的后半生也许就会在衣食无忧中消磨掉了。

现在,他猜不出皇上是怎样的风采,更不知道皇上召见他是出于对文士们的看重还是故作礼贤的姿态。当他走进未央宫前殿的时候,步子不免有些踯躅,直到刘彻出现在他面前的时候,他的思绪仍在飘浮不定中。

"臣司马相如叩见陛下!"

皇上是否对他下了"平身"的旨意,他似乎听见了,又似乎没有听见。等他抬起头的时候,气度不凡的皇上已经走下丹墀,扶起了他。

"爱卿的《子虚赋》,朕读了。"

司马相如很惊愕,皇上日理万机,怎么会有时间看他的文章。

"文采泱泱。"刘彻又说了一句。

听到这话,他顿时有了一见如故的亲切和温暖,昔日遭遇的冷落,一路上的担心顷刻间淡若渺云了。

"朕虽尚武,然辞赋朕亦爱之。爱卿可否为朕作一篇《子虚》一样的赋呢?"

司马相如越发激动道:"那是臣言诸侯的文章,不足为奇。请允许臣为陛下作一篇游猎之赋。"

刘彻暗自高兴,问道:"爱卿要几日可成?"

"不必!倚马可待!"

"果真么?莫非爱卿戏言耳?"

"如妄言,臣愿当殿领罪!"

天下果然有倚马千言的文士,这岂不是社稷之福么?刘彻忽发奇想,何不召丞相、太尉和御史大夫来看看呢?于是他立刻下令,不一刻,大臣们便匆匆赶来了。

窦婴见皇上匆匆宣召,只是为了一个书生,便心中暗忖,皇上真的还是个孩子,说风便是雨。自己自幼治儒学经典,不可谓不思绪敏锐,也不曾有出口成章的经历,这巴蜀士子竟然当着皇上的面口出大言。而皇上如此张扬,又不免有些小题大做。

正要说话,却见皇上身边的黄门铺开竹简,调好漆墨。司马相如当着朝廷大吏,没有丝毫的胆怯和畏缩,他略思片刻,那淋漓的翰墨便落下了。

司马相如写着,官员们全神贯注地观看着,时不时用眼神传递着各自的感觉。

随着情感的波澜迭起，司马相如手中的笔时而舒缓如淙，时而疾行如瀑，到后来，他越写越快。那一行行蝇头小隶，仿佛滔滔江水，直朝眼底奔来。

围观的大臣们暗暗惊叹，始知天下果有文思泉涌的才俊。田蚡瞪着一双小眼，感到不可思议；赵绾回想起贤良策对，觉得那曾经让皇上击节赞叹的董仲舒都黯然失色了。

同一篇文章，不同的人读起来，自有不同的感觉。窦婴默诵着司马相如的华章，却从中捕捉到了批评皇上过于铺张的讽喻意味。仅这一点，他就对司马相如有了几分喜欢，心想皇上身边就应该多些这样的忠谏之士。窦婴侧目看了看陶醉在绮丽文采中的刘彻，悄悄点了点头，曲折表达了对司马相如的赞许。

这一切，司马相如都浑然不觉，他此刻的心神都沉浸在情的飞流，文的奔涌，思的激荡，神的驰骋中去了。直到写完最后一个字，他才发觉大家用惊异的目光在打量着自己。他连忙站起来道："诸位大人在此，在下献丑了。"之后，他转身对刘彻奏道，"臣已将《游猎赋》草成，请皇上御览。"

因墨迹未干，刘彻只有边走边看，及至浏览一遍，他便可以举目成诵了。

"爱卿文中所言之子虚先生，乌有先生、无是公，皆何方人氏？"

"启奏陛下！'子虚者'虚言之谓也，为楚称；'乌有先生者'，乌有此事也，为齐难。'无是公'者，亡是人也。臣的文章，是虚借三人为辞，以推天子诸侯之苑囿。起卒章归之节俭，因以讽谏。"

"妙文！妙文！"窦婴情不自禁地带头击节。

赵绾也道："先生果然信笔千言，倚马可待啊！"

田蚡虽然没有太过褒扬，心中却觉得司马相如的文章给他留下了繁花纷飞的感觉。

刘彻更是喜不自胜道："爱卿果真才情并茂。朕就拜你为郎，早晚随在朕的身边吧！"

要说，这郎官既不授印，亦不赐绶，是地道的散官。但因为刘彻将司马相如留在身边，他的身份无形中就提高了许多。

第九章

张骞持节使西域 汉皇探心宴刘安

这是建元三年(公元前138年)的早春。

三百多人的队伍走过横桥,踏上了曾经辉煌瑰丽、宫观相望,如今洗尽铅华、素面朝天的咸阳北原。张骞勒住马头望去,展现在他眼前的只有驰道两旁亭亭如盖的松柏,只有当年焚为灰烬的残垣断壁,长安早已隐没在苍茫的雾霭中了。

这个只有二十多岁的年轻人,第一次担负了如此庄严的使命。前路茫茫,关山重重,西域对他来说,还只是文字上的只言片语。他无法知道,从此西去,何时才能再回长安。不过万千眷顾,终究抵不过雄心万里。既然做了这样的选择,他就没有理由再儿女情长,只有义无反顾地前进。

一团火焰在天地间跃动——就在两个时辰前的送别仪式上,皇上把狩猎乘坐的红鬃马赐给了他。仪式宏大隆重,横门外旌旗招展,鼓乐喧天,庞大的仪仗簇拥着皇上登上了检阅台。丞相来了,太尉来了,他们分别坐在皇上的两侧。在京两千石以上的官员一个个冠冕高耸,朝服肃整,排列在台下。

张殴率领着羽林卫沿着横桥部署,岗哨一直排到横桥北面。

这场面让张骞强烈感受到凿空西域在皇上心中的分量,也带给他从未有过的荣耀,更使他知道自己肩上的使命。他知道,以自己的官爵和地位,是没有资格享受如此庞大的送行仪式的,皇上之所以如此安排,是因为他怀中的汉节,那代表着大汉的威严,象征着皇上远播四海的恩泽,宣示着天子和谐万邦的胸襟。

虽然论起来皇上比他还要小,但皇上目光高远,早在八荒九域之外。因此,当他带着三百人的使团出现在皇上面前时,那从昨夜就辗转反侧的兴奋迅速被诚惶诚恐取代。

大约在辰时三刻,主持送行仪式的典属国宣达了朝廷任命张骞的诏书。他在鼓乐响起之后,登上检阅台,向皇上行辞别大礼,然后从典属国手中接过青绿的、缀了鲜红旄毛的汉节。

待他稍稍稳定情绪,就见皇上迈着铿锵的步伐朝他走来了。在皇上身后,未央宫卫尉牵着皇上的坐骑——红鬃马。

"此去道远任重,朕将此马赐予张卿,希望它能保护张卿早到西域!"

他并不知道皇上曾向韩安国赠送过虎头磬,因此,当从皇上手里接过马缰时,他对凿空西域的分量又有了更深一层理解。他正想着,皇上洪亮的声音就在耳际响起:"你等均是朕挑选出来的勇士,朕寄予厚望。待他日归来,朕要论功行赏!"

……

早春的风吹动着汉节上的红缨,摩挲着张骞的脸颊,一种温暖的感觉在血液中流淌、弥漫、扩散。

故乡汉中,塑造了张骞铁马金戈、百折不挠的性格。那里曾留下了太祖高皇帝临风高歌的潇洒风流,也留下了萧何月下追韩信的动人佳话,还留下了韩信临危受命的拜将台。

童年的张骞,常常躺在祖父的怀中,听着那些动人的故事进入梦乡。他很感谢祖父,除了教他做人的道理,还把《山海经》《尚书》等典籍拿给他看,这让他的眼界渐渐地从脚下移到对外面事物的向往。

天高云淡的日子,他喜欢独自一人坐在家后面的山坡上,望着绵延不绝的大山和滔滔远去的河水,想象着京都的繁华锦绣,九州的广袤无垠。他憧憬有一天自己会骑上战马,像韩信一样指挥千军万马,纵横千里。

他的这种信念,随着年龄增长而越来越强烈。

终于在一个夜阑人静的夜晚,刚刚步入青年的张骞告诉祖父,他要响应朝廷的招募,到长安去,像先辈那样为大汉建功立业。

祖父笑了，他为孙儿置办骏马、鞍鞯、宝剑，送他到郡里参加招募比武，他知道眼前这个还显稚嫩的年轻人终究会有一天做出足以告慰张氏祖宗的大事来。

才俊云集的京都给予张骞的就是做了光禄勋寺的侍卫郎，虽然官阶和秩禄都不高，可每日沐浴着皇上的恩泽，感受着皇上的威仪，护卫着皇上的安全。只要他恪尽职守，迟早也会进入两千石的行列。

但是，张骞那颗躁动的心却总是越过城墙，飞到遥远的边境。李广将军的传奇故事常常让他热血沸腾，梦里赴关山，飞雪被铁衣，他醒来就不能安睡。他时常披衣望月，反躬自问：大丈夫当如飞将军，岂可安于锦绣！

在皇上招募使者的诏书颁布后，张骞欣喜若狂，他几乎没有任何犹豫就应了募。过去，他只能远远地望着皇上，而这次应募使他能站在未央宫前殿与皇上直接对话。

又一夜未眠的刘彻没有丝毫倦意，他匆忙地上了早朝，将在此刻启动"凿空西域"的宏图大略。他犀利的目光环视站在阶下的大臣们，高声问道："张骞何在？"

包桑立即跟着余音喊道："皇上有旨，宣张骞进殿。"

伴着黄门依次的传唤，张骞进殿了。他英姿勃勃的身影，他雄健有力的足音，他真诚敏锐的目光，立即给刘彻留下了深刻印象。

"此去路途遥远，吉凶未卜，你可知否？"

"回皇上，臣深知此去关山万里，征途艰险。但臣更知圣命如天，纵臣身死国外，葬骨青山，也决不负皇上嘱托。"

"朕素知匈奴虎狼之性，倘若你被扣为虏，将何以处之？"

"臣生为大汉臣，死亦为大汉鬼。'三军可夺帅，匹夫不可夺志也。'匈奴可取臣首，然不可屈臣节。"

"你身负凿空西域重任，劳苦功高，朕当照顾好你的家人。"

"陛下！臣离开汉中时，曾对祖父言，大丈夫功业未就，决不成家。"

"好！你果有英雄之气，定不负朕望！你还有何求，尽可奏来！"刘彻满脸喜悦。

张骞撩了撩袍裾，上前道："皇上，臣无他求，只需一懂得匈奴语且办事干练者随行即可。"

刘彻笑了,他通过这个细小却十分关键的细节感受到张骞的虑事周密:"朕已经为你选定了一人。宣堂邑父进殿!"

大臣们一阵骚动,纷纷询问这堂邑父是何人?

堂邑父来了,大家不禁暗暗吃惊了。原来这堂邑父不是别人,正是皇上曾亲自庭审的匈奴俘虏,他已经脱去了胡装,只是还不习惯以汉礼觐见。

刘彻将堂邑父介绍给众位大臣,说道:"众位爱卿,就是他告诉朕,在匈奴国的西方,有一大月氏国,与匈奴有不共戴天之仇,而他的亲人也死于匈奴军臣单于之手。他素来仰慕大汉文明,精通汉、匈奴和大月氏语言,且练就了百步穿杨的武艺。朕欲遣他随张骞出使西域,众卿以为如何?"

严助闻言出列奏道:"堂邑父初沐皇恩,臣担心其会中途变节。臣以为还是选派一名大汉译令为妥。"

石建、石庆立即出列响应,以为匈奴人性格乖戾,不可大信。

但田蚡因为曾陪皇上审问堂邑父,深知堂邑父绝非苟安图生、背主忘义之徒,皇上之所以起用他,不仅因为他与军臣单于有着血海深仇,还因为他不屈于刑罚却感恩于皇上的胸怀。他相信皇上的眼光没有错,所以赞同皇上的提议。

窦婴也出列道:"皇上圣明。臣深信堂邑父当不负皇恩,会竭力完成使命。"

刘彻对大臣们的理解十分欣慰,转身对包桑道:"看过汉节。"

他缓缓走到张骞面前,严肃而又庄严地说道:"汉节者,皇命之所载,使臣之象征,百姓之所期,大汉威严之所彰。你须谨守汉节,待爱卿归来之日,朕要在这里,在这未央宫前殿为爱卿接风洗尘。"

……

现在,张骞持着汉节,走在队伍的最前面,这一切回忆都如温馨的春水,轻轻漫过他的心头,渐渐融遍全身。

"大人在想什么呢?"

张骞没有回答堂邑父的询问,反问道:"行至何处了?"

堂邑父人地两生,不知该如何回答,正要问队伍中的当地人,就见前面远远地驰来一骑,到了跟前方知是好畤县的县丞,他奉命在这里迎接使节。

县丞道:"好畤乃京畿之地,民风淳厚,闻知大人身负皇命,离乡远行,三乡父老略备薄酒,为大人饯行。"

张骞道:"好畤这个地名好奇怪,可有什么来历?"

县丞道:"畤,乃神明所依止也。因此地处于雍州高地,宜于神明所居,故朝廷在这里立畤以郊祀上帝诸神。"

张骞闻言道:"烦劳县丞速去通报,本使要在这里祭祀上天神灵,为皇上祈福,为黎民请瑞。"

"诺!"县丞随即策马而去。

只见道路沿着斜坡沟壑向前蜿蜒而去,好畤县城就坐落在沟道里。城池倚坡濒水,呈半圆形框架,只有南北两座城门,两面坡上松柏郁郁葱葱,漆水河静静地从城下流过。此地虽然土地贫瘠,却是皇上郊祀诸神的所在,倒也不显得荒僻。

张骞一行来到城下,好畤县令早已在城外迎接了。稍事寒暄,张骞即在县令的陪同下直接到庙坛祭祀天地。

张骞每次揖拜,额头都久久地贴着地面祷告:"昊昊上苍,佑我圣皇,享国长久,德配天地。"

县令上前搀起张骞,双手深揖道:"使君忠心,天日可鉴。下官已在城内'醉香楼'备下薄酒为大人饯行,还请使君赏光!"

名曰"醉香楼",不过两间门面,店主人尽了最大的努力也就做了几样时令菜蔬,喝的是当地酿的黍酒,一种淡淡的苦味。

席间,张骞询问好畤县的风土人情,县令告诉他,县城西南七十里的明月山上有一隐者,年逾九十,鹤发童颜,乃太祖朝的建信侯。

"是曾经出使匈奴国的建信侯么?"

县令点了点头。

张骞高兴道:"我明日就去拜见。"

第二天,县令亲自担任向导,一行人快马走了大半日,就远远地瞧见阳光下明月山。三峰并立,直插云霄,岚气缭绕,云涌松动,气象森森。

他们登上东北峰举目四眺,远处逶迤起伏的梁山,近处满川沃野田畴,一览无余。

半山腰有一座院落，青石围墙，卵石铺道，荆扉柴门，院子不算大，却也宽敞。张骞连连赞道："此地真乃妙境也！"

踩着卵石小道前行，中间是三间草房，两边各有两间厢房。屋前的几株红杏，正是迎春绽放的时节，满枝粉色的花骨朵透着淡淡的清香；红杏旁边不远处，一丛修竹，枝叶苍翠，透着盎然生意。竹林下，一位小童正在打扫庭院，从屋里传来悠悠的琴声，抑扬起伏，悠远流畅。

这不是《高山流水》么？张骞情不自禁地赞叹。县令欲上前问话，却被张骞拦住了，直到一曲终了，县令才上前很谦恭地说道："烦请通禀你家主人一声，就说前往西域的使者张骞大人求见。"

"使君少待，小人这就去告知主人。"童儿进去片刻就出来道，"主人请使君大人到厅中叙话。"

张骞让一干人等在外等候，只带堂邑父、县令进了厅堂。环顾室内，除了靠墙的书架上堆满了书籍外，其他陈设都十分简朴。可抚琴者却是年约五十的汉子，说起话来中气十足，声若洪钟。

"在下在此等候使君多时了。"

张骞心中暗暗吃惊，忙上前参拜道："敢问此处可是建信侯之居所？"

中年汉子道："此处正是家父颐养天年、潜心守静之处。区区茅舍，虽说简陋，却远离俗尘。"

张骞作揖道："我在故乡时曾听祖父讲过，建信侯谏言定都长安，首倡与匈奴和亲，受命徙关东豪强十万于关中，功在社稷。如今我上奉皇命，出使西域，欲聆听先辈教诲，故冒昧打扰，不胜惴惴。"

汉子目光中掠过依稀惆怅，叹息道："家父已于七年前逝世了。"

张骞喉结颤了颤，脸上流露出几许失落。但既然来了，也许还能从这儿获取一些关于匈奴的风土习俗。随后他大略介绍了持节西行的原因，汉子开始还平静地倾听，及至听到皇上将坐骑赐予张骞时，他就再也无法平静了。

"当年家父之所以力主和亲，除了暴秦珍灭，社稷初定，百废待兴之外，更因为朝廷根本无力消除边患，只有和亲睦邻，以求百姓免遭涂炭。可是，他那时最远也就只到了漠北的匈奴单于庭。今使君负命西行，何止万里，可见当今皇上的目光远在祖先之上啊！"

眼前这位年轻的使者，器宇不凡，目光炯炯，让中年汉子想起父亲当年一言兴汉鼎、壮怀睦邦交的往事，他终于领悟到父亲弥留之际的预见是何等的深邃。

那一天，童子来告，说老爷病重。他匆匆赶回家中，父亲已是奄奄一息。他强撑着说道："儿啊！我将去见太祖高皇帝，只因有重托与你，才苟延以待。"说着，他要童子从靠窗的匣内拿出一张绢绘的地图，"我料定不久将有贵人路过此地，儿可将此图馈赠予他，必有大用……"

从那以后，他这一等就是七年。当今皇上果然派遣了使臣，并慕名来到了明月山，父亲终于可以瞑目了。

汉子起身，从背后的书架上拿起一卷绢轴，缓缓展开道："这是当年家父出使匈奴时秘密绘制的《匈奴山川形势图》，原希望在与匈奴的交往中有所用途，不想数十年过去，心愿未了，人已逝去矣。今赠予使君，或许有些用处。"

捧着地图，张骞望着面前的汉子，一时万千感慨涌上心头："先生两代忠于汉室，其情感天动地。先生若有志于汉与西域邦交，何不随在下西去，以了先辈心愿？"

汉子摇了摇头道："家父临终有言，宦海险恶，要在下守着这明月山，淡泊一生。在下不可违背家父遗愿，更不愿远走他乡，让家父在此孤守青山。"

人活得如此明白，也算至高境界，张骞由此对汉子又平添了几分敬重，道："前辈情系江山，让我铭感肺腑。有了这张地图，此去就是刀山火海，我也无所畏惧矣。明日一早我就要上路，若是有一日回到长安，在下再来拜望先生。"

中年汉子的眼睛有些湿润，他紧紧握着张骞的手道："那时候，使君若是路过此地，不要忘记到家父墓前告知凿空西域的消息。"

春月不知何时悄悄升起，沐浴着高原广袤的身躯，回首望去，明月山巅，有光如昼，整个好畤平原笼罩在奇光异彩之下。张骞勒住马头感喟道："真仙境也。"

……

盛大的送别仪式一结束,石建就匆匆忙忙地进了永寿殿。

这位平日言语木讷,不显山露水,甚至从来就没有进入刘彻视线的人正坐在太皇太后的对面,小心谨慎地回答着老人家的问话。

"皇上近来可好?"

"启禀太皇太后,皇上近来一切安好!"

"没有问你这个,我是说,他们最近在忙些什么?"

"皇上刚刚送走了张骞,现在又去城东了。"

"不就是个四百石的小官么?还用得着劳动皇上大驾么?春寒料峭的,又不是春游的日子,去城东干什么?"

"这个……臣……"

"说话吞吞吐吐的,他到底干什么去了?"

"臣刚才听说,皇上到明堂的工地去了,皇上说,要赶在诸侯朝觐的时候,在那里举行大典呢!"

"大典?这个彻儿,心中都在想些什么呢?"太皇太后的脸色变得越来越难看。

刘彻越来越自行其是,不愿意接受管束,这让太皇太后一想起来就气郁填胸。她孤独一人静坐的时候,总是不能忘记景帝在世的日子。那时候,她虽然身在宫闱,可朝廷大大小小的事哪一件她不清楚呢?皇上总会在请安的时候把一切告诉她,只要她稍不满意,皇上都会立即改变决定。

可是现在,她隐隐约约地感到这种自信和荣耀正在渐渐远去,请安虽然每五天一次照常持续着,但她从刘彻那里获得的消息却越来越少。而且他在身边待的时间也越来越短,总是一种应付的样子。她很担忧把国家交给他究竟会是怎样的前途,如果朝廷因此陷入危机,她将来到了九泉之下,也没有颜面去见列祖列宗。

她凭经验断定,刘彻身上所发生的一切,都是因为他身边聚集了一批多事的儒生。

"他们几个近来都忙些什么?"她不禁提高了声调。

"太皇太后指的是……"

她便有些不耐烦了,喝道:"还会有谁?你们那,能比得上人家一个我也就省心了。"

石建怎会看不出太皇太后对自己不满意呢？自从景帝驾崩以来，石氏一族一直处在朝事国政的边缘，虽说他们父子是京城有名的万石君，但他们所信奉的黄老学说越来越受到皇上的冷落。

两千石只不过是个虚名，皇上从来没想过要给他一个实在的职务。先帝在世的时候，每遇大事都会亲自到府上向父亲咨询。可自建元元年以来，这种礼遇就不复存在了。他和父亲都感受到了威胁，这使他们越来越明白，只有紧紧依靠太皇太后，他们才不至于在皇上的改制中举族倾覆。

现在，看着满面愁容的太皇太后，石建的心中充满了惭愧，说道："都是臣办事不力。"

"罢了！你父亲年轻时可比你等强多了，真是今不如昔啊！"太皇太后无奈地摇了摇头，"到时候头掉了都不知道是怎么回事。"

"啊！臣想起一件事来了。"

"快说！想起了什么？"

"是这么回事。"石建咽了口唾沫道，"臣看那个赵绾道貌岸然，实际上也是个唯利是图之辈，最近从代郡传来消息，说他的族人利用皇上推行'限民名田'的机会，私下里抢占民田。臣还听说，就是这个赵绾上奏皇上，要皇上不必事事奏禀太皇太后知道。"

这个该千刀万剐的赵绾！太皇太后在心中骂道，可她说出口的话却分外冷静："听说！听说！怎么都是听说？赵绾如今是朝廷重臣，你怎么能仅靠听说呢？就不怕落个诬陷的罪名么？"

石建明白了，太皇太后不只要消息，更要罪证。不过这两件事办起来十分麻烦，但他又不敢深问。他懂得宫廷斗争的复杂，对太皇太后来说，她要的是"清君侧"的结果。

"私占民田之事代郡太守庄青翟已前去盘查了。只是后面这件事情，臣还得费点周折，望太皇太后给些时日。"

石建说完之后，就从太皇太后那里告退了。他刚回到府上，兄弟石庆就从后花园练剑回来了，他一见面就问道："太皇太后是怎么说的？"

"太皇太后责备我们不该轻信那些没有根据的事情，弄不好是要担罪名的。"

"她这话是什么意思？"

"这就是太皇太后的深不可测，一切都只能意会而不可说破。"

"她是不是还在犹豫呢？"

"这你还不明白，她要我等拿出证据。"

"证据？这还不容易么？"

"容易？他们现在都是三公重臣，戒备森严，怎么弄得到证据？"

"这个么……"石庆略思片刻，一拍膝盖叫道，"有了！"

石建迷茫地看看石庆，问道："有什么呀！看你这一惊一乍的。"

石庆笑了笑，随即附着兄弟的耳朵说了起来。石建一脸狐疑地问道："这能行么？"

"怎么不行？不过要一些时日，你就看好吧！嘿嘿！"石庆阴冷地笑着。

"这事要不要告诉父亲？"

"告诉他干什么？父亲处世古板。告诉他了，难道还要老人家对案不食，看着我们相互指责么？"

石建惊叹石庆心思的幽深，却不得不承认他的话有道理。在他的记忆中，父亲是一位很严谨的黄老之徒。他虽然信奉黄老学说，可他的入世思想一点也不比贤良们差。一领朝服，在他老人家的眼中就是社稷的重托，就是皇上的天恩。

虽然子孙们都是小吏，可每当他们谒见的时候，他都要朝服峨冠，正襟危坐。他教育子孙们的方式也很特别，很少见他在大庭广众面前大声呵斥，他会把他们叫到侧室，要他们一个个脱衣袒肉，面壁思过，直到改正为止。

这近乎精神和肉体的双重折磨，使得石氏一族在朝野赢得了孝谨的美名，赢得了太皇太后的尊重。其实，在石建兄弟的眼中，这不仅是古板，简直就是一种迂腐。随着年龄的增长，他们开始对父亲的举止不屑一顾，甚至把他视为仕途上的障碍。

是的，父亲很注重自己的人品，可人品到底是什么呢？在朝廷上，哪个走上高位的大臣像他那样呢？石建望着石庆消失在假山背后的身影，在心里想。

他同样也很担心,石庆的那个办法究竟能有几成把握。

……

朝廷雷厉风行的改制,犹如城下的渭水,在窦婴、田蚡和赵绾等人的推动下,波浪迭起地向前推进了。

首先是还田于民的政策得到了百姓的拥护,但也引发了豪族和贵胄的不满。董仲舒是这一政策的积极响应者,尽管他辅佐的江都王放荡不羁,骄奢好勇,但他还是凭借着自己丰厚的学养和人格魅力,说服江都王把一部分公田退还给了封邑内的百姓。接着是罢养苑马取得了令人振奋的成效,据从濉阳回来的朝臣说,刘武的几个儿子慑于皇上的威严,缩小了他们父王生前扩建的苑林,把土地分给周围的百姓。那些苑马在太尉府的督促下,全部集中到京城,用来作为训练骑兵的战马。

令刘彻十分高兴的是,在诸王送来的苑马中,以鲁王的为最多。从这一点上说,他倒是很称道申公对鲁王的影响。在申公九十寿诞的那天,他还特地题了"寿比南山"的匾额让包桑送了过去。

其次是国内形成了治儒的风气,那些期盼子孙成就大业的长辈们纷纷丢弃了黄老学说,而为自己的孩子请了儒者授课。

"为政譬如北辰,居其所而众星拱之"的琅琅书声从长安一直飘荡到每一个郡国。这一切都使兴建太学成为一件迫在眉睫而又水到渠成的事情。

而与此同时,明堂——独尊儒术的标志性建筑,在七月雨季到来之前,已巍然矗立在长安的南安门外。

按照皇室旧规,每年夏至一过,皇上都要到京畿西北的甘泉宫去避暑,但刘彻在登基的第二年破例没有移驾,而是去了渭河南岸的细柳营。在观看了骑兵的演练后,他很是欣喜。与去年秋天阅兵时相比,汉军面貌焕然一新,尤其是长途奔袭和射箭的技艺,丝毫不逊色于匈奴骁将。

刘彻觉得这样下去,进击匈奴指日可待。

唯一让他感到遗憾的是,张骞的队伍至今没有传来消息。每当日暮时刻,他的心便会驾着万里云彩,飞到遥远的西方,望着西沉的太阳,在心里呼唤着张骞的名字……

当然,每五天他都要依制与母亲一起,到永寿殿去向太皇太后请安。他免不了还要拣些无关大碍的事情向太皇太后请示。太皇太后对孙儿的请安表示了欢心和愉悦，她总是选择鼓励的话语来活跃这五天才有一次的气氛。一般的情况下，皇上总会与皇后一起去，老人家拉着他们的手，祝福他们夫妻恩爱，早生太子。

刘彻渐渐觉得，老人家并不似他想象的那样偏执和食古不化。只有王娡隐约地感到这种平静的气氛背后似乎隐藏着什么。难道太皇太后真的从此要颐养天年了么？真的对朝政没了兴趣么？

这种事情是不可乱加猜测的。她只有不断地提醒刘彻处事一定要谨慎，万不可疏忽大意。但刘彻不这样看，他很乐观，甚至觉得母后有些多虑，他依然一如既往地专心致志地推进自己的事业。

转眼到了建元三年十月，各个诸侯王朝觐的时节到来了，这是自大汉立国以来最宏大的盛典。除了郡国要依例向朝廷进献贡礼外，今年一项最主要的内容就是请太常寺的博士公孙弘讲述儒家经典。

明堂的门窗向着四面开放，周围坐满了从各个郡国、从京城的各个官署来朝觐的诸侯王和官员。公孙弘坐在中央，他旁征博引，洋洋洒洒，让大家听得如醉如痴。

在公孙弘讲完经典之后，刘彻即席发表了热情洋溢的讲话："今岁以来，朕全力推行的大计，就是以儒学立国，以治兵强国。朕以为，唯有儒学才能实现同心协力，大汉一统。民者，国之本也，兵者，国之利器也，唯有富民强兵，我皇皇大汉才能享国长久……"

他的讲话，把朝觐的盛典推向高潮，欢呼的声浪滚过每个人的心头。

在这个重要的日子里，一位藩王走进永寿殿看望太皇太后来了，他就是后来几乎酝酿了一场谋反事变的淮南王刘安。太皇太后以少有的热情在宫中款待了他，这不仅是因为太皇太后这些日子蓄积了太多的愤懑需要向人倾诉，更因为刘安为她带来了一件意想不到的礼物。

女御长照例把酒爵小心地递到太皇太后手中。在确定刘安就坐在自己的对面后，太皇太后以婶娘的身份说话了："王爷远道而来，我略备了些薄酒，以图个说话的机会。"

刘安表现出诚惶诚恐的样子说道："太皇太后乃大汉支柱，臣怎敢当得起您的敬酒,还是请太皇太后接受臣的祝福吧!"

说着,刘安从座上站起来,酒爵高高举过头顶,言辞恳切地敬道:"臣刘安祝太皇太后鹤寿松龄!"

酒过三巡,他们很自然地进入了彼此关切的话题。太皇太后询问着淮南国的风土人情,并且提到他每年都要送来的蜜橘。

"平定七国之乱后,先帝就是用王爷送来的蜜橘在未央宫招待武儿的。"太后说到这里,泪水就止不住流了出来。

"说起来,王爷和先帝、武儿都是本家兄弟,可我怎么就白发人送黑发人了呢?"

刘安怎能读不懂太皇太后的伤感呢?他深知她至今仍为景帝没有立梁王为储君而心结难解。他虽然身在淮南,然却时刻关注着京城的风吹草动,他不断获得太皇太后与皇上政见相左的信息。

平心而论,这对独处一方的他未尝不是一件好事。京城的冲突越激烈,皇上就越没有精力去顾及郡国的事情。但是近来他有些惴惴不安了,皇上大刀阔斧的推行新制,这让他感受到了威胁。

听说窦婴已经向皇上建议废除郡国私铸钱币的权力,随着政局的稳定,还要实行盐铁官营。这不是针对他又是针对谁呢?他对废止无为而治的黄老学说充满着恐惧。但是,现在他却用一种非常乐观的语言安慰太皇太后:"太皇太后也不要过于伤感,自新皇登基以来,国事顺畅,万民安乐,此乃我大汉之福也。"

太皇太后摆了摆手,惆怅地叹息道:"什么呀,又是一个不省心的。"

"皇上年轻,还要太皇太后多加指点啊!"

"他要是听话就不错了。"太皇太后一谈起刘彻就来了气,"这个彻儿,眼中哪里还有我这个行将就木的老人呢?整天就是尊儒呀,建明堂呀,通西域呀,他把祖宗的无为之治都丢到九霄云外去了。"

刘安听到这里,惊道:"黄老学说乃我朝的立国之基,怎么可以轻易地动摇呢?"

"可人家就是要动摇这个根基!"太皇太后说到生气处,酒爵在案几上震得"叮当"响。

话说到这里,刘安意识到该向太皇太后呈奉礼物了,他命随从抬进来一卷卷的竹简,从中拣了一卷双手捧给太皇太后,话语中多了许多的谦恭。

"这是臣多年来研习黄老学说的心得,臣为这部书起了个名字,叫《鸿烈》。"

太皇太后接过竹简,转递到女御长手中道:"我看不见,你就说说都写了些什么吧!"

"臣编纂这部书的主旨是为了批评儒家和墨家,弘扬黄老道统。臣以为宇宙万物皆道所生,道者,覆天载地,高不可际,深不可测,达于道者,反于清静,究于物者,终于无为。臣知道,太皇太后精于黄老学说,所以这才拿来请您老点评。"

"好!王爷所言,正合我意。"太皇太后情不自禁地将身体向前移了移。

"臣在这部书中,回顾了我朝自太祖高皇帝以来坚持以黄老学说立国,以无为清静治国的皇皇功业。臣虽远离京都,可没有一天不为兴我大汉而思虑。"

刘安说着,就翻开其中的一卷读道:"道德之论,譬犹日月也。江南河北,不能易其指;驰骛千里,不能易其处。……昔日赵襄子一天攻下两城。却面带忧色,为什么呢?因为赵氏德行不行,来得快也去得快。臣回顾历史,深感打江山难,守江山更难,只有'道'才能保证国家长治久安,而只有有道的君主才能以道治国。故老子曰:'道冲,而用之又弗盈也。'太皇太后也知道,我朝之所以历四世而益盛,正在于持道而不移。"

刘安这些话,看似很随意的心得倾谈,却句句戳在太皇太后痛处。她听着听着,身体又向前移了移:"谁说不是呢?可是,彻儿就是不懂这个道理。他仗着年轻气盛,非要背离祖宗道统。我要把王爷的著述作为大汉的镇国之宝,号令全国都来研习。"

刘安听了惶恐道:"太皇太后的圣意刘安心领了。这不过是臣平日的一些读书心得,哪里称得上国宝呢?再说了,皇上那儿也……"

"皇上怎么了?我要发懿旨,命他接受。"

刘安知道,懿旨是太后的特权,抗逆懿旨,将落下大逆不道的罪名。可这样一来,他刘安岂不暴露在国人的面前,以他现在的实力,远不如当年的吴王刘濞。刘安想到这里,对太皇太后说道:"臣已经将本书抄写了多部,也为皇上准备了一部。"

"好!好!难得王爷的一片忠心。是得让这小子好好看看,看看我大汉是怎样走到今天的。"

可令刘安也没有想到是,在第二天朝见时,刘彻竟欣然地接受了他的《鸿烈》。

朝见仪式结束后,刘彻在温室殿为刘安单独设宴。

刘彻似乎也不像太皇太后所说的那样傲岸不羁,恃才傲物。他邀请窦婴、田蚡和韩嫣作陪,并以侄辈的身份称他为皇叔。

皇上很谦恭地举起酒爵为他接风洗尘:"皇叔好读书鼓琴,善为文辞,朕素来仰慕。朕知道淮南乃楚国故地,皇叔可不可为朕作一篇《离骚》呢?"

刘安怎会想到刘彻会提出这样的要求,他不免有些措手不及。不过他很快对皇上的要求做出了积极的回应:"皇上如此看重微臣,臣纵然才疏学浅,也只有勉力而为了。"

他还十分惊异皇上过目不忘的记忆力,皇上只是将自己的著作大概翻阅了一下,就从中找到了"苟利于民,不必法古;苟周于事,不必循旧"的论述,并且很自然地与朝廷当前的变革联系起来。

"朕看出来了,皇叔也是新制的响应者啊!"

这让刘安很难堪,他本是奉了太皇太后之意来劝导皇上的,不料如今倒不知从何说起了。

"嘿嘿!皇上圣明,皇上圣明!"

可让刘安更想不到的是刘彻忽然就把私铸钱币的问题提了出来:"皇叔对取缔私铸钱币怎么看呢?"

刘安最担心的就是刘彻追问私铸钱币的问题,这半日来,他左回右旋,就是希望躲开这个敏感的话题,谁知刘彻还是朝着这个方面来了。此时,刘安终于感到决不可把皇上当一个无知少年看待了。他的锋芒、气度和后发制人的谋略完全是在一种谈笑和闲适的气氛中表现出来的,而他幽深的内心就隐藏在那双看不透的眸子里。

刘安觉得自己一向善辩的思维遇到了难以言表的阻滞,他的语言也变得磕磕巴巴起来:"这个么……这个么……"

正当他思索如何回答皇上的问题而迟疑时,刘彻却用爽朗的笑声化解了他的尴尬:"哈哈哈!朕不过随便问问。皇叔请喝酒,喝酒!"

刘安的心境刚刚平复,刘彻的声音又在耳边响起来了:"听说皇叔的女儿、朕的妹妹刘陵这次也来京城了,为何不带来让朕见见?"

刘安回答道:"臣一向家教甚严,她又是个女儿家,多有不便。"

"这有何妨!她是朕的妹妹,别人谁敢说三道四?淮南虽说是鱼米之乡,毕竟比不得京城,皇叔若是有意,就让她在王府住了,朕为她找一人家岂不更好?"

这又是唱的哪一出呢?刘安一时摸不清刘彻话中的意思,不敢轻易回答,只得推到刘陵身上:"这个臣还得问问陵儿再说。"

此刻,田蚡却对皇上的提议分外热心,好色的他自然有自己的打算。前几日刘安到京时,他奉皇上旨意去灞上迎接,他第一眼看到刘陵,就被她的美艳所震撼,甚至于心猿意马间将刘彻至今无后的信息说给了刘安。现在,他借着刘彻的话推波助澜道:"王爷何必推辞呢?郡主在京城,每日与各位公主一起,出入宫廷,荣华被身,是何等的荣耀啊!"

窦婴在旁边听着,心底便生出了狐疑。皇上的意思不过是要探探刘安的心理,太尉怎么对此倒热心起来了?他举起酒爵,朝刘安说道:"皇上致力新政,天下一统,万民归心,淮南虽在南疆,却也是大汉重地。臣知王爷素来心系社稷,心忧天下。臣请王爷满饮此爵,共祝新政日新,福致黎首。"

刘安听得出窦婴话里的意思,与其说是为新政祝福,毋宁说是一种暗示,要他恪守臣道,勿生离心,同时也借机冲淡田蚡的俗气。刘安更知道窦婴虽系窦氏贵胄,心却从来都是向着皇上的。于是他便来个顺水推舟,以举爵响应而掩饰了心中的不快。

这场微妙的心理探试,借着未央宫浓浓的酒香持续到日影西斜,刘安有些疲于应付,他觉得这温室殿再也不能待下去了,不然会露出马脚,中了刘彻的圈套。于是他起身告退,田蚡很热心地请求送王爷回府。

看着田蚡陪刘安上了司马道,刘彻向身边一直沉默的窦婴问道:"丞相对朕的这位皇叔印象如何呢?"

"恕臣直言,当年七国之乱时,他就曾有意起兵响应,只是因为遭到淮南相的坚决反对才偃旗息鼓。臣听说他在国内广招兵马,延揽人才,私铸钱币,将来必是国之大患啊!"

窦婴停了一下继续道:"正当皇上您大力推行新制、弘扬儒学之际,他却召集数百学子,编纂了这部《鸿烈》,这到底是何用心呢?"

韩嫣立即接着窦婴的话道:"丞相所言甚是!臣也以为这位王爷心怀叵测,不可不防!"

刘彻点了点头道:"朕怎么会看不出来呢?他今日拿着著述来赴宴,分明是要探朕的虚实,他以为朕还是孺子呢?"

"但臣看出来了,皇上今日已打乱了他的阵脚。臣想知道,皇上将怎样处置淮南的事情呢?"

"那依丞相看以为如何是好?"

窦婴略思片刻,回答道:"虽自古就有养痈为患的教训,但依臣看来,现在最重要的还是推行新制。等这些理顺了,回头再整治他们也不迟。"

刘彻的眉毛颤了颤道:"丞相所言,正合朕意。朕料定淮南王暂时还不敢有什么大的举动,可我们也不能放松警惕。朕以为应当选派一名忠诚之士担任淮南相,一旦有事,也好与朝廷有个呼应。丞相看上大夫怎样?"

皇上这样说,让韩嫣的心头不由紧张起来,皇上怎么会想到自己呢?且不说他从小就在宫中,对郡国之事不甚了解,即便他熟悉,可那种剑拔弩张、危机四伏的地方,岂是可以久待的地方。他小声道:"皇上!臣……"

"用人是丞相的职责,上大夫多虑了,朕不过随便一提。"韩嫣立时面色通红,不好意思地低下了头。

这一场宴席,不仅让刘彻获得了一次探察诸侯王心理的机会,也让窦婴的内心很不平静。在回府的路上,他的车驾一直就跟在刚走不久的刘安和田蚡后面。

上了安门大街,刘安的车驾慢了下来,接着就看到田蚡上了刘安的车。两人并肩而坐,一会咬耳密语,一会儿开怀大笑。那种亲昵就是在皇上与田蚡之间也从来没有看到过。

是什么话题让他们如此投机呢?窦婴不禁皱起眉头,眼睛也盯着前面的身影不动了。

　　近来，不断有风闻吹到自己的耳内，传言田蚡在各个不同的场合对他的为人和政风多有非议。说他能够做到丞相，就是凭借太皇太后的威势；说他将臣僚视作政敌，必欲置之死地而后快；说他恃才傲物，心胸狭隘，结党营私。

　　窦婴自认为人磊落，心底敞亮，并不惧怕这些谗言谤语。但让他不安的是田蚡明明知道刘安觊觎朝廷，拥国自重，为什么还要攀附追随、献媚弄谄呢？

　　说起来，田蚡不仅是皇上的舅父，更是熟读经典的大儒，他完全应该一心一意地辅佐皇上推行新政，也应该与自己携手共济。可看他的做派，逐利追名，贪欲无度，有哪一点能够与太尉的尊严相称呢？

　　有几次，他本来要就此与田蚡作深谈的，但每每相逢，田蚡总是顾左右而言他，似乎没有和他敞胸畅谈的意思。

　　新政初开，波谲云诡，如果三公不能同力，九卿不能同心，如何能排难化险，破浪前进呢？

　　车驾载着窦婴缓缓地驶过街头，他举目望去，又是漫天黄叶，金菊吐香的季节。眼前的事物让窦婴想起去年皇上在上林苑狩猎、在细柳营阅兵的情景。是的，皇上经过一年的历练，越发地成熟和沉稳了。这是大汉的幸运，也是百姓的福祉。

　　夕阳的余晖透过稀落槐树的枝叶，洒在窦婴宽阔的额头，他下意识地捋了捋垂到胸前的长发，竟发现这一年间，白发又添了不少，他的心头骤然涌起了一种时不我待的紧迫感。

　　窦婴一回到相府，府令就告诉他，赵大人已经在客厅等候多时了。赵绾今天告假，没有赴皇上为淮南王举行的宴会，窦婴已觉不正常。如今他突然来访，让窦婴更加疑窦重重，他来不及换下朝服，就赶忙奔向客厅。

　　"丞相！大事不好了。"赵绾不等窦婴坐定，就急切地说道。

　　"究竟出了什么大事，竟使大人不去赴宴？"

　　"下官给皇上奏章的草稿丢了。"

　　"什么奏章？"

赵绾顿足叹道:"通常的奏章倒也罢了,偏偏是下官建议皇上不向太皇太后奏事的那件。"

"哎呀!大人怎能如此粗心大意呢?"窦婴灰白的眉毛顿时锁在一起,"这样重要的奏章你怎能丢了呢?"

窦婴沉重地坐了下去,不知道话该从何说起。他在心中埋怨赵绾办事不慎,他不是不知道一年来未央宫与永寿殿之间的龃龉。倘若这奏章流入永寿殿,那将是一种怎样的局面呢?弄不好,就要人头落地了。窦婴沉默了半晌才问道:"何时发现的?"

"今晨起来,下官到书房查阅文书,忽然发现夹在《春秋》中的那卷奏章草稿不翼而飞。于是,下官就没有心思赴皇上的宴会了。"

"还丢了什么?"

"府上的一位丫鬟也失踪了。"

"哎呀!赵大人,你可闯下大祸了!"

第十章

赵绾倾舟坠情网 祸起萧墙遇逆风

赵绾怀着一颗忐忑的心回到了府上。窦婴的分析,让他觉得自己已跌入一个不能自拔的陷阱。

丫鬟送上晚膳,被他狂怒地喝退了。那些昔日乖巧的丫鬟和府役,现在在他看来个个都是一副奸细的嘴脸,甚至连一向温柔的夫人,如今的一笑一颦仿佛都暗藏着杀机,让他厌恶和恐惧。

"滚!都给我滚出去!"

夫人示意下人出去后,慢慢走到赵绾身边,柔声细气地问道:"老爷这是怎么了?什么事情让老爷如此烦恼呢?"

往常这个时候,赵绾总会让她为自己宽衣解带,捶背揉肩。而这些事情,她也从来不让丫鬟们去做,她认为只有自己纤细的手指,才能去除丈夫奔波的疲劳。但是今天,她的一只手刚刚搭上他的肩头,就感到了他身体的颤抖。

"你要干什么?你要干什么?"他像遭了瘟疫一样地躲避着,"你不要过来!你不要过来!"赵绾不由分说,一把将夫人推出门外,并用力关上了门。

夫人的眼中涌出了泪花,哭道:"老爷!开门啊,是妾身呀!"

"老爷!您要想开些,不就是丢了个丫鬟么?"

赵绾没有开门,他颓然地趴在书房的案几上,夫人的声音是那么遥远,那么生疏。

如果仅是丢了一个丫鬟,倒也好说。夫人哪里知道,他所丢的是一件事关新政成败、身家性命的奏章。那里面的每一个字,都可能导致一场新的流血,甚至能让皇上背上大逆不孝的罪名。

绝望中,他又一次将书房的角角落落都翻了一个遍,但还是没有找到想要的东西,他无力地坐在地上,努力回忆着奏章丢失的蛛丝马迹。

"一定是她!一定是那个贱人干的!"那张曾令他迷醉、销魂的脸庞从记忆深处跃入脑际时,赵绾顿时冷汗淋漓,浑身颤抖,从前那些亦真亦幻的情景也一幕幕地从眼前闪过。

这可恶的女人是怎样进入御史大夫府邸的呢?现在想来,那绝不是一次偶然的邂逅,完全是一场有预谋的陷阱。

在送走张骞的第二天早朝后,他就急忙到明堂工地去了——皇上在早朝时又一次责备明堂进度太慢。散朝以后,他就径直到现场督察。他的车驾刚穿过安门大街,就到了靠近南城墙的宣明里。往常这里的百姓,远远地瞧见官员的车驾都会自觉回避。可今天城墙脚下却人头攒动,丝毫没有让道的意思。

赵绾有些烦恼,正要吩咐卫士上前驱赶,却见一个衣衫不整的女子忽然冲开人群,跟跟跄跄地跌倒在车前,微弱地喊了一句"大人救命"就昏过去了。

赵绾抬头看去,只见几个彪悍的汉子手持棍棒正朝这女子追来。朗朗乾坤,京城长安,怎能容忍一伙狂徒对一个弱女子大打出手呢?赵绾顿时怒吼一声:"光天化日之下,岂容强盗横行?来人,速速与我拿下!"

那些汉子似乎并不认识这位大人,眼神轻蔑地骂道:"你算什么东西,敢搅老爷的好事?"

赵府府令上前一步,高声喊道:"休得无礼!你等也不睁眼看看面前的是何家大人!倘若识相,就快快退下。"

"退下?哼哼……"那大汉一串冷笑,哼道,"没那么容易吧。你归还了这女子则罢,否则,老子将你这车驾砸成碎片。"说罢,他就向身后挥了挥手,众人围了上来。

赵绾本不想与这些狂徒纠缠,他还有更重要的事情要做,但他是御史大夫,怎能对这样的事熟视无睹呢?他从腰间抽出宝剑,朝天一挥,早已严阵以待的卫士一拥而上,与狂徒展开了厮杀。没几个回合,那些人就四散逃去,把受难的女子留给了赵绾。

这女子就这样地被赵绾救回了府邸,他善良的夫人不但接纳了她,还从对话中得知她来自代郡,因为父母去世,故到长安来投亲。孰料亲戚远走他乡,她孤身一人流落街头,不想路遇强人,要将她卖入青楼。

那女子诉说完自己的遭际,"扑通"一声跪倒在地,声泪俱下地恳求道:"小女子现已无家可归,求夫人让我留在府上,就是当牛做马,我也毫无怨言。"

一个吃尽苦头的女子,没有别的乞求,就是希望有一口饭吃。赵夫人还能说什么呢?尽管事后赵绾埋怨她不该还没弄清女子的来历就做了决定,但那女子一口代郡方言很快就打消了赵绾的疑窦。因此,当夫人安排她到自己身边伺候起居时,赵绾也没多少顾虑就答应了。

洗去蒙尘,女子的天生丽质就如出水芙蓉一般呈现在赵绾面前。她顾盼生辉的杏眼、含羞带露的桃腮、亭亭玉立的身段和知书达礼的举止都让赵绾惊异。原来燕赵之地不仅多慷慨悲歌之士,也能造就女子们的妙容月华啊!他更感喟上苍有眼,把这样一位窈窕女子送到自己身边。

人性的弱点在于欲念的侵扰,它可以使理智让位于情感,让迷茫取代清醒。赵绾此刻却没有想到,一位失去双亲的女子,怎么会写出一手漂亮的隶书呢?怎会对儒家经典如此娴熟呢?他常把自己的一些读儒心得交与她抄写,她也很勤快,每次抄完稿子,都会把书房收拾得整整齐齐。这一切不仅博得了赵绾的好感,也赢得了赵夫人的信赖,他们甚至私下里议论将这位小乡亲收为螟蛉。

所有的危机,大概都在初春时就埋下了伏笔。三月,秦桑满枝,风和日丽。王娡下旨,要在上林苑举行"亲桑"典礼,要求大臣们的夫人前往采桑饲蚕。

赵夫人至今也不会想到,这个意在劝百姓农桑的旨意,却成了赵绾坠入情网的契机。临行前,她没有忘记叮嘱代女,说老爷这些天为建明堂日夜奔波,劳碌疲惫,须得好好调养,而代女低眉顺眼的应诺也让她觉得很放心。可就在这一天,代女用她丰腴的、弹性的、青春的身体征服了一个男人,一个在赵夫人眼中用情很专的男人。

那是一个再平常不过的日子,送赵夫人离开后,赵绾就去了署中,等他回来时,就看到代女在书房来回忙碌的倩影。

"大人回来了。"代女笑盈盈地上前施礼,接着就要为赵绾更换朝服——这些,平日都是由赵夫人亲自去做的。因此,赵绾对代女的伺候反倒有些忐忑。

"还是我自己来吧!"赵绾道。

代女并不理会赵绾,继续轻手轻脚地为他宽衣。两人如此之近,那从代女小口中呼出的芬芳就浸入他的心脾了,淡淡地,悠悠地,顺着赵绾的鼻翼慢慢地向血脉深处蔓延。这让他有些迷糊,却也十分惬意。

脱下朝服,换上便衣,赵绾顿觉清爽了许多。代女不失时机地奉上热茶,待赵绾干渴的喉咙得到滋润后,她又捧上了抄好的文稿说道:"请大人过目。"

这一手好字,赵绾不知看了多少遍。但是,今天看这些字时,他却有些心神不定了。他这些微妙的表情变化,自然逃不过代女的眼睛,不知不觉间,代女就悄悄地坐在他身旁了,云鬓时不时地摩挲赵绾的脸颊。他也想着躲避,可就是迈不开腿。接着,他就感觉到代女轻轻地靠上了自己的肩膀,话语里渐渐带了些挑逗:"没想到大人饱读诗书,却如此拘谨。"

他的脸有些发烧,话也显得语无伦次了:"非赵绾不懂风流,实在是朝廷耳目甚多……"

"人生如梦,转眼老之将至,大人就这样甘心将大好年华消磨在烦琐的朝廷之事中么?"

赵绾有些恍惚,双目迷离间,代女的酥胸就在他的眼前晃悠起来。年方三十有五的赵绾面对如此妙龄佳人,怎能无动于衷呢?他就这样一步步地越陷越深。

完事之后,代女从榻上爬起来,整理衣服时说道:"从今以后,小女子就是大人的人了,以后小女子还是称大人为哥哥好。"

赵绾连连摆手道:"不妥,不妥,这让夫人知道了,那就……"

代女于是上前搂着赵绾的脖子,丰胸就贴在他的背上了:"好!那以后就你我两人的时候称哥哥……"

这一切如此的隐秘,以致当赵绾再度提出要将代女收为义女的时候,赵夫人不但应允,而且还以为这是水到渠成的事。虽然当着府中众人的面,她们依旧是主仆的关系,其实在夫人内心,早已把她当女儿看待了。

情欲一旦决了口,便会狂涛般地淹没理性,烈火般地焚毁良知,飓风般地扫落尊严。赵绾开始疏远夫人,更多地与代女守在一起。

前几日,他借口要为皇上准备朝觐大典而睡在书房里。以往这也是常有的事,赵夫人为他准备了夜宵、水酒和果品,叮嘱代女在旁精心伺候。喝过代女为他温过的酒酿,两眼蒙眬地望着在她摇曳的身影和媚态的目光,他心中的欲火便熊熊燃烧起来。

他伸手拉她,她顺势就斜躺在他的怀中,他们彼此在对方身上寻找着快感。当他疲倦地躺在榻上时,代女重新为他斟了一爵酒,他喝过这酒,就昏昏沉沉、酣然入梦了。

赵绾醒来的时候,灿烂的阳光已经洒在窗棂上了,他觉得头有些沉,口中干渴。他伸着酸困的胳膊呼唤着代女,但是除了叽叽的鸟鸣,府役们的扫地声,那个让他神魂颠倒、身骨酥软的代女早已无影无踪……

事情的严重性是不言而喻的,一旦奏章落入政敌手中,那么牵扯的不仅是窦婴、田蚡,就连皇上也脱不了干系。

更让他忧虑的是,草稿的措辞要比递送给皇上的正式文本激烈得多,它在太皇太后那里激起的愤怒,所造成的后果将不堪设想,这些都使他一向自信的精神壁垒彻底崩溃了。

虽然他来长安仅仅只有两年,但太皇太后处事的果断和残酷他还是有所耳闻的,她怎么可能放过一个对自己极尽排斥的政敌呢?

窦婴救不了他,那个圆滑的田蚡更不会引火烧身。更重要的是,因为这个奏章,他们也将自顾不暇,能依靠皇上么?不能。只要太皇太后的懿旨一下,皇上也无能为力。

赵绾至今也没有后悔当初选择追随皇上,他只是自责自己的行为将会给正在推行的新制造成巨大的困难,甚至会导致其中途夭折。

他永远都不会忘记策问之后皇上在宣室殿召见的情景,皇上毫不掩饰对董仲舒的赞赏,说仅从策对的文字上看,他无法与董仲舒比肩。可皇上还是打算任他为御史大夫。赵绾当时心中就十分不解。皇上说,他看重的是自己的务实作风,他策对中所言的正是当下需要的。

可现如今,他却辜负了皇上的厚爱。赵绾把自己锁在书房里,顿足捶胸,愧恨交加。苍天啊!你为什么要这样折磨一个一心报国的儒生呢?皇上啊!臣对不起您啊!臣唯有一死,才能向您谢罪啊!

可"死"是一个多么可怕的字眼,是一种多么难以割舍的煎熬。夫人婆娑的泪眼,儿女可爱的脸庞,让他牵肠挂肚、割舍不下。

风吹着窗外的竹林和花木,入秋以来的第一场大雨从天而落……夜色渐渐深沉,赵绾最终决定以死来寻求解脱。一旦这样决定了,他的内心倒平静了许多。死何足惜,只要新制能够继续下去。

赵绾从榻上爬起来,开始一件件地清理过去的文书,将那些既与皇上有关,又容易引起太皇太后怀疑的文书一一化为灰烬。在确定不会留下任何痕迹后,他庄重地换上朝服,对着铜镜整理了冠冕,然后把一条白绫悬在梁上。

"皇上!臣去了!"

赵绾几乎没有丝毫的犹豫,就踢掉了置于白绫之下的小凳……

在茫茫秋雨中,长安城外的一片树林中,躺着一位遍体鳞伤的女子,当地的里长向官府禀报说,她的脖子上留有勒痕,手脚被捆绑着,雨水已将她的脸颊冲洗得苍白……

没有人关心这个年轻的女子在一个漆黑的秋夜不明不白地死去,而汉朝位列三公的重臣自缢身亡,却在朝野引起了强烈的震动。

昨夜,皇上是与窦婴、田蚡和韩嫣一起在宣室殿度过的。

当赵绾用一条白绫结束自己的生命时,窦婴匆匆进了未央宫。君臣都明白,一场不可避免的风雨将在这个初秋早早到来。

子夜,傍晚刚刚住了的雨又哗啦啦地下起来,偶尔有雨丝飘过幔帐,带来丝丝凉意。但宣室殿内的三个人却浑身燥热,窦婴将丢失奏稿的经过详细地禀奏给刘彻,这消息让他很吃惊。

"这个赵绾,为何如此不谨慎?难道他不知道此事的利害么?倘若太皇太后怪罪下来,不仅卿等要受牵连,就是新政也会陷入困境。"刘彻气咻咻地说道。

窦婴正要说话,却见包桑匆忙地走了进来,禀奏道:"太尉冒雨前来,现在正在塾门等候,说是有紧急事情禀奏皇上。"

"快宣他进来。"

田蚡的脚步是急促的,朝服也淋得湿漉漉的,看样子他是从半道上折进宫的。他直到提衣下跪时,口里仍然喘着粗气。

刘彻摆了摆手道:"太尉就不必拘礼了,何事如此惊慌?"

"大事不好了,赵绾在府上悬梁自尽了!"

话听到这里,窦婴已明白了八九分。他望着殿外黑漆夜色,从宽阔的胸膛呼出一口无奈的闷气,心中责怪道,赵大人啊!你一死可以了之,但你可知道,因为你的不检点,将陷皇上于何种境地么?

窦婴转过身,对刘彻说道:"依臣看来,奏稿十之八九已落到太皇太后手里。事情紧急,皇上应速作决断。"

刘彻何尝不心急如焚呢?但他更清楚,在这个时刻,他任何失措都会影响在场每一个人的情绪,更可能由于自己乱了方寸而使事情变得复杂。他轻松地挥了挥手道:"众卿不必忧虑,朕乃钦定的皇帝,太皇太后不会轻举妄动的。"

皇上如此镇定,这让窦婴十分欣慰,可他的心情却轻松不了。他从小就跟在太皇太后身边,深知已历三朝而居于宫廷中心的她仍是国家的根基。尤其关键的是,先帝临终之际曾留下遗言,关键时刻,太皇太后可以钦定朝纲。要是姑母真的使出这招,那么皇上也无可奈何。

一想到这些,窦婴越发觉得此事命系新政存亡,事关国家兴废。作为丞相,他理应挺身而出,他看了看田蚡,然后坚定地说道:"事已至此,臣倒有一计,不知当讲不当讲?"

田蚡急道:"大难临头,丞相有话就快说吧!"

窦婴从牙缝中艰难地吐出两个字:"逼宫!"

田蚡睁大了眼睛,惊恐道:"啊?丞相的意思是派兵围住永寿殿,逼迫太皇太后从此不再干预朝政?她可是大人的姑母啊!"

"此亦是不得已而为之。于私而论,太皇太后待臣恩重如山,先严去世后,太皇太后视臣如己出。然臣不敢以私废公,置社稷大计于不顾。臣此举无愧于苍天,无愧于先帝。请皇上下旨吧!"

"请皇上下旨吧!"

大家都把目光投向刘彻,等待他的裁断。大殿里静极了,只有窗外的雨声。刘彻的心中此刻也正经历着疾风骤雨,窦婴的奏请如雷声滚过他的心田。其实,在刚得知赵绾自尽的消息后,他就想到了出兵。但是,他不能不对此引发的后果做出慎重的权衡。

事情的关键不是一个垂垂老矣的太皇太后,而是与她有着盘根错节关系的刘姓诸王和窦氏一门。倘若那个远在淮南的刘安借此兴风作浪,以"营救太皇太后"的名义,号令刘姓诸王对朝廷发难,那无疑是一场新的七国之乱。流血也将在所难免,刚刚开始的新政也必然搁浅,而且他还要背上不孝的罪名,这对以仁孝治国的朝廷将是一个不小的打击。

刘彻终于打破了难耐的寂静,把想法和盘托出:"匈奴虎视眈眈,诸王心存异念,朕不愿再起兵戈。眼下朕与众卿宜以静制动。"说完,刘彻跨步上前,握着窦婴和田蚡的手道,"卿等怕死么?"

窦婴双眼有些发红,他似乎听到了皇上胸中的波涛,慨然道:"臣既为大汉宰辅,当效法商鞅,死何足惧?若社稷要臣赴死,臣义无反顾!"……

一大早,永寿殿詹事就传来太皇太后口谕,要王娡、刘彻、窦婴、田蚡、严助紧急到永寿殿议事。

他们一进永寿殿,就只见羽林卫三步一岗,五步一哨,从宫门口一直排到大殿前;殿门外还布置了百名卫士,由太皇太后的族中兄弟,现任长乐宫卫尉窦甫带领。在他们后面,宫娥和黄门站成整齐的队伍,垂手而立,脸上没有任何表情。窦宇远远地瞧见皇上和太后的车驾进了宫院,立即向内传话:"太后、皇上驾到……"

窦婴、田蚡、严助紧随在太后、皇上之后,鱼贯而入。窦婴用余光轻轻地环视了周围,他发现一向称病不出的许昌今天也来到了太皇太后身边,站在他们旁边的还有石建、石庆和庄青翟。显然,他们早已知道了赵绾自杀的消息。

刘彻暗暗打量着母亲,此时她已是目光黯淡,神情庄严,他们双双跪倒

在太皇太后面前,行礼道:

"臣妾叩见母后!"

"孙儿叩见祖母!"

"知道为什么召你们来么?"

"臣妾不知,还请母后明示!"

"装什么糊涂?"太皇太后扬起脸,似乎透过瞽目,看到了刘彻母子的恐惧,"你们好大的胆子!竟敢串通一气架空我。说!你们意欲何为?"

"启禀母后!"

王娡正要说话,太皇太后厉声打断道:"没问你话,站到一边去!"

她按照自己的臆测,把脸转向刘彻,喝道:"说!我哪里对不起你了,你竟然做出此等忤逆不孝之举?"

刘彻平静地答道:"孙儿自登基以来,夙兴夜寐,如履薄冰,如临深渊,唯恐上负祖宗,下负黎民。每遇大事,总不忘请示祖母。孙儿不明白,是什么地方惹祖母不高兴了。一大早,您就终止了孙儿的早朝。"

"放肆!"太皇太后声嘶力竭斥道,"你还敢狡辩。石庆!"

"臣在!"

"把证据拿给他看!"

"诺!"

石庆捧着赵绾奏章的草稿,走到刘彻面前:"皇上,这是逆贼赵绾进谏皇上毋事事禀奏太皇太后的奏章草稿,请您过目。"

刘彻接过竹简,大略浏览了一下,不再说话。

大殿里静极了,大臣们一个个大气都不敢出,只有太皇太后急促的呼吸敲击着每个人的心,一种天塌地陷的气氛笼罩着永寿殿。刘彻在这种沉闷的空气中迅速地调整着自己的思路,他决计即使面临巨大的压力,也不能让赵绾背上逆贼的罪名。

赵绾有什么错?他不就是希望朕能将新制推行到底么?他所求的不就是朕能够独立主持大汉的朝政么?刘彻想到这里,愤然地站起来,面向太皇太后道:"赵绾一向忠于朝廷,他怎会写出如此大逆不道的奏章呢?一定是有人从中陷害,孙儿还请祖母明察,千万不能中了小人的奸计!"

"哼!"太皇太后冷笑道,"这样说来,倒是我错了?"

"孙儿不敢!"

"证据摆在面前,你仍然执迷不悟。庄青翟!"

"臣在!"

"念给他听!"

庄青翟出列,摊开手中的竹简,高声念道:"查御史大夫赵绾,自建元元年以来,不思报国,恃权弄威,目无朝廷,唆使其亲属,在代郡肆意侵占民田数百顷,致死人命数十条,民怨沸腾,怨声载道,罪在不赦,有负皇恩。为大汉社稷计,将赵绾革去官职,族其户。"

刘彻愤怒至极,从庄青翟手中夺过竹简,大叫道:"诬陷!这完全是诬陷。赵绾作为谏官,岂敢如此妄为?"

可是,随着庄青翟将百姓诉说的一桩桩案件摆在他面前时,刘彻的额头渗出点点汗珠,他的脸色也越来越苍白。他没有想到自己孜孜以求的还田于民,倒成了豪强们掠夺兼并的契机。可有一点他很清楚,那就是身在京都的赵绾与这些没有任何关系,他自去年被任命为御史大夫后,就再没有回家乡。

但事已至此,刘彻觉得任何的辩解都是徒劳的。他转过身,带着深深的负疚跪在太皇太后面前道:"都是孙儿用人失察,请祖母恕罪。"

"不仅是皇上,"太皇太后开始把打击的目标扩大到刘彻身边的大臣上,"还有你们,窦婴、田蚡,作为皇上身边的重臣,却朋党比周,屡进谗言,排斥异己,撼动国基,毁我社稷,该当何罪?"

窦婴与田蚡双双跪下了。太皇太后旋而又训斥起王姞来:"还有你,身为国母,放纵一个孩子搞什么新制,摒弃自太祖高皇帝以来的黄老学说,把朝廷搞得混乱不堪,鸡犬不宁。我虽多次提醒,你等却一意孤行,才致今日逆贼猖獗,忠良见弃,真让我寒心。"太皇太后越说越气,"刘彻!我告诉你,我可以把你扶上皇位,也可以将你拉下来。我不能看着当年新垣平的闹剧重演。"

太皇太后重提新垣平旧事,这让窦婴心中一惊。这不是把设明堂与新垣平装神弄鬼、蛊惑先皇孝文帝相提并论么?

太皇太后在这个特殊的时刻和场合,旧事重提,其中隐藏着令人齿冷的杀机。窦婴深知这位姑母对违背自己意志的行为向来是置之死地而后快，况且多年来，她一直对刘武没有被立为储君而耿耿于怀。赵绾事发，不过是为她的发泄提供了一个契机而已。

新制刚刚开始，匈奴还在磨刀霍霍，凿空西域还没有取得任何效果，还田于民已在宇内获得百姓拥护，决不能中途搁浅。窦婴心潮难平，思绪万千，上前一步道："太皇太后，臣有话要说。"

"你推波助澜，助纣为虐，还有何话可说？"

"臣以为皇上自登基以来，心系社稷，国势日盛，物阜民丰，百姓安乐。至于儒学立国，那是顺天应时之举。连老子也以为，'万物或损之而益，或益之而损'，天下没有一成不变的道理，怎么能与新垣平相提并论呢？至于赵绾，臣认为是奸人诬陷，就算果有其事，也是罪在赵绾，太皇太后因此而迁怒于皇上，只能让忠良寒心，奸佞快意。"

窦婴还要继续说下去，却被太皇太后厉声喝住："住口！我不想听你信口雌黄。皇上有今日，都是你等蛊惑的，我正要问你罪呢！"

窦婴毫无惧色，继续道："臣自入朝以来，数起数落，今日臣之所奏，乃为大汉兴盛计，太皇太后雅量，就该准臣所奏。纵然九死，臣亦无悔。"

窦婴的勇气深深地感染了田蚡和严助，他们纷纷出列，聚集在刘彻周围，为皇上辩解。一时间，大殿里启奏之声此起彼伏，形成对峙僵局。

"反了！反了！"太皇太后血气上涌，脸色煞白，转而责备许昌、石建兄弟以及庄青翟等，"你等都哑巴了？平日你等一个个在我耳边喋喋不休，怎么今日一个个都不说话了？你等总自诩为大汉忠臣，如今面对国家大计，如何倒退缩了？"

经太皇太后的点拨，这一干人等纷纷指责窦婴目无尊长，狂放不羁。窦婴对此不屑一辩，报以轻蔑的冷笑："你等檐下燕雀，焉知鸿鹄之志；你等尸位素餐，岂能当得大任；你等不学无术，也配与本官谈论治道；你等内心阴暗，岂敢妄称大汉忠臣？"

石庆口拙，情急之间，传令禁卫将窦婴等人拿下，却被田蚡怒斥而退。田蚡道："你非中尉，有何资格对禁卫下令？又非廷尉，又有何理由拘拿朝廷重臣？"噎得石庆半晌说不出话来。

这时候，一直沉默的许昌说话了。

"太尉所言极是，石大人确实没有资格调动禁卫。"说到此处，许昌转而面对太皇太后，"然臣一直在府上养病，对朝廷近来发生的事情不甚了解。不过，今日依臣之所见，皇上没有错，错在窦大人、田大人等。太皇太后乃三朝国母，万民敬仰，各位大人竟敢当面顶撞，难道就不怕担僭越之罪么？民无尊卑，国无上下，何谓国乎？皇上乃圣明之君，大汉兴亡系于陛下一身。太皇太后乃先帝之母，皇上之祖，一切所为都是为了皇上，还望皇上明察。臣以为，赵绾自缢，绝非偶然，必与各位大人脱不开干系。臣请皇上严查此事，整顿朝纲。"许昌这一番话使大殿里的气氛稍有缓和，也为太皇太后打破僵局提供了一个契机。

太皇太后这个虽然白发满鬓，却依然把江山紧紧地拥抱在怀中的女人，借着赵绾事件，又一次表现了她不可抗拒的威严。

当许昌提出整顿朝纲的动议时，她以不容商议的决然和果断再度干预了朝政，喝道："包桑！宣读懿旨。"

当石建把早已拟好的懿旨递到包桑手中时，他以迟疑的目光看了看刘彻和王娡，这迟滞顿时引起太皇太后的不满，不耐烦道："你还迟疑什么，快宣呀！"

"皇上，奴婢……"

"念吧！"刘彻背过身去。

  太皇太后懿旨：查丞相窦婴、太尉田蚡、御史大夫赵绾，不思勤政，惑乱人心，撼我国基。着即免去窦婴、田蚡之职；御史大夫赵绾，诋毁太皇太后，肆意侵占民田，罪在不赦。因其畏罪自缢，着廷尉府严肃查办，诛其三族。柏至侯许昌，温厚宽仁，着即任丞相；两千石石建任郎中令，石庆为内史，参知政事；代郡太守庄青翟查办赵绾一案有功，着即任御史大夫。以往所行明堂诸事皆废，太常寺之儒学典籍悉数封存，以《鸿烈》教化吏民。

"皇上还有话说么？"太皇太后冷漠地问道。

"祖母！您不能这样。丞相、太尉何罪之有？祖母为何要如此对他们呢？难道朕只是一个摆设么？若是这样，祖母何需如此大动干戈呢？一道懿旨，朕将皇位交出去得了。"刘彻说着，就摘下冠冕，交给包桑，然后朝外走去。

王娡一把把他拉住，厉声斥责道："皇上不可无礼！"

"母后放手，儿子从此就做个闲云野鹤罢了。"

"放肆！跪下！"太后怒不可遏地把刘彻按倒在地，眼里充满了泪水。

"都是臣妾之错，望母后息雷霆之怒，饶恕皇上的不敬之罪。臣妾回宫后，当与皇上一起面壁思过。"

"那么，太后对朝事如何安排呢？"

"谨遵母后懿旨。"

"母后！国之兴衰，岂可如此？"刘彻的声音在大殿内久久徘徊。

王朝的一切又回到了原来的轨道。许昌、石建等人在早朝之前，就把在朝廷所提的动议事先征询太皇太后的意见。每当刘彻否定他们的奏章时，他们总是抬出太皇太后，这让刘彻十分无奈。

在这些日子里，刘彻十分感谢韩嫣和包桑，他们不离左右地陪伴着他。尤其是韩嫣，总是寻找各种机会为他排解烦恼，劝慰他放开心怀。

有一天夜里，两人合榻而卧。已是子夜，但刘彻仍然不能入睡，一想起建元以来的变故，他就禁不住气郁心结，对韩嫣道："朕近日读史，忽然觉得这个'孝'字，有时乃国之柱石，有时又不免成为桎梏。譬如秦昭王，可谓是一代雄主，却处处受制于其母宣太后；秦始皇虎视六国，却对其母无能为力。朕眼下的境况，与他们何异？朕在想，这个'孝'字该怎么解？究竟怎样才算'孝'呢？"

韩嫣答道："皇上思虑深矣。不过依臣看来，太皇太后此举乃回光返照。当年宣太后是这样，我朝吕太后也是这样。大凡人到了晚年，都会表现出不可思议的固执。可皇上怕什么呢？属于您的日子还长着呢！太皇太后此次虽然免掉丞相、太尉，却对皇上没有触动，此乃陛下人心所向，太皇太后也有所顾忌。"

刘彻点了点头道："爱卿是说她怕伤及了皇后？"

"皇上圣明。皇后毕竟是太主的女儿。眼下皇上一定要善待太主，她的每一句话都会对太皇太后产生强烈影响。"

刘彻听了吃惊地问道："你这些道理都是从哪里学来的？"

韩嫣笑道："臣当初陪皇上在思贤苑中读书时，卫太傅就曾不止一次地讲过。臣近日翻阅史籍，大致如此。"

说到卫绾，这又引起了刘彻不尽的思念，叹道："卫太傅当初就曾劝告朕，凡事不可操之过急，现在回想起来，倒是至理啊！"

"卫大人归乡养老，可仍心系朝廷，皇上有时间不妨到他那里去走走。"

刘彻又想起那个耳背的申公，问道："申公不知如何了？"

"在太皇太后下懿旨的第二天，他就回鲁国去了。"

"都是受了朕的牵累啊，但是朕不会甘心这个结果的。"

"皇上何出此言，不是还没有结束么？"

"嗯！好了，不说了，睡觉！"

话虽如此，但刘彻还是无法忘记过去一年的许多事情。第二天，他就和韩嫣、严助一起到南安门外的明堂去了。

沿着安门大街到了宣明里时，韩嫣告诉严助，赵绾就是在那里救了那个代地女子的。

严助听了之后叹道："君子不养浩然之气，就很难做到威武不屈，富贵不淫。不修身焉能齐家？不齐家焉能治天下？夫子之言，金声玉振。不过话又说回来，所谓欲加之罪，何患无辞，人家早设好了圈套让他钻，他也不能幸免。"

刘彻在车驾里坐着，虽然听不见他们议论的内容，但眼前的一切，也勾起了他无尽的感慨。有人曾经向他说过，那女子是石庆安排到赵府的。他也曾想让有司查一查，可是太皇太后认为，一个民间落难女子，死了就死了，能查出个什么结果呢？何况这女子与赵绾一案到底有多大的关系，谁也说不清楚。不管怎么说，都是赵绾自己不检点，才惹出如此大祸。冷静地自察，这不能不说是自己用人上的一大失误。如果当初把董仲舒留在京城……

刘彻摇了摇头，想把一切烦恼都丢在脑后。前路漫漫，他需要察终而思始，温故而虑新，需要从往事的阴影中走出来。

出了南安门，走过护城河，长安就在他们身后了。抬眼望去，满目萧瑟。

除了驰道两旁的松柏依然苍翠,那在春天里婀娜摇曳的垂柳,那直穿云霄的白杨,那龙枝虬爪的老槐,现在都一个个形容枯槁,懒洋洋地站在冬日的平原上。

灰白的太阳照着大地,没有一丝暖意。睹物思人,一种难以名状的惆怅在他心中弥散,一种无法诉说的隐恨绞痛着他的情感。好在此刻张畈前来报告,说明堂到了。

刘彻下令道:"你们不用总是跟着朕,朕想和两位大人随便走走。"于是黄门、宫娥和警跸们便远远地站在一旁。

仅仅一个多月,昔日庄严瑰丽的明堂已不忍卒睹。许久没有人打扫,遍地都是沙砾和灰尘。

懿旨颁布的第二天,石庆就遣人将明堂的围墙推倒了一个豁口,作为废弛的标志。石庆在行动前是奏禀了刘彻的,这既然是太皇太后的意思,刘彻不同意又能怎样呢? 现在,看着这座曾经云集天下儒生的建筑就这样荒废了,他不禁自责。韩嫣和严助在一旁看了,心中更不是滋味。

三人正说着,就听到东南角传来吵闹声,韩嫣急忙上前察看,原来是警跸正在拦着一位儒生模样的人进入明堂。韩嫣一眼就认出那是诸侯朝觐时讲述儒家经典的公孙弘。

"哎呀! 这不是公孙博士么?"韩嫣一边喝退警跸,一边恭迎道,"先生怎么到这里来了呢?"

"唉! 一言难尽。"公孙弘叹息道,"自从太皇太后的懿旨颁布后,太常寺要博士们终日研读《鸿烈》,《谷梁春秋》《公羊春秋》一概封存。下官无所事事,只好到这里聊表思念罢了。"

这时候,刘彻和严助已来到两人面前。公孙弘一见皇上,万般悲苦涌上心头,匍匐在地道:"皇上! 臣罪该万死,臣不能为皇上分忧,眼看奸人得道,臣忧心如焚啊! 皇上……"

刘彻扶起公孙弘,为他抚去衣服上的草叶,话语中渗入了许多的抚慰:"先生乃一代大儒,登坛讲经,弘扬儒学,功在社稷,何罪之有啊!"

待公孙弘情绪稍稍稳定,刘彻又问道:"太常寺近来都干些什么?"

"许丞相现今还兼着太常,正按太皇太后懿旨,抄写研读《鸿烈》。"

"淮南王前些日子也送了朕一部,文采斐然,吸收了道家、阴阳家和兵家学说,内容庞杂。不过依朕看来,这位淮南王大概是想做大汉的吕不韦吧?"

公孙弘、韩嫣和严助听了都十分吃惊,皇上在这样的日子里,竟对一部诸侯王的著述如此精稔,这是他们没有想到的。

"只可惜,太皇太后只看到了《鸿烈》倡导黄老学说,却没有洞察到朕这位皇叔深藏的内心。"

刘彻接着对公孙弘道:"先生虽然潜心儒学,可也不妨读读《鸿烈》,知己知彼,才能百战不殆!"

刘彻的一番话,让在场的几位大臣心结顿开。望着皇上年轻的脸庞,透过他坚毅的目光,他们觉得永寿殿的风波并没有击垮皇上的意志,他的精神如同坚冰下的江水,时刻等待着春天的爆发。面对皇上,他们内心生出诸多的惭愧。他们几乎不约而同地抱定一个信念:有皇上在,新制就不会结束。

午后,刘彻一回到未央宫,长信殿詹事就过来传话,说太后让他过去。

经过永寿殿的风波,王娡消瘦了许多,鬓边又添了不少的白发。这些日子,她最担心的就是儿子不能承受人生第一次强大压力和命运中的第一个浪头。

"皇上近日可好?"

"好什么?什么事都是太皇太后说了算,儿子就是一具傀儡。"

"彻儿,你要想开些。"

刘彻望着母亲倦怠的面容,心疼道:"母后!您瘦了!"

王娡环顾了一下周围,屏退了众人。

在大家退下后,王娡的母性顿时在身体里复苏,那慈爱的目光,那种亲情润泽的话语,让刘彻获得了只有在童年时才有的抚慰。

王娡捧着刘彻的脸,久久地凝视着,泪水一滴一滴地掉落在刘彻的胸前,伤心道:"彻儿!你小小年纪,经受如此变故,娘心里痛啊!"

"母后!作为皇帝而不能主宰国家的命运,儿子心里也憋屈啊!"

"我怎能体味不到彻儿的心思呢?儿啊!这就是当皇上的难处,你不能像别人那样由着性子来。你就是有千般痛苦,也得忍着。"

刘彻在王娡对面坐下来,说道:"儿子昨夜还想到'孝'字,觉得天下有

'大孝'与'小孝'之别，为国家者，乃大孝；事亲老者，乃小孝。舍小孝而成大孝，乃帝王之责也。"

王娡皱了皱眉头问道："彻儿的意思是……"

"对错其实就在一念间。倘若孩儿当初采纳了窦婴的谏言，也许会力挽狂澜。"

"不！彻儿，你没有错。"王娡擦干眼泪，说话的声音也明显沉重了，"我朝自太祖高皇帝以来，已历五世。先帝在世时，之所以会有吴楚之乱，皆因诸侯林立，尾大不掉。以致贾谊屡有削藩之策，文帝和你父皇却举棋不定。他们不是不想有所作为，而是时机未到。后来虽然吴楚枭首，七国兵败，然诸侯林立大势未改，任何举动都有可能导致汉室自相残杀，此乃亲者痛仇者快之举。因此，忍为上策。"

"可儿子要忍到何时呢？年华流逝，时不我待啊！"

"这书中记载着一段往事，我现在就讲给你听。"王娡说着，就从案头拿起一卷竹简说起来。

"当年秦庄襄王殒薨后，秦王嬴政继承了大位，可国家大事皆决于丞相吕不韦。他专横跋扈，颐指气使，朝野莫不畏惧。为了宣示权威，他又招徕宾客三千多人，令他们'各著所闻'，然后兼收并蓄，最后著出了一部《吕氏春秋》。当时嬴政已十八岁了，眼看就要举行冠礼了，可吕不韦就是不愿意交出权柄。你说，嬴政能不痛苦，能不愤怒么？"

"此时，李斯来到嬴政身边。他有一天在和秦王谈话时，意味深长地对秦王说到，古今成大事者，无不坚而能忍。昔秦穆公为强秦而事于周室，屈于一人之下，而信于万乘之上，此乃大忍也。儿啊！如果嬴政当年不能忍耐，哪还会有后来的秦始皇？小不忍则乱大谋。儿啊！你整日研习儒学，不能忍于忿，皆能乱大谋，你为何不懂这个道理呢？孟子说，天之降大任于斯人也，必先苦其心志，劳其筋骨，饿其体肤。劳其筋骨、饿其体肤都容易，就是这苦其心志最不容易做到。做到了，就可以内修成圣，外化为王啊！"

王娡娓娓道来，仿佛一股清溪缓缓地流进刘彻干裂的心田。哦！刘彻在心中感叹，看上去羸弱的母亲，有多么坚强的意志，多么远大的目光啊！刘彻心里十分感谢母亲与他这次的谈话，让他的思绪穿破乌云，看到了希望。

"儿子明白了。请母后放心,儿子一定振作起来,为了母后,也为了大汉社稷。"

"你呀!真是个孩子。过些日子,你也该去看看你的姐姐了。"王娡在这里说的是平阳公主。

月亮徐徐升起,银色的月光洗着历经沧桑的未央宫,洗着广厦连绵,宫阙嵯峨的都城长安。

……

王娡比谁都清楚,劝别人容易劝自己难。一旦独处的时候,她就没办法接受眼前的现实。先帝把儿子托付给自己,自己不但没有呵护好,反而弄成了今天这个局面,这使她在心里无法原谅自己。她曾暗暗埋怨过太皇太后滥施权威,当着田蚡的面她也恨不得把赵绾千刀万剐。恨过了,怨过了,她也就明白了,这一切都无济于事。

九月初一,依照郊祀礼仪,朝廷都要从太庙中请出太祖高皇帝的衣冠,然后由宫廷仪仗护送到高庙祭祀,这种惯常的慎终追远让王娡找到了诉说心中苦闷的机会。刘彻亲送太祖高皇帝衣冠回太庙时,王娡却借故留下了。

地处长安东门,在武库以南的高庙里,如今供奉着太祖高皇帝、文帝和景帝的神位。王娡跪在地毯上,似乎看见了景帝忧伤的目光,听到了景帝弥留之际艰难的喘息。她的泪水涌出了眼眶,先还是无声的,渐渐地就向隅而泣了。

"先帝啊!臣妾无能,远不能卫社稷,近不能护皇儿,臣妾有愧啊!"

"先帝啊!请您告诉臣妾,臣妾该如何才能无愧于列祖列宗。"

"先帝啊!您可知臣妾心中的苦……"

王娡痛哭的时候,忽然听见身旁多了一个女人的哭声,转脸看去,却是窦太主。

一座高庙,异样恓惶。两个女人借着祭祀,诉说各自的心事。

"皇弟啊!你怎么说去就去了,我有事该找谁说啊?"

"皇弟啊!请你保佑娇儿为刘家生个龙种吧!你听见我的话了么……"

话虽两路,而心却是暗中连着的。一个为了儿子,可儿子是谁呢?不就是窦太主的女婿么?一个为了女儿,可女儿又是谁呢?不就是太后的儿媳么?两个女人不知不觉间就住了哭声,千般滋味都在彼此的目光中了。

窦太主行礼道:"不知太后也在这,妾身有礼了。"

王姞忙摆手说道:"自家姐妹,何必多礼。"

窦太主的话语里生出了劝慰:"多日不见,太后眼见消瘦了许多啊!"

王姞的心里也生出一丝温暖,嗯!还是韩嫣说得对,眼下最能与太皇太后说上话的就是这位景帝的姐姐,窦太后的女儿了。想到这,王姞很快地调整了自己的情绪。她不能就这样看着儿子生活在太皇太后的阴影中,她要为儿子做点什么。

她很热情地向窦太主发出邀请道:"是呀!多日不见,妹妹也十分思念姐姐,若有闲暇,你我姐妹不如到长信殿中一聚如何?"

"多谢太后盛意,妾身正要进宫拜见太后呢!"

这话一出口,王姞就急忙要紫薇张罗回宫。

此刻,王姞与窦太主已坐在长信殿内了,共同的需要让她们从来没感到像今天这样亲切。她们忽然找到了许多共同的话题,聪明的太后则把话题选在了窦太主最关心的阿娇身上,她的每一句话都充满了婆婆对儿媳的关爱。

"妹妹近来又找太医给皇后把了脉,开了药,想来应该会有用的。"

"可不是么?皇后这么长时间怀不了身孕,妾身也很心急啊!"窦太主话锋一转,也焦急地说道,"说来也真是的,母后忽然来这一手,对皇上周围的大臣又打又压,朝政诸事皆决于长乐宫,皇上这对小夫妻心境能好么?"

窦太主可以这样说,但王姞却不能顺着应,她只好拣了许多言辞称赞太皇太后。

"妹妹言重了。母后之所以如此,也是为了大汉社稷。妹妹每每在皇上请安时,都不忘提醒他要修己正行,细心体味太皇太后的良苦用心。"

窦太主笑道:"也就是遇上太后这样宽宏大量的人,若是那个栗姬,不定会闹出一个怎样的局面呢?不过话虽如此,可皇上毕竟也到了主政的年龄。依妾身看来,黄老也罢,儒家也罢,只要是为了江山长治久安,何必要分得那么清呢?"

王姞在这些问题上是什么都不会说的,她只笑眯眯地听着,频频地点头。窦太主的话很对她的心思。但她明白,在窦太主信马由缰的时候,她的眼神所传递的意思,要比她口中的言辞要激烈得多。

窦太主的心情今天分外好,她重新找回了当年在景帝面前时的尊严,她说道:"有一个彻儿和娇儿牵着,窦氏和王氏不就是一家么,为何如此剑拔弩张呢?明日妾身就进宫去劝劝母后,要她不要总是把大事小事都攥在手里。"

王娡赶忙摆手道:"姐姐千万不要这样,太皇太后乃大汉柱石,那是一天也离不开的。"

什么叫欲擒故纵?就像王娡现在这样。她越是阻拦,太主就越是上心。

"这是妾身与母后之间的事情,与太后没有关系。彻儿怎么说也是妾身的女婿,妾身岂能坐视不理?"

"姐姐的大恩大德,彻儿不会忘记的。"王娡说着,就向紫薇招了招手,不一会,就见她捧着一尊精致的高颈竹节熏炉进来了。

……

第十一章

公主明理救汉使 刘彻动情遇红颜

云如风干的棉絮挂在青色的天空,偶尔有苍鹰掠过,然后又挥动着翅膀飞向遥远的天际。张骞勒住马头,南望祁连山,觉得三百多人的队伍,行走在这狭长的山道间,仿佛一叶孤零零的小舟。眼前除了一片片的衰草,再也看不到耕牛漫步田头的散淡。有时候走上半天,才能看见散落在草原上的几顶穹庐。

故土有多远,那情感的量尺在游子的心底。尽管陇西是大汉的西部边陲,可只要站在那里,脚下的每一寸土地也带着长安的温度。而如今,他才真正地感受到了异国他乡的寂寞。

前几日,在陇西的一个驿站,张骞与陇西太守作别。马上相揖,太守话里为张骞壮行——从此往西,就不再是大汉国土,而是匈奴休屠王的领地。那休屠王猖狂倨傲,常常派遣军队袭扰陇西,杀我吏民,掠我财物,望使君小心谨慎,尽量避其锋芒……

太阳升上头顶的时候,清晨的寒意渐渐退去。张骞与堂邑父并马行走,话里自然绕不开河西的风土人情。

堂邑父道:"这里原本是大月氏的领地,与我朝接壤。那时候,大月氏兵强马壮,匈奴奈何不得。但自冒顿单于以来,大月氏国势逐渐衰落。文帝十四年,冒顿单于率军攻入大月氏,杀了月氏王,用他的头骨做了酒器。并分河西土地给浑邪王、休屠王、折兰王、卢侯王等。从此,匈奴就成了大汉的严重威胁。"

"哦!"张骞沉吟了一下,就从背囊里拿出匈奴全图,果然此处标示的是大月氏国,这让他对皇上凿空西域的深意有了进一步的理解,如果能够与大月氏联手,那么根除边患的日子就指日可待了。

但是,眼下他要担心的是三百多兄弟的安危。陇西太守说得对,必须避开休屠王的耳目。想到这里,张骞对堂邑父道:"你去告诉后面的兄弟,跟上队伍,切勿喧哗,我们要速速过境。"

"诺!"堂邑父拨转马头,朝后奔去。

这些日子以来,堂邑父陪着张骞晓行夜宿,张使君的举止都看在他眼里。匈奴人说,猎鹰再嫩,也是兔子的天敌。汉人也说,有志不在年高。不要看张使君年轻,可办起事来沉稳、庄重……

队伍贴着祁连山北麓一直向西,正午时分,来到石羊河畔。张骞找了一山坳避风处歇息,并派人到河里汲水造饭。离开陇西时,太守送了一些熟羊肉和用麦粉做成的糇粮。为了不耽误行程,张骞要大家赶快做饭,然后尽快赶路。

在大家忙碌的时候,张骞靠着向阳处坐下了。紧张奔走的日子,所有的乡思都被压在心灵深处,可只要一静下来,那思乡之情还是悄然爬上了心头。

离开长安时,他曾向祖父去了一封家书。他在信里只是询问了祖父起居,并没有将西去的消息透露半字,他害怕因此让老人家寝不安席。

父亲当年死于意外,母亲随即改嫁,祖母因思儿心切,也郁郁而亡,祖父就成了他唯一的亲人。教他读书做人,送他北出南山。可他自从来到长安后,就再也没有回到故乡。每思及此,他总是充满内疚。这一去,尚不知几时才能归来。也许,在他归来之日,祖父早已驾鹤西去了,这份思念让他心里酸酸的。

他就这样让自己的思绪慢慢展开,却不料一场危机正在渐渐临近。当马蹄声响过河滩的时候,他看见一队匈奴骑兵朝这儿奔来了,而他的部下也纷纷亮出了兵器。

张骞从地上站起来,迅速来到队伍前面,扫视了一眼严阵以待的部下道:"少安毋躁,我们身负皇命,不到万不得已,绝不能妄动手中兵器。"说话间,匈奴骑兵的身影就渐次地清晰了。

"什么人吃了豹子胆?竟敢闯入休屠王领地?"奔跑在前面的匈奴将领大吼一声,看他的装扮,至少也是个当户。

堂邑父见状,急忙上前说话:"小人见过将军,我们是前往西域的商贾,在此休息片刻即走,还望将军给个方便。"

"商贾?"当户狐疑的目光转向张骞,就看见了他手里的汉节。

"既是商贾,怎么会拿着汉节?"当户说着,就朝身后的士卒挥了挥手,匈奴骑兵立即四处散开,把使团围在中间。

"你要说实话!否则,休怪刀箭无情!"

事情既已穿帮,张骞也不打算隐瞒,上前有礼道:"不瞒将军,我等确非商贾,乃大汉使团,欲往西域寻求通商。"

"什么通商?兔子再狡猾,也逃不过鹰的眼睛!分明是在刺探军情,给我拿下!"当户大声道。

堂邑父大喊一声道:"弟兄们,操兵器!"

霎时间,三百多名勇士刀光闪闪,与匈奴骑兵形成对峙。大家把目光投向张骞,只要他一声令下,就会拼个你死我活。但他们没有听到任何命令,而是看到了一种与他年龄不相称的平静。

"张骞奉诏,是为寻求睦邻而来,将军不必动手,我们随将军去就是了。"

当户听不懂张骞绕口的话,瞪着眼问道:"他说的是什么意思?"

堂邑父急忙上前解释:"大人的意思是说,跟着将军去见休屠王就是了。"

当户听了,嘟囔道:"那还废什么话?走吧!"

一干人上马驱车,在匈奴人的挟持下来到姑臧城。适逢休屠王北来察看兵情,长期闭塞,偏居一隅的他对大汉国情知之不多,忽地遇上了自称大汉使团的三百多人,惊异中又多了许多新奇。他拿着汉节看了半天,才抬起头凝视被缚了绳索的张骞,目光中露出狡黠:"你果真是汉使?"

张骞一脸愠怒道:"我乃堂堂大汉使节,何须隐匿行踪?倒是王爷不通礼仪,对一个寻求通商的使节如临大敌,让本使可笑。"

休屠王遭到奚落，尴尬之余，转而恼怒道："羔羊还敢在野狼面前撒野，你不怕死么？"

张骞冷笑一声道："据本使所知，大汉隆虑公主现为阏氏。王爷杀了本使不要紧，若是因此而导致两国战事重起，单于追究下来，您恐也难辞其咎吧？"

"你说什么？"

堂邑父在一旁解释："使君的意思是，我们是大汉的使节，如果您杀了我们，单于怪罪下来，您能担当得起么？"

"这……"张骞如此说辞，让休屠王很意外，但就此收场，他又觉得威严顿失，于是又问道，"既是汉使，就该持通关文书，何故本王只见汉节而不见文书？"

张骞又笑了笑道："敢问王爷，匈奴主政者是大单于，还是您休屠王？"

"这还用问，当然是大单于。"

"那就是了！本使在大汉也只闻匈奴大单于之名，现在休屠王要本使交出文书，是否欲取大单于之位而代之？"

这番话让休屠王一时语塞，未及回过神来，又听张骞道："今日张骞以汉使身份被王爷囚禁，本已没有求活之念，现在就请王爷取了本使项上人头，好去向大单于邀功。但张骞一死，我大汉雄师必席卷而来，何去何从，请王爷三思！"

气氛急转直下，休屠王眼看乱了方寸。这时候，陪坐在一旁的当户侧身对休屠王低声耳语，才见他的脸上渐渐有了活泛之色，说话的口气也收敛多了。他吩咐左右松了张骞的绳索，要当户好生招待。

"呵呵！"休屠王脸上堆着笑道，"既是汉使到来，本王也不敢私自做主，待明日本王便送使君去单于庭，大单于想怎么处置都行……"

张骞听了这话，心情就不由得沉重了。原本打算借一场唇枪舌剑逼迫休屠王放行，却不料他意出邪处。这误了行程不说，倘若单于欲加阻挠，岂不负了皇上的嘱托？但事已至此，他也只能见机行事了。

这一番心头的翻波卷浪，都被他眉宇间的淡定从容掩盖了。张骞伸了伸酸疼的胳膊，一步上前把汉节持在手中。这时他听见穹庐外传来红鬃马的嘶呜,哦!那是堂邑父在帐外等着呢……

军臣单于和隆虑阏氏生下的小王子已经七岁了。

在诸多的王子中,他是唯一的混血儿,这使他的体形比同龄的小孩大了许多。不过,只有隆虑阏氏才知道,他那双眼睛,他说话时的声音和节奏太像小时候的刘彻了。

十多年来,刘彻声泪俱下的呼唤,没有一天不在她的耳际萦绕。她明白无论是贵为阏氏,还是岁月在她身上打上的匈奴人印记,她永远都割不断与长安的血缘。因此,尽管军臣单于给小王子起了一个"呼韩琅"的名字,但隆虑阏氏却在心中为他珍藏了一个汉人的名字——刘怀。

军臣单于很喜欢呼韩琅,刚刚六岁,就为他安排了老师。他每天带着呼韩琅朝拜太阳神,训练他骑羊——匈奴习俗,孩子从骑羊开始,到了一定年龄,才改为骑马。

而隆虑阏氏却暗地做着另一件事情——教儿子汉朝的文字;为他讲述外祖父平定七国之乱的故事;告诉他舅舅如何才智过人、英武雄健。现在,趁军臣单于和众大臣聚会之机,她把呼韩琅叫到帐中来,检查儿子近来的学业。

等待儿子的时间,是隆虑阏氏最感漫长的时候,唯一能够让她安静的就是弹奏多年来相伴的琵琶,吟唱她用乡愁填写的歌词:

> 苍山巍峨兮长城长,
> 长城之内兮有故乡。
> 故乡不可见兮痛断肠,
> 望断云山兮情已觞。
> 鸿雁南飞兮去复还,
> 带我心魂兮一同往。
> ……

阏氏唱着唱着,泪水就如断了线的珠子流淌下来。

她怎能不伤心呢?

父皇驾崩的时候,军臣单于派出庞大的使团参加了葬礼。使者回来后告诉她,父皇就葬在阳陵,但她却没有机会看父皇最后一眼。

她怎能不伤心呢?

刘彻举行登基大典的时候,军臣单于又派出庞大的使团前去致贺,回来的时候,使团带来了新皇赠予她的珍珠、绢帛。可她无论如何也想象不出刘彻坐在帝位上是怎样的风采。

去年十月,诸侯朝觐的时候,皇上特邀了军臣单于,封都尉李穆奉命随使团前往,她托李穆为母后带去了裘皮锦衣。李穆回来后,为她带来了母后的来信。

若是在长安,哪怕是嫁给一位平民百姓,她都有省亲的机会。可现在,她只有伴着琵琶度过一个个长夜了。

唯一让她欣慰的是,怀儿一天天长大了。此刻,紫燕带着他进帐来了。

呼韩琅看上去足有八岁少年的个头,大概是因为贪玩挨了紫燕的责备,现在还噘着嘴,一脸不高兴的样子。

"母亲唤孩儿来有何吩咐?"在阏氏面前,呼韩琅说着汉话。

"娘就是想问问,最近《论语》读得怎么样了?"

"孩儿……孩儿……"

紫燕笑着打趣道:"刚才还像一头发怒的小狼,怎么这会儿不会说话了呢?"

"一定又是贪玩,受到姨娘的训斥了吧?"

自己养的儿子自己知道,阏氏心里很清楚,出生在草原,吃着牛羊肉长大,受着匈奴习俗熏陶的儿子对绕口的汉文不感兴趣。但对她来说,汉文是她情感的寄托,她只有听着儿子背诵那些来自故乡的经典,才不会忘记他身上的汉家血统。

"不是娘说你,这样贪玩可不行。你舅父八岁时已经是大汉太子了!"

呼韩琅低着头,小声说道:"母亲,不是孩儿不愿意学,实在是夫子的话太绕口了。而那些汉字,更是难学。孩儿……"

"不好学也得学。要知道,你是汉家的外甥,总有一天要到长安去。如果见了你舅舅不会说汉话,岂不让舅舅伤心?"隆虑阏氏加重了语气。

"孩儿记住了。"

"记住了就好,如有不懂的地方,你可向李穆请教。"阏氏脸上露出喜色,"你现在为娘背诵一段《论语》吧!"

"是,孩儿遵命!"呼韩琅摇头晃脑地念道,"子曰:'学而时习之,不亦说乎?有朋自远方来,不亦乐乎?人不知,而不愠,不亦君子乎?'"他天真的样子,让一旁的紫燕忍俊不禁。

呼韩琅瞪着紫燕说道:"姨娘笑什么?难道我念错了么?"

紫燕止住笑,对阏氏道:"公主看看怀儿的神态,像不像当年的皇上?"

阏氏叹了一口气,幽幽道:"我当年离开长安的时候,皇上还只有四岁,现在过去这么多年了,他已经做了皇上,但愿他能像父皇那样有作为。"

说完,阏氏转头又要呼韩琅把文中的意思讲给她听。儿子的声音,如四月的春风吹皱了阏氏的心湖,她忘情地将儿子搂进怀抱,在他的额头烙下唇印。可呼韩琅却摇着头挣脱阏氏的怀抱:"母亲不可这样,孩儿已经是大人了!"

阏氏就忍不住笑了:"怀儿还不好意思了。"

这时候,从帐外传来脚步声,紫燕忙出帐去察看,原来是李穆来了。

他为隆虑阏氏带了一个十分惊人的消息——休屠王在河西一带俘获了三百多名汉人,现在已押到单于庭来了。

"都是些什么人呢?"

"听说为首的叫张骞,手中持着汉节,车上拉的都是丝帛和银器。"李穆答道。

阏氏明白了,这一定是皇上派到远方的一个使团,那缀着红缨的汉节表示,他们是一支寻求友好的队伍。他们没有北行到龙城,而是一直向西,这表明他们是要穿越匈奴国到很远的地方去。

阏氏眉头一皱,说道:"单于应该明白,既是持节的使者,就应当以礼相待,放他们过境,为何要将他们扣留呢?"

李穆知道阏氏是一位很重情感的人,不要说是三百多名汉人,就是从天空飞过一只南来的候鸟,都会让她双目流连,心驰神往。

"单于将会对他们怎样呢?"

"单于会不会杀了他们呢？"

"单于会不会因此而再起烽火呢？"

伴随着杂乱的脚步，阏氏提出了一个个问题。

她再也无法在穹庐中待下去了，她让李穆将王子带回去，随后便朝帐外喊道："紫燕，备马！"

这是建元三年的五月，是匈奴人欲望最冲动的季节。

此刻在单于庭中，军臣单于和身边的臣下们正围绕如何处理汉使而各持己见，争论不休。

吐突狐涂认为，张骞一行，手持汉节，车载辎重，穿境而过，并无恶意。随意扣押，显然失理。况且自汉朝新皇登基以来，虽小有摩擦，但总的来说，两国边境安宁，如果因为扣押汉使而导致烽烟再起，势必会生灵涂炭。

而耶律孤涂和曾经在剿杀东胡战争中屡建战功的左屠耆王则认为，张骞等人通商是假，刺探军情是真，应该杀之以绝后患。

提起汉人，耶律孤涂总是无法抑制心中的愤怒，他大声道："单于，看狼的脚印就可以知道它是向羊圈去的，看狐狸的笑容就知道它心怀一肚子坏水。匈奴人的眼睛是太阳神给的，能穿破汉人的皮，看到他们的心。虽然多年来汉朝与大匈奴和亲，但它一刻也没有放弃灭我族群的企图。张骞一行，显然有奸细之嫌，应杀之才能解朝野之虑。"

"难道你不担心两国战事再起么？"

"怕什么？我大匈奴控弦数十万，战马百万匹，难道还怕小小的刘彻不成？"

右屠耆王道："杀掉汉使，违背惯例，一旦打起来，周围的国家一定会为汉朝说话的。"

"大匈奴连汉朝都不怕，难道还怕那些小国议论吗？对匈奴人来说，这个天下就是弱肉强食的天下。你为何对汉人惧怕到如此地步，真是愧对我大匈奴的祖先！"左屠耆王讥笑道。

"你！"右屠耆王顿时黑下脸来，脸色变得十分冰冷，"本王跟随单于征战无数，怕过谁呢？"

这个左屠耆王，平日趾高气扬，与右骨都侯沆瀣一气，经常挑唆大单于对汉朝作战，致使两国屡有风波。现在他又寻衅滋事，不是引火烧身么？

　　他轻蔑地看了右屠耆王一眼，笑道："你若是不服，可与本王比试比试。"

　　"比就比，难道本王怕你不成？"

　　两人摩拳擦掌，跃跃欲试，就听见帐外一声"住手！"隆虑阏氏已跨进帐来。

　　"战争还没开始，自己人倒先斗起来了，你们不惭愧吗？"

　　匈奴风俗，一向尊重女人，加之隆虑阏氏又是大汉公主、大单于的最爱，自然备受大家的尊重。左右屠耆王被阏氏呵斥，忙单膝跪地，一场即将爆发的格斗遂告平息。

　　阏氏不等军臣单于说话，就自顾自先说了："大单于身为一国之君，怎能看他们无谓地打杀呢？刚才臣妾在帐外就听见单于和众大臣说扣留汉使什么的，到底是怎么回事？"

　　军臣单于抬起头来面对阏氏，觉得此事无法隐瞒，于是说道："休屠王在河西捉到张骞一行三百多人，疑是汉朝奸细，寡人正与众位大臣商议该如何处置。"

　　"那这些汉人所持何物？"

　　"持有汉节。"

　　"所带何物？"

　　"布帛银器。"

　　"准备去往哪里？"

　　"听他们说要到大月氏。"

　　"既是这样，臣妾就有话问大单于了！"

　　"阏氏有话尽管说。"

　　"大单于可曾想过，世上哪有人持节来做奸细的？世上哪有车载布帛、银器来刺探军情的？他们带着这些东西到大月氏去，显然是意在通商啊！"

　　"这……"

　　"单于！臣妾远离长安，来到单于身边。虽然昼夜思念故土，却不曾想过要返回长安。为何？就是为了汉匈之间的和平。今汉朝新皇登基，百废俱兴，对我国并无用兵之意,单于为何要重燃烽火呢?"

阏氏说话的时候已经来到单于身边:"而现今汉朝新皇,乃臣妾胞弟,年轻有为,高瞻远瞩,这正是再续两国和平关系之良机。倘若单于听信谗言,杀了张骞等人,必然会激怒汉朝君民,一旦用起兵来,不仅两国百姓要遭受兵祸之苦,而且孰胜孰负,也未可知呢!臣妾已为单于生下琅儿,汉与匈奴更是甥舅之亲,两家若是兵戎相见,岂不让臣妾伤心?"

阏氏说着说着,眼中便涌出了泪花。

都说女人是水做的,可有几人体察得到这柔软的魅力呢?有几人能透过她们的呢喃软语看到这至强至坚的力量呢?在军臣单于的周围,有着众多的阏氏和王妃,可隆虑阏氏的言语和温情总能在关键的时候平复他躁动的心。

他不得不承认阏氏的每一句话都如重锤一样敲击着他的心弦,让他无言以对。但他是一国之君,他深知匈奴与大月氏之间有着不共戴天之仇。如今,汉使想过境去大月氏,他也不能不心存忧虑。

既不能杀,也不能放,单于进退维谷,难以定夺。他环视帐内,右骨都侯和左屠耆王板着面孔,皱着眉头,对阏氏的话很不以为然。再看看左骨都侯和右屠耆王,倒是频频颔首。

他知道,作为元老,左骨都侯向来处事稳健,颇多谋略。果然,顺着阏氏的话音,吐突狐涂说话了,一向主张汉匈和睦的他怎能看不出单于此刻矛盾的心理呢?身处相位,他虽然不主张杀掉张骞,可也不主张放他们过境,老谋深算的他很快就想出了一个折中的办法。

"阏氏说得很有道理!张骞他们万万杀不得,可也万万放不得。既然眼下还不知道汉使的真正意图,为什么不让他们留在匈奴,是羔羊还是野狼,一试不就知道了?"

隆虑阏氏没想到左骨都侯会提出这样一条奏议,她忙转身望着单于,希望他能够驳回左骨都侯的奏议,做出放行的决断。

军臣单于站了起来,他轻抚着阏氏的肩膀,通过久握弓箭的手传达着他的情感,他希望自己心爱的女人站在自己角度去考虑此事。

"阏氏呀!寡人明白,你所做的一切都是为了汉匈之间的和睦。可是,地处西方的大月氏从来就没有忘记仇恨,何况还是我们把他们赶走的呢!现在汉使要到敌国去,岂能不引起寡人的疑虑?请阏氏想想,倘若寡人要派使节从大汉过境到南越国去,汉皇会不会答应呢?"

"单于……"隆虑阏氏还要说话,却被他摆手制止了。

"寡人决定留他们在匈奴住一段时间,如果他们真是要通商,寡人自会放他们西去的。阏氏,这样总可以了吧?"

"单于圣明!"大家叫嚷道。

隆虑阏氏还能说什么呢?单于毕竟是一国之君,他决定不杀汉使,已给足了自己颜面。不管怎么说,汉使的危险暂时解除了,她那颗悬着的心终于放了下来。

……

平阳公主的性格与远在草原的隆虑妹妹相比,相差实在是太大了。倒和姑母窦太主很像。的确,这两个女人的经历太相似了。她们都身居长公主的高位,都有着一段不幸的婚姻,都有一个才气平平却经常病恹恹的丈夫。

在平阳公主的记忆中,她的姑母总是一副雍容华贵的样子。她开朗的笑声时时在父皇耳边响起,而父皇对姑母的尊敬也曾带给她做女人真好的感觉,她不用和男人一样去承担很大的压力,却能得到男人得不到的东西。

而当姑母和母后待在一起的时候,却又是一副可怜兮兮的模样。姑母常常哀叹自己命途不济,虽然有一个丈夫,却跟守活寡没有什么两样。

这种遭遇渐渐改变了她的性格,使她变得刻薄、尖酸,尤其对女人有着一种阴冷的妒忌和仇恨。但她和母后之间却因为有了某种利益关系而变得融洽起来。

新皇登基之后,馆陶公主顺理成章地晋升为窦太主,地位也更高了,那么等皇上有了太子,是不是意味着太主的桂冠也在等待着自己呢?

一想到太子,平阳公主的目光就黯淡了。说起来,阿娇进宫也有几年了,可为什么总怀不上龙种呢?这不仅让窦太主着急,就连她的母亲、当今的太后也时常忧心如焚。

作为皇上的大姐,她如果不操这份心,又有谁来为母后分忧呢?开春以来,她就把全部心思都用在为刘彻选妃的事情上。她要为皇上选一位美丽贤淑的新皇妃,为他生下一大堆的皇子。她要让母亲和小弟知道,她有着一双识人的慧眼。

现在,一群从各地选来的少女已经站在平阳公主面前了。她们一个个身材苗条,两肩如削;那肌肤细腻如脂,润滑如水;那手指柔嫩如笋,长细如叶。

平阳公主缓缓地掠过一张张俏丽的脸庞,她惊异上苍的鬼斧神工。虽说她们一个个都是美人坯子,可每个人的气质又各有不同。有的笑靥可人,有的亭亭玉立,有的婉转蛾眉,有的低眉弄目。

她轻轻呷了一口茶,脸上露出满意的笑容。

这紫娟是太后身边地位仅次于紫薇的人精,果然把公主的心思理解得十分透彻。当平阳公主正想知道她们对宫中礼仪的掌握时,紫娟的声音已经如筝笙丝竹似的在她的耳边轻轻响起。

"公主是要看她们的步法和礼仪么?"

平阳公主点了点头。紫娟也不说话,只是向面前的少女们招了招手,就见她们依次地轻移莲步,缓缓地向公主走来。在一一演练了如何拜谒太后、太皇太后,如何恭迎圣驾,如何接待皇家公主和妃嫔后,平阳公主没有任何表情。仅仅这些还不够,在皇上身边的女人怎能只如花瓶一样的徒有其表呢?

公主的这一点心思,早已传到紫娟的心中去了。于是她又一招手,少女们便都到后堂换了统一的舞装,在悦耳的乐声中表演了最能展现女人形体美和温软柔声的《踏歌舞》。一时间,舞姿翩翩,云转飘忽,纤修袖而将举,似惊鸿之欲翔。

平阳公主正看得入神,孰料一位少女在大厅间来了一个大旋转,很潇洒地飘落在她面前只有几步远的地方。

一个惊鸿回眸,那千般的风情,万般的妖媚便从那双明亮的眼睛中飞了出来。只是这眉目传情中多了几分挑逗的意味,这让公主心中极不舒服,让她在这一刻想起了栗姬。

这样的女人怎么配为皇上的妃嫔呢?倘若她有一天得势,在皇上耳边妖言惑众,岂不是朝廷的灾难?平阳公主刚才还挂在脸上的笑容顿时荡然无存,冷冷地瞅着眼前的这个女人,眼光似乎要穿透那凝玉般的肌肤,把她的五脏六腑看个明白。

乐师们见公主变了脸色,一个个不知所措。再看那少女,笑容僵持在眉宇间，仿佛一尊玉雕的人儿。

"你从何处而来？"公主就这样看了少女许久，才冷漠地问道。但是，她没有从方寸已乱的姑娘那里得到答案，公主便越发地恼怒了。

"似你这样妖媚之女，一脸凶兆，前世不是鬼魅便是妖狐，岂能容你在府上作孽。来人，拉下去！"少女这时才明白过来，是那双秋水惹下了杀身之祸。她顿时吓得魂不附体，捣蒜般地连连叩首，乞求公主饶命。

紫娟在一旁看了，倒吸一口冷气，心中道，她简直就是窦太主的化身，杀起人来连眼睛都不眨一下。直到卫士拖着那女子出去了很长时间，她的求饶声和哭声仍然在紫娟耳边回响。

"紫娟，你怎么了？"

"哦，没什么！"

"是不是在怜悯那妖人呢？"

"紫娟怎么会呢？"

"呵呵！我料你也不会的。"

平阳公主早已把刚才的恼怒和不快抛之脑后，仿佛什么事也没有发生一样的说道："好吧！今日就到这里。先带她们下去吧，我累了。"

"诺！"

这半天的观看，平阳公主虽然有些累，却增加了她的信心。她相信在这些如花似玉的少女中，一定会有人脱颖而出，成为皇上心爱的妃嫔。到了那时，她在未央宫将会是怎样的风光和荣耀呢？公主一边想着，一边伸了伸发酸的胳膊。

几位侍女见公主起了身，急忙上前搀扶。当平阳公主刚刚步下大厅的台阶时，她脚步骤然停住了。从乐坊中传来婉转清亮的歌声，驱散了她的困顿和疲倦。那歌声仿佛春风，仿佛春水，让她神清气爽。

穿过竹林枝叶的缝隙，她看见一位俊俏的女子正伴着音乐且歌且舞。

"哦！那不是卫子夫么？怎么把她给忘了。"

……

两天之后，便是建元三年的清明节。平阳侯曹寿陪同皇上祭扫皇陵回来，带给平阳公主一个欣喜的消息，皇上将到府上来小住一段时间。她敏锐地感觉到,机会来了。

她准备了丰盛的酒宴,刘彻被安排在中心的位置,而曹寿和她则分别在两边作陪。现在,朝廷事无大小都要请示太皇太后才能最后定夺,她清楚弟弟不是那种甘愿被人左右的皇帝。她尽量不去触及这个话题,只是要曹寿殷勤地劝酒,而她则伺机去完成策划已久的夙愿。

看着刘彻心境不错,她很适时地把关乎皇家命脉的话题提到了面前:"皇后近来还没有怀孕的迹象么?"她说话的声音很低,连曹寿也没有听见他们在说些什么。

刘彻摇了摇头,仰起脖子,一口饮下爵中之酒。曹寿见此,忙又为皇上斟满了。

"这怎么好呢?皇上不能无后啊!"

刘彻阴郁的眼睛被酒酿燃烧得血红,从胸中发出沉闷的低吼:"朕现在只是个傀儡,还管什么有后无后?"

看弟弟这个样子,平阳公主心中也很不好受。这哪是刚刚登基时那个踌躇满志的皇上啊!他苍白的脸色下有一个多么痛苦而又饱受折磨的灵魂啊!

在这样的心境下饮酒是很伤身体的,父皇留下的皇子一大群,可她只有刘彻这个亲弟弟。她不能看着他每日都在受折磨,她更不能看着他在无所作为中消沉下去。她希望自己能够给他的生命注入重新崛起的力量。

"皇上不必再想那些伤心的事情了。今日春和景明,臣妾为皇上准备了乐舞,皇上可有兴致观看?"

她见刘彻不置可否,便要府令到后堂安排。不一刻,整个客厅就乐声绕梁,一群身着淡青色舞装的歌伎婷婷袅袅地进了前厅。

　　踏歌兮渭水汤汤而东去,
　　舞袖兮终南巍巍而耸立。
　　踏歌兮杨柳依依而碧垂,
　　舞袖兮长天昊昊而云飞,
　　踏歌兮吾皇仗剑御社稷。
　　舞袖兮万民安乐呼万岁,

踏歌兮,舞袖兮。
水逶迤,山崔嵬。
……

伴随着旋律的起伏,舞者前俯后仰,脚步虚虚实实,婉转悠扬,有如龙趋凤回、行云流水。尤其是那些从眼前飘过的纤纤细腰,风姿婀娜;而那长舒的舞袖,在空中划出一道道的弧线,似乱花飘摇,又似霓云簇簇,把曹寿看得两眼发光。

平日慑于平阳公主的威严,曹寿从来不敢正眼瞧一瞧这些人间精灵,今日借皇上的光,他大饱眼福,禁不住引颈张望,那一颗心便心猿意马地离缰而去了。这一切都被平阳公主收入眼底,她眉目间顿时涌出万千嗔怨,却当着皇上的面不好发作,只好瞅个机会干咳两声。

曹寿意识到自己的失态,他很快调整了坐姿,对刘彻道:"皇上,这可是公主特地为您安排的啊!"

可是,当平阳公主打量刘彻时,却见他目光冷漠,心不在焉,甚至昏昏欲睡,仿佛眼前的乐舞离他非常遥远。显然,这些女人没有一个能进入他的视线。她很失望,一腔兴致霎时一落千丈。皇上不喜欢,女人们就是舞断了腰肢,也是枉然!

她正欲中止乐舞,却听耳边的旋律忽地变了。始则急促跌宕,旋而舒缓婉柔。平阳公主抬头看去,啊!原来是卫子夫从厅堂的左角飘然入场了。

就在这时候,她听见刘彻"啊"了一声,只见他睁着一双惊奇的眼睛,痴痴地望着卫子夫轻盈摇曳的风姿,目光追逐着卫子夫在大厅里来回流转,胸膛也因为卫子夫的到来而剧烈地起伏着。

踏歌的歌伎们悄悄地退了,刘彻的眼中只有卫子夫的影子在摇动。

那是怎样的一双眼睛啊!每一次流转,每一个顾盼,都把多味的感觉传达给刘彻,是忧郁的美,还是凄婉的美;是恬淡的美,还是娇柔的美。他只要与她目光相对,就有一种被燃烧、被融化、被震撼的感觉。

他好像在什么地方见过这样的目光?那忧郁,他只在母后的眼睛中读过;那凄婉,他只在隆虑姐姐的回眸中看见过;那恬淡,只有参透了人生的女人才会如此安谧;而那娇柔则把她化为一汪春水,漫过他的心灵。

那是怎样的歌声啊!是冰雪融化后山泉的叮咚,是春日枝头黄鹂的婉转,是北国笛声的如慕如诉,是江南丝竹的如缯如缕。时而低吟浅唱,时而引吭高歌,时而高山流水,时而平湖秋月。

> 乐莫乐兮心相知,
> 苦莫苦兮将远行。
> 将远行兮吾相送,
> 杨柳依依兮知我情。
> 为君且歌兮舞广袖,
> 天涯海角兮伴君影。
> 坚石峻峭兮多磨砺,
> 高树秀林兮多悲风。
> 长天赐剑兮斩腐恶,
> 荡平浊浪兮世清平。
> ……

整个大厅里除了乐师们的演奏,就只有这天籁之音在刘彻耳边回旋。他的眼睛模糊了,他强烈地感受到,这词,这曲,就是他此刻心境的写照。

啊!汉宫粉黛无数,人间佳丽无数,究竟有几人能像她这样读懂朕的内心呢?

刘彻眼前幻化出一幅幅动静交叠的画面:一轮皎月轻盈窈窕地在云彩间穿行,满天云彩追逐着月亮轻快的脚步,一位天上的仙灵,从月中脱颖而出,飞翔在万里云天。她宽大的长袖携带着云彩的多情,把万里长空织成流光溢彩的云锦;她的身上洒满银色的月光,在星际间裁出绚烂璀璨的霓虹。

> 长天赐剑兮斩腐恶,
> 荡平浊浪兮世清平。
> ……

这歌声，仿佛天际间一声叹息，重重地敲着刘彻的心弦，于是，天空忽然变得一片阴暗，恍惚间，刘彻似乎觉得自己握着长剑，腾空而起，与卫子夫共舞于茫茫苍穹。

他的长剑划过云山雾岭，在天地间劈开一道闪电；他的长剑刺向云涛雨浪，在太极深处唤来阵阵雷鸣。他的长剑与卫子夫的长袖交织在一起，他强健的体魄与卫子夫的倩影凝结在一起，他火焰般的目光与卫子夫秋水般的眸子碰撞在一起。

刘彻的郁闷因为与一个女人的共舞而获得了空前的释放，他在意念深处将自己化为一条巨龙，而身旁的卫子夫分明是与他相依相偎的彩凤。

电闪处，刘彻牵着卫子夫的长袖急速地旋转、翻飞；流光中，卫子夫舞姿带起的风在刘彻的剑刃上划出一阵阵鸣响，那是夏风掠过竹林的节奏，是万花散开的耀眼。

忽然，卫子夫似一只受伤的小鸟跌跌撞撞，她被刘彻轻轻地托起，一缕黑发顺着俏丽的双肩瀑布般地流淌到刘彻的膝前。

乐师们忘记了演奏，他们的目光聚在刘彻和卫子夫身上。

平阳公主惊呆了，她的心随着刘彻和卫子夫的狂舞而上下翻飞。

曹寿沉醉了，他不知道用怎样的话语描绘眼前的情景，只是两片厚唇张着，发出"啊呀"的感叹。

站在帐后的黄门和宫娥们屏住了呼吸，皇上的刚健，卫子夫的阴柔，让他们都认为这是一对天作之合。

一曲终了，大厅内在寂静片刻之后，爆发出"皇上万岁"的欢呼声。

从歌舞中清醒过来的卫子夫发现自己被刘彻拥在怀里，顿时满脸通红，低声道："妾身惊动了皇上，罪该万死。"

刘彻诡谲地笑了笑，对平阳公主说道："朕要更衣了。"

眼前发生的一切，让平阳公主笑逐颜开。看来，她多日来的运筹终于因卫子夫的出现而达到了目的。她轻轻地拉了拉卫子夫的衣袖，朝着皇上的身影努了努嘴，说道："还不快去伺候皇上。"

卫子夫面露难色："公主，这个……奴婢……"

"这个什么？宫中的女子谁不盼望皇上的雨露呢？"平阳公主不由分说，催促卫子夫进了尚衣轩。

刚一进去，卫子夫就被刘彻有力的臂膀抱住了，他喘着粗气道："美人儿！朕的美人儿……"

刘彻在卫子夫身上找到了从来没有过的感觉和快意，这使他许久以来已经淡漠的东西逐渐苏醒、崛起。他们狂热地交欢，放纵地媾和，用各种姿态和心境演绎着人性的优美和激越。他们从生命腾飞的战栗中触碰到了彼此的情感，直到东方鱼白，才带着倦意进入梦乡。

醒来的时候，春日已爬上了侯府高大的桧松枝头。刘彻展开双臂托起卫子夫，轻轻地放在梳妆台前，铜镜里就映出女人端庄还带着惺忪的脸庞。

"子夫，朕昨夜过于冲动了吧？"

卫子夫回眸给了刘彻一个灿烂的笑容，她没有说话，她全部的感受都融在笑意中了。她看了看垫在身下的"铺垫"，眼角溢出泪花。

"为何哭了？"

"不！妾身是在高兴。"

"朕要带你回宫去。"刘彻捧起卫子夫的脸说道。

"这要公主允准才行。"

"小傻瓜！难道你还看不出公主的意思吗？就是她要你陪伴朕的。"刘彻拿起了梳妆台上的眉笔说道，"朕要为你画眉。"

卫子夫躲闪着："皇上！您别折杀妾身了，妾身怎么敢让皇上画眉呢？"

没有了坐在朝堂上的矜持和肃然，年轻的皇上就成了一个浪漫的少年。他像常人一样追求和享受着闺房的乐趣，他忽然觉得与阿娇那种夹杂着太多因素的婚姻是多么索然，而与那些受过训练的妃嫔们在一起又是多么刻板。

刘彻拿起眉笔，在卫子夫的眉宇间轻轻地勾勒出浅浅的八字形。他上修下描，不一会便画好了，这眉越发地衬托出卫子夫忧郁、婉转的美。

刘彻画完眉，很得意地站在卫子夫身后欣赏了一会儿，他显然对自己的作品很满意。

"好！就这样。朕要命宫人都画成'八字眉'！"

卫子夫心中漫过一种无以言状的温馨。她原以为皇上是正襟危坐的模样，原来他也有温柔情趣也有常人的愁苦欢悦啊！

这时候，侯府的丫鬟进来了，请皇上过去用膳。刘彻拉起卫子夫就向外走，她却轻轻地挣脱了刘彻的手说道："妾身本一奴婢，怎敢与皇上和公主一同进膳？"

那传命的丫鬟见状，忙说道："公主有命，让姐姐与皇上一起前往。"

卫子夫听了，眼睛就湿润了。这是怎么了？这是真的么？虽说平时公主对自己不像对其他下人那样的横眉冷目，然而毕竟主仆有别，自己何曾有过与公主坐在一起吃饭的荣耀呢？卫子夫就这样心绪彷徨地被刘彻牵着手来到饭厅。

平阳公主和曹寿早就在那里等着了。他们迎接刘彻入座，公主特意安排卫子夫坐在刘彻身边。

平阳公主很亲昵地拉着卫子夫的手问道："妹妹昨夜睡得可好？"

卫子夫脸上顿时泛起一朵朵云霞，窘得不知如何回答才好。皇上过剩的精力使她整夜都泡在情海爱波之中，哪里还说得上睡得好不好呢？公主见此，便神秘地笑了……

用罢早膳，刘彻对公主道："朕要带子夫回宫。"

平阳公主脸上顿时笑成一朵花，曹寿也是高兴之至，心想这卫子夫倘若果有造化，日后得了皇上的百般宠爱，再给皇上怀上龙种，他不也要跟着沾光么？于是，他忙着张罗为卫子夫安排车驾，但这举动却被公主拦住了。

"皇上垂爱子夫，自是臣妾的荣幸。只是光天化日之下，带着一个女子回宫，如果让永寿殿那边知道了，又要横生枝节。皇上还是先行回宫，待明日臣妾专程把卫子夫送进宫中便是。"

"这样也好，只是皇姐可不要延误啊！"

刘彻出得门来，抬眼望去，早有黄门及侯府的家奴们在院内伺候。其中有一精壮汉子，身高体阔，目光炯炯，牵着一匹雪青色的战马，样子十分英武。

刘彻禁不住问道："这是何人？"

平阳公主回道："这是卫子夫的兄弟，名叫卫青，现为侯府骑奴。他练得了一身好武艺,我们出行,常以他为护卫。"

隔着一段距离,刘彻静静地注视着卫青,心中倒有几分喜欢了。只是卫青不知道,眼前的皇上与他今后的命运有着莫大的关系。

第二天,卫子夫向公主夫妇道别,她的心情很复杂,不知道此去对她意味着什么,更不知道皇上与她情感到底能够持续多久。

她虽然在平阳府为奴,可这里毕竟留下了她青春的足迹。她要走了,可她的母亲和弟弟还要继续留在侯府,她不知道这一进宫,以后还能不能再见到他们。

这一切都让她百感交集,却又不敢哭出声来。她一副热泪欲流还住的样子,越发楚楚动人。

她深情地向平阳公主和曹寿行礼,言未了却已潸然泪下:"奴婢向公主和侯爷辞行了。家母年高,还望公主关照;舍弟卫青,生性好勇,还请侯爷严加管教。"

平阳公主轻抚着卫子夫的掌心,那眼中分明多了许多的温情:"妹妹,你此番进宫,若得皇上宠幸,可别忘了姐姐哦!"

"子夫怎敢忘了公主的恩德呢?"

"好了!上车吧。"

第十二章

汉皇韬晦待崛起　窦后锁眉愁烽火

朝廷现在看起来十分平静,早朝依旧按部就班进行。不过刘彻再也听不到尖锐的谏言了,只有许昌、石建、石庆等人转达太皇太后的一些旨意。特别是那个石建,最喜欢人后奏事,到了朝堂反而没有话说了。

可供廷议的事情一少,早朝的时间就大大缩短了,空闲的时间一长,刘彻便觉得分外无聊。这时候,韩嫣总会想出一些让皇上高兴的主意。

这一天,他又出主意道:"当初皇上举贤良时,策对者中有一个叫东方朔的,因文辞不逊让皇上反感,令其待诏公车。据说此人诙谐幽默,皇上何不传来解解闷呢?"

"真有这样一个人么?朕怎么没有印象?"

这公车署本是士人等待任用的驿馆,俸禄不高,到了这里,等于是坐了冷板凳,皇上是很难想起的。如果不是韩嫣提醒,刘彻倒真想不起这个人了。

"玩什么呢?"

"就玩射覆吧!这样正可以试试东方朔的机敏。"

"好主意!既然爱卿说东方朔滑稽有余,机智过人,朕今天就试试他。"

"诺!"

出了未央宫,韩嫣直奔公车署。官居上大夫的韩嫣对公车署的士子向来是不大待见的。这不仅因为公车署的级别低,而且在这里待诏的多是怀才不遇之士。性格乖张,放荡不羁。不过今天,为了讨皇上高兴,他不得不亲自前往了。

公车署令见上大夫来访，自然毕恭毕敬，急忙吩咐下人煮茶备酒招待。韩嫣一边摆手一边说道："免了免了，皇上正急着召见东方朔，快让他出来跟本官进宫去吧。"

一提起东方朔，公车署令就一个劲地摇头叹道："大人有所不知，这东方朔虽是待诏公车，可谁管得了他呀？他经常清晨出去，夜半归来，甚至夜不归宿。下官说他一句，他能回上十句，讽刺挖苦，尖酸刻薄，下官真怕他了。这不一大早又不知到何方去了。"

韩嫣一听就急了，道："那你还待着干什么？快去找啊！"

署令急忙安排署中众人四下去寻找。其中有一位士子平日与东方朔交好，听说皇上要召见他，就对韩嫣道："东方先生晨间出门时提过一下，他今天要到'卜肆'去转转。"

韩嫣听完，就无奈地笑了："这个人还真是行为诡异，令人捉摸不透啊！好！既然已知去向，你就快带本官前往。"

"卜肆"地处长安东市，一行人沿着杜门大街一路疾走，就远远地看见东方朔正与一位卜筮者理论，也许是因为东方朔说话幽默，围观的人群不时发出阵阵笑声。

东方朔五短身材，其貌不扬，但说起话来却声若洪钟，隔很远都听得清楚。

"呵呵！"东方朔手舞足蹈地说道，"先生十卜九错，何来卜者之誉？占吉而实凶，占富而实贫，岂非欺世盗名，不就是想骗几个钱花罢了。"

那卜者被说得满脸通红，却又不愿意当众服输，赌气道："你如此轻看我，想来必是卜筮高手，那就请你为我卜一卦，倘若说准了，我就将这龟板当面烧掉；倘若你输了，那就从我胯下钻过去。怎么样？"

"好！"人群中一阵高呼。

东方朔也大叫一声道："这有何难，咱们击掌为誓！"

韩嫣在一旁看了，暗地向署令使了一个眼色。署令会意，立即钻进人群，拉了拉东方朔的胳膊小声道："皇上要召见先生，先生却在这里打赌，快随我去吧！"

东方朔挥手将署令推到一边,笑道:"哈哈哈!署令这谎话编得何其笨拙,如东方朔这样的闲云野鹤,皇上怎会召见?"说罢,他从腰间拿出酒壶,仰起脖子,满满地喝了一口。

"真的!这回真是皇上召见,先生就是给我十个胆,也不敢拿皇上的诏令瞎编啊!"署令说完拉着东方朔的衣袖,指了指韩嫣。

东方朔又是一阵嬉笑:"呵呵!那不是专讨皇上欢心的韩嫣么?"虽然他嘴里还在这样说着,可心里早信了十之八九。他随即对卜者道,"皇上要召见我,待明日再来与你理论。"

韩嫣听到这些话,心里就老大的不乐意了。但射覆的主意是他出的,人也是他举荐的,纵有千般不满,他也只能先忍着。哼!待日后有机会再与这狂生计较。想到这,他连忙催促驭手追着东方朔的背影而去。

皇宫中,东方朔在包桑的引导下进了殿门。刘彻一看到他,就想起来了。哦!这就是东方朔,在策对时言辞狂放,不可一世。不过当他穿一身待诏冠服,寒酸地出现在大殿时,刘彻仍无法将他与那个狂徒联系起来。他远不似刘彻想象中那么飘逸俊秀,玉树临风,反倒看上去有几分猥琐。那双小眼睛、凹鼻梁,处处透着调侃和幽默。

"朕今日闲暇,欲与卿作射覆一戏,不知可否?"

"小臣乐与皇上分忧。只是臣一人戏之,甚无乐趣,请皇上允准众人都来嬉戏,不中者罚酒,不知可否?"

"正好君臣同乐。"

于是,包桑捧来一个钵盂,由韩嫣事先验过,然后让大家猜钵内所置之物。

一个年轻黄门猜道:"盂中是地龙一条。"韩嫣微笑着摇摇头。

又一位黄门说道:"必是蟋蟀无疑。"韩嫣摆了摆手。

一连十数人过去,竟然没有一人猜中,韩嫣遂将目光移向包桑道:"包公公何不来射一射呢?"

包桑犹豫了一下道:"既非地龙,亦非蟋蟀,必是'僵而不死'的百足之虫。"

韩嫣抚掌大笑道:"看来只有东方先生来猜了。"

东方朔挤了挤眼睛,不无神秘地自言自语道:"臣曾研读过《易》书,必会中之。"他遂捧起钵盂,时而摇摇听听,时而置于阶下,时而围着钵盂游走,然后又用龟蓍在案头卜起了卦,那做派惹得黄门们掩口而笑。

可东方朔却旁若无人,口中念念有词道:"臣以为此物,是龙却没有脚,是蛇又有足;它的习惯是攀缘墙壁。所以,盂中之物若非守宫,那就是蜥蜴!"

众人被他煞有其事的模样逗得忍俊不禁,但慑于皇上的威严,又不敢大声笑出来。倒是韩嫣听了东方朔的解说后,频频点头。刘彻见此便分外高兴,当场赏赐东方朔帛十匹,又罚未猜中者每人酒一爵。

大家见皇上高兴,气氛就渐渐地活跃起来。接着往下玩,每每都是东方朔猜中,于是皇上的赏赐便都归他一人了。

这时候,人群中走出一位中年人,一脸的不服和不屑。原来是以滑稽博得皇上高兴的郭舍人站出来了,他必是想与东方朔一搏。看来,今天有好戏看了。

果然,只见郭舍人走到刘彻面前奏道:"皇上,臣以为东方先生乃侥幸而已,并非实才。臣请皇上令其复射之,如果他猜中了,臣甘领鞭笞。若是不中,请皇上赐臣金帛。"

"爱卿可知,君前无戏言?"

"臣明白,一言既出,驷马难追。"

刘彻又对东方朔道:"爱卿可敢应搏?"

东方朔并不说话,只是笑着点头。

"好!韩嫣,将钵盂交与郭卿。"

郭舍人接过钵盂便去了廊庑,不一刻就回来了,道:"盂中物为树上寄生,请东方大人猜猜此为何物?"

东方朔捻须略思片刻,便脱口而出道:"此乃窭籔也。"

郭舍人很自负地笑了:"哈哈!下官早知道大人是猜不中的,这金帛下官是得定了。"

东方朔摇了摇头道:"舍人的鞭子是挨定了。"

郭舍人不以为然。

东方朔迈着八字步,缓缓地绕着钵盂走一圈,然后面对众人说道:"生肉为脍,干肉为脯。著树为寄生,盆下为窭籔。"

刘彻听罢,禁不住哈哈大笑,抚着东方朔的肩膀道:"爱卿好一副伶牙俐齿,郭卿认罚吧!"

郭舍人被剥去上衣,连打数鞭。他疼痛难忍,撅着屁股,嗷嗷大叫,东方朔在旁见了,笑着又是一套俚语脱口而出:"口无毛,声謷謷,股益高。"

郭舍人遭到奚落,恼羞成怒道:"好一个东方朔,竟敢欺负天子从官,按律当弃市。"

刘彻也帮腔道:"舍人既已认罚,爱卿为何嬉笑之?"

东方朔回道:"臣不敢诋毁舍人,那不过是几句隐语而已。"

"那是什么意思呢?"

东方朔晃着脑袋,吟吟哦哦道:"口无毛者,狗窦也;声謷謷者,鸟哺鷇也;股益高者,鹤俯啄也。"

郭舍人不服,对刘彻说道:"臣愿再问东方朔隐语,如果他不知道,也该挨鞭子。"

东方朔笑道:"舍人尽管道来,在下若是回答不出,甘愿受罚。"

"令壶龃,老柏涂,伊优亚,狋吽牙,何意?"

"令者,命也;壶者,所以盛也;龃者,齿不正也;老者,人所敬也;柏者,鬼之廷也;涂者,渐洳径也;伊优亚者,乃辞未定也;狋吽牙者,两犬争也。"

郭舍人不服,又连出数句,东方朔应声辄对,变诈锋出,亦庄亦谐,插科打诨,调侃嬉戏,凡难皆对,凡对皆奇。

众人纷纷为东方朔的诙谐和敏捷而倾倒。特别是刘彻,一直聚精会神地听着双方的舌战,东方朔的诡谲和狡黠、藏锋于谐的辩才,让他见识了另外一种士者风采。他不似司马相如那样的潇洒飘逸,却有着比司马相如更令人快慰的可爱;他没有似司马相如那样的清词丽句,却有着比司马相如更让人吃惊的奇巧。

刘彻不禁为自己得到这样一位人才而感到侥幸,当下就任东方朔为长侍郎,这样他就可以早晚与司马相如一起谈诗论词,倒也优哉。

众人散去之后,刘彻向韩嫣问道:"爱卿以为太皇太后知道这事后会怎么想呢?"

韩嫣道："太皇太后可以安稳入梦了。"

刘彻哈哈大笑道："还是韩爱卿知道朕的心思。"

可是，射覆的游戏偶尔为之尚觉新鲜，玩过几次刘彻便厌倦了。这一天，刘彻对韩嫣道："朕近来想出去散散心。"

"皇上要去何处？臣安排就是。"

"不用安排，朕只带你一人。"

韩嫣不解地看着刘彻，猜不透他究竟想干什么。刘彻拍了拍韩嫣的肩膀道："你怎么就不明白呢？朕是不想让人知道。"

韩嫣还是不能理解。皇上出行，羽林卫、黄门和警跸动辄成百上千，怎么可能销声匿迹呢？他茫然地摇了摇头。刘彻从腰间解下一个"门籍"，放到韩嫣的掌心。

"你看看这个。"

"平阳侯？皇上是要以平阳侯的名义出行？"

"对！"

"这样说来，臣就是侯府府令了。"

"嗯。不过此次出行，朕要从骑射营中抽调精壮之士随行。你要记住，出了长安，朕便是平阳侯了，你不可再称朕为皇上。"言毕，刘彻又叮嘱包桑道，"自即日起，朕要埋头读书，没有大事，不再早朝，明白么？"

"明白！但如果太皇太后那边有人来传呢？"

"你就说朕在研读《鸿烈》，撰写心得呢！"

"诺！"

次日黎明，长安城门刚刚开启，一队人马就披着秋日的晨露，悄悄出了横门，匆匆朝北去了。

回望长安，城楼宫殿在晨曦中影影绰绰，分外雄伟；举目远眺，咸阳原上的皇家陵冢，松柏苍苍。

也许是心境的缘故，路过安陵的时候，刘彻勒住马头，久久地望着坐落在陵园前的寝殿，一时万千思绪涌上心头。当年堂祖父惠帝登基的时候，吕后不也像太皇太后这样专权么？

刘彻十分吃惊自己会想到这些往事。是因为自己目下的处境与惠帝当年的遭际相似么？不！他不是惠帝，正因为如此，他才决定微服出行，要给太皇太后一个对朝事淡然的印象。只要是琐事，他都任许昌等人去太皇太后那儿讨主意，他只要在诏书上盖上玉玺即可。韬光养晦——这是目前唯一能拯救自己的办法。

前事不忘，后事之师，从朕起一定要消除后宫干政的陋习。刘彻驻马东望，陇原尽头刚刚升起朝霞。然后，他狠甩一鞭，催动坐骑冲入晨光下的旷野。

韩嫣紧紧追在身后，问道："侯爷，这是要去往何方？"

刘彻马鞭指向前方，道："池阳。"

一连数日，刘彻带着狩猎队伍，北至池阳，南猎长杨，西至黄山，东游宜春。常常是他带领一支队伍，韩嫣带领一支队伍，从不同的方向出发，然后在预定的地点会合。后来，这支游猎队伍竟然变成一支名曰"期门军"劲旅的雏形。

走出深宫，他们放纵在天地苍穹、沃野莽林之间，起居都安排得十分随意。他们往往是披着夜幕出发，天明就到了山脚下，然后队伍分开，以狩猎的数量决胜负。韩嫣明白，皇上展开这样的狩猎，不过是为了发泄。因而，他总是暗中叮嘱部下少打些猎物。这样几次之后，就被刘彻看出了破绽。

这天午夜时分，大家决定到户、杜一带的山间狩猎。在队伍即将分开之际，刘彻向韩嫣问道："为何你的人马每一次打的猎物都比朕的少？"

韩嫣迟疑片刻便答道："皇上……"

刘彻"嗯"了一声，韩嫣马上意识到自己的口误，忙改口道："侯爷有所不知，在下所带人马，与侯爷的相比较弱，自然要稍逊一等了。"

刘彻笑了笑，随之严肃道："你觉得能自圆其说么？同是一营所选的士卒，何故本侯的人马就会强一些呢？莫非你要戏耍本侯不成？"

韩嫣闻言大惊，慌忙滚下马来，伏地跪拜，惶恐道："小的不敢，请侯爷恕罪。"

"罢了，起来说话。本侯说过，这游猎如同打仗，不可视作儿戏。而你却暗地让本侯沉湎于虚荣之中，这岂能瞒过本侯双眼？念是初犯，本侯且饶你这一回，若再如此，本侯就不客气了！"

"谢侯爷！"

刘彻看了看周围的环境，觉得这地方很有意思。四周皆是平原，只有一座丘陵孤零零地坐落于此，上面如棋盘一般平坦，便饶有兴趣地问道："此为何处？"

其间有一个来自户县的子弟道："此处是望乡坪。相传当年周武王在此狩猎，常常登坪回望镐京。"

刘彻听罢，就要上去看看。于是他纵马踩过稼禾，向坪上冲去。韩嫣正要号令大家上前，却听见不远处传来大声喝问："何人如此大胆，竟敢在此狩猎，还踩踏百姓稼禾，还不赶快下马，难道要以身试法吗？"说话间，两位身着县尉冠服的人提刀策马，顷刻间就到了狩猎队伍面前。

"本官奉县令之命，前来捉拿你等扰民毁田之徒。"

衙役们纷纷上前，却见刘彻身后的子弟一个个弓上弦，剑出鞘，便先怯了。

韩嫣见状，忙喝住身边的人马，上前道："你们可知何人在此？"

"不管是谁，都不能违反皇命。"县尉的态度很坚决。

"这可是当今……"话到口边，韩嫣打了个结巴，"这可是当今平阳侯曹大人！你们有几个脑袋？竟敢对曹大人动手？"

县尉属地方小吏，且对曹寿也不甚了解，但平阳侯的大名却是如雷贯耳，于是他们说话的口气缓和了一些，马上向刘彻作揖道："侯爷是朝廷贵戚，绝不会忘记皇上还耕于民的诏命吧？今侯爷狩猎，踩踏稼禾，百姓怨声载道，侯爷此举，岂不枉视诏命，欺君害民么？"

"这……"

"卑职职责所系，请侯爷不要为难卑职，随卑职到县府复命便是。"

"大胆，谁敢动手？"韩嫣在旁边听到县尉理直气壮训斥着刘彻，早已按捺不住，一声喝令，身后的子弟们顿时剑拔弩张。

孰料刘彻却平静地摆了摆手道："难得他们对汉室如此赤诚，你就不要为难了，本侯就随他们到县府便是。"

"侯爷！"

"侯爷！"众子弟跟着韩嫣向前奔去。

"无须多言,你随本侯到县府去,其他人原地待命。"

大约巳时时分,刘彻一行来到户县衙门,杜县县令也在那里等候。两位县令从堂口看去,但见堂下站着一位十六七岁的翩翩少年,身材高大,器宇不凡。单看年龄,不像是平阳侯。再看跟在身边的韩嫣,玉面浓眉,一身玄色劲衣,也是英气勃勃,心里当时便有些忐忑。但不管怎么说,踩踏百姓稼禾,就触犯了大汉律条,身为地方长官,就不能不问。

户县县令举起堂木,正要拍案,却被韩嫣制止道:"大人且慢,在下这里有一样东西,大人看了再审不迟。"说完便疾步走上前去,将一只金虎头鏊递到县令手中。两位县令一见这只有皇上才能佩戴的东西,顿时大汗淋漓,跌跌撞撞地跪倒在大堂了。

"起来说话。"

两位县令跪在地上没有动。

"起来说话。"

"微臣有眼无珠,不知皇上驾到,罪该万死,罪该万死!"

刘彻环顾县府大堂,不仅县令们魂不附体,就连那些手持法棍的衙役,负责地方治安的县尉,还有两县的县丞,也都齐刷刷地跪在地上。

按说,他们高举着大汉的律法,为地方百姓仗义执言,本应理直气壮,可面对皇上,律法也显得无力。不过这半天的经历又让刘彻十分欣喜,因为他亲眼看到新制已深入人心。

记起前些日子,他为排解烦恼,便翻看了先朝的书籍。他从《商君书》中读到了"宪令著之官府,刑罚必于民心"的箴言,这些话都被眼前的情景赋予新的含义——政之兴在民。

"二位县令不必惊慌,你等奉诏保民,非但无罪,朕还要褒扬赏赐,且站起来说话。传朕旨意,赏户、杜两县县令金百斤。"刘彻有条不紊地说道。

"谢皇上!"意外得到赏赐,两位县令恍若梦中。

及至明白事情的原委后,他们心中不禁为刚才的惊慌失措而尴尬,为皇上的胸襟而感动,便觉得与其得了皇上的赏赐,倒不如将之散给百姓。

刘彻对他们的行为自然是分外高兴,朗声道:"二位爱民就是忠于大汉,朕回京后定当擢拔你们。你等要恪尽职守,好自为之,切不可辜负了朕的厚望。"

县令们益发地受宠若惊,为官多年,他们什么时候有当面聆听皇上声音的机遇呢?他们除了千恩万谢之外,对为官之道又多了一层体悟。

当刘彻和韩嫣返回沣水岸边的时候,却看到在狩猎的队伍中多了不少人。韩嫣眼尖,很快就认出那披着玄甲的正是未央宫骑郎公孙敖,而另外一名身着黑色劲衣的青年就是卫青。

卫青见了刘彻,"扑通"一声跪倒在地道:"臣卫青叩见陛下!"

刘彻眼前一亮:"卫青?你不在建章宫吗?怎么到这里来了?"

"皇上,若非公孙大人相救,小臣恐怕见不到陛下了。"

刘彻将不解的目光投向公孙敖,问道:"究竟发生什么事情了?"

……

卫青一想起自己的命运,就百感交集。当初他随人到甘泉宫服役时,同行中一位相面的说,他是贵人相,将来必封侯。他当时就笑了,只觉得这身负刑罚的"钳徒"也学会了阿谀。一个奴仆的儿子,一个连身份都得不到承认的牧羊儿,一个靠卖苦力为生的佣工者,只要不被鞭笞不被辱骂就知足了,怎么可能封侯呢?

可就在今年清明那天,阿姐的一曲轻歌曼舞,不仅改变了她的命运,也让自己得以成为建章宫的一名卫士。

从那时候起,他的人生目标就有了新的方向,他兢兢业业守卫着皇宫,精益求精地习武健体,潜心研读兵家典籍,期待有一天会被皇上发现。也许是因为姐姐的缘故,皇上给予他特别的照顾,使他不断增强对未来的自信。

可就在昨夜,他在建章宫当班的时候,却莫名其妙地被人绑架了。他被蒙住眼睛,装进麻袋里,横置在马背上,他的耳边只有马蹄声和绑架者说话声。

"听说这小子的姐姐叫卫子夫。"

"是啊,听说他母亲还是个奴仆呢!"

"皇后怎么就这样仇恨她呢?"

"你根本不懂女人的心,皇后能容忍一个漂亮女子每日在皇上身边转悠么?"

"少胡扯!让皇后听见了,有你好果子吃!"

"好了!不说了,不说了。你说,怎么处置这小子?"

"杀了算了。"

"唉!皇后也是女人,她的心怎么就……"

卫青明白了,绑架他的人是皇后派来的人。那一刻,他有些绝望了,他知道落到皇后手里,等待他的就只有死路一条。

他没有想到,他的好友——在未央宫担任骑郎的公孙敖会在此时出现,把他从鬼门关救了回来。

公孙敖是从接替卫青当班的卫士口里得知他被绑架的消息的。精明的他深知宫廷的复杂,他并不想陷入两个女人争风邀宠的漩涡,他只要救出好友就够了。因此,面对刘彻质问的目光,他很快就找到了理由。他说卫青是被一伙强盗劫持到林子里勒索钱财,他正好带着人马从那里经过……

他用目光制止了卫青解释的企图,把一场宫廷风波化解为普通的打劫事件。

刘彻的脸上恢复了平静,道:"既然你们来了,就随朕一起狩猎吧。"

公孙敖奏道:"皇上,臣是受包公公之托一路追赶皇上而来的。"

"有事么?"

"包公公说,太皇太后那边传话要皇上过去呢?"

"不是让他说,朕要闭门读书么?"

"包公公说,只怕瞒得了一时,不可能瞒得长久。"

"这个包桑,怎么就如此愚钝呢?"刘彻思忖片刻,便对公孙敖说道,"回去告诉包桑,让他先瞒着,朕不日回京。卫青留下,随朕狩猎便是。"

"诺!"

公孙敖走了,但刘彻的思绪并没有从刚才的氛围中走出来。卫青有什么财物值得强盗们冒险去打劫呢?那么多的禁卫,没有人觉察么?他越想就越觉得其中有蹊跷,却又理不出头绪来,直到远去的马蹄声渐渐消失于耳际的时候,才大声道:"上马!"

"皇上!下一步我们要去何处?"

"湖县!"刘彻扬起马鞭指向东方,"此为朕狩猎的最后一站。"

一干人顷刻间便奔向平原的深处。

刘彻并不知道，在他离京的日子里，七国之乱的余波在南疆燃起了熊熊战火……

此刻，在都城典客署的官衙中，东瓯国使节正焦急地等待着皇上的召见。

他满脸痛苦，几欲流泪道："大人可知，东瓯国已处在四面包围之中了。我们不甘成为闽越国的鱼肉，与闽越军相持了两个多月。如今城中粮食殆尽，除了守城军士尚可得到勉强充饥的食物外，百姓开始吃食草根和树皮了。现在，我们把全部希望都寄托在朝廷身上了，请大人现在就带本使去见皇上！"

"这个……"典属国声音拖得长长的，因为他无法回答使节的问话。其实他也不知道未央宫发生了什么事，他唯一的办法就是为皇上的拖延寻找适合的理由。

他尽量让自己的话平和，带着不易觉察的歉意道："请使君稍做等待，依我看皇上很快就会召见使君的。"说完这些，他就唤来译令，要他作陪，而他自己却匆匆赶往丞相府了。

丞相府亦是一团乱麻，石建、石庆、庄青翟等都在那里。这些平日在太皇太后面前鼓舌的大吏们，从来没有遇到这样的事情。他们一筹莫展，愁眉苦脸，谁也拿不出个好主意来。

许昌埋怨石建道："大人身为郎中令，统领宿卫、侍从，却不知道皇上现在哪里，叫老夫怎么说呢？"言未尽，他又转过来批评石庆道，"大人作为内史，掌管京都事务，也不知道皇上的行踪么？皇上连我们这些人都不召见，总该有些道理吧！"

石庆性格暴烈，自然对许昌的埋怨不服，反唇相讥道："若说与皇上关系最近者，恐怕莫过于丞相了。丞相身为宰辅之臣，总揽朝廷大政，每日不离皇上左右，如果丞相对皇上的去向都茫然无知，我等就更不知了！"

庄青翟站起来摆了摆手道："如今东瓯国使节还在京城，南国战事吃紧，各位大人却在这里互相埋怨，传出去岂不让人耻笑？当务之急还是决定出不出兵吧！"

许昌应道:"这是皇上的事情。现在皇上不见我们,我们能有什么办法?"

石庆提议道:"干脆让太皇太后发一道懿旨得了!"

"万万不可。"许昌否定了石庆的提议,"太皇太后怎能代皇上发诏出兵呢?当年吕后专断,也不敢直接号令三军。这事且不说违制,传将出去,匈奴一定会认为我朝发生了变故,这不是引火烧身么?"

"这不行,那不行,丞相总该有个定夺吧?"

庄青翟此时疑惑道:"皇上会不会微服出宫去了?为了不惊动我等,才托词闭门读书的?"

石建道:"这事只有太后知道。"

许昌正要说话,就见典属国进来了。石建、石庆和庄青翟忙起身迎接,纷纷询问使节的态度。

典属国道:"现在东瓯国内人心浮动,一部分人已主张投降闽越,还请丞相速作决断。"

许昌沉吟半晌才安排道:"请庄大人速去太后处打听皇上行踪;典属国大人先回去安抚使节,一定要断了他们投降闽越的念头;我和两位石大人现在就去太皇太后那儿讨主意!"

永寿殿此刻却是一片宁静,太皇太后正做着到上林苑赏菊的准备。许昌等人的到来,令太皇太后大吃一惊。

"皇上是从何时不再早朝的?"

"大概已有数日了。"

"你等为何不禀告我?"

"皇上说,他要亲自禀奏太皇太后。"

"你等啦!"太皇太后一下子跌坐在榻上,苍老的脸顿时阴沉了,"太后知道此事么?"

"臣已让庄青翟去问了。"

太皇太后不由分说,转脸厉声下令:"速传太后来见!"

"诺!"窦宇一转身便匆匆离去。

太皇太后将一腔怒火撒向面前的大臣们:"你等拿着朝廷的俸禄,却整日浑浑噩噩,不思为政之道。好啊!皇上已经数日没有早朝,你们竟匿情不奏,该当何罪?"

许昌嗡嗡回道:"皇上说,他要闭门读书……"

"我什么时候只要他闭门读书而不早朝了?你等就没有发现皇上近来有什么异样么?"太皇太后越说越气,问着话就流下了泪水,伤心地自言自语道,"启儿呀,你当初怎么就选了这个冤家呀!"

伤心归伤心,生气归生气,眼前的难题她却不能不去面对。

"你等都是皇上的近臣,怎么对他的行踪一点都不知道呢?那东瓯国的使节来了几日了?"

"大概六七天了,他正等着皇上的召见呢!东瓯国已经断粮,他们盼望朝廷早日出兵。"许昌道。

石建小声提议道:"依臣看来,太皇太后还是见一见使节吧!"

"胡说!"太皇太后打断了石建的奏议,喝道,"皇皇大汉,皇帝在上。后宫打理国政,传扬出去,成何体统?"

正说着,王娡就在包桑的陪同下到了。太皇太后一听见王娡的声音,怒火就从心底烧起,喝道:"快说!皇上到哪里去了?"

王娡对此事茫然不知,如实答道:"皇上不是在宫里吗?"

"哼!你们是成心合伙欺骗我是不是?"太皇太后闻言怒极反问道。

王娡感到很委屈,她确实不知道皇上的行踪。她问过包桑,可包桑就一句话——皇上在未央宫中读书,不见任何人。

她凭自己对儿子的了解断定,彻儿不见臣下,必有重大的举动,但不至于到了荒废朝政的地步。好在包桑就在身边,他一定知道皇上的行踪,于是王娡大声问道:"包桑!皇上究竟到哪儿去了?"

"这……启禀太皇太后、太后,皇上正在未央宫读书呢!"

"大胆!事到如今,你还要隐瞒?"太皇太后由于盛怒而发出断断续续的喘息声,"身为黄门总管,不悉心伺候皇上,已属大罪,如今又隐情不报,其心可诛!"

"太皇太后,奴婢真的……"包桑双唇嗫嚅,却不知该从何说起。作为每日不离皇上的中人,这几个月,他总是千方百计地为皇上排解烦恼,他希望皇上等待时机,重新崛起。因此,当他被传到永寿殿时就打定主意,不到万不得已,他绝不说出皇上的行踪。

"奴婢真的不知道……"

"哼!看来你今日成心要与我作对了。"太皇太后冷哼一声,让一殿人都毛骨悚然,"我从侍奉文帝起,还没人敢如此大胆。来人!让包公公清醒清醒。"

"太皇太后,奴婢……"

"拉下去!"太皇太后没有任何心软和动摇。

从殿后传来包桑凄厉的惨叫:"太皇太后饶命啊!哎哟!啊!……"

许昌、石建和石庆第一次见太皇太后对一个中人动如此大刑,一个个心都悬着,暗暗打量着太皇太后。她脸上掠过一丝冷笑,问道:"众卿以为如何?太后以为如何?"

包桑的每一声惨叫,都牵动着王娡的心。倒不是她的心承受不了,当初对栗姬动手的时候,她的冰冷和残酷丝毫不逊于眼前的这位老太婆。只是如今她心里明白,太皇太后的刑罚,虽然打在包桑的身上,实际上是指向她和刘彻的。

王娡的思维急速运转着,在寻找解救包桑和自己的办法。她在太皇太后问话的时候,就已想好了应对的辞令:"母后息怒!包桑隐情不奏,是罪当其罚。"

"你真的这样认为么?"

"一个黄门总管,死何足惜?只是……"

"只是什么?"

王娡顿了顿,竭力使自己说话的语气平和:"只是只有他知道皇上的行踪,若他毙命,皇上便无可寻找,而东瓯国急待朝廷发兵,这岂不误了大事?还请母后三思。"

太皇太后脸上的笑容顿时僵住了,这一阵她只图发泄心中的愤怒,却忘了还有这一茬事在等着。不论怎样,她是不能出面去接待使节的。她不能出面,王娡自然更不能替代刘彻去应付局面。想到这里,她命令道:"把包桑带上来!"

包桑已被打得皮开肉绽,脸色惨白,汗水和泪水搅在一起,往日尖细的嗓音也变得十分微弱："奴婢谢太皇太后、太后不杀之恩。"

太皇太后不满道："难道你现在还不肯说么？"

王娡知道，这话只有自己来问，才能消除太皇太后心中的郁气。她走到包桑面前轻声问道："公公这是何苦呢？如今南国战事吃紧，东瓯遣使求援，十万火急，公公隐瞒皇上的行踪，岂不要误了朝廷大事？不仅太皇太后不能饶恕你，就是皇上知道了，你也怕难逃责罚。公公还是赶快说出皇上的去处，也免得让大家难堪。"

许昌也在旁边催促道："快说！皇上究竟在何处？"

包桑抬起头望了望王娡，断断续续地说道："皇上……以平阳侯之名……出宫去了。"

"你可知他现在何处？"

"自那日丞相要见皇上，奴婢就让骑郎公孙敖到京畿各县寻找，最后一次听说皇上是在户、杜两县交界处，现在可能已经到了河水岸边的湖县。"

太皇太后听罢，声音愈加沉重了，叫道："看看！看看！身为一国之君，竟然荒诞嬉戏到如此地步，成何体统？"

王娡见状，忙劝道："母后息怒！当务之急就是找到皇上的下落。"

太皇太后这时候态度反倒变得冷淡了："刘彻是你儿子，平阳侯是你女婿，你自己看着办吧！"

王娡知道，事情到了这一步，只有自己把责任承担起来，才能化解太皇太后心中的块垒。她遂转身对许昌说道："传我口谕，速派张瓯前往湖县寻找皇上。误了朝廷大事，斩无赦！"然后又对随来的黄门命令道，"快扶包公公下去，好生伺候。"

等处理好这一些事情，大家再回头请示太皇太后，却发现她已昏昏欲睡了……

坐落在尚冠街深处的窦婴府邸，如今是院庭冷落，门可罗雀。当年那些狂热追随他的门生故吏，现在都像躲瘟疫一样地避着他，有些曾经称他为恩师的人，甚至在车驾路过他门前的时候，特地加快了速度，生怕因为盘桓太久而沾了晦气。

这些事情时不时地通过府令传到他的耳里，他都坦然一笑。每日坐在囚笼一样的书房里,他手捧着书卷,心却在茫然地游荡。他忘不了昔日门庭若市的喧闹,忘不了朝拜者相望于道的荣耀。当年他曾对这种浮华厌倦之至,憧憬有一天辞官回乡,过一种平静如水的日子。然而,当一切真如这样时,这些浮云一样的往事却让他挥之不去。

同样是罢官在家,但他听人说,田蚡就不一样了。他的府邸整日高朋满座,依旧花天酒地。当初那些在自己面前"恩师,恩师"叫得何其甜蜜的人,现在都跑到他府上去了。

这让他有些寒心,然后又是自嘲的释然。人情冷暖,世态炎凉,他看得很清楚。臣僚们改换门庭,说好听些,便是良禽择木而栖,说破了,就是奔着太后而去的。

而自己就不同了,自从被皇上召进京的那一天起,他就同姑母分道扬镳了。没有了这棵大树,他就变成了一株独木,给别人带不来多少荫庇,于是大家疏远他就是自然了。

窦婴苦笑着放下手中的卷册,就看见府令不知什么时候站在门外了。

"有事么?"

"中大夫严助求见。"

"啊!严大人来了。"窦婴放下书卷,脸上充满了欣喜。

"求见"这两个字他已经很久不曾听到了,严助是自赵绾事件后第二个登门的在任官吏。第一个是太仆灌夫,他从太守任上调到京城的第一天就来看望窦婴,这让他孤寂的心温暖了多日。现在,严助也来了,他的厅堂也因此明亮了许多。窦婴站起来,就往客厅走。

"严大人来了,老夫未能远迎,还望大人见谅。"

严助急忙站起来回礼:"大人如此谦恭,倒让下官有些无地自容了。大人在朝的时候,严助刚刚进京不久,大人提携之恩,下官没齿难忘。前些日子总想来拜望大人,却是琐事缠身,惭愧!惭愧!"

窦婴道:"大人能来,老夫已十分欣慰。大人看见了,现在我这府邸,还有谁敢多看一眼呢?"

严助劝慰道:"大人何出此言?清者自清,浊者自浊,大浪淘沙,疾风知劲草也!对那些朝秦暮楚之徒,去一个少一个,倒也落个清净。"

宾主寒暄一番，窦婴就请夫人出来见客。过去严助只听说窦夫人贤惠，现在一见，果然是雍容华贵，气度不凡，只是他也从窦夫人的目光中看到了淡淡的忧伤。

窦夫人道："老爷虽然赋闲在家，可一颗心何曾有消闲过呢？有时候，梦中醒来，倒问起妾身是不是上朝的时间到了。今日严大人来了，就好好劝劝他，不在其位，不谋其政，既然没了冠冕，就当颐养天年才是。"

窦婴摇了摇头道："严大人好不容易来一趟，你啰嗦这些干什么？快吩咐下去准备酒宴，老夫要与严大人一醉方休……"

"诺！"

夫人出去后不久，菜肴就上来了。府役在厅中烧起鼎锅，煮起了酒酿。窦婴先举起了酒爵，那话语中带着浓浓的热意。

"赵绾一死，窦婴一去，朝中就只剩大人力挺新政了。请大人满饮此爵，老夫先干为敬。"

这样推杯换盏，几巡过后，双方的话自然都多起来了。酒逢知己千杯少，共同的经历使他们的话题绕不开新政。

"皇上近来可好？"

严助放下酒爵，长叹一声："自丞相、太尉去职以后，朝廷诸事悉决于太皇太后，皇上的心情很郁闷。不过早朝每天还照常进行，但每逢遭遇大事，许昌总是抬出太皇太后，皇上也无可奈何。"

"那皇上还是睡得很晚么？"

"是啊！不过，近来皇上忽然传下话来，说要闭门读书，要许丞相凡事直接去请教太皇太后，皇上罢朝已有多日。这不，前些日子东瓯国派使节前来求援，可他们竟然不知道皇上的去向。"

窦婴很诧异，惊道："竟然有这等事？"

对于刘彻，窦婴自信要比别人知道得多。自从那次跪雪犯颜直谏之后，皇上就再也没有罢过朝，孰料现在闹到这种程度，他的心便不由得沉重了。

"太皇太后可知此事？"

"直到今天早上，太皇太后才知道皇上外出狩猎了。"

一定又是韩嫣的主意。窦婴在心里想。他端起酒爵，一饮而尽，从胸中吐出一股闷气。

对韩嫣的为人,窦婴不大了解。新政夭折太快,他作为丞相还没有来得及对皇上身边的人进行考察。韩嫣当陪读时,卫绾任太傅,他只听说韩嫣常常与皇上同榻而卧,相交甚好。他曾和卫绾有过书信往来,在谈到皇上身边的近臣时,卫绾尤其担忧韩嫣。现在看来,卫绾的眼光没有错。取悦于上,乃奸佞所为也。

是的!不管太皇太后如何专权,她的每道旨意,都必须经过皇上这一关才能宣达朝野。只要皇上还在未央宫里,新政就一定有东山再起的时候,这一点皇上应该明白啊!

令他不解的是,皇上就算要韬光养晦,也不必私自外出啊!如果继续这样下去,太皇太后会不会一道懿旨,让先帝的其他皇子取而代之呢?要知道,先帝还有十三个皇子呢!更何况那个刘安,每年进京朝觐,都要赠与太皇太后厚礼。

窦婴忽然觉得,事情远不像想象得那么简单,他的心就惴惴不安起来,向严助劝酒的速度也明显迟滞了。

不过,窦婴毕竟是经过大风大浪的老臣,他把东瓯国求援的事情看做成皇上重掌朝政的良机。这事不仅能彰显大汉的国威,尤其能为皇上施展雄才提供一个不可多得的机会。

想到这里,他好像忘记了自己早已不在朝堂的现实,朝外面大喊一声:"笔墨伺候!"

这声音让严助吃了一惊,疑惑道:"大人这是……"

"老夫有话要对皇上说。"窦婴仿佛又回到新政开局的日子。

当府令呈上笔墨的时候,他的目光又黯淡了,叹道:"唉!老夫早已不在朝堂,何必多此一举呢?"

严助怎会不理解窦婴的心境呢?在野言政,非有胆识和勇气者不能为之。但严助更多的是感动,为窦婴心系天下社稷而感动。

他向府令使了个眼色,然后亲自从砚边拿起笔,饱蘸墨汁,双手捧到窦婴面前,那一腔热肠都在这行动中了。

"大人写吧,想说什么尽管说,下官一定亲手转交给皇上!"

"依大人之见,这奏章老夫写得?"窦婴看着严助。

"写得!"在窦婴接过笔的时候,严助顺手铺开绢帛。

"好!既然大人这么说,老夫就一吐为快!"

窦婴俯下身体,略思片刻,心绪就如滔滔江水都倾注在洁白的绢帛上了。

臣窦婴昧死上疏皇帝陛下:

  臣闻君者仪也,民者景也,仪正而景正。君者槃也,民者水也,槃圆而水圆。君者盂也,盂方而水方。君射则臣决。楚庄王好细腰,故朝有饿人。故曰:闻修身,未尝闻为国也。先帝大业未竟,中道崩殂,大汉国运,社稷安危,系于陛下一身。

  陛下正当盛年,大略在胸,奇伟俊貌,圣光耀之四海,圣威及于九域。当善班治人,善显设人,善藩饰人,善生养人,四统者具,四海归之。然则,今陛下偶挫其锋,而合光息锐,何负于先帝重托,何失于群黎之望。今闽越狂傲,无视朝廷,擅兴兵戈,东瓯告急,臣祈陛下,吊民伐罪,以安四邦,恩惠九州。延宕犹豫,则大汉圣威危矣。

  臣以尘埃之躯,而直谏圣听;以垂老之体,而萦怀社稷。放言狂语,罪在不赦。然臣忠贞刚直,天日可见。

窦婴一边写一边感慨,严助在一旁唏嘘不已。一篇写罢,但见夕阳的余晖从门外洒进来,落在绢帛上。

两人都有些微醉了……

第十三章

柏谷历险镌足痕　江南伐酋主沉浮

当卫青回到刘彻身边时,已浑身是血。他已分不清楚,这血多少是来自于那谷底的野猪,多少是来自于自己的创伤。

回想起刚才人兽相搏的一幕,他心底忽然生出后怕……

也许是山中日迟,柏谷的禽兽们便也慵懒了许多,太阳移到头顶,山林仍然沉浸在一片静谧的安详中。刘彻看着身边的韩嫣和卫青,心中不免有些焦躁:"今日怎么了?为何此时仍无猎物出现?"

话音刚落,就听见天空传来雁鸣。一群大雁挥动着翅膀,自南向北从河谷上空飞过。在刘彻身旁的韩嫣,不待他人张弓,就已箭矢离弦,刺破谷中雾霭,直上云天。眨眼间头雁一声哀叫,就跌落地面,折翅毙命了。人群中顿时一阵欢呼,但未等大家从兴奋中回过神来,就从对面坡上传来惨叫声,眨眼间,一幅惨烈的场景就展现到众人面前。

那位拾猎物的骑手被丛林中冲出的野猪叼在口中,来回撕扯,瞬间成了一个血人。野猪尖利的牙齿插进骑手的脖颈,一股殷红的鲜血喷涌而出,韩嫣的眼里顿时充满惊恐之色,手中的弓箭也掉落在草丛中。紧随其后的卫青感觉到韩嫣的不对,忙问道:"大人怎么了?"

韩嫣说不出话,只是用手指着前方。此时,卫青也听到皇上喝令射杀野猪的声音。但还是晚了,眼看野猪就咬断了骑手的脖颈。大家更担心的是,一旦野猪扑过来,会危及皇上。

说时迟那时快,卫青高大的身影飞快地从人群中蹿出,直扑到野猪面前。他伸出一双铁扇般的大手,用力地掰开了猪嘴,将那骑手从猪嘴中抢出。

到口的美食被夺,野猪狂怒起来,它立刻向敌手发起进攻。卫青一个迅疾转身,闪在野猪身后。趁野猪失去目标、茫然四顾之际,他"嗖"地一下骑上了猪背,一只手揪着野猪的耳朵,一只手握成碗大的拳头,狠狠地向野猪的眼睛砸去。不用片刻,那两只凶狠的猪眼便被凿成了深洞。

野猪疼痛难忍,扭动着庞大的身体,试图甩掉卫青。卫青顺势跳下,抓住野猪的后蹄,在空中旋转几圈,最后用力抛向谷底。只听那沉闷的落地声在山谷间响起,那野猪便口喷黑红色的鲜血而气绝了。

当卫青发现自己还活着的时候,他才觉得在刚才的搏击中,身上、手上被野猪咬破数处,隐隐作痛。他喘了一口气,转身去看那骑手,早已没有了气息。在他周围,骑手们张弓围成一个圆形。这时候他才明白,刚才惊心动魄的一幕已经过去了。

现在,他跪在皇上的脚下,他的豪气、勇力,迅速被童年起就伴随他的卑微所取代。

"让皇上受惊了,臣罪该万死。"

在卫青以迅雷不及掩耳之势骑上猪背的那一瞬间,刘彻直觉得浑身燥热,血脉偾张。他似乎看到了挥舞长戟的灌夫,看到了追击匈奴的李广。

他断定眼前这个年轻人将来必会成就让大汉扬威四方的辉煌。他俯下身体,轻轻地托起卫青的双臂,那发自内心的喜悦就飞上了眉头:"此等英豪,倘不纵马疆场,岂不可惜?回京后,朕就封你为建章监!"

卫青心中霎时涌起不尽的惶恐,久为奴仆、看尽人间冷暖的他面对至尊至贵的皇上,竟然一时茫然失措。如果不是韩嫣在一旁提醒,他也许会一直就这样木然地站着。

他此时的心境也很复杂,自从跟随皇上来湖县的那一刻起,他就想着要不要将自己被绑架的实情说出来。他不是为了自己,而是为了他的姐姐。

当初平阳公主送姐姐进宫的时候,家人都以为她从此将结束卑微的命运,可大家没想到,那未央宫的每一块砖石都是染着血腥的。

他们更不曾想到,美貌也会成为"罪过"。皇上身边的女人太多,一个个明争暗斗，恨不得置对方于死地。姐姐生就一副善良的性格，如何应付得了呢？果然，皇后迁怒于他，因此才策划了这次绑架。

现在，皇上就在身边，但他却没有这个胆量，他怕弄不好反而会给姐姐带来灾难。不过，无论怎么说，今日与野猪的搏斗，他给皇上留下了深刻的印象。他希望这不是第一次，这样他就会有机会去保护姐姐。

太阳渐渐下落，一个年轻的生命永远地长眠在青山碧水间。骑手们望着野草丛中堆起的一座新坟，久久不愿离去。

这情景让刘彻心中颇为不快，他对着马队大声呵斥道："如此怜生惜命，还能驰骋疆场么？"他心里生出对游猎的厌倦，萌生了返回京都的念头。

"朕明日就回去，朕离开长安太久了。"二十多天来，他第一次以皇上的身份对韩嫣说话。

"既然皇上已不再借平阳侯的名义，那要不要派人去湖县通报一声，让他们来迎驾呢？"

"不必了！朕早已说过，不想让地方知道朕的行踪。"

"今日天色已晚，臣暂且为皇上觅一住处，待明日拂晓臣等就护驾回宫。"韩嫣说罢，就对身后的骑手们下达了出谷的命令。

一弯新月孤独地挂在山头，柏谷溪水旁的马蹄声衬托出夜色的宁静。约酉时时光，他们在离谷口还有二里的山腰看到了幽幽的灯光。韩嫣喝住马队，只带了一名骑手前往打探。登上高坡，借着弯月微弱的光，韩嫣发现这是一个沿着河谷散落的村庄。

村头一家的灯火亮着，韩嫣上前轻叩门环，有一老者开门，一双眼睛紧盯着韩嫣，警惕地问道："请问客人从何处来？这么晚了有什么事？"

韩嫣道："我们是游猎者，因天色已晚，想在贵处借宿一晚，讨口水喝。"

老者围着韩嫣转了一圈，见他佩剑带弓，猎装裹身，才相信近日来有一队游猎人马纵横湖县的传言不是空穴来风，于是他说话的口气突然冷淡了："没有水喝，正有尿等着你等饮用呢！"

官至上大夫，平日不离皇上左右的韩嫣何时受过如此奚落呢？正待发作，却见从屋中出来一位银发老妪，埋怨夫君不该如此与客人说话。

她笑着对韩嫣道："夫君年迈，说话不免失礼，还望客人见谅。不知客人有几人投宿？"

"连同主人在内有数十骑。"

"鄙舍虽小，却也有十数间干净房舍，客人若不嫌弃，尽可叫你家主人来住。老身这就吩咐下去，为客人操持饭食。"

"如此便多谢了。"韩嫣遂转身去向刘彻汇报。

听着韩嫣的脚步渐远，老者掩了门道："你老糊涂了？这些人晚间来访，又随身佩戴刀剑，你贸然接纳了他们，不是为村寨招来祸害么？"

"夫君老眼昏花，混淆了玉石，依妾身看来，来客相貌不凡，必非常人。"

老者正要说话，韩嫣已陪刘彻走进院内来了。刘彻双手打拱道："我等贪恋猎事，延误归途，现借贵处歇宿，打扰了。"

老妪借着灯光看去，眼前的翩翩少年，"天"阔"地"方，相貌奇伟，说话彬彬有礼，更确信自己的眼光没错，她忙招呼家人为刘彻一行安排住宿酒食。

连日来的奔波，使刘彻和骑手们都很累了，加之多饮了些酒，大家很快就进入了梦乡。

出于对皇上的感怀，卫青主动提出由他担任警戒，韩嫣当然求之不得，皇上对卫青姐弟的青睐使他迅速调整了与阿娇和卫子夫的距离。

山中天窄，刚刚还悬挂在中天的月亮，很快就西移到黝黑的山头。夜露悄悄地润湿了山间的林草和院中的花木，也润湿了卫青的肩头。卫青很庆幸，露水冲淡了疲倦，使他始终保持着高度的警惕。听着室内传来皇上的呼吸声，他知道皇上的确累了。

能为皇上值岗，他觉得十分高兴。也许，皇上在梦中正与姐姐携手走在丹景台的复道上呢！

想过了皇上，他的思绪又回到自身，他不能忘记离开平阳府的那天，公主那深情的目光和温软的话语。平阳公主拉着他的马缰说道："进了宫，可不要忘记还有人惦记着你呢，有空就回来看看。"

他读得懂平阳公主目光中的炽热和心境，但他也明白，他不能朝深处想，命运还没有给他这个机遇。他现在唯一能做的，就是为皇上尽忠竭力。想到这些，卫青使劲摇了摇头，把精力集中到警戒上来。

当一个黑影出现在院中的时候，卫青本能地按住了剑柄，厉声喝道：

"谁！"

"官爷不要误会,是老朽。"

"深更半夜,老丈不在舍内休息,为何在院内走动？"

虽然夜色深沉,但老者分明感到有一双眼睛直插他心底。

"傍晚饮酒太多,夜里如厕小解。不想惊动了官爷,真是对不住。"

"夜深人静,老丈不要轻易走动,惊扰了我家主人,在下的刀剑可是不长眼的。"

"那是！那是！"

老者慌慌张张地回到屋里,对老妪道:"老夫越看他们越不是好人。方才他们进院的时候,老夫已经差人到村中召集青壮,今夜定要将他们生擒送往官府。"

老妪听罢,眉头紧蹙,心想这下可糟了,若是青壮们真的来了,免不了一场厮杀。情急间她忽然眉头一皱,计上心来,笑吟吟地对老者道:"夫君定要擒拿他们,妾身也不阻拦。只是这村庄南北居住甚散,大家聚集也需好些时间,夫君静坐等待,索然无味,倒不如让妾身温些酒酿,你我且饮且等如何？"

这老者平日就有贪饮的嗜好,听说有酒喝,自然乐在其中了。

不一会儿,老妪已备好酒菜,夫妻二人遂席地而坐,对饮起来。其间老妪又出了数支酒令,让老者来猜,每输一次,便要罚酒三杯。饮到子时,老者已烂醉如泥,酣然入睡了。

老妪用绳子将夫君缚了,才长长地舒了一口气。她来到院中,新月早已沉没在山后。从院外传来纷乱的脚步声和岗哨的喝问声,老妪急忙上前道："大人不必惊慌,一定是村中之人听说鄙舍来了不少外地客人,感到新奇罢了,待妾身打发他们散了便是。"

说着她便走到门下,对着墙外说道:"各位乡邻,我家有客自远方来,打扰了众位乡亲,妾身在这里谢过了。更深露重,还请各位早些归家歇息,明日一早再来相聚不迟。"

……

东方刚露出晨曦,刘彻就已经醒了,他唤起韩嫣道:"朕昨夜做了一个怪梦,朕独自一人走在深山之中,被一伙强人追赶。朕拔剑奋战,尽杀强人于剑下。醒来后朕反复思忖，朕离京已有数日，不知是不是朝廷有事托梦于朕呢？"

韩嫣忙起身替刘彻整理好行装。

"想必是皇上太过劳累，便多梦了。好在今日便可启程回京。"

两人走出室外，举目远望，虽是秋气萧瑟，然天高气爽，白露茫茫，远山如黛。刘彻兴奋道："如此好景，若不起舞助兴，岂不辜负了这金天时光？"

韩嫣忙道："既然侯爷兴致所至，小人就陪侯爷舞上几个回合。"

他们从小一起长大，对彼此的剑法都很熟悉，于是舞将起来，一个天枢剔斗，剑随人动，银光裹身；一个天璇射月，锋芒毕露，直刺青天；一个天机开展，划破晨曦，朗日扑怀；一个天权银河，银凤展翅，风起青苹。

适值老妪从柏谷溪中汲水归来，看得她眼花缭乱，心中庆幸昨夜幸好未轻举妄动，否则恐怕此刻已血流成河了。

刘彻与韩嫣舞了数十回合，感觉神清气爽，于是便收了剑势，才发觉骑手们已在旁边观望许久了。

用过早膳，刘彻启程告辞，老妪解了老者身上的绳索，两人一直把刘彻送至村外。看着人马渐渐远去，老妪心中忽然有些失落。为什么会有这种感觉，她也说不清楚。

茫茫然回到庄院不久，就听见院外马蹄的"嘚嘚"声，夫妇精神顿时紧张起来，老妪埋怨夫君不该得罪客人，以致别人现在问罪来了。正说话间韩嫣已进了院子，老妪急忙拉了老者出来赔罪道："夫君昨夜举止鲁莽，还望大人恕罪。"

韩嫣将马拴在石桩上，来到他们面前说道："二位不必惊慌，起来说话。二位可知，昨夜借宿贵庄的是何人？"

夫妇俩面面相觑，猜不透韩嫣话中的意思："大人不是称他为侯爷么？"

"呵呵，他可是当今皇上啊！"

"皇上？"当这两个字从韩嫣口中说出的时候，老者顿时惊得魂飞魄散，立时昏倒在地。老妪见状，赶快狠掐老者人中，连连呼唤。

半日，老者方才醒来，却对着苍天号啕不止："都是老夫害了家人啊！老夫愚钝，怎么就没看出是皇上啊！完了！完了！"

听着老者的号哭,韩嫣觉得好笑,同样一个人,昨夜与今天却判若两人。皇上的队伍已经走远,不容他在此延宕,于是他大声道:"老者听旨。皇上手谕,老者夫妇接驾有功,赐百金,绢百匹。"

"谢皇上隆恩。"老者夫妇如坠五里云雾之中,懵懵懂懂地谢恩。

"这是怎么回事呢?"待他们放胆抬眼张望时,但见院中石案上放着一卷帛书,韩嫣早已策马追赶队伍去了。

……

皇上回京的消息,让许昌、石建、石庆等人如释重负。第二天早朝刚一开始,许昌就迫不及待地出列,向皇上陈奏了东瓯国的事情。

刘彻的神色严肃起来,话里也带了责备的意思:"既是军情紧急,丞相为何不禀奏太皇太后,以致延误至今呢?倘若让闽越灭了东瓯,大汉岂不威信扫地?"

许昌惶恐不安,小声回道:"启奏皇上,臣已禀奏过太皇太后。"

"既然太皇太后知晓,你等就该遵旨发兵。为何迟迟不动,是要朕治你的罪么?"

"嗯……"许昌不知道该怎样应对皇上的申斥,话在舌尖上打滚,就是找不到准确表达自己意思的句子。他暗地打量着刘彻,眼看皇上的脸色阴沉得能滴出水来,心就"怦怦"地直跳个不停,"皇上,太皇太后要臣等皇上旨意。"

刘彻"哦"了一声,随之道:"等朕的旨意?好!朕现在回来了,朕就听听丞相高见,依丞相看,如何才能平息闽越国战事,救东瓯黎民于水火呢?"

"这个……"许昌越发难堪,"臣久在太常,若是问臣经籍典制,尚能勉强为之,至于这用兵之道么……臣十分惭愧……"

"惭愧?"刘彻淡淡一笑,眉宇间拂过一丝讥讽,"朝政无小事,社稷系安危,丞相一个'惭愧',就可以退却闽越大军么?"

说完,他就撇下许昌,把话锋直指石建和石庆,怒道:"就算丞相不通兵事,你等也昏昏然么?看你等平日一个个伶牙俐齿,临到紧要关头,却茫然无措,尽是误国之徒!"

在贬斥许昌等人的时候,他连太皇太后一个不是也没有提,反而一再地批评他们辜负了太皇太后的厚望。这话里的意思,让站在朝班里的严助听得明明白白,皇上的恼怒虽然指向几位大臣,可句句都打在太皇太后的痛处。

严助进京时间虽然不长,然每每有空余时间,他都喜欢与同僚们一起谈论大汉立国以来的诸多盛事,他深知出将入相,乃朝廷历来任官的惯例。从早年的萧何、曹参到周勃;从周亚夫到卫绾、窦婴,哪个不是久经战阵的老臣呢?即使是陶青、刘舍,也都有过做过太守的经历。许昌之流怎么可能撑得起大汉的天空呢?

果然,在几位大臣被一顿犀利的言辞训得六神无主时,皇上的话题就转到战事上来了。

"典属国何在?"

"微臣在!"

"闽越国无视大汉神威,擅兴兵戈,朕岂能容忍?你转告东瓯使节,朕不日即发兵南下讨逆!严助何在?"

"臣在!"

"朕记得你是会稽人,对闽越国情必是熟知。早朝后,你到宣室殿议事。"

随着包桑一声"退朝",大臣们纷纷散去。许昌、石庆、石建都懵了,相互看了半天,无话可说。最后还是许昌打破了沉默,说道:"各位大人看着老夫作甚?皇上训在你我的头上,可痛却在太皇太后心里呀,还是速去禀奏太皇太后吧!"

石庆听了,频频摇头:"禀奏什么?皇上说太皇太后什么了么?没有。我等为太皇太后长脸了么?没有。现在,皇上要出兵讨贼,你我胜任得了么?不能!既是不能,那么向太皇太后禀奏什么呢?这个时候去永寿殿,除了挨训,还能有什么呢?"

石建听了点头道:"言之有理,既然皇上已经决定出兵,你我就已替太皇太后分了忧,且看潮涨潮落吧。"

说罢,他们跚跚地出了未央宫前殿,各自回署中去了……

刘彻一进宣室殿,好像换了一个人似的,掩饰不住地眉飞色舞。看着跟随他进来的庄青翟、严助、张欧和灌夫,他的话语中就带了必胜的自信。

"卿等说说,朕如何才能解东瓯之围?此乃朕登基以来首战,不战则已,战则必胜!"

严助乘机呈上窦婴的奏章,刘彻看了,本已不平静的心霎时潮头澎湃,在朝政死气沉沉将近一年之后,他终于重新听到了让他快意的声音。当年窦婴"跪雪直谏"的情景又回到了他的眼前,真是板荡识诤臣啊!

刘彻收起奏章,由衷地感慨。他想邀窦婴过来议事,不过这个念头刚一出现就被打消了。他怎么能忘记因赵绾之事,窦婴冒死折太皇太后面子的事呢?他不愿意因为自己,而让这对姑侄之间的冲突更加激烈。他反复思忖,还是觉得邀田蚡前来比较稳妥。不管怎么说,田蚡背后站着太后,太皇太后纵有千般心结,也不能不顾及太后的感受,于是他对包桑说道:"速传田蚡到宣室殿议事。"

"诺!"包桑应声朝殿外奔去。

田蚡的日子过得很惬意,虽然太尉的官职被罢之后,让他郁闷了许久,但他很快发现,因为太后的原因,因为他是皇上的舅父,丢掉太尉对他来说,倒是少了许多的冗务,并不影响同僚们摩肩接踵地拜倒在他的门下。

这使他很快就忘记了永寿殿所受的耻辱,沉入了迎来送往的喧嚣中。他喜欢这种被人追捧的感觉,他十分鄙夷窦婴刚直的性格。

窦婴算什么?本侯早就说过,总有一天要将他踩在脚下。可这个窦婴却如此不知进退,前些日子竟然找上门来,要本侯远离淮南王,严于自律,不可向皇上索求无度。

田蚡以冷面回应了窦婴的絮叨,依旧我行我素。昨夜,他从刘陵身上获得了纵欲的快感,刚回到府中,就有人送来百斤金子。与其说对方要自己笑纳,毋宁说他收的心安理得。

田蚡也曾听说了东瓯国告急的消息,可这与自己有什么关系呢?自己早已不是太尉,调兵遣将那是朝廷的事。他甚至希望朝廷拒绝东瓯的请求,这样也可让那个死而不僵的老太婆看看,这个朝廷没有了田蚡,将会是怎样的混乱和被动。

清晨起来,喝过燕窝,他就来到后室,细细地清点着同僚们送的奇珍异宝,淡黄的胡须伴着眼角溢出的笑意而翘起。这时府令来报说包桑公公来了,要侯爷进宫呢!

"呵呵!一定脱不了东瓯的话题。"田蚡关了后室,匆匆而去……

该来的都来了,问题也很集中,就是拿出退敌良策。

田蚡在什么情况下都改不了捻须若有所思的神情,可他说出话却平庸得让刘彻吃惊。

"依臣观之,皇上大可不必劳师远征。闽越、东瓯,向为蛮夷之地,自外王化。越人互相攻击,属鹬蚌相争,无须大惊小怪。据臣所知,彼处从秦朝时就放弃了管辖,现在何必劳师动众地去救援呢?"

严助望着田蚡,一脸的不解。这还是那曾掌管着朝廷军务的太尉吗?既然都是藩国,就不能恃强凌弱,任意妄为。就算现在已经不是太尉,可皇上把你招来,就表明在皇上的心目中,你仍是太尉,你怎么能辜负皇上的期望呢?

他觉得,在朝廷决策的关键时刻,自己决不能沉默。于是这小个子的江南人站出来器宇轩昂道:"太尉之言差矣!臣之所虑,在于我们没有力量拯救他们,没有圣德教化他们。既然现在这两样都具备,援之则圣威大彰;弃之则大失人心。至于说到秦失东南,非二世本愿,乃强弩之末,力不能为也。太祖高皇帝大军压境,项羽火焚阿房,咸阳俱为焦土,自顾不暇。今东瓯有求,皇上却不发兵救援,岂不让藩属寒心么?"

让严助没有想到的是,他的话得到了庄青翟的积极响应:"中大夫之言,亦是臣之所虑。东南荒蛮,尤需大汉天恩。故讨伐闽越,非独解东瓯之围,更是昭告天下,大汉域内,不容恃强称霸。今皇上出兵,上顺天意,下合民心。"

灌夫和张欧也以为非出兵不能挫敌之锐气,不能杀鸡儆猴。

这么久没到宣室殿议事,一来就与皇上心思相违,田蚡的脸就有点挂不住了,他随后又道:"即使皇上有意出兵,但虎符在太皇太后手中。没有虎符,皇上又该如何发兵?"

这话刘彻不仅不爱听,而且更伤了他的自尊。登基已近两年,太皇太后毫无交还虎符之意,这正是他耿耿于怀的,现在田蚡拿这个说事,失望之余,更添了对舅父的愤懑。他没有等田蚡说完,就截住话头,目光冰冷地道:"这又能怎样?武安侯的意思,是要朕守着这个未央宫,做个无为之君么?"

刘彻的语气中带着明显的气愤,他越说越气,干脆一句"武安侯不足与谋",就把田蚡撇在一边,对严助说道:"朕授你汉节,前往会稽发兵驰援东瓯。你有什么要求,尽可提出。"

"臣别无所求,只请皇上派一副使随臣前往。"

灌夫立即自告奋勇地上前道:"臣愿前往。"

刘彻于是问道:"灌将军如何?"

严助答道:"灌将军英勇善战,臣求之不得,只是臣资历浅薄,恐委屈了灌将军。"

灌夫忙道:"严大人何出此言?灌夫只知效忠朝廷,从不计较高下。"

刘彻知道灌夫与窦婴乃莫逆之交,如今见其憨直爽快,甚是欣慰,遂拉着严助和灌夫的手说道:"闽越与东瓯,本是同宗兄弟,同室操戈,本属不义。朕出兵之意,在于扶弱抑强,安定南疆。然闽越乃大汉属国,东瓯亦大汉属国,故卿等此去,以解围为首要,非以酣战为宗旨。你们明白朕的意思么?"

"臣明白!"严助答道。

"好!"刘彻转过身来对庄青翟道,"请御史大夫拟诏,昭示天下,大汉不日将兵出会稽,南下平乱。"

这半晌,刘彻再也没有给田蚡说话的机会。他正要向皇上告辞,却不料刘彻说话了。

"武安侯稍待,朕还有话说。"

田蚡闻此内心很不安,猜不透皇上的心思。望着众位大臣一个个奉命而去,偌大的宣室殿就留下他们两人,他忽然觉得比任何时候都要恐慌,额头也渗出点点汗珠。正捉摸不定间,就听见刘彻的声音响了起来。

"舅父知道朕留下您的意思么?"

田蚡嗫嚅着:"微臣不知,还请皇上明示。"

刘彻背着手,在田蚡身边绕了一圈道:"舅父是真的不知,还是故意装糊涂?"

"微臣……微臣自被免了太尉一职后,终日赋闲在家,真不闻朝野之事!"

"朕问的不是这个。"刘彻在田蚡面前站住,目光直视着他,"朕听说舅父的门庭很热闹呀!门前的车驾比早朝时还要拥挤,有这事么?"

"哦!皇上问的是这事?"田蚡寻找着言辞搪塞,"是有些人登门,不过……"

"不过什么……"

"都是昔日的故旧。闻听臣被免职,稍事慰藉而已。"

"仅仅慰藉倒也罢了!朕听说,昔日那些窦婴的门生旧吏,现今都投奔到舅父的门下,轻则以金馈送,重则珍奇古玩相赠。"

"皇上……"田蚡正要辩解,却被刘彻制止。

"舅父听朕先说。"刘彻在殿内踱着步子,谈话进一步深入,"这些且不去论,朕还听说舅父借太后的权势,强掠民田,甚至还要所在郡县官员出面,为家人扩大宅第,可有此事?"

"这个……臣……"

"舅父的家人横行乡里,动辄致死人命,竟然无人敢管。"话说到这里,刘彻又回到田蚡面前,越发咄咄逼人了,"朕要问问舅父,这大汉的江山,究竟是刘氏的天下,还是舅父的天下?是不是有一天,朕也要把这未央宫让给舅父呢?"

话说到这里,田蚡已是惊心动魄了,慌忙跪倒在地道:"皇上此言,折杀微臣了。臣罪该万死,请皇上恕罪!"

"这殿中就只有舅父与朕,还是站起来说话吧。"

田蚡虽然站起来了,可心并没有放下,低着头道:"皇上明察,臣在封地内置了宅第是不假,但说臣肆意掠夺,致死人命,却是不实之词。"

"具体细节朕不想追究,朕只是觉得舅父虽系外戚,却也是朝廷名儒,须知民为贵的道理,倘若都如舅父这样,那天下倾覆之日就不远了。君者,舟也;庶人者,水也。水则载舟,水则覆舟。到那时候,倾覆的岂止朕?舅父收受馈赠,不仅失了品节,更是败坏了政风。"

"今日朕的话就说到这里,还望舅父三思。好了,舅父请回吧,朕要批阅奏章了。"

外出多日,案头已经堆满了奏章,他不得不花时间去处理。直到日已西落,包桑在一旁提醒,刘彻的思绪才从奏章中走出来,望着殿外苍茫的暮色。

"朕听说,因为朕出京的事,太皇太后对你动了刑?"

"嗯,不过奴婢受刑不要紧,只要皇上平安就好。"

"让你受累了。"刘彻抚慰道。

包桑十分感动,觉得自己皮开肉绽也值了。于是他趁皇上心绪不错,适时提起了皇后:"皇上,在您离开京城的日子,皇后可是牵肠挂肚啊!"

"哦!"刘彻沉吟一声,心想,自回京之后,又忙于出兵之事,竟然忘了皇后。他已经从太后那里得知,窦太主不止一次进宫劝太皇太后缓和与皇帝的关系。眼下这个特殊时节,他也不愿意夫妻之间的不快导致与太皇太后隔阂加深。

刘彻伸了伸酸困的胳膊,对包桑说道:"传皇后进宫,与朕同进晚膳。"

"诺!"包桑接过旨意,步履轻快地出殿去了。

看着包桑的身影消失在暮色中,刘彻禁不住感慨——蓬生麻中,不扶自直。父皇当年派他到边关,让他变了一个人……

严助站在船头,望着烟波浩渺的江水,一种游子归来的情绪迅速充满胸怀。江风吹来,卷起他的衣角,船底传出哗啦啦的响声。手中的汉节,也绕着朝服轻盈地飘舞。

从建元元年进京策对,他已经有两年没有回家乡了。现在站在船头,他眼前再现赴京时父母江边送别的情景。不知二老现在怎么样了?不知道此次回乡是否有与家人相聚的机会。他在心中想着。

皇上把解救东瓯的重任交给他,他肩上责任重于泰山。皇上的深谋远虑,让严助感动了许久。他知道持上汉节,他就是钦差,一举一动都代表着皇上和朝廷。沿着长江南下,一路上他谢绝了一切迎送,昼夜兼程,直奔会稽郡而来。

这日正午,他们的船队渐渐缓慢下来,远远瞧见江边码头人头攒动,站在身边的灌夫道:"已派人告知会稽太守,想必是他们到码头上迎接来了。"

"不是早就说过,不让迎送的么?"

灌夫笑道:"这会稽乃大人故里,又是皇上发兵之处。郡守迎接的不仅是大人,也是皇上的汉节啊!"

一想起会稽太守,严助心头感慨万千。当初皇上诏举贤良,若不是郡守鼎力举荐,他怎么会有今天呢?

船刚一靠岸,严助就迫不及待地先自下了船。郡守急忙上前拜见道:"下官在此恭迎钦差大人！请大人入城歇息,下官略备薄酒,为大人洗尘。"

于是,车队浩浩荡荡地进了会稽郡。沿途百姓听说这钦差大臣是会稽人,纷纷拥向街头,想一睹他的风采。世事苍茫,今非昔比,严助万千感慨都化为游子归乡的喜悦了。

郡守特意准备了家乡的鱼招待严助,吃得他乡情悠悠,思绪漫漫。酒罢席散,郡府只留下严助和副使。他一进客厅,严助就拱手道:"恩公在上,请受严助一拜。"

郡守大惊,忙上前扶住严助:"折杀下官了！大人快快请起！大人此次归乡,让会稽生辉,吴地绚彩。大人老家就在吴县,何不回去看看？"

严助道:"在下圣命在身,怎好因私废公？"

郡守又道:"大人若不方便,下官遣人去将二老接来就是。"

严助婉拒道:"现在东瓯告急,还望郡守大人发兵以解燃眉之急。"

郡守沉吟片刻道:"下官虽系一郡之守,却是文官,对军备不甚了解,还是请司马前来回话。"

不一刻,司马便来了。他闻听朝廷要会稽发兵驰援东瓯,便对郡守道:"我朝兵制,必见虎符才可发兵。现今钦差持节前来调兵,恕在下实难从命。"

严助心中掠过一丝不悦,说道:"难道汉节在此,你也敢拒绝么？"

"只有虎符才是发兵的信物。否则,末将难担其责！"

司马的话刚一出口,坐在一旁的灌夫顿时大怒。论起年龄,灌夫要长严助数岁。但是,严助一路上公而忘私、廉洁自律的风范他一一看在眼里,现在,这司马竟对钦差的汉节表示怀疑,灌夫就不能容忍了,他冷眼说道:"司马难道怀疑这汉节有假不成？"

"副使大人何出此言？"司马年轻,久居南国,并不晓得灌夫出入乱军的经历,言语中多有猖狂,"末将既是会稽郡司马,自然要听郡守大人的。"说完,便将灌夫冷在一边,转而对郡守说道,"依末将看来,大人且不忙发兵,可遣人到京城奏明皇上,讨得虎符,再发兵也不迟。"

"你说什么？"灌夫的铁掌狠狠地击打着案几,震得香炉"嗡嗡"作响,"好一个小小司马,竟敢蔑视汉节,延误军机。钦差大人在此,你再敢多言,老夫一剑取了你的性命。"

"哼……"司马冷笑道,"只怕你没这个胆量。"

"大胆狂徒,今日就用你的首级试试这腰间宝剑。"说话间,灌夫已经拔出宝剑,一个弓步,直朝司马刺来。

眼看一场厮杀即将爆发,严助忙起身喊道:"灌将军且住手!"

他虽然对司马抗旨怒在心头,却不愿因此贻误朝廷大事。他急忙上前一步,按住灌夫的宝剑道:"临行前皇上曾对在下言道,他新即位,不便发虎符调兵,所以才授以汉节。见汉节如见皇上,大人若是知晓大局,就该迅速出兵。东瓯虽系小国,可也是大汉藩属,贻误战机,祸莫大焉。请大人速速定夺。"

"这个……"郡守迟疑道,"只是下官从来没有用汉节调兵的先例啊!"

"大人!听我一言……"

严助正要说话,却不料那司马因遭了灌夫的呵斥而耿耿于怀,趁着严助与郡守说话之机,暗暗拔出腰刀,跳到灌夫身后,试图谋害。正听钦差讲话的灌夫忽觉耳边风声乍起,急忙回头,眼见司马手中的刀迎面劈来。灌夫怕伤了严助和郡守,一边纠缠,一边向室外退去。年轻的司马却以为灌夫胆怯,不仅丝毫没有收敛的意思,反而步步紧逼,刀刀砍向要命之处。

"好个司马,竟然要置本官于死地!"灌夫骂道。

"今日不杀了你这老匹夫,难消我心头之恨。"司马说着,又一刀朝灌夫的头顶砍去。灌夫被彻底激怒了,迅速转守为攻,司马大惊,忙来一个弓步格挡,架住了灌夫的宝剑。可他哪里是灌夫的对手,片刻已气喘吁吁,力不从心了。只见灌夫狠劲一压,司马的刀就应声落地。灌夫不容司马回过神,一剑割了他的首级。

灌夫撩起袍裾,擦了擦剑刃上的鲜血,将司马的首级扔在地上,伏身在地,双手举剑道:"末将杀了司马,请钦差治罪。"

"副使大人快快请起。"郡守抢在严助前面扶起灌夫道,"都是司马自取其祸,副使大人何罪之有?"

郡守完全被灌夫的气势震慑了,司马的首级更是让他心惊肉跳。他暗暗打量身边的严助,却是面带微笑,一切事情好像都在坦然中。

"郡守大人当初推举的恩德,在下没齿难忘。可今日之举,却不能不让在下失望。本来在下持节出兵,乃顺理成章之事,大人却寻出种种托词,犹豫徘徊,以致酿成司马暗刺副使之事。倘若在下如实向皇上禀奏,大人丢官事小,恐怕性命也不保。"

郡守连连作揖道:"钦差息怒,都是下官一时糊涂。下官这就调兵救援东瓯,以彰皇上圣德。"

"东瓯与会稽,相隔崇山峻岭,陆上进军多有不便,还请郡守大人点齐水兵,由海上进发,直取闽越之都。这样,闽越首尾不能相顾,自然息战退兵!"

"大人言之有理。"

"兵法云,不战而屈人之兵,是为上谋。我们要把进军的声势造得很大,形成巨大的压力,迫使闽越速速退兵。"

"嗯,大人高见。"

"灌将军身经百战,又是朝廷副使,此次进军闽越,非灌将军不能取胜。在下以为,水军当由灌将军统领。"

"就依大人。"

灌夫在一旁听着,心中好笑。刚才的犹豫到哪里去了?猜度又到哪里去了?人啊,真是个说不清的生灵!长久与刀戈为伴的他弄不清这些人复杂的心理,拍了拍脑袋试图将这些不解挤出心外。正想着,郡丞、郡尉到了……

会稽郡的水军由灌夫统领,严助督战,沿着海岸浩浩荡荡地南下了。

一路上,艨艟斗舰,旌旗招展。每从城镇走过,灌夫就命军士吹角擂鼓,喊杀连天,他又把严助撰写的《讨闽越檄》交与地方官散发。不几日,沿途的百姓纷纷传开了汉军征讨闽越的消息。其间,有混迹百姓中的闽越细作,早将檄文拿着飞报闽越王驺郢去了。

这一天,汉军来到会浦城靠岸,南部都尉率部下在城下迎候。都尉本来是要率军加入讨伐闽越大军的,不料昨夜他们抓到一名闽越的细作,说闽越军已于前几日退兵了。

未曾交战先自退兵,都尉不免生疑,但今日一早,就有东瓯国的军士来报,说东瓯之围已解,东瓯王驺摇有感于汉皇圣德,带着全城百姓面对救驾山、大溪水,长跪不起。

水军司马们听了,纷纷言道:"钦差大人果然料事如神。"

严助笑道:"一切都赖皇上英明。闽越非惧严助,乃惧大汉耳!"

可灌夫却有些闷闷不乐,严助见了奇怪道:"闽越退兵,乃是幸事,为何将军反而心中不快?"

灌夫道:"自七国之乱后,末将就再也没有上过战场。此次蒙大人不弃,将统领水军的大任交与我。可还没有动一刀一枪,敌兵就退了,因此末将不免有些遗憾。若是依末将脾气,干脆直捣冶城,灭了这祸害,也为皇上省了心。"

"将军无须遗憾。闽越国虽然退兵,然善后事宜尚多,还要将军披坚执锐,多有辛劳。"

灌夫拱手道:"大人何出此言?大人有何吩咐,末将当竭尽全力。"

当日,严助便在行辕召集会稽水军司马和南部都尉商议善后事宜。

严助道:"此次我军一路南下,仰赖圣威,敌人不战自退,我军未伤一兵一卒,固然可喜可贺。然本官观之,闽越国兵虽退,可未必甘心。倘若不加以节制,使诸藩各有约束,日后还会再生战乱。因此本官决定,由灌将军统率会稽、会浦水军继续南下,依旧要鼓振旗张,广贴檄文。另南部都尉随本官前往冶城,宣达朝廷旨意。"

议事结束后,已日近午时,南部都尉道:"两位大人奉旨讨逆,多有辛劳。下官在营中略备薄酒,一来庆功,二来壮行,还望两位大人赏光。"

灌夫看着严助道:"依严大人之意,是不接受地方迎送的。不过此次既是含了庆功、壮行的意思,大人就恭敬不如从命吧。"

严助笑道:"灌将军是借此讨杯酒喝吧?哈哈哈!"

众人见这一对文武同僚相悦和谐,彼此调侃,都会心一笑。严助也在这说笑声中上了南部都尉的船……

来到南方后,饮食大为改变,一日三餐不离鱼虾,这让灌夫很不习惯。可当他登上南部都尉的战船后,却是目不暇接了。士卒们送上来的菜都是江鱼所烹,色香各异。吃完一道,又上一道,好多都叫不上名字。

但灌夫没有这个口福,加上他又是个急性子,耐不住一根根剔去鱼刺,因此,他鱼吃得很少,但酒没有少喝。那江南米酒,先还是甘醇可口,越喝后劲越大。到酒阑席散之时,灌夫已经深醉了。

严助许久都没有这样享受乡情的温馨了。品着家乡的米酒,吃着家乡的鱼虾,仿佛又回到了父母的身边。当初在会稽没有回家,现在更不能去想了。为此,这顿饭吃得他双目湿润,喉结酸涩。

回到行辕,两人却毫无睡意。灌夫借着酒意,说出的话像竹篙一样直爽。

"不瞒大人说,末将一向瞧不起儒生,以为他们只会摇唇鼓舌,清谈误国。然而此次随大人一同讨逆,方知此乃末将褊狭之见。如大人这般文武兼备之才,胜过末将这样的莽汉千百倍。"

这番话一下子就打开了严助的心扉。其实,他何尝没有这样的感受呢?与灌夫相比,他对将军们的偏见常常是隐藏在心底的,虽然表面上谦恭之至,骨子里却是瞧不上的,以为他们只会打打杀杀,而这灌夫却让他换了一种看法。

接过灌夫的话,严助道:"此次共赴南疆,将军以九卿之尊追随于严助左右,大人何其度量,乃下官楷模啊!"

灌夫憨憨地笑道:"大人,你说话能不能让末将好懂些。"

严助会心地笑了,有些不好意思道:"好!好!就依将军。从小受老师的教诲,习惯了。"

这一夜,他们说了许多心里话。他们对窦婴的遭遇愤愤不平,对田蚡的作为大为不齿。他们冲破了心理阻隔,在浓浓的醉意中合榻而卧。这一夜严助领教了灌夫如雷的鼾声,仿佛长江的涛声在耳边回荡。在这样的鼾声中,严助带着故乡的梦,南行去了冶城。

长江因为闽越百姓免于生灵涂炭而更加清澈,将军山因为战争的远去而更加挺拔,而冶城因为大汉钦差的到来而倾城生辉。

闽越王邹郢是怀着复杂的心情迎接汉使的。闽越、东瓯同属越王勾践的后裔,同宗相煎,本不得人心,何况当初大汉与各个属国盟誓,不经汉廷授权,不可妄动兵戈。现在汉军陈兵会浦,未再南下,显然是等待他的幡然悔悟。

其实,对这场出击东瓯国的战事,闽越国内也是歧见纷纭的。丞相多次向他谏言,说吴楚七国,带甲百万,舟车云集,可又怎么样呢?一遇朝廷大兵,一个个成了惊弓之鸟。今闽越国虽攻东瓯,却是向汉廷发难,长安岂会坐视不管？但是掌握闽越军权的余善亲王却一意孤行，他说动邹郢对东瓯用兵，结果却未达到吞并目的。现在，大汉的钦使来了，他真不知道该怎样面对。

迎接汉使的仪仗出城五里，旌旗林立，邹郢带着余善亲王和丞相以下官员，列队城外，等待严助的到来，当汉节在他们眼中映出一片殷红时，他们似乎感到一股强大的气流席卷而来，这让每个人都显得有些紧张。

邹郢还没有等严助下车，就率领臣僚们迎了上去："闽越国邹郢恭迎大汉钦使。"

严助在南部都尉的陪同下来到邹郢面前，将随行人员一一介绍给闽越国官员。然后，他从怀中捧出文书，高声念道：

> 溥天之下，莫非王土，率土之滨，莫非王臣。华夏宇内，人无老幼，皆大汉子民；地无南北，皆大汉疆域。同生于太极两仪，同根于阴阳之气，同属于一宗血脉。陛下悯人怀土，与诸藩盟约立誓，和谐共处，四海晏然，今闽越国徒生战事，上逆天意，下违民心。王师南下，意在彰显陛下恩典，非以杀戮为快。谕意诸藩，守土安邦，大兴农桑，使民安居乐业，与邻和睦友善……

时序已近初冬，南国的大风载着严助的声音，载着大汉王朝的声音，在长江的浪花里，在崇山峻岭间久久回荡。

第十四章

盈泪出宫恨无语 思漫归京赴新程

严助与灌夫不费一兵一卒就臣服闽越,朝野为之振奋。刘彻谈笑间退敌的雄才大略一时间成为大臣们的话题。

在刘彻看来,这也是自己走出逆境最得意的一步。于是,他下旨在未央宫设宴,与群臣共庆。

窦婴不在受邀之列,这使他本来就抑郁的心情又增添了许多愤愤不平和心灰意冷。且不说在过去的多年中,他为朝廷殚精竭虑,心劳神疲,也不说他是因为推行新制才获罪于太皇太后,可毕竟他还有一个魏其侯的爵位,难道皇上真如问政申公时所说,今后用人多拔于年轻有力者么?

是那道奏章惹恼了龙颜么?似乎不像。他记得很清楚,灌夫和严助南行前曾到府上辞行,描述了皇上看过奏章后的激动表情。那到底是为何呢?

此时,夫人带着丫鬟过来了。在仕宦生涯黯淡的日子里,是夫人陪他度过一个个寂寞的遥夜。夫人的贤淑、清静使他心中充满了感激之情。

窦婴迎道:"哦,是夫人来了!"

夫人给他一个浅浅的笑容道:"今日天色很好,妾身就陪夫君到园中走走如何?"

"难得夫人这样体念老夫。好,就去走走吧!"

窦婴站起来的时候,感到一阵眩晕,身体晃了晃,丫鬟急忙上前搀扶,他随即喝道:"不用了!老夫还没有到老态龙钟的地步。"

一路上，夫人寻找着贴心的话儿来安慰丈夫："妾身知道，夫君是为皇上没有邀你赴宴而怄气吧？其实，依妾身看来，不去也好。"

夫人看着窦婴没有烦恼的意思，就继续道："夫君现今是有爵无职，若是去了，遇见那些热来冷去的人，给老爷几句不阴不阳的话，反倒不愉快。夫君出将入相，眼看已过知命之年，还想要得到什么呢？只要夫君身康体泰，就是妾身之福啊！"

窦婴频频点头，夫人一番话让他的心绪平静了许多。他想起老子曾经说过——"塞其兑，闭其门"，看来他的话也不全都是错的。

当花园门上的铁锁"叮当"一声打开的时候，那刚下心头的烦恼便又爬上眉头。这花园显然许久没有来过人了，那园中凋落的花卉，那纷乱的杂草，那铺满小径的黄叶，便透过园门映入窦婴的眼底。

遥想当初，这后花园是何等的热闹，众同僚围案畅谈新制、饮酒高论朝事、行令自得其乐的盛景如今都随风散去了。窦婴顿觉兴趣索然，正待转身，窦府府令迈着急促的脚步跑来，说是灌将军来了，现在厅上候着。

对一个门可罗雀的失宠者来说，还有什么能有知己来访更令他欣慰呢？窦婴顾不得向夫人道别，就匆匆赶往前厅去了。

沿着小径返回的窦婴百感交集，喟叹不止，及至看见灌夫高大的身影，便迫不及待地握住了他那双粗糙的手，叹道："仲孺来了，此去平乱，辛苦你了。"

"侯爷好！侯爷好！"灌夫望着窦婴，关心道，"多日不见，侯爷消瘦了许多。"

"衰朽之人，苟活而已。"窦婴立即唤来府令，"将军到来，岂能无酒？速备些上好酒肴来！"

"不劳老爷操心，妾身早已备好。"灌夫抬头看去，就见夫人带着丫鬟，捧着酒菜进了客厅。

酒过三巡，灌夫告诉窦婴，皇上也没有邀请田蚡。

灌夫道："我是来向侯爷辞行的。"

"此话怎讲？"

"皇上已经诏命在下为燕相，不日就要动身了。"

"为什么？你为国家立下汗马功劳，却被外放燕相，皇上是怎么想的？"

想起宴会上的情景，灌夫依然为自己的冲动而懊悔。连他自己也说不清，一向海量的他为什么那么轻易就醉了呢？是因为庆功宴上没有窦婴而让他愤愤不平么？是因为那个不知趣的长乐卫尉窦甫的挑衅么？那一刻，他让压抑了许久的怒火化为雨点般的拳头，在窦甫的脸上烙下青紫的印记。

"你呀！你惹他干什么？"听完灌夫的描述，窦婴埋怨道。

在窦婴的眼里，他这位小他数岁的族叔也算是纨绔子弟了。除了飞鹰走狗，欺男霸女，文不能治国，武不能安邦。皇上之所以赏他个长乐卫尉的头衔，完全是因为太皇太后的缘故。可他毫无自知之明，仗着自己是太皇太后的兄弟，屡屡惹出事端。

"你打了他，我那姑母能善罢甘休呀！"

"侯爷说对了！消息传到永寿殿，太皇太后怒不可遏，严令皇上责罚。皇上担心我留在京都再生事端，干脆外放幽燕。唉！都是我鲁莽，让皇上为难了。"说完，他长叹一声，将一爵酒灌进肚里。

仅仅一个窦甫也就罢了，更要命的是他虽为太仆，位列九卿，然在许昌和石建等人的心中，他总是一副莽汉的形象。每每于塾门等候早朝的时候，他们的话语间不免夹带了奚落和讽刺。

他不像窦婴，心中烦了可以读些书来排解，而他只有把这一切闷在心里。与其说与窦甫相搏出于酒醉，毋宁说那是一种简单而又粗暴的发泄。即使现在面对知己，他除了喝酒，依然找不到恰当的话语来表达自己的心事。

"这两年简直把人憋死了。人和人怎么就那么不一样呢？那个田蚡虽说罢了太尉，可就因为有太后在那儿，就屡屡向皇上请求赏赐。"刚说完，灌夫就为自己的失言而懊悔，他本来是想安慰窦婴的却偏偏戳在了他的痛处。

"唉！瞧我这张嘴。"灌夫扬起拳头，狠狠地打着自己的胸部。

"仲孺！你何必这样呢？今日权当老夫为你饯行吧！"窦婴按住灌夫坚实的肩膀道。

男人有男人的感伤，女人却有着女人的辛酸。在刘彻与群臣欢宴之际，卫子夫的心却在寂寞中流泪。

丹景台被淹没在未央宫大片鳞次栉比的建筑中，作为后宫八区供妃嫔们居住的殿阁之一，虽然比皇后居住的椒房殿逊色了许多，但它依然是文以朱绿，络以美玉，流悬黎之夜光，缀随珠以为烛，看起来也十分富丽堂皇。

至于殿内的陈设，更是珍物罗生，焕若昆仑。虽说规模不算很大，其侈靡迤逦亦是民间百姓无法想象的。

可这对卫子夫来说，这彩饰纤缛，裹以藻绣的繁华居处，不啻为一座让她寂寞、孤独的堡垒，让她绝望、窒息的牢笼。她的青春面容，她的翩翩舞姿，她的浪漫天性都将会在这彤庭辉辉的琼楼玉宇间消磨殆尽。

她常常回忆起与皇上邂逅的时光，正是那次相遇，改变了她的命运，并在她面前勾绘出绚烂的未来。

但是进宫不久，她便发现当初的憧憬过于浪漫、幼稚。她原以为从此可以与皇上终日厮守，但是她错了。后宫的一切都掌管在皇后手中，连在她身边的黄门和宫娥都是皇后安排的。

不要看他们一个个点头哈腰，谦恭有加，事实上他们个个都是皇后的耳目，她的一举一动都在皇后的监视之下。于是，她想唱不能唱，想舞不能舞，有话不能说，这样的日子与坐牢有什么区别呢？

这到底是为什么？

是因为跟着皇上到了这个美人云集的后宫么？可这是自己的错么？皇上是天下至尊，她如何敢违背他的意志。

是因为她太俊丽了么？难道好看也成了罪过么？况且她并没有非分之想，她只想获得一个男人的真爱！

让她最感焦灼的是，自从进宫以后，她与皇上就咫尺天涯，不能早晚相见。

此刻正是午后的时光，卫子夫缓缓地走到楼外，凭栏而立，望着谢了又开，开了又谢的芍药花。是的，花儿今年谢了明年可以再开，而她的青春却不会回来，如果再继续这样生活，等待她的就只有孤寂地老去。

她深信皇上是爱她的。在这宫中，除了包桑和韩嫣，她是唯一知道皇上外出秘密的人。离京前一天夜里，她被黄门抬进宫中，在温室殿与皇上颠鸾倒凤——那是皇上在最郁闷的日子里赋予她的力量与激情。

那一刻她曾想,还要什么名分?还争什么地位?她只要一个男人天长地久的拥吻。但在第二天,她就听春香说,太皇太后一大早就传皇上前去质问,为什么不在椒房殿过夜?为什么要冷落了皇后?而也就在这同时,皇后传她到椒房殿,斥责她不该以色相迷惑皇上。皇后的眼里像结了冰,从那里射出的每一缕光都让她不寒而栗。

"你如果再不检点自己的行为,休怪我无情。"皇后警告她。

唉!都是自己不好,给皇上带来诸多的烦恼。卫子夫在心里一遍遍地自责。

"夫人!"她没有听见,继续想着那些断肠的伤心往事。

"夫人!"这一回她听到了,是春香在叫她。

"是叫我么?"她痴痴地问道。

"外面风大,夫人还是回殿中歇息吧!"

在丹景台,只有春香才能这样温柔地与她说话。虽说都是皇后安排在她身边的宫女,可她看得出来,春香与其他的宫女不一样,她善良、正直,并无狐假虎威的骄横。

她看着春香泪光闪闪的眸子,脸上掠过一丝凄然的笑意,问道:"傻姑娘,你哭什么呢?"

春香道:"夫人,奴婢自小就心软,见不得人家伤心。刚才看见夫人伤心,奴婢禁不住就眼湿了。"

"别夫人夫人的叫了,"卫子夫拉着春香的手道,"论起来,你我年龄相仿,往后就叫我姐姐好了。"

春香摇了摇头道:"这怎么行呢?您是夫人,春香只是奴婢,奴婢不敢。"

卫子夫拿出丝巾,擦了擦泪水道:"有什么不可以呢?你我都是女人。再说你看我现在这个样子,还像夫人么?"两人说着就转回到殿中,春香为卫子夫斟上一杯热茶,她们的话题慢慢地就转到近来后宫发生的一件大事上来了。

"皇后已经圈定出宫人的名单了吗?"

"还没有呢!今早皇后唤我到椒房殿询问夫人起居的时候,我遇见了春芳,她说昨晚皇后还在为谁走谁留费心呢!长得太好看的,她不愿意留下;可全都选了好看的,又怕皇上怪罪。"

"哦!原来是这样。"卫子夫沉默了许久才抬起头说道,"姐姐有些累了,你先下去吧,有事我再叫你。"

"诺!"春香轻轻带上卧室门,蹑手蹑脚地到厢房去了。

卫子夫关了门,一个人陷入了沉思。进宫这么久了,她还没有想过离开这个让她伤心的宫闱深院呢。可是现在,她可得想想了。

她透过窗户,看着天空漫步而过的朵朵白云,它们是多么的自由,玉阶彤庭虽好,可这里没有自由;她听见檐下的紫燕呢喃,它们该是多么的舒心,锦带丝罗虽美,可它是无形的锁链,锁住了她的身心;她闻着风儿送进来的花香,它们该是多么的惬意,可她没有花儿的幸运,它们有花工们侍弄浇灌,修叶剪枝,而她只能顾影自怜地承受漫漫遥夜的煎熬。

她不知道自己还能为皇上做些什么。她一想到只要自己还在这宫中,皇上就无法平息与皇后的争吵,就不免受到来自太皇太后和太后的指责,她就不能心安。若是那样,她就真成了罪人。假如自己能离开这是非之地,也许会有另外一种结果。

只要能对皇上好就行了,至于自己,只要出了这堵囹圄般的围墙,哪怕流浪,哪怕风餐露宿,哪怕嫁一个终日与耕牛做伴的男人,她也愿意。卫子夫想到这里,就铺开洁白的丝绢,几乎是一字一泪地写下了自己的心迹。

她搜肠刮肚地寻找词句把自己描绘得愚钝不堪,说像自己这样卑贱的女子,不能与各位妃嫔一样享受这瑰丽辉煌的掖庭广厦。

她乞求皇后给她一个机会,将她列入出宫人的名单,她对皇后的照顾表示深深的感谢。待她在末尾签上名字时,发现字里行间布满了泪痕。这压抑许久的情感一旦通过这曲折的文字宣泄出来,她的心境反倒轻松多了。她轻轻地封好丝绢,才唤来在外面伺候的春香。

看着卫子夫红肿的双眼,春香心中很不好受,说道:"夫人,您哭坏了身体可怎么办啊?"

卫子夫眉宇间掠过一丝苦笑,说道:"不要紧,这样心里反而轻松多了。"说完把丝绢装进锦囊,让春香唤一位黄门前来说话。

不一刻,一位年轻的黄门进来了,卫子夫听得出来,他"参见夫人"那几个字说得是那么的轻描淡写,他行礼的举止也很勉强。但是,她并不去计较这些,她向春香使了个眼色,等她悄悄退出去后,卫子夫将早已准备好的一包金子递到黄门手中,说道:"小小薄礼,还请公公笑纳。"

那黄门瞅见金子,脸上顿时换了和悦的笑容,操着尖细的嗓音道:"夫人有事尽管吩咐,这可使不得。"

在宫中待了这么久了,卫子夫早已摸透了这些人的脾气,有哪一个不是见钱眼开呢?哪一个不是半推半就、遮遮掩掩的呢?看着黄门收下金子,卫子夫才拿出锦囊,说道:"烦劳公公将这个递给皇后娘娘。"

"这是……"

"公公不必多问,皇后娘娘看了就知道了。只要公公送到了,妾身还有重谢。"

"夫人放心,奴婢这就去了。"

站在窗口,望着黄门远去的身影,卫子夫环顾院中的花木修竹,古树奇石,它们仿佛都投来眷恋的目光,她不忍再看下去,怕自己的泪水又涌出眼眶,忙轻轻地掩了窗户……

出宫的日子终于到了。

这天早朝后,皇后邀刘彻来到后宫,传来这些即将被送往各个郡国的女人们,向皇上辞行。她们中有的也曾承受过皇上的雨露,却不曾怀上骨血,因而很快就被皇上淡忘了;有的根本就没见过皇上的样子,只是在离开京城的这个日子,才有机会一睹皇上的风采。

名单是由包桑念的。他每念一个名字,就有一位女人从队伍中走出,向皇上和皇后辞行,她们感谢着皇上和皇后的恩泽,她们提心吊胆而又隐忍含泪,没有一个人敢在这样的场合哭出声来。

对刘彻来说,后宫粉黛成群,究竟哪位曾与他有过云雨之情,他早已淡忘了。在她们向他跪拜的时候,他没有任何怜香惜玉的感触,只是轻轻地挥了挥手,她们就战战兢兢地回到即将出行的队伍中去。

不一刻,他就对这个没有任何意义的过程感到厌烦。后宫这么多女人,出就出了吧,没有什么留恋的。今天走了这些,说不定明天又有许多进来。放她们出去,是给她们自由,她们应该对皇上感恩戴德才是,但是你看看,她们一张张沮丧的面容，一个个落魄的身影，如丧考妣的样子。他看了看坐在身边的皇后，正要说话，却听见包桑在耳边高声念道："卫子夫向皇上谢恩！"

"子夫！"刘彻几乎是跟着包桑的余音喊出了这个曾经让他沉醉，让他销魂的名字。当他把目光投向面前的出宫人时，随着一声悲怆的呼唤，卫子夫就跌跌撞撞地跪倒在刘彻面前，而那饱含着哀怨的哭声，须臾间就抵达了刘彻的心底。

这情景大大出乎皇后的意料，这让她吃惊，让她恼怒。她用鼻翼间令人战栗的"哼哼"声表达了极度的不满，接着就是杀气腾腾的呵斥："哭什么哭？今日……"

没有等皇后说出一句完整的话，刘彻犀利的眼神像刀子一样停在皇后的脸上，怒问道："这是怎么回事？"

"说！朕问你话呢？"

"皇上……臣妾……"

"说！"

皇上的愤怒如同晴天霹雳，皇后顿时乱了方寸，她再也不能泰然处之地坐下了，她迅速地撩起裙裾跪在了卫子夫的右首，语无伦次地回答皇上的问话："皇上，是……"

"说！"

"是她自己提出要出宫的。"

"子夫，是这样么？"

"陛下！臣妾……"卫子夫一句话没有说完，又嘤嘤地哭出了声。

"有话就说啊！哭什么呢？"

卫子夫心想，好赖都是要走的，皇上不问倒也罢了，既然问了，索性就说了吧！要杀要剐，就听天由命了。她伏下身体，向刘彻大礼叩拜，千般委屈，万缕愁情，平日的痛苦，今日的感伤，全都在这一瞬间涌上心头。

"皇上！是臣妾要求出宫的。臣妾……"

"说实话！朕会为你做主的。"

卫子夫暗暗地打量了一下身旁的皇后，又把一肚子的话吞了下去。

"陛下！是臣妾自己要出宫的。"只是她依然地泪流不止。刘彻见此，心中便明白了八九分,此事一定与阿娇脱不开干系。他虽是一肚子的恼火,却在这样的场合无法发泄。她是皇后,掌管着后宫,他若是在这个时候折了她的面子,往后掖庭岂不更乱了。

他强压着满腔怒火,转而向卫子夫问道:"倘若朕要你留下呢?"

"臣妾本家童之女,蒙陛下恩泽,得以来到宫中,臣妾就是当牛做马也难报恩。臣妾盼望见到皇上,如枯树望春。今日得睹龙颜,虽死亦无憾了。就是出得宫去,再为奴仆,也甘心了。"卫子夫这番话和着她的泪水,化为一股清流,轻轻地漫过刘彻的心头。

刘彻的眼角湿润了,他深情地望着卫子夫道:"你不必再说了,朕要你留下,你就得留下!"

随即,他转脸冷冷地盯着皇后道:"你且站起来,出宫人的事情,就由你去处置吧。传朕口谕,移驾丹景台。"

正在为自己的去处而发愁的春香,吃惊地望着皇上与卫子夫相依进殿来的身影,就觉得从清早到现在似乎是在做梦。事情发生得太突然了,不容她多想,就慌张地招呼宫娥们迎驾了。包桑看着皇上与卫子夫亲昵地进了殿门,舔了舔嘴唇,对春香道:"还不伺候皇上和夫人沐浴更衣?"

春香会意,一只脚刚刚迈进殿门,眼前的情景就让她的一颗心突突跳个不停——皇上早已等不及了,抱着赤裸裸的卫子夫向皇榻走去。她只看见卫子夫浓密的长发垂成一条黑色的瀑布,被皇上走路带起的风吹得飘飘扬扬。一时间,她的脸上顿然生出两片红霞。她顾不得多想,轻轻地掩了殿门,向包桑摇摇头,就站在一旁不说话了。

……

阿娇抚着酸痛的膝盖,眼巴巴地看着皇上与卫子夫远去的背影,想起往日与皇上的龃龉和多年遭受的冷落,加上对卫子夫的切齿痛恨,此刻这些一起涌上心头,顿时化作杏眼中的怒火,直朝着出宫人喷去:"滚!立即滚出去,我再也不想看到你们!"

随即她便给了伺候在身旁的掖庭令一记响亮的耳光:"你聋了么?你是要看笑话么?还不让她们滚出去?"

掖庭令捂着发红的脸战战兢兢地去执行皇后的旨意。看着那些昔日在眼前晃悠的女人们被卫士带出宫去,皇后又把各个下人都一一骂了一遍。大家虽然大气不敢出一声,却都从心底增加了对皇后的厌恶。

只有春芳还是忍受着,她深知皇后心中的苦。对一个女人来说,还有什么比得不到男人的宠爱更加痛苦的呢?不要说阿娇从小娇生惯养,就是寻常百姓家的姑娘遇到这样的事情,也非疯了不可……春芳就这样想着,只要皇后心里能好受些,就是自己受几次责骂也是值得的。

出宫者含着各自的辛酸,而回京的人却怀着新的期望。

皇上的诏令是在七月中旬发出的,等送到北地郡府义渠时,已是八月初了。皇上的诏令说,入夏以来,蝗灾严重,粮食歉收,农桑凋敝。擢升韩安国为大司农,兴农治粟。

诏令是以六百里加急送到的。严助宣罢诏书,就在韩安国的引导下沿着马莲河畔巡视了边关防务。沿途所见,士卒严阵以待,边民秩序井然,五里一碉,十里一堡,固若金汤。

韩安国在任上一直致力于北地郡与上郡、云中郡之间建立联防,一方有事,两方侧应,所以近年来北地郡一直都没有发生大的战事。

当他们沿着秦直道驰马长城脚下,来到贺兰山巅时,但见山北草原浩阔,牛羊成群,隐隐约约地传来牧民高亢的歌声;而山南农舍点点,绵延到山脚下,刚刚收过庄稼的地里,农夫们赶着耕牛在播种新的希望。

这祥和安定的氛围深深地感染了严助,他不禁由衷感叹道:"边境烽火不兴,百姓安居乐业,皆因将军治边有方,下官回京之后,一定要面奏皇上,为将军记功。"

"多谢大人!此皆皇上德被边土,大政深入民心之故也。此处偏远,昔日官吏多有怠惰,豪强乘机大肆兼并,以致富者阡陌连连,贫瘠者无立锥之地。自皇上诏令还田于民以来,在下打击豪强,抑制兼并,使商者乐其业,耕者安其居。百姓无不称颂朝廷圣德,皇上隆恩。"

严助点了点头道:"大人所言极是。下官前次奉诏解东瓯之围,沿途所见,亦是如此!"

一说到皇上,韩安国总忘不了那件随身佩戴的虎头鏊。从那时候起,他就把个人的荣辱与大汉兴衰紧紧连在一起。他虽身在边陲,却时时关注着新制的成败。赵绾案发后,他曾担心皇上不能度过那一段艰难时光。现在,面对作为新制推动者的严助,他一肚子的话都化为内心的问候:"皇上还好吗?"

"皇上心胸恢宏,高瞻远瞩。虽然太皇太后废除了许多新策,可皇上并没有消沉,他一直寻找机会实现自己的抱负。从建元三年起,皇上做了三件顺天意、得民心的大事。"

"哦!大人快说说,在下久在边陲,消息不通。"

"第一件事情是继续削弱藩国,让晁太傅当年的梦想变为现实。前年,济川王刘明坐杀中傅,皇上废除其国,将其迁到房陵;前不久,皇上又因广川王刘越、清河王刘乘殒薨无后,废掉了两国。下官久在京城,深感皇上处理起这些棘手的问题时,比先帝更加沉稳机智,使太皇太后无懈可击。这真是帝王的气魄啊!"

韩安国击节赞道:"这个在下在灉阳时就感受到了。"

严助接着道:"古今成大事者,必有过人之坚韧。皇上之所以能屡次化险为夷,正在于此。虽窦婴、田蚡被免,赵绾自缢而死,可皇上并没有改变独尊儒术的意志。今年开春,他又趁太皇太后身体不适之机,在太常寺设置五经博士,研读整理儒家经典,一举打破了建元二年以来的沉闷空气。现在又要大司农寺大力整顿货币,废除三铢钱,行半两钱。"

听着这些发生在长安的故事,韩安国完全沉浸在皇上举重若轻、谈笑间指点江山的魅力中去了。他想象着现在的皇上该是怎样的潇洒和俊逸,怎样的凭虚御风,运筹帷幄。他似乎忘记了长河落日,暮霭沉沉,只将一双火热的眼睛盯着严助,兴奋道:"严大人,把皇上的故事都说给在下听听。"

严助笑了笑指着西斜的太阳和渐渐烧起来的晚霞,两人拨转马头,向山下走去,一路上,严助依然滔滔不绝,韩安国全神贯注,等到了山下营中,已是酉时了。

用过晚膳,严助对韩安国说道:"下官此行,得以观瞻边塞雄风,受益匪浅,明日下官便要启程回京了。"

韩安国起身作揖道:"大人先行一步,待在下将北地防务交接,即可赴京。"

建元五年九月,韩安国在巡视了北地、云中、上郡等地的防务,向各郡太守们一一告别之后,就星夜奔驰,到长安赴任,未等与妻儿享受久别重逢的喜悦,就受到了皇上的召见。

走进未央宫宣室殿,刘彻伏案批阅奏章的身影就映入了韩安国的眼帘。那手执朱笔的专注,眉头微皱的思虑,沉稳雄健的气度,使他无法把眼前的皇上与当年滩河边哭喊着要与农家小儿打雪仗的太子联系在一起。

时光流逝,斗转星移,大汉的风雨把一个天真少年磨砺成一代挟雷弄电的君王。他不忍打扰眼前的情景,暗地朝欲上前禀奏的包桑摆了摆手。两人屏住呼吸,静静地站在丹墀内望着刘彻,直到他批完一道奏章,包桑才走了上去说道:"皇上,新任大司农韩安国奉诏觐见。"

韩安国忙跪倒在地,以笏板掩面道:"臣韩安国参见陛下。"

"韩爱卿快快平身。"

刘彻由各地灾情带来的烦恼因韩安国的到来而消逝了不少,他紧步走出龙案,来到丹墀内,望了韩安国片刻,口中吐出四个字:"风采依然!"

包桑在旁边道:"韩将军一路风尘,未及回家喘口气,就来拜见皇上了。"

刘彻赞道:"他的脾气朕知道,总是先公而后私,这是古者之风啊!"

君臣坐定后,刘彻笑道:"朕听说韩爱卿在北地都尉任上颇有作为,朕正思谋着该怎样赏赐爱卿呢!"

"谢皇上隆恩。臣区区都尉,何德何能?边关能有今日,皆赖郡守们勠力同心,尽忠竭命。特别是李广将军和程不识将军,其功尤大。李将军以爱士卒而闻名军中,饮食与士卒共之,士卒不尽饮,将军不近水;士卒不尽餐,将军不尝食。故每逢大战,士卒争先赴死,未敢惜命。程将军治军严谨,行伍营阵,井然有序。匈奴每闻二将军之名,都望风而逃。臣所忧虑的是,现在二位将军年事已高,若有闪失,必折我朝股肱。臣此次奉诏回京,一个心愿就是恳请皇上调两位将军回京调养,以备大用。"

韩安国虚怀若谷,重情重义,令刘彻分外感怀:"爱卿胸怀宽广,乃我大汉社稷之福。你的心愿,严助复旨时亦向朕陈明。"

刘彻说着,就对站在一旁的包桑道:"传朕旨意,调上郡太守李广为未央宫卫尉,云中太守程不识为长乐宫卫尉。那个平庸而又不检点的窦甫,就让他回家养老吧。"

"诺!"

刘彻没有忘记凿空西域、根除边患的大计,他问韩安国可曾听到有关张骞的消息。韩安国告诉他,边境的匈奴人传闻,张使君在河西一带被匈奴军俘获,押到单于庭,后来被隆虑公主救下,现在尚不知情况如何。

刘彻眉头紧蹙片刻后又展开,目光中充满信任地说道:"朕相信张骞一定能排除万难,到达大月氏的。现在还是说说当务之急吧!眼下各地灾情严重,爱卿有何良策,可速速奏来!"

"此事臣在回京途中亦多有思谋。管子曰:'安邦定国,以人为本。'眼下蝗灾严重,稼禾无收。故臣以为,为今之计,莫过于减免税赋,安定民心;其二,请皇上下诏,要求各地郡守、县令务以农桑为本,号令百姓灭蝗自救;其三,诏令各地开仓赈民;其四,严厉打击囤粮抬价的不法商人。"

"好呀!爱卿早已韬略在胸啊!"刘彻听着韩安国的陈奏,抑制不住心头的兴奋,猛地站起身来在丹墀内踱着步子。

"就依爱卿所奏,拿酒来!"

不一刻,两位黄门就抬着一坛御酒进来了。

"将军久在边陲,艰苦备尝,朕赐你御酒一坛,以作犒劳。"

韩安国诚惶诚恐,拜倒在地谢道:"谢皇上隆恩。"

这就是忠诚之士的情感,一坛御酒,就会让他们感激涕零。想想姑母窦太主,再想想舅父田蚡,一个个食无劳而禄无功,却贪得无厌,欲壑难填,刘彻顿感泾渭清浊,自在人心。正要说话,却见包桑匆匆忙忙地进来,一副欲言又止的样子。

"有什么要紧的事吗?"

"窦宇过来说,窦太主在长乐宫中等候皇上呢!"

"又是她,朕不见!"刘彻狠狠地一甩袍袖,继续与韩安国说话。

包桑面露难色道:"恕奴婢直言,若是窦太主直接来参拜皇上,不见尚可。现今她在太皇太后宫中,若是不见,太皇太后那边便不好交代,请皇上三思。"

韩安国也劝道："包公公所言有理，皇上还是去见见为好。"

……

借着从殿外折射进来的阳光，窦太主看清了太皇太后布满皱褶的脸。那脸闪着蜡黄的亮色，久病的浮肿让这张当年倾城倾国的脸变得坑坑洼洼。透过脖颈下松弛的皮肤，几根青筋清晰地暴露在她的面前。似乎这脆弱的生命就靠几根筋勉强地支撑着，时刻都有脉断气绝的危险。

太皇太后如今是她的靠山，看到这种情况，窦太主心如刀绞。但她强迫自己把已流到眼角的泪水强压进肚里，把太皇太后的女御长叫到一边悄悄询问道："太皇太后近来情况怎样？"

"这……"

"不要吞吞吐吐的，我要的是实情。"

"不大好！太皇太后整天昏睡，话少得多了。"

"太医怎么说？"

"太医说，恐怕不会太久了。"

"太皇太后生病的消息要严格控制，不能让宫外的人知道，懂吗？"

"诺！奴婢一定不说，也不让他们说。"

问完病情，窦太主整个人就像散了架子，从没觉得这样累。若不是面对这么多的宫娥和黄门，她真想伏在母亲的怀抱中痛哭一场。是的，母亲在她的眼中是一座山。没有了这山，她也将不再拥有荣耀和富贵。窦太主发狠地擦了擦眼角，正要回到母亲身边去，却听见殿外传来包桑的声音："皇上驾到！"

大殿内的人们立时紧张起来，连同窦太主母女在内，"哗啦啦"跪倒了一片。刘彻一脚踏进永寿殿，就听见阿娇的声音，心中便明白了七八分，一定是这个多事的女人又跑到老祖宗面前嚼舌头了。

"平身！"刘彻的眉头已写了几分不快，目光并不愿在阿娇母女脸上停留，他直接来到太皇太后榻前。

"是彻儿么？"太皇太后睁开黯淡的眼睛，茫然地看了看，又垂下了眼睑。

"是孙儿。"刘彻说着话就跪倒在太皇太后面前，"孙儿向太皇太后请安！"

刘彻没有从太皇太后那里听到任何回应。他抬眼看去，那是怎样一个身影啊！是经过漫长风雨匍匐在地的一段枯木，是被岁月风干的一条干涸河床。没了往日的威严，远去了早年的权欲，留下的只有那苍白的平静和木然。刘彻顿时觉得，她离自己那么近，又那么远；那么熟悉，又那么生疏。似乎四年前她凭借一己之力让一场生机勃勃的新制中途夭折的往事恍若隔世，而现在溢出眼角的只有泪水和亲情。

刘彻再一次呼唤道："孙儿向太皇太后问安！"

太皇太后终于睁开了眼睛，刚才她的魂魄在九天之间孤独地飘荡，冥冥间听见遥远的声音，她轻如薄帛的身体便晃悠悠地回到了永寿殿，及至听见跪在面前的是让她烦恼揪心又让她深爱的嫡传孙子刘彻的请安时，她那双承载了太多沧桑而失去光芒的眼睛滚下了浑黄的泪珠。

"是彻儿么？到我跟前来。"她试图给孙儿一个温馨的微笑，可她留在刘彻印象中的却是一种对生命的无奈和凄然。

刘彻几乎是用双膝挪到太皇太后跟前去的，她枯瘦的手无力地拉着刘彻的衣袖，柔声问道："怎么瘦了啊？"

刘彻没有说话。

太皇太后命令道："大家先出去，我要和彻儿说说话。"

"外祖母，我……"阿娇极不情愿地站起来。

"你也出去。"

窦太主严厉地瞪了阿娇一眼，自己先出去了。

大殿里静极了，太皇太后闭着眼睛沉默了许久，才开口说道："彻儿，你今年二十一了吧？"

刘彻"嗯"了一声，点了点头。

"你恨我么？"

"怎么会呢？"

太皇太后喘了口气说道："我所做的一切，都是为了汉室社稷。我不能带着罪过去见先帝。"

"孙儿懂祖母的苦心。"

"你不懂！"太皇太后闭眼养了会儿神继续说道，"到了我这个年纪，你才能真正懂得做人的难处。"

刘彻便不再说什么了。也许她说得对,也许只有到了与她一样的风烛残年,他才能从漫长的岁月中咀嚼出生命的不易。

"好了!我的彻儿已经二十一岁了。从今天起,我不再过问朝事,大汉的江山都交给你了。"

然后,太皇太后拉起刘彻的手说道:"朝堂的事先不说了,现在说说家事吧!我这一生最后的牵挂就是你和阿娇了。"

刘彻想说什么,但又忍住了。太皇太后的话中蕴涵了太多的沉重,太多的忧郁,太多的悲凉。

"你和阿娇,一个是我的孙子,一个是我的外孙女。一为至亲,一为至爱,血脉相连,我从未厚此薄彼。她至今没为汉家生个太子,又生就那个脾气,可她毕竟是你的表姐。你是男人,又是皇上,你可要善待她啊!"

"还有你的姑母,她对你可是有恩的啊……"

"孙儿记下了,请祖母放心。"

"让她们都到榻前来。"

当窦太主和阿娇等人回到大殿的时候,太皇太后已经筋疲力尽,脸色更加蜡黄了,紧闭的双眼只可见睫毛在微微颤动。可这个刚强的女人在沉默了一会儿后,又用微弱的声音打破了令人窒息的沉寂。

"包桑!"

"奴婢在。"

"宣旨,自今日起,我不再过问朝事。军国大事,悉由皇上决断。"

"诺!"

这时,未央宫外远远地传来暮鼓的声音。

建元五年九月最后一天的太阳把它橘黄色的光芒留给了万里云天,悄悄地隐没在苍山背后。

第十五章

暮霭深秋残阳落　风雨关河看英杰

一年一度,春去春回。建元六年(公元前135年)四月间,正是长安万千芳菲的季节,但是从咸阳北原却传来了不好的消息,说是长陵的寝殿遭遇了火灾,这让刚刚重掌朝政的刘彻十分震惊。

往日大多是百官在垫门等候皇上的到来,但是今天,刘彻却先于大臣们到达大殿,并派人传太史令司马谈到宫中问话。

司马谈匆匆走进大殿,还没有等他行礼,刘彻就拿上宗室录浏览起来,眉宇顿时紧蹙在一起。司马谈记得很详细,建元元年以来的所有重大天象都没有遗漏,刘彻的目光在建元四年以来的记录上反复扫过:

　　建元四年夏,有风赤如血。
　　六月,大旱。
　　秋九月,有星孛于东北。
　　建元五年夏五月,大蝗。
　　建元六年二月,辽东高庙遭遇火灾。

刘彻记得,这高庙是父皇在平定七国之乱后诏令各诸侯国修建的,其意在唤起诸王渐渐淡忘的血缘和亲情。他觉得这火烧得太蹊跷,按说辽东这时正是冰封雪飘的季节,为何就忽然起了漫天大火呢?

据宗正寺和太仆寺的官员说,大火烧得很猛,供奉太祖高皇帝的大殿一夜之间化为灰烬,其他附设建筑也已成为残垣断壁。而眼前,长陵高园的寝殿又被焚毁。

"这到底是为什么?"刘彻将目光投向面前的司马谈。

司马谈很惶恐,作为史官,他明白自己的职责不仅是忠实地记录皇上的起居、朝廷的大事,还负有解释天象的责任。但如回答不慎,往往要担着身家性命,他不免慎之又慎了。

"依微臣看来,天象与人道相分而又相应。记得当年五星逆行于空时,皇上曾借用荀子的话来解释,天行有常,不为尧存,不为桀亡。高园失火,臣认为纯属偶然,皇上大可不必在意。"

"是这样吗?"刘彻对司马谈的回答显然不够满意,他指着实录上的记载道,"朕之所以忧虑,是因为前年有星孛于东北后,辽东的高庙就毁于火灾。今年刚刚开春,高园又再度毁于大火。不知道是天意还是人为?'相分而又相应',这让朕想起了董仲舒当年在策对中的话,这是不是皇祖的在天之灵在警示朕呢?"

司马谈犹豫再三,觉得还是把天象和人事分开来说比较稳妥,他整理一下思路道:"董公之言,过于玄秘。臣记得周昭公十八年,宋国发生天灾,郑国亦惧,史官欲以宝物祭灶,祷于上天,子产闻之,言于王曰:'天道远,人道迩,非所及也,何以知之?灶焉知天道,是亦多言矣,岂不或信?'臣又闻,宋襄公在位,陨石落入境,鸟退而翔,国人皆惧之,内史叔兴曰:'是阴阳之事,非吉凶所生也。吉凶由人。'由是观之,臣认为高园大火,乃天行之常,非上天谴告。建元四年以来,虽天灾频仍,然闽越臣服,东瓯围解,农桑兴国,万民安乐,皇上无须忧虑。"

话虽这样说,但刘彻的心情却没有因为司马谈的分析而有丝毫轻松。正待要再问下去,包桑进来说众位大臣已在塾门等候多时了。刘彻才收住话头,传旨上朝。

刘彻将灾变提到朝会上,固然有反躬自省的意思,但他更有一个内心深处的目的,那就是以此为据,向许昌、石建等人问罪。当大臣们站定在大殿时,刘彻的目光环顾了一下,语气重重地问道:"丞相到了吗?"其实,许昌就在面前站着,他之所以明知故问,意在强调今日早朝的不同寻常。

"启奏陛下,臣在……"昨晚,许昌即获知高园失火的消息,因此当皇上问到他时,他心里就格外紧张。近来皇上总是对他的行为多加指责,以致他一上朝,就心底发慌。

"高园失火,是何原因?"

"这个?臣……"

"朕一问话,你就支吾其词。"

刘彻又问了石庆和石建,这兄弟俩也摇了摇头。刘彻的脸顿时拉了下来,不满道:"身为朝廷重臣,碌碌无为。高园毁于火灾,你等竟不知原因,这是何道理?这都是你等尸位素餐,惹恼了太祖高皇帝的在天之灵,以灾异谴告于朕!"

在刘彻发脾气的时候,许昌等人都耷拉着脑袋不说话,这是他们多年来养成的习惯。他们知道,任何辩解都会招来更严厉的斥责,甚至会激怒皇上而招来杀身之祸。

在将大臣们一一数落过后,刘彻宣布道:"高园遭灾,是朕之过,朕自今日起,素服五日。内史石庆,着即免职,闭门思过。"

朝堂上的风雨,有时候就是如此莫测。表面上的处罚和被处罚,隐藏在背后的往往却是智谋和权力的较量,关键是要找到一个合适的理由。如若四年前,赵绾不丢失那份要命的奏章,太皇太后就算对皇上有多少愤怨,也不会公开阻挠新政。同理,高园火灾也成了石庆被逐出朝堂的缘由。

相比之下,经过四年磨砺的刘彻,处置这些事情来,却比太皇太后高明多了。他并没有将许昌和庄青翟的职务也免掉。这样,既表明他整肃纲纪的决心,又不至于让躺在病榻上的太皇太后受太大的刺激。而他素服五日,又一次将大汉以孝立国的宗旨昭示天下。

散朝以后,司马谈又被刘彻留下,却再没有谈灾变的话题。刘彻指着实录上的文字问道:"这是怎么回事?"

司马谈捧起竹简,见刘彻在记载他外出狩猎、踩踏百姓稼禾一处点了记号:"你这不是给朕难堪么?后人看了这些记载,将会怎样评价朕呢?"

司马谈对刘彻的问话并不感到意外。他早已从父亲口中得知,历来的国君或帝王总是希望在历史上留下自己最辉煌的、最神圣的形象,而不愿把哪怕一点污点留给后人。但是,史家世代因袭的传统又不容许他去按照个人好恶编纂历史。

司马谈跪在刘彻面前,将《宗室录》举过头顶说道:"陛下,此乃史官之责,臣记得《礼记》说,'动则左史书之,言则右史书之。'皇上一言一行,臣都要记录在案。如此,臣留给后人的才是一部信史。"

"朕自登基以来,做了那么多大事,你能保证都记录在案了吗?"

"皇上圣明,臣斗胆,倘有一件遗漏,臣甘愿领罪。"

"这么说,朕不早朝的事你也记下了?"

"皇上圣明。"

看着一脸严肃的司马谈,刘彻又问道:"你为什么要这样做呢?就不怕朕罢了你的官么?"

"启奏皇上,微臣不过是六百石的小官,不要说皇上罢微臣的官,就是将臣诛灭九族,也易如反掌。然臣宁可身死族灭,也不能因文过饰非,而遭万世唾骂。臣记得圣人有云:'君子之过,如日月之食焉,过也,人皆见之;更也,人皆仰之。'历史不仅在微臣笔下,更在百姓心中。就是微臣不书,百姓也会传扬的。"

刘彻望着跪在地上司马谈,侃侃而谈,毫无惧色,一时倒不知怎样描述自己的心情了。司马谈说得是否有理,他需要时间思考,但现在他明白了一个现实,就是对史官来说,信史如同他们生命一样重要。纵然杀了司马谈,他的儿子也会秉笔直书的。

"难得爱卿如此忠直,这本《宗实录》暂且留在朕这里,你先下去吧!"

出了未央宫前殿,司马谈才发觉刚才与皇上一番对话,自己早已大汗淋漓了,如今冷风一吹,浑身透凉。他正要回府,却远远地望见了田蚡,看样子是刚从宫中出来。

最近不断传言,说田蚡倚仗与太后的关系,不断向皇上提出要求,甚至他推荐的人也都得到了安排。于是,很多人都纷纷投到田氏门下。司马谈一想起这些作为,就从心底鄙夷这样的追名逐利之徒,急忙转向走上去官署的路。

"太史公！太史公！"田蚡隔着数十步远就和司马谈打起了招呼。

"呀！是侯爷呀，下官眼拙，请侯爷恕罪。"

"说哪里话？我现是赋闲之人，大人何罪之有？"说话间，田蚡已来到司马谈面前，语气急促地问道，"大人知道么？长陵高园失火了！"

"下官知道了，今日早朝皇上还为此素服五日！"

"皇上为什么要这样呢？这事是因为……"田蚡压低了声音说道，"这是先帝在天之灵告诉皇上，太皇太后就要寿终了。"

司马谈心里顿时"咯噔"一下，惊道："侯爷！这话可不能乱说。太皇太后乃我朝支柱，国不可一日无她。"司马谈说着就要离去，却被田蚡拉住了。

"太史公不要走，我还有话说。"田蚡挤了挤小眼睛悄悄问道，"这件事太史公记录在案了吗？"

"下官的职责就是记录朝廷大事，这件事情当然也不能例外。"

"太史公说得好。不是我夸口，不出一个月，这事就可见分晓。"田蚡捻着胡须笑了笑，"到那时候，皇上就可以大刀阔斧地推行新制了。"说完，他就摇头晃脑地走了。

这尘世的人从来就是形形色色的。有时候，两个看似极不相容的东西就偏偏奇怪地融合在一起。田蚡就是这样，论起治学，他不可谓不精。虽不能与公孙弘、董仲舒这些"内不自以诬，外不自以欺，以是尊贤畏法而不敢怠傲"的雅儒相比，却也是说起儒家的经典就滔滔不绝。但他自己明白，要内修为"虽隐于穷阎漏屋，无置锥之地，而王公不能与之争名""言有类，其行有礼，其举事无悔，其持险应变曲当"的大儒是一个很痛苦的过程。故而，他更看重的是眼前利益。

不管窦婴当面贬斥他为人俗气也好，还是有人背地里骂他"先王以欺愚者而求衣食焉"也罢，他依然按照自己的处世原则去看待身边发生的一切。现在，田蚡坐在车驾上，对高园火灾的发生表示了难以言表的暗喜。

他虽然没有到过火灾现场，却透过那联想中的熊熊火苗，依稀看到了那扇紧闭了四年多的仕宦之门已被烧开了。他现在要做的事情，就是如何通过太后阻止窦婴复出。

"回府！"田蚡向驭手挥了挥手。

而此时司马谈望着田蚡的车驾远去,只觉得一股凉气直朝脊梁袭来。田蚡的话语,他不敢多想,也不能多想,只能匆匆打道回府了。

按照父亲的安排,司马迁已经将《诗经》中的有关部分读完,刚刚伸了伸酸困的胳膊,丫鬟就来告诉他,说老爷回府了。他不敢有丝毫的懈怠,匆忙来到书房。

司马迁是最近才来到京城的。在他出生以后,父亲就将他送回家乡龙门,在祖父身边长大,他随后读完了《小学》《大学》等经书。

司马谈之所以现在将他带在身边,是想从小就培养他史官的使命和品格。因此,现在司马迁正在读的书是《中庸》,等到有了一定的积累,他就要开始读《春秋》。

"父亲回来了!"

"嗯!书都读完了么?"

"读完了!"司马迁答道。

近来他在读《诗经》的同时,也先看了一部分《春秋》的内容,他将自己不懂的问题提到父亲面前:"父亲,孩儿不大明白,按儒家为尊者讳的传统,《春秋》中有许多记载就不太合情理。"

"都有哪些方面呢?说给我听听。"

"《春秋》中有不少臣弑君、子弑父的故事,这不是暴露国君的隐私么?如果真是这样,那么为尊者讳的传统又体现在哪里呢?"

"哦?你先坐下,我正要和你说这个呢!"司马谈随手翻开手头的一卷竹简,沉吟片刻后道,"这是我草就的一部分手稿,你可以拿去看看。这里面不仅记载了三代的盛世,也记载了他们的缺点甚至污点,不仅如此,我朝历代皇上的一言一行,我都真实地记录着。你长大后是要继承这史官之职的,我最担心的就是你不能秉笔直书,现在让你看这书稿,就是要让你记住史官的职责,你知道么?"

"孩儿明白了。"

"仅有这点还不够。再过几年,你还要到各地去游历,要实地考证史实的来龙去脉,才能承担起撰写信史的重任。"司马谈说到这里,拢了拢灰白的鬓发,"天将降大任于你,你一定要上不负苍天重托,下不负祖宗期冀,身不负太史的使命,更不能辜负了我的一片苦心啊!"

司马迁撩了撩宽大的衣袖,那充满稚气的脸上顷刻间充满了庄严:"请父亲放心,孩儿一定记住父亲的教诲,将来写一部流传万世的信史!"

司马谈会心地笑了,上前抚摸着司马迁乌黑的头发,心头涌起说不尽的欣慰,可是这种欣慰很快就飘逝了,他想起了眼前这个孩子出生的那天,正是未央宫东阙被大火烧毁的日子,而现在他十岁的时候,高园又毁于火灾,于是心中生出一种难以名状的沉重——莫非这预示着迁儿今后的命运会十分坎坷?

司马谈抚着的手久久不愿意拿开,他向来不相信这些,可这两次灾象也太巧了!

五月,太皇太后的精神忽然好了起来。当她坐在永寿殿的病榻上追忆渺如烟海的往事时,思路分外的清晰——她想起当年与文帝邂逅在代国、一见钟情的幸福时光,蜡黄的两颊泛起难得的潮红。

宫娥们都十分惊异老人家顽强的生命力,可有人也明白这不过是回光返照,但谁也没有胆量敢将这个事实说穿。当着太皇太后的面,她们总是拣好听的说。

丁亥日早朝后,许昌到永寿殿来探望太皇太后了。对许昌太皇太后自信还是比较了解的,他虽然在任上没有多少建树,可他对黄老学说的精到,对自己的毕恭毕敬,都使得他们一见面就总有共同的话题。她相信,有许昌做丞相,完全不用担心刘彻会重启新制。

"丞相有好些日子没来看我了。外面都有哪些新鲜事,说来给我听听。"

"启奏太皇太后,皇上近来十分勤勉,只是微臣……"

"怎么了?"

"只是微臣愈来愈老迈,不能为皇上分忧,总觉惭愧。"

"又发生了什么事情?又是那些儒生兴风作浪了?"

"这倒没有。"许昌嗫嚅了几次,都不知道该不该将高园火灾的消息告知眼前这个病中的女人。

太皇太后听出了许昌欲言又止,身体便情不自禁地成了前倾的姿势,急道:"快说！究竟发生了什么事？"

看着太皇太后着急的样子,许昌便觉得她的心一刻也没有离开未央宫前殿——那座作为王朝权力象征的建筑。许昌被深深地感动了,面对这位虽然苍老却坚韧的老人,似乎任何隐瞒都是一种不可饶恕的罪过,于是他说道:"太皇太后,一个月前,长陵高园的寝殿忽然起火,皇上为此而素服五日。"许昌刚一说完,就老泪纵横,"都是微臣无能,让太祖高皇帝在天之灵不能安宁。"

不过耳边的呼唤声打断了许昌的哭声。

"太皇太后！"

"太皇太后！"

太皇太后的昏厥让永寿殿内一片混乱,大家一时不知所措。许昌明白是自己的不慎加重了太皇太后的病情,他几乎声嘶力竭地喊道:"还不速传太医！速去禀奏皇上和太后。"

……

消息传到长信殿时,田蚡正与太后说话。

看着日渐衰老的太后,田蚡深为这些年姐姐生活在太皇太后的阴影下而打抱不平。

"那边……"田蚡指着永寿殿,"时间不会太久了。"

王娡看了一眼四周,低声道:"这话兄弟也只能在我这里说,万不可在外信口张扬。"

"那是自然。"田蚡呷了一口茶,嗓子利索多了,话也更加清晰,"臣弟此话绝非妄言。去年九月,她之所以声明不再过问朝政,非是不愿,而是力不从心了。今年四月高园起火,臣弟就断定她将不久于人世。其实,这个朝廷也早该有气象更新的样子了,总让一个将去的人指手画脚,太后的位子往哪里放呢？"

王娡却没有顺着田蚡的意思说下去,而是感叹道:"我这里倒没什么,只是皇上被掣肘,委屈他了。"

"谁说不是呢？尤其是太皇太后安排的那个许昌,整日浑浑噩噩。前些日子,为了高园起火的事,他就受到皇上的严厉申斥。"田蚡不失时机地把话题转移,"那边一去,皇上肯定要对官职重新考虑的。"

这话一出口,王娡就摸清了田蚡的心思,故意淡然道:"怎么安排,那是皇上的事。"

话虽这样说,但王娡不是没有想到。而且她对田蚡的复出也有一些预先的打算,只是不便言明罢了。

"近日你的举止要谨慎些,你的所为不但皇上看不过去,我也是略有所闻。"

田蚡点了点头,太后的话他已经听出了八九分,进一步探道:"臣弟所忧虑的,就是那个窦婴。"

王娡正要说话,就听见紫薇慌慌张张的声音:"太后!太后!大事不好了!"

王娡皱了皱眉头,不快道:"何事如此惊慌?"

"永寿殿那边来人了,说太皇太后病危,传太后过去呢!"

王娡顾不得和田蚡说话,就向殿外疾步走去。

当王娡赶到永寿殿时,刘彻、阿娇、窦太主已先到了。黄门、宫娥把宫院挤得满满的;门外警跸全副武装,严阵以待;新任长乐宫卫尉程不识按照安排,在宫外的大街上布满了岗哨。自建元二年以来,京城的气氛从来没有这样紧张过。

太皇太后已被移往内室的卧榻,刘彻等人就在大厅等候。看见太医走出内室,刘彻便急不可待地上前询问病情。太医犹豫再三,只是叹息。

刘彻分外不悦,怒道:"到底如何?或吉或凶,你都应奏明才是,吞吞吐吐是何道理?"

太医"扑通"一声跪倒在殿前,浑身颤抖道:"皇上,微臣无能,微臣无能啊!"

刘彻见此情景就明白了,太皇太后的生命已到了最后时刻。他把目光投向内室,隔着一层幔帐,他已看不清太皇太后的面容,一时间,这些年的风风雨雨全都涌上心头。忽然,他的眼睛就潮湿了,缓缓说道:"生死有命,你不必过于自责。先站到一边去吧!"

太医刚刚站起来,许昌就对着太后和皇上跪下了,哭道:"老臣许昌,请皇上恕罪,如不是老臣将高园起火的消息禀奏给太皇太后,也不至于……臣万死而难辞其咎啊!"

刘彻闻言大怒道:"你真是老糊涂了,如此大事你怎能告诉太皇太后呢?朕恨不得……"下面的话没有来得及出口,太皇太后的女御长就出来传话让皇上和太后进去。

"朕回头再追究你的失职!"刘彻狠狠地瞪了许昌一眼,与王娡匆匆进了内室。

"祖母!孙儿来了!孙儿看您来了!"

"母后!彻儿看您来了!"

太皇太后的声音很微弱,只见她布满皱褶的嘴唇轻轻地蠕动,她握着刘彻的手已经没有了力量。王娡望着这一切,泪水骤然涌出了眼眶。她轻轻俯下身体,对太皇太后说道:"母后,您有什么话就说吧,彻儿就在您身边。"

"我刚才看见你祖父了,他正在灞上等着我呢!我这一生,跟随先皇文帝、辅佐你的父皇,做了不少的好事,也犯了不少的过错。现在好了,我就要到你祖父那里去了。"太皇太后说着说着,就觉得痰涌胸口,神志模糊,恍惚间整个身体升上了长安的空中,回头望去,那万里锦绣江山,那富丽堂皇的宫殿,那滔滔东去的渭水,那莽莽绵延的终南山,渐渐地在她的视线中模糊起来。

她深情地望着这方曾经浸透着情感、心血,倾尽了她整个生命的土地,用尽最后的力气道:"彻儿!我身后就葬在灞陵,我要陪伴你的祖父。"

这就是一个曾经掌握着王朝命运的女人留在这个世间最后的嘱托。

"祖母!祖母!"刘彻拉着太皇太后的双手急切地喊着,"祖母!您醒醒啊!"

王娡轻轻地拍了拍刘彻的肩膀,悲怆地说道:"太皇太后已经去了。从此,一切的风雨雷电,一切的沧海桑田,都只有我们去面对了。"

在大厅里等候消息的窦太主和阿娇听见刘彻的呼喊声,一下子奔进内室,扑到太皇太后身上放声大哭:"母后!您怎么就这样走了呢?"

窦太主凄婉的倾诉从内室传到每一个宫娥与黄门的耳里。

"母后!您走了,留下妾身该如何是好啊!母后!您睁开眼睛,看看女儿和外孙女吧！"而阿娇不知道该说些什么才好，只是掩面嘤嘤的哭泣。她们的情绪很快感染了大殿内外的人们，于是永寿殿哭声一片。

王娡这时候倒冷静了，她近乎无情地听着窦太主母女撕心裂肺的诉说，她怎会听不出这哭诉的弦外之音呢？与其说她们是为太皇太后的驾崩而哭泣，不如说是在为自己今后的命运而伤情。

这哭声让王娡心中颇为不快。哭什么呢？似乎我们母子要把你们怎样似的。说到底，你不还是皇上的岳母么？你不还是当今的皇后么？王娡决不容许这种情绪再蔓延下去，她几乎是狂怒地朝着窦太主母女喊道："不要哭了！"

永寿殿的哭声戛然而止，窦太主有些愠怒的目光与王娡对峙了片刻，就移向一边。王娡趁着大家静下来的机会说道："如果眼泪可以唤回太皇太后，我情愿哭瞎一双眼睛。我蒙太皇太后垂爱方有今日，我与太主一样悲痛。国母驾崩，天崩地裂，眼下最要紧的是，莫过于安排好老人家的身后事。"

王娡以她丰富的经验表示了对儿子的支持。刘彻发现在一片哭声中，许昌一直跪在那里没有起来，只是面前的地面被泪水打湿了一大片。

"你还跪在这里干什么？还不考虑怎样张罗丧事？传朕旨意，自今日起，诏令天下，举国致哀。宗正寺、太仆寺择定吉日，为太皇太后举行国葬。"

但刘彻这一决定，却遭到了许昌等人的阻拦。其实，他们内心也有一个恐慌，就是太皇太后这棵大树倒了，他们必须寻找与皇上亲近的机会。他们以为皇上所做的一切只不过是为了试探朝臣们的反应，而内心仍对这个曾经将新制斩断的女人有着不尽的怨恨。

许昌忽然不顾太皇太后刚刚驾崩，诸事未定的混乱局面而变得严肃执拗起来，慨然劝阻道："皇上，国葬万万不可！"

"你意欲何为？"

"我朝自开国以来，太后的葬礼从来没有高过先帝的，如今皇上却要为太皇太后举行国丧，臣以为不妥。"

许昌的话立即得到庄青翟和石建的支持。

"丞相之言，臣等深表赞同。如此铺张，有违祖制，臣等请皇上三思。"

可是他们猜错了，他们根本不会明白刘彻和王娡提高葬礼规格的真正意图。他们是想借太皇太后的葬礼去堵刘姓诸王的嘴,去平息窦氏家族的愤懑,去淡化朝廷新派与旧派之间的裂痕。他们要借此机会,在一片哀声中营造一个和谐的氛围。

而许昌等人的行为更是引起王娡极大的厌恶,她用冰冷的目光看着老迈的许昌,怒道:"听听!你都说了些什么?太皇太后生前视你等为社稷股肱。现在她老人家的尸骨未寒,你等就如此做派,岂不让老人家在天之灵寒心么?"

"微臣不敢!"

"你们究竟要干什么?传朕口谕,速传太宗正、太仆正入宫,总领国葬事宜。"刘彻走到永寿殿门口,回过头来,望着仍然跪在地上的许昌,大声斥责道,"太皇太后葬礼由宗正寺和太仆寺直接奏朕定夺,回头再追究你等不治丧事的罪行!"

……

而此刻,一场应对战争的紧急御前会议正在南越国都番禺的王宫中举行。南越国王赵胡,刚刚举行了登基大典,就接到了闽越国大军压境的急报。

"寡人新服未满,闽越国就来进攻,诸位以为如何才能退兵?"一脸愁容的赵胡将目光投向丞相。

"目前军情紧急,不容迟疑。要解这场危机,非得求助于汉廷不可。况且我国与汉廷有约,不得天子诏令,不可妄动兵戈。请大王派快马飞报,请求援兵。"

大将军上前一步说道:"丞相所言极是,不过,长安距番禺千山万水,只怕远水解不了近渴啊!依臣愚见,可一面派使者驰往汉廷求援;另一面修书给淮南王以求近援。论国力,我们虽不及闽越,但我国倚山临海,北控五岭,近扼三江,闽越要攻下我国,也不是那么容易。"

"如此看来,也只能这样了。"

第二天,晨曦刚在五岭山露出白色的时候,一队使团离开了番禺,向长安的方向疾驰而去;而另一支队伍,则沿着长江向淮南进发了。

朝廷的丧报星夜送往各地,使者在淮南相的陪同下来到寿春城东的王府街。

来自南越国的求救信让刘安一夜都没睡好，黎明时分，他终于做出决定，要上书朝廷阻止出兵。只要朝廷对南越和闽越的战争作壁上观，那朝廷就必然失信于属国，那时候……

刘安再也无法在榻上泰然安寝了，他迅速来到书房，铺开竹简，洋洋洒洒地写道："陛下君临天下，布德施恩，天下慑然，人安其生，自以为没身不见兵革……"

太阳跃上寿春城头的时候，刘安已写完了他的谏书。他对自己这篇上书的措辞很是满意，不仅展现了绮丽的辞采和飘逸的书法，而且字里行间还潜藏着一股无形的压力。他很得意地传来刘迁和伍被，正要念给他们听，却听见王府外传来门丞悠长的声音。

"朝廷使者到……"

刘安第一个反应就是太皇太后驾崩了。他没有任何的迟疑，就带着刘迁和伍被到王府大厅迎接使者。

刘安做事向来是滴水不漏的，他面对诏书，如同朝觐皇上一样一丝不苟，诚惶诚恐。

刘迁在旁见了，心想有这个必要么？又不是在京城。

更令刘迁不能理解的是，刘安在接过诏书后，竟然声泪俱下，痛哭失声："呜呼！贤哉太皇太后，待我有如亲生，萦萦系念于怀，瀚海之恩，海枯石烂，何以忘之；慧哉太皇太后，固我刘氏社稷，辅佐三代君王，功可比天，冬雷夏雪，何以忘之；圣哉太皇太后，持黄老以立国，倡《鸿烈》以天下，相坐赐酒，教诲谆谆，天涯海角，何以忘之。呜呼！国失天柱，吾失至亲，天丧我也。昊昊上苍，何不让安代母一死……"

刘安哭着哭着，竟然昏厥在地，不省人事了。刘迁和淮南相都慌了手脚，急忙传来医者，仓皇救治。半响，刘安才缓过气来。他躺在榻上，仍然流泪不止，对淮南相和刘迁道："寡人心痛如绞，恐不能赴京城为太皇太后奔丧，就让世子代寡人尽孝吧！"

接着，他要刘迁从案头拿起一卷竹简，说道："这是寡人为皇上新写的《颂德》和《长安都颂》，还有《谏不出兵闽越国书》，都一并呈送。国葬事急，你等速速准备去吧！"说罢闭了双眼，又是两行热泪。

朝廷使者被刘安的悲痛神情深深感动了，不免对淮南王欲步吴楚后尘的传言心生疑窦，心想这样一个温文尔雅、文采泱泱的王爷，怎么可能心怀叵测呢？看来是有奸人诬陷了。

使者正这样想着，刘安又说话了："使者大人远道而来，不胜辛苦，寡人本来略备薄酒，想为大人洗尘。然太皇太后驾崩，寡人心痛难忍，就不奉陪大人了。就请国相奉陪吧！"

使者安慰道："大王如此，太皇太后在天之灵必然安宁，还请大王节哀。"

不几日，刘迁到达长安。各诸侯国奔丧的藩王或使者一时云集京城，人数之众不亚于十月的朝觐。刘迁秉承刘安的吩咐，并没有立即进宫去朝见皇上，而是暗地先回了淮南王在京城的府邸。

刘迁十分吃惊，当他在王府里看到妹妹刘陵时，怎么也不能将之与四年前那个小姑娘联系在一起。她不仅出脱得如芙蓉般俏丽，目光中也多了京城女人的风情，言语举止都俨然京城皇家公主的做派了。

在这里，兄妹间说话便不像在刘安面前那样拘谨，提起父王接到朝廷丧报时的情景，刘迁便觉得好笑，打趣道："不就是一个老女人么？又是顿足，又是捶胸的。"

"兄长知道什么？此正是父王谨慎缜密之处。父王对世事洞若观火，岂能动辄怒形于色。你以为父王真的在哭太皇太后么？呵呵，那一切都是做给当今皇上看的。"

"妹妹不提倒罢了，一提这皇帝，哥哥就更加大惑不解了，难道他真如此令父王害怕么？"刘迁问道。

谈起京都的职官，刘陵了如指掌，谙熟在胸，尤其是对当今皇上的印象，竟然与父王的判断如出一辙。

"父王是对的，这个刘彻万不可小视。太皇太后专权那几年，他能忍别人所不能忍，又能及时抓住机遇，逼太皇太后退却，就足以证明他不好对付。你不要看刘彻对父王很是看重，依我观察，他对淮南国十分警惕，连睡觉都是睁着一只眼睛看着的。兄长敢说，你进京不会被朝廷监视？"

"照小妹这样说，父王只能寄人篱下了？"

"目前只能取悦于上而暗流于下。国葬结束，你得速速离京，不可久留！"

刘陵的果断让刘迁不知所从,半天说不出话来。

不日,刘迁向皇上呈送了《谏不出兵闽越国书》等几篇奏书,特别是他的《哭祭太皇太后》,听得守灵的诸王和大臣们泪如雨下,哀声一片。连刘彻一时都无法判断那些断肠的话语究竟几分是假,几分是真了……

一个权倾一时的女人永远地躺在了孝文皇帝身边。

国葬的规模十分盛大,京城和各国的诸王、官员数千人出席了葬礼,这是宗正寺和太仆寺按照刘彻的旨意精心安排的。送葬的队伍从灞陵一直排到长安近郊,白色的经幡和旗帜搅得周天寒彻,似乎这个六月蒙上了隆冬的惨淡。刘彻借此不但对王朝的承前启后有了一个交代,而且还从内心深处抹去了那段曾经让他郁闷、压抑的岁月。葬礼结束的时候,他回望坐落在白鹿原畔的灞陵,心中忽然有了一种解脱的轻松。

许昌、石建和石庆因阻拦国葬的行为为刘彻整顿朝纲创造了一个契机,他以"丧事不办"的罪名免去了许昌、庄青翟和石建的职务。

又是秋风飒飒的九月。

刘彻要考虑的是,谁来接替丞相和御史大夫的职务。可是一涉及这些,他很快又与王娡之间发生了冲突。这一天,王娡召刘彻到长信殿,就丞相一职提出了自己的意见。

"我以为眼下丞相的最佳人选莫过于田蚡。"

"舅父?"刘彻坚决地摇了摇头,"他不合适。无论是能力还是品格,他都不能胜任。"

"许昌昏庸,窦婴老迈。皇上看看朝野,还有谁比田蚡更合适的呢?田蚡再不好,他也是我的兄弟,你的舅父。他总不会与皇上离心离德吧?皇上推行新制不就是要以儒立国,以儒治国么?田蚡精通儒术,正合皇上的意图,不用他又用谁呢?"

"论起儒学,他远不及严助精通。"

"严助只是一介书生,难当宰辅重任。"

"论起人品,他远不及韩安国忠直刚正。"

"可韩安国资历尚浅,还需历练。"

"照母后说来,朝廷内外便只有田蚡一人当之无愧了?"刘彻站起来,在大殿里走起来,脚步带起的风吹动了殿内的纱帐。

"虽说历来有'内举不避亲'的常理,可母后总该推举那些德才兼备者才是,像田蚡这样……"

"这些我都知道。"王娡制止了刘彻的发泄,她的语气也缓和了许多。

"皇上说的这些都对。可田蚡还有我,还有皇上管着呢,他再怎么样,也不敢拂逆皇上的旨意吧!"

"当年他做太尉时,母后也是这样说的。"刘彻反驳道。

王娡知道,今天他们怎么说也不会出结果了,于是她婉转地说道:"我有些累了,话就说到这儿吧,孰轻孰重,皇上细细想想,自然不难明白。"

刘彻心里当然明白,他首先还是把丞相的人选定在窦婴身上。这一天早朝后,他留下韩安国,要他登门请窦婴再度出山,辅佐自己重启新政,共谋大汉中兴。他认为只有韩安国才能出于公心,准确地转达他的意思。

果然第二天,韩安国就带来了窦婴的上疏。窦婴在疏里对皇上重启新政满怀希望,对皇上再度召唤他出任丞相百般感激。不过涉及丞相一职时,窦婴却是这样说的——

臣闻天子三公,诸侯一相,大夫擅官,士保职,莫不法度而公,是所以班治之也。论德而定次,量能而授官,皆使其人载其事而各得其所宜。上贤使之为三公,次贤使之为诸侯,下贤使之为士大夫,是所以显设之也。故明主有私人以金石珠玉,无私人以官职事业。《书》曰:"唯文王敬忌,一人以择。"新政以待重启,百废以待重兴,必赖才俊新秀,良骥少壮。陛下不以臣愚钝而厚遇之,臣铭感皇上隆恩。然臣以衰朽残念,羸弱之躯,而居于阁僚之首,立于陛下左右,于国无益。让贤荐才,论德任官,乃尧禹大治之故。燕相灌夫,中直刚勇,主三军必胜任;中大夫严助,贵名而不比周,求实而不夸诞,积德而遵道,乃丞相之才;大司农韩安国,虽治申韩,然则内足使以益民,外足使以拒难,民亲之,士信之,上忠乎君,下爱百姓而不倦,乃御史大夫之用也。臣祈皇上隆礼至法,尚贤使能,才技官能,使德厚者进而佞说者止,贪利者退而廉节者起,公道达而私门闭矣……

这一番至诚之词,让刘彻十分感动,他默然良久,问道:"韩爱卿如何看待窦婴的奏章?"

"魏其侯之言,至忠至诚。三公之任,不可不慎。"

"爱卿以为田蚡做丞相如何?"

皇上这样一说,韩安国立即悟到此事定非皇上所愿,皇上向来不待见自己的这位舅父,多次当着大臣们的面责备他,这是朝野尽知的。这必是太后的意思,这下就难了。帝后不和,受损失的将是新政,而南越国事急,不容久拖不决。

他当然不会忘记,当初自己复出时田蚡百般刁难,然国是唯大,岂可以私废公。想到这里,韩安国道:"臣以为,目前武安侯出任丞相,未尝不可。臣闻术者,因任而授官,循名而责实,操杀生之柄,课群臣之能者也。故校之以礼,而观其能安敬也;与之举措迁移,而观其能应变也;与之安燕,而观其能无流慆也;接之以声色、权力、愤怒、患险,而观其能无离守也。彼诚有之者,与诚无之者,若白黑然,皆在皇上。"

是啊!用人之掣肘在太后,而驭人之术在朕啊!这个韩安国何其聪颖,他不点破帝后之间的龃龉,却把一切都看得明明白白。好!若是田蚡出任丞相,那是非让韩安国任御史大夫不可。

大臣们期待许久的职官任事,在建元六年六月终于尘埃落定了。田蚡任了丞相,而刚刚入朝两年,因在兴农务本方面显露出过人才华的韩安国也拟任御史大夫。

之后,刘彻顺理成章地把出兵闽越的议题提上了朝会。早朝时,刘彻面对群臣,把刘安呈送的《谏不出兵闽越国书》弄得哗啦啦响,犀利的目光掠过每一个大臣的额头,洪亮的声音在未央宫墙壁间荡起阵阵回音。

"闽越国屡次违背誓约,前几年发兵东瓯,现在又入侵南越。此乃目无朝廷,以强凌弱之举,朕欲遣王恢出豫章、韩安国出会稽以讨伐之。然朕的这位皇叔却上书朝廷,说'越,方外之地,被发文身之民也,不可以冠带之国法度理也。'说'三代之盛,胡越不受正朔,非强勿能服,威弗能治也'。说'不居之地,不牧之民,不足以烦中国也。'这都是些什么话?难道南越不是我大汉的国土么?南越之民不是我大汉的子民么?众卿说说,难道朕不该发兵?"

刘彻将奏折掷之案头,将目光聚在田蚡身上,问道:"丞相以为如何呢?"

田蚡没有想到刘彻会让自己首先说话。昨夜,妩媚而又激情的刘陵又一次约他到淮南王府邸。虽然说这已不是第一次,但当他面对灯下刘陵的胴体时,还是不由得血脉偾张,而她却在他最兴奋的时候提出了要他设法阻止皇上出兵的要求。

"父王已向皇上上疏,建议不要出兵闽越,大人还要多在皇上面前进言劝阻。"

"皇上的性格你又不是不知道,他恐怕……"

"妾身不管,妾身就要大人说话。"刘陵扭动着身躯,把一种滑腻的感觉传给田蚡。

"要是皇上不答应呢?"

"那我……那我就把大人的胡子一根根拔下来,给院中的蟋蟀挽个笼儿。"刘陵睨斜着田蚡,就揪下一根发黄的胡须,疼得他直咧嘴。

"哎呀!小乖乖,你轻点,疼死老夫了。"

可刘陵却不管这些,自顾自道:"还有,就是把大人与妾身的事情告诉皇上,那时候……"

"好!好!好!别闹了,老夫答应你就是。"田蚡精疲力竭地趴在刘陵身上。

但现在看皇上的态度,他作为丞相还能唱反调么?他早已从王娡那里获知,他这个丞相做得不容易,他不能拿着头上的冠冕当儿戏。想起建元三年就因为反对皇上出兵救援东瓯遭到了批评,他觉得这一回再不能模棱两可了。他眨了眨小眼睛,很快就做出了支持皇上出兵的选择。

"皇上圣明!闽越多行不义,天怒人怨,我军师出有名,必将震慑南疆,安抚黎民,振我国威。"

田蚡一表态,朝臣们也都纷纷跟上来了表示,皇上出兵乃是张正义之举,行济弱扶困之道,上顺天意,下合民心。

韩安国顺势道:"皇上出兵讨伐闽越,其意不仅在匡扶正义,而对岭南诸国更是一个警示,在我大汉统治之下,决不容许有以强凌弱,逆天乱国之举。"

严助也出列道:"韩大人言之有理。待战事平息后,臣愿作为使者,出使南越,传达皇上圣意,使他们各自守土安邦,效忠朝廷。"

王恢慨然道:"臣愿率军出豫章、越五岭,南下驱敌。"

韩嫣此刻也道:"臣以为,皇上出兵的深意还在于给那些心怀叵测的诸侯王一个警告。因此,微臣奏请皇上,在二位将军离京之际,应举行盛大的出师仪式,宣读讨伐檄文,以示大汉一统,乃朝廷国策。"

"韩大夫所奏正合朕意。"刘彻环顾了一下丹墀内的大臣们,语气雄浑地说道,"朕那位皇叔不是说对胡越威不能治么?朕就是要天下人都知道,大汉之威无所不及;他不是说文身之民不可以冠带之法度理么?朕就是要让我中国的文明如日月之光,照耀大汉的每一寸土地。"接着,他话锋一转,"不过淮南王有一点说对了,就是天子之兵,有征无战。讨伐不是目的,目的是要宣我大汉国威,让世人都知道,四海之民,皆为汉臣;大汉之恩,泽被万世!"

"司马相如呢?"刘彻的目光在朝臣中搜寻着司马相如的身影,"这个檄文就由你来拟就吧。"

"臣遵旨。"

在司马相如入列后,刘彻情绪高昂地站了起来,他目光炯炯,脸上洋溢着踌躇满志的气息,抑制不住心头的激动高声道:"众位爱卿!出兵闽越,不过是一个序曲。内正朝纲,外御匈奴,革故鼎新,百业待举。大汉正处在治国兴邦的紧要关头。朕决意从明年起,改元元光,再举贤良,广纳人才,重启新制……"

刘彻洪钟般声音振荡着每一个人的耳膜,大臣们因此而倍感振奋。九月的阳光,透过淡淡的云彩,洒在宽阔的司马道上,清爽的秋风吹动着宫阙上的旗帜,而宫外安门大街上的金菊,正以它炫目的金色和浓郁的芬芳为王朝新纪元的到来献上如意和吉祥。

而此刻,距太皇太后还政正好一年。

第十六章

不战屈兵平南叛　力主和亲谋北安

韩安国奉诏持着虎符日夜兼程赶到了会稽郡郡府所在地吴县，稍事休息后，他又在太守的陪同下来到南部都尉治所会浦。

韩安国明白，在皇上心中，对匈奴的关注远远超过对东南的忧虑。但是，如果这些南藩纷争不断，那朝廷就不能腾出手来全力对付北方的强敌。前两年，皇上已经将饱受闽越国欺凌的东瓯国部族、军队四万多人全部北迁到江淮流域间的庐江郡。谁知没过多长时间，这个闽越国又向南越国发动了战争。

这不是在向朝廷挑衅么？然皇上不战而屈人之兵的气度还是让韩安国感受到"拢四海于一怀"的胸襟。因此一到会浦，他就将皇上围而不剿，迫使闽越退兵的旨意明白地告诉了太守、都尉和司马们。

第二天黎明，韩安国早早起床之后，便在行辕外舞了一会儿剑，不一会儿，司马相如就飘然而至了。

南国的秋日依旧炎热，司马相如一身白衣，宽大的袍裾被海风吹得飘飘扬扬。啊！世上竟有这样风流的俊男子，难怪卓文君宁可舍弃锦衣玉馔，不惜当垆卖酒与他鸾凤和鸣呢！

两人茶盏相慰，司马相如问道："大人传下官来，一定是有要事吧？"

"哪里话？我是有请先生。像先生这样的座上宾，我岂敢'传'也！"

司马相如笑道："大人身居高位，如此礼贤下士，让下官感慨。不瞒大人说,那个田蚡虽说是丞相,可下官就是看不惯他那狐假虎威的样子。"

韩安国摆了摆手,诙谐地说道:"我们就不要相互吹捧了吧,哈哈哈!今天请先生来,就是想商议檄文的事。先生这篇文章,一定要体现皇上以德服人,以和为贵的意思。既要陈述闽越国屡次违背誓约,擅自兴兵,以强凌弱的罪行,又要大张皇上布德施惠、恩及四域的胸怀;既要扬我大汉猛将如云,谋士如雨的赫赫军威,又要陈明对方罢兵息战,臣服朝廷的光明前景。先生文如泉涌,定会不负皇上重托的。"

司马相如谦虚道:"大人的意思下官明白了,这就叫作晓之以理,震之以威。下官已有腹稿,现在就写。"

韩安国了解司马相如,他写起文章,非美酒助兴不可,于是便向着帐外喊道:"拿酒来!"

司马相如仰头将一爵酒灌进腹内,顿觉神清气爽,那万千的思绪顷刻间化作滚滚的血流涌上笔端。他干脆脱了白袍,略思片刻,便哗啦啦地洒下了词锋语剑——

> 陛下以四海为境,生民之属,皆为臣妾。垂德惠以覆露之,使安生乐业,泽被万世,传之子孙,施之无穷。闽越、南越,虽地处边陲,然皇上恩泽,无不覆被。今闽越不奏天子,擅兴兵戈,以强凌弱,上违誓约,下负黎首,域内震撼。今安国奉诏讨逆,乃天道之皇皇,陛下之圣威,民心之所向。一路南来,百姓箪食壶浆,郡县倾城相迎。我大汉江山万里,猛将如云,谋臣如雨,带甲百万,车骑千乘,一俟战起,胜券在握。然则彼国生民,必遭涂炭,背井离乡,妻离子散。自古审时者为明君,度势者乃俊杰。千钧系于一发,战和尽在大王,何去何从,安国拭目以待。

司马相如写罢,长舒一口气,他抬头看去,只见太守与南部都尉一个个击节称赞,唏嘘不已。韩安国更是大喜过望,连道:"好文章,好文章!先生一纸檄文,抵得上千军万马!"

司马相如打拱道:"大人过奖了!下官区区书生,何德何能,蒙皇上垂爱,怎敢不为大汉尽心竭力呢?"

在场的人无不为司马相如的谦谦之风所感叹。韩安国找来会浦城中的缮写者，连夜将檄文抄写，除了在周围的乡邑张挂外，又沿着会稽和闽越边境广为散发，一时大军南下的消息便传遍南国了。

接下来，韩安国又安排一能言善辩而又通晓闽越语言的郡丞与卫青一起，深入到闽越国内刺探军情。

从皇上安排卫青跟随自己南下的那刻起，韩安国就感到这个年轻人的未来不可限量。皇上把这次历练的机会给了他，不仅是因为卫子夫的关系，而且在很大程度上，皇上是考虑到今后与匈奴的战事，因而要磨炼这个年轻人。为此，韩安国并不因为卫青是外戚而顾虑太多。他相信这个年轻人完全能够把握时机，用自己的勇气和智慧去实现皇上的意图。

当卫青化装后站在韩安国面前时，他竟以为是闽越国使者到了。卫青皮肤黝黑，散开长发，又做了假文身，看上去活脱脱一个蛮人。就连在一旁的郡丞看了，都说如此装扮，就是站在驺郢面前，他也难辨真假。

韩安国对卫青道："你不会说闽越语言，到了那边，只管察看军情，其他全听郡丞安排。"

卫青回道："大人请放心，属下自有分寸，决不因小失大。"

韩安国的手落在卫青的肩头，这是一种更有力的嘱托。

此时，当韩安国在会稽太守和南部都尉的陪同下，登上会浦城头的时候，他心里想，如果不出意外的话，卫青此刻该返程了。

在陆地延伸到大海的地方，忽然隆起一片广阔的平地，会浦城就像猛虎，雄踞在被惊涛骇浪扑打的高岸上。站在城头举目远眺，大海与遥远的天际融合在一起。风掠过海面，掀起数尺高的浪头，汇成气势磅礴的浪花，向城下滚滚而来，发出惊天动地的吼声，这使得韩安国想起大漠深处铺天盖地的沙尘暴。

而数百只海鸥，正展开铁黑色的翅膀，横扫过大海的胸膛，向浪花深处冲击，它们天生就是大海的挑战者。追随海鸥的踪迹，韩安国看到的是水卒们在海上操练。阳光下，十几名舵手奋力划着船桨，战船在波峰浪谷间穿梭，而射手们就在这颠簸的船上把一支支利箭射向漂浮在海上的靶子。

韩安国满意地对南部都尉道："将军真是治军有方啊！"

受到朝廷钦差的褒扬,南部都尉眉宇间飘过一丝欣喜,手中号旗一摆,水军们随即改变阵法,向不远处的"敌阵"插去……

"只要朝廷一声令下,我大汉水军就会势如破竹,直捣敌巢。"

韩安国捋了捋被海风吹起的胡须,眼睛眯成一线——这是他思考时最明显的标志。是的,他现在想知道的是王恢在战线另一端的兵力部署。

离开长安时,他从王恢的言谈中感到立功心切的情绪,他十分担心这位京官不能很好理解皇上的用意,会做出不利全局的决策。他似乎在自言自语道:"王大人还没有消息么?"

太守摇了摇头。

太阳渐渐西沉,海风越来越大,太守建议道:"现在开始退潮了,将军还是回行辕吧!"

韩安国点了点头,他们刚刚下到城下,就瞧见司马相如脚步匆匆地赶来了。

"大人!王大人来信了!"一身紫袍的他高举着信札喊道。

韩安国一听这个消息,便加快脚步来到司马相如面前,急急问道:"是王大人的信么?何时到的?"

"刚刚送到,下官知道大人正盼着王大人的信呢,所以就急忙送来了。"

王恢在信中说,豫章都尉率领的大军已进驻大庾岭北的雩都、赣县和南野。现在正加紧操练,一俟会稽开战,就立即率军策应,形成对闽越的包围之势。

"有道是兵不厌诈,传信给王大人,到了赣县、雩都以后,我军要做出佯攻之势,给敌造成势在必取的态势。"合上信札,韩安国眉头展开了,"现在就等闽越国的消息了。"

司马相如道:"大人放心。依下官看来,卫青虽然年轻,然处事干练、稳健,定不负重托的。"

一干人回到辕门,已是暮色苍茫了,一轮明月从海上冉冉升起,不远处传来涛声的轰鸣。卸去盔甲,韩安国整个人就清爽了许多。会稽太守和南部都尉从帐外进来,他们身后跟着几位军士,抬着一坛还未开启的酒酿。

太守拱手道:"将军自来到会稽后,鞍马劳顿,连一顿安稳饭都没有吃上。今日下官略备了些薄酒，一则尽地主之谊；二则贺我军旗开得胜。"

韩安国上前揭开红布包裹的坛盖，一股浓香扑鼻而来，他连声道："好酒！好酒！"

太守一边张罗，一边望着韩安国道："这是当地人用上好的稻米酿造的，其味绵长，其质醇厚，多饮也无妨。"

韩安国看了看身边的司马相如，爽朗地笑道："比夫人之酒如何？"

"哈哈哈！水土异也，水土异也！"司马相如连连摆着手说道，只是他的一双眼睛紧紧盯着清亮的琼浆，喉结幽幽颤动，整个人先陶醉了。

当太守准备将酒倒入鼎中时，韩安国一手按住太守的胳膊："且慢！现在还不是时候，留待卫青回来再饮不迟。"

话音刚落，就听见门外值岗的军士喊道："典护军卫青大人回营。"韩安国忙出门迎接。

不一会儿，卫青与会稽郡丞已风尘仆仆到了帐前，拱手道："属下参见大人。"

"快快请起！将军一路辛苦了。"韩安国一步上前扶起卫青。

穿越山林沟壑，一路星夜兼程，卫青渴坏了，喝完凉茶，一抹嘴唇，他长长地舒了一口气，道："多亏郡丞陈说利害，余善亲王派特使前来拜见大人了。"

郡丞大体介绍了与余善亲王交涉的经过，卫青不失时机地将韩安国介绍给特使。特使叩头便拜，韩安国顺声看去，只见这特使络腮胡须，高颧骨，散发文身，穿一件丝麻短装，浑身黑亮，确如淮南王所描述的那样。待郡丞将特使的话语翻译给在座的各位后，韩安国便按照朝廷的礼仪，邀请特使入座。

那特使也不客气，竟自在韩安国身旁坐下了，果然是不知天子法度。不待韩安国问话，那特使便将余善亲王如何不满驺郢对南越用兵，如何苦苦规劝，而闽越王如何刚愎自用，一意孤行，以致兄弟反目，族相为仇的事情一一道来。

特使说一段，郡丞就在旁边翻译一段，待特使讲完，韩安国已对闽越国内的情况有了清晰的了解。不过他现在需要知道的是余善对撤军的态度，于是问道:"下一步,余善亲王将如何做呢?"

卫青在一旁插话道:"余善亲王对皇上的恩德铭感肺腑,对大人的威名仰之已久,尤其是看了讨逆檄文后,更是对战祸殃及百姓而忧心忡忡。他决计与丞相一起再次进谏闽越王,劝其迷途知返。不然,他们将采取措施,以求挽回危局。"

"郡丞大人对亲王说,溥天之下,莫非王土;率土之滨,莫非王臣。闽越、南越均是大汉藩属。皇上不愿看到闽越国内兵戎相见,然万一情势剧变,大汉也尊重亲王的抉择。"

卫青一语刚了,郡丞就连忙补充道:"在卫将军与下官离开时,亲王已前往闽越王府去了。"

特使这时也说道:"亲王希望大人禀奏朝廷,一旦局势变化,朝廷能够像卫将军所说的那样,以藩王之礼相待。届时,亲王一定效忠朝廷,永无二心,永不反叛。"

韩安国据此判断,余善亲王已有了兵变的意图,这与他希望驺郢退兵的初衷大相径庭,为此他就不能不谨慎了。酒阑席散之后,他只留下卫青、司马相如说话。

韩安国问道:"事情已经大大出乎朝廷预料,各位以为如何是好?"

司马相如道:"虽说将在外君命有所不受,但兵变终非小事。下官以为,将军可一方面做好应变之备,另一方面则飞马快报朝廷,请皇上定夺。"

卫青亦赞成司马相如的意见,道:"如此十分稳妥。依属下看,即使闽越王族内乱,流血范围也有限,绝不会殃及百姓,这也与皇上'围而不剿'的旨意相符。"

韩安国微微点头,对司马相如说道:"请先生拟一份战报,奏明军情,请皇上明示。"随后他又转头面对卫青,"请将军传话给郡丞,让其告诉特使,我一定会将他的意思奏明皇上。"

卫青接令出帐去了,踏上月色洒下的银波,他觉得头有些沉重,始知这南国的米酒,入口时绵绵其味,后劲却很大。

……

司马相如一张玉面也被酒烧得通红,他觉得早早睡去,辜负了这大好时光。于是,他踏着趔趄的脚步晃悠悠地走近了卫青的营帐。刚一靠边,就听见值岗的军士喝道:"何人如此大胆,深夜竟在营中走动?"

司马相如拂了拂宽大的衣袖,哈哈大笑道:"怎么?连我也不认识了么?"

"哦!是司马大人,小的眼拙,大人恕罪!"

"卫将军睡了么?"

"没有,在帐内呢!要不要卑职通禀一声?"

"不必了!"

司马相如醉眼蒙眬,憨憨笑着进了营帐,只见卫青光着身体,正举着水桶浇个痛快。随着哗啦啦的水声,卫青叫道:"爽快!爽快!"

洗过澡,酒意散了一半,两人都没有急于睡觉的意思,于是,他俩席地而坐地说起话来。

卫青打趣道:"司马兄来了这些日子,一定想嫂夫人了吧?"

一句话唤起司马相如浓浓的思恋,他望着在云海中穿行的月亮,好像在自言自语道:"也不知在这样的月夜,她是如何打发时光的?"

至今想起来,司马相如认为他最舒心、最自由的不是在梁王府做舍人的时候,而是与卓文君在临邛卖酒的那些日子。

那时,虽然卓文君卸去浓妆,抛却锦衣,司马相如卖去车马,每日奔忙,可那种清淡的时光中却流淌着琴瑟和鸣的爱意,荡漾着水光月华的浓情。

现在,月光如旧,他们却天各一方,迢迢千里,他们只能在彼此的思念中打发遥夜。司马相如望着头顶的明月,便把那万千思念都赋予高天流云了。

> 皓月皎皎之横空兮,唯嫦娥以独栖;
> 霓云汤汤之飞渡兮,傍星辰以远行。
> 佳人倩倩之倚户兮,若兰桂以飘香;
> 秋水微漪之露润兮,托南雁而惆怅。
> 佳期知会之梦境兮,拥锦衣而垂泪。
> 秋叶飘零之伤别兮,问君以何日归。
> ……

卫青在一旁听着司马相如的吟吟哦哦，就觉得这婚姻就如一条绳索，一旦绾发相结，就拴住了男儿的心，哪怕走到天涯海角，也总有千丝万缕的牵挂。还不如自己孤身一人，说走就走，也落个清静利落。他于是"嘿嘿"笑道："看司马兄写起那檄文来，也气势如虹，不承想你也有这一副柔肠啊！"

"贤弟啊！你还年轻，等你有了妻室就明白了。"

"看见司马兄思家的样子，卫青不想娶妻了。"

"贤弟此言差矣！无情未必是英雄。依愚兄看来，凡世间的好男儿，不仅有剑胆侠骨，还当有倜傥柔情，这样才能显出真性情来。"

卫青便不说话了，他承认司马相如说得有理。其实，他自己也不是那种寡情少欲的男人。至少在他的心底，就有一个女人的眼睛一直注视着他。

早在平阳府做骑奴的时候，他就隐约读懂了公主那秋水间荡漾的情波。他魁梧的身影，挥剑的气概，都不止一次催开公主娇艳的笑靥。那种火辣辣的眼光，那种无酒人醉的娇态，那种欲掩而露的神情，是那么强烈地灼热着一个青年的心。

他清楚公主绝不是寻求情感补充，也不是像其他贵族女人一样猎取纵欲的对象，他相信公主是真心爱他的。但是，他只能将这种爱深深藏在心底。他清楚自己的身份，他与公主之间隔着无法逾越的鸿沟，他怎么敢轻易地去触动公主那颗珍贵的心呢？

即使现在已成了典护军，可这一切都还是个遥远的未来，于是他叹道："司马兄的意思愚弟明白。不过，愚弟更知道大丈夫功业未就，不可儿女情长的道理。愚弟眼下只有一个心愿，那就是为大汉建功立业。"

"贤弟志存高远，将来必能成功。到那时候，愚兄一定保媒，为贤弟觅一佳人作偶。"司马相如伸出大拇指赞道。

卫青只是憨憨地笑着，他伸手悄悄地摸了摸腰间的玉佩——那是离开平阳府时公主送给他的。唉！司马兄哪知道我的心呢？

月影西移，两人的酒意全都醒了，话题自然就转到眼前的战事上来。卫青道："司马兄的檄文，正如韩大人所说，抵得上千军万马。愚弟在闽越国打探之时，檄文成了百姓议论的中心。"

"百姓们都如何议论？"

"大家都埋怨闽越王不该违背誓约,擅自兴兵。"

"这就叫怨声载道,不得人心。"司马相如哼哼道,"对了,贤弟是怎么说服余善的?"

"其实在去见余善之前,愚弟已经打听到闽越丞相乃会稽人氏,与郡丞当年曾师承一人,于是我们便暗中化装进了相府。在那里我们得知余善其实早就心存觊觎的图谋,因为羽翼未丰,故隐忍未发。如今朝廷大军压境,他以为时机到了,所以一见我们,他就大骂闽越王昏庸,不识时务。"

"这就叫鹬蚌相争。"司马相如有点渴,起来找水喝,卫青忙唤人为他斟茶。司马相如喝了凉茶,舒了一口气道,"贤弟接着说。"

"知道了这个情况,愚弟就如实地传达了皇上的旨意。并说只要他能制止战争,皇上一定会恩赏有加的。"

"哈哈哈!这就叫渔翁得利!贤弟果然韬略过人。余善若非痴呆,他一定听得出话里的意思。"

"司马兄这张嘴啊!"卫青说罢,两人哈哈大笑。

令他们都没有想到的是,事变之神速大大超出了预料,就在他们谈笑风生时,特使的信已被信鸽送往了余善王府。

山雨欲来,大海咆哮,一场倒戈的厮杀即将在冶城爆发……

信鸽落在王府假山上的时候,余善刚刚起床。昨夜在闽越王宫发生的争论,让他心中十分郁闷,回府后他喝了很多的酒,现在仍然觉得头晕目眩,浑身无力。

几年前,汉军没有攻入闽越国,他们解东瓯之围后就罢了兵,这让闽越王驺郢十分后悔没有能一举吞并东瓯国。每当他一人独坐的时候,先祖勾践纵横江南、气吞吴国的辉煌挥之不去地折磨着他的情感。

"无诸苗裔分崩离析,一个个沦为汉朝藩国,此乃越人之奇耻大辱。"驺郢常常这样想着。回顾东瓯战事,他觉得汉军不过如此,只不过虚张声势,也不敢轻易用兵。后来,汉廷还不是把东瓯之众迁往庐江郡了吗?于是,在经过几年的秣马厉兵后,他又出兵南越。

让驺郢大感不解的是,余善本来是极力主张打这一仗的,可到现在,他竟然指责自己违背誓约,要自己罢兵息战……

"目前,我军已成破竹之势,汉军能奈我何?寡人才不会重蹈东瓯之战的覆辙。"驺郢心中想。

驺郢拒绝撤兵,原本都在余善预料之中。但现在想起他那副讳疾忌医的模样,那一意孤行的固执,那目空一切的眼神,余善的气就不打一处来,豹子般的环眼就喷出愤懑的火焰,似乎要把整个冶都焚毁在他的怒火之下。

"滚!滚出去!"余善狠狠地推了一把身后梳头的侍女。

他的声音炸雷一样地滚过,侍女顿时脸色苍白,浑身发抖,"扑通"一声跪倒在地,求饶道:"大王息怒!"但余善还不解气,飞起一脚,那女子便尖叫一声,飞了出去。

不过,当余善抬头向窗外看的时候,就见到了假山上的信鸽,他的心怦然地加速了,他立即将信鸽捉住,并命令道:"没有传唤,谁也不许进来!"

他忐忑不安地解下信鸽身上的信。信写在一条薄如蝉翼的绢带上,内容极其简单,只有一句话:一切如意。余善见此,心情顿时好多了,脸上随即挂上了浅浅的笑意,朝外面喊道:"来人!"

"王爷有何吩咐?"

"速请丞相议事。"

望着府令匆匆而去的身影,余善想起昨夜王宫的争论,就只觉得自己的兄长很可笑。他怎么能与汉廷抗衡呢?他怎么能够违背誓约呢?螳螂捕蝉,黄雀在后,他绝不会想到我早已对王位引颈许久了。而汉军的到来,正好是一个夺取王位的契机。

其实,在汉使离开的那天,他已经到王宫里进谏了一次,昨夜之所以再去见他,一则是因为从西边传来消息,说王恢率领的汉军已经到达了零都、赣县和南野,对闽越国形成了夹击之势,如再徒兴兵戈,只能导致身死国灭;二则是因为他要在行动之前给国人和汉廷留下一个不得已而为之的印象,他不愿意那个身在长安、心在边陲的皇上把自己视为逆臣贼子。用中原人的话说,这叫作先礼后兵。

"驺郢,你这回死定了……"

看过密信,丞相便明白了亲王的心思,但他还是不放心地问道:"王爷准备怎么应对呢?"

"这还用问么？"余善看了一眼丞相，不悦道，"本王倒是担心，不知丞相可准备好了？"

"按照密令，臣已抽调心腹将领和精锐禁卫，只待王爷号令。"

"好！"余善从席上站起来，话语也加重了，"大王不奏请天子，擅自发兵，以致触怒天庭，引来大兵。汉军众强，即使我们侥幸取胜，也只会招来更大的战火，到那时汉军不灭掉闽越是绝不肯罢休的。"

"王爷的意思是……"

"我们纵不为自己着想，也要为宗庙着想，也要为闽越百姓着想。"

"王爷所言极是。"丞相走近余善，低声道，"从昨夜王爷进宫时起，臣就悄悄地将王宫禁卫换成了王爷的属下。"

"好！今夜寡人就再进宫一次……"

当晚，余善几乎没有遇到任何阻碍就进了闽越王的王宫，而利令智昏的驺郢此刻正陶醉在歌舞之中。

这歌舞完全不同于长安的踏歌，表演者都戴着面具，或执拂尘而跳跃，或举竹节而高歌，时而如雁阵过空，时而如一字长蛇。当地人唤作"傩舞"，观者只见其舞姿翩跹，却无法看清舞者的真实面目。

驺郢看得前仰后合，乐不可支。他乘兴举杯畅饮，情不自禁地搂着身旁两位美妃作乐。

这时候，一位黄门急匆匆来到驺郢身旁，说余善亲王求见。驺郢眉头顿时紧皱，抬眼看了看黄门怒道："他又来干什么？又是要寡人退兵么？"他抹了抹挂在络腮胡须上的酒珠，不耐烦地摆了摆手，"就说寡人睡了，有事明日再议！"

一言未了，就听见从殿外传来一阵冷笑声："王兄好兴致啊！哼哼……"驺郢一惊，醉眼蒙眬中，余善的身影已经来到面前。

"现在汉军大兵压境，国难当头，王兄不思退兵之计，不谋救国之策，却沉湎于酒色之中。"余善的吼声掠过王宫上空，让两位美人胆战心惊，王宫霎时变得寂然无声。

接着，余善越过歌舞队伍，径直奔到两位美人面前，拎起她们的长发，"嗖"地一下摔向丹墀，口中大骂道："这些妖女，蛊惑大王，扰乱宫廷，罪该万死！今天不结果了她们的性命,我闽越国永无宁日！"说罢他从腰间拔出弯刀,取了她们的首级,扔在驺郢面前。

"王兄,臣弟今天只有一句话,是退兵还是不退兵？"

此刻,驺郢的酒全醒了,看着血淋淋的人头,情知来者不善,他忙朝着宫外喊道:"好个余善,寡人平日待你不薄,你竟敢杀了寡人的爱姬。来人,还不将这逆贼拿下！"

但是他错了,随着他的喊声,那些表演的舞者纷纷摘下面具,一个个怒目圆睁,刀光闪闪,步步逼近;而昔日的禁卫,早已情同寇仇,反目倒戈,把王宫围了个水泄不通;宫墙外火光连天,杀声阵阵:

"杀了驺郢,以谢国人！"

"杀了驺郢,以谢国人！"

听到这如雷的喊杀声,曾独霸南疆、不可一世的驺郢绝望了。

求生的本能,使他选择了侥幸。他一边抽出腰刀,一边搜寻着退路。

但是,这一切已经晚了。余善大吼一声:"取驺郢首级者重赏！"话音刚落,早有傩舞表演者中身强力壮的大汉冲在前面,举刀向驺郢刺去。没用几个回合,邹郢便身首异处了。鲜血从脖颈间喷出,在王宫的廊柱上留下惨烈的痕迹。

这时候,宫门打开,闽越国王室、大臣、将军以及宫廷禁卫们在丞相的率领下潮水般地拥了进来,纷纷拜倒在余善面前。欢呼声此起彼伏,激荡在王廷的每一个角落。

"大王！大王！……"

余善手按刀柄,凶煞的目光掠过拜倒在地的人们,果断地宣布了政变的消息。

"众位爱卿,驺郢不知天高地厚,不听忠臣之言,不管百姓死活,不经天子允准,擅自发兵进攻南越,结果招来了朝廷大军。寡人为使国人免遭涂炭,杀了这昏君,从此我闽越服膺汉廷,永修和睦。"

他的声音在大臣和禁卫中再度掀起热浪,伴随着欢呼声,禁卫军林立的刀枪,此起彼伏。

"大王圣明！"

"大王圣明！"……

在一片混乱中，驺郢的嫡孙繇君驺丑被军士拉进王廷，余善冰冷的目光俯视着他，许久没有说话。喧闹的王庭变得十分安静，人们屏住呼吸，数百双眼睛齐刷刷地投向繇君，无诸家族的君侯们不知道余善将会怎样对待这个只对游猎感兴趣而根本不明白发生了什么事的少年。

繇君浑身筛糠般地发抖，极度的恐惧使他的意识一片空白，甚至说不出一句为自己辩解的话，只是默默地流泪。

余善摸着腮下浓密的胡须，这是他下决定前的习惯。他抬起头来，布满红丝的眼睛喷出凶光，他从牙缝间挤出几个冷气彻骨的字："推下去斩了，连同驺郢的首级一并报与汉军。"话音刚落，身边的军士就举起了弯刀。

大家都呆住了，担心余善从此大开杀戒，在整个无诸族内上演一场自相残杀的悲剧。就在这时，一只胳膊从军士身后伸出，拦住了举在半空的屠刀。大家定神看去，原来是丞相。余善的眼中顿时充满了狐疑，问道："丞相这是……"

丞相按下军士手中的弯刀，转身来到阶陛前，深深施了一礼，才抬起头道："请大王允臣禀奏之后，再行刑不迟。"

"难道丞相以为寡人错了？"

丞相摆了摆手道："不！此次事变，本因驺郢擅兴兵戈而起。如今大王大义灭亲，诛杀驺郢，功在闽越，忠在汉室。繇君虽系驺郢嫡孙，然却从未参与政事，罪不当死。倘若大王杀了繇君，传将出去，天子闻知，必然见疑于大王。还请大王三思！"

丞相的话虽然寥寥数语，却句句戳在余善的心头，他所担心的正是汉廷能否承认他的王位。虽说特使信中说韩安国已上报朝廷，但是倘若因小失大，那多年来的预谋岂不功亏一篑。想到这里，余善的脸色开始和悦了，他上前亲自为繇君松绑，轻抚他被绳索勒红了的肩膀，话语中便多了长辈的关切。

"众位爱卿，丞相所言极是。驺郢获罪，与驺丑何干。何况其亦寡人之孙辈，自当厚待。从今之后，若有以驺郢之罪而延及繇君者，寡人定斩不饶！"

一场杀戮终于过去了，丞相长长地舒了一口气。

人群中再度爆发出欢呼：

"大王圣明！"

"大王圣明！"……

这是闽越国骚动而又不眠的一夜。

当太阳跃上云蒸霞蔚的长空时，一队人马带着闽越王驺郢的首级朝着汉军大营飞驰而去。

城头上，余善的环眼眯成一条缝。他心里很乱，不知道远在长安的汉皇将会怎样看待他的行为。

……

在闽越国使者在向长安进发的日子里，北方匈奴国的使者已走过了横桥，到长安来了。

这次来的可不是一般人，他是左骨都侯吐突狐涂，在匈奴国的地位与大汉的丞相可以比肩。

对刘彻来说，除了这是自登基以来第一个匈奴的和亲使团外，他更关注的是这位宰辅大吏会不会带来张骞的消息。因此，刘彻对吐突狐涂的到来表示出格外的重视，特地安排田蚡、汲黯、严助等人到渭河桥头迎接。

吐突狐涂等人此刻已换乘了大汉的车驾，在以往的年月里，他对汉朝的了解仅限于两国往来的文书和战报。在他的印象中，汉朝似乎从来都是处于守势。尽管他一向主张睦邻邦交，但是当他以使节的身份踏上汉朝的土地时，那种强国使者的优越感总是不加掩饰地流露在脸上和言语中。

他眺望着渭水两岸，环顾着关中平原，尤其当他一步步走近雄伟的长安城时，大汉隆盛的文明，让他开始对以往关于汉朝的传言发生了动摇。

特别是当他的车驾驶过渭桥中线，远远地望见汉廷的官员们峨冠博带，肃然地站在那里迎接时，他的神色顿然庄重了。他提醒身后的随员，一定要彬彬有礼，不可以给汉人留下野蛮的印象。

车队在横桥南端停了下来，吐突狐涂下了马，快步走到田蚡面前，庄严地行了匈奴礼节，说道："匈奴国使者吐突狐涂见过丞相大人。"

他不凡的气度和仪态让田蚡有些吃惊，急忙还礼道："本相奉皇上旨意，在此恭迎使君大人。"

"谢汉朝皇帝盛意。"吐突狐涂尽量将自己调整到不卑不亢的状态。

车驾沿着安门大街一路走来，两旁房屋的鳞次栉比，驰道宽阔平坦，树木葱郁，百姓熙熙攘攘，这让吐突狐涂目不暇接，那思虑便活跃起来：如果两国真能如文帝当年所期待的那样，和睦相处，尤其是匈奴若能虚心向汉朝学习，那兵戈对两国百姓来说，还有什么意义呢？于是，那种急于见到刘彻的希望迅速变成一种请求。

在驿馆，吐突狐涂喝过茶水后问道："敢问丞相，本使何时能够见到大汉皇帝呢？"

田蚡眨了眨小眼睛道："本相奉旨款待使君大人，明日一早，皇上将在未央宫前殿接见使君。大人远途跋涉，今日不妨先行歇息，晚上本相将设宴为使君洗尘。"

吐突狐涂有些失望，问道："能不能安排本使今天就去拜见皇帝呢？"

田蚡摇了摇头，然后就很有礼貌地告辞了。在驿馆门外，田蚡留下一句话："不瞒使君，朝廷对匈奴出尔反尔，屡犯边城可颇有微词，尤其对单于的和亲诚意疑虑重重！"

田蚡脸上扑朔迷离的笑意让吐突狐涂证实了来长安前有关大汉丞相贪利的传言。

"这个本使明白！"吐突狐涂暗自碰了碰田蚡，低声道，"大单于特要本使为丞相带了一些匈奴的物产。晚宴之后，本使就差人送去。"

吐突狐涂其实还带有刺探汉朝军情的重任，而田蚡的贪欲为他提供了便利。

"这怎么可以呢？使君这不是要陷本相于不义么？"

吐突狐涂在心里笑了，道："此事本使怎会让别人知道呢？"说着，又从衣襟里拿出一卷绢帛，"这是隆虑阏氏写给皇上的书信，烦劳丞相转达。"

"本相明白了！晚宴之后，请使君到府上一叙如何？"

吐突狐涂忙不迭地接道："如此，本使就先谢过丞相了。"

离开驿馆，田蚡根本就没有回丞相府，而是直奔未央宫宣室殿。他知道皇上这会儿没有闲着，一场关于和亲的争论正在激烈地进行中。果然，当他来到宣室殿外的时候，就听见严助慷慨激昂的声音。

"皇上,南方传来捷报,闽越国战事已定,邹郢倒行逆施,终于激起事变,被余善所杀。眼下我大汉军民士气正茂,正是对匈奴用兵之机,倘若和亲,不仅养痈为患,也使我大汉军民士气受挫。因此臣认为,不和亲于国于民两利……"

田蚡立即觉得自己的到来是多么的适时,他不等严助的话音落地,就跨进了宣室殿的大门。

"皇上!匈奴国使节已到京。这次匈奴国派来的可不是普通的使节,而是左骨都侯吐突狐涂。据臣所知,此人在匈奴国中不仅举足轻重,而且一向主张汉匈和睦。"

严助撇了撇嘴,很不以为然道:"孔子曰,夷狄之有君,不如诸夏之无也!国君如此,况乎宰辅?丞相怎么可以灭我朝之志气,长他人之威风呢?"

"大人言重了!"汲黯开口说了话,"照大人的意思,只有百姓流血才能显示我大汉的强盛么?如果真是那样,那孙子为什么还要强调不战而屈人之兵呢?"

"哦!"刘彻倏然抬起头,打量着面前的这个主爵都尉。"言为心声",那些关于眼前这个前东海太守性倨、少礼、面折的传言都在这凛冽逼人的话语中得到证实。

这个汲黯,刘彻并不生疏,先帝在世时,他就曾经做过太子洗马。建元初年,他被外放到东海做了太守,在任上治绩卓著,最近才被召回长安。

此时此刻,刘彻需要听到的是关于和亲的真话。果然,汲黯几乎是用判断式的语序表达了自己的谏言:"汉军驱驰数千里争利,则人困马疲;而敌以全治其敝,则我军势必危矣,故臣以为不如和亲。"

严助觉得这个中原来的汉子说话太直接了,简直就不给自己留面子。加上他对中原口音似懂非懂,只能揣摩出十之五六。于是,两个人分别操着不同的方言,当着皇上的面争论不休。

对田蚡来说,他关心的是吐突狐涂将会送给他什么厚礼,要的是皇上对和亲的态度。而且他深信,这封隆虑公主的亲笔信,一定对皇上的态度有巨大的影响。

他向两位同僚做了个打住的手势,然后庄重地把信札呈到刘彻面前道:

"这是隆虑公主写给皇上的亲笔信,恭请皇上圣览。"

"哦!朕的阿姐来信了!"刘彻眼中立即溢出亲情的光彩,多年的牵挂和思念都在这一刻化为欣喜和迫切。他一打开信札就情不自禁地念出了声——

匈奴国阏氏恭祝汉朝皇帝圣安:

光阴荏苒,岁煎人寿。长安一别,悠悠十载。关山重隔,身远路遥。忆先帝天音圣容,思母后瀚海恩重,念陛下手足情深。几度梦回,情缱绻而怨流光;凝目慈母,抚华发而叹岁短;晨鸟啼晓,伤良辰之虚设。望云山以垂泪,托飞鸿以寄语:唯祝母后,华宫耆年,松寿鹤龄;唯期陛下,圣德广播,励精图治;唯望我朝,享国长久,以垂日月丽天之象,以张四海来服之威;臣妾纵埋骨异乡,亦无悔和亲之行矣。

一番情深词切,让君臣们唏嘘不已,刘彻捧着信札感慨道:"唉!朕的阿姐呀!"一时间,横门外依依惜别的情景又涌上心头了。

"唉!阿姐离京时朕才四岁啊!"刘彻讷讷自语,继续往下看——

今匈奴国左骨都侯吐突狐涂来京朝拜。夫汉与匈奴,天地之子,唇齿相依,一荣俱荣,一损俱损。故圣祖文帝、老上单于,曾结兄弟之盟。先帝怀德,遣臣妾以成和亲之约,永结睦邻之蒂。陛下摄制四海,运于九域。当以社稷为重,察天地之权衡。更当以祖训为箴,体人心之所向,玉成和亲,此臣妾之凤愿也……

放下信札,刘彻抬头看着身边的几位大臣,也都一个个红着眼,似乎忘记了刚才的争论。田蚡更是感慨万千,趁机说道:"还是公主思虑深远。臣也以为吐突狐涂此次来京,抱着十分的诚意。我朝若是一味拒绝,未免有失上国风范。"

刘彻转而又问严助和汲黯。两人都被公主一番金玉之词所感动,生出隐隐的惭愧,忙说悉听皇上圣裁。

"公主书信,言辞恳诚,谋两国和睦大计,朕甚欣慰。然朕乃大汉天子,非特尊阿姐之命而是从,实乃太皇太后驾崩不久,新政重开之初,百事待举。而依我军目前情势来看,此时与匈奴开战,尚乏时利。故为长远计,朕以为和亲有利。"

"皇上圣明!"

"好!来人!"刘彻喊道。

"奴婢在!"

"传朕口谕,明日早朝,朕要在未央宫前殿会见匈奴使者。"

"诺!

第十七章

闽越分国南藩定　永巷事发韩嫣倾

建元六年的秋天对刘彻来说，是一个喜讯纷至的季节。

这天早朝开始，田蚡就带来了让刘彻振奋的消息。他脸上挂着喜悦，下颚上的黄胡须因为高兴而悠悠颤动，一双眼睛闪烁着得意的神采。

这是田蚡复出后最得意的一段日子。出入于淮南王在京城的府邸，夜夜与刘陵欢情，让他的脸色红润而又光亮，看上去年轻了许多；在匈奴左骨都侯停留京城的一个月里，不断地给他送上各种银器珍宝，这些所带来的心理满足虽然只能藏在心底，却也时不时飞上眉头。

现在，闽越战乱平息，当初作为力主用兵的丞相，从中最大收获就是皇上改变"田蚡不足与谋"的印象，从而不再在甥舅独处时，对自己充满了指责。这一切事情，都使田蚡出列时的脚步轻盈有力。

"启奏皇上，典护军卫青带着闽越国的使团回京了。"

"哦！"刘彻的目光迅速投向田蚡，"南越之围解了么？"

"是的，皇上。我军此次南下，未损一兵一卒。大汉天威，激波扬电；皇上圣德，沛若甘霖。闽越国内，人心思定。驺郢不听忠言，一意孤行，已被余善斩首，现已呈送京都，正在殿外听候发落。"

"宣卫青与闽越国使者。"

"皇上有旨，宣卫青与闽越国使者上殿。"包桑尖细的嗓音穿过清晨的空气，被黄门递次地传到殿外。卫青与使者捧着匣子，便来到刘彻面前。

"臣卫青叩见皇上。"

"闽越国使者叩见皇帝陛下。"

"平身!"

"谢皇上!"

卫青双手奉上盛了驺郢首级的盒子道:"启奏皇上,微臣奉命陪同使君押送驺郢首级回京,请皇上查验。"

"呈上来!"

于是,包桑上前接过盒子,轻轻地放在御案上。他去了丝帛,又揭开盒盖,果然是一颗血淋淋的人头。

刘彻的眼睛淡淡地掠过人头,停留在使者的额头,问道:"使君可有话说?"

这使者显然熟悉中原礼仪,又见皇上年轻英俊,气度不凡,心中便生出敬畏,先自施礼后才奏道:"闽越国余善亲王有奏折呈送皇上。国不可一日无君,请朝廷早议闽越立君之事,以安抚民心,稳定下国。"

刘彻微微点头道:"朕知道了。使君且回驿馆休息,听候回音。"

看着使者被黄门带出殿外,刘彻收回目光,再次端详面前的人头,问道:"众卿中可有认识驺郢的?"

严助出列仔细地察看了已经变得青紫的人头,奏道:"上次驺郢出兵东瓯,臣奉旨出征,曾经向驺郢宣示过朝廷谕旨,臣见过他,就是这副模样。"

"余善奏请的意思很明白,就是要朕允准他为闽越国王。但古人云,君者,民之影也。这余善是怎样的人朕不了解,众卿以为如何,尽可畅所欲言。"

卫青这时又说道:"韩安国大人就此事亦有奏章,恭请陛下圣览。"

刘彻接过奏章,大略浏览一番,看那文采,就知道是出自司马相如之手。

大农令臣韩安国上疏皇帝陛下:

臣奉旨南下,一路关山,丽日炳耀,皇上圣威,震撼东南。诸藩闻之,纷纷归服。驺郢愚钝,不谙大势,背誓约而逆行,恃强势而凌弱,掷百姓于水火,使圣土而蒙垢。身死名裂,罪有应得。

前次臣曾奏明皇上,余善事变,势所必然;欲立为王,意图昭然。然则,以臣观之,驺丑懦弱,难服众望;余善枭雄,恣意多变,身虽臣服,而心未必不怀叵测;言必忠于朝廷,而行未必不二。陛下经略东南,事关大汉社稷,臣不胜惴惴,请皇上明示……

收起奏章,刘彻并不急于说话,而是将目光投向群臣,问道:"众卿怎么不说话呢?"

田蚡立即上前道:"当初为了执行皇上'围而不灭,退兵为上'的旨意,王大人和韩大人派遣使者与卫青一起策反余善,约定事成之后,奏请朝廷允准立余善为闽越王,臣以为此事关系我朝信誉,还请皇上明察。"

刘彻将询问的目光转向卫青道:"前次的奏章朕早已看过,朕现在要的是处置之策。"

"皇上,此次余善发动兵变诛杀驺郢,确实功在朝廷,利在社稷,不过……"卫青顿了顿,接着道,"余善已在兵变当日自立为王……"

"岂有此理!"刘彻脸色顿时严肃起来,"虽说闽越乃蛮夷之地,然也是大汉天下,不经朝廷允准,岂可自立为王?众位爱卿……"刘彻从案旁站了起来,拂动衣袖,"况且本朝祖制,向来是立嫡不立庶。朕有意立驺郢嫡孙驺丑为王,不知众卿以为如何?"

"皇上圣明!"田蚡立刻附和道。大臣们追随着田蚡的声音,纷纷表示立驺丑为王最是恰当不过,只有韩嫣与严助没有说话。

从建元元年贤良对策时起,严助的干练和多思给刘彻留下了深刻的印象,朝廷每有大事,刘彻总希望能从他那里听到真知灼见;而韩嫣与他平日里更是无话不说,现在这两人保持沉默,这便不能不引起刘彻的注意。

"韩嫣!严助!"

"臣在!"

"你等为何沉默不语?"

"臣……"严助欲言而嗫嚅,将后半截话咽了回去。

刘彻便越发地不快了,声音略带不满道:"爱卿平日可不是这样的!"

严助沉思片刻,才轻轻地撩起衣袖,缓缓地用笏板遮住面上的表情,尽量让自己的心境平静下来。他之所以如此谨慎,是因为今日的皇上已没有谁能够约束他的性格和情感,这使得严助不能不选择恰当的句子来表明自己的看法。

"立繇君驺丑为闽越王,既是皇上的深谋远虑,又是我朝祖制。不过……"严助有意放慢了说话的速度,"皇上若是立繇君为王,必先考虑如何安抚余善。否则,他心中不服,日后必生祸乱,免不了我军又要远途奔袭。"

"严大人所言极是。"韩嫣接过严助的话,"况且,余善因为让闽越国百姓免遭了一场战乱,目前在国内威信如日中天,正因为这个原因,韩安国大人才答应奏明朝廷,给予其应有的地位。故臣以为,皇上对闽越立谁为君还应从长计议,三思为妥。"

"卫青,你怎么看呢?"

卫青没有想到皇上会点名要他说话。在陈述了南国战事之后,他本来是等待三公九卿与皇上的决策的。他明白,在这样的场合他没有说话的资格。现在,皇上既然点了自己的名,他就没有理由再保持沉默。

"依微臣看来……"他抬眼环顾了周围,见大臣们都把目光集中到自己身上,心情就平静多了,"此次闽越兵变,乃是其国内王位之争与我军压境双重原因酿成。余善觊觎王位,蓄谋已久,只是没有机会。而驺郢背离誓约,擅自兴兵,正好让他找到了诛杀驺郢的借口。故臣以为,对余善既不可小视,亦不可放纵。小视会酿成新的战乱,放纵会重蹈驺郢的覆辙。"

"卫青之言,正合朕意。"刘彻点了点头,韩安国奏章所言之难也在于此,而卫青的陈奏,又引起他的注意。看来,这次钦点卫青出征没有错。

卫青思考缜密,言辞清晰,在刘彻面前展示了不凡的才干,也进一步延长了他的思绪:"像余善这样的人物,翻手为云,覆手为雨,他既然敢背主弑君,也不会甘居于大汉之下,迟早还是要分庭抗礼的,不知皇上该如何处置呢?"

刘彻把脸转向田蚡,问道:"丞相可有良策?"

"这么?"田蚡沉吟着,思考着怎么应对。昨夜他与刘陵的床上云雨,此刻还没有从温柔乡中走出来。

刘陵是魔鬼,是精灵,每次都让田蚡神魂颠倒,不辨东西。

而且每一次她也都不白让他上床,总是要有所获。朝廷的许多秘闻,就这样源源不断地送到了淮南国。这一次当然也不例外,她要田蚡说服皇上把闽越国交与淮南王监视。田蚡也明白,这样等于是给刘安多了一份策应的力量。

但是,田蚡更清楚刘彻的性格,他从来就没有满意过自己的处事。只不过碍于太后的情面才不得不有所顾忌。现在,皇上要他说话,他不能不用一种试探的口气揣摩刘彻的心思。

他的小眼睛滴溜溜地转了转,开始说话了:"卫青之言,切中要害。然臣以为,长安之去闽越,迢迢千里。臣恐鞭长莫及,倒不如让他做个闽越王,然后诏令淮南王监视,岂不两便……"

"罢了!"刘彻对田蚡的发言表示了极大的不悦,愤然打断道,"让他们沆瀣一气么?让他们重演七国之乱么?让朕的那位叔父再添羽翼么?朕就知道丞相拿不出像样的主张。作为当朝宰辅,不为朝廷着想,却处处为他人张目,何以表率群臣,振兴纲纪呢?"

田蚡很尴尬,便低下头不敢再看刘彻的目光,可刘彻声音却如黄钟大吕震动着他的耳膜:"众位爱卿!朕自即位以来,致力于大汉一统,岂能纵虎肆虐。朕记得七国之乱后,先帝将吴地一分为三,朕看此法也合于闽越国现状……"

刘彻的声音停顿了一下,声音中便多了烈烈霸气——他是在做决定,而不是征询朝臣们的意见:"传朕旨意,立繇君为闽越王,立余善为东越王。两国并处,不可相扰。"

包括田蚡、韩嫣和严助在内的数十名重臣都没有想到皇上会将一个偌大的闽越国一分为二。但是他们都知道,一旦这样的格局成为现实,闽越国便再也没有力量对周围的小国挥舞兵戈了。

汲黯因为进京不久,对平定闽越战乱的事情不大了解,因而说话很慎重。但此次皇上的话刚一出口,他的情感就又一次受到强烈冲击。他觉得将闽越国一分为二只是一个开始,以后皇上一定会用同样的方法去处置诸侯与朝廷的关系。

但当大家的思绪还沉浸在皇上的决策中时,刘彻的声音又在他们耳边响了起来。

"传朕旨意,诏令韩安国、王恢班师。"

"诺。"

刘彻的思绪如滔滔大江,前浪刚刚回落,后浪又波澜迭起,几乎没有大臣们喘息的机会。

"严助听旨。"

"臣在!"

"朕令你即日出京,谕意南越王赵胡,此次汉军南下,实乃为解南越之围。而今彼国转危为安,朕欲与他会于长安,催他速来长安。回京途中,你转道淮南,说明朕此次用兵之意。"

"臣该如何对淮南王陈词,请皇上明示?"

刘彻眉宇间流过一丝极不易觉察的轻蔑与狡黠,而口中传达出来的意思却是非常的谦恭和大度——

> 朕已明白,兵固凶器,明主所重出也。然自五帝三王,禁暴除乱,不用兵者,未之闻也。汉为天下之宗,操生杀之柄,以制海内之命,危者望安,乱者印治。然今闽越王狠戾不仁,所为甚多不义,又举兵侵凌百越,并兼邻国,以为暴强,阴计奇策,入燔浔阳楼船,欲招会稽之地,以践勾践之迹。朕为万民安危久远之计,乃发会稽、豫章之兵。我军一路南下,广布盛德,诛而不伐,焉有苦于百姓士卒乎?故遣两将屯于境上,震威武,扬声乡,屯曾未会,天诱其衷,闽王殒命。此一举,不挫一兵之锋,不用一卒之死,而闽王伏诛,南越被泽,威震暴王,义存危国。此则深计远虑之所出也。事效见前,乃使你来谕意于王。

"臣明白了,臣不日即赴南越和淮南。"

刘彻天马行空的思绪让田蚡再次遭到了细柳营那样的尴尬,他害怕皇上再说出难听的话来。于是着急寻找能够平息皇上情绪的条陈,他出列禀奏道:"前日番阳令唐蒙来京,说到西南夷中,夜郎最大。南越国常与之交易通货,却不能使其臣服。依臣之意,不如派一使者,前往谕意,宣示皇上圣德,使之内附。"

刘彻点了点头，心想朝议半日，丞相这话总算说到点子上了，随即问道："唐蒙何在？"

"正在墊门候旨。"

"宣唐蒙。"

不一刻，唐蒙便进殿来了。

刘彻道："丞相奏请在夜郎置吏事，你可将夜郎国情简要奏来。"

远在西南边陲的唐蒙，虽然第一次在这样的场合面圣，但他看到刘彻英气勃勃，却也十分随和时，心里便轻松了许多。遂将夜郎国的地理、人口、风俗一一道来。末了他建议道："臣闻夜郎有精兵十万，浮船牂牁，出其不意，此制粤一奇也。故臣以为，以大汉之强，巴蜀之饶，通夜郎道，使之置吏内附，甚易！"

唐蒙侃侃而谈，有条不紊，刘彻听着，胸中关于西南一统的思路也愈来愈清晰。待唐蒙禀奏完毕，刘彻兴奋地站起来，对着丹墀内高声道："唐蒙！"

"臣在！"

"朕封你为中郎将，将千人，食重万人，从巴符关入，谕以威德，约为置吏，使其子为令……这样一来，朕的那位皇叔大可高枕无忧了吧！哈哈哈……"

刘彻自信的笑声在未央宫经久不息，大臣们都被这种举重若轻的风度所感染，情不自禁地呼出"皇上圣明"的喊声。

刘彻的思绪就像大江东去，一波刚平，一浪又起："宗正和典属国来了么？与匈奴和亲一事办理得如何了？"

典属国上前奏道："按皇上旨意，已选了鲁王的翁主和亲匈奴，宗正寺已派遣使者前往鲁国，转达朝廷的旨意。"

"好！她既是代表大汉，朕就封她怡和公主，亦为朕之义女，食邑五百户如何？"

典属国说道："皇上封赐，不仅弥补了鲁王当初引荐申公的尴尬，更体现了皇恩浩荡。"

"不仅如此！朕还要像当年父皇送隆虑姐姐那样，送怡和公主出京，此事就由宗正寺去办。"

"诺。"

随着一声"退朝",大臣们的脚步渐渐远去,刘彻一改威严和肃穆的形象,恢复了青春的激扬和浪漫,他一边走,一边朝卫青喊道:"卫青!卫青!"

待卫青反应过来是皇上在叫他时,刘彻已经站到他的面前了。不由分说,刘彻拉起卫青的手,就向外走去。

"皇上,您这是……"卫青一脸疑惑。

"傻瓜!去看你的姐姐呀!"刘彻的脚步是轻松的,与卫青一起登上车驾的表情是亲热的。

包桑见状,忙向伺候在殿外的黄门和宫娥们喊道:"起驾丹景台!"

但是这情景,是如此强烈地撞击了一个人的心。

韩嫣呆呆地站在司马道旁,看着刘彻的车驾呼呼地从眼前而过,似乎忘记了他的存在,只把一种失落的情绪留在他的心底。

自从有了卫子夫之后,皇上再也没有与他同榻而卧,做竟宵晤谈,而这样的日子将再也不复回来了。一阵秋风掠过,韩嫣觉得今年的秋天去得太早,而冬天已在不知不觉中临近长安了。

想想也是,李广、程不识浴血边关,最终不过当了未央宫、长乐宫卫尉;严助凭借满腹经纶,屡次奉旨出使,至今仍是个中大夫;董仲舒才冠儒林,却至今在诸侯国为相。他凭什么做到了上大夫的高位呢?就是凭着为皇上找到了流落乡间的姐姐,凭着能与皇上同榻而卧,凭着能陪皇上到上林苑游猎。

前不久,江都王刘建来京朝觐,竟在前往上林苑的道上误将韩嫣的马队当作皇上,命令随从,伏谒道旁。试问当今朝臣中,谁有这样的威风呢?每每想起这些,韩嫣就无法遏止对往昔的怀念。

现在,韩嫣站在司马道上,远望皇上拉着卫青的背影,调整着自己的思路和情绪。是的,"窈窕淑女,君子好逑",何况他是风流倜傥的皇上呢?自己就是与皇上再亲近,终究是个男人。而作为男人,他也需要女人啊!

而不久前一次偶然的相遇,那个永巷的黄门悄悄领他进了后宫的隐秘处——黄门这样做当然不是没有目的,他希望韩嫣能够在包桑面前多多美言,能让他脱离这永远见不到皇上的所在。

走过长长的巷道,进入宫女的居所,他的眼睛都发直了。他根本想不到,在每日簇拥着皇上的妃嫔之外，还有这么多也许今生都无法看到皇上的女人们。她们一个个秀色可餐，风姿翩翩，仅仅因为无缘而只能靠"女红"度日，而且住得还如此的拥挤。

黄门在让他"饱餐"一番"秀色"之后，引他到旁边一室中小坐。韩嫣问道："她们当初不都是被选进宫来的么？为何落到如此地步？"

"大人有所不知，虽说皇宫每年都要选美女进宫，却不是每个人都有卫子夫那样的好运，大多就只有在永巷待着，直到白头。"

韩嫣不禁唏嘘感叹，却又不能多说什么，遂又问道："这永巷还住些什么人？"

"那些失宠待罪的妃嫔也住在这里。"说着他又压低声音告诉韩嫣，当初栗姬就是被囚禁在离这儿不远的一座宫室内郁郁而死的。

"这事绝不能让外人知道，否则，小人乃至掖庭令都会没命了。"

看着韩嫣点了点头，黄门又道："大人稍坐，咱家去去就来。"

"公公请便，本官略坐片刻就走。"

黄门去了不一会儿，就引着一位宫女进来了。看这女子年不过二八，却是弱柳细腰，见了韩嫣，也是彬彬有礼，比起上林苑中的女子更加风韵可人。黄门已从韩嫣的目光中读出了一种燥热和不安，便悄悄地带上门出去了。

那是一段多么令人销魂的时光啊！一个失意的男人与一位期盼雨露的女人如胶似漆地缠绕在一起，韩嫣忘了一切伤感和烦恼，把一个男人的雄健和勃然呈现在一个孤独的女人面前。他在高潮一瞬间才觉得，只有这时候，他才是一个活生生的人。

再后来，他贿赂了掖庭令，获得了永巷"通籍"，频频地光顾这男人的"禁地"，他说不清这到底是一种放纵、消沉还是出于对那些囚徒一般女人的悲悯。他绝不重复与某一位女人厮守，而是每隔几天，都会有一位新的女子投进他的怀抱。

在遭受了孤独和冷落之后，他去永巷的欲望就更加强烈。现在，韩嫣悄悄地顺着宫墙旁的树丛，进了临池观的大门。

黄门笑着迎接韩嫣："大人请稍候，咱家今天为大人找一位江南女子，那可是清水芙蓉啊！"

韩嫣搞不清楚，黄门是用了什么法子将这女人唤来的，他也不愿意去想这些。他的手缓缓地摩挲着女人细腻的肌肤，这种看似轻微的抚摸却比鲁莽的占有更能燃起女人心头熊熊的欲火。

女人腰肢剧烈地起伏、颤动，狂热而熟练地迎接着男人对玄牝之门的刺入。她急促的喘息撩拨着男人的心性，两团白花花的肉体很快地缠绕、拥抱、交欢。只有在这时候，那司马道上的孤寂和失落才从韩嫣的意识中远去。

可世间的事情就是这样，乐极生悲的命运就在他们即将进入高潮的时候降临了。从外面传来长乐宫卫尉程不识的声音："请问公公，这后宫禁地何来男人的声音？"

韩嫣顿时慌了手脚，程不识的出现，让他感觉到了问题的严重。

程不识披甲戴盔，腰挎宝剑，而声音却是平静的。他严格遵守了宫廷的规矩，隔着紧闭的门说话。他似乎对里面所发生的一切，都了如指掌，他只是重复着太后的口谕，却不曾再向前迈近一步。室内的韩嫣整个地软瘫了……

程不识很耐心地等待着，在估计女人已经穿好衣裳的时候，他却以一种近乎轻蔑的口气对着室内说道："韩大人，不必躲避了，还是出来随我去见太后吧！"

韩嫣耷拉着头颅，衣衫不整地出了永巷。只见长长的巷道上，布满了长信殿的禁卫，韩嫣"咯噔"一下，心里悔道："完了！一切都结束了。"

……

丹景台现在每天都是丽日高照，一场围绕出宫人的风波让卫子夫获得了更多地恩宠。这种爱滋养出来的美，是宫廷任何补品和脂粉都无法弥补的。卫子夫的眉宇、脸颊生出摇曳的风韵。那皮肤白皙中透着嫣红，被从幔帐外透进来的阳光映得光彩熠熠。

当宫娥们扶着卫子夫面对着梳妆台时，就从铜镜里看到一张丰润、青春的面容。春香十分惊异上苍的造化，把世间的美都给了卫子夫。

其实，卫子夫不像皇后那样浓妆艳抹，每一次临窗理容，她都吩咐宫娥们不可矫饰。她更注重内修，不愿意给人留下徒有花容的印象。现在，当太阳懒懒的爬上窗棂的时候，卫子夫已经静坐看书一个时辰了。皇上打理朝政的时候，也是她最安静的时候。可她没有想到，这种安静被一个声音打断了。

"夫人！你看看，朕给你带谁来了？"没等包桑传话，刘彻一进丹景台就喊道。

卫子夫忙放下手中的竹简，诚惶诚恐地带着宫娥们接驾。

刘彻扶起卫子夫道："你看看，谁来了？"

哦！是青儿，青儿。卫子夫心里直笑，眼角却涌出了泪花。南国之行，卫青黑了，瘦了。

有皇上在，姐弟私话不便。卫子夫只是站在皇上一边道："你有今日，皆因皇上提拔。你一定要竭力效忠朝廷，才不负皇上厚望。"

刘彻笑了笑，接过卫子夫的话道："此次出兵闽越，朕令他随大农令南下，就是为了给他历练的机会。"

刘彻丝毫不掩饰对卫青的喜欢，说韩安国在奏折中也对他多有褒扬，他也有意今后将期门军交给卫青。卫青听了这些话之后便不好意思了，赶紧道："臣见识浅薄，若非韩将军处处提示，哪里会有什么功劳？"

刘彻就喜欢卫青这一点，他从来不恃宠而骄，外戚如果都能像他这样不攀附，何愁新政不能有所建树？

"朕从来是内举不避亲，外举不避仇。你须谨言慎行，有所作为，才能平息别人的非议。"

卫子夫了解皇上因为田蚡而屡屡同太后发生龃龉，就更加体味到皇上的用心，她看了看卫青道："你要时刻记着皇上的告诫，清楚自己做的事情。"

看看时间不早了，卫子夫又问道："你回京之后，可否去看过公主？"

"臣弟本打算今日早朝后就去，只是……"

"公主有恩于我家，没齿都不可忘。"

卫青何其聪明，立即领悟了姐姐的意思。是呀！皇上都带自己来看姐姐了，自己却在盘桓徘徊，这太不应该了。想到这，卫青站了起来，向皇上与卫子夫施了一礼道："那臣先告退了。"

"他今后必有大作为。"看着卫青的背影，刘彻若有所思地说道。

"皇上不可宠着他，要对他多加历练。"

说到平阳公主，卫子夫顿然觉得自己也好长时间没有见到她了。索性明日与卫青一起去平阳府吧。她心里这样想着。

"皇上，臣妾明日想去看看公主。"她悠悠道。

但刘彻没有再去回答她，他的心早已被卫子夫衣袖中散发的香气撩拨得心猿意马，他从后面抱起卫子夫就向卧榻走去。

"朕的美人儿，你要急死朕么？"刘彻的胡须贴着卫子夫的嘴唇，一种痒痒的酥。

"皇上……"卫子夫喘息着闭上了眼睛。

……

平阳公主睁开惺忪的睡眼，阳光透过硕大的窗户，正好照在她的脸上。想想昨夜的梦境，她就禁不住长叹——那是悠长、缠绵的气息，久在她身边的丫鬟们都明白，公主此刻的心境一定是百结缠绕的。她们只能蹑手蹑脚地进进出出，生怕惊扰了她。

平阳公主伸了伸胳膊，一种麻酥酥的感觉在血液间弥漫，这是从爱的高潮中走出来的女人特有的反应。很困倦，却不是劳累的困倦。筋骨酸酸的，透着难以名状的舒坦。现在回想起来，那梦是多么令人眷恋，她甚至埋怨窗外的鸟儿何其多事，不该惊扰了她的酣梦。

她和卫青相依相偎，躺在花丛中，秋风带着菊花的芬芳轻轻地抚着他们的脸颊，秋云缓缓地落在山坡上，覆盖了两个青春的躯体，隐藏了女人婉柔的羞涩；秋草在他们身下悠悠地颤动——这是属于相爱男女独有的空间和时间。

她完全被卫青的魅力征服了，小羊羔一样地歪在他的怀抱里。她水波潋滟的目光静静地看着卫青，早已忘记了自己的身份。她只认为自己是一个女人，一个需要男人呵护和珍爱的女人，而卫青就是能让她动心销魂的男人，值得她为之付出、为之牵挂的男人。

山风乍起，卫青迎风而立，仰天长啸，大丈夫生当为人杰……他仗剑向着云海深处奔去，渐渐地远了，远了……

她望着厚厚的灰色云层，绝望地喊道："卫青……卫青……"

她就这样醒了，只觉得脸上潮红，身体松软软的。

"翡翠……翡翠！"公主隔着帷帐轻轻地喊道。

丫鬟翡翠急忙撩开帷帐，看见了坐在榻上的公主："奴婢在。"

"刚才我做梦了么？梦中都说些什么？"

"奴婢什么也没有听见，只听见公主甜蜜的气息。"翡翠怎么可能没有听见平阳公主的呼唤呢？可是她敢说么？要是公主发现身边的人窥见了她的秘密，那还有命么？

"真的？真是这样的么？"

"真的！奴婢不敢说谎。"

"侯爷呢？"

"出去了。说是其他几位侯爷邀他一起去游猎，大概有几天才能回来。"

"嗯！知道了。"

于是，翡翠开始为平阳公主梳妆打扮。临窗而坐，铜镜里映出她的脸庞，显然，她昨夜没有睡好，脸色有些灰暗，皮肤也不及早年光润了。

为平阳公主梳着头发的翡翠明白，这两年公主心境十分不好，身边虽然有侯爷守着，可他如同一个废人，公主与守寡没有什么两样。多少个夜晚，她都听见公主在床上辗转反侧，难以入睡。

虽说公主脾气无常，难以捉摸，但翡翠还是为她伤感。像她这个年龄的女人，怎么可以没有男人的呵护呢？但翡翠能够做到的，就是用脂粉去掩饰公主脸上的沧桑。

"公主！今天梳个什么样的发髻呢？"

"老了！随意吧。"

"那翡翠就为公主梳个螺髻怎么样？"

"也好。"

于是翡翠将平阳公主浓密的黑发用丝线分股拢结，然后精心地盘，细心地叠，一层层地螺旋衬托出公主俏丽的脸庞。敷粉修面，描黛施丹，铜镜里的公主就立时娇艳润泽，光彩照人了。

在她们梳妆打扮的当儿，窗外传来清脆的鸟叫，翡翠抬了抬眼，惊喜地叫道："公主！您看！"平阳公主顺着翡翠的手望去，只见临窗一株桂树上站着两只喜鹊，正叽叽喳喳地说话。

翡翠的杏眼霎时充满了笑意，说道："公主！今天注定有贵人来了。"

话音刚落，府令就匆匆忙忙跑到了门外，说卫子夫带着卫青到府上来拜望了,车驾已经到了门外。

"什么?他们来了?"公主"哦"地一声,忽然身体就软了,有一种莫名的慌乱。她说不清一个曾在身边做骑奴的卫青,如今却如此让她念念不安,脸热心跳了。直到翡翠轻轻地呼唤她时,她才不好意思地笑了。

她要府令快去迎接,自己随后就到。她有意没有提卫青的名字,可她在心里在轻轻地呼唤:"你终于回来了,可知我这些日子是怎样牵挂你啊!"

此刻,公主的眼里有的尽是快意和温柔。她借口夫人到来,不知该穿什么样的衣服去见面,把征求的目光投向了翡翠。

"快替我找找,什么样的衣服合适出去呢?"

翡翠拿出一件,公主摇摇头,说太老气;再拿出一件,公主还是摇摇头,说太艳丽;又拿出一件,公主还是摇摇头,说太淡了。翡翠于是就明白公主的心思,她要将一个年轻的自己展现在卫青面前。

最后,翡翠拿出一件玫瑰红的曲裾深衣,宽大的衣袖和长长的裙裾,紧束的腰带,衬托出公主的纤纤细腰,益发显出她的风姿绰约,艳若芙蓉⋯⋯翡翠拿着铜镜前后地照了照,直到她满意地笑了⋯⋯

当平阳公主莲步轻移地来到客厅时,卫子夫和卫青就急忙上前参拜。

平阳公主急忙上前扶起姐弟俩,问道:"妹妹到宫中也有些年头了吧?"

"嗯,如今算来已经五年了。"

"进了丹景台,你就把姐姐忘了?"

"没有公主,就没有子夫的今天,公主如此大恩,子夫怎敢忘呢?"

"我就说嘛,今后还要靠妹妹在皇上面前美言呢?"说着平阳公主就拉起了卫子夫的手,肩膀也渐渐地靠近了,低声问道,"她再没有难为妹妹吧!"

卫子夫摇了摇头,她知道平阳公主指的是皇后。

"那个女人,不就仗着太皇太后的势么?如今太皇太后走了,她要是再怀不上皇上的龙种,我看迟早还是要被废掉的。你说是不是呢?妹妹。"

卫子夫没有接公主的话,这样的话题太敏感,她有些承受不起,只有保持沉默。至于卫青,他知道自己的身份,这样的场合,他也只有听的份儿。

平阳公主不管这些,她只图自己说着痛快,进一步将话题深入。

"说到生皇子,妹妹也进宫了几年,怎么也⋯⋯"看看卫青在身旁,公主打住了话题。卫子夫只能讪讪地笑了笑,近来不少人都关心起这事情,让她有些不好意思。

"这样的事情,可遇而不可求,子夫……"

不知道这话该如何说,卫子夫便转移了话题,向公主问道:"子夫许久没有回府上了,不知道那些姐妹可好?"

"妹妹进了宫,给她们做了样子,现今她们都勤快着呢!要不,我带妹妹到后面去看看?"

卫子夫赶忙施礼谢道:"子夫怎么敢劳驾公主呢?青儿在府上一场,蒙公主关照,才得以有今天。这次从会稽回来,就想来拜望公主。还是翡翠妹妹带子夫去转转,让青儿陪公主说说话吧。"说罢,卫子夫径自和翡翠出了客厅。

现在,偌大的客厅就剩下卫青和平阳公主两人。两双眼睛痴痴地望着,一时倒无话可说。良久,还是公主打破了沉默,幽幽道:"回来了?"

"嗯,卫青回来了。"

"谁要你说这些呢?"平阳公主嗔怪地说了一声,她目光掠过卫青的额头,心疼道,"你瘦了,也黑了。"

"多谢公主挂念!"卫青除了这样回答,选不出更加符合自己身份的话语。之后,他便又规规矩矩站在那里。

可在公主朦胧的意识里,一切都正在冲破往日尊卑的束缚。她多么想勇敢地向前迈出一步,只要迈出这步,那皇室贵胄的傲岸,那金枝玉叶的矜持,顷刻间就会显得多么无所谓。然而,她没有。

她希望在卫青的眼中,自己就是一个普通的女人,一个让他心仪的女人,她已经做好了迎接这种情感冲击的准备,只要卫青越过了心底的羁绊,她就会像街巷闾里的百姓一样地依偎在他的怀抱里。但事实是,谁也没有勇气打破这种沉默。

这也许就是爱,谁都能够读出对方眸子里的波澜,却依然在徘徊;这也许就是爱,谁都能感觉得到对方的心跳,却无法敞开彼此的心扉;这也许就是爱,折磨着女人的情,也折磨着男人的爱,让人语无伦次,让人无法摆脱。

卫青很自责,在心里责问自己:你是干什么来了?你不是要向公主问安么?这是怎么了?

于是，他鼓起勇气问道："卫青不在的这段日子里，公主还好吧？"

这句话如放在别时别处，也许就是一句平常得不能再平常的问候，然而此刻却催下了平阳公主压抑许久的泪水，晶莹的泪滴顺着眼角淌了下来。

"好什么呀？这府上的一切你了如指掌，我究竟过的什么日子，你会不明白？"平阳公主泪眼婆娑地望着卫青，幽幽道，"我虽贵为公主，可也是一个女人啊！"

"卫青明白公主的苦处，也深知公主的心思。"

"真的么？"公主含笑的泪眼直勾勾地看着卫青，脚步情不自禁地移动，在卫青面前站定了。她可以清晰地闻见他身上诱人的男人气息，公主轻轻地合上眼睛，长长的睫毛被泪水滋润成一道黑色的迷人的线。

卫青有些慌乱，不知所措，向后退了两步，却被平阳公主柔软的胳膊牢牢地抱住了。

"卫青！我要你……我……"平阳公主踮起脚尖，狂吻着卫青的额头和脖颈，香味从男人的鼻翼沁入心脾。

"公主！你不能……"

"我不管……我受够了……我就要你……"

"公主，您听卫青说。"卫青轻轻地推开公主，"扑通"一声跪倒在地，"公主，您这样就折杀卫青了。"

公主的脸"刷"地沉了下来，潮红的血色消退，冷冷地瞅着卫青道："你是轻视我么？"

"卫青不敢！"

"那到底是为何？说……"

……

"你哑巴了？"

"公主……"卫青抬起头，望着她难堪而又恼怒的眼睛道，"卫青明白公主的苦心，承蒙公主抬爱，卫青不胜荣幸。可现今卫青只是区区一介武夫，一个小小的典护军，又怎么能配得上公主呢？卫青一心想建功立业，报效陛下。待来日爵禄高登，定不负公主一片深情……"说罢，头深深地低下，久久不敢直面公主的凝望。

"唉！你呀！"公主的手颤抖了，嫩笋一样的纤指指着卫青的额头，不知该说些什么好。但卫青的一番话让她冷静多了，也许他是对的。自己身边不是还有一个形同废人的丈夫么？怎么能希图他走近你的身边呢？你又怎么能奢望与他鸾凤和鸣呢？她收回手势，轻柔地抚摸着卫青的头发，喃喃自语道，"我等着你……等着那一天的到来……"

转眼就是十月，大汉新的一年开始了。

眼看着和亲启程的日子一天天趋近，吐突狐涂的心也更加不安了，他觉得如果把本该对汉皇说的话藏在心里而离开长安的话，那么他将会带着一种沉重的心情返回大漠。

一个月来，他时而在典属国的陪同下，拜谒高帝、文、景的宗庙，领略三代之风；时而被田蚡引领，去明堂聆听博士们的争论；时而又被御史大夫邀请到上林苑狩猎。特别是卫青等人登门询问匈奴的风俗和诸多事情，这让他从中感受到大汉的虚怀若谷。而皇上对和亲的重视，更使他看到两个民族之间久违的和睦之意，他多么希望匈奴能有更多的人来中原看看……

可是，直到现在，他都严格地遵照单于的旨意，没有向汉朝吐露过一点关于张骞的消息。有几次话到嘴边，他又收回去了。眼看着再有两天就要离开长安了，朝廷的盛大欢送仪式正紧锣密鼓的筹备着——那从横门直搭到咸阳原头的彩门、那崛起在横门外的高台、那每日加紧排练的乐舞与离开草原前隆虑阏氏的叮嘱，一次一次地叩问他的良知。昨夜，田蚡又为他举办了饯行宴会，虽然好酒醉人，然而他却失眠了。

不！这绝不是背叛。他一次次地提醒自己，又一次次地加以否定。他最终做出了决定，要借向皇帝辞行的机会，说出关于张骞的消息。

巳时一刻，吐突狐涂在田蚡的陪同下来到未央宫宣室殿，向刘彻辞行。

"皇上正在殿内等候两位呢！"包桑笑容可掬地迎上来说道。

田蚡在前面引导，吐突狐涂很谨慎，而又脚步轻轻地进了大殿。刘彻正在埋头批阅奏章，他浓黑的眉毛凝结在一起，全神贯注的神情营造出一种严肃的气氛。

吐突狐涂低声向田蚡问道："皇帝每日都这样专注么？"

"当然！皇上每日规定了批阅奏章的数目，完不成是不会安寝的。"田蚡答道。

刘彻在抬头的一瞬间就看见了他们，他停下手中的笔，招呼大家坐下。他一脸温和地问道："使君在长安过得还好吧？"

"陛下，外使在京都月余，亲身感受了大汉的风俗淳朴，民丰物阜。纵观了大汉天下，沃野千里，山川险峻，真是风光无限啊！各位大臣也都是勤政廉洁，无敷衍塞责之徒，而陛下您则是雄才大略，胸怀九域，从谏如流。"吐突狐涂会如此说话，是刘彻没有想到的，他接着将话题转到两国关系上来，"外使向来以为，汉匈之间不该刀兵相见。此次长安之行，使外使更加确定，两国之间不仅不要战争，更应和睦相处。"

田蚡在一旁听着，内心有些不好意思，回想一个月以来，他私下里接受了不少匈奴的银器珍宝，便觉耳根发热，好在刘彻谈性正浓，所有的话锋都在两国关系上，他正目不转睛地看着匈奴使者，并未在意田蚡脸上这些微妙的变化。

听到这番话，刘彻很是吃惊。多年来，朝臣们都把匈奴描述成不懂礼仪的蛮夷形象，可这位左骨都侯的谈吐，哪有一点野蛮人的影子呢？他欣然地表示对吐突狐涂意见赞同。

"使君所言，正合朕意。尤其是看了阏氏的来信后，更坚定了朕和亲的意愿。"早年那种单纯的仇恨，已被皇帝的胸襟取代了。

刘彻的一番话，如春风一般吹得吐突狐涂心里十分清爽。他遂将阏氏在匈奴怎样传播大汉文明，怎样一次次劝解单于熄灭对汉朝的战火，又怎样地受到匈奴臣民的尊敬等事情都一一告诉了刘彻。末了，吐突狐涂道："阏氏还为皇上生了一名小外甥，名叫呼韩琅。"他还不露声色地牵出了张骞等人的行踪。

"若不是隆虑阏氏从中说情，张使君一行大概早已埋骨荒漠了。"

"哦！这么说，张骞是真被扣留了？"

"说来惭愧。"吐突狐涂显出几分赧颜，"本来外使一到长安就应该告诉陛下，可却狐疑踯躅，以致今天才将实情禀奏，还请陛下见谅。"

"使君何必自责，使君彷徨游移，自有道理，今天言明也是一样！朕遣张骞出使西域,意在疏通往来,互通商贸,绝无刺探情报之意。这一点请使君回去后务必向单于陈明,并请单于善待我朝使者,早日放行,切莫口是心非,做出有损两国和睦的事情。"

这话让吐突狐涂听着听着,便觉得背后隐含着一种巨大的力量。他再也无法泰然安坐了,便不顾田蚡的阻拦站了起来,眉宇间透出从未有过的庄重:"请陛下放心,外使回到匈奴,一定力谏单于,早日送张使君西行。"

"好!从现在起,让我们开启汉匈修睦和谐的新篇章。朕今日就在宫中设宴,为使君饯行。就让大汉的琼浆和着匈奴的马奶酒,一起浇灌两国百姓的福祉吧!"

"皇上圣明!"田蚡、吐突狐涂和包桑几乎在同时呼出一个声音。

……

第十八章

静心自问思官品　开怀放眼选良才

大汉又一位女子拜别长安,到大漠深处去了。

王娡没有出现在怡和公主的送行仪式上。尽管刘彻晋升她为怡和公主,自己多了一个孙女,可这毕竟打不破血缘在她情感深处刻下的痕迹——那是她永远抹不去的痛。所以这些年来,她不愿意看到或者提及有关匈奴的话题,更不愿意出现在送别仪式上,因为这样的场面总是会勾起她对隆虑公主的思念。

两个月前,吐突狐涂来长安时,不仅带来了隆虑公主写给皇上的信,也带给她催泪文字。一声声的呼唤,让她的心几乎破碎,她一下子就病倒了。好不容易在太医的精心调养下,她的身体渐趋好转,又怎可再去目睹那幕天各一方的分别呢?但这对朝廷来说,毕竟是一件大事,她又放心不下。因此当田蚡来到宫中的时候,她还是问起了送行的细节。

"公主走时还高兴么?"

"唉!哪能高兴呢?她父母都在鲁地,因为她是以公主身份去和亲,鲁王也不能来。皇上再好,也不比了亲生父母啊!"

"唉!也是。"王娡叹息一声,用丝绢擦了擦眼角,"故土难离,乃人之常情,我至今仍不忍看辞宫伤别之景,也不愿聆听思亲怀乡之曲!但愿她一路平安,到了匈奴能得到她姑姑的关照。"

"太后所言甚是。"

"好在亲也和了,我希望从此边关烽烟不再,百姓安宁,这也不枉她远嫁一场了。"

"太后高瞻远瞩,实乃大汉之福。"田蚡说着,就要起身告退。

"皇上直接回宣室殿了?"王娡问道。

"这……"田蚡这才弄明白了,太后召他进宫,不仅是要听关于怡和公主的消息,更是关心皇上与皇后的关系。这恰恰也是让他烦恼的地方。

"皇上移驾丹景台了。"

看了看太后的表情,田蚡有意点拨道:"太后还要劝诫一下皇后,不要总是拧着,把皇上往那边推啊!"

"嗯?你是说,皇上经常在丹景台么?"王娡调整了一下自己的坐姿问道。

"是的!"田蚡又坐了下来,呷了一口热茶,将近来发生的故事细细地讲给王娡听。皇上现在几乎每夜都传卫子夫进宫或者他移驾丹景台,而且有意地在各种场合推崇卫青。

在田蚡看来,除了情感因素外,更重要的是皇上要培养起一批力量,来实现他的宏图大略。田蚡有一种明显的感觉,就是太皇太后在世让皇上赋闲两年,让他任官用人有了更加严格的标准。

虽然此次策对现在还在紧锣密鼓地筹划,但通过直接的观察和提拔去培植忠于自己的力量,也成为选人的一个重要方面。

"皇上的翅膀现在真的硬了。依臣弟看来,卫氏姐弟风光朝廷的日子不远了。"田蚡说这些话的时候,脸色分外地冷峻,甚至带着对外甥的不满。

是的,他觉得非常没有面子,在朝会上,皇上不仅否决了他的谏言,而且还当着那么多朝臣的面申斥自己,这让他在朝廷的威信发生了动摇。

王娡听着听着,眉头就皱在一起了。田蚡说得对,窦氏家族随着太皇太后的驾崩而光辉不再,而另一个家族的力量却正在悄然崛起。令王娡惊异的是,目前卫家的情况与自己当年的情景几乎如出一辙。王娡倒不是对田、王家族的势力遭遇威胁有什么恐惧,而是对卫子夫的身份产生了质疑。

卫子夫虽然端庄秀美,才情过人,却总改变不了奴婢的身份,做个妃嫔倒也无可厚非,但她绝对是没有资格做皇后的。想到这里,王娡的眉间就多了几分轻蔑。

"说到底,她也只是个奴婢,怎么能与皇上厮守终身呢？"

田蚡嘿嘿笑道："姐姐当初不也是来自安陵乡间吗？"

"说什么呢？"王娡脸上微露不悦,嗔怪道,"她怎么能和我相比呢？我可是燕王之后啊！"

这是王娡引以为荣的。尽管她的外祖父燕王臧荼在楚汉争锋中被太祖高皇帝所杀,可王娡从来不愿意提起这段血仇,而总是拿着望族门第,去洗淡安陵岁月的窘困。

"也是阿娇不争气,进宫这么些年了,也没有给皇上生个太子。"

"太后所言甚是！如果皇后怀不上龙种,那么能不能继续住在椒房殿都是问题了。"田蚡接上了王娡的话茬。

"这个阿娇,到底是为什么？"王娡很忧虑,毕竟皇后是自己挑选的。而且自皇上登基之日起,她就觉察到了他那特立独行的性格,只不过当时太皇太后在,皇上在情感上还依赖于自己。如今不同了,皇上显然不希望再有人去干涉他的行为。

王娡有时候也很懊恼,包括田蚡在内的几位兄弟总不能让她省心,他们不断向皇上提出要求,以致皇上在她面前埋怨舅父已妨碍到新制的推行了。如果有一日,皇上用另外的力量替代了田王家族,那么她王娡就真的只能做个颐养天年的女人了。

王娡看着田蚡,语重心长地说道："兄弟要明白,无论是论起品性,还是才干,朝廷里有的是人才。你之所以坐上了丞相的位子,完全是因为我的缘故。现今皇上越来越喜欢独行其是,你若是再不慎行自励,迟早要被别人取代的。"

"这个臣弟明白,臣弟一定记住太后的话。"

"你不明白。我听说你借着丞相的权威,广置宅第,苑林极其奢侈,你家奴仆去各郡县集市上买东西的人络绎不绝。前堂上罗织着钟鼓等器物,后庭中有数以百计的妇女,可有此事？先帝在世时,我向来行事谨慎,如何现在你总是生怕别人不知道你是皇亲国戚呢？你说说,你身为人臣,在府门立那么大的旌旗有何意思呢？"王娡一口气数落道。

"这……"

田蚡十分吃惊,虽然姐姐身居宫闱,却是什么都在心中。他立即为自己辩解道:"臣弟在京城确是置了些田宅,但远不是传闻的那样,不过较之别人好些罢了。"

"仅仅是好些么?"王娡的眉毛皱了皱,从案头拿起一封帛书,丢在田蚡的面前道,"看看!这是什么?"

"这是何物?"

"你看看就知道了。"

田蚡打开帛书一看,不禁倒吸一口冷气,这帛书就是那个整天跟在皇上身后的韩嫣写的奏章。他弹劾田蚡利用丞相之权,趁着大旱,囤积居奇。名为买卖,实与掠夺无异。又与公田周围百姓争水,打伤打死数十名无辜男丁,以致民愤沸腾,怨声载道。

"这个怎么到了太后这里?"

"还不是因为你是皇上的舅父!"

"皇上圣明!"

"你就会说这些无用的话。皇上多次在我面前发脾气,说你不断地向他推荐心腹在朝为官,说你的贪欲简直到了要把整个府库搬到丞相府去的地步。你要一直这样做的话,不是在打我的脸么?"

田蚡的额头渗出点点冷汗,说话的底气不足了,连连道:"臣弟有错,臣弟有错。"

"岂止是有错,简直就是有罪。你身为朝臣之首,却把整个朝廷的风气都带坏了。我还听说,那个跟在窦婴左右的灌夫,也在自己的封地上扩充公田;窦太主也利用她的地位,侵占民田。看看,哪一件不是你等这些与皇上沾亲带故者所为呢?你等这样,还让皇上如何推行新制?"

田蚡偷偷抬眼看了看王娡道:"那依太后的意思,臣将田退了?"

王娡挥了挥手道:"那倒不必!过去的就过去了,我的意思是你们一定不要恃权弄势,以强凌弱,引得天怒人怨,到时候不可收拾。"

话虽是这样,可皇上把奏章给自己是什么意思呢?仅仅是为了照顾外戚的面子么?仅仅是为了给他们一番训诫么?不!皇上显然还有另外一层意思,那就是对自己处处维护家族利益表示出不满。

王娡认定,韩嫣之所以在这个时候抛出这道奏章,目的一定是冲着丞相一职来的。从看到奏章的那一刻起,她就一直在思谋该用怎样的手段给这些利令智昏而又善于摇唇鼓舌的"佞臣"以血的警示。现在,在深知了皇上与卫氏姐弟的关系后,她的谋划便又多了一层。她要让任何敢于向田、王家族地位挑战的人都明白,在太皇太后之后,这个江山,这座都城仍然站着一个不可侵犯的女人。

终于,机会来了。有黄门暗中向她禀告说,那个韩嫣竟然目无尊卑地到永巷与宫女们幽会。他的眼中还有这个太后么?还有皇上么?

这个可恶的韩嫣,早先夹在皇上与皇后之间,如今暗中出入掖庭,难道他不知道这掖庭是大臣们的禁地么?

"去死吧!你这个瘟神,小人!"王娡狠狠地将茶盏放在几案上,茶水溅在了田蚡的衣袖上。

田蚡很吃惊,惶恐道:"太后这是怎么了?难道太后真不念骨肉之情,要置臣弟于死地么?"

"哪是在说你呢?我是说那个韩嫣。简直是色胆包天,竟敢……"太后把后半截话咽了回去,这样的事情让她难以启齿。

田蚡立即明白了太后的用意,她这招一石二鸟,既对族人们加以警告,又达到了发泄愤怒的目的。

但是,处在朝野漩涡中的田蚡,现在想事情绝不像太后那么简单。论起对丞相位置的垂涎,最有资格的应该是这两个人:一个是建元初年以来一直跟着皇上的严助,另一个是韩安国。至于韩嫣,他除了会取悦皇上之外,几乎没有什么建树。

"哦!"田蚡一声沉吟,惊出了一身冷汗,他忽然想到了一个人——那个一直闲居在家的窦婴。一定是他,不要看他如今不在朝堂,可他那双眼睛一天也没有离开过朝堂,也没有放弃复出的欲望。

眼下,田蚡觉得自己要做的是借"韩嫣之事"给窦婴传信,让他明白这个朝廷再也没有他的位置。因此,当程不识缚了韩嫣前来复旨时,他立即表示了极大的愤怒。

"太后圣明,如此奸佞,非杀不能正纲纪。"

"押韩嫣进来。"王娡厉声说道。

一同带进来的还有向韩嫣私送了通籍的掖庭令。那掖庭令自知闯下了大祸,一跨进大门,就软瘫在地,捣蒜般地磕着头:"小臣该死!小臣罪该万死!"

王娡看都不看掖庭令,从牙缝中挤出的都是轻蔑和愤怒。

"私通奸佞,惑乱掖庭,罪不容赦,你是自招其祸。"说罢,向程不识摆了摆手,早有后宫禁卫架了掖庭令的胳膊,向殿外拖去。在他们消失在大殿门外的时候,仍然听见掖庭令的求饶声。

王娡收回目光,转向韩嫣怒道:"韩嫣,你可知罪?"

"臣罪该万死。"

"如此说来,你认罪了?"

……

"为何三缄其口?你平日不是伶牙俐齿的么?"

……

"这么说,你死而无怨了?"王娡转脸示意身边的紫薇,"我早已为你备好了饯行酒,你就安心上路吧!"

从进宫起到成为太后的女御长,紫薇第一次见太后动了杀机,她的心不由得一阵阵紧缩,手也颤抖得厉害。

"抖什么?你怕什么?"

"奴婢……奴婢只是……"

"田蚡,你代我送韩嫣。"

"诺!"田蚡从紫薇手中接过毒酒,脸上掠过一丝冷笑,"韩大人!请吧!"

拿着酒爵,望着里面的汁液,韩嫣百感交集。从十二岁进宫当太子陪读,他今生最大的幸运就是一直陪伴在皇上身边。为了给刘彻留下忠心耿耿的印象,他不惜丢掉尊严,去扮演一位黄门的角色。他知道,从窦婴到卫绾,各位大臣都对他的为人不屑一顾。

可在他看来,这又有什么呢?用什么手段无所谓,目的才是最重要的。但是他很失落,自从卫子夫进宫以后,皇上离他越来越远。当然,君臣之间的旧情还是存在的,只是没有往日那样亲密了。

永巷失足,是他无法挽回的。但他并不知道,弹劾田蚡的奏章才是将他推入绝境的原因。

　　平心而论,他弹劾田蚡也不全是出于公心,很大程度上是因为田蚡那种每每与他相遇时的蔑视目光,那些把他贬到与黄门一样卑贱羞辱的话,这些都极大地伤害了他的自尊心。因此,当有人举报田蚡因与乡民争水而致死人命的时候,他几乎没有什么犹豫,就启动了报复行动。

　　可这奏章却到了太后手中,并且被田蚡看见了。

　　死是一定的了,只是就这样死去,他是多么的不甘。那墨绿色的酒酿,映出了田蚡可恨狰狞的嘴脸。只要嘴一张,一切都过去了,从此这个世上将不再有韩嫣……

　　对着毒酒,韩嫣发出冷森森的笑声,直刺田蚡心底。他禁不住打了个寒战,怒道:"死到临头,你笑什么?"

　　"我笑你小人得志,攀龙附凤,笑你将不得好死!哈哈哈!"

　　"大胆狂徒,私入掖庭,罪该万死,还敢胡说八道!"田蚡恼羞成怒,转脸对程不识说道,"太后有旨,赐韩贼死。程将军!"

　　"末将在!"

　　"强令韩贼饮鸩。"

　　"且慢!"韩嫣一手端着毒酒,然后面向太后,双膝跪地陈述道,"太后要臣死,臣无话可说。只是臣有个不情之请,不知太后可否允准?"

　　王娡道:"念你是将去之人,有话尽管说。"

　　"臣死不足惜。只是臣十二岁就进宫伺候皇上,深受皇恩。太后若念及臣陪伴皇上多年,使臣死之前能再睹龙颜,臣就死而无憾了。"

　　"你还奢望见到皇上么?"王娡轻蔑地扫视韩嫣一眼,"你欺瞒皇上,犯下如此罪行,还有何面目见皇上……"

　　王娡话还没有说完,却听见大殿外传来黄门的声音:"皇上驾到!"

　　"皇上驾到!"

　　王娡心头不由一惊,暗忖:消息传得好快啊!未及开口说话,刘彻就已经跨进长信殿了。田蚡、程不识和宫娥们急忙接驾。刘彻也不理他们,径直来到王娡面前,不假思索便问道:"儿子听说母后要杀韩嫣,不知是为什么?"

"私入永巷，淫乱后宫，还不该死么？"

刘彻撩了撩衣袖道："韩嫣触犯律令，罪不容赦。然念其当年前往安陵迎修成君回京，儿子请母后开恩，赦其死罪。"

"糊涂！"王娡打断了刘彻的话，"我并非少恩寡情之人。当年韩嫣接俗儿回京，是我提出晋升他为上大夫的。可他不思报效朝廷，却倚仗天子之威，傲视诸王，以致江都王在我面前涕泣，要求回京任宿卫，位比韩嫣；他还诬陷朝廷重臣，离间君臣关系，此其罪二；出入永巷，淫乱后宫，此其罪三；皇上推行新制，乐平侯卫侈因坐买田宅不法，依律当被处死。韩嫣却接受贿赂，为其开脱，此其罪四。依照大汉律令，四者有其一，即处极刑。何况四罪并处，纵死千次，也不能平朝野之愤。"

刘彻明白了，出入永巷只是一个借口，重要的在第二条。刘彻紧皱眉头，顿觉自己犯了一个错误，当初他将韩嫣的奏章送给太后的本意是想警示田蚡等人，不料却招来一场大祸。

太后如此果断处置一位上大夫，与当年太皇太后的做法何其相似。虽然目标都是冲着新制，但太后此举又与太皇太后有着很大的不同，一个是着眼于国策大计，一个只不过是为了私情亲缘。

可这样的话他能说得出口么？也怨韩嫣行为不检点，才有今日之祸。正在刘彻进退维谷之际，田蚡在一旁说话了。

"皇上，韩嫣罪大恶极……"

"丞相不要说了，朕知道你是何意！韩嫣既然触犯了大汉律法，那么就该命廷尉府依律审问，绝不姑息。"

"罢了！"王娡一甩衣袖道，"事发掖庭，我难道不能处置么？为了一个罪臣，皇上竟然目无尊长，何以君临天下？"

"儿子不是这个意思……"

"那皇上是何意呢？"王娡朝前迈了一步，狠狠地瞪了一眼韩嫣，"皇上为他说情，不就是因为他曾经与皇上一起抵足共眠么？要说这一条罪状我还没有追究呢！没有他，皇后能……"

"母后为何这样说呢？儿子的意思，难道母后还没有听出来么？儿子不希望母后因私废公。"

王娡怎会听不出刘彻的意思呢,她很吃惊皇上能把事情看得如此透彻。这种母子间的妥协往往是在大臣不在场的情况下才有可能发生,现在,面对一个即将伏法的韩嫣,一个长乐宫卫尉程不识,一个儿子看不上眼的田蚡,她无论如何也不愿落个后宫干政的罪名,于是,她很快地就选择了妥协。

"好!此事就依皇上。但韩嫣罪在不赦,如何处置,就由皇上决定吧!"

这一来田蚡就急了,急忙上前道:"太后……"但当他看到刘彻冰冷的目光时,就退却了。

刘彻转过身来,高声对程不识道:"将韩嫣押至廷尉府听候审理,回宫!"

廷尉府的审理只是一个过程,韩嫣对私入永巷、淫乱掖庭的罪行供认不讳。廷尉拿着狱词向刘彻复旨,刘彻几乎没有任何犹豫,就批了"斩无赦",然后对廷尉吩咐道:"韩嫣此罪,弃市也不能平朝野之愤。然朕念他自小跟随左右,就在廷尉府中处决吧!"

几天后的一个夜里,严助奉旨到了廷尉府。

韩嫣万念俱灰,人眼见地消瘦了,一双眼睛失去了往日的神采。看到严助,他有诸多的不解,问道:"大人为何来了?"

严助将所带的酒菜在狱室摆开,为韩嫣斟了一爵酒,然后说道:"下官奉旨前来看望足下,请足下先饮了此爵。"

韩嫣闻此,眼中就涌出了泪光:"罪臣谢皇上隆恩。请大人与罪臣共饮一爵!"

严助道:"此乃陛下御酒,下官看着足下畅饮,也不负圣命了。"

韩嫣觉得自己的话太唐突了,今非昔比,如今自己已沦为阶下囚,他也不再勉强,开始自斟自饮起来。

"皇上没有话带给罪臣么?"

"唉!"严助叹了一口气,"足下犯此大罪,皇上心痛啊!以足下之青春,应该是前程无量啊!皇上只说了一句话——罪有应得,一路走好。"

韩嫣听此便泪如雨下,那泪滴在酒爵里,饮下的是千般悔恨。

"罪臣有今日,也怨不得别人,甘愿伏法。倘若罪臣的死能让同僚们引以为戒,也算是死而无憾。不过罪臣还请大人转奏皇上,田蚡贪利欲奢,必成朝廷大患……"

就这样,这位童年进宫,与刘彻朝夕相处的年轻人走了,刘彻在很长一段日子里都郁郁寡欢。虽然有卫子夫陪伴,但是那些同榻而卧的情景,那些狩猎的往事,总是会挥之不去地缠绕着他。

而更让他不满的是,太后一方面口口声声说支持他推行新制,另一方面,一俟遇到事关田、王家族利害的事情,又总是千方百计地袒护。

当然,他也会反思韩嫣的一生,回忆卫绾、窦婴对这位年轻人的评价,他觉得他们的目光很犀利。韩嫣的确喜欢见风使舵,察言观色,热衷猜度上面的意思。这样的人在身边,迟早会惹出祸端的。因此,他在重启举贤良的诏书中,就十分强调才能与品德。

元光元年,一道要求郡国举孝廉的诏书发往各地。元光二年,田蚡就送来了各个郡国推荐的贤良名单。与七年前不同的是,这一次,刘彻没有当殿策问,而是要贤良们"受策察问,咸以书对"。

一连几天早朝后,刘彻都在宣室殿聚精会神地批阅贤良们呈送上来的策对,他在众多的策对中看到了董仲舒和公孙弘的名字。董仲舒不仅重申了他的主张,尤其对兴办太学言辞深切,而且送来了他在江都相任上倾情编著的皇皇巨著《春秋繁露》。

董仲舒在策对中提出了五点建言,除了重新强调设明堂、置博士等之外,他还直指积弊,针对秦以来推行的土地制度。

董仲舒的陈述,让刘彻再一次想起韩嫣的奏章。是的,是得对官吏、豪绅占有土地的数量给予限制了,否则国家税源越来越少,以后靠什么去支持庞大的支出呢?读到这里,刘彻频频点头,甚至怀念起这位远在江都的儒生来。

可当他继续读下去的时候,眉头却越发紧蹙了。这个董仲舒在《春秋繁露》中仍然固执地以为"凡灾异之本,尽生于国家之失。国家之失,乃始萌芽,而天出灾害以谴告之。谴告之而不知变,乃见怪异以惊骇之。"

读到这里,刘彻生气道:"这个呆儒,六年的江都相白做了。看看,他都说些什么?"

此刻,刘彻的身边没有别人,只有包桑。他明白,皇上是要他发表见解。包桑嗫嚅了片刻道:"依奴婢看来,这些书生的话,不可不信,亦不可全信。皇上圣明,一定会去芜存真的。奴婢听说董博士在江都推行仁义治国,很有成效。江都王殿下素来骁勇,先生以'礼'匡之,赢得了殿下的敬重。"

"哦!这个朕也听说了。"

"皇上圣明!"

"本来朕是想重用他的,可他如此冥顽不灵,还是让他待在江都国算了。"刘彻说着,就将董仲舒的策对推到一边,继续看其他贤良的文章。

公孙弘的议论更趋务实,让刘彻看到了当年赵绾的风格。

> 因能任官,则分职治;去无用之言,则事情得;不作无用之器,则赋敛省;不夺民时,不妨民力,则百姓富;有德者进,无德者退,则朝廷尊;有功者上,无功者下,则群臣逡;罚当罪,则奸邪止;赏当贤,则臣下劝。凡此八者,治之本也。

刘彻读到这里,禁不住拍案连声道:"好文章,好文章。经世致用,不尚浮华,此人可用矣。"

抬头望了一眼包桑,刘彻问道:"此人所论,在董仲舒之上,朕就擢他为策对第一如何?"

"皇上圣明。"

"改日朕还要在宣室殿召见他呢!"

刘彻因这篇策对而精神显得有些亢奋,批阅的速度也明显地加快了。凡是他认为不太满意的策对,都在旁边加了批语,由包桑整理了放在一边。只要是触动他心绪的,他也洋洋洒洒地批了许多激情洋溢的词语,并且还要对包桑发一番议论。

忽然,他在众多策对中看到了一个陌生的名字——朱买臣。此人策对中有许多新的见解,看那字迹,显然年纪也不算大。为什么在以往的日子里,没有听说过这个人呢?刘彻抬头便问道:"你可知道太常寺里有一个叫朱买臣的人?"

"奴婢并不知道此人,想来是郡国推荐来的吧!"

刘彻释然,是的,这些中人每日的责任就是服侍皇上和妃嫔们的起居,又怎能知道一个名不见经传的儒生呢?刘彻不免有点遗憾,刚要埋头继续看文章,一位当班的黄门进来禀奏,说韩安国、王恢、严助和司马相如回来了,现正在塾门候旨。

刘彻大喜,忙要黄门们收拾了策对:"朕这几日正想着他们呢,快宣他们进殿。"

众人鱼贯入殿,一起向刘彻行大礼。

"众卿一路辛劳,快快平身!"

韩安国、王恢向刘彻禀明了汉军一路南下,未伤一兵一卒而解了南越之围的过程,他们都盛赞皇上将闽越国一分为二的英明决策。尤其是让司马相如随军南行,写了气吞山河的檄文,瓦解了闽越军的意志,使驺郢闻风丧胆。

韩安国言辞不善铺张,但刘彻还是笑了:"朕没有看错人吧!司马相如的刀笔可敌千军啊!"

尤其让刘彻感慨的是,韩安国只字不提自己,只把功劳往王恢、司马相如、会稽太守和南部都尉身上推。这不张扬、不贪功、不透过的作风,使刘彻想起了十多年前灉阳办案的往事,那是他第一次见识韩安国的官德和人品。从那以后,无论是在北地都尉任上,还是在大农令官署,抑或是奉命南征,他总是如履薄冰,兢兢业业,很少听到他矜夸炫耀,这该是多么的难得。大汉正是有了这样的股肱之臣,才国运鼎盛啊!

刘彻情不自禁地打量着韩安国,一时心潮起伏,诸多抚慰的话语涌上喉头,但话到嘴边,却依然转为对众臣的褒扬。现在内心深处,他已经做好了要与韩安国做一次推心置腹交谈的打算。

"此次南征,众卿劳苦功高,朕要重赏你们。传朕口谕,明日朕要在未央宫前殿设宴,为各位爱卿洗尘。"

刘彻的一番话让四位大臣十分感动,他们纷纷表示,效忠皇上,献身社稷是臣子的本分。议论完大事,刘彻眼见天色不早,就起身让韩安国等人回府。

刘彻亲自送他们到殿门口,他笑着对司马相如道:"先生恐怕比其他人更归心似箭吧?"

司马相如有些不好意思道:"谢皇上体恤微臣。只不过韩将军刚才过奖了,其实,真正的功臣应当是韩大人。"

"这个朕心中有数。"

看着三位大臣的身影渐渐远去,刘彻才回转身来向大殿深处走去,他望了一眼站在一旁的严助,问道:"爱卿有话要说么?"

"臣奉皇上御旨,此次到南越国宣谕。南越王赵胡顿首感谢皇上隆恩,他说天子兴兵诛逆,他死无一报。"

"既如此,他又为何不随卿来朝呢?"

"臣转达了皇上的盛意。可南越王说身体有恙,只命王太子赵婴齐随臣进京,现在驿馆候旨。"

刘彻笑道:"如果朕没有猜错,他是怕见到朕啊!哈哈哈!"

"臣愚钝,请皇上明示!"

刘彻娓娓道来:"朕此次兴兵诛杀驺郢,不仅为南越国解围,也是借机向各个藩国昭示,在大汉域内,是不容许离心叛逆之举的,赵胡不可能不明白这一点。他是怕朕将他扣在京都,作为人质。"

严助惊道:"皇上真是料事如神!微臣惭愧。"

"不过,他未免有点轻看朕了。朕乃大汉天子,又怎会扣留藩国国君作为要挟呢?明日早朝,就宣赵婴齐来见,只要他们忠于朝廷,朕乐观其盛。"

"诺!臣一定向赵婴齐陈明皇上的宽仁和厚德。"

"朕的那位皇叔怎样呢?"

"臣将皇上谕意禀明淮南王后,大王盛赞皇上的盛德神威。说虽汤武罚桀,文王罚崇,也不过如此。他说自己愚妄狂言,陛下不忍加诛,还令使者告诉他所不知道的事情,让他觉得十分荣幸。"

"哈哈哈!朕这位皇叔风向也转得很快啊!"刘彻一挥衣袖,很潇洒地将这页翻过去了,"不说他了!朕不仅观其言,更要观其行。"

说话之间,刘彻忽然想起刚才看过的策对,遂问严助道:"爱卿可知朱买臣此人?"

听皇上这样问,严助心中不由暗喜。离京前,他在长安街头遇见待诏公车、经济拮据的同窗好友朱买臣,因为赊欠店家酒钱太多而险遭殴打。他遂代其付了酒钱,迎至府上,相谈甚久。

言及仕途多舛,朱买臣潸然泪下。虽精读《春秋》,娴熟《楚辞》,怎奈无缘沐浴皇恩,连妻子都瞧不起他,讥讽说他这样的书呆子,终饿死沟中,何能富贵?

朱买臣说着便起身大揖,向严助求计,说如得富贵,将衔环结草,以报恩德。严助急忙扶起朱买臣,告诉他皇上正诏令各郡国举贤良,要他跻身策对,以求发迹,并且答应会相机向皇上引荐。

现在,他还没有提出这事,皇上倒先问起来了,真是太好了。

"皇上,朱买臣乃会稽人氏,臣的同窗,学识渊博,尤其善治《春秋》《楚辞》。"

"比之爱卿如何?"

"论起才识,在微臣之上。"

"朕看了策对,也觉得他是个人才。不妨宣他明日早朝后到宣室殿为朕讲述《楚辞》如何?"政事的繁忙并不影响刘彻对文学辞赋的钟情。

严助大喜道:"皇上圣目识才,乃大汉之幸。臣一定将这个喜讯告知朱买臣,臣这就告退了。"

……

第二天早朝时,刘彻当庭宣示了对南越国的政策,要他们务本兴农,岁时朝觐。又赐赵婴齐金千斤,绢百匹。并令典属国盛情招待,游历长安。赵婴齐十分感动,宣誓要永远忠于朝廷,愿随皇上左右。此事在南方诸藩国中一时传为佳话。

就在这次早朝时,刘彻正式敕封韩安国为御史大夫,擢升郑当时为大司农,封典护军卫青为太中大夫。本来,在出兵闽越之前,这个任命就已经确定了。只是刘彻当时考虑,经过对闽越的战役,可以消除朝野某些人对韩安国的不服。

至此,朝廷的三公,除太尉一职依旧空缺外,总体的格局算是定下来了。

散朝之后,包桑禀奏,说朱买臣已在塾门候召多时了。

第一次面见皇上,朱买臣不免拘束,听黄门高呼皇上驾到时,他低头便拜,许久不敢抬头仰视。直到刘彻要他平身时,才战战兢兢地站立一旁。

刘彻望了望眼前的朱买臣,虽衣衫陈旧,却清俊飘逸,便问道:"朕闻先生善治《楚辞》?"

"启奏皇上,微臣略知一二,不敢言善。"

"朕素爱辞赋,对《楚辞》亦甚喜爱,先生不妨讲来,朕愿闻其详。你不必拘束,平日怎样,今日亦怎样。"

朱买臣的紧张心情因为刘彻的豁达而轻松了许多,于是他从《楚辞》的形成说到南北诗歌的风格,从屈原的《离骚》说到宋玉的作品;从贾谊的作品说到东方朔的骚体诗歌。他引经据典,摘章引句,信手拈来,滔滔不绝。

一个时辰过去了,朱买臣话音落地,大殿里静极了,过了好一会儿,这寂静才被刘彻的掌声打破,包桑和严助随之也鼓起掌来。朱买臣被这种气氛感染了,顿时泪水盈眶,纳头便拜倒道:"臣一介布衣,不揣浅陋,信口妄言,还请皇上见谅。"

"先生果然学识不凡,朕谨受教矣!包桑!"

"奴婢在!"

"传朕旨意,敕封朱买臣为中大夫。"

"谢皇上隆恩,臣当肝脑涂地,效忠朝廷。"话虽如此,但朱买臣的心绪并没有从惊喜中转换过来,刚才还谈锋甚健的他,此刻却不知道该说什么了。

……

这年年底,刘彻的策问终于告一段落。

这是刘彻即位后第一次独立的、有始有终的、几乎没有任何阻碍地完成了一次擢拔人才的过程,他的心情因此而分外快慰。于是,他传旨由太常寺与太仆寺联合举行一次盛大的朝会,向朝野展示朝廷人才济济的盛况。

虽然具体事务是两寺的主官经办,可这也是田蚡最忙的日子。这不仅因为他是独尊儒术的主要推动者,更因为那些刚刚立脚京都的贤良们都对他的引荐感恩戴德,而且在京为官的两千石都要行拜谒大礼。他十分看重这种场面,乐于享受这样荣耀的过程。他认为这次朝会之后,会有更多的人拜在他的门下。因此,这一天,他早早地就来到了未央宫外的塾门,等候贤良和大臣们的到来。

紧跟在田蚡后面的是韩安国。作为朝廷最高的谏官,他监督了整个策对的过程,虽然因南征而回京很晚,对田蚡在此过程中的所作所为还不清楚,但他相信,皇上这次发起的策对,已完全不同于建元元年,它的选才范围和标准都上升到了一个新的高度。一种庄严的责任感使他不敢有丝毫的懈怠。

他远远地瞧见田蚡志得意满的身影,心中就有了一种莫名的不快。但他明白自己此刻的身份,自太皇太后驾崩后,朝廷的职官一直空着太尉一职。除了田蚡,他是唯一一位在三公的高官。于公于私,他都没有理由把对田蚡的厌恶暴露在众人面前。

韩安国就是这样,在任何时候,都能心胸开阔地看待一切。一进塾门,他就很谦恭地向田蚡行了谒见之礼:"丞相先到了。下官惭愧,晚来一步,还请丞相见谅。"

田蚡今天显得很大度,笑道:"彼此彼此,御史大人来得也不晚啊!"说罢,很亲切地挽了韩安国的手臂。

"今日朝会,可是我朝盛事啊!"

"然也!然也!"田蚡捻着黄色的胡须,频频点头。

"此次郡国举荐贤良,丞相功莫大焉。"

"然也!然也!"田蚡笑容可掬地回答,忽然觉得自己过于外露,忙改口道,"此乃皇上圣明,皇上圣明!"

两人坐下没有一盏茶的工夫,京城两千石以上官员和贤良们就纷纷到了,大家纷纷拜见了丞相和御史大夫,感念他们的提携和关心,把平日里朝堂上的争论和龃龉都暂时地搁置了。

约莫上午巳时,众人由谒者引导,鱼贯而入,井然有序地站在丹墀内等候刘彻的到来。

这时候,一位步履矫健的身影进入了韩安国的视线。那是谁呢?原来是汲黯。听说这位学黄老言、好清静的汲黯,在东海任太守时,从不苛求于细枝末节,竟然辖内大治。他也听说,这位汲大人为人倨傲,少有礼仪,素喜面折。

这让韩安国想起了许多人——那个曾经面折太皇太后、惨死在刺客刀下的袁盎,那个曾经让先帝怀念不已的晁错,还有那个殒命于长沙的贾谊。他在心中想到,唯有这些耿介之士,才堪担当社稷重臣的使命。

韩安国很快发现,今天朝会的排列与往年相比有了新的变化。依照以往的惯例,殿下有郎中夹陛,形成一个甬道;然后是太尉等武官列西方,东向;

丞相以下文官列东方,西向。而今天东西两侧的队列前面站着的却是贤良的阵容。

年逾六旬的公孙弘站在队首,以下依次是朱买臣等。他想,这一定是皇上的决定。他这样做,就是要把这些贤良推到众位大臣的面前,他被皇上这种重视人才的行为所感动了,脸上呈现出从未有过的肃然,不禁加快脚步走到田蚡的身边——他今天是以文官的身份参加朝会的。他是继周亚夫、窦婴之后又一个出将入相的大臣。

在气势恢宏的鼓乐声中,刘彻从东厢缓缓地进殿来了。大臣们齐刷刷地跪倒叩首,巨大的声浪和着雄浑的鼓乐,在未央宫前殿激起经久不息的回声。刘彻登上御座,以少有的沉稳伸开双臂,面对朝拜的众臣大声道:"众卿平身。"

"谢皇上!"

"众位爱卿!"刘彻眸子传递出饱满的热情,"众位爱卿,列侯、郡国举荐贤良之事今日终于告一段落。朕举行这次朝会,就是要众卿明白,国之兴在人才。他们或少年壮志,或老骥伏枥,或满腹经纶,或孝誉乡里,却长久以来明珠蒙尘,翘首以待。从今以后,每隔几年,朕都要列侯郡国举荐贤良,以使朝廷英才济济,永不绝续。"

"皇上圣明!"

刘彻挥手制止了大家的欢呼,继续说道:"朕闻昔在唐、虞,画像而民不犯,日月所烛,莫不率俾。周之成、康,刑错不用,德及鸟兽,教通四海,氏羌徕服,星辰不悖。朕自承继宗庙以来,夙兴以求,夜寐以思,若涉渊水,未知所济。如何才能彰先帝之宏业修德?朕之不敏,此子大夫之所睹闻也,故而朕要郡国举荐贤良,建言献策,直陈安天下之良策。朕将量才任官,使尔等各尽其才。望各位贤良勿负朕望,好自为之。"

贤良中有人已年过六旬,有人已逾不惑,有人尚涉世未深,但此时此刻,他们的心境已经超越了年龄的界限而汇成一个共同的心愿,那就是忠于汉室,鞠躬尽瘁。

接下来,朝会进入到祝贺的程序。从田蚡、韩安国开始,自两千石至六百石秩禄的官员依次出列,奉献贺词。有言语质朴,却意思直白的;也有文采斐然，洋洋洒洒的。这样的场合，往往是文士们纵横的时候。

司马相如捧着一卷竹简，迈着潇洒的步子来到刘彻面前，他轻轻展开竹简说道："臣闻皇上为贤良们举行朝会大典，连夜写了《英才赋》，谨致贺忱，请陛下允臣当廷吟诵。"

刘彻点了点头，司马相如转身面向朝臣，吟吟诵道："夫天之降才，或在九皋，或在草莽，或在陋巷，若夫声闻于天，必有圣主出，拂尘还珠……"

整篇赋铺排张扬，起承转合，把朝臣们听得如醉如痴。纷纷惊异于司马相如平日里说话口吃，一句话要断成几截，憋得面红耳赤，为何今日读起文章来却如行云流水。

一气读完自己的得意之作，司马相如轻轻舒一口气，刚要向刘彻施礼，却听见耳际传来声音："微臣不才，也做得一'赋'，权且为朝会助兴！"

大家转脸看去，却是平日里幽默闲散的东方朔不甘示弱地走出来了。他手中捧着作品，摇头晃脑，吟吟哦哦，亦庄亦谐。人们不仅为他过人的才气所折服，也为他多变的神采所感染。刚刚落音，人群中已是掌声如潮了。

刘彻更是眉飞色舞，忙令黄门赐酒。在大臣们纷至沓来的朝贺中，刘彻发现唯独不见汲黯。他的目光穿过大臣们的肩头，搜寻他的身影，同时大声问道："汲黯何在？汲黯来了么？"

"启奏皇上，臣在！"

刘彻脸上流露出一丝不易觉察的不悦，问道："今日朝会，爱卿何故沉默？"

此刻，汲黯已经穿过郎中夹陛来到刘彻面前，拱手行礼道："启奏皇上，郡国举荐贤良，俊才云集长安，实乃我朝幸事。因此众位大人献词朝贺，礼赞陛下圣德。然老子有言：'美言不信，信言不美'，臣斗胆敢问皇上，欲闻信言还是美言？"

"爱卿难道没有听见，朕刚才已经说过，朕之不敏，自然是愿闻信言了。"

"恕臣直言。"汲黯撩撩衣袖，脸色霎时严峻起来，"皇上一方面广揽人才，一方面放纵自己。如此内多欲而外施仁义，奈何欲效唐、虞之治乎？"

"放肆！"刘彻没想到汲黯竟然在这样的时刻，这样的场合，以这样的话语指责自己，一时怒火中烧，脸色大变，"你大胆……"

贤良和大臣们也不禁大惊失色。好个汲黯,怎么能当着大臣的面数落皇上呢?难道他不怕招来杀身之祸么?

韩安国心中暗暗叫苦,埋怨汲黯糊涂之至,就是批评皇上,也得找个适当的机会嘛!

他悄悄地侧目去看身边的田蚡,先见他眼角露出讥讽的冷笑,继之干黄的胡须微微颤动,接着,双手紧握,摩拳擦掌,终于怒不可遏地出列大骂道:"大胆汲黯,皇上待你不薄,奈何你不思图报,竟敢触犯龙颜。似你这样不识时务,留之何用,来人,与我拿下!"

站在廊庑下的羽林卫应声上前,扭了汲黯的胳膊,就要向外拖去。但汲黯面无惧色,甩脱禁卫,轻轻地拂了拂肩头,随即大笑道:"老子曰:'民不畏死,奈何以死惧之?'臣今日既然敢直言不讳,早将生死置之度外。只是皇上如此讳疾拒谏,汉室危矣!"说罢,就转身昂首阔步向殿外走去。

大殿里的气氛紧张极了,大臣们眼光追着汲黯的背影,呼吸几乎要停住了。就在这时,只听从御案后传来沉重的喊声:"慢着!"

顷刻间,禁卫们的脚步凝固了,汲黯的脚步停滞了。

刘彻慢慢地从案几边站起来,似乎是要平静一下自己的情绪:"汲黯,你既然敢当着众卿的面折朕的颜面,朕就给你机会,让你将所思所想尽数道来。"

汲黯再度来到刘彻面前,肃然道:"皇上乐于纳谏,乃大汉之幸,万民之幸。臣之所奏,绝非妄言。臣在东海任太守时,就听百姓街谈巷议,说皇上图一时之乐,竟然要将宜春、蓝田、周至大片农田划归上林苑,此非多欲乎?臣又闻听,皇上仗着体魄健壮,屡欲搏击熊罴,此非多欲乎?臣还闻听丞相侵占民田,与民争水,致死人命,此又非多欲乎?"

汲黯一一列举,然后又道:"臣身为汉臣,光明磊落。况天子置公卿辅弼之臣,宁令从谀承意,陷主于不义乎?且臣已在其位,纵爱吾身,奈辱朝廷何?臣的话说完了,皇上若不能容臣,臣虽死无憾。"说完,汲黯跪地伏身不起。

当汲黯再次抬起头时,刘彻已站在他的面前了。他心中的怒火早已被汲黯的铮铮直言所浇灭。自即位以来,刘彻第一次听见大臣用如此犀利的语言指责自己。就是当初扩充上林苑,东方朔等人谏言阻止时,也没有用这样的秉直之辞啊!看来,在这样的诤臣面前,朕今后确实要约束自己了。为了社稷大业,也为了自己的品格。

刘彻弯下腰,几乎是拥着汲黯从地上站起来,而一种欣慰和喜悦也从他的胸间汩汩而出。

"甚矣!汲黯之憨也。"他觉得,此时此刻,只有一个"憨"字,才足以表达对汲黯的认知和赞誉。

"众位爱卿,自窦婴之后,朕罕听如此诤言。朕今闻之,顿感豁然。朕谨受教矣。"

他又忙令黄门赐酒。汲黯十分感动,接过酒说道:"陛下如此胸怀,大汉之福也。"

"圣哉吾皇!明哉吾皇!"

"圣哉吾皇!"

"明哉吾皇!"

……

这声涛冲出未央宫前殿,在长安城头经久不息。

第十九章

王恢巡边雁门郡　周凤沐贤古雍城

时光飞逝,转眼又过了一年,元光二年(公元前133年)的初冬,岁首的气息伴随着寒风,飘进了长安城。

田蚡的车驾从安门大街上经过,道路两边的槐树叶子都落光了,偶尔有一两片孤零零地挂在树梢,在寒风中瑟瑟发抖。一切都显得萧瑟,只听得见车轮压在冻土上的沉闷之声。

这一切,都让田蚡感到青春难再。"人生天地之间,若白驹之过隙,忽然而已"。

不是么?太皇太后驾崩那年,皇上要窦婴出任丞相,窦婴以年事已高而推辞,其实,那时窦婴也不过刚过了知命之岁。几年过去了,自己也过了五十岁了。他下意识地摸了摸胡须,那种老之将至的紧迫感,引发他长长的叹息。

自怡和公主和亲后,这一年虽然在雁门、上郡等地,与匈奴之间小摩擦时有发生,但大体上还是和睦的。从呈上来的计簿就可以看出,长安的匈奴皮毛和牛羊肉比往年多了不少,而大汉的丝绸、茶叶、铁器也流向北方,这些都让刘彻更加确信当初和亲的正确。

田蚡知道皇上喜欢什么,这些奏章和计簿,都是由他亲自呈送给皇上的。而且每有喜讯,他也是一刻不停地传到未央宫,让皇上批阅奏章之余感受惬意与放松。于是,由韩嫣弹劾引起的风波渐渐远去,现在倒是常常听到皇上关于"丞相近来精勤尽职,朕甚欣慰"的褒扬。

但田蚡却没有忘记,从看到弹劾的奏章时起,他就一直认为韩嫣没有资格觊觎丞相的位置,因而把目光投向那个赋闲的窦婴。窦婴的坚辞相位,在田蚡看来无异于待价而沽。而皇上却顺水推舟,干脆绝了他的念头,他能够甘心么?因此,他认定韩嫣写不出这样的奏章,只有窦婴才可能心生妒忌。

多少次,当他的车驾从窦府门前经过的时候,他除了在心底嘲笑窦婴的不自量力外,那种报复的火焰也逐渐在心中生根,慢慢吞噬了他刚刚复苏的良知。

此刻,田蚡坐在车驾上,远远地看见冷落的窦府门前几位懒散的府役,又一次在心底道:"迟早给这老儿厉害看看。"

驭手一声吆喝,车驾缓缓地停在自家府门前,府令上前迎接,田蚡点了点头,进了府门。

比起窦府,田蚡的丞相府显得阔绰多了。虽然在太后的严责下撤去了曲旃、钟鼓,却依旧气魄非凡,丝毫不亚于诸侯王府。转过萧墙,是一条用青砖铺的小径,在书房前分岔,折转向北,直通回廊。平日里田蚡读书或者起草奏章、文书累了后,总要沿着回廊走上一圈。

进了书房,换下朝服,田蚡就向跟着进来的府令问道:"可有人来?"

府令告诉他,有一位刚刚到京不久的贤良登门拜望,还送来五百金。

"哦!知道了!"对这类事情,他总是表现得很淡然,从来不会在下人面前有任何多余的表示。田蚡在案几前坐了下来,喝了一口茶,他觉得身心舒畅多了,丫鬟趁机禀告:"夫人在庭中等候,想与老爷共同进膳,不知老爷是否前去?"

"不用了!老夫已用过膳。"

丫鬟一退下,田蚡的脸就拉得老长,心里埋怨夫人不知进退——他已许久不曾与夫人在一起吃饭了;下人们当然还不知道,他也很久不和夫人同室而卧了。有了那个勾魂的刘陵,他看夫人和家中的小妾们怎么都不顺眼。

"去请藉福将军。"田蚡转移了话题。

"诺!"

半个时辰后,藉福就到了。他很谦卑地向田蚡行了礼,两人就在书房叙话。

"老夫记得将军曾经是魏其侯的门客。"田蚡说道。

藉福点了点头,脸上却有些挂不住。丞相明知故问,等于轻看他的为人。可他却立即释然了,有什么了不起的呢?良禽择木而栖,这是自古的道理。

"不知丞相唤末将来,有何吩咐?"

"老夫听说,魏其侯在城南有田,并且甚是肥沃?"

"嗯,那是魏其侯任丞相时所置庄田。"

"老夫欲购此田,将军可愿前往说之?"

藉福面露难色道:"丞相应该知道魏其侯的性格,当年在丞相任上,常常犯颜直谏。今丞相欲买其田,恐怕不容易吧?"

田蚡眨了眨眼睛,笑道:"所以老夫才请将军前往。玉成此事,老夫有赏!"

丞相口里出来的"赏"字,绝非金银之物,他只要在皇上面前一提,自己的前程就有了。尽管他也知道,要窦婴让出这块膏腴之地难比登天,但他还是答应到窦府走一遭。

"谢丞相厚爱,末将虽不才,愿为丞相效劳。"

第二天,当藉福来到窦府时,却看到了从燕国归来的灌夫,他们正在饮酒叙话。对藉福的到来,他俩都颇感意外。灌夫是个直性子,不无讽刺地问道:"藉将军现今乃武安侯爱将,怎么忽然到窦大人府上来了?"

藉福的脸"腾"地就从两颊红到了耳根,却又不好发作。好在窦婴素来胸怀宽广,不计前嫌,忙拦住了灌夫话头,邀了藉福入席。

几巡过后,窦婴问道:"将军今日前来,有何事情,请不妨直说。"

藉福看了看灌夫不屑的目光,有些口塞。

窦婴笑道:"灌夫乃吾至交,不必回避,将军但说无妨。"

藉福赶忙作揖道:"有侯爷这句话,末将便不揣浅陋,禀明来意,倘若得罪,还望侯爷海涵。"

他顿了顿,便说出了此来的目的。这话一出,庭中的气氛顿时沉闷了。窦婴不再说话,只是一个劲地喝酒,而灌夫却挽起衣袖,摩拳擦掌,怒不可遏,几次要站起来,都被窦婴用眼色制止了。

窦婴强压住心头的怒火,尽量让自己的情绪平和一些,缓缓道:"老夫现在虽然遭弃,但丞相可以以势相夺吗?"

"侯爷之言差矣,丞相命末将前来,实乃欲以金易之,何来相夺一说?"

"丞相宅甲诸第,田园极其膏腴,怎么会在乎窦婴的区区薄田?恐怕是心有旁骛吧?"

藉福听了这话便不能平心静气了,说话间就带了指责:"侯爷如此说话,不免有失信义。昔日丞相在太尉任上时,侯爷之子致死人命,丞相多方相救,侯爷不思图报便也罢了,何来以势相逼一说呢?"

话到这里,在一旁的灌夫早已按捺不住,"呼"地从座上站起来,揪住藉福的衣领骂道:"似你这等狗彘之徒,势利小人,何有颜面在侯爷面前奢谈信义?想当年侯爷任太傅、丞相时,待你恩重如山,如今你却背信弃义,弃侯爷而去,这也就罢了。你还助纣为虐,说出此等猪狗不如的话,还不赶快滚出去!"

窦婴见状,忙上前拦住灌夫道:"老夫念及将军昔日曾在门下,今日不予计较,请将军回禀丞相,就说我不答应,请他不要再费心机!"

藉福见窦婴下了逐客令,也立时撕破了脸皮,站起来道:"当今大势,丞相如日中天,侯爷应识时务才是。倘若自招其祸,也怪不得丞相。"说罢,便欲转身离去。不料灌夫一个箭步上前,揪住藉福的衣领,一拳打去,立时鲜血就从藉福的鼻孔中喷出来。

"老子今日就先要了你的狗命!"

窦婴赶忙挡在中间,喊道:"仲孺!不可鲁莽。"

藉福趁着这个机会,落荒而逃,临出客厅时还留下一句话:"好个灌夫,竟然欺负到丞相头上,你等着……"

灌夫眼中喷火,一个劲地向外冲,却被窦婴死死抱住,脱身不得,愤恨道:"侯爷一味忍让,以致便有今日!"

"唉!是老夫没有识人之明。"窦婴长叹一声,眼圈都红了,"仲孺!听老夫一句话,你今日就离开京都,回燕国去。"

灌夫望着窦婴道:"藉福遭打,田蚡在太后面前诬告大人,灌夫这一走,侯爷怎么办?"

"欲加之罪,何患无辞!朝野皆知武安侯田园甚广,岂在乎老夫城南几顷田庄。仲孺不知,你去了燕国之后,韩嫣因弹劾田蚡而被太后逼杀。田蚡便怀疑老夫为背后主谋,今日之举,非图田畴,乃是寻衅滋事。仲孺若是再打下去,岂不为他提供了口实。"窦婴一口气说了许多。

"不!即便有罪,也罪在末将,自该末将一人承担,与侯爷无干!"

"糊涂!仲孺应知老夫素来不齿韩嫣为人,田蚡尚疑老夫与弹劾有关,况你我莫逆之交?"窦婴不容灌夫再说下去,用力把他向门外推,"走!你今日必须离开京城。"

"侯爷!"灌夫拜倒在地,泪如泉涌……

灌夫星夜兼程,回到燕国,却在雁门郡遇到了大行王恢。

王恢这一年过得极不快意。一场闽越之战下来,韩安国做了御史大夫,卫青任了太中大夫,唯有他还在大行的位上踯躅不前。

从豫章回来后,他有一个明显的感觉,就是皇上每遇大事,总是喜欢听取韩安国的谏言,就连那个倨傲的汲黯,也比自己待在皇上身边的时间多。

一种无言的落寞在他的心中徘徊,每日早朝后,他就将署中事务交与长史处理,自己则早早回家坐在书房里对着一卷卷的书籍发呆。

他不明白,韩安国究竟靠什么取得了皇上的宠信。他们一同奉旨发兵讨逆,且余善把驺郢的首级也送到了他的行辕。但韩安国却被晋升为御史大夫,成为参与军机的辅臣之一。

论资历,韩安国在九卿中的任期比他短得多,难道就因为他有与匈奴对垒的经历么?若把他王恢放在北地都尉的任上,他同样可以挽弓射天狼的。况且他的家乡就在幽燕之地,他对匈奴人的了解远比韩安国熟稔。

不!他不服,他一定要寻找机会,让皇上认识到自己的才能。

元光二年,王恢被恩准"告归",踏上了省亲的旅途。路过雁门郡的时候,他与正在此地游历的灌夫不期而遇。

当雁门太守得知王恢乃大行时,当晚就在雁门城内最豪华的"飞凤"酒楼为他设宴洗尘。

太守首先为灌夫和王恢斟满一杯酒,说道:"两位大人一路辛苦,一杯薄酒,不成敬意。"

宾主邀杯,开怀畅饮,昔日同僚,互叙别情。灌夫最牵挂的还是窦婴的处境,开口向王恢问道:"窦大人还好吧?"

王恢饮下一杯酒,长长地叹了一口气说道:"还是不说这个吧?下官对窦大人的情况也不甚了解,怕是说不明白,反而会让将军更加担心。喝酒,喝酒!"

见王恢讳莫如深,灌夫便不好再问。每个人都有自己的难处,上次一别之后,他对窦婴的忍让有了新的体会。

三人正说话间,酒楼老板聂壹笑容满面地走了进来,为三位大人敬酒。有一个外人加入,话题很快就转移到推杯换盏上了。聂壹举起酒爵,那钦敬的话语就随着浓浓的酒香一起溢出来了。

"小人久闻大行之名,今日得见,三生有幸,听说大人此次兵发豫章,驻而不伐,闽越王闻之,自刎谢罪。小人愈加敬佩,请大人满饮了此爵。"

"那都是传言。"王恢笑了笑,端起酒爵,一饮而尽,"南国大捷,全赖皇上圣德,泽被南越,威震暴王。闽越国起了内讧,我军未挫一刀一锋。"

"呀!皇上果然少年英俊,威加四海,四夷徕服啊!"聂壹浑圆的头颅被肥硕的脖子支撑着,直伸到案几中央,眼睛直直地望着王恢问道,"敢问大人,皇上对匈奴究竟有何打算?"

"这……"

灌夫听了,在一旁插话道:"前年刚刚和亲,恐怕战事一时起不来。"怡和公主赴匈奴途中路过燕国,灌夫曾陪着燕王到驿站迎送,这些往事依然历历在目。

王恢道:"灌大人言之有理。"

"大人不知匈奴的豺狼本性,他们往往一边与朝廷和亲,一边不断派兵袭扰我边境百姓。小人乃马邑人氏,家乡父老饱受匈奴之苦,大家都盼望朝廷早日扫灭匈奴,根除边患!"

聂壹说着便站了起来,看着北去的白云,听着窗外的朔风,他那颗心仿佛又飞回了马邑乡间,听到了遍野哀鸿。

"百姓盼望朝廷大军如同久旱之盼甘霖。小人虽身在商旅,然先祖也做过楚国大夫,深受家风熏陶。小人略通兵法,曾多次到家乡附近勘察,发现家乡之马邑谷,山高沟深,乃设伏之最佳处,倘若朝廷伏兵于马邑谷,诱匈奴人入之,必大胜。"

聂壹借着酒酣微醉的兴头,声言为了报效朝廷,为了家乡父老,愿意担当诱饵。他的情绪感染了王恢,他那颗建功立业的心再度骚动了,他觉得机遇到来了,他许久以来黯淡阴郁的目光因为这次相遇而重新焕发出光彩。

酒阑席散的时候,他已对回乡的行程做了新的调整。他要尽快回到长安,向皇上请缨,要用战场的刀光剑影,去印证自己的人生。

灌夫已经醉得一塌糊涂,可是他仍对窦婴念念不忘,在回驿馆的路上,他不断地叮嘱王恢,要带去他对窦婴的问候。但王恢此时的头脑里尽是伏击匈奴的壮烈和快意,灌夫的声音在他听起来很近却十分遥远。

> 大漠漫漫兮尘飞扬,
> 旌麾北指兮残日苍。
> 剑光凛凛兮敌丧胆,
> 将军醉卧兮在沙场。
> ……

夜风中,王恢苍凉的歌声和着边塞的风在驿馆上空盘旋。

第二天天色刚刚放亮,王恢已在驿馆待不住了,匆匆用过早膳,他就去和灌夫告别。

灌夫刚刚练完一通剑,正在房间洗漱,见王恢前来道别,忙取了两坛雁门老酒,一坛送给王恢,一坛托他带给京城的窦婴。两人依依挥别,王恢刚要登车,却见雁门太守赶来送行了。

王恢十分感动,上前谢道:"在下此次归乡,纯系私人省亲,却受到太守如此盛情相待,在下真是不胜感激。"

太守连道:"这是下官应该做的,只是雁门地处边塞,地穷人稀,又加上连年匈奴袭扰,民生凋敝,拿不出好东西招待大人,还望大人海涵。"说着亲自搀了王恢上车。

驭手正要催动车驾,却不料聂壹骑着一匹雪青骏马,朝着驿馆奔来了。隔着老远,就听得到他的喊声:"大人请留步……"话音未落,那马一声嘶鸣,就急急地停在了王恢的车前。

聂壹翻身下马,向王恢施了一礼道:"由此北去百里,就是小人的家乡马邑,不知大人可有兴致到马邑谷看看?"

雁门太守急忙摆手道:"足下何出此言,马邑乃匈奴出没之地,若是大人有个闪失,你让本官如何向皇上交代?此事万万不可!"

灌夫也在旁边说道:"王大人在京为官数年,从未省亲,此次皇上恩准'告归',家人一定是牵衽夹道,望眼欲穿了。足下就不要再烦劳大人了,还是让大人早早归乡吧!"

"小人就是吃了豹子胆,也不敢拿大人的性命开玩笑。太守在此地为官多年,难道忘了现在正是天寒地冻时节,匈奴人在这时节是决不会出来的。"

聂壹的一番话引起了王恢的兴趣。

"先生所言甚是,倘若能够亲自到马邑谷去看看,我回京后向皇上禀奏时就有了佐证。如此,那就烦劳先生陪我前往如何?"

"大人就是不说,小人也责无旁贷。"聂壹说着,就翻身上了马。

太守见王恢动了心思,忙道:"大人若是执意要去,下官也不阻拦。不过,为防备不测,下官派一队人马保护大人如何?"

"如此甚好。只是人数不要太多,以免打草惊蛇。此外,太守大人还借在下一匹战马,不知可否?"

太守忙道:"大人言重了,同为朝廷效力,何言借乎?这边塞虽穷,唯独不缺的就是战马。"说着,就命人牵来自己的坐骑。

只见王恢拉了拉马缰,飞身上马,"嘚嘚嘚"一阵蹄波,一干人就向着马邑方向去了……

在王恢回乡省亲的日子里,刘彻一行浩浩荡荡地驾幸雍城了。

连日来,他举行了一系列盛大的祭祀典礼,表达了对五帝的尊崇。随行的公孙弘比谁都清楚,在这些盛大的典礼背后,是皇上追寻"圣周"之粹的决心。

果然,皇上在一个上午就开始了他的实质性行程。

此次巡幸的"卤簿"属于祭祀宗庙,所以车驾的次第是按照"小驾"的规模安排的,虽然规模尚不能与"大驾"的八十一辆车和"法驾"的三十六辆车相比,可也是警跸林林,旌旗耀日。

刘彻的车驾停在雍城东南方的饮凤池边,警跸们按照张敺的安排,环池布置了严密的岗哨;黄门、宫娥们也都依次地排列在车驾的周围。

刘彻首先下车,他浑身充满活力,回眸着紧跟在后面的车驾,只见卫子夫被春香扶着缓缓地下了车。

饮凤池畔的花木懒洋洋地躺在阳光下,在初冬的日子里,西北风还没有带走的黄叶,发出"窸窸窣窣"的叹息。环池合抱粗的梧桐,在蓝天下,挺拔地站立着。

刘彻朝觐之后,选择驾幸橐泉宫,其实心中有一个久有的夙愿,就是要感受孔子所说的"郁郁乎文哉,吾从周"的气息,他正在倡导儒术,而西岐正是周礼的发祥地。

现在,他站在当年凤凰饮水的池边,思绪立即跨越数百年的时空,追逐着周人的黼黻文章、礼乐钟鼓去了。

"诗云:'凤凰鸣矣,于彼高冈。梧桐生矣,于彼朝阳。萋萋萋萋,雍雍喈喈。'想当年因为这凤鸣岐山,文王基业大兴,灭商纣而兴宗周,成一统大业;制礼乐典章,星辰不悖,日月不蚀,山陵不崩,川谷不塞。麟凤在郊薮,河洛出图书。众卿说说,为何殷商就无法如此完美呢?"说这些话的时候,刘彻的目光停留在被冷风吹皱的池水上,久久没有移开。

朱买臣上前道:"皇上,诗云:'岂弟君子,来游来歌,以矢其音。'可见当时诸侯来朝的盛况啊!皇上圣德广布,惠及万方,我朝亦必会鸣凤在树,臣服戎羌,遐迩一体,功越三代啊!"

公孙弘没有立时回应刘彻的问话,他觉得皇上的思虑深远,显然不会满足大家的礼赞和称颂,他谨慎地选择自己说话的切入点。当朱买臣描述了文王圣朝的宏大时,他就对自己的话语有了明晰的选择——既然皇上的提问是因为《诗经·卷阿》而起,他就沿着这条思路走入皇上的话语氛围。

在皇上止步的时候,公孙弘也跟着皇上站住了,感叹道:"皇上对《诗经》的熟稔让臣感到惭愧。诗曰:'有冯有翼,有孝以德,以引以翼,四方为则。'臣以为,圣周之所以万方来朝,是因为文王治国以孝以德,垂范天下。皇上尊儒术,举贤良,正在于彰孝明德,移风易俗。"

"朕之所思,也正是这个道理。还是先生明白朕的意思,哈哈哈!"

说话间,君臣来到一棵巨大梧桐树下,刘彻围着树身转了一圈,估摸这树至少有三人合抱之粗。他兴之所至地想起一个轻松的话题,向身边的大臣们问道:"究竟面前这池是叫'饮凤池'还是叫'引凤池'呢?"

包桑立即小声道:"既是一池碧水,应是凤凰饮水的地方,当然叫饮凤池了。"

刘彻回眸看了看一直没有插言的卫子夫问道:"夫人以为呢?"

卫子夫腼腆地笑了笑,脸颊挂着浅浅的霞绯,羞涩道:"众位大人都是当朝博学的大儒,妾身哪敢随意妄言呢?"

话题一轻松,大家也就少了许多朝堂上的严肃,纷纷劝道:"皇上今日高兴,夫人但说无妨。"

卫子夫又是莞尔一笑道:"既是各位大人抬爱,妾身便班门弄斧了。《卷阿》这首诗,妾身也是前不久在皇上的引导下才读了的。诗中说,'梧桐生矣,于彼朝阳',妾身以为,这是说因为有了这繁茂如荫的梧桐,才出现了丹凤朝阳的绮丽景象。妾身在民间时,也常听乡间人说,梧桐蓊郁,凤鸟毕至。看这池水涣涣,梧桐葱郁,原来叫作'引凤池'亦未可知,也许年深日久,讹传为'饮凤池'了。"

在场的人都十分惊异卫子夫的聪颖,纷纷交口称赞。而她仪态谦恭,丝毫没有高高在上的做派,大家从心里庆幸皇上有了知己相伴。

刘彻更是神采飞扬,龙颜大悦,毫不掩饰内心的欣喜:"夫人所言,正合朕意。读书也好,吊古也罢,关键在一个'思'字。孟子曰,尽信书不如无书嘛!"

站在饮凤池边,举目北望,祥云缭绕,那就是周公姬旦长眠的卷阿岗。虽然冬日岚气空蒙,但卷阿岗依然以它拔地而起的雄姿屹立在岐原怀抱。

一想起周公,刘彻的内心就不平静了。周公身贵而愈恭,家富而愈俭,胜敌而愈戒;周公的仰而思之,夜以继日,幸而得之,坐以待旦,都引起他对刘氏王胄以及田、王家族行径的深深忧虑。

据从燕国回来的宗正寺官员举报,那个燕王刘定国,竟然与自己父亲的王妃通奸淫乱,甚至生下一个儿子。他还夺弟妻为姬,如此乱伦,成何体统?

而田蚡等也都贪欲弄权,不能为太后脸上争光。如此下去,又如何能确保汉室开万世太平呢?刘彻似乎在自言自语道:"朕之望仁若考能,多才多艺若周公者,夙夜萦怀矣!"

皇上的话重重地敲击着公孙弘的心弦。他深感眼前的皇上虽然年轻,但心事却是很重的。对于周公,久在太常寺、身为博士的公孙弘是耳熟能详的。他"握发吐哺"的故事不止一次地让他感动,现在,皇上在贤良面前提起周公,他的意思很明白,就是希望大臣们效法周公,忠于汉室。

公孙弘很快对皇上的忧叹做出了回应:"皇上圣明,臣闻周公洗一次头,常常要握着梳子停下来接待来访的贤人;往往一顿饭都吃不安宁,经常要将含在口里的饭吐出来,去接待拜访的幕僚。臣等虽不才,然愿效法周公,为大汉江山尽忠竭命,不负皇上恩典!"

刘彻点了点头,高声对身边的贤良们道:"众卿听见了么,你等要以周公为范,恪尽职守,忠于朝廷。"贤良们从皇上的话中读出南山一样的分量,争先恐后地表示,要以生命去守卫大汉社稷。

在漫步到饮凤池西岸的时候,刘彻感觉到卫子夫的娇喘,他转脸看去,见她的脸色有些苍白,虽是冬日,额头上却渗出细密的汗水,忙问道:"夫人是累了么?"

卫子夫笑着摇了摇头:"不妨事的,臣妾陪皇上游览,又长了不少见识。"

刘彻越来越觉得卫子夫不仅生得风姿绰约,含珠带露,而且她绵软滑润的肌肤,清澈幽深的目光,翩翩若仙的舞姿,每一夜都能让他喷发新的激情。

每一次癫狂之后,卫子夫总是温顺地用修长的手指,轻轻地梳拢刘彻的长发,他就在这样的抚慰中进入梦乡。他发现卫子夫并不是那种贪婪且占有欲特别强的女人,她从来没有对皇后或者后宫其他妃嫔有过指责或埋怨,她甚至常常轻声细语地劝告皇帝回到椒房殿去,不要把圣恩只给了她一个人。

日子就这样一天天地过去,刘彻的心与卫子夫的心被紧紧地系在一起。

正因为如此,所以尽管卫子夫说自己身体并无大碍,但刘彻还是担心风寒会伤了她的玉体,决计送她回橐泉宫去。

"包桑!"

"奴婢在！"

"送夫人回宫！传太医为夫人诊脉。"

"诺！"

"皇上，不碍事的。"

"外面风大，你还是回宫去吧！"

看着春香搀扶卫子夫上了车驾，黄门和宫娥们簇拥着卫子夫的车驾离去，刘彻才慢慢地转过身来。卫子夫苍白的面容一直在他面前徘徊，让他内心非常不安。但他很快就调整了自己的情绪，因为下一个目的地就是他此行雍城的重点。

"张敺！"

"臣在！"

"你还记得朕细柳营阅兵么？"

"臣怎能不记得呢？臣至今还记着皇上的训诫。"

"那时候，朕就听说西岐乃秦人养马的草场，于是朕便命人在橐泉宫设了养马场，专为朝廷饲养战马。朕要他们参照匈奴人的驯养方法，重在培养战马的奔袭能力。如今几年过去了，朕闻这些马已训练有素，众卿不妨随朕前去一观。"说罢，刘彻径直登上车驾，庞大的队伍在大道上荡起滚滚尘土。

正午时分，刘彻一干人来到坐落在雍城西北的养马场。说是马场，实际上是在汧河与渭河之间方圆百里的开阔草地。春夏季，马匹都是放养在草原上的。只有在草木凋落的冬季，马才回到马房里，由马倌饲养。

张敺此前已派遣警跸快马通报，因此橐泉宫总管和马监早早地在马厩门口迎接皇上的到来。刘彻下车步行，到各个马房走了一圈，果然数万匹战马被调养得膘肥体壮。它们看见来人，一个个竖耳奋蹄，啾啾嘶鸣。

刘彻一时兴起，遂要马倌牵出一匹战马试骑。大臣们熟知皇上的性格，在这种时候，最好不要扫了他的兴致。不一刻，一匹枣红色的高头大马就来到了刘彻面前。

张敺上前接过马缰，送到刘彻手上道："请皇上上马。"

刘彻一跃上马，那马前蹄腾空，一声长鸣，似乎要把刘彻摔将下来，众人都替他捏着一把汗。但刘彻勒着马缰，在原地转了两圈后，一鞭下去，战马就如一团火焰,"嗖"地驰向远方。

张敺不敢有丝毫的疏忽,忙策马追去,很快就在人们面前消失了。约半个时辰后,才从遥远的天地连接处滚来两团黄尘。说时迟,那时快,在儒生们搭在额头的手还没来得及放下的时候,刘彻和张敺已经风驰电掣般地回到了马房。

刘彻翻身下马,伸手捋了捋深红色的马鬃,连道:"好马!好马!"

橐泉宫总管携着马监急忙上前道:"皇上骑术甚精,臣等佩服得五体投地。"

刘彻脸上掠过舒心的笑意:"朕虽未马上取天下,然则何不能骑马杀敌?朕不想只做个批阅奏章的皇帝!"

刘彻接着问了场中马匹的总数、脚力状况及奔跑的速度。马监一一做了回答后,还特意道:"这些马都是关中马与匈奴马杂交而生,既有匈奴马的神速,又有关中马的耐力,是上好的战马。"

刘彻听完,满意地点了点头,遂对身旁的张敺道:"回京后,速要周坚前来挑选万匹良马,配备给期门军,交卫青管制。他们现今的战力已不在匈奴军之下,所缺的就是战马了。"他的思路一下子拉得很远,"这汧渭之汇,原本地广草肥。当年嬴秦先祖大费于此养马,奉之周室,得以封赏,终成大业。朕今于此,再辟马场,重振大汉雄风,天时地利已今非昔比了。"

贤良们今天算是大开了眼界。皇上胸中激荡的不仅是独尊儒术的人文氤氲,也澎湃着周秦天下臣服的历史潮声。他们在这个冬日被皇上的思维带出了子曰诗云、引经据典的单纯,进入了一个更加旷远的境界。

时光已经过了未时,但刘彻仍然兴致勃勃,包桑在一旁提醒道:"皇上,已过了午膳时间,还是回宫去吧!"

"好!起驾回宫。"

……

用过午膳,刘彻第一件事就是到云华殿看卫子夫。

"夫人怎么样了?"刘彻问伺候在一旁的春香。

"启奏皇上,夫人刚刚服了药,睡着了。"

"太医如何说?"

"太医说，夫人脉象平稳，只是身体劳累了些。"

"你先退下，朕在此坐坐。"

望着卫子夫睡梦中的娇姿，聆听她均匀的呼吸，刘彻心头就漫过无以诉说的甜蜜。唉！你说这女人到底是水做的还是玉雕的呢？光洁的额头下，一双微闭的眼睛如月季花瓣上的露珠一样地颤颤巍巍；鼻翼间吐纳的芬芳给娇艳的红唇染上饱满的湿润。也许是内室比较温暖，卫子夫的两颊红扑扑的。

哦！她笑了，她的笑是含蓄的，又是舒心的，从嘴角轻轻地漫出，翘成一弯新月。头微微侧向一边，整个睡态美极了。他多么想俯下身体，在她的额头，在她的丹唇上印下一个吻痕。但是他忍住了，他不愿意打扰了她五彩斑斓的梦，而愿意就这样默默地坐着，痴痴地望着，宁静地守着。

卫子夫睁开眼睛，就看见刘彻坐在自己面前，忙欠身要起来。

"臣妾不知皇上驾到，臣妾这就起来，陪皇上说话。"

刘彻扶着卫子夫的肩膀道："快躺下，朕就是喜欢夫人躺着与朕说话。"

皇上的关切，让卫子夫十分感动，想想自己入宫这么多年，一直受着皇上的宠幸，却没有为皇上怀上一个龙种，心里顿时酸酸的，眼角也潮湿了。

刘彻发现了卫子夫表情微妙的变化，疑惑道："刚才还好好的，怎么流泪了？"

"没有！"卫子夫赧然地笑了笑道，"臣妾是看见皇上，高兴的……"

"夫人有话就说么？"

"这次回去，皇上该到椒房殿住些日子了。"

"你怎么又提起这个？朕不是反复叮嘱，不让再提了么？"

"皇上！"

卫子夫还要说话，被刘彻挥手制止了："你不要说了，朕不愿意听这些话。"

就在这时候，包桑在殿外禀奏道："皇上，丞相从京城赶来了，现在正在勤政殿候旨呢？"

刘彻的脸色顿时呈现出不悦，走出帷帐道："丞相这时候匆匆来此，有要事么？"

"丞相说,他带了一位皇上很希望见到的人。"

"知道了!来人!"早在外边听命的春香,立即带着宫娥们出现在刘彻面前。刘彻吩咐春香好生伺候夫人,就出了云华殿,直朝勤政殿走去。刘彻根本没有想到,在他驾幸橐泉宫的日子里,一件意外的事情正在等待着他。

……

在等待皇上的时间里,田蚡的心是忐忑不安的,他无法预料皇上对他从京城赶到这里会是一种什么样的态度。

但是,他一想起在朝会上汲黯蔑视的目光,就感到这次面圣的非同寻常。

死了一个韩嫣,又来了个汲黯。这是田蚡万万没有想到的。

比起韩嫣,这个汲黯更加不好对付,连皇上也敢于犯颜直谏,但皇上却不以为意,反而更加敬重他。他听包桑说,皇上在宣室殿单独接见朝臣时,往往衣着随便,有时候踞厕而视,有时候甚至连皇冠也忘了戴。但是对汲黯,皇上向来是不冠不见的。有一次,皇上习武之后,正坐在帐中读《孙子兵法》,未及整冠,就远远地瞧见汲黯过来了。皇上不免有些尴尬,急忙躲入帐中,说已经准了他的奏章。

皇上如此敬重一位主爵都尉,这是自大汉一统天下以来所没有过的。若是有一天,皇上忽然心血来潮,让他去查处"限民名田"落实情况,那不等于把刀架在了他田蚡的脖子上了么?

他曾想让太后提醒皇上注意君臣的尊卑有序,不要过于纵容臣下的行为。然而,从太后口中得知,因为韩嫣的风波,他们母子有过很长一段日子没有在一起用膳了。皇上虽然还是遵循着祖制,每隔五日就到长信殿去例行问安,可太后明显地感觉到,他们之间的交流越来越少了。隐藏在礼仪背后的那种淡漠和疏远,使得每一次见面都带着压抑。

田蚡知道太后的性格,她虽然有超越栗姬的智慧,却没有太皇太后那样的刚烈,她不可能为他去同自己的儿子反目。

而他最担心的是,那一天藉福从窦府归来后,就愤愤不平地告诉他,说窦婴不仅对他的要求表示了拒绝,而且在场的灌夫还大骂丞相上不忠于君,不恤公道通义,朋党环主,以图私为务,是地道的篡臣,还说窦婴声言要将他的作为禀奏皇上。他现在迫切需要知道的是，皇上是否已经知道了这件事情。

而就在皇上驾幸橐泉宫的日子，方士李少君找上门来了。

这李少君鹤发童颜，仙风道骨，银髯飘飘，自诩曾经做过太祖高皇帝功臣深泽侯赵将夕的舍人。深泽侯去世后，他居无定所，游说诸侯，传说能够起死回生，颇受郡国青睐，每到一处，馈赠甚厚，倒也优哉。

有这样一个奇人登门，田蚡自是喜出望外，邀他到自己的田庄中盛宴款待，并请庄中三老作陪。酒至半酣，那李少君醉眼蒙眬地看着席间一位九十岁老者说道："足下的祖父可曾是太祖高皇帝年间的骑郎？"

那老者点点头。

李少君又道："某年某月足下的祖父与吾，曾经在代地之'小峪沟'狩猎。足下当时还只是个少年，跟随祖父习猎。足下因射熊不中，而险遭厄运，若非你祖父利箭穿了那熊的咽喉，恐无今日的宴上相欢了。"

那老者虽已年届九旬，儿时的记忆却仍然十分清晰，闻言不禁大惊。若非他当年亲临猎场，何以能绘声绘色地描述出当初的情景？

这亦真亦幻的故事让满座的人无不称奇，让李少君越发地神秘莫测。他捋着银须道："这都是因为在下服了蓬莱仙人的金丹，可以知往世，知来生。"

当大家还在云山雾罩的时候，李少君又说话了，声称自己能将丹砂炼为黄金丹，服之可长生不老，延年益寿。田蚡闻之大喜，心想若是皇上得了此法，他自是功莫大焉。于是宴会一结束，他就匆匆地驱车赶到橐泉宫来了。

田蚡伸着脖子朝远处焦急地望着，双手在胸前不停地摩挲，李少君在一边看了笑道："丞相少安毋躁，在下断定，皇上一定会十分看重此次召见的。"两人说着，就见不远处皇上朝这边来了。

两人急忙上前迎接，刘彻的目光越过田蚡，发现了跪在一旁的李少君。他发现此人虽衣衫陈旧，却于素朴中透出几分气度，尤其是一双眼睛，岩穴幽谷，深藏玄机，这引起刘彻浓厚的兴趣，遂问道："这位先生是……"

李少君忙道："方士李少君参见陛下。"

"哦！"刘彻沉吟一声，进了大殿。

"丞相不在京城，急急忙忙到这里来，有事要禀奏么？"

田蚡暗中打量刘彻，一脸的严肃，心中不免有几分发慌，便不敢啰嗦絮叨，只把如何遇见李少君，李少君又是如何热心地欲献"奇方妙丹"给皇上的事，简要地叙说了一遍。

听完田蚡的禀奏，刘彻心中的不悦渐渐淡去，脸上也随和多了，田蚡紧张的情绪终于在"赐座"的声中松弛了一些。

刘彻把目光转向李少君，问道："先生果真能使朕延年益寿么？"

李少君拢拢垂到胸前的乱发，那双狡黠的眼睛顷刻间写满了真诚。

"皇上，祠竈则致物，致物而丹砂可化为黄金。皇上若是服了这黄金，则寿可益，蓬莱之仙可见。"

"真有如此奇效么？"

李少君身体朝前挪了挪道："皇上只要看看臣，就可知这仙丹的妙用。"

刘彻仔细地端详了李少君，虽说白发缕缕，但脸上却光洁润泽，竟然没有一丝的皱纹。刘彻遂问他春秋几何，李少君神秘地笑笑说道："臣在太祖高皇帝年间，曾做过深泽侯的舍人。"刘彻屈指算了算，少说也过了百岁。

"臣服了黄金后，曾游于海上，见到了仙人安期生，赐予臣枣而食，彼非普通枣果，其大如瓜，世所未见。臣食后，先是浑身发热，继之是神清气爽，再后来就是身轻如燕，竟然踩着东海滔滔巨浪，到了蓬莱、瀛洲、方丈三座仙山，但见云气如虹，凤鸟翔集。安期生告臣说，先生于此之后，乃仙人也。然臣言于安期生，臣不恋仙山琼阁，唯愿皇上万寿无疆。安期生为臣的忠诚感动，从凤鸟身上取一羽毛，化而为舟，投入海中，送臣到京都来了。"

"从琅琊之到长安，遥遥数千里，不知卿需几日路程？"

"臣亦不知，被那羽毛载着，只觉耳边风声嗖嗖，等到臣睁眼一看，已降落在长安城外了。现在想想，还如在梦中一般。"

刘彻目光灿灿，身体前倾惊道："世上竟有这等奇事？"

田蚡急忙插话道："臣前几日夜间在书房观书，忽见窗外祥云缭绕，云间似有人影绰绰。不一会儿，府令就来禀告，说李先生登门拜访来了，臣亦感到十分神奇。"

刘彻的膝盖不觉间朝前移动，敬道："先生真神人也。"

李少君趁机道："皇上若是服了黄金，何止万岁？"

"果如先生所言，朕若是服了黄金，也可以见到安期生了？"

李少君咽了口唾液，喉结颤动着道："这安期生通蓬莱之道，合则见人，不合则隐。贵在一个诚字，心诚则灵！"

刘彻的心被李少君神秘传奇的故事搅得不能平静了。从十六岁登基，日月如梭，恍惚七年已去，一种人生苦短的惆怅常常在夜深人静时，悄悄地爬上他的心头。

人生一世，草木一秋，要做的事情何其之多，而上苍给予他的时间又何其之少。多少次他对着沉沉夜色，遥想当年秦皇求长生不老药的故事。现在，这方士仿佛一颗耀眼的星辰，降落在自己的面前。

至此，刘彻的心绪完全沉浸在李少君描绘的灿烂图景中了，他对田蚡的厌恶因为与李少君的相遇又淡去了许多，他眉飞色舞地与李少君筹划着回京后速起祠竈炼丹的举措，然后朝殿外喊道："来人！"

"奴婢在！"包桑应声进来。

"传朕旨意，赐方士李少君金百斤。"

未及李少君拜谢，刘彻又说话了："朕不日即返回京城，派先生前往蓬莱，寻访安期生。如能一见，乃天幸也。"

"谢皇上隆恩，臣一定不负圣命。"

刘彻又对包桑说道："安排先生歇息，明日与朕同驾回京。"

李少君走后，刘彻见田蚡并没有立即离去的意思，随即问道："丞相还有事么？"

田蚡道："皇上巡幸后，朝野对汲黯多有微词。"

"哦？"

"臣听说汲黯不能容人，和己者善待之，不合己者弗能忍见，同僚大多跟他谈不到一起。"

"丞相所闻乃一面之词。朕也听说，汲黯好游侠，任气节，行修洁。丞相岂不闻古之官吏其责人也易，责己也难。汲黯慎微其行，实属难能可贵。丞相的意思朕明白，不就是因为他当面指责了丞相侵占民田，与民争水么？此事咎在丞相,不在汲黯。有道是上有所好,下必效之。丞相乃百官之首,朕之佐辅,本当率先拥戴'限民名田',聚民心于汉室,谋久安于社稷。孰料丞相求无度,不说朕看不过去,就是太后也痛心。既然丞相提起此事,朕也就不妨直说,还望丞相多有检点,切勿激起民怨,危及朝廷。"

田蚡的脸顿时红了,忙揖首称是。

说到这里,刘彻的话语也缓和了:"朕念及丞相是舅父,许多事情都以宽怀为要,丞相要多体会朕的用心才是。"

"皇上的良苦用心臣明白,臣一定不负皇上厚望。不过……"

"不过什么?"

"臣有一事始终不明白,当初卫绾任丞相时,曾建议皇上凡有治申、韩非、苏秦、张仪之言者,皆属异端邪说,尽可罢黜。然汲黯学黄老之言,这个……"

刘彻听罢,哈哈大笑道:"丞相的意思朕听出来了,你是说朕用汲黯,有违于尊儒国策,对吧?朕之尊儒,乃是就整个朝廷纲纪而言,并非要把朝中非儒的臣僚都排斥在外。朕之用人,不仅听其言,更要观其行。韩安国不也是治申韩之术么?但他忠心竭诚,誉满朝野,当今官吏中,有几人可比?朕委他们以重任,非但不妨碍尊儒,反而大益于朝廷。"

说到这里,刘彻觉得是该结束这场谈话了,他多么希望今天的谈话能使田蚡有所省悟。

"天色不早了,朕也有些累了,丞相一路辛劳,也该早些歇息了。"

望着田蚡出了殿门,刘彻的心并没有平静下来,他的思路还在李少君描绘的神奇和奥妙中徘徊,他憧憬着有一天能够踩着东海的波涛到蓬莱岛上与仙人们相会。

他想上苍倘若真的赐予他长生不老之药,那么他将如何在这漫长的生命中书写自己的波峰浪谷,诗云歌雨,奇章妙曲呢?他甚至畅想到了那时候,他的妃嫔有多少?儿女又将有多少?是否会与日月同光,与天地共在,与大汉江山共寿呢?

他觉得浑身发热,有一种莫名的张力自内向外散发,以致在冬日的午后身上也渗出了微汗,他需要到室外去释放一下这种奇怪的炽热。

但是,当他步出大殿的时候,一声"咕啊咕啊"的雁鸣打断了他的思绪。冬日的蓝天下,一队雁阵横空而过,朝南飞去。刘彻的目光在蓝天白云处凝固了,他的心一下子飞到了遥远的塞外。

"张骞,你现在怎么样了?六年了,你在哪里?"

第二十章

余吾水荡情爱曲 未央廷议析战局

雁阵缓缓地融入天际之间,终于在张骞的视线内消失了。这也许是今冬最后一批离开草原的大雁了。

他的心空落落的,像是被人带走了最珍贵的东西一样,如果不是远处穹庐传来"汪汪"的犬吠、战马的嘶鸣和咩咩的羊叫声,他也许会在这里一直站着。

"啾啾……"红鬃马向着南方长啸,悠长嘶哑的声音在空旷的余吾河边留下良久的余音。张骞的眼睛湿润了,马也懂得思乡,何况人呢?他放下手中的羊皮桶,走到战马身旁,轻轻地拉了拉缰绳,他们就紧紧地贴在一起了。

张骞拿着篦子,细细地梳理着它火红的鬃毛,浅浅的印痕,一道一道地在马身上延伸,而此刻张骞的心底却弥散着漫漫的思绪和不绝的追忆。

六年了,两千多个日日夜夜,回望流逝的春秋,他不敢想象,如果没有了这匹马的陪伴,他不知该怎样打发那难耐的时光,怎样支撑这艰难的坚守。

他怎能忘记,当年被休屠王押解到单于庭时,右骨都侯耶律孤涂劝降的情景。他先是诱之以利,许诺只要张骞归顺匈奴,就可以封他为北顺王,分给他奴隶和广阔的草场。

张骞当时就笑耶律孤涂太异想天开:"我乃堂堂大汉使节,岂可辱国格而贪小利。不要说草场和奴隶,就是整个匈奴都给了本使,也抵不住本使手中的汉节和战马的分量。"

耶律孤涂听不懂汉朝使节的话,道:"我匈奴地域辽阔,还独缺区区一匹战马么?"

张骞脸上掠过一丝不易觉察的轻蔑,肃然道:"阁下之言谬矣!此乃汉皇坐骑,本使西行时皇上赐予的。区区匈奴之马,岂能与此马相提并论?"

耶律孤涂被张骞一阵奚落,眼看着怒气上了眉宇:"使君之言太过了,不怕本侯一怒之下将使君与战马一同杀了吗?"

张骞大笑道:"本使已料到大人会如此说,难怪先贤说'夷狄之有君,不如诸夏之无也'。大人身居匈奴相位,竟然对大汉使者动辄以死相威胁,传出去岂不让人笑话。"

"好!使君既然如此说,那就休怪本侯无理了。来人,拖出去!"

风吹醒张骞的时候,他发现自己正躺在羊圈里,浑身被绳索捆住,血已凝固成绛紫色。仰面望去,灰色的云层间,一只苍鹰在盘旋,大概是把自己当成猎物了吧。

他想动一下,每一块骨头似乎都像碎了一样,钻心地疼。当他艰难地侧过头时,一团烈火般的红色驱散了他冰冷的寒意。

哦!是红鬃马。它静静地卧在他的身边,头依偎着他的肩膀,用身体给张骞以温暖。

唉!你是何时挣断了缰绳来到我身边的呢?

……

张骞还不知道是隆虑公主救了他,只是觉得过了些日子,匈奴人不再用酷刑折磨他,只是行动上还受到限制。但是,接下来一种新的忧虑让他很不安。

他发现红鬃马拒食匈奴草料,先一天送去的草料,到了第二天还原封不动地在那里放着,连一丝咀嚼的痕迹都没有。眼看着它一天天消瘦下去,堂邑父就急了:"倘若再这样下去,这马就只有埋骨大漠了。"

张骞的心也像被撕扯一样,一阵阵绞痛,这马已经成为他生命的一部分,他怎能忍心看着它离去呢?他来到马桩旁,俯下身体,扶着马头,喉头就哽咽了。

"你是皇上赐予我的。当初皇上要你陪伴我出使西域,纵然前路艰险,我也未改其志。可你现今拒食匈奴草料,倘若饿死大漠,又如何面对皇上的重托呢?草虽是匈奴的,但你我的生命都是大汉的啊!你若是还想回到长安,就该自今日起进食,养身健体。"张骞轻轻地抚摸着战马的额头,他相信自己的每一句话它都听懂了。

果然从那一天起,红鬃马就开始进食了。几天以后,它高昂的嘶鸣又回响在余吾河畔。

堂邑父觉得它是一匹神马,能通人语。而张骞却说,此乃是上苍赐予大汉的龙驹。

现在,张骞已经梳理好战马的鬃毛,亲昵地对它道:"你思乡,我何尝不想家呢?等见了大月氏王,我们就回长安去。"

马打了一个"响鼻",张骞知道它明白了他话里的意思,于是他解开缰绳,拉着它到河边去饮水。穹庐外勇猛的牧羊犬的叫声告诉他,有人来了。张骞理了理被风吹得散乱的头发,收回温和的、眷顾的目光,开始往回走。

远远地,他看见穹庐前站着一个熟悉的身影——一个叫作纳吉玛的姑娘站在那里,高挑的个儿,穿一件匈奴皮袍,领口、袖口和袍裾上都镶了洁白的羊毛。她手里提着装奶的皮囊,风帽下一张红扑扑的脸,正朝着这边笑。

张骞向她打招呼道:"郡主来了!"张骞比照汉朝的官阶,这样称呼着这位左骨都侯的女儿。

纳吉玛笑道:"就知道你未走远。"

"天这么冷,站在外面看什么呢?"

张骞淡淡地笑了笑:"随便看看。"

"又在和你的马说话吧?真搞不懂你们这些汉人,说起话来没完没了。"纳吉玛显然是这里的常客,也不客气,并不需要张骞的礼让,自己就进了穹庐。

首先映入她眼帘的还是那个陪伴了张骞六年的汉节。塞外的风雪早已把节上的红缨易为粉色,但张骞只要看到它,就想起了皇上,就想起了长安。

不管春夏秋冬,他外出时都带着汉节,回到穹庐,他也要把它放在最显眼处,他要让单于明白,他是汉使,他庄严的身份不容受到任何侮辱。

纳吉玛要挪一下汉节,就被张骞拦住了。

"此大汉皇上之信物,请郡主勿轻易挪动。"

"那东西就那么重要?"

"此物乃大汉之象征,在下之情所系,观之若陛下在上,若长安在心。"

"这怎么可能呢?"

"你不懂。"

"呵呵!我不懂,就你懂!"纳吉玛笑了笑,往炉膛里加了几块牛粪,红红的火苗立即升腾起来。她什么时候都不会把一张发愁的脸呈现在张骞面前,只要她一来,张骞的穹庐里立即就会充满笑声和欢乐。

她蝴蝶一样地在狭小的空间里旋转,不一会儿,就把张骞凌乱的居室收拾得整整齐齐。当壶里奶茶飘香的时候,她给张骞盛了一碗。

"喝吧!草原上的奶茶养人呢!"

纳吉玛在张骞的对面坐下来,问道:"多年了,你习惯了吃草原的肉食吧?"

"嗯!不过在下还是天天都想着吃长安的饭菜。对了,你为什么取这个名字呢,纳吉玛是什么意思?"

"这是我阿妈起的名字,是女神的意思。"

"哦!女神,那不就是女娲娘娘么?"

"女娲娘娘是谁?"

张骞无奈地笑了笑道:"哦!你不懂。"

"我不懂!我不懂!在你的眼里我是傻瓜,是小孩子,可是我都十八岁了。"纳吉玛喝完奶茶,不高兴地噘着嘴说道。

是的,纳吉玛都十八岁了,当年张骞被押解到单于庭时,她才十二岁,还是一个不懂事的孩子。六年的风雪,把张骞英俊的脸吹成粗糙的树皮,也把纳吉玛变成一个漂亮的姑娘。

有时候,张骞很喜欢看到纳吉玛生气的样子,那小嘴噘起来像什么呢?像草原上锦鸡花,还是像长安的牵牛花?湿漉漉的润泽。

喝了一口奶茶,张骞道:"这个你真的不懂,在汉人眼里,女娲娘娘是天地之母呢!"

"哦!"纳吉玛睁大了眼睛,好奇道,"呵呵!纳吉玛是天地之母?快说说!"

"等有机会吧？"

纳吉玛不依："就现在要听！就现在要听！"

唉！是不是丞相的女儿都这样任性呢？张骞摇了摇头。六年了,他还是不习惯称纳吉玛的父亲为左骨都侯,而是习惯叫他丞相。

"好！那我就说给你听。"

他娓娓道来,她听得津津有味。末了,她突然问道："女娲一定很美吧？"

"嗯,相传她先造了男人,后来觉得男人太孤单,又造了女人,让他们结婚生子,因此被称为天地之母。"

"这么说,匈奴人也是女娲的儿女了？既然都是女娲的儿女,汉与匈奴就该以兄弟姐妹相称,和睦相处,没有理由打打杀杀啊？"

这就是纳吉玛,她纯洁得像余吾河水,善良得像草原的小羊羔,美丽得如盛开的锦鸡花。她把世间的事情都想得那么美好,在倾听张骞讲女娲的传说时,她的眼睛就像闪烁在穹庐里两颗明亮的星星。张骞忽然觉得心底有了一种说不清的躁动。

表面上看来,由于隆虑阏氏的关照,军臣单于似乎并没有囚禁张骞一行。实际上,他们的生活与囚徒没什么两样。除了张骞因为身份原因而单独住一顶穹庐外,其余三百多人分别居住在十五座帐篷内。

他们的主要劳作就是每天由匈奴士兵押着到方圆数十里的草原上去放牧；一回到驻地,他们的行动就会受到很大的限制,除了看护羊圈,他们不能随意离开穹庐,不能与普通匈奴人接触。要不是纳吉玛是吐突狐涂的女儿,张骞又怎么可能认识这位匈奴贵族的女儿呢？

但他很快就用理智压制了刚刚露出苗头的心火。他暗地告诫自己,皇上在等着他,长安在呼唤他,他不能消沉,更不能贪恋儿女之情。

吐突狐涂并不知道,他的女儿已经喜欢上了张骞。她不再要亲兵跟在左右了,她常常会用呵斥的口气,甚至用鞭子驱赶那些不听话的亲兵,然后一个人来到张骞的穹庐,为他煮奶茶,和他一起说话。她喜欢看张骞的身影,喜欢注视他英气勃勃的眼神,有时候看得走神了,会憨憨地笑出声来……

"时候不早了,你该回去了。"张骞委婉地提醒着纳吉玛。

"张骞,你不喜欢纳吉玛来这里么？"纳吉玛自己说不清,从什么时候起,她不再称张骞为使君,而是直呼他的名字。她从堂邑父那里打听到,"骞"在汉字里就是"高飞"的意思。她也在心里感谢神圣的太阳神,把张骞这高飞的苍鹰送到她身边。而现在,张骞的一句提醒让她的目光黯淡了。

张骞忙道:"说哪里话,在下是怕丞相牵挂郡主呢!"

"唉!你不能直呼我的名字吗?纳吉玛都叫你张骞呢!"

"哦……"

"我在等一个人。"

"谁呢?"

纳吉玛调皮道:"不告诉你。"

外面起了大风——这是日暮的象征,可是纳吉玛要等的人还没有来,她有些不耐烦了,不断地朝穹庐外张望。

"看什么呢?"

"没看什么。"她惆怅的眼睛掠过短暂的笑,眉头又紧缩了。她在心里暗骂,这家伙死到哪里去了?

外面的牧羊犬凶狠地叫着,有人掀开了穹庐的门。

是堂邑父来了。

"参见使君,参见郡主。"堂邑父以匈奴的礼节与张骞和纳吉玛打着招呼。

看见堂邑父,纳吉玛的愁容顿然消失,她的脸上立刻绽开笑容:"我还以为你不来了呢?"

"怎么?你们有约么?何事瞒着我?"张骞问道。

"不告诉你!"纳吉玛闪着晶亮的眼睛站起来说道,"好了,这一回不用你赶,我也得走了。要不,阿爸又要说我没有规矩了。"说着,她给了张骞一个妩媚的笑,然后掀开穹庐的门跑了出去,接着从穹庐外传来她清脆的歌声:

> 草原上的锦鸡花啊向着太阳神开放,
> 姑娘的心啊追着雄鹰飞翔。
> 亲爱的人儿啊你可知道,
> 没有太阳神哪有月亮的光芒。

亲爱的人儿啊……

"这姑娘……"张骞转过脸向堂邑父问道,"弟兄们都还好吧!"

"听说今夜有大风雪,早早地回来了。"

"纳吉玛是等你么?"

"是的!"

"那为何你来了,她就走了?"

堂邑父接过张骞递来的奶茶,喝了一口道:"她不好意思。"

"那有什么不好意思的?"

"呵呵!"堂邑父爽朗地笑道,"她喜欢上使君了。"

"胡说!"

"是真的,属下刚从左骨都侯那里回来,并将纳吉玛的心事告诉了吐突大人。吐突大人很高兴,他要属下告诉使君,以汉人的礼节上门提亲。"

"你不是在说笑吧?我乃大汉使节,皇命在身,怎么能生出此等让皇上失望之念呢?"

"大人先不要忙下断语,且听属下把话说完。"

堂邑父从穹庐一角割下一块羊肉递给张骞,又为他斟满了奶茶,才坐下来道:"属下以为,这没有什么不妥的。首先,汉匈历来就有和亲的传统,匈奴可以娶汉女为妻,汉人为什么就不能娶匈奴的姑娘为亲呢?其二,纳吉玛确实喜欢大人,况且左骨都侯向来是主张汉匈和睦的,大人若是拒绝了这门亲事,吐突大人今后又如何在单于面前为我们说话呢?其三,这也是麻痹单于的好办法。大人要是与纳吉玛成了婚,单于必然以为我等从此不思归汉,就会放松警惕,大人正好相机脱逃。"

听了这些话,张骞静思了一会儿,不得不承认堂邑父说得有道理。但他还不能从情感上接受这一安排,叹道:"有一天回到长安,我该如何面对皇上呢?"

"大人多虑了。皇上心怀广大,连堂邑父这样的人都能信任,又如何容不下一个匈奴女人呢?"

说到这里,张骞还能说什么呢?何况纳吉玛的美丽和善良是他早已心仪的。看看夜已深,张骞对堂邑父道:"此事容我再思忖思忖。夜深了,你也该回去了,免得匈奴人怀疑。"

不久之后,余吾河畔,狼居胥山下辽阔的草原,人们常常可以看到张骞和纳吉玛双双骑马奔驰的身影。他们有时追赶着马群,尽情地放纵自己的身心;他们有时随着羊群吃草的节奏,拉着马呢喃细语地漫步;有时候,当两匹马并行的时候,调皮的纳吉玛会忽然用鞭子抽打张骞的马,于是,在绿色的背景下两人追赶着白云而去。等纳吉玛追上张骞之后,她会拉他下马,双双坐在蓝天白云下,倾诉彼此的心语。

"骞!汉人男女相爱也像草原上这样么?"

张骞摇了摇头道:"大汉男女婚配,须循礼制。通常要等纳采、问名、纳吉、纳征、请期、亲迎六礼齐备,婚配才算成了。结婚前,男女是不可随意结伴而游的。"

纳吉玛听得脸红红的,仿佛新娘一样娇羞。

"纳吉玛结婚,想穿汉人的礼服出嫁。"

张骞很惊异,问道:"你见过汉人的礼服?"

"怎么没见过?隆虑阏氏来匈奴时就穿过的,好看极了。"

"哦!"张骞沉吟一声,望着远方,很久才回转身来道,"等回到长安,我一定为你置办一套汉人礼服。"

纳吉玛沉醉地靠在张骞的肩膀,嘤嘤道:"骞!纳吉玛谢谢你了。"

从远方传来牧羊姑娘的歌声:

    天上的白云啊你慢些走,
    带我去寻找亲爱的人儿。
    草原的锦鸡花啊你快些开,
    摘一朵插在姑娘的鬓角。
    云彩是妹妹为哥哥织的彩带,
    花儿是妹妹含露的娇容。
    只要哥哥带着妹妹走,
    我就跟你到天尽头……

风儿带着张骞和纳吉玛相爱的消息传到了单于庭。军臣单于找来左骨都侯吐突狐涂询问,吐突狐涂回道:"单于,汉人的女子嫁给匈奴人,匈奴的女子嫁给汉人,两国亲上续亲,这是一件好事啊!"

单于狐疑的目光看着吐突狐涂道:"张骞不会另有所图吧?"

吐突狐涂嘿嘿笑道:"单于大可不必多虑,张骞果真另有图谋,是绝不会答应成婚的。"

风儿带着张骞和纳吉玛相爱的消息传到了滞留匈奴的三百多弟兄之间,他们找到堂邑父,倾诉自己的担忧。

"使君不会从此就在匈奴做官了吧?"

"使君不会忘记了皇上的诏命吧?"

"使君不会丢下弟兄们不管了吧?"

堂邑父解释道:"大家与使君一路走来,觉得他是那样的人么?只要看看使君怀抱的汉节,就什么都不用说了……"

……

冬天来临草原的日子,吐突狐涂在他的穹庐为张骞和纳吉玛举行了盛大的婚礼,匈奴的王公大臣们俱来庆贺,军臣单于与隆虑阏氏也送来良马五百匹,牛羊一千头,银器一百套作为贺礼,只有左屠耆王和耶律孤涂没有赴宴。

这是张骞六年来第一次看到隆虑阏氏和她的儿子呼韩琅。

尽管婚礼是按照匈奴的礼节举办的,但直到婚礼前一天晚上,张骞才最终与吐突狐涂商定,他要穿汉服参加婚礼,持汉节与客人见面,否则就不结婚。

此刻,张骞和纳吉玛双双来到单于面前,以汉礼向单于敬酒道:"汉使张骞感谢单于驾临,请单于与阏氏饮了此酒,共祝汉匈和睦相处,万世太平。"

堂邑父持了汉节站在张骞身后,那被风雨吹淡的红缨,让隆虑阏氏注目了许久,她仿佛从汉节中看到了刘彻当年倔强而又稚气的眼睛。

隆虑阏氏在饮酒的那一刻,就从张骞的目光中读出了一种乡情的温馨,未及举杯,她已泪光盈盈了。但是,从她的嘴角溢出的却是欣慰的笑意,因为她看到了纳吉玛身上穿着她昨夜送去的凤冠和深衣。那婀娜的风姿,让她一下回想起长安的日子。

呼韩琅跑到纳吉玛身旁，扯着宽大的衣袖说道："姐姐的衣服真好看。"

纳吉玛俯下身体亲了亲小王子，笑道："你阿妈当年就是穿着这样的衣服来的。"

"呼韩琅将来也要穿这样的衣服。"

"傻王子，这可是女人穿的呀！"

两位年轻人向张骞夫妇走过来，纳吉玛急忙上前迎接道："多谢太子和太子妃前来。"

纳吉玛拉过张骞，一同向太子行礼。

"这就是军臣单于的太子于单殿下。"

"哦！"张骞明白了，旁边这位汉人容貌的女人一定是前不久和亲到匈奴的怡和公主。他的脸上立即显出分外的愉悦，她的到来也许可以使隆虑阏氏少了许多思乡的寂寞。

他举起酒爵，向太子殿下夫妇致谢。于单太子以微笑回敬张骞，然后挽起怡和公主的手，准备离去。可怡和公主的目光却不断回眸、打量着张骞。那不尽的亲情，也深深地烙在了张骞的心底。

塞外铺天盖地的大雪打破了草原与天际的界限，整个大地成为一片混沌的银色世界。

这一夜是不眠的，张骞拥着美丽的纳吉玛，呼吸着女人的芬芳，而他的第一句话却是："有朝一日，我还是要回到长安去，到时候你会随着我走吗？"

纳吉玛紧紧地依偎在张骞怀里，泪水打湿了张骞的胸膛。那是幸福的泪，是欣喜的泪。她知道，从现在起，她就属于这个男人了。

"你们汉人常说，嫁鸡随鸡，嫁狗随狗。纳吉玛今后跟着夫君到天涯海角。"

……

大雪整整下了一夜，清晨起来，龙城周围的山峦、沟壑、草原被雪幕装点成一派苍茫。远远望去，狼居胥山犹如一头奔驰的银象，与单于庭北面的姑衍山遥遥对峙在灰色的云幕之下。

张骞伸了伸懒腰，推开穹庐的门朝外望，才发现吼了一夜的风终于停了,只有雪花静静地飘落到草原深处。他回眸身后,那是纳吉玛梦中甜甜的笑容。他俯下身体,深情地亲吻了那娇艳的红唇。

是的,这些日子她一直沉浸在幸福中,每一夜都把草原女人的浪漫和狂野传达到他身体和灵魂。张骞为她掖了掖被角,才向穹庐外走去。

他最担心的是羊群在昨夜风雪中是否平安,六年滞留匈奴的生活,使他对羊群有了一种特殊的感情。

放牧的时候,他常常会望着从头顶飘过的白云,把思乡的惆怅诉说给羊儿听。羊儿产了羊羔后,他会像自己得了儿子一样喜悦。有时候他甚至会忽发奇想,等到有一天告老还乡,他就在家乡的山上盖几间草房,放一群羊,伴着青山和羊群度日。

想着这些事,他自己也忍不住地笑了。出使西域的使命还没有完成,怎么会想到这些遥远的事呢?

他来到羊圈旁,很欣喜地发现,在头羊的带领下,他的羊群都安全地躲进了羊舍,正在啃着他半夜起来添的干草,而两只牧羊犬正警惕地守卫着羊圈。

他和纳吉玛结婚后,吐突狐涂曾要他们搬过去和他一起住,但张骞婉言谢绝了他的盛情。

张骞不是那种寡情的男人,他从吐突狐涂的目光中感受到他对大汉的友好。可张骞有自己的原则,他怕自己在安逸的生活中磨去了男儿的志向,做出对不起皇上的事情。

羊群见到张骞,都"咩咩"地叫着,那此起彼伏的声音,像歌谣一样从他的心头飘过。他从它们的眼睛中看到了焦渴,于是他弯下身体,拿起冰冷的羊皮水桶,又扛起一把铁锹,朝着不远处的余吾河走去。

余吾河缓缓地流过单于庭所在的草原,滋润着匈奴人的生命。河水已经结了冰层,他抡起铁锹,一锹一锹下去,在河面上破开了一个窟窿,清清的河水冒着热气,汩汩地溢出冰面。当他装满一桶水回到羊圈前的时候,就看见穹庐前站着一位匈奴着装、汉人容貌的不速之客。那人一直看着张骞给羊群喂完了水,才上前搭话。

"参见使君。"

"阁下是……"

"在下李穆,在匈奴官居封都尉。"

"原是李大人,请到帐内说话。"

"不了!郡主正在休息,在下不便打扰。在下今日来,只因为一个人想见你。"

"是谁呢?"

"大人随在下去了就知道了。"

自从与纳吉玛结婚后,张骞的行动就自由多了,何况传话的又是一个汉人。于是他也没多想,就把牧羊犬拴到穹庐门外,翻身上马随李穆去了。

大约半个时辰后,他们来到了一座豪华的穹庐前。李穆道:"使君少候,待在下进帐通报。"

趁着李穆进帐的当儿,张骞环顾了一下周围,便知这是一位地位显赫的匈奴人居所,不仅穹庐非常高大宽阔,且装饰得富丽堂皇,而且环穹庐还布置着严密的禁卫。正想着,李穆出来了,邀他一同进帐。

张骞一刻也没有忘记自己的身份,一切都循着汉朝的礼节。

"汉使张骞拜见阏氏。"

然而,当一声"平身,赐座"的温馨乡音在他的耳际响起时,那种穿越寒冬的暖流顷刻间涌上心头。随着一声"谢公主",他的泪水难以抑制地从眼角流了出来。

六年了,面对单于的重金利诱,他没有动摇过;面对杀头的威胁,他没有害怕过,甚至在最孤独的时刻,他也不曾落过一滴眼泪,而如今……

张骞缓缓地抬起头,就看见了隆虑公主眼中晶莹的泪光,每一滴都似乎藏着一个动人的故事。他到长安的时候,公主已经远嫁匈奴了;他被匈奴人扣押的时候,公主以她的智慧救了他。他一直无缘一睹尊容,直到婚礼上,他才第一次看到了大汉的女儿——隆虑公主。

这一切,似乎都无法割断血脉交织的亲缘,只要他们记着自己是大汉的子民,即使萍水相逢,也会心意相通。

张骞按照匈奴人的习惯,在公主对面席地而坐,李穆则坐在他的下首。喝过紫燕送来的奶茶,阏氏说话了。

"使君受苦了。"

"臣蒙皇上隆恩,凿空西域。孰料中途遇险,若非公主相救,臣早已身首异处,今日得见,臣想说的就是感谢公主的救命之恩,哪来的辛苦?"

"血脉之情,同气连枝,使君无须言谢。"

"只是臣滞留匈奴多年,有辱使命,每思及此,愧疚难当!"

"使君不必担忧,只要有机会,我和李大人一定会鼎力相助的。"

阏氏又详细地询问了张骞离开长安时皇上和太后的情况,当听说先帝驾崩,太后日渐衰老时,阏氏又一次流下了伤心的泪水。

说到凿空西域,张骞眉宇间就洋溢着崇敬,他说皇上雄才大略,胸纳四海,威及四夷,阏氏闻此又转悲为喜。

"我离开长安时,他只有四岁,现在也不知道他长成何等模样了?"

"皇上相貌奇伟,胸怀恢廓,乃一代英主。"

张骞问到公主这些年在匈奴的生活,阏氏的目光就凝重了:"我是为两国的和睦而来,虽身在匈奴,但今生无怨。今日请使君来,只是有一事相托。"

"没有公主,就没有张骞。公主有话尽管吩咐,臣当万死不辞。"

"有使君这句话,我就放心了。"阏氏转脸对坐在一边的李穆道,"接下来,还是请封都尉说吧。"

李穆未及说话,就先向张骞斟满一爵酒,高高举过头顶道:"请使君饮了此爵,在下再说不迟。"

接过浓香的酒酿,张骞掂得出其间的分量。李穆自己也满饮一爵,于是蓄积多年的话就在舌尖上滚动了。

"不瞒将军说,在下乃李广将军族弟,早年随父从商,流落到此。"

张骞十分震惊,他敬慕的飞将军竟然有一位族弟在匈奴为官,忙问道:"阁下见过飞将军么?"

"没有,但关于他的传说在下倒是听了不少。"李穆凄然地笑了笑,神情严肃地叹道,"还是说正事吧!当初公主生下小王子的时候,为他起名刘怀。曾托付在下,一旦有机会就将他带回长安。然而,时序迁延,机遇难求,而风霜亦催老了在下的年齿。眼看着王子一天天长大,军臣单于日益老迈,他的几个兄弟和儿子正为争夺王位而明争暗斗,危机四伏。特别是伊稚斜亲王,更是跃跃欲试……"

伴随着李穆的描绘,张骞的眼前浮现出一幅幅血淋淋的画面:

伊稚斜率领部属,包围了军臣单于的单于庭,寒光闪闪的战刀架在单于的脖子上,逼迫他将大位传给自己;

秋日的狩猎场上,伊稚斜的禁卫埋伏在龙城东南方的山谷里,当军臣单于的王子们进入埋伏圈时,那些穿着汉军甲胄的匈奴人万箭齐发,惨烈的叫声掩盖了傍晚的风声;

伊稚斜冰冷的笑声在隆虑阏氏的帐内回荡,而他的亲信则端着投了毒的奶茶,一步步地向着刘怀逼近……王子口吐鲜血,一声断肠的"母亲,孩儿要回长安"之后,永远地躺在了冬日的草原;

伊稚斜狂放地大笑让在场的每一个人毛骨悚然,他淫邪的目光掠过隆虑阏氏的额头,笑道:"美人儿!这么多年过去了,你还这样的水灵。从今以后,你就是本单于的阏氏了,哈哈哈……"

正想着,李穆的声音打断了他的思路。

"所以,公主今天请使君来,就是想把刘怀托付给使君。一旦有风吹草动,在下一定会通知使君的。届时,使君便可逃离匈奴,把刘怀带回长安。"

张骞的心在战栗,在滴血。权力,往往是催发兽性、扭曲人性的毒药,是离间亲情、斩断血缘的魔剑。当年梁王的往事历历在目,而今远在匈奴,张骞再度见证了人是怎样地被权力的魔障驱使着,演绎出一幕幕人间悲剧。

张骞知道,军臣单于的祖父冒顿单于就是杀了他的父亲图曼单于才得以登上宝座的。如今虽说山雨尚远,但公主未雨绸缪的用心深深地触动了他。

"那……公主怎么办呢?"张骞急急问道。

阏氏擦了擦眼角的泪水:"至于我,使君就不用担心了。我既是为两国的和睦而来,就没有打算再回长安去。况且军臣单于待我不薄,匈奴人是不会让我离开的。"

在这个冬日冰冷的上午,张骞的心被北国的风雪再度涂上了苍凉的色调,那是一种复色的凝重——草色的苍茫,黄土的浑厚,白云的悲怆。他觉得人其实对命运是那样的无能为力,连贵为阏氏的公主也不能例外。

"请公主放心,臣一定不负重托。"

闻此,隆虑阏氏的心境才明丽了许多。这时候,紫燕进来了,她身后跟着十二岁的呼韩琅。阏氏拉过儿子,指着张骞说道:"这是你来自长安的舅舅,往后读书时有不知道的问题,尽可以找舅舅去问。"

呼韩琅睁着眼睛,对母亲的介绍显然没有理解,问道:"母亲不是说,孩儿的舅舅是汉朝的皇上么?怎么又多了个舅舅?"

阏氏摸着呼韩琅的头笑道:"你的舅舅的确是皇上,不过那是你的大舅舅,你在长安还有许多的舅舅呢,等你长大了就知道了。"

阏氏又要儿子将近来读《论语》的体会说给大家听。张骞十分感慨,公主始终没有忘记,她的根在长安。

张骞看了看紫燕,发现她早已过了青春,留在脸上的只有年华流逝的尘斑月影。

敏锐的阏氏很快从张骞的目光中发现了无言的叹息,幽幽道:"不瞒使君,这些年就苦了紫燕。如不是她陪伴,我还真不知道该如何打发这塞外的时光。"

紫燕凄然一笑道:"公主千万别那样说。紫燕在长安时,就得到太后百般抬爱,无以回报。紫燕陪伴公主,是紫燕的造化,也是紫燕的心愿。"

"怀儿都十二岁了。可姐姐仍然孑然一身,我近来常想,该找机会奏明单于,让他选一家王爷,让你嫁过去,这样你也算有了归宿。我……"

阏氏的话还没有说完,紫燕已泪流满面了。当着张骞、李穆的面,她跪倒在阏氏面前:"公主千万不要这样,紫燕跟定了公主,哪儿也不去。"

"紫燕,我的好姐姐……"阏氏一步上前,抱着紫燕哭出了声。

呼韩琅迷茫的眼睛在紫燕和阏氏的身上来回移动,问道:"母亲和姨娘这是怎么了?刚还好好的,一会儿就……"

张骞把呼韩琅拉到怀中,道:"王爷年纪还小,你母亲是看见长安来人高兴了。"

"人高兴了也哭么?"

张骞点点头,什么也没有说。

倒是李穆叹一口气道:"还真是个孩子啊!"

……

时序刚刚进入元光三年(公元前132年)三月,树梢隐约点染了星点的鹅黄,李少君就奉命到蓬莱去寻找安期生了。

而王恢也在这个季节里提前结束了"告归",赶回长安来了。他是踌躇满志地回到京城的,他自信马邑之行已经为他赢得这场战争奠定了稳操胜券的把握。因此他顾不得旅途劳顿,一回到长安,就向皇上递交了奏章,希望皇上能给他一个建功立业的机会。

王恢当然知道汉匈之间刚刚和亲不久的事实。为了说服皇上,他在奏章中十分细致地描绘了从聂壹那里得来的情况,他使边陲百姓的呼声通过文字直达圣听。

说来也该王恢走运,就在他回京途中,从雁门传来急报,说一开春,匈奴人就不断地派出军队杀掠汉朝边民,弄得农桑误期,百姓流离失所。

这样,王恢奏章里对马邑谷地理形势的分析,对战役精密的构思,让刘彻不禁感叹他的谋略,更印证了当初严助关于匈奴反复无常的判断。这也使刘彻蓄积了多年的夙愿,顺理成章地在这个春天将情感朝战争一边倾斜。

但这毕竟是他登基以来第一次主动出击匈奴,何况这个北方大国,无论是在过去还是现在,它的军事实力都远远在南方诸越之上,他不得不慎重对待。他迅速地找来田蚡,要他把王恢的巡察结果通知群臣,并选择在适当的时机举行廷议。

这种讨论在三月初的时候,终于转变为朝会,提交到未央宫前殿来了。而唐蒙的归来,使得朝臣们对打一场对匈战争有了一种新的期许。

早朝起始,唐蒙首先出列向皇上复旨:"臣奉皇上旨意出使西南,拜见夜郎王多同。那多同问臣'汉与我孰大?'臣向他出示了从长安带去的布帛珠宝玉器,又言我大汉疆域万里,带甲百万,德被九州,威及内外。那多同闻之目瞪口呆,方知天下之大,唯汉是首。遂与臣盟约,同意在夜郎设吏,以其子为令。"

唐蒙绘声绘色的陈奏,在朝臣中激起一阵笑声。刘彻更是被这种气氛所感染,当廷发出诏命,继续保留夜郎王封号,在犍为设郡,由唐蒙发巴、蜀吏民,通道西南。

"众位爱卿!不管那夜郎如何自大,也最终臣服于大汉。从今以后,朝廷威德,泽被西南。而现在,是朕将旌麾转向北方的时候了。多年来,朕饰子女以配单于,金币文绣赂之甚厚。去年十一月,朕在橐泉宫的时候,卫青曾进言出击匈奴,朕念怡和公主新嫁匈奴,不忍兵戈相交。孰料匈奴翻云覆雨,废约背誓,近来屡犯边城,掠我百姓资财。边民被害,朕甚悯之。不久前王恢又有奏章,谏言朝廷出击匈奴。然此举成败,关乎大汉国运,众卿以为如何,尽可奏来!"

作为主战的首倡者,王恢不等其他大臣说话,首先站出来响应刘彻的号召。

"皇上圣明。"王恢撩了撩衣袖,尽量让自己情绪平静一些,可他说出的话还是掩饰不了胸中的激荡,"臣闻战国之初,代为北方一国,北有强胡之敌,内临中国之兵,然尚得养老、长幼、种树以时,仓廪常实,匈奴不敢轻侵也。今以陛下之威,四海为一,然匈奴侵盗不止,何也?其不以为惧耳。故臣以为,只有出兵痛击,方能根绝边患。"

田蚡是朝臣中最早看到奏章的,但在他看来,要紧的不在于王恢说什么,而在于皇上想什么。他一直在揣摩皇上话里的意思,他自信已经把握了皇上准备打仗的决心。

建元六年围绕出兵闽越而遭遇的尴尬历历在目,这次他再也不能背着"太尉不足与谋"的骂名了,因此,他接过王恢的话道:"王大人所言极是。我朝自太祖以来,屡次与匈奴和亲,然彼国从未停止过对我边境的侵犯。依王大人之计,伏击匈奴的把握十之八九,故臣也以为需要痛击匈奴。"

韩安国对王恢的奏章研究得最为用心。曾担任过北地都尉的他有着同匈奴交往的切身体验,对于这个北方强国,他向来主张人不犯我,我不犯人。但是站在朝会上,他又怎能听不出皇上的意思呢?从大局着眼,他觉得目前出兵为时尚早,汉军无论是将士的意志力还是装备的实力,都还不能保证对匈奴的优势。因而,当刘彻把征询的目光投向他时,他出列了。

"启奏皇上。"韩安国陈述自己主张的语气平缓而又委婉,"臣闻当年太祖高皇帝被围平城,七日而不得食,然解围之后而无愤怒之心,何也?臣以为并非高皇帝软弱,乃有圣人随天下人心,不以己之私怒而伤天下之公的宽大度量。不仅如此,太祖高皇帝还派娄敬与匈奴结和亲之好,至今利国利民五世。两国和睦来之不易，况怡和公主和亲方定，即使匈奴边将侵犯，也必是个别事件，故臣以为，不出击为好。"

情感这东西，实在隐含着说不尽的奥秘。一旦不投缘，哪怕是平常的一句话，都会种下深深的芥蒂。不善揣摩人心的韩安国没有发现，在他按照自己的思路阐述主张的时候，王恢的脸色早已阴沉得能滴出水来了。

"韩大人所言差矣！"王恢的话顿时离开了奏章，直冲着韩安国而来，"太祖高皇帝被坚执锐，行数十年。之所以不报平城之怨，非力不能，乃在休天下之心。今边境数惊，士卒伤死，中国辎车相望，大凡仁人者，能不生恻隐之怀乎？故而臣以为击之便。"

"不然！"正待韩安国接招的王恢没有料到，一个洪亮的声音打破了片刻的寂静，当他眼睛的余光流向后排时，就惊愕停在汲黯的身上。

他现在已顾不得观察韩安国的举止了，而把目光集中到汲黯身上。

"皇上刚以宗室之女和亲，送亲场景犹在昨日，今日就有人要对匈奴用兵，彼国若知，岂不要陷皇上于无信乎？臣不禁要问，如此急功近利，意欲何为？"汲黯冷峻的目光直视着刘彻。

廷议是一方绝妙的舞台，每一个朝臣的风采都在登场中得以充分展示，每一个人的性格都通过他们的话语表现得淋漓尽致。尽管韩安国对王恢因为没有升迁的怨气心知肚明，但是他稳重的性格决定了他不可能把一场严肃的讨论引向口舌之争，即使是与人辩论，他仍然保持着舒缓的节奏和平和的心态，没有人从他的眼中发现丝毫的不悦。

"臣闻用兵者以饱待饥，正治以待其乱，定舍以待其劳。故接兵覆众，罚国堕城，常坐而役敌国，此圣人之兵也。"韩安国没有忘记为自己的谏言寻找先贤的宏论作为铺垫，接着他话锋一转，将说话的要旨转移到对目前战事的分析上来，"今将卷甲轻举，深入长驱，难以为功。纵行则迫胁，横行则中绝，疾则粮乏，徐则后利。不至千里，人马乏食。岂非以军馈敌而令其擒获么？故臣以为，勿击之便。"

话说到这个份上，事实上已经涉及战役方案本身了。对此，王恢有十分的把握和信心。他不再周旋打与不打，而是聚精会神地阐述自己实地勘察所获。

"韩大人多虑了。下官此次所言击之,并非孤军深入,而是顺应单于之欲,诱敌至我边境,吾选骁骑、壮士埋伏,倚山势险要而隐蔽,待单于到来,或营其左,或营其右,或当其前,或绝其后。如此单于可擒,大战可胜矣!"

王恢的话在朝臣中引起一阵窃窃私语,有以为此举不失为制胜之策者,有为王恢的方案击节叫好者,有对单于会不会上钩表示质疑者。王恢最担心的就是这种莫衷一是的议论会动摇了刘彻的决心,他觉得目前最能阻止别人议论的就是自己当着大臣的面,承担战役失败的责任。于是他不再犹豫,奏章是自己呈上的,他明白自己已经没了退路。

他迈着自信的步伐走到丹墀的中央,庄严地面对皇上站着,用男人的血气点燃生死誓言:"皇上,臣早已以身许国。《司马法》曰:'国虽大,好战必亡。天下虽安,忘战必危。'臣此次请战,意在壮我大汉军威,绝无私欲可言,倘使战败,臣愿以死谢罪!"

王恢的誓言让朝臣们的议论发生了短暂的中断,包括韩安国、汲黯在内的反对者都没有料到王恢会以自己的生死做主战的军令状。一时间,他们也不得不为王恢的壮怀激烈而生出说不清的感动,而田蚡则顺势拉起王恢的手,双双站立在刘彻面前。

"启奏……皇上!"田蚡说话时因为激动而显得不那么连贯,"王大人以生死相许,其情感人,其忠可嘉。臣请皇上发兵,以雪平城之辱。"

其实,被直接感动的还是刘彻。王恢的慷慨陈词在刘彻脑际勾勒出汉军旌麾北指、气吞山河的壮观画面。多少年了,从组建期门军到开辟养马场;从细柳阅兵到整顿军备,不都是为了与匈奴一战么!刘彻走下丹墀,面容庄重地扶起王恢道:"二卿快快平身,如此忠贞命臣,大汉之幸也。"

"众位爱卿!朕意已决,马邑之战乃我朝对匈奴之第一役,只能胜不能败。传朕旨意,以韩安国为护军将军,公孙贺为轻车将军,王恢为将屯将军,李息为材官将军,李广为骁骑将军。发兵三十万于马邑谷伏击匈奴。五月准备,六月出兵!"刘彻高亢的声音掠过大臣们的心头。

王恢听出来了,皇上并没有把大军交与自己节制的意思,这意味着他只能管辖他所部的三万人马。但皇上毕竟下了出征的决心,这对他来说无论如何都是一种鼓舞。

走出未央宫前殿，王恢破例地没有与同僚们同行。他沿着长长的司马道，踱着缓慢的步子。抬眼望去，他发现未央宫的桃花灿若云霞，飘飘洒洒的红尘弥漫着芬芳，那错落有致的桃树枝头，一片片嫩绿的叶子展开争春的娇姿，托起绿萼粉妆，仿佛春阳都被这红粉染香了。

王恢脸上洋溢着难以抑制的喜悦。他在心里想：这个春天属于他，属于遥远的马邑谷……

现在，他的车驾已稳稳地停在府邸门口，他下车的动作十分敏捷。迎接他的府令王安从他的表情中迅速地捕捉到信息——皇上一定赏赐了老爷，不然他怎么会如此高兴呢？

"夫人正在厅中等候老爷呢！"

"哦！老爷有话和夫人说。"

"老爷回来了？"夫人闻声已满面笑容地站在了厅门口，目光稍一流转，丫鬟就会意地捧上了热茶。

"温酒来！"

是的，此刻茶水怎么能够表达他亢奋的心情呢？女人就是这样，把男人的情绪作为调节自己情感的晴雨表，丈夫高兴了，她这一天就活得滋润。夫人虽然还不知道勾起丈夫"酒欲"的缘由，但她知道一定与早朝有关。于是，她急忙吩咐在小厅里摆了菜肴，温了酒酿。

捧着清亮的琼浆玉液，夫人说话了："难得老爷如此高兴，妾身也如沐春风，请老爷饮了这爵。"

"不！"王恢把夫人的手推到一边，兴奋道，"换大觥来！"

"老爷……"

"无须多问，换大觥来！"

第二十一章

马邑首战失地利　池阳闻报怒冲冠

匈奴人在这次奔袭马邑的进军中再次表现了狼一样的速度。六月初,从龙城出发,不到半月,就已长驱直入到了平城西北的武州塞。

这时节是匈奴人血液最沸腾、情绪最不安分的季节。草肥马壮,些许的诱惑都会让他们敏感的神经摩擦出火花。而聂壹带来的消息,迅速在匈奴军中燃成燎原之势。军臣单于深信,聂壹的投奔使他洞悉了汉军的虚实,他几乎没有任何犹豫,就率领十万大军直向马邑城杀来。

匈奴人知道,草原才是他们的生命之根,是他们繁衍不息的圣地。居无定所的习俗使他们从不以攻城略地为目的,而将目标指向了财物,尤其像这样长途行军,是不能与沿途的汉军纠缠的。

因此,从大军集结时起,军臣单于就严令他们一路不得恋战,不得贪图小利,尽量绕过汉军的要塞和关隘,长驱直入。

现在,武州塞就在眼前,迎风飘扬的"汉"字大旗在夏日的阳光下分外耀眼,远远望去,城头上隐隐约约可见巡逻的士卒。城堡外,没有看见多少汉军,只有为数不多的几个农夫在炎阳下收割稼禾。大军隐入要塞边上密林中,刚刚扎下帐篷,军臣单于还没有来得及润一润干渴的喉咙,就见伊稚斜满头大汗地进来了。

他被战争调起的兴奋毫不掩饰地挂在眉宇间,他谢绝了单于的赐座,就那么凶煞煞地站着说话:"王兄,武州塞外正是麦熟季节,我军路过,为什么不夺些粮食回去？"

"糊涂！"军臣单于望了望眼前的这位弟弟，心中不由得叹了一口气，他什么时候才能学会用心想事呢？"我军的目标为马邑城，岂能因小失大？"

"哦？臣弟这个倒是没有细想。"伊稚斜挠了挠头发，准备出帐去。但军臣单于有些不放心，看着他的背影喊道，"传令下去，大军只可在密林隐蔽，如果有人敢违抗命令，要他的脑袋。"

风从林子中吹来，掀起军臣单于的衣摆，他静了下来，想这一路走来太顺利了，他忽然有了一种忧虑和不安。

尽管那个聂壹言之凿凿地提供了马邑城的情报，并信誓旦旦地声明，他以一己之勇杀了马邑令，然后将他的头颅悬挂在城头，用以迎接匈奴大军的到来。但军臣单于还无法判断这位汉人豪绅对匈奴人究竟怀着几分真诚。因此，在大军刚刚越过长城时，他就派了细作潜入马邑城去印证情报的真实。

正是骄阳如火的午后时光，军臣单于稍稍睡了一会儿，就焦虑地朝着帐外喊道："来人！马邑方向有来人么？"

"报单于，没有。"亲兵应声道。

"那个聂壹呢？"

"正睡着呢！呼噜声像打雷一样。"

"好了，退下吧！"

单于伸了伸酸困的胳膊，有些懈怠地向着帐外走去——毕竟华发霜鬓了，即便是肥美的牛羊肉和马奶酒也无法让他抗拒日益老去的生命。年轻的时候，他曾徒手打死过狼居胥山的两头野狼，而如今那种力量和勇气已一去不复返了。

环顾四周，密林深处立着一顶顶的帐篷，不时有巡逻的队伍在帐间穿梭。单于的目光越过沟壑，远远瞧见武州要塞上迎风招展的旗帜，这让他的思绪一下子回到了草原。他好像看到了隆虑阏氏忧郁的眼睛，她似乎有许多话要对他说，他听不见她的声音，只看见她嗫嚅的丹唇。

一路上，单于对阏氏都怀着深深的歉疚。十几年来，他第一次用马鞭在阏氏的手上留下了血红的伤痕，因为她扯着单于的马缰，试图阻止这次出兵。

其实,阏氏很晚才知道军臣单于要深入大汉的消息。当李穆告知她的时候,她甚至不相信自己的耳朵。和亲刚刚年余,怡和公主已有了身孕,且纳吉玛与张骞新婚欢宴才散去不久,军臣单于怎会做出如此不慎的决策呢?

但李穆的神色和沉默让她再也无法坐在穹庐里教儿子读书了,她将刘怀托给紫燕,自己翻身上马就朝单于庭奔去了。

远远的她就看见了单于那匹黑色的骏马,还没有等坐骑停稳,她就跳了下来,直朝单于奔去。

"单于!"隆虑阏氏在说话的时候双手就已经拽住了马缰,"汉匈之间刚刚和亲,单于为何不顾匈奴的安危,又要打仗呢?"

"这……"

"臣妾前来,就是希望单于收回成命。"隆虑阏氏澄明的眼睛直直地看着单于。单于有些六神无主,头茫然转向身旁的伊稚斜。他说不清自己是寻求伊稚斜的支持,还是回避隆虑阏氏的诘问。多年了,他不怕阏氏发脾气,最怕的就是这双不染尘灰的眼睛,他的意志常常被这双眼睛所融化。

对单于的弱点,最了解的莫过于伊稚斜了,他已被战争灼热的野心绝不容许王兄有丝毫的动摇和彷徨。他用讥讽的眼神撇了撇身边的军臣单于,高声道:"母鸡永远只是母鸡,它只能是狼口中的美餐,怎么可以对狼发号施令呢?莫非王兄想安卧在母鸡的翅膀下?"

军臣单于被激怒了,大吼一声"闪开",立时马鞭就狠狠地打在阏氏的手上,他朝身后的队伍大吼一声:"出发!"队伍就呼啦啦地驰过草原,向远方奔去了。

他怎会不知道阏氏的苦衷呢?但这是战争。当聚集在他周围的王爷和将军们群情激昂的时候,他不能因为一个女人而让臣下们寒心。

等打完了这一仗,他一定要用十倍的温情去抚慰阏氏那颗受伤的心。唉!男人啊,也有柔肠百结的时候!

但是,这种情绪很快就被贪婪的欲望所取代。单于对刘彻的疏忽大感意外和欣喜。他竟然把两位让匈奴人胆战心惊的将军——李广和程不识调职回京,这不等于在汉匈漫长的边境上开了一道豁口么?这不等于把优势让给了匈奴么?这可是千载难逢的机遇啊!

伊稚斜和前锋将军呼韩浑琊带着细作来到单于帐中，他们很快就开始对情报进行甄别和分析。

"你真的看见悬挂在城头上的首级了么？"

"是的！小的亲眼看见那人头，在太阳的暴晒下已发出阵阵恶臭，上面爬满了绿色的苍蝇。"

"这么说来，聂壹果真没有说假话。"

"小的还看见，汉军每日用车辆不断地向马邑城运送粮草资财。"

"这么说来，聂壹果真的投靠我匈奴了。"单于兴奋地拍打着膝盖。

"嗯，你先下去歇息吧。"

"是！"

伊稚斜对情报表示了极大的亢奋："如此看来，王兄不必再踯躅不前了，咱们就趁着今夜天黑，直取马邑！"

"好！兵贵神速。传令下去，子时出兵，将军认为怎么样？"单于将征询的目光投向呼韩浑琊。

"这？单于……"

"将军犹豫什么？要知道机不可失，现在不果断，必将后患无穷！"伊稚斜对呼韩浑琊的迟疑表示了不满。他并不愿意再听呼韩浑琊对决策的看法，随即撩起战袍，昂首走出了营帐。

伊稚斜走在密林的小径上，他密匝的长发顺着脖颈直垂到腰间，一只巨大的耳环在午后的阳光下闪着耀眼的光，那双自信的眼睛透出狼的野性和残忍。

一个巡逻的军士从身旁走过，向他问候，他不置可否地点了点头。此刻，他的全部思绪都集中到心事上了。的确，王兄一天天老迈了，这使伊稚斜越来越觉得匈奴多么需要一个新的雄主去续写冒顿单于时代的辉煌。

军臣单于太平庸了，他几乎没有打过一次像样的战争，他应该明智地让位于真正的强者。这个人会是谁呢？难道是那几个只盯着漂亮女人的纨绔王子么？

不！在他眼中，除了自己，没有谁比他更合适掌握国家的命运了。但是，他不想重复冒顿单于凭借残杀而登上王位的血腥。一直以来，他都在寻找一个机会,要借汉人的手取下单于的首级。那样,他就可以冠冕堂皇地接过权杖。

而聂壹的出现,让他敏锐地感觉到机会来了。狡黠的伊稚斜从一开始就没有相信过聂壹。可是,他需要单于对聂壹深信不疑。他知道自己在这场战役中有巨大的回旋余地,胜了,他可以借此扩大在匈奴各部中的影响;败了,他就完全有理由要单于交出国柄,从而为这个国家创造一个新的时代。当然,最好的结局是单于亡于乱军之中,这样他将使各个部落的力量集结在自己麾下,而把仇恨集中在汉人身上。

"哼!"伊稚斜情不自禁地扯断了一根树枝,笑了。他加快脚步——他现在要做的是,立即召集心腹商议对策。

不过,伊稚斜没有想到,有一双眼睛一直在盯着他——直到他的身影融入绿色深处,呼韩浑琊才收回目光。

"将军有话要说么?"

"单于……"

"有话就说。"

"单于,再往前走就是马邑了,臣请单于要小心谨慎,不可贸然前进。"

"为什么?"

"单于有没有想过,自我十万大军入塞以来,一路所见,牛羊遍野,却不见牧者,这不是很奇怪么?"呼韩浑琊疑惑道。

"哈哈哈!"单于笑了,"寡人早就严令,不得与沿途汉军纠缠,这不很正常么?"

"单于!"呼韩浑琊向前迈了一步道,"即便如此,我十万大军深入汉境,汉人不会毫无觉察吧?即便汉军没有发觉,百姓也不会无动于衷吧?难道他们不知道我们的目的么?还有,边境百姓多年来一直处于战争的阴云之下,可我们所看到的百姓个个心气平静,就像什么都没有发生一样,单于想想,这正常么?臣记得,当年汉朝皇帝就是因为孤军深入,才有白登之败。臣的部落虽然远在呼揭,但臣的家族世代忠于单于,不愿看到我匈奴十万健儿……"

"且慢……"军臣单于吸了一口冷气,牙缝间发出声响,"此事容寡人想想。"

他眉头紧皱,双手在胸前摩挲,突然用右手捶打着自己的脑袋道:"哎呀!寡人明白了。将军的意思是,这一切都是汉人诱敌之计?"

"单于圣明!臣怀疑汉军在马邑设有伏兵。"

"那依将军之见呢?"

"臣以为,在没有弄清聂壹所图之前,不可冒进,我们还需要试探一下汉军的虚实。待一切清楚之后,再处置聂壹不迟。"呼韩浑琊走到军臣单于身边,附耳密语了几句,单于的眉头慢慢展开了。

"好,此事就由将军去办!"

停止行军的命令迅速下达到各个部伍。伊稚斜顿时如坠五里云雾,这是怎么了?刚刚下了进军的命令,不到半个时辰又收回,难道王兄真的老糊涂了么?不仅如此,单于还做出了进攻武州塞城外亭堡的决策。

第二天黎明,呼韩浑琊带人袭击了武州塞外的亭堡。

长于夜袭的匈奴人首先杀了巡逻的哨兵,当他们进入亭堡时,两位尉史还在睡梦中。几乎没有任何的反抗,他们就成了呼韩浑琊的俘虏。

现在,呼韩浑琊坐在帐内,冷冷地看着尉史,时间足有半个时辰。他知道这种凝视比鞭笞更能摧垮一个人的意志,更能使他们在生死的徘徊中做出选择。

呼韩浑琊犀利的目光穿过尉史的甲胄,直抵他脆弱的心脏。他看着尉史由冷静到慌乱,脸色愈来愈苍白、肌肉愈来愈僵硬的变化,心里快意极了。当刀斧手将另一名尉史的头颅扔在帐前的时候,眼前的尉史腿就发软了,"扑通"一声跪倒在面前。呼韩浑琊要的就是这个结果。

"要活命,就说实话!汉军现在何处?究竟有多少人马?"

"汉……军三十万……大军正在……马邑谷设伏。"

"那么,那个叫聂壹的人又是怎么一回事?"

"他……是诈降……的。"

呼韩浑琊的脸色顿然变得铁青,几乎是从牙缝中挤出一句话:"押下去。"

尉史刚被押出帐外,呼韩浑琊就站起来,他不敢有须臾迟滞,就匆匆地赶往军臣单于的营帐。

军臣单于听后一下子跌坐在地毡上,已是冷汗淋漓了,他许久只说了一句话:"险些遭遇全军覆没的厄运。"

"单于！现今最要紧的是抓住聂壹。"

单于撩起袍袖,擦了擦额头的冷汗,朝着帐外怒吼道:"来人！速速捉拿聂壹。"

可是已经晚了,聂壹早在他们进攻亭堡时就趁乱逃走了。

伊稚斜闻讯赶来了,跟随单于的各路将领也闻讯赶来了。军臣单于招呼大家一一落座,要呼韩浑琊通禀最新军情,各路将军闻之大惊。

军臣单于用粗糙的拳头狠狠击打着厚实的胸膛,顿足长啸道:"都是寡人轻信聂壹之言,求胜心切,险些致我十万儿郎死无葬身之地。今日之事,咎在寡人,寡人断发谢罪。"说完,单于从腰间拔出战刀,"嗖"地割下一缕长发。

伊稚斜接过单于的长发,挂在身后的剑架上,他血红的环眼烧成两团火球,灼灼怒气从鼻翼间直扑到将军们的脸上。

"都是可恶的聂壹,我一定要将他碎尸万段。"他挥舞着战刀,手指迅速地划过刀刃,用舌尖舔着从指间淌下的鲜血道,"请单于允准我率军攻打雁门郡,踏平汉营,以雪我军被愚弄之耻。"

伊稚斜的情绪很快在将领中弥漫成求战的呼声。

"踏破雁门,杀了聂壹！"

"踏破雁门,杀了聂壹！"

……

"诸位王爷、将军,请少安毋躁。"一直沉默的呼韩浑琊无法再忍耐这种狂热的激愤,他挥动双手要大家平静下来,"聂壹固然可恨！可诸位想过没有,雁门郡距马邑谷不过百里。我军若是逞一时之勇,图一时之愤而攻打雁门,必然会引来马邑谷中的三十万汉军。敌军是我军三倍,我军孤军深入,粮草不济,恋战必招其祸。"

"将军此言,莫非怕了汉军不成？"伊稚斜制止了呼韩浑琊的话头。

"我匈奴十万铁骑,骁勇善战,真的打起来,谁胜谁负还不一定呢！难道单于就这样罢休了么？"

呼韩浑琊并不在乎伊稚斜的骄横，他在内心瞧不起这个亲王的短视和浅薄，也素知这位亲王对单于之位垂涎已久。他知道对付这亲王最好的办法就是回避争论，只按自己的思路陈述见解即可。

"臣素知大王勇力盖世。但是，此战事关十万弟兄的生死，我们不得不小心谨慎。如果臣的估计没有错，聂壹现在已到了汉军大营。不需多时，他们就会席卷而来，那时候，想退兵都不可能了。"

大帐内一片沉寂，只听得到大家浑重的呼吸声。帐外吹进一股山风，掀起单于的长发，露出他宽阔的额头，脑门上青筋突突颤动——那是他思考时的样子。

"寡人已错了一回，不能再用十万兄弟的生命作赌注。"呼韩浑琊的劝说似清风一样迅速地平复了单于的心火，"寡人心意已决，趁汉军尚未觉察，立即撤兵北归，有再敢言战者，斩无赦！"

呼韩浑琊长长地舒了一口气——为一场无谓的战争，为单于的明智之举，也为十万匈奴将士免遭一场灭顶之灾。

……

最近两天，匈奴人突然从视线中消失了，汉军大营的将军们不免有些不安。是有人走漏消息了么？不！从汉军进入马邑谷的第一天起，他们就封锁了谷口，就是一只飞鸟也很难从这里飞过；是沿途的军情发生了变化么？不！皇上在派出三十万大军的同时，早已诏令代郡和雁门郡以及各部都尉，让开大路，任匈奴军长驱直入。

其实，最为闹心的还是韩安国和王恢，他们一个是朝廷三公之一，一个当廷向皇上立了军令状，都知道自己责任重大。曾在北地统军的韩安国深知，一支三十万的大军是不可能在这狭长的谷道里埋伏太久的。他现在盼望的就是聂壹赶快归来，午饭草草对付之后，就带着幕僚到附近的山上察探。

他不得不承认聂壹的目光，马邑谷实在是伏击匈奴的绝佳战场，整个峡谷自南向北，宛若一条长蛇，曲折延伸到远方，满坡葱郁的森林把它装点成一处神秘的所在。

清清的溪水淙淙流过谷底，马邑城就在河谷的南端，所以要想夺取马邑城，这里是必经之道。如果没有人走漏消息，有谁能想到这滚滚的碧涛之下，埋伏着数十万汉军将士呢?如果单于真的进了这谷,那汉匈关系就将会是另外一种态势。

身后响起脚步声,韩安国转身看去,原来是李广来了。

韩安国望着汗水淋漓的李广问道:"将军为何不小憩片刻,也来看山了?"

李广喘了一口气道:"大人不觉得眼下这种安静很令人不安么?"

韩安国点了点头,两人来到一棵树下。

李广心中怀疑,进而问道:"在下久在边陲,对匈奴军力知之较多。马邑之战,我军除占地利之外,战力尚无法与匈奴匹敌,廷议也是反对者居多,皇上怎就听了王大人的谏言,非要打这一仗不可呢?"

韩安国一向谨言慎行,可面对李广,他无法嗫嚅其口。

"此次出兵马邑,固然与大行急功近利有关,然依下官看,也是皇上年轻气盛,急于雪耻所致。"

"大人所言甚是。兵法云:'主不可以怒而兴师,将不可以愠而致战,合于利而动,不合于利而止'……"

没有等李广说完,韩安国就接道:"大人的意思下官亦有同感,马邑之战,实乃主怒将愠所致,因此下官心里十分忐忑。然为臣者,不可逆旨而为,只可因势利导,你我还需勉力而为。"

他煞住话头,眯起眼睛眺望着远方。山间的小道在岚气和光波的烘托下,柔若玉带,飘飘荡荡在林海白云中。

当他把目光定格在前面山包拐弯处的时候,他惊异地看见一骑疾驰而来。

顷刻间,那人就来到了二将面前。隔着十几步远,聂壹就滚下马鞍,沉闷地喊道:"大人,大事不好了!"说完,就晕了过去。

李广冲上前去抱住聂壹,喊道:"拿水来!"……

聂壹睁开眼睛的时候,已躺在军帐内了。

"我军诱敌之策已被看破,匈奴十万大军已经撤退了。"

王恢颓然地跌坐在军帐内,垂下了头颅。战机已失,这是无法挽回的事情,现在要考虑的是,他将如何面对皇上那双望胜如渴的眼睛。

军前会议在韩安国的营帐举行。他们认为这一定是驻守武州塞的汉军走漏了消息，如果判断没错，匈奴大军现在已经踏上了北归的道路。

韩安国叹了一口气道："地利已失，真是天时不与我啊！"

"伏击已无望，我等该作何打算，一挽眼前之失？"王恢问道。

作为这次战役的首倡者，王恢深知不战而归，对他来说将意味着怎样的结果。退一步说，即便是皇上开了恩，那曾经强烈反对出兵的韩安国、汲黯等人又会怎样看待他呢？

"诸位大人，依下官看来，亡羊补牢，犹未为晚。匈奴大军就是退兵，也不可能走得太远，我军若趁势追击，尚可重创敌军！"

"不可！"李广几乎不容王恢阐述追击的理由就打断了他的话，"末将长期驻守边关，素知匈奴战马的速度非我军可比。而且他们久在大漠，耐得干渴和长途奔袭，这也是我汉军不可企及的。"

韩安国也赞同道："不仅如此，匈奴军是主动退兵，沿途必然设伏，我军若贸然追击，正中其计。依下官看来，不如班师，再做打算。"

公孙贺、李息也纷纷表示目前的形势不宜追击，军前会议一时陷入僵局。

离开长安后，王恢第一次感到了孤立，难道上苍真的要陷自己于绝境么？环顾帐内的各位大人，一个是御史大夫，位列三公；一个是太仆，在朝中与自己同列；一个是未央宫卫尉，掌管着皇宫卫戍禁军，哪一个都可以面见皇上弹劾他的罪责。在战争迅速向无功而返一方倾斜的时候，自己怎么能够奢望他们去支持一次极为冒险的军事行动呢？

皇上并没有赋予王恢节制三军的权力，但他不甘心就这么回去等待皇上的处罚，哪怕有一线希望，他也决不放弃。

"诸位大人！"王恢的声音沙哑哽咽，"此次失利，咎在下官。下官决计以所部三万人马追击匈奴大军，以报皇上之恩。"

他的决定让大家十分吃惊，以三万之众去追击匈奴十万大军——这可是以卵击石啊！大家认为王恢已乱了方寸，失去了一个统帅应有的理智。他们都不约而同地把目光聚集在韩安国身上，希望他能够阻止王恢的一意孤行。

在场没有人比韩安国更能了解王恢的心思了，他急功近利的浮躁早在闽越之战中就已显露端倪。当余善手刃驺郢的消息传到零都行营时，王恢立即派了一位司马前往冶都，索要驺郢的首级，作为向皇上捷报的凭据。这种贪功的行为，曾经激起了司马相如和卫青的愤怒，是韩安国平息了他们的不满。

当时，韩安国是这样说的："我等出战闽越，不是为加官晋爵，而是为报效朝廷；不是为一己之私，而是为拯救百姓。谁捧首级进京报捷都无关紧要，重要的是南国已平，百姓安居。"这话传到零都后，王恢也被韩安国的大度所感动，遂书信商定，派卫青送驺郢首级回京。

而战后封赏与期望的落差，助长了王恢求战立功的欲望，这欲望一旦与王恢心存的芥蒂混为一体，就迅速变成一种固执和褊狭。但不管怎么说，他是官阶最高的御史大夫，他有责任为这支军队的安危站出来说话。

"王大人！"韩安国理了理美髯，眼睛中充满真诚和温和，"下官深谙大人苦衷，然大人以孤军追击，凶多吉少。下官还望大人以大局为重，三思而后行。"

韩安国还愿同王恢一起承担战役失利的责任，他说道："此次伏击失利，乃消息走漏之故，非大人力所能及也。回京后，下官将向皇上奏明情由，愿同大人一起承担罪责。"

众人也应道："御史大夫言之有理，两军作战，瞬息万变，亦非一人之错，我等愿与韩大人一起向皇上陈明缘由。"

但是，韩安国没有从王恢那里获得理智的回应，却从他的眸子里读出了一种冷淡和愠怒。

"依大人所见，倒是下官不为社稷着想，显得气量狭小了？大人位居三公，自然不能理解下官对皇上的赤胆忠心。"王恢突然站起，拔剑割下战袍一角，"众位大人不必再说，下官心意已决，若再失利，下官甘愿领罪！"说罢，就径直出帐去了。

"这王大人究竟是怎么回事？据下官所知，他一向熟读兵法，谈起用兵，侃侃然也。为何到了关键时刻竟置大局于不顾呢？"公孙贺的目光追着王恢的背影，叹道。

"唉！他久在京城，何曾亲历过战阵呢？"

"事情紧急，韩大人宜速作决断！"

事已至此，大家都希望韩安国能够出来主持局面。韩安国略思片刻后道："我身为御史大夫，战事失利，自然难辞其咎。然现今之重，在于阻止大行冒险轻进。请公孙将军率部接应大行，不可太远，也不可太近。李广、李息二位将军分次班师，不可退之太急，我亲自断后。回京后，我将向朝廷领罪。"

"此役之失，咎在大行，他不听劝阻，一意孤行，与大人何干？"公孙贺说道。

李广等人点头赞同公孙贺的话。

韩安国站了起来，向众位将军抱拳致敬，他并没有为自己开脱罪责的意思："感谢众位大人美意，只是我身为御史大夫，负有监察之责，岂能诿过他人？请从事中郎速拟一道战报，快马送往长安，皇上一定急着知道马邑战情。"

众人离去后，营帐内显得很空落，韩安国的心有些纷乱，从廷议马邑之战到如今的变故，事情脉络清晰，是非曲直，一目了然。但他思考的是，王恢的心浮气躁固然是马邑之役的发轫，但如果没有田蚡的推动，进一步说，如果没有皇上的急于彰显大汉国威的心情，也就不会有此次驱驰千里、王师劳而无功的事情了。而且还有，倘若朝廷大军节制于一主将，那王恢也就不敢执意率部孤军深入了。但是，他该怎样向皇上表达自己的所忧呢？

……

云彩很悠闲地漫步在遥远的天际，太阳孤零零地悬挂在池阳兵营的上空，热辣辣地炙烤着大地。从校场的阅兵台眺望远方，田野在这个季节脱去了金色盛装，赤裸裸地暴晒在阳光之下——又是一个少雨的年份，渭北高原的每寸土地都在干渴中呻吟。

可这些似乎并不能影响期门军的训练。演武场上的杀声此起彼伏，从队列步法到阵法变化，从马上骑射到兵器格斗，一连几个时辰的演练使这些十七八岁的年轻人汗流浃背，疲惫不堪。但只要卫青没有命令，大家就没有人有些许懈怠，他们都十分清楚卫青治军的严格。

终于，有人因受不了酷热而晕倒落马，正在奔驰的骑士们纷纷勒住马头。那个带头勒住马头的年轻什长跳下马来,试图抱起昏厥的骑士,但却被从一旁伸过来的皮鞭有力地拨开了,他抬起头来,就看见队史阴郁的脸。

"起来!"

"让我死吧!我受不了了!"年轻的骑兵抱着头道。

"这点苦都吃不了,没出息,起来!"

……

"起来!难道你要吃皮鞭么?"

……

"起来!"队史厉声喊道,皮鞭随之重重地抽打在骑士身上,"想死,就死在战场上,趴在这里算什么?"

剧烈的疼痛催开骑兵疲倦的眼睛,他似乎想说什么,但最终没有说,只用舌尖舔了舔裂了的嘴唇,挣扎着站了起来。

马队在烈日下重整队列,队史手握战刀,站在最前面。其实,在骑士们的眼中,他并不比他们年长多少,如果不是他的父亲在平定七国之乱中血洒疆场,如果不是他的母亲因为伤心而撒手人寰,他也许至今还在双亲的庇护下快乐成长。

可生活使他很早就经历了人世沧桑,他也跟着父辈的足迹开始了军旅生涯。当他嘶哑的声音重复着卫青的训词时,背后的深情都化为此刻的严厉和无情。

"我军正在马邑与匈奴大战,我等热血男儿,岂可贪图安逸?卫大人不止一次说过,平时多流汗,是为了战时少流血,你们明白吗?"

"明白!"

"大声点!"

"明白!"声音在莽原荡起一阵阵的回音。

"上马!"队史的战刀直指前方,马队风驰电掣般地朝目标奔去。

这时,卫青陪同刘彻以及跟随他而来的包桑、汲黯、张敺朝着校场走来了。

数日来,刘彻的心无时不牵挂着马邑前线——这毕竟是他登基以来对匈奴第一次大规模出击。战争的胜负,不仅关系到汉匈关系,更是对他能力的一次考验。

由于对战事的关注,他再也无法与卫子夫卿卿我我了,也没有时间去顾及阿娇和窦太主的纠缠不休了,更没有心思去听太后对后宫妃嫔们道德的评判了。

每日早朝后,他询问的就是有没有前方的战报?大军是否已到达设伏的地点?匈奴军是否被引进了伏击圈?而田蚡这些日子也分外地尽职尽责,不时地把那些让他欣慰和振奋的消息送到案头。

但刘彻还是觉得这些战报太空泛,太笼统了——他有点等不及了,甚至有时候担心这一仗不能打胜。于是,他为了转移自己的注意力,就把那些不急于处理的奏章搁到一边,邀了汲黯、张敺,轻车简从地来到了池阳军营。只有在这此起彼伏的喊杀声中,他那颗紧张的心才能安静下来。

刘彻对自己缔造的期门军怀着特殊情感,因为它镌刻着新制受挫的伤痕,也寄托着他对未来汉军战力的希望。因此,一走进池阳军营,那些在大权旁落的日子里,只有靠游猎打发时光的往事便涌上心头。

期门军初创时不过千人,后来他把万人仪仗补充到军中,再后来他又把七国之乱中战死的将士子弟招到军中,这些人都由卫青负责训练。今年二月,他又从雍城马场选调了万匹良马装备了这支年轻的军队。

现在,期门军已在他的关照之下成为一支拥有三万之众、装备精良的精锐之师了。刚才,他暗地观看了将士们的演练,就觉得它将是未来与匈奴战争的中坚。他之所以要汲黯一同前来,也是想让他了解卫青治军的成就,好为将来擢拔和重用卫青铺平道路。

固然,对卫青的情感中包含了他对卫子夫的偏爱,但对刘彻来说,仅仅因为这些卫青是无法进入他的视线的。闽越一战,让他看到了这位年轻人的韬略和胸怀。

刘彻征询着汲黯对训练的看法,问道:"爱卿认为太中大夫治军如何?"

汲黯不假思索地回答道:"严而苛,谨而猛也!"

"爱卿何出此言?"

汲黯解释道:"严者,乃治军之统要,苛者,言待士卒以酷峻也;谨者,乃统帅胸有大局,猛者,责罚失重也。臣闻李广将军统军,绳之以法,动之以情。

大漠行军遇水,士卒不饮,将军不饮;每餐士卒不食,将军不食。士卒有伤,将军亲往视之,汲脓敷药,故而每于阵前,士卒争先赴死,未惜其生。不知太中大夫知否?"

"末将有所耳闻。"卫青小声应道。

张欧悄悄拉了拉汲黯的衣袖,道:"汲大人,你得给皇上留一点面子啊!"

汲黯并不理会张欧,继续道:"兵法云:'将者,智、信、仁、勇、严也。'此五者,乃为将之要旨,缺一不可。何谓仁,就是要爱护士卒,今太中大夫唯知严而不知仁,唯知罚而不知赏,如何为将?"

卫青的脸"腾"地红了。自从皇上把期门军交给他以来,他总以为练兵之道,教戒为先。而且自练兵之后,他听到的也都是褒扬之词,却不承想汲黯会这么严厉地批评自己。当着皇上的面,他又不好辩解,一时语塞,倒不知该说些什么了,只是方才还很兴奋的目光瞬间黯淡了。

"汲爱卿言之有理。朕在少年时,就常听说李将军的治军往事。今汲爱卿旧事重提,看来是很适合当下的。卫青,唯爱士卒,士卒才能不惜生命!你明白吗?"

"臣明白了。"

孰料汲黯却立马跳转了话题道:"微臣刚才正与中尉大人讨论外戚之事呢!"

"哦?说来听听!"

汲黯看了看张欧,狡黠地笑了笑道:"中尉大人以为外戚都有来历,要微臣说话小心。然微臣以为,外戚若没有才干,亦与尸位素餐者无异,何须惧乎?若如张大人所言,因为是外戚就该给他一些颜面,那微臣是不屑这样做的。"

张欧脸上很尴尬,心中道,这个汲黯,嘴就像刀子一样……

刘彻听了汲黯的话,虽然也认为话语唐突了些,却为其忠直性格所感动,于是便几分认真、几分调侃地对卫青道:"听见了么?汲黯是说给你听的。不过在朕看来,汲黯之言,不无道理。"

说话间,日色已过中午,卫青正要在军营设宴为皇上接风。话音刚落,就见远远的官道上,一骑朝校场奔来。待那人来到跟前,才发现他是田蚡的爱将藉福。

　　这个藉福，因为前不久胁迫窦婴将城南之田让给田蚡，引起了一场风波，因此给刘彻留下了极为不好的印象，他脸上顿时露出不悦和厌烦，问道："朕刚刚离了未央宫，丞相就遣你跟来，究竟何事如此慌张？"

　　藉福滚鞍下马，跌跌撞撞地拜倒在地："皇上！大事不好了……"未及说完，便把一封信札交给了包桑。

　　刘彻启开信札，未及看完，就脸色大变。先是剑眉紧缩，继之血色从两颊泛起，嘴唇也渐渐地变成紫色，及至看完最后一行，已是怒不可遏了。

　　"王恢误国，罪不容赦！"午间的太阳将刘彻狂怒的身影印在灼热的大地上，"三十万大军呀！就这样让匈奴人从身边溜走了。"

　　刘彻的愤怒迅速聚集、膨胀，终于变成仰天长啸："王恢！朕要杀了你，以谢天下！"

　　包桑慌了手脚，不知该怎样劝慰皇上，他求助地看着卫青，卫青摇了摇头，小心翼翼地退到一边。他知道，这时候任何不慎的举止都会招来严厉的斥责。

　　可是，汲黯却说话了，他似乎早已预见到这是一场没有结果的战争，他的理智和冷静甚至让包桑和卫青陷入迷茫。

　　"皇上可曾想，此战伊始，就已埋下了失败的诱因么？"

　　"你是要耻笑朕么？"

　　"不！臣不过是说了真话而已。"

　　……

第二十二章

痛追败因还自省 争宠尤人意难平

黎明时分,雨过天晴,大臣们纷纷聚在未央宫前殿的塾门等候早朝。昨夜的雷雨对长安酷热的天气没有丝毫影响,廷尉走进塾门回廊时,就远远地看见田蚡正和韩安国说话。他遂来到二人面前,低声道:"禀告丞相、御史大人,大事不好了。"

眼下最大的事会是什么呢?田蚡一听这口气,就知道是王恢出事了。昨夜藉福回府后,就向他描述王恢神色恍惚的样子,他当时就预感到会有事情发生。可这话他是不能先说出口的,他脸上立时充满了惊讶:"何事让大人如此惊慌?"

"大行被雷击身亡,身体烧成一堆灰烬了。"

"啊?竟有这等事?"田蚡拉着韩安国,与廷尉一起来到塾门外,"究竟是怎么回事?大人快说说,待会儿上朝后,才好向皇上禀奏。"他还特别强调,只说王恢是怎么死的,其余不必涉及。

廷尉立即明白了田蚡话里的意思,那就是不要将藉福探监一事说出去。于是他遂将王恢如何神志迷乱,如何狂呼天雷,如何被天火烧死的情景叙述了一遍。末了,他惊奇道:"二位大人,你们说怪不怪?怎么他想着雷电,雷电就真来了呢?难道真如董仲舒大人所言,那是遭天谴了?"

韩安国素来重人事而轻天命,因此不愿把王恢之死归咎于天谴,他认为只是一种巧合而已。

"大人何出此言？王恢获罪，乃大汉律法所致，此乃人道；雷电劈击，乃阴阳气动之功，此乃天道，二者各循其常，天谴之说，乃蛊惑人心之言，岂可信乎？"

"韩大人所言极是。"田蚡表示肯定。

这赞同中蕴含着田蚡复杂的情感。王恢的死对他来说，无疑是一种解脱。从道义上讲，他在太后面前尽了力，对王夫人有过回应；从内心上说，这雷击去除了他收受千金的心病。因此，他眼下最迫切的愿望是，让这件事尽快过去。

而廷尉就不同了，他最怕的就是皇上将王恢之死归咎于他的疏于职守，因此丞相和御史大夫的分析并没有使他的内心有丝毫轻松。三人说着说着，上朝的时间就到了。

王恢之死自然成为今天朝会的议题，廷尉带来的消息，让刘彻又吃惊又疑惑，他觉得这件事情太不可思议了。

他没有料到，这位曾当殿立下军令状的大行会有如此惨烈的结局。而丞相和御史大夫都将此事归于巧合，似也无可厚非，何况他对天谴之说也是信疑参半的。但他还是不能原谅廷尉，这件本来可以彰显大汉律法权威的大案，可就这样在大火中结束了。

他正要说话，却见包桑急匆匆地进来，在耳边低语几句，他的脸色立时变得十分难看，呼吸也顿时沉重起来，他要包桑速宣廷尉长史进殿。

廷尉长史的脚步有些仓皇，手中的笏板也颤颤巍巍。他来到殿前，断断续续，句不成语地奏道："启奏皇上，王恢夫人……在府中……悬梁自缢了。王府府令到廷尉府报案，认为王夫人死得蹊跷，恳请彻查。微臣不敢拖沓，特来禀明陛下。"

刘彻将气愤的目光转向廷尉，厉声问道："一夜之间，连失两条人命，你这个廷尉怎么当的？"

廷尉来不及细想，就跪在大殿中央慌张道："都是微臣考虑不周，微臣罪该万死。"

"你不必再说了，一下丢了两条人命，足见你难履其职。姑念王恢之死有因，暂不追究，命你查清王恢夫人自缢原因，戴罪立功。"

"谢皇上。"廷尉谢过之后,就匆匆出殿去了。

散朝以后,刘彻召韩安国到宣室殿议事。

事实上,当皇上要他留下的时候,他已经明白皇上的意思了。从上朝之时起,他虽然站在朝堂上没有说话,心却一直没有停止对此案的思索。因此,这次谈话与其说是回答刘彻的提问,倒不如说是韩安国自闽越战事以来第一次就朝廷大计一次总的阐述。

"陛下襟怀,旷若瀚海,微臣不胜感激。然依臣观之,马邑之误,非王恢一人之罪,臣等亦有失察、屈顺之责。倘若微臣当时直言明晰,陛下兼听慎思,当不至于仓促出兵。兵法云:一曰度,二曰量,三曰数,四曰称,五曰胜……称胜者,若决积水于千仞之溪者,形也。正所谓,千里之行,积于跬步。自建元以来,我军兵力虽日益强盛,然尚不足以镒称铢,勉强为战,此大忌也,还望陛下明察。"

痛定静思,刘彻听起韩安国的话比廷议时要顺耳多了,身体不自觉地向前移了移:"现在看来,朕对匈奴之战还是有些操之过急了,田蚡、王恢顺了朕的意思,以致有今日之误,此朕之不慧也。爱卿一番透析,让朕受教矣。"

"皇上如此说,更让臣无地自容了。"

"爱卿又何须多礼?朕之意就是要心平气和地思过补救。朕感觉王恢夫人之死似乎另有隐情,近来朕常闻丞相借大臣获罪之际,敛财受贿。而前些日子,太后要朕赦免王恢,不知是不是田蚡说动之果?"

"这……"

"朕知道,田蚡乃朕舅父,又位居丞相,朝野畏惧。其实大家不是在畏惧田蚡,而是在畏惧朕与太后。倘若朝廷因裙带而言路闭塞,外戚个个逍遥法外,朕又如何推进新政?故朕宣爱卿来,就是要爱卿从王恢夫人自缢一案查起,对田蚡的作为彻查,不知爱卿以为如何?"

"这……"韩安国回话的节奏无形中拖长了,尽管从职责上说,御史大夫负有执掌法令、监督百官之责,但田蚡是什么人?是太后的兄弟,是皇上的舅父,他不能不有所顾虑。

"臣深谙皇上旨意……只是……"

"朕理解爱卿之难处。不仅是爱卿,就是朕每每涉及田蚡,也颇感棘手。"

刘彻说着话就站了起来,韩安国不敢怠慢,赶忙跟着站起来,"可自濉阳与爱卿相识以来,朕屡屡感爱卿之忠厚,故委予重任,望爱卿不负朕望。"

话说到这个分上,韩安国再无退缩的理由,而皇上的信任在他心头激起的,是一个谏官"忠信而不谀,谏争而不谄"的品节和责任。

"臣为大汉社稷,万死不辞!"……

在散朝后,皇上单独留下韩安国,而把他田蚡排除在外,这是以往所没有过的。这个举措立即引起田蚡的不安,他很快就将之与王恢案联系在一起。出了司马门,他没有回署中,而是径直去了长信殿。

七月的长安,天气十分闷热。碧树掩映,花团锦簇的宫苑就像一座蒸笼。风只有在清晨时才很吝啬地掠过树梢,而后又躲得无影无踪。尽管长信殿的水车不断地将地下的水送到殿顶,但紫薇还是安排了宫娥轮番为太后散热取凉。不过今天,太后宁愿汗水流淌,还是把宫娥们都打发了出去——为的是与兄弟说话方便。

"那依你看,皇上会与韩安国说些什么呢?"

"臣弟愚钝,一时茫然无头绪,不知会不会与王恢案有关呢?"

"王恢怎么了?我不是都不再干涉此案了么?"她现在一想起田蚡当初恳求她出面劝诫皇上宽恕王恢,依旧满腹埋怨。当她说出这次出兵是经过廷议,并非王恢一人之举,责在朝廷而不在王恢,要刘彻宽恕王恢时,刘彻立即点破,此话绝非出于太后之心,只不过是转达了田蚡的意思而已。

接着,刘彻把一个庞大的数字摆到了太后面前:"众人只看到他将三万之众全数带回,但他们何曾想过,朝廷为此次出击匈奴,动用了多少人力物力?据韩安国禀奏,我军仅为引诱匈奴大军进入马邑谷,每日往马邑城运送粮草辎重的百姓就达数千人。二者相比,一目了然。母后圣明,不难做出决断。"

在王娡看来,刘彻的态度是如此固执,那一刻,她很失落,觉得自己很没面子。但没过多久,她就想通了。王恢充其量就是一个大行,而这个朝廷最不缺的就是官吏,但大汉的国威却不能受到任何损害。想到这里,王娡对面前的田蚡道:"此事你无须多言,遵循皇上旨意,乃是臣子本分。"

"可王恢已经死了。"田蚡喟然道。

"怎么？王恢死了？何时发生的事情？"王娡脸上掠过瞬间的惊异。

"就在昨夜。听廷尉禀奏，是被雷电击死的。"

王娡舒了一口气道："王恢误国，罪在不赦。天谴雷击，罪有应得。"

"可要紧的是，王恢的夫人也于今晨自缢身亡。"田蚡讷讷道。

"那又是为何？"王娡话语中带了惋惜，"不会是闻听夫君已去，万念俱灰，走了不归路吧？说来也是她糊涂，纵然自己身死，也换不回夫君一命啊！"

但是，当她将目光转向田蚡时，就从他苍白的脸色中窥出一些说不清的隐忧，自己的心就不由得"咯噔"一下："呀！莫非他……"

"一个大行夫人之死，为何让你如此心事重重？你是不是做了有愧于朝廷的事？"

"这，"田蚡的回答有些心不在焉，"自太后训诫之后，臣弟处处小心……"

"罢了……"王娡的眉宇间倏然添了怒色，"你的品性，我焉能不知？快说，你是不是与此案有关？"

被太后步步紧逼，田蚡自知没有回旋余地，"扑通"一下子就跪在太后面前了。

"太后救救臣弟……"田蚡嗫嚅了片刻，终于说出了接受王恢夫人千金，并求太后说服皇上赦免王恢的经过，"朝野不少人认为，王恢夫人自缢另有蹊跷，故早朝之后皇上召韩安国到宣室殿，臣弟担心……"

昨夜雷雨过后，田蚡才匆匆从淮南王府赶回家中，还没有来得及洗漱，廷尉就叩门拜见了。

他心中十分不快："什么事不能等上朝了再说？"

"此事重大，下官不敢拖延。王恢遭雷击死了。"

田蚡"哦"了一声，在厅席上坐了下来："天谴罪臣，亦是常数，并非逼供而死，你急什么？天色不早，你先回去歇息，待明日早朝时禀奏皇上。"

廷尉离开了很长时间，田蚡却没有丝毫的睡意。他要丫鬟泡了一壶上好的茶，慢斟慢饮。

虽然他将王恢之死归于天谴，可那是他心情的真实流露。他终于可以不再为王夫人送来的千金而提心吊胆了，他甚至想好了明天早朝时面对皇上和众位同僚应该说些什么。

他现在用不着再为王恢辩护,而要转而谴责他让朝廷特别是皇上颜面扫地的罪责,从而将这难熬的一页翻过去。

但这种轻松并没有持续多久,田蚡的眉头就重新收紧了。

他想到了一个人。

送金子的并不是王恢,而是他的夫人,只要她还活在世上,总有一天会泄露秘密。田蚡吹茶叶的嘴唇就那么停在杯子边,很久都没有动。待他将茶杯放到案头时,就向站在门外的丫鬟低声叫道:"速传藉福来见。"

半个时辰后,藉福进了客厅,田蚡便说道:"你知道么?王恢被雷击死了。"

藉福忙道:"此乃上苍有眼,丞相从此少了许多烦恼。"

田蚡摇了摇头道:"事情没你想的那么简单,难道他的夫人不会寻衅滋事么?"

藉福伸着脖子道:"丞相的意思是……"

他顺手做了一个杀的手势,立即遭到田蚡的申斥:"糊涂!本相让你杀人了么?"

藉福非常不解:"那依丞相的意思……"

田蚡诡谲地笑了笑道:"本相在想,王大人夫妻情感至笃,王夫人听到王大人惨遭雷击的消息后,能不心痛欲裂,寻短见么?"

藉福眼睛闪了闪,立即回道:"属下明白了。丞相放心,属下一定做得滴水不漏。"

卯时三刻,田蚡起身准备上朝时,府令前来告诉他,说王夫人在府中悬梁自尽。田蚡立时仰天长叹道:"本相为何如此大意啊!夫人怎么如此想不开呢?"

若不是皇上留下韩安国说话,这也许会成为一个别人永不知道的秘密。可他如今不得不对太后、他的亲姐姐说实话。

"你呀!"王娡无力地跌坐在地上,只是喘气,却一句话也说不出来,昏了过去。田蚡仓皇上前,疾呼"太后!太后!……"

紫薇慌忙进来,又是解凉,又是喂汤,过了半晌,王娡终于醒了过来,只是一双无神的眼睛里涌出晶莹的泪珠。

紫薇轻轻地抚摸着太后的胸口,劝道:"太后,您玉体要紧,还是宣太医来看一下为好。"

王娡摇了摇头道:"不要大惊小怪,我只是累了,你先退下,我还有事与丞相商量。"

"诺。"

"此事还有何人知道？"太后问道。

"这金子是由王府府令送来的。"

"那你打算如何处置呢？"

"太后的意思是……"

下面的话田蚡没有说出口,就被太后截住了,"你先回去吧,我想一人静一静。"

辞别王娡,出了长信殿,田蚡心中仍然惴惴不安……太后话里藏着的意思,他多少明白了些。

为人的难处恰恰就是许多人、许多事,你想躲都躲不开,想避避不了。

紫薇刚刚扶着太后从席上站起来,就听见长信殿詹事的声音从殿外传进来:"启奏太后,皇后与窦太主求见！"

王娡的心暗地"咯噔"一下,这对母女此时前来,能有什么好事呢？

虽说皇上在对阿娇的态度上有些不近人情,可太后最看不惯的就是这位儿媳妇的骄横狭隘和她母亲的颐指气使。古往今来,哪个君王不是妃嫔成群,粉黛三千呢？一个没有女人蜂蝶般环绕的男人还算得男人吗？她们怎么就容不下一个卫子夫呢？

不用说,她们上门来肯定又是说那些后宫女人之间的是是非非。王娡缓一口气,对紫薇摆了摆手道:"就说我身体不适,要她们改日再来。"

"来都来了,太后还忍心将妾身拒之门外么？"那是窦太主的声音。保养很好的她脸色依旧红润,眼睛依旧明亮,声音依旧清脆。在参拜之后,她半是伤感半是玩笑地道,"妾身人老色衰,太后都不待见了。"

"太主是变着话怪我么？倒是太主有好些日子不来看我了！"

看着姑嫂两位相向而坐,阿娇才移动脚步,上前拜见太后。王娡循着皇后的凤冠细细打量,发现她消瘦了许多,脸色也不及以前那样光亮,眉宇间多了许多凄婉,眼角红红的,脂粉间还残留着斑斑泪痕,似乎刚刚又遭遇了什么伤心事。

王娡的心一下子就软了。皇上夫妻不和许多年了,作为女人和婆婆,王娡知道那种寂寥的滋味。正待要问,窦太主却在一旁说话了。

"皇后今日是向太后尽孝来了。"

"儿媳见这些日子天气酷热,亲自到御膳房做了同心梅汤为母后消暑。"阿娇说完,就从春芳手中接过铜盘,轻轻地举过头顶,那从朱唇中流出的话语也带了莺燕的温软,"这同心梅采自上林苑,这做汤的水采自终南山,又加了枳蔗浆,酸中含甜,可以清热润肺,请母后品尝。"

王娡缓缓端起玉盏,抿了一口,果然清凉入心,她眼角便溢出会心的笑意。母亲毕竟是母亲,她在享受儿媳孝敬的时刻,也没有忘记自己的儿子,她很自然地问起了皇上:"这汤为皇上送了么?"

这一问不要紧,阿娇一肚子的委屈顿时泛上三焦,那泪水就像断了线的珠子涌出了眼眶,哭诉道:"母后!儿媳……"

"怎么?又闹别扭了?"

"儿媳……"

阿娇只是抽泣,却说不出一句话来。这倒急坏了在一旁的窦太主,她抢过女儿的话头说道:"太后,这皇上怎么越大越不懂事了?皇后好心做了同心梅汤奉敬皇上,他不领情倒也罢了,反而当着妾身的面大发脾气。不管怎么说,妾身也是她的姑母,这不是给妾身难堪么?"

哦!王娡明白了,皇后在皇上那儿碰了钉子,一定是王恢案搅得他近来情绪烦躁。可不管怎么说,皇后总受了委屈,王娡爱怜地抚摸着她的掌心,语中带着长辈的慈爱:"这个彻儿,朝堂的事情再烦,也不能拿皇后撒气。待明日他来请安时,我一定要好好教训他。快不要哭了,你看这脂粉一道一道的,都成小花脸了。"

"嗯!母后可要为儿媳做主啊!"太后的话驱散了皇后心里的阴云,脸上渐渐有了笑意。

仅仅是因为朝事不顺心么?窦太主可不这样看,她认定皇上的厌烦都是因为那个该死的卫子夫。要不是她迷住了皇上的心,皇后哪能遭受如此冷落呢?她在心里埋怨女儿没有出息,这么容易就被太后的几句开心话说通了,而把一路上反复酝酿的话忘得一干二净。她自信太后对她这个先皇的姐姐还不敢轻视,她要替女儿讨回公道。她撩了撩深衣的裙裾,鼻中就发出"哼哼"的冷笑:"不单是因为朝廷的事那么简单吧?"

"那还会有什么呢?"

"就与那个贱奴出身的女人没有关系么?"

"太主说的是卫子夫吧?"王娡轻轻舒了一口气,淡然道,"她怎么能与皇后比呢?就是将来得了势,她也不过是封个妃嫔,皇后可是正室啊!"

"皇上也这样看么?依皇上的性格,说不准会做出什么出人意料的事呢?"窦太主并不需要太后的回答。她从小在窦太后身边长大,又一直受到景帝的袒护,她养成了喜欢独语的习惯,很少考虑别人的感受,"妾身今天来拜见太后,就是希望太后告诉皇上,记得他当初是怎样当上太子的。如果没有妾身,他能有今天么?如今先帝走了,皇上怎么能忘了本呢?"

"太主!"王娡打断了窦太主的话。许久以来,她最不能容忍这个女人的就是喜欢搬出当年的事情来要挟自己。似乎这皇位不是从先帝那里继承来的?就算当初你在先帝面前鼎力相助又怎样?我难道还应当永远忍受你的骄横么?王娡的笑意立即从目光中退去了,"太主也不要忘记,若不是当初我允了这门亲事,皇后能有今天么?"

"对呀!太后果然没有忘记这些。当初当着先帝和太皇太后的面,太后与妾身定下这门婚约。如今皇后却独守空房,夜夜以泪洗面,而皇上却与一个下贱的女人厮混,难道太后就没有责任么?难道太后要让先帝和太皇太后的在天之灵不安么?"

"放肆!你知道在和谁说话吗?"

"妾身怎么能不知呢?太后是当今皇上的母亲,长乐宫的主宰。可……"

"可什么……"

"可太后忘记了,若不是妾身当初在先帝面前屡屡美言,太后能从美人一步而登上皇后的宝座么?"

这些话从窦太主口中说出的时候,王娡的自尊心受到了极大的伤害。从安陵到长乐宫一路走来,她忍受了骨肉分离的痛苦,经历了忍辱受屈的磨砺,目睹了争宠夺爱的风雨,她付出的还少么?就说刘彻与阿娇的婚事,当初若不是那个可恶的栗姬,若不是为了儿子的前程,若不是为了获得太皇太后的支持,她又怎么会答应这一桩并不幸福的婚姻呢?

而如今,这婚姻倒成了她的话柄。不!她不能容忍在这个象征着权威和地位的宫殿里受到别人的挑战,她的声音因愤怒而忽然变成了当初面对栗姬时的冷酷和无情。

"来人!送皇后回椒房殿去!"

王娡以漠视窦太主的方式表示了自己极大的愤慨。阿娇惊呆了,两只泪眼茫然地在母亲和太后脸上来回徘徊。童年的记忆中只有刘彻的"金屋藏娇"曾让她感到幸福,她不承想自己有一天会成为宫廷交易的筹码。一瞬间,她似乎什么都明白了。

她原本指望太后能够弥合她与刘彻之间的情感裂痕,可眼下两个老女人之间的明争暗斗让她心灵上仅存的绿色顿时枯萎了。不仅如此,这可能还会毁掉她在椒房殿拥有的一切。当巨大的恐怖迅速弥漫她的心灵时,那绝望的浓云顷刻间凝结成泪的雨线,打湿了面前的地砖。

"请皇后回到椒房殿。"

"儿媳乞求太后饶恕母亲的无礼。"皇后不顾詹事的催促,双肩颤抖着跪在太后面前。

"儿媳替母亲向母后请罪。"皇后甩开紫薇搀扶的手,双膝摩擦着坚硬的殿砖向太后身边挪动。

"母后!请宽恕儿媳的无知。"

"请皇后自重。"窦太主宽大的衣袖很有力地拂过皇后的头顶,把一股酷热的风带出了长信殿,在登上车驾的那刻,她分明听见了皇后断肠的痛哭。

"母后息怒!儿媳有罪啊!"

没出息的东西,这哪是我的女儿?窦太主在心里骂道。

……

一连几天,阿娇跪在长信殿的身影挥之不去地在太后的脑际徘徊,这使她一想起来就心里隐隐作痛。当理性战胜情感的冲动时,王娡的心里又泛起了柔情。

不管窦太主怎样不讲理,阿娇终归是自己的儿媳,她不能看着刘彻和阿娇的情感裂痕一天天扩大。她已打定主意,要就王恢和皇后的事情与皇上好好谈一次。

昨夜的燥热,把轮番为太后取凉的宫娥们害苦了,可太后仍然没有睡好。一大早起来,太后眼睑肿胀,脸颊苍白,头也有些昏昏然。可尽管如此,她还是要宫娥们快给她梳妆打扮,因为今天是刘彻进宫请安的日子,她要抓住这个机会,把心中筹划的两件事情和皇上谈谈。

在宫娥们伺候下梳洗清爽之后,王娡走出寝宫,在庭中养神。她轻轻地吸一口气,那空气中的清香就顺着鼻翼进入了胸腔,不经意地让酷热的烦恼消解了。当她抬起头,把目光投向殿外的风景时,就被眼前的一幕感动了。

那是一对鸟儿在枝头深情的歌唱。

雄鸟的音节虽然很短,然有趣的是尾音忽然上扬而形成一个清脆的休止,似乎是雄性的宣示,又似乎是情侣的邀约,而雌鸟的歌声便多了许多婉转和温柔。隔着枝杈遥遥相对,那旋律中流淌着潺潺的情感。

这样经过四五个来回,那雌鸟的心便被真诚和热烈感动了,一双亮亮的眸子深情地注视着雄鸟。这目光点燃了雄鸟蓄积已久的欲望,它扇动着一双极不安分的翅膀,围着雌鸟旋转。而此刻雌鸟却分外地恬静,仿佛一位待嫁的姑娘,它伸出浅灰色的喙梳理自己的羽毛,缓缓地,细细地,慢慢地,偶尔投给雄鸟一声婉柔的小唱。当太阳在枝叶间的晨露洒上五光十色时,它终于"扑扑"地飞到雄鸟的树枝上去了。

那是多么动人的一幕哟!它们亲昵地依偎在一起,含情脉脉地看着彼此,然后就是热烈的交颈,尖尖的喙吮吸着彼此的气息。

太后的眼睛渐渐地湿润了,到后来这一幕在她的视线中越来越模糊,最后化为心底的痛!唉!鸟儿都知道相互温存,何况人呢?

宫娥们吃惊地看着两行热泪滚到太后的腮边,她们猜测太后一定是想起了与先帝相濡以沫的日子,抑或是想起了皇上与皇后的烦心事。紫薇急忙拿出丝巾为太后擦泪,却听见太后自言自语道:"我觉得这人有时候倒不如鸟儿那样知心知情啊!"

宫娥们明白了,太后这是对皇上夫妻的牵挂啊!

"皇上驾到!"那是黄门尖细的声音。

太后迅速地拂去眉头的哀伤,恢复了作为这个朝廷最尊贵女人的端庄和威严。当她一如往日地看到只有刘彻一人的身影时,眉头只是略略皱了一下,就很平静地对跪在地上问安的刘彻道:"皇上起来吧。"

紫薇很自觉地将早点摆上了案几,就退了出去。

刘彻明白,他今天再不可能回避处理与太后的关系了。他用过早点,母子俩就开始了自韩嫣被杀之后第一次严肃的谈话。太后将王恢的信递到刘彻手中,他很快浏览了一遍,抬起头时,就与太后的目光碰在一起。

太后的话丝毫没有迂回:"我听说皇后为皇上熬了同心梅汤,却被皇上打翻,可有此事?"

刘彻一听这话就明白了,一定是皇后来过了。他心想,只要不涉及朝政,就可以妥协,他随即点了点头说道:"让母后担心,儿子深感不安。"

"究竟是何原因,使皇上龙颜大怒呢?"

"此事说来都怨孩儿焦躁。那日孩儿在殿中批阅奏章,骤然想起自己执掌国柄已九载,然至今除了子夫为孩儿生下几位公主外,膝下还无一位皇子。大汉后继无人,必为诸侯觊觎。恰在这时,皇后来了,儿子就……"

"哦!"王姞端起消暑汤,抿了一口,话里就多了几分与儿子的同感,"我又何尝不心急如焚呢?可皇后不想要个皇子么?若皇上总是拿皇后撒气,后宫岂能和睦?皇上岂能专心朝政?孰轻孰重,这些都不言而喻。"

刘彻不得不承认太后的话有理。自从有了卫子夫,刘彻对阿娇的骄横已经不在意了。前几日,在卫子夫的劝说下,他终于到椒房殿与皇后共寝。当夜色渐渐归于宁静时,虽少了初婚时的癫狂,但两人却都觉得气氛温馨,彼此都生出温存的愿望。

但这样的时光,就像夏日的阵雨,那种相语甚欢的享受,很快就被言语的冲撞所取代。皇后不能说起卫子夫,一想起这个歌伎夺了自己的所爱就怨气郁结,眼睛、语言里都充满了鄙夷。在遭到刘彻的训斥后,她又哭又闹,再次将窦太主扶持太后的往事搬了出来。刘彻怒不可遏地扇了皇后一巴掌,愤愤地离开了椒房殿。

"母后说说,如此不明事理,她就是做了山珍海味,儿子亦无食欲。"

"唉!这个阿娇,就是喜欢耍小性子。可她毕竟是皇上的表姐,先帝的外甥,你不能冷落了她。你应知后宫平安,也关乎社稷安危呀!我也明白,皇上是九五之尊,身边多几个女人不算什么,阿娇不该拿这个说事。至于那个卫子夫,你跟她多在一起待待也无可厚非,可是,皇上也千万不要太上心啊!"

刘彻不喜欢别人说卫子夫的长短,当然也不会容忍太后将卫子夫视为与掖庭一样卑贱的宫女,他不置可否地点了点头道:"比起皇后来,子夫要深明大义多了。是她多次谏言儿子与皇后和睦相处的,又是她提醒儿子要勤政尽责的,可皇后却不能见容于她。"

"她怎么可以与皇后相比呢?"王娡听得出刘彻话里的偏倚,"说到提醒,皇上不是历来反感后宫干政的么?如何拿一个奴婢出身的女人的话当回事呢?"

刘彻清楚,太后之所以这样做,也是对父皇的怀念。但母子间的谈话一旦进入死角,就很难回转。一旦继续下去,结局只能是不欢而散。他只能采取以退为进的办法,期待假以时日,卫子夫能够被太后接纳。

这就是朝廷,它是一张盘根错节的网,任何试图打破平衡的举动,都有可能使这张网破碎,葬送与它有着千丝万缕联系的一切。即便是至高无上的皇上,有时也不得不为维护这张网的完整而违心去平衡各种势力。

这一点,刘彻再明白不过了——王朝的稳定说到底就是家族的稳定。而长乐宫对他来说,就是这种和谐稳定的象征。如果未央宫与长乐宫之间出现裂痕,那么高兴的就只有那个在淮南做着"皇帝梦"的刘安了。于是,刘彻寻找托词,准备很得体地而又不触动太后的告退。

"请母后放心,儿子一定善待皇后,不让母后为此揪心伤神。"

"如此甚好。"王娡在心里早就期盼皇后生下皇子,好成为这一对夫妻之间的纽带。

刘彻对太后施了一礼,就起驾回宫了。

包桑早已理会了刘彻眼中的意思,尖着嗓子朝着宫外喊道:"皇上有旨,起驾回宫。"说毕,就护送着皇上的车驾出长乐宫了。

脚步声渐行渐远,王娡仍然手捧着田蚡送来的信发呆。

"太后！皇上起驾回宫了！"紫薇在一旁提醒。

"什么？你说什么？"

"皇上回宫了。"

"哎呀！糟了！我还有话说呢？去！快请皇上回来，我还有话说。"王娡忽然想起她的另外一个议题，就是询问有关田蚡的消息。皇上留下韩安国密议国是，不仅在田蚡、也在太后的心中留下了浓重的阴影，她情急道，"快去！传我的话，就说我还有话说。"

"诺！"

紫薇急急朝外走去，但她知道，皇上是不可能回来了。在太后身边这么久了，紫薇太了解这母子之间的关系了。她虽然不知道他们刚才究竟说了什么，但皇上离开长信殿时的表情已告诉她，这又是一次并不愉快的母子相聚。

不一会儿，紫薇就回来复旨，说皇上的车驾已经走远了。王娡就在心头叹了一声，埋怨自己不知道什么时候变得如此健忘了。

第二十三章

窦婴含恨辩朝堂　阿娇泄妒作巫蛊

王恢死了,藉福从廷尉那里带回的消息,皇上与韩安国宣室殿的密谈,这些都如梦魇一般缠绕在田蚡的心头。王恢夫人悬梁的惨状,几乎夜夜都进入他的梦境,那声音阴森而又飘忽不定,悲戚而又含恨。

"受人之托,就该履行承诺,丞相为何食言?"

"丞相!还我夫君的命来……"

这声音,让他惊魂不定,仅仅半年,须发就全白了。

一天,当田蚡仓皇地出现在长信殿时,王姁就禁不住流泪了,伤感道:"兄弟啊!数日不见,你如何成了这副模样?"

"唉!"田蚡不知道该如何向姐姐叙说这些日子的遭遇,叹息道,"都是那个王恢闹的。"

"他不是已经死了么?"

"谁说不是呢?"田蚡一脸苦相,似乎有一肚子委屈,"马邑之误,咎在王恢,与臣弟何干?可他夫妻却夜夜在梦中向我索命,臣弟真是不堪其惧啊!"

太后的心境十分复杂。眼前的这位兄弟,是多么不让她省心,平日里朝野皆言他贪欲多利。就说去年,河水改道南流,中原十六郡水患横野,民众死伤无数,郡国纷纷上奏朝廷,恳请治理水害。他因封地在河水北岸,不受水浸,便千方百计地延宕推诿。如此目光短浅,营营于私利,岂能当得大任呢?

可再怎么说他也是自己的兄弟,她除了规劝、警策之外,是无论如何也不能看着皇上将他逐出朝廷的。现在，王娡听着田蚡的苦衷，她心底就浮现出许多童年时的情景。

当年她随母亲到了田家，备受冷落。后来有了田蚡，她才不再孤寂。等到田蚡稍微懂事之后，她有什么委屈都会告诉他。那时候，田蚡总是握着小拳头，发誓要保护姐姐。如今兄弟遭遇困境，她怎么能够心安呢？他再怎么不争气，也是自家兄弟。

"你先回府休息，待我思虑之后再行定夺。"

不久，赋闲在家的窦婴就接到了太后的懿旨。懿旨不是由两宫黄门送来的，而依旧是那个藉福。他说，太后为田蚡选了一房夫人，懿旨要列侯宗室前往致贺。

好好的，为何又中年新婚，藉福没有说，窦婴更是不便问。但他从外面传来的消息获知，田蚡近来神志恍惚，却是真的。

府令送走藉福，窦婴就感到这事情的为难。唉！他的心早已平静如水了，他的血在被罢黜丞相后就冷却如冰了，他的眼睛早已不再关注朝廷的风云变幻，他的思绪再也回不到当年剑气潇潇的战场了，他只希望与夫人度过秋水文章的日子。

一旦平静下来，他才真正感受到亲情的温馨，相伴的幸福。他已经习惯了每日陪伴夫人散步，然后到书房读书，整理那些过去因公务繁忙而一直搁置的文字。可谁知，懿旨却再一次打破了他的安谧。

依照朝廷规制，即使是太后的懿旨也应该由黄门发送和宣读，这次却由藉福送来，同时他还送来了请柬，这就更让窦婴迷惑不解了。现在他坐在书房里，凝望着这两件东西，真有点不知所措。同朝共事多年，他对田蚡知之甚深，他没有那种可以对臣僚之间的龃龉一笑了之的胸襟。

单是一封请柬倒也罢了，要紧的是有太后的懿旨在，他就没有理由拒绝了。论爵，他是魏其侯；论关系，他属于宗室，不去就会落下抗旨的罪名。现在，他多么希望严助或是灌夫在身边，好好为他分析一下。恰好此时，府令在门外禀告，说灌夫回京，到府上来拜望了。

窦婴的眉头骤然展开，他没有邀灌夫到客厅叙话，而是直接将他请到了书房。一壶香茗，两人打开了话匣。听了窦婴的顾虑之后，灌夫圆睁豹眼幸灾乐祸道："去！为何不去呢？去看看那老儿被折磨成啥样了！"

他批评灌夫不该落井下石，更不该想寻衅滋事。他们是看着皇上和太后的面子去祝贺的，并不是田蚡有多么高贵。

"好！就依仲孺。"窦婴最终决定去走一遭。

送走灌夫，窦婴觉得心里轻松多了。

他虽不赞同灌夫去看田蚡笑话的说法，但灌夫的话却让他感到这是一个契机，如果能借赴宴而消除他与田蚡之间的恩怨，那对他俩也是一件值得欣慰的事。

贺礼当然是不能少的。窦婴唤来夫人反复商量，最终决定送一卷手抄的《礼记》，他认为对一向崇儒的田蚡而言，这是一件值得珍视的礼品。

丞相府因为一场铺张华丽的婚礼而红烛高照，门庭若市，官员的车驾将丞相府门挤得满满当当。

窦婴一下车，就觉得与昔日同僚相比，自己是如此相形见绌——别人都是抬着沉重的礼盒，而自己怀揣着的却是一册竹简。他倒不十分在意这个，而让他难受的是这些昔日的同僚们形同路人，对他视而不见。好在他与严助和灌夫不期而遇，才摆脱了被漠视的尴尬。

进入宴会厅，看见田蚡在那里招呼客人，窦婴急忙上前作揖行礼："丞相今日大喜，在下特来恭贺。"

田蚡没想到窦婴真的会来，两人相视，都不免有些矜持："侯爷真来了？"

窦婴笑道："太后有旨，丞相有请，在下敢不从命？大喜之日，在下送丞相一卷手抄《礼记》，请丞相笑纳。"

田蚡心中不悦，却又不好说什么，恰好他的兄弟王信来了，于是他便撇下窦婴应酬去了。

窦婴脸上有些挂不住，不过想了想还是忍了。

他用眼神制止了灌夫，不管怎么说，今天是大喜的日子，他希望借这个机会，把与田蚡往昔的恩怨一笔勾销。

他怀着这样的心境走到相别许久的大臣们面前，他没有料到，那些在他任丞相时挤破了大门的故旧们，竟纷纷避席婉拒了他的盛情，而一班陌生的后来者也不过微微起身加以应付，这让窦婴感到了前所未有的尴尬。

这也就罢了,让他尤其屈辱的是当他向田蚡敬酒时,田蚡并没有起身,只是微微点了点头道:"老夫有恙,只能饮至半爵。"

窦婴的自尊心受到了伤害,他看见田蚡与客人们频频举爵,开怀畅饮,何以到了自己这里,就不领情了呢?他强忍着心头的怒火笑道:"丞相乃贵人也,请满饮此爵。"

但田蚡并没有给他这个面子,干脆放下酒爵与别人说话去了。

窦婴心里很后悔,早知如此,今日就不自寻没趣了。这使他知道,田蚡并没有消解他们之间积下的怨恨。

窦婴毕竟是宦海沉浮的老臣,"尺蠖之屈,以求伸也"的道理他是懂的。何况对他来说,"伸"早已成了昨日故事。他继续自己的行酒,可当他行酒到临汝侯灌贤的席前时,灌贤装作与程不识耳语而把窦婴拒于千里之外,这一幕灼烧着灌夫的心。他起身骂道:"好个灌贤,平日里诋毁程不识,今日何以效仿女儿态窃窃耳语,成何体统?丞相何必与你这等小人同席而饮?"

在灌夫的心里,他从来就没有承认田蚡的丞相身份。

这一切让田蚡看在眼里,喜在心头,他要的就是这个效果,喝道:"灌夫何其无理,程将军乃老夫座上宾,你辱骂他,岂非辱骂老夫?"

灌夫很不屑地看了田蚡一眼道:"今天杀头穿胸,老子都不在乎,骂你又怎么了?倘若再侮辱他人,老子的拳头可不认什么丞相!"

鲁莽的灌夫就这样被田蚡引进了圈套,一个曾为平定七国之乱、身受数十处创伤的将军,就这样被诬告为骂座不敬,加上过去"侵占私田"的罪名,被判处弃市。

窦婴后来听说,本来依照太后之意,灌夫是要族户的,只是皇上提到灌婴父子在平定七国之乱中的战功,才改判一人伏法。

皇上的坚持,让窦婴对灌夫的命运产生了一线希望。

田蚡婚后第四天,窦婴走进了未央宫。

他不能眼看着灌夫就这样死在长安东市,他要营救灌夫。

虽然说他很久没有上朝了,但刘彻却没有忘记他。在包桑禀奏说窦婴求见时,他立即放下奏章,宣他立即觐见。

"朕久已不见爱卿,不知爱卿一向可好?"

"谢皇上,臣今日冒昧进宫,是要禀奏灌夫酒醉骂座一事。"

皇上很耐心地听完了他的谏言。

"爱卿所言灌夫功过,朕亦深有所感。酒后失德,原本罪不及杀,可太后不容他,朕总得有个交代。"

"微臣记得当初太皇太后专权时,太后曾经不止一次地说过,天下者,非一人之天下。今为一人之好恶而斩功臣,恐朝野不能心服。"

"爱卿的意思是……"

"臣之意可将灌夫案交廷议,朝野皆曰杀,臣无话可说,若朝野皆曰不可杀,皇上也可以面对太后了。"

刘彻破例答应了他廷辩的奏请,但事情却并没有如他想的那么顺利。

过了几天,黄门传皇上口谕,说两位大臣的冲突乃是外戚之间的龃龉,廷辩应搬到长信殿。

窦婴虽不理解,但为了灌夫,其他都不重要了。

窦婴很坦然,也不在乎太后的脸色。他先指出灌夫不该在丞相婚宴之日做出非礼之举,接着又列举了灌夫在平定吴楚七国之乱和讨伐闽越时的赫赫功绩,最后他说道:"依臣观之,灌夫本性良善,性格刚烈,酒醉失态,以律处罚,情理使然。然丞相将灌夫拘捕,未免小题大做。"

窦婴刚落下话音,田蚡就说话了:"灌夫所为横恣,由来已久,前者有闽越大捷后,于庆功宴上殴打未央宫卫尉窦甫;今又当着大臣的面,大骂当朝丞相。"他说着说着,就把事情扯到了的皇上和太后身上。

"微臣以为,灌夫作为,乃是目无皇上,目无太后,蔑视朝纲,非杀不足以明纲纪。"

"丞相还有资格奢谈纲纪么?丞相私吞民田,草菅人命,宅甲朝野,丞相是拥护新政还是诋毁新政呢?"

"侯爷此言,岂非自不知羞。侯爷昔日为相时,不仅自己广置田宅,还怂恿灌夫侵占民田。今又诬陷本相,该当何罪?"

窦婴眼里掠过轻蔑的笑意:"丞相大概忘记了,闽越之战时,丞相却言说非中国之地,自古不可以法度治之。是灌夫当朝请命,甘当副使。相形之下,丞相不觉得自愧不如么?"

田蚡回道："当今天下太平,作为股肱之臣,所好非权,只好音乐、狗马、田宅、倡优巧匠之属。而窦婴、灌夫则招聚天下勇士、豪强,臣不知其意欲何为？"

两位大臣又都为外戚,却偏离对灌夫获罪之辩而陷入口水之争。

刘彻在上面听得心烦,要朝臣们分出是非。可只有韩安国和汲黯替灌夫说话,而其他人却都保持了沉默。

刘彻见此情景大怒,痛斥平日里一直说窦婴好话的郑当时道："公平日数言窦田长短,今日朝廷公论其是非,你竟局促如新驾辕之马驹！"

皇上一发脾气,大殿内的气氛就紧张起来了。以郑当时说话为起点,众位大臣纷纷表示魏其侯言之有实,奏请皇上赦免灌夫,令其离京戍边,将功补过。

在整个廷辩过程中,王姞虽然没有说话,但她情绪的变化窦婴是看得清清楚楚的。开始时,还是一副公允的情态,随着情势的逆转,眼看田蚡处于理屈词穷之地,她的脸色也越来越难看。想要发作,却碍于身份,便干脆早早地离席了。

刘彻对窦婴的为人很了解。他明白如果灌夫没有蒙受冤屈,如果田蚡在筵席上没有令人不能容忍的举止,如果不是灌夫真的到了罪不容赦的地步,他是不会冒死当廷为之辩解的。

窦婴虽然老迈,可他并不糊涂,他从皇上的目光读出了宽容和谅解。他认为以皇上的圣明,自然不难听出其间的是非曲直。但几天过后,一个石破天惊的消息让他彻底绝望了。

他没有想到,太后竟然与当年太皇太后为救梁王一样,演出了一场绝食闹剧。太后以死相挟,声泪俱下地数落皇上："我今日尚健在,你就如此侮辱我的兄弟,一旦我不在了,你还不知道怎么欺负他们呢！"

于是形势急转直下,灌夫被送上了断头台,他的血染红了长安,也腌渍了窦婴苍老的心。但太后并不就此罢休,她对窦婴为灌夫的辩护怀恨在心,她认为灌夫之所以敢于骂宴,都是因为有窦婴在背后怂恿。于是接下来,她就将屠刀举向了窦婴。接着,窦婴就被廷尉府拿进诏狱。

审理不过是一道程序,窦婴承认不承认,都脱不了怂恿他人、惑乱人心的罪名。

窦婴不惧死，只是觉得就这样死去，未免太不值得了。那一刻，他忽然想到了先帝在世时曾经给自己留了一道诏书，上面言说"事有不便，以便宜论上"，于是他连夜在狱中上书皇上：

> 臣奉诏讨逆，军次荥阳，拒齐、赵乱军。先帝隆恩，封魏其侯，赏千金，臣不为私据，皆散之属。先帝临终遗诏："事有不便，以便宜论上。"请皇上念及臣为大汉社稷而辩于朝，恕臣无罪……

上书很快就通过北阙司马送到了宣室殿，对窦婴充满同情的包桑那天特意将他的奏折放在最前面。而那些日子，刘彻也正因为与太后争论窦婴的命运而烦恼。窦婴的上书让刘彻一下子找到了事情的转机——先帝遗诏是他说服太后赦免窦婴的最充足理由。

刘彻立即传旨给窦夫人，要她带上先帝遗诏进宫。可这一切都晚了，负责保管先帝遗诏的家丞忽然失踪，遗诏也不翼而飞。第二天，田蚡进宫禀奏称，窦婴的家丞说从来不曾有过先帝遗诏一事。这样，窦婴头上又多了一道"矫诏"的罪名。

廷尉诏狱中，窦婴正披枷戴镣，等待着刑期的日子。他知道，算上今天画的，墙上一共一百八十道痕迹。

对死他从来没有丝毫的畏惧，只是这样死无其所，他不甘心。当夕阳的最后一缕残辉从牢房的一角退却后，窦婴眼里滚出两行浊重的泪水，仰天长叹道："皇上！老臣冤枉啊！"

元光三年十二月的寒风，萧瑟的穿过牢狱，吹进窦婴的狱室，吹乱了他蓬草一样的头发。他瘦骨嶙峋的手拉起冰凉的脚镣铁链，走到溅着血渍的墙边，手指在墙上画了一道痕迹，眉宇间流过一丝凄楚的冷笑："唉！在这世上的日子又少了一天。"

"灌夫被弃市都是因为我啊！窦婴，你真的罪该万死啊！"他捶着胸膛，自责像毒蛇一样地爬过了记忆的河床。

太阳渐渐西斜，昏黄的光线投射在牢房的一角，斑斑驳驳地映出他刻在墙上的指痕。他很自责自己的不慎,为什么要用先帝的遗诏保护自己呢?不错,先帝在诏书中的确说过"事有不便,以便宜论上"的话。并且皇上看了他的奏章后,立即就要尚书台查找遗诏,也是想借此说服太后。可他怎么也想不到,那个曾替自己封存遗诏的家丞会在关键时刻背叛,竟然否认有这样一道遗诏。

牢房的门响了,典狱官引着一位年轻的将军进来了,他很恭敬地叫道:"窦大人,皇上差卫将军来看你了。"

卫青披着一件黑色的外氅,整个脸都埋在风帽里,他说话的声音很低沉:"大人受苦了!请受卫青一拜!"

窦婴艰难地起身回礼:"将死之躯,怎敢受将军如此大礼!"

"不!大人在卫青心中,是一座山。"卫青说着,就把酒菜摆开,"末将奉皇上旨意,今晚与大人一醉方休,烦请阁下为窦大人卸去刑枷。"

一切都不用说了,窦婴知道,这是他最后一顿饭,遂道:"请将军扶老朽起来。"

在卫青的搀扶下,窦婴挪动着伤痕累累的脚腕,来到牢门口,"扑通"一声跪倒在地,朝着未央宫的方向叩首道:"罪臣窦婴,就此辞别皇上。"

随后,他接过卫青递上的酒酿,洒向地面道:"灌将军一路走好。"

接着他又接过卫青递上的第二爵酒,喉咙便涌出了埋藏许久的心愿:"匈奴乃大汉之强敌,请将军受老朽一拜,来日捷报,不要忘了告诉老朽一声。"

"大人……"泪水顺着卫青的脸颊淌下,而那滚进热肠的酒酿,则在他蒙眬的泪眼中幻化出一幅幅追击匈奴的画面……

元光四年初,窦婴被斩于长安东市。那一天,干旱了一冬的苍天突然降下漫天大雪,厚厚的积雪很快覆盖了窦婴的身躯。

三个月后,也就是元光四年的三月,田蚡也不明不白地得了一种浑身疼痛的怪病,但见有人探望,常常惊恐地连道"谢罪"。刘彻请从蓬莱归来的李少君作法,他对守候在一旁的太后和皇上叹着气道:"丞相之命休矣。魏其、灌夫共守,皆欲杀之。"

而此时,韩安国已将田蚡在王恢一案中收受千金之事探查清楚,刘彻闻之大怒,欲治其罪,可在乙卯日,田蚡却已去了。

消息传到长信殿的时候,王娡刚刚起床,正为昨夜的梦境惶恐不安。她在梦里看到田蚡披枷带锁,一脸痛苦的来向她告别。他说王恢夫人、窦婴和灌夫已将他告到阴府,现在鬼魅拿他前去问话,此一去也许永远不得生还。他还说,其实在人间终日疼痛,倒不如一走了之,唯一牵挂的还是太后。言毕,姐弟俩相拥而泣。

太后醒来后,正是凌晨卯时,她反复思量,觉得一定是田蚡有什么事情,正要遣黄门前去询问,却不料却传来了田蚡去世的消息。

太后黯然神伤,良久才泪眼婆娑地向前来禀奏的奉常问道:"丞相生前没有留下什么话么?"

"据说丞相临终时,萦萦于怀者,唯身后事。"

太后闻言更加凄然,遂要奉常奏明皇上,厚葬田蚡。器用如生人,生前随身器物,皆纳入墓中……

但是,当奉常来到未央宫宣室殿时,正遇见韩安国在那里。刘彻一脸的怒色,发泄着对田蚡的愤怒。

"朕与太后念及亲情,对他所求,能满足的尽量满足,孰料他却求之无度,朕曾当面斥责他,他后虽有收敛,却是不思悔改,后又借大臣获罪之际,收受贿赂,若非卿等气正风清,整个朝政都会让他带坏了。"

"听说他近日噩梦不断,不知是不是多行不义的原因?太后有言,曾希望朕予以关顾。朕今日就托爱卿带去旨意,待他病体好转,就来朕这领罪。"

刘彻抬起头来,就听见跪在面前的奉常道:"皇上,丞相薨殒了。"

"哦?什么时候的事?太后知道了么?"

"太后已经知晓。"

随之,刘彻无问自答道:"如果朕没有猜错,太后一定要求朕厚葬丞相。"

奉常十分惊诧,皇上真是料事如神啊。

窦婴、田蚡,这两个曾推动了建元新制的大臣之间的恩怨,从此翻过去了……

说起来,椒房殿属于长乐宫,而它的位置却是在未央宫前殿的北面,从那里到椒房殿修建了复道,为的是皇上来去的方便和安全。

这条复道，不知留下了刘彻多少青春的足迹，也不知留下阿娇多少美好的记忆。多少次，皇上的脚步声通过复道传来让皇后心跳的讯息，催开她含露的花蕾；多少个春夜，他们依傍漫步在复道的回廊间，看皎月慢慢地爬上长安城头，将融融的银辉洒满每一座宫苑；多少个傍晚，他们携手凭栏，看雪花把长安城装点成一个琼玉世界。

什么是地久天长呢？在那样的时光中，阿娇总是如梦如痴地在心里对自己说：就是这样朝朝暮暮的厮守，就是这样形影不离的依偎，就是这样彼此凝望的含笑……那时候，她坚信"金屋藏娇"是一个男人感天动地的承诺。可现在，这一切，都成了空中楼阁。

许久以来，她再也听不到从复道上传来那铿锵有力的脚步声了。自从那个讨厌的卫子夫进了宫之后，她的生活就失去了光彩。自从上次皇上打翻了她亲手调制的同心梅汤，而母亲又与太后发生了不愉快之后，皇上就再也没有驾临过椒房殿，她的心也因此被彻底地撕碎了。

又是元光五年（公元前130年）的七月，从早上起来，阿娇的情绪就被从窗口进来的热风撩拨得烦躁纷乱。她先是埋怨宫娥们手脚笨拙，惩罚她们互相掌嘴；接着，又斥责春芳捧上的茶水太烫，怒骂她是卫子夫的奸细。她向春芳吼道："滚！你是要害死我么？你这个奸细，与那个贱人合起伙来谋害我。"

阿娇骂春芳的时候，整个嘴脸都变了形，她恶煞煞地朝外边喊道："詹事何在？还不将这个贱人拖出去，让她尝尝皮鞭的滋味。"

春芳忍着疼痛，"扑通"一声跪倒在地，眼泪就滚下来了："奴婢该死，娘娘饶命！"

"拖出去！"阿娇狂怒地喊道，嘴角哼出肆虐的笑。

春芳是跟随皇后多年的女御长，是当年阿娇出嫁时作为陪嫁丫头跟进宫来的，她怎么可能与卫子夫联手谋害皇后呢？打死詹事，他也不会相信。可皇后正在气头上，他敢说什么呢？他只好命令黄门将春芳向殿外拖去。刚刚出了门槛，皇后一声"慢着"，黄门们就退出去了。

当春芳再度跪在殿中时，阿娇道："念你跟随多年，姑且饶你这次。"

"谢娘娘！奴婢再也不敢了！"

"下次再要谋害我,小心你的贱命!对了,我要你找的女巫,可有结果了?"

"启奏娘娘,奴婢已经找到了,昨夜已经接进宫来,就在密室中藏着。"

"还不宣她来见?"

"诺,奴婢这就去传。"

第一次接触女巫,阿娇内心充满了好奇。她用冰冷的目光在女巫的脸上反复扫描,企图从中看出什么端倪。最终,她只觉得女巫皮肤苍白,高深莫测,隐约有一些杀气。

阿娇满意地点了点头:"春芳可将一切交代清楚?"等从女巫的眼里获得肯定的回答后,她屏退左右,要女巫开始作法。

那女巫手持木剑,煞有介事地把椒房殿的角角落落看了一遍,突然地就从口中发出一声惊呼,然后双眼微闭,浑身抖动,头发散开,不一刻,她似有神仙附体,便说出一串神秘的咒语来。

"何方妖孽,杀我龙子,断我续绝,毁我社稷,命你伏法,免遭杀戮。"颂罢,女巫便仰面跌倒在地,顷刻间就清醒了。她来到皇后面前,双目还似在梦中道,"启奏娘娘,小人刚才云游天界,有神仙告小人说,娘娘命中应有三位龙子,奈何有妖孽从中作祟,致使娘娘十年不孕。妖孽不除,娘娘永无宁日啊!"

"真的么?"

"小人怎敢欺骗皇后娘娘呢?"

"依你看来,这妖孽现在何处?"

女巫又环绕椒房殿转了一周,在殿后的窗前停了下来,望着高高的院墙许久,又是一声尖叫,说着用木剑指着窗外道:"呀!娘娘请看,东北方向有妖雾缭绕,想必就是妖孽藏身之处。"

阿娇顺着女巫手指看去,却是高墙横眼,碧树葱茏,除了爬满宫苑的紫藤外,什么也没有,她不禁不悦地看了女巫一眼。

女巫道:"心诚则灵,娘娘用心看,一定会看清楚的。"

恰在这时,一团云彩从天上飘过,那云彩中心浓黑,边缘泛白,尾部翘起,似是一条飞过天空的白犬,又似是一只展翅的凤鸟,自东向西,悠悠而过。这不就是弥漫在东北方向的妖气么？而东北方向，不就是卫子夫居住的丹景台么？阿娇完全相信了女巫的神力："仙人果然法力无边，请仙人赐法，驱除妖孽。"

女巫却收起木剑，整理好衣冠，眨了眨眼睛道："眼看日色已近正午，此时作法，效力不佳。待小人今夜观看星象，明日一早呈上驱妖之法。"

"如此甚好。倘若除妖有功，我定会重重有赏。"

好个妖妇，你这回死定了。皇后一边屏退女巫，一边在心里想。

当人性被复仇的烈焰燃烧得扭曲癫狂时，阿娇的精神就高度的亢奋起来，整整一夜，她是在怒骂、诅咒、哭泣中度过的。启明星刚刚在东方升起时，她就已按捺不住内心的焦灼，就要筋疲力尽、刚刚打了一个盹的春芳速传女巫来见。春芳去了大约半炷香的工夫，女巫就带着四个人偶来了。

"这是何物？"

"启奏娘娘，这是那妖孽的人偶。"女巫指着人偶身上一个个针点说，"娘娘只要每日午时在这人偶身上刺下钢针，那妖孽就会浑身疼痛；如果将人偶埋于道上，让千人踩，万人踏，那妖孽将必死无疑，永世不得再生。大汉将从此太平，娘娘不久就会怀上龙种了。"

阿娇点了点头，几乎没有任何犹豫，就传来了四名宫娥，让女巫将针刺点一一地教给她们，并威胁道："你们要狠狠地刺，除掉妖孽，我重重有赏。倘若走漏了风声，便将你等碎尸万段。明白了么？"

"明白了！"宫娥们打了一个寒战。皇后究竟要干什么？她们不敢多想，只知道拿起钢针，向人偶身上的针点刺去……

难道上苍将大任降临在一个人的肩头时，就注定要用各种生活的艰难和情感的创伤去磨砺他的意志，劳动他的筋骨么？难道当一个人坐上皇位的时候，就注定要迎接一个个人生打击么？为什么上天总是如此不公地让那些贤者早早地离开人世而却让那些心怀叵测之人延年益寿呢？

这一年多来，每当在未央宫前殿阅完奏章，刘彻就禁不住这样一遍遍问自己。是的，这一年来他遭际的变故太多，让他感叹的事情也太多了。

田蚡和窦婴，这两个当年竭力将自己扶进未央宫的老臣，在自相残杀中双双地走了。他们斗了一辈子，临了一个死于太后绝食威逼下，一个死于被亡灵索命的恐惧中。

不错，就性格和品德而言，他们都有许多瑕疵。但他们毕竟一个是曾给了自己深刻影响的太傅，一个是自己的舅父。刘彻每每想起他们，都怀着一种复杂、惋惜的情绪。

还有谁能来协助他完成光大汉室的宏图大业呢？他首先想到了韩安国。元光四年五月，在与太后就朝廷职官的擢拔再次发生冲突后，他采取迂回的方法，让韩安国以御史大夫的身份代理丞相，打理国政。但天有不测风云，韩安国还没有来得及接手，一场不测横祸飞来了。

这件事让刘彻心中自责了很久。如果端午那天自己不大驾出行，韩安国就不会作为护驾引导，也就不会因为坠车蹇足而卧倒在床了。如果韩安国很快康复，那么太后也就不会推荐平棘侯薛泽为丞相、中尉张欧为御史大夫了。结果，因为这次事故，韩安国不但失去了擢升丞相的机会，就连御史大夫也丢掉了……

元光五年春，宗正寺带给他一个痛心的消息：一向以修学好古、实事求是而闻名朝野的河间王刘德薨了。那一夜，刘彻是在未央宫温室殿度过的，他一卷卷地翻阅河间王献给他的善本典籍。这些几于失传的先秦旧书，经过他的重新装帧、整理、增补编辑，竟达五百多卷。

透过那些线条流畅的手稿，他似乎看见刘德真诚的眼睛。他不能忘记，就在元光四年十月诸侯朝觐的日子，刘德还为他送来了河间乐师整理的雅乐。留京的半个月时间，宫廷数百人的庞大乐队，在辟雍、明堂和灵台等宫观中雅韵高扬，笙鼓动天。

就在这天地人和的逸韵中，他们兄弟就朝廷的大政展开交谈。刘德文质彬彬，其气量品格，常常让刘彻想起河间王的胞兄——废太子刘荣。

望着坐在对面的刘德，他有时候会忽发奇想，以他们兄弟的德才人品，要不是他们的母亲，哪一个都可以胜任天子之位。但是这个刘德，并不像他的皇叔刘武那样觊觎皇位，野心勃勃。他是儒术的热心追随者，那些先秦的旧书，就是他邀请儒者整理的。难怪山东儒生都愿意跟随他周游四方呢！可分手仅仅几个月，他竟然撒手人寰了。

刘彻仰天长啸:"昊天不公,夺我皇兄!"

通报刘德死讯的人对刘彻说道:"大王身端行治,温仁恭俭,笃敬爱下,明知深察,惠于鳏寡。请皇上谥号,褒扬惠德,既凝聚人心,又安妥亡灵。"

刘彻没有丝毫的犹豫,立即找来大行。大行道:"依照《谥法》,聪明睿智曰献。"第二天早朝时,刘彻就诏令宗正寺筹备隆重的葬礼,谥号献王。

他这样做,是要在皇族中树立一个做人的楷模,好让那些招豪杰、喜骄奢、治宫馆而败坏风气的皇族们对自己的行为反躬自省,有所收敛。

可事情往往不能让他称心如愿。那个江都王刘建,在游章台宫时,竟要四个女子乘坐小船,他用脚将船蹬翻,致使四人溺于水中,二人死亡。不几天,游雷波池时,他又故技重演,将两名男子溺死水中。看着别人在水中挣扎,他哈哈大笑,以此为乐。消息传来,太后震怒,朝野哗然。

还有淮南王刘安,虽然不断向朝廷献书,可那都是些什么书呢?满篇诡辩浮躁之词。田蚡在世的时候,风传他那个叫刘陵的女儿常常出入丞相府,与田蚡同榻而卧……

南方战事频仍,北方匈奴虎视,马邑之战后,匈奴与汉廷绝了和亲之路,攻关塞路,掠夺资财。

他要做的事情太多,还腾不出手来对皇室来一个彻底整顿。

朝廷新制推行也时不时地遇到来自外戚、重臣和王族的障碍。首先,太后对"限民名田"持消极态度,每逢朝中有人弹劾田、王家族侵占私田、而他欲治罪时,太后就总是寻找各种理由搪塞阻拦,使有罪者逍遥法外。前些日子,他要郑当时对"限民名田"情况做个彻底调查,可直到现在,此事仍然不甚了了。还有,为张达儒学而在京城筹办太学的事情也进展缓慢,令他也很不满意。

每当这些矛盾缠绕着他的心绪时,他就陷入无尽的烦恼中。坐在皇帝这个位子上,他有了太多的约束,而无法享受常人的愉悦和自在。他有时候批阅奏章累了,就会忽发奇想,也许做一个百姓就不会有这么多烦恼。

两年前,他起用唐蒙为中郎将,发巴蜀士卒开凿南夷道。从僰道到牂牁数百里之间,数万士卒开山凿道,逢水架桥。那些巴蜀子弟因水土不服而纷纷逃亡,唐蒙把他们抓回来后都以军法处以极刑,巴蜀百姓闻讯,陷入恐慌。

消息传到京城，朝臣们担心刚刚平定的巴蜀会酿成新乱，于是司马相如带着他的诏书去了巴蜀。刘彻在诏书中严厉斥责了唐蒙的行为，宣慰蜀中百姓，言明此非皇上之意。现在，司马相如已经走了两个多月了。如果顺利，他该回来复旨了。

刘彻伸了伸酸困的胳膊，喝一口茶水，顿时清爽了许多。

"有司马相如的消息么？"

包桑回道："皇上，司马相如已于昨夜回到京城，现在正在塾门候旨。"

"为何不早禀奏？"

"奴婢看皇上批阅奏章正入神，因此不敢……"

刘彻摆了摆手道："快宣司马相如。"

司马相如进殿来了。长途奔波的倦意还留在脸上，南国的风尘还留在靴尖，但这一切都改变不了他在刘彻心中潇洒飘逸的形象。他依旧是那样步履轻健，那样宽袖如翼，那样目光炯炯，这种身影总带给刘彻不尽的欣喜。因此，几乎是在司马相如拜倒在面前的同时，他已上前拉着司马相如的手道："爱卿一路辛苦，快快平身！"

"臣奉旨前往巴蜀平息民怨，宣扬圣德，现在南夷道士卒情绪安定，巴蜀百姓无不感念皇恩浩荡，唐蒙也为自己的鲁莽和严酷而引咎思过。"司马相如说着，从怀中拿出唐蒙写给朝廷的奏疏，"唐大人要臣代他呈送奏章。他说决不辜负圣恩，一定早日凿通南夷道。"

"如此甚好！朕不会忘记是唐蒙首倡通南夷道的，他的功过朕心中有数。唐蒙能明白朕的用心，也不负爱卿风尘仆仆到巴蜀走一趟了，朕要重重地赏赐司马先生！"

司马相如赶忙下拜，刘彻按着司马相如的手道："你这是干什么？今日一大早，朕还在想什么时候朕能够像普通人家那样自由自在。你这样繁文缛节，朕受不了，你也战战兢兢。"

司马相如笑了。他原以为皇上会把自己看作是至尊至贵的象征，原来他也有不尽的苦恼，这就是高处不胜寒吧！于是，在这个七月的上午，在未央宫的宣室殿里，司马相如用他生动的语言介绍了南夷诸郡的风土人情，奇闻轶事。说到兴奋处，两人开怀大笑。

"臣此次前往西南,途经邛崃和莋都县,那里的部族君长看到南夷道通,夜郎等国纷纷内附,得到了大量赏赐。因此大家要微臣奏明皇上,希望效法南夷,成为内属。"

"那依你之见呢?"

"臣以为邛都县、莋都县,加上冉駹,居住着六夷、七羌和九蛮部落。那里距巴蜀不远,打通道路也很容易,秦时就曾在那里设过郡县。如果现在能够恢复这里的郡县,其对朝廷之利,逾于南夷。"

"好!如此一来,西南连成一片,尽在大汉节制之内。只是如此重任,该派谁去呢?"司马相如低头只是喝茶,时不时抬头看一眼刘彻,又含笑如故。

刘彻看着司马相如的表情,心中便有数了。

"朕看此任非卿莫属,朕就拜你为中郎将,建节出使。朕再为你派一名副使,带上朝廷的重金、珍奇,务必让他们归顺朝廷。"

司马相如听罢,纳头便拜:"谢皇上隆恩。"

"又来了,又来了!这个还没有在朝会时宣布呢!朕不是说了么,今日不讲君臣之礼嘛!"

司马相如就不好意思地笑了,又道:"臣还有一句话要说。"

"何事?"

"自闽越一分为二,东南趋于平静;南夷、邛筰设郡,西南归汉。现在最大的威胁莫过于北方的匈奴。马邑之战后,边患日烈,此一仗迟早要打,还请皇上早做筹划。"

"难得先生为朕分忧,朕早已心中有数。前日朕已发出诏书,发士卒万人堑山湮谷,治雁门道,以作伐匈奴之用。"

"皇上江山在胸,乃万黎之幸,大汉之幸。"

"罢了!罢了!好听的话就不要说了,想想近一年来的许多事情,朕也深感惭愧。"看看日近中午,刘彻笑道,"先生终日奔波,夫人独守空房,想来已是倚门翘首了。朕就许先生与夫人欢聚半月,再行启程如何?"

"谢陛下!"

……

看着司马相如步履匆匆地出了宣室殿,刘彻忽然想起在刚才谈话间,他发现司马相如已留下了一腮美髯。是的,他不再是那个做出私奔风流之事的司马相如了。

由人思己,刘彻禁不住一声惊叹,引得包桑慌了手脚,忙上前要扶皇上。

"朕没事。朕只是在想,朕已经执掌朝政十来个春秋了,岁月匆匆,人生天地之间,若白驹之过隙,忽然而已!"

刘彻的感慨在包桑的心头激起阵阵涟漪,是啊!恍惚之间,自己跟随皇上都十来年了。

正想着,刘彻的口谕下来了:"起驾丹景台,朕要去看夫人。"可他没有想到,一场后宫的风雨正在渐渐地逼近他的生活。

来到丹景台,刘彻撩开帷帐,顿时两眼发直了。仅仅两天没见,卫子夫竟然憔悴得让他不认识了。她疲倦地闭着双眼,昔日红润的脸苍白中泛出青紫,虽然穿着薄如蝉翼的短衣,却仍是大汗淋漓,白绫紧紧地贴着卫子夫的润肌,勾勒出她曲线窈窕的身形。她打着冷战,伴随着痛苦的呻吟,这一切撕扯着刘彻的心。

他在榻前坐下来,伸手轻轻地抚摸着卫子夫的额头,却引来她恐惧的躲避。

"不要!不要!疼死臣妾了!"

他去拉卫子夫冰凉的手,她又是一声惨烈却是无力的回应。

"不要!不要!疼死臣妾了。"

"子夫!子夫!朕来了,朕来看你了。"

"子夫!你不必惧怕,朕在你的身边呢!"

"子夫!睁开眼睛看看,是朕来看你了。"

卫子夫终于睁开眼睛,往日的秋水如今黯淡无光。看着面前的刘彻,她的泪水哗哗地就流下来了,喊了一声"皇上救我",就昏过去了。

"夫人这病是怎么得的?"刘彻唤来春香急急地问道。

"昨日午间,夫人正在进午膳,忽然就昏厥过去了,醒来之后,便浑身发热疼痛,如针刺一般。奴婢们都慌了。"

"太医看过了么?"

"看过了。"

"太医如何说？"

"太医开了镇痛的药，却说不上病因。"

"不弄清病因，如何开药？如此庸医，就该斩首！"刘彻愤怒地对站在一边的包桑说道，"你还站在那里干什么呢？速传太医令到丹景台见朕！"

"诺！"

包桑不敢怠慢，急忙命人到少府寺，自己则直奔太常寺。

汉时的御医，分属太常寺和少府寺管辖。少府太医令下有太医监、侍医、为后妃诊治疾病的女医、掌御用药的尚方和本草待诏；太常太医令，掌诊治疾病的太医和主持药物方剂的药府。太医既负责朝廷官吏的疾病诊治，又掌管郡县的医疗事宜，通常情况下，后妃们有病，都是由少府寺指派了女医来诊断治疗。如今皇上心爱的夫人患了重病，自然惊动了整个两寺的御医。不一刻，少府寺太医令秦仲和太常寺太医令淳于意就率领着太医们紧急地会合在丹景台殿外了。

这秦仲乃是名医扁鹊的第七代孙，他不但应召前来，还带了自己的女儿、宫廷女医秦素娟；而太常寺的太医令乃景帝时名医淳于意。大家听说皇上为夫人的病而震怒，一个个提心吊胆，莫知所从。

淳于意问道："昨日是哪位太医为夫人诊病的？"

秦素娟回答道："是我前来瞧病的。"

"可看出病的症结？"

秦素娟摇了摇头："我百思不得其解。自随家父进宫以来，我为后妃们诊断病情无数，却从来没有见过如此怪病。我为夫人诊脉，发现气血通畅，脉象平和，不像有病的样子，可就是浑身疼痛不止。我无计可施，只开了止痛的药。不想……"

秦仲接着道："我昨日回府后，她向在下陈说病症，在下也百思不得其解。"

正说着，就听见殿内传来夫人的呻吟，大家不敢迁延，随太医令进了大殿。

"臣等参见陛下！"

刘彻甩了甩长袖道："你等就不必拘礼了，快上前为夫人诊治！"

太医们战战兢兢地起身，自然先是秦素娟奉命进入内室，她先拿丝绢做的小枕，让夫人的手轻轻放在上面，然后努力捕捉着夫人的脉象，但半个时辰过去了，她却无奈地摇头叹气出来了；接着是淳于意出场，他用一条丝线缚在夫人的腕间，隔着大约几尺远，淳于意手捏丝线的一端，屏气闭目，聚精会神，不放过一个蛛丝马迹，却也是一无所获；待秦仲诊过脉后，刘彻早已等得不耐烦了："夫人究竟所患何疾？"

大家相互看看，没有人敢说话。

"秦仲！你说说这究竟是怎么回事？"刘彻怒问道。

"皇上！"秦仲话未出口，就先跪下了，"臣等无能，一时还无法诊断清楚夫人的病症。"

"你们一为扁鹊之后，一出淳于名门，竟然对夫人的病束手无策，有何颜面面对你等的祖先？来人，将此等庸医交廷尉府问罪！"

太医们纷纷跪倒在地，乞求皇上饶命，这情景让淳于意十分心痛。他从幼年就跟随父亲学医，后来到了宫廷做御医，直到迁升为太医令。淳于意明白他是从刀刃上走过来的，时刻都有入狱掉头的危险。但他不能违背父训说假话，现在，面对生命威胁，他觉得只有自己冒死一谏，也许还有一线生机。

淳于意定了定神，拜伏在刘彻面前："皇上，臣等无能，罪该万死。然臣不能巧言令色，犯欺君之罪。如果臣等谎报病情，岂不误了夫人之病？"

刘彻的情绪虽然还没有平息下来，可他却承认太医令的话有道理。

"难道你等就这样看着夫人痛苦么？"

淳于意道："医理说，本固则体强，体强则邪不可干。依臣看来，尽管眼下夫人的病症尚不清楚，然臣可以断定，夫人之病在于过于劳累，身心虚弱，导致邪气外侵。皇上圣明，可否让臣开一剂固本安神的汤药，待夫人疼痛稍解后，再慢慢调治。"

刘彻急道："那你还犹豫什么，快开方剂来！"

傍晚时分，刘彻看着卫子夫服了汤药，疼痛消除，渐渐睡去，才放了心。他对包桑道："朕今夜就在丹景台护着夫人。"

"皇上圣明，夫人病情缓解，皇上龙体更当珍惜。依奴婢之意，皇上不妨到清凉殿歇息。这边有何情形，奴婢及时奏明皇上。"

第二天早朝一结束,包桑就把一个人偶呈送到刘彻面前。正欲批阅奏章的刘彻不经意地看了看,放在一边,随口问道:"这是何物?你竟拿给朕看!"

包桑犹豫了片刻,还是把真相陈奏出来:"皇上,今日清早,有黄门前来向奴婢禀告夫人病情,不想在来未央宫的路上,被翘起的地砖绊倒。他扒开一看,原来是砖下埋着一人偶。奴婢不敢怠慢,忙前来奏明皇上。"

刘彻停住了举在空中的朱笔,问道:"有这等事?那埋人偶者意欲何为?"

"这……"

"还不从实奏来?"

"皇上,奴婢怕说不准……"

"恕你无罪,速速奏来。"刘彻眉头皱了皱,显得有些不耐烦。

包桑吞咽了一口唾沫:"看这人偶身上伤痕累累,数处被钢针刺破,一定是有人施巫蛊,挟嫌报复,诅咒对手。奴婢听说,若是有人要置他人于死地,就会找来巫女,制作人偶,只要在人偶身上针刺,被诅咒者就会浑身疼痛,轻者大病一场,重者难逃毙命。"

"慢着!"包桑说到这里,刘彻的眼睛都直了,"你是说有人暗施诅咒、巫蛊之术,危害他人?"

"皇上圣明!"

"大胆!""啪"地一声,刘彻的手掌重重地击在案头,"难怪夫人之疾让太医令茫然,原是巫蛊作祟。"

刘彻本能地将眼前的人偶与卫子夫联系起来,他因为事发突然而说话的声音霎时急促了:"好个贼心之人,竟然要置夫人于死地,何人如此歹毒?一旦查出来,朕一定不会放过他!"

"你还站在这里干什么?还不速传丞相来见?"

皇上的口谕如同万钧雷霆,迅速在两宫掀起一阵飓风。不到半个时辰,丞相薛泽赶来了,御史大夫张瓯赶来了,侍御史张汤赶来了,未央宫卫尉李广、长乐宫卫尉程不识也赶来了。

他们一个个气喘吁吁,还没有回过神来,就见刘彻指着薛泽道:"丞相整天都在想些什么?大汉皇宫,竟然有人施展巫蛊,你竟毫无察觉。还有你等……"刘彻把目光投向李广和程不识,"卫尉之职就是护卫两宫安全,巫者却在你等的眼皮底下潜入宫内,诅咒夫人,你等该当何罪?"

薛泽见刘彻为一个后宫女人发这么大的脾气,头脑早懵了,唯唯诺诺地只有垂首连道:"臣罪该万死!"

张敺跟随皇上多年,知道眼下最能平息皇上情绪的就是赶快把嫌犯查出来,于是他小心翼翼地上前对刘彻道:"皇上!依臣之见,当务之急就是把巫蛊、诅咒者查出来。"

张汤也道:"张大人言之有理。皇上,此事就由微臣去办好了。"

"快去呀!你们还在这啰嗦什么?朕一刻也等不了!"

刘彻咽了口唾沫,润了润嗓子叫道:"张汤!"

"臣在!"

"朕命你主管此案。与李、程将军一起,在两宫严查巫蛊,一定要找出幕后真凶!"

"诺!"大臣们几乎不约而同答道。

第二十四章

引颈喋血巫蛊案　废后阿娇出椒房

一年一度，从渭河生起的秋风将长安槐树的叶子吹得纷纷扬扬。元光五年(公元前130年)十一月，这对汉廷来说，是一个人心浮动的月份。

张汤查处巫蛊案的奏疏早已送到御案上。刘彻没有丝毫犹豫，就在列出了三百名罪犯的奏章上写下了"斩无赦"的批语。

刘彻十分惊异张汤办案的速度，他竟然在两个多月时间里，将案情审理得如此清晰。因此，他在发出行刑诏令的同时，也将监斩的职责给了张汤。

刘彻发现，这个过去不大引人注目的张汤实在是天生的执法人才，他已在心中盘算，等巫蛊案一结束，就让张汤和赵禹承担起修订刑律的重任。

刘彻放下朱笔，看了一眼等待在一旁的张汤道："朕对张爱卿可寄予厚望了。"

张汤十分感动，他担任茂陵尉的时候，可谓恪尽职守，皇上也曾一次次地驾临茂陵，但何曾有过如此恩泽浩荡的褒奖呢？没有！他在御史台作为幕僚的日子，可谓如履薄冰，皇上何曾有过如此的刮目相看呢？没有。来到京都这些年了，他忽然发现，直到今天才对仕宦之路有了比较透彻的领悟。其实，人生的道路如此漫长，要紧的就是那么几步。

清查巫蛊案让他终于冲破了长期以来的冷落，他心潮涌动，暗暗告诉自己，千万不要错失这个千载难逢的机遇。

那一天，捧着御批监斩的诏命，张汤走过宣室殿外长长的回廊，在未央宫北阙下驻足伫立。他望着雄伟的宫阙,少年的记忆在这一瞬间就像阙楼上的那一缕阳光,在愉悦的心上轻轻漫过。

那时候,他的父亲还只是一个长安丞。一天,外出归来的父亲发现厨房的肉被偷食,就用皮鞭抽打张汤。可他没有想到,少年张汤竟然先用烟熏,继之掘开鼠洞,找到了老鼠和没有吃完的肉;他更没有想到,他的儿子竟然有模有样地上演了一场审鼠剧;更为惊诧的是,儿子那篇还没有脱去稚气的文书,其清晰的条理丝毫不亚于经年治狱的老狱吏。从此,张汤就跟随父亲学习撰写律法文书了。

那是父亲第一次发现了他的价值,父亲的眼光没有错!父亲的那一顿鞭打也没有错!可这些又怎么能与皇上的垂爱相比呢?

张汤这样想着,把目光从朱雀那双展开的翅膀移开,眉头就绽出不为觉察的笑意。

"三百颗头算什么?哪个飞黄腾达之人没有粘着别人的鲜血呢?"

"株连算什么?从古至今,哪一件案子没有株连呢?"

依照"秋冬行刑"的惯例,处斩的日期定在十一月初五。告示早在前几天就挂满了长安的大街小巷。建元元年以来第一次大规模行刑一时成为街谈巷议的中心话题。

薛泽心中充满了疑虑,短短两个多月时间,三百多人被投进牢狱,真的人人都证据确凿么?但他没有勇气将自己的想法陈奏给皇上。

田蚡去世后,丞相的位置一直空着,军国大事悉由韩安国处置。甚至连久拖不决的太尉一职,皇上似乎也束之高阁了。朝野之士都看得很明白,皇上对韩安国的信任超过了曾经的丞相卫绾、窦婴。这一点,韩安国也强烈地感受到了。

他越发谨慎,总是在皇上最需要的时候提出有见地的谏言。他虽然早已不在大农令的任上,却时刻不忘农桑乃兴国之本,刚刚进入三月下旬,就提醒皇上到长安郊外举行"籍田"之礼,倡导兴农之风。

清明过后的一个日子,大农令郑当时筹备了多日的"籍田"终于成行,皇上诏令两千石以上官员随行。三十六驾马车浩浩荡荡地出了横门,向咸阳原奔来。

韩安国奉诏引车，走在队伍的前列。正午的太阳照着高原起伏的身躯，风儿吹着柳丝儿在道旁轻盈起舞。车队上了原面，就看见先期到达的郑当时、公孙弘和张敺，他们率着羽林卫在公田边迎接皇上的到来。庞大的部伍在周围散开，将四里八乡赶来的百姓拦在数十丈远的地方……

韩安国被这种情景深深地感染，油然想起在大农令任上的那些年，曾不止一次地受到皇上的褒奖。他离任时，向皇上举荐了郑当时，又因为郑当时恪尽职守，政绩颇佳，他被皇上认为是知人善任的宰辅之才。

皇上已私下同他谈论过出任丞相的打算，他也有志辅佐皇上将大汉中兴推向一个新的高峰。

他这种心境通过马鞭传递到马背上，唤起的是马儿欢快的四蹄。

可是，灾难恰恰就在这一刻降临了，车驾转过一个弯道，车轮就撞到了横在道边的一块石头上，正聚精会神想着问题的韩安国从车上跌落下来。

事先没有一点征兆，出事的那一瞬间，韩安国埋怨自己不该走神。

张敺看到韩安国坠车，立即带着几位羽林卫冲到车前，搀扶起韩安国问道："大人没事吧？"

"老夫马上经年，怎会经不起一个颠簸？不过这一跤跌得值得，倘是皇上，那老夫就罪该万死了。"韩安国平静地说道。

张敺回头就训斥身后的羽林卫："你们如此疏忽，我昨日就严令清道，为何还有石头挡道？"

这时候，公孙弘也赶来了。韩安国小声道："请二位大人切勿声张，此事待皇上籍田之后，再作计较。"

公孙弘十分感慨，他吩咐羽林卫搀扶韩安国上车，但韩安国刚想站起来，却发现脚踝钻心的疼。

在勉强陪同刘彻行罢"籍田礼"之后，韩安国不得不"请告"，然后一躺就是四个月。

薛泽就是在这样的情况下被推上相位的。

他很清楚，他之所以能够被选中，皆得益于先祖广平侯的恩泽。因此，他从走进丞相府的第一天起，就打定主意，要唯皇上之命是从，事不关己，便不去主动染指，平安无事地度过任上的每一天。

因此,他虽然对张汤的肆意株连颇有微词,却也是藏在心底,听之任之。

待到韩安国伤好之后,朝廷的职官任吏均已到位,刘彻召他到宣室殿,不无惋惜道:"朝事繁多,不能一刻无丞相和御史大夫,只是这样一来,爱卿不免受了委屈。"

"臣只想报效朝廷,追随皇上,至于职位,臣从来没有在意。"韩安国将此事看作天意,也没有任何怨愤之意。天意不予,如之奈何?

刘彻又一次被感动了,就禁不住从御案处站起来,道:"事已至此,爱卿就先做个中尉吧!京师安危,事关重大,还望爱卿能帮朕分忧。"

韩安国顺势道:"微臣在御史台时,张汤曾是侍御史,此人内心阴暗,判案重刑罚而轻证据,臣请陛下对巫蛊一案审慎严查。"

可刘彻却在之前已允准张汤的奏章,而且行刑的日期都已确定。

"此事就不劳爱卿费心,朕心中有数。"

前些日子,韩安国到张欧府上拜访,谈到巫蛊案,便问道:"张汤出身长安小吏,求官心切,如此草率结案,难免冤错。大人身在三公,岂可视人命如儿戏?不知能否请皇上甄别之后再行刑?"

张欧很吃惊地看着韩安国,心想这位韩大人怎么了?自己的仕途都一波三折,怎么还有心思去管别人的安危呢?当然,这话他也只是在心中想想。他以皇上的诏令已经发出为由婉拒了韩安国的建议。他甚至怀疑当初皇上没有让他继续任御史大夫一职,大概也与他过分认真的性格有关。

于是,议论归议论,这些建议却始终没有作为朝会的议题被提到未央宫,而行刑的日子就一天天临近了。

……

昨夜,寒流袭击了关中平原,西北风凄厉的吼声让蜷缩在被窝中的长安百姓感受到了冰凉。十一月初五一大早,重重黑云压向长安城头,远远望去,雄伟的灞城门、覆盎门、横门城楼似乎矗立在云海之中,只有滚动的镶嵌着巨大"汉"字的旌旗,从云雾中翻卷出星点的亮光。

寒冷,让往日热闹的街市一夜间冻僵了,店面前的旗幡都结了厚厚的冰。大约在上午辰时时光,漫天飞雪覆盖了都城的每一条街道。可是人们的心却没有因为这场雪而凝固,再有两个时辰,三百条生命将在这凛冽的寒风中消逝。

为了保证安全,除了在未央宫和长乐宫周围布置了严密的岗哨外,韩安国等负责京都卫戍的中尉们从昨夜寅时起,就率领众多的羽林军将士,警惕地巡逻在都城周围。而刑车将要经过的杜门大街,早在黎明时分就实行了戒严,长安城笼罩在自建元元年以来从未有过的紧张中……

上午巳时,三通鼓响,一辆辆囚车从两个方向汇聚到杜门大街上来。那些牵扯进来的朝廷官员被关在请室诏狱,而女巫则被关在专门囚禁女犯的若卢诏狱。囚犯们登上囚车的那一刻,他们的头与整个身体便被囚笼分开了。这样,一路上他们就只能挺直身体站着,否则,脖颈就会在木茬的摩擦下鲜血淋漓。

风!穿过囚笼,吹进囚犯们的每一个毛孔,锥刺着他们血污的伤口。绝望早已麻木了他们的感觉,他们仿佛是一段段枯木,随着囚车"吱呀"的节奏而缓缓晃动。

女巫的囚车被押解在最前面。心如死灰、只求速死的她从被囚进这个笼子里时就双目紧闭,万念皆去。这个世界——椒房殿的馨香、皇后赐予的锦帛、金子——所有的一切,都已渐行渐远。只是她至死也没有看见被皇后诅咒的那个女人究竟是怎样的如花似玉?怎样攫取了皇上的心,为何让长乐宫中地位显赫的女人妒火中烧,必欲置于死地而后快呢?

而紧随在她囚车之后的春芳就不一样了,从昨天傍晚狱卒把不一样的饭菜端到她面前开始,她的泪水就如溪流,淌个不停。

人常说,十指连心,春芳一想起十指被夹在刑具间,洒血碎骨的情景,就浑身打战。那时候,她唯一的心愿就是快些死去。但现在她被押解在囚车里,即将走向死亡时,却有了许多的自责和遗憾。自从被窦太主作为陪嫁送进宫后,她就永远地失去了在父母面前尽孝的机会;这倒也罢了,一场巫蛊案,还把母亲株连了进去。她没有想到,母女相遇竟是母亲被关进牢狱的那个上午。她隔着牢窗,看见了母亲的身影,却是不能问候她一个字。

过堂时,侍御史要她母亲承认自己教唆女儿,与皇后一起诅咒卫子夫,母亲听不明白大人究竟说了些什么,侍御史又说,只要她在狱词上画了押,她的女儿就会解脱,她们母女就能团聚。

今天,她们母女将一同成为另外一个世界的鬼魅,这是多么的残酷。

春芳想不明白,自己有什么罪呢?皇后要她寻找女巫,她敢抗旨么?皇后要她埋藏人偶,她敢违命么?但是,没有谁去关心一个宫娥的命运,他们要的是皇上满意。

迎着冰冷的寒风,春芳迷离的泪眼艰难地掠过这条陌生道路,掠过在风雪中肃立的将士,她才二十二岁,她多么不想离开这个纷繁熙攘的人世。她想回头去看后面的囚车,看看母亲在哪一辆囚车上。可她的头却被死死地卡在圆孔中,于是,她只有在心中默默地念叨:母亲!孩儿这就陪您上路了……

现在,男囚的囚车也驶过来了。在第一个囚笼中的,是曾经与张汤同窗求学,又几乎同时从县吏起步的御史中丞李文。两个多月的庭审、过堂,让这个平日里十分注重仪表的男子变得蓬头垢面,衣衫褴褛,而风扑不灭的是从那双仇恨的眼里喷出来的火焰。押解他的狱卒,还有路边的士卒们都无法知道,他此刻脑际变幻着那些扑朔迷离的情景:

那是张汤诡谲的眼神,那眼里藏着让他捉摸不透的神秘。那一天——大概是巫蛊案刚刚发生的时候,张汤忽然来到了他府邸。他的热情让李文陷入突兀的迷茫,话题都是在饮茶期间不经意地展开的。

说到巫蛊案,作为在署中任职的同窗,作为直接上司,他出于对学弟的关切,劝张汤务必实事求是,不可肆意株连。他至今想起来,也还是找不出错在哪里?而在他的印象中,张汤似乎对他的劝解也没有多少反感和拒绝,他始终微笑着倾听,频频地点头。甚至他们分手时,张汤还一再地感谢他的建言。可就在他们分手后没几个时辰,他就被带进了廷尉诏狱……

那是张汤嫉妒的眼神,那眼里藏着让他极为不安的火苗。哦!李文想起来了,当他们在建元六年一同进入京都的时候,庄青翟刚刚被免职,御史大夫一位空缺,于是,李文以御史中丞的身份主持了署中事务,而张汤则受命于李文。

他的勤勉和敬事,受到后来御史大夫韩安国的高度评价,而张汤却因为功利阴暗,所以没有任何升迁的机会。虽说在那时李文也感觉到了张汤的这些缺陷,但他不以为然。现在想来,一切祸根在那时候就埋下了。

风吹起李文的一缕长发,遮挡了他的视线,眼前的一切都变得模糊,只有冰冷的雪花让他的意念变得前所未有的清醒。妒忌,毒蛇信子一样吞噬了张汤的良知,使这个势利小人对同窗举起了屠刀。

而李文当然不会俯首帖耳地承认自己是巫蛊案的参与者之一,他对张汤的诬陷表示了极大的愤慨,而张汤在对待囚徒时的残酷和无情也是他从政以来闻所未闻的。李文在酷刑下一次次地昏死过去,一次次地被冷水激醒。终于有一天,当他再度昏死之后,张汤令人按着他的手画了押……

在李文画押的当天夜里,他的家人六十余口被捕入狱。张汤——这个小个子的杜陵同窗,到廷尉诏狱来了,看着遍体鳞伤的李文,他笑了。他带来了上好的酒菜,很"大度"地要和他对饮,那是一种胜者对于败者的人格蔑视。李文怒不可遏地端起酒泼在了张汤的脸上。死!对他来说并不可怕,他不甘心的是就这样被诬陷而死,他的清名就这样毁于一个并不存在的罪名。

张汤知道,李文直到最后也没有对自己的指控认罪,就在昨夜,在李文即将走上刑场的前夜,张汤再一次来到了牢房,他的脸上依然笑容可掬。可是,李文没有想到的是,他的最后一道酷刑就是被割去了舌头。李文现在唯一能够宣泄的就是这双仇恨的眼睛了,不过,他的吼声就在喉咙处涌动……

漫长的杜门大街走完了,前面就是长安东市的"燧",也就是十字街口。那里已经聚集了众多的百姓,他们被羽林军隔在刑场之外。刑场上落了厚厚的雪,沿着积雪覆盖的台阶上去,是一平台,上面置放着刑具。今日因为处斩的犯人太多,这样的平台和刑具有十多架。

负责监斩的张汤是在正当午时的时候来到刑场的。他登上东市的"市楼",眺望刑场,三百辆囚车排列在西北角,行刑的刽子手早已严阵以待。

午时三刻一到,张汤便从案头拿起一支火签,递给行刑官。但人们没有注意到的是,不知是因为远处吹来的冷风,还是因为内心深处的恐惧,张汤在发布行刑令的时候,打了一个寒战。

依照程序,行刑官在行刑前要先宣布皇上的诏书,风太大,行刑官宣读诏书的声音断断续续。

制曰:查女巫……御史中丞李文等……妄行巫蛊,惑乱人心,诋毁朝廷,着即枭首弃市。钦此!

人群中一阵嘈杂,女巫被推上断头台,行刑官向刽子手挥手示意,只听"咔嚓"一声,一颗人头就骨碌碌地滚到了雪地上,立刻就有士卒用木笼装了楚服的头颅,跑到东市的东南角,将木笼挂在了足有两丈的高竿上。

李文的囚车打开了,准备上前挟持的刽子手在李文愤怒的目光下退却了。他抬起头,望了一眼曾给他留下深刻印象的长安,抬起伤痕累累的手拂去肩头的雪花,然后,坦然而又艰难地走向断头台。哦!李文记起来了,二十多年前,他十分仰慕的晁错就是在这里被杀的。晁大人,李文随你来了。

在将头伸向圆孔的那一刻,他的心头仍然响着一个声音:"皇上!臣冤枉啊!"然而,未及在心底喊出第二声,他的头与身体已经分离了。这时候,围观的人群中忽然发出震天的惊呼,那声音犹如汹涌的波涛,从刑场涌向"市楼"。

张汤惊异地站起来,抬眼看去,就看到了一个奇异场景——在李文人头落地的一瞬间,一团红云拔地而起,卷着满天的飞雪,直上九天。张汤顿时脸色苍白,惊恐地跌坐在座上……

这场杀戮,从午时三刻开始,一直持续到黄昏……东市地上的积雪,浸透着鲜血,殷红殷红的。

多少年后,接替父亲任了太史令的司马迁不无激愤地对张汤给予了"深竞党舆"的评价,这是后话。

东市的行刑进入高潮的时候,包桑捧着诏书,率领黄门进了椒房殿。事情发展到这个地步,已经没有任何朝臣敢对废除皇后提出异议了,朝会在没有任何争议的情况下就通过了议题。

自从女巫和春芳被捕进牢狱之后,阿娇就明白一切都无可挽回了。曾经的金屋藏娇,烟云一样地散去了;曾经的良宵共度,化为了痛苦的情殇;曾经的华贵和荣耀,如窗前的积雪消融殆尽;曾经温馨的椒房殿,不久将住进另外一个女人。两个多月以来,她除了在心里继续诅咒那个可恶的卫子夫外,就是万念俱灰地等待着这一天的到来。

"圣旨到!"

……

黄门们依照程序和惯例,在进入椒房殿门之前,依次地将消息传给即将离开这里的阿娇。可阿娇面容冰冷、目光呆滞地坐在那里,仿佛这自远及近的传唤与自己没有任何干系,直到包桑进入大殿,高声喊道:"圣旨到!请皇后娘娘接旨。"她才在宫娥们的搀扶下,撩衣跪倒。

"制曰……"包桑顿了顿,侧目望了一眼脸色苍白的阿娇,心中生出悲凉,十几年来,他是看着皇上与皇后一步步走到今天的,到现在他都难以置信,皇后竟然会采取巫蛊的手段来挽回她在皇上心中的位置。

"制曰……"包桑说不清自己为什么会回到诏书的起首,"查皇后陈氏,身为后宫之主,不遵祖制,失于自约,所为不轨,唆使巫蛊,咎在难辞,着即废去皇后,收其玺绶。令居长门宫思过……"

尽管阿娇早已明白,这是巫蛊案的必然结果,但是当包桑宣布了收回玺绶的决定后,她还是懵了,她甚至忘记了接旨必需的程序。当宫娥在一旁提醒之后,她才木讷地说了一句:"臣妾谢皇上恩典。"然后就瘫坐在地上。

憋了半天,她终于撕心裂肺地对着未央宫的方向哭喊道:"皇上!臣妾冤枉啊!"

多年了,包桑第一次看见阿娇这样伤心。他知道这哭声中夹带了太多的意味,包含了太多的凄楚,注入了太多的幽怨。他几分无奈地向跟随在身后的黄门挥了挥手,然后就退到殿外,伫立在刺骨的寒风中等待着皇后平静……

大约过了半个时辰,阿娇在宫娥们的搀扶下,双手捧着皇后玺绶,慢慢地递给了包桑,然后旁若无人地径直朝早已等候多时的车驾走去。

包桑急忙从后面追上来喊道:"娘娘移驾长门宫!"

载着废后阿娇的车驾在卫士的护送下碾过积雪覆盖的覆盎门大街,缓缓朝着东南方驶去,车毂碾碎雪泥的声音撞击着阿娇破碎的心。

长门宫,不就是她母亲献给皇上的长门园么?当年皇上可是将它作为外出游览的行宫的,皇上在高兴的时候,也曾经与她一起在这里对酒话语过。如今却成了一座即将被人们遗忘的冷宫,她将在这里孤独地消磨她还很年轻的生命,每天陪伴她的,只有身边的小心翼翼的宫娥与黄门。

这几年,阿娇经历了太多的悲伤。前年,父亲陈午拖着久病的身体走了。

从此母亲孤身一人,虽然享受着荣华富贵,可是她那颗孤寂的心,却是一片飘落无着的枯叶。

春芳今天到另一个世界去了,她一定对自己充满了怨恨吧?没有巫蛊案,春芳依然会伺候在左右,她是因为自己才被牵涉进去的。想起以往的日子,她不禁为自己的刻薄和严厉而自责。

此刻陪伴在她身旁的春柳,还是个不谙世事的孩子。阿娇决计在今后的日子里,要好好地待她,用来补偿对春芳的歉疚。她情不自禁握住了春柳冰冷的小手,问道:"冷么?"

春柳有些惶恐不安,慌道:"禀娘娘!奴婢不冷!"她本能地撩起衣襟,把阿娇的手放进自己怀里,"奴婢为娘娘暖手。"

阿娇凄然地笑了笑,泪水却溢出了眼角。

"娘娘不要难过了,其实皇上心里还惦记着娘娘呢?"

阿娇摇了摇头,不信地说道:"怎么可能呢?"

"真的!奴婢刚才听皇上的圣旨说,皇后的身份虽然没有了,可是一切供奉如故啊!"

是这样么?自己怎么就没有听见呢?如果真是这样,那我就稍稍欣慰了。阿娇心里这样想着。但没过多久,心中的怨恨又一次占据了她的情感,好你个卫子夫,只要我不死,就一定不让你有好日子过!她狠狠地咬了咬嘴唇,眉宇间掠过一丝冷笑。这笑让春柳浑身战栗了一下,她慌忙问道:"娘娘!您怎么了?"

她没有回答,把一切的仇恨都深深地埋进心里了。

车驾出了覆盎门,阿娇回头看了看雄伟的门楼,然后决然地转头看着前方。她要把一切甩在身后,重新开始她的人生。

午后申时,车驾停在城东南的长门宫前,阿娇下车后的第一眼就是看见了在长门宫等候她的母亲。她一腔的酸楚顿时化为了决堤的泪水,大声叫道:"母亲!"然后就放声大哭……

一切都不可能再回到从前了,自从阿娇被贬长门宫的那一刻起,窦太主就意识到,在太皇太后之后,她与宫廷的又一条线断了。当年,她与王太后操办的这件婚事,因为一个在她看来很卑贱的女人而走到了绝境。而她曾经精心打造的裙带也被残酷的现实撕成了碎片,她曾陶醉的圣殿在长安东市的杀声中崩塌成一堆残垣断壁。

后来,她听府令说,因为巫蛊牵扯进来三百多人,她就不仅仅是失望了,更是充满着恐惧——皇上把阿娇打入长门宫,这个举动本身就是一种无言的重责,她生怕皇上有一天忽然地要追究她教女的失责。

她平生第一次对自己与太后之间的龃龉产生了懊悔,她认为那次争论加快了阿娇被废的结局。她一时陷入六神无主的恐慌,不知道下一步该怎么办。

可她知道,她必须迅速地打破这种僵局——眼下,她只能屈尊去找卫子夫,尽管她对这个奴婢出身的女人从来不屑一顾。

她怀着这样忐忑的心境走进了丹景台,她在那里看到了皇上正与抱着五岁女儿的卫子夫相语甚欢,他们充满着天伦之乐的情景让她很不舒服。

是的,这本该是属于她女儿阿娇的,但现在却被眼前这个妖媚的女人攫取了,而且她明白,椒房殿不可能空缺得太久,不久,这个女人就会成为那里的主人。但是眼下,她只能把这一切埋在心底。

她很快就把愉悦涂上自己的双眉,而且向皇上和卫子夫行了大礼。她亲切地问候卫子夫的病情,然后又惶恐不安地声言阿娇罪有应得。她知道,她愈是坦言自己和女儿的过失,就愈能获得皇上的宽恕。

果然,她不仅从卫子夫的目光中看到了大度和宽容,更从皇上的话语中得到了她最需要的信息。

在乳娘将五岁的阳石公主抱下去后,刘彻以皇上和晚辈的双重身份抚慰了窦太主:"姑母不必忧虑。皇后所为违背大义,不得不废。姑母当信道以自慰,切勿听信妄言而生恐惧。朕虽然废去了皇后的名分,但是一切供奉如故。因此,长门宫与椒房殿其实没有多大的差别。"

自从皇上登基以来,她难得听到皇上以亲属的口吻与她说话。她十分感动,进而以姑母的身份试探道:"感谢皇上和夫人的宽容。但不管怎么说,错在娇儿。若蒙皇上不弃,臣妾明日在府中略备小宴,请皇上与夫人赏光。"

她说完这话,心就悬到了半空中,她不知道皇上会怎样回答她的邀请,一双眼睛打量着皇上。

让她意想不到的是,皇上竟然很爽快地答应了她的请求,这让她的心灵获得了巨大的慰藉,她很适时地告辞了。她明白,她此行的目的已经达到。

回到府上,她立即把这个消息告诉了董偃。

长安卖珠人的儿子董偃今年刚刚二十一岁,他做梦也没有想到,前年一个偶然的机会,他会被刚刚孀居的窦太主相中。从此,他就夜夜与年过半百、却风韵犹存的窦太主纠缠在一起。

那时候,他们之间仅是一种相互需求的关系。窦太主从董偃身上得到了多年来没有得到的男人的雄壮,贪婪的她全然不顾这个小男人的感受,如饥似渴地与他交媾,而她的容颜也因为情欲的滋润而延缓了衰老。

侯府丫鬟成群,美女如云,常常让董偃看得眼花缭乱,心猿意马。但是他不敢有任何的旁骛,他知道窦太主杀死他犹如碾死一只蚂蚁一样。对董偃来说,他也不是毫无所获地付出,他用强壮的身体换来了大把的金钱,得以整日出入于长安的酒肆,尽情挥霍,广交友宾,故长安城内公卿名士,争相与他往来,久而久之,人们忘记了他原来的身份而称他为董君。

这样的日子持续了一段时间,年轻的董偃就惴惴不安了。倘使皇上知道窦太主与一个市井小儿混在一起,他将会有怎样的下场呢?会不会也将他枭首东市呢?就在他忐忑不安的时候,不期与他的挚友——已故太常袁盎的侄子袁叔在街头碰面了。

几爵酒下肚,董偃就把一肚子担忧说给了袁叔听:"太主乃皇上姑母,若是我不侍奉她,难免会落个身首异处的下场;但是长此以往,我又恐事情败露,还求仁兄指点迷津。"

袁叔将爵中的残酒下肚,眯着醉眼看着董偃道:"主意倒是有一个,只是不知道太主会不会听你的?"

"这个你放心,太主视在下如掌上明珠,只要是我提出的要求,没有不答应的。"

"未必吧?我听说太主在城南建了一座长门园,乃是太主心爱之物。倘若她能够在你和宫苑之间权衡轻重,也许足下就会平安无事。"

……

最后,窦太主选择了男人,她亲自到未央宫将长门园献给了刘彻。只是窦太主当时不曾料到,长门园日后会与她的女儿阿娇凄婉的命运联系在一起。

……

"偃儿!"窦太主拧了一把董偃光滑的脸蛋问道,"你说我应当怎样去迎接皇上呢?"

"这个么?不好说。"董偃谄媚地回了窦太主一个吻,"就是宴请,也应太主出面,以小人的身份,怎么好意思与皇上见面?弄不好,小人的命就没了。"

"也是!"窦太主趁势坐进了董偃的怀抱,纤细的手轻轻地摩挲着董偃的脸,笑道,"我的小心肝,我的小可怜,你就委屈一下吧。明日皇上来了,你就先藏起来好了。"说完窦太主放荡地解开衣襟,将董偃的头埋进她深深的乳沟……

第二天,刘彻果然到堂邑侯府来了。不过,他并没有带卫子夫,他了解自己的姑母,她对卫子夫的礼仪只不过是出于一种无奈,在内心深处对她是恨之入骨的。从童年到成年,他经历了太多的宫廷风云,没有一个女人会甘于失去既得的荣华。

关于窦太主与董偃的风流韵事,早就通过包桑传到了刘彻的耳内。也曾有臣下进言,说到此举败俗,可刘彻却没有把事情看得那么重。他出于本能的好奇,要亲眼看一看姑母垂青的男人究竟有怎样的魅力?

窦太主春风满面地迎接刘彻的到来。姑侄相向而坐,客厅浸渍着欢悦与轻松。不一会儿,府上的丫鬟们鱼贯而入,奉上她精心烹饪的菜肴。她亲自为刘彻斟满酒,说道:"难得皇上有空屈尊到府上,妾身敬皇上一爵。"

"姑母且慢!"刘彻摆了摆手,环顾了一下周围问道,"主人何在?朕今日与姑母相聚,他为何不愿意见朕呢?"

窦太主的脸顿时羞得通红,幽幽道:"皇上取笑了。侯爷前年就亡故了,这偌大的侯府就妾身孤身一人,何有主人一说呢?"

刘彻笑道:"姑母就不要掩饰了吧!这件事情已经传遍了整个京城,朕焉能不知呢?如果朕没有猜错,他此时就在室内,还是请出来吧!哈哈哈!"

事已至此,窦太主知道再也无法隐瞒下去了,遂对着内室叫道:"出来吧!皇上要见你呢!"

董偃从内室走出来,纳头便拜道:"小民罪该万死,乞皇上恕罪。"

刘彻抬眼看去,见这董偃果然是玉面剑眉,高鼻阔唇,挺拔身材,一瞬间竟有一种似曾相识的感觉。哦!想起来了,他多么像陪伴自己多年的韩嫣。是的!他太像韩嫣了。除了没有韩嫣的骑射武功,他的眉眼、气度,简直就是韩嫣再世。

这印象很快淡化了他对董偃先前的厌恶,他挥了挥手道:"起来入座吧!此乃姑母家事,朕就不多问了。"

于是,窦太主与刘彻饮酒,董偃在旁侍饮。席间,刘彻时不时地问董偃一些街间见闻。董偃出身卑微,久在长安混迹,也知道不少宫外的故事。他一边为刘彻斟酒,一边将那些道听途说的奇闻轶事拣些说给刘彻听。

刘彻每日在朝堂上听到的都是军国大事,哪里能闻见宫外的精彩和苦乐呢?他不禁忽发奇想,若是每隔一段时间就把这董偃传进宫去,撷取些奏章以外的消息,不也是排遣疲惫和烦恼的一件乐事么?

这场酒饮了足有一个时辰,酒阑席罢之时,已是日色西斜。微醉的刘彻站起来时,头有点晕,机灵的董偃急忙上前搀扶。

刘彻也发现自己喜欢上了这个年轻人,当他们坐在几案旁喝茶的时候,刘彻对一直伺候在大厅外的包桑道:"速去拿一套冠服来,朕要赐予董卿……"

皇上留下冠服走了,而窦太主和董偃仍然沉浸在梦境中没有醒来。他们不敢相信这半天发生的一切。他们都有一种预感,巫蛊案的阴云即将散去。

屋外太阳融化了屋顶的积雪,晶莹的水珠"滴答"地落在檐下,一种惬意的湿润。

……

京城的风云突变,对一个少年几乎没有任何影响,他遵照父训,游历着名山大川的行程没有任何改变。

进入八月,牂舸江终于度过了汛期,渐渐地平静温顺了。清清的江水穿越高原峡谷,自北向南奔腾而去。司马迁站在船头,望着两岸险峻嶙峋的峰峦,完全陶醉在旖旎的风光中。

在船转过一个峡湾,江面渐趋平缓时,司马迁终于抑制不住好奇心,向撑船的老者询问此处是何地。

他文质彬彬、谦恭有礼的态度使老者非常乐意回答。老者擦了擦额头的汗水,手搭凉棚朝远处的山头望了望,然后说道:"年轻人,过了前面那座山头,再行一二里,就是皇上新置的犍为郡码头。"

"哦!犍为郡?"司马迁的眉毛兴奋地跳跃了一下,忙向老者打拱道,"请问前辈,您可知道这里的唐蒙中郎将么?"

老者狐疑的目光掠过司马迁,问道:"请问先生是……"

司马迁忙解释道:"在下与唐蒙并不认识,只是在长安的时候,听说他奉诏在这里修南夷道,所以就问问,恕在下冒昧了。"

老者查看了一下前面的水情,又继续与司马迁说道:"要说唐大人,他上对得起朝廷,下不负黎民百姓,单是从僰道到牂牁江东岸的陆路凿通,就给这一带的百姓带来很大的便利。只是他脾气暴躁,滥杀无辜,弄得巴蜀父老怨声载道,才受到皇上责备的。前些日子,来了一位叫司马相如的大人,到处张贴告示,宣慰皇上的圣德,才平息了风波。不瞒先生说,他走的时候,就是从这里溯江而上的。百姓们都到码头送别,真是热闹啊!"

"哦?是这样啊!"司马迁不免有些遗憾,看来这次是没有机会与仰慕已久的司马大人相遇了。

顺流而下,水急船速,说话间,南广码头到了。司马迁向老者告别,老者摆了摆手,就把船开走了,那乳白色的帆影渐行渐远,淡出了视线。他抬头看了看悬挂在山头的太阳,朝着北方深深鞠了一躬。

书童在一旁提醒道:"公子!船走远了。"

"什么?你说什么?"

"船走远了。"

"知道了,"司马迁最后望了一眼望峡谷的尽头,才依依不舍道,"走吧!"
在回眸的一刻,他的心仿佛回到了长安。

四月是长安芳菲尽绽的日子,刚过了十六岁生日的司马迁被父亲唤到书房,指着案头一卷卷史稿,眼中就泛出老迈的无力和苍凉。

父亲的史稿已经完成了一半,虽然文字还需要润色,可毕竟记下了先秦两千多年的风云变幻。剩下的一半还很巨大,可他却越来越力不从心。更让他感到为难的是,他对大汉德惠所及的南国一无所知,而他又不愿意让这部书稿留下遗憾。于是把希望寄托在儿子身上,希望他能够游历名山大川,亲身感受大汉的辽阔和广袤。就这样,司马迁带着父亲的嘱托上路了。

几个月来,司马迁晓行夜宿,足迹踏遍了南国的山山水水。在拜访了夜郎国的君主后,他理解了为什么会有"汉与夜郎孰大"的问题。

在西南夷诸国中,夜郎的国土面积确实最大。只是他们不知道,在大山之外还有一个大汉。是皇上的恩泽打开了他们封闭的视野,让他们把目光投向了外部世界。他走访了滇北数十个部落后,感觉生活在那里的百姓都对大汉有着强烈的向往,这让他再次感受到皇上的英明。他在随笔中描绘了西南各部族的民俗风情,心中就有了一种冲动,他要接过父亲的笔,把这一切都写在书中。

现在,雄心勃勃的司马迁带着书童,沿着弯弯曲曲的山道,向犍为郡的治所——南广城走来了。

莺鸣猿啼,林深苔滑,山幽径曲,真是一峰刚过一峰叠来,水影山光共徘徊,以致司马迁认为自己是在云上行走。

正看得入神,却听见书童小声耳语道:"少爷!你看!"

顺着书童的手看去,司马迁看见前面的坡地上正有一群人在耕作。从白发苍苍的老者到身强力壮的青年,一个个赤膊文身,黝黑的皮肤在阳光下闪闪发光。他们虽然穿着与汉人不同,但发式却与汉人一样。

再看那些面容,眼睛深陷,颧骨突出,阔鼻厚唇。一双双眼睛正好奇地朝着这边张望。书童看着心里不免有些发怵:"少爷,他们不会把咱们抓起来吧?"

司马迁笑着摇头道:"这里距南广不远,民风开化。我们也走得热了,不妨上前去讨口水喝。"

两人来到地头,司马迁先向领头的老者施了一礼,说明来意。那老者只是站在那里面带慈祥地笑着,却迟迟没有动作。这样反复几次,司马迁才明白,原来他们听不懂长安话。正着急间,忽听从远处传来一声招呼:"先生一定是从长安来的吧?"

司马迁转脸去看,只见从林间小径上走来一位老丈,中原服饰,满头银发,椎髻布衣,袍及膝上。等他走到跟前,司马迁忙上前作揖,谦谦有礼道:"晚辈正是从长安来的,路过此地,口中干渴,正想向父老们讨口水喝,却是语言不通。"

"哈哈哈!"老丈爽朗的笑声在山谷间回荡,"中原常说,十里不同俗,更不用说长安与犍为之间,何止千里迢迢?"说罢,老丈走到百姓面前,用当地的语言道明了司马迁的用意,众人都笑了。

这一笑不打紧,司马迁又有了发现,原来这里成年人都有一颗牙齿是镶上去的。他在夜郎国的时候,就听说这里的僰人乃是秦人的后代,在秦末战乱中迁到了南国,却改了风俗,有了凿齿的习惯,凡男子成年之际,都要凿掉一颗牙齿,镶上其他生灵的牙齿,今日一见,果然如此。

喝过山泉水,吃过用青竹蒸出的饭团,那竹子的清香,山泉的甘甜,一时间让司马迁感到心旷神怡。

一旦打破了语言的障碍,司马迁就与这个生活在大山里的部族更加接近了。他们对遥远的北方有一座居住着皇上的城市充满着新奇,通过老丈向他提出这样或那样的疑问:

长安人煮饭用什么呢?也用竹筒装米么?

长安的水也是取自山上么?

长安的月亮也像僰道一样的圆么?

司马迁尽其所能地回答他们的问话,说到高兴处,他们也会哈哈笑个不停。

司马迁在心中感慨,这是一个多么勤劳质朴的部族啊!他们迁到哪里,就把尚农的风气带到哪里,在僰道、邛都、夜郎和巴蜀的广大区域内,他们与其他民族和睦相处,情同兄弟,传递着大汉的文明。至此,他终于明白父亲为什么要他云游四方的用意了。

太阳西斜,山风送爽,司马迁与僰人们依依惜别,那领头的老者要司马迁带去对皇上的祝福。司马迁闻言,眼睛都湿润了。他在心里暗下决心,一定要用真切的语言记录这难忘的一幕。

汉武大帝

杨焕亭 著

② 汉武执鞭

长江出版传媒　长江文艺出版社

目 录

第 一 章　东方朔怒斥董偃　张使君再征瀚海……001

第 二 章　卫将军初战告捷　长公主情发春华……020

第 三 章　沧桑尽在酒时语　风流当属情中人……038

第 四 章　瑞雪妙赋摇玉树　金麟嘤啼降皇廷……055

第 五 章　阿娇含泪诉积怨　卫后喜盈入椒房……072

第 六 章　血洒疆场志未酬　推恩狂飙振长缨……091

第 七 章　铁骑重击破楼烦　卫青封赏犒三军……108

第 八 章　主父弄波齐王府　淮南梦破推恩潮……127

第 九 章　汲黯判案公生明　刘彻护法义灭亲……145

第 十 章　阏氏凛然玉石碎　张骞倾泪归长安……164

第十一章　论官语中见官品　情怨话里识情操……183

第十二章　大将军负重出京　卫子夫遭嫉添愁……201

第十三章　霍去病漠南试剑　淮南王寿春布局……219

第十四章　龃龉始觉心隔远　佳气天赋麒麟情……236

第十五章　淮南平叛血雨飞　祭祖忧思立嗣急……255

第十六章	月夜遇刺蒙虚惊	情爱萌生公主心	274
第十七章	恃威联姻一厢愿	雨化云散两情结	291
第十八章	雄略谋通身毒道	风从上谷燃烽燧	308
第十九章	谈笑帷幄定战局	廷议重案见人心	325
第二十章	汲黯上谷查军情	去病祁连出奇兵	342
第二十一章	焉支山巅飞剑影	上林捷报扫浮靡	359
第二十二章	决战河西驰万马	旌指雁门动千军	377
第二十三章	干戈化帛定河西	瀚海染血泪雨飞	394
第二十四章	爱在英雄心事定	贷赀风波强项官	413
第二十五章	莽原见证山海誓	汉皇痴迷思倾国	431

第一章

东方朔怒斥董偃　张使君再征瀚海

虽然空气中还带着料峭的寒意，但是元光六年（公元前129年）的春天仍然随着季节的呼唤，慢慢地走进了长安。当太阳升至中天时，寒冷便悄悄地退去了，被阳光蒸腾的水汽暖暖地弥漫在驰道两旁，催醒了槐树和柳树枝丫间沉睡的嫩芽，它们静静地，在人们不经意的脚步声中张开了叶片，好奇地注视着从高墙内伸出的杏花。

宫墙内的女人们或笑靥灿灿地迎接春的芬芳，或神伤垂泪、寂寥落寞地暗叹又长了一岁。

就在这样的日子里，窦太主再一次走进了未央宫，她的心境并没有因为几个月前刘彻的过府而有丝毫的轻松。虽然阿娇仍然享受与皇后一样的待遇，可她除了在孤独中度过一个个冰冷的遥夜，却再也不能为她的母亲带来哪怕一丝的荣耀，反而常常会让她有一种危机濒临的忧虑。

但窦太主毕竟是太皇太后的女儿，母后遗传的刚强秉性使她从来就没有想过在未央宫高大的门阙前退却。她明白，现在还有一条维系她和皇上情感的纽带——她是景帝的姐姐、皇上的姑母，身上也流淌着刘氏家族的血液。她要牢牢抓住这根纽带，让皇上拂去巫蛊案的阴影，尽情享受亲情的温馨。

男人的长处和短处，只有女人才揣摩得清楚。窦太主很快发现，刘彻总是将董偃当作儿时的玩伴韩嫣，只要他与董偃在一起，就会时不时地想起与韩嫣朝夕相处的许多趣事。

这个发现让窦太主心境顿开,看来这个宝贝不仅让她销魂别骨,还有着弥合她与皇上情感的价值——他就是自己佩戴在身边的须臾不离的一块"命玉"。而他似乎也并没有令自己失望,几个月来,就是这个董偃在上林苑的平乐观中为皇上准备了斗鸡、赛狗、赛马等游乐项目。

董偃是聪明的,他知道皇宫之人喜新厌旧的习性,所以每次娱乐都不重复,这些给皇上带来了耳目一新的感觉,让他看得眼花缭乱。终于有一天,当窦太主向刘彻提出赐予董偃"将军"称号的请求时,他几乎不假思索就答应了。

"好,朕就赏你一个平乐将军吧!不过朕要提醒你,你不可以借将军之名侵害百姓。"

皇上甚至邀请窦太主到未央宫宣室殿赴宴,并让董偃作陪。

这是何等的荣耀!

此刻,窦太主的车驾缓缓地行走在长安的街头,年轻的董偃就坐在窦太主身边,他白皙柔软的手指顺着窦太主的黑发轻轻地滑到背后,从指尖传来的感觉让他一次次惊异这个女人肌肤的弹性和滑腻,那种对她床上疯狂表现的恐惧渐渐地化为了一种感激。

是的,没有她与皇上的关系,他怎会有机会走进那神秘而又不可思议的宫苑呢?没有她在皇上面前的求赐,以他一个卖珠人后代的身份,又怎么会跻身于将军之列呢?而他所得到的回报则是从窦太主那里获取了更多的金银财宝。就这样一天天过吧,要什么男人的自尊呢?自尊能当得饭吃么?

她默默地任他的手指在柔软的背后抚摸,她喜欢这种酥麻的感觉,这勾起她对昨夜床笫之欢的回忆。当宫苑雄伟的阙楼透过车驾的窗纱进入窦太主的视线时,她拉下了董偃的手,轻轻地问道:"偃儿,皇上前日在平乐观看斗鸡高兴么?"

"高兴!皇上还赏了小人御酒呢!"

"有了皇上,你可不许忘了我啊!"

"怎么敢呢?没有太主的引荐,小人今生哪会有缘见到皇上呢?"

"算你有良心。"窦太主伸出尖尖的手指,在董偃额头敲了一下,那亲昵、那温柔都在眼睛里了。

远远地瞧见未央宫,窦太主提醒道:"这里是朝廷大臣出入之地,耳目繁杂,你不可像在平乐观那样随意,免得皇上脸上不好看。"

"小人记住了。"

不一会儿,窦太主的车驾停在了司马门外,董偃搀扶她下了车,然后换乘由府中带来的轿舆,并用幔布将轿舆围得严严实实的。她毕竟还有一点自知,不愿意让这里出出进进的人看到一个皇家的贵妇身边陪着一个没有任何名分的男人。

走完司马道,拐过前殿,轿舆停在宣室殿门前,早有黄门前来迎接。

刚刚登上台阶,他俩就看见今天值守的不是别人,正是平日里以诙谐和幽默而闻名于朝的东方朔。窦太主心里不由得打起了鼓,她小声对董偃道:"别看他其貌不扬,说起话来尖如利刃,千万不可招惹他。"

话刚落地,东方朔就上前迎候,他眼里闪着诡谲的光波道:"恭迎太主,皇上已在殿内等候多时了。"

窦太主笑了笑道:"免礼,难得先生一片忠诚。"

她正要招呼董偃一同进殿,却不料东方朔一挑长戟,横在董偃与窦太主之间:"太主请进,但此人不可。"

"这是为何?"

"这个太主心里清楚,何必要微臣挑明呢?"

一句话说得窦太主脸上发热,心气翻涌,她拉下脸不悦道:"好你个东方朔,小小执戟郎,竟敢对皇上的客人横加阻拦,就不怕治罪么?"

说得没错,我本就不该站在这里。这是他一直以来的感觉,我东方朔是什么人?过目成诵,倚马成文,当一个执戟郎确实大材小用。可比起待诏公车署,这里总算是离皇上近些。

但是,他不能容许任何人轻视自己,小小的执戟郎怎么了?今天我守在这里,就是一道关口。何况董偃这个卖珠儿,只知道取悦女人,有什么资格进入皇上议事的大殿呢?

"臣只闻皇上为太主置酒,却不知有他人。"

"好!好个伶牙俐齿的东方朔,我不与你理论,待我奏明皇上,看你如何收场!"说罢,窦太主负气拂袖进了殿。不一会儿,包桑便出来传旨让东方朔进殿。

进了宣室殿,东方朔就看见窦太主正气咻咻地坐在刘彻对面。不等他开口,刘彻先指责道:"朕今日置酒宴请太主,你却对董偃横加阻拦,是何道理?"

"董偃区区舍人,岂可擅入这乾坤圣殿,故臣将他挡在门外。"

"大胆!"刘彻指着东方朔道,"难道你不知朕已封他为平乐将军了么?"

"皇上明察。"东方朔近前一步,面无惧色,"臣不知何为平乐将军,臣只知道太祖高皇帝初创天下时立下祖制,非刘氏莫王,非功莫侯。董偃区区卖珠儿,有何功于大汉,焉得封赏?"

这不是当着皇上的面揭窦太主的短么?她怎么可能忍受一个为皇上值岗的郎官如此伤自尊呢?她怎么可能容忍这个长得十分猥琐的男人伤她的偃儿呢?窦太主无法保持皇家公主雍容的仪态而疾言厉色道:"放肆!你竟敢当着我的面指责皇上,你是要反了么?"

"臣不敢!"东方朔凛然挺立,眼里充满了讥讽。他从心底瞧不起眼前这个把一个市井小儿拥在怀中的女人,他似乎并不关注她的存在而将目光转向刘彻,而言词也更加犀利和尖刻,"依臣看来……董偃至少有三条问斩的罪状,他怎么可以进入大殿呢?"

"哦?朕今天就听听,他究竟有哪三条罪状?你若是说得有理,今天就饶过你的无礼之举;若是你信口无据,指鹿为马,朕定要治你诽谤之罪。"

"谢皇上!"东方朔一改平日调侃和诙谐的神色,凛然道,"董偃以人臣入侍太主,其罪一也;败男女之化,而乱婚姻之体,其罪二也;尽狗马之乐,极耳目之欲,行邪枉之道,径淫辟之路,乃国家之大贼,人主之大蜮,其罪三也。此三罪者,不杀不足以振朝纲。"

这个该死的东方朔!窦太主在心中骂道。

其实,在东方朔看来,董偃的作为一目了然。因此,在列举了三条罪状之后,他没有打住话头,而是话锋一转道:"臣闻春秋时期,宋宫失火,左右皆劝宋公夫人伯姬躲避,夫人言道,越义而生不如守义而死。一个妇人尚且如此重名节,奈何陛下九五之尊,岂可为极耳目之乐而忘节义呢?"

也只有你东方朔才会想出这样的比喻来说朕。刘彻在心底埋怨着,却想不出反驳的理由。

其实,在刘彻身边待久了,东方朔已摸透了皇上的秉性。皇上向来对文士更为宽容。建元三年,皇上为了扩充上林苑,侵占了民田。他就曾当着司马相如的面批评了皇上,结果皇上不但没有治罪于他,反而赏赐了金帛。

此时,他精明的小眼睛一刻也没有离开过皇上的脸。他断定皇上此刻正思考的不是自己的难堪,而是如何平息这场风波。

果然,刘彻沉默了许久,环顾了一下身旁的窦太主和东方朔,那说话的口气便分外地缓和了。他以商议的语气表达了对这个小个子执戟郎的尊重,他捻了捻淡淡的胡须道:"爱卿之言不无道理。不过,朕已设下酒宴,再撤去不怎么好吧?这样,朕下不为例如何?"

"不可!"东方朔丝毫没有妥协的意思。

你这个不知进退的东西!窦太主咬着嘴唇,几次想发怒,都被刘彻的眼神制止住了。她只有呼呼地在一边喘气,脸颊憋得通红。

东方朔此时已被刘彻的大度深深地感动了,只不过他就是这样的性格,他既然已走出了第一步,就绝没有中途退回的打算。他比谁都清楚,对年近而立的皇上来说,这是人生多么关键的一步。而只要他再坚持一下,皇上就会做出正确的抉择。

朕今日真遇上得理不饶人的主了。刘彻在心里想。

"皇上知道,宣室乃处置军国大事之地,非法度大政不得擅入。皇上若是为淫乱之徒开了这个先例,总有一天要酿下大祸。"东方朔毫无顾忌,滔滔不绝。

"董君与朕游于平乐观,也是为了朕的身心之悦嘛!"

"非也!臣闻当年管仲生病时,齐桓公登门请教为政之道。管仲请他远离竖刁和易牙。桓公却说,易牙和竖刁,一个将儿子烹后供寡人享用,一个自己施了宫术以近寡人,难道他们的忠诚还值得怀疑么?管仲说,人之情莫过于爱子,易牙残忍到烹其子的地步,还可能忠于君主么?人之情莫过于爱身,竖刁残忍到对自己实行宫术,还能爱君主么?结果不出所料,齐桓公晚年,易牙、竖刁作乱。古人云,竖刁为淫而易牙作患,庆父死而鲁国全。前事不忘,后事之师,请皇上明鉴。"

话说到这个份上,句句像尖刀利剑,刺得窦太主阵阵心痛,昔日公主的仪态万方、矜持自尊,此刻就像阳光下的雪水,被东方朔犀利的词锋冲击得稀里哗啦。曾经在汉景帝和太皇太后面前言必有声的女人,此刻羞愧交加,无言以对。

她现在最希望的就是皇上能够出来说话,让她摆脱眼前的尴尬从而挽回仅存的那点颜面。但是,当她侧目打量刘彻时,看到的却是一副平静的神态。

宣室殿的气氛此刻已陷入了沉静。东方朔在阐明了自己的看法后,挺直地站在那里不再说话;而窦太主脸色冰冷,沉默地盯着面前的酒肴发呆。两颗殊途的心同时对皇上怀着各自的期待。

包桑的眼神迅速地在三人身上流转,然后小心翼翼地望着皇上,他意念处却藏着对东方朔不知进退的埋怨和对窦太主行为失德的遗憾。他多么希望皇上能够拨云见日,英明地平息这场风波。可这样的场合他没有说话的资格,只有在心中干着急。但令他没有想到的是,刚安静了片刻的东方朔竟又意犹未尽地打破了沉闷的局面。

"臣请皇上为新制计,正纲纪,除蟊贼,兴社稷,利万民。"

唉!这个书呆子,怎么就不知道适可而止呢?难道真要逼皇上开杀戒么?包桑在心里埋怨,悄悄地移到东方朔身后,扯了扯他宽大的衣袖,然后摇了摇头。可就在此刻,刘彻的声音在大家耳边响了起来。

"好!朕受教矣。"刘彻从座上起来,走到东方朔面前,"爱卿一席话,让朕豁然开朗。宣室乃国之正处,朕于此置酒,实属不妥,来人!"

"奴婢在!"

"传朕口谕,赏东方朔金三十斤,擢升为太中大夫。"

"诺!"包桑快速地回答着皇上的话,他提到嗓子眼的心终于落地。皇上以他的瀚海胸襟接纳了东方朔的直谏,这让他生出不尽的感动。

再看东方朔,他因为激动,眼角再也找不见往日的诙谐,他忙不迭地跪在刘彻面前:"谢皇上隆恩,请皇上宽恕臣不敬之罪。"

"快快平身!爱卿你这是干什么?是朕应该感谢你的忠言才是啊!从此

爱卿就不必再持戟了。"刘彻开怀畅笑的春风,漫过东方朔的心苑,暖融融的。但是,当东方朔眼里的余光扫视窦太主时,那失望、泄气、落寞的神情让他的心境霎时变得复杂和烦乱了。原本自己是针对董偃的,却不料殃及窦太主,她毕竟是皇上的姑母,她也有皇室公主的尊严。

他内心微妙的涟漪怎么能瞒过皇上的眼睛呢?刘彻明白,窦太主这边善后的事还要自己来处理。她失去了丈夫,女儿又失去了皇后的地位,其境已不堪,恐不能再过多苛责了,何况今天的酒宴本就是自己提出来的。

再说了,她是一个女人,情感深处的空白也需要得到填补,找一个男人也算不上什么大不了的事情。刘彻缓缓走到窦太主面前,以征询的口吻道:"朕一时疏忽,于宣室置酒,确为不妥。这样吧,酒宴移至北宫,谒者引董君从东司马门进入如何?"

尴尬的窦太主还能说些什么呢?他是皇上,却用商量的语气与自己说话,这对她来说无论如何都是一个挽回颜面的台阶。她冷静地想了想,自己带着一个没有名分的男人入宫,也不是什么光彩的事。就是东方朔不阻拦,难免其他大臣不议论纷纷。想到这一层,窦太主的一腔怒火逐渐地熄灭了,遂道:"臣妾遵旨。"

窦太主这话一出口,包桑立即忙碌起来了,他一边吩咐黄门到北宫安排宴席,一边通知谒者引董偃从东司马门入宫,他还要招呼黄门、宫娥跟随皇上移驾北宫,虽然如此,但他的心情是愉快的。

发生在未央宫的事情不胫而走,迅速在大臣中传开,大家不仅为皇上的从谏如流感动不已,更对东方朔不畏权贵、仗义执言而敬佩有加。就连往日里对东方朔油腔滑调、不循常规看不惯的汲黯和公孙弘都开始用新的眼光看他了。

这一天,风和日丽,汲黯约公孙弘一起走进了新任太中大夫府第。推杯换盏之间,他们才第一次见识了东方朔的足智多谋。其实,在东方朔的眼中,他们只不过比自己早进入了九卿之列而已。

酒至半酣的时候,往日因地位而带来的隔膜被共同的话语打破。三人在一起说起元光五年的巫蛊案和张汤与赵禹重新修订律令的事情,他们都对张汤不惜株连无辜,借机排斥异己,执法偏于严酷,藐视德政的行为颇有微词。

汲黯道:"若此风蔓延滋长,我朝必人人自危,心志离散,惶惶不可终日。"

公孙弘虽然在学术上向来扬"儒"抑"老",但在这一点上却与汲黯不谋而合,他接着汲黯的话道:"汲大人所言极是,黄老倡导清静无为,而儒学主张为政以德,二者殊途同归,类不同而其理不悖。张汤用法严酷,人多厌之。我等为大汉社稷之故,当奏明皇上,应杜绝恶风迁延。"他们的这些主张都得到东方朔的赞同。

第二天早朝时,汲黯首先站出来说话,他奏请皇上对巫蛊案重新进行甄别,凡是属于遭遇株连的无辜,应给予平反,恢复名誉,并对其后代给予抚慰,以彰皇上的圣德。

"不仅如此,张汤借办案之机,诛杀御史中丞李文,此为以权谋私。而据臣所知,李文乃张汤同窗,又是他在御史台的同僚。在张汤接手巫蛊案时,李大人曾对他妄意猜测、不重证据、刑讯逼供的行为多次提出劝告,以致张汤怀恨在心,诬良为奸。"东方朔紧接着汲黯的话说道。

朝臣中围绕对巫蛊案的评价,很快形成了尖锐的两派。

张汤怒斥汲黯和东方朔居心叵测,肆意诬蔑。说此案是皇上钦定的铁案,他们如此推波助澜,无异于告诉朝野是皇上错了。支持张汤的赵禹甚至指责东方朔小人得志,刚刚做了太中大夫就得意扬扬;而支持汲黯和东方朔的严助、朱买臣、韩安国等人则严厉抨击张汤弄虚作假,蒙蔽圣听,犯下欺君罔上之罪。

有没有冤案,有没有株连,张汤心里再清楚不过。此案涉及的嫌犯及其家眷数千人,有一半是受刑不过,屈打成招的。在拿到狱词的时候,他对事情是否会败露不是没有担心,一旦翻过案来,他的结局就只能是枭首东市。他当时就连夜与赵禹商议对策,一是尽快地奏明皇上,一俟皇上批准,就是铁案;二是凡录了狱词的,全部杀掉。

尽管在他看来,此案已是天衣无缝,孰料现在还是被汲黯等人抓住不放。张汤明白,争论延续的时间越长,他就越被动,就越容易影响皇上的情绪。情急之间,他想出了以退为守的主意。他"扑通"一声跪倒在刘彻面前,怆然涕下:"皇上明察,臣自幼受父亲教诲,为国执法,刚正不阿。此次办理巫蛊案,臣谨遵皇上旨意,一丝不苟,尤重证据,所有案犯均有画押的狱词。现在几位大人吹毛求疵,肆意指责,非置臣于死地而后快,这分明是妒贤嫉能。臣请皇上赐臣一死,也免某些人耿耿于怀了。"

在这个时候,刘彻总是十分看重两个人的意见。

"丞相以为呢?"刘彻向站在文官最前面的薛泽问道,却没有听到回答。原来老迈的他竟然垂着头,在群臣的争论声中打起了盹。

刘彻的气就不打一处来,高声喊道:"丞相……"

薛泽从梦中惊醒,茫然四顾。

刘彻大声说:"丞相!朕问你的话呢!"

薛泽彻底醒了:"臣在。"

"朕问你,对张汤主持的巫蛊案,你有何看法?"

"这个……"薛泽想了想道,"微臣唯皇上之命是从。"

老滑头!刘彻在心中骂道。随即他又转头向公孙弘问道:"内史有何看法?"

"微臣以为巫蛊一案既已定案,就不应反复。如此大案,纵有些许纰漏亦在所难免。何况巫蛊一案,关系卫夫人安危,作为臣下应该深解皇上意图,切莫旁生枝节,自相抵牾,影响新制推行。"

"大人何出此言?"汲黯对公孙弘的回答很不以为然。而更令他吃惊的是,追究张汤的责任,本是事前三人的约定,怎么到了朝堂,他竟出尔反尔了呢?儒家不是向来主张仁、义、礼、智、信么?此时何信之有呢?眼里容不得半粒沙子的他对公孙弘的弃信背约投以轻蔑的讽刺,"臣在渤海任太守时就曾听人说,齐人多诈而无情实。今公孙大人一番举止,果然如此。皇上,公孙大人事先同臣等约定此谏,东方大人与臣皆如约,唯公孙大人背之。人无信,不可立也。像这样口是心非,阳奉阴违之徒,还能相信他会忠于朝廷么?"

但是,公孙弘对汲黯的指责不予辩解,只是一脸委屈地对刘彻道:"臣不怪汲大人。知臣者以臣为忠,不知臣者,以臣为不忠。臣心中唯有大汉社稷,素来将个人毁誉置之度外。"

张欧此刻也接着公孙弘的话说道:"内史言之有理,如此折腾下去,必是永无宁日。过去了的,就让它过去吧。"

刘彻很专注地听着大臣们的廷辩,觉着汲黯、东方朔等人过于书生气,倒是张敺和公孙弘比较通达,因此他很适时地为这场辩论做了结语。

"内史之言正合朕意。朕意亦是如此,往后再有拿此事滋生事端,朕就不宽容了。"

其实关于巫蛊案株连无辜的风语,从东市行刑那天起,就不断地吹进刘彻的耳朵,而关于公孙弘的处事风格,他在屡次召见时也有感觉。在他看来,这个朝廷就像一个池塘,既需要有鱼浮在水面,也需要有鱼沉于池底。如果没有郅都、张汤,那还有谁会畏惧皇上的威严呢?如果没有汲黯、东方朔,那些肆权弄威者岂非有恃无恐?而公孙弘这样的人恰恰是执其两端而用其中,不偏不倚,在和而不同中维护着朝廷的稳定,这自然是汲黯等人所无法理解的。

刘彻这样说,大臣们自然便没有话说。他随之将思路转到"限民名田"上来,朗声问道:"大农令来了么?"

"臣在!"

"朕要你清理'限民名田',可有结果?"

郑当时将手中的竹简递了上去,刘彻大致浏览了一下道:"奏疏待朕早朝后再看,爱卿就将'限民名田'的情势阐述一下吧!"

"诺。"

随后郑当时开始如数家珍:"自重启新制以来,各郡国遵照朝廷旨意,开展计口限田,卓有成效。至元光四年,我朝域内人口达三千六百万口,比秦和太祖高皇帝时增加了一半还多。户以五口计算,约为七百二十万户。先皇文帝时,曾诏令劝农桑,人口和开垦土地大大增加,到后来,郡国豪强逾制侵占私田,致使贫者无田而国家赋税日少。赖皇上神威,各地打击豪强,还田于民,现全国可耕之地已经达到八百二十七万零五百三十六顷。兼并之风得到抑制,百姓无不称颂皇上圣德。只是……"

"只是什么?"刘彻皱了皱眉头,"若有抗旨者,无论王公贵族,依律惩治,决不姑息!"

"只是关中近年干旱少雨,民虽有田,收成减半。故臣以为,穿渭引渠,傍南山而下，至河三百余里，不仅可使关东粟米转输京都，还可以灌溉沿渠民田万余顷。只因工费浩大，需耗民力数万，所以臣请皇上下诏，敦促京畿郡县发民力而为之。"

刘彻听着，眉宇间喜不自胜，他的目光掠过站在大殿上的大臣们，高声说道："众卿听到了么？为政之道，在于安民，安民之道，在于兴农，兴农之道，在于治水。当年郑国自仲山谷口凿渠，以疲秦而始，以强秦而终。朕今穿渭引渠，利在千秋，众卿以为如何？"

"皇上圣明！"

"好！那朕就下旨发京畿之民十万，凿通渭渠。"

刘彻走到郑当时面前，目光中充满着信任和兴奋："朕给你三年时间如何？"

郑当时分外感动。皇上第一次推行新制，举国独尊儒术，当时他为济南太守，曾担心自己因好黄老之言而不能再报效国家。但是皇上不仅对治黄老之术的他和汲黯等人一视同仁，而且现在又将"凿渭"大计委于自己，他便有了庄严的使命感，诚惶诚恐地回应道："请皇上放心，三年以后，臣在渭渠迎接皇上。"

"好！朕一定如约前往。"

他的双眼越过群臣的肩头，就见窗外垂柳枝头的叶子退去了生命原初的鹅黄，呈现出成熟的婀娜和轻盈。他的心被丝丝柳枝牵到了郊外的籍田上，那土地深处涌动的泥香，犁铧翻动掀起的波浪和牛马欢叫传递的诗意，让他再也无法埋头于案牍之劳了。

"众位爱卿，谷雨将至，朕也该行籍田之礼了，届时两千石以上官员均须随朕前往。"

刘彻的声音载着春日的生机，飞进每一个大臣的心里。他们明白，籍田之礼并不在于皇上耕了多少地，而在于它体现着一个皇上怀土爱民，务本兴农，奖掖农桑，与民垂范的情怀。这种气氛冲淡了巫蛊案产生的压抑，而让未央宫的春天多了许多温润。

公孙弘在退朝以后，并没有离去，而是到了宣室殿。他有这个习惯，有些事情不在朝堂上说，而是喜欢单独向皇上禀奏。汲黯的抨击让他的心里不安,他需要向皇上表明自己的心迹。

……

北海是一位乳汁丰满的母亲,滋润了郅居河、安侯河和余吾河三条小龙,它们缓缓流过广袤的草原,给了匈奴人绵延不绝的生命,它们解冻的日子一天天来临了,草原上充满了生机,萌动着苏醒的张力。于是,灰黄的狼居胥山开始披上了青翠的绿衣,野草被融化的雪水催生出嫩叶,在太阳底下装点出迷人的秀色。

在这样的日子,张骞的心就像解冻的余吾水喧腾跳跃。这不仅因为纳吉玛为他生下了两个生龙活虎的儿子,而且他为此也获得了在各部落间行走的自由。

谁都知道,左骨都侯的姑爷是一位成熟干练的男人,他不仅学会了匈奴的语言,而且把汉人的风俗传遍了草原。他可以大嚼大咽半生不熟的肉块,也可以一碗碗地畅饮马奶酒,他每天骑着他的红鬃马,与纳吉玛奔跑在草原上,他们的身影总是招来姑娘们羡慕的眼光和银铃般的歌声。

> 云彩里的雄鹰啊!
> 你从哪里来?
> 翅膀上挂着太阳的光芒。
> 草原上的骏马啊!
> 你从哪里来?
> 马蹄上染着马兰花的馨香。
> 马背上的哥哥啊!
> 你从哪里来?
> 身影擦亮了妹妹的眼睛。
> ……

"骞!你听听,姑娘们都嫉妒了。"纳吉玛勒住马头,笑盈盈地看着张骞,眉眼中充满幸福和满足。

是啊!在草原上的姑娘,有哪一个不想嫁给这样的男人呢?而这样的机会就让她纳吉玛遇到了,她还有什么不满足呢?

张骞不言语,只是低头憨憨地笑。

"傻瓜!你笑什么呢?"纳吉玛嗔怪地看着丈夫。

这两年,张骞总是被幸福包围着。一旦走进纳吉玛的情感世界,他就被这个匈奴女人炽热如火的爱征服了,他渐渐习惯了纳吉玛那种不加掩饰的草原野性。

在纳吉玛眼里,张骞就是她的唯一,是一个让她迷醉的男人。她不要他每天到很远的地方去放牧,那样她会因为看不到他而心神不定;她也不要他为自己的家族做出什么承诺,她担心这会让心里一直装着长安的张骞感到不快。她每天都会变着法儿做各种珍肴美味,然后就在穹庐里等他回来。她也知道,张骞不会永远留在余吾河畔,一有机会他就会离去的。

张骞脸上的笑容渐渐消失了,庄重地问道:"纳吉玛,你想好了么?这一去也许就回不来了!"

纳吉玛很严肃地点了点头道:"纳吉玛早就打定主意,夫君走到哪里,纳吉玛就跟到哪里。"

"可这里还有你父母呢!左骨都侯对我之情,恩同再造啊!"

纳吉玛咬着嘴唇沉默了。草原的牛羊肉给了母亲旺盛的生育力,仅哥哥就有七个,但女儿却只有她一个。跟张骞远走他乡,到遥远的大月氏去,她的心又怎能不牵肠挂肚呢?

"匈奴人的性格,一口唾沫一颗钉,纳吉玛怎可以不顾新婚之夜的盟誓呢?"纳吉玛用这样的话为自己寻找理由。但是她至今也没有把心思告诉父母,这一半是出于对张骞行踪的保密,一半是出于女儿家的柔肠,她不忍心父母遭受分离的痛苦。

有多少个大风的夜晚,烤着暖烘烘的牛粪火,喝着香甜的马奶酒,纳吉玛都想说服张骞留在草原。可当她看见张骞梳理汉节旄髦的专心致志,听他唱着故乡的歌谣,念叨着皇上的那种专注,她就再也开不了口了。

张骞又怎么会读不懂纳吉玛眼中的意思呢?可他是一个志在千里的男人,他不能让女人的温柔消磨了自己的意志。有多少次,他都试图悄悄地离开纳吉玛,与堂邑父和兄弟们一起逃走,但是堂邑父让他放弃了这个打算。

"使君纵要离开,即便是瞒了任何人,都不可以辜负纳吉玛。再说,没有纳吉玛的帮助,使君和我们能离开单于庭么?"

此刻,张骞看着身边并马走在草原上的纳吉玛想到,是的,她和自己有了两个孩子,却从来没有提让他留在草原上的要求,面对这样一个女人,任何伤害都是一种罪过。

唉!小鹰长大了,总有单飞的一天,纳吉玛既然跟定了张骞,就注定要将自己的命运交给眼前这个高大的汉子。可爱的她用马鞭轻轻地敲打着张骞的肩膀道:"骞!你什么都不要说了,千万不要动摇了纳吉玛的决心。趁现在单于放松警惕,我们早些走,要知道你还担着皇帝的使命呢!"

"纳吉玛!谢谢你!"

牧羊犬"汪汪"狂叫,左骨都侯的穹庐到了。听到犬吠,一位卫士警觉地按了按腰间的刀柄,看到是纳吉玛和张骞,立即上前迎接。

张骞点了点头问道:"大人在么?"

"在。"

"请禀告大人,就说张骞和郡主到了。"

"请姑爷稍待。"

……

一会儿之后,张骞夫妇就已经坐在大帐的地毡上喝着马奶酒了。左骨都侯眯着眼睛打量着小夫妻俩,对汉朝的仰慕使他对女儿的婚事十分满意,因此对张骞的情感也亲近了许多。他慈祥的眼睛闪着光彩,问道:"阿爸的孙子呢?"

纳吉玛答道:"他们都到草原上骑羊去了。"

吐突狐涂点了点头连道:"好!好!好!匈奴人都是从骑羊开始直到跃上马背,才算完成一个男人的成长过程。你要为他们准备好弓箭,不会射箭,不会打仗,就不能算是匈奴人!"

他忽然意识到张骞已做了他的乘龙快婿,不禁为自己的失语而尴尬。他打着哈哈就转移了话题,问道:"长安的孩子都是从读书开始明白世事的吧?"

张骞摇了摇头:"不仅是读书,长安的贤士们个个都是剑术高手,只会读书,不会舞剑,会被人瞧不起的。"

"哦?"吐突狐涂捋了捋灰色的胡须道,"贤婿言之有理,我的孙子也要读书才对。"

"岳父大人说得对。"张骞说着就为左骨都侯斟满马奶酒,然后双手递了过去。就在吐突狐涂接过银碗的时候,他好像明白了,他们登门一定是有重要的事情。

"张骞!你们今天来找我,不单是为了喝酒吧?"

张骞不说话,望了望身边的纳吉玛。于是,她的身体往张骞身边靠了靠,很亲昵,很温顺地同阿爸说话了。

"春天到了,我家的羊现在已经有了上千只,马群也扩大到了几百匹,现在余吾河畔聚集了太多的穹庐,大家挤在一起,用不了多久,这山就会变得光秃秃了。女儿的意思是,我们能不能将羊群赶到更远的地方去呢?"

"那你们想赶到哪里去呢?"

"我们想越过安侯河,到涿邪山北的匈奴河畔去。"

"那里距单于庭可很远呀!"

"那又有什么呢?"纳吉玛抚弄着胸前的头发说,"匈奴人从来不都是逐水草而居的么?"

吐突狐涂迟疑的目光扫视着纳吉玛,那意思很明白,要紧的是她的丈夫,一个有着汉使身份的人,如果单于知道了,会怎么想呢?

纳吉玛知道父亲的担忧,正要说话,却听见帐外急匆匆的脚步声,有人不顾卫士的阻拦,直接闯了进来。来人正是左骨都侯的部将,他带来一个惊人的消息,说在余吾河畔放牧的须卜氏和丘林氏为了争夺草场而发生了争斗,双方都死了好几十个人,早有人飞马报告单于去了。

左骨都侯听了心立即沉重了,须卜氏和丘林氏是匈奴最大的两个部族,他们之间动起了干戈,这对整个匈奴来说都是不幸的。

"怎么会发生这样的事情呢?"

部将正要回话,卫士便进来报告,说单于传大人速去议事。左骨都侯意识到问题的严重性,就再也没有心绪与女儿和女婿叙话,一心想着怎么解决这件事情。

而这消息却让张骞心头一亮,他觉得机会来了,在送左骨都侯上马的那一刻,他几乎没有犹豫就说道:"请岳父大人如实将我们迁往匈奴河畔的打算报给单于,其实这也是为了匈奴的安定。"

听着左骨都侯远去的马蹄声,张骞拉着纳吉玛的手说道:"夫人快回去通知堂邑父安排转移之事,我还要到阏氏那儿去一趟,有了阏氏的帮助,又会少去许多障碍。"

当张骞赶到隆虑阏氏的穹庐时,李穆早已在帐中等候,他们显然已知道两个部族为争夺草场而发生争斗的事情。看到张骞,隆虑阏氏的第一句话就问:"使君现在有何打算?"

"臣准备将羊群移至涿邪山北的匈奴河畔,然后继续西进到大月氏,以完成皇上交给的使命。"

"使君还记得我的托付么?"

"臣不敢忘。"

"好!那我就把怀儿托付给使君了。"

"公主托付之事,臣万死不辞。只是若单于问起这事来,公主将怎样应对呢?"

"使君不必担心,我自有打算。"隆虑阏氏凄然一笑。话虽这样说,但这毕竟是骨肉从此天各一方的痛。

"公主如果舍不得王子离开,不妨暂时留在匈奴,待臣从大月氏返回时再作打算。"

"不!"隆虑阏氏决断地摇了摇头,"使君也已经看到了,单于一天天老了,伊稚斜无时无刻不觊觎着大位,若是让怀儿留下,必将难逃厄运。"

她顾盼的目光朝着门外看去,就听见一声悠长的喊声被三月的风带进了帐内,十五岁的刘怀片刻之间就站到了面前,当年在婚宴上看到的那稚嫩小鹰如今已经长成一个翩翩少年。

汉匈的血统使他的身体不仅呈现出匈奴人的彪悍,而且还带着汉人的干练;他的眼睛不仅散发着匈奴人的野性,而且还蕴含着汉人的明澈;他的行为不仅带着匈奴人的豪爽,还流露出汉人的诚信。

他很有礼貌地见过张骞,然后以一个男子汉的语气与母亲说道:"母亲唤孩儿到来,不知有何事情?"

隆虑阏氏轻轻走到儿子面前,伸手想抚摸儿子的肩膀。而刘怀却躲开了,叫道:"母亲!孩儿已是大人了,当着舅父的面多不好意思。"

"不管多大也是娘的儿子!"隆虑阏氏收回了亲昵的手,把一个现实的问题摆到刘怀的面前,"怀儿!想不想见你的舅父?"

"母亲是说在长安做皇帝的舅父么?"

隆虑阏氏点了点头。

"当然想啊!"刘怀兴奋道,"孩儿就想看看,舅父到底是什么样子。"

"那娘要让你跟张骞舅舅一起到长安去呢?"

"什么?母亲是要让孩儿离开父王和母亲么?"刘怀摇了摇头。

"傻孩子,你已经十五岁了,你舅父十六岁就做了皇上。男人哪有整天守在娘身边的呢?"

"孩儿可以继承单于位,与大汉永修和睦啊!"

"糊涂!"隆虑阏氏目光沉重地看着刘怀,"你怎么可能继承单于位呢?且不说你父王已立了于单为太子,而且还有那么多的王子呢!个个彪悍强壮,谁不想成为统领大匈奴的单于呢?还有你那位伊稚斜王叔,如今统率着十几万匈奴大军,一旦你父王百年之后,不要说继承王位,恐怕你连命都保不住了。"

"不会吧!母亲是不是多虑了?"

"儿啊!你还年轻,草原可处处都是刀光剑影呀!"隆虑阏氏说着,泪水就"滴滴答答"地落在了儿子肩头,"娘实在不愿看到你命丧于此。你若随张骞舅舅到了长安,皇上会保护你的。"

张骞、李穆、紫燕等人也纷纷上前劝说刘怀,要他千万不要让隆虑阏氏提心吊胆,刘怀终于心动了,但他还是担心母亲的安危。

"儿啊,难得你一片孝心。"隆虑阏氏拉着儿子的手,眉宇间透着坚毅,"你不用替娘担心,只要你父王健在,娘就会平安无事。儿啊!好男儿志在四方。今晚,就趁你父王处理国事之机,随张骞舅舅走吧。"

"嗯,孩儿听母亲之命。"刘怀抬起头来,望着母亲。是的,记忆中美丽、年轻的母亲远去了,塞外的云、草原的风带走了母亲和姨娘灿烂的年华,为她们的眼角刻下细纹。

一想到这，刘怀的泪水就禁不住涌出了眸子："母亲保重，孩儿这就走了。"刘怀先是按照匈奴的礼节，后又按照汉人的礼节，向母亲行了拜别之礼，然后又转过身，与李穆和紫燕一一拜别，"拜托大人和姨娘照顾好母亲。"说罢，刘怀便跟着张骞走出了穹庐。

"走了？"在刘怀离开前的那一刻，隆虑阏氏果断地背过身去，她甚至不知道儿子是什么时候离开的，直到穹庐里只剩下她和紫燕的身影时，她才明白，儿子最终走了。也许在她的余年里，再也看不到他了。

隆虑阏氏再也无法忍受别离的伤痛，一声"紫燕"，两个人就紧紧地拥抱在一起。阏氏的悲泣，载着漫漫乡思，追着刘怀远行的脚步而去。岁月、年华、风霜、雨雪，填平了她们身份的沟壑，让两颗心牢牢系在一起。

紫燕无言地拥着阏氏，任她的泪水打湿自己的衣襟……

事实上，吐突狐涂并没有向单于提出张骞迁移的事情，在喧嚣的争吵声中，他以"丞相"的身份再次表现了大度和忍让，他向单于提出，让他的家族迁到涿邪山北的匈奴河畔去。这个请求感动了单于，他不但允准了左骨都侯的请求，而且在其他人面前盛赞他的高风亮节。

夜幕笼罩了草原，狼居胥山凝重的身影在单于庭的北方组成天然的屏障，余吾河水的声音穿过干燥的风，在各个穹庐间回荡，远处偶尔传来几声苍狼的长鸣，给草原平添了沉郁的恐怖。

张骞从穹庐中拿起昼夜相伴的汉节，紧紧地贴在胸前。许久了，他都没有这样感受作为汉使的神圣了。他明白，从这一刻起，他将恢复使节的身份。因此，当纳吉玛提出替他持汉节时，他笑着婉拒了："谢谢夫人。我离开长安时，曾经向皇上承诺，人在汉节在，所以……"

"纳吉玛明白了！"纳吉玛吻了吻张骞的额头，"时候不早了，夫君该起程了。"

"儿子呢？"

"早随马队走了。"

张骞深情地望着身边熟悉的一切，月色下的草原，刚刚灭了火的穹庐，刚刚被赶出圈的牛羊，对纳吉玛道："走吧！"

夜色中，他看见当年跟随的队伍重新集结到了一起，马队一字儿排列在他的面前，他的红鬃马就站在队伍的前头。

看到这些兄弟，他百感交集。八年间，有多少兄弟先后离去，现在同他一起重登征途的不足百人了。而他们也都风华不再，也有人同他一样与匈奴女人结了婚。但是他们的心一刻也没有离开大汉，也没有被羊群和家庭所羁绊，他们义无反顾地集结在汉节之下，他从心底感谢他们，觉得有许多话要说，却不知从何说起。

他迅速走到红鬃马旁，那马就昂首抬头，用鼻翼亲昵地蹭他的脸颊，他轻轻地梳理战马的红鬃，仿佛看见皇上当年骑着它飞驰在上林苑的身影。他知道，这手中的汉节，这身边的战马，是他滞留匈奴八年的全部精神支柱。

"从今天起，又要辛苦你了。"张骞深情地对战马道。

这时候，堂邑父来到身旁，小声问道："使君还有什么要说的吗？"

"王子的安全不可忽视，否则我们对不起阏氏，也难以面对皇上。"

"请使君放心，在下安排了十名兄弟紧随在王子左右。"

他十分感谢堂邑父，在八年的漫长岁月里，是他排解了自己的惆怅，是他建议自己与纳吉玛成婚才得以使匈奴人放松了警惕，又是他在自己即将开始新的远征时，暗地召集了队伍，安排好一切。在这一刻，张骞忽然觉得，对一个人来说，那种超越种族的人情才是彼此走向灵魂深处的通道。

他飞身上马，朝着马队发出了低沉却坚决的命令："出发！"

第二章

卫将军初战告捷 长公主情发春华

匈奴人似乎忘记了用牧歌抒发对太阳、月亮、甚至对狼居胥山的崇拜，忘记了用发情的骒马去追寻属于自己的姑娘，忘记了用温暖的余吾河水去濯洗在穹庐里"囚禁"了一冬的长发。

当须卜氏和丘林氏为争夺草场的厮杀在单于弹压之下而渐趋平静时，他们才发现，张骞在他们自相残杀的时候，觅得了一个西去的机会。

复仇的火焰很快地在草原上蔓延，战争的喧嚣到处响起，匈奴人将分歧和纠葛暂时搁置，迅速集结在单于的旗帜下，他们把对张骞的愤怒化作剑刃的寒光，要以仇恨去报复汉使对他们的嘲弄和蔑视。他们七万铁骑狂涛般地越过长城，朝上谷席卷而来。

上谷、代郡、云中、雁门之间的高冈和山头上，自东向西每隔十里就矗立着一座高大的烽火台，每座烽火台设燧长一人。戍卒平日有一人专事守望，其余的人收集柴草和干粪，以备传递信息。

五月初的一个早上，位于居庸县城外长城城头的燧长李戈，刚刚走出燧堡，就嗅到从空气中飘来的狼烟，那呛人的味道告诉他，战争来临了。他不敢有些许松懈，迅速唤醒戍卒点燃了堆积在台顶的柴草。

不久，沿途的烽火台也纷纷燃起了烽燧，匈奴人来袭的信息，就这样通过滚滚的浓烟，传递在郡与郡之间的辽阔天空。在驻军将士的心头，在边陲百姓的心里，弥漫着紧张的气氛。

匈奴人的目的显然不是在攻城略地,而是发泄对汉人的愤懑。他们抓到汉朝官吏,一律砍下头颅,挑在枪头宣示他们的强悍。他们所获得的赏赐比起汉朝的封赏,简直不值一提。

匈奴人看汉朝女人的眼神总是透着狼性的贪婪,这一点单于十分清楚。他给予匈奴将士拥有缴获女人和财产的处置权。于是,呼韩浑琊的部属在每天回营的时候,就用羊皮绳拴着成群的女人,然后在庆功宴上把她们一一分配给立功的士卒。

女人们恐惧的尖叫、瑟缩的身影,是他们狂歌纵酒的佐料。他们在胜利的骄横中放纵情欲,拥着汉朝女人入梦。

匈奴人的生活习惯是如此深入他们的战争,他们把速度看作克敌制胜的法宝。他们数万铁骑在上谷境内纵横来往,烧毁民房,抢夺粮食和牛羊,可是他们并没有忘记马邑之战曾遭遇的险境,因此他们不再进入城内,而是在大肆杀掠之后,迅速撤到可以进退自如的安全地带。

他们这种倏忽即来,倏忽即去的战术,让汉朝将领们措手不及……

边境各郡的告急文书星夜飞向京城,烽燧吹到长安的时候,已经是落红如雨的五月底了。刘彻蓄积已久的战争激情急剧亢奋起来,长达十数年对期门军的严格演练,使他对赢得这场战争充满了自信。他立即诏令卫青为车骑将军,出上谷;公孙贺为轻车将军,出云中;李广为骁骑将军,出雁门;公孙敖为骑将军,出代郡。

四路汉军在短短一个月时间内在上谷、云中、雁门、代郡之间拉开了战线,纵横数百里。大军所过之处,旌旗招展,战马嘶鸣此起彼伏,不时有传令兵在行军队伍旁来回穿梭,一种大战将至的气氛在山川莽原上蔓延。

但这一切在卫青看来,都只是一种表象。他明白就战局而言,国力、民心乃制胜之本,但具体到眼前的上谷之役,将领的才能,军令的执行,天时和地利,都是缺一不可的条件。他更知道,因为马邑之误,上谷这方土地一直是皇上的心结。

记得大军出征的前一天,皇上召他到宣室殿,赐酒为他壮行。在举起酒爵的那一刻,皇上问道:"爱卿可知,朕为何要你出上谷么?那里曾是朕的伤心之地,三十万大军看着单于从眼前逃遁而未出击,实为我军耻辱!"

皇上毫不讳言朝野对卫青的质疑,说之所以要将他置于最前沿,一则是要借上谷之役,雪马邑之耻;二则是要让朝野了解他的知人之明。皇上的手,按在他的肩头,让他感到了江山之重。

进攻上谷的匈奴将领不是别人,正是破了汉军马邑之谋,将匈奴军带出险境的呼韩浑琊。他临事冷静,多谋善断,卫青早在韩安国那里有所闻知,这不仅让他为有这样一位对手感到兴奋,而且更多了慎重和缜密。

当获知呼韩浑琊沿用了往日与汉军交战的战术,他脸上浮现出了自信的笑意,他断定呼韩浑琊还不知道,他的对手是一位初出茅庐的年轻人,而这年轻人所率领的军队也是一支与往昔完全不同的年轻军队。

在军前会议时,他果断地下达军令,以奔袭对奔袭,以攻击对攻击,绝不给匈奴人以喘息之机。

"兵法云:法令孰行,兵众孰强,士卒孰练,赏罚孰明,吾以此知胜负矣。"卫青严肃的声音在司马们的心头回荡,"法令孰行,赏罚孰明,乃阵前统要。军前无亲缘,临战无父子,违令者斩,明白么?"

"诺!"司马们因心弦紧绷而声音多了几许刚强。他们都觉得任何疏忽和大意,任何轻慢和迟滞,都可能让自己身首异处。

按卫青的思路,战役分为两个阶段。

六月初,汉军在泉上、居庸两县将呼韩浑琊所部截为两段。然后以一万对敌五千,由一路司马率领,在冶水北岸寻机作战。汉军发现,经过多日周旋,这一带的匈奴当户裕隆已无法忍受速度丝毫不逊于他们的汉军,一直在寻找决战之机。

接到一路司马的战报后,卫青连夜下令,此正是兵法所说的败兵先战而后求胜、想逞侥幸之欲的状况,你可诈败而诱敌于居庸关北之峡谷,而后围而歼之。

司马接到书札之后,在居庸关下摆开决战态势。消息传到匈奴军营,连日来被汉军纠缠得极度疲惫、烦躁的裕隆终于因为这次机会而振奋起来。他清楚如果不抓住机会,与汉军痛痛快快地打一仗,久拖下去,失去了抢掠汉人财物机会的匈奴军队必然不战自溃。

当日,裕隆号令部属进击汉军,他冲到阵前,只见一年轻将领迎头杀来,便大吼一声:"卫青!还不下马受死?"

一路司马勒住坐骑,哈哈大笑道:"杀鸡焉用牛刀!区区当户,不须车骑将军出手,且吃我一刀。"

两军很快混战在一起,半个时辰后,只见汉军阵中大旗挥舞,司马掉转马头,率军逃去。依照卫青的吩咐,他令汉军沿途丢下辎重,造成败逃的迹象。

"哈哈哈!"裕隆脸上露出几分轻蔑,心想如此不堪一击,竟狂言取本将军首级,真不知天高地厚。遂对身边的传令兵喊道,"快命鼓手擂鼓,决不可让败军逃走!"

循着汉军足迹一路追来,饥饿的匈奴军看见汉军丢下的粮秣,纷纷下马抢食,队伍一下子乱了。裕隆见状,在连杀几名士卒后,才使队伍平静下来。第二天上午,他们追到云都山的峡谷口,就远远地瞧见汉字大旗在前面飘扬。裕隆精神大振,来不及歇息,就率队冲了上去。

但是,当他们转过一道弯,发现前面的道路很狭窄时,他的眉头就骤然收紧了,他觉得自己钻进了汉军的口袋,而且陷入了他最不习惯的山地环境。他忽然有了种大难将至的恐怖,正要对掌旗兵发令退兵,却已来不及了。

只见突然出现在两面山坡上的汉军弓弩手迅速开弓,箭如雨下。接着是步军从山坡上冲进匈奴军阵,匈奴骑兵在狭窄陡峭的山道中无法施展。双方战至午后,在死伤数十骑后,裕隆冲出了山谷。

一路司马率部追击数十里之后,才移军至沽水河一带,与给予呼韩浑琊所部重创的二、三路司马会合。

二、三路司马由卫青直接指挥,在西线茹县、广宁一带与呼韩浑琊所部展开大战。按皇上诏命,战事初期,西部都尉稍做抵抗,即放开一道口子,待匈奴军进入上谷后,便封死了塞上关口。

卫青以其人之道还治其人之身,不争一城一池,重在取匈奴首级,呼韩浑琊的疲敌之策失去了效用。更令他百思不得其解的是,汉军的追击速度比匈奴军的奔驰还要快,他们甚至还未清点所掠资财,就不得不仓促撤退。

六月中,卫青调动二、三路司马,协同西部都尉,与呼韩浑琊会战于长城脚下。

汉军两万人马将呼韩浑琊的几路当户分割包围。无论是卫青还是呼韩浑琊都非常清楚,在没有任何地利可以依凭的开阔地带,唯有鼓足士气,奋勇杀敌才可能获得胜利。

卫青站在将旗下,铁青着脸,全神贯注地注视着战场的变化。他不断地发出激赏,以此来鼓舞汉军士气。呼韩浑琊也用取敌首级者赐酒一碗的话语来催动匈奴军的杀气。

汉军采取车轮战术,每冲击一次,就有新的军侯率部来替换,从容有序地缩小包围圈,而匈奴军被包围在中间,疲于应战。双方的军队,犹如黑色的云团,被彼此的大旗牵动着,充塞在耳边的只有喊杀声和马蹄声。

双方士气空前地高涨,每斩获一首级,就割下耳朵挂在腰间,战事一直持续到第二天傍晚,双方死伤的士卒绵延数里,不唯汉军之战力让呼韩浑琊吃惊,匈奴军的顽强也让卫青感叹这个部族的强悍。

战至深酣,双方的主将还没有直接对阵,呼韩浑琊才觉得自己遭遇的不是李广,也不是程不识。他觉得此次对阵的将领多谋善断,运筹帷幄,以克敌制胜为目标,不以独勇为快。

呼韩浑琊决计撤回到大漠去。在率部沿沽水河北撤时,他回首南望,发出了由衷的感慨:"汉朝有此将军,我族后患无穷啊!"

现在,卫青的中军大帐已经移到东部都尉的驻地女祁县了。

大约是凌晨卯时,女祁县城头不时传来打更人悠长的声音,街巷深处的鸡鸣则表明,新一天浴血的格杀即将到来。燕山横亘在城池的东北方,在微露的晨曦之下,更显得雄伟奇峻;阳乐河水从城池的西北角下流过,水声清晰地飘过城墙。

卫青手按剑柄,从守城的将士身旁走过,大家都本能地挺胸抬头,直视前方。城外的草原上,匈奴的帐篷被一堆堆的篝火映照得影影绰绰,火光中巡逻的队伍来往穿梭,井然有序。

想起出征的这些日子,卫青心里就很不平静,首战克敌的快慰让他回忆起行前那次壮怀激越的聚会。

这支军队的将领们也是耐人寻味的。除李广外,其他三位将领之间都有亲缘关系。公孙贺作为皇上的连襟,是卫青的姐夫;而公孙敖对卫青来说,更是有着救命之恩。

他的大姐、公孙贺的夫人卫君孺，受了卫子夫的委托，以公孙贺的名义在府上设宴为他们饯行。

三位将军深谙卫子夫的用心，虽然他们都与宫廷有着某种关系，但他们更愿意用能力来证明自己，他们要靠手中的宝剑去赢得朝野的尊重。而皇上之所以义无反顾地将马邑之战后的首次大战托付给他们，也是出于这样的目的。

皇上这份信任沉甸甸地压在他们心头，尤其是卫青，更是感慨万千。他知道那些王侯对他统领大军就颇多非议，这些议论撕开了他用多年军旅生涯才弥合的伤口，从而让他对功名有着更强烈的期待。

那天，卫青喝了很多酒，那玉液催开了壮士长久以来被卑微身份所压抑的情感，点燃了炽热的烈火，伴着酒香，飘洒的是勇将撼地冲天的豪气。他在内心嘲笑那些纨绔子弟的鼠目寸光，他们怎么可能理解翱翔万里的鸿鹄之志呢？他们又怎么可能了解他十年磨剑的苦心孤诣呢？

当月影西移、摇动窗棂上的竹影时，卫青趁着酒兴，拔剑起舞，剑光闪闪，剑气潇潇，惊起夜宿枝头的群鸟，惊落竹叶上的露珠。公孙贺、公孙敖明白，少年时代留给卫青心灵的阴影太重，他的醉中狂舞，不过是蓄愤已久的宣泄。

一通舞罢，两人不约而同地上前握着卫青的手，那千言万语就化作一句简单而又铿锵的话语。

"初次上阵，还望兄弟保重。"

公孙敖道："赖陛下神威，我军必大胜而归。"

三人笑了，这又是为什么呢？不是还没有出征么？用得着如此悲壮么？

这时候，他的大姐，公孙贺将军的夫人卫君孺进来了，催促道："妾身为各位将军准备了茶水，请大家过来一饮。"

喝过茶水，三人的酒醒了多半。趁二位公孙将军在一旁叙话的时候，卫君孺把卫青拉到一边，悄声问道："去看过你子夫姐了么？"

卫青点了点头。

卫君孺又问道："到平阳公主那里去了么？"

卫青知道大姐话中的意思。他也明白，平阳公主孀居经年，十分寂寞和痛苦，但是他觉得只有当上一个成功的将军之后，他才有资格去回应公主火辣辣的目光，才能最终填平他们之间的鸿沟。因此，在接到皇上的诏命后，他没有到公主府上辞行。他怕承受不了公主缠绵悱恻的目光，更不愿意她为自己的安危牵肠挂肚。

"还是等班师回朝后再说吧！战场上瞬息万变，生死未卜。何必让更多的人为弟弟悬着一颗心呢？"

卫君孺不得不承认兄弟说得有道理，遂转身对公孙贺道："青儿虽说勇力过人，带兵也有十年之久，可毕竟是第一次独当一面。夫君虽说与他兵分两路，相距数百里，可妾身还是希望你们相互照应，平安而去，安然而归。"说着说着，就禁不住潸然泪下。

"看看！这又不是第一次，哭什么哭？再说卫青是夫人的兄弟，难道就不是我的兄弟了？"公孙贺不满道。

卫青扶着大姐，一股暖流顿时涌遍全身。童年的时候，他回到郑家，郑家兄弟欺负他，是两位姐姐处处护着他，这种情分是他封侯拜将也不能忘的。他用男子汉的刚强抚慰着大姐柔弱的心灵，轻轻说道："姐姐请放心，弟弟一定提着匈奴人的首级回到长安！"

现在，这些都已成为他战事之余最温馨的回忆。

一位军侯远远看见卫青，急忙跑上前来道："参见将军！"

"有何军情？"

"禀将军，一切如常。"

"匈奴人作战，向来神出鬼没，要防止他们偷袭。"

"诺！"

"士气如何？"

"禀将军，现在大家士气高昂。大家都说，多年了，从来没有这么痛快地与匈奴人打过仗。"

卫青笑道："你倒会说话，去吧！"

"诺！"

回到帐中，卫青毫无倦意，他传来长史、东部都尉、上谷太守，待大家坐定后,卫青问道:"我军连日与匈奴作战,捷报不断,下一步我军该如何动作,不知各位有何想法?"

长史任安道:"多日鏖战,行军甚急,将士疲惫,依下官看来,把匈奴赶出上谷,驱逐到长城之外,指日可待。不如眼下在女祁县稍事休整,再作打算。"

东部都尉接着道:"长史所言甚是。此次大战,匈奴遭到重创。呼韩浑琊短期内不敢再生南进企图,休整很有必要。"

"将军之言不无道理。然匈奴离我边城近在咫尺,难保大军班师后他们不会卷土重来。故下官以为,宜作纵深打击,致使其短期内难以恢复军力。"上谷太守却另有一议。

卫青将目光投向从事中郎李晔,问道:"中郎怎么看呢?"

从职务上说,从事中郎主军中参谋,他的话对主将的决策往往会产生重大影响,因此每逢帐中议事时,李晔都会考虑周密后才提出自己的主张。刚才大家说话的时候,他一直在听,在思考。在卫青点名让他说话的时候,他遂撩了撩袍袖道:"两军交战勇者胜。虽然我军一路追击,将士疲劳,不过依属下观察,我上谷一路的将士多为期门军,经十年磨砺,现行军速度和战力丝毫不逊于匈奴。我疲敌亦疲,故属下以为,应该继续进击,不可松懈。"

"有理!"卫青兴奋地接过话头,"古人云:一鼓作气,再而衰,三而竭。为今之计,就要一鼓作气,否则就会功亏一篑。匈奴之所以屡犯边陲,在于我军总是满足于将其阻挡在长城之外。"说到这里,卫青沉思了一会儿,然后望着帐外渐渐出现的晨光道,"诸位,据探马报告,匈奴人正在考虑的是如何退兵而不是与我军作战。而敌人要退出上谷,只有沽水河峡谷一条路可走,如果我军放出休整的消息,而暗地设伏于沽水两岸,则必可置敌于死地!"

他的一番话说得大家频频点头,这一路上,他们见识了卫青宏大的战略目光和精密的临阵部署,他们虽然从军多年,现在也不得不对卫青刮目相看了。

一连几天,女祁县城外的汉军营门紧闭,远远望去,不少将士在玩"投石"的游戏,不断传来笑声和呐喊声。城内的士卒在市令的带领下,到处购置好酒好肉,街市上人头攒动,熙熙攘攘,呈现出大战以来从未有过的热闹。而"卫青"则由太守陪同,堂而皇之地到县城北关的马市上挑选马匹。

太守赞道:"如果没有卫将军重创匈奴,女祁县至今恐怕还是战云密布呢!"

"卫青"摇了摇头道:"说战云散去还为时过早,现在我们这不也是迷敌之策么?"两人相视而笑,向前走去。

"卫青"来到一匹马前,伸手托起马头,掰开马嘴,饶有兴趣地看了许久,才问一旁的马主人道:"请问这马是从何处来的?"

马贩子急忙近前,忙不迭地介绍道:"这马是从匈奴来的,是匈奴马与大宛马交配而出,脚力好,速度快。"

"比之关中马如何?"

马主人看了看"卫青",觉得好像遇到了行家,于是又多了一些话:"看客官的样子一定见过不少马,可这马比关中马好多了。它有三大,体格大,蹄子大,眼睛大。跑起来不仅速度快,而且平稳。通常是日行千里,夜走八百,匈奴人称之为神马。客官要是骑这马打仗,一定是百战百胜;如果是用这马跑商贾,一定会财源广进。"

两人正说话间,一个中年汉子过来拉着马主人到一边问道:"你可知道这位买马的人是谁?"

马主人大声嚷嚷:"还能是谁?不就是个马贩子吗?"

那人压低声音道:"你看走眼了!"

"怎么了?"

"你瞧那人的气度,像是做生意的么?"那人故意打住话头,见马主人抓耳挠腮,一副焦急的样子,才几分神秘地告诉他,"他就是近日追击匈奴人的车骑将军卫青啊!"

"啊!"马主人惊叹一声,"这么说,在下遇见贵人了?"

"可不!"

听说是与匈奴大战的卫青,马主人油然生出敬意,他拉着马缰来到"卫青"面前,慷慨道:"将军驱除匈奴人,救边民于水火,小人就将这马献给将军,请将军笑纳。"

"卫青"见状,忙摆手谢绝。双方拉扯了很长时间,最后还是太守出面,让"卫青"收下此马。

这一切，早就有细作飞马驰报呼韩浑琊去了……

又是一个黎明，启明星在天际闪着光芒，一轮残月悬挂在沽水河谷上空。偶尔从河边的密林处传来几声枭的哀鸣，愈发增添了恐怖的气氛。呼韩浑琊率领着数千人马，匆匆穿越峡谷，向长城脚下奔去。

战争，有时与其说是军事实力的较量，毋宁说是主帅心理的较量。单于此次把进军上谷的重任交给呼韩浑琊，就是看中他处乱不惊的大将风度。但是在遭遇卫青之后，他的方寸乱了，他从没有像今天这样迷茫过。

他捉摸不透这么多瞬息万变的阵法，也不知道汉军什么时候有了这样惊人的奔袭能力。他隐隐觉得，这支军队无论是从布阵的熟稔还是从作战的勇力上，都远远地超过了曾经闻名匈奴的李广。他们不给自己喘息的时间，而是紧紧咬住不放，这让他想起草原上的狼。

昨天，细作终于带给他一个好消息，说汉军停止了追击，在女祁县城驻扎下来，并且看见卫青在马市上买马。而与此同时，前方的细作回来报告说，汉军军纪松弛，毫无临战的气氛。呼韩浑琊依照往昔的经验判断，这支汉军也和他的军队一样，处于疲惫的状态，他们也需要一个休整的时间。

在与部将们反复商量之后，呼韩浑琊做出决定，在当日后半夜撤退，一口气冲出关塞。他要为兄弟们负责，决不能等汉军恢复之后再给他沉重一击。

呼韩浑琊的目的是清晰的，傍晚时分，他故意让士卒们把烤肉的火烧得很旺，在几里外都可以看得见，他要给卫青造成坚持作战的表象，而他们就在烤肉的飘香中悄悄地踏上了归途。

此刻，他正穿行在沽水河狭长的谷道里，突然有一种莫名的忧虑。是的，河谷太平静了，会不会隐藏着什么危险呢？他转头向紧跟在身边的部将问道："汉军会不会在这里埋伏？"

"不会吧？昨日卫青不是还在女祁县么？这里距那儿少说也有三百里，而且山路崎岖，卫青不可能在几个时辰内率数千大军赶到这里啊！"

"还是小心为好。传令下去，警惕埋伏！"

看着传令兵向后面飞驰而去，呼韩浑琊狠狠地抽了战马一鞭，加快了行军速度。就在他走出不远后，心就"怦怦"直跳起来。他看见前面的道路被一堆巨石挡住了,他敏锐地意识到这不可能是山崩带下的石头。于是催动战马来到队伍前面,对正在指挥搬运石块的部将愤怒地喊道:"上马,赶快从河里蹚过去!"

但是,这一切都已晚了。

他的军队刚刚下到河里,就听见对面山坡上传来战鼓的响声,接着密集的箭雨从密林深处射来,不少将士中箭落马,鲜血顿时染红了河水。呼韩浑琊挥动长枪,拨开箭雨,朝后看去,只见匈奴军队已乱作一团。

汉军从山上席卷而下,喊杀声在群山间回荡。匈奴军被分成几块,与汉军在狭长的谷道间展开厮杀。

展现在呼韩浑琊眼前的是一幅惨烈画面:

一位汉军士卒将长枪深深刺入一个匈奴人的胸膛,鲜血直喷到他的脸上,模糊了眼睛,而匈奴兵在最后一刻扑了上去,咬断了汉军士卒的喉咙,他们几乎同时落入河中。

一位匈奴兵被四名汉军团团围住,刀枪在生死搏杀中发出铿锵声响,匈奴兵一刀下去,一个汉军的胳膊从肩膀处断落,露出森森白骨,而他的身体也很快被其他三名汉军肢解。血的喷洒,肉的痉挛,让河滩水草瑟瑟发抖。

一位汉军与一名匈奴兵徒手搏斗,汉军一只手死死揪住匈奴兵的长发,而另一只手将他硕大的耳环连同耳朵一起扯下。匈奴兵忍痛咬牙,将匕首插进了汉军的胸膛,当他们倒在地上的时候,眼里仍射出冷冷的凶光。

在过去的十年里,汉军用刀和剑、用热血和意志将自己从一头秦川牛变成嗜血的狼。

呼韩浑琊被激怒了,他的长枪上下翻飞,如蛟龙舞动,扫落一片汉军骑士。他冲进军阵,只见一位年轻的将军,身披黑衣玄甲,骑一匹黄骠马,挥舞着长剑冲下山坡,那人左冲右突,匈奴士兵就倒下一大片。他断定这人就是卫青,他明白自己上当了,昨天在女祁县城见到的那个"卫青"根本就不是他。

正在惊愕间,卫青已冲到他面前,厉声喊道:"来者可是呼韩浑琊?你还不快快下马投降,本将军可免你一死!"

事已至此,战亦死,不战亦死。呼韩浑琊也不答话,挥动长枪,直刺卫青咽喉。卫青头稍稍一偏，然后挥刀挡开了枪尖，两人遂厮杀起来。

连战数十回合，两人都汗流浃背，难分胜负。这时候，一位匈奴部将喊道："将军快走，冲过关塞，我们就有救了！"

呼韩浑琊拨转马头，向北逃去。走出不远，就听到一声惨叫，原来那部将为拖延时间，已被卫青击杀，头颅在空中划出一道弧线，就掉到河里去了。

在他的身后，是汉军震天动地的喊声："活捉呼韩浑琊！"

"活捉呼韩浑琊！"

……

山谷里起了狂风，太阳挂在灰蒙蒙的山头，匈奴军和汉军的尸体横七竖八地堆满了河谷，血水淌进河里或溅洒在水草间，弥漫着浓烈的腥味。卫青踩着血浆和泥泞，走过一具具尸体，不时地蹲下拂去汉军将士脸上的血泥，合上他们的双眼。

一位军掾前来报告："此役斩匈奴人首级四百余。"

"我军伤亡情况呢？"

"我军也有百名将士阵亡，二百多名重伤。"

"五百多条生命就这样完了。"卫青长长地叹息道，"无论是我军还是匈奴军阵亡将士，都要好生掩埋。记住那些将士的名字，我要为他们请功！"

卫青并没有就此收兵的打算，两天以后，他们就毫不犹豫地继续追击北逃的匈奴军，长驱直入大漠腹地。七天以后，汉军的铁骑就第一次踏入了匈奴人祭祀天地和举行部落会盟的龙城。

自从高皇帝和亲以来，在匈奴人的印象中，只有他们的铁蹄踏进中原的记录，还不曾有过汉军长驱直入，直取龙城的故事。匈奴人被这突如其来的打击弄懵了，他们来不及组织抵抗，就仓皇地撤往大漠深处，将一座空城留给了汉军。

尽管如此，这毕竟是汉军扬眉吐气的奇功。他们将旗帜插在高高的土城墙头，欢呼自己的胜利。他们发现匈奴人祭祀天地的"圣城"竟是这样的简陋和荒凉，不用说楼阙嵯峨，也不用说城门堂皇，就连一块城砖都找不到，四处留下的只是穹庐拆除时的痕迹。

卫青的行营就驻扎在龙城东北的城墙脚。在刚进城的时候，李晔就部署好了岗哨,随后他就亲自来布置行营了。

他在帐中摆上案几,点燃了灯火;他摊开《孙子兵法》——那是皇上赐予韩安国、出征前韩安国转赠给卫青的;他在屏风挂上行军图,图上的方位表明,他们离长安已经很远了;他在帐内铺上地毯,以供参加军事会议的各路部将就坐。

其实,论起年龄,李晔要比卫青年长将近十岁。但是这一路打下来,他被卫青的韬略折服了,他觉得作为军中幕僚,能为卫青做这一切,就是忠于皇上。

李晔刚刚收拾妥当,卫青就从门外进来了,他连忙上前施礼。

卫青看着帐内的一切,脸上露出高兴的笑容。他十分看重李晔,并总是在关键的时候听取他的见解。此刻,他最关心的是云中、雁门和代郡的消息。

"两位公孙大人和李将军有消息么?"

"将军!"李晔不知该怎样把知道的情况告诉给卫青,他的声音沉重了。

"怎么了?"

"虽说我军此次出征已获大胜,然从云中、雁门和代郡来的消息却不容乐观。公孙贺将军刚出云中,就遭遇了伊稚斜的阻击,双方虽无伤亡,然匈奴骑兵的速度很快,为汉军所不及,所以公孙贺将军只能望敌兴叹,无功自守;公孙敖将军则为敌所败,损失惨重;最为惊险的是李将军,他沿用以往的经验,让部属散在雁门关外的长城脚下,试图引诱敌人,孰料他被匈奴军暗中包围,自己也被俘,匈奴人用狩猎的网盛之,置于两马间。李将军装死,走了十几里,趁匈奴人大意之际,才得以逃脱。"

听完李晔的叙述,卫青睁大眼睛惊道:"这么说,其他三路都出师不利了?!"他颓然地跌坐在地毯上,良久没有说话。对皇上来说,他要的不是局部的胜利,而是要全局的结果。因此,将士们用血换来的战绩充其量也只能算是小胜,并没有实现皇上的意图。不仅如此,他觉得战场形势骤然变得对自己十分不利,他要尽快做出部署。

"事已至此,中郎看当前战势如何?"

"其他三路的失利导致我军已成孤军深入之势,倘若匈奴人回过神来,集中兵力收复龙城,我军必然危机。依属下之见,今夜就应疾行撤回上谷。"

"我也是这样想。此次出兵,我军败于节制分散,各自为战。回到长安,本将一定要明奏皇上,尽快恢复太尉府。"

说到这里,卫青站了起来,果断地对李晔道,"传令下去,今夜二更造饭,四更撤军,有贻误者,斩!"

"诺!"

"慢!让军中市令将酒肉分发下去,让将士们饱餐一顿再行撤退。还有……留十面军旗,插在龙城高处,给敌军造成我军驻扎的假象。"

李晔走了,卫青的心躁动起来。连日来纵横驰骋的场景,对中途撤军的扼腕,交织成复杂的思绪,煎熬着他的情感。他走出帐篷,抬眼望去,天空像一张巨大的穹庐,笼罩了茫茫的草原,军士们埋锅造饭的炊烟阵阵飘来,使卫青的眼睛有些酸涩。从浓浓的夜色里,传来狼群呜咽的声音。

……

卫青走了,他连辞行都没有,这让平阳公主很伤心,在听到大军远行的那一刻,她甚至决心即使他封了侯,拜了相,也绝不理他了……

可她很快就发现,所有的誓言都抵不住对卫青的思念,所有的怨恨都挡不住心的跟随。

昨夜,她在梦中朦朦胧胧地看见卫青从前方回来了,他们惬意地漫步在上林苑。

云在他们的头顶轻轻飘荡,好像在说,你们缓缓地行啊悠悠地走,不要辜负了这良辰美景。

风在他们的脚下翩翩起舞,好像在说,你们悄悄地看啊静静地听,莫打扰了佳人的低语呢喃。

他们双双醉入花丛,卫青揽着公主的细腰,公主丰润的红唇落在他的额头;卫青用胸怀温暖着公主的脸颊,公主甜蜜地依偎在他的怀抱。

忽然从远处传来战马的嘶鸣声,卫青就无法陶醉在公主盈袖的芳香里了,他轻轻抱起公主,放在鲜花铺就的地上,然后独自翻身上马,顷刻间驰入遥远的天际,从云中传来他深情的呼唤:"等我回来……"

公主一个激灵就醒了,她说不清这梦意味着什么。望着帷帐,她追忆着每一个细节,不愿丫鬟打扰她享受那种酸酸的幸福。那是一种只有经历了孤独寂寞后才品味得来的感觉，却也只有在孤独中才有意思的品味——痛并缠绵着。

她有时候觉得人的一生充满了未知数，可刘家的女人怎么总摆脱不了悲凉的梦魇呢？几年前，姑母窦太主失去了陈午，而两年前，她也失去了丈夫曹寿。姑母虽然年过五旬，却有一个董偃陪着，而她的卫青至今仍然在躲着她。

其实她也明白，这种煎熬完全是自己甘愿承受的，早在曹寿活着的时候，早在卫青还在做骑奴的时候，她就为他的雄健所迷醉，为他的气度所倾倒，何况他现在已是皇上垂青的将军了。与其恨他，倒不如就这样苦苦地恋着……

她多想听到前方传来卫青的消息。哪怕是一次小小的胜利，都足以慰藉她焦灼的心灵。

她怀着焦虑的心情走进了未央宫前殿，包桑立即上前迎候。

平阳公主很温柔地问道："皇上在忙些什么呢？"

"皇上在看前线战报呢！"

"前方的战事如何？"

"这……公主还是问皇上吧！"

一听这些话，她的心顿时就七上八下的，她担心卫青第一次出征就不顺利，甚至担心……她不敢再往下想，就跟着包桑进了殿门。

刘彻正聚精会神地看着战报，清晨的阳光照在大殿内，衬托出他高大的身影，这让她瞬间想起了平定七国之乱时的父皇。是的，他太像父皇了。她透过他眉飞色舞的表情判断，一定是前方有了振奋的消息，只是她不确定这消息来自哪里。直到刘彻拍着案头狂喜地喊道"卫青！朕没有看错你"时，她悬着的心才落了下来。

"好卫青……"平阳公主在心中呼唤。

刘彻转过身就看见了平阳公主，他知道她是为卫青来的，却还是煞有介事地问道："皇姐怎么进宫来了？哦……朕明白了……"

"皇上明白什么了？"

"阿姐比朕清楚啊！"

平阳公主有些不好意思,脸上泛起团团红晕:"皇上取笑臣妾了。"

刘彻收了笑容,对包桑说道:"你先退下,朕要与公主说话。"

在宫娥和黄门们都退下后,刘彻兴奋地告诉她,说卫青率军在上谷以北的沽水河谷伏击了匈奴军,斩首四百余,现正在追击残敌。

"朕刚刚登基时就说过,欲成大业,非少壮有力者不能为之。可朝廷中总有人说,骑奴出身的卫青不能带兵打仗。朕相信经过这次战役,这些议论都会烟消云散,而母后那里也会对卫氏姐弟刮目相看的。"

他并不回避公主与卫青之间那种若即若离的暧昧,打趣道:"这次回来,阿姐与卫青可以喜结连理了吧?"

公主掩口低声道:"还不知道他是如何想的呢!"

"这有何妨!朕赐婚便是。这个证婚人就由朕来当如何?"

"焉有兄弟为阿姐证婚之说?"

"呵呵!阿姐希望月老出面呢!"刘彻说着就笑了,"朕还要感谢皇姐为朕送来一位温柔娴静的夫人和一位力敌万军的大将呢!"

平阳公主尽情享受着刘彻对卫青的赞誉,她何尝不想与卫青早日共度良宵呢?只是一想到母后的门第之见,她就高兴不起来了,幽幽道:"尚不知母后如何想呢?"

两人正说着话,包桑进来奏道:"皇上,长信殿詹事来了,说太后正询问前方的战事呢!"

"朕正要去母后那里。传朕口谕,移驾长信殿,皇姐与朕一同前往。"

"诺。"

太后对他俩的到来十分高兴,她拉着女儿的手亲切地询问她的生活起居,一想到女儿早早孀居,就情不自禁地流下了泪水。平阳公主陪着母亲流泪,为了母后的牵挂,也为了自己的命舛。直到刘彻把前方的消息禀奏给太后时,她的情绪才缓了过来。

"我听说单于此次兵发上谷,主要是因为张骞出逃的缘故。我担心隆虑会不会受到牵连。"

"前次,匈奴使节左骨都侯曾经对孩儿说过,三姐在匈奴德惠广布,很得人心,母后就不必太担心了。"

其实，刘彻的担忧绝不亚于太后。二十多年了，他再也没有见到过隆虑姐姐，记忆深处留下的依然是她十六岁时的模样。可他知道，坐在皇帝这个位置上，他就代表国家，面对匈奴的入侵，他唯一的选择就是战争。

"卫青此次初试锋芒，就大获全胜。当年孩儿看着三姐远走他乡，心怀怨恨，如今终于可以雪心头之恨了。"

"但愿她平安。"太后拭了拭眼角的泪水，她显然也被刘彻的情绪感染了，由衷地称赞皇上的知人和用人，"由此观之，卫青确为大将之才。"

"大军班师后，儿子要赏赐有功将领，要委以卫青重任。"

"应该！应该！自大汉开国以来，何时有今日这样的扬眉吐气呢？"

可是，当刘彻将平阳公主与卫青的婚事提到太后面前时，她的脸色顿时就严肃了。她端起消暑汤，把本来就凉了的汤水吹了又吹，不再说话。她心中还是打不开那个结，她不能容忍一个骑奴出身的男人做了自己的女婿。

"不行，"太后用清凉的消暑汤平静了一下自己的情绪道，"先帝当年为平阳择婿时，就选定了曹寿，那是因为他是仕宦之家。现今平阳已孀居两年，另择佳婿未尝不可，但必须选择王侯世家才是。卫青虽有治军之才，毕竟根基不正，怎么能够与皇家结亲呢？"

为卫氏姐弟的出身问题，刘彻已与太后发生过几次争论，他原以为随着卫青地位的变化，太后会改变自己的看法，孰料她竟然不留些许余地。

可她是太后，他只能用劝告的语气陈说自己的理由："古人云，王侯将相，宁有种乎？追溯起来，我朝哪位大人不是百姓出身呢？儿子的祖先，当初也不过是个亭长。"

"放肆，你怎可如此妄议先祖，高皇帝斩蛇之事，你忘记了么？"

"儿子不敢。"

平阳公主于是伤心起来，她感慨皇室的桎梏。回想起刘彻与阿娇的婚姻，自己与曹寿的结缘以及隆虑妹妹远嫁异乡，哪一个不是与国政纠缠在一起呢？有谁考虑过他们的感受呢？有谁顾及他们的幸福呢？母后不是不知道她与曹寿在一起的痛苦和无奈！可……

平阳公主不敢再往下想，她也不想让皇上为难，于是站起来走到太后面前，深深地施了一礼道："母后不必为女儿担忧，女儿觉得现在就过得很好，很安静。"

她又回转身来对刘彻道:"皇上国事繁忙,日理万机,臣妾不能为皇上分忧,已感惭愧,怎能让皇上为臣妾的琐事分心呢?时候不早了,臣妾也该回府了。"

"阿姐!"刘彻追到殿门口,见平阳公主没有回头的意思,就急忙对包桑喊道,"用朕的车驾送公主回去!"

"不!用我的凤辇。"太后道。

第三章

沧桑尽在酒时语　风流当属情中人

　　当李广走出廷尉诏狱时,他望着初秋的天空,贪婪地呼吸着清新空气。在与匈奴鏖战的年月里,在未央宫守卫皇上的日子里,他整日里思考的就是如何克敌制胜,保境安民;如何守好宫闱,侍奉皇上。他从来不曾认真地看一看头顶的高天流云,也没有机会感受秋风染黄大地的力量。

　　这些往日从不在意的景物,如今在他眼里却格外的亲切。

　　十几天牢狱生活,让他好像重活了一世。

　　这些日子,他对自己的命运做了各种猜想,他并不打算为自己开脱,与初出茅庐的卫青相比,他感到十分惭愧,而被匈奴人俘虏,更让他无地自容。当被廷尉府判定为死罪时,他已绝了求生的念头。只是他不甘心,自己就这样死在人生最失败的时候。虽说是罪当其罚,可这样的结局也不免悲哀。可现在他竟罪后余生,活了下来。

　　太阳就这样照在头顶,秋树是这样的亲近,甚至连身后的牢门在这一刻都少了些许冰冷。

　　"祖父!"

　　听见孙儿李陵的呼唤,李广流出两行热泪:"你怎么来了?祖母呢?"

　　"在那边!"

　　顺着李陵的手看去,他的心就禁不住战栗了。仅仅十多天的时间,她的鬓边就添了不少白发,憔悴的脸色表示在他入狱的这些日子里,她不知承担了多少精神重负和心理压力。她由于悲伤而挪不动脚步,只能在那里饮泣。李广拉着李陵走到夫人面前,她终于无法忍住一肚子的委屈而哭出了声音。

"你这是干什么呢?我不是好好的么?"

"妾身就是觉得老爷冤枉。"夫人擦干眼角的泪水。

"何来冤枉?皇上把大军交给老夫,我却只带回一半人马,不该治罪么?"

"孙儿也觉得祖母言之有理,这些年来,祖父一直在边关打仗,立了多少功勋,朝廷不曾赏赐也就罢了,这回偶有闪失,就让廷尉府治罪,这公平么?"李陵跟在后面为祖父鸣不平。

"皇皇大汉,哪有以功抵过的道理?皇上若是这样,今后还怎么治理天下?"说话间,他们已来到停在牢狱外道口的车驾旁。家丞早已在那里候着,看见李广,他只是默默地上前搀扶。

"你这是干什么?老夫还没有老到需要搀扶的地步,你还是照看夫人去吧!"李广说罢就上了车驾,李陵骑马在后面跟着,直奔尚冠街的府第。

一路上,秋叶飘零,金风飒飒,想起出兵时,长安还是碧树葱茏,绿荫遮道,一场大战下来,渭水已生起了秋风,夏日也已经走远了,而他也由将军沦为阶下囚。此景此情,使李广的思绪怎么也平静不了。

元光六年六月的一仗,对他来说不啻为一生最大的羞辱。

早年,李广在云中、上郡一带做太守,家小都随他四处漂泊,后来他当了未央宫卫尉,才在这尚冠街深处找了一处僻静的地方盖了几栋房舍,把家人安定下来。从外面看,李府虽鸱吻高翘,虎面铺首,青砖铺阶,可进去之后就会发现,与那些王侯将相的宅院相比,要寒酸多了。

但是,他从来没有感到尴尬,而他欣慰的是,几个儿子都很争气,大儿子李当户、二儿子李椒、小儿子李敢都做了军中的骑郎。可惜当户早殇,只留下了遗腹子李陵,虽然仅仅只有十岁,却知礼习武,很有壮志。

他遗憾和痛心的是,打了一辈子的仗,却栽在了自己十分熟悉的雁门。因此,从前线回来后,他就让李敢缚了自己,向皇上请罪。

在廷尉府审理时,他对自己的失职之罪供认不讳,倒也没受刑枷之苦。现在,当车驾在街头缓缓行进的时候,他仍然拂不去负罪感。

车驾在府院门口停下,迎接他的除了李椒和李敢外,还有接替了他卫尉之职的韩安国和灌夫的儿子灌强。患难见人心,他入狱之后,他的族兄李蔡一次也没来看过他,可是韩安国来了,灌强也来了。

李广刚一下车,灌强就上前一步跪倒在他面前:"参见叔父大人!"

李广赶忙扶起灌强:"老夫戴罪之身,岂敢承受贤侄如此大礼?起来!快起来!"

韩安国的目光掠过李广的额头,不禁感叹岁月无情,连道老了,老了。

李广凄然一笑道:"李陵都十岁了,能不老么?快!进去说话!"

几样菜蔬,一鼎老酒,几巡之后,韩安国将憋在心头多日的话袒露在李广面前:"皇上此次用兵,原是对将军寄予厚望的,为何结局如此?"

李广将一爵酒灌进腹中,长叹一声道:"说来都怪老夫轻敌。将军可曾记得老夫当年在上郡时,就常常以散兵麻痹匈奴人。此次原想也用此计引诱敌军,孰料匈奴军舍小袭大,将我军拦腰斩断。"

那是多么惊险的一幕,现在想来,他仍然心里有些后怕。

当他将小股士卒散落在一片开阔地时,就对即将展开的战事在心里做了乐观的勾画。他故意让旗手将写了"汉"字和"李"字的大旗插在最惹眼处,以吸引匈奴军来袭。但是,整整一天的时间,他都没有看到匈奴军的影子,山坡上出奇的宁静,这让一向很自信的李广变得不安起来,一种不祥的预感爬上他的心头。

"不好!"李广心中"咯噔"一下,脸色顿时变得十分难看。

"上马,回大营。"

但是一切都晚了!匈奴左屠耆王对李广的计谋置之不理,他命令当户们直接进攻了李广军的主力,并将他的七八千人包围起来。等李广明白过来,赶去救援时,映入他眼帘的是尸横遍野的惨景。

李广的心一下子变得十分沉重,他迅速召集司马,向匈奴军发起反击。可大军行至勾注山下时,又遭到了匈奴军伏击。

军臣单于对于李广的重视远远超过其他人,他相信人心是可以变的,只要他用一颗坦诚的心对待这位刀箭染了无数匈奴将士鲜血的将军,他同样可以将刀箭转过来举向汉军。因此,他下令一定要活捉李广。

当然代价是惨重的,李广在射杀了大量匈奴人后,在一道土梁前被绊马索放倒。在跌下马的那一刻,他屏住呼吸,紧闭眼睛,甚至僵硬了身体,任由匈奴的千夫长将他放进了狩猎的大网。

"唉！单于要活的,他怎么偏偏就死了。"千夫长惋惜自己失去了一次立功的机会。

"说来也真奇怪,一个身经百战的将军,怎么就经不住一摔呢？"百夫长也疑惑地自言自语道。

千夫长叹了一口气道："算了,大单于活要见人,死要见尸。还是用网抬回去听凭处治吧！"

……

"匈奴人抬着老夫,大约走了十余里的样子,老夫暗中发现有一匈奴小儿骑马在旁,遂趁押解之人不备之际,腾身而起,跃上马背,南逃而归。"李广追忆起自己的脱险经过,不由得侥幸。

押解的匈奴将士懵了,他们眼睁睁地看着李广翻身上马,飞奔而去。

"我的马！我的马！"小儿望着李广逃去的方向哭叫道,"他骑走了我的马呀！我的马……"

匈奴人这才明白,李广根本没死,只是在诈死寻找时机逃脱。

"老夫用六支箭就一连射落六个匈奴人,其余人纷纷拨转马头向北逃去。回来后,老夫自缚面圣,想以死谢罪。岂料皇上开恩,没有将臣治罪！"李广斟满一爵,眼里充满了感激。

"什么没有治罪？廷尉府以祖父损兵折将、被匈奴所俘为由,要判祖父的死罪。多亏灌世叔从蓝田庄园中拿了上好的玉,加上叔父的千金才使祖父免去死罪,最后还是被皇上贬为庶人！"李陵只管自己说得痛快,未曾注意到李敢和灌强的眼色,及至觉得自己失言时,发现李广已怒不可遏了。

他的自尊受到强烈的冲击,他狠狠地捶打着自己的胸膛道："你们为何要这样,老夫报效朝廷,早将生死置之度外。此次失利,老夫自知上对不住皇上,下对不住死难的陇西子弟,本就没有打算活着。原以为是皇上开了天恩,孰料却是你们用重金赎了老夫一条性命。与其这样,倒不如死在狱中还好些……"李广连连顿足,叹息声弄得大家都不知所措,夫人更是涕泪沾襟。

李敢生气地看着李陵道:"都是你瞎说,看看……"

韩安国明白,这样的场合只有自己出面才能平复李将军的心火,他急忙上前抚慰道:"将军也不必指责他们。死还不易么?不劳刀斧,牢狱的墙壁就可以轻易结束性命。可这是将军希望的结果么?大丈夫当战死疆场,才不枉一生。当初在睢阳时,在下因劝谏梁王而被投入牢狱,有一狱卒屡屡侮辱在下,在下就笑其目光短浅,仗势欺人,说死灰也会复燃!他却立即回道'即溺之'。没过多久,梁国内史空缺,朝廷复拜在下为梁国内史,那狱卒听到后想逃跑。在下威胁说,如果他不归来,在下将灭其宗族,后来他肉袒谢罪,在下就没有怪罪他了。倘若当初在下图一时之意气而自裁,岂能有今天之语乎?"

"话虽如此,可老夫这心结……"

"其实灌强和李敢也说不上有错,将军久在边关,大概还不知道前两年朝廷府库空虚,入不敷出。张汤等谏言皇上下诏,可以以重金赎身,所以……"

"别人怎么做,老夫管不着。可李家如此,让老夫颜面扫地。"

"将军言重了。留得青山在,不怕没柴烧。将军可知,自汉军班师后,匈奴又从渔阳犯境,杀我吏民。在下素知将军志在疆场,岂能因此而负了百姓呢?"

"老夫这就奏请皇上,率军到渔阳与匈奴决战,以雪雁门之耻!"可一想到自己已是庶人,李广又灰心地跌坐在席上了。

韩安国道:"将军之心,天日可鉴。只是眼下时机未到,皇上已下诏任在下为材官将军,屯兵渔阳,修筑堡垒,以做御敌之备。"

李广一听,那颗刚沉下的心又如脱缰的野马,想着上阵杀敌了。他随即表示愿协助韩安国戍边:"大丈夫苟活于世,如无作为则与狗彘何异。老夫不求封侯拜将,只求效忠朝廷,哪怕是做一小校,亦无怨无悔。"

在场的人无不动容,韩安国更是心潮澎湃。他满斟酒酿,万千感慨都化在这玉液琼浆之中了:"请老将军饮下此杯,在下才好说话。"

"这么说,将军是答应老夫的请求了。"李广一饮而尽,眼睛直直地望着韩安国,"不要看老夫年迈,但仍可以拉三百石强弓。"

"将军英雄一世,就是匈奴人听到了将军的名字,也胆战心惊。在下与将军在北地戍边多年,岂能不知。只是……"

李广一听便急了:"莫非将军反悔了?"

"老将军少安毋躁,且听在下把话说完。如将军要做在下的幕僚,在下自然是喜出望外,不过据在下所知,皇上在做太子时,就十分仰慕老将军。此次将您与公孙敖一同贬为庶人,一是因为此役与皇上的构想差距太大;二是如同当年诛王恢一样,为了给朝野一个交代。不用多久,皇上还会起用将军的。"

"世叔言之有理。就是父亲愿意做幕僚,皇上也不会答应的。父亲不如在家休息,以待时机。"李敢接着韩安国的话说道。

这时候,灌强也上前说话了:"家父在世时,也十分仰慕世叔的为人。小侄在蓝田山中的庄园为世叔安排了居处,世叔若不嫌弃,就到那里住些日子,看看书,打打猎。待皇上心情好转,一定会重召您回朝的。"……

韩安国总是看得更远,面对李广,他也是无话不说。

"不瞒将军,对雁门之失,在下也曾思考过。将军也可在这段时间对此役加以梳理,从中吸取教训,切不可再墨守旧规,给敌以可乘之隙。"

"将军言之有理。"李广再次举爵相邀。

这酒一直喝到太阳西斜,李广的心情才渐渐平复下来了。是的,他需要一个僻静的去处,来总结此役的教训,他也需要一段时间,去回顾自己的一生。

可他还有一个疑惑。他不明白,韩安国官至御史大夫,后来又署理国政,就因为一次意外坠车,就不得不从中尉做起,如今又被外放边关,这究竟是为什么?走出大厅的时候,他悄悄把韩安国拉到一边,问了这个问题。

韩安国坦然地笑了笑,捋着胸前的美髯道:"将军看看在下岁齿若何?说风烛残年为时尚早,可毕竟也是夕阳晚景了。在下在御史大夫署中时,常听皇上说,兴大汉者,非少壮有力者不能为之。虽是刘氏龙脉,但皇上的性格与先帝不同,他喜欢年轻人,似我等只能聊尽余力,多为朝廷做些事情了。至于宦海仕途,早已淡若浮云了。这次到渔阳屯兵,一方面是皇上的意思,另一方面,也是在下不愿将余年消磨在觥筹交错之中。"

李广若有所思,透过淡泊的话语,他看到了韩安国进退自如的胸怀,不禁问道:"家小呢?也带去么?"

"是的!这一去,在下就以边塞为家了。"

"何日启程?"

"三日后。"

"好!"李广回身招呼李敢,"牵老夫的马来!"

不一刻,李敢牵着一匹栗色的战马来到院中,李广接过马缰,对韩安国道:"这是老夫从匈奴小儿那夺来的战马,今日老夫将它赠给将军,留个纪念。"

韩安国接过马缰,慨然道:"恭敬不如从命,愿将来我们重聚在长城脚下。"

他跃上马背,作了一揖,便扬鞭催马出门去了。从身后传来李广沙哑的声音:"三日后,老夫来为将军送行。"

第二天,韩安国到未央宫向皇上辞行,在埶门等了一会儿之后,黄门出来告诉他说皇上与卫青一早就出去了,韩安国遂将上疏递给了北阙司马。

他望着阙楼上的玄武,万千思绪涌上心头。岁月悠悠,一转眼又过去了八年,这是他人生最辉煌的八年,也是新政推行最见成效的八年。无论是在大农令任上,还是在御史大夫任上,皇上对他的信任远远地超过了身为丞相的田蚡,甚至比当年的窦婴也有过之而无不及。

此次皇上点他为材官将军,屯兵渔阳,让他的心灵获得了莫大的慰藉。皇上又一次召他到宣室殿,话里都是君臣之间的情谊。

"朕知爱卿年岁已高,万里赴戎机,朕亦于心不忍。然李广获罪,边将缺乏,故东线军备,非爱卿莫属。"

感受着皇上的信任,韩安国只有频频点头。他平时行重于言,如今更找不到合适的话语,末了他就只说了一句话:"谢皇上隆恩。臣当恪尽职守,固我边城。"

霜志依旧在,可以对长天。

不管皇上在哪,他都相信皇上一定会感知这份忠诚。在看了北阙一眼后,他毅然转身,朝司马门外走去。

韩安国的判断没错,战局不仅让刘彻失望,更多的是震惊。四路大军除卫青外，其余三路不是为敌所败，就是无功而返，就连他十分敬重的飞将军李广，也险些做了匈奴人的俘虏，这不是为单于所笑么？

屈指数来，他已近而立之年，还不能对匈奴有一役之胜，这是他最为愤恨的。

于是，关于班师后大宴功臣的承诺取消了，取而代之的是对将军们的惩罚。而唯一让刘彻感到欣慰的是，卫青创造了首战即胜的战绩，开创了汉军深入敌境打击匈奴人的先河，而且一度还占领了匈奴的龙城。这无论从战局上还是在精神上，都给匈奴以重创。更重要的是，再也没有人对卫青持怀疑的态度了。

早朝时，包括薛泽、张敺、公孙弘在内的群臣盛赞皇上知人善任，于是卫青被赐爵关内侯，成为朝野瞩目的新星。

主管封赏的汲黯在查阅汉初以来的封赏记录时惊异地发现，高皇帝时娄敬因主张和亲而曾获得过这一殊荣。一样的爵位，一为和而封，一为战而赏，但它所表达的是汉匈之间一种新的、不同以往的关系。

他的发言在刘彻心头引起共鸣，而刘彻想到的是更深一层，他要以这个赏赐为起点，去翻开汉匈关系新的一页。他心头再次响起盘桓了十几年的声音：兴大汉者，非少壮有力者不能为之。因此朝会一散，他就在卫青的陪伴下去了期门军军营。

他要检阅这支倾注了心血的劲旅，更要犒劳那些披着征尘的将士。这不仅因为他们是他登基以来在对匈战争中唯一获胜的军队，还因为他要和卫青就今后的战争准备作一次深入交谈。他相信经过这次大战，卫青一定有许多话要说。

期门军的营地就在长安附近，当卫青以骖乘的身份，带领浩浩荡荡的犒军队伍走近营寨时，刘彻的热血沸腾了。展现在他面前的是秋风中猎猎招展的"汉"字大旗和"卫"字将旗；是由各路司马统领的骑兵方阵；是兵戈林立、寒光闪闪的步军方阵；是由弩机和弓箭手组成的强弩方阵。

各大方阵中隔出一条宽阔的通道，以供皇上检阅。让刘彻尤其感动的是那一张张青春的面孔，似乎还留着浴血的征尘。这让他想起了元光二年夏天将士们艰苦操练的情景，更想到了新制失败后，这些子弟伴随他度过的一段艰难岁月。

同样是阅兵,但他这次感觉真不一样。虽然他们这次取得的胜利不算辉煌,但他们才是汉军真正的精神和希望。

刘彻在卫青的陪同下走过军中长廊,来到骑兵方阵前,他发现站在前列的战马体格高大,鬃毛竖起,脑门上有两个明显的旋涡;并且胸部宽阔,腿脚颀长,比后面的战马整整高了一个头。他拉了拉笼头,那马就十分亢奋地发出长长的嘶鸣,与它并排站立的马匹立即右蹄高高抬起,一呼百应地朝着同一个方向长啸。刘彻立刻被这马的气势吸引了。

卫青见状,立即上前介绍道:"这是与匈奴作战缴获的战马,据俘虏说,这是匈奴马与西域马交配而成的品种。"

"这样的马一共有多少匹?"

"不过百匹。"

"太少了!"刘彻挥了挥手道,"今后与匈奴作战,要多缴获马匹。并告诉韩安国,要他在边关多购这样的战马。"

"诺。"

刘彻来到步军方阵前,他发现那些兵士手中的兵器在阳光中泛着青色,远远地就觉得一股寒气从锋刃中袭来。

刘彻从一位士兵手中拿过战刀掂了掂,正端详间,卫青在一旁道:"皇上,这刀也是从匈奴人手中缴获的,臣也曾试用过,虽然比我军兵器稍轻,却锋利无比,削铁如泥。据匈奴人说,他们在铸刀时加入了一种叫作精钢的东西,所以他们所铸的刀剑,不仅锋利,而且极其坚韧,不易折断。"

"那这精钢从何而来?"

"臣已打听过了,在雁门郡城外有一座勾注山,就产这种含有精钢的石头。当地人不知其妙,只当沙石卖给匈奴人。"

"如此精妙之物竟为敌国所用,立即命少府寺遣人采集,打造兵器,以充军用。"

"皇上圣明。"

沿着各个方阵走了一遭,刘彻觉得心境开阔多了,他开始对这场战争有了新的评价,虽说此役不尽如人意,可最大的收获莫过于对匈奴的了解。建元元年在细柳营阅兵时,他就曾提醒大家,只有知己知彼,才能百战不殆,可是,怎样才算是知己知彼呢?卫青让他有了更深的感触。知己知彼不仅仅是要了解敌国,更要善于将敌之优势化为我之优势,他很欣赏卫青这一点。他转过身来由衷地赞道:"爱卿这一仗没有白打,比取匈奴人首级更有意义。"

"一切皆是皇上运筹帷幄,臣不过是遵照皇上旨意执行而已。"

"爱卿不必如此。你的话让朕想起了当年夜郎自大的往事,朕现在明白了,我朝也会犯这种毛病。譬如李广,守旧而不知变,轻敌而不自醒,结果让万名将士损伤过半。看来,朕一定要找个机会,让你向大家介绍一下匈奴的国力、军力。否则,以己之浑浑噩噩,焉能布阵领兵,更枉论克敌制胜了。"

这一番话说得卫青十分激动:"其实众位将军各有所长,臣若非军中各位协力同心,时时提醒,亦会无所作为。"

这就是卫青,他没有世家子弟的不可一世,他有不矜不骄,对士大夫有礼,对士卒有恩的品格。从进入营地开始,他只听得到士卒喊"皇上万岁"的声音,而不曾有一声"将军威武"的呐喊,这也是他比周亚夫明白的地方。这个阅兵,不仅仅是犒军,也是检验人心的过程。

"朕准备了酒肴,以慰有功将士。"于是,汲黯奉旨宣诏,对班师将士表示抚慰。

任安率众将拜倒在地,高呼"皇上万岁"。

"请长史宣示皇上的盛意。"汲黯大声道。

任安、李晔立即吩咐下去,顷刻间,御酒的封签被启开,浓浓的酒香随着秋风在营寨中弥漫。

阅兵结束后,卫青对刘彻说道:"皇上亲自劳军,令臣铭感肺腑。臣在帐中略备薄酒,为皇上接风。"

刘彻爽朗道:"孟子曰,独乐乐不如众乐乐,朕今日也与众乐乐吧。"

酒是皇宫的御酒,菜却是卫青在山中猎取的野味。君臣相语甚欢,席间,汲黯频频向卫青举杯。

卫青很是不安,忙不迭地回敬道:"汲大人过奖了,卫青能有今日,应该感念大人!"

汲黯道:"人之可贵,在知自之明。山不拒寸土而见其高,海不拒细流而见其涤。卫将军海纳百川，修为正己，方有今日。"

酒宴之后，刘彻屏退左右，只留下汲黯。他一边喝着热茶，一边问道："爱卿首次出征，一定感触颇多，你有何话，尽可说来，朕恕你无罪。"

果然，卫青趁着酒兴，就把那憋了多日的话说出口了："臣多日所思，为何我军以胜敌之众而未达克敌之果？依臣观之，其不利者有三。兵法云，教道不明，吏卒无常，陈兵纵横，乱也。我军虽有四万之众，然众军各自为战，将自为战，节制不一，此其一也；我军虽有期门军可与匈奴对垒，然其他各军战马脚力，士卒战力，尚显不足，此其二也；凡战者，以正合，以奇胜……易其事，革其谋，使人无识；易其居，迂其途，使人不得虑，时移势异，因时顺便，乃制胜之道。而我汉军除期门军之外，其他各军皆沿旧制，战法守旧，因而不能取胜，此其三也。"

卫青在那里滔滔不绝，刘彻这边听得入神。他先还是正襟危坐，神清气定，渐渐地身体前倾，目光随卫青的话语而流动起来，到后来竟不知不觉地移到了卫青对面。

"卫将军所言，乃我军未获大胜之症结，也是臣这些天来思虑的事情。自建元二年以来，太尉一职一直空缺，因此臣请皇上早做定夺，对诸军节制有所决断才是。"汲黯并没有直接谏言卫青担任太尉，卫青初战即胜，固然可喜，然太尉乃三军之首，不可不慎。

"卿之所言，正合朕意。"刘彻把话题引向深入，"不知卫爱卿对整治军备有何看法？"

卫青从席间站起来，走到刘彻面前道："依臣愚见，当前要务在统一军政。自皇上重启新制以来，太尉一职一直空缺，皇皇大汉，岂能无三军中枢？所以，臣以为恢复太尉之职迫在眉睫。"

"此事朕不是没有想过，只是太尉一职，事关重大，至今尚无合适将帅，不过，朕会认真考虑爱卿的谏言的。"

"还有……"卫青顿了顿，"皇上恕臣无罪，臣才敢说。"

汲黯在一旁鼓励道："你就大胆说吧，皇上就是要将军直言。"

"臣以为今后出兵须有一将为统帅，节制各路人马，并授予临阵决断之权。否则，前方战事多变，皇上鞭长莫及。而各路将军又各行其是，如何能克敌制胜呢？还有……"

"说嘛！"

"请皇上不仅要举贤良，还要擢拔年轻将领。"

"好！爱卿之言甚是。"

话音刚落，却听见殿外传来争执声。原来是一位少年要进帐见他的舅父，被卫士拦住了。刘彻看这少年英气勃勃，便问道："这少年是何人？"

卫青不好意思答道："皇上，此乃臣的外甥霍去病。都是臣疏于管教，请陛下恕罪。"

刘彻摆了摆手道："哈哈哈！天下何其小也！当年去病这个名字，还是朕给起的。一转眼，他都成翩翩少年了。看他年纪不大，却是气度不凡，这让朕想起了许多少年往事，传他进来。"

"诺。"

霍去病进帐来了，虽然只有十二岁，可个头却比普通孩子高许多，浓眉下一双眼睛聪明顽皮地看着皇上和舅父："臣在营中，请皇上允臣以军礼见。"

刘彻见霍去病被一身小盔甲裹着，先自喜欢了："你倒是有几分舅父的风范啊！哈哈哈……你吵闹着进帐，意欲何为呢？"

"臣见皇上与舅父饮酒论军，就想进来听听，顺便为皇上舞剑助兴。"

卫青在一旁听了，脸色沉下来大声斥道："皇上在此，你不可无礼，还不快出去！"

可刘彻对霍去病的举止却非但没有厌烦，反而充满了兴趣："好啊！朕像他这么大的时候，为了看灌将军的舞戟，也曾受到先帝的训斥。朕看他目光炯炯，英姿焕发，不妨舞上一回。"

"谢皇上。"霍去病不等卫青说话，就先抢了话头。接着就拔出宝剑，在二人面前舞了起来。

他腾跃翻转，或拨云见日，或猛虎回眸，那手中的剑被他舞得天花乱坠，发出潇潇剑气。待一通舞完，霍去病气归丹田，走到刘彻面前道："臣献丑了。"

卫青没想到霍去病这一阵剑舞，把刘彻看得心花怒放，未等卫青回过神来，刘彻上前仔细地端详着那张稚气的脸，欣喜道："此子可教也！此子可教也！"

卫青怕霍去病再生什么意外，忙接过刘彻的话说道："无知小儿，皇上不怪罪已很侥幸了。剑也舞了，皇上也见了，你还不退下？"

霍去病高兴地出帐去了，而刘彻的目光却一直追着他的背影。霍去病的少年壮志，使他想起了许多事情。

卫青说得对，要掌握战争主动权，非有一批年轻将领不可。他断定卫青将来必大有作为，于是他暗地有了一条新的思路——不管太后什么态度，他都要决计促成平阳公主与卫青的结合。他这样想着，直到卫青呼唤他的时候，才转过神来。

"朕刚才有些走神。"看着帐外午后的阳光，刘彻站起来对卫青道，"你回京也有些日子了，朕希望你去看看公主，她可是常常提起你呢！"

卫青懂皇上的意思，答道："臣将营中诸事料理一下就去。"

"朕也该去看看夫人了。"刘彻说着就起身朝帐外走去。

……

卫子夫又一次怀孕了，腹部一天天大起来。听说皇上驾到，卫子夫还是挪动着臃肿的身体下了榻，未及下拜，刘彻已经进来了。

宫娥和黄门们齐刷刷地跪倒在地，卫子夫在春香的搀扶下，正要下拜，却被刘彻扶住了，他愠怒地看了春香一眼道："夫人有孕在身，怎么好行大礼？动了胎气，你不要命了？"

卫子夫害羞地笑道："不怪他们，是臣妾接驾来迟，还请皇上恕罪。"

"夫人为朕生了三位公主，如今又怀了龙种，夫人之功大焉，何罪之有？"说着，刘彻就挽起卫子夫的胳膊，小心翼翼地把她扶到榻上，才叫宫娥和黄门们平身。

春香不失时机地呈上茶点，然后悄悄退到门外。

"夫人还好吧？"刘彻问着话，眼睛就在卫子夫的脸上打量起来。要说自卫子夫进宫以来，刘彻的目光不知在她的身上扫视过多少遍，她的每一个变化，他总是第一个发现。而这细微的变化可以影响他一天的情绪，或让他欣喜，或让他不安。就像捧在手里的一块玉，生怕不小心掉到地上碎了；生怕一个意外,伤害了他心中的最爱。前些日子,当他从太医处得知夫人又有了身孕时,心情越发喜悦了,国政再忙他也记着让包桑送去宫中最好的补品。

风雨岁月丝毫没有磨去她的光洁和靓丽;三个女儿的出生还增添了她女人的美丽和风韵,就是如今怀了龙种,她依旧光彩照人,风姿绰约。这让刘彻看了就遏制不住心中的骚动和燥热,情不自禁将卫子夫拥在怀中。

卫子夫透过皇上的手指,感受到了他那颗不安分的心。她回眸投给皇上一个妩媚的笑意,摸了摸鼓起的腹部,那意思就在这暗示中了。刘彻笑道:"这个……朕明白。"

他爱怜地抚摸着卫子夫的手心,亲切地询问胎儿的情况。他也没有忘记叮嘱卫子夫起居一定要小心,不可过分操劳,他平静地说道:"如果这次夫人能为朕生个太子,那夫人就要移居椒房殿了。"

卫子夫的眼睛湿润了,但她口中说出的话仍是平静坦然的:"谢皇上。臣妾只是想早日为皇上接续龙脉,至于其他的事,臣妾未曾多想。"

"不!椒房殿不能长期空着。再说,这不是你一个人的事情,这不仅关系后宫的安定,还关系阿姐的未来。眼下,太后对卫青与阿姐的婚姻迟疑不决,一个重要的原因就是夫人的名分不定,倘若夫人为朕生下一个皇子,那椒房殿的主人自然就落到夫人头上,到那时候,太后一定会赞成卫青与阿姐成婚的。这样一来,朕就少了许多障碍。"

"青儿还年轻,皇上还要多加训导才是。再说臣妾就是进了椒房殿,也不愿青儿借臣妾的身份谋取官职。"

"夫人之言不无道理,但朕看中的就是夫人这样的品质。可卫青不是田蚡,朕观察他很久了,他丝毫没有外戚的骄矜,在朝臣中也声誉颇佳。虽然立了战功,但依然谦恭谨慎。往后与匈奴作战主要靠他,他可不是借着夫人的荣耀而受朝廷重用的。况且,朕向来主张外举不避仇,内举不避亲的。"

"果真如此,臣妾当然高兴之至。"

刘彻说着,又想起了军营中的情景,对卫子夫道:"朕今日阅兵,看到了一个人,你猜猜是谁?"

卫子夫摇了摇头道:"会是谁呢?"

"霍去病。"

"哦！是这孩子啊！他从小就喜欢读兵书,使枪弄棒,一定是青儿把他宠坏了。"

"朕可非常喜欢他呢！"

"他在家里就分外淘气。"

刘彻"哦"了一声,忽然问道:"他母亲至今仍孤身一人吗?"

卫子夫有些不好意思地点了点头。当年她与姐姐同在平阳侯府做歌伎,本来是心静如水的。可那个平阳县吏霍仲孺随县令到府上拜望过一次后,姐姐卫少儿的那颗心就如沾了露水的花蕊,不得安宁了。

那霍仲孺生得玉树临风,他常常借机与卫少儿幽会,还时不时地送给她一些小物件,卫少儿的心就这样地被融化了。

那些日子,她魂不守舍,心猿意马,整个情思中都是霍仲孺的影子。她多希望他能够结束她为奴的生涯,承担起一个男人的责任。霍仲孺对卫少儿的心思猜得很准,他终于在那年的八月十五——平阳县令请平阳公主夫妇赏月的那个晚上,占有了她。

不久,卫少儿便怀孕了,当她满怀喜悦将这个消息告诉霍仲孺时,他却一改昔日的柔情,不仅不承认她腹中的胎儿是自己的骨血,甚至诬陷她背着自己与人私通。

卫少儿的心碎了,她想找妹妹诉说自己的满腹委屈,可妹妹已随皇上进了宫。但是平阳公主不仅宽恕了她,而且还帮她生下了孩子。

有一天,卫少儿抱着一岁的孩子来宫中探视妹妹,孩子突然大哭起来,声音如雷,惊得偶感风寒的刘彻一身冷汗,顿觉轻松了许多。皇上觉得这孩子与自己有缘,遂问孩子的姓名。卫少儿说尚未起名,刘彻闻之大笑,朕之病因他的哭声而去,就叫去病吧!

卫子夫每每想起这些往事,总是十分感激皇上。

"自生下去病后,姐姐的确未再嫁。"

"呵呵!我朝女子再嫁也属常事。长信殿詹事陈掌眼下也是一人,改日朕去长信殿问安,就向太后道明此事,然后选一个日子,为他们完婚。"

"谢皇上。"卫子夫道。

刘彻这番话秋水一样地漫过卫子夫的心田,滋润了她情感的最柔软处。

她感激兄弟和外甥给自己长了脸,使她不用如太后那样为了外戚们的事而烦恼;她感激腹中的婴儿,她明白皇上之所以对卫青和霍去病如此上心,都是因为他把生皇子的希望寄托在自己身上。她在心底祷告上苍,赐予她一个皇子。

她一想到这些,心境就变得十分复杂,生怕再次辜负了皇上,她缠绵地依偎在刘彻的肩头,身上的脂粉味撩拨得刘彻心猿意马,瞬间脱缰狂放起来。

"夫人!朕今夜就在丹景台过了。"

卫子夫能说什么呢?他是皇上,有哪个女人敢违抗他的旨意呢?但是为了大汉的龙脉,为了皇上,她又不得不说:"皇上,臣妾如此模样……"

刘彻眼睛转了转道:"朕就看着夫人睡了后再走吧!"

晚膳是在丹景台吃的,春香伺候卫子夫沐浴、就寝后,刘彻一直坐在榻前与她说话。说他们的初识,说他们的郊游,说三个公主的成长,说腹中胎儿的将来。

皇上平日太忙,难得有今天这样漫游式的交谈,卫子夫觉得这是她最幸福的时刻。她就那么静静躺着,听刘彻说话,不时地回他一个温馨的笑,然后就在这样的幸福时光中渐渐地进入了梦乡。

卫子夫的睡态美极了!光洁的额头下,一双微闭的眼睛如月季花瓣上的露珠;鼻翼间吐纳的芬芳在娇艳的红唇上染了柔嫩的湿润,两颊红扑扑地如绽开的云霞。她在梦中牵着儿子的手,惬意地漫步在万花丛中。头顶是一轮红日,圣光灿灿,脚下是一条大道,蜿蜒至远方。

"皇儿,你看!"卫子夫的手指着前方,那是一个多么绮丽的世界——

金光闪闪中,一座辉煌瑰丽的大殿岿然耸立。白玉台阶上簇拥着千百只丹凤,嘹亮的歌声汇成祝福的旋律。忽然,一条巨龙从大殿里飞出,扶摇直上,搅得云海波涌浪卷。卫子夫似乎觉得她的身体发生了变化,哦!哦!她的腋下怎么生出了洁白的翅膀,风吹开双翼,托起她的身体,而皇儿被她背着,朝巨龙飞去!

不!那穿越在茫茫苍穹的,分明就是他的皇儿,他鳞甲耀眼,双目炯炯,气吞云雾,俯视山河,丹凤们围着他翩翩起舞……

可就在他们沉浸在吉祥和安宁中时,一道闪电划过云天,惊雷滚滚,天地间顷刻一片混沌。卫子夫惊叫一声就醒来了,她定神一看,身边已空无一人,却听见从外间传来男人的哼哧声和女人的呻吟声。

"皇上!奴婢不敢,要是夫人醒了,奴婢就没命了。"

"什么不敢,这宫中女人哪个不是朕的,谁敢说三道四?你就心安理得地接受朕的宠幸吧!"

"奴婢……哎呀,皇上……奴婢……"

卫子夫的眼中充满了泪水,嘴唇紧紧地咬着被角,不敢哭出声来。

"儿啊!你是娘的救星啊!"卫子夫抚摸着隆起的腹部,在心中暗暗想。

第四章

瑞雪妙赋摇玉树　金麟嘤啼降皇廷

元朔元年(公元前 128 年),中郎将司马相如从西南回来了。他没有辜负皇上的期望,西南诸夷,邛、筰之君纷纷归附。他按捺不住心头的兴奋,急于向皇上复旨。

朝廷的恩泽就像春天的玉露,滋润了南疆夷族的民心,开启了藩国百姓的心智,让他们在短时间内感受到文明的魅力,开始了一种新的生活。

南国的物产十分富庶,品种也十分繁多。稻米流香溢芳,果蔬甘甜如蜜,他们内附朝廷,以后这些物品转输京都将非常便捷……

他觉得要对皇上说的话太多了,在回来的路上,他甚至觉得自己的口拙会影响对一路所见的描述,倒不如写一篇辞赋来淋漓尽致地描绘。但是当他铺开竹简,执笔在手,又觉得活脱脱的万象众生,一旦付之笔墨,便多了文字的艳丽,而少了原初的质感。于是,他决定当面陈奏,不加任何修饰,让皇上有一个真实直观的印象。

天刚蒙蒙亮,他就躺不住了,急着起来做进宫前的准备。

久别胜新婚。他刚刚动了动,就被卓文君修长的玉臂给勾住了,她趁势一拉,司马相如的胸膛就紧紧地贴在她的身上了。那种温软的感觉,顺着血脉,朝着司马相如的情感深处蔓延。

不怨卓文君的缠绵和贪婪。当初她不顾父亲的反对,与司马相如走在一起,就是图个卿卿我我,早晚厮守。但自从司马相如入朝为郎后,就一直在外奔波,没有多少时间陪伴她。

这不,昨天刚刚回到长安,被窝还没有暖热,他又要出门,卓文君心里不免有些失落。她揽住司马相如的脖颈,那双杏眼就直勾勾地盯着他:"天色还早,你这就要走?"

"皇上还等着复旨呢!都腊月十五了,再有半个月就是春节了,那时候,我再陪夫人过一个清闲的节日。"

"夫君一走就是两年,妾身好不孤单,现在你回来了,也不睡一个安稳觉么?"

司马相如微笑道:"昨晚你折腾了一夜,还不累么?"

卓文君娇羞道:"哪能有个够呢?两年不能一夜就还了啊!"

"往后我就常常陪伴在夫人身边。"

可卓文君还是闭上了眼睛,只把两片红唇翘得老高,司马相如怎能不理解卓文君的寂寞和孤独呢?可他是男人,就应该为国家建功立业,让皇上见识自己的价值。他俯下身体,给了卓文君一个深深的吻,他感觉她那颗焦渴的心兔儿一样的跳动,忙道:"好了!我该起来了!要不然就迟了!"

卓文君还能说什么呢?他们多年来的情分都在一个"随"字上,她披衣下床,亲自为他束发挽髻,披袍系带,盛水洗面。她的手轻轻地抚过司马相如的脸颊时,那感觉真是惬意极了。

拥着这样一个男人,她这辈子没有白活,她与父亲的反目、她独守寂寞的日子都化为幸福的暖流,在胸间涟漪阵阵,绵延不绝。

打开门,他们都不禁"啊"了一声,原来就在他们在温暖的被窝里享受云雨之欢时,一场大雪悄无声息地洒落在了长安。卓文君赶快取了披风给司马相如披上,难怪今天的天色比平常明得早呢!

"瑞雪兆丰年!"司马相如掩不住心头的欣喜,回头给了卓文君一个温暖的微笑,"外面天冷,夫人还是快回去吧!"

卓文君娇笑道:"夫君从南国带回来的琴曲甚好,妾身也不想独自躺在榻上,该抚琴赋曲去了。"

看着夫君登上车驾,她又叮嘱道:"下雪路滑,路上多加小心!"

车驾碾过厚厚的积雪,发出"咯吱咯吱"的声音,眼前是漫天皆白的画卷。纷纷扬扬的雪花，自由地在天地间飘荡。

司马相如张开手掌迎接雪花，让它一片片地被体温融化为亮亮的水滴。他感谢上苍无私和博大的赐予，让他拥有了千娇百媚的卓文君，让他能够辅佐一个雄心勃勃的皇上。

走上已清扫得很干净的司马道，他环顾道旁的风景，还是走时的模样。苍松碧翠，青竹扶疏，松枝和竹叶上都蒙了一层厚厚的雪，沉甸甸地弯着腰迎接他的归来。还是那依旧的墙垣，楼榭叠翠，碧水幽池，水面上都结了晶莹的冰花。

沿着司马道一路走来，居高临下，整个长安城都在眼底了。过去在京城时，司马相如每日都看这些风景，倒也司空见惯。如今两年不见，一切看起来还是那么亲切。

哦！前面不是东方朔么？

"东方大人早！"司马相如紧走几步，向东方朔打招呼。

东方朔瞧见是司马相如，笑道："司马大人是何时归来的？"

"昨日刚回京城。一路上看到关中大旱，在下真是心焦如火。郑当时大人督促民工抢凿渭渠，也许是感动了上苍，一夜之间，这雪就厚达盈尺，看来京郊的旱情可以缓解了。"

"是啊！瑞雪兆丰年嘛！"

"大人这是……"

"皇上有旨，要在下陪他赏雪呢！"

"皇上日理万机，难得有这样的雅兴。在下也要向皇上复旨，如此正好与大人同行。"

两人正说着，就见包桑匆匆赶来了。

"皇上现在何处？"

"正在复道上赏雪呢！"

两人跟着包桑上了复道，只见刘彻披着一身黑色披风，戴着裘毛的风帽，正望着漫天大雪出神。

司马相如与东方朔相视而笑，彼此都懂对方的意思。他们都有文士固有的傲岸和自矜，在他们的眼中，即便眼前的雪景再有诗意，宫娥和黄门们也是一个字也吟不出的,要触动皇上的诗兴,还是离不开他们的齹齾文章。果然,刘彻看了一会儿后,高声问道:"东方朔何在?"

"臣在!"东方朔紧走几步来到刘彻身边,不等皇上问话,便从袖中拿出一卷竹简道,"臣昨夜醒来,忽见大雪降临,一时兴起,遂作《雪赋》一篇,请皇上御览。"

刘彻接过竹简,迅速浏览,果然笔底雪飞,玉龙翻滚,气象万千。瞻万物而思纷,缘耳目而情驰,叹道:"爱卿果然是文随景出,倚马千言。赐酒!"

"谢皇上!"

东方朔正欲饮酒,却听见耳边传来一声"且慢",原来刘彻已发现站在一旁的司马相如,"中郎将是何时回京的?"

司马相如急忙上前参拜道:"臣昨日回京,今天一早就来向皇上复旨。"

有了两位才华横溢的文士在场,刘彻喜不自胜,赏雪兴致大增,他立即要黄门取来金百斤,帛十匹。

"如此美景,爱卿如若无赋,岂不辜负了这场大雪。爱卿若能在半个时辰内作赋一篇,朕便将这金帛赐予你。"

司马相如眉宇间掠过一丝微笑道:"皇上知臣口拙,不善言辞。还是请皇上赐臣笔墨,臣在一边写,东方大人随笔诵之,若半个时辰内赋成,请皇上将金帛一分为二,赐予臣与东方大人,若赋不成,请皇上将赏赐尽归东方大人。"

包桑拿来笔墨,司马相如面对雪景,凝思片刻,然后饱蘸浓墨,那云涛雪羽便随笔飞舞而从东方朔口中倾泻而出了——

玉龙之生于云霓兮,橘然然而相逐反。瞻银甲之纷纭兮,周静而致下。忽极其之甚远兮,印印而咸寒。玉树素装而傲立兮,犹竞艳于梅芬。入潺流而无迹兮,睹霜桥以鸿爪。垂"隋珠"于飞檐兮,凝"和璧"而鳞池。精微乎毫毛兮,其盈乎大寓。惛愈而通于大神兮,动静以为极。眺南山之被素兮,叹曲径而无寻;覆莽林之明霁兮,唯京都而深寒;思北国之壮士兮,枕兵戈而待旦。闻角声之连营兮,马蹄过而无痕。恩施于广畴,泽被于沃野。兆农桑之丰年,象紫瑞而东来,喜山河而锦绣兮,知帝恩之浩浩……

司马相如写到这里,笔触顿了顿,他抬眼远望,若有所思,却不意刘彻接过话茬,高声吟诵道:"德至厚而不捐兮,大参乎天地;功被天下而不私兮,巍巍乎以尧、禹。春至而归之元气兮,唯精神以广大。"

司马相如思路顿开,急忙伏笔疾书,一口气写完了赋的结尾,然后与东方朔不约而同地恭祝道:"皇上文思泉涌,绝妙至佳,令臣等汗颜,赏赐愧不敢当了。"

"朕也是触景生情,语不自禁罢了。今日这赋就权当君臣赏雪的唱和吧。"说完,他转身问包桑道,"可过了半个时辰?"

"还不到呢!"

"将这金帛一分为二,赏给二卿。你们与朕同到温室殿,朕还要听爱卿西南之行的见闻呢!"

大家走下复道,却见有人站在温室殿前,原来是即将赴任的会稽太守严助。

京城十几年的生活,让严助早已习惯了北方的寒冷。弹指一挥间,当年与董仲舒、赵绾一起参加策对的他来长安都十二年了。董仲舒被外放任江都相,后来因为高庙火灾,妄言天人感应而险些丢掉了性命,出狱后赋闲在家,而赵绾早在建元二年就自缢了。

如今,朝廷新人迭出,且不说那个平庸的薛泽在丞相的位子上终日无所事事,从来没有说过一句有用的话;就是那个担任城防中尉的张欧,都做到了御史大夫;更不必说上谷一役后,卫青青云直上,皇上赏赐有加。只有他仍在中大夫位置上徘徊,这让他感到十分尴尬。

严助渐渐动了归乡的心思,因此,有一天皇上问他未来的打算时,他以想早日回乡尽孝为由,曲折地表达了归去的愿望。他原以为皇上会挽留的,未料到诏书很快就下来了,任命他为会稽太守。

严助清楚,他的离去代表着建元以来曾追随皇上推行新制的人都走了,而代之而起的是元光年间的儒生,这是新老更替的必然,也是皇上的用人方式。因此,离京前他的心境是五味杂陈的,说不清是眷恋还是失落。

的确,自会稽北来后,毕竟皇上给了他施展抱负的舞台,这让他一想起来就对皇上怀着深深的感恩。他从来不敢心生怨愤,可看着别人一步步升迁,他心里就有一种说不出的压抑。本来他是要立即启程的,可这漫天的大雪留住了他。他想着这样的日子,皇上一定是在温室殿,所以……

看见刘彻过来了,严助急忙上前参拜。

"天气寒冷,爱卿不必拘礼!"

"臣是向皇上辞行来了。"

刘彻看了看大雪迷漫的天空道:"天气如此恶劣,恐怕连飞鸟都过不了蓝关,何况爱卿乎?朕看还是等到来春再走吧!你既然来了,就一同进殿听听司马相如的西南之行如何?也许对爱卿治理会稽会有借鉴。"

严助便不好再说什么。

四人进了温室殿,顿觉春意融融,兰香盈室,与窗外的寒冷相比,俨然两重天。包桑早要御膳房在殿中温了酒酿,又备了果品佳肴,君臣依序坐了。

刘彻举起酒爵,意气昂扬地说道:"为二卿的《雪赋》,大家满饮此爵!"

司马相如很不好意思:"臣之赋虽张扬奔放,但终无皇上雄视八荒、俯瞰苍穹的境界。此赋若少了皇上参天地,观人生的指点,一定是平庸之作。因此,臣以惶恐之心,敬皇上一爵。"

"爱卿的盛意朕领了。"

大家看着刘彻喝了酒,才举起面前的酒爵。

暖气和着酒香,打开了大家的话匣。

司马相如放下酒爵,侃侃而谈:"皇上,臣奉旨前往西南,宣我大汉惠德。沿途六夷、七羌和九蛮的君长百姓,闻听汉使到来,纷纷走出石室,要一睹中原人的风采。及至看到臣与他们一般无二,只不过少了文身和散发而已,霎时觉得亲近了许多。"

"他们可愿归附?"

"臣与副使先到蜀郡,从那里船载币物,进入西南诸夷所处,厚与其部族君长。他们久居山野,茹毛饮血,何曾见过大汉之物?及至受之,爱不释手,纷纷要求归顺朝廷。因此,诸族现皆为我大汉臣民。他们各部族之间,拆除边关,从沫水、若水到牂牁江流域的广大地区,已皆为汉地。"

刘彻的神思随着司马相如的叙述而在南国广袤的土地上纵横,及至司马相如收住话头,刘彻情怀激荡地举起了手中的酒爵,在胸前绕了一圈,一腔感慨便涌上舌尖了:"卿于大汉,功莫大焉,朕要重赏你!"

"然西南诸夷乃蛮夷之地,不习大汉礼仪。虽已归附,然随时反复,亦未可知。故依臣之见,皇上需德威兼施,方可稳定人心。"司马相如并未接过皇上的话头,而是继续建议道。

"哦!爱卿如此一说,倒让朕想起了一个人。不知爱卿此行,可曾听说文翁其人?"

"臣听说了,蜀郡百姓说起文翁时,都称颂其大兴学宫,功德无量无不表示赞扬。"

"文翁任蜀郡太守时,朕还是太子。卫太傅曾多次跟朕提到,文翁在蜀郡开兴学之风,声名远播。他派人到京城学习儒家经典和律令,学成后回蜀任教。他还免除了入学者的徭役,优秀者都委以郡县职位。蜀郡因此风俗清雅,民知礼仪。朕即位后,他又上奏朝廷,谏言兴办官学。朕多次请他回京,他却执意致仕后留居蜀郡教化吏民。朕甚感之,多有褒奖。"刘彻娓娓而谈。

"西夷开化,非效文翁之举不可。"

"卿之所言,正合朕意。待明春朕就在那里设郡,选尚法隆礼之臣为太守,以法驱邪除暴,以德收拢人心。朕还要诏令蜀郡太守,选派文翁之徒往西南办学,教化边民。"

"皇上圣明。"

严助听了司马相如的讲述,愈发地感到自己与其在京城徘徊,不如回故乡去造福桑梓,为父老多做些事情。于是,他离座来到刘彻面前,向皇上敬道:"一等雪住天晴,臣就要起程,即使蓝关不通,臣也要绕道南下,早日赴任。臣当以文翁为楷模,兴学教化,移风易俗。"严助说得很诚恳,刚才皇上与司马相如的一番对话,使他心中的失落淡了很多。

"爱卿既然去意已决,朕就借这酒为你送行。"司马相如、东方朔见状也急忙起身,君臣相饮,同僚作别。

东方朔任何时候都改不了诙谐的本性,他见严助泪水津津的,就上前打趣道："若是在下有一天到会稽去找大人射覆,输了可是要罚酒的啊!只是大人说的那吴侬软语,在下是怎么也听不惯的。"说完,众人都哈哈大笑起来,刚才惜别的悲切一下子散去了不少。

"皇上!臣就此告别了。"严助跪倒在刘彻面前,行了离京前的最后一次大礼。这时候,包桑喜冲冲地跑进殿来,带给刘彻一个期待已久的喜讯——卫夫人生了。

"是男是女?"刘彻迫不及待地问道。

"丹景台来人说,生了一位小皇子。"

司马相如、东方朔和严助听到皇上得了一位龙子,几乎同时喊道:"恭喜皇上!贺喜皇上!"

刘彻已听不见三位大臣的恭贺了,他现在满脑子都是卫子夫抱着婴儿的情景。他不及披上毛氅,就快步朝外走去。包桑跟在后面,尖着嗓子喊道:"皇上,天冷……"

等三位大臣追出殿外,刘彻的轿舆已在黄门和宫娥的簇拥下,出了未央宫北阙,消失在茫茫雪中了。

望着飞舞的雪花,严助在心里想:天留人,人亦留人,皇子这一降生,恐怕一时也回不了会稽了。

卫子夫躺在床上,还有些疲惫,脸色也有些苍白。想想刚才的一幕,她有一种脱胎换骨的感觉。她每一声呻吟,每一次努力,儿子可否听见呢?那撕裂般的阵痛,儿子可否感知呢?

随着一声洪亮的啼哭,她整个人也瘫软了。

阵痛从黎明就开始了,当那种喜忧参半的疼痛不断密集时,她在心里呼唤的就只有皇上。但是她却让春香不要惊动皇上,她不愿因此影响皇上打理朝政,也害怕再生一个小公主而使皇上失望。可是当她剧痛难忍的时候,她多么希望皇上能够听到她的呼唤。

卫子夫并不是一个没有分娩经历的人,她已经为皇上生下了三位公主。可是,她们都无法继承这万里江山。尽管秦素娟曾暗地告诉她,她很可能怀的是一位皇子。可她仍然处在惶恐中,万一生下的是个女孩呢?

之后的几个月中,每当夜阑人静的时候,她都要一个人焚香独处,祈求上苍赐给她一个皇子。这种折磨，直到刚才秦素娟抱着婴儿进来，才得到了一丝放松。

看着身边熟睡的婴儿，多少年的期盼，多少年的等待，多少年的辛酸，一时间都化为含笑的泪水，顺着眼角流下。

儿啊！你救了娘啊！卫子夫在心头不断地重复着这句话。

皇子的降生对大汉王朝来说，意味着希望和未来。负责接生的秦素娟为夫人开了滋阴补气的药方，直到取药的宫娥出了殿门，她才轻手轻脚地来到夫人榻前，仔细地询问她产后的感觉。

看到夫人流泪，秦素娟道："产后最忌流泪，弄不好会落下病的。夫人得此皇子，应该高兴才是。"

卫子夫擦了擦泪水，莞尔一笑道："这是高兴之泪，这是为皇上高兴，为朝廷高兴！"

秦素娟理解卫子夫此刻的心情。随着皇子的诞生，意味着她通往椒房殿的最后一道障碍消除了，太后再也不能以身份的理由阻碍她登上皇后的宝座了。

秦素娟在掖庭从医多年，看的宫廷女人多了，但卫子夫的美丽、贤淑、大度给她留下了深刻的印象。只有她入主椒房殿，才能担负起母仪天下的重任，才能为后宫带来安宁和祥和。

也许是因为这些情结，秦素娟对卫子夫多了许多职责之外的关爱："夫人身系大汉国脉，要倍加珍惜身体啊！"

"谢秦太医关心，我会珍惜的。"

"皇上驾到！"

"皇上驾到！"

……

听到这声音由远及近，卫子夫的眼里就溢出幸福的光芒，她刚要起身迎驾，就听皇上在殿外叫嚷道："皇子在哪里，快让朕看看！"

秦素娟急忙来到殿门口迎接皇上，刘彻挥了挥手，径直往内走。秦素娟忙上前道："请皇上随臣到这边来。"说着，她便将刘彻引到取暖的木炭盆旁。

"你这是为何？朕要看皇子，你却让朕在这里等着。"刘彻不悦道。

"皇上,皇子刚刚降生,千万不可受到风寒。请皇上在此取暖驱寒之后,再去看望皇子。"

"朕不是心急么!"刘彻大悟道。

等了大约一刻,刘彻才来到卫子夫床前。皇子刚刚睡醒,他看见刘彻,竟然笑了。刘彻用烤得暖烘烘的双臂抱起皇子,心底生出了为人父的喜悦。

望着怀中的婴儿,他的心境有如耕云种月而终获希望的农夫,脸上洋溢着喜悦。

他俯下身体,轻轻地吻了吻婴儿的脸庞道:"看看!这体魄,这眉眼,多像朕呀!生在腊月,正是岁初,又是春节前夕,里外都沾了喜气。"

卫子夫在一旁静静地躺着,她用细柔的感觉,默默地体味着刘彻的每一个笑意,每一句话语。

只有在这时候,刘彻被国事掩盖的父性才呈现出来,才使她真正找到家的温馨和安谧,她多么希望眼前这个男人就这样天长地久地与她和儿子簇拥在一起。

但刘彻怎么可能像一个农夫那样去看待儿子的降生呢?他很快想到了王朝的未来。早在卫子夫分娩前,他就在反复遴选进宫的乳娘,待她将皇子抱走后,他便唤来秦素娟,详细地询问了夫人的身体状况,又叮嘱春香照顾好夫人的起居。最后,刘彻将目光停留在卫子夫的脸上。众人见此情景,都自觉悄悄地退下了。

生了孩子还这样粉面玉颜,细嫩的皮肤下充溢着饱满的汁液,滋养着青春的靓丽。就连那淡淡的倦意,也能显现出一种天然美来。刘彻情不自禁伸出手来,缓缓地滑过卫子夫的额头,感受着她的细腻与滑润。卫子夫腮边泛起浅浅的红晕,嗔怪道:"皇上这样看着臣妾,臣妾都有些不好意思了。"

"朕就是想看。"

"皇上有的是时间看臣妾。不过在这之前,皇上还是先给皇儿起个名字吧!"

"嗯!皇儿要有个响亮的名字!取什么名字好呢?"刘彻站起身,在床前踱着步子,在脑海中搜寻最能表达他此刻心境的字眼。

"诗曰:'亦有兄弟,不可以据。'皇儿是朕的第一个儿子,将来是要继承大汉江山的人。他必须刚毅果断,养成独立主政的性格,不可唯唯诺诺,受制于人。"

刘彻转过身朝床边走来,忽然眉头一皱道:"朕想起来了,当年高皇帝要建都洛阳时,娄敬就曾谏言:'据长安,因秦之故,则可以扼天下之亢而拊其背也。'朕看就起名'据'吧,将来如同朕一样的据长安而摄制四海,掌天下之枢。"

"谢皇上。"

"夫人这是什么话?据儿是朕的骨肉,何必言谢?"

卫子夫欣慰地笑了,害羞道:"臣妾入宫这么久,屡承皇上甘露,到如今才生下皇子,臣妾真是有愧圣恩。"

"你不是还为朕生了三个公主么?"

卫子夫的眼睛又湿润了,是啊!三女一男,哪一个不是她和皇上的情感结晶呢?在宫廷时间长了,她没有少读前朝兴废的典籍,看过不少君王据爱纳宠的往事,很少有用情专一的。刘彻也是皇上,他不可能只守着自己,但她感觉得出来,自己在皇上心中的位置。

刘彻从卫子夫的眼中读出了思绪,果然卫子夫在沉默片刻后就说话了:"臣妾有个不敬之请,还请皇上允准。"

"是立后的事么?这是顺理成章的事情,夫人尽可放心。"

卫子夫微微摇了摇头:"臣妾一心想为皇上接续龙脉,至于其他的事,臣妾从来没有想过,臣妾只是想……想亲自抚养据儿。"

"这个……恐怕不行!我朝皇子历来都是由乳娘抚养长大的。朕要册封夫人为皇后,夫人若是亲自抚养皇儿,还能掌管后宫么?据儿若是处处依赖母亲,还能担当摄制天下的重任么?"

"皇上!臣妾……"

"你不必再说了,朕是不会允准的。"

刚才还和颜悦色的刘彻严肃起来,把卫子夫的心也搅乱了,她不知道下面的话该怎么说,更不愿意因为自己的要求而破坏了据儿降生带来的喜气,她微微地喘一口气问道:"皇上生气了?"

刘彻没有回答。其实,减少皇子对母亲的依赖只是一个方面,他另一个想法就是,他不愿意卫子夫因为抚养皇子而失去了女人的光彩,他希望她一如往日地风姿绰约,含珠凝露,一如往日地以这个皇宫最美的形象出现在椒房殿,出现在群臣面前。

卫子夫不是那种固执的女人,在刘彻沉默的时候,她将皇上表情的变化梳理了一番,很快就明白了他的心思。

"皇上!"卫子夫伸出手,拉了拉刘彻的衣袖,亦庄亦娇地说道,"臣妾遵皇上的旨意就是了……"

那双顾盼生辉的眼睛,那双热辣辣的目光,让刘彻一下子就找到了当年那个尚衣轩中活泼可爱的卫子夫。

"这就对了。"刘彻为卫子夫掖了掖被角,站起来道,"夫人好好养着,朕允准夫人每日与据儿团聚一次。"

有什么办法呢?这就是皇宫。即使像卫子夫这样集后宫宠爱于一身的女人,也没有想象中的自由。

"皇上!"在刘彻起身朝外走的时候,卫子夫轻声地呼唤道。

"夫人还有话要说么?如果还是皇儿的事情,就不要再说了。"

"臣妾不再提抚养皇儿的事情,但臣妾还是有话想说。臣妾自入宫以来,承蒙皇上垂爱,生得三女一男,臣妾深知女人不能孕娩之痛,此上苍不予,实非不愿,因此臣妾请皇上有空就到长门宫看看皇后吧。"在分享皇上宠爱的时候,卫子夫还没有忘记这个寂寞的女人。

"巫蛊案才过去不久,夫人为何如此健忘?"

"不!臣妾没有忘。臣妾只是觉得,冤冤相报何时了?臣妾若是胸襟狭隘,还有资格入主椒房殿么?"

"你!"刘彻长叹一声,这是个多么单纯善良的女人啊……刘彻忽然有一种担忧,她这样的性格,将来主宰了后宫,能降服那些妃嫔么?

卫子夫生了皇子的消息,让婚姻受挫的平阳公主心头重新燃起了希望。

她多么希望这个消息是卫青带给她的,但从未央宫来的黄门告诉她说,皇上已经征得太后的同意,决定在次年三月为卫子夫举行立后大典。

平阳公主不是那种安于现状的女人,也不是那种见事迟滞的女人。她的眼睛时刻都注视着宫廷中人与人之间关系的变化,而她则根据这些变化,常常做出一些出人预料的举动。而这些举动的结果往往会给她带来诸多光彩，让她贵胄的光环更加耀眼。这一点，连她的姑母窦太主都无法与之媲美。

凭借从小在宫中的耳濡目染，她敏锐地感觉到随着刘据的诞生，朝廷的格局将会出现一次新的调整。毫无疑问，卫氏姐弟的地位将会迅速上升，而这种迹象在卫青出征上谷时已初现端倪。刘据的出生，只是加快了调整的步伐。

形势到了这一步，太后没有别的选择，她只能赞同皇上立后的想法。有什么办法呢？阿娇是先帝的外甥，窦太主的女儿，论起来太后还是她的舅母，根基不可谓不深厚。可她没有为皇上生下一个儿子，也就不得不离开椒房殿。朝廷一切都是围绕江山的永固而旋转的，升升降降，兴兴废废，概莫能外。谁让上苍对卫子夫有太多的偏爱呢？

呵呵！当平阳公主行走在雪后侯府回廊上的时候，她为自己当年的得意之作而掩口笑了。

皇后和太子靠谁来维护呢？除了卫青，没有别人。这一点，无论是太后还是皇上都再明白不过了。即使太后在内心很瞧不起卫青，可为了大汉基业，她只能选择卫青。这样一来，太后还有什么理由阻挡他与自己的婚姻呢？

这是一张巨大的网，在这张网里的人都必须遵守世代相沿的规则，接受它的约束，连太后也不能例外。

人就是这样，当一切呈现出希望的时候，进入眼睛的事物都改变了它固有的颜色。平阳公主现在看什么都是喜气洋洋，生机勃勃的。这不，当翡翠上来劝她说外边天冷，要千万小心时，她就觉得这丫鬟很有眼力，很对自己的心思。

但是，她压根没有回去的意思。筒瓦檐头冰凌的消解，回廊边沿的大雪融化，都仿佛成了春天到来的前奏，分外地让她舒心和惬意。

"冬去了，春天就不远了。不信你们去看看，路边的花草正在苏醒呢！"平阳公主道。

丫鬟们蹲下身体，轻轻地拨开积雪和湿润的泥土，果然发现那花草的根都泛了嫩嫩的绿色。

"人也是一样，到了该发芽冒尖的时候，就得出头，任谁也挡不住！"

丫鬟们相互看着，不知道公主发这样一番议论的意思，只有懵懂地跟着点头。

平阳公主的步子慢了下来，她现在正考虑应该给卫子夫送些什么？山水轮流转，卫子夫现在可是身价百倍了。她的一句话，可以让人青云直上，也可以让人坠入深渊。她还要考虑应该给即将成为太子的刘据送些什么？虽说他还是襁褓中的婴儿，不能理解姑母的一片心意，但关键是皇上和卫子夫明白就好。

哦！对了。前些日子，她要工官处打磨了一面日光镜，工匠们知道是为平阳公主打磨的什物，都十分尽心。

据说他们从来没有制作日光镜的经验，十几个工匠花去了几个月的时间，失败了上百回，才打造了这面精美的铜镜。

铜镜送来的第二天清晨，公主就早早地临窗而坐，镜里映出她雍容华贵的面容。但她也只看了那么一次，就珍藏了。卫子夫是个爱美的人，有了这面铜镜，她不定怎样地感谢昔日的主人、今日的阿姐呢！平阳公主就这样想着。

又该送据儿些什么呢？他是长子，将来不但要做太子，还要做皇上。就送他一只鎏金虎镇吧。它可以祛除邪恶，威震四方。他终归是要读书的，可以置于书案，让他时时想着自己对王朝的责任，同时，也会想着时刻关心他的姑母。

"呵呵！"平阳公主在心里为自己的筹划而得意。在这个朝廷，送什么东西都是有指向的，一切都隐喻着赠送人复杂而曲折的意图，一切都象征着接受人的品格、情操、性情或地位。

平阳公主自信这两件东西足以让她和皇室紧紧联系在一起。但是当她走完回廊，透过竹枝看见了当年卫子夫排练歌舞的乐坊时，她又动开了心思。

是啊！皇后策立大典在春暖花开的时节举行，除了宫廷乐队要演奏象征吉祥的古乐外，又怎么能没有歌舞助兴呢？

她很快就有了新的打算，她要排练一部精彩的乐舞献给皇后。

"翡翠！前面引路，去乐坊看看。"平阳公主说着，就转了方向，丫鬟们在后面紧紧跟着，沿着通往乐坊的石径迈开了细碎的脚步。

乐师和歌伎们见平阳公主忽然驾到,纷纷停止了演奏,起身迎接。平阳公主走到领头的乐师面前问道:"在场有几人曾为卫夫人伴奏过?"

有几位年老的乐师站起来道:"臣等都是夫人在时的乐手。"

"有几位歌伎曾为夫人伴过舞呢?"

年轻的歌伎们都摇了摇头。

平阳公主点了点头,若有所思。也难怪,歌伎是靠青春吃饭的,年龄稍大的都走了。

"她都喜欢哪些乐曲呢?"

"据小人所知,夫人当年十分喜欢的是《月下竹影》。"

"你们奏来让我听听。"

于是,大家依次排好顺序,一时笙管大作,时而轻柔婉丽,时而舒缓悠扬,时而"清风徐徐",时而"竹影沙沙",在平阳公主的意念中掠过一幅幅朗月当空,青竹摇曳,风动云飞的画面。一曲终了,她频频点头称赞道:"不错!不错!"

大家脸上这才有了一丝轻松,为没有遭到训斥而暗自庆幸。

平阳公主要乐师们坐定,话语柔柔地说道:"不错是不错,可是再好的曲子,听久了也不免厌烦。何况夫人现今生了龙子,肯定是要举行庆典的,这样的曲子如何拿得出去呢?你们能不能奏点让皇上和夫人高兴的曲子?"

大家相互看了看,不知道该如何回答。

"平日养着你等,就是要在关键时刻派上用场的。你等若是写出了曲子,自然有赏。若是坏了我的大事,哼……翡翠!走!"

平阳公主欲起身要走,领头的乐师就领着大家跪下了:"公主平日待小人们不薄,小人们怎敢不思图报?小人前不久刚作了一首曲子,初步取了一个名字叫《凤仪百鸟》,才由歌伎们配了舞,正在演练,等演练成熟后再请公主验看。"

"这曲名好,你等就加紧排练吧。"说罢,她就出了乐坊门,到丹景台看望卫夫人和皇子去了。

依照规制,平阳侯是住在尚冠街的。可是因为与公主的关系,就住在太常街了。现在,孀居数年的平阳公主乘着车驾,在府役、丫鬟和骑奴们的护卫下出了侯府，一拐弯就上了安门大道。

被冬雪濯洗过的阳光耀眼而又洁净，撩开防风的窗帘朝外看，阳光正好把窗帘的红色映在公主的两颊，看上去年轻了许多。可就在这一刻，她的呼吸、目光和洋溢在脸上的喜气都凝固了。

啊！迎面而来的不是卫青么？没错，是卫青！那张再熟悉不过的脸、那双总是含着忧郁的眼睛和那朝思暮想的魁梧身影，让她的车驾再也无法挪动轮毂了。她知道卫青一定是来看她的，她的心就禁不住怦怦直跳。

顷刻间，卫青的坐骑停在了平阳公主的车前，他翻身下马，依旧按照主仆的关系参见了平阳公主。

平阳公主定了定神，她毕竟是皇家贵胄，在府役和丫鬟们的面前，她要保持公主的矜持和严肃。

"将军这是要到何处去？"

"卫青正要前去拜见公主，公主这是……"

平阳公主没有回答卫青，就对府役、丫鬟和骑奴们喊道："回府！"

执辔的驭手迅速掉转车头，卫青跟在车后，转眼就到了侯府门前。

"我有话与将军说，你等下去吧！"

"公主！奴婢……"平日里时刻不离左右的翡翠不知道自己是否也在内，开口道。

"你也下去吧，有事会传你！"

一切都是彬彬有礼的，一切都是按部就班的，一切都还残留着主仆的痕迹。但是当卫青随平阳公主踏进门，而那张门很快掩上时，那礼仪的面纱很快就在卫青面前撕得粉碎，迎接他的是从一颗焦渴的心里喷射出来的火焰。

灼热的烈焰迅速穿破卫青的战袍，吻舐着他宽阔的胸膛，吞噬了他据守在心底的矜持，溶解了留存在内心深处那难以抹去的樊篱。

平阳公主盼望这一天已经很久了，她的心因为这种难以忍受的期待而几乎干涸。卫青并不知道，在他还在做骑奴的时候，公主那双热辣辣的眼睛就把他的身影摄入了灵魂深处。因此，在从闽越归来后，当他矜持地婉拒了公主的痴爱时，她还为此而大病了一场。秦素娟反复诊脉，也没有弄清公主的病症。

其实,她自己清楚,她的病根在骨子里。那些日子,她也曾想过许多,可无论如何就是对这个男人恨不起来。恨不起来,她就发誓要得到他。现在,他终于来到她的身边,而且来得正是时候。

平阳公主认定,这是上苍对自己的偏爱。她的胳膊紧紧地勾着卫青的脖子,贪婪地在他黝黑的额头落下温热的唇印,紧锁了十几年的心灵堤坝就在这一瞬间崩塌了。爱的潮水紧紧地包围了他们,男人的阳刚,女人的阴柔交合在月华芬芳的玄牝之门,凝结成混沌的生命元初。

平阳公主很久没有这种感觉了,不必说孀居数年的寂寞让她的生命之湖干涸,就是与曹寿在一起的那些年月,她又何曾有过这种汹涌呢?

在她周围的男人成百上千,那些艳羡的、谄媚的、殷勤的、卑微的目光和话语环绕着她骄傲却是孤独的身影。她就像一株带刺的玫瑰,男人们只能远远地闻着风从花蕊中,从青枝绿叶间送来的香气而无法将她拥入自己的怀抱。

其实,她是很脆弱的,她一直以来都希望被一个优秀的男人征服。她愿意把美丽女人的一切赤裸裸地呈现在他的目光之下。

高大的卫青让她一下子变成一个娇小的被呵护者。而她的每一声喘息、每一次呻吟、甚至每一次战栗,都让爱着她的男人散发出英雄的光彩,温暖地照耀着她。

而身下这个女人对卫青来说,曾经是多么遥不可及。她带着皇家的美艳让他觉得面前耸立着一座高山,让他难以跨越。他不是没有感到她的目光,他也不是对她的暗示麻木而又迟钝。

不!他曾经多次被融化、被炙烤,被撩拨得浑身燥热。但是骑奴与公主之间难以逾越的鸿沟,像幽灵一样地缠绕着他的情感,在关键的时刻总是冷却了他燥热的血液。

可这一切现在都已成为过去,或者说从被皇上任命为车骑将军的时候起,他心灵的骏马就已飞越了横亘在他们之间的沟壑。

卫青被女人托着,不断地在波峰浪谷间前进,他粗壮的呼吸喷出的热浪,湿润了月季展开的花瓣,把生命的精髓注入了承接甘露的玉盏。

"哎哟!青,我的……我的……"公主亢奋地叫着。

第五章

阿娇含泪诉积怨　卫后喜盈入椒房

日近中午的时候,阿娇才懒洋洋地起了床。

冷清的长门宫,落寞的时光,在心力交瘁的煎熬中,阿娇日渐生成的一种"残荷""憔菊"的心境,这主宰了她的生活。白日里她烦躁焦灼,昏昏沉沉;夜里她常常竟夜不眠,对月垂泪,这让她明显衰老了。

"现在何时了?"阿娇拢着披散的长发,倚在榻边向在外间忙碌的春柳问道。

"皇后娘娘,已经日近午时了。"

"什么皇后、皇后的,跟你说了多少遍了,我早已不是皇后了,你怎么就是不长记性。我不是问你时辰,是问今天是什么日子?"

春柳明白了,皇后是问的朝廷纪年,忙答道:"今日是元朔元年腊月二十。"

"哦?皇上又改元了?"

春柳便不知道该怎样应对主人的话。

"雪还在下么?"

"雪停了,太阳都出来了呢!檐头的冰凌都在融化,正淅淅沥沥地滴着水呢!"春柳掀开帷帐,来到阿娇的榻前。

"点点是泪,声声如泣啊!"阿娇木然地看着春柳。

"主人!凡事想开些,身体要紧!"

"也就只有你还惦记着我。"阿娇说的是心里话。在这漫长的一年多里，如果不是春柳早晚守在她身边悉心照料，她不敢想象自己会是一副什么样子。可是她的心还没有平静下来，她的眼睛始终没有离开过椒房殿，来自长乐宫和未央宫的任何消息都会触动她的神经。现在，阿娇最关注的依然还是皇上和他身边的女人们。

"那边有何消息？"

春柳明白，阿娇所说的那边就是指长乐宫，但她不知道阿娇听了消息之后会有什么样的反应，她嗫嚅着，小心翼翼道："那边过来送炭的人说，卫子夫生下了一个皇子。"

"什么？你再说一遍！"

"卫子夫生下了一个皇子。"

"这个贱人！"阿娇跌坐在榻上，好久没有说话。她好像是一个在大浪中苦苦挣扎的溺儿，当看到不远处的船只对她的呼救视而不见、渐渐远去的时候，她最后的一丝希望也破灭了。

虽然她清楚不可能再做回皇后，但她希望皇上能念及十多年的夫妻之情，时不时地来看看她。她不理解，皇上对母亲和董偃都能宽容，为什么独不能宽恕她呢？

她到现在也不认为自己有错，她诅咒的是卫子夫，希图唤回的是皇上的爱。但是，皇上的心被那个妖媚的女人夺走了，他从来就没有走近长门宫一步，以致她都慢慢地生疏了皇上的脚步声。如今，那个贱人又生了一个儿子，这意味着她进入椒房殿只是时间问题了，而她的儿子也注定要被封为太子。

阿娇压抑了许久的愤懑、嫉妒和仇恨霎时被这严酷的现实"激活"了。她挥起衣袖，朝着春柳的脸上横扫过去，吼道："她生不生皇子，关我何事？你为何要告诉我这些，你是要看我的笑话么？小贱人，快滚出去！"

春柳捂着热辣辣的脸庞，不敢再多说一句，战战栗栗地退到帷帐外。她听见阿娇伏在床头号啕大哭的声音，夹带着断断续续的哀怨。

"上苍啊！你为何如此折磨阿娇啊？"

"皇上啊！你已经忘记了臣妾么？"

"贱人，我与你不共戴天……"

长长短短的哭声在宫中绵延了许久才平息下去，宫娥们因为阿娇的情绪而一个个心弦紧绷，生怕因为不慎而遭训斥和责打，直到内室安静了下来，大家才松了一口气。

哭过了，闹过了，骂过了，阿娇的心情也轻松了许多。她觉得自己太傻，犯不上为别人而动怒伤肝。不管怎么说，卫子夫生了一个儿子，这是不可改变的事实，自己就是再痛恨也无济于事。徒生烦恼，到头来受伤的只是自己。不！她要做到宠辱不惊，挺直腰板，她不能给那个贱人任何嘲笑的机会。阿娇擦干了泪水，朝外边喊道："春柳！"

"奴婢在！"

"我刚才失态了。来吧！"阿娇凄然地笑了笑，坐在了梳妆台前。

"诺！"

春柳早就准备好了温水为阿娇静面，她的皮肤在热气的蒸腾下，迅速恢复了润泽，呈现出弹性。待春柳用柔软的丝绢揩干水珠时，阿娇的风韵便显现了出来。

春柳解开阿娇的发带，自上而下地梳理着保养得很好的长发。直到发丝垂到腰间，她才开始精心地盘旋，层层地佩戴首饰，把它们缀成一个个漂亮的螺髻。这一切做完后，春柳开始为阿娇敷粉、施朱、点唇，一切都是一丝不苟的。

半日的折腾，阿娇有些饿了，春柳急忙送上燕窝粥，阿娇浅浅抿了一口，感觉有些烫，正要申斥，却见一个年轻的黄门慌慌张张地进来了。阿娇就更加不高兴了，她放下粥盏，语气冷冷地问道："慌什么？死了人么？"

"娘娘，宫外来了一辆车驾。"

阿娇冷笑一声，鼻翼间发出来的声音带着森森杀气："大胆！你竟敢戏弄我？来人！拉下去……"

"娘娘饶命！奴婢不敢说谎，真的来了一位大人。自报是中郎将司马相如，说是奉了皇上的谕旨来看望娘娘的。"

"若有半句假话，我要你的狗命！"

……

真的！在这个雪后初晴的日子里，司马相如偕夫人卓文君来看望废后阿娇了。

这本是一件棘手的差事。皇上听从了卫子夫的劝告,对废后动了恻隐之心,但他又不愿亲自前往,于是就要司马相如代他前来了。

司马相如明知巫蛊案波及甚广,弄不好就会牵连到自己。但要因此让夫人受到牵连,就太不值了。可是他没有办法,皇命如天。

阿娇激动地将司马相如夫妇迎进客厅,在过去的一年中,除了母亲窦太主,司马相如是第一位登门的朝廷大臣,而且他还是奉了皇上的旨意,带来了皇上的问候。

当司马相如夫妇口称"娘娘"参拜她的时候,她忽然生出一种无以名状的惶恐。她很久没享受这样的礼遇了,她冰冷的心因此而生出一丝暖意。

皇上托司马相如带来羊羔毛做的披风和各种宫廷食品,还有绢匹、布帛以及乌桓国朝贡的人参。对阿娇来说,她并不缺这些,她感动的是皇上还记着自己,还没有忘记十几年的夫妻情分。因此在宴席上,她除了高兴地饮酒,几乎没有心思去品尝满案珍肴美味。她不断询问皇上的日常起居,不放过她熟悉的任何细节。

"皇上还睡得很晚么?"

"皇上还喜欢吃乳猪肉么?"

"皇上还喜欢玩射覆么?"

"皇上……"

她忽地生出自责,如果早这样温柔细心,怎会有今日呢?

司马相如尽其所能地回答着皇后的问话,但对皇上的生活,他怎么可能比一个与皇上厮守了十几年的女人知道得更多呢?而作为女人,阿娇对皇上的牵挂让卓文君十分感动。女人啊!即便再刚烈,在男人面前也总是娇弱的,何况阿娇面对的是皇上呢?

端庄秀丽的卓文君举爵向阿娇表示自己的敬意:"皇上要是知道娘娘的心思,一定会十分感动的。"

"唉!宫闱深深,能有几人像夫人与先生这样如此心心相依,深情至爱呢?"想着自己现今孤影独守,冷落凄清,阿娇那无尽的伤感又从心头跃上眉头。一语未了,泪水就落在了爵中。

司马相如道:"娘娘经此变故时,臣正在西南,回来才知道此事。"

阿娇长叹一声道:"此事说来也怪我,不过现在就是后悔也晚了。"

"事已如此,娘娘也不必过于伤感,还是玉体要紧。"卓文君劝道。

阿娇沉默不语,眼睛直看着司马相如,一个念头忽然爬上心头,遂举起酒爵敬道:"请先生饮了此爵,我还有一个不敬之请。"

司马相如举起酒爵,一饮而尽。

"我现在就是有万般悔恨,怎奈与未央宫咫尺天涯,心意难达天庭。我有意请先生作一篇赋,以道对皇上的思念之情。皇上若是听了……"

"娘娘的用心臣明白了,臣这就为娘娘写来。"司马相如趁着微醉,慷慨地答应了。而在一旁的卓文君心中却急了,当年司马相如就是乘着醉意抚琴高歌,赢得了自己的芳心。可现在是什么情形呢?是皇上夫妻之间的恩恩怨怨!他这样借酒恣意,信马由缰,惹出乱子如何得了?

可是,当着阿娇的面,卓文君又不便明说,只是暗地拉了拉司马相如的手道:"夫君今日醉了,哪里能写出什么好文章?待明日酒醒之后,再为娘娘写就不迟。"

司马相如却甩开卓文君的手道:"夫人说哪里话,我何曾醉了?我不过是将娘娘的心意说给皇上听而已。"

"夫君!皇上命夫君看望娘娘,可没有让夫君写文章啊!"卓文君有些急了,不顾阿娇在一旁就说道。

"皇上?皇上与我是何种关系?前几日我们还杯酒为赋,雪中唱和呢!"司马相如说着,就铺开了洁白的绢帛,洋洋洒洒地写开了——

夫何一佳人兮,步逍遥以自虞。魂踰佚而不反兮,形枯槁而独居。言我朝往而暮来兮,饮食乐而忘人。心慊移而不省故兮,交得意而相亲。伊予志之慢愚兮,怀真悫之欢心。愿赐问而自进兮,得尚君之玉音。奉虚言而望诚兮,期城南之离宫。修薄具而自设兮,君曾不肯乎幸临。

廓独潜而专精兮,天飘飘而疾风。登兰台而遥望兮,神怳怳而外淫。浮云郁而四塞兮,天窈窈而昼阴。雷殷殷而响起兮,声象君之车音。飘风回而赴闺兮,举帷幄之襜襜。桂树交而相纷兮,芳酷烈之訚訚。孔雀集而相存兮,玄猿啸而长吟。翡翠胁翼而来萃兮,鸾凤翔而北南。

心凭噫而不舒兮,邪气壮而攻中。下兰台而周览兮,步从容于深宫。正殿块以造天兮,郁并起而穹崇。间徙倚于东厢兮,观夫靡靡而无穷。挤玉户以撼金铺兮,声噌吰而似钟音。刻木兰以为榱兮,饰文杏以为梁。罗丰茸之游树兮,离楼梧而相撑。施瑰木之欂栌兮,委参差以糠梁。时仿佛以物类兮,象积石之将将。五色炫以相曜兮,烂耀耀而成光。致错石之瓴甓兮,象毒瑁之文章。张罗绮之幔帷兮,垂楚组之连纲。

抚柱楣以从容兮,览曲台之央央。心凭噫而不舒兮,邪气壮而攻中。日黄昏而望绝兮,怅独托于空堂。悬明月以自照兮,徂清夜于洞房。援雅琴以变调兮,奏愁思之不可长。案流征以却转兮,声幼妙而复扬。贯历览其中操兮,意慷慨而自卬。

左右悲而垂泪兮,涕流离而从横。舒息悒而增欷兮,蹝履起而彷徨。揄长袂以自翳兮,数昔日之愆殃。无面目之可显兮,遂颓思而就床。抟芬若以为枕兮,席荃兰而茝香。忽寝寐而梦想兮,魄若君之在旁。惕寤觉而无见兮,魂迋迋若有亡。众鸡鸣而愁予兮,起视月之精光。观众星之行列兮,毕昴出于东方。望中庭之蔼蔼兮,若季秋之降霜。夜曼曼其若岁兮,怀郁郁其不可再更。澹偃蹇而待曙兮,荒亭亭而复明。妾人窃自悲兮,究年岁而不敢忘。

一篇赋罢,司马相如将笔扔在案上,独坐一旁。他黯然神伤,默而不语,被字里行间的悲郁浸渍得神情恍惚了。阿娇忙为司马相如调了醒酒汤,过了小半日,司马相如才逐渐苏醒,仰天长叹:"悲乎哉,人生命途之多舛也……"

阿娇捧起墨迹淋漓的赋文,细细读来,一读一垂泪,再读而涕血,整个的心都被赋的文字揉碎了。

夫何一佳人兮,步逍遥以自虞。魂踰佚而不反兮,形枯槁而独居……修薄具而自设兮,君曾不肯乎幸临。

皇上啊!你可知道臣妾的惆怅。一夜夜地临月长叹,向月自语。一次次期盼,一次次失望。

冰轮清辉,有谁能读懂阿娇彻心的疼痛呢?是司马相如的文字撕开了她几近麻木的伤口……

> 左右悲而垂泪兮,涕流离而从横。……无面目之可显兮,遂颓思而就床。抟芬若以为枕兮,席荃兰而茝香。忽寝寐而梦想兮,魄若君之在旁。惕寤觉而无见兮,魂迋迋若有亡。……

皇上啊!臣妾的泪水在消瘦的脸上纵横交织。臣妾的呼吸中都含着蹙郁。但臣妾的心一刻也没有离开皇上啊!咫尺天涯,臣妾只有在梦中与皇上相偎,为此而常常埋怨黎明的鸡啼惊扰了梦境。可梦终归是梦,臣妾醒来的时候,依旧是孤身一人,留下只是些若有若无的记忆。

阿娇读到这里的时候,再也无法忍住悲哀,放声大哭道:"皇上!臣妾思念皇上啊!臣妾盼见皇上啊!"

"皇上!臣妾……"阿娇咬破了手指,滴滴鲜血渗入丝绢,开出一朵朵的红花。及至后来,阿娇气郁填胸,突然晕倒在地上了。卓文君慌了手脚,连忙抱起阿娇,呼唤道:"娘娘!娘娘……"

冥冥中,阿娇好像回到了未央宫,与刘彻相依相偎,漫步在沧池边。池旁垂柳依依,池中莲荷涣涣,宫娥、黄门前后簇拥着,刘彻回眸一笑,深情地对阿娇说道:"还记得朕当年'金屋藏娇'的承诺么?"

阿娇有些羞怯道:"臣妾怎能忘记呢?臣妾感念皇上的恩德,只要皇上宠爱臣妾一人……"

"什么?你要朕只爱你一人?"刘彻愤怒地推开阿娇,阿娇一个趔趄,跌入池中。

池水很快就淹没了阿娇的脖颈。她在水中拼命地挣扎,朝离去的刘彻呼喊……

阿娇睁开眼睛,发现自己躺在卓文君怀中,卓文君的泪水将她的衣襟打湿了一大片。

"文君!"

"娘娘！"

两个女人拥抱在一起。

司马相如看着眼前两个相拥而泣的女人，心都被搅乱了。他无法预料，自己的这篇《长门赋》，对阿娇意味着什么，对自己又意味着什么。

……

不管刘据的诞生怎样使人忧郁失落，使人狂喜激动，未央宫的日子一如流水一样慢慢消逝，立后大典的筹备事宜，终于在元朔元年三月就绪了。

少府寺制作了精美的皇后玉玺。

太仆寺为皇后织出了绚丽的绶带。

将作监对椒房殿修葺一新。

太常寺择定了大典的吉日。

作为织作染炼的专门官署，暴室的官员们连日来更是食不甘味，寝不安席。他们反复遴选从南方送来的丝绢，挑了上等的绢帛，然后送到织室去制作成衣。

从令丞到普通工匠，个个都是提心吊胆，他们知道这朝服的分量，不敢有丝毫疏忽大意。

其实，最忙的还要数丞相府、宗正寺和典属国。丞相府的数十名曹掾，一连多日都在抄写发往郡国的笺表；宗正寺则负责通知外戚和诸王的朝贺；而典属国在接到大典事宜的文书后，一刻不停地译成各种文字，发往周边各国。

后宫更是鼓乐盈天，笙管高奏。宫廷乐队加紧排练名为《青阳》的太乐，七十多名童男童女在乐令的指挥下，宫、商、角、徵、羽，抑扬顿挫，雅韵高蹈；而即将推出的百人踏歌舞，更是袖舒云霓，顾盼流光，只待大典之日登台献艺。

在这些日子里，文士们也没有闲着。司马相如、东方朔等一帮能手，竟夜不眠，捻须苦吟，都希望写出让皇上高兴的文章。他们都期待在这样庄严的时刻展示自己的才气，技压群儒。

这一切都让刘彻的心境如三月的阳光一样温暖和明亮，他整日都沉浸在身为人父的愉悦中。每日早朝听罢关于大典的筹备奏报之后，他都要询问每一个细节,不断地对大典的方案提出自己的意见。然后,就喜洋洋地到丹景台去看儿子,看卫子夫或与太后一起分享得子的幸福。

但他更多的还是想以此为契机,推进朝廷格局的调整。他很高兴,因为皇子的诞生,太后对卫子夫表示了从未有过的热情。她不再计较卫子夫的出身,并且在刘彻请安时详细地询问母子的情况,俨然一个婆婆。她还让刘彻嘱咐卫子夫产后应注意的事情,并差紫薇送去了滋补品。

不仅如此,太后还一改对平阳公主与卫青婚姻的反对态度,而是提出要刘彻在适当的时候带卫青到长信殿来,她也要看看大女儿钟情的将军究竟是什么样子。这一切,都使得自韩嫣死后冷却的母子关系开始逐渐恢复。

刘彻十分感慨,太后总是在大是大非面前做出明智的选择。

的确,刘据的诞生改变了每一个人心灵深处的色调,使得大家的情绪渐渐地朝宽容与和谐倾斜。

刘彻欣然地接受了卫子夫的谏言,派司马相如到长门宫看望了阿娇。而司马相如带回的那些如泣如诉的故事又使刘彻常常反躬自问,自己当初是不是对这位表姐——曾经与他耳鬓厮磨了十多年的女人太过了?她体内毕竟也流着一半刘氏家族的血液。

立后大典定在三月十三日在未央宫前殿举行。司马谈同太祝令经过占卜测算,认为这月十三日是大吉之日。这日为甲子日,甲为六甲之始,子为十二辰之初,甲数九,子数又九,九为天数。九九归一,象征着朝廷的一切都在刘彻的掌握之中。他们在呈送给刘彻的奏疏中说:"甲子为干支之始,为第一个干支组合。相同于事之起始,事之确立之时也。"

这标志着,从这一天起,卫子夫的皇后地位将获确定。

甲子日的天空分外晴朗,徐徐春风扯着丝丝阳光,编织出惬意的春网,片片绿叶在春日煦风中摇曳,而桃花落红荡起的香尘,让每一条碾过车毂的道路都弥散着芬芳。

从卯时起,安门大街上就停满了王公大臣的车驾,每辆车都披着节日的盛装,连马匹也缀上了鲜艳的红缨……

大约上午巳时,王娡、刘彻来到了未央宫前殿,来自各个诸侯国和藩属国的使节、各州刺史、三公九卿和在京大吏依照朝会的序列在殿内等候。待太后、皇上入座后,大行宣布大典开始。

霎时,太乐高奏,鼓乐喧天,笙管和鸣。王公大臣们在这庄严的旋律中肃然地站着,感受着雅乐给心灵带来的冲击。他们本来就端正的站姿似乎有人在提醒似的,都本能地做了微微的调整。

一曲奏罢,刘彻看了看太后,转脸对大行仆射点了点头。

"宣卫子夫上殿。"

"宣卫子夫上殿。"

……

随着黄门传唤的声音,卫子夫被鼓乐迎进大殿来了。她迈着缓缓的步履,悠悠穿过文武众臣之间的通道。她本来就澄明的眸子此刻浸润出湿漉漉的晶莹,凝香积翠地盘桓在长长的睫毛丛中。

从讴者到尚衣轩中的邂逅;从出宫人到被皇上再度宠幸;从被阿娇诅咒到走上这座神圣的殿堂,这条路在她的内心深处漫长而又崎岖。当这一切都成真的时候,她一刹那间像走进了梦幻。

她没有当初阿娇那种春风得意的感觉,她内心甚至还生出了一种莫名的惶恐,她就这样地被谒者引导着,跪在了太后和皇上的面前……

包桑宣读了册立的诏书,而卫子夫此刻涌动在心底的,除了感恩,还是感恩。她俯下身体,向太后叩首谢恩,向皇上谢恩。按照大行主持的程序,她从丞相手中接过皇后玉玺,而御史大夫则为皇后披上了身份象征的绶带。

包桑走上前去搀扶着卫子夫来到皇上身边就座。然后,大臣们在丞相的率领下,齐刷刷地跪倒在御座面前,高声赞道:

"恭喜皇上!"

"恭喜太后!"

"恭喜皇后!"

卫子夫看见了卫青,她没有从他的身上看到驰骋疆场的潇洒和俊逸,也没有从他的身上看到因为姐姐当上皇后而表现出来的张扬和喜悦,反而看到他显出少有的谨慎。

这情景让卫子夫心头安定多了,她在心里默默希望眼前这位兄弟永远不要忘记过去,也不要把姐姐头上的光环看得太重,一切都得靠自己的努力才能获得。

围绕一个女人命运的光芒迅速地从未央宫前殿发散,普照到每一寸山河。刘彻在这个日子里,发布了第二道诏书:

> 朕闻天地不变,不成施化;阴阳不变,物不畅茂。《易》曰"通其变,使民不倦"。《诗》云"九变复贯,知言之选"。朕嘉唐、虞而乐殷、周,据旧以鉴新。其赦天下,与民更始。诸逋贷及词讼在孝景后三年以前,皆勿听治。

大臣们有一种如沐春风的感觉。从高皇帝定都长安到孝景皇帝,没有哪一个皇帝在立后的日子里大赦天下。大家纷纷赞道这是自殷周以来第一次在大典时发布赦免诏书,这是这个女人给王朝带来的崭新气象。这意味着那些身陷囹圄的刑徒们也会因此而走出牢狱,得以与家人团聚。

当然,此时此刻他们没有一个人想到,刘彻的这道诏书为后来开创了一个"大赦"的先例,他们此刻能够表达自己心境的就是四个字:

"皇上圣明!"

虽然声音是高亢的,但不是每个在刘彻身边的人都能够读透他"天地不变,不成施化,阴阳不变,物不畅茂"的新锐思维。站在文官之首的薛泽甚至觉得皇上思维变化太快,自己除了懵懂的顺应,没有任何思考的空间。而对张敺来说,在为皇上起草诏书的时候,他也没细想过大赦的深意。凭借多年跟随皇上的经验,他只能在心里告诉自己,皇上这样做,一定有自己的道理。

他们这种机械的顺从也正是刘彻最不满意的,常让他有一种曲高和寡的感觉。刘彻的目光扫着每一张挂着笑的脸颊,跳过那些盲从的艳羡,终于在汲黯的脸上发现了一种清醒,从郑当时的眼里触摸到一种理智,从卫青的目光中感受到了一种拥戴,从公孙弘的颔首中捕捉到发自内心的理解。

在这样的场合,他们的目光在一瞬间对撞了。就像两个对弈高手,他们的棋局都在心中,靠着心与心的交流就明白彼此的意图。

的确,世间有许多的对话是不需要语言的,眼里蕴含的意义往往使彼此了解的人会从一瞥中就能明白对方的意思。

汲黯自信甚至有些戏谑地打量着站在身边的张汤,小声道:"张大人,听到了么?皇上要大赦天下呢!"他没有从张汤冷峻的眼里获得所期待的回应,但是他断定,皇上的大赦令是对张汤、赵禹等人用法严苛的自然矫正。

而对刚刚从凿渭工地上回来的郑当时来说,皇上大赦令的意义不仅让这个国家的百姓分享到宽惠,更在于让那些刑徒回到土地上去,这样他就不用再为穿凿渭渠缺乏劳力而发愁了。

对皇上在这个喜庆的日子颁诏大赦,卫青与郑当时有着相同的感触。他曾不止一次听汲黯说过,有不少年轻人身陷牢狱。有的是因为在关中大旱之际与富豪争水而被判处徒刑的,有的是因为抗拒豪强吞并田产而触犯法律的。皇上的大赦,给了他们一个效命疆场的机会。

……

可不管人们对皇上的大赦有着怎样的解读,这一切都被遮盖在立后大典的华光之下,"皇上圣明"的声浪将大典推到了一个新的阶段。

借此时机,皇上的第三道诏书下来了。皇上让太中大夫、车骑将军卫青与平阳公主秉承太后的旨意,择日完婚。

当包桑宣读完诏书的时候,大臣中出现了片刻的骚动,但很快就平静下来,接着又是"皇上圣明"的欢呼。以立后为契机而发出的三道诏书,把一个无可否认的现实摆在了大臣们面前——卫氏家族辉煌的时代到来了。

在大臣们欢呼的时候,卫青有些诚惶诚恐地跪倒在太后与皇上面前。在这一刻,他的思绪回到了那个雪后的下午,那个平阳公主用柔情溶化了他用剑气浇铸的心的下午。他的脸不禁有些发热,抬起头时,他看见了太后柔和的笑容。

这是王娡第一次看到卫青。此前关于这位骑奴的各种传说曾给她的心头蒙上了阴影,不管刘彻和平阳公主怎样将他描述成一位气概不凡的英雄,在她的印象中,她断定他是一个猥琐的俗人。现在,他奇伟的相貌,炯炯的眼神,彬彬有礼的气度,都让她觉得女儿对一个骑奴的倾心其实是情之所至,是一个女人在失去丈夫后聪慧的选择。而且,当这种选择与刚出世的皇子交织在一起的时候,太后对女儿的行为就从反对转为赞许和支持了。

"平身!"王娡轻轻地挥了挥宽大的衣袖。

"谢太后。"

卫青刚刚站起来,大行就宣布大典进入了朝贺的程序。在热烈隆重的乐声中,来自藩属国和诸侯国的使者们捧着礼单进殿来了。

……

立后大典的余波在长安激荡了多日。

在三月下旬的一天,太后在长信殿举行了一次家宴。一是为了促进婆媳情感,二是为了再次表明对卫青和公主婚姻的态度。太后毕竟是从景帝年代过来的人,除了刘彻、卫子夫、卫青、平阳公主外,她也没有忘记邀请窦太主。

太后不是那种过河拆桥的女人,尽管她对窦太主所表现出来的傲岸和刻薄看不惯,但当初是她鼎力相助才把自己推上皇后宝座的。这一点,她一直没有忘记。

之所以邀请她来还有一个重要的原因,就是这位大姑子太苦了。先是失去了丈夫,短暂的两年间,给予她肉体和精神抚慰的董偃又去了。作为一个为先帝独守宫闱的女人,太后能体会她的寂寞和凄凉。

卫子夫今天是第一次以皇后的身份拜见太后。多年来,她作为皇上最宠爱的女人,虽然与皇上相濡以沫,却因为名分的缘故而没能踏进长信殿一步。当她与刘彻并肩走过长乐宫北门高大的阙楼,远远地望着长信殿瑰丽的殿门时,她的心就忐忑起来。

待与黄门和宫娥拉开一段距离时,她因无法平息紧张的呼吸而下意识地向皇上依了依,那惶恐就写在脸上了:"不知怎么了,臣妾这心里就跟打鼓似的。"

刘彻笑道:"母后也是从安陵乡间来的,她向来大度,不会难为你的。"

不一会儿,卫子夫与刘彻就已双双跪倒在太后面前了。

"儿子向母后请安。"

"臣妾参见母后。"

"平身!赐座!"随着太后话音落地,紫薇很适时地奉上了茶点。

在这样的场合,太后才有机会打量这位新皇后的风采。那种极不易觉察的眼神贴近卫子夫的时候,太后眼里就流露出满意甚至赞许的色彩。卫子夫虽然出身卑微,但是她的端庄秀丽、温文娴静、一笑一颦,都迅速地改变着太后对她的感觉。

儿子眼光没错,她一定能够执掌后宫。这种感觉迅速地通过温软的话语传递给卫子夫。

太后关切地询问皇子的近况,问她后宫的现状,还很体贴地用过来人的经验教导着卫子夫。这完全是婆媳之间的谈话,这氛围很快就消除了卫子夫的拘谨。她们说到高兴处时的笑声让刘彻很轻松,由此而心生出由衷的感谢:"多谢母后的教诲。皇后毕竟年轻,以后还要母后多加提携才是。"

"那是自然。"太后并不推卸自己的责任。她知道,卫子夫要真正在后宫站住脚,还要应对妃嫔之间复杂微妙的关系,她不仅要豁达大度,还要学会使用自己的威严。

看着时间尚早,太后便很随意地将话题转到了修成君身上。时光流逝,修成君进宫已有十几年了,她的女儿娥儿都十六岁了,婚事自然成了太后牵肠的事情。

"娥儿的婚事还要你这个舅父拿主意。"

"这事可得问问皇后。"

"只是不知阿姐想将女儿嫁给哪家大臣?"

太后道:"总该是王侯才行。前日我身边的黄门曾说,齐王之子人品相貌甚佳,我有意与之联姻。"

刘彻听罢,觉得这是一桩两全其美的好姻缘,心想:一则随了母后意愿;二则娥儿到了齐国,朝廷也多了一个耳目。

卫子夫说道:"还是母后圣明。"

太后的脸上就笑开了花:"既然皇后都说好,那我就命人办理此事了。"

她们就这样无拘无束地谈了大半个时辰,平阳公主和卫青就来了。皇上在立后大典上宣布了她和卫青的婚事,这消息便化为仲春的细雨,滋润了她的心田,让她容光焕发,整个人都年轻了许多。她拉着卫青拜见太后、皇上和皇后时,那双眼睛始终都是水汪汪的。

太后许久都没看到公主这样了。在母亲面前,平阳公主毫不掩饰对卫青的喜欢,甚至时不时表现出几分撒娇的可爱,这让卫青多少有些不好意思。

"在太后面前,你不可这样。"卫青小声对平阳公主道。

平阳公主斜睨了一眼卫青道:"母后您看看,还没有怎样他就管起人家来了。"

太后笑着抚着平阳公主的长发道:"都是我将你宠坏了,三十多岁的人了,还跟孩子一样。"

平阳公主装着委屈道:"母后偏心。"

刘彻在旁边看着,忍不住插话道:"阿姐嘴里这样说,心里巴不得母后多夸卫青呢!"

"皇上!"平阳公主羞涩地摆了摆头,这时候,大家听见殿外传来爽朗的笑声,那是窦太主的声音。

"谁在里面呢,如此热闹?"

紫薇回答道:"是皇上、皇后,还有……"

窦太主道:"还有那位潇洒俊逸的将军吧!"

"太后和皇上已在殿内等候了,请太主随奴婢进去。"

此一时彼一时也,人有时候就是这样,得随着环境不断地调整自己。作为阿娇的母亲,作为昔日的大汉长公主,不可能对刚刚入主椒房殿的女人熟视无睹,虽然她感到卫子夫恬淡的笑容都满含着虚伪。

但是精明的窦太主明白,覆水难收,落花已去,她无法改变椒房殿易主的事实,而她的任何矜持和倨傲,都会让皇上更加厌恶阿娇。因此当她一只脚踏进长信殿时,就自然地把自己置于臣下的位置了:"臣妾参见太后、皇上,臣妾恭喜皇后喜得皇子。"

她当然也没有忘记向平阳公主与卫青这两位有情人表示长辈的欢悦,她不无风趣地表示希望能早日参加他们的婚礼。在向他们表示祝贺时,她心中掠过一丝悲凉,韶光易逝,风华不在,她不会再有侄女的风光和幸福了。

她的谦恭让卫子夫的情绪轻松了许多,在例行了朝廷礼节之后,这殿里人与人之间充满了家族的温馨和祥和。

那饮宴的布局也很有意思,太后理所当然地坐在上首,而窦太主与平阳公主并肩坐在右侧的席位,刘彻与卫子夫居于左侧。而卫青则坐在两位公主的下首。一切积怨都被脸上的愉悦掩盖了,一切饮恨都被爵中的酒酿而稀薄了。大家都很自觉地回避巫蛊案的阴影,回避着废后阿娇的过去和现在。

酒过几巡,平阳公主的脸上就飞起了朵朵云霞,眼里也多了几分水色,她面朝太后说道:"为了恭贺皇后入主椒房殿,臣妾排练了一曲《凤仪百鸟》,今日权且作为席间的助兴,也是臣妾献给皇后的一份薄礼。"

太后十分感念平阳公主的细致,频频点头称道:"仅仅饮酒,不免显得单调。这下有歌舞助兴,自然多了不少的情趣。"

云在袖间飞舞,舞在云中翻卷,伴随乐师精心制作的旋律,窈窕的歌伎广袖翩跹,乘着三月的春风,舞出了云蒸霞蔚的桃烟柳雨。

顷刻间,歌伎们如繁星闪烁,四面散开,只有领舞者在殿心旋转翻飞,若梨花带雨,若月出沧海,若鸣凤展翅,若鱼龙潜跃;骤然乐律翻转,化出幽谷深林,群鸟齐鸣的意境。

这情景让卫子夫一下子回到了建元二年的那个早春,是上苍在生命吐蕊的季节,把皇上送到了她的身边。如今她已是三个公主、一个皇子的母亲了。

卫子夫的目光久久地注视着群鸟朝凤的造型,耳际不闻笙竽,眼前不见欢颜笑靥,似乎纷纭的尘世远离了她的灵魂。直到刘彻一声"好舞",她的灵魂才从万里苍穹回到了长信殿。

"来人!赏乐师百金,帛百匹。赏歌伎二百金,帛二百匹。"

"诺!"

"回来!"

包桑正要转身,又被刘彻叫住了:"赏阿姐千金,帛千匹。"

平阳公主要的就是这个效果,在叩谢皇上的时候,她的神态是得意的,而她的眼神却捕捉着每个人的反应。

她首先当然关注的是皇上的感觉。整个过程,皇上看得很投入,他似乎被乐舞陶醉了,这场景激起他的回忆,也带给他全新的享受。

但是,平阳公主很快地就从太后的脸上发现了隐约的不悦。她明白是这领舞的女子太美丽,这让皇上心猿意马,这些都会让太后担忧。其实,从那女子出来的那一刻起,平阳公主早在心中举起了屠刀,她不会让这女子活到明天的,她现在要的是与皇后和睦而不是给皇上再送一个女人。

她敏感的触角穿透卫青平静的眼睛,看到了他心底的不屑。也许欣赏一场舞蹈对他来说,远不及取匈奴人的首级更快意;也许他的心此刻已回到了军营;也许他认为那甘甜的酒酿,应该用来为出征的将士壮行……

女人的心思只有相同经历和秉性的女人才读得透,当平阳公主将目光投向窦太主时,她感到了这个孤独的女人眼中的冷气。

自始至终,窦太主都用一种冰冷的情感阅读着侄女的作品。她感觉平阳公主太像她了,她再熟悉不过这些铺张了。当年,她就是这样对待栗姬和王娡的,她几乎用了同样的手段去维系着皇宫与堂邑侯府之间的纽带,为阿娇铺就了走向皇后宝座的道路。

不过,皇上的兴奋和赏赐使得被家族气氛淡化的恩怨又聚集成阴霾,驱走了她进殿时还留在心中的一缕亮色。

窦太主从席间站起来施了一礼道:"难得公主雅乐助兴。皇上册立新后,普天同庆。皇上又大赦天下,更是让黎民共沐圣恩。阿娇虽独居长门,也为皇上感到欢欣。她特地准备了一份薄礼,托臣妾奉上。"

窦太主的话让刘彻很吃惊,阿娇怎么会有这样的心思呢?他的神情顿时严肃了:"不知她送的是何礼物?"

"皇上可曾记得,前些日子您派司马相如去探视娇儿?娇儿感念皇上的牵挂,特地要司马先生作了一篇《长门赋》,命宫中乐师谱了曲子,很是动听。不知皇上可否允准当殿吟唱,以了娇儿的贺忱之愿?"

"哦!是这么回事?"刘彻沉吟着没有回答。他太了解阿娇的性格了,她怎会对取代了自己而成为椒房殿的主人无动于衷呢?要真是那样,就不会发生巫蛊案,她也就不是阿娇了。他担心这赋会给刚刚分娩不久的卫子夫带来伤害,但一想这作赋的不是别人,而是司马相如。他不会糊涂到无视卫子夫的地步。他正这样想着,就听见卫子夫说话了。

"母后、皇上,难得皇后一片热心。"卫子夫这样称呼阿娇,大大出乎在场人的意料,"臣妾感念姐姐对皇上的忠贞,请母后、皇上允准太主的奏请。"

这话从卫子夫的口中出来,不仅使太后对她的印象更加深刻,而在刘彻那里也形成了与阿娇鲜明的对比。在太后点头认可后,刘彻也欣然允准了窦太主的请求。

这是一个失宠的女人泣诉的泪水:

愿赐问而自进兮，得尚君之玉音。……
　　雷殷殷而响起兮，声象君之车音。……

这是一个孤独女人无奈的呻吟：

　　左右悲而垂泪兮，涕流离而从横。……
　　无面目之可显兮，遂颓思而就床。……

这是一个落魄女人丝缕的幽怨：

　　心凭噫而不舒兮，邪气壮而攻中。……
　　援雅琴以变调兮，奏愁思之不可长。

这是一个绝望女人五内俱焚的哀鸣：

　　夜曼曼其若岁兮，怀郁郁其不可再更。
　　澹偃蹇而待曙兮，荒亭亭而复明。
　　妾人窃自悲兮，究年岁而不敢忘。

　　太后的泪水顺着细密的皱纹，慢慢地流到了颔边，她眼前仿佛出现阿娇凭栏孤守、望月长叹的身影。
　　窦太主的肩膀也剧烈地颤抖，不断地用丝绢擦着泪花："皇上！娇儿她……"
　　卫青和平阳公主一脸茫然，他们都希望从彼此的眼中获得答案，但都失望地摇了摇头。
　　作为女人，卫子夫的心被司马相如的那些文字给搅乱了，她不知道该怎样去理解废后的情感，更不知道皇上将怎样看待她的宽容和谨慎。她用惊恐的、游离的目光怯怯地看着皇上，看着太后。阿娇心中诸多的不平究竟是怎样积淀的呢?她在赋中虽然不乏愧疚的检讨,然而更多的却是对皇上的怨恨啊!

卫子夫的感觉很快就被刘彻的愤怒证实了。

"够了!"

"何谓'言我朝往而暮来兮,饮食乐而忘人',这不是埋怨朕么?是她忘记了朕,还是朕抛弃了她?"

刘彻虽不得不为司马相如的文笔所震撼,但他透过阿娇的泪水,看到了一双含恨的眼睛。他走进司马相如铺排的凄惨,感触到一颗爱恨交织的心。而隐藏在那些满怀期待的文字背后的,是一腔不甘寂寞的欲望。

一个不能反躬自省的女人,怎么可能获得他的谅解呢?一个对欲望不能约束的女人,又怎么可能奢望再回到长乐宫呢?刘彻断然地挥了挥手,大声喊道:"退下!朕不愿意再听那些絮絮叨叨了。"

"皇上……"

"太主不用再说!阿娇有今日,完全是她造成的结果。朕姑念她是表姐,又有十几年的夫妻情分,才让她居住长门宫,待遇一如既往。孰料她不思悔改,竟然在立后之际,发泄私愤……"刘彻说着,就朝殿外喊道,"来人!"

"奴婢在!"包桑匆忙进了大殿。

"传朕口谕,今后不许任何人再接近废后阿娇,违者斩无赦!"

第六章

血洒疆场志未酬　推恩狂飙振长缨

韩安国从梦魇中惊醒，一身的冷汗。他看了看外面黑魆魆的天空，从胸中吐出一声悲叹："皇上！老臣愧对朝廷啊！"

那是怎样的梦境啊！渔河从云蒙山中劈开百丈悬崖，在长城脚下汇成滚滚激流，朝东北而去。可那终年拥抱着峰峦的云彩不知什么时候滴下了血雨，将站立在峭壁间的树林化为一片殷红。那飘过渔阳城的雨线，湿了将士们的铁甲、城头的旗帜和一具具年轻的躯体。

匈奴的骑兵风暴一样地卷过汉军，马蹄踩过他们的身躯，将其踏成肉酱；战刀扫过松散的军阵，将士们的头颅纷纷落地。

韩安国催动坐骑冲了上去，试图用老迈的身体挡住敌军。可匈奴人的长刀劈头砍来，"噗"地一声，他的一条胳膊飞出几尺之外。他忍痛独臂挥刀，耳边响起风雷凄厉的怒吼。

血雨中，汉军士卒瞪着一双双愤怒的眼睛，发出最后的杀声。

在血色的山道上，是两千多被掳掠的辽西百姓，他们在皮鞭下呻吟，伴随着匈奴人肆虐狂放的笑声。

韩安国浑身发冷，身上每一处都在颤抖。他睁开模糊的眼睛，仿佛看见一张狰狞的面孔。他"呼"地从榻上坐了起来，顺手操起榻边的枕头，用尽全力向那面孔抛去："哪里走？吃老夫一刀！"

"夫君！你怎么了？"守在身旁的夫人急忙递上丝绢。韩安国终于清醒过来,才发现站在面前的并不是匈奴将领。他擦了擦额头的汗水,长叹一声,摇了摇头。

夫人递上一杯热茶,韩安国饮了之后心神才稍微安定,他黯然对夫人道:"唉!刚才老夫又梦见那些牺牲的将士了。都是老夫失算,才遭此惨局啊!"

"事已至此,夫君也不要过分自责。妾身相信,皇上一定会明察的。"跟着丈夫一起短短一年,韩夫人备尝了作为军属的不易。

"你不明白。此次失利,皆因老夫刚愎自用,就是皇上赦免了老夫,老夫也不能原谅自己。"韩安国叹了一口气。

夫人泪眼婆婆地看着病中的丈夫,再也想不出什么可以安慰的话来。

这一年来,韩安国被噩梦一夜夜地折磨着,身体也日复一日地消瘦了。每当夜色降临的时候,他总是想起去年离京时皇上在宣室殿接见的情景。

"虽然卫青给匈奴沉重打击,但匈奴随之而来的报复却让渔阳百姓饱受涂炭之苦。尽管公孙弘和主父偃等人都主张和亲息战,但是倘无有相应的军备,那么和亲也是屈辱和退让。朕闻当年赵国的大将李牧长期屯兵于代,使匈奴不敢南窥。朕这次请爱卿出镇渔阳,希望爱卿也能够为大汉走出一条屯兵戍边的路来。"

皇上热切的期待让韩安国想起当年的知遇之恩,他明白这将是他最后一次为朝廷效力。从离开长安的那一刻起,他就将尚冠街的府第转卖了,并将所存资财也都散给曾为他日夜操劳的府役和丫鬟们。

平日里,韩安国和夫人对身边的府役和丫鬟很好,大家久久都不愿离去,有几位年长的人要跟他们一起赶赴边关,这都被韩安国劝住了。

"边城遥远,山高路险,匈奴虎狼之军,战场危机四伏,老夫皇命在身,怎好让诸位蒙戍边之苦?"

出城十里,他远远地瞧见李广站在路口张望。他迅速策马上前,向李广拱手道:"将军真的来了?"

"我说了要来相送的,岂能食言?我已闻知将军已将家产散去,情知今此一去,不知何日才能相见,就更应该来了。"

"唉!"韩安国喉头有些酸涩,"如此就多谢老将军美意了。"

看着夫人在儿子的搀扶下下了车,李广与韩安国便前后走进亭子入座。

"城外送别,多有不便,几样菜肴,一壶暖酒,我戎马一生,言辞驽钝,所有的话都在这酒里了。"说罢,李广便先自饮了一爵,韩安国急忙起身回敬。

李广又向韩夫人敬道:"似韩将军这样终年枕着边关冷月,饮着雪雨风霜,连做梦都与匈奴剑来刀往,厮杀不断的人,唯一对不住的就是倚门守望的夫人了。此次夫人陪韩将军远途劳顿,这令我十分钦佩,我敬夫人一爵!"

说话间,李广将近年来匈奴的情况一一告知韩安国,说匈奴各个部落常会因私利而置两国大局于不顾,动辄杀掠边城百姓,因此皇上要他屯兵戍边,实为长远之策。

韩安国放下酒爵道:"将军所言甚是。此去渔阳,在下打算招募边关丁壮,严加整训,平时务农,战时戍边。这样既可以保境安民,又可以充实军需,减轻朝廷负担。"

"将军标本兼顾,乃边城长治久安之策。"

……

这些酒暖话热的挥别犹在眼前,但仅仅一年时间,边境的状态就发生了巨大变化,现在韩安国一想起来就十分揪心。

行前,韩安国认真查阅了典籍,细心研究了当年李牧屯兵的每一个细节。他又有担任北地都尉的经历,因此到了渔阳之后,他的第一个举措就是在城外修筑了坚固的壁垒,招募了壮丁。韩安国训练时十分严格,半年时间,所募士卒已经对战阵十分熟稔。

那是一个微风的夏日,匈奴小股军队入侵,韩安国率部阻击,全歼敌军于塞上。当地百姓获悉后,抬来了羔羊酒酿劳军,盛赞韩安国治军有方。

当晚,韩安国便将屯兵概略写成奏报,送往长安。不久,六百里加急送来皇上的诏令,对他褒奖有加,并免渔阳赋税一年。那一夜,他一人坐在帐中,长久地抚摸着虎头鏊。

但智者千虑,必有一失。谁也没想到,一则来自细作的情报,竟让身经百战的韩安国改变了战局思路。情报说,匈奴人已经远去,消失在茫茫大漠之中,边陲许久都没有看到匈奴军队的踪影了。距渔阳城二百里的小镇上,每天都是汉匈百姓易货的繁荣景象……

转眼秋日到了，春季拓垦的荒田如今都飘着诱人的禾香，颀长的谷穗垂着黄澄澄的头颅。秋风吹过，金浪滚滚。

韩安国没有司马相如的诗情，但是当他率领部属穿行山村、边镇时，那种难以遏制的喜悦总是情不自禁地飞上眉头。他望着一望无际的嘉禾，憧憬有一天皇上如果巡狩渔阳，将会是怎样地龙颜大悦。而山坡上时不时还传来农夫们收割庄稼的歌声，隐隐约约的、十分欢畅：

八月秋风起，田家人倍忙。
朝来收嘉禾，戴月忙珍藏。
农夫驱车急，军爷相扶将。
丰年举樽庆，升平思汉皇。
边地一片月，帝京恩泽长。
……

军田收罢，从事中郎把近来军屯的状况报告给他：那些招募来的壮丁担心着他们地里的庄稼，根本没有心思操练。

"你的意思是说，暂罢军屯，让壮丁回家收割庄稼？"

从事中郎道："一切还要将军定夺。"

当晚，韩安国邀集长史和司马一起商议。长史听闻后也认为该消除壮丁们的后顾之忧，让他们回家收割庄稼，如不这样，即使他们人在军营，心也未必能留在这里。

韩安国于是决定罢屯，除戍边的常备军外，凡在当地招募的壮丁都回去抢收庄稼。

军令是在八月底下达的，要求士卒在九月半回营，趁冬闲时节加紧操练。可匈奴人没有给他们机会。

元光六年九月初的一天深夜，匈奴军在耶律坤莫和呼韩浑琊的率领下，悄悄地越过长城，不几日就直逼渔阳。

呼韩浑琊决心雪上谷之耻，他好像对壁垒内的兵力部署十分清楚，采取了轮番攻击的战术。他的目的很明确，就是要消耗汉军的有生力量。

韩安国发出急告，催促壮丁们迅速归营。但呼韩浑琊似乎早就预料到了这一情况，他派出小股军队沿途设伏，许多壮丁还没有来得及回营，就陈尸山野。

双方打得很激烈，每天都有匈奴军留下的尸体，接着又是新一轮的进攻，汉军逐渐陷入困境。

韩安国懵了，难道这些匈奴人是从天而降的么？难道边报是匈奴人为了麻痹他而编造出来的么？他很后悔当初没有沿着边境走一走，对敌情予以核实。他觉得自己犯了一个军事将领不该犯的错误，他唯一的选择就只能是退入壁垒，一方面据力坚守，另一方面派使者奔往长安，向朝廷奏明军情。

第二天傍晚，当残阳的余晖在西方天际消逝时，匈奴人终于停止了进攻。韩安国拖着疲惫的身体回到帐内，刚刚喝了一口热汤，长史就进来了。他的战袍已经被鲜血和黄尘改变了颜色，右臂的伤口还未包扎。

"有援兵的消息么？"

"还没有！"

"混账！"韩安国用污秽的袍袖擦了擦嘴唇，愤怒地骂道。

他从来没像今天这样沮丧压抑过，他看着长史艰难地吞咽着糇粮，就把手中的汤钵递了过去："将士们情绪如何？"

"经过一昼夜的鏖战，我军死伤过半，兵力已经不多，军心也开始浮动。"

"唉，此天丧我也！"韩安国仰天长叹。他突然意识到，他的生命或许会在这里终结，他的一世英名也可能毁于这个错误。

他下意识地按了按宝剑，做了最坏的打算，一旦匈奴军攻入壁内，他就用这把剑结束自己的生命。男儿膝下有黄金，他不会对匈奴人奴颜婢膝。

韩安国从腰间解下陪伴了二十多年的虎头鏊，对长史说道："老夫不才，有负圣恩。事已至此，老夫决心以身殉国，倘若将军能够回到长安，请将此物交给皇上。还有，老夫生有两子，一个随我在军中，一个在卫将军营中，还请足下多多关照。拜托了！"

韩安国说着就要下拜，长史可急坏了，连忙上前拦道："使不得！使不得！将军折杀属下了。"

长史的心随韩安国的话语而悸动，多年来，他作为幕僚从不离韩安国左右。他亲眼看着韩安国在仕途上起起伏伏,他曾多次在心中为他的遭际而愤愤不平。而如今,面对韩安国忠肝义胆的剖白,他似乎看到了那颗永远向着长安的心。

"将军!"长史亲自为韩安国系好虎头鍪,"将军身负圣命,岂可轻言生死?"

"我军今日有此结局,老夫是无颜再见皇上啊!"

"大丈夫生为人杰,何惧一死?只是死于疆场,流芳千古。倘若将军自裁,一世英名,毁于一旦,太不值得。属下有一句话,不知当讲不当讲?"

"唉!你我情同兄弟,还有何话不能说呢?"

"匈奴人向来看重掠财而不以攻城略地为目的。现在我军势孤,不如趁夜突围到右北平,匈奴军不见我军踪影,必然退去。"

"只是这样一来,渔阳的百姓要遭殃了。但我军还是要留下一部分人守城迷惑敌军,那犬子韩宏就留下吧!"

"万万不可。即便要有人留下,也该是属下留下!"

"此事不容再争。我命在旦夕,长史身系全军,岂可因小失大?"韩安国叫来韩宏,"你今年已十七岁,也该为国效力了。我只有一句话,若是战败,宁可骨碎,也不可屈节苟活,有辱韩家门风!"

韩宏跪倒在韩安国面前道:"父亲放心,孩儿早已以身许国,将生死置之度外!"

果然不出长史所料,渔阳城破后,匈奴人掠了大量畜产和一千余名百姓,就撤到大漠中去了。

不久,朝廷派使者朱买臣到右北平来了,他带来了皇上的诏令。在诏令中,皇上严厉斥责韩安国——

> 制曰:以你之罪,当下诏狱。姑念你有功于朝廷,且恕你罪过。令你在右北平屯兵御敌,不可疏忽。匈奴之患,乃朕之所忧,屯兵戍边,乃朕之长策,望你恪尽职守,不可一错再错。

韩安国怆然涕下,感念皇上的宽宏大量。他要朱买臣转奏皇上,他定以衰朽之身,报效朝廷,宁可粉身碎骨,决不让匈奴南侵一步。

送别朝廷使者的情景犹在昨日,而韩安国却已沉疴在身,卧床不起了。面对相伴自己一生的夫人,他心中只有愧疚。她跟随自己多年,一直在担惊受怕中度过,而今老了还要风餐露宿,到这与匈奴对峙的前沿。

唉!别人的妻子跟随丈夫享尽荣华富贵,可自己又给了她什么呢?韩安国觉得亏欠夫人太多了,他拂了拂夫人垂到额前的头发缓缓道:"夫人,这些年苦了你了。"

"唉!夫君何出此言?妾身能陪伴夫君,此生足矣!"

韩安国伸出手来,夫人见此心都要碎了。这还是那双挥舞着战刀的手么?这还是那双可以拉开三百石强弓的手么?它是那样的无力,那样的枯瘦,犹如一段风干了的树枝。

"夫君……"

韩安国脸上掠过一丝苦涩的微笑:"夫人这是怎么了?"

一言未了,韩安国便觉得气喘吁吁。夫人赶忙上前轻轻拍打他的脊背,好一会儿,他才缓过气来。韩安国忽然有种不祥的预感,忙喘气道:"快!快……请长史过来……"

不一会儿,长史和韩宏闻讯就匆匆赶来了。韩宏一进帐,就跪倒在父亲面前,失声痛哭道:"父亲!您这是怎么了?"

"你这是干什么?悲悲切切的,成何体统?"

韩宏站了起来,长史随后来到床前,韩安国吩咐丫鬟准备了笔墨,然后看着长史道:"老夫恐将不久于人世,请将军为老夫代写一封奏疏,派人送往长安。"

材官将军臣韩安国上疏皇帝陛下:

臣本梁地小吏,蒙皇上垂爱,得以沐浴圣恩。臣屯兵渔阳,疏于职守,本罪该万死。然陛下胸怀博大,既往不咎,命臣屯兵右北平。履职经年,臣夙夜自责,持戈待旦,不敢懈怠。孰料上苍无情,夺我年寿,身染沉疴,将不久人世……

"将军……"长史写到这里,握着笔的手颤抖着。但韩安国十分平静。

  右北平者,大汉之重镇矣,匈奴虎视眈眈,不可一日无将。将军李广,骁勇善战,望陛下重召入朝,接任右北平太守,匈奴闻飞将军之威名,必不敢造次矣。

韩安国说到这里,自觉筋疲力尽,他停了下来,慢慢地喘了几口气,气息逐渐平缓下来:"臣戎马一生,了无积蓄。然封邑内尚有薄田数顷,家人衣食无忧矣。臣生不能亲取单于首级,死当葬于北地。王师北进之日,臣当含笑于九泉矣!"

念罢奏疏,韩安国了却一桩心愿,疲倦地闭上了眼睛。过了一会儿,他唤韩宏近前道:"老夫死后,暂不要走漏消息,待李将军接任之后再发表,丧事一定从简。你要自食其力,不可向朝廷伸手。"

说完这些,韩安国就觉得自己轻飘飘地朝遥远的天际飞去了,就像一片深秋的叶子。他回眸望去,似乎看见了夫人和儿子们的身影,他呼唤他们,他们却听不见自己的声音……

"父亲!"他冥冥中听见韩宏的喊声。

"夫君!"他模糊地听见了夫人的呼唤。

"将军!"那是长史和部属的声音。

可这些都是那么遥远……

当韩安国的使者奔往长安的时候,未央宫宣室殿正酝酿着一项重大的决策。

这几年来,各个诸侯国发生了一系列的变故:

元光六年,长沙王刘发薨。

元朔元年,鲁王刘余薨。

元朔二年,江都王刘非薨。

加上元光五年薨殂的河间王刘德,短短的几年间,先后有四位诸侯王逝去。

依照祖制,他们的长子顺理成章地继承了王位。可从宗正寺递上来的呈报得知,这些王侯子弟大都为纨绔之徒,这些人怎么有资格袭封王位呢?

刘彻一想到他们奸邪淫恶的嘴脸,就恨不得立即把他们捉到京城,千刀万剐。可现在还不是时候,他们的父辈在封国经营多年,势力盘根错节,一旦动起兵戈,难免牵一发而动全身,危及朝廷稳定。因此这件事情如鲠在喉,让刘彻非常不舒服。

一连数日早朝之后,刘彻都在宣室殿查阅典籍,翻阅卷宗。贾谊的《治安策》、晁错的《削藩策》,他读了许多遍。他们对诸侯国的警惕,不可谓不睿智;他们对削藩的见解,不可谓不深刻;他们对大一统的向往,不可谓不强烈。但问题却是,他们的这些对策不但没有真正奏效,反而使各人因此遭遇厄运。贾谊被流放到长沙,死在异乡,而晁错在七国之乱的关键时刻,被腰斩于长安东市。

怎么办?削亦难,不削亦难,刘彻将手中的笔举起来,又放下,再举起,再放下,最后干脆停留在空中。他手握的仿佛不是一支朱笔,而是染了鲜血的青锋宝剑,寒光闪闪,却不知该劈向何处。自从建元元年登基以来,他还从来没有这样地犹豫过。

这时候,包桑近前禀奏:"皇上,中大夫主父偃求见!"

"快宣!他来得正是时候!"

主父偃进殿来了,这位来自临淄的士子,身材高大,浑身带着齐地的豪爽和强悍。他早年想要做一个游学之士,一直以苏秦和张仪为楷模,因此常常恨自己生不逢时。在举国独尊儒术的日子里,他的足迹虽然遍及齐地山水,却处处受到冷落和排斥。他的日子过得十分窘迫,以致朋友都不愿意见他。他最终明白,满腹经纶抵不住一官半职。他诅咒上苍无眼,让他流落九皋,而机遇恰在此时也找上了他。

元朔元年,皇上颁布了一道诏书,要各地二千石以上的官员举贤良——

> 夫十室之邑,必有忠信。三人并行,厥有我师。今或至阖郡而不荐一人,是化不下究,而积行君子壅于上闻也。且进贤受上赏,蔽贤蒙显戮,古之道也。其议二千石不举者罪。

主父偃闻讯大喜,他带着自己精心撰写的上书到长安来了。他知道以自己的身份,要想见到皇上是多么不现实。于是,他将书投到了北阙司马门。他没有想到,当天傍晚皇上就召见了他。

他一口气向皇上陈述了自己多年来深思熟虑的九件事,其中有八件都是谈论律令的,只有一件谈到匈奴。他至今仍不明白,一向主张对匈奴用兵的皇上在听了他对匈奴作战的批评后,不但没有怪罪他,反而把他留在身边。

短短一年间,他竟然被连续升迁了四次,现已官至中大夫了。这是在严助之后,大臣从来没有过的待遇。

主父偃不同于汲黯。汲黯遇见不公的事情总是喜欢言辞犀利地抨击,有时候甚至到了吹毛求疵的地步。而主父偃却善于猜度皇上的心思,并且会很适时地来到皇上身边提出建议。

此刻,他正站在皇上面前等待询问。他认为只有这样,才不至于给皇上留下自作聪明的印象。在听了皇上的担忧之后,主父偃的第一句话就是:"皇上深谋远虑,乃社稷之福。"

"朕是要你分忧,爱卿何必如此应付呢?"

主父偃没有直接回答皇上的问话:"臣听说皇上近来赐淮南王杖,许他今后不再赴京朝觐?"

"嗯!朕的这位皇叔借口年迈,已有几年没来朝觐了。与其这样,朕还不如不让他来了,倒也落得清静。"

"淮南王不来京都,是怕皇上看穿他的心思吧?"

刘彻的眉毛挑了挑,觉得主父偃这话很准确,但是他又是怎样猜透了淮南王的心思的呢?

主父偃觉得现在是该他说出自己见解的时候了。他撩了撩袍袖,近前一步道:"臣有一言,不知该不该奏明皇上?"

"讲!"

"臣以为皇上所难正在削藩。我朝自文帝以来,屡次削藩,未能奏效,皆因为欲除藩国,必会引起战乱。然现在藩国之势,根深树大,已历数世,皇上若草率行事,恐适得其反。但如若任其发展,必会危及社稷。臣近观史籍,古者诸侯不过百里,强弱之势易制。今诸侯或连城数十,地方千里,缓则骄奢易为淫乱,急则阻其强而合纵以逆京师,以法制削之,则逆筋萌起,前日晁错是也。今诸侯子弟或十数,而适嗣代立,余虽骨肉,无尺寸地封,则恶仁孝之道不宣。臣愿陛下令诸侯推恩分子弟,以地侯之。彼人人喜得所愿,上以德施,实分其国,不削而稍弱矣。"

"嗯,卿之所言,十分有理!"刘彻多日来的忧虑被主父偃一扫而空,心境明朗多了。

"皇上可颁一道诏书,命各诸侯国将要分封子弟的表章上奏朝廷,由宗正寺审定后恩准,诸侯子弟必感恩皇上,效忠朝廷。就是有人要闹事,其族人也未必会跟随!"

"如此甚好!明日早朝时,朕就将之付予廷议。"

"皇上圣明。"

辞别皇上,主父偃在心中嘲笑同他一起向皇上进言的严安和袁固。他们懂得什么?他们怎能猜透皇上的心思呢?等着瞧吧,主父偃理了理被风吹起的须发,那自信都写在嘴角上了。

但他没有料到,在司马门外,他遇见了一向有些忌惮的汲黯。

"何事让大人如此高兴呢?"汲黯问道。

"哦,没有什么。"

"一定又是受到皇上的夸奖了吧?"

"哪里!哪里!大人取笑了。"

汲黯没有顺着主父偃的话语,突然问道:"下官听说,近年来因为大人常在皇上身边走动,朝中竟有人向大人贿赂,果有其事么?"

主父偃的脸立时变得通红,分辩道:"此乃诽谤之言,大人能信么?"

"不在别人是否相信,而在于大人心中怎么想。下官有一言想奉送大人:'诚者,天之道也,思诚者,人之道也。'为官之道,要在诚信。若是私心自用,以取悦他人为能事而置社稷大计于不顾,恐不会长久的。"汲黯说罢,就拱手作别,他并不在乎主父偃是否接受他的忠告。

主父偃的脸色由红变紫,又由紫变白。哼!这个濮阳的酒徒,竟然教训起本官来了。他愤懑地朝汲黯的背影吐了一口唾沫,心想那又有什么关系呢?

本官就是生前五鼎食,身后五鼎烹之。人不为财死,还是人吗?

……

中午,刘彻破例没有到椒房殿与卫子夫一起用膳。尽管削藩有了新的思路,但刘彻似乎高兴不起来,他心里有一种莫名的烦躁,似乎预感一定会发生什么事情。午后,他准备小睡一会儿,可包桑却引着春香进来了。

"有事么?"

"皇后要奴婢看皇上用过午膳没有。"

"皇后好么?"

"好着呢!皇后就是担心皇上的身体。"

"你去回禀皇后,就说朕在宫中吃过了。"

"诺!"

春香退去后,包桑并没有走,刘彻疑惑道:"你有何事?"

包桑低垂着双眼道:"右北平的信使到京通报,说韩安国大人病逝了。"

"什么?你说什么?"

"韩大人病逝在右北平了。"

"什么?你是说韩爱卿他……"刘彻心中"咯噔"一下,说不出话来。

"韩大人有奏疏呈报朝廷,丞相正等着皇上召见呢!"

"快宣!"

薛泽进了殿,正要参拜,刘彻飞快地挥了挥手道:"免了!免了!快将奏疏呈上来!"

这显然不是韩安国的手笔,字迹虽然雄浑,却远不及韩安国的遒劲有力,一定是他病危之际让人代写的。待刘彻一句句地读那些发自肺腑的话语时,他的眼睛也禁不住发热了。

往事一幕幕从刘彻眼前流过,他一想到这些,就叹息道:"唉!韩爱卿一去,建元以来的臣僚没有几个了。朕想起去年因渔阳战事而责备过他,不知是否太过了?"

"人已去矣,还望皇上节哀。"薛泽说着,又呈上了虎头錾,"韩大人临终时,叮嘱一定将此物呈送给皇上。"

刘彻捧着虎头錾,回想起当年赠给他此物的时候,自己还是一个小太子。二十多年过去了,岁月将此物打磨得明光锃亮,在那每一个纹路中,似乎还留着韩安国的体温。

刘彻放下奏章,沉默了许久,耳边似乎听见了韩安国的呐喊:"臣生不能亲取单于首级,死当葬于北地,王师北进之日,臣当含笑于九泉矣!"

"渔阳又送来了边关战报,说匈奴军在韩大人去世的第二天又入寇了上谷和渔阳,杀掠我边民数千人。韩大人次子韩宏,也战死疆场了。"

刘彻被激怒了,大声吼道:"泱泱大汉,岂容匈奴如此猖獗!速传张瓯、卫青来见!"

卫青赶到宣室殿时才获知韩安国已经去世了,刘彻也没有征询大家的意见,一连下了两道旨意:

> 令卫青、李息出云中以西至陇西,击胡之楼烦、白羊王部于河南。诸将由卫青节制,违令擅动者,先斩后奏。
>
> 复李广职,即日起赴任右北平太守,主持韩安国葬礼。

丞相和张瓯退下后,刘彻对卫青道:"朕知道你才新婚,让你出征,实为军情紧急。"

"大丈夫为国效力,岂可贪恋儿女私情。然上谷、渔阳事急,陛下何以要臣进击河南?"卫青不解地问道。

"不!"刘彻的手在空中一摆,来到汉与匈奴形势图前。他指着云中和代郡的位置道:"朕是让你出云中、代郡,从西部出击匈奴白羊王、楼烦部。明白么?"

卫青眉头一皱,立即理解了刘彻的战略意图:"臣明白了,皇上是要臣避实就虚,迂回击敌!"

"李广在北地多年,与匈奴大小战事数十次,有飞将军之誉。此次让他出任右北平太守,匈奴闻讯,或不敢深入。只要爱卿在云中、陇西一带大获全胜,渔阳、上谷之危就迎刃而解了。"

刘彻这样一解释,卫青的心中就豁然开朗了:"皇上风云在胸,一言定战局。有了皇上的指示,臣此役就稳操胜券了。"

"兵法云,势者因利而制权。战场之势,因时顺变,爱卿还要精于运筹,方能克敌制胜。孙子常言用兵之法有五变,其中一条就是'将在外,君命有所不受',所以爱卿到了前方,可放手布兵,不必事事奏报,以免贻误战机。"

"诺!"

"好了!朕不再多言了,爱卿回府上好言抚慰阿姐,朕在京城等候爱卿的佳音。"

……

白鹿原在灞河和浐河之间骤然隆起,将这两条苍龙分割为遥遥相对的姊妹,夜阑人静的时候,它们可以相互听见彼此的呼啸和叹息。而灌强从记事时起,就听祖父不断地重复着鲸鱼沟的故事。

相传周平王当年被西方戎狄所欺,欲放弃镐京,另择地建都。他从南山北麓一路东来,过了灞河,登上了广袤的高原。他举目北眺,河水滔滔东去,回首南山,逶迤如浪,祥云瑞霭,覆天载地,王气浩浩,终日不散,一只白鹿腾云而来,跪倒在他的面前。周平王大喜,连呼此地乃龙居之地。遂下令筑城,孰料工程惊动了原下的千年神鲸,它破土西去。太祝、太宰们见此情景,急忙祭天卜筮。卦象显示,神鲸毁了龙脉,此地不可再为王都。周平王遂继续东行,终于在洛邑建都。而神鲸巨大的身躯却在原上拉出一道深沟来。后来,这沟就叫作鲸鱼沟,这原就叫作白鹿原了。

当年平定七国之乱后,灌夫因为战功卓著,景帝便将蓝田以南的庄田划为他的封邑。于是灌夫在此建了庄园,招人种花务果。每到春日,这里便碧树掩映,姹紫嫣红。每年清明前后,他都常邀三五知己来此赏花论武。

灌夫死后,灌强遵循父亲遗愿,将一部分田庄散于当地百姓,每年收取适量租赋,其余则自己料理,虽不能与当初相比,却也广厦连连,花木葱郁。而李广自从上次被贬为庶人后,已在此闲居许久了。

此时正是初冬季节,鲸鱼沟已是落叶满地。草枯了,叶落了,野猪、黄羊、虎豹、锦鸡和野兔便无法再隐藏在密林之中,因此,这也是狩猎的最好季节。

还在辰时的时候,李广就喊起了贪睡的灌强,他们来到后院剑来刀去地比试了几十个回合,额头的热气早已驱除了晨霜的寒冷。

"贤侄的刀术近来有不少长进,不过比起你父亲来,还相差甚远啊!哈哈哈！"

"还请叔父指点。"

"刀之利，利在砍，而刀之用，在勇猛快速。贯于其间者，唯气耳。气之贯，在意。唯意立则气守，气守则力聚。力聚而势猛，势猛而敌惧。贤侄可再来一遍，老夫在一旁观看。"

灌强依照李广的指点，重新演练一遍，招招有序，猛而不乱。他舞到兴头上，便朝沟边一棵柿树劈去，只听"咔嚓"一声，碗口粗的树枝被拦腰斩断。李广看了，频频点头道："贤侄果然一点即通！如此，你在战场上、万军之中取匈奴首级，也易如探囊了！"

灌强收回战刀，连连道谢。

李广笑道："若说言谢，老夫不知要谢贤侄多少次。老夫一介庶民，蒙贤侄关照，一直在此如闲云野鹤，倒也清静多了。"

灌强知道李广又想起了往事，忙接话道："叔父为何又生此哀叹，所谓君子有所为有所不为者，乃在天时地利耳。既然时不我与，何不让自己心平气和，也不至于徒生烦恼。"

"贤侄所言甚是！相较你父，你要儒雅不少。"

"家父之所以为人算计，所失在于知书甚少。他要小侄多习儒家典籍，近年来也稍有体会。"

李广顿时觉得灌夫比自己清醒，自己只知道让几个儿子习武演兵，何曾想到让他们读书呢？

这时候，灌强已将刀入鞘，他望了望对面的原头，太阳刚露出一张红脸。

"今日天气晴好，叔父若是有意，不妨到沟中狩猎如何？"

"如此甚好！若是再不找个猎物射射，老夫的箭镞都要生锈了！"

灌强心里感慨，在与李广朝夕相处两年多的时间里，他知道李广虽然被贬为庶人，但他的心却一刻也没有离开过军营。与其说是去狩猎，不如说是让他过过打仗的瘾罢了。

早膳很简单，但也不同于一般人家，桌上总有时令菜肴和野味，这次还煮了酒。考虑到要去狩猎，灌强只向李广敬了两杯，之后就频频劝他吃菜。李广的心里暖烘烘的。

多年军旅奔波,使李广没有时间去打理自己的庄园。烦闷了,他就到蓝田来住些日子。多亏了灌强的悉心照料,才使他排解了闲居的寂寞。看看灌强大嚼大咽的样子,李广的眼睛有些发酸,好像看到了当年的自己。他不禁感慨岁月如白驹过隙,转眼间自己已白发皓首了。如果再不为国家效力,恐怕就再也没有机会了。

"前几日小侄回到京城,到府上看望了叔母,叔母说李敢兄从代郡来书,向叔父问好。叔母已回了信,说叔父在蓝田乡间过得很好,要他安心戍边。"

"唉!这也是无奈之举啊!老夫哪是过消闲日子的人呢?不上战场,老夫浑身的筋骨都不舒服。"

"小侄还听说,最近又要打仗了。"

李广眼里立时有了光彩,问道:"快说,谁奉命出征?"

"听说是车骑将军卫青。"

"为何老夫……"话说到半截,他就打住了。是的,这一切跟自己有什么关系呢?自己现在是庶人,还有什么资格期待皇上的征召呢?

"希望卫将军能旗开得胜!"

"小侄不解,匈奴人在渔阳、辽西杀掠我边地军民,皇上却让卫将军出云中、陇西,不知这是为何?"

"兵法云,途有所不用,军有所不击,城有所不攻,地有所不争。所谓不用其途,非不行也,乃另择其道,迂回而为之。所谓军有所不击,非不击也,乃避其锐而击其弱者也。去年,皇上派遣卫将军出雁门,斩首数千人。今年,匈奴就入辽西,其必有所备。而白羊、楼烦两部却从未与我军接战。皇上权衡利弊,出兵云中,乃出其不意,攻其不备,实为上策。"李广论起兵来侃侃而谈。

这时候,家丁拿来弓箭,李广抻了抻弓弦,接着道:"皇上这才叫运筹帷幄之中,决胜千里之外。老夫料定,卫将军此去必获全胜。不过那是朝廷的事情,我们还是打猎去吧!"

两人正要出门,只见守门的家丁急忙地跑进来禀告,说门外来了两个人,正打听李大人的住处。

灌强立即警觉道:"叔父不妨暂且一避,待小侄前去应付。"

李广摆了摆手:"人家声言要找老夫,老夫怎么能不见呢?是福不是祸,是祸躲不过,还是出去见见吧!"

他走过庄园的萧墙,就见家丁引着两人进来了。这不是未央宫的黄门么?后面跟着未央宫的禁卫。李广赶忙上前作揖道:"公公为何来了?"

"恭喜卫尉大人!"在未央宫的日子里,李广与黄门们相处甚好,他们一直都称李广为卫尉。

一干人来到内庭,黄门便宣达了皇上的旨意。灌强听明白了,皇上要起用李广,但是只给了个右北平太守的官职。他愤愤不平,正要说话,却被李广用眼神制止了。

喝过乡间甘甜的茶水,黄门告诉李广,韩安国在疆场病逝,临终时留下奏疏,推举他担任右北平太守。李广一时伤感,禁不住唏嘘不已。看着日近中天,黄门起身告辞道:"边关事急,请卫尉大人稍微收拾一下就回京吧!"

"还收拾什么?这两年闲得骨头架子都要散了,我这就随公公回京!"

灌强急道:"右北平路途遥远,事情也不在这一两天,叔父不妨与公公暂住一天,明日回京不迟。"

"韩将军对老夫有举荐之恩,如今他为国殉职,皇上要老夫主持他的葬礼,这是一刻也不能耽搁的。贤侄,你还是速备马来吧!"

灌强见留不住李广,于是请求道:"叔父此去边城,当是建功立业之时。小侄不才,愿随叔父上阵杀敌!"

"那这庄园……"

"交给管家看守就是,叔父在这住了两年,家丁们武艺见长,护院看家足矣。叔父既然去意已决,就请先行,小侄稍事安排,随后就来!"言毕,灌强亲自到马厩去牵来了李广的战马。

与李广一起出生入死的战马似乎有预感,灌强刚刚解开缰绳,它就直向前院跑去,瞧见李广,它就"啾啾"叫个不停。

李广的手轻轻地从浓密的马鬃中滑过,深情道:"呵呵!你也闲慌了吧?"

他翻身上马,一干人飞马向长安方向奔去。

灌强站在庄头,望着滚滚而去的烟尘,远远地听到李广的声音:"贤侄!老夫在边关等你……"

第七章

铁骑重击破楼烦 卫青封赏犒三军

天下河水九十九道湾。

波澜壮阔的河水,贴着灵武县城向北而去,直到阴山南麓,才曲而东流为北河,勾勒出河南地辽阔的轮廓。

初春时节,蓝天之下,站在窳浑城头北望,阴山托起长城雄壮的躯体,蜿蜒而去。过了阴山,就是广袤的漠南草原,再往北,就到了匈奴的单于庭了。而白羊王和楼烦王的部落,就驻守在这方水草肥美的土地上。

他们和匈奴人并不是同一族群,在心理上始终有一种若即若离的感觉。匈奴人也并不希望他们介入汉匈之间的战争,而只想让他们成为后勤物资的补给地。

在汉朝君臣的心中,楼烦人和白羊人是匈奴的旁系,所以汉匈战争的重心一直都在匈奴人所处的东线,汉朝虽从来没有将他们视作主要威胁,但从来也没有忘记他们的存在。

楼烦人和白羊人早已习惯与匈奴人一样将自己视为太阳神的儿女,可是匈奴人在单于庭举行祭祀仪式、祈祷祖先庇佑匈奴人草肥马壮时,却没有邀请白羊王蒲尼与楼烦王符离赴会。

不去就不去吧,我们本来就不是一个祖先,不去反倒少了许多进贡和那种貌合神离的不快。但是,他们也没有忘记自己种族的根,他们在窳浑城外的草原上摆开了盛大的庆典场面。

月亮还在西天的时候,楼烦人已经拉开了狂欢的序幕。肥美的牛羊肉味和着马奶酒的浓香,在空气中弥漫,这欢乐的气氛催开了他们高亢的歌喉,数百人起舞的队伍绕着楼烦王符离的穹庐旋转——这是一个让人心醉的日子。

阴山高啊河水长,
牛羊肥啊汉子壮。
是太阳神给了楼烦人美丽的草原,
是太阳神给了楼烦人温暖的阳光。
是英雄的符离大王,
给了我们幸福和安康。
……

当太阳露出半个脸庞,草原沐浴在金色的霞光中时,就到了楼烦人和白羊人心中最神圣的时刻。在悠长雄壮的号角声中,符离和蒲尼走出穹庐,人群中立即爆发出震天的欢呼:

"大王!大王!"

女奴捧着银盆上来了,符离和蒲尼先后用从屠申泽里打回的清水洗了手,然后接过马奶酒,指尖蘸了蘸然后洒向天空。

太阳跃上草原边缘,普照世间万物之际,符离虔诚地朝着东方顶礼膜拜道:"神圣的太阳神啊!请赐给楼烦人幸福;圣洁的太阳神啊!请赐给楼烦人光明;英雄的祖先啊!请你们保佑子孙兴旺!"

在他和白羊王的身后,是齐刷刷跪倒的族人,他们将脸贴在大地上,感受着大地的脉搏。太阳温柔地将恩泽一缕一缕地投向他们,每个人的眼里都充满了虔诚。

祭祀仪式大约持续了半个多时辰,人们又开始载歌载舞,大碗喝酒,大块吃肉。在这天,他们都表现出少有的阔绰与大气,他们把大块的羊肉塞到别人的手中,而后又把别人的敬酒大碗、大碗地灌进自己嘴里。

"喝!喝他个昏天黑地!"

"喝！喝他个碗底朝天！"

"哈哈哈……"

符离看着臣民们沉浸在欢愉之中，拈着胡须笑了，他对蒲尼道："大王请！我们接着喝！"

他们不用臣下敬酒，只要王妃作陪，为的是说话方便。

王妃美丽的眼里飘着迷人的色彩，蒲尼色眯眯地看着她笑道："王兄好福气啊！"

"哈哈哈！给大王敬酒！"

"大王请！"王妃送来主人的热情。

"喝！你我兄弟今日来个一醉方休！"

"大王就不怕汉人偷袭么？"

"哈哈哈！汉人离我们还远着呢！他们恐怕现在正在渔阳呢！大王没有听说左屠耆王和呼韩浑琊正在渔阳进击汉军么？汉人早顾不上这边了，你就放心喝酒吧！"

蒲尼觉得楼烦王说得有理，赞道："大王真是英明！即使汉人西来，他们也要先经过右屠耆王的领地。来！寡人敬大王一杯，愿我们部族亲如兄弟，世代修好！"

符离举起银碗，将马奶酒一饮而尽，随后便放声大笑起来。

"听说大王先祖曾受封于周朝，果有此事么？"蒲尼忽然想起左屠耆王说过的楼烦故事。

"说来话长啊！"符离眼里充满了兴奋，提起祖先与中原的关系，他的脸上流露出自豪，"寡人的先祖曾是周天子的诸侯，要说楼烦人与汉人之间，还真有些缘分啊！哈哈哈！不说了，不说了，喝酒！"

"为何又不说了呢？"

"寡人现在都归附匈奴了。"

"那又有什么？大王是怕单于知道吗？"

"那倒不是，冒顿单于时，就知道楼烦人的来历了。"

"那就说来让本王听听？"

"大王果真想听？"

蒲尼点了点头。

"好！"符离放下酒碗，就拉开了记忆的帷幕。

是的，楼烦人也有辉煌的过去。当年，他们也曾是驰骋北方的大国。可赵武灵王胡服骑射后，不仅让楼烦人丧失了称雄北方的地位，而且把他们变为毫无自尊的附庸。

"大王还记得那个秦始皇么？"

"刚过去不到百年，怎能忘记得了呢？"蒲尼道。

"当年他巡游天下，欲修一条直抵九原的直道，于是严令咸阳以北的百姓服役，寡人的祖父就在服役队伍之中。他们每日被秦军驱赶着堑山湮谷，开凿道路。有一天，一个伍长借酒撒泼，将寡人的父亲绑在树上，鞭笞得皮开肉绽。先祖愤而出逃，隐于山泽，以图自救。之后，始皇病死，秦朝处于风雨飘摇之中，先祖随义军四处征战。到项羽和刘邦争霸天下的时候，他们竟然不约而同地建立起一支由楼烦人组成的军队。因此，依寡人看来，这刘汉的江山也有楼烦人的一份。"

蒲尼举起银碗，喝了一口马奶酒，抹了抹嘴道："大王所言，让寡人想起了我白羊人的过去。与你们一样，白羊人当年也跟着刘项灭秦，欲图改变奴役的地位。楚灭汉兴，刘邦在平城被匈奴围困，这使我楼烦人、白羊人再度复国，趁机脱离汉朝，占据了河南地。并在和亲的大势下归附了匈奴。"

符离道："唯同命同运，匈奴人才将楼烦白羊视为一体。"

这似乎是一种天然的选择，因为他们的民族性格无法融入汉人耕耘稼穑的习俗中，他们与奔驰在草原上的匈奴人一样沉醉于羊群的奔波和大漠的风沙，他们过惯了天苍苍、野茫茫的生活，这让他们觉得只有归附匈奴，才不会觉得自己是异类，才不会成为孤儿。

那时候，这个世间还没有符离，而白羊人也还没有蒲尼。

楼烦人坎坷的命运经历让蒲尼明白，为什么他们对天神那么虔诚，为什么他们对大地那样情深。部族的故事在两位大王的口中传递着，直到太阳落山，月亮从屠申泽面升起时，两人都酣然进入梦乡了。

王妃无奈地望望鼾声大作的符离和蒲尼，轻轻地叹息着，看来今夜不会再有与夫君缠绵的时光了。

半夜,起了风,风和沙在窃窃私语。

风说,快叫醒大王,汉人来进攻了。

沙说,大王终日为子民辛劳,让他睡个安稳觉。

风说,汉人可是来抢楼烦人的土地和牛羊的。

沙说,危言耸听,汉人不是在渔阳么?

风把沙使劲抛到一边,拍打着穹庐,发出沉闷的声音。

沙说,打扰大王的睡觉,你想找死么?

符离亦真亦梦地睁了睁醉眼,骂道:"何人如此大胆,竟敢惊扰寡人?"

"砰砰砰……"这回他听清了,是有人在敲门。

"大王在睡觉,大人您不能……"

"汉人都杀来了,还睡什么觉?"

"谁!黑灯瞎火的!"

"大王,是当户乌力图。"

"让他进来。"

卫士这才让开,乌力图一头扎进穹庐,就扑倒在地毡上大叫道:"大王,大事不好了!"

蒲尼也醒来了,看着乌力图的神色,遂问道:"当户干吗如此慌张?出了什么事?"

"大事不好了!汉军已经攻下了高阙!"

符离笑道:"说什么梦话,你喝多了吧?阴山奇峰峻峭,道路崎岖,高阙在两峰之间,自古易守难攻。难道汉军是从天上掉下来的么?再说,汉人就算要占领高阙,也要从这里经过,为什么寡人一点也不知道?"

"小人就是有天大的胆,也不敢欺骗大王!这是高阙逃出来的士兵亲口告诉小人的。"

"汉军真的占了高阙?!"符离和蒲尼一下子呆了,跌坐在地毡上,"难道右屠耆王也没察觉么?"

"怎么会是这样呢?"

蒲尼嘟囔着出了穹庐,朝守卫穹庐的亲兵喊道:"备马!"

未等符离清醒过来,他已驱马北去了……

白羊人和楼烦人筹备祭祖盛典的日子里,卫青的铁骑正从楼烦人与右屠耆王领地的交界处穿过,朝漠南通往河南地的咽喉之地高阙城进发了。

这是下弦月的日子,夜色很深,只有依稀的星光,山川和草原在视野中混沌一片,只有河水沉闷的呜咽声。

前面隐约传来细微的喘息声,不一刻,校尉苏建的前哨就来到卫青面前禀告道:"将军,队伍已经过了广牧,离临河不远了。"

卫青低声问道:"右屠耆王可觉察我军踪迹?"

"禀将军,右屠耆王所部裨小王、都尉,也因祭天地喝得酩酊大醉,对我军行踪毫无觉察。"

"传令给苏建,叫他避开右屠耆王耳目,直取临河。"

"遵命。"前哨应声而去。

卫青又对李晔道:"传令给张次公,明晨到临河开军前会议。"

大约在凌晨寅时,担任前锋的苏建已到达临河城下,借着晨曦的微光远远望去,城池坐落在平坦的草原上,这曾是赵武灵王南窥强秦的前沿重镇,后来秦一统天下后,成了中原防备北方的要塞。如今它早没了当年的雄姿,早年的房舍被一顶顶穹庐所取代。

守城的右屠耆王部完全没有想到,汉军会在睡梦中骤然降临。苏建也知道长途奔袭,贵在突然。于是他借着夜风,令弓弩手将"火箭"射入城中,匈奴军连片的穹庐顿时陷入火海之中。守城的当户苏比还以为这是天降神火,他一方面调集人马救火,另一方面令祭师祈祷。而汉军就在这一片混乱中攻进临河城了。

当苏建骑马持刀冲进匈奴军营时,苏比才明白是遭到了汉军的偷袭,他顾不得穿戴盔甲,就仓促上马迎战。他挥动长枪直刺,被苏建一刀挡开,他被震得手掌发麻,便知来者不是等闲之辈。

两人在马上厮杀数十回合,苏比环顾周围,遍地都是匈奴士卒的尸体,他无心恋战,正欲掉头夺路逃生,苏建从身后赶来,大吼一声,手起刀落,取了他的首级。

黎明时分,战事已经接近尾声,苏建来不及喘一口气,就叫来曹掾,让他速速起草战报,快马送往卫青大营。

第二天上午,卫青的大帐已经移到了临河,各路将军聚此商议下一步行动。

卫青担心胜利来得太容易会让校尉们轻敌,使战争偏离皇上的意图。所以会议一开始,他就将皇上的战略意图再次摆到大家面前:"我军夺取临河乃初战小胜,大家切不可松懈。皇上在发兵前一再明令,此战要将白羊人和楼烦人赶出河南地,扫除渔阳、辽西与上谷之间的障碍。下一步我军主攻的目标就是高阙城,此地乃楼烦人、白羊人与匈奴单于庭联系的咽喉要地。不知诸位有何高见?"

苏建道:"我军攻下临河后,末将曾审问过俘虏,听说高阙在山谷中间,两边山势陡峭,因其状若门阙,故自古以来就有此名。自战国至秦,李牧和蒙恬都曾在此驻军。楼烦人复国后,这里就成了通往匈奴单于庭的关口,历来易守难攻。"

"苏将军所言俱实,因此我军只可智取不能强攻。这河南地不仅仅有楼烦人和白羊人,还有匈奴右屠耆王部在此长期驻军。我军此战俘虏千人,其间必有楼烦人。我意可将前军扮成楼烦军,趁夜色朦胧,赚开关门。只要高阙一得,白羊人、楼烦人就会不攻自乱。不知诸位以为如何?"

张次公道:"此举确是克敌妙计,只是这喊城的人不知由谁来担任?"

苏建道:"这个倒无妨,末将在夜审俘虏时,有一楼烦什长,其祖先乃是汉人。当年楼烦复国时,他被裹挟到此。多年来,他一直希望回到中原。此人军阶虽低,却精通汉语与楼烦语。"

"那就让他去!"卫青听了自是十分高兴,他在帐内踱了一圈,便在李晔面前站住了,"李息现在到哪儿了?"

"按您的部署,李将军从云中进军,现在已经到了五原。"

"好!"卫青在五原的位置点了点道,"速将我军取高阙的意图飞报李将军,要他沿五原至临沃一线西进,形成对楼烦人和白羊人的包围。张校尉……"

"末将在!"

"你部明日移军陇西,负责拦截匈奴浑邪王和休屠王的驰援。"

"诺!"

"上谷之役后,皇上要我军多夺匈奴战马。此次出征,皇上又一再交代,此战除了收回河南地外,就是要多掳匈奴战马以充实我军,这一点请诸位务必明白。"

"诺!"

"传令下去,今夜亥时造饭,子时出兵。"

"诺!"

当夜,汉军前军换成楼烦人的衣装,一路奔袭,在第二天卯时就到了高阙城下。若明若暗的火光中,扮作高阙关主将的楼烦什长上前喊话,要守关军士打开关门。

军士借着火光望去,只见夜色朦胧中,一位身着楼烦盔甲的将军威风凛凛地坐在马上。只是看不清面目,军士心中不免狐疑,就朝着城下喊道:"将军不是去祭天地了么?怎么这么快就回来了?"

什长骂了一句,吼道:"汉军都打到门口了,还祭什么天地?大王有令,命我军严守关阙。老子奉了大王之令连夜赶回,你还不快开门?误了大事,老子活剥了你!"

"将军一路辛苦,待小人禀明副将大人,马上开门。"

约莫一刻时间,吊桥终于放下来了,苏建一马当先冲了过去。汉军也趁势潮水般地冲过吊桥,涌入城内。高阙城守军此刻尚在梦中,一个个不是束手就擒,就是身首异处。将士们按照安排,直奔马厩,夺得了上万匹战马。东方晨曦初露的时候,汉军的大旗就呼啦啦地在高阙城头飘扬了。

作为全军统帅,卫青不敢有丝毫的松懈。虽然胜利洗涤了一路的征尘,清晨的太阳也给眸子里投进了光彩。但这喜悦就像雷电倏忽闪过,眉头瞬间又紧锁了,这情形让紧随在身旁的李晔陷入困惑。

"将军是累了么?"他小心翼翼地问道。

卫青摇了摇头:"不!我是在想楼烦王和白羊王现在何处?此地距窳浑大概有多少路程?"

"不足八百里!"

"如果白羊王和楼烦王都在窳浑,一旦他们明白过来,一定会集结军队反扑。我军不可在此地滞留,留一千人守关,其余军马迅速南下收复河南地,绝不给楼烦人任何喘息之机。传令苏建,立即挥兵南进,所有将士的坐骑都换成匈奴战马。"

……

汉军渡过河水,果然遇到了楼烦人激烈反抗。

当高阙失陷的消息传来时,符离第一个反应就是必须依靠自己的力量才能保卫家园,他的命令星夜传到各个部落,牧民们意识到,一场灾难正在降临。

汉子们告别了自己的父母,告别了心爱的妻儿,告别了温馨的穹庐,向指定的地点集结;而那些留下来的妇孺老幼急忙地收拾行装,踏上了躲避战火的路途。

"神圣的太阳神啊!保佑楼烦人度过这一劫吧!"

走在人群前面的老者忽然面向东方匍匐在大地上,悲哀的哭声穿过空旷的草原,传到每一个逃难者的心里。于是,哭声很快地蔓延到各个角落。

一直前后照应的部落酋长见此情景,怒吼道:"野狼来了,你们还在哭什么?赶快走!谁敢再哭,就让他尝尝鞭子的味道!"

酋长率领亲兵冲上一道山冈,高声喊道:"兄弟们,我们的儿子跟着大王保卫家园去了,我们要看好牲口,有大王在,楼烦人一定能赶走汉人!"

人群中的哭声渐渐平息。夕阳西下,牛羊和马队缓缓地移向远方,从云彩飘落的天际传来悲壮的歌声:

> 哪有惧怕风雨的雄鹰啊!
> 哪有害怕狼群的猎豹啊!
> 当家园跑来狼群的时候,
> 我们挥动手中的战刀。
> 血!染红了草原的土地。
> 战马,踩碎敌人的头颅。
> 楼烦人的汉子啊!
> 站在草原上,是一座山。
> 躺在大地上,是一道梁。

谁敢侵犯我的家乡，
就让他们尝尝我们手中的箭。
……

但是，这歌声后面跟着的却是急促的马蹄声。那声音像决了堤的河水由远及近，给人们带来了一种不祥的预感。

酋长向远处张望，不禁惊呼一声道："不好！汉人的骑兵来了。"他已顾不上牛羊，就朝身后喊道，"女人和老人们藏到山冈背后，所有汉子都拿起兵器，随我迎敌。"

汉军马队在离酋长一箭之地停住了。

"留下牛羊马匹，放你们一条生路。"说话的是一个军侯，随军的译官立即将话传给酋长。

"要夺我们的牛羊马匹，先得问问我们手中的刀愿不愿意！"

"此乃中原故地，我们奉皇上之命前来收复。"

"楼烦人没有要过汉朝一寸土地，你们……"

军侯并不答话，他挥动宝剑，直指前方。汉军将士们立即冲下高坡，杀入酋长的队伍。刀与剑的碰撞，人与人的格斗，喊杀声被风吹到山冈背后，一个幼童吓得哇哇哭了起来，立即被他的母亲捂住了嘴巴。老者小心地匍匐到山冈的灌木丛中，一幅残酷的战争场面就摆在了他面前。

酋长和他的亲兵们被汉军团团围住，几次试图突围，都被严密的军阵逼了回去。在厮杀和周旋中，马蹄将双方士卒的尸体踩成肉酱。倔强的楼烦人迎着汉军一个个倒下，最后只剩孤身一人的酋长还在奋力厮杀。当他最终意识到难逃一劫时，就把最后一剑留给了自己。酋长倒下了，他的脸朝着东方，去追随着祖先的亡灵去了。

忠实的牧羊犬们被激怒了，它们在体格强壮的雄犬率领下，朝汉军发出了声嘶力竭的怒吠，那疯狂的野性在一瞬间变成复仇的凶狠。

不过它们很快地就被斩杀殆尽，草原随即恢复了往日的宁静。

一位汉军伍长道："刚才好像听见山冈后面有哭声，要不要去看看？"

军侯将剑刃在战袍上擦了擦道："卫将军有令，我们只要牛羊和战马。你立即率领部属护送牛羊马匹回营,不得有误!"

"诺!"

……

而符离此刻正率领着部属转战在修都一带的草原上,他很明白自己的处境,他试图用速度拖垮汉军,率领着精锐的骑兵在修都和高阙之间的草原与汉军周旋起来。符离很自信地对当户们说道:"只要这样拖上半个月,汉军必然退兵。丰美的草原永远是楼烦人的,谁也休想夺去!"

但是这一回符离错了。他根本没有想到,卫青和李息每占一地,就把夺得的战马全部用来装备汉军。前日黎明,符离率领的队伍在北撤途中,与苏建的军队遭遇,双方激战两天两夜,长期的和平让楼烦军早已失去了祖先当年敢于攻战的勇气,他们根本不是期门军的对手,到了第三天傍晚,符离突围到青盐泽畔,死伤已近二成。

夜色如水,萧瑟的寒意伴随着符离走进了深秋。他自己说不清,这些日子是怎么过来的。汉军终于停止了攻击,周围一片死寂,几里外可以隐隐约约看见汉军星星点点的篝火。楼烦军疲倦地收缩在一道丘梁后面,符离靠着一棵树在歇息,一闭上眼,耳边就会响起汉军不断的喊杀声。

有一个黑影朝他走来,符离警惕地抽出短刀,厉声喝道:"是谁?"

"大王!是末将。"

那是乌力图的声音,他拿出水囊,递到符离手里。

"大王,我们都错估了汉军的战力,现在看来,北去的道路已被堵死,也许进入河西,是一条求生之道。"

"休屠王和浑邪王会收留我们么?"

"汉人有'唇亡齿寒'的故事,汉军绝不会只占领河南,依末将看来,他们下一个目标,就该是河西了,浑邪王和休屠王不可能不明白这个道理。"

"唉!目前也只好如此了。"符离低下了头。

他们刚刚进入阜移山,就遭遇了张次公的伏击;他们转而朝东北方转移,试图渡河进入阴山深处,又在五原遭到李息的沉重打击。这样辗转下来,符离损失巨大,他的八个当户已有三个被杀,牛羊和马匹被掳走近百万。

饥饿的、疲惫的符离军像羊群一样被驱赶、被挤压在灵武以东、修都以西的地域内,决战的时刻越来越近了。

决战前夜,卫青与李息、苏建、张次公等将领举行了军前会议。在这些将领中,除了李息和他的部将外,其余都是卫青的校尉。作为节制两军的统帅,虽然连日来的奔波使他显得有些疲劳,但这都无法冲淡胜利带给他的振奋和愉悦。

的确,从第一次出击以来,这是他最顺利、最恢宏的手笔。他清楚,虽然每一次战役都出自他的运筹,但是战略和目标都是皇上早已确定的。如果没有皇上赋予他统率全军和便宜行事的权力,他不可能书写如此荡气回肠的战争篇章。可现在战争还没有落下帷幕,他只能将喜悦藏在心底。

"诸位,连日来我军日夜兼程,转战河南,终于迎来了决战的时刻。我已向皇上陈奏了各位将军的功勋,相信皇上会不吝重赏。现在,请李中郎给各位介绍一下战场形势。"

李晔指着地图道:"目前,楼烦在东部的几个当户已被李将军击溃。集结在修都以西、灵武以东的军队,虽然人数不多,却是楼烦王亲率的精锐,虽经我军连续打击,却还是百足之虫死而不僵。据探马禀报,这部分人马非常疲惫,人心离散,有不少士卒逃走。"

"各位将军!"卫青站起来接过李晔的话道,"我军经过三日休整,士气高涨,正是全歼顽敌的大好时机。楼烦人归附匈奴多年,养成了奔袭的习惯,我军要谨防其逃进匈奴境内。李将军所部,集中全力消灭盘桓在修都以西之敌。苏建、张次公部随我攻打楼烦王的大营。今日后半夜出兵!"

"诺!"将军们本能地紧了紧盔甲和腰带,身影融入草原的夜色中。

而这一夜,对符离来说也是一段难熬的不眠时光,眼看着士卒减少,家园丧失,牛马被掠,一种濒临灭亡的悲凉涌上心头。在卫青召开军前会议的时候,他也正和两个当户商议去处,他们认为河南地沦入汉军之手,短期内没有力量收复,现在唯一的前途就是逃进匈奴,寻求军臣单于的保护,待羽翼丰满后,再打回来。

乌力图道:"恐怕还是要从灵武渡河。"

"难道就这样被汉军赶走么?"符离忧郁地灌了一口马奶酒,凶狠的眼角滚出浑浊的泪水,"是本王丢弃了子民,本王该遭到天神的惩罚。"

可有什么办法呢?拼命的结果只能是全军覆没。他们只能将希望寄托在将来,从修都来的当户道:"大王不必如此悲观,我们迟早总要打回来的。"

"对!总有那一天!"乌力图道,"白羊人早已北逃,现正是深夜,天气奇冷,末将料定汉军不可能攻打营寨,而我们楼烦人是最能耐得住寒冷的,不如趁着夜色,我们抢占灵武,扫除北去障碍。"

但汉军又一次打乱了楼烦人的计划。当他们跨上战马正要启程的时候,只见四周火光突起,杀声震天,汉军开始进攻了。站在符离身旁的乌力图大吼一声:"保护大王!杀啊!"

他在汉军中左冲右突,一群汉军倒下,又一群紧跟着冲了上来。他一边奋勇杀敌,一边招呼身后的符离:"大王,跟着末将,千万不要走散!"

人!就是这样一种残酷而又有韧性的生灵。不管处在怎样绝望的境地,不管未来是怎样的前途未卜,只要有一丝求生欲望,都会爆发出撼天动地的力量。符离现在的脑子里就只有一个信念:冲出去。那双精铜铸就的大锤,骤风般地扫过面前的汉军。等他们冲杀出几里路外时,身边的士卒只不过百人了。人呢?到哪里去了?其实,符离很清楚,他的军队被打散了。他颓然地靠在战马身边,喘着粗气。这时候,乌力图拿着从汉军尸体上剥下的盔甲走过来了。

"请大王换上汉人的衣服。"

"为什么?"

"大王!您听听!"

是的!汉军朝着这边追过来了,喊杀声中夹着一位将军的声音:"楼烦王哪里走?快快束手就擒!"

接着,是山崩地裂的呼喊:"活捉楼烦王!"

"活捉楼烦王!"

……

"事不宜迟,大王请换衣服吧!"

"那你呢?"

"楼烦可以没有末将,但不可没有大王!大王若是有一天见到末将的妻子,就说末将在天上守着她!"乌力图说罢,就挥起战刀割下长发,递给符离,然后率领五十骑,向另外一个方向奔去。

他们没有走多远,就与张次公的军队遭遇了。乌力图也不搭话,两腿一夹坐骑,冲上前去。他们在马上格杀了数十个回合,张次公卖了一个破绽,等乌力图战刀砍过来时,他顺势一拉,本想把乌力图拉下马,谁知却因用力过猛而双双跌落马下。于是,马战转而为步战,又是数十个回合。乌力图惦记着符离,无心恋战,他一声口哨,战马立即奔了过来,他飞身上马,"嗖"地蹿出去了。张次公见状,也上马追去。东方渐露晨曦,张次公见距离不远,就抽出弓箭,朝乌力图射去,只听"啊"地一声,乌力图栽下马来。

……

到第二天傍晚,大战终于以楼烦军的覆灭而结束。大军在河水东岸扎下营寨,卫青刚刚擦了把脸,李晔就进来了,他兴冲冲地告诉卫青,自开战以来,总计斩首虏两千三百级,俘敌三千人,牛羊百余万。

"白羊王和楼烦王呢?"

"白羊王逃走,楼烦王被张将军射杀。"

"看清楚了么?果真是楼烦王?"

"尸体已经运回营寨,从服饰看,确系楼烦王。"

"快领我去看看。"卫青顾不上歇息。

擒贼先擒王,他最关心的还是楼烦王的下落。在前往张次公营帐的时候,他不免有些惋惜,如果活捉符离,那皇上将会是怎样的心境呢?

"张校尉在哪?张校尉在哪?"隔着老远,卫青就抑制不住心头的兴奋高声喊道,张次公急忙出帐迎接。

"将军可看清楚了,真是楼烦王么?"

"末将虽然没有见过楼烦王,然从他的服饰上看,确系楼烦王无疑。末将这就带将军去看。"

一干人来到停放楼烦王尸体的帐篷,卫青上前拉开蒙在死者脸上的丝绢看了一会,抬起头来问道:"俘虏中可有认识符离的?"

张次公道:"昨夜俘虏了五十多名楼烦王的亲兵。"

"速传一位俘虏来辨认。"

不一会儿,俘虏被押解到帐前,卫青道:"两军交战,是国家之事,你只要说出真相,本将军饶你不死。"

那俘虏上前看了良久,才对卫青道:"死者是楼烦王室守卫乌力图。他与大王换了行装,掩护大王逃走了。"

张次公听说自己只射死了一位当户,却让楼烦王走脱,很是懊恼道:"都是末将有眼无珠,竟然让楼烦王从末将眼前走脱。"

卫青抚着张次公的肩膀宽慰道:"你不必自责。我们从未见过楼烦王,怎么能辨别真假呢?这次他走脱了也无妨,依我看来,匈奴人也不会善待他。"

说完,卫青吩咐卫士取来一盆清水,自己拿了丝绢,细细地擦净了乌力图脸上的血迹,合拢了他圆睁的双眼和半张的嘴唇,最后才用干净的丝绢覆在他的脸上。

"在生死关头,此当户替主赴死,其忠心可嘉;宁可战死,也不投降,其气概可敬。我汉军将士,当如此也!"

回到主帐,卫青布置起善后事宜。他要李晔起草安民告示,大意是楼烦诸族,原本大汉兄弟,后归附匈奴,乃王室之举,与百姓无干。今皇上圣德,泽惠河南。百姓见此告示,尽可归乡放牧,安居乐业……

当夜,卫青又召集各路将军,就河南地防御做了部署。会议结束时,卫青不无远虑地说道:"诸位将军,河南地回归汉廷,匈奴前哨顿失,从此我北方东西连成一片,这皆仰赖皇上运筹帷幄,方能决胜千里之外。我等深受皇恩,当枕戈待旦,不可疏忽。现在,我军就地驻扎,等待朝廷旨意。有敢扰民滋事者,以军法论处。"

众将都以为卫青想得周全,纷纷点头应诺……

朝廷的宣慰使者到前方来了——他不是别人,正是中大夫主父偃。

庞大的宣慰使团带来了皇上的圣旨,还有劳军的美酒、肥猪和大量的布帛。

卫青出动了军容严整的仪仗队,在草原上举行了盛大的接旨仪式。

主父偃和他的宣慰使团在雄壮的号角声中被迎进主帐,卫青率领李息、苏建和张次公等将领身着崭新的盔甲,齐刷刷地跪倒在地,等候主父偃宣读皇上的诏书。

这种氛围主父偃从来没有经历过,加之皇上要赏赐的不是别人,乃是未来的国舅,是皇上的姐夫,他如日中天的辉煌让主父偃对自己的使命有了一种特殊的感觉。

> 制曰:匈奴逆天理,乱人伦,暴长虐老,以盗窃为务,造谋籍兵,数为边害,故兴师遣将,以征厥罪。《诗》云:"薄伐猃狁,至于太原""出车彭彭,城彼朔方",今车骑将军卫青,度西河,至高阙,获首虏两千三百级,车辎畜产,毕收为卤,已封为列侯。遂西定河南地,按榆谿旧塞,绝梓岭,梁北河,讨蒲泥,破符离,斩轻锐之卒,捕伏听者三千七十一级,执讯获丑,驱马牛羊百有余万,全甲兵而还,益封青三千户。

此次,皇上敕封卫青为长平侯,苏建为平陵侯,张次公为岸头侯。

典礼结束后,卫青要李晔将朝廷的赏赐按照军功大小,造册发放。并在主帐中摆了酒宴,接待主父偃一行。但是当将领们举起酒爵感谢皇上的恩典时,却发现李息不见了。卫青忙唤来李晔询问,才知道接过诏书后,李息就策马回五原了。

当着众将的面,他又不便多说,但是送到口里的酒菜顷刻间就变得十分乏味了。好不容易挨到酒席散去,卫青才迫不及待地向主父偃问道:"使君可知,为何皇上的诏书中没有赏赐李息将军?"

主父偃也纳闷,因为这诏书事前是封了签印的,他并不知晓内情,所以面对卫青的提问,他也摸不着头脑。

"下官也不知情,不过皇上没有赏赐,也总有道理。我等身为臣下,也不敢揣测皇上之意啊!"

卫青闻此也无话可说了。

主父偃喝了些酒,毫无睡意,便道:"今夜月色尚好,将军不妨与下官到帐外一叙?"

"就依使君。"

两人刚出帐,就有卫士跟在左右。卫青道:"这是在营中行走,你等不必随得太近,我要与使君说话。"

皎洁的月光柔柔地洒在战后的草原上,远处黝黑的丘陵背后偶尔传来狼的叫声,那生硬地带着哀鸣的节奏在静夜时刻传得很远。从帐篷里传来军士们香甜的鼾声,疲劳加上酒劲使他们在梦中回到了故乡。值更的哨兵鱼贯地穿梭在帐篷之间,警惕地巡视着一切。

这月色,这清露使卫青的思绪一下子回到了长安,回到了平阳公主的身边。出征前他已知道,公主怀孕了。他倏忽即逝的情思很快地被主父偃摄入眼内,他碰了碰卫青的肩膀道:"离京前,下官特地拜访了公主殿下,殿下要将军千万保重,她在京城等着将军回去呢。"

"哦!公主好么?"

"好!一切都好!"

他又何尝不想尽快地回到长安与公主厮守呢?但是他是一军统帅,必须服从皇上的旨意。

"现今河南地已经收回,不知皇上有何打算?"

"皇上已恩准了下官的奏疏,决定在河南地设置朔方郡,并且要苏将军在河水南岸筑朔方城,估计诏令不久就会到达。"

"皇上深谋远虑,这样就彻底断了楼烦人、白羊人复国的念头。"

主父偃望了望远方的山峦道:"关于设郡,朝中有不少人都无法理解,颇有微词啊!"

"哦?都怎么说?"

"汲大人就有不同的看法。他认为河水宽阔,水急浪高,涨落无常,朔方濒临河水,水患不断,于此筑城,弊大于利,此其一;因河为固,山东诸郡漕运困难,此其二;朔方地广人稀,筑城劳力缺乏,此其三;大汉若欲徙十数万众筑城,必为匈奴可乘,此其四。还有公孙弘大人甚至认为,我朝目前最要紧的是内实府库,外固边塞。倘若因筑城造成府库空虚,乃得不偿失之举,都以为不筑为好。"

"怎么会这样呢?"卫青难以置信,汲黯会站出来反对在朔方设郡。

"若非下官力排众议,恐怕廷议是不会通过的。"说着主父偃的声音便激昂了,"难道要我汉军将士浴血得来的国土重新沦丧么?下官真不知道这些人是怎么想的?"

卫青没有接主父偃的话,在没有弄清事情原委之前,他不便发表自己的看法。他觉得这些在皇上面前说的话都是光明磊落的,似乎没有私心可疑。他一向敬重汲黯的为人,看着天色不早,卫青便道:"夜深天凉,大人还是早些回帐歇息。明日我就带大人到各营看看……"

回到帐中,卫青却没有一点睡意,皇上宣慰的诏书虽然让他的部下分享了胜利的荣耀,但是李息所部却没有得到赏赐,这成了他的一个心结。皇上既然把节制三军的权力交给自己,自己就不仅要为所部负责,更要为整个大军考虑。河南一役大获全胜,固然取决于自己的精心运筹和临阵决断,但平心而论,李息所部在五原一带牵制敌军,不能不说是一个重要原因,这一点他已在战报中也一再申明,可皇上为何就单单赏赐了自己的部属呢?他实在想不明白。

李晔巡营回来,见卫青对着灯火发呆,就上前轻轻拨了拨灯花道:"已是丑时二刻,将军还没有歇息么?"

"我今夜毫无睡意。同参一战,血流在一起,李将军没有得到皇上赏赐,我内心十分不安。"

李晔深谙卫青心中的重负,可皇上的诏书就是泰山,为将者又能怎么样呢?于是他宽慰道:"皇上不赏,自有轻重之权,将军无须自责。"

"不!一定是我不善言辞,致使皇上误解了战报。"卫青说着,就摊开了手头的绢帛,"我今夜就重拟奏章,向皇上陈明原委,请皇上为李息追赏。"

……

鼎锅里的酒翻出浪花,弥散着浓浓的清香。鼎锅下的火苗将李息的脸映成红色,他已喝了许多的酒,还在不断地喊着卫士为自己添酒。

"来!喝!今日有酒今日醉啊!"

"将军!您喝多了?"从事中郎在一旁说。

"什么?我喝多了?再喝一鼎也无大碍,我可是海量!"李息仰起脖子,将一爵酒灌进肚里,嘴里吐出的却是阵阵疑问,"为什么?这是为什么?"

从事中郎长长地叹息着,他知道只有酒才能让李息忘记心中的郁结。他明白,李将军心中积了太多的不平,同样是出击楼烦,同样是洒血流汗,凭什么卫青和他的部下就能得到皇上的赏赐而对他李息却只字不提?但这些话能说出口么?他无法给部下交代,他又怎么能对家人说这些呢?那些将尸

骨埋在草原的亡灵们,也只有在沉默中化为沃土了……火光中,他看见李息跟跟跄跄地站起来,拔剑起舞,那歌声中充满了悲凉:

忍将热血兮洒疆场,吾以忠魂兮慰苍生。
……

第八章

主父弄波齐王府　淮南梦破推恩潮

　　战争是一曲雄壮的交响乐,不仅让将军们热血沸腾,也催动着春天的脚步。上林苑万千红紫的花草正郁郁菲菲、吐纳芬芳;渭沣灞浐春波潋滟、碧浪涣涣;九嵕南山岚浮翠绕、松柏翁郁。

　　刘彻双眼不眨地盯着前线的硝烟,也关注着"推恩制"的进程。

　　元朔二年(公元前127年)的春天,是让刘彻既兴奋又舒心的季节,卫青不断送来汉军大胜的消息,而"推恩制"也像一场骤风,席卷各诸侯国。那些平日里自以为是的诸侯王们顷刻间"分崩离析",宗正寺每日递上的奏疏都是令人振奋的消息。

　　河间国先后分为兹、旁光等十一个侯国。

　　淄川国分为剧、怀昌等十六个侯国。

　　赵国分为尉文、封斯等十三个侯国。

　　城阳、广川、中山、济北、代、鲁、长沙、齐等诸侯国也都分为几个或十几个侯国。

　　虽说"推恩制"要落到实处还需要相当长的时间,但毕竟有了一个很好的开局。

　　而随着诸侯国的分裂,中央与地方的关系也开始发生重大的变化。这些侯国地位与县相当,王国析为侯国,朝廷直辖土地逐渐扩大,这就消除了分裂的危险。朝廷的诏书为诸侯国们的庶子们提供了索权分邑的尚方宝剑,他们折腾的结果就是将诸侯王们一个个架空,让诸侯国实力大减,徒有虚名。

推行了十三年的新制,终于有了新突破,这使刘彻每每站在未央宫前殿北望渭河时,胸中就不时荡起汹涌的波浪。感到只有这个春天,才被他真正拥抱在怀中。

居高临下,长安的一切尽收眼底。前几日,他刚举行了一年一度的籍田礼,在回来的路上,他特地到郑当时督建的渭渠工地上巡察。郑当时禀奏道:"在公孙弘大人的协助下,京畿各县投入十多万劳力,工程进度很快。如果不出意外,年内就可以贯通。"

这又是让他振奋的好消息。关中的富庶事关朝廷的稳定,刘彻觉得郑当时虽然年龄大了些,但就恪尽职守这一点来说,一点也不比韩安国差。

不过,他最关心的还是主父偃的行程,他向包桑问道:"有主父偃的奏章么?"

"陛下,还没有。"

"一旦有了他的消息,立即禀报。"

"推恩制"不可能在所有的诸侯国都一帆风顺。可这又有什么要紧呢?那些不愿意被架空的诸侯王,很快地就会以对抗朝廷的罪名而被觊觎的庶子们告到朝廷,这也是刘彻求之不得的事情。他们闹得越厉害,朝廷的削藩就越彻底。

不是么?那个燕王刘定国,就被一纸书信告发到未央宫北阙的司马门下,这恰恰被前线劳军归来的主父偃发现,他迅速呈送给皇上,刘彻毫不犹豫就将此案交给主父偃办。刘定国在恐惧中自杀,刘彻趁机废除了燕国。接着,刘彻又命主父偃去查办齐王淫乱后宫的案子。为了方便查案,他任命主父偃为齐相。

但是主父偃出京的第二天,汲黯就进宫来了,他是来弹劾主父偃的:"郡国都说主父偃借推行'推恩制'之机,大肆敛财。"

这番话让刘彻有了忧虑和担心,新制是为了实现国家的大一统,绝不是为了给京官们提供敛财之机,如果因行"推恩制"而致官员贪贿,这显然有悖于新制的初衷。

刘彻的眼神追着天空悠悠东去的云彩,久久不愿移开……

的确,元朔二年是主父偃春风得意的日子。时令刚刚进入四月,这位当年在游说中备受冷落和排斥,几乎陷入借贷无门困境的杂家,便以齐相的身份衣锦还乡了。

站在临淄城中最大的酒楼"临海居"凭栏俯瞰,巷间纵横,广厦连绵,酒肆林立,人头攒动,主父偃的眉头掠过一丝不易察觉的得意。他忽然觉得自己的命运与苏秦何等相似,当年苏秦落魄回家的时候,被妻子拒之门外,但谁又能想到他后来佩戴六国相印呢?待一会儿,那些当初曾对他投以鄙夷之色的迂腐之徒以乡友的身份坐在席上时,当那些不曾借钱给他的富豪们持着帖子登上这豪华无比的酒楼时,他们该怎样看待今日的自己呢?

主父偃要以答谢的方式报复那些目中无人的狂徒们,要让他们在饮下美酒时去蒙受无以言表的尴尬和羞辱。

其实,他要报复的又何止是那些浅薄之徒?他还在办理燕国的案子时,就已经将齐国列为下一个目标了。一天,在向皇上复旨时,他就不失时机地向刘彻传递了一个新的信息。

"臣在查处燕王淫乱后宫的案子时,他不但不服,反说这样的事情在诸侯国比比皆是,皇上为什么偏偏只盯住他不放?臣要他列举事实,他说他不过与父王爱姬、兄弟的姬妾有染,而齐王竟与他的姐姐通奸,皇上为何视而不见,听而不闻呢?"

刘彻的脸色当时就阴沉了,怒道:"果真如此不齿么?"

"臣在齐国游学时,也曾听过此类传闻。"主父偃暗地打量着刘彻的表情变化,在他近前一步说话的时候,就把与"推恩制"有关现实摆到刘彻面前,"仅仅是这些倒还罢了。臣担忧的是,临淄有户口十万,仅是租赋每天就达千金,人口多而富足,超过了长安,况且齐王刘次景原非皇上嫡亲,怎能如此称王一方呢?尤其是那个纪太后,早就有了对抗朝廷的野心,竟然拒绝了娥儿翁主的婚事,这不是无视朝廷,无视皇上,无视太后么?"

"爱卿所言甚是。朕在做太子时,就曾听卫太傅说过,七国之乱时,齐孝王亦曾图谋不轨,只不过后来见大势已去,才有所收敛。如此忤逆,今日不除,就是后患!朕就任爱卿为齐相,严查细究,以正纲纪。"

与皇上的对话犹在耳际,主父偃已经踌躇满志地站在这曾让他伤心的故土了:"哼!本官倒要看看,那个可恶的纪太后将如何应对朝廷的问罪。"

主父偃转身发现店家不知何时就站在了身后,怒道:"你是何时进来的?不经通禀,私自入室,你要以身试法么?"

店家顿时就慌了,求饶道:"大人息怒!大人息怒!大人要小的迎接乡绅富豪,现已有几人到了,小的怕大人着急,故冒昧进来,还请大人见谅。"

"哦?他们到了?"主父偃冰冷的目光扫过店主的额头,出口的话也十分的傲岸和冷漠,"就让他们在下面等着!"

"诺!"

听着店家脚步纷乱地下了楼,他轻轻端起面前的杯盏,吹了吹浮在水面的茶叶,思绪随着袅袅的水汽蔓延开来。

一想起纪太后,他就尽其所能地在脑中勾勒着这个孤傲女人的嘴脸。说起来还是他刚刚进入朝廷的事情。当徐甲带着太后和皇上的旨意即将奔赴齐国的时候,主父偃以乡人的身份宴请了这位黄门,他期待一旦娥儿成为齐王后,能够将他的妹妹带进王宫做一名贴身的侍女。

可令徐甲吃惊的是,纪太后不仅回绝了朝廷的旨意,而且从言语上彻底地封死了回旋的余地:"齐王已有王后,后宫妃嫔俱全,修成君的女儿乃太后外孙,皇上的外甥女,只怕下嫁齐国,会委屈了金枝玉叶。"

齐懿王殒薨后,国事皆决于纪太后,她一直对朝廷保持着高度的警觉,对朝廷与齐国有关的举措充满着疑虑。徐甲乃是齐国的穷苦之人,穷困至极才去做的黄门,太后为何让他来提亲呢?若不是他图谋邀功取宠,就是太后想给齐国安插一个耳目。于是,纪太后很客气地婉拒了这门亲事。

提到主父偃,纪太后道:"主父偃乃末路小人,竟然也想让他的妹妹进入齐王宫,简直是痴心妄想!"

徐甲回到京城,不仅太后训斥了他,而且更成为黄门们讥讽的笑料。恰在这时,齐国案发,主父偃前往查处。徐甲感到报复的机会来了,他找到主父偃,绘声绘色地传达了纪太后对主父偃的奚落。主父偃感觉自己遭受了莫大的侮辱,他从心里发誓一旦有机会,就一定要借皇上之手杀了这妖后,以雪心头之耻。

机会来了,齐王与翁主通奸的丑闻给他提供了一个绝好机会。他仿佛看到那颗无耻的首级已经跌落在地。

"哈哈哈……"他情不自禁地笑出声来。他唤来店家，叫他传那些人上来。于是，乡绅豪富们一个个上来了。

面对主父偃，他们脸上的表情是丰富的，一双双谄媚的、恐惧的、尴尬的抑或是懊丧的眼睛把他们纷乱复杂的心思呈现在主父偃面前。他们觉得这世界变得太快，让他们对自己当初的短视和愚蠢生出难言的懊悔，以致在与主父偃见礼时称呼多少有些不伦不类。

"主父回乡……哦！不！主……先生回来了。"

"主父大人……哎呀，相国回来了……呵呵……"

"大人……呵呵……贵人……回……回来了。"

"呵呵！大人归乡，山水生辉。今天这酒宴就由鄙人做东了……"

"不！大人风尘仆仆，千里归来，还是小人效劳吧！"

"大人在朝为官，乃乡邑之荣耀，鄙人这里有一双玉璧，还请大人笑纳！"

看来，他们没有空手而来。他们或捧着珍奇古玩，或捧着金子。他们生怕被拒绝，似乎早已将当年的旧事忘得一干二净了，那种迫不及待让主父偃领略了沉浮的天壤之别。

主父偃一声不响地欣赏着这些势利之徒的表演，直到他们虚假忐忑的笑容因遭遇冷漠而僵持在脸颊和眼角的时候，他才说道："各位都入座吧！"

每个人案头摆的都是齐地的海鲜，浓香四溢的米酒。但主父偃没有感受到乡情的温馨，倒是对这些脑满肠肥的富豪们不断投以鄙夷的目光。

"用吧！"主父偃挥了挥手，似乎是在面对一群狗彘异类。

可是众人没有谁敢动第一筷子，反而谄媚地要他先开始。主父偃的声音中就带了愤懑："让你们用，你们就用！"

于是，大家都不敢多话，就默默地用起了膳。

在桌上的菜肴快少了一半的时候，主父偃站了起来，缓慢地沿着每个人面前的案几走了一遍，然后向楼下喊道："抬上来！"

大家都不知道主父偃将会向他们展示什么，都纷纷伸长脖子，朝楼梯口方向瞅着，只见几位随从抬着几只箱子上楼来了。当主父偃打开箱盖时，挥金如土的富豪们都傻眼了。

那里面不是别的,都是光灿灿的金子。

"看清楚了吧!"主父偃轻蔑地在屋里扫视了一遍,说话的声音忽然抬高了,"这东西对各位来说并不陌生吧,可是它却曾伤透了本官的心!"

大家这才明白,主父偃并没有忘记当初的恩怨,他是要借这一箱箱金子来讽刺他们的龌龊和卑贱。他们顿时陷入惶恐中,战战兢兢地离开座位跪倒在了主父偃的面前,用最难听的话语骂自己目不识珠,用肥厚的手掌扇自己的耳光,那种"噼噼啪啪"的声音仿佛音乐一样,让主父偃获得了一种从来没有过的满足。

"你们站起来,本官有话说。"

"谢大人。"

"把这金子分成五份。"在豪富们站起来的时候,主父偃叫随从把金子码成五垛。

他转过身来,指着他们的鼻尖道:"当年本官困在中途,同族的兄弟不予我衣食,宾客乡人拒我于门外。今日本官到齐国来任相,你们又纷纷攀援于我,如此欺贫附贵,与狗彘何异?今日本官叫你们来,将金散之,意思很明白,从此断绝了与你们的来往,再也不要看到你们这些势利之徒!"

这样的宴会已经连续举行了多次,今天是最后一场,主父偃郁积心中多年的块垒终于消散了。回到相府,他没有丝毫倦意,便唤来令丞们,毫不掩饰地托出了他要整顿齐国后宫的筹谋。

"诸位说说,我们该从何处着手呢?"

令丞们言道:"后宫美丑,黄门最清楚。"

主父偃豁然开朗:"好极了!就以审问黄门开始。明晨本官就禀明纪太后,提王宫黄门总管审问。"

一梦醒来,已是雄鸡啼晓了。主父偃梳洗整齐,衣冠楚楚地进了纪太后居住的祈年殿。当他捧着皇上的诏书站在纪太后面前的时候,这个正在生闷气的华贵女人惊呆了。眼前这个多少有些猥琐的男人,难道就是曾被她瞧不上眼的主父偃么?难道这个一脸矜持的小个子齐人,就是未来的齐相么?

太后顿时有了一种来者不善的感觉,不仅是因为主父偃,还因为她拒绝了皇太后的提亲,这可能就是皇上任命主父偃为齐相的原因,如果真是这样，那么等待她的将是王国的灭顶之灾。她将如何去见齐国的列祖列宗呢？就在此时，"纪太后接旨"的声音在耳边响起。

皇上的诏书说得很明白，主父偃在齐相的任上，就是要帮助齐王整顿纲纪，查处后宫淫乱行为。不用说，她的儿子和女儿都是对象。虽然从职位上说，相是诸侯王的辅佐。但是皇上的一道诏书，就赋予他超越诸侯国，直达天听之权。纪太后很后悔，为什么当初要拒绝朝廷的提亲呢？

主父偃宣读完诏书，接着就提出查处案件的请求："微臣此行，是奉了皇上的旨意，查纠后宫淫乱之举，还请太后明示。"

纪太后道："大人从朝廷而来，我自当按皇上旨意，选派得力官员协同大人查案。不过据我所知，齐国后宫一向风清气正，所谓淫乱云云，不过是流言罢了。"

主父偃淡淡一笑道："臣也希望如此，可既然有人告到朝廷，皇上当然不能坐视不管，如果确系诬告，皇上不但会明察是非，而且会将诬告者绳之以法，还齐国一个清白。"

话虽这样说，但纪太后听出来了，主父偃是非查不可的了："那么，依大人之见，该如何查处呢？"

"臣以为王宫之事，黄门最清楚，只要将黄门总管招来讯问便知分晓。"

纪太后倒吸一口凉气，心想这逆贼果非善辈。她没有反对的理由，便顺着主父偃的意思道："如此就依大人，只是黄门总管近日甚忙，待我先传来问问。"

主父偃的脸上依旧留着淡淡的笑意，但话里的意思却是滴水不漏的："这样的事情怎好劳驾太后，臣已命人前去传唤了。若没有其他的事，臣这就告退了。"

等到他回到相府时，就看见齐王宫的黄门总管已经在堂中候审了。主父偃作为主审，入座后并不急于问话，只是用一双冰冷的眼睛盯着他。那夹杂着自信、讥讽、轻蔑、狐疑和尖酸的眼神让黄门总管脊梁发怵，虽然他不知道被忽然传来是为了什么，但新任的齐相给他带来的或许就是一场灾难。果然没过多久，主父偃开口说话了："公公可知下官请你来这里的意思么？"

黄门总管抬了抬眼皮没有说话。

"有人向朝廷告发齐国后宫淫乱,公公可知否?"

黄门总管的心"咯噔"一下就悬了起来,这事到底还是败露了。不过他还是故作镇定道:"咱家在宫中只是伺候大王起居,至于淫乱之事,咱家耳背,还真没有听说。"

"公公不离大王左右,岂能不知?有道是无风不起浪,公公终日陪伴大王,宫中的一切不都是公公安排的?你说不知道,谁会相信呢?下官是奉了皇上旨意办案,还是请公公全都说了吧,免得彼此难堪。"

"这……咱家确实不知道啊!"

"看来公公是要对抗皇上的旨意了。不知公公可曾听说燕王之案么?当今皇上决心惩治腐败淫奢之风,若是负隅顽抗,岂知世有猛虎,必有冯妇而搏擒之。下官倒是不愿意做那个擒虎的冯妇,劝公公亦勿效负隅之虎。燕王乃诸侯,尚且自杀,况公公乎?"

……

"太后为何要让翁主涉足后宫?"

……

"大王与翁主之间究竟是怎么一回事?"

……

"公公要是缄口不言,就休怪下官不恭了。"

主父偃向内史使了个眼色,大喝一声:"来人!鞭笞五十。"

府役们一拥而上,缚了黄门总管,就向外拉去。隔壁就是临时设置的刑室,黄门总管被剥了衣服,绑在柱上。两名府役持着蘸了水的藤鞭,轮番抽打。惨叫声穿越墙壁,传到堂内。主父偃看了看内史,沉浸在舒坦和惬意之中。倒是内史脸上的肌肉随着鞭笞的节奏而抽搐着:"大人!还是谨慎些,弄不好会出人命的。"

"大人不必担心,我心中有数。"在他看来,似乎一切都是司空见惯的。他的手指在案几上轻轻地弹出"叮叮咚咚"的声响。果然,在第二十五鞭,黄门总管就被拖到堂上来了,他嘴角挤出六个字:"奴婢愿意招供。"

主父偃上前托起黄门总管的下颌,笑道:"早知如此,何必受皮肉之苦呢?录供……"

这是一幅怎样的春宫图呢？那年轻的齐王，不思治理齐国，不思报效朝廷，终日与宫女们灯红酒绿，肉欲横流，多少次竟在光天化日之下，要宫女裸着身体，当着其他人的面，与他交媾。

这又是怎样的乱伦图呢？消息传到祈年宫，纪太后心痛欲裂，真是"君子之泽，五世而斩"。先祖悼王刘肥，在高皇帝时受封七十座城，百姓中凡说"齐语"的都归属他，是刘姓诸王中封地最大的一个。可悼王之后，他家是一代不如一代。正是因为如此，纪太后才将侄女立为王后，希望她约束齐王。也正是因为如此，她拒绝了皇太后的懿旨。更因为如此，她才遣翁主整饬后宫，她要用权威将那些宫女与儿子分开。可纪太后不知道，对这样一个病入膏肓的诸侯国，她的苦心是多么的无力。就在翁主进入后宫第三天的深夜，黄门总管竟然听见王宫中传来阵阵的淫笑声。

"难怪大王乐此不疲呢？瞧这身板，哪个女人看了不动心呢？"

"也就是那个不懂风情的纪家小女才那样呆板和矜持，一点女人味都没有。"

"那么！大王看妾身呢？"

"阿姐可是风情万种啊！瞧这酥胸，真让寡人……"

"嗯嗯嗯……"那是男女相互撩拨摩挲而散发出的骚情声。

"大王怎的就那么有劲呢？"

接下来，就是男人的喘息，女人的哼哧……

黄门总管只觉得天旋地转，大王与翁主不是亲姐弟么？怎么可以如此不顾羞耻呢？这难道就是高皇帝的后人么？看他们平日里正襟危坐的样子，可谁又能想到他们皮囊下包裹着的丑恶魂灵呢？

他不能让这不堪入目的淫秽污了自己的眼睛，于是悄悄地离开了。

主父偃相信黄门总管说的是真的。这些年，无论是在齐地、还是在长安的日子，这些丑闻他听得多了，不过只是没有人敢传给皇上罢了。如果这次不是皇上下决心实施"推恩制"，恐怕仍然会被诸侯王们的谦恭所蒙蔽。但对主父偃来说，查处这样的案子，不仅能使他今后的仕途更平坦，更重要的是，自从皇上颁布了"推恩制"的诏书后，就不断地有诸王们的庶子们将重礼送到门上。

主父偃拿着黄门总管画了押的供词,心里就得意地想,明天他就可以拿着这供词与纪太后和齐王讨价还价了。这可不是普通的供词,而是黄灿灿的金子啊!

主父偃看了看内史道:"大人还有什么要问的么?"

内史急忙打拱道:"大人断案果然神速,下官没有什么可问的了。大人不如与下官一起去见纪太后,以陈明案情。"

主父偃将供词放进衣袖道:"大人不必着急,此乃黄门总管一面之词,我还要与大王、翁主对质后才有结论。"

世间万物都有定数,得意过头了就会翻船。主父偃刚刚收起供词,就见一位曹掾匆匆地进来,附在他的耳边说了几句话,他就一下子跌坐在几上,失神道:"怎么会这样呢?怎么会这样呢?"

"发生了什么事情?是什么让大人如此吃惊?"内史问道。

"齐王……"主父偃的语言忽然显得如此不畅,"齐王与翁主自杀了……"

主父偃颓然地坐在几上,自言自语道:"为何会发生这样的事情呢?还没有与大王和翁主对簿呢!"

从奉诏查案时起,主父偃就没有料到会是这个结局,而他内心的秘密,面前的内史也不可能知道。所谓与齐王去对质,也不过是一种心理压力。主父偃将大量的时间留给齐王,让他去选择是舍财消灾,还是等他把狱词交给皇上。可现在说什么都无用了,他不得不退而求自保,他第一步就是要获得内史的支持。于是,面对内史,他的话语里充满了自责和愧疚:"我有负皇恩啊!可大人是亲眼看见,没有人刑讯逼供王爷和翁主啊!"

内史点了点头,主父偃的自责和愧疚让他很感动:"大人不必自责,朝廷若是追究下来,下官愿为大人作证。"

"如此便多谢大人了。"

"推恩制"的诏书到达淮南国时,已是元朔二年三月中旬了。

寿春郊外的麦子已经抽穗了,又是一个好年景。当农官把这消息报告给刘安时,他在心底感谢上苍,有了粮食和钱,他起事的准备就更加充分了,现在唯一缺少的就是机会。

刘彻一个接一个的新举措,除了给他带来压力外,也使他离起事的时机越来越远了。

元朔元年六月,皇上和太后忽然诏令将修成君的女儿许配给他的王太子。他知道这是因为齐国的纪太后拒绝了皇太后的提亲,但刘安欣然接受了这门亲事,他不能让皇上认为他有何悖逆之举,他需要为起事赢得足够的准备时间。

几个月前,刘彻忽然赐予他几杖,免去了每年十月的朝觐。表面上看,似乎是一种荣耀,实际上是排除了他出现在朝廷的机会。

正月的时候,在京都盘桓多年的刘陵回到了寿春,带给他一个十分不好的消息,皇上要在诸侯国推行"推恩制"。

"这不是要将诸侯国五马分尸了么?"他思量着这个主父偃到底是怎样一个人?他怎么会想出这样一个曾经让几代皇上都绞尽脑汁的主意呢?他简直就是同贾谊、晁错、袁盎一样的罪人。有朝一日他入主长安,第一个要杀的人就是主父偃。

这一切举措都使他对皇上将外甥女嫁给刘迁产生了巨大的疑问,这女子会不会是皇上安排在淮南国的一个耳目呢?当他把这一猜测告诉刘迁时,完全被娥儿美貌迷倒的刘迁在心里笑父王的胆子太小,嘴上却言不由衷地说道:"一个小女子,能把淮南国如何呢?"

刘安对太子的回答表示了极大的不满:"你是要女人还是要江山呢?"

"这有区别么?江山孩儿要,女人孩儿亦要。"

"糊涂!这怎么可以相提并论呢?天下女人何其多,可皇上的玉玺只有一方啊!"

"那父王的意思呢?"

"把她送回长安去。"

"这不容易吧?当初可是父王亲自应了皇太后这门亲事的。"

"不用你想办法,寡人会让她自己回去。你只要以夫妻不和为由与她分居三个月,寡人断定她必然自请离去。"

"这?"刘迁摇了摇头。娥儿太美丽了,她的一笑一颦都让他神魂颠倒,他怎么可能舍得这样的女人呢？

刘安严令太子自即日起，不可接近太子妃一步，否则将废掉他的太子之位。但他知道儿子见了漂亮女人就挪不动脚步的秉性，于是派黄门到淮南各地遍寻美女，以转移他的注意力。

他当初说这话的时候，寿春还是冰天雪地的日子，而现在院内林花早已谢了春红，只有牡丹芬芳依旧，被清晨的阳光映出万千红紫。他便被眼前的情景吸引住了，一腔才情脱口而出：

春罗数叠兮敷丹陛，云缕重影兮浴绛河。
蝶穿密叶兮长相守，蜂恋繁香兮亦忘归。
何时春风兮渡淮水，呼我长驱兮到秦州。
咸阳四月兮树朦胧，瑶台不见兮心怅惘。

这就是刘安，他在繁杂的国事中总能保持着诗人般的浪漫，但这似乎并不影响他按既定的目标蓄积问鼎长安的力量。

在刘姓诸王中，像他这样集文采与韬略于一身的诸侯王已是凤毛麟角了。正因为如此，他才认为自己屈居淮南是上苍的不公。当年他曾重金贿赂过田蚡，田蚡告诉他当今皇上尚无太子，他是太祖高皇帝的亲孙，广行仁义，名闻天下。有朝一日宫车晏驾，除了他，不会有人能撑得起刘氏的天下。但是回到寿春，他就明白田蚡只给了他一个空头人情。别的不说，单就年龄而言，他怎么能抵过刘彻呢？而建元二年的那一次朝觐，彻底打破了他对皇上先前的印象。从那时候起，又过去了十三年，他一直用"忍"字压抑着自己的那颗难以平服的心。他不再寄希望于别人，他要依靠自己的力量去完成这一夙愿。

当他坐在王宫里看着窗前的花木时，就预感到一定会发生什么。果然，黄门进来禀奏道："太子妃今天要起程回长安，现正在殿外等候向大王辞行。"他立即收回目光，摆出很庄严的样子，示意宣太子妃进殿。

娥儿被两名宫女陪着，很忧郁地站在殿外，听到黄门宣召的声音，她就来到了刘安的面前。

"儿媳今日就要回长安去,前来向父王辞行。"娥儿提起裙裾下拜的时候,泪水就禁不住地涌出了眼眶。

刘安的脸上立即充满了惋惜和歉疚,他顺手就扶起娥儿。

"太子妃乃皇上的外甥女,无须多礼。"

"儿媳奉太后旨意,与太子婚配,都是儿媳不好,让父王揪心。"

刘安摆了摆手,脸上充满了无奈道:"都是寡人教子无方,让你受苦了。"

这话太子妃听起来十分熟悉。就在她和刘迁分居一个半月时,大王就在这个地方用同样的话安慰过自己。那一次,大王严厉地斥责了刘迁,说他目无朝廷,寡情少礼。娥儿就越发难过,对大王满怀感激:"儿媳怎么敢责怪父王呢?是儿媳命中注定与太子没有共度此生的福分。"

刘安以沉默表达了他的挽留之情,他详细询问了太子妃一路上的安排。当从黄门口里得知陪送太子妃的车辆多达十数辆,而且还有专门的卫队护送时,他似乎还不满意。他还要求沿途关隘热情迎送,在安排完这一切后,他没有忘记最关键的一句话:"请太子妃回到长安后,一定向太后和皇上转达寡人的苦衷,儿大不由父,寡人也是无可奈何啊!"

娥儿走了,她只知道丈夫不爱她了,却猜不透这背后的玄机,她并没有发现身后那双难以捉摸的眼睛是怎样因为去了一块心病而流露出得意的神色。从此,他不用再担心有人将淮南国的消息通报给朝廷了。

当刘安抬起头的时候,眼前的一切又熟悉地映入他的眼帘,虽说这宫殿的规模比不上皇宫,却也是冠盖诸王了。要论起宫中的陈设,大概也可以与皇上媲美了。出了这宫苑高墙,就是王府大街,它的宽阔和平坦,都让他常常有一种走在安门大街上的感觉。

可这里毕竟不是未央宫,也不是长安,他只能做偏安一隅的藩王。而且最让他感到棘手的问题就摆在眼前,皇上的诏书到了多日了,它就像一块巨石投进了平静的水池一样,在寿春激起了巨大的波澜。关于请求封侯的消息不胫而走,成为王室子孙的议论中心。

领头的不是别人,正是他的长子刘不害的儿子刘建。当初他之所以要立刘迁为太子,完全是爱屋及乌。刘不害的母亲去世后,刘迁的母亲荼氏顺理成章成为王后。刘不害的理想幻灭了,他整日沉醉于声色犬马,以致刘迁在兄弟聚会踏青或外出狩猎时,时常会忘记邀请这位兄长。

刘安没有想到,他这个长子却生了一个雄心勃勃的儿子刘建。他不但承继了自己好学善思、能言善辩的性格,而且对他父亲的被遗忘、被蔑视表现出极大的愤慨。他似乎从来不把当王太子的叔父放在眼里,总在一些场合突如其来地生出非常之举。

皇上的诏书无疑在刘建的心头添了一把火,一向自诩处乱不惊的刘安心头有些忐忑不安了。

这时候,中郎将伍被匆忙地进宫来了,带了一个令他最担心的消息:"太子拘捕了刘建,正绑在太子府呢!"

"混账!人未乱我,我自乱也。"刘安发狠地骂道。他再也没有心思坐在大殿里琢磨他的《鸿烈》了,径直驱车赶往王太子府。

王太子府坐落在王府大街的南端,走完长长的街道,就只见府前戒备森严,如临大敌。门卫们远远望见大王的车驾,就急忙禀告刘迁。当刘安从车上下来时,刘迁早已在府门恭候了。

"孩儿恭迎父王,不知父王驾临有何要事?"

刘安并不理会,甩开阔袖径直向府内走去,拐过院内萧墙,刘安就向跟进来的刘迁问道:"建儿现在何处?"

"这?"

"还不如实讲来?"

刘迁见到刘安身旁的伍被,知道事情已经败露,便道:"父王,他被拘押在后花园的密室。"

"大胆!"刘安愤怒地将手中的茶盅摔在地上,"为何不奏明寡人就私自拘人,你不怕寡人问罪么?"

"父王!非是孩儿妄动私刑,实在是因为孩儿得到密报,说刘建暗中密谋刺杀孩儿,孩儿才不得不将其拘押。"

"可有证据?"

"目前尚无确切证据。"

"他可曾招供?"

刘迁摇了摇头没有说话。

刘安捶打着案几,怒斥道:"既无证据,又无口供,私设公堂,成何体统?还不速传建儿来见寡人!"

不一会儿,刘建被带到前庭,虽然脸上、身上伤痕累累,嘴角还淌着血,却不曾有丝毫的畏惧。伍被上前为他卸去了枷锁,小声劝道:"还不赶快参见大王?"

刘建揉了揉疼痛的肩膀,依旧倔强地站着,眉梢眼角都是愤懑地道:"大丈夫死不足惜,为何要跪?"

刘安觉得这孙儿简直就是年轻时的自己,他虽然脸上依然严肃,但说话的口气却缓和了许多:"太子身系淮南国脉,你为何要加害于他呢?"

刘建将头扭到一边道:"孙儿光明磊落,只是不满太子盛气凌人,所谓加害,纯属陷害。倒是太子乱用私刑,上违大汉法制,下背大王旨意,枉为太子!"

"放肆!大王在此,岂容你信口雌黄!"刘迁斥责道。

刘建眼角流过一丝蔑视地笑道:"是啊!大王在此,太子都如此颐指气使,足见背后是如何疯狂了。"

刘安长叹一声道:"眼下正是多事之秋,你们应当同心同德,共度艰危,怎可同室操戈?"

刘建道:"大王圣明。孙儿素知大王从谏如流,在这有几句话不知当讲否?"

"速速奏来!"

"谢大王。孙儿记得,当年太祖创业,铸鼎兴汉,立下嫡长相传祖制。然孙儿的父亲虽为长子,却与太子无缘,备受冷落,孙儿每见父亲垂泪,五内俱焚。现在皇上天恩大开,诏命推恩。孙儿替父亲请大王条陈朝廷,封侯置邑,大王非但置之不理,太子又将孙儿拘于府下,乱刑鞭笞。如此,则淮南国分崩离析,岌岌可危矣。"

"这……"

"大王所思,孙儿明白。大王素喜黄老之说,不会不知道'执白守黑'的道理。皇上正值盛年,天下咸归;将军卫青,横扫朔方,势如破竹,楼烦、白羊土崩瓦解。当此之时……"

"说下去！"

"倘若大王圣听为太子蒙蔽，试图北窥，无异于引火烧身。况且推恩诏令颁布后，诸侯国纷纷上奏朝廷，封侯署邑。大王若是延宕慢殆，恐朝廷生疑，一旦皇上转过神来……"

"杯弓蛇影！"刘迁截住刘建的话头，"父王切不可听信竖子恫吓！现在我淮南国兵强马壮，府库充盈，一旦动起兵戈，正好问鼎长安……"

"太子少安毋躁，臣以为少将军言之有理，还望大王明察。"伍被这时也插话道。

刘迁横了横眉毛道："你等目光短浅，不足与谋。"

"罢了！事情坏就坏在你这小不忍上。"刘安瞪了一眼刘迁，上前一步抚着刘建的肩膀，"你虽年少，然思虑深远，无愧寡人之后。扶少将军回府，好生调养。传寡人旨意，即日起草奏疏，上表朝廷，为诸子孙封侯。封侯而不裂土，这一点，就不必写上去了……"

转眼到了六月，郑当时督办的渭渠竣工了。

刘彻闻讯大喜，他选在甲子日，率领着两千石以上官员到渭河岸边举行隆重的通渠大典。

刘彻对郑当时的勤勉十分满意，说好三年，一天都没有推后，倒提前了一个月。他喜不自禁，诏令他以"骖乘"的身份坐在自己的右侧。

关中平原在六月的阳光下呈现出浑厚和广袤。麦子早已入仓，玉米和糜谷的青苗在大地上铺开翠绿的画卷——夏粮获得了好收成，而秋禾的茁壮成长预示着秋天又将是一个丰收的季节。

远远望去，雨后的水汽在天地间弥散出柔美的波纹。刘彻在军政上的成功与农事上的风调雨顺交织在一起，构成了大汉稳定秩序的基础。

只有在此时，他才真正地领悟到一个执掌国柄的帝王就像追日的夸父，只有在磨砺之后才能成熟起来。建元初年的挫折、与匈奴首战的失利以及后来新制推行中的种种曲折，就像他生命道路上的每一道坎坷。而早年的急躁和骚动，早已在岁月的流逝中沉淀升华。这未尝不是一件好事，倘若当初太顺利了，也许就不会有现在的成就，所有的过往都在他胸间积累成治政兴国的借鉴。

当年,他在与窦婴讨论学问时,曾对他所勾画的生命规律很不以为然,并且声言要打破他的经验。是皇朝的风云变幻,是世事的浮云苍狗使他明白了,人的成熟有一个无法逾越的过程。三十岁对他来说,虽然还处在青春的边缘,但无疑已走进了一个新的阶段。

　　现在,听着车毂碾过驰道的节奏,他心中就激荡起感恩的情怀,让他可以问心无愧地面对列祖列宗。

　　"这渠修成后,可灌多少民田?"刘彻问道。

　　"陛下,渭渠修成以后,不仅到京都的漕运可以比过去缩短三个多月,而且沿渠万余顷民田可以得到灌溉。"郑当时答道。

　　他今天的心情分外明朗,渭渠的竣工使他获得了"骖乘"的殊荣。在他的记忆中,能够坐上皇上车驾的只有周亚夫和窦婴,就是以推行"限民名田"和治理蝗灾而得以代理丞相的韩安国也没有这样的机会。但他清楚,这绝不意味着自己的政绩超越了他们,而是表明了皇上对务本兴农的高度关注。外谋一统,内修治平,始终是皇上心中的宏图。因此,他的话充满了感激和拥戴。

　　"关中百姓近年来为修渠备受艰辛,可当他们看到清流缓缓流入庄田时,都感戴皇上的恩德。"

　　"忧民之忧者,民必为我忧之;乐民之乐者,民必与我乐之。"

　　"皇上之言,让臣受教了。"

　　"渠成不易,管好更不易。爱卿可和公孙弘商议一下,从府库中拨出专资,招募关中百姓之贫者,专司护渠。此外,还要在大农令府设置水丞署,统管用水。"

　　"诺。今天通水之后,臣就抓紧办理此事。"

　　"水丞署不仅要管好渭渠,还要署理天下水务。"刘彻忽然由水转到了人,问郑当时道,"爱卿以为主父偃其人如何?"

　　"这……臣这三年来,一直在致力于开凿渭渠,很少与主父大人交往。不过,他每次朝会时的言行,似乎过于实用了……"

　　"是啊……也许正因为如此,他才提出了推恩的谏言。"刘彻若有所思。

　　说话间,车驾就到了渭渠渠首。在渠首的高处,矗立着一块厚重高大的碑石,上面刻着刘彻题写的"渭渠清流"四个大字。沿着碑石后面的斜坡下去,十数艘首航的船只聚集码头,整装待发。每一艘船的甲板上都站着十几名鼓手,震天的鼓声从码头一直响彻云霄。

"原来皇上这样年轻啊!"一位肩头还残留着泥巴的老者感叹道。

"天庭饱满,地阁方圆,真天子啊!"

他们虽然都是京郊的百姓,但这样近距离地看到皇上还是第一次。

午时三刻已到,郑当时登上高台,向刘彻奏道:"陛下,吉时已到。"

"传朕口谕,启闸通水。"

郑当时便向严阵以待的水工挥了挥手,高声喊道:"启闸通水!"

顿时,渭河南岸,鼓乐喧天。数十名精壮汉子拉动绳索,闸门慢慢提升。滔滔的河水欢腾地涌进渭渠,奔向南山脚下。

大约过了半个时辰,郑当时来到阅水台,邀请皇上登船游览渭渠沿岸的风景。

"记得三年前皇上说过,要乘首船巡视。臣请皇上登船!"

薛泽、张欧也都纷纷劝皇上登船,刘彻大笑道:"好!卿等就随朕一同登船吧!"

郑当时十分感动,朝码头高声喊道:"开船!"

但见十数艘大船在响亮的船工号子声中,悠悠驶进渭渠,船头的"汉"字大旗,迎风招展,被正午的阳光映得闪亮。

大臣们跪倒了。

百姓们跪倒了。

"民为贵,社稷次之,君为轻。"刘彻站在甲板上,久久地望着人潮,心中回荡着一个深沉的声音。

第九章

汲黯判案公生明　刘彻护法义灭亲

事情发生在通水仪式前一天的朝会后。

皇上参加通水盛典,对这样利在当代、泽被千秋的盛事,大臣们显出空前的热情。

薛泽认为皇上此举,不仅仅是为渭渠竣工而庆贺,更在于在臣民中倡导"善治国者必先治水"的风气。

多年了,薛泽第一次主动请缨,督促内史、少府寺、大农令合力筹办通水仪式。

刘彻也第一次当着大臣们的面,褒扬薛泽开始谋大事了。

薛泽自是十分自豪,走在司马道上的身影显得比往日挺拔了许多。

人逢喜事精神爽。

但是,他没有想到在司马门口,正有一件棘手的事等着他。

司马告诉他,他们收到来自赵国的上书。因为送书的使者说干系重大,所以他不敢耽搁。

薛泽立刻满腹疑窦。究竟是什么重大的事情,让司马如此焦急呢?及至拆封一看,不禁大为吃惊,因为他在上书中看到了一个令当今朝野侧目的名字——主父偃。

上书称主父偃趁皇上推行"推恩制"的机会,收受诸侯贿赂。不仅如此,他还在去齐国办案时,逼死了齐王刘次景。

那上书末尾的署名也是颇令他吃惊的,不是别人,就是赵王刘彭祖。

薛泽的脚步踯躅了,他顿时感到这上书的烫手。

主父偃是什么人?他因为积极推行"推恩制",是眼下朝野炙手可热的人物。而在这种气氛下弹劾他,皇上若是纳谏查处倒也罢了,若是出于对"推恩制"的考虑而庇护他,老夫岂不要落下挟嫌报复的话柄么?

而这个刘彭祖又是谁?他是皇上的兄弟,一个无法无天的藩王,朝廷派到他身边的相,任期没有超过两年的,不是被整死,就是被诬告治罪。

遇上这件棘手的事儿,薛泽为难了。如果不将上书呈送,会被告一个欺君之罪,可他不知道该怎样将手中的上书呈给皇上。假如皇上征求他的看法,他又应当如何回应呢?

"唉!都怪自己慢了一步。倘若脚步再快些,也不至于碰见司马。"很快,他就为自己的心思而感到可笑。快了能怎样?所有的奏疏不都要经过丞相转呈么?

他有些茫然地回看着未央宫前殿,只见一个急匆匆的人影迎面而来。哦!那不是汲黯么?这个天不怕地不怕的家伙,今天怎么也出来晚了?

显然,汲黯也看见了他,上前问道:"丞相为何还未回府?"

薛泽瞅瞅手中的信札,没有回答,却长叹了一口气。

"这是何物?"汲黯问道。

薛泽将汲黯拉到一边道:"出事了。"

"出什么事了?丞相有话不妨直说。"

"主父偃出事了。赵王上书告他收受贿赂,大肆敛财,还逼死了齐王和翁主。纪太后惊惧气急,一病不起,齐国乱了。"

"哦!这是预料中的事情。"汲黯没有表示任何惊讶。

薛泽十分不解,难道这一切尽在汲黯掌握之中?

"这样说,汲大人早就知晓了?"

汲黯撩了撩衣袖道:"事出齐国,虽属偶然,却是主父偃的人品造成的。当初皇上将'推恩'大计交与他办理时,下官就料定他迟早要出事。"

"那依大人之见呢?"

"如此重要的上书,丞相当然要呈送皇上了。"

"这……"薛泽故意拉长了话音。

"哈哈哈！下官明白了。"汲黯脸上露出不经意的笑意，心想丞相真是个老滑头，"丞相是怕落个妒贤嫉能的话柄吧？"

薛泽有些尴尬和语塞，他了解汲黯眼睛里揉不进沙子的秉性，他肯定不会对此事漠然置之的。果然，汲黯说出的话正中他的下怀。

"请丞相将上书交与下官，由下官呈送皇上如何？"

"这怎么好呢？"

"丞相既然不放心在下，那下官就告辞了。"

薛泽急了，急忙拉住了汲黯的衣袖道："这样吧！老夫府上还有急事，烦请大人能够将这个……"

汲黯微微笑道："这不就是了。"

"如此，就有劳汲大人了。"薛泽的心一下子轻松许多，至少他不用单独面对皇上的诘问了。

在司马门前分手上车的时候，汲黯仍忍不住在心里奚落薛泽："这样的官当一辈子，又有什么意思呢？"

通水盛典一结束，汲黯就带着赵王的上书进宫来了。

天气渐热，未央宫前殿又耸立在龙首原的最高处，汲黯拾级而上，到达殿前时，已是汗水涔涔了，他喘了口气就向站在殿门外的包桑问道："皇上可好？"

"渭渠通了，皇上的心情好着呢！现正与御史大夫说话。"

"烦请公公禀奏皇上，就说下官有要事觐见。"

"请大人稍待。"说着包桑转身进了殿门。

张欧的辞呈早在刘彻下诏实行"推恩制"之前就递上去了，可是刘彻一直没有批准，他不免有些心急。

七年了，张欧觉得在这个位置上干得很吃力。卫戍将军出身的他，不善处理人际关系，更不擅长于文书的撰写。可那些令丞们起草的诏书、敕令等却要他点头后才能送到皇上那里，这比带领羽林军巡逻京城让他难受多了。

日常通俗的话，为什么到了儒者那里，就变得这样绕口和艰涩呢？本来可以直说的事情，他们总是要引经据典，转很大的圈子才回到主题。可这又有什么办法呢？儒生们说文章就该这样写。因此，他越来越觉得御史大夫这个官职，实在是个负担。

"皇上！臣不是故作谦虚，臣确实以为应该有一个更合适的人来担当此职。"

"朕知道爱卿的话是肺腑之言。朕曾拟任孔藏为御史大夫，可他上疏给朕说，孔门弟子以经学为业，所以愿意到太常寺去整理典籍、纲纪古训，朕已任命他为太常了。"

"我朝人才辈出，胜于臣者数不胜数，公孙弘就堪当此任。"

"朕不是没有想到他，只是他年龄大了些。"

张敺力荐道："公孙弘博通古今，数次对策都曾震动朝野，依臣之见，他是最合适的人选。"

到了这个地步，刘彻对张敺的苦衷感同身受了，而更难得的是他举荐人才的胸怀。刘彻真诚而又大度地说道："既然爱卿去意已决，朕就准了你的辞呈。至于公孙弘，朕想先听听丞相和其他大臣的意见后再定夺。"

张敺如释重负，仿佛一座大山从肩头卸去了："谢陛下。"

"爱卿上任之时，恰逢新制重开，百业待举。你不辞辛苦，恪职尽责，清廉自律，誉满朝野，朕不会忘记你的功劳的。"

张敺这才注意到，刘彻的衣襟半敞着，露出宽阔的胸膛，一阵凉风吹来，刘彻叫了一声："好凉快呀！"

他发现张敺正看着自己，忙笑道："天气太热，朕这样舒服些。"

这时，包桑已经站在一旁了，刘彻忙问道："有事么？"

"主爵都尉汲大人求见。"

"你是说汲黯来了？"

目送张敺出了殿门，刘彻忙对包桑道："让他先等着，快拿朕的衮服来！"

包桑在心底暗暗发笑，像皇上这样随意又不拘小节的性格，还真得有汲黯这样的大臣管着。

他帮皇上整冠、穿衣、束带，直到刘彻坐在御案后，才发出了宣召的口谕。

汲黯应声进殿来了，刘彻向他看过去，虽说骄阳当头，汲黯却冠冕肃然，衣履整齐,毫发不乱。

"这个吹毛求疵的老头,这时候来会有什么要紧事呢?"

这二人的谈话也很特殊,直来直去,从来不绕弯子。

汲黯将赵王的上书呈送给刘彻的同时,没有丝毫的委婉和曲折:"似这等唯利贪贿之徒,实乃社稷之害也。"

刘彻一看奏章,脸色就变了。

"草菅人命,逼死藩王,万死不能赎其一,朕要杀了他。"刘彻"嗖"地抽出宝剑,横空一个斜刺,带起一股风,从包桑面前掠过。

汲黯看着迎面而来的寒光,接着大喊道:"皇上,逆贼尚在齐国呢!"

刘彻的宝剑在空中停住了,口中反复地重复着一句话:"这是为什么?这是为什么?"

过了一会儿,刘彻又把赵王的上书浏览了一遍,自言自语道:"朕将'推恩'重任委之于他,他竟然借机大肆敛财,实在有负朕望啊!"

"皇上何必为小人生气呢?靡不有初,鲜克有终。当初皇上将'推恩'重任交给他的时候,皆因此议是他提出。而他目无大汉律法,有负圣恩,怨不得别人。"

"朕用人失察,才致今日之果。"

"恕臣直言,这主父偃为人奸诈,巧言令色,专以揣摩主上心思为能事。又因藩国积习成痾,加上'推恩'乃当下削藩上策,故掩盖了他的龌龊行径。"

"爱卿真是深明朕心啊!"

刘彻的思绪渐渐平复了,想想实施"推恩制"前后的诸多情景,他愈发喜欢汲黯的憨直了,也觉得对主父偃的处置迫在眉睫。他立即命令包桑去传张汤到宣室殿议事。

包桑走后,汲黯问道:"皇上是让张大人查办此案么?"

"眼下正是'推恩制'实行的要紧关头,倘若此风不刹,大汉律法形同虚设,藩王必然借此兴风作浪。"

"这也是臣之所虑,不过……"

"爱卿有话就直说。"

"依臣观之,张大人办案素来重推理而轻证据,重用刑而轻攻心。上次巫蛊案中,御史中丞李文因此而蒙冤。"

"这个朕也知道,但主父偃担任齐相,按制应由廷尉府管理。张汤是廷尉,这案子由他办理也是职责。"

"嗯……不过臣斗胆进言,愿与张大人一起审理此案。"

刘彻想了想,认为多一个人总是稳妥些。但汲黯进一步说下去,就让刘彻感到了他的思虑周密。

"主父偃之罪绝非空穴来风,但尚需证据来证实,毕竟上书只是一面之词。必须经审理参验,方可依律定罪。只有罪当其罚,才能取信于朝野,让罪犯心服。"

刘彻觉得如此案中之案,错综复杂。张汤固然办案快速,的确有失缜密之处,容易受到臣僚的指责,有了汲黯,正好作为补充,于是道:"就依爱卿所奏。"

……

又见长安,已是秋风乍起的八月了。

这年对主父偃来说,真是百感交集。

过了骊邑,过了嵯峨的秦皇陵冢,关中大地便在主父偃的面前展开秋气弥漫的画卷。

离时草青麦苗秀,桃花如红雨,归来黍稷麦稻熟,农家荷担回。就在这短短的几个月间,生命又是一个轮回。天空洒下几点雨星,打在主父偃的额头。

离时高车华辇,归来身被罪衣。命运让他从人生的巅峰跌落到阶下囚的底谷。

哦!前面那座亭子,不就是"布恩亭"么?他离开长安的时候,皇上特派宗正在亭中为他饯行。那御酒的浓香至今仍然在喉头徘徊,而眼前却已物是人非。

过了"布恩亭",长安就在望了。等待他的将会是什么呢?是枭首东市,还是老死廷尉诏狱呢? 犯下这样的罪行,他没有渴求皇上的赦免,他只求能够在离开人世时有一具全尸。

目光穿过押送队伍,前边两辆车驾上面坐着的就是他的昔日同僚——张汤和汲黯。

后面跟着的是此案的证人,齐国的黄门总管和内史。

主父偃使劲地摇了摇头,他已没有了愤怒、委屈和遗憾。他利用皇上给的机会,实现了对这个曾让他受伤的人世间的报复,这就够了。

正如他在未央宫司马门外遭遇汲黯时所说的,即便身后五鼎烹之,又有什么关系呢?

在临淄登上囚车的那一刻,他对自己的妹妹只说了一句话:"为兄此生已无憾,你好自为之。"从那时起,他再也没有回望故乡,他要将这曾让他伤心的地方彻底从记忆中抹去……

囚车在严密的警戒下进了覆盎门,沿着杜门大街一直向北,朝着京城东北角的方向而来。

主父偃一直闭着眼睛,任人们的猜测和议论在耳边盘旋。

"听说这位主父大人,可是皇上面前的红人呢!"

"红人怎么了?惹恼了皇上,不照样披枷带锁!"

"不知道不要胡说,是因为他贪赃枉法,逼死人命。"

"唉!如今这官,只要有机会,没有不贪的……"

"人心不古啊……"

"说话小心些,你不要脑袋了?"

"你说朝廷会判他什么罪呢?"

……

哀莫大于心死,心一旦死了,肉体就是一个躯壳,什么诅咒、谩骂、议论,他都不在乎了。

当他睁开眼睛的时候,囚车已经停留在廷尉诏狱的门前。

囚车被打开,主父偃在狱卒的推搡之下进了牢房。他发现廷尉诏狱比其他牢房好多了,囚犯都是单独关着,而且囚室也比较干净,还有一张尽管粗糙,却可供睡觉的榻床。

他自嘲地笑了笑,然后就仰面躺下,继续闭目冥想从座上宾到阶下囚的命运……

汲黯和张汤从京城到临淄,快马也需要半个月的时间,他完全可以选择出逃,但是没有,他知道天网恢恢,逃到哪里都是枉然。

当他在齐相府中看到张汤和汲黯时,就知道一切都败露了。

在汲黯宣读了皇上的诏书后,他没有任何辩解。

公堂就在他曾审讯过黄门总管的厅里,张汤很自信地担任了主审。他冷酷的眼睛扫视了一下府役和主簿,然后向汲黯微微点了点头,就开始讯问。

"你回到临淄后,遍召族亲宾客,散金绝交,可有此事?"

"确有其事。"

张汤又问这些金子的来历,主父偃看了看他没有回答。

"有人上书皇上,说你收受贿赂,可有其事?"

主父偃很爽快地就承认了,这让张汤很吃惊,自他到廷尉府主持审案以来,没有哪个罪犯这么快就认罪的。但眼前这个小个子的齐人几乎没有任何的犹豫,就承认了受贿的事实。

"好个主父偃,皇上将'推恩'重任委托于你,你不思报效朝廷,却到处受贿敛财,该当何罪?"

"不劳廷尉大人动怒。罪职虽受诸侯贿赂,依律当治罪。然推恩削藩,功在社稷,罪职也无憾了。不过罪职敢问两位大人,王侯、豪富之财又从何来?罪职取他人不义之财,这是以其人之道还治其人之身也。"

从小吏走到今天位置,张汤一直在夹缝中谋求前程。为了博得皇上的信赖,他不惜严刑株连,诬陷他人。他知道这样的结果会在朝中树敌过多,因此他自律甚严,从不贪贿。像主父偃这样直言不讳为贿赂辩护的,他还是第一次见到。真所谓人各有品,世相繁复。

接下来的审讯就不那么顺利了。

张汤指控主父偃草菅人命,逼死齐王。

主父偃不承认:"此纯属诬告,罪职奉旨到临淄审理后宫淫乱一案,依律行事,尤重举证,不曾有逼死人命之举。"

"大胆!"张汤拍打堂木,步步紧逼道,"既是依律行事,齐王与翁主又怎会死于非命?"

"齐王、翁主乱伦丧德,慑于圣威,自杀身亡。"

"你果真没有诱供?"

"没有!"

"你果真没有逼供？"

"没有！"

"既没有诱供,亦没有逼供,齐王作为一国之君,为何自杀？"

"自寻死路,咎在齐王,与罪职何干？"

"狡辩！"

主父偃的傲慢、冷漠和对指控的拒绝,都让张汤觉得遇到了一个棘手的对手,但这并不影响廷尉大人的自信。他坚信酷刑之下必有真实的口供,他还没有见到过能熬过皮肉之苦的罪犯。

"大胆狂徒,本官晓之以理,你竟拒不招认。来人！拖下去大刑伺候。"张汤冷笑道。

话音刚落,他的耳边就传来一声"且慢",一直坐在旁边观看审理过程的汲黯说话了。

"张大人！下官还有几个不太明白的案情,需要嫌犯回答。"

"哦？请汲大人问吧！"

汲黯起身来到主父偃面前："你传讯黄门总管是在何时？"

"午前巳时。"

"嫌犯画供是在何时？"

"午后未时。"

"你中途可曾离开？"

"不曾离开。"

"何人可以作证？"

"齐国内史和黄门总管均在场。"

"齐王自杀的消息,你是何时得知的？"

"黄门总管画押之后,有人来报,说齐王和翁主在王宫饮鸩自杀,罪职大惑不解,齐王当时并不知道黄门总管的供词,不知为何选择了自裁？"

"如此说来,你果真与齐王、翁主之死毫无干系？"

"罪职连受贿都不否认,还有什么不能认罪的？然非在下所为之事,决不胡乱承认,还请大人明察。"

"本官和张大人一定会凭据量刑的。"

最后的结果是他的案子要移送京都，奏明皇上。

主父偃对汲黯怀着感激，使他免遭酷刑之苦。

除了当初朝堂上的屡屡争辩，司马道上的邂逅讥讽，他对汲黯有了一种新的认识。为什么一个只官居九卿的主爵都尉，都让皇上无法在他的面前随意放纵呢？为什么他的矜持和傲岸，却让卫青分外地钦敬呢？原来，在他背后是品节铸就的不可侵犯的伟岸。

但主父偃并不知道，围绕这件案子，张汤与汲黯发生的争辩。

汲黯道："根据主父偃所述，下官认为齐王自杀一事与他无关。"

张汤不解道："大人何以见得？"

"没有证据证明主父偃进入王宫对齐王施加压力，而内史和黄门都证明他在审理现场，没有离开。"

"难道他没有在审案前与齐王接触么？"

"虽然齐王后宫乱伦早有传闻，但作为主理此案的朝廷大员，在没有证据的情况下，怎能以此要挟齐王呢？况且，他面对的是诸侯国君，岂可当作儿戏？"

汲黯十分了解张汤的官品，知道单靠自己是很难说服他的。在与张汤争论过程中，他一直在寻找可以支撑自己的说法。

"下官记得，高皇帝七年（公元前200年）曾有制曰：县道官狱疑者，各谳所属两千石；两千石官以其罪名当报。所不能决者，皆移廷尉，廷尉亦当报之；廷尉所不能决，谨具为奏，傅所当必律、令以闻。此案既然一时不能判决，下官以为，当奏明皇上决断。"

就这样，他被解到了京城……

牢房的光线越来越暗，长安的夜晚即将拉开帷幕。牢门打开了，狱卒送来了牢饭。那粗糙，那味道，让他不堪忍受。

简单地吃了几口之后，他又接着想心事。比起其他官员，虽然他在刘彻身边待的时间并不长，但是他了解皇上的个性，他最不能忍受的就是官吏腐败。

所以，他不存在求生的奢望。况且，眼下正是秋天，因此处决的日子将很快到来……

不错,关于主父偃的审理结果连同狱词,几乎没有丝毫耽搁就送到了刘彻的案头。这毕竟是一个有大功于朝廷的大臣,他的计策打破了自文帝以来削藩不力的局面,刘彻不能不认真慎重对待。

于是,在主父偃解到京的第三天,他就在未央宫宣室殿召集大臣议决此案。除了张汤、汲黯外,公孙弘也参与进来。

之前,刘彻详细地阅看了张汤和汲黯的奏疏,并认真查对了适用本案的大汉律令,他在反复研究了狱词,综合了各种文字和口头依据之后,然后对汲黯办案的实事求是与张汤酷严有了完全不同的感觉。

"朕看了奏疏,又听取了二卿的陈奏,对主父偃收受诸侯贿赂之罪有了一个大概了解,罪当其罚,然其并无迫使齐王自杀之行为。朕姑念他谏言推恩,功在朝廷,欲赦其死罪,贬为庶民,永不续用,众卿以为如何?"

"不可。"张汤立即上前道,"臣在审理此案时,发现其人气量狭小,阴险狡诈。乡人仅在他途穷之时有所轻慢,他便怀恨在心,伺机报复。似这等人物,应当诛之。"

刘彻放下手中的卷宗说道:"爱卿之言不无道理,但'推恩'一议乃主父偃谏之,若是杀了他,朕恐诸侯以此为口实,非议削藩之策。"

"皇上明察。"张汤进一步申述道,"先王之道,不因人而废言。昔日秦孝公变法图强,商君佐之,后商君虽死,而秦法不废。为什么?法者,国之形范,非私器也。'推恩'之策虽由主父偃提出,然却由皇上颁诏实施。主父偃虽诛,然于'推恩'无损。"

刘彻沉吟片刻,转而问汲黯道:"爱卿之见如何?"

"张大人说得很对!臣也认为主父偃当诛。臣当初之所以要对主父偃是否逼迫齐王自杀一事进行甄别,是在于要罚当其罪,使其罪有应得。今皇上欲赦免其死罪,臣恐天下不服。"

刘彻皱了皱眉头道:"我朝亦有赦免死罪的先例,公孙贺、李广就是如此。"

"那不一样。"汲黯近前一步,言辞恳切道,"荀子曾说过,类不悖,虽久同理。类不同者,则不可比也。公孙贺、李广,戎马一生,屡建战功。上谷一役,公孙贺虽然无功,然我军无损;李广万军之中,幸免于难,皇上尚不能宽恕其罪。今主父偃违背圣意，私受贿赂，败坏政风，若不以重罪处之，臣恐此风蔓延滋长，危及社稷。"

"两位大人说得有理。"一直沉默的公孙弘也接过汲黯的话道，"主父偃属首恶，皇上若不诛之，则无以服天下矣。"

事情到了这一刻，刘彻的心里就明白了。这三位平日意见经常相左的大臣，今天竟然在主父偃的问题上如此一致，足见主父偃为祸之大，不除不足以服天下。

的确，政风清浊，关乎存亡，因主父偃一人而导致风气败坏，这是他绝不愿意看到的。

"诸位爱卿心系社稷，朕甚感欣慰，就依卿等所奏，将主父偃斩于东市，族其户，以儆效尤。"

可这时候，汲黯又说话了："斩主父偃即可，然族其户不可。"

张汤问道："这又是为何？"

汲黯道："据臣所知，主父偃在京并无家小，家乡也只有一个妹妹。如果因为此案而株连，臣恐激起民怨。"

"爱卿之言，不无道理。那此案就诛杀主父偃一人，其他人不再追究。"

刘彻又征询了对齐国的善后事宜。三位大臣认为应趁齐王自杀之际，除国设郡，将削藩向前推进。

"谏言出于臣下，国策定于朝廷。传朕旨意，齐王自杀无后，国除设郡，归属朝廷。"

刘彻转而对汲黯道："爱卿主掌赏罚。朕命爱卿将主父偃所犯罪行，比照我朝律令，以文书形式广发各个郡国，以此为戒。从今以后，有如主父偃者，诛无赦。"

众位大臣无不为刘彻此举敬佩，这既警示了各诸侯国，又将削藩之策更进一步，实为一举两得。

可刘彻怎么能忘记主父偃在新制没有进展之时，提出的"推恩"之策呢？但主父偃的所为，让他既感愤怒，又感惋惜。

国法至上，而人情不废。他还是叮嘱张汤不可将主父偃视同普通罪犯，在饮食起居上给予优待，又要公孙弘到廷尉诏狱宣诏，明指其罪行。

公孙弘闻此感动道:"主父偃虽罪不容赦,然闻陛下如此盛恩,亦无憾矣!"

讨论结束后,刘彻让公孙弘留了下来。他将新的职官任事提到了公孙弘面前:"御史大夫张欧已向朕提了辞呈,朕也知道张欧精于武备而拙于文事,履职行事,颇多不便。朕允了他的辞呈,爱卿以为何人可继任呢?"

公孙弘想了想道:"皇上以为汲大人如何?"

"这两人是怎么了?"刘彻心想。前不久,他们还当面相互诘难。

其实,公孙弘已看出了刘彻的意思,遂直截了当道:"皇上一定想起了汲大人前不久在宣室殿当着您的面诘难臣的事了。其实在臣看来,此正是汲大人可敬之处。臣事后细细想来,汲大人的指责虽有些过分,然臣寒酸过度,也有损我朝声誉。"

"朕看出来了,二位爱卿皆为性度恢廓之人。"

刘彻尤其看重公孙弘的谦恭和谨慎,尤其是在主父偃一案中,更让他感受到公孙弘的严于律己和清廉奉公,于是对谁接任御史大夫之职便心中有数了。

刘彻认为,就处置国事的能力而言,汲黯确实在公孙弘之上,但他太刚直,锋芒外露,位列三公之后,协调朝野多有不便。

相比之下,公孙弘就更成熟些。他不仅学识渊博,政风端庄,处事中庸,而且在许多场合都从容淡定。他的年纪是大了些,可如果朝廷全是年轻少壮,有那么一两个老者在旁,会使他的决策更稳妥,更完善。

至于丞相那里,他除了点头同意之外,大概是不会提出异议的。

等主父偃的事有个了结,就让公孙弘走马上任,这件事不能再拖了。

……

转眼刘据都一岁多了。他不但越来越像刘彻,而且聪明伶俐。时序进了十月,他就开始牙牙学语,见了卫子夫,就嘟哝个不停,看见刘彻,也是好一个亲热。

周岁那天,朝臣们纷纷送来贺礼,刘彻在未央宫前殿摆了盛大的筵席,卫子夫抱着皇子与大臣们见面,司马相如、东方朔等人献了颂词。

刘彻之所以如此张扬,确实是因为这个儿子来得太迟,让他长期空落的情感得到了抚慰,他也想借此告诉觊觎权鼎的诸侯王,大汉江山后继有人。

这天朝会刚一结束,刘彻便移驾椒房殿。一进殿门,他就看见乳娘站在一旁,卫子夫正抱着刘据亲热。

卫子夫亲吻着儿子粉盈盈的脸蛋,但刘据却不买账,头摇得像拨浪鼓,躲避着母亲的温情。卫子夫沉浸在母子相聚的欢乐中,这亲吻也让她想起了与刘彻那些浪漫的日子。

她太投入了,以致没有听到黄门的传唤,直到乳娘提醒后,她才慌忙地迎接皇上的到来。

刘彻抱起刘据逗道:"叫父皇。"

"父……父……"父皇这两个字太绕口,刘据说得磕磕绊绊,逗得刘彻大笑。

"据儿还是跟娘亲啊!"

刘彻的胡须扎在刘据脸上,他痒得"咯咯"直笑。这情景给冬天的椒房殿,带来融融春意,让卫子夫心里暖烘烘的。

卫子夫忽然想到今天是向太后请安的日子,忙道:"皇上是要臣妾一同去向母后请安么?"

"不仅是皇后,还要带上据儿,母后有好些日子没有看到孙子了。"

"诺。"

于是,卫子夫与刘彻同乘轿舆,乳娘抱着刘据与春香同乘一轿舆,在黄门和宫娥的簇拥下,浩浩荡荡向长信殿去了。

而此时,修成君金俗正在母亲面前哭哭啼啼。

她一进长信殿就扑倒在太后面前,哭着喊道:"母后!救救仲儿!母后……"

太后懵了,一大早哭天抹泪的,这究竟发生了什么事情?

这个冬日,金俗心中的寒冷比从塞外来的寒流更让她感觉到冰冷。

这些日子,她常常就着暖炉一个人呆呆地想着心事。

想母亲当初抛下她到宫中做了美人的往事;

想同母异父的兄弟,当今的皇上从安陵接回她的情景;

想进宫后与姐妹相处中遭遇的冷遇;

想她的女儿娥儿心力交瘁的婚姻……

为什么同样是人,命运竟如此迥异呢?

娥儿怀着一颗破碎的心从淮南国回来了,几个月来,她都不敢直面娥儿以泪洗面的模样,不敢聆听她饱含心酸的叹息。

而最让她担心的是,娥儿自从回来后,从不见人,甚至太后这里也不来了。这样下去,该怎么得了?她咽不下这口气,他们也太不把太后和皇上放在眼里了。

她想去找皇上讨个说法,可皇上整日为"推恩"之事奔忙,为与匈奴的关系废寝忘食,她无法为这些事去烦他。

她决计来找太后,在这个宫中,只有太后能够为她做主。她从席上站起来,朝外间喊道:"翠儿!"

"奴婢在!公主有何吩咐?"丫鬟翠儿应声道。

"备车!我要去长信殿。"

"诺!"

翠儿正要转身离去,金俗又叫住了她问道:"子仲呢?"

"这……"

"快说!他又到哪里鬼混去了?"

"奴婢不敢说。"

"快说,否则……"

翠儿顿时慌了神:"少爷几天都不露面了,奴婢实在不知道他去了何处。"

"这个孽障!你去准备吧!"

过了一会儿,车驾就停在了府门外。修成君对着铜镜,整理了容装,才迈着缓缓的步子出了暖阁。

她抬头看了看天,入冬以来少有的晴朗使大地透出微微暖气,而今天的风似乎也比前几日小了许多,只是院内池中银白色的结冰告诉她,冬天来了。

修成君的一只脚刚刚迈出府门,就见府上骑奴王爽的坐骑一声嘶叫,停在了车驾旁。他翻身下马,来不及行礼,就喘着气喊道:"公主,大事不好了!"

修成君的心一下子就提到嗓子眼,忙问道:"何事如此惊慌?"

"少爷出事了。"

"你说清楚,少爷怎么了?"

"少爷为报郡主被遣之仇,夜里带着刺客潜入淮南王在京城的府第行刺,不料刘陵早已回了寿春,少爷一怒之下,杀了府中总管及以下数十人。他被巡逻的羽林军拿住,关在廷尉诏狱了。"

这消息如晴天霹雳,修成君顿时觉得天旋地转,便昏倒在地了。醒来后,她也顾不得仪容,就一路涕泪怆然地奔到长信殿来了。

"母后!只有您可以救仲儿了。"

太后甩开金俗和紫薇的手,一刹那恢复了久违的威严:"不要哭了!大殿内哭声恸天,成何体统?"

哭声戛然而止,金俗惊恐地望着太后,不知道她会怎样应对这些事情。

太后从紫薇手里接过丝绢,擦了擦额头道:"传詹事来。"

不一刻,詹事陈掌就赶到了。

"速到廷尉府传我口谕,子仲乃皇家外孙,刘陵乃淮南翁主,此案干系重大,不可草率,应由宗正寺与廷尉府会审,然后奏明皇上,才能定夺。"

然后她又要紫薇安排御医,为公主诊脉司药。

陈掌刚刚离开,包桑悠长尖细的声音,穿过长长的甬道,就传到长信殿了。

"皇上驾到!"

……

太后对金俗道:"你暂且回避,待我问明情由,自会决断的。"

金俗只好唯唯而退。

刘彻携着卫子夫走进大殿,就觉得今天的气氛有些异样,太后双目紧闭,一脸冰霜,远不是往日盼望看到孙子的喜悦。

卫子夫将刘据递给乳娘,随着刘彻在太后面前跪下了。

"儿子向母后请安。"

"臣妾向母后请安。"

卫子夫抬起头,忐忑不安地望着太后,对乳娘道:"把据儿抱过去,让太后瞧瞧。"

太后微微睁开眼睛，扫视了一下面前的儿子和儿媳，口气却如冬天一般的冰冷，她挥了挥细长而干瘦的手道："罢了！站起来说话。你也知道疼爱自己的儿子。"

"一大早的，母后这是和谁生气呢？"

"你的儿子是儿子，别人的儿子就是猪狗么？"

"母后的话儿子怎么越听越糊涂了？"

"我看你是在装糊涂！我问你，你打算如何处置仲儿？"

刘彻明白了，太后是为了子仲行刺之事而生气。只是他很惊异，太后怎么如此快就知道了消息。

"母后是从何得知这消息的？"

"这你就不必管了，回我的话，你打算如何处置此事？"

事情也的确来得突然。朝会时，未央宫卫尉苏建将子仲行刺的消息公布在朝堂上，这就让刘彻陷入了两难的境地。他也是有七情六欲的人，他怎么会不知道姐姐的爱子之情呢？

而在他的几个姐姐中，修成君是唯一与刘氏宗族没有血脉关系的，因此她总是与公主们之间有着一张看不见的隔膜。平日在长信殿见面，大家都是客客气气的，可话总说不到一起。

在平阳公主和南宫公主的心中，她们从来没把修成君当成姐妹，她们仍然用看"乡野女子"的目光，来看待这个中途进宫的姐姐。

不错，他丰厚的赏赐总让她感受到皇恩的浩荡，但百顷的公田，三百奴婢，还有一百二十间幽深的府第，怎抵得住这些冷落的目光呢？

他是皇上，岂可因情废法，前日他刚刚处置完主父偃，目前正逢推恩削藩的关键时刻，他不能因为子仲而给那些心怀叵测的诸侯王可乘之隙。他知道廷尉府在这件事上很为难，如果他不站出来说话，他们会举棋不定，甚至重罪轻判。

因此，他在读了廷尉府的奏章之后，又把张汤和宗正召到宣室殿，要他们依律论罪，绝不可法外施情。没有想到，太后马上就过问这件事了。

"儿子记得，当年商君在秦变法，曾感叹曰：法之不行，自上犯之。上不能遵法循律,国何以固,社稷何以久？儿子已命廷尉依律问罪,决不姑息。"

"要是我让皇上宽大呢？"

"儿子御臣理政,岂能言而无信,出尔反尔？"

"大胆!"王娡拍着案几,愤然站了起来,"没有我,哪有你今日?我的话你也不听了么？"

"母后是要重蹈太皇太后覆辙么？"

"你……"王娡没有想到,刘彻会说出这样一句话,直顶在她的心口,让她一时缓不过气来。

她颓然地跌坐在席上,大怒道:"气杀我了！"

卫子夫在一旁看着这对母子争吵,心中十分着急,却一句话也不敢说。从进椒房殿的那一刻起,皇上就明令后宫不能参与朝政,她这个时候插言,只能招来严厉申斥。她唯一能够做的,就是劝解太后不要动怒伤了身体。

太后一声叹息,自己养的儿子自己知道,硬来只会使事情陷入僵局,她遂换了缓和的口气与刘彻说话。

"皇上考虑的是国家社稷,考虑的是大汉律法,我又何曾没有想到这些呢？可皇上也该清楚,当年俗儿在乡间所受的苦难,加上娥儿又被送回长安,姑念我早年亏欠的情分,你就网开一面,赦其死罪,贬为庶民,永不进宫吧？"

"母后之言差矣！记得建元二年,儿子被太皇太后削去权柄,终日赋闲。母后曾对孩儿说,天下者,乃百姓之天下,非一人之天下。娥儿归京,过在刘迁,与淮南王府总管和府役何干？那些府役都是百姓子弟,无辜死于非命。儿子若是徇私而置大汉律令于不顾,天下闻之,人心离散,社稷还有望么？"

"这……"

"母后当年对太皇太后干涉朝政屡有微词,如今母后身居后宫,就当母仪天下。若是此风一开,新制就废矣！"

"这……"

"母后春秋已高,自当颐养天年。至于朝廷的事情,儿子自会上对得起祖宗,下不负黎民的。"

太后语塞了,她提不出任何可以宽恕子仲的理由。连她自己也在内心认为,这个与刘氏宗族没有什么血缘关系的子仲太无法无天了。

她是过来人,她曾亲身感受到当年太皇太后的滥施权威,现在她怎能重犯自己曾经十分厌恶的错误呢?

唉!她再一次哀怨命运,它总是时不时地捉弄自己。看看卫子夫的亲属们一个个驰骋疆场,建功立业,可自己族中之人呢,从已故的田蚡到健在的族兄,从外孙女到外孙,怎么就没有一个争气的呢?

现在,拯救子仲的最后一道门被刘彻关上了,她忽然陷入了慌乱。听着皇上离开大殿的脚步声,那种说不清的失落顿时压在胸前,她觉得很累,整个人都要散架了。

金俗绝望地从殿后奔出来,放声大哭道:"我儿完了!我儿完了!"

王娡大声地呵斥道:"哭什么哭?平日放纵,事到临头却……"

第十章

阏氏凛然玉石碎　张骞倾泪归长安

元朔三年(公元前126年)的岁首转眼就到了,冬天刚刚进入草原时,军臣单于就已走到了生命的尽头。

河南地的丢失对他的打击太大了,当年那个十六岁的小子登上皇位的时候,他根本没想到有一天汉匈关系会演变成今天这种局面。

自从马邑之战后,每每想起长安城中的汉朝皇帝,他就有了一种隐隐的仓皇。那是他第一次见到汉朝出动三十万大军伏击匈奴的气魄,如果不是尉史泄密,那他早已魂归太阳神了。

河南地——哦！现今它已是汉朝的朔方郡——对他来说已是一帘凄凉的梦,醒来时,脚下的土地已变得残缺破碎。他该拿什么去见驰马引弓、风云一世的祖先呢？

军臣单于就在心力交瘁中走向了绝望,最终生命的烛火也熄灭了。他带着无尽的遗憾,带着对隆虑阏氏的挚爱离开了人世。

伊稚斜和于单围绕单于之位反目成仇,很快匈奴各个部落就陷入一场内战。烈风从狼居胥山生起,带着浓重的血腥味掠过广袤的草原,直到横亘大漠南缘的阴山北麓。

草原在悲歌中萧瑟！

苍山在悲歌中颤动！

单于庭在悲歌中飘摇！

匈奴人在这个季节舔着刀刃上的寒光，把兄弟姐妹的身躯当作磨刀石，把部族的血当作催生来春劲草的余吾河水，他们扯下微笑的面纱，用滴血的双手拉开漫漫冬夜的帷幕。

它一开始就是一场力量悬殊的较量，稚嫩的于单根本不是伊稚斜的对手，呼韩坤莫率领的军队像赶羊羔似的追着于单在余吾河两岸奔逃。伊稚斜放话说，他继承单于之位后，就要依照匈奴的风俗册立隆虑为阏氏……

隆虑阏氏终于又度过了漫长的一天，迎来了草原落日的余晖。可白天不好过，夜里更是难熬。她不知道，她将如何打发恐惧的时光，她更不知道还能不能活到明天。

她忧郁的眸子望着穹庐外一点点暗下去才收回目光，她环顾着空荡荡的居室，不由自主地打了一个寒战。

紫燕进来了，她敲打着燧石，费了好大的工夫，才点燃了一盏羊油灯。穹庐的墙壁上立时就映出两个修长的身影，而呈现在昏黄灯光下的，是青春不再的女人面容。

"有消息么？"

"听说于单太子已从余吾河畔南撤了，失败是肯定了的。以往只听说匈奴人杀起汉人来连眼睛都不眨，近来不断闻言，他们对部族的兄弟也是刀刀见血，大军过后，尸横遍野，血流成河。"

"唉！这到底是为什么？"阏氏叹息道。

"还不是为了争夺单于的宝座。听说伊稚斜已经自立为单于，太子不甘心啊！"

"这个伊稚斜，我早就看出他的野心，可单于就是不信，还想把辅佐于单的重任托付给他。结果单于尸骨未寒，他就向太子举起了刀。"

紫燕长叹一声道："最后受苦的还是我们女人啊！"

"匈奴的风俗你又不是不知道，不论谁做了单于，我都难逃被立为阏氏的命运啊！"隆虑阏氏说着，禁不住流下了伤感的泪水。

一阵冷风掀开穹庐的皮帘，吹到阏氏的脸上，像针刺一样，那是军臣单于留给她彻骨的伤痕。她不能忘记单于弥留之际那一番催人断肠的嘱托，他伸出枯瘦的手，抚摸着阏氏额头的伤痕，言语中充满了愧疚。

"你不记恨寡人么？"

"臣妾怎么敢记恨单于呢？"

"让你受委屈了。"

军臣单于说的是那年她让张骞带走呼韩琅的事。那一天，军臣单于用皮鞭狠狠地抽打了她，并且在她的额头留下了永远抹不去的伤痕。

隆虑阏氏匍匐在地上，任凭皮鞭雨点般地落在她的身上。她没有丝毫的愤怒，也没有丝毫的后悔，只要儿子能够回到长安，她可以搭上自己的性命。从那以后，每逢阴雨，她身上的伤就隐隐作痛。

弥留之际的单于终于醒悟了："现在看来，你送走王儿是对的，不走也免不了一死。"

阏氏再也无法压抑心中的悲痛，一头扑在单于的怀里："单于……不……不要这样说，是臣妾对不起单于……"

军臣单于凄然地笑了，眼看着呼吸就短促了，他拉着阏氏的手说道："看看！像孩子一样。站起来，寡人还有事呢！寡人去后，你要按照匈奴的风俗，嫁给于单，辅佐他……"

军臣单于走了，带走了他的骄傲、遗憾和牵挂。隆虑阏氏则在内心打定主意，在单于离去之后，她会辅佐于单，但决不能嫁给他。于单已和怡和公主结婚，从辈分上说，她和隆虑是姑侄关系。两代人伺候一个男人，算怎么一回事呢？

但隆虑阏氏无法左右匈奴的局势，每天都从远方传来令人不安的消息。

"这样下去，即使汉军不进攻，匈奴人也会自取灭亡的。"阏氏忧虑道。

"打仗是男人的事，公主还是不要想这些烦心事了。其实，依奴婢看来，也许只有汉军才能制止这场残杀。汉军来了，奴婢和公主就可以回长安了。"

话虽是这样说，可她自己也觉得这多么不现实。终日与公主在一起，看着她日渐消瘦，紫燕就觉得愧对太后的嘱托，可眼下她能够做到的也就是这些了。

草原的夜色犹如一头怪兽，把一切都吞没在黑暗之中，紫燕端来炖得鲜嫩的牛羊肉和浓香馥郁的奶茶。

仗不管怎么打，草原永远不缺牛羊肉。可隆虑阏氏没有食欲，只吃了一点东西,就吩咐撤了下去。

阏氏现在最怕的就是夜间的孤寂,她凄婉的眼睛投向紫燕,说道:"今夜就不要过去了,与妹妹睡在一起,一旦有事也好有个照应。"

紫燕点了点头,将羊油灯移上银座,开始为阏氏收拾地毡。她铺开被褥,给炉子加了一些晒干的牛粪。

当两个女人的身体贴在一起的时候,她们发现当年青春活力的感觉只能到记忆中去寻找了,草原的生活和岁月的流逝让她们的皮肤变得粗糙和松弛。

月光透过穹顶的小窗,照在两张苍白的脸上,勾起了她们悠悠的乡思,特别是在这个动荡的日子里,她们总是充满了对长安的眷念。

"皇上也该三十多岁了吧!"

"可不!公主离开的时候,他才四岁。弹指一挥间,我们来匈奴都二十多年了。"

"真想不到他现在会是什么样子。"

"听说皇上都有了儿子了呢!"

"哦!他也是做父亲的人了。"

"也不知道太后怎么样了?"

"我都四十多岁了,母后也老了吧!今生怕是没有希望再回到母后身边了。"隆虑阏氏喉咙发酸,话语中就带了些苦涩。不过她的思绪马上就转到眼前的战事上来,她侧过身体,面对着紫燕问道:"你说如果伊稚斜胜了,我将怎样面对他呢?"

紫燕没有说话。

阏氏瞅了瞅挂在穹庐一角的马刀,忽地坐了起来,神情严肃道:"要真是那样,我决不屈从那个逆贼,宁愿用这马刀了结了自己的性命。"

"公主!"

紫燕再也无法平静地躺着与阏氏说话,两个女人紧紧地抱在一起,紫燕呜咽地哭道:"奴婢无论何时都会跟着公主。"

……

夜风把月亮吹到了穹庐的上方,周围闰了一轮雨晕,这是暴风雪到来的前兆。

阏氏没有睡意,她有许多话要说。她轻轻唤了紫燕两声,没有回应,耳边传来均匀的呼吸。哦!她睡着了。阏氏悄悄地在紫燕身边躺下,继续想着心事。

从远方传来凄凉的歌声,如丝如缕,漫过阏氏的心头:

> 神圣的太阳神显灵吧,
> 拯救我多难的兄弟。
> 圣洁的月亮神显灵吧,
> 指点迷茫的魂灵。
> 太阳和月亮,
> 一个是上天的儿子,
> 一个是上天的女儿。
> 儿子和女儿连着血脉,
> 怎么可以分离?
> 亲爱的兄弟你可知道,
> 当羊群互相撕咬的日子,
> 鬣狗会洗劫我们的土地。
> ……

歌声被风吹散在静夜的草原,断断续续,让余吾河水听了都流出了眼泪。

"嘚嘚嘚……"声音自远而近朝着阏氏的穹庐滚滚而来,阏氏警觉地坐了起来,这马蹄声越来越清晰,越来越急促,阏氏急忙推醒身边的紫燕:"姐姐!快醒醒,有事!"

两人迅速起身,从壁上摘了马刀,挎在腰间,她们在门后紧张地守着,耳朵却一刻也不放松地听着外面的动静。

一批马队过去了,又一批马队过去了。

"快走!追兵就要到了!"这是男人们惊慌的声音。

又一批马队奔来,忽然在阏氏的穹庐前停下来,一个人下马向守卫穹庐的亲兵问道:"阏氏在么?"

哦!是吐突狐涂的声音。

"阏氏睡了,大人有事明天再来吧!"

"来不及了,伊稚斜的人马很快就过来了,快叫醒阏氏,说太子要见她。"

怎么办呢?阏氏与紫燕用眼睛交换着各自的意思。

二十多年了,吐突狐涂为汉匈的和睦黑发都熬成了白发,甚至连女儿也跟着张骞走了,而战争却一次次打碎他的梦想。对这样一位老人,她怎么能拒之门外呢?

阏氏握了一下紫燕的手,紫燕赶忙上前开了门:"阏氏有旨,请太子殿下和吐突大人进帐说话。"

刺骨的冷风将于单、吐突狐涂和李穆卷进了穹庐。太子的战袍、盔甲和脸上全是血,举手投足间发出声响,在他的后面紧紧跟着的是怡和公主。

怡和公主扑进隆虑阏氏的怀抱,道了一声"姑母"就泣不成声了。隆虑阏氏轻轻地抚着太子妃的肩膀道:"孩子!坚强些,你可是大汉的公主啊!"

于单要带阏氏撤退,急道:"事情紧急,请阏氏与我一起撤退。"

"太子殿下这是要撤往何处呢?"

"这……走一步看一步吧!一直向西,万一不行,就撤到大宛国!"

"太子此言差矣!大宛国地狭人稀,向来畏匈奴如虎,怎么能期望它在这样的形势下得罪伊稚斜而去接纳太子呢?"阏氏分析道。

"这……"

"依我之见,太子殿下应该放弃逃往大宛国的想法,直接投奔汉朝寻求庇护。"阏氏用坚定的声音劝道。

"这……多年来,汉匈兵戎相见,战事不断,汉皇能见容于我么?"于单太子挠了挠头道。

阏氏朝前挪了挪,环顾了一下几位近臣说道:"当今皇上乃我胞弟,他目览宇内,气吞八荒。汉匈虽间有战事,毕竟和亲弥久,皇上怎么会记小仇而忘大义呢?"说着,阏氏从腰间解下一件玉佩,目光中充满了自信和坚定,"这是我离开长安时母后送的,上面刻有汉宫的印记。事情紧急,此地不可久留,请太子殿下带着这玉佩一直往南,越过长城,进入右北平郡,那里的太守李广见了这玉佩,一定会善待殿下的。"

阏氏又转过脸来对李穆说道:"大人与李将军有同族之亲,就请大人作为向导,一路去吧!"

于单被隆虑阏氏的冷静所震慑,所感动,便领着左骨都侯和李穆跪倒了:"事已至此,还请阏氏与我一起回汉朝吧!"

"糊涂!"阏氏上前扶起太子,眼角涌出晶亮的泪花,"难道你不明白,伊稚斜要的是单于的宝座,倘若我这离去,伊稚斜必会穷追不舍,汉匈之间难免又是一场大战。殿下快走,伊稚斜是不会把我怎么样的。"

"不!于单不能丢下阏氏不管!"

怡和公主也拉着阏氏的手道:"姑母!一起走吧!"

"快走!"隆虑阏氏甩开怡和公主的手,大声道,"我命令你们快走!"

"阏氏!"

"快走啊!"阏氏"嗖"地从腰间拔出马刀,声色俱厉地喊道,"你们若是再不走,我就死在这里。"

"阏氏!"

紫燕一头扑在阏氏怀里,哭道:"阏氏!万万不可啊!"

"姐姐也随太子殿下回去。"

紫燕紧紧地抱着阏氏哭了:"奴婢奉太后旨意伴随公主,如今怎能舍下公主一人回去呢?请公主不要再逼奴婢,奴婢生生死死都跟着公主。"

吐突狐涂老泪纵横:"向阏氏和紫燕姑娘行汉礼!"

三人向隆虑阏氏行了三叩九拜之礼。于单抬起头时,泪眼中似乎看到阏氏周围金光灿灿,彤云朵朵,数只凤鸟环绕她翩翩翱翔。他不禁暗想,这是圣洁的月亮神到人间来保护匈奴人的啊!

于单已经分不清是幻觉还是真景,充盈于胸中的只有虔诚,只有儿子对母亲的神圣,而这一切都在他朦胧的意念中化作一句汉人的称呼:"母后在上,孩儿走了。"说罢,就出了穹庐。

太子殿下的马队越走越远,穹庐恢复了死寂。紫燕与阏氏相拥着站在穹庐的中央,似乎时间已完全停滞,直到远处传来牧羊犬的狂吠时,紫燕才清醒过来,摇了摇阏氏的肩膀道:"公主!天亮了。"

"天亮了,伊稚斜的人马就要到了。"

"公主为何不与太子一起走呢?"

"不!只有我留下,才能为太子赢得时间。"

中午,伊稚斜的人马就浩浩荡荡地开过来了。他如临大敌似的在阏氏穹庐的周围布满了岗哨,以胜利者的得意进入了穹庐。

当他的目光停留在阏氏的脸上时,就情不自禁地"啊"了一声,这女人实在是太美了,难怪老迈的王兄会冷落众多的女人,而把所有的宠爱都给了她呢!

不过,他现在急于想知道的是那个于单的去向,他向跟在身边的耶律孤涂努了努嘴。

耶律孤涂立即上前说道:"单于问你话,你要如实回答。"

隆虑阏氏轻蔑地看了一眼耶律孤涂道:"大胆!见了本阏氏如此无礼,你不怕军臣单于在天之灵么?"

"哼!你竟敢如此轻慢单于,本侯先杀了你!"

"粗鲁!你怎可以如此与阏氏说话呢?她是王兄的阏氏,将来也是寡人的阏氏,你知道么?"伊稚斜喝退耶律孤涂,又对紫燕道,"你先出去,寡人要与阏氏说话。"

"不!姐姐就在这里,哪里也不去。"阏氏伸开双臂,将紫燕护在身后道,"殿下有话就直说,不必如此要挟恐吓。"

"不!寡人现在是匈奴的单于,阏氏应该称单于才是。"

"哼!"阏氏一声冷笑,"单于?殿下什么时候当上单于了?有老单于的遗诏么?太子尚在,殿下怎可以妄称单于呢?"

"哈哈哈!"伊稚斜手指穹庐外的军队大笑道,"于单那个傻瓜能够统率匈奴的健儿们与汉人大战么?他能够保证匈奴人幸福和平安么?阏氏看看,乎衍氏和兰提氏都已经拥戴寡人为单于了。哈哈哈……就让那个窝囊废去死吧!"

伊稚斜转身向着阏氏走去,在相距只有两步的时候,紫燕和阏氏几乎同时拔出了马刀。

"站住！再往前走,我就死给你看。"

"你在要挟寡人么？快说,于单往哪里去了？"

……

"快说！"耶律孤涂举起了马刀。

"你追不上他了。"

"这么说,阏氏知道他们的去向？"

"哼！"

啊！伊稚斜明白了,于单一定是按照阏氏的指示朝南去了,说不定他已经越过长城,进入汉境了。

"你这个奸细！"伊稚斜狂怒地伸出巴掌,狠狠地朝阏氏抽去,"你竟敢唆使于单投降汉朝。追！一定要追上那个叛徒,来人！"

立刻,就有大批的亲兵拥进来将阏氏和紫燕围在中间。

"将这两个女人拿下……"他的话还没有落音,就感到两股热血"噗"地喷在他的额头。

"你们！"伊稚斜双臂有力地抡过去,打在亲兵的脸上,"你们为什么不拦住她？"

多少年了,阏氏就像一颗天边的星星,他只能远远地看着她,却无法走近她。他曾发誓,当他取代军臣单于时,他的第一个愿望就是让这个女人成为自己的阏氏,而现在……

"皇上！臣回来了！臣回长安了啊！"张骞跪在城外的驰道旁,望着即将跨过去的横桥,放声大哭。

"舅父！咱们真的回家了么？"刘怀跟着他洒泪黄尘,泣不成声。

"真的！咱们回家了。"张骞将刘怀紧紧拥在怀中,他用颤抖的手,指向渭河对面,"殿下！过了这桥就是长安了,咱们真的回家了。"

"使君！回家了,这是喜事啊！"堂邑父道。

"你说得对,是喜事！"

话虽这样说,可现在已是物是人非。当年出发时,他还是一个踌躇满志的翩翩才俊,归来时,张骞的双鬓已白了。当年长安城外盛大的欢送仪式还历历在目,而随他而去的三百多名兄弟,大部分已葬身大漠。他亲爱的纳吉玛和儿子已死在了昆仑山下,留给他的是永远的思念和铭心的疼痛。

张骞从堂邑父手中接过汉节,这是唯一能够抚慰他情感的寄托。他轻轻抚过汉节,有一种久别归来的亲切。

"走!我们过桥去。"张骞道。

红鬃马老了,它的步履不再那么矫健,它也许是凭借早年的记忆来识别归路的。它站在横桥桥头,摇着尾巴,久久不愿前行。

日月轮回,建元初年曾参与凿空西域决策的窦婴、田蚡早已作古,而张骞并不知道,在他离开长安的日子里,赵绾也自杀了,严助也去了会稽,朝廷中认识他的人已经不多了。

别的不说,就是这北阙司马,也不知换了多少茬。因此当张骞带着堂邑父和刘怀持着汉节出现在未央宫北阙的时候,在这里值守的司马惊呆了。

那是多么遥远的事,司马无法确定眼前这个不速之客就是当年奉诏西去的使节。

"你有上书,可以留在这里,在下自会转给朝廷的。"

"不!本使要马上见皇上。"

"这个……恐怕……"

"难道司马没见过这汉节么?"

司马茫然地摇了摇头,这也不能怪他,他怎么会知道这些呢?张骞离开长安的时候,他也许还是一个郎官……

也难怪,就在他们说话的时候,从这阙门前走过了多少身影,几乎没有一个是他认识的。张骞叹了口气,对司马道:"本使就在这里等着,你只要将这汉节交给包公公,就什么都明白了。"

是的,如今只有这汉节才能证明他的身份。

包桑看到汉节,忙对司马道:"请来人速到塾门等候,咱家这就去禀奏!"说完就急转身,跑着进了宣室殿。

"皇上!张骞回来了。"

"嗯?你说什么?"刘彻手中的竹简哗啦啦地掉在地上,"你说什么?你再说一遍!"

"皇上!张骞回来了。"包桑欣喜的眼角泪花盈盈,尖细的嗓子因为激动而发出颤音,"皇上!张骞回来了。看,这就是当初皇上交给他的汉节。"

"快拿给朕!"

刘彻接过汉节,当年横门外宏大的欢送场面在一瞬间复活了——那奋蹄昂首的红鬃马,那长长的车队,那健壮的三百名勇士,还有那持节的张骞。

"张爱卿!你终于回来了。"

抚摸着汉节,刘彻的眼圈红了:"快!快叫三公九卿及在京二千石官员上朝,朕要大摆朝仪,在未央宫迎接张骞!"

"诺!"

这个夏日的中午,未央宫宣室殿,张骞与刘彻在这里重逢了。

"皇上!臣……张骞……回来了。"张骞忘记了那些刻板式的话语,"扑通"一声就跪倒在刘彻面前,泣不成声了。

刘彻匆匆站起身,走到张骞面前,手颤巍巍地拂过他蓬乱的头发。

曾经光洁的额头,被秋霜和冬雪耕耘出一道道的深沟,隐约可以看见残留在脸上的塞外尘埃;被密密匝匝胡须衬托的熟悉面孔上,布满了殷红的血丝,还杂有伤痕;只有一双泪水盈盈的眸子,在他面前展现着一个臣下的忠诚、不屈和坚毅。

刘彻扶起张骞,用目光、用力量传递着一种欣喜:"回来了!爱卿终于回来了!"

"皇上,臣回来了!"

"微臣堂邑父叩见陛下!"

"这一路上多亏了堂邑父,臣才多次化险为夷。"

张骞说着,就拉过刘怀:"臣还为皇上带回一个人。他就是隆虑公主之子,匈奴名唤呼韩琅,公主为了寄托对皇上和太后的思念,为他起名刘怀。快!快拜见皇上。"

刘彻把刘怀揽在怀中,细细地端详,从他的眉眼中就看见了公主的影子,他轻声地问道:"阿姐还好么?"

"是公主给了臣继续西行的机会。后来听说军臣单于去世,伊稚斜篡夺了单于之位,再后来的变故,臣就不知道了。"

"怀儿,从此长安就是你的家。"

这是刘怀第一次看见舅父,便有点拘束地说道:"谢陛下。"

一切都过去了,要紧的是张骞回来了,这对刘彻来说,他急于要知道的是凿空西域的情况。

刘彻对包桑道:"安排他们沐浴更衣,朕要在宣室殿设宴为张爱卿、堂邑父和朕的外甥洗尘。另外,如无重要之事,大臣们这几天就不要来烦朕了。"

一连三天,刘彻都在倾听张骞讲述他的见闻,刘彻的思想和情感竟日竟夜地在西行的路上飞驰,他似乎又回到了早年与韩嫣同榻而卧的岁月,甚至都没有去看皇子和卫子夫了。

随着张骞的叙述,远方的世界在刘彻面前呈现出斑斓的画面。

那一夜,张骞带着纳吉玛和儿子,与随行的三百余人离开单于庭。他们赶着羊群,星夜奔向匈奴河畔,在安排好放牧事宜后,他们几乎没有丝毫停息,就向大月氏国进发了。

当他们到达时,才从百姓口中得知,月氏人在乌孙和匈奴的夹击下,被迫继续西迁,进入咸海附近的妫水地区,在那里建立了新的家园。听到这个消息后,他们不得不折向西南,进入焉耆,再溯葱岭河西行,过库车、疏勒,翻越葱岭,才到达了大宛国。

现在,咀嚼一路艰苦的行军,连张骞都惊异自己不知是怎样用一双脚丈量了那广袤的土地的。

大戈壁上,飞沙走石,热浪滚滚;葱岭耸天嵯峨,冰雪皑皑,寒风刺骨。沿途人烟稀少,水源奇缺。他们风餐露宿,备尝艰辛。干粮吃尽了,就靠射杀飞禽走兽来充饥。不少随从或因饥渴倒毙途中,或因意外葬身黄沙、冰窟。

一说到大宛之行,张骞心中就充满了对异国朋友的感激。

他向大宛国王说明了出使月氏的使命和沿途的种种遭遇,希望大宛国能派人做向导,引导他们的西域之行。

大宛王早就听闻汉朝的富庶,很想与汉朝通商往来,但苦于匈奴阻碍,一直未能实现这个愿望。汉使的到来,使他非常高兴。他非常爽快地答应了张骞的要求,派了向导和译令,将张骞等人送到康居,康居王又遣人将他们送至大月氏。

他们在大月氏却没有立即见到月氏王,而是被冷落在驿馆里。张骞无法忍受这种生活,他找来接待的礼宾使,再次表达了皇上的盛意,要求立即拜见月氏王。

第二天,月氏王才接见了他。他对汉使的到来表示了谢意,对汉皇表示了敬仰。但是一说到联手抗击匈奴,月氏王却表示了委婉的拒绝。

"月氏国的百姓饱受匈奴侵袭,长期迁徙,好不容易有了一块安身之地,再也经不起折腾了,我们已经远离匈奴,再也不想与匈奴为敌了。为了月氏百姓,就让曾刻骨铭心的'杀父之仇'随风而逝吧!"

此后,他们又在月氏逗留了一年时间,了解当地的风土人情。在离开月氏国的时候,张骞回望妫水岸边的王宫,心里空落落的。他不知道有一天回到长安,将怎样向皇上述说自己的西域之行……

"臣有负皇命,愧对皇上重托。"张骞道。

"是月氏王无心再战,这与爱卿何干呢?再说爱卿走后三年,朕就决心以一国之力打击匈奴,早已放弃了与月氏结盟的想法。快说说,你是如何回到长安的?"

"归途中,臣为了避开匈奴人的追袭,改行南道,循昆仑山南麓,经莎车、于阗、鄯善后进入羌人地区。但出乎意料,羌人也沦为了匈奴附庸,臣等再次被匈奴人抓住,又被扣留了一年多……"张骞一想起这段往事,心中仍不免隐隐作痛。

那是怎样的一段日子啊!白天,为了避开匈奴人的马队,他们隐藏在峡谷或密林中;夜晚行军,要是遇上大风雪天,常常是走了半天,又回到原来的地方。而最为难的还是一百多人的吃饭问题,当地的羌人只能背着匈奴人偷偷地卖给他们粮食,因此他们总是饥一顿、饱一顿的。

昆仑山的月亮与长安的月亮一样皎洁,一样宁静。当两个儿子熟睡之时,张骞总是拥着心爱的纳吉玛,对着天空的月亮诉说着对长安的思念。他描绘着皇宫的瑰丽和辉煌,民俗的风雅和质朴。这些东西纳吉玛不知听了多少遍了,可张骞说起来,仍然如当初一样新鲜。说到动情之处,他会唱起隆虑公主当年思乡的歌谣:

苍山巍峨兮长城长,

长城以内兮有故乡。
长安不可见兮痛断肠，
望断云山兮情已觞。
鸿雁南飞兮去复还，
带我心魂兮一同往。

"骞！"纳吉玛轻轻地呼唤，"汉皇是什么样子的？"

"你到了长安就知道了，他很年轻，相貌奇俊。"

"也像你一样么？"

张骞笑道："呵呵！我如何能与皇上相比呢？"

纳吉玛闻此，脸上虽挂着笑意，眼角却是闪着泪花。

"纳吉玛！你想家了么？"

纳吉玛摇了摇头道："听说军臣单于去世了，匈奴发生了内乱，我牵挂父亲。"

"岳丈大人处事稳健，在匈奴诸部中德高望重，不会有事的。"

"但愿月亮神能保佑他们平安无事。"纳吉玛靠着张骞的肩膀，望着头顶的月亮道。

抚着纳吉玛的脸，张骞的心里很不好受，心疼道："纳吉玛，让你受苦了。明天我还要出去寻找道路，你要看好儿子和兄弟们。"

"放心吧！"

驻守在羌人地区的匈奴大当户很快就认出了纳吉玛，他立即将这个消息禀报给了伊稚斜。

当张骞、堂邑父和刘怀出去探路的时候，匈奴人袭击了他们的营地。傍晚，张骞、堂邑父、刘怀和十几个弟兄拖着疲惫的身体回到驻地时，看到的却是一幅血淋淋的场面。近百名兄弟倒在血泊中，他心爱的纳吉玛和两个儿子背上插着匈奴人的箭镞。

张骞泪如雨注，抱起纳吉玛大声呼唤："纳吉玛！纳吉玛！你醒醒啊！"可他的纳吉玛和两个儿子却永远地走了。

"伊稚斜！我与你不共戴天！"张骞朝着夜色中的草原怒吼。

堂邑父从身后捂住了他的嘴，劝道："使君节哀，此地乃羌人地区，匈奴人会骤然而至。"

"因此臣只能将仇恨记在心头。"这是他与刘彻谈话的第三天傍晚，他无法抑制对纳吉玛母子的思念，泪水顺着两颊直流，那苦、那涩，腌渍了他破碎的心。

"纳吉玛生前唯一的愿望，就是能够与臣一起回到长安……"

张骞用衣袖拭去泪水，接着道："不几日，就传来伊稚斜自立的消息，臣就趁乱带着堂邑父和刘怀逃了回来。"

刘彻的胳膊情不自禁伸过案几，拉起张骞的手道："爱卿忠肝义胆，功在大汉啊！"

刘彻告诉张骞，于单已经投降了大汉，被封为涉安侯，不几天就要来京城朝拜了。

"没有公主的消息么？"

刘彻摇了摇头："依朕看来，阿姐恐怕凶多吉少了。"

张骞沉默了片刻，从怀中拿出两张羊皮，在刘彻面前铺开道："这第一张是臣离京路过好畤县明月山时，建信侯娄敬之子赠的匈奴形势图；第二张是臣沿途勘查，绘制的西域各国图。不日臣会将一路所见的民情风俗写成奏疏，呈送皇上。"

刘彻俯下身体，目光从图上的长安开始，慢慢地向西移动，油然地念出了声："龟兹、乌孙、大宛、康居、大月氏……此图乃我大汉三百多名勇士捐躯之果，这上面溅着纳吉玛的血啊！"

突然，刘彻抬起头问道："倘朕命爱卿再赴西域，你可愿再次前往？"

"三百名弟兄、臣之妻儿都葬身于昆仑山下。托皇上洪福，臣得以生还。臣的一切皆属大汉，不要说再赴西域，就是青山埋骨，大漠葬魂，臣亦无憾了！不过，臣还有一个不敬之请，不知当讲不当讲？"张骞道。

"爱卿有什么要求直说！"

"臣的兄弟和妻儿身殒大漠，臣想在京郊为他们筑一座衣冠冢，好让他们魂归长安。"

"好。"刘彻传来包桑，要他让少府寺拨出钱币，以供起冢之需。

张骞赶忙跪倒在地道:"他们如泉下有知,亦当在西域迎接我们的到来。"

"好!自此而始,爱卿可招募国内勇士,早做准备。到时,朕依旧在横门外为爱卿送行。"

……

可第二天早上,太后病重的消息使朝会的一切议题都搁置了。当刘彻和卫子夫赶到长信殿时,秦素娟和淳于意早已在那里等着了。

"太后的病怎么样了!"刘彻问道。

淳于意嗫嚅道:"这……臣不敢……"

"都什么时候了?还吞吞吐吐的?"

秦素娟见皇上面露不悦,斗胆直言道:"太后神志恍惚,气脉虚弱。依臣看来,恐怕……"

下面的话虽然没有说,但刘彻已从她焦虑的目光明白了,他遂携了卫子夫来到太后榻前。

太后双目紧闭,脸色蜡黄,看上去有些浮肿,只有那微微颤动的睫毛告诉刘彻,她睡得并不安稳。

秦素娟小声道:"太后刚刚服了安神汤,才睡着。"

睡梦中,太后梦见一只凤鸟飞进长信殿,停在她的榻前。

凤鸟说:"请太后搂住小仙的脖子,小仙带您去看女儿。"

随后,它展开硕大的双翅,缓缓地飞出长信殿,立刻被一团五彩缤纷的云团托起,渐渐地离开了广厦绵延的长乐宫,离开了巷闾纵横的长安城,一直朝北去了。

她俯瞰身下,哦!那一望无际的草原,一定是她的隆虑栖身之处吧。凤鸟的双翅在收拢,在一条清清的河畔降落了。她还没有来得及扫去一路的风尘,凤鸟就不见了,站在她面前的却是穿着匈奴服饰的隆虑公主。

"母后!"

她们忘情地拥抱在一起,隆虑公主近乎狂癫地吻着她的脸颊。

"儿啊!几十年了,你为什么不来看我?"

"母后!女儿没有一天不思念您啊,可女儿是匈奴的阏氏啊!"

"娘接你来了,你可以随娘回长安,回到皇上的身边去。"

"是的!这里再也没有什么让女儿留恋的了,女儿这就随娘回去……"

"可长安到塞外,千里之遥,怎么……"

"娘不是坐着凤鸟来的么?"

隆虑公主将手指朝空中挥了挥,凤鸟就站在了她们面前。忽然,一道弧光闪了王娡的眼睛,等她再睁开眼睛时,隆虑公主的头已落到了草丛中。

"母后!女儿……"滚动的头绝望地呻吟着。

"儿啊!"王娡捧着她的头,热血顺着手进入她苍老的心。

"儿啊!"太后口齿不清地喊道,捂在胸口的手想动,却是无论如何也动弹不得。

秦素娟道:"太后这是梦魇的征象。"

她上前轻轻地挪开压在胸前的手,太后"哦"地一声,终于缓过气来,疲倦地睁开眼睛,就看见刘彻和卫子夫站在面前。

"皇上和皇后来了。"

卫子夫上前握着太后的手,泪花就模糊了她的眼睛:"臣妾来看母后了。"

"唉!我刚看到你的皇姐了,她被匈奴人杀了。"

刘彻知道,将三姐远嫁到匈奴是母亲一辈子的痛。虽说可以寻找一千个理由去讴歌母亲的胸怀,可母子分离的那道伤痕却是永远无法弥合的。

他不能让牵挂一辈子,带着眷恋的母亲就这样去见父皇,他四下里望了一下,低声问道:"怀儿来了么?"

"已在塾门等候了。"

"宣他觐见。"

刘怀拘束不安地跪在王娡面前,第一次看到外祖母,他无论如何也无法把眼前这个风烛残年的老人,与母亲描绘的那个美丽端庄的皇后联系在一起。

他的神情有些慌乱,目光恍惚不定地看着王娡和刘彻,不知道该怎样应对眼前的场面。

"快!快拜见外祖母。"刘彻在一旁道。

"孙儿叩见外祖母。"

"他就是阿姐的儿子刘怀,阿姐把他送到母后身边来了。"

"是三公主的儿子么?"

刘怀懵懂地点点头。

太后的眼睛忽然亮了,她枯瘦的手慢慢抬起来,抚摸着刘怀的头发。刘怀一头扑在太后怀中,大哭道:"外祖母!母亲好想您啊!"

太后笑道:"回来了就好,男子汉是不流泪的……"

仿佛终于了却了自己的夙愿,太后觉得十分疲惫,手渐渐地松开然后昏睡过去了。

包桑见状,急忙唤来淳于意和秦素娟。两人轮流为太后把了脉,然后无奈地长叹。过了片刻,太后又醒了过来,只是说话更加吃力,她示意宫娥、中人和太医出去,只让刘彻和卫子夫留了下来。

"你俩近前来,我有话要说。"

刘彻强忍住泪水,拉着卫子夫双双跪在太后面前。

"母后!儿子……"

"不能哭,朝野都看着你们呢?"太后即使在她生命的最后时刻,也仍然保持着王朝最显贵女人的刚强。

只是这诀别太艰难了,她对这个世界还充满了眷恋,还有着千丝万缕的牵挂。

"我自知不久人世,我走后就葬在阳陵,让我陪伴你的父皇。子夫身为皇后,后宫诸事,当为风范。尤其要善待妃嫔,不可气量狭小。"

"还有,废后阿娇乃太主之女,先帝外甥,不可苛待。"

"臣妾记下了,臣妾一定不负母后嘱托。"卫子夫向太后叩首,泪水湿了衣襟。

"我不是说了么,你们不要哭。"

太后闭着眼睛,停了片刻又道:"娥儿不幸,皇上可让淮南王太子解除婚约,让她改嫁他人,不可委屈了她。"

太后声音越来越微弱,身体也渐渐地冷了,轻了。终于,她飘飘荡荡地出了长信殿,冉冉升在云彩雾霭之中。

她远远看见,她的丈夫刘启,还有隆虑公主在向她召唤。

"皇上!臣妾来陪伴你了……"太后的嘴微微张着,她的声音微弱得已经听不见了……

"母后!"刘彻一声呼唤,扑倒在太后的榻前。

第十一章

论官语中见官品　情怨话里识情操

　　元朔五年(公元前 124 年)的春天,青翠绵延的芳草装点着长安。

　　清明前后,洁白如雪的梨花、艳若云霞的桃花、流金吐芳的油菜花,在渭河两岸铺开花团锦簇的天地。

　　这是赏花踏青的好日子。刚刚升任丞相的公孙弘和张汤结伴出游,两人似乎都不愿让马车的轰鸣搅了赏春的兴致,而宁愿步行,这样一来,说起话来也方便些。

　　张汤对走在前面的公孙弘说道:"恩师!您偌大年纪,不要走得太急了,还是从容些。"

　　自从公孙弘担任御史大夫时起,张汤就将"大人"的称呼改成"恩师"了,而且成了公孙弘府上的常客。

　　公孙弘回头看了一眼张汤道:"不妨事,老夫尚觉精力健旺。"

　　最近他的心情不错,自从薛泽被免去相位后,公孙弘就从御史大夫改任了丞相。他立时就有了老树开新花的踌躇满志,走起路来脚底也是虎虎生风。连张汤也很吃惊,一向自诩老朽的他,忽然就像返青的老槐,枝叶间透着翠绿。

　　公孙弘明白,张汤在朝廷格局变动的时候邀他出来,绝不仅仅是为了踏青。

　　他任丞相后,御史大夫一职就一直空缺,张汤瞅着这个位置很长时间了。但公孙弘毕竟十分老成,说起话来也滴水不漏:"皇上目前还没有确定御史大夫人选,老夫本想向皇上举荐你……"

"多谢恩师,没有恩师的栽培,学生恐怕只有独处九皋了。"

"先别着急言谢,老夫还没有说完。可皇上看中了李蔡,他毕竟跟随大将军几次出征……"公孙弘言道。

张汤先是沉默了片刻,但很快就接上了话:"只要有恩师在,学生总有一天会出头的。"

公孙弘点了点头,欣慰地笑了。

迎面一阵春风吹来,只见那残墙边的几株桃树上,桃花纷纷扬扬地飘落到两人的肩头,张汤忙伸手去轻拂公孙弘身上的花瓣,却不料又落了一些。

唉!人生就如这落花,经不住风吹,就残败了。

触景生情,公孙弘便对时日有了紧迫感。他想着自己已过耳顺之年,才坐到丞相这个位置。人活七十古来稀,自己还能在皇上身边待多久呢?

朝野不知道有多少人对他担任丞相心怀不满,暗中也颇有微词。而那个汲黯,更是毫不掩饰地当着皇上的面指责他巧饰伪装,蒙蔽圣听。

也许正因为这个原因,元朔五年的朝廷格局与以往有了很大的不同。皇上诏令,官署以职责分为中朝和外朝。以大司马、左右前后将军、侍中、常侍、散骑、诸吏为中朝;丞相以下至六百石为外朝。这意味着从此以后,丞相所辖各署只是奉旨办事的机构。

公孙弘多少有些失落,他看了看跟在身后的张汤,觉得应该提醒一下这个年轻人,今后凡事都要谨慎小心些,切勿授人以柄:"这长安的春天,就像小儿的脸,说变就变,你我都要未雨绸缪才是。"

绕过桃林,前面是一段掩映在青草中的土路,再往前走就是渭河了。远远看去,清清的河水缓缓地流过关中平原。在河的拐弯处,有一处芦苇荡,芦叶刚刚吐绿,鹅黄中泛着嫩绿,聚集一片生机。

河的浅滩边,有一垂钓者正把鱼饵轻轻甩进河水,然后就怡然自得地从怀中拿出一卷竹简,不知道他是在钓鱼还是在看书。

哦!那不是董仲舒么?他也出来春游了?

虽然都是当今大儒,可公孙弘向来瞧不起这个书呆子。他怎么可以把

"天人感应"与天子的言行举止扯在一起呢？自从被贬谪后又从不知自省，在辽东高庙火灾时又老调重弹，弄得险些丢了性命。后来，皇上开恩，他才得以免遭牢狱之灾，自此以后就赋闲在家，专心著书了。

公孙弘向张汤努了努嘴，两人悄悄改道而行，向上游去了。

他这些神情的微妙变化，当然绕不过张汤那双鹰一样的眼睛。他紧跟两步，用试探的口气对公孙弘说道："恩师似乎并不待见这个人。"

"这样的人待在长安，你我还能够安寝么？"

"让他离开长安不就得了？"张汤狡黠的目光在公孙弘脸上打量着。

"只是让他到哪里去好呢？他现在赋闲在家，我们是奈何不了他的。"

张汤笑道："恩师真相信董仲舒从此心如止水，无心仕途了么？"

"怎么讲？"

"依学生看来，他还在处心积虑地想回到朝廷呢！否则，他钓鱼还抱着书做什么？"

张汤见自己的话对了公孙弘的心思，就接着道："皇上每每提起董仲舒，总对他在江都王相任上的政绩念念不忘……"

公孙弘频频点头。

张汤诡谲地笑道："学生听说胶西王刘端素来骄恣，屡犯大汉律令，他杀的二千石官员很多，现在那里不正缺一个相么？……"

"妙极！"公孙弘轻轻击掌，笑出了声，惊起芦苇深处的苍鹭，"不过此事也不用着急，让他继续在家晾些日子也不错，明年再说！"

风中飘来阵阵的酒香，他们抬头看去，前面不远处有一家酒肆。

张汤忙道："恩师平日忙碌，好不容易有个机会相聚，学生就请恩师小酌几杯如何？"

"如此甚好。"

两人进入酒肆，食不重肉的公孙弘就要了几样山野小菜，让店家将那酒用铜篕烧得热气腾腾。不一刻，两人都喝得有些耳热喉热，而话题又转到与匈奴的战事上来了。

张汤道："此次卫将军从高阙、朔方、右北平三路进击匈奴，越过长城六七百里，得右贤王部下裨王十余人，众男女一万五千余人，牲畜百万。真是赫赫战功啊！"

公孙弘一杯下肚，那话语中就多了对卫青的敬佩："谁能想到，当年的骑奴调度起三军来，如此从容若定，大略在胸。"

"恩师所言极是！皇上拜他为大将军，益封八千户也是顺理成章的事。"

公孙弘放下酒杯道："这样一来，三军都归大将军统辖，等于恢复了一直空缺的太尉之职。往后去，大将军位于一人之下，万人之上，可以说是权倾朝野了。"

"那又怎样呢？大将军毕竟是一介武夫。"

公孙弘眨了眨眼睛，压低声音道："糊涂！大将军是何等贵人，他是皇后的兄弟，皇上的姐夫。他的一句话，可以让人瞬间富贵，也可置人死地啊！所以你我要想坐稳位置，就不得不仰仗于他。因此老夫打算今天回去，就向皇上提出，请封大将军的三个儿子为列侯。"

公孙弘的话一出口，张汤吃了一惊："恩师这是怎么了？高皇帝当年可立了非功莫侯的誓约，大将军的三个儿子都还在襁褓之中呢？"

公孙弘捋了捋灰白的胡须道："此一时彼一时也！天下从来只有不愿为之人，而无不愿为之事。如果老夫没有猜错，恐怕长公主早就在做这个梦了。"

公孙弘说这些话时的那种平静，让张汤不得不换一种眼光来看待这位"恩师"了，谁说儒者都是书呆子呢？

"学生还有一事不明白，汲黯屡屡在皇上面前诋毁恩师，但恩师却推荐他出任右内史这样的要职，这是为什么？"

公孙弘闻此哈哈大笑道："你还是年轻啊！老夫做内史多年，深知其中的苦处。内史管着京畿要地，可面对的都是王公大臣，哪个得罪得起啊？汲大人不是素来不畏权贵么？那就……"

话说到这个份上，张汤完全明白公孙弘的用意，他这是把汲黯放在火炉上烤呢！

两人诡秘地相视一笑，然后不约而同地说出了一句话："这就叫作'将欲取之，必固予之'。"

"哈哈哈！"

"哈哈哈！喝酒，喝酒！"

"哈哈哈！两位大人在说什么呢？还要将欲取之，必固予之？"一个声音接话道。

两人抬头看去，原来是刚刚奉诏回京的严助。

这个严助，前几年外放为会稽太守，谁知却长期没有消息奏报朝廷，触怒了皇上，他降诏责备道："君厌承明之庐，劳侍之事，怀故土，出为郡吏。会稽南近诸越，北枕大江。间者，久焉不闻问，具以《春秋》对，勿以苏秦纵横。"

严助看了之后惊恐不安，心想皇上这不是怀疑我与诸越有染么。他急忙上书谢罪道："臣之事君，犹子之事父母也，以臣之罪，本当伏诛。今将臣在会稽三年政绩奉上，愿陛下明察。"

就这样，他又回到了京城，留在侍中，帮助刘彻阅看整理部分文书、分管皇上的乘舆之务。虽不在九卿之列，却能上达天听，别人也不敢小视。

同朝为官，旅途相逢，一番客套之后，公孙弘邀请严助入座。

几杯热酒下肚，公孙弘言语中多了为推行新制而立下功劳的严助的抱屈之辞。

可刚经过皇上责备，严助哪还敢有非分之想："下官每日侍奉皇上左右，已是大幸了，不敢再有他想！"

张汤道："大人果真对朝廷此次格局变动没有想法么？"

严助怎能没有想法呢？只是面对这两位同僚，他不得不装糊涂："哈哈哈！难得在这样的日子与二位相逢于山水之间，下官就借花献佛，敬两位大人了。"

"好说！好说！"公孙弘和张汤同时举杯。

而与此同时，新任的右内史汲黯，正在朔方郡的汉军大营中宣读皇上的诏书——

  制曰：大将军卫青躬率戎士，出师大捷，获匈奴裨王十余人，益封八千七百户。

卫青率幕府诸僚跪在帐中，感谢圣恩浩荡。

宣诏仪式结束后，汲黯却站在那里没有动。

任安悄悄拉了拉汲黯的衣袖，小声问道："刚才汲大人是代表皇上，现在大人应该以右内史身份参拜大将军了，为何还不上前见礼呢？"

汲黯推开任安的手，却并不避讳，反而高声道："长史这不是难为下官么？记得当年齐宣王召见颜斶。颜斶要齐宣王先上前见礼，齐宣王颇为不悦。颜斶说，夫斶前为慕势，王前为趋士。与其使斶为慕势，不如使王为趋士。今大将军前，是礼贤下士；下官前，乃趋炎附势。故下官认为，大将军当前也。"

听了汲黯的话，卫青脸上有些发热，他急忙上前施礼，邀请汲黯入座，并吩咐午间在中军大帐为汲大人设宴洗尘。

"下官奉皇上旨意来到边塞，意在劳军，非图大将军一杯酒吃。因此还望大将军一切从简，否则下官心中就不安了。"

卫青知道汲黯的脾气，便只准备了几杯浊酒，几盘菜肴，这样反倒从容自在多了。

饭后，卫青邀汲黯到营中巡视，却被他婉言谢绝了："大战刚刚结束，将士均已疲惫，还是不要惊动为好。"

卫青为汲黯换上热茶，屏退左右，脸上充满了诚恳和谦恭："在下蒙皇上错爱，委以大将军重任，深感惶恐。往后如何履职从事，还望大人不吝赐教。"

汲黯也不客气，呷了一口热茶，润了润嗓子道："大将军此次对皇上的诏书怎样看？"

卫青茫然地摇了摇头道："有什么不妥么？"

"如果下官没有猜错，皇上这道诏书一定是经过廷尉张大人阅改后，呈送皇上颁布的。"

"哦？"

"大将军难道没有听出，诏书中有一个十分关键的词么？"

"还请大人明示！"

汲黯看了看卫青道："诏书用了'躬率戎士'四字褒扬将军殊勋，然将士戍边，是为己任。身为三军统帅，责无旁贷，何谓'躬率戎士'呢？显然，张大人起草的这份诏书有溢美之嫌，不免违了大将军的初衷。"

"大人这样一说，在下似乎也觉出了其中的不妥。再说此役大胜，乃诸位将军勠力同心,陛下独赏在下而未及他人,更令在下非常不安。"

汲黯对卫青的清醒十分欣赏,禁不住举起茶杯道:"下官以茶代酒,聊表对大将军的敬意。至于封赏之事,还要等大将军回京以后,面奏皇上。而且皇上决定从今年起,大将军、丞相各主一班朝臣。班师之后,皇上自然会告诉大将军的。"

"哦?在下戎马倥偬,朝内之事知之甚少,还望大人赐教。"卫青请教道。

"大将军日后可谓权倾朝野,名实均在太尉之上,所以下官希望大将军好自为之。"

卫青放下茶盏,脸色也庄重了:"不知大人能否说得详细些?"

汲黯道:"须知自古为官者有三大忌:其一,不可功高盖主;其二,不可贪赃枉法;其三,不可纵容子弟。大将军明白么?"

卫青忽然悟到,这正是汲黯所有话语的核心,他内心十分感激这位同朝为官的兄长。

"听大人一席话,真是让在下醍醐灌顶啊!"

……

卫子夫在这个乱花纷飞的日子到上林苑亲桑了。这是与皇上一起垂范天下,倡导农桑的庄严典礼,自然马虎不得。

前几天,卫子夫已传下口谕,除后宫妃嫔必须陪同外,两千石以上官员的妻子也不能缺席。

卫子夫是个细心谨慎的人,她早早地就起来了,在宫娥的伺候下认真梳洗。

尽管亲桑只是一种礼制上的程序,可毕竟被赋予了"劳作"的意义。所以她今天薄施粉黛,穿了青色的深衣。

用过早膳,春香进来道:"吉时快到了,请皇后登辇。"

她又看了看自己的容装,确定这身装扮足以表示对蚕神的虔诚后,才向春香问道:"各位夫人都到了么?"

"启奏皇后!各位夫人都在安门大街等候多时了。"

"那好,我们出发吧。"卫子夫莞尔一笑,在宫娥的搀扶下出了椒房殿。

皇后的鸾驾用青色的羽毛装饰得分外典雅,四匹雪青的马拉着车驾,在林立的旌旗护卫下,浩浩荡荡地朝西而去。

与其说这是卫子夫亲桑的出行,毋宁说这是一次皇家亲戚间的聚会。

不是么?半年前,刚刚为卫青生下一个儿子的长公主,今天以长公主和大将军夫人的双重身份获得了骖乘的殊荣。她现在就雍容华贵地坐在皇后的身旁。她很亲昵地与卫子夫依偎在一起,她们的身份因为卫子夫入主椒房殿而发生了微妙的变化。

长公主目光不时地看着身边的皇后,似乎她的一颦一笑,都会让她的情绪做不为人察觉的调整。

执掌鸾辔的不是别人,正是太仆公孙贺的夫人,卫子夫的姐姐卫君孺。

这种耐人寻味的组合,不仅是一种情感的维系,更是元朔年间宫廷纽带的象征。

如今,卫青和公孙贺都在前方打仗,两个独守空房的女人自然借着这个风和日丽的日子,获得了一次排解寂寞的机会。

后宫美女如云,刘彻宠幸的也不只是卫子夫一人。她每隔五日才有一次主动接近皇上的机会,有时候皇上也主动到椒房殿与皇后相聚。这一切都以皇上的意志为主,卫子夫只能面对现实,尽量不去想皇上怎样在众多的女人中消耗自己的精力。

但不管怎么说,皇后銮驾的核心地位是任何人也不能触动的。

被册封婕妤的夫人才有资格单独乘坐车驾,跟在皇后的车驾后面,而那些至今连皇上的面都没有见过的女人,只能四个人挤在一辆车驾上。

这也是卫子夫最不习惯的。进宫这么多年了,每逢这种情况,她的心就很不安,也很无奈,仿佛是因为自己才让皇上疏忽了这些女人。

长期待在深宫,卫子夫觉得自己对四季的反应都变得迟钝了。忽然走进春天的怀抱,她的整个身心就释放在蓝天白云下。她望着道旁的绿色长廊,望着夹植在树间的鲜花,贪婪地呼吸着,任花的芬芳沁入久闭的心扉,她已经很久没有与天地这样亲近了。

车驾出了长安城,又别有一番景象。青鸟翩翩,柳絮纷飞,碧野千顷,芳草漫道,终南山横亘在平原的南缘。

女人们便觉得眼睛不够用了,睫毛闪闪跃动,春波悠悠荡漾,伴随着车毂的吱呀和马铃的叮当,春天在她们面前展开万紫千红的画卷。

长公主看了一眼聚精会神赏春的卫子夫道:"娘娘在想什么呢?"

卫子夫的眼睛湿漉漉的:"妹妹想起了儿时随母亲在田间的趣事。"

这种情感,自然是从小长在宫中的长公主体会不来的。长公主这会儿想的是,在这个日子,要是卫青在京城,会不会与她一起出来踏青呢?他们不要那么多卫士跟着,也不要那么多丫鬟伺候,就他们两个人,骑两匹马,荡荡悠悠地行走在春风里,那该是多么惬意啊!

可卫青此刻却正在边塞,她的心一下子就跟着他走了。

"听说前方又打了胜仗?"

卫子夫点了点头:"是啊!皇上已经派汲大人到塞外劳军去了。"

"宫里传来消息,说皇上敕封青儿为大将军,食邑又增加了八千七百户。"卫君孺一边说,一边侧脸向长公主看去,只见她脸上尽是得意之色。

从关系上说,长公主现在与卫君孺、卫子夫都是大姑子、小姑子与弟媳的关系,所以自家人之间的谈话便没有了谨慎。

"太仆大人随大将军出征,也会得到赏赐的。"长公主漫不经心道。

可是她的话却惹来卫君孺的不快,她用马鞭轻轻打了一下辕马的屁股,回头看了一眼卫子夫道:"哪里呀!他这次又是无功而还,他怎么能和青儿相比呢?妹妹如今是皇后,还请在皇上面前多多美言才是。"

卫子夫觉着她们的话越说越远了,担心再说下去,会伤了彼此的和气,于是忙道:"眼前的景色挺不错的……"

虽然话说到这里被皇后截住了,但长公主的心思却一刻也没有停下来,她决计要把盘算了多少天的心事,借着亲桑的机会告诉卫子夫。

……

日近中午的时候,车队驶进了上林苑。水衡都尉带着当班的黄门和宫娥早早地就在苑中等候。皇后和妃嫔们被迎接到碧树葱茏的昭台宫中洗梳、小憩。她们简单地用了茶点,就来到"蚕馆",只见苑窳、寓氏两位蚕神面前已经摆好了中牢。

卫子夫率领妃嫔和大臣的夫人们虔诚地向蚕神行大礼,献牺牲,焚香火。蚕馆内外,钟鼓竽笙,徘徊环绕,经久不绝。

祭祀的程序结束后，卫子夫在水衡都尉的陪同下来到桑园，摘下三片桑叶，放进篮内，就算是亲桑了。

那桑叶嫩嫩的，绿绿的，卫子夫很想多采一些，然后倾听蚕儿沙沙吃桑的声音。可是，礼制规定她只能采三片，她只好回到宫中，凭栏而坐，一边喝着茶，一边看妃嫔和大臣的夫人们采桑。

那些穿梭在桑树间的面孔，有些卫子夫见过，有的才第一次看到。她们专心地忙碌着，可卫子夫总觉得这些人少了农家桑女的欢快与自在。

她正思索着，耳际便听到女人的娇喘声，她转脸看去，原来是长公主。

"皇姐累了吧，快来歇歇！"卫子夫赶忙起身招呼，眼里充满温柔和热情。

"谢娘娘。"长公主笑了笑，就对身边春香道，"你们先退下，我有话与皇后说。"

"何事如此神秘兮兮的？"卫子夫笑道。

"据儿五岁了吧？"

卫子夫点了点头。

"皇上有册立太子的打算么？"

卫子夫迷茫地看了长公主一眼，她不明白为什么在这个时候提到这个问题。但是，她知道册立太子事关大汉国脉，是需要廷议的。

"没有啊！再说据儿还小，什么都不懂……"

"娘娘怎么能这样说呢？立太子不仅事关据儿，亦关乎娘娘自己。母以子贵是自古的道理，娘娘难道不明白？"长公主又往皇后身边靠了靠，说话的样子更加神秘。

卫子夫怎会不懂得这个道理呢？进宫这么多年了，围绕册立太子而发生的往事她听过不少。前车之鉴，她不得不谨慎，决不会不识时务地向皇上提出这样的请求。

"这是皇上的事情，妹妹实在是开不了口。"

"娘娘此言差矣！这事还是要早做打算。虽说祖制立嫡以长，可皇上那个性格臣妾清楚，难保有一天他对哪个女人有意了，做出意想不到的事情。娘娘若是不好说，臣妾就相机在皇上面前吹吹风。"

长公主说这话也是有底气的，她认为在卫青被封为大将军之际，就是提册立太子的最好时机。

卫子夫从内心里感激长公主,从她把自己送进宫的那一天起,每到关键时刻,总是能得到她的关爱和襄助。但是,长公主接下来的话却让卫子夫不知道该怎样回答了。

"臣妾还有一个想法,就是伉儿他们三兄弟,如今不管怎么说也是皇上的外甥、大将军的后人,总不能没有个名分吧?"

卫子夫就有些不解,他们三兄弟一个比刘据小一岁,一个刚刚两岁,一个刚刚半岁,长公主怎么就想为他们谋名分呢?

"他们都还是孩子呀?"

"他们可是皇后的内侄啊!说什么也得弄个爵位吧?不然待你我年迈,谁还来为他们张罗这些事情呢?"

卫子夫吃惊地看着长公主,还是那张保养得很娇嫩的脸,还是那淡淡描画了的眉,还是那丰满的身体,可怎么却让她感到陌生了呢?在卫青离开长安的这些日子,她整天都在府中想些什么?

她不是不了解皇上关于后宫不准干政的训诫,可还是要将这个难题提到自己的面前。卫子夫渐渐明白了,原来这些年她对自己的每一个帮助都不是没有代价的。

可依自己的性格,怎么可能满足她的这些非分之想呢?卫子夫轻轻地端起几案上的茶杯,抿了一口,又慢慢地拂去落在膝前的柳絮,借以平静自己的心情。

待她再度面向长公主的时候,她的为难和无奈便都全部映入长公主的眼里。

"皇姐爱子之情,妹妹深为理解,可为一群不晓人事的孩子去求取爵位,皇上会答应么?"

"要不,怎么好请求娘娘呢?"长公主嘻嘻笑道,"皇上也是人啊!皇后的意见他总不能不听吧?"

"请皇姐体谅,这事妹妹真的爱莫能助。"卫子夫撩了撩衣襟,低下头喝茶去了。

"娘娘为何如此死心眼呢?"长公主脸上的笑容渐渐变成了冰冷的阴云,

"娘娘大概忘记了当初是怎么进宫的吧？"

这话卫子夫似乎在什么地方听过，哦！她想起来了，皇上在和她单独相处的时候，不就常常提起窦太主总是用这句话要挟太后么？看来，上一代长公主的做派又要在新一代长公主身上重演了。

卫子夫的心顿时乱了，小声道："皇姐的恩德，妹妹没齿不忘，可……"

"好了！此事就不为难皇后了！"长公主站了起来，裙裾带起的风扫在卫子夫脸上，嗖嗖地冷。

这时候，春香上楼禀奏道："启禀娘娘，妃嫔和大臣夫人们已经采够了桑叶，正等着娘娘到蚕馆去喂蚕呢！"

长公主把对皇后的气都撒在了春香身上，伸手就给了她一巴掌，春香的脸上顿时起了五道血印。

"皇后平日是怎样调教你的，你没看见这里有人正在说话么？"

"皇姐这是干什么？这与她有什么关系？"卫子夫强压心头的不快，绕过长公主下楼去了。她没有再回头看一眼，那种无言的冷漠好像一块石头，塞进了长公主的胸口，让她好半天喘不过气来，白皙的脸憋得铁青。

半天，才从长公主的牙缝中挤出一句阴冷的话来："好啊！好一个卑贱的歌伎，竟然忘记了自己的出身了。我可以让你登上皇后宝座，也可以将你拉下来。"

……

亲桑仪式已经过去几天了，长公主的心里却一直憋着一股气。她愤懑于皇后的忘恩负义，嘲笑她的不识时务，她甚至后悔当初将这个歌伎引荐给了皇上。

夜深人静的时候，她一人卧榻静想，为自己的行为寻找着各种理由。她觉得自己为儿子谋取一个爵位没有任何不妥。有什么呢？要没有卫青，皇上能让骄横的匈奴惧怕么？从祖父到父皇，大汉从来没有像今天这样扬眉吐气过呢！不都是因为她的夫君么？

在长公主一个人生闷气的时候，她忽然想到了一个人，那就是新任丞相公孙弘，她认为公孙弘没有胆量对她的想法漠然置之，而且一定会帮她玉成此事的。

长公主轻蔑的笑声穿过窗纱,摔在园内的竹林间:"哼!你卫子夫不管,会有人管的。"

只要她想得到的,就一定要得到,而不在乎用什么手段。

两天后,公孙弘和张汤就应邀到府上赴宴了。

长公主今天从上到下都洋溢着清水芙蓉似的端庄和优雅。细腻而又洁白的粉黛掩盖了她的年龄,而张骞从西域带回来的胭脂,淡淡敷在她微微发福的脸颊时,消逝的青春似乎一下子又回来了。铜镜里的她立时容光焕发,神采奕奕。

"我还不老吧!"长公主回头向身后的翡翠问道。

在公主身边多年,摸透了她脾气的翡翠笑道:"公主哪里会老呢?奴婢在公主身边多年,公主从来都是这样年轻。"

"是么?呵呵呵!"长公主笑了,腮边浅浅地显出两个酒窝。

这时候,府令站在门外说丞相和廷尉大人到了。

"快请两位大人到厅中就座。"长公主的话还在喉咙里打转,人却早已春风满面地出去了。还没有进客厅,温软的声音就飘了进来。及至她出现在两位大臣面前的时候,以至于老眼昏花的公孙弘误把她当成了当年的窦太主。

"呵呵!丞相说笑了,我有那么老么?"

公孙弘很不自在,想着法儿为自己寻找台阶:"微臣听那声音,可真像太主哦!"

从长公主嘴里说出的每一个字都是经过春风过滤和花香漂染了的,她感慨道:"此次卫青被封为大将军,都是两位大人的功劳,这个我心里有数。我早就听说公孙大人学富五车,只是一直没有机会讨教,现在您做了丞相,怕是以后打扰您的时候就多了。张大人也是处事干练,雷厉风行,是朝野闻名的。有两位大人辅佐皇上,大汉社稷必定稳如泰山!"

老谋深算的公孙弘并没有被长公主的香风吹晕,她的每句话里都藏着即将提出的诉求。

酒热好了,菜上齐了。公孙弘却十分惊异,他不知道长公主是从什么地方了解到自己和张汤的嗜好的,案几上的每一道菜肴都是他们平日里喜欢的。看来,即便是皇宫里长大的公主,在这些方面也总能表现出她们的细心和智慧。

两人身边都站着一位窈窕婀娜的丫鬟,负责为大人们添酒上菜。虽然主宾之间隔着一段距离,但长公主的彬彬有礼使宴会的气氛分外活跃。

长公主首先恭贺道:"我代大将军恭喜公孙大人升任丞相。"

"一切仰赖皇上圣德。"公孙弘还礼道。

"那就请两位大人为皇上满饮此杯。"长公主工于心计,她不露声色就强调了自己与皇上的关系。她这是告诉他们,这刘氏的江山也有她一份,他们做的是皇上的官,也是她的官。

公孙弘听懂了这曲折的意思,顺势举起手中的酒道:"臣恭祝卫大人荣升大将军!"

张汤在一旁跟着敲边鼓道:"大将军统率三军,乃社稷之幸,百姓之福。"

长公主的脸上立时笑出了一朵花。她再次举杯,感谢两位大人光临。这样杯来盏去,几个回合,宾主都有些脸上发热。

"我府中歌伎个个貌若天仙,能歌善舞,不妨让她们来为两位大人助助酒兴如何?"长公主说着,就拍了拍巴掌,只听见后厅乐声袅袅,一群舞者似春燕一般地飘到了庭前。一个个目光涟漪,口含丹朱。尤其是那长长的舞袖,让公孙弘和张汤看得眼花缭乱,心旌摇荡。

待一曲舞罢,姑娘们缓缓退场的时候,她还看见公孙弘和张汤的目光一直追着她们的背影,好久都没有转过来。长公主的心笑了,她很是得意,哼!男人都是这副德行,没有猫儿不吃腥的,连眼前这行将就木的老儿也一样馋嘴。

她用筷子点了点案几,轻轻地喊道:"大人!"

"大人!"

公孙弘猛地醒悟过来,尴尬道:"公主是在叫微臣么?"

"呵呵呵……"长公主看着公孙弘的表情,掩着嘴笑。

公孙弘摸了摸胡须,迷惑不解地问道:"老夫脸上有什么污渍么,何以让公主见笑?"

"呵呵呵……"张汤不知长公主笑的原因,也跟着讪讪地笑着。

长公主止住笑声,娇喘吁吁地道:"两位……两位大人脸上落了桃花了,好艳丽啊！"

两位大臣脸上就挂不住了，只好尴尬地笑着，却不知道如何应对。

长公主终于收住笑声，向他们两人问道："这舞怎么样？"

两人赶忙回答："好极了，真是美不胜收。"

"那这些姑娘们呢？"

"这……"公孙弘沉吟片刻道，"巧笑倩兮，美目盼兮。"

"这样说来，还是人比舞好了？"

"哪里！哪里！微臣不过是随着公主的意思，说说感觉罢了。"

"两位大人如果中意，随便挑选一个，我明日就送到府上去。"

公孙弘连忙推辞道："公主取笑了，老臣偌大年纪，哪还敢有如此非分之想？"

"那张大人呢？"

"公主若有需要小臣效劳的地方，尽管吩咐。至于美人就免了吧！"其实，张汤的心里确实痒痒的，只是这样的艳事怎么好暴露在丞相和长公主面前呢！

"好！难得两位大人如此痛快！我还真有一件事需要两位帮忙。"长公主说完，就拍了三下巴掌，只见翡翠带着三位公子和乳娘进来了。

公孙弘一见这情景，心里就明白了八九分。他暗暗与张汤交换了一下眼色，然后不动声色地喝着酒。

果然，长公主将儿子一一介绍给两位大人后说道："大将军不在府上，我本意是想请犬子代父亲敬酒，无奈他们年纪尚小，只好由翡翠以他们的名义为大人斟酒了。"

公孙弘不得不承认这个皇家女人的绝顶聪明，她在实现自己目的的时候是那样的从容不迫。他心里早已决定，与其曲曲折折，不如送个顺水人情，为自己今后在朝中周旋留下进退的空间。

只听公孙弘一声惊叹，将张汤的眼神吸引过来："张大人！你看到没有，有道是将门出虎子。看看三位公子，一个个虎头虎脑，目光炯炯，公主这是为我朝生了三位大将军啊！"

张汤频频点头道："丞相慧眼，下官斗胆说一句，丞相何不奏明皇上，为公子们讨个爵位呢？"

长公主的眼睛睁得大大的，而说出来的话却还是欲露还掩："真要如此么？他们都还是孩子呀！"

"孩子怎么了？有道是三岁看老，依老臣看来，三位公子将来必成大汉的栋梁。老臣明日就奏请皇上，封三位公子为列侯。"公孙弘很自信地说道。

话说到这里，双方的意思都在这歌舞酒香中达成了默契。长公主不等张汤说话，就趁热打铁地将宴会推向了第三个高潮。她纤细玉润的双手又轻轻拍打出清脆的节奏，府役们进来了，他们抬着两个箱子。

"公主这是……"

长公主并不答话，对府役道："打开！"

"哦！是金子……这个！公主如此，令微臣……"面对眼花缭乱的金子，在朝堂上因素食布衣而被汲黯批评的公孙弘，一脸的不自在。

张汤见状，忙在一旁道："公主盛意，却之不恭，恩师还是……"

他的话音还没有落下，却见府令慌慌张张地进来通报道："黄门总管包公公来了。"

长公主皱了皱眉头道："大将军在前线，他来干什么？"

她让府役们将金子收起来，笑盈盈地对公孙弘说道："改日我差人专程送到府上。"

客厅刚刚收拾好，包桑就进来了，他隔着老远就喊道："哎呀！丞相大人，皇上命咱家宣大人进宫，大人倒躲到这里来了。"

公孙弘忙道："皇上宣召老臣，不知有何要事？"

"皇上口谕，请丞相直接前往涉安侯府。涉安侯于单病危，皇上已先行看望去了。"

包桑说着话，就转身朝府外走去。公孙弘不敢怠慢，暗暗向张汤使了个眼色，径直上车跟着包桑直奔涉安侯府。

刘彻的车驾已经到了。两人见了皇上，公孙弘就要请罪，就被刘彻冷眼制止了。

这时候，淳于意从内室出来，刘彻上前问道："怎么样？……"

淳于意无奈地摇了摇头道："陛下，涉安侯病入膏肓，恐怕……"

"但说无妨！"

"恐怕过不了今日。"

这时候，吐突狐涂从内室出来禀奏道："侯爷有话要对皇上说。"

公孙弘忙道："皇上龙体，岂可近得病人，请允准微臣入内。"

刘彻摆了摆手道："于单是按隆虑阏氏的旨意降汉的，朕视他如同亲外甥，岂能在他弥留之际避而不见？"

于单从昏迷中醒来，看见坐在面前的刘彻，苍白的脸上露出欣慰的笑意，而眼角却淌下两行泪水。

"皇上！"

刘彻拉起于单的手，轻声问道："爱卿有什么话要对朕说么？"

于单喘了口气道："臣在匈奴时，多蒙阏氏关照，关键时刻得阏氏指点，臣得以降汉。臣本当报效社稷，孰料天不容臣，每思及此，臣愧不堪言。"

一个行将远去之人，尚思报效朝廷，这让刘彻为之动容，忙劝道："爱卿何出此言？爱卿降汉，就是大汉功臣。"

"臣将不久于人世，因此臣有一言启奏皇上，不知可否？"

"爱卿有话尽管说。"

于单看了看身边的丫鬟，丫鬟忙端水准备过来，却被刘彻接了过去。

水顺着刘彻手中的勺子，缓缓流进于单的口中，他火烧般的心肺顿时清爽了许多，眼睛也变得明亮起来，精神也振作了。他的脸颊泛起两团红晕，竟然挣扎着从榻上坐了起来。

淳于意知道这是久病之人的回光返照，忙提醒道："侯爷有话就快对皇上说。"

"皇上！"于单紧紧抓着刘彻的手道，"伊稚斜倒行逆施，残害阏氏，罪不容赦。然臣不忍看生灵涂炭，请皇上开恩于匈奴百姓……"

于单说着说着，声音就渐渐地弱了，那双满含期待的手也慢慢松开了……

他疲倦地躺在榻上，眼睛仍然睁着，似乎还在等着刘彻的回答，似乎在望着千里之外的草原。吐突狐涂上前轻轻地顺着额头抚摸，于单才闭上了眼睛。

"难得他对大汉一片忠诚,对匈奴百姓一片情意。"

刘彻亲自为于单喂水,这是公孙弘没有想到的。他一时还不清楚,皇上为何如此看重一位流亡的匈奴太子。他急忙上前请示:"侯爷的丧事如何办理,还请皇上明示。"

刘彻从榻前站了起来,对公孙弘道:"依照匈奴单于之礼厚葬!待朕驱除伊稚斜后,就送他回归故里,与军臣单于葬在一处。对了!让刘怀前来为涉安侯送行,毕竟他们是兄弟。"

第十二章

大将军负重出京 卫子夫遭嫉添愁

朝会结束以后,董仲舒并没有马上离开未央宫。

尽管元朔六年(公元前123年)岁首的气候已寒意潇潇,可董仲舒跪在宣室殿前等待皇上时,却已是汗水涔涔。

他心里乱极了,他完全没有想到,期盼了多年,却会盼来这么一个结果。

终于,刘彻朝宣室殿走来了。

隔着老远,刘彻就发现了他,忙道:"哎呀!如此寒冷,爱卿偌大年纪,如何受得了?有事快随朕到殿里去说吧。"

董仲舒一进宣室殿又跪倒了:"请皇上饶了老臣吧!"

"这是怎么了?"刘彻一脸的疑惑。

董仲舒双唇嗫嚅,心怦怦地跳,不知道该怎样向皇上表达此时的心境。

前几天,他接到皇上要召见的消息,激动得一夜没有合眼。

自议论辽东高庙灾异而险些丢了性命,他就一直赋闲在家,靠书籍消磨时光。而这个时候,皇上的一道口谕让他又感激涕零。

皇上没有忘记他,终于在十一年后,用恩泽滋润了他干裂的心。

他让夫人从衣柜里翻出当年的朝服,一直深情地摩挲着,嘴里反复念叨的就只有一句话——皇上圣明啊!刚刚寅时三刻,他就起了床,把自己关在书房里想着,面对皇上时,他该说些什么。

可是皇上并没有留他在京城的意思,而是把他任命为胶西王相。

他已经辅佐过一个素骄好勇的江都王,那些年他是怎样走过来的,只有他自己知道。现在,他又要去伺候一个杀人如草芥的胶西王,这与在刀刃上过日子有什么区别呢?

不!他宁愿继续赋闲,也不愿再以衰老之躯外放他乡了。所以他此刻恳请刘彻撤回成命。

"唉!丞相之所以提议爱卿任胶西王相,也是考虑到你治理江都的政绩嘛!"

"臣感激皇上的厚爱,然臣已年届五旬,体弱多病,再也没有当年赴江都时的锐气了,臣……"

"哦?这一点朕倒是疏忽了。依爱卿之学,做个太常最为合适,可眼下太常一职已经有人,恐怕……"

董仲舒明白皇上的意思,太常寺人满固然不假,可皇上最担心的恐怕还是自己执着天人感应之说,会拿了灾象变异来约束他的行为。因此在宣室殿前等候皇上的时刻,他早已想好了一个再好不过的去处——茂陵。

十五年了,迁到茂陵的人口已达到十数万户。当初那个小小的茂乡因为一座皇陵而成长为一座繁华的大城。朝臣们也对移居到皇陵脚下,沐浴皇家恩泽而趋之若鹜,皇上也很自然地把迁居茂陵视作对朝廷的忠贞。

"臣以衰朽之身而无以报皇上瀚海之恩,每思及此,愧不堪言。臣恳请皇上允准臣移居茂陵,潜心著述,以彰圣德。"

"爱卿快快平身,有话站起来说!"

董仲舒头抵着大殿的地砖道:"只有皇上理解了臣的苦衷,臣才敢起来。"

"好!朕就允了爱卿的奏请。这样也好,朕到茂陵时也可以与爱卿一起谈论学问。"

皇上的开恩让董仲舒满怀感激,他踉踉跄跄地站了起来说道:"谢皇上隆恩。"

董仲舒出殿去了,从此也彻底断了仕途之念。走下殿前的阶陛,他擦了一把额头的汗水,冬日的太阳把他的身影映在地上,有些瘦小和佝偻。他似乎觉得自己一下子老了许多。

刘彻望着董仲舒离去的背影，思绪好久都没有转回来。而此时，包桑又进来奏道："皇上，大将军求见。"

这真是奇了，有话不在朝堂上说，偏偏都寻到这宣室殿来。刘彻坐到御案后面，挥了挥手，示意让他进来。

卫青一进殿就"扑通"跪倒在大殿中央，简直与董仲舒如出一辙。

"请皇上饶恕臣的罪过吧？"

"爱卿这是为何？仗打胜了，朕也封赏了，你却道有罪，此举朕实在不解？"

"因为皇上的封赏，让臣惴惴不安。"

"这是何意？"

"赖陛下神威，汉军大捷，皆诸校尉力战之功！今皇上独赏微臣，岂不让将军们失望？"

"哦！是这事啊！爱卿所言有理。"刘彻放下手中的竹简，来到大殿中央，"可朕也没有忘记诸位校尉的功劳啊！朕已封公孙敖为合骑侯、公孙贺为南窌侯、李蔡为乐安侯、韩说为龙洛侯、李朔为涉轵侯、赵不虞为随成侯。而李沮、李息、豆如意皆为关内侯。如此，爱卿放心了吧？"

"谢皇上隆恩，不过臣还有不敬之言要奏明皇上。臣的三位犬子，尚在襁褓之中，无寸功于朝廷，皇上现在为他们封侯，令臣心中十分不安，故臣斗胆恳请皇上收回成命，撤去他们三个封侯之赏。"

刘彻沉吟了片刻道："此事就不必了。阿姐有这个意思，丞相和廷尉也极力推荐。再说以爱卿的功劳，不要说三个爵位，就是再多几个，恐怕也比不上你一次对匈奴的大胜吧？"

"驱除匈奴，皆将校同心，士卒用命之果，与犬子毫无关系。倘若犬子可以封侯，那将军们的儿女该如何呢？请皇上明察！"卫青十分执拗。

"爱卿虚怀若谷，谦谦恭谨，朕很理解。但朕先已改变了对董仲舒的任命，现在又要收回封赏，这让朝臣们怎样看朕呢？朕乃一国之君，岂能视诏命为儿戏？"

"这……臣，只是臣的心……"

"朕明白爱卿的意思，你是怕朝臣议论。只要你多打胜仗，多杀匈奴，议论自然就会平息的，你就不必忧虑太多了。朕还要批阅奏章，你就先下去吧！"

"皇上！"

卫青还要说话，刘彻却已埋头看奏章了。

"如此，臣告退了……"

从宣室殿到司马门的这段路，卫青不知道走过多少回，但是今天，他觉得这路有点漫长。

儿子们的爵位就像三座大山压在他的心头，让他一想来就有一种负债的沉重。

走进府门，他看到的是长公主热辣辣的眼光。

在过去几年中，每当他一身戎装，跨上战马，离开京都之时，这眼神就会追着他走过横桥，时时伴随在他的梦里，让他总觉得欠她的太多。可这回，这双眼睛包含着太多的东西，让他有些迷茫和忧虑。

长公主并没有察觉到卫青的情绪变化，依旧沉浸在儿子封侯的欣喜中。午膳时，长公主还特别煮了酒，她要为儿子们庆贺。

"三子荣膺封赏，皆夫君战功卓著，请夫君满饮此爵。"

卫青举爵应和，只觉得这酒爵十分沉重，只浅浅地抿了一口，许多的愁绪都停在嘴边了："他们都还是孩子，无寸功于朝廷，却要封侯，朝野会怎么看呢？"

长公主很吃惊，这口气怎么与皇后如出一辙呢？她脸上掠过一丝不悦道："他们是没有功劳，可他们的父亲有功劳啊！朝野怎么看？谁让他们没有本事为皇上收回河南那一大片土地呢？"

"话不能如此说。我上马征战，为的是朝廷百姓，并非图儿女加官晋爵。"

长公主脸上的温暖骤然退去，眼神中带着几分讥讽，话也变得尖酸刻薄了："我可不愿让后辈记得，他们有一个当过骑奴的父亲。"

这话就深深地刺伤了卫青，他顿时觉得这入口的饭没了滋味。他也没跟长公主说话，就径直进书房去了。

"儿子的债由父亲还。"那一夜，卫青在后园的亭子里独坐到深夜，心里这样想着。

元朔六年，他的整个生活似乎只有两个字：打仗。

刚刚进入二月，皇上诏令，以合骑侯公孙敖为中将军，南窌侯公孙贺为左将军，翕侯赵信为前将军，卫尉苏建为右将军，郎中令李广为后将军，左内史李沮为强弩将军，出定襄与匈奴对阵。

这次他才真正被推上了三军统帅的位置，但是战况并不令他满意。卫青一方面飞报朝廷，另一方面退入定襄、云中和雁门休整。

不久，使者带着皇上的诏书来了，他并没有责怪卫青的意思，反而多了许多安慰。皇上要他总结教训，以便再战。这使者不是别人，正是卫青的外甥霍去病。同时，皇上还将熟悉匈奴的张骞也派到了前线。

甥舅见面，自然有许多话要说，而霍去病也给卫青带来了两封信。

一封是长公主的——三子皆卫门之后，我周旋于宫廷内外，奔走于朝臣之间，为他们谋得封赏，意在光耀卫门，使朝廷奸佞不敢小视将军出身。不想将军归京，终日郁郁寡欢，夫妻不能相敬欢颜，令我黯然神伤。

卫青收起信件，怅怅地叹息。当着外甥的面，他又能说些什么呢？他的感觉没有错，长公主的心结仍在于他的出身。

另一封信是皇后的，她在信中追述了三子封侯的过程，字里行间都透出她复杂的心绪和难言之隐——我明白，皇上敕封三子为列侯，固然有朝臣的谏言，然细究起来，一则是因为我的原因；二则是三子乃弟与长公主所生，有骨肉之亲；三则是自弟出兵匈奴以来，节节大胜，皇上此举乃有褒扬和体恤之意。我虽不能苟同此事，然事已至此，弟当深体圣意，竭忠效命。我每日为弟祷告上苍，佑我汉军大捷。

读到这里，卫青明白了姐姐写信时的心里是不好受的。去年回京，她已从长公主那里听到了对皇后的怨言。

收起书信，卫青向霍去病问道："皇后还好么？"

"孩儿临行前曾到宫中辞行，姨娘还好。"

"你在侍中，为何又来了这里？"

"侍中固然能每日聆听皇上的教诲，可舅父也知道，孩儿的志向是建功立业。皇上每日都牵挂着前方，听说孩儿有意参军建功，当下就封孩儿为骠姚校尉了。"霍去病为能够来到前线感到十分高兴。

看着生机勃勃的霍去病，卫青的心头获得了少许的快慰，这小子从小就喜欢到期门军中看将士演练，他的到来又使汉军多了一员将才。

"好！你既然来了，就当奋勇杀敌，以报皇上知遇之恩。"

第二天军前会议上，卫青把霍去病介绍给众将，又转达了皇上的旨意。

"皇上的意思很清楚，伊稚斜刚登上单于之位，急于南进立威。我军若不迎头痛击，必不能遏制其野心。此次出击，我军必须全胜。各路大军必须相互策应，勠力同心，不可孤军深入，让敌人有可乘之机。"

将军们都以为大将军部署周密，频频点头。

赵信主动出列请战道："射人先射马，擒贼先擒王。末将自归汉以来，未有寸功于朝廷。请大将军予末将三千人马，末将必取伊稚斜首级于阵前。"

卫青看了看赵信道："将军虽对匈奴军情熟悉，但现在已不是军臣单于时期。伊稚斜久为匈奴左谷蠡王，又长期与汉军作战，将军万不可轻敌啊！"

"谢大将军提醒！可眼下非末将贪功，实在是因为无以报皇上天恩。末将亦是七尺男儿，愿当众立下军令状，若误了战机，情愿军法从事。"

"难得将军如此赤胆忠心！"卫青虽为赵信的慷慨陈词所心动，然事关大局，他不得不倍加谨慎。

正在权衡间，赵信的话声又在耳边响起来："大将军若是不放心，末将愿将京城的家小押上。若末将触犯军法，当自请皇上族诛。"他说完便拔出宝剑，割下长发，丢在地上，"愿以此物为证。"

作为三军统帅，卫青明白自己的任何决策都将影响到整个战局。他环顾了一下面前的将军们，最后在苏建的面前停住了。他了解跟随多年的苏建，他不仅在河南战役中战功卓著，且一向处事稳健。

"苏将军听令！命你与赵将军率三千人马为先锋，与伊稚斜接战。"

"末将遵命。"

虽说赵信与苏建出帐去了，但卫青心里还是有一种说不清的心绪缠绕着，这是从来没有过的纷乱。他清楚自己肩上的重任，于是又对刚刚来到前方的霍去病道："命你在军中挑选八百骑，三日之内直出云中，从西线牵制敌军，与赵信、苏建军形成策应。太中大夫张骞熟悉匈奴军情，可一并随军前往。"

卫青收回目光,对身后的李晔道:"六百里加急飞报朝廷,督促粮草,倘若此战大胜,我军将乘胜追击,直捣匈奴单于庭。"

……

四月初,汉军在定襄、云中、雁门三郡举行了庄严的出征仪式。成乐城外,正是枣花吐金的季节。辽阔的空地上,七万汉军旌旗猎猎,一派临战的气氛。

任安登台宣读讨伐匈奴檄文,例数匈奴罪行,张达大汉义师出征,讨逆伐罪的旨意。

一通鼓罢,卫青在将士们"勠力同心,杀敌报国"的声浪里,走上了阅兵台,他将爵中的酒洒向长天,祭奠在二月定襄战役中牺牲的将士。然后,面对众位将士高声道:"古语云,一鼓作气,再而衰,三而竭。本将今日命鼓手只鸣一通,意在鼓励我军一鼓作气,横扫千军。身先士卒、不畏死者,赏!临阵畏敌者,斩!"

苏建、赵信双双出列,来到阅兵台前,向大将军告别:"末将此去,当奋力杀敌,绝不负皇上厚望。"

他们跃上战马,三千前锋迅速向北奔去……

在雁门,李沮对李广道:"李将军!您听见了么,从定襄方向传来的雷声,真是气动山河啊!"

"那是大将军催征的鼓声,是汉军北去的步伐。"李广面对全副武装的三万将士大声喊道,"出击……"

两位将军马上拱手作别,李广一路奔袭而去,直扑长城。

骠姚校尉霍去病率领的八百勇士,自从云中出发后,骤风般地席卷塞外。

十万汉军在东西数百里的战线向匈奴军发起了全面进攻。

……

元朔六年的春天,是卫子夫入主椒房殿来最抑郁的日子。虽说亲桑照例举行,但今非昔比,长公主不仅没有与她坐在一辆车驾,而且借故身体不适,干脆就没来参加。

她知道自己已得罪长公主了,而且她知道以长公主的性格,她不会就此罢休。

她有时候在想,这宫里宫外的人都怎么了,一个个伸长了脖子盯着皇后的位置?

其实,皇后有什么好的呢?表面上看来是这个国家的第一个女人,出有鸾驾车驾,居有宫娥服侍,连这椒房殿也是木衣绨秀,土被朱紫,四壁覆芳,可有谁知道皇后的苦衷呢?

倚窗而坐,她看见春日盛开的玉兰花枝头,有两只小鸟依偎在鲜花丛中,"叽叽喳喳"地传递着它们之间听得懂的温馨。

卫子夫看着看着,就觉得眼睛湿漉漉的。

卫青已经走了许多日子了,他临行前到宫中辞行时曾提到,他向皇上陈情撤销对三子的封侯,没有获得允准。回到府上,他们夫妻发生了婚后多年来的第一次争吵。长公主动辄以恩人要挟,重提陈年旧事,这深深地伤害了他的自尊。

那一天,姐弟俩相坐许久,卫子夫除了安慰,却也不知该如何劝解。这江山姓刘,他们作为臣下,改变不了这种命运。

她看得出来,卫青是在心情极不畅快的情况下出征的。因此多日来,她的心弦总是紧绷着。果然,三月就从前方传来出师不利的消息,她担心皇上会龙颜不悦,降罪于他。

但是,皇上没有追究他的责任,反而把霍去病派到了卫青的身边。

现在,她望着枝头的小鸟想:去病该到定襄了吧,但愿她的信能减轻卫青的压力。

此时,春香进来奏道:"娘娘,包公公来了!"

她有些慌神地站了起来,担心边关出了什么事情。

包桑是来传达皇上口谕的,他说卫青的人马已从定襄出发,向北去了。从边关回来的使者禀告皇上,汉军士气旺盛,大将军运筹有方,让皇后不要牵挂。

说完,包桑就走了,她不免有些失落。

"奴婢最近听到宫中传了一些话,不知该不该对娘娘讲!"春香小声道。

卫子夫看了一眼春香:"什么事情,还这样神秘?"

"奴婢听说,皇上最近常传王夫人进宫。"

"皇上传夫人们进宫,这是正常的事,有什么大惊小怪的?"

春香说话的声音更轻了:"奴婢听说,王夫人总是和长公主一起进宫的。"

"哦?"卫子夫听了,心里忐忑了一下,却没有回应春香的话。

春香退下后,卫子夫的心事更加重了,惆怅迅速地在胸中弥漫开来,挥之不去。

看来,没有答应长公主的要求,她真的与自己结下怨恨了,而长公主与王夫人走近,分明是给自己气受。

春香说得对,若不是长公主从中穿梭,进宫多年的王夫人怎么会忽然得到皇上的青睐呢?

她首先想到的是据儿,她担心长公主如此穿梭会给她的儿子带来伤害。

为了据儿,她应当多去看看皇上。而且她也想好了,从今往后,只要她进宫,就必须带着据儿,皇上看见了据儿,也许……不管怎么样,王夫人现在还没有儿子,刘据是唯一的太子人选。

卫子夫立时在椒房殿里待不住了,她急忙唤来春香,安排乳娘领着刘据,一干人匆匆向未央宫奔去了……

刚刚二十一岁的王夫人在长公主的穿梭下,终于有机会承受皇上的雨露了。刘彻也从她的身上找到了其他女人身上找不到的感觉。不管奏章怎样繁多,在宣室殿忙得再晚,他都要传王夫人过来与他做竟夜之欢。

王夫人有生以来第一次体味到女人生命的神奇。现在,她柔柔地依偎在刘彻身边,而长公主就坐在他们的对面,得意地欣赏着这一切。

王夫人举起酒爵,娇笑着对刘彻道:"臣妾进宫多年,承蒙皇上抬爱,得以沐浴圣恩,为表感激之情,请皇上饮了这爵。"

刘彻举起酒爵,呵呵笑道:"好!朕饮了就是。"

"皇上再来一爵嘛!"

"朕已经饮了不少了。"

"不嘛!臣妾就喜欢看皇上喝酒的样子。"

"好!好!朕饮了就是。"刘彻一手搂着女人,一手拿起酒爵。

长公主在一旁看着两人亲昵的样子,得意地笑道:"和皇后比起来,王夫人怎样?"

刘彻笑了笑,没有回答。

到目前为止,刘彻还真说不上对卫子夫反感。只是身边这个女人,却有着与卫子夫不同的味道。如果说卫子夫是一泓碧水,那么王夫人就是一团烈火,虽少了卫子夫的那种雅致,却有一种疯狂的野性,她会不断地摆出各种风姿来调动他的情绪,而且每一次都带给他新的欢悦。

几爵酒入腹,刘彻就开始萌动着燥热,目光就变得迷离了。

长公主是何等聪明的女人,看见皇上心猿意马、神不守舍的样子,就明白自己该告退了:"皇上,时候不早了,臣妾该告退了。"

王夫人忙投来一缕依依不舍:"公主!臣妾……"

"好好陪皇上吧!"

刘彻也不挽留,吩咐包桑安排公主回府。

可包桑却带来了一个让他吃惊的消息:"皇后进宫来了,现就在温室殿外候旨。"

王夫人被酒酿烧起来的热情迅速冷却了,忙道:"皇上!臣妾该回掖庭了。"

刘彻一脸不高兴:"迟不来,早不来,偏偏这时候……你先退下,就在温室殿等候。"

长公主一听说皇后来了,反倒改了主意不走了。她要看看这个女人是如何被自己弄得心神不安,失魂落魄的。

"呵呵!皇后来了,臣妾就不好走了,免得皇后又生疑窦。"

……

"平身!何事让皇后如此着急,竟不待朕宣召就进宫来了?"刘彻对参拜的卫子夫不耐烦地挥了挥手。

这话卫子夫听起来多少有些生硬,但她的回答仍是软软的:"这不,据儿闹着要见父皇,臣妾就带他过来了。"

这个并不充分的理由,在现场三人心中的反应是何等的迥异,卫子夫脸上的笑远不及往日欢畅,而长公主却从皇上情感微妙的变化中获得报复的快感。

"哦？"刘彻看见刘据，脸上的阴云顿时散去，"据儿该五岁了吧？"

"年底就该六岁了。"

"哦？朕像他这么大，早就在思贤苑读书了，也该给他选一位太傅了。"刘彻捧起刘据的脸去亲，刘据的头摇得像拨浪鼓，"呀！父皇，痒……痒……"

刘彻被刘据逗得哈哈大笑，问道："愿不愿读书？"

"孩儿遵旨。"刘据稚嫩的童音让刘彻听上去很舒服。

"呵呵！你也学会朝堂上的话了，是母后教你的吧？"

刘据点了点头道："母后还教孩儿识字呢！"

"带他出去玩吧。"刘彻瞟了一眼包桑。

长公主瞅了瞅坐在一边的卫子夫，一副欲言又止的样子。自上林苑发生了不愉快之后，两人显得生疏多了。倒是卫子夫很大度，谦和地与长公主开了口："姐姐近来好么？"

长公主很矜持地说道："托皇后的福，心境不错。"

卫子夫听得出来她话里的意思，却也不与她计较，莞尔一笑道："姐姐心境好了，妹妹就放心了。改日妹妹在椒房殿设一桌薄酒，请姐姐过来叙叙……"

长公主不置可否地点了点头，心里想，那些没有意义的叙话有什么意思呢？她想要探探卫子夫的心底，也许王夫人闯进皇上的生活，真的让她着急了呢。

"皇上！臣妾……"长公主打住话头，看了一眼卫子夫。

"皇后是自家人，不必介意，阿姐有话尽可以说。"

"谢皇上！其实要说这事情也不算大，皇上还记得为臣妾的三个儿子封侯的事情么？"

刘彻不明白长公主到底要说什么，不解道："去年的事情，朕怎么会忘记呢？"

"虽说他们有了封邑，可毕竟年纪小，所以臣妾恳请皇上可否向内史大人打个招呼，为他们在京畿拨几块公田。皇上也知道，卫青现今是大将军，平日里应酬多，花销大。"

刘彻听明白了,长公主是要扩大自己的公田。

"这恐怕不妥,朕刚刚封了卫青父子,怎么好又给他们公田呢?"

"那又有什么呢?当年舅父不也是屡次扩充公田么?何况卫青在前方为皇上打仗呢?"

"不行!至少眼下不行!"刘彻果断地挥了挥手,"朕深知卫青,他如果在京城,也不会放纵阿姐的。"

"看来,皇上是忘记母后的临终嘱托了。"长公主说着说着,眼泪就下来了。

卫子夫本来打定主意,今天就是长公主再怎样非难,都要强忍住不说话的,可现在看到长公主哭哭啼啼,又搬出太后来压皇上,内心就很不是滋味。放在别人家也就罢了,可这是卫青的儿子啊!长公主这样做,不仅带坏了家风,更是在害卫青啊!

为了维护弟弟声誉和品格,她终于将在喉咙上滚了几次的话说出了口。

"皇上,臣妾可不可以说几句话?"见刘彻没有阻止的意思,卫子夫尽量把自己说话的语气调得温和,"为人之母,爱子之情,天下一理。姐姐爱子之情臣妾感同身受,姐姐向来深明大义,一定不难体会皇上的难处。本来,为襁褓之中的外甥封侯,就已经破了例,现今姐姐又讨要公田,这让臣下们知道了,将怎样看待大将军呢?姐姐若是真的爱夫怜子,就该教他们读书习武,将来成为朝廷栋梁之材。"

"什么?照皇后的意思,倒是皇上封赏错了?难道卫青不是皇后的亲弟弟么?皇上的姐夫么?皇后对此事冷漠也就罢了,还要指责臣妾与皇上,岂非干涉朝政?"长公主不依不饶。

"臣妾不过是想劝解姐姐,不想……好了,臣妾不说了。"卫子夫起身向刘彻施礼道,"皇上明鉴,臣妾只是不想让朝臣议论臣妾姐弟……"

"听听!皇上……这不是指责又是什么?皇后倒是说说,皇上有什么错让朝臣议论?"

"姐姐如此说词,岂非南辕北辙?臣妾说的是卫青,何时涉及皇上了?"

"封侯原本是皇上的诏令,莫非朝臣议论到了皇后那里,这不是干政又是什么?"

卫子夫觉得如此纠缠下去，不但辩不出是非，还会徒添烦恼。她又一次选择了退让，起身向皇上辞行道："臣妾今日进宫，原本是据儿想见父皇。现在皇上父子相聚了，臣妾也该回椒房殿去了……"

"请便！"长公主讥讽的目光扫视了一下卫子夫，在心里道，别以为我怕你。

"你们都给朕出去！一个母仪天下的皇后，一个金枝玉叶的公主，如此吵闹，成何体统？包桑……送她们离开温室殿，朕不要看到她们。"刘彻不耐烦地吼道。

……

前方催要粮饷的文书一到京城，皇上就批给大农令，要求尽快办理。郑当时不敢不办，不敢慢办。可是钱呢？钱在哪里？

不当家不知柴米贵，几年大农令做下来，郑当时对此有深刻的体会。

他几乎推掉了一切应酬和与家人团聚的时间，整天泡在大农令署中，协同少府寺一笔笔结算，他抽空还要到渭渠察看漕运的情况。几个月下来，整个人都瘦了一圈。

这天，署中的曹掾将决算的结果呈给他看，郑当时简直不敢相信自己的眼睛。

"有这么严重么？"大农令满腹疑虑地问道。

"属下与同僚们反复核对过，不会有错。"

"哦，那你先下去吧。"

郑当时再一次把目光集中在眼前的数字上。

这是怎样一组惊人的数字啊！自从与匈奴开战以来，朝廷平均每年出动的兵力都在十万左右，仅用于奖励将士的黄金就达二十余万，而用于抚恤的也不下十万，至于为前线所用的兵甲漕运费用更是无法计算。朝廷的府库，已经难以为战争提供支撑了。

郑当时顿时一通冷汗，他收起竹简，觉得应让丞相了解这个情况。不过，在见到公孙弘之前，他得先和汲黯沟通一下。

他了解汲黯，他没有那种文过饰非的性格。郑当时不敢有丝毫的耽搁，将账目藏进衣袖，就直接去了右内史府。

汲黯也正在发愁，皇上要他对家居京城的功臣进行赏赐，可他到少府寺支取钱财时，却只能领到三成。

"前方战事每推进一步，皇上就要赏赐一大堆爵位，如此下去怎么得了？"汲黯一边为大农令上茶，一边唏嘘感叹，"大人那边的日子也不好过吧？"

郑当时接过热茶，润了润嗓子道："大将军从边关报来文书，催促粮饷，可……府库已是捉襟见肘了。"他从衣袖中拿出竹简递给汲黯，"这是署中刚刚核计出来的结果，在下也是一筹莫展，才来找大人讨主意的。"

"找我？呵呵！在下正准备去找大人要钱呢！"

汲黯说着，也把需要赏赐的名册拿给郑当时看。两人浏览了一下对方的文书，一时不知该说些什么。

过了一会儿，还是汲黯打破了沉默："眼下最要紧的是要让皇上了解国家的财力现状。"

"在下也是这样认为，所以想把这个情况报告给丞相府。"

"给公孙弘？那个老滑头尽挑皇上高兴的说。"

"可丞相总是要知道的啊！"

"这不要紧。自朝廷实行中朝和外朝制度以来，所有军国大事，皆由中朝决定，因此你就是直达圣听，那老儿也不能说什么。"

"大人说，皇上知道这个情况后会怎么样呢？"

"先不要管这些。你我均位列九卿，向皇上奏明情况是臣下的责任。大人尽可放心，皇上的性格我知道，他不仅喜欢报喜，也从来关注报忧的。"

汲黯就是这样，虽说论年龄他比郑当时小了几岁，但是处事的果断却赢得了郑当时的尊敬。

"好！你我明天就去见皇上。"

第二天早朝时，张汤出列奏道："从寿春应召从军的雷被，告发淮南王太子密谋造反，还欲阻止其从军奋击匈奴。今廷尉府已派使者查明属实，因淮南王系诸侯国，故奏明皇上圣裁。"

刘彻让大臣们发表意见，公孙弘带头道："现今正是我朝与匈奴酣战之际，皇上诏令天下欲从军者齐聚长安。雷被自愿从军，淮南王太子迁百般阻挠,分明是无视朝廷,违逆皇上,应当论罪。臣意,可由张大人前往索拿。"

大臣们都十分赞成公孙弘的主张,唯有侍中严助提出质疑:"当前朝廷的重心在北方,如果对此事大动干戈,势必分散朝廷的精力,况且淮南乃诸侯大国,一旦逼急,势必逆反。那时候,北有匈奴虎视眈眈,南有淮南僭越作乱,我朝彼此不能相顾,孰轻孰重,还请皇上明察。"

"那依爱卿之见呢?"

"不如皇上下一道诏书,削去其二县辖地,以示警诫。一则表明朝廷对此事决不轻视,二则又表明了皇上的宽仁为怀。"

"好!就依爱卿所奏。你不日便前往寿春,宣达朕的谕意,让淮南王对太子多加管束。"

皇上这个决定,实在出乎公孙弘的预料。他从御史大夫做到丞相,已经失去几次建功机会。他先是建议皇上罢西夷,接着又建议朝廷罢了沧海郡,而与此同时,卫青却在北方捷报频传。如此下去,外朝一定会被皇上视作多余。因此无论是张汤还是公孙弘都把淮南王太子一案看作一次有所作为的机会,这让他不得不对刘彻的决定提出了异议。

"皇上!如此下去,必然养痈为患啊!臣以为……"

"此事就不必再议了!"刘彻摆了摆手。

公孙弘等人没有明白的事情,汲黯早已看得清清楚楚。他知道皇上以削地二县来表示朝廷对淮南的惩罚,固然有北方匈奴牵制的原因,但更深的意图,是想再一次投石惊鸟,看看淮南王的反应。

汲黯脸上掠过一丝不易觉察的微笑,皇上询问粮饷的声音又在耳边响起来了。

郑当时没有直接回应皇上的问话,这使刘彻很不高兴:"你难道不明白边关战事正紧,急需粮草么?大将军文书已到京多日,你却一再延宕,难道就不怕朕治你贻误军机之罪么?"

郑当时非常忐忑不安,心里就愈发紧张起来,嘴里的话也是结结巴巴的:"皇……上……臣……"

汲黯忙上前替郑当时打圆场道:"臣昨日去大农令官署落实京都有功将士赏赐费用,见郑大人署中一片繁忙,正与少府寺一起结算府库积存,郑大人确有隐情需向皇上陈奏。"

汲黯这话一出口,刘彻"哦"了一声,心中便猜出一半。朝廷府库这类事情,知道的人越少越好。他遂宣布今天的朝会就到此为止,只留公孙弘、张汤、郑当时和汲黯到宣室殿议事。

但郑当时在朝堂上的紧张,并没有因为环境的转换而有丝毫轻松,反而因为刘彻一声声责问而更甚,已是满头大汗。

"你是如何管理的?竟让府库空虚到了这种程度?"刘彻把郑当时呈上来的账目掷在案头,说话的声音骤然提高了。

"朕自登基以来,就一再告诫要节俭为政,现今竟然入不敷出,你说说这究竟是怎么回事?建元、元光年间,府库充盈,民殷国富,卿等没有听说过么?"刘彻越说越激动,重新提起那时候一些重臣的名字,"卫绾、窦婴,还有那个冤死的赵绾,他们常为朕分忧于危难之际,看看你等,逢迎之词不绝于耳,陈言虚语吟吟于口,实际上是了无作为,让朕甚是失望。"

刘彻很自然地把眼前的几位大臣同卫青做了比较,不满道:"大将军终年铁衣被身,风雪边关,而你们却不能为将士解衣食之急,那这个仗还怎么打下去呢?你等都哑巴了?说话呀!"

"皇上训斥得对。臣等愚钝,未能砥柱中流,实在惭愧!"

公孙弘面对皇上的声色俱厉,依然想借助于屡试不爽的政风化解皇上的愤怒。但是他这回错了,刘彻坚决地打断了他的检讨:"你直言举措,勿言无用之词!"

公孙弘就懵了,讪讪地站在一边。

刘彻转过脸来向汲黯问道:"你说该怎么办?"

汲黯撩起衣袖,很直截了当地说道:"臣深知皇上此刻的心情。但是依臣看来,正所谓此一时彼一时也。建元初年并没有与匈奴的连年战事。而如此长久而又用度巨大的战事,自非有限财力所能支撑,为今之计,就是要加紧征收赋税,加快漕运,以充军备之需。"

"这还用你说么?朕要的是解燃眉之策。"

这时候,张汤说话了。在刘彻发脾气的时候,他的脑子一直没有停止运转。

"臣有一计,不知妥否?"

"有话就说!"

"臣以为,令民买爵及赎禁锢不失为一条快捷之策。"

他的话一出口,就令在场的几位大臣十分吃惊。汲黯和郑当时看着张汤的目光,由震惊而茫然,由茫然而夹杂了讥讽,由讥讽又蔓延为批评。

汲黯道:"臣以为张大人有什么良策,原来是要朝廷卖官鬻爵。此等下策,也能出自廷尉之口?传将出去,岂不贻笑天下?"

张汤早就料到自己的主张会遭到汲黯的反对,因此他并不在意,反而说话的口气坦然而又平和:"在下这不是遵照皇上的旨意,寻找充实府库的途径么?"

公孙弘道:"汲大人少安毋躁,且先听张大人把话说完。"

见刘彻没有阻挡的意思,张汤近前一步道:"臣粗略做了估算,我朝所设爵位为十一级,倘若一级价为十七万,爵升一级而递增二万,总共可收三十余万,加上赎罪之资,足以充实军备了。"

"大人之言,乃误国乱邦之策。"郑当时的脸霎时变得冰冷,断然地打断了张汤的话,"皇上推行新制已有十七年,目的就在振朝纲,清政风。此风一开,不仅新制俱废,且卖官鬻爵之风蔓延,从今以后,谁还肯为社稷尽命效力?"

"大农令言之有理。微臣身为内史,负责京畿之地治安,倘若纨绔之徒草菅人命,皆可用金赎罪,那百姓则永无宁日,京都则永无安宁矣。"汲黯赞同道。

"这个不劳大人忧虑,在下还有话说。"张汤并不在乎他们的指责,他关心的只是刘彻的态度。

"臣所谓鬻爵者,乃为赏官,名曰武功爵。凡买武功爵者,得先免除所任吏职。如此朝廷有了收入,却与政风无干,这岂不两全其美么?臣之所虑,唯在社稷。还请皇上明察!"张汤言辞中充满了恳切之意。

这时候,公孙弘又说话了,他盛赞张汤所虑的周密,力言此不失为一条充实军备的应急之策。

"张大人之言,不仅解了朝廷的困顿,且于新制无伤。前方事急,皇上不妨先从京畿做起。这样,不但可以在短期内奏效,也可以为其他郡国做出示范。"

汲黯当然也不会轻易退却,反唇相讥道:"皇上都还没有定夺,大人就如此迫不及待了么?"

……

这种激烈的争论,作为未央宫前殿朝会决策的前奏和必要程序,在宣室殿里是司空见惯的,而这种小范围的碰撞往往会催生重大的决策。因此,参与讨论的大臣,都不会放过这个充分陈述的机会。虽然刘彻有时候着急了会发脾气,但是他也不会因为顶撞而追究责任。

刘彻一直在倾听每一个人的发言,他不失时机地掂量着每一个条陈的分量,分析每个人话背后隐藏的真正动机。他当然明白汲黯和郑当时的担心并非杞人忧天,可他更加清楚解决目前财政拮据的状况才是当务之急。尤其是当张汤把两种爵位分开的时候,他情感开始倾斜了。

他承认张汤为走出困境找到了一条出路,而且公孙弘所言在京畿先行实施也可以缩小影响范围。但这毕竟是一项涉及朝廷制度的重大举措,他也不得不慎重。刘彻适时地换了缓和的口气与大家说道:"众卿今日所说,均持之有故,言之成理,此事待朕斟酌后再行定夺。"

他以一种很超然的态度为大臣们的争论作了结语:"钱!任何时候都是一堵铁铸的幕墙,贪之而危,无之则窘。"

五天后,刘彻颁诏天下,开了卖官鬻爵的先河。

第十三章

霍去病漠南试剑　淮南王寿春布局

定襄战役刚结束不到两个月,汉朝十万大军再次大举北进,这让伊稚斜一下子紧张起来。

来自前方的军报说,汉军同时从定襄、云中、雁门三个方向席卷而来,不但规模庞大,而且战线也大大拉长了。

伊稚斜觉得他所面对的也许是河南战役后的最大一仗。自从将于单驱逐出匈奴而成为单于后,无论是栾提氏、呼衍氏,还是兰氏、须卜氏都在无形之中与他疏远了。

因此,他也需要集匈奴全国之力,去赢得这场战争,借此巩固权力和地位。他要向各部落和大臣们证明,他也是当之无愧的草原英雄,是太阳神最杰出的子民。

他的手从地图上慢慢挪开,对穹庐内的左右屠耆王、左右大将、左右大当户、左右骨都侯高声道:"各位,汉人不容我们坐在这里喝马奶酒了。刘彻调集十万大军,向我大匈奴直扑过来。丢失河南,是大匈奴的奇耻大辱;定襄一役,大匈奴又痛失数千精兵。当年冒顿单于用月氏王的头颅做了酒器,寡人发誓将用刘彻的头颅做酒器,来祭祀我们神圣的太阳神。"

伊稚斜见大家都举起了碗,于是将马奶酒一饮而尽。

马奶酒香甜醉人,可饮酒的人却头脑清醒。右屠耆王一想起河南战役时让卫青从身旁擦肩而过,仍愧恨交加。

"汉人常说,知己知彼,百战不殆。我大匈奴此次欲求大胜,必须探清此次汉军的军事部署。"

耶律孤涂道:"王爷所言甚是,呼韩浑琊将军已派出细作,潜入塞内,刺探军情,现在请他将汉军的部署说一下。"

呼韩浑琊挪了一下,面向单于说道:"汉军此次担任前锋的是苏建和赵信,这个赵信原是我大匈奴的一位裨小王,熟知我军战法,又立功心切。他们欲出塞袭我漠南,我军如能寻机围歼此敌,必能大挫卫青锋芒。"

"将军说的是。我属下当户也有禀报,此次在雁门出兵的是李广和李沮。此二人皆是老将,习惯于在汉朝边陲作战,对进击漠南没有把握。只要我军陈兵塞外,不轻易入塞,必定能大败汉军。"左屠耆王壮气道。

伊稚斜有点疑惑:"不知云中方面的汉军形势如何?"

右屠耆王答道:"据细作禀告,云中方向出击的是一位小校尉,年仅十八岁,还是个吃奶的孩子,可见汉军将领十分匮乏。臣决定将那小儿擒获,以雪河南之耻。"

"好!"伊稚斜环顾了一下大家,"寡人要让汉军看看,狼群发起威来是什么样子!寡人决定,由左屠耆王所部陈兵雁门外,阻击东路汉军;右骨都侯、呼韩浑琊将军率军四万人,于漠南围歼敌军前锋;右屠耆王所部于云中北出击,务擒敌军小儿。"

余吾河畔的三月,正是匈奴人精力复苏的季节。

呼韩浑琊追上耶律孤涂的脚步问道:"大人真认为汉人会进入漠南么?"

"依我观之,汉军因为夺取河南地,骄矜情绪大涨,胃口变得很大,必掠我漠南不可。因此我军此次伏击敌军,正是良机!"

呼韩浑琊摇了摇头:"卫青是汉军名将,我们能想到的他也一定能想到,岂能轻易中诱兵之计?"

"将军所言有理,不过卫青这次一定会输,他怎么能相信赵信呢?"

"对呀!看来我们该在赵信身上下点功夫了。"说完,呼韩浑琊便翻身上马离去了。

赵信和苏建率领部队越过中部都尉和东部都尉的驻地,沿着荒干河东岸一路北来。

在迎接朝廷大军的宴会上,两位都尉皆言,近来匈奴人在边境骚扰后,很快就退入草原深处。边军怕中埋伏,往往追至塞上,就收兵回营。

苏建有过与匈奴交战的经验,他根据两位都尉的军报,认为匈奴军此举可能是诱兵之计,他建议派军中曹掾速报大营,请卫青定夺。

赵信听了,很不以为然:"两位都尉如此畏敌,倒让匈奴人轻看了我军。"

当夜,苏建主动来到赵信帐中,言辞恳切地劝道:"将军欲擒单于,其志可敬。然为将者身系全军安危,不可不慎,还望将军三思。"

赵信虽命卫士上热茶,话里却不无讽刺的意思:"苏将军也是屡经战阵,怎么胆子越来越小了?"

"不是末将胆小,实在是定襄一役战果不佳,皇上已多加指责。此次若再有闪失,大将军该如何向皇上交代呢?"

赵信就有些沉不住气了:"连大将军都信得过末将,苏将军为何狐疑重重,莫非就因为我是匈奴人?"

苏建被噎得一时回不上话来。

赵信趁机道:"既然出发前我已向大将军立下军令状,末将自当义无反顾,将军不必再劝。"

"将军……"

苏建还要说话,却被赵信打断了:"大将军明令前锋由末将主持,苏将军就无须费心了。苏将军若是胆怯,不如明日就回中军大营,成败皆由末将一人承担。"

话说到这个份上,苏建知道不会再有转机。他又是个顾全大局的人,遂起身告辞:"既然如此,末将还有一句话,还请赵将军斟酌。"

"苏将军有话直说。"

"为防不测,请赵将军拨一千人马给我,如情势有变,也可策应。"

赵信也没有理由再拒绝,于是同意道:"好!就依将军。"

那晚,苏建在帐中独坐了许久,直到凌晨才和衣而卧。黎明时,他在号角中醒来,而后就匆匆带着一千人马,跟着赵信的队伍上路了。

第五天,他们越过长城,刚刚进入大漠,就与匈奴的军队遭遇了,双方打了约一个时辰,匈奴军向大漠深处撤退。

士气高涨的汉军在苏建和赵信的率领下,穷追百里,却不见匈奴军踪影,前来迎敌的是另一路人马,交战不久,也仓皇退去。汉军再往前追击数百里,接战的第三支匈奴军,双方大战两个时辰,都没有退却。

苏建和赵信正为遭遇匈奴军主力而振奋,孰料匈奴军再次撤退。赵信手提战刀,一直冲在前面,他一边挥动战刀,一边朝身后的汉军大喊:"取敌人首级者,赐爵一级!"

可当他们追到一处峡谷时,敌军却不知所终。

苏建咽一口唾沫,声音有些嘶哑地问道:"我军到了何处?"

赵信道:"此处乃匈奴的颓当。"

苏建"哦"了一声,有些疑惑:"我军一路追击,匈奴军稍加抵抗,即速速退去,是否有诱兵之嫌?"

"苏将军多虑了。"赵信拿起水囊,喝了一口水,"匈奴人显然是故伎重演,试图拖垮我军,只要继续北去,一定能找到歼敌机会的。"

苏建抬头看了看天空,太阳不知什么时候已经躲进了云层。风沙从遥远的天际刮来,让草原的一切渐渐变得不那么清晰了。苏建的心弦骤然绷紧,对赵信道:"请赵将军听末将一言,速速撤退吧!"

他的话音刚落,就听见四面传来震耳的"隆隆"声。

"不好!中了埋伏!"

两人紧张地朝四周环顾,只见匈奴骑兵铺天盖地而来,苏建大致估摸了一下,起码数倍于汉军。

再看看赵信,只见他一脸茫然,在那里喃喃自语:"怎么可能呢?"

事关三千将士的性命,苏建没有多想就迎着大风对赵信喊道:"将军带一支人马向南突围,向中军靠拢,末将带所部向西突围。"

赵信摇了摇头道:"还是将军向南,末将向西,末将对匈奴地形比较熟悉,匈奴军奈何不了我。"

"事不宜迟,你我不要争辩,出发!"苏建的马鞭狠狠地抽在坐骑上,挥刀冲在前面,向西撤去。

但无论是苏建还是赵信都没有想到,耶律孤涂和呼韩浑琊埋伏在颓当的匈奴军有四万多人,他们将三千汉军分为两截,使之彼此不能相顾。

苏建的军队向西突围了不长时间,就陷入了重重包围,大战将近两个时辰,汉军死伤大半。

残阳在草原跌落,夜色深沉的时候,匈奴人停止了进攻。

苏建清点残部,随从者不过百十人。一干人到处寻找避风处暂歇,黑暗中用手摸摸周围,尽是横七竖八的尸体。

后半夜,草原的冷风吹在身上,让人觉得彻骨地冰凉,将士们纷纷朝将军身旁靠拢,缩成一团。

这时候,只听见四面山坡上传来匈奴军的喊话声,说赵信已经回归匈奴,只要苏将军愿意归顺,大单于可以封他为王。

苏建的卫士悄悄来到身边,递过一块冰冷的干粮问道:"将军!赵将军会投降么?"

"那是匈奴人的反间计,不可相信。"苏建伸着脖子,艰难地吞了一口干粮,"皇上对他不薄,他不会投降的。再说,他是立了军令状的。"

可接下来发生的事让苏建彻底失望了,夜风中飘来的声音是那么熟悉而又那么让他揪心。

那正是出征前割发盟誓的赵信在喊话:"苏将军,我是赵信。我本胡人,归顺大单于乃觅祖寻宗之正道。大单于素仰将军忠直信义,只要将军归顺,在下可保将军荣华……"

"无耻小人!"黑暗中,苏建骂着站了起来,他对身边的部属道,"趁着匈奴喊话之际,我们顺着这条沟道一直朝南走,过了长城就是大汉……"

当苏建和赵信北进之时,霍去病率领的八百骑兵顺着荒干河西岸,到了中部都尉的北舆要塞。

这里的守将告诉他,苏建、赵信追着匈奴军往武皋方向去了,现在大概已经出塞到匈奴境内了。

"沿途可有激战?"

"从东部都尉那边传来的消息,似乎没有遇到匈奴抵抗,一路进军顺利。"

当晚,霍去病在北舆扎营,他邀张骞入帐商议,这是他们在大汉境内的最后一站。

"张大人,您对这一路所见有何感想?"

"下官在朝中素闻李广与程不识两位将军治军驻防,各有千秋。今日有幸一观,果然治内亭障林立,烽火连属,士卒枕戈待旦。"

"那依大人看来,苏、赵二位将军胜算几何?"

"这……"张骞神情凝重了,"依下官看来,两位将军此去恐怕是凶多吉少了。"

"大人何出此言?"

"兵法云:背丘勿逆,佯北勿从。据守将说,我军一路未曾遭遇激战,匈奴军看似仓皇北去,实为佯败,此乃诱兵之计,他们应该明白啊!"

霍去病正要说话,只听见帐外传来杂沓的脚步声,不一刻,李桦领着探马进来了。

"右屠耆王那边情况如何?"

探马喘了一口气道:"右屠耆王只听说汉军有大将军卫青,而不知有少将军,因此十分轻看我军。"

"那防御如何?"

"虽不能说松懈,但毫无紧张迹象。"

"好了!你先下去吧!"

探马刚一离开,霍去病的情绪就变得十分兴奋,他邀张骞来到地图前,借着灯火,手指长城以外的辽阔地域道:"张大人,我军的机会来了!大人曾久在匈奴,如今匈奴却如此轻视我军,请大人为我军下一步行动指点一二。"

张骞的目光顺着霍去病的手指慢慢北移,出了长城,慢慢聚焦在诺水流域,随后边思索边道:"我军出塞以后,沿诺水向西,过了范夫人城,此地北有蒲奴水,南有龙勒水,均是水草丰盛之地。在诺水以北有一片密林,我军八百骑最易隐蔽。"

"好!有大人在,我军深入敌境,犹如蛟龙入海。传令下去,今日丑时出兵,白日扎营,夜间行军,直驱诺水!"

凌晨丑时,八百骑聚集在北舆城外,霍去病勒了勒战马,朝前走了几步,声音虽然低沉,却透出力量和杀气:"我军今日从北舆出塞,沿诺水突入匈奴境内,待机袭敌。沿途人不留迹,马不出声,有泄露行踪者,斩!"

霍去病自出征以来,从不喜欢询问部属是否明白了主将的将令。他觉得作为一名军人,明白主帅的作战意图是一种天职。如果不是这样,当兵者就该受死,为将者就该伏法。

将士们都十分熟悉他的性格,不敢有丝毫懈怠。北去的马蹄声踩在松软的草原上,发出了沉闷的声响。霍去病抬头望了望天空,只有冰冷的星星……

北去的诺水,在匈奴境内流淌了几百里后,忽然进入地下,成为一条潜河。

河流的尽头长出一片葱郁的密林。霍去病和他的八百骑兵就藏在这密林之中。

两天了,匈奴人竟然没有发现他们的踪迹。

霍去病知道,在匈奴人的眼皮底下时间越长,就越容易暴露。他一方面派探马打探消息,另一方面派遣士卒埋伏在诺水岸边的灌木丛中,伺机俘获匈奴士兵。

第三天午后,埋伏的汉军果然发现有三名匈奴士兵迈着散漫的步子来到河边汲水。他们对附近隐藏的军队毫无觉察,边走还边议论着汉军的踪迹。

"昆莫将军是不是有些草木皆兵了?守了这些日子,连汉军的影子都没有看见。"

"还是右屠耆王有远见,早就料到汉军不过是虚张声势,一个十八岁的娃娃,刚刚断奶,能干什么?"

最后一位说话的显然是个官长:"还等着用水呢!你们在这信口胡说什么!"

三人来到河边,又开始感慨河水越来越少了。却不料身后汉军悄无声息地抄了过来,没等他们反应过来,口中就被塞了东西,抬进密林中去了。

李桦立即审讯,申时一刻,他拿着俘虏的口供进帐禀报:"今日正逢伊稚斜大父行籍若侯产寿诞,右屠耆王于王庭设宴庆贺。因为汉军数日毫无消息,匈奴军中除设哨值守外,官兵皆饮酒欢庆。"

霍去病闻言大喜,连道此乃天赐良机。

张骞提醒道:"匈奴人若是发现不见了三位士卒,一定会警觉的。"

李桦道:"这不难!我军中有归顺的楼烦兵,精通匈奴语言,可扮作匈奴士兵,潜入营地,一则可打消匈奴人疑虑,二则也可作为内应。"

傍晚时刻,他们回来了,所述与俘虏并无太大出入。霍去病下令,当夜戌时出击,偷袭敌营。

有道是时来天地皆同力。酉时三刻,夜色深沉的草原忽然起了风,到戌时一刻的时候,久旱无雨的诺水河两岸竟然雨雾蒙蒙了。

霍去病走出密林,抬头望着黑魆魆的天空,他从心底感激,是上苍让这夜雨做了匈奴人临死前的序幕。

三支骑兵,分别由霍去病、张骞、李桦率领,向匈奴人的营地扑去。

而此时,右屠耆王、行籍若侯产和他的将军们早已喝得酩酊大醉,沉睡在梦乡之中,只有呼韩昆莫忧心忡忡地率着卫兵穿行在军营中。他看到每一座穹庐里横七竖八醉倒在地的士兵,心里就有一种灾难将至的感觉。

如果此时汉军前来偷袭,后果将不堪设想。想到这里,他急忙转身向王庭奔去,他要唤醒右屠耆王。谁知刚走了几步,就被脚下东西绊倒了。他用手一摸,却是一具匈奴兵的尸体。

不好!呼韩昆莫心中闪现的第一个念头就是汉军偷袭了。

他迅速爬起来,大喊大叫:"汉军来了!汉军来了!……"

军营的东南和西北两处火光冲天,一顶顶穹庐被大火点燃,那些醉倒的士兵连哼都没哼一声,就死在了汉军刀下。

呼韩昆莫骑马冲出几丈远,与右屠耆王相遇。右屠耆王还没有从惊惧中醒过来,就向迎面而来的呼韩昆莫问道:"怎么会这样呢?难道汉军长了翅膀不成?"

呼韩昆莫摇了摇头道:"还是赶快去护卫大父吧!"

两人来到行籍若侯产的穹庐,这里已是一片狼藉。他的头颅在距他的尸体几步远的地方,被污泥搞得面目全非;他的卫兵无一生存,只有装着马奶酒的皮囊浸泡在血泊之中,空中散发着酸涩和血腥的味道。

"依末将看来,偷袭的汉军不过千人,只要我军拼死厮杀,还有挽回的机会。"呼韩昆莫说完,就命身后的传令兵吹响号角,号令全军向主帅的方向集结。

但此时,不少匈奴将士还来不及上马,就被汉军骑兵快速分割包围。号角非但不能稳定军心,反而让处在旋涡中心的将士自救不暇。

右屠耆王见大势已去,禁不住叹道:"都是本王轻敌,才有此惨局。"

"我军战马尽被汉军掳去,再战损失更大,依末将之见,您应该向北撤至罗姑比王爷营地,再作打算。"

呼韩昆莫话音刚落,就听见火光中冲来一位少年将军,大吼道:"右屠耆王哪里走,快纳命来!"

呼韩昆莫猜测这玄甲裹身的少年将军大概就是霍去病了,他也不答话,就挥动战刀迎了上去。两人力战数十回合,呼韩昆莫估计右屠耆王已经走远,遂掉转马头,朝北而去……

天色微明,霍去病、张骞和李桦的三支队伍在匈奴右屠耆王王庭会师。李桦禀告道:"军中计掾已对战场做了清理,昨夜一战,我军斩首一千余人,自身伤亡甚微。"

霍去病道:"兵法云:'掠于饶野,三军足食。'我军既已占据王庭,当用所获犒劳将士。"

卫兵很快就呈上匈奴的牛羊肉和马奶酒,霍去病、张骞和李桦边吃边商议下一步进军方向。

张骞建议道:"我军此次出击,深入匈奴境内千里,军威大振。再向北,下官恐孤军无援,还请将军斟酌可否就此收军回撤?"

霍去病嚼着一块羊肉道:"大人所虑,在下亦有考虑。然溃散之敌,若不趁势追击,一旦缓过神来,势必给我军造成大患。因此在下以为,应趁右屠耆王立足未稳之际,继续给予重击,这样才能彻底扫灭敌人。"

他的气概和胆识感染了张骞和李桦,张骞道:"据下官估计,右屠耆王此时唯一的去处便是单于季父罗姑比营地。过去在匈奴时,下官常闻此人骄横少谋,只要将军猛攻,即可破之。"

"好!就依张大人。"

午后,下了一夜的大雨终于停了,经过雨水濯洗的草原,在蓝天下碧翠无垠。只是战死的士兵尸体一遇蒸热,就散发出难闻的腐气。这让霍去病觉得必须尽快离开这里,否则瘟疫一起,全军就危矣。

随着传令兵的一声号角,霍去病率先踏上了征程,八百名骑兵唰唰上马,呼啦啦地朝北去了……

这两天,卫青把大将军行营移到了长城脚下的武皋县。从这里北望,是一望无际的沙漠和草原。

选择这里作为行营,西可以指挥从云中出发的霍去病军,东可以遥领李广、李沮的大军。只有公孙敖的中军在武皋城外严阵以待,时刻准备驰援赵信、苏建。

他不知道,霍去病的八百骑兵将会带给他怎样的消息。如果外甥出师不利,那将会重蹈定襄一役的覆辙,这又有什么意义呢?

一大早,他就策马直驱公孙敖的大营。

"还没有前锋的消息么?"在大营前,卫青迫不及待地向迎出帐来的公孙敖问道。

公孙敖摇了摇头:"还没有,不过末将已三次派细作前去打探消息了。"

两人并肩来到帐内,卫青将自己的担忧说给了公孙敖听:"我是担心赵信,他可曾是匈奴的裨小王啊!"

"皇上对他一视同仁,他不至于做出背信弃义之举吧?大将军是不是有些多虑了?"公孙敖说话间,吩咐卫士呈上茶水。

"不必了,你我还是到军中去看看!"

"这样也好。"

两人出得帐来,就远远地瞧见校尉和司马们正率领士卒演练阵法,喊杀声如雷贯耳。卫青感慨道:"磨刀霍霍,士气旺盛,将军治军果然一丝不苟。"

"大将军这是何话……大将军亲自向皇上保举,于公于私末将都应该尽心竭力。"

"将军总是在关键时刻雪中送炭,那一年,要不是将军……"

"又来了!那都是猴年马月的事了,你我也不是江湖少年了,还提它作甚?"

"好!不说了。如果今天还没有前锋的消息,明日我当亲率中军前去接应。"

"大将军这是说的哪里话?末将身为中军将领,却要主帅亲自出马,这岂不是在打我的脸么?"

两人说着话,又向营门口转去,刚刚拐过一顶营帐,就见数里外的草原上烟尘滚滚,数匹战马朝大营奔来。

卫青和公孙敖忙唤卫士牵过坐骑,迎着来人飞驰而去。大约在距营寨一里之地,浑身是血、盔甲蒙尘的苏建扑倒在卫青面前,号啕大哭道:"末将有罪啊!大将军!三千人马……三千人马呀……大将军,末将有罪啊!……三千人……"

卫青一下子跌坐在草原上,口中讷讷自语:"臣有负皇上厚望,该如何向朝廷交代啊!"

公孙敖忙劝道:"此乃赵信异心所致,还请大将军与苏将军回营从长计议。"

卫青北望苍茫草原,对公孙敖道:"骄兵必败。单于新胜,必自喜而松戒备,将军可率一万人马,出塞追击匈奴军,务必擒住赵信。"

当卫青回到武皋城中时,李晔就送来云中方向的战报,骠姚校尉霍去病趁右屠耆王松懈之际,率领八百勇士,偷袭匈奴军营,斩单于大父行籍若侯产,之后又长驱千里,斩首虏两千余级,生擒单于季父罗姑比,得匈奴相国、当户、裨小王数十人,现正在回军途中。

"雁门一线呢?"

李晔道:"从雁门出兵的李广将军,一路所向披靡,匈奴军闻风丧胆,从前方传来的战报说,至今已斩首三千余级。"说着,他将战报摆在卫青面前。

"哦!"卫青屈指一算,此役较二月多斩首一千余级。算上所掠牛羊马匹,战果有了明显的扩大。尤其令他振奋的是,霍去病初次出战,就有不凡的表现,看来他这些年在皇上身边没有白待。

但这种喜悦和欣慰很快就散去了,随之而来的是不尽的自责。如果当初否定了赵信的请战,那就不会有三千军马的覆没了。赵信的投降,苏建的单骑归来,他必须向皇上有个交代。

后半夜,一钩下弦月惨淡地挂在上空,远方山中传来凄厉的枭叫声,徒添了静夜的寂寥和恐怖。毫无睡意的卫青走出辕门,看见在不远处一间小房门前巡逻的哨兵。在那里,关着苏建。

这既是军法,也是苏建的请求。

走近"牢狱",卫青的心情和脚步都是沉重的——毕竟苏建跟随自己多年,也屡建战功。

哨兵们远远地看见卫青,一个个打起精神。

卫青声音低沉地问道:"苏将军可吃过晚饭?"

"禀大将军,已吃过了。"

"有酒吗?"

"苏将军说,罪臣不可饮酒。"

"好好照顾他,不可慢待。"说完这话,他转身离去。

明天,他将和任安、朱闳、周霸讨论对苏建的处置办法,然后向朝廷奏报。

他最担心的是军正朱闳的意见,依据大汉军律,军正是由皇上直接任命到军中的军法官,他可以越过主帅,直接向朝廷陈述自己的意见,他感到了从未有过的棘手。元朔六年的五月,就这样在卫青的情感煎熬中到来了。

……

梦回故乡,可他人仍在梦中盘桓!脑中仍是一片混沌!赵信自己也说不清,这样的选择对他来说是一种回归,还是一种背叛?直到走进伊稚斜大帐前,他仍然没有走出战败的阴影。

当被匈奴军包围时,赵信的第一个感觉就是完了!那当着卫青和众将的割发盟誓,都在一瞬间被击得粉碎。

赵信与苏建很快被分割为互不相连的两部分,与他交战的是呼韩浑琊。早年在匈奴时,他曾与呼韩浑琊接过招,两人实力不相上下。可眼下,当匈奴军潮水般地涌来时,他的方寸乱了。有几个回合,呼韩浑琊的战刀从他的胸前划过,可每次都是点到为止,似乎并没有置他于死地的意思。

呼韩浑琊在收回战刀的那一刻对赵信道:"大单于念你是匈奴人,希望你能迷途知返。"

第二天午后,他清点了一下身边的士卒,仅余八百余骑,其中有不少就是当初他降汉时的部下。

北边的喊杀声逐渐远去,战场上陷入沉寂。几位满身血污的什长上前劝他投降,为跟随他多年的弟兄谋一条生路。可赵信没有勇气做最后的决断,他已经有过一次背叛匈奴的经历,如今再背叛汉朝,他在长安的妻儿还有活路吗?而在匈奴人的心中,他又是一个怎样的人呢?

这时候,呼韩浑琊来了。他带来了伊稚斜的口信,邀他到大营一叙。

伊稚斜很大度,丝毫不怪他降汉的事情,并明言只要他能够说服苏建投降,那么这个功劳要比取汉人一百颗首级的分量要大得多。

"将军降汉,所封不过禽侯,如果将军回归大匈奴,寡人可以封你为自次王!并把妹妹嫁与你!"这意味着他的地位仅在单于之下。

权力和美人让赵信的野性复活了,他寻找理由为自己的变节辩护,强迫自己在意念深处把投降看作是种族回归。

过去了,一切都过去了。

赵信明白,大单于给予的一切丝毫不含馈赠的意义,而是需要他提供汉军情报作为交换的。这一天,他正在帐中与刚派到身边的相说话,大单于的近卫就前来传话,要他过去议事。

这已是他回来后的第三次谈话,内容依旧离不开卫青和他所率领的汉军。

一杯奶茶入口,伊稚斜问道:"此役汉军虽损失三千人马,我大匈奴却被霍去病杀去大父,掳去相国、季父等,寡人欲在塞外与汉军决战,自次王觉得怎么样?"

"不可!"赵信没有丝毫犹豫就表明了自己的观点。

"为什么?"

"大单于继位不久,对汉军还不大了解。自元朔五年来,刘彻以卫青为大将军,统率三军。现在汉军号令统一,内部严密,此时决战,天时不利。"

"那依将军之见,难道寡人要置季父于不顾么?"

"先让卑臣把话说完。"赵信凭借多年在汉廷的经验分析道,"在塞外与汉军决战,长城近在咫尺,汉军占尽地利,进可以保障供给,退可以入塞据守。而我军远途跋涉,粮草不济,久战必殆……"

"说下去!"

"汉军自卫青主兵以来,虽训练有素,可也不是无懈可击。汉人久在中原,不善骑马,短于大漠草原作战。今后我军与之作战,应尽量诱其离塞,待其疲极后而取之,这就是我们今后的制胜之道。"

"好!"伊稚斜被赵信一席话说得眼睛发亮,"自次王归来,寡人如虎添翼,何愁不能兵临长安,饮马渭水。来人!"

卫士应声进来。

"传令下去,即日移军漠北。"

可当卫士离去之后,伊稚斜又生了狐疑:"倘若汉军就此息战,寡人岂不失去破敌良机?"

赵信笑道:"大单于对刘彻太不了解了。大单于不要忘记了,隆虑阏氏死在匈奴,他岂肯罢休!臣料定,即使卫青此次班师,用不了多久,他们还会回来的。"

……

严助带着皇上关于民可买爵和赎禁锢的诏书到达寿春,这个消息在淮南国引起了种种猜测。

在安排朝廷使者住下后,刘安就急忙把伍被和刘迁召进王宫。

"你们说说,皇上这葫芦里卖的什么药?"

伍被道:"依臣看来,连年战争已致使朝廷府库空虚,皇上才不得不出此下策。"

"中郎所言极是。"刘迁按捺不住心头的兴奋,无法安静地听完伍被关于形势的分析就说道,"此时正是父王起事的大好时机,机不可失,孩儿请父王早做准备。"

"你急什么?"刘安最见不得刘迁这种毛毛躁躁的性格,"你就不能安静地听中郎把话说完么?不要忘了,严助此次来寿春,还担负着一项使命,就是追究你阻止雷被从军之事。"

刘迁悻悻地刹住话头,心中却老大的不悦。

刘安不理会这些,他现在最需要的是关于形势的准确判断,于是便问道:"依中郎看……"

"虽然臣也听说衡山王在国内大造楼车、打造兵器,可他没有卫青、霍去病,是成不了气候,就算起事也难逃覆亡的下场。所以,臣以为现在时机还没有到。"

"寡人也是这样看。只是这次被削去二县,寡人心中非常忧伤,你说寡人该怎样应对这个严助呢?"

刘迁这时又插话道:"明日父王在宫中召见他,儿臣命一司马持戟站在父王身旁,他若是敢有不敬之词,就一刀结果了他的性命。"

"鲁莽必坏大事,你不可乱来!"

"太子有备亦无妨。不过据臣所知,这个严助自建元以来就跟着皇上推行新制,至今却没有得到升迁,心中难免不生怨气,倘若大王以重金贿赂,他或许可在皇上面前美言,掩饰其在淮南所见,为起事赢得时机。"

"好!中郎明日就与寡人一起见他,看看这个严助说些什么。"

……

其实,此刻严助虽然人在驿馆,心却一刻也没有停止思考。

进入淮南国以来的一路所见,各处的备战气氛,商贾中流行的淮南钱币,使他强烈感到朝廷正面临着危机。

现在,当他透过窗口,看见外边密布的岗哨时,就明白刘安谦恭笑容背后的包藏祸心——他是把本官视作朝廷的刺探了。

刘安并不知道,现在的严助早已不是建元初年那个锐意进取的中大夫了。

廷议雷被一案前,他见到了翁主刘陵,当这个曾经迷倒过田蚡的女人投入他的怀抱时,他觉得这些年那种刻板的床笫之欢是多么的索然,他的心理防线在那一瞬间就坍塌了。

当初从会稽来京都时的追求一下子显得多么虚幻,而曾经崇仰的清廉政风又是多么的天真。皇上一高兴就为三个不晓世事的孩子封了侯爵,却不曾给他擢升一级。

从会稽太守任上回到朝廷后,虽然依旧待在侍中,每天在皇上左右,但仕途却依旧徘徊不前,这甚至让他觉得当年那些策对中的谏言是多么幼稚。国家兴衰与自己有什么关系?只有女人和金钱是现实的。

他为这种并不算太早的醒悟而兴奋,而这种醒悟也改变了他对削去淮南国二县的看法,从评判到情感都离皇上的旨意越来越远了。

严助端起桌上的茶杯,轻轻地吹了一口漂在上面的茶叶,对明天与淮南王见面就有了一个基调:它应该是实惠而冠冕堂皇的,是各取所需而又不失身份的。

傍晚时分,淮南国内史奉刘安之命前来宴请严助。

席间,严助若隐若现地谈到朝廷府库空虚,财力吃紧,卖官鬻爵的信息,他善于把握谈话的度,所有消息都是在盛赞皇上新制的同时发出的。

内史也装糊涂,于插科打诨中获得了刘安所需要的一切。

酒阑席散之际,内史陪着严助回到驿馆,笑道:"大王深知使君鞍马劳顿,很是过意不去,便命下官为使君找了两位美女解乏,请使君笑纳!"

严助酒醉,面颊潮红,此刻已是心猿意马,半推半就。当晚内史便从府上接了两位丫鬟陪严助睡了。

严助一觉醒来,已是日上三竿,他睁开惺忪的睡眼一看,只见身边睡着两位袒胸露乳,柔骨丰肌的美女。他环顾周围,衣衫零乱,便知昨晚与她们云山雾雨了。至于酒席宴上说了些什么,怎么与女人们睡在一起的,他都记不太清了。

他完全没有料到这是刘安设的一个局,此事若是传到长安,他岂不要被腰斩弃市?

正拉拉扯扯间,外面传来伍被的声音,驿令也在门外禀道:"中郎伍被求见使君大人,已在楼下等候多时。"

刘安在任何时候都不改温文尔雅和礼贤谦恭的态度,他仿佛根本就不知道昨夜驿馆里发生了什么。

"使君一路来到寿春,对鄙国印象如何?"

"这……"严助低头沉思说辞的时候,看到刘安身旁的卫士正用凶狠的眼睛盯着自己,他立即觉得如坐针毡,忙道,"臣进入淮南,一路所见,民风淳朴,官吏肃然,山川秀美,此皆大王御国有术啊!"

"这都是皇上圣德广布,泽惠淮南。还请使君回京后上达寡人之意,澄清小人谗言,寡人将不胜感激。"

"臣决不负大王所托。"

这时候,刘迁颇带威胁的话让他有一种冷风刺骨的寒意。

"本太子知道大人在寿春做了什么,倘若大人颠倒是非,诬良为奸,那……"下面的话虽然没有说,可那分明是一把隐形的刀悬在了自己头上。

刘安狠狠地瞪了一眼刘迁道:"大胆!你怎可如此对使君无礼?还不快快退下!"接下来,刘安朝前挪了挪,以示亲热道,"目前朝廷正与匈奴大战,寡人深知朝廷财力拮据,昨日已命有司在寿春城中广贴皇榜,有愿意买武功爵和赎禁锢者,尽可上报,寡人会将所得尽数上缴朝廷,以充府库。寡人虽是皇叔,但毕竟身居臣位,岂可置国家困难于不顾?"

刘安说着,看了看坐在太子下首的伍被。伍被立即心领神会,忙接着刘安的话说道:"大王虽远在淮南,可没有一日不心系朝廷,心忧社稷啊!"

"那大王对皇上削去淮南国二县如何看呢?"严助问道。

"不瞒使君,此事纯属雷被在淮南国不得志,跑到长安诬告太子,还请大人明察。不过君无戏言,皇上既然决定削去淮南国二县,寡人遵旨就是。"

"臣明白了。待回到长安,臣一定会向皇上奏明真相的。"

戏演到这里,大家心里都是明明白白的。

演者摇唇鼓舌,相互策应,力图给一切涂上神圣真诚的光彩,而观者此时宁愿相信这都是真实的。

刘安不愧精通黄老之术,他的压轴一举,不仅给落幕一个精彩的结局,而且使身负皇命的严助在寿春彻底就范了。

刘安抬起手,很清脆地击了三掌,王宫的卫士便抬着三个沉甸甸的箱子进来了。卫士打开箱盖,伍被指着箱中的金子道:"大王感念大人如此忠贞不贰,实乃大汉社稷之幸,特赐大人金千斤,还望大人笑纳。"

"这……"严助惶恐地站起来,后退两步,才勉强站定脚步说道,"臣……怎么……"

正犹豫间,一柄冰冷的宝剑就横在他的脖颈上,那是刘迁的声音:"大人可不要敬酒不吃吃罚酒。昨夜……"

"太子息怒……臣……臣领受就是……"

"放肆!"刘安大喊一声,立即上前抚着严助发抖的肩膀,仍是一脸的谦和和温润,"犬子无知,让使君受惊了。寡人今日在宫中设宴,为使君压惊。"

这时候,初夏的雷声越过寿春城头,闪电向城北的八公山掠去。

第十四章

龃龉始觉心隔远　佳气天赋麒麟情

第二天,卫青举行军前会议,商议对苏建的处理。令他没有想到的是,要求严办苏建的不是朱闳,倒是议郎周霸。

"大将军自领军以来,未曾斩过裨将,以致有赵信投降匈奴之举。而今苏建单骑而归,依律当斩,请大将军不要姑息,这样才能树立军威。"

朱闳立即反驳:"议郎之言差矣!兵法云:'十则围之,五则攻之,倍则战之,敌则能分之,少则能守之,不若则能避之。'胜负不仅取决于士气,还取决于敌我力量的对比。苏将军以数千之众当数万之敌,已属罕见,单骑归来,更见忠心。因此,下官认为不当斩。"

"军正大人所言甚是。如果对苏将军处以极刑,势必冷了将士们的心,将来处于危机之中的将军们谁还敢回来呢?"身为长史,任安在军中的地位仅次于卫青,他的话无疑对苏建的命运有举足轻重的作用。

但卫青想得更多的是,作为三军主帅,自己应该对这场失利负什么责任。如果不是自己轻易答应了赵信的请求,也不会将这三千将士交与他。斩了苏建,无异诿过于人,这不是他的秉性。

想到这里,他站起来向大家拱手道:"各位对朝廷的忠诚让我感激不已。议郎劝我斩将明威,此意离我初衷甚远。虽然'将在外君命有所不受',然依我之意,还是等回京面呈皇上,由皇上定夺为妥,不知众位大人以为如何?"

卫青的一番坦诚直言,在众人心中引起了不同回响。周霸虽以为他过于谨慎,却也没有再提出异议。至于朱闳与任安,更是为卫青的慎微和慎行而赞赏。

看大家没有不同意见,卫青遂做出决定,待班师回京请皇上定夺。

虽然卫青派公孙敖沿着赵信、苏建的路线追寻匈奴主力,但他内心十分清楚,因为赵信的投降,汉军已失去战机。他之所以摆出这种架势,也是为了迷惑敌人,稳定军心。

现在让他唯一牵挂的就是从云中出击的霍去病,每天坐帐的第一件事情就是向李晔询问他的归程。

军前会议后的第三天早上,任安兴冲冲地来到中军大帐禀告:"霍去病所部大胜而归,估计今日可以到达,李晔已经率大营卫士前去迎接了。"

"回来就回来了,还迎接什么?"

"大将军为何如此?少将军以八百骑斩首两千二百余人,我军伤亡甚微,下官以为应当摆宴庆功才是。"

"年纪轻轻,正当建功立业之时,不可纵容他。"

"论功行赏,乃汉军之规,也是皇上一贯的主张。大将军为何因噎废食,顾虑重重呢?"

卫青放下手中的战报,站起来望着帐外,对任安道:"长史所言,我不是没有考虑过。然为臣之道,在于有自知者明。我自任将军以来,虽事事小心,处处谨慎,可在朝野不少人眼中,仍然以为本将之所以有今日,乃因皇后之故。倘若再不谨慎,大肆铺张,宣功邀赏,难免授人以柄。长史与我相知有年,此种苦衷,想是不难理解的。"

"下官明白了!"任安向卫青拱手致意,一时无言以对。但他还是以为,像霍去病这样的将才若是冷落了总是不妥,于是提出由他出面,稍事庆贺。

卫青很感谢任安的热心,谢道:"不必了。霍去病是我外甥,还是由我为他操办吧,费用从本将的俸禄中支取,长史若是没有其他的公务,也过来一起开怀畅饮吧!"

"大将军戎马倥偬,你们甥舅见面也不容易,下官就不打扰了。"

可就是这样的甥舅小聚,也延宕了数日,直到公孙敖的人马归来才得以实现。

公孙敖很沮丧,他一路追击到颓当一带,也没有见到伊稚斜和赵信的影子,无奈只有退兵而还。

这本在预料之中,卫青丝毫没有责怪公孙敖的意思,他能将一万汉军全部带回,这就是功劳。

时序进入七月,边境出现了数年来少有的平静。于是卫青召集云中、定襄、雁门三郡太守和中部都尉、东部都尉参加军前会议,决定大军择日起程,班师回京。

各路将领散去后,卫青留下公孙敖和霍去病小聚,他吩咐下面备了小菜和酒酿,就在大帐内小酌。

公孙敖举杯向霍去病庆贺:"少将军风华正茂,英才初显,一战而斩匈奴首虏过当,可喜可贺!"

霍去病忙起身答谢:"末将受皇上垂爱,舅父栽培,才得有小胜,何足挂齿?请将军共饮此爵!"

随后他又斟满一爵酒,面向卫青说道:"甥儿能有今天,舅父恩泽如海,请舅父饮了此爵!"

卫青举起酒爵,蓄积多日的话都化为舅父对外甥的慈爱,但话一出口,还是有些含蓄。

"制胜之道,在于天时、地利、人和。你之所以能够以少胜多,首先得益于长期在侍中供职,耳濡目染皇上雄才大略,才有所长进;其次,胜在天时,虽说东线战事,出师不利,损失了三千人马,但他们以三千之众牵制了数万敌军,为你赢得了战机;其三,胜在地利,你出兵之地乃匈奴老者居住之地,兵力薄弱。加上张骞随军,知水草处,军得以不乏。故而此役之胜,非你一人之功。我且饮你一爵,但你不可骄矜自恃。"

霍去病没有想到,卫青接下来的话却含着尖锐的批评:"兵法云:'故兵贵胜,不贵久。'可你孤军深入敌境两千里,此兵家大忌,你年轻气盛,于为将之道还远矣。"

"这……甥儿倒没有……"霍去病咽下了后面的话。

要真正理解卫青的话,还需要时间。年轻的霍去病知道,云中之役拉开了他军事生涯的序幕,他将从这里开始,用他的青春,用他的战刀去刻画大汉的锦绣江山。

……

大军回到长安,已是八月了,朝廷的封赏很快就下来了。

霍去病以斩首虏过当,俘获甚多而取了头功,敕封为冠军侯。

张骞因熟悉匈奴环境,为霍去病速胜创造了机会,被封为博望侯。

上谷太守郝贤,先后四次跟随卫青出击匈奴,又在这次定襄大战中再立新功,被封为众利侯。

卫青因赵信投降、苏建获罪而没有加封,但刘彻还是赏赐了千金。

对个人的荣辱,卫青看得很淡,但他十分关心苏建的命运,他多次向皇上陈奏原委,终于使他开了天恩,免去了苏建的死罪,使之得以赎为庶人。

从宣室殿出来,卫青直接乘车回了大将军府,他为自己没有得到封赐而庆幸,这样一来,他不用再为三个儿子而背上太多的压力。

现在,他可以卸去盔甲,陪长公主很休闲地度过这段平静的日子了。

卫青的车驾缓缓行驶在尚冠街上,他远远地瞧见大将军府的门楼,心中就满怀回家的温暖。

自从被授予大将军印信后,皇上就指派少府寺扩充了府第,现在这里已是修竹茂林、花木扶疏、曲径通幽的住所。他期待自己在京城的这段日子,谁也不要打扰,让他有时间与妻儿尽享天伦之乐。他也好借这个时间读一读兵法,好好总结一下出征以来的经验。

还好,门前没有车马的影子,卫青舒了一口气。他进了府门,就看见长公主带了丫鬟们正在院内赏菊。

长公主抬起头就看见了一身朝服的卫青,她脸上立时笑意盈盈,忙对翡翠道:"快为大将军沏茶。"

"他们呢?"

"夫君是说不疑他们几个?这不,今日秋高气爽,他们闹着要去郊游,我让府令和骑奴们护着他们出城去了。"

卫青的眉头一皱:"不疑已经不小了,皇上像他这样大的时候,早已在思贤苑中读书了。"

"他们都还是孩子嘛!看看朝廷那些王公子孙,哪个在这样的年龄不是在玩耍呢？"长公主不以为然地笑了笑。

卫青与长公主席地而坐，他接过翡翠递过来的茶水，喝了一口道："将门之后，如果成了纨绔子弟，如何对得起皇上的恩典啊？"

"大将军还记着那件事啊？"

因为给儿子求封，他们夫妻之间发生了前所未有的冲突，直到出征定襄也没有云开雾散，中途长公主虽然托霍去病带了信，可现在看来，那横在他们之间的心结依旧没有打开。

长公主就是不明白，作为父亲，卫青为什么就不能替儿子们着想呢？但现在，她只想千方百计淡化这些，她珍惜的是他们之间难得的相聚。

"我往后对他们多加教诲就是。"

长公主的柔情目光在卫青的脸上停留了许久，说话时眼圈就红了："看看！一仗下来，人又瘦了许多。司马相如常说，久别胜新婚。你这是怎么了，刚刚回来，就批评儿子……"

"好了！过去了就不说了。"卫青的表情开朗了很多。

其实，女人是很容易满足的，就是长公主这样的皇家贵胄，也一样对男人的爱有着期盼甘霖一样的焦渴。她要翡翠准备酒菜，她要把几个月来的每一滴思念都注进浓浓的酒酿里……

夫妻间的叙话，没有任何禁忌，从府中的大小变故，到前方战事的惊心动魄；从霍去病脱颖而出，到朝廷对有功将士的封赏，无拘无束，话随心走。

说到没有加封爵禄，只赏赐千金，长公主就为卫青打抱不平，声言改日要进宫面见皇上，讨个说法。

卫青用淡然抚平了长公主的愤懑："倘若如此计较，那长眠在边塞的三千士卒又该如何呢？不管怎么说，皇上没有追究用兵的失误，已属万幸。想想那些失去亲人的百姓，我就非常不安。"

"夫君总是这样小心谨慎。"长公主嗔怪道。

卫青除了报以宽容的憨笑，没有再说什么。她毕竟是皇家的长公主，当今皇上的姐姐，他不能不顾及她的这个身份……

卫青斟满一爵酒谢道："我不在的这些日子，夫人为府上诸事操劳，请夫人饮了此爵。"

长公主急忙举爵应道："夫君劳苦功高,应当我先敬才是。"

两人相互推让,晶莹的酒酿顿时洒到了衣襟上。长公主投给丈夫的目光,星星点点间都荡漾着柔和,生怕一不小心,眼前这个男人就丢了。

"夫君,你我永远就这样该多好啊!"

"呵呵!那哪能呢?我还是皇上的人啊!"

太阳的金线拉着婆娑的竹影淡淡地涂在织锦的幔帐上,长公主望着西斜的太阳,多希望上苍赐予她一条纤绳,系住这流逝的光阴,把这卿卿我我永久地留在身旁。

卫青怎能读不透长公主的心思呢?他当下就道:"我今日已谢绝一切应酬,一心一意地陪着夫人。"

长公主闻言不能自持,不由得越过案几,依偎在卫青的怀抱里。

可他们谁也没有想到,一个偶然的话题,就让这缠绵的气氛从身边流走了。

长公主借着酒意说给一个让卫青十分不解的消息:"夫君知道么?皇上最近要为王夫人庆寿,大臣们都纷纷张罗着送礼呢!"

"朝廷财力不是很紧么,皇上还不得不诏令郡国买武功爵和令民赎禁锢呢!是谁又在皇上耳边吹风呢?"

"国家财力再紧,难道还没有给心爱女人庆祝寿诞的钱么?"

"王夫人春秋尚富,年不过二十一二,过什么寿诞?"

"那是皇上的事了,做臣子的只要顺从就行了。"

长公主隐瞒了一个环节——那就是她向皇上谏言要为王夫人过寿诞的。她当然不会告诉卫青,这不过是她向卫子夫一连串报复和示威的筹谋之一。

长公主从卫青的怀抱中坐了起来道:"皇上不是赏赐了夫君千金么?我的意思,不如从中拿出五百金作为贺礼。"

"这是什么话!"卫青推开长公主,吃惊的目光反复地打量着这个刚才还温情脉脉的女人。

"怎么了?有什么不妥的?"

"不行!它是皇上的赏赐!每一钱都浸透着边关将士的血,岂可用作后宫夫人的贺礼呢?用将士的血去为一位夫人庆寿,我做不到。"卫青紧紧抓住长公主的胳膊。

"放手!"长公主挣脱卫青,那种带着讥讽的冷漠和傲岸,自内向外从每一个句子中散发出来。

"什么将士的血?那是皇上的恩典!王夫人寿诞,朝臣们还怕送不进去贺礼呢? 夫君倒好……左一个将士,右一个将士……难道大将军有今天,仅仅是因为将士么?"

"别人怎么说我并不在乎,夫人你总该知道我为大汉江山,出生入死……"

长公主转过身来,话语益发尖酸刻薄:"大汉将军如雨,谋臣如云,哪一个不是提着脑袋走上疆场的? 若没有了我,没有了皇后,夫君就是用十颗脑袋也挣不下这个大将军的地位。夫君不要以为有了皇后就有了靠山。有道是花无百日红,以色事君,色老而爱尽。古往今来,哪个皇后不是这样呢?"

卫青终于明白了,他不仅是公主的丈夫,而且还是她的臣子;他不仅是大汉的将军,更是她恩赐的对象;他头上的冠冕不仅染着将士们的鲜血,更闪耀着皇后的光环;他在战场上号令三军,却对一个皇家女人无可奈何。他找不到排泄愤懑的方式,胸口憋得难受。

"来人!"

"大将军有何吩咐?"卫士应声而到。

"备马!"

"诺!"卫士被卫青铁青色的脸吓坏了,不敢怠慢,匆匆地向马厩跑去。

战马载着卫青,出了横门,在广袤的咸阳原上飞驰。

马蹄荡起阵阵黄土,淹没了跟在他身后的卫士,马群过处,田垄上的农人们都惊恐地望着。

为什么到这里来?他说不清楚,只是觉得很疲倦。他翻身下马,躺在距长陵不远的松树林中。

一只苍鹰在卫青头顶盘旋,卫青望着它大叫道:"非功莫侯……非功莫侯啊……"

"什么事情,让大将军如此烦恼呢?"一个声音从秋风中飘来。

卫青坐起来看去，只见汲黯散散淡淡地朝着这边走来了。

他急忙站起身来行礼："大人为何也到这里来了？"

汲黯挥手在面前画了一个半圆道："皇上让下官做了右内史，这京畿之地都是下官的辖内，出来兜兜风，赏赏秋，那总可以吧？"

"那是！那是！"

"看大将军脸色，有什么心事吗？"

"这……在下也是在府上待烦了，出来透透气。"

听卫青这样说话，汲黯只是微笑。卫青有些不解道："大人为何用这样的眼光看着在下？"

"大将军熟读兵法，运筹帷幄，但有一样不行，就是没有学会说假话。如果下官没有猜错，大将军一定是为给王夫人送礼的事上与长公主意见相左吧？"

卫青惊道："大人怎么知道的？"

"给王夫人祝寿，是满朝文武皆知的事啊！"

卫青知道这事没法瞒下去，便将对王夫人祝寿的看法直接说与汲黯听。

其实，汲黯早知道这事是长公主一手促成的，他更明白长公主不是一个好惹的人。再说对卫青来讲，他也不缺那几百金。倒是刚才遇见的一件事情让他揪心："不就是几百金么，公主有意送去就是了。倒是令公子应该引起大将军的注意啊！"

卫青忙问道："大人听说什么了？"

汲黯顿时严肃起来："是下官亲眼所见。就在一个时辰前，令公子带着骑奴们撵兔，从百姓刚成熟的糜谷地里跑过，弄得农夫们怨声载道。骑奴们一顿皮鞭，把一个老者打得鲜血淋淋，若不是下官及时赶到，恐怕就要出人命了。"

卫青听着，脸色便阴沉了，他转身就要上马，口中怒道："在下这就去杀了这个逆子。"

汲黯见状，忙上前拉住马头道："一个号令千军的大将军，怎么能如此沉不住气呢？他不过是一个孩子，知道什么？要紧的是做父母的要担起责任。"

卫青长长叹了一口气道："谁说不是呢？都是他母亲溺爱的。"

太阳在咸阳原畔西沉，遥远的天际升起了乳白色的烟雾，两人牵着马缰，一路缓缓地朝原下走去。

正是秋色渐深的日子，回望身后的长陵、安陵，寂寞地矗立在千里暮云下。再看看眼前，是当年始皇帝倾举国财力兴建的宫室，如今只剩下风雨剥蚀的残垣断壁。

这情景让汲黯的眼睛有些湿润，他对眼下皇室贵胄的作为充满了忧虑。走在身旁的卫青见汲黯沉默不语，便问道："大人在想什么？"

汲黯叹了一口气道："下官是在想秦朝兴亡的教训。"

卫青点了点头道："是啊！不想大秦一统天下，竟然亡于陈胜、吴广。"

汲黯摇摇头道："亡秦者，非陈胜、吴广，乃秦也。若非秦二世沉湎于声色犬马，岂有亡秦之祸？"

"大人真知灼见，在下受教矣。物必自腐，而后虫生。可是当朝如大人这样居安思危的智者也不多了。"

来到横桥桥头，卫青站住了，他深深向汲黯作了一揖，道："在下今日回去，定要严责逆子。小小年纪，就染上了这种恶习，以后还怎么了得……"

"好在公子年幼。人云，玉之不凿，难以成器。公子天资聪颖，只要好生调教，将来一定会大有作为的。"

两匹马载着主人上了横桥，渭河的水声，夹杂着马蹄声，杂沓地传向远方……

第二天一早，卫青进宫拜见皇后。

卫子夫正在询问刘据的学业，刘据看见卫青，就跑上前来亲昵地问候："舅父在上，甥儿有礼了。"

这不是普通百姓家的外甥，他自出生就打上了皇家烙印。卫青赶忙匍匐在地，口中讷讷道："臣卫青拜见皇后、皇子殿下。"

"平身！"

行过大礼，姐弟就开始叙话了。春香知道大将军进宫一定有事，于是忙带刘据出去玩了。

"公主怎么没有一起来呢？"

"这……"

看见卫青为难的样子,卫子夫不再问下去。她知道长公主的脾气,但她说出的话却是充满着对长公主的宽谅:"这几个月你在边关,也真难为她了。"

姐弟俩都尽量回避那些不愉快的事情。

"虽然臣弟身在疆场,可没有一刻不思念皇后的。好在将士们奋勇争先,终于大胜回朝。"

卫子夫说,尽管她也知道卫青身经百战,可每一次出征,她的心就要悬几个月,晚上总是做噩梦。而后他们又说到母亲的身体,卫子夫告诉他母亲身体康健,不要他分心。

真是岁月催人老。

椒房殿的春秋带走了卫子夫的年华,她看上去再也没有当年在平阳公主府中那样润泽了。

卫青透过姐姐淡淡的笑意,看到她内心深处的惆怅。一切都是因为自己儿子引起的,因为得罪了长公主,她就把王夫人引荐给了皇上。

在这个幽深的皇宫里,皇上的情感是不断转移的,而留给女人的只有承受,有谁能理解皇后呼风唤雨背后的寂寞呢?这一年,姐姐受了不少委屈,却又无法对人诉说。

一想到王夫人,卫青就不由自主地谈起了因为要给王夫人送礼,他与长公主之间发生的不快。

卫子夫只是静静地听,偶尔眉毛微微颤动,但很快就回归淡然了。直到卫青刹住话头时,她波澜不惊地说道:"公主是对的,你按公主的吩咐去办即可。"

"这是为何?"

"不必多问,寿诞都由我张罗,这可是皇上的旨意。"

"皇上经常与皇后见面么?"

卫子夫眉头皱了皱道:"你问这些干什么?这是你该问的么?"

卫青发现,姐姐这话一出口眼圈就红了,他就在心里埋怨自己太莽撞了,不该触动姐姐的忧伤。

卫子夫爱怜地看着卫青道:"我老了,可据儿还小,去病也还要你关照,大将军可是重任在肩啊！我累了，你就快回去吧。"

卫子夫显然不想将这个话题继续下去，徒生烦恼。

"诺！臣弟告退了。"

就在卫青刚刚迈出殿门时，身后又传来卫子夫的声音："回去后向公主道歉，不要太任性了。"

"臣弟记住了。"

但是，在他即将走出宫门的时候，却又被春香叫了回去，其实皇后要说的也就只有一句话："记住！你现在是大将军了，凡事要学会忍耐。"

"臣弟记住了。"

"好！你现在可以走了。"卫子夫挥了挥手，转过身去。

卫青仿佛看见皇后的肩膀在颤动。

唉！她心中一定不好受。卫青捶打着自己的胸膛，自问道："你这是干什么啊！"

……

由皇后为王夫人安排的寿诞，场面气派而又繁华。

丞相公孙弘、御史大夫李蔡等中外朝在京两千石以上官员，都送了丰厚的礼品，各个郡国也都借机表达了对朝廷的敬意。

卫青将皇上赏赐的千金分出五百作为贺礼，由长公主亲自送到宫中，夫妻间的这场风波终于以卫青的妥协而平息。

长公主在酒席宴上频频举杯向王夫人致意，以此来表示对皇后的冷落，可卫子夫毕竟是母仪天下的后宫主人，她的端庄和娴静，忍耐和宽容，使得寿诞自始至终都洋溢着祥和福瑞的气氛。

不过明眼人都看出来了，长公主才是真正的幕后主宰。

也许是考虑到皇后的感受，刘彻没有出席寿诞筵席，而是让包桑送了一块和田玉，上面刻了"嘉气始降"四字。

当天晚上，王夫人就留在了温室殿。她不断用娇喘刺激着刘彻的神经，扭动的身体就像一条玉色的鱼，在情感的激浪里穿梭，她多么希望皇上的"嘉气"能在这个不平常的日子在她的体内凝结成一颗皇家的种子。她明白，只有如此她的命运才有转机。

可上苍的嘉气没有在她身上降临,却于秋冬交替的时节在雍城应验了。

十月,刘彻照例地移居雍城橐泉宫,在那里举行一年一度的祭祀五帝的仪式。除公孙弘留守京城外,卫青、李蔡等人都陪同皇上一起到了那里。

刘彻毫不掩饰对霍去病的偏爱,特地点名他以"骖乘"的身份坐在自己的车驾上。

车队一出长安城,刘彻就按捺不住对战场的好奇,他要霍去病把战场上的形势讲给他听。

因为在侍中待过一年多时间,在霍去病眼里,皇上并不神秘,他与皇上说话的时候没有一点拘束。他虽然读书不多,却对那些克敌制胜的经历有着直接的感受,讲起来绘声绘色。

"臣的骑兵挥剑驰骋的时候,匈奴的士卒简直不敢相信汉军会以如此迅疾的速度来到他们面前,他们以为是神兵天降,来不及应战就一个个做了刀下之鬼。"

刘彻沉浸在这绘声绘色的战争传奇中,他侧目打量着身边的霍去病,觉得那一对鹰目,还有刚刚从唇边冒出的胡须,现在都变得十分可爱。

"假如朕给你十万大军与匈奴决战,你可有胜算?"

"赖陛下神威,没有什么不可以。"

"二十万呢?"

"臣一定不负圣望。"

接下来,霍去病把这些日子对如何打仗的思考,直接说给了刘彻听。

"我军以往与匈奴作战,从不离塞,因此也不能永绝边患。臣以为只有将匈奴人驱出漠北,使长城内外,均为我大汉疆土,才会永绝边患。"

"爱卿所言,正合朕意。朕已决计倾全国之力,不扫灭匈奴,决不罢兵。"

驾车的公孙贺听着他们君臣的对话,很吃惊于霍去病的胆识。显然,他的雄心已远远地超过了卫青。他不敢想象,这个平阳县吏的儿子在将来会创造出怎样惊天动地的伟绩。而这一切,又将会给自己带来怎样的影响!

他扬起马鞭,打在六匹御马的身上,行进的速度加快了……

祭祀的程序一如往年,在雍城逗留的日子,卫青和霍去病一直陪伴在皇上身边。

大臣们只能随在后面,看着他们驱车莽原,驰马高畤,将八百里锦绣秦川尽收眼底;感受他们纵论周秦兴废,勾画扫灭匈奴宏图的畅想;倾听他们说到高兴处,留在雍水河畔的笑声。

　　刘彻不是那种怠于朝政的君主,不论是在长安还是出巡,他都一如既往地保持从前的习惯。不过这回陪同他练剑的不是未央宫卫尉,而是两个从疆场归来的将军。

　　刘彻感兴趣的是匈奴人的刀法,他要卫青扮作匈奴将军,以匈奴的刀技向他发起攻击。这让卫青很为难,生怕不慎伤了皇上,每每对阵,总是以守为主,展不开手脚。这让刘彻觉得很不过瘾,于是干脆让霍去病出刀。

　　霍去病就没有那么多忌讳,一上来就步步紧逼,几个回合下来,刘彻便有些气喘不匀了,头上也冒出蒸蒸热气。

　　刘彻边招架边思索,渐渐就发现了匈奴刀法的破绽,很快由守转攻。一把宝剑缠住霍去病,无论他怎样周旋就是不能脱身。并趁霍去病一大意,就直取他的脖颈,霍去病的战刀"当"地一声便落地了。

　　这一阵厮杀,看得卫青和众位大臣眼花缭乱。霍去病从地上拾起战刀,却是不服道:"皇上乘虚而入,臣输得不甘心。"

　　刘彻收起宝剑,哈哈大笑道:"爱卿可知输在哪里?"

　　"还请皇上明示。"

　　"爱卿不输在力上,而是输在心上。"

　　"臣还是不明白。"

　　"还记得爱卿在侍中时,朕要你熟读兵法的事吧。须知读书可以明智,可使做事达到事半功倍之效。"

　　卫青在一旁听着,不由得感叹皇上的有心,他这是在借机教导霍去病。他急忙上前道:"皇上一席话,使臣茅塞顿开。"

　　刘彻边走边意味深长地说道:"为帅者,不习兵法,可以随机成小胜,终不能成大器也。"

　　霍去病紧紧跟着刘彻,虽然没有再说话,可皇上的训诫如同重锤,让他的心久久不能平静。

　　皇上与卫青、霍去病如此亲近,这让李蔡心里感到很不舒服。说起来,做过代相的他也曾随卫青打过几仗，可……这些埋藏在心底的嫉妒和不平，他无法说出口，他只有等待机会。

这一天，刘彻很早地就起来了，在卫青和霍去病的陪同下，他们来到雍水河边。

淡淡的晨雾中，雍水自北向南地流入渭河。勒马瞩目不远处的秦穆公墓，刘彻心中顿然地生出了敬意。这时候，霍去病突然叫道："皇上请看！"

顺着霍去病手指的方向看去，刘彻不禁惊呆了。这是何等绮丽的景象啊！被晨曦染作五彩的岚雾中，一只从来不曾见过的生灵就站在那里。

这东西头上长着一只角，鹿身、牛尾、蹄胖五瓣，毛色洁白，声如钟吕。刘彻似在梦中见过，却又是这样的陌生。

霍去病不假思索道："此等非牛非马之兽，一定不是吉物，待臣射杀它就是了。"说罢，就从箭囊中抽出一支银羽。正要发箭，忽然晴空雷声轰鸣，电光闪闪。

天空无云而雷声大作，这令卫青大感不解，他忙抽出腰中宝剑，号令禁卫保护皇上。只听见一个低沉的声音喊道："大将军且慢！"

刘彻回头去看，却是李蔡匆忙地赶来了。

"皇上！此乃嘉气始降矣！嘉气始降矣！"李蔡气喘吁吁道。

刘彻闻言，益发奇怪，前些日子他为王夫人祝寿时，曾赐她一块和田玉，上面就刻有这四个字，他忙要李蔡平身回话。

"爱卿不必惊恐，快与朕详细奏来。"

李蔡拍了拍袍子上的尘露，就带着几分神秘道："皇上肃祗郊祀，上帝报享，赐一角兽，此乃麒麟是也。"

经李蔡这么一说，卫青倒想起来了，在边关时他也听任安说过，天有神兽，名曰麒麟，于是忙对刘彻道："既是天帝所赐，臣不妨令禁卫捕之，养在宫中，以祈社稷之福。"

禁卫从四面包围，向雍水河边收拢。可那麒麟似乎是受命于上苍，早就在这期待这次嘉会，它轻盈地撒开四蹄，越过卫青、霍去病和李蔡，来到刘彻面前，温顺地匍匐在他脚下，润泽的白唇吻着刘彻的衮袖。刘彻俯下身体，手指缓缓抚过麒麟角上的肉瘤，似乎是对一位久违的朋友说话。

"惠哉昊天,赐我神兽,大汉社稷,悠悠万世。随朕回宫,大祀五畤,牲加一牛。君臣大宴,喜庆三日。"

一路上,麒麟在卫青、霍去病与皇上之间,紧紧地追着刘彻的脚步。那种忠诚和驯服,让随行的大臣们无不称奇。

郊祀结束,回到长安,李蔡先是到宗正寺查阅了高皇帝以来像天法地的记载,又到太常寺咨询了改元的记录,然后协同太常向刘彻提出了改元的奏章。

"元宜以天瑞命,不宜以一二数。皇上登基,乃元之首,曰建元;二元因有白光出现,曰元光;三元因收回河南地,筑朔方城,曰元朔;今皇上于郊祀得一角兽,此乃祥瑞之兆,臣等启奏皇上,以改元为狩。"

这项奏议几乎没有什么异议,就在廷议时得到了三公九卿的赞成。

时序就这样地进入了元狩元年。

朝廷大赦天下,诸侯纷纷朝贺,王朝沉浸在一片祥和的气氛中。

先是济北王刘胡献上泰山及其周围的县邑,以作封禅之用。接着,各个郡国纷纷上表,呈报购买武功爵和赎禁锢的表册,同时将所得源源不断地解往京城,一度空虚的府库又渐渐地丰盈起来。其中,以淮南王刘安申报的数量最多。

严助从寿春回来后说,淮南境内民安其居,商安其业,夜不闭户,山无盗贼。淮南王还对皇上削去二县毫无怨言,并斥责了王太子。

作为侍中,严助系建元以来老臣,刘彻虽然对其所奏提不出多少质疑,可依他对这位皇叔的了解,心中总有些不安。

危机就在一片歌舞升平中一天天临近了。

这是十一月的一个傍晚,公孙弘刚刚回到府上,还没有来得及喝上一口茶水,府令便送来两封上书,声称送信的人称情况紧急,请丞相立即禀明皇上。

公孙弘拆开信札,只粗粗地浏览了一番,就脸色苍白,冷汗淋漓了。

"夫君!这是怎么了?"

"休得多问,老夫要进宫。"

"就是进宫,也得用了晚膳吧!"

"你懂什么？"公孙弘不耐烦地盯了夫人一眼,就出了相府,径直奔未央宫而去了……

"皇上在里面么？"公孙弘心急火燎地向殿外的包桑问道。

"正和司马相如、东方朔谈诗论文呢！"

"请公公奏明皇上,就说老臣有要事求见。"

过了一会儿,包桑就出来领他进殿回话。公孙弘捧着上书,刚进宣室殿门,就听见刘彻在殿中央来回踱着步子,高声朗诵道：

朝陇首,览西垠。

雷电燎,获白麟。

爰五止,现黄德。

图匈虐,熏鬻殄。

辟流离,抑不详。

宾百僚,山河飨。

掩回辕,衋长驰。

腾雨师,洒路陂。

流星雨,感唯风。

衋归云,抚怀心。

一首歌罢,刘彻就面向司马相如和东方朔问道："朕的这首《白麟歌》如何？"

东方朔连道："好诗,好诗！皇上的诗,起首不凡,落语尤好,'衋归云,抚怀心',长发如云,飘飘若仙。"

刘彻捻须微笑,并不纠正东方朔的理解。这是他心中的秘密,那飘洒如云长发的只有王夫人,而领受这长发摩挲的男人,还会有谁呢？

有过风流体验的司马相如领会了皇上的诗意,却又不便明说。当刘彻要他发表见解的时候,他换了欣赏的角度道："皇上这首《白麟歌》借物起兴,意象纷纭,尤以气势夺人。"

刘彻放声大笑道："还是二位爱卿解得好！"于是令黄门奉上御酒,以示褒奖。

他转过身来，就看见一脸焦急的公孙弘，笑问道："丞相平日里处事稳健，今日何以如此慌张？"

公孙弘将两封上书呈送给刘彻道："皇上看了就明白了。"

刘彻接过上书，大致浏览了一遍，似乎一切都在预料之中。遂对司马相如和东方朔道："时间不早了，丞相又有事禀奏，看来朕只有另择他日与卿等谈诗论赋了。"

等他们告退后，刘彻把两封上书扔在案头，嘴角露出讥讽："终于来了！"

这两道上书来自淮南国和衡山国，上书的不是别人，一个是刘安的孙子刘建，密告他的祖父私刻皇帝玺，制作御史大夫、大将军至两千石官员印，密谋造反；一个是衡山王的废太子刘爽，状告新立衡山王太子刘孝私做輣车、打造弓箭，密议与淮南王策应起事。

"龟蛇欲动，风必兴焉。朕倒要看看，他们能奈朕何！速宣李蔡、张汤、公孙敖到宣室殿议事！"

大臣们在时近戌时接到皇上召见的口谕，心头都捏了一把汗，急匆匆地赶到宣室殿。

公孙弘向大家简述了两道上书的内容，刘彻就要大家发表看法。

李蔡道："上书的人一为淮南王长孙刘建，一为衡山国废太子刘爽。据严大人说，刘建对淮南王立刘迁为太子一直耿耿于怀，今番上书，所陈事实的真伪尚需甄别；至于衡山国废太子刘爽，大概也是报复，还请皇上明察。"

张汤看了看李蔡道："大人所虑，不无道理。不过元朔五年臣审理雷被一案时，获得大量证言，足以表明淮南王图谋不轨已非一日。因此臣请皇上当机立断，缉拿淮南、衡山王父子归案。"

在李蔡和张汤说话的时候，公孙弘一直在对两人的陈奏做着比较和分析。

他很快发现，无论是李蔡还是张汤，都忽视了一个与此案有着密切关联的人物——严助。

许多被忽视的现象，让公孙弘越来越感到蹊跷。他发现在以前严助不止一次向皇上陈奏要警惕淮南王，可自从出使回来后，说话的语气就全变了。

有几次在塾门等待皇上召见时，严助还极言淮南国对朝廷的忠诚。后来，他还听人说，这位侍中常常出入于淮南王在京城的府第，与刘陵过从甚密。

公孙弘之所以没有太在意，也是因为严助是建元以来的老臣，饱经风霜，屡经历练，不相信他会与皇上离心离德。现在看来，这一切都不是空穴来风。

他一旦发现了这个细节，就对思路做了迅速的整理，他充分肯定了李蔡顾虑的合理，又对张汤的主张表示了明确的支持，最后，他清楚而明晰地将严助牵进了案情。

"臣以为，两道上书所陈事实与严大人向皇上复旨时所言相去甚远。要么就是刘迁、刘爽诬告两位大王，要么就是严助欺君罔上。因此臣请皇上立即将严助下廷尉府审理。"

刘彻重新拿起案头的上书，指着其中所列"刻皇帝玺、打造弓箭、制官印"等罪状道："这些蛛丝马迹，朕平日里屡有所闻，只是没有证据，去年朕削去淮南二县，意在摇枝惊鸟。临行前，朕曾叮嘱严助，一定不要放过每一个细节，孰料他回来却送给朕一幅淮南太平图。"

他的目光掠过大臣们的额头，立时让人感觉到一股威严的杀气。

"公孙敖听旨，命你连夜秘捕严助，送廷尉府严加审问。"

"诺！"

在公孙敖转身朝殿外走的时候，刘彻又加了一句："还有那个长期盘桓在京的刘陵，也一并捉拿归案。"

命令一下，刘彻就把思绪转到平定淮南、衡山事变上来。他对张汤道："可将严助一案交与廷尉长史审理，由李蔡监审。爱卿带治狱使者即日起程，前往淮南、衡山缉拿逆贼。"

刘彻又对公孙弘道："丞相要做的事情就是，明晨起，督促宗正寺、太常寺整理淮南王、衡山王的作为，他们皆刘姓诸侯王，一定要持之有据，不可臆断。"

为了保证张汤能将叛逆缉拿归案，刘彻又下令发庐江、临淮、汝南三郡兵马，对寿春围而不攻。

"这是为什么呢？"公孙弘问道。

"唉！同宗血脉，兵戈相见，若非万不得已，朕又如何忍心呢？"

夜色沉沉，天空很黑。宫墙外宽阔的大街旁，亮起两排灯火，一直绵延到城门口，从巷间街市的酒肆中传来文人骚客们的笑声，和着浓浓的酒香在夜色中飘散。

而一场平叛战争，就在这夜色中悄悄地拉开了帷幕……

第十五章

淮南平叛血雨飞　祭祖忧思立嗣急

在刘彻祭祀五帝的日子里,淮南王刘安约了伍被,登上了寿春城外的八公山。

这里古树参天,流泉密布,风景怡人,沿着山道拾级而上,刘安的心里很不平静。

当年,他效仿秦相吕不韦,邀集天下三千饱学之士,于此编纂《鸿烈》时,年仅三十三岁。在这些人杰中,他最喜欢的有左吴、李尚、苏飞、田由、毛被、雷被、伍被、晋昌八人,当时号称"淮南八公"。

岁月如白驹过隙,转眼二十年过去了,他已是过了知天命之年的一方诸侯,当年不离左右的八公走的走,离的离,如今留在身边的只有常年卧病在床的左吴和伍被了。

让刘安最伤心的是雷被。

元朔五年,他因与刘迁不和,竟然借口响应朝廷征召猛士的诏令,跑到长安去告状,致使刘彻下令削去淮南二县。

刘安心疼的不是区区二县,而是通过这个现象看到了一种危机。他越来越觉得不能再等下去,等待的结果只能是人为刀俎、我为鱼肉的局面。

现在,站在八公山上,他与伍被继续着他们之间绵延多年的话题——何时问鼎长安?怎样号令天下?

"过去将军总以为寡人兴兵乃是弃千乘之君,赐绝命之书。现在还这样看么？"

伍被没有说话，等待刘安继续。

"现在寡人绝成皋之口，据三川之险，招山东之兵，左吴、赵贤、朱骄等人都以为此时起兵，成功有九成把握，将军以为呢？"

伍被的心境很复杂。当年皇上削去淮南国二县，他就明白淮南王对此事绝不会善罢甘休。从那时候起，他一直就处在艰难的抉择中。

他完全可以向朝廷举报淮南王的阴谋，但要走出那一步是多么艰难，毕竟刘安对他有知遇之恩。

他也可以选择与刘安一起反叛，但这分明是一条不归路。

所以一年多来，他总是寻找各种借口来躲避这个棘手的问题。不过，今天他再也没有回旋的余地了，于是反问道："大王果真要和朝廷翻脸么？"

刘安叹了一口气道："刘彻先是推恩，意图肢解淮南；接着又削县入郡，步步紧逼，寡人也是不得已而为之啊！"

"如果真到了万不得已的地步，那臣倒有一计。"

这是刘安第一次听到伍被主动为起事献策，眼睛立即亮了："将军有何妙计，快快讲来！"

"大王可曾听说济北王向皇上献泰山之事么？"

"这怎能不知道呢？这个没有骨头的东西，枉为齐王之后。"

"济北王乃大王的侄子，尚且对皇上如此忠诚，可见天下刘姓诸侯，多数对朝廷没有异心。"

"此类平庸之辈，不足与谋。寡人单凭淮南，可成大事。"

"大王之言差矣！当年高皇帝为何能逼项羽乌江自刎，不因别的，就因天下诸侯咸归麾下。"

"依将军看来，寡人难道只能屈守寿春了？"

"非也！微臣以为，若要获得他们的支持，大王可命人矫丞相、御史大夫书，言皇上将迁徙郡国豪强于朔方，等把他们集中到一起之时，就要拘捕他们，以作人质。这个消息一旦传出去，天下没有不恐惧的。那时大王举事，还怕他们不响应么？"

刘安点了点头道："这不失为一条妙策，要做起来也不难，寡人早就制好了丞相和御史大夫的印信，正好派上用场。"

"仅仅这些还不够！大王起事，知道最大的威胁是什么吗？"

"这还用说？不就是那个踌躇满志的皇帝么？"

"非也！如果没有卫青、公孙弘、汲黯等人，一个皇上又会有什么作为呢？"伍被从身边松树上折下一株嫩枝道。

"将军就不要吞吞吐吐的了，有何妙计，快与寡人说来。"刘安的脖子伸得老长。

"派遣刺客，刺杀卫青、汲黯等人。所谓木叶将落，震而坠之。如此一来，朝野将一片混乱，长安则唾手可得矣！"

"将军一计定天下！寡人有将军，胜于十个公孙弘耳！"刘安沉醉在伍被的筹谋之中，仿佛长安已向他敞开了大门。

本来明朗的日光失去了光泽，伍被抬头看去，只见太阳周围围了一圈灰色的光晕——日晕生雨，月晕生风，这可是风雨如晦的先兆啊！

伍被心里便有了一种不祥的感觉，但他又不能扫了刘安的兴致，回转身来道："今日大王所议，事关淮南存亡，只是……"

"将军还有顾虑么？"

伍被沉吟了片刻才道："臣是考虑，如此周密的大计，太子那个性格……"

"哦！这事就由将军去办，不让他知道便是了。"

"如此甚好！臣告辞了。"伍被走了一截，又回转身来对刘安道，"大王有空也要邀淮南相、内史等人进宫饮酒、对弈，尽量营造和谐气氛。"

刘安立刻明白了伍被的用意，诡谲地笑道："这个寡人明白……"

从八公山回来，伍被把自己一人关在书房里，心中忽然生出后怕……

十一月，以公孙弘、李蔡名义发出的密札从寿春出发，飞向各个诸侯国。信使们一无例外地穿着长安的服饰，操着长安的口音。

信件内容是危言耸听的。刘安相信，不要说诸侯王，就是家资万贯的郡国富豪们，有哪个愿意被迁到朔方呢？不久，天下将会燃起熊熊的烈焰，而那个不知天高地厚的刘彻最终将在火海中结束他的生命。

刘安每天见了刘迁仍然训诫他要学会忍耐，不要再散布那些无益于淮南的狂言癫语,以免引起朝廷的怀疑。

伍被很清楚,卫青不仅武功高强,更因其功高位显,统率三军,戒备森严,要行刺殊非易事。因此,他对刺客的选择是非常谨慎的。

踌躇多日,他终于想到了一个人,这就是漂荡在江淮一带的游侠陕寒孺。

这陕寒孺的师祖是景帝时的游侠王孟,曾因参与了刺杀袁盎等朝臣的行动而被朝廷诛杀,他的门徒因此也与朝廷结了怨。选这样的人物去长安,伍被感到再合适不过了。

他们的见面是简单而实际的。陕寒孺接受了伍被的重金,几乎没有犹豫就答应了:"请将军放心,此去长安,在下定要取刘彻和卫青的首级回来。"

"不!"伍被摆了摆手道,"壮士万不可窥视未央宫,你只要杀了卫青、汲黯等人即可,剩下的就是大王的事了。"

当晚,伍被在府中设宴款待陕寒孺。酒至半酣时,陕寒孺提剑起舞,伴着沉闷的吟唱:

> 淮水汤汤而东流兮,
> 奔大海而不归。
> 吾知前路之崎岖兮,
> 独自去而不悔。
> 抛洒热血于长安兮,
> 化凤愿以为虹。

那歌声苍凉而又慷慨,随着长剑的挥舞在厅中徘徊。

对游侠来说,每一次出击都意味着踏上不归路。他们也是人,不要看他们颜面冰冷,到了铤而走险的份上,内心照样也很复杂。

伍被上前按住宝剑道:"壮士还有什么需要托付我的,尽可以提出来,我会派人精心料理的。"

陕寒孺将一爵酒灌进肚内,擦了擦嘴角冷笑道:"漂泊之人,不劳将军牵挂,在下近日就前往长安。"

转眼就是元狩元年二月。派往各个诸侯国的使者没有带给他们什么值得鼓舞的消息，除了衡山王那里有所回应外，其他刘姓诸王不是冷漠地观望，就是含糊其词，虚与应付。

陕寒孺自从离开寿春后，也如石沉大海，一点消息都没有。

伍被清楚，只要这些冒丞相和御史大夫名义的"伪书"有一件落在朝廷手里，或陕寒孺背叛，寿春就难逃血光之灾。

一向处事隐秘、不露声色的刘安也坐不住了。这一天，他召集刘迁、伍被以及刘建到宫中议事。

"寡人有一种危机将临的感觉，你们难道没有感到，眼下这种沉寂很令人费解么？"

刘迁道："父王多虑了，如此平静，恰好说明朝廷根本没有觉察淮南的举动。"

"蠢材！这是临战前的寂静。"刘安很不满意地看一眼太子，眉头就更加蹙郁了，"现在是箭在弦上，不得不发。寡人决计不再等诸王响应，准备提前举事。"

他的眼神掠过面前的每一张脸，就看见了迥然相异的表情：刘迁的亢奋，伍被的迷茫和刘建的沉默。

伍被对刘安没有与自己商量就决定提前起事感到突然，但根据目前的形势，与其坐等事情败露，倒不如拼死一搏。

被刘安十分看重的刘建满脸嘲讽和讥笑，说出的话也很瘆人："大王果真以为能取而代之么？"

"可淮南国现在已是危机四伏了！"

刘建缓缓地起身道："知其不可而为之，只能给淮南带来灾难。大王若是想保国安民，就不妨听孙儿一言。"

"你说！"

"杀荼后，缚刘迁赴京请罪，或许还可以保淮南国不被除籍。"

"你说什么？你要寡人诛杀王后，献出太子？"刘安只觉一股冷气顺着脊梁，直冲后脑。

在抬头那一瞬间，刘安的心里"咯噔"一声，不禁"啊"了一声："莫非你已经……"

"大王是不是想问是谁向朝廷告的密?不错!早在元狩元年初,孙儿就把淮南国的所为报告给了朝廷。"刘建毫不掩饰道。

"你……"

"不仅如此,孙儿还向朝廷举报大王贿赂严助、安插姑母在京都刺探消息的事情,估计现在二人都已身陷囹圄了吧!"

刘建说罢,仰天大笑:"父亲!孩儿终于为您出了一口恶气了。哈哈哈!哈哈哈……"

伍被和刘迁的脑子里一片空白,嘴巴张得老大,不知道该如何应对突然发生的变故。好一会儿,刘迁才跳起来,从剑架上拔出宝剑,朝刘建的身后刺去。

"本太子今天先杀了你这个逆贼。"

刘建没有反抗,好像等待这一剑已经很久了。剑刃穿胸而过,一股热血从刘建的口中喷出,他脸上只有短暂的痛苦,很快就平静了。好像这蓄积已久的血喷出胸腔的那一刻,他的灵魂才能脱离肉体,去寻求一方没有纷争的净土。

刘迁撩起刘建的袍裾,擦去剑刃上的血迹,鄙夷地踢了一脚道:"都是父王平日姑息养奸,才有今日之错。事已至此,反亦反,不反亦反。还请父王速率国中三军,杀奔长安。"

刘安被卫士扶着,艰难地站起来道:"事急矣!将军以为如何?"

伍被道:"局势瞬息万变,现在也只能如此了。眼下最要紧的是先把朝廷派来的相和内史拘捕起来。"

刘安正准备传两千石以上官员进宫,却见从宫外跑进一位守城的军侯,他手中拿着一支长箭,箭镞上挑着一块白色绢帛,来到刘安面前气喘吁吁地说道:"禀大王,城外射来朝廷的信件。"

刘安展开绢帛,满篇都是犀利的言辞和申斥——

……今刘陵、严助伏法,庐江、临淮、汝南三郡兵马集结寿春,淮南朝不保夕,……汤奉旨缉捕淮南王太子,淮南王若亲拿太子,赴京请罪,皇上或可法外施恩，可免一死……

"完了！一切都完了。"

刘安将来书扔在一边，仰天长叹道："好个刘彻，行事如此诡秘，三郡兵马云集国中，本王竟一无所知，此天不予寡人矣。"

伍被劝道："大王为何自乱方寸？现大兵压境，先扣了朝廷属官，也许还有斡旋余地。"

话音未落，又有一守宫的军侯跌跌撞撞地跑进宫来禀道："内史大人和中尉率领属下打开城门，汉军拥入寿春城，正朝王宫而来。"

这消息搅得王宫乱作一团。

守卫王宫的禁卫们杂沓的脚步声，黄门和宫女们的哭喊声，宫墙外的马嘶声和车驾的轮毂声，一阵阵地在刘安耳际此起彼伏。

他不相信苦心经营了一生的淮南国，在顷刻间就土崩瓦解了。他用忍耐和心计浇铸的帝王梦随着城门的打开而破碎了。求生的本能使他对周围的黄门和禁卫声嘶力竭地喊道："还不速去关闭宫门，据守自保。"

刘迁被刘安的怒吼唤醒，大喊着挥动宝剑向宫门冲去。

"臣这就去督促人马，护卫大王。"伍被说罢，就匆匆走了。

偌大的王宫大殿内，就只剩下形单影只的刘安。看看满殿毫不逊色于未央宫的陈列，他忽然感到这殿太大，而自己太渺小。

数十年来，他第一次发现自己的行为和持守的黄老学说之间发生了剧烈的冲突，他曾与刘彻面对面地坐在未央宫宣室殿内高谈得意之作《鸿烈》，可回眸来路，他何曾有过一天的清静和安逸呢？

现在想来，也许建元二年第一次见面时，刘彻就看出了自己的心思，而自己的失误恰恰是在一次次的过招中太轻视了年轻的皇帝。

寿春城破，一堵宫墙怎敌得朝廷大军，事已至此，与其被张汤押解长安，倒不如就此了结此生。刘安转身奔到内殿，从剑架上抽出宝剑，紧闭悲怆的双目，正要自刎，却被从身后传来的哭声惊动了。

刘安回身看去，是荼后带着几名宫女赶到大殿来了。荼后上前夺了宝剑扔在地上，一头扑进刘安的怀中，嘤嘤哭道："大王一死倒也干脆，留下臣妾又当如何自处啊？大王……大王……"

"王后！寡人……"刘安的心碎了。

尽管眼前这个女人在争宠中不择手段，但她的美艳曾多少次让刘安心动。可眼下，他再也没有能力去呵护自己心爱的女人了。

刘安舒展衣袖，轻轻地拂去王后眼角的泪水道："王后不必悲伤，寡人怎会丢下王后呢？寡人和王后生生死死都在一起。快去备些酒菜来，寡人要与王后对饮。"

不一会儿，酒菜上来了，刘安道："平日都是王后伺候寡人，今日寡人要亲自为王后斟酒。"

"大王请。"

因为酒喝得太快，刘安额头上的青筋很快暴起，伴随着流动的血液一动一动的。

"看来，寡人无法与王后一起享受椒房殿了。"

王后听罢，泣不成声。泪眼模糊中，她惊异眼前这个诗书满腹、才情横溢的男人一下子老了，昔日的剑眉和一腮美髯都白了。

"大王……"

"王后不要这样，王后的泪是寡人的断肠曲啊！"刘安放下酒爵，捧起荼后泪湿脂粉的脸道，"来，笑一笑，寡人就喜欢看王后的笑容。"

荼后从嘴角挤出的笑却是凄凉的，当刘安把这无奈的笑意藏进心底之后就对她道："寡人为王后舞上一曲助兴如何？"

荼后含泪点了点头。

他们把宫外的喊杀声作为金鼓，把风声作了乐曲。刘安隐约觉得王宫上空的云彩飘然而下，袅袅缭绕地环绕着他们，镌刻在殿壁上的朱雀、玄武也纷纷走下墙壁，加入了他们的行列。

他们欢快地旋转，疯狂地大笑，身体随着云彩冉冉升起，到了长安城头，俯瞰尘埃，那是刘彻率领群臣跪倒在未央宫前迎接他们的场面。

"朕是大汉的皇上……哈哈哈！哈哈哈……"

突然，刘安怒吼道："朕要杀了你们这些与朕作对的逆贼。"

他狂呼着朝宫女们追来。宫女们惊恐地望着刘安变形的面孔和血红的眼睛,一个个惊恐万分,在宫里仓皇奔跑,躲避着他的追杀。

可娇弱的女儿身又怎么能躲避一个男人的追击呢?有的没有跑出几步,就被锋利的剑刃刺穿了后背;有的就在恐惧回眸的一瞬间,头颅从肩头跌落,摔在地上,发出沉闷的声响;有的明白自己躲不过这一劫,不等刘安来到面前,就撞了大殿的柱子,脑浆四溅……

王宫不再是往日的浮光耀金,映入荼后眼帘的是尸横遍地。

荼后已经哭不出声,浑身软瘫地跪在刘安面前:"大王!您这是怎么了?她们可都是些无辜的孩子啊!"

刘安狞笑着回转身来怒问道:"你是谁?你不就是刘彻么?你这个无知小儿。"

"大王!是臣妾……大王,您看看,是臣妾……"

"臣妾……哼哼……同样是刘氏的后人,凭什么你就能做皇帝呢?你不必求朕,朕是不会饶过你的。"

刘安挥舞着手中的剑,向荼后一步步地逼近。

这也许就是报应,荼后不再求饶,冷眼盯着刘安手中被血染红的宝剑,伸长脖颈道:"臣妾就遂了大王的愿吧!"

因为杀人太多,剑已不再那么锋利,刘安没有能刺穿王后,而剧烈的疼痛却成了剑锋的助力,在王后抽搐的那一刻,血从王后的背后喷涌而出。

"大王……"王后的身体朝前倾斜,扑在了刘安的肩头。

刘安醒了……

这是怎么了?她们怎么都死了?朝廷的大军攻破王宫了?当他抱着已经气绝的荼后时,依稀看见宫外的火光。

"王后……王后……"

刘安呼唤着从荼后身上拔出宝剑,看着剑柄上的镌刻的字,赫然写着"淮南王之剑",他似乎一下就明白了,是自己杀了心爱的王后,是自己把王宫变成了浴血的屠场,是这血作了王国灭亡的挽歌:

千里江山兮无觅魂归处,
社稷春梦兮灰飞烟灭尽。

> *满腔激愤兮几度豪情,*
> *沉沙落地兮空余怆然泪。*
> *几多缠绵兮几多温馨,*
> *美人玉殒兮独留香魂。*
> *……*

这人间还有什么可以眷恋的呢?刘安的心彻底死了。他轻轻地俯下身体,搂起渐渐冰冷的王后尸体,口中喃喃念道:"王后等着,寡人这就来了……"手起剑落,最终他诀别了这个曾经让他纠结一生的世界……

张汤、公孙贺和宗正被淮南内史和中尉迎进寿春城后,迅速地控制了淮南太子府,并且搜出了大量谋反的证据。

按照大汉律法和刘彻的旨意,对诸侯王的定罪要由廷尉府和宗正寺商定后,才上报朝廷处置。

现在,刘迁正紧闭宫城大门负隅顽抗,宫内情况还不明朗,一切只有待攻破王宫后才知分晓。公孙贺派人将王太子府内大小人等尽行拘押,将此做了临时行辕。

深入虎穴,张汤和公孙贺才明白什么叫礼抗万乘。且不说王宫,单就这太子府就暗道密布,玄机罗织,稍有不慎,就会陷入险境,已有几位士卒在搜查时误入歧道,被暗器夺了性命。

公孙贺传来太子府令,反复审问,也只能弄清七八成。因此他严令部下,不要轻举妄动。

太子府与王府一样,是寿春的城中城。登上城楼,不仅可与王府遥遥相对,寿春城中大小巷间一览无余,而且城外八公山上的一切都在视线之内。

张汤和公孙贺凭楼远眺,非常钦佩皇上的运筹帷幄,仅是那三郡人马埋伏在八公山上,直到城破之前,刘安都毫无觉察,他们就不能不惊叹皇上的英明。

张汤道:"太仆大人熟稔兵法,您说皇上为什么要选这里伏兵呢?"

公孙贺理了理战袍道:"正所谓兵不厌诈。皇上断定,刘安决不会相信朝廷会将大军埋伏在他和八位方士种金的地方。加之我军一路拔除了沿途的哨卡，等于蒙上了刘安的眼睛。"

"我军已围困王宫三天了，刘安依旧拒不投降，难道他还幻想皇上会饶恕他么？"

公孙贺道："刘安不比其他诸侯王，一则，他年轻时颇受太皇太后器重；二则，他博学多才，曾多次为皇上作赋。故皇上临行前一再叮嘱，围而不歼，促其就范，再由朝廷处置。至于奏章那是宗正大人的职责，你我只要按照皇上旨意平息叛逆，才好早日回京复旨。"

张汤点了点头："大人所言甚是。"

想起进城几天来的所见所闻，张汤进一步领略了皇上削藩的英明。别的不说，这刘安硬是把寿春城建成了小长安。淮南百姓只知刘安而不闻皇上，就连他喜欢吃的江团，老百姓也称为淮王鱼。至于用度的豪华，更是琉璃做碗，象牙做盘，就连吃豆腐，也是金瓶银匙。像这样的国中之国，若不早除，总有一天要危及社稷的。

想到豆腐，张汤问道："下官来到这里，就听说寿春盛产豆腐。往年刘安总是作为贡品送给皇上品尝，其物洁白如玉，入口爽滑，下官今日就请将军品尝豆腐宴如何？"

公孙贺笑道："多谢廷尉大人美意，还是等案子了结了再说吧。"

他们说着话就下了城头，只见诏狱使迎上前来，说淮南国中郎将伍被前来请罪。

两人急忙来到前庭，只见地上跪着一人，虽然衣衫零乱，却依稀可见儒雅之气。他被两位士卒押着，想来就是伍被。

两个人刚刚坐定，伍被就说话了："罪臣伍被前来请罪。"

张汤看了看伍被道："你自来请罪，只要从实招供，皇上会念你戴罪立功，也许可法外开恩，饶恕于你。"

伍被连连叩首，然后遂将造反的来龙去脉一一供出。

张汤听罢，与公孙贺交换了一下眼色，鄙夷地看了看伍被道："当今皇上，泽惠万民，恩及万邦，威加海内，匈奴震恐，南夷臣服。区区淮南，竟敢觊觎权鼎，这不是螳臂当车、不自量力么？"

"罪臣曾多次劝告淮南王父子，只是他置若罔闻，今日血溅寿春，罪臣也是无可奈何。"

"你可知陕寒孺现在何处？"

"罪臣亦不知他的去向,自他离开寿春后,就没有消息了。"

张汤从伍被的交代中得知,刘安已经自刎,刘迁含恨自杀未遂,宫中一片混乱。他忙请宗正持汉节进宫,搜捕余犯。

汉军很快地控制了王宫各处,上自太子,下到宾客、宫女、黄门数千人,被一一拘押。

一连数日,汉军在伍被的引导下,搜遍了王宫的各个角落,获得了刘安父子谋反的大量证据。

张汤、公孙贺当下将行辕从太子府移至王宫。依照职责,公孙贺派遣人马,分赴城内大街小巷,张贴安民告示,广张皇上圣意,要百姓安居乐业;张汤和宗正则专事审问刘迁。

刘迁的剑伤很深,虽经治疗,但尚未好转。他被人抬进审讯室时,面色苍白,目光暗淡。

依照程序,宗正先向刘迁出示了汉节,表明他们是秉承皇上的旨意前来查案的。

刘迁像一头受伤的狼,目光中充满了忧伤。现在面对死神的催促,他的心被怨愤、被悔恨撕裂出更深的伤口。他恨刘彻,凭什么万里江山就驾驭在他手里;他怨父王,若不是他优柔寡断,何致今日失败;他悔当初为什么没有杀了刘建,以致让他告密得逞。

从王太子到阶下囚,他被一种无形的力量所驱使、所掌控,他并不明白,其实这力量就是他对权鼎的欲望。

他与张汤阴沉的目光相撞时,内心骤然生出不尽的恐惧,他忽然幻想刘氏的血缘亲情能为他带来一线生机。

刘迁怀着这样的心境,对所犯的罪行没有丝毫隐瞒。他的声音很低,常常不得不在张汤的追问下复述某些事件的细节;他不善于言辞,话说得很零碎混乱。

不过张汤还是根据刘迁与伍被的供词,对这场酝酿了数十年之久的阴谋有了一个大概的了解,但张汤并不满足。

"还有什么,殿下不妨再想想。"张汤要的是他同那些受命到寿春来的两千石大吏的关系。他有自己的盘算,就是把那些宫女、黄门都审问下狱,也抵不过一个两千石官员的分量。

"其实本官也知道,大王和殿下都是受了属下蛊惑才铤而走险的。如果殿下能够如实言明彼等的罪行,也许皇上念及宗亲血缘,赦免你的大罪。"

宗正在一旁听着张汤的话,很是吃惊。身为廷尉,他怎能诱供呢?他暗地扯了扯张汤的衣袖,但张汤装作不知道,继续道:"殿下大概还不知道,刘陵翁主因刺探朝廷情报已被捕。即使你不说,本官依然可以取得狱词。"

宗正急忙拦住张汤的话头道:"殿下还是……"

话音未落,张汤截住他的话道:"连宗正大人都替殿下着急,殿下还有什么顾忌呢?"

还有什么比活着更有诱惑力呢?求生的欲望使得刘迁一步步走进张汤的圈套。他每交代一批人,张汤都紧追不放:"怎么可能呢?依照大汉律令,诸侯王要发国中之兵,必须征得相、内史和中尉的同意,如此举事,他们怎么可能没参加呢?"

"也许他们是直接与父王接触的。可父王……"

"这就是说,淮南王知道他们的行踪。换一句话说,就是他们参与了淮南王的行动。"

"这……"

"事情就是这样……"张汤很自信地要曹掾记下刘迁的口供。

这样一步一步地审下来,连同内史、中尉在内的数百名官员都被牵扯了进去。可张汤并不满足,还要继续追寻叛乱背后的原因。

刘迁沉思良久,竟然说出了一段令张汤和宗正都不得不目瞪口呆的往事。

"事情还得从建元二年说起。"刘迁因为脖颈处伤口的疼痛,不得不停下来喘息。

"那年十月,父王进京朝觐,皇上遣田太尉到灞上迎接。太尉曾对父王说,方今皇上无子,大王乃高皇帝嫡孙,行仁义,天下皆闻。公车一旦晏驾,非父王而谁立者?可父王年长皇上十七岁,要等到皇上百年之后,岂非笑话?"

"于是,你等就暗中蓄谋取而代之?"

刘迁不再说话,疲倦地闭上了眼睛。

张汤要刘迁在供词上画了押。在被抬出审讯室的那一刻,刘迁回看了一眼张汤问道:"大人果真能……"

"这就要看殿下的造化了……"

作为陪审,宗正一头雾水,他猜不透张汤为什么要把那么多人牵扯进来。等刘迁一走,他就屏退左右,迫不及待地问道:"大人果真要为刘迁和刘陵求情么?"

张汤眉目间浮出一丝冷笑:"如此大案,事关社稷存亡,下官有几个脑袋敢为他们说情?"

"那大人……"

"下官也是为皇上效忠,若不除恶务尽,来日将后患无穷。"

宗正还是不解:"如此,不是有人被冤枉了么?"

"比起大汉社稷,孰轻孰重?"张汤说罢,对外面喊道,"来人!"

"属下在。"诏狱使应声进来。

"速拿内史、中尉归案。待寿春事定,一并解往长安!"

"诺!"

"大人……"宗正蒙了。

……

顶着清明霏霏的阴雨,车驾碾过阳陵邑泥泞的路面,穿越规模宏伟、布局规整的三重阙门,走进景帝与王皇后的陵区。

刘彻的眼睛有些酸涩,光阴在不知不觉中流走,蓦然回眸,他已经三十六岁了。而父皇长眠在苍茫的咸阳原上都二十年了。

他踩着铺在地砖上的毛毡,一路朝寝殿走来,举目环眺整个陵园,那些如烟往事似乎一瞬间都重新泛上心头。

与生前的辉煌和威仪一样,父皇在九泉之下也体现着皇家的尊卑和等级。

高十二丈的帝陵,呈覆斗状地矗立在雨幕中,在帝陵的东边,稍靠后就是王皇后的陵墓,顺着皇后陵朝北看,东北方那个更小的陵墓内,躺着郁郁而死的栗姬。

父皇与他曾宠幸的两个女人有着复杂的情感纠葛,曾演绎了一场废立太子的风波。如今他们都已作古,静静地躺在这里,望着渭水从眼前滔滔东去。

在陵园的周围,自西向东呈棋盘状地分布着故臣的陪葬墓。他们生前为朝廷效力,身后也以能够陪伴皇上而感到荣耀。

祭祀仪式是庄严而神圣的,气势格外恢宏。

由近两千人组成的庞大队伍,在几位中尉的统率下,从阳陵邑开始,一直部署到陵前,沿途旗幡招展,护卫着德阳庙、阙楼和寝殿。

三百八十多人的祝宰乐人,由太乐令率领,分布在宗庙或寝殿两侧,演奏着祭祀乐曲,长长的祭祀队伍缓慢地朝前移动。

时当正午,太宰令依照礼仪献上"太牢"。这时候,乐人只唱颂歌,显示着仪式的庄重。

> 帝临中坛,四方承宇。绳绳意变,备得其所。
> 清和六合,制数以五。海内安宁,兴文偃武。
> 后土富媪,昭明三光。穆穆优游,嘉服上黄。

每个人都沉浸在那种肃穆的氛围中。上苍的泽惠,天地的清和,四海的一统,国家的强盛,像阳光一样照耀着帝国的大地,滋润着每一个人的心。

接着,从寂静中传来太祝令宣读祭文的祝颂。那字里行间充满对先帝丰功伟绩的讴歌,对皇后雅操惠德的追念。

接下来,奏《修成》之乐,行"九拜"之礼,刘彻与卫子夫在黄门、宫娥的服侍下两手着地,拜头至地,停留一段时间,才慢慢地起身回到原位。

紧跟在后面的是七岁的刘据,被包桑和春香搀着,跪倒在祖宗面前,引头至地,稍顿即起。

刘据虽然年龄小,可履行起祭祀仪式来是一丝不苟,刘彻和卫子夫看着刘据认真的模样,感到了不尽的欣慰。

儿子是纽带,一头在皇上手里,一头在她的手里,而在这条带子上系着的,是三颗相互关爱的心。

儿子祭祀祖先稚嫩而庄重的举止,唤起了刘彻童年的回忆。

当年他封为胶东王的时候,才刚刚四岁。每次进思贤苑陪太子读书,总会依依不舍地看着母亲。这种情感使他即使在登基做了皇帝之后,仍然认为母亲是天底下最美的女人。

可现在,面对母亲的陵墓,他的心境很复杂,很纷乱。他想起前几日张汤从寿春传来的消息——已故丞相田蚡当年因为接受淮南王的重金贿赂,竟然出卖了自己的外甥。

母后生前究竟知道不知道田蚡的作为呢？也许,她也被他蒙骗了。

现在,刘彻站在雨中,思绪漫漫:就是这样一个口是心非的田蚡,却因为母亲的袒护,竟一次次地逃脱大汉律法的追究。

刘彻不明白,当年身为太尉的田蚡,为什么要诅咒自己无后,去讨好一个心怀异心的诸侯王呢？

倘若母后在世,她将会怎样面对这个严酷的现实呢？倘若田蚡现在还活着,他一定会在处置舅父的问题上与太后发生冲突。侥幸的是,他和她都先去了。

作为儿子,他无法给已经长眠地下的母亲一个明晰的评价。

刘彻的思绪从雨丝中展开,环绕立嗣的问题而云絮般地涌动了。

虽说淮南和衡山两案的嫌犯未到京城,却是大局已定。田蚡当年的行径使他意识到册立太子的紧迫。

是的,进入这个春天,他已经执掌国柄二十个春秋,他不能再延宕踯躅,给那些刘安式的人物留下机会了……

一想到立嗣,刘彻的心迅速地回到了卫子夫的身边。

他很感激卫子夫在进宫后,为自己生下了刘据。可他这些日子,却因沉湎于与王夫人的鸾歌凤鸣而冷落了她。

回城的时候,刘彻特意要包桑安排卫子夫母子与自己同坐。

卫子夫的心中充满慰藉。很久了,她都没有这样近地倾听皇上的呼吸了。

现在的皇上虽然少了当年的潇洒和浪漫,却多了成熟男人的稳健和刚毅。而皇上正和蔼地与刘据说着话,那声音恰似细柔的清明雨,丝丝飘进她的心里。

"据儿!你近来在干些什么呢?"

"父皇,母后近来要孩儿读《论语》。"

"哦?说来父皇听听。"

刘据看了看卫子夫道:"孩儿怕说不好。"

"你就说吧,父皇不怪罪就是。"

刘据于是就摇头晃脑地背道:"子曰:'尊五美,屏四恶,斯可以从政矣。'"

"这话是什么意思?"

"父皇,这是孔夫子回答他学生问题时说的话。"

"何谓五美?"

"子曰:'君子惠而不费,劳而不怨,欲而不贪,泰而不骄,威而不猛。'是为五美。"

"何谓四恶?"

"子曰:'不教而杀谓之疟;不戒视成谓之暴;慢令致期谓之贼;犹之与人也,出纳之吝谓之有司。'是为四恶。"

刘彻为儿子的聪慧而暗喜,可他还是不满足,他要听到儿子是怎么理解的,于是便问道:"那何谓欲而不贪呢?"

刘据不假思索道:"欲仁而得仁,又焉贪?"

刘彻这才满意地点了点头:"你现在还只是了解些大义,将来还要深究。朕若是为你择一严师,定可日新日进了。"说着刘彻又看了看卫子夫道,"看来,他该进思贤苑了。"

卫子夫心中"咯噔"一下,思贤苑乃是太子读书受教之所,莫非……她没有让思路再往下延伸,只是转脸对儿子道:"还不快谢父皇。"

刘据赶忙道:"孩儿叩谢父皇。"

庞大的皇家车队到了咸阳原头,再往前走就是下坡路了。

居高远瞩,南山在雨后阳光的蒸腾下,山岚绕峰,一片清新。在这些景物的旁边,是秦王宫阙的败落。

所有这些，都使得刘彻更加坚定了立嗣的决心，他决不能让亡秦的悲剧在自己身后重演……

皇上与卫子夫母子亲近的情景，被坐在另一辆车驾上的长公主看在眼里，这些变化触动了她敏感的神经。皇上父子谈笑风生意味着什么呢？

啊！她禁不住将手贴在怦然心跳的胸口——莫非皇上要立太子了？

当这个想法一旦主宰了情感，长公主马上就感到一阵燥热，头上渗出津津的汗珠。她在心里问自己，这两年来对皇后的报复是不是一种失误，会不会在太子和她之间造成一道鸿沟？

可当她怀着一颗忐忑不安的心回头看时，就看见了卫青的车驾。她的眉宇便展开了，她要借助丈夫尽快修复与卫子夫的关系。

不管怎么说，刘据都是自己的侄子，卫青的外甥，就是他做了太子，最终还必须依靠卫青才能登上皇位。她相信，任凭宫廷斗争如何云谲波诡，但卫青在朝廷的地位是无人取代的。

"好！回到京城就到椒房殿去。"长公主就这样想着。

车驾缓缓地下了咸阳原，横桥在望了……

其实，不仅是刘彻，就是公孙弘、李蔡等人也都感到了立嗣的紧迫性，他们常常惊异于岁月会在不同年代演绎出惊人的相似。当年平定七国之乱时，景帝刚刚三十六岁，而当今皇上也是在这个年龄平息了一场内乱。

也许上苍早已注定，这是王朝最敏感的时期。而其中最能牵动各方心思的莫过于立嗣。回城的途中，公孙弘就已决定，要督促皇上早立太子。

他明白，他在丞相位置上不会太久了，他必须在有限的时间内尽一个臣子的忠心……

车驾下了咸阳原，就听见渭水的涛声，李蔡觉得今天的车速似乎比往常快多了。一路上，他的心思根本不在道边的风景，而是一门心思在盘算，在什么时候，以怎样的方式向皇上提出立嗣的谏言。

论起善于揣摩皇上的心思，李蔡丝毫不逊色于主父偃。

皇上带着刘据祭祀阳陵，这就是一个鲜明的象征，这让他强烈地感觉到，册立太子很快就会被提上议事日程。

皇上现在需要的就是朝臣的推动，以表明立嗣乃奉天之举。那么，谁来担当这个责任呢?

当他的车驾跟在公孙弘后面的时候,就瞧见了他在冠冕下飘飘如雪的华发。

丞相老了,他在寝殿里"吉拜"时,手脚僵硬,很长时间都站不起来。

那么,未来的丞相……呀!皇上让自己去会不会……

不管怎么说,他都应该抓住这个机遇。

他一定要赶在其他朝臣之前把奏章送到皇上的案头,而且他要明确提出,刘据就是太子的最佳人选。无论从祖制,还是从卫青、霍去病的地位来说,都是毫无争议的事实。

李蔡觉得身上的血流骤然加快了。如果不是朝廷严格的行车秩序,他会催促驭手快马加鞭,好让他早点铺开竹简,去迎接机遇的召唤。

而此刻的咸阳原,在斜阳照耀下,每一处都呈现出春雨之后的鲜亮……

第十六章

月夜遇刺蒙虚惊　情爱萌生公主心

弯弓一样的新月,悬挂在西边天际,清幽而又朦胧。

卫青告别军营,踏着淡淡的月色回府,抬望一眼北斗星,他的思绪立时就回到了塞外的草原。

马思边草,将恋盔甲,没有仗打,他觉得浑身都不舒服。这天下午,他在大将军署中再也待不下去了,在期门营中与将士们演了一场军阵之后,他才感到痛快了许多。

现在,听马蹄"嘚嘚嘚"地响过街道,卫青就想起白天里皇上与他的对话。

皇上特意传他到宣室殿表明了立刘据为太子的意向,要他严格约束自己和家人,千万不能因此而让朝臣议论。

其实前几天皇后已表明了这个意思,只是这话从皇上口中说出,分量就不一样了。

守卫在门口的卫士看到大将军,急忙上前迎接。

战马在被拉进马厩的时候,发出悠长的嘶鸣,惊动了丫鬟翡翠,她忙对长公主道:"公主,大将军回来了。"

长公主正在欣赏从宫中带回的礼物,笑嘻嘻地站起来对儿子们道:"快去迎接父亲。"

三子奔出门外,却怯怯地站在一边,在父亲面前,他们总有一种说不出来的拘束。

卫青的眼睛潮湿了。

他很少有这样体味爱子之情的机会。他把整个人生都交给了疆场,这样的幸福时光对他来说真是太珍贵了。

可就是这短暂的幸福,他也很快地就收进心灵深处,隔几步远,他向大儿子卫伉问道:"近日没有再出去糟践百姓么?"

卫伉的脸有些发热:"自从上次父亲训诫之后,孩儿再也不敢了。"

卫青并没有给儿子们一丝笑容,反而加重语气道:"无论何时你们都不可忘记,我也是牧羊出身,也曾做过苦役,你欺负百姓就是藐视我。"

"孩儿记住了!"三个儿子低下头,不敢再看卫青的脸色。

他的一番话却触动了长公主的忌讳,但当着孩子们的面,她又不便发作,只好搪塞道:"时候不早了,你们快去睡觉吧,明早还要读书呢!"

一进前厅,卫青就看到放在案头的一对和田玉雕葡萄,这不是张骞从西域带回来送给皇后的么,怎么现在到了自己的家里?

卫青指着案头问道:"这个……"

"夫君是说这和田玉雕?这是皇后送的呀!"

"哦!"这对姑嫂之间的不快,终于在元狩元年的春天得到和解,这让卫青多少有些欣慰。但卫青清楚,她们和解的原因,是因为皇上马上就要册立太子了。

果然,在翡翠呈上茶点后,公主就漫不经心地说道:"知道么?皇上要立太子了。"

"知道了,朝会上没有争议。"卫青已换上深衣,端着一碗茶席地而坐。

"啊!"长公主抿了一口茶水,喜悦都写在了嘴角,"如此,皇后送的玉就越发珍贵了。"

卫青没有接公主的话,却从内心感激姐姐的大度。

长公主自顾自地继续道:"只可惜我没有个女儿,要不也会有个金屋藏娇!"

一说就是这个!卫青在心里埋怨她太功利。他从来没想靠裙带关系去为卫家涂上任何荣耀的光环。

他正要把皇上与自己的谈话说给长公主听,却不料她按照自己的思路,说出了一番让卫青意想不到的话来。

"没有女儿,咱有儿子也不错啊!明日我就去找皇后,让她答应把阳石公主嫁给伉儿。这样一来,不也是亲上加亲了么?"

长公主为自己的发现而情不自禁地拉起了卫青的衣袖,急急问道:"夫君以为这样如何?"

卫青笑道:"不可,他们之间相差许多岁呢!"

公主不以为然道:"这有什么?皇上当初不也比阿娇小三岁么?"

卫青便不再说话,好不容易有一个夫妻团聚的氛围,他不愿意此事影响了这种气氛,于是说道:"世间一切都是缘分,究竟怎么样,看他们的造化吧!"

长公主正在兴头上,并没有听出卫青的弦外之音。

卫青趁势就把皇上的意思转达给她听:"皇上今天特地召见我,告诫我要以田蚡为戒,千万不要恃权弄威……"

"这与恃权弄威有何关系呢?夫君是怕朝臣嫉妒吧!他们有什么好嫉妒的?让他们领上千军万马,去提着匈奴人的头颅回来,也向皇上讨个大将军做做?"长公主嘴唇间露出一丝鄙夷,"只恐怕他们没有这个胆量,也没有这个能耐。"

卫青知道再说下去也无益,倒不如暂且搁置争议,小心地呵护夫妻间的情感,于是他转移了话题:"夫人累了一天,也该早些歇息了。"

"夫君还有事么?"

卫青叹了叹气道:"上谷太守郝贤从边关传书来说,近来匈奴人又在上谷一带抢掠,要我禀奏皇上,因此今夜又得晚睡了。"

"眼下皇上正忙着处理淮南的案子和册立太子,夫君还是不要分心的好。"

卫青听得出来,长公主很希望这个夜晚属于他俩,但有一封前方的战报在心头搁着,他能贪恋儿女之情么?

夫妻多年,长公主了解卫青的性格,她忙叫来翡翠安排伺候好卫青,自己才依依不舍地回了内室。

进了书房,展开郝贤送来的信,卫青的心就再也无法宁静了。

自统兵以来,他觉得这样拉锯式的战争持续下去,势必有一天会使得民生凋敝,国力衰弱。但如何求得边陲永久安宁,他一时也还理不出一个头绪来。

长公主的话不无道理,目前淮南王谋反之案尚未结束,而册立太子又在眼前,朝廷暂时无暇北顾。他也只能写信给郝贤,要他据塞坚守,不要轻易出击。

眼见时候不早,卫青铺开绢帛,刚写了一个开头,他忽然觉得窗外似乎有人影晃动,接着就是卫士的喊声。

他却没有听见回答,只有兵刃相撞的铿锵声。

卫青来不及多想,"嗖"地从身后拔出宝剑,冲出书房。

初生的月牙早已西沉了,府院里黑魆魆的,几个朦朦胧胧的影子搅在一起,暗夜中,兵刃的相撞伴随着呼呼的风声和人的喘息声,借着微弱的光可以看见,虽然四五个卫士将刺客围住,却始终不能近身,卫青便知今夜的行刺者绝非等闲之辈。

卫青跨下台阶,朝着厮杀的人群大吼一声:"你等退下,待我取此贼首级。"

这两人一个是刺客游侠,一个久经战阵的将军,就在这黑夜里杀将起来。刺客一个"撩"法,破了卫青的招,又一个"泰山压顶",从空劈下,卫青并不慌忙,使出"架剑",奋力将敌手的兵器拨向一边,那力量如同昆仑崩壁,震得刺客手腕发麻。

刺客心中暗惊,平日听说卫青勇冠三军,看来确无溢美浮夸之嫌,他自然不敢掉以轻心。于是腾身后退一步,躲开攻势,随之弓步格挡,却被卫青死死压住不能脱身。双方怒目对视,相持良久,刺客的呼吸明显地短促了,试图从卫青的剑下抽出自己的兵器。未料卫青借力发力,卖出一个破绽,刺客不防,踉跄几步,一个扑空,险些扑倒在地,还没有等他回过神来,卫青的剑锋就已架在他的脖子上了。

卫青借着火把打量着刺客,不禁大吃一惊,他不是别人,正是白日午后在期门军大营中接受他问话的什长王钦。

"我与你并无怨仇,你为何要深夜行刺?"

刺客面对兵锋,脸上并无惧色:"受人之托,必当竭力尽命。既然落到大将军手中,我也无话可说。只是我并不是王钦,我乃淮南游侠陕寒孺。"

卫青惊异地"哦"了一声,他立即觉得这长安城中,行刺者绝非一人。也许在自己的大营中,就潜伏着具有更大阴谋的人物。

"你等乌合之众,竟然图谋社稷,岂非痴人说梦?供出同党,我保你一条性命,否则……"

不等卫青说出下面的话,陕寒孺就接上话茬道:"大将军不必费心,我仰慕将军已久,只是系江湖游侠,受人之托,不意被擒,也死而无憾了。"说罢,他双手用力握住卫青的剑刃,猛力向咽喉刺去,只听"噗"地一声,一股热血喷出体外,他便气绝身亡。

有感于刺客的慷慨赴死,卫青命府令为他准备一副棺木,然后好生掩埋。

这时,被喊杀声惊醒的长公主带着一群丫鬟来了。

"夫君怎么样了?"未及卫青回答,她转身就怒斥卫士和府役道,"都是你等掉以轻心,致使刺客乘隙而入,倘若大将军有个闪失,你等担当得起吗?"

卫青轻描淡写道:"此等独行之人,除了一死,能奈我何?"说着他吩咐翡翠伺候长公主重新回内室歇息。

抬头看看夜空,东方渐现曙色,启明星冉冉升空,大概已是寅时时分,写完给郝贤的信,自己也该上朝了。

在踏进书房的那一刻,他有了一个新的想法,他想请求皇上允准,在期门军中来一次大索,将与"淮南案"有关的潜伏者一网打尽……

经过平叛,大汉帝国的版图上已不复存在淮南、衡山两个诸侯国,而是多了九江、衡山两郡。

各个诸侯国因此而陷入巨大的惊恐中,生怕灾难殃及自身。

赵王刘彭祖、胶西王刘端等纷纷上奏朝廷,指称刘安、刘赐兄弟私刻丞相、御史大夫和两千石以上官员印玺,离间君臣关系,祸乱天下。

胶西王更是在他的奏章中要求严惩反叛者,以使天下明白为臣之道,不敢再生背叛之意。

刘彻当然明白,他们之所以如此逢迎朝廷,就是为了自保。但能够震慑诸侯,也正是他要达到的目标。

　　这是从吴楚七国之乱后从来没有过的局面。

　　在宣室殿里,当他一卷卷地翻阅关于淮南、衡山谋反案的奏章和狱词时,刘彻脸上就不时浮出不为人觉察的笑意。

　　"哼!这就叫敲山震虎。这就叫瓦解而走,遂土崩而下。"

　　这话原本是刘安在《鸿烈》中说给刘彻听的:"纣之地,左东海,右流沙,前交趾,后幽都,师起容关,至蒲水;士亿有余万,然皆倒矢而射,傍戟而战。武王左操黄钺,右执白旄以麾之,则瓦解而走,遂土崩而下。"

　　这话分明将刘彻比作纣王,有要挟的意思。不想却在淮南国应验了,正所谓"多行不义必自毙"啊!

　　从元朔二年推行"推恩制"起,倒下的诸侯王有多少?燕王、齐王、淮南王、衡山王,有哪家王室不是后妃争宠,导致互相残杀;又有哪家王室的翁主不乱伦呢?

　　那个在京城被捕的刘陵自不必说,就说衡山王刘赐的女儿无彩吧,说起来她也算是皇上的同宗皇妹,先是在夫家不守妇道,后来回到娘家,又与门客通奸,她们还有资格自称高皇帝的后人么?

　　刘彻慢慢将手中的笔搁在案头,觉得心头隐隐作痛。

　　"宗室至亲,疆土千里,列在诸侯,不务尊藩臣职,而剸怀辟邪之计,谋为反叛;又淫乱后宫,身灭国除,固然其责在己,然也是朕为君之无德啊!"刘彻自言自语着,起身伸了伸胳膊。

　　从早朝后,他就在宣室殿全身心地批阅奏章,看着皇上从政务中摆脱了出来,包桑忙奉上茶点,轻手轻脚地来到刘彻面前:"皇上忙了半天,也该喝口茶了。"

　　刘彻接过茶水,喝了一口,却没有对茶的味道做任何评价,而是道:"你说藩国谋叛,是朕之过吗?"

　　听皇上如此沉重的问题,包桑不知道该如何回答。

　　事实上,这样的问题也不是他能回答得了的。他十分谨慎地选择适合的句子:"淮南、衡山密谋反叛已久,上逆天意,下违民心,皇上依律治之……"

刘彻摇了摇头："朕记得荀子说过'故不教而诛,则刑繁而邪不胜;教而不诛,则奸民不惩'。自建元以来,朕倡尊儒术,其间,不少诸侯国一方面上表大谈礼仪,另一边却背地里朋党比周,一旦事发,牵连无数之人,这岂非朕之过？"

包桑赶忙道："皇上圣明,天下之福。"

此时,一位黄门进来禀奏,说张汤求见,现正在塾门等候。

刘彻知道,张汤来见必是与淮南王的案子有关,于是便要包桑宣他进殿。

果然,张汤一进来,就向刘彻禀奏道："大将军昨夜在府中遇刺！"

刘彻闻此"呼"地站了起来惊道："什么？你再说一遍?！"

"大将军昨夜遭遇了刺客。"

"怎么样了？受伤没有？"

"大将军身经百战,勇力无比,刺客岂能得逞。"

"刺客现在何处？"

"刺客被大将军制服,饮剑自杀了。"

"哦？此人难道就是太仆奏章中提到的游侠陕寒孺？"

刘彻挺了挺身体,随意翻了翻案上的表章,思路顺着刺客一案,迅速地扩散开来。

虽说卫青遇刺只是淮南一案的余波,但在议立太子的关键时刻,陕寒孺的出现还是让他吃惊和震怒。自元朔五年中朝外朝分设以来,卫青在朝廷的地位不断提升,这不仅引起刘姓诸侯王的关注,也成了匈奴人袭击的对象,难免遭朝里妒贤嫉能之人窃恨。

联系到近来关于册立太子的廷议,他顿时感到了此案的严重。

"朕以为,行刺者绝非陕寒孺一人。"

"臣也以为如此。"张汤深谙皇上需要怎样的答案,"据大将军所言,陕寒孺潜入期门军大营后,因其敬事而被擢拔为什长。故臣以为,军中必有陕寒孺同党潜伏,请皇上命人严查,绝不可使人漏网。"

"爱卿所言极是,此事就由爱卿协同大将军去办。"

看了看外面的天色,刘彻道："朕阅看奏章累了,爱卿就陪朕到殿外走走如何？"

"微臣遵旨。"

自从进入九卿行列，张汤对皇上的起居习惯有了比较清楚的了解。说是走走，其实就是想寻找个宽松的说话气氛，将想说的话题延伸。

沿着宫殿的复道一路走来，长安城日渐深浓的春色尽收眼底。

在刘彻眼里，这些年年岁岁相似的风景，早已司空见惯，只不经意地瞥上一眼，就匆匆离去。

但是，当他将目光投向蓝天时，脚步却挪不动了。

原来，几朵白云间飞来一只色彩艳丽的风筝。

那是一只展翅的"雄鹰"，扶摇奋翔，追着云彩，尾翼后飘着一条细细的丝线，延伸到目光不可及的远方。

刘彻的心就跟着那条丝线去了。他想象着这都城的某一个角落，那里一定有一位掌握着这条线的人，那人的心此刻一定和自己一样，飞游在蓝天白云间。

刘彻忽然对那种自由十分向往。他觉得与威加四海的相伴随的只有寂寞。就像这当空的太阳被膜拜，可留在天空的，也只有它孤零零的身影。

他太专注了，张汤只能隔着几步远站着，生怕不慎打扰了皇上。

很久，刘彻才回过头来问道："爱卿儿时没有放过风筝吧？"

张汤摇了摇头："臣儿时乃一乡间顽童，常常惹家父生气。"

"呵呵！"刘彻不再关注那风筝，而是迈着轻快的步子朝前走去，"说来给朕听听。"

张汤紧追两步，跟上刘彻的脚步："臣儿时家父任长安丞，他一心只想着让臣苦读，待有一天报效朝廷。家父治家甚严，从署中回到家中，就查阅微臣的功课。故臣早在少年时期，就跟随家父学写断狱文书。臣幼时不晓人事，常对家父多生怨恨，直到臣主持廷尉府后，才真正体味了他的良苦用心。"

"原来爱卿会审案乃是家传哦！朕少年时，也曾经做过许多好笑的事情。从被立为太子的时候起，朕就明白，朕不会再有自由自在的生活了。不仅朕，就是太子将来也一样……"

刘彻毕竟是刘彻，他不会一直沉湎于对"自在"的向往中，他必须面对一大堆亟待解决的难题。他的思绪又转到"淮南案"上来了："爱卿对淮南案中的刘陵、严助和伍被想如何处置呢？"

"臣正想听皇上的旨意呢！"

刘彻顿了顿道："朕阅了廷尉府呈上来的案卷，觉得刘陵潜伏京城，刺探朝廷情报，又与多人淫乱，败坏风俗；淮南王太子刘迁密谋反叛，罪不容赦，应处以弃市。"

"皇上圣明。"

"这也是藩国诸侯王们的意思。他们倒行逆施，人神共愤！至于伍被，在淮南王多次密谋造反时，倒能够陈说利害，朕的意思……"

刘彻打住了话头，等待张汤的回答。

"皇上的意思是要臣对伍被从轻发落？"张汤上前施了一礼便道，"皇上，万万不可。"

刘彻皱了皱眉头道："朕不是这个意思，朕只是觉得他和淮南那些执意谋反的罪臣不大一样，看是否有被逼之嫌？依爱卿之见，该如何判处呢？"

"皇上恕臣无罪，臣才敢说。"

这就是当皇上的难处，随意说话的气氛都没有了，刘彻无奈地摇了摇头道："朕这不是与爱卿散步么？哪来这么多忌讳。"

但是，张汤还是先谢过刘彻才说道："伍被虽有雅词，但据他的交代和刘迁的狱词，表明几乎所有的反计都出自他手。他尤其不该让刘安煽惑诸侯叛乱，更不该派游侠刺杀大将军。"

"哦！原来行刺一案的始作俑者是他。"张汤在与刘彻的目光相撞时，就从中感觉到了一种冰冷，"行刺大将军，想撼我大汉中流砥柱，岂能饶恕？就依卿奏，待到秋后，处以弃市。"

凭栏望去，高大的北阙在春日下显得雄伟而又庄严。

睹物思人，刘彻心中又是一层波澜。

这是大臣们出入的地方，多少年来，或回朝复旨，或外放辞行，或陈奏朝事，或出使藩国，这里曾站过多少名臣良将。

赵绾、窦婴、田蚡、主父偃，还有……一想起严助的名字，刘彻就心中隐隐作痛。建元以来，力鼎新制的大臣中，他是仅存的一位。

可他……是从何时与朕离心离德了呢？一个那么锐意进取的儒生，怎么会堕于金钱，惑于美女呢？

刘彻提出了这些自问，他已没有心思追寻其间的细节了，而是顺着思绪，反思自己的作为。

是的，多年来，总以为是重用他的，却忽视了他的感觉。他怎么会对韩安国、李蔡、公孙弘的平步青云而无动于衷呢？知人而不善任，此朕之过也。仅凭这点，朕也应该宽恕他。

"那么，另外一个人呢？"刘彻以征询的语气问张汤。

"皇上指的是严助么？皇上的意思是……"

"他走到今天，朕亦有责……建元以来老臣，赵绾冤死，窦婴伏诛，田蚡病薨，韩安国殉国，活在世上的就只剩下他了。"

张汤忽然觉得皇上今天邀他散步绝非是闲适之举，而是为了严助，甚至所谓宽恕伍被也不过是为了眼前的话题作铺垫而已。

从将严助投进廷尉诏狱的那一刻起，张汤就清楚，如果让他翻过身来，那就等于在朝内树立了一个政敌，而且严助犯下如此罪行，他更不能置大汉律令于不顾。

张汤没有丝毫的犹豫，坚定地回道："皇上！臣以为必须严惩不贷。"

刘彻笑道："爱卿今日是怎么了？朕一说到罪臣，你就以为朕要赦免他们，朕是那种视律法为儿戏的人么？"

刘彻这话一出口，就惊出张汤一身冷汗，他顿时就跪倒在复道上了："皇上息怒，臣罪该万死。"

刘彻又笑道："朕何曾发怒了？你起来说话。"

张汤站了起来，见刘彻又向前慢步而去，他和包桑便连忙跟了上来。

"朕与爱卿谈论这些，完全是有感而发。国之有疾，若朕之有病，只怪医家回春无术，不思己之有违阴阳，与讳疾忌医何异？淮南、衡山伏法除国，严助诛族，皆法之必然。然朕深思者，都是因为朕教之不严，赏之不公。记得朕在当太子时，先帝曾经发诏，官吏出行，必衣履整洁，官民有别，否则就要受到责罚。对官员行止要求到行装这样的细节，朕自愧不如。你和公孙弘、李蔡，常常在朕耳边埋怨汲黯不懂礼仪，倨傲自是，对朕衣履不整多有指正。可现在看来,如果没有汲黯这些人不断提醒朕,都像你们那样,只挑朕喜欢的话说,朕何以知真情呢？久而久之,朕岂非成了盲人和聋子。"

张汤的脸上有些发热,一时回不上话来。皇上虽然说的汲黯,但话里却是批评自己。但张汤并没有因此而有改弦更张的打算。常言道,伴君如伴虎,他不能不察言观色。

张汤正这样想着,刘彻的声音又在耳边响起来了。

"朕虽尊崇儒学,然对道家亦有涉猎。老子曰:信言不美,美言不信,此言虽有偏颇,信言未必不美,美言也未必不信。然朕以为,老子本意,还在于要人唯真言而立身。所谓兼听齐明者,非听一隅之言也。朕希望爱卿今后,能多说真话。"

刘彻边走边说,张汤轻脚轻步地跟在后面,始终没有主动接皇上的话。他忽然发现,他误解了皇上要自己陪同散步的意思。

习惯于溢美逢迎的张汤,此时捉摸不透皇上的心思了。他发现皇上今天话题太宽泛,让他有些应接不暇。

以往他习惯用"皇上圣明"这样的词,可这一会儿他不敢了,他生怕一出口便招来皇上的指责。但他感觉到皇上的每一句话都似乎是针对他、公孙弘和李蔡说的。

正踯躅间,就听皇上问道:"这一会怎么没听见爱卿说话了呢？"

"臣恭听皇上圣言,受益匪浅。臣往后一定尽力履行臣道,效忠朝廷。"

包桑抬头看了看天色,上前道:"皇上,天色不早了,该用膳了。"

刘彻此时的脸色才由凝重转为轻松:"这件事就算是朕与爱卿私下谈论之言,你回去慎思之。"

"诺。"

张汤一直看着皇上的身影隐没在复道的栏杆后面,才站了起来。他觉得脊背透凉,原来是汗！湿透了朝服,衣服紧贴在身上……

"皇上不会忘记我的,皇上一定会开天恩的。"

贪婪地享受着从小窗外投进的一缕春光,严助一直这样想。

周围很暗,那阳光射进来时就聚成一道光柱,照在牢狱的地上,分外明亮。

严助先是将脚伸到那里,让这暖洋洋的感觉顺着血脉,在体内慢慢地扩散;过了一会儿,他又挪动身子,让阳光照着自己蓬乱的头发——只有在镣铐锁身之时,他才觉得阳光是多么的温暖,多么的珍贵。

扫视了一下周围的环境,也许是因为皇上的关照,牢房虽然狭小,却还干净,在牢门外巡逻的狱卒对他也不像对待其他人犯那样的冷酷无情。

当新的一天开始,等待廷尉使提审的时候,往事便飘飘荡荡地滑过五味杂陈的心河。

是建元年间陪伴皇上指点江山的叱咤风云;

是发兵会稽,解东瓯之围的衣锦还乡;

是会稽太守任上的域内大治;

是寿春城中……

那么充满眷恋,又是那么不堪回首。被捕时正与刘陵在床上,虽然公孙敖没有过多地难为他,可两团白花花的肉绞在一起的模样暴露在卫士面前,又是何等的难堪……

他知道自己再也没有资格辩解了,只是这些经历折磨他的情感的时候,常常催下他的泪水,他现在只能把生的希望寄托在皇上的恻隐上。

当窗外的阳光缓慢地移开,牢狱内渐渐暗下来的时候,他忽然产生了要向皇上忏悔的冲动。不管上书能不能送到皇上手中,他都要搏一搏。他朝牢狱外的狱卒喊道:"来人!拿笔来,我要……"

狱卒送来了绢帛和笔墨,瞅了瞅握在手中的笔,他觉得这已不能表达他的心境了。放下笔,他将食指伸进口中,狠狠地咬了一口,立刻殷红的血在指尖凝成晶亮的珠儿。忍着疼痛,严助很吃力地在绢帛上写下了:"罪臣严助伏乞陛下……"

一言未了,已是泪如雨注了……

霍去病进了长乐宫,拐过几道长长的甬道,就看见阳石公主刘蕊正和几个宫娥在院子里捕蝴蝶。

说来她也是金枝玉叶,却不像其他公主,处处要大家围着自己转,动不动就爱发小脾气,拿身边的宫娥出气。阳石公主在一群宫娥中间,与她们一起扑进花丛,从绚烂深处传来玲珑的笑声。

这也正是她引起霍去病关注的原因。

一年多没有见,表妹出落成一个亭亭玉立的大姑娘了,粉盈盈的脸因为追逐蝴蝶而红扑扑的,恰似含珠怒放的月季。

霍去病停住脚步,看着一群女子玩得高兴,也不便上前打扰。

阳石公主在回眸的一瞬间,就发现了站在不远处的表兄,她的一双眼睛顿时就亮了。

这就是被父皇封为冠军侯的表兄么?论年龄,他不过才十八岁,与王侯人家的子弟一般大小。

她想象不来,霍去病是怎样于万马千军中取匈奴人首级的,又是怎样风驰电掣地长驱两千里,在匈奴境内纵横驰骋、如入无人之境的。

当她从母后的口中得知父皇给了他那么高的封赏后,她的心就如初春的土地一样,涌动着一种异样的感觉——她希望能经常在宫中看到他的身影。

现在,他乘着四月的晨风来了,而且就站在她的面前。

初春的阳光在他的额头留下耀眼的光亮,黝黑的皮肤似乎还带着战场的征尘,他眼里闪烁着自信,这让阳石公主生出了不尽的亲切。

她的心就"扑通"直跳,甚至忘记了身边的宫娥,就迅速来到他的面前。

"表兄来了!"她还不习惯用朝堂上的称呼与他打招呼。

将军这个称谓太生分,她觉得这样叫就离表兄远了。

但霍去病依旧用君臣的礼仪回应阳石公主的问话:"臣霍去病参见公主。"

他认真的样子逗得阳石公主"咯咯"直笑:"表兄什么时候学得如此彬彬有礼了?"她想起了小时候与霍去病在姨娘家里嬉闹的趣事。姨娘常常感念皇上为儿子起了这个名字。说也该他有福,他的哭声竟然让皇上的病体康愈,这不是天意么?

其实,那时候霍去病总是让着阳石公主,他作为一个大哥哥,总是处处呵护着她。

人说女大十八变，男人又何尝不是这样呢？眼见当年顽皮的表兄一转眼就成了大人了。阳石公主将霍去病上下打量了一番，嗯！他穿上盔甲的样子真的很威武。

"表兄这是要进宫去？"

霍去病憨憨地笑道："皇后召见臣！母亲也让臣给皇后请安呢！"

"哦？"这回答让阳石公主有些失望，"表兄不是来找我的？"

她心里就有了几分的埋怨，可她很快就将失望化为莞尔一笑："母后正在殿内为据儿讲授《论语》呢！妹妹这就陪表兄去。"

卫子夫瞧见女儿与霍去病从外面进来，便放下手里的竹简。

"臣霍去病参见皇后娘娘、皇子殿下。"

卫子夫也不阻拦，她温厚地道了一声"平身"，自然地完成了从朝廷礼仪到亲情的过渡。

卫子夫对阳石公主和刘据说道："娘要和你们表兄说话，你们去玩吧！"

阳石公主极不情愿地摇了摇头，撒娇地摇着卫子夫的肩膀道："不嘛！孩儿就是想听母后与表兄说话嘛。"

"眼看都长成大人了，还没大没小的，都是娘惯的。"

卫子夫遂要春香带着刘据出去玩耍。

春香走到刘据面前道："太子殿下，咱们出去玩吧！"

卫子夫一听这话脸上便严肃起来："大典还没有举行，你不可如此造次，让外人听了，又生事端。"

春香吐了吐舌头道："谨遵娘娘教诲。"

卫子夫喝了口茶水，道："待太傅、少傅选定，进了思贤苑，我就省心了。"

霍去病道："殿下聪颖温良，将来一定能够承继大汉基业的。"

"我也希望如此。"

接着，卫子夫仔细询问了霍去病的情况和他母亲的身体。

"母亲身体尚好，至于臣，现在主要是按时点卯，帮助舅父处理军务，训练卒伍。有时间了，就读些兵法，在沙盘上演阵为乐。"

说起演兵布阵，霍去病感慨颇多，过去在侍中时，皇上命他多读些兵法，当时他年幼贪玩，总以为打仗就打仗，学这些干什么。这次出征，才真正感到研习兵法,乃将军立身之本。

问完家事,卫子夫很自然地进入正题。

"我今日传你进宫,正为立嗣一事。昨日我也对你舅父说了,外戚往往因为位高爵显而失于约束,常常让皇后陷入尴尬境地,我可不愿意看到卫氏一门借助我和太子之势而恣意妄为。"卫子夫说到这里,就放慢了节奏,"历来裙带关系都没有长久的。据儿做了太子,是皇上的恩典,你等要常思报效朝廷,谨言慎行,为朝臣做出表率。若是目无法纪,我先就不能饶了你等。"

霍去病专注地望着卫子夫,露出明白的笑意。他虽然还不清楚皇后的这番话是出自对卫氏家族的忧虑还是在转达皇上的旨意,但他理解姨娘的心情,她坐在这个位置上不容易,不知有多少妃嫔的眼睛在盯着她。

"请娘娘放心,臣定不负皇上和娘娘的期望,当不遗余力,效命疆场。"

阳石公主在一旁抿嘴一笑道:"表兄是何等聪明之人,母后就无须担心了吧!"

"娘娘说得对。臣是该自省自励,方不负皇恩浩荡!"

卫子夫慈爱的目光扫视着霍去病的脸。当年那个喜欢使枪弄棒的少年,何时鼻翼下长出了细细的胡须?

"你该是十八岁了吧?"

霍去病点了点头。

"男大当婚。有机会看到哪家大臣的小姐或王公的翁主,我给你留意一下。"

霍去病有点不好意思道:"臣尚年轻,还是先建功立业为好。"

"这话是怎么说的?又不是即刻完婚。"

卫子夫没有发现,她的话让阳石公主脸上潮热了,身体朝前移了移道:"表兄想娶什么样的女人呢?"

卫子夫一听便怪道:"小孩子家知道什么呀!"

阳石公主一听便不高兴了:"人家过了今年,就十四岁了,还小孩呢?母后就是这样看孩儿的么?"

霍去病就越发尴尬了:"臣心思报国,居无定所,实不愿因此而分心。"

阳石公主打趣道:"要我说,表兄就得找一个知书达理、名门望族、知冷知热的女子。表兄乃世间奇男子,连匈奴都不怕,说起女人倒是脸红耳热的,难道女人是老虎不成?"趁着霍去病不注意,她用指尖戳一下他的额头,"咯咯"地笑。

卫子夫瞪一眼阳石公主道:"没大没小的,哪像个女孩儿家?"接着又转脸对霍去病道,"呵呵!你不必在意,她就这样,都是我惯坏了。"

霍去病悄悄看了一眼公主,又是憨憨地笑道:"表妹聪明过人,伶牙俐齿,将来一定会嫁个好人家。"

"她这个性格,只怕男孩子都怕她。"

阳石公主反驳道:"女儿早已想好了,要嫁就嫁像表兄这样手握千军万马,建殊勋于边关,创功业于社稷的好男儿。"

"越说越不像话了!"卫子夫嗔怪道。

看着时间不早了,霍去病起身告退。阳石公主赶忙上前道:"孩儿代母后送送表兄。"

"你表兄现已是将军,你不可像儿时一样无礼。"

"孩儿知道了。"阳石公主说着话,脚步已经迈出大殿。

现在,两个年轻人走在长乐宫的复道上,话反倒没有在卫子夫面前多了。

阳石公主回头看了看身后,宫娥们远远地跟随着,没有谁敢打扰他们,她又看了看身边这位让匈奴闻风丧胆的表兄一副矜持的样子,觉得很有意思。

是不是男人们说起女人都是这个样子呢?

直觉告诉她,霍去病就是自己心仪的男子。

阳石公主忽然就对异性起了心思,她喜欢看霍去病披戴盔甲,骑在马上奔驰的样子;期待霍去病从前方传来胜利的消息,盼望霍去病能够经常出现在椒房殿里。她自己说不清这是一种什么感觉,可当她与他走在一起的时候,除了悄悄地注视,却也找不到任何话说,只是默默地笑。

一阵风吹过,霍去病的肩头落了一片桃花。

阳石公主悄悄伸手去摘,却不意引起了霍去病的注意,两人的目光就碰撞在一起了。阳石公主也不躲避,"吃吃"地笑了。倒是霍去病显得有些不自在，问道：

"笑什么？臣脸上有什么吗？"

"落了桃花了！呵呵！看表兄傻里傻气的样子，真想不到你是怎样指挥军队打胜仗。"

"呵呵！公主取笑臣。"

这种眉目传情，霍去病当然不会没有感觉，但在他的眼里，表妹还是一个孩子，他对她不仅有着臣下的尊敬，更有着亲情的纯洁。他才十八岁，男女之间的事情远不及与匈奴作战更有吸引力，他便找了一些话题打破这种异样的对视。

"公主乃皇家贵胄，金枝玉叶，还是多学一些皇后的贤淑和宁静，有时间多看看书。"

可阳石公主却回道："表兄何时学得唠唠叨叨了？"

到了长乐宫的西阙，霍去病望着停靠在阙楼外的车驾，便道："就到这里吧！臣告辞了。"

阳石公主装作没有听见，仍按着自己的思路说道："我跟表兄去学骑马吧！"

霍去病已准备上车，婉拒道："今日不行。没有得到皇后的允准，还是改日吧？"

"一言为定。"阳石公主俏皮地拉过霍去病的手掌，狠狠地打了一下，便转身回宫去了。

呵呵！姨娘那样娴静，蕊儿却是这样的性格。在登上车驾的时候，霍去病在心里笑了。

他没有发现，其实阳石公主并没有走远，她直到霍去病的车驾被树荫遮住之后，才回转过身，脸上挂着失落的惆怅。

可阳石公主不会想到，有一个十分重要的消息正等着她……

第十七章

恃威联姻一厢愿　雨化云散两情结

阳石公主一脚踏进椒房殿,卫子夫就问道:"怎么现在才回来?"

"宫中路长,孩儿是与表兄走着出去的。"阳石公主回道,便向母亲告辞。

卫子夫拦住了她道:"你先坐下,娘有话要对你说。"

阳石公主就有些纳闷,她和霍去病刚出去的时候,母后的脸上还呈现出舒心的笑意,怎么刚过了一会,就流露出不易觉察的忧伤呢?

一定是有什么事情发生吧?

也许是太累了,要不就是哪个宫娥犯错惹得母后不高兴了,要不就是那些妃嫔、美人间永远扯不清的纠葛。唉!皇宫深苑究竟有什么好?自己若是个男子,绝不会被这些枝枝蔓蔓缠住手脚,早就像表兄那样建功立业去了。

卫子夫从果盘中拿起一个橘子,剥了皮,递到女儿手中道:"这是南方送来的贡品,尝一尝吧!"

阳石公主接过橘子却没有吃,而是问道:"母后,不知留下孩儿有何教诲?"

"据儿就要立为太子了。"

"这是朝野尽知的事啊!"

"你舅父作为重臣,注定是要担负起保护太子的重任。"

"这个孩儿也明白,除了舅父,没有人能担此重任的。可这与孩儿有何关系呢?"

"儿啊！"卫子夫将身子往前挪了挪道，"你姑母前日来宫中提亲了。"

"提就提吧！"

阳石公主沉浸在刚才与霍去病相约骑马的兴奋中，压根儿就没有将这件事与自己联系在一起。

"以姑母的地位，加上舅父身居要职，只要她愿意，公卿们一定会趋之若鹜的。"

"可她……"

"她怎么了？"

卫子夫长叹一声道："可她却偏偏看中了你。"

"什么？"阳石公主觉得很好笑，也很不可思议，甚至有些滑稽。

她都十四岁了，可卫伉才六岁，阳石公主笑得前仰后合，捂着肚子喘气道："为一个乳臭未干的小儿跟孩儿提亲，这不是笑话么？"

"儿啊！你听我说。"卫子夫提高了声音，阳石公主的笑声戛然而止，吃惊地看着母亲。

"长公主虽与你舅父是夫妻，可她更是皇上的姐姐。太后临终遗言，要你父皇善待长公主。她如果执意要定这门亲事，你父皇也是无可奈何的。"

"不！女儿说什么都不会同意的。"阳石公主眼中溢出的泪珠儿滴在卫子夫的手背上，热辣辣的。

卫子夫捧着阳石公主的脸，一时间千言万语涌上心头，却找不到个头绪。她现在唯一能够告诉女儿的，就是要全力维护太子的地位。

"倘若你姑母在太子这件事情上闹起来……你一定不愿意看到娘就像当年栗姬那样，因为拒绝了阿娇和刘荣的婚事而被废掉吧！"卫子夫说着，眼泪就扑簌簌地落了下来，母女俩的泪就流到了一起。

阳石公主从母亲身边站了起来，擦去腮边的泪水，咬了咬嘴唇道："孩儿知道母后的难处，孩儿也知道据儿立为太子意味着什么。可是，母后……孩儿也不愿意拿自己的婚姻当儿戏。姑母要是逼得急了，孩儿就向父皇提出，远嫁匈奴，永不回长安……"说罢，她就向卫子夫告辞，回自己的殿去了。

"蕊儿！"卫子夫追到殿门口，看着女儿在一群宫娥和黄门的簇拥下远去，心里像一下子被人掏空了似的，"这孩子，这是怎么了……"

卫子夫神情有些恍惚，对春香说道："扶我进去，我有些累了。"

她正待转身，却见从未央宫来的黄门进来道："皇上口谕，宣皇后与皇子到沧池见驾。"

长乐宫与未央宫，一个坐落在长安的东南部，一个坐落在长安的西南部，两座宫城占去了都城面积的三分之一，它们中间隔着一条安门大街，从东宫到西宫，要横穿大街和漫长的复道。等到卫子夫乘着轿舆赶到沧池时，刘彻早已在那儿等着了。

"今日朕心中有些烦闷，就是想与皇后单独在一起说说话。"说着，刘彻便让包桑带几位黄门陪着刘据乘一舟，而他与卫子夫登上另一舟。

临上船时，刘据却不依了，他甩开包桑的胳膊，跑到刘彻面前撒娇："孩儿要和父皇坐一条船，孩儿还要向父皇背诵《论语》呢！"

卫子夫一把拉住刘据责备道："听父皇的话，坐到后面船上去。"

可刘据根本就听不进去，执意要上刘彻的船。刘彻的脸色就严肃了："你将成为太子，还如此放纵，将来如何担得了大任？"

刘据想靠哭闹实现自己的要求，可当他看到刘彻一脸的威严时，哭声硬是憋在喉咙里出不来了。

其实，在刘据童稚的心中，太子还只是一个十分模糊的概念，他还无法理解这是一件关乎王朝存亡继绝的大事，但父皇的严肃使他第一次感觉到，自己和普通的孩子不一样。

"殿下！走吧。"包桑一边劝说，一边拉起了刘据的手。

刘据回头看着母亲，极不情愿地挪动着脚步。那样子卫子夫看在眼里，心里很不好受，转过脸轻轻地擦了擦眼角。

刘彻心中就有些不悦，低声道："如此柔肠软心，岂能带好太子？你就是少了些太后当年的刚强。"

"臣妾明白了，皇上也是为了据儿好。"

此刻，卫子夫与刘彻并肩站在楼船的甲板上，他们望着一泓池水，碧波荡漾，晃晃悠悠地映出环岸垂柳和宫阙的倒影。雾霭如纱，环绿绕翠，仿佛这船是在云彩间穿行。

有几只燕子在柳枝间穿梭，那怡然自得的样子引起卫子夫许多念想。人如果能像这燕儿一样,无拘无束地在天地间飞翔该多好,既不用处处顾及许多的关系,也不会让宫廷的礼制将个人的情感束缚。

卫子夫的眼睛始终没有离开过刘据的船。她明白了,皇上今天这样安排,分明是要传达一个信息——刘据作为太子已成定局。这意味着他将获得一个独立的环境,不可能再像往日那样在母亲面前撒娇了。

看看!就连陪皇上游湖也与社稷大计纠缠在一起。卫子夫默默地想。

刘彻忽然问道:"朕是不是老了?"

"陛下说哪里话?陛下现在正当盛年呢!"

"朕忽然发现,近来总喜欢想起那些过去的事情。"

"是不是卫青他……"

"他身为大将军,向来稳重老成、谦恭自律。作为外戚,他能做到这个份上,已经很不容易了。比起朕的舅父,卫青强多了。"

"老丞相已薨殒多年,皇上怎么想起他了?"

"朕是因为立嗣油然想起了当年登基之时,太后曾对朕言说过,安天下者,窦、田、王也。朕依照太后旨意,以田蚡为太尉。朕只知道他平日不注重个人修为,喜欢拈花惹草,与窦婴争宠于朝,却不料到他会与朕离心离德,竟然在淮南王面前诅咒朕无后。"

船行到湖心岛附近的荷花旁,转了一个弯,朝拱桥下驶去。

刘彻转脸看了看身边的卫子夫,见她听得很专注,于是不无伤感地继续道:"若不是淮南案发,朕还一直蒙在鼓里。"

卫子夫是何等聪明的女人,她立刻意会到皇上在这个时候,专门提起田蚡与淮南一案的纠葛,绝不仅仅是发对往事的感慨。

"前车已覆,后未知更何觉时!"皇上这一番往事追忆,仿佛一通惊鼓,让她对自己眼下的处境有了更明晰的自省。

卫子夫向皇上身边靠了靠,那脸上的温柔都化为了一种理智:"皇上一番话,让臣妾惊鼓明心,警钟盈耳。臣妾也以为,朝中诸事,外戚当率先垂范。他们只有建功立业,尽忠竭命之责,而绝无恃权弄威之由。"

"皇后能这样想,朕甚欣慰矣。"

"河南大战后,皇上对卫青赏赐甚重,恩及三子;漠南一役,皇上又对去病赏赐甚重。臣妾闻之，甚感不安。诚恐他们不能一日三省，而惑于功勋，贪于利场。臣妾先后传卫青和去病进宫，严加训示，要他们严于自律，绝不可恃权弄威，横行朝野。"

卫子夫的话让刘彻隐隐地生了感动："朕的姑母和姐姐若能如皇后这样想就好了。"

卫子夫没有回应刘彻的话，她信守进宫时就抱定的信条，既不为自己的亲人在皇上面前说情，也不在皇上面前说别人的是非。

这种夫妻间家常式的话语，像一爵含着甜味的酒酿，缓缓地流进血脉，不知不觉地化解了前些日子因为长公主的插手，皇上对卫子夫产生的心结。

可当皇上提到长公主时，卫子夫刚刚明朗的心境又转暗了。的确，长公主把一个十分棘手的难题摆在她的面前。她知道如果这件事情处置不好，她往后的日子就更不能安宁了。

刘彻的眼睛不经意地朝后看着，只见刘据的船只保持着一定的距离，缓缓地跟在后面。

刘据早已忘了刚才登船时的不快，听着包桑讲着逗乐的笑话，发出咯咯的笑声。

唉！真是个孩子啊！刘彻收回慈爱的目光，却见身边的卫子夫有话要说的样子。

"皇后想说什么吗？"

"皇姐昨日进宫来了。"

"呵呵！阿姐近来与皇后相处甚悦，朕乐见其事。"

"可皇姐有话呢！"

"哦？"

"皇姐请求将蕊儿许配给伉儿。"

"什么？阿姐请求将蕊儿与伉儿……"

卫子夫点了点头。

"哎！朕的这个阿姐啊！怎么想一出是一出呢？"刘彻不以为然地跺了跺脚，那船就摇晃起来，惊得几个划船的黄门一头冷汗，两边合力使劲，才使船稳定下来。

卫子夫因为惊吓,整个的人都靠到刘彻身上,口中连连呼唤皇上!待她定神看去,只见刘彻目览湖波,镇定自若,才安下心来。

"优儿与蕊儿,年岁相差甚远,怎么可以呢?"

"臣妾还以为皇上知道了呢!"

刘彻明白长公主与卫子夫的关系,知道这事一定让她为难了。如果自己不出面,以长公主的性格,皇后是应付不来的。

"朕预料此事阿姐是一定会禀奏的,皇后不必为难了,朕知道怎样回应她。"

卫子夫的心中充满了感激,忙道:"臣妾谢皇上了。"但她的心并没有平静下来,阳石公主近来的变化还是不断地拨动着她的心弦。

"不过,蕊儿人大了,心思就多了。"

"呵呵!怎么了?"

"臣妾看她对去病倒很在意的。"

"哦?"一提到霍去病,刘彻的眼睛顿时亮了。

自从漠南之战后,霍去病在刘彻心中的分量大大增加了。近来,他一有时间就喜欢把这个年轻人传到宣室殿议兵。前些日子到雍城,也带着霍去病。

卫子夫的话让刘彻十分惊叹阳石公主的目光!不由得在心里高兴。她还真承继了朕的品性哦!显然,他对霍去病与女儿联姻很感兴趣:"呵呵!这倒是天作的一对哦!只是蕊儿还小。"

"去病也只有十八岁啊!"

"待立嗣大典后,朕找个机会问问去病,若是他有意,到蕊儿十六岁时,朕就玉成这桩婚事。"

船只驶出柳荫,卫子夫觉得头上的太阳分外的鲜明,回眸身后,池心亭的亭脊,被阳光照得闪亮。刘彻示意掌舵的黄门,掉转船头回去。

"皇上!"卫子夫轻轻地呼唤。

"皇后还有话要说么?"

"这……"卫子夫眼睛流露出彷徨和为难的神色。

"有话就说嘛!"

"皇上！"卫子夫整理了一下深衣，接着又理了理被春风吹起的发鬓，这样踌躇再三后，她终于鼓起勇气道，"臣妾有一不敬之情，还请皇上恩准。"

"你先说说是什么事？"

"立嗣大典前，臣妾想到长门宫去看看皇后姐姐。听说她近来身体越发沉重了。"

刘彻眉头皱了皱，淡淡地问道："怎么又想起去看她呢，立嗣大典与她有何关系？"

"皇上！"卫子夫发现刘彻没有恼怒的迹象，就近前一步说道，"臣妾是想，巫蛊案过去多年，皇后一定也自省了吧，臣妾也听说她设了香案，天天都祈祷皇上平安呢！"

唉！同是女人，为何如此相异呢？刘彻看着卫子夫月亮一样的明眸，那里面荡漾着太多的温柔、善良和宽厚。这些年了，连他自己都渐渐忘记了阿娇的模样，而卫子夫却想在这个时刻去看看她，刘彻的心也被她焐热了："好！朕就准了。"

"臣妾谢过皇上！"卫子夫欣喜得像个孩子一样。

刘彻挽起她的手，目光中涌动着爱怜。春日阳光下的卫子夫，出了些香汗，脸上泛起淡淡的红晕，益发端庄俏丽了。刘彻早年的激情似乎瞬间又回来了："前面该靠岸了，朕就与皇后在这边用膳吧！"

包桑扯着尖细的嗓音喊道："皇上有旨，宣石庆、庄青翟进殿！"

皇上的旨意传到石庆的耳际之时，他忽然有了一种穿过漫漫黑夜，看见曙光的惊喜。

他迅速与身边的庄青翟交换着眼色，那意思好像是说——这不是做梦吧？

他俩战战兢兢地随着包桑进了宣室殿，例行已久违的参拜程序，然后小心翼翼地回答着皇上的问话。

皇上早已不是当年那个翩翩少年了。

可石庆和庄青翟永远忘不了当年的那一幕。皇上以不治太皇太后丧事为由而免了许昌和他们的官职。

其实,他们心中都清楚,那不过是皇上的一个借口,根本原因在于他们阻挡了皇上的新制。那时他们万念俱灰,认定今生不可能再回到朝廷中。

皇上没有治他们的罪,而把他们发回到太常寺。这些年他们都是在提心吊胆中度过的。有一次,皇上到太常寺查巡兴办太学事宜,他们吓坏了,睁着眼睛直到东方破晓。

皇上来了,他一心一意听着太常讲述整理诸家经典,根本没提当年旧事,也没有问起他们。于是他们心里有了一种难言的失落——皇上已经把他们忘了。

这种期待皇上记住他们,又怕皇上记仇的矛盾心理,折磨着他们的情感,多少次,两人在喝到夜阑酒干时总是看着对方问,这日子何时是个头啊?

现在,站在皇上面前的石庆和庄青翟预感到那些不堪回首的日子即将过去,对黄老的抛却,对儒术的熟稔,将改变他们的命运。

"臣多年来研习儒术,不敢有一日的懈怠。"

"呵呵!说来朕听听。"

于是,他们各自结合自己实际,分别向刘彻禀奏了对《公羊春秋》的体会。石庆特别强调自己选读的是董仲舒的注释本。

石庆没有忘记引用近来皇上平定淮南、衡山谋反案的故事,批驳了刘安和刘赐的"拥国自重",认为这是逆天背道之举。他还称颂皇上明察秋毫,剪灭逆贼,实乃社稷之幸。

在石庆说话的时候,庄青翟一直暗暗注视着皇上的变化,他感到虽然岁月悠悠,人事变幻,但皇上推行新制的执着没有变。

轮到庄青翟回答皇上问话时,他引述董仲舒的一句话——《春秋》无通辞,从变而移。今晋变而为夷狄,楚变而为君子,故移其辞以从其事——重点阐述了自己对"大一统"的体会。

"皇上!臣反复琢磨,所谓春秋一统者,主要在八个字。"

"哦!"刘彻侧过脸来,听得很专注,"是哪八个字?"

"兼容并包,遐迩一体!"

"此话朕好像在哪里听过?"

哦!他想起来了,那是元光五年司马相如说的话。

司马相如在奏疏中,用了很精辟的八个字:"遐迩一体,中外褆福",来表达当时大汉与周边民族的关系。可眼下他不打算把这个话题延伸下去,他之所以要问起这些,是因为要了解他们有没有担任太子太傅和太子少傅的资格。

现在,刘彻大可以放心地与他们谈论对太子的教育了。他有些兴奋地站起来,在宣室殿内踱了一圈,然后在石庆和庄青翟的面前站定了:"朕今天要任命二卿为太子太傅和太子少傅,不知二卿愿否?"

"臣等定不负皇上重托,不敢有丝毫的懈怠。"

"那二位爱卿会怎么做呢?"

看来,皇上还是担心他们会用黄老思想来影响太子。于是,他们对如何从儒家经典入手,循序渐进地实施教化谈了自己的设想。

"大典之后,太子暂时移居思贤苑,待博望苑落成之后再搬过去。"

看着时间已经不早了,刘彻挥了挥手道:"二卿回去吧!改日到宫中拜见皇后,顺便也见见太子。"

两人走出宣室殿,回望檐牙高啄的殿脊,仍然没有走出刚才如幻般的梦境。

庄青翟拉了拉石庆道:"大人!在下有些不明白……"

"怎么了?"

"我朝自董仲舒之后,论起儒学,要数丞相大人,皇上为何……"

石庆没有回答,他无法猜测刘彻的决定,不管日后怎样,反正至少眼前的路是光明的。

石庆和庄青翟出了殿门,刘彻开始批阅起奏章来,当公孙弘那熟悉的笔迹映入他的眼帘时,他情不自禁地"哦"了一声。

这奏章在案头已搁置几日了,自己竟然忙得没有细看。他随口向包桑问了一句关于丞相病情的话之后,就沉浸在公孙弘充满沧桑忧郁、温婉曲柔的文字中了。

刘彻对公孙弘还是比较了解的。论起治儒,他虽不及董仲舒深刻,却有着经世致用的务实;论起治政,他不如窦婴干练,却有着委曲求全的品格。这样的人在他身边,出不了政绩,却也不会铸成大错。这也是他在元朔五年将百官公卿分为中朝和外朝的原因。

他不需要拿出什么高明的主意，只要能稳定政局，深谙旨意就行了。

但这一回，刘彻较起真来了。刘彻对于公孙弘的话产生了浓厚的兴趣，他放下其他奏章，开始给公孙弘写信。他铺开绢帛，洋洋洒洒，字里行间洋溢着温暖和关爱。

待墨迹稍干后，刘彻对包桑道："你带上太医去看看，也将朕的这封信交给他。"

包桑收好信札，看了看刘彻问道："皇上还要奴婢带些什么吗？"

"带些酒、布帛，褒扬他为朝廷日夜操劳的辛苦。"

"诺！"

刘彻笑道："太医治的是他的身病，只有朕才治得了他的心病。"

不错！公孙弘正在焦急地等待着张汤的到来，希望他能带来皇上的消息。

张汤进相府的时候，公孙弘还没有起床。好在两人相交甚笃，也没有客套的必要，待夫人和仆人们退下后，公孙弘径直让张汤到内室叙话。

由于昨夜没有睡好，公孙弘的眼睛有些浮肿，他看见张汤进来，指了指榻前，示意他坐下说话。

"见过皇上了么？"

"见过了。"

"皇上对老夫的奏章都说了些什么？"

"皇上只是笑了笑，就把奏章放下了。"

"这样看来，皇上一定要任命石庆和庄青翟为太傅和少傅了？"

"学生也纳闷，这回皇上连汲黯的谏言也不采纳了。刚才学生来相府的路上，看见石庆和庄青翟的车驾往椒房殿去了，说不定皇后这会儿正与他们说话呢！"

公孙弘眼皮耷拉下来，叹了一口气道："看来老夫真的不中用了。"

张汤立时感到语塞，不知道该怎样劝慰他。

"恩师！"张汤揖手道，"都是学生办事不力……"

公孙弘摆了摆手："这事与你无关。"

……

原来几天前，刘彻利用朝会的机会，诏命石庆为太子太傅、庄青翟为太子少傅。立嗣大典就定在元狩元年(公元前122年)五月底。

日子就在太常寺和宗正寺筹备立嗣大典的忙碌中悄悄流逝，京城的风景也日益地绿肥红瘦，走进了春的深处。

公孙弘就在这样的日子里，向皇上递交了"免归"的奏章：

> ……今臣弘罢驾之质，无汗马功劳，陛下过意擢臣弘卒伍之中，封为列侯，位列三公，臣弘行能不足以称，素有负薪之疾，恐先狗马填沟壑，终无以报，愿归侯印，乞骸骨，避贤者路。

那欲掩半露的词语中弥漫着无尽的伤感。

他觉得在这个朝廷中能当得起太子太傅的人除了他，没有别人。他多么希望自己能够像卫绾一样，以丞相的身份尽宰辅之责，以太傅的身份为太子讲书。

可是，皇上偏偏把目光投向了太常寺。他忽然生出一种被皇上抛弃的仓皇。他递上奏章，也是想试探皇上的心。

从那一天起，他就一直在等来自未央宫的消息。

但皇上有条不紊地处理政务，频繁地就立嗣大典与大臣们交换意见，并且还将冷落了十数载的石庆和庄青翟传到宫中问话，好像把他给忘了。

公孙弘看了看外面，想着皇上会与石庆他们说些什么呢？

"他们会不会重弹黄老的论调呢？"

张汤疑惑道："不会吧！这么多年了，他们怎会死守着那套不变呢？要是那样，他们还能活到今天，而且还会被皇上重新起用么？"

公孙弘还是有些担心："大人最好去找包公公打听一下，看看皇上与石庆他们到底说了些什么？"

"有这个必要么？"

"也许他们谈到了老夫呢？"

"哦！学生明白了。"

张汤告辞了，公孙弘拿起身边的《谷梁春秋》，还没看上几行，便心烦气躁地丢在一边，他望着窗外从枝头飘落的残花，强迫自己收回目光，重新拿起竹简,虽说眼睛在竹简上徘徊,但心竟然纷乱地在天地间迷茫。

公孙弘觉得似乎有什么东西堵在胸口,连续咳嗽之后,就气喘吁吁了。丫鬟们急忙上前为其捶背,好一阵子才缓了过来,他抬起头,眼见得夫人的泪水就在眼眶打转了。

"唉!你这是为何,老夫……"

"老爷这是怎么了?药吃了几剂,怎么就不见好呢?"

"老夫这病不是药可以治的。"

夫人就嘤嘤地哭出了声。她比公孙弘年轻了十几岁,夫君的病让她心里慌乱得不知所措。她一哭,丫鬟们也都跟着哭起来。

公孙弘的心烦立即转化为恼怒:"你们这是干什么?老夫还没有死呢!你们能不能让老夫一个人安静安静?"

哭声戛然而止,夫人泪眼婆娑地唤了一声老爷,还想说些什么,只见公孙弘不耐烦地挥着手,她只有小心地退下了。

现在,内室里静极了,偶尔从外面传来几声嘤嘤的鸟鸣。

公孙弘呆望着屋顶,那个在心底盘桓了许久的疑问再度地爬上了心头。

难道皇上忘了石、庄二人曾是反对新制的人么?难道皇上不知道,朝廷里除了董仲舒,就数他公孙弘最懂治儒了么?他检点着自己的行为,认为多年来虽无多大建树,却也兢兢业业。

那么是什么原因让皇上冷落了自己呢?他想不明白。

午膳时,公孙弘只喝了几口米粥,就昏昏沉沉地睡了——他只觉得被一种无形的压力牵着,迷迷糊糊地进了梦乡。冥冥间听见有人在耳边轻轻地呼唤,他睁开蒙眬睡眼,却是府令和夫人。他们说宫里的包公公带着太医来了,现正在客厅等候呢。

呀!皇上没有忘记老夫。公孙弘挣扎着从榻上坐了起来,就立马要丫鬟伺候更衣洗漱……话未落音,就听见室外一个尖细的嗓音传了进来:"丞相有恙,不可轻动,咱家进来就是了。"

进到内室,包桑说道:"皇上要咱家和太医来探视丞相了。"

公孙弘有些惶恐不安,挪动着身体向榻边倾斜,连道:"老夫衰朽之身,蒙皇上惦念,不胜惭愧。"

太医淳于意为公孙弘详细地诊了脉,又看了舌苔,然后才诊断道:"丞相之病乃心急气郁,肝火旺盛,火伤脾脏,故而肢体沉重。所谓心归木,心急而生火,致使肝气郁结,火盛而伤金,故而脾胃不适。"遂开了几剂药。

夫人请他到客厅用茶,留下包桑与公孙弘说话。包桑捧出皇上的书札给公孙弘,说道:"皇上的话都在这上面写着呢,丞相看看吧!"

公孙弘展书拜阅,先还比较平静,看到后来便讷讷自语道:"愧杀臣也!愧杀臣也!"包桑循声看去,就见丞相满脸潮红,两眼发热,眼圈越来越红了,接着就听见他声音发颤地念道:"君不幸罹霜露之疾,何恙不已,乃上书归侯印,乞骸骨,是彰朕之不德也。"

公孙弘再也无法在榻上安卧了,他翻身下榻,就跪在了地上,朝着未央宫的方向,揖首跪拜道,"皇上折杀微臣了。微臣有疾,怎么敢当得起皇上的自责呢?"

公孙弘读到"今事少闲,君其存精神,止念虑,辅助医药以自持"时,再也控制不了自己的情感而匍匐在地。

"皇上!臣有罪啊!皇上……"

包桑听得出,公孙弘的哭声里带了多种情感和思绪。是感动,也是惭愧;是自责,也是痛心。

皇上丝毫没有怪罪他,反而把他患疾归之于自己的"不德",皇上不但派来了太医,还送来了酒、帛等。皇上在书中说今事少闲,可他明明知道"淮南案"结案在即,立嗣大典一天天临近。而自己都干了些什么呢?

包桑没有上前劝慰,任凭公孙弘借痛哭排解心中的郁闷。公孙弘哭过之后,才发现包桑待在身边,根本没有离开,他几分赧颜,不好意思道:"老夫刚才情之所至,失态了,请公公谅解。"

包桑哈哈大笑道:"皇上说,他的书是专治丞相心病的,果然如此!咱家可以回宫复旨了。"

公孙弘送包桑和太医到相府门口,分手时,他要包桑代他禀奏皇上,他马上就上朝视事,筹备立嗣大典。

眼看包桑一行人渐渐远了,公孙弘才回转身来,对身后的夫人喊道:"老夫有些饿了,快备些酒菜来……

"现在是什么时辰了？"阿娇的声音很弱，游丝一样地飘到春柳的耳际。

春柳俯下身体，贴在阿娇的耳边说道："娘娘！现在应该是巳时了吧！"

阿娇有些不耐烦："谁问你这个？现在是哪年哪月？"

"娘娘，现在是元狩元年五月二十五日。"

"哦！太子的立嗣大典开始了。"阿娇无力地点了点头，眼角溢出酸涩的泪水。

她让春柳在殿内燃起熏香，很快整个房间都飘荡着浓浓的香气。烟雾从熏炉中一缕一缕地散发出来，袅袅地在大殿中央盘旋，在阿娇的眼前编织出宏大热烈的画面——

恢宏庄严的乐声中，盛大的朝贺队伍云集在司马道上。来自郡国两千石以上的官员，来自各国的庞大使团都齐聚这里，等待着神圣的时刻。

卫子夫在宫娥们搀扶下，踏着从司马门铺开的红色的地毯，迈着舒缓的脚步，庄重地走进了未央宫前殿，她的光彩让参加盛典的每一个人脸上熠熠生辉。

太子刘据毕恭毕敬地迎接卫子夫在皇上身边就座。

正当午时，太仆公孙贺站在大殿上，高声宣布立嗣大典开始。

皇上圣明的呼声在未央宫前殿此起彼伏，经久不息。

"啊！皇上向太子颁授金印了。春柳，你看见了么？"阿娇挣扎着站了起来，指着殿外，精神分外地亢奋。

"你看见了么？"

"娘娘！没有啊！"

"哈哈哈！"阿娇放声大笑，然后又仰面歪在榻上，嘲笑道，"你等当然看不见了，你们都是凡人，怎么会看得到呢？哈哈哈！"

刚刚平静了片刻，她又忽地起身下床，一边向外面跑，一边笑嘻嘻地喊道："皇上！臣妾接驾来迟，还请皇上恕罪。"

说着，阿娇"扑通"跪倒在地，郑重其事地叩首下拜，口中讷讷自语："臣妾见过皇上！"她又转过身来训斥春柳等人。

春柳和宫娥们疑惑地跟着阿娇跪下，内心却是十分恐惧。

废后怎么能看到立嗣大典的情景呢?而皇上此时正在未央宫前殿,她又怎么会以为皇上到了呢?

"前两天还好好的,怎么今日……"春柳十分疑惑。

"就是呀!怎么忽然就神志模糊了呢?"

春柳轻轻地来到阿娇身旁,与她并肩跪下,附在耳边道:"娘娘!皇上走了。"

"呵呵!呵呵!"阿娇呆呆地笑着,"皇上来看我,怎么会走了呢?"

"娘娘怎么忘记了,皇上打理国政,日理万机,有多少事等着他去处置呢!"

"哦!你是说皇上忙着处理国事去了?哦!那我就不打扰了。"阿娇从地上站了起来,"我累了,扶我歇息去。"

阿娇简单地用了些饭食,又睡去了。

阳光从窗口透射进来,通过白色的幔帐折射到阿娇脸上,那张日渐瘦削的面容就更加苍白了,白得像一尘不染的丝绢。

这样子,让守在身边的春柳和宫娥们有一种不祥的感觉。

从殿门口朝外看,更是一幅凄凉的景象。虽说是初夏五月,可这院子里的花木却是被青草包围着,刚来时粉刷一新的宫门如今被风雨剥蚀得斑痕累累,只有屋檐下的燕子来来回回,守着一个寂寞的废皇后,伴着一群服侍她的女人。

自从一曲《长门赋》惹恼了皇上后,很久没有人敢光顾这被朝廷遗忘的角落了。

可就在前日,皇后卫子夫来了。

她的銮驾停在门口——只带了春香和警跸。她担心会触动阿娇心底的伤痕,也没有浓妆艳抹。

春柳按照卫子夫的吩咐进去通禀,在等待的时候,她环顾了一下这座当年窦太主送给皇上、而皇上又把阿娇禁闭在这儿的宫阙。当年这里楼阁嵯峨,现在却已是繁华不再;当年的曲径幽幽,现在却已是蔓草没径;虽裙钗依旧,却是铅华尽去,满目景物,尽是断肠伤心处。

这破败让卫子夫感叹阿娇的命运,她甚至想,假若自己有一天遭此厄运,会不会也是这样呢?

卫子夫想着想着,就远远地瞧见阿娇在春香、春柳的搀扶下出来了,后面还跟着一群宫娥。

卫子夫没有任何的犹豫就跪倒在院内的地砖上了。

"卫子夫参见姐姐。"

阿娇在一步之外僵住了,只是呆呆地看着她。

放在昔日,她绝不会有好言语送给面前这个曾与她争宠的女人。

可漫长的岁月就像一方硕大的磨刀石,无情的风雪就像滴在石上的水,一天一天,一年一年地磨去了她的恩恩怨怨,虽然一下子还无法忘却,可是麻木了的精神再也燃不起仇恨的火苗了。

阿娇喘着气道:"起来吧!进去说话。"

她用皇上送来的金浆招待卫子夫,这是南越进贡来的米酒,味道甘甜。

卫子夫轻抿一口,清新爽口,她从中品出了皇上心底的那份亲情。

唉!他们毕竟是青梅竹马!

几巡过后,两个女人之间的矜持和沉默悄然远去,话也逐渐多了。她们彼此述说着各自的生活,阿娇毫不掩饰自己对皇上的思念,说她无数次地在心中祈求上苍保佑皇上恩及天下,社稷永固。可是,皇上至今也没有……

她说到伤心处,潸然泪下,卫子夫也陪着流泪。

其实,卫子夫又何尝没有难以言表的苦衷和惆怅呢?就因为没有答应为长公主的儿子求封,就得忍受王夫人每日出入宫中的情感折磨,就像阿娇一样守着一座空寂的椒房殿垂泪。

但现在她并不想多说宫中的生活,害怕勾起阿娇对往昔的追忆。

"再过两天就要举行立嗣大典了,妹妹这次来看看姐姐,就是想告诉姐姐,即使据儿将来做了皇上,也要记着,他有两个母后。一个是卫子夫,一个是陈阿娇。他既是妹妹的儿子,也是姐姐的儿子。妹妹虽做过侯府的女奴,却知道先后的道理,在什么时候,姐姐都是在前面的,据儿都应该把这位母后放在心里。"

卫子夫的这番话惹得阿娇又是一番涕泣,但当她再度抬起头看着卫子夫时,她的目光就格外的平静和柔和了。

"告诉据儿,他的父皇是这个世间最杰出最尊贵的人。"

"请姐姐放心,妹妹一定转告据儿。"

卫子夫留下一个女人对另外一个女人的理解和宽容回宫了。

在她登上车驾的那一刻,阿娇追到车前来拉着卫子夫的手说道:"谢谢妹妹为汉家续了龙脉。请你告诉据儿,说姐姐对不起他……"

这也许是她谈话的核心,也许是她蓄积已久才吐出的心声。

卫子夫忽然就对许多事情有了新的认识,人啊!该是多么奇怪复杂的生灵,即便是阿娇这样刻薄的女人,也有理智和平静的时候。

车驾离开长门宫很长一段路,卫子夫回头去看,只见阿娇还站在宫门口,站在五月的艳阳下。

"仅仅几天,娘娘就……"春柳为榻上睡得很沉的阿娇披了披被角,又坐回到原处,"想想我真有些害怕。"

一位宫娥打了个寒战道:"春柳姐,你说娘娘她会不会……"

"胡说!"春柳愠怒地指着宫娥的鼻尖骂道,"乌鸦嘴,再说撕烂你的嘴!"

可春柳清楚,自己说这话时多么心虚。

太阳在南山眷恋了片刻之后,终于坠落。

膳房的宫人来说,晚膳已经备好。

"知道了!"春柳站了起来,走到帷帐前,声音很轻地呼唤道,"娘娘,该用晚膳了。"

"娘娘!奴婢伺候您洗漱之后,该用晚膳了。"

晚照中,阿娇平静地躺在榻上,睫毛很安谧地排列在眼线周围,没有梦呓恍惚的颤动,一只手软软地垂到榻前。

"不好!"春柳心头闪过一丝不安,及至她用颤抖的手伸向阿娇的鼻翼间时,她知道在经过一场疲惫的远征后,废皇后永远地睡去了……

"娘娘!"春柳一头扑在阿娇身上,放声大哭,"娘娘!您怎么就走了……娘娘……"

身后的黄门、宫娥跪倒一片,哭声从殿内蔓延到殿外,在傍晚的长门宫久久地回旋……

时间是元狩元年五月己未日,未央宫内正为太子举行盛大的册立庆典。

第十八章

雄略谋通身毒道　风从上谷燃烽燧

没有出使的日子,张骞就陷入百无聊赖的空寂。

十三年的凿空西域出使生活,把他的心放野了。

漠南之战后,皇上诏命他担任未央宫卫尉,可他却不习惯这种每日按部就班的生活,有时候甚至有一种无言的厌倦。

他一直期待皇上早日启动第二次西域之行。这不仅是为了完成皇上的夙愿,还因为葱岭脚下长眠着他的纳吉玛和儿子。

一天,汲黯带着皇上的口谕到府上来了。皇上说,张爱卿归来已有几年,而至今仍孤身一人,家室虚空,要他汲黯保媒,择一位望族之女完婚。

张骞十分感谢皇上的关爱,却婉言谢绝续弦的美意。

失去纳吉玛,是他一生难以抚平的伤痛。他怎么会忘记他们滞留昆仑山下的那些日子呢?为了能够平安回到长安,纳吉玛承担了抚养两个儿子的责任。每一次吃饭,纳吉玛总是先让孩子们吃,她自己经常要腹中空空,饥肠辘辘地度过遥夜。

眼看当年锦鸡花一样美丽的纳吉玛一脸的菜色,张骞很是揪心,他觉得让自己的女人承担这么多的重负,这是男人的耻辱。

有一天,在孩子们睡觉时,他劝纳吉玛带着儿子们回到单于庭去。

纳吉玛回头看了看身边的儿子,凄婉一笑道:"骞!千万不要这样说。你知道纳吉玛的心是什么吗?是那一尘不染的白雪。夫君看看,这是纳吉玛学写的汉字。"

"哦！亲爱的纳吉玛！你的心像月亮一样皎洁，像昆仑河水一样清澈。张骞捧起羊皮，从歪歪扭扭的字中发现了"长安"二字。

"骞！你知道吗？我们的儿子也学会了不少汉字，他们跟我一样很向往长安！"

张骞还能说什么呢？他默默地抱着纳吉玛，品味着这海誓山盟般的爱。

可没过多久就传来消息，说伊稚斜打败了于单的军队，登上了单于的宝座。有消息说，左骨都侯死于战乱；也有消息说，他随于单到了长安。纳吉玛听到这些消息后，泪水如昆仑的雪水，哗哗直流。

"纳吉玛！你想哭就大声地哭吧！"张骞吻着纳吉玛的头发。

纳吉玛却忍住了哭声，看着张骞的眼睛说道："夫君什么都不要想，就只要想办法回长安。父亲即使到了太阳神的身边，也会为我们祝福的。"

曾经沧海难为水，他的心可以容得下广袤的西域大地，却再也容不下另一个女人。

那一天，汲黯专注地听完了他和纳吉玛的故事，为他们忠贞圣洁的情爱所感动。他后来是否将这些禀奏给了皇上，谁也不知道，但从此再也没有人向他提出婚配之议。

可这一个人的日子也的确不好过。

元狩元年七月初的一天，张骞在署中待腻了，想那些从西域带回来的苜蓿该是紫花芬芳、蜂蝶云集了；而那些胡桃、葡萄的枝头也一定硕果累累了。于是他约了司马相如，到茂陵一游。

两人说定在咸阳西的杜邮亭会面。张骞先行到了咸阳，悄悄地寻了一家僻静的客栈住了。清晨起来，简单用了些茶点，就赶到会面地点。

他远远就瞧见司马相如骑着一匹枣红色的高头大马站在亭子前向他招手，还有一位年轻人在一旁，却是不曾见过。

隔着几丈远，张骞就兴奋地喊道："司马大人倒是快，还先到了。"

司马相如回道："为了不耽搁行程，昨夜在下就到了咸阳东。"

这时候，那骑了雪青马的年轻人上前向张骞作揖道："久仰大人英名，晚辈有礼了。"

"足下是……"

"你们不认识啊?"司马相如笑道,"他就是太史令司马谈的公子啊!这两年游历名山大川,广采文物史迹,前不久才回到长安。听说茂陵种了西域的果木,就想来看看。"

司马相如一介绍,张骞不禁"啊"了一声:"早就听说太史公有一公子,博闻强记,不期在此相遇,真是有幸。"

三人说着话,便催动胯下的坐骑,朝着茂陵的方向奔去。

几年没来,茂陵较之前更加宏伟,而且陵邑也成为一座拥有十几万人口,商贾云集、繁华非常的城市。

陵邑建在司马道北侧,他们从东门进去,一路走来,看到邑内道路交错,里坊密布,从各地迁徙而来的富商大贾早已度过了刚来的种种不适,习惯了这里的生活。

一位店家眼见三位身穿方领便装的人走来,猜想必是长安来的官家,忙觍着笑脸高声喊道:"三位官爷是要打尖,还是要住店?里面请啊!"

张骞看了看司马相如和司马迁道:"走了半日也饿了,不妨就在楼上找一僻静处,吃些东西再看不迟。"

刚刚坐定,店家就热情地跟上楼来招呼。张骞遂要了些上好的酒酿和挑了些精致的、有风味的菜肴。

那店家生就一口伶牙俐齿,听张骞如此说话,连声说道:"官爷好口福,本店最近烹制一道新菜,名曰碧玉翡翠,待会儿上一盘尝尝如何?"

"那就去准备吧!"

待那菜上来之后,果然是碧绿莹莹,鲜嫩无比,一箸入口,清香润滑,余味不尽。

张骞嚼了嚼,放声大笑:"什么碧玉翡翠,这不是西域的苜蓿么?"

店家惊奇道:"官爷好眼力,此菜正是鲜嫩的苜蓿烹制而成。不知官爷从何处而来,怎么识得我大汉博望侯自西域带回的苜蓿呢?"

张骞也不答话,只是默默地从腰间摸出钱袋,取出一串钱道:"人是四方人,客乃过路客,就冲这道菜,多付你二千钱,其他就不必多问了。"

店家便不多说话,情知遇到了不凡人,只小心翼翼地把上好的酒奉上。

酒足饭饱之后，三人下了楼，说着话就到了西郊。众人远远望去，但见苜蓿在蓝天下铺开满目葱茏，盛开的苜蓿花一层一层地簇拥成紫色的云霞。

有几位农夫打扮的人正在聚精会神地收割着苜蓿。

三人上前施礼询问，老者停下手中的活儿说道："托皇上的福，自推行'限民名田'后，我家五口一共种了十亩苜蓿、二亩核桃和三亩葡萄。苜蓿除嫩的卖给陵邑中的店家外，其他都由修筑茂陵的官府买去喂马。加上其他粮食，一年下来，衣食便无忧了。"

"哦！"司马相如欣喜地沉吟一声，三人分享着新制成功的喜悦。

出了苜蓿地，他们又到了一片胡桃园子，满枝胡桃从浓密的叶隙间伸出碧绿的脸庞，分外可爱。

司马迁觉得这果木的名字很有意思，便问张骞是如何起了这个名字。

张骞笑道："西域人给这果木起的名字很绕口，我带回长安、皇上品尝之后，以为这既然是从胡地来的果木，不妨就叫胡桃更简明些，因此便有了这个名字。"

司马迁感到又长了不少的见识，忙从怀里拿出绢帛记了。

张骞和司马相如觉得，这年轻人笃诚好学，将来一定有大出息的，遂要他将几年来游历名山大川的经历说给他们听。

司马迁有些不好意思："晚辈口拙，怕说不好。"

话虽如此，但他还是兴致勃勃向两位大人介绍了他沿着牂牁江一路游历的所见所闻，末了道："晚辈沿江而下，一路见到无论是汉人还是夷人，提到中郎将宣示圣德，平息民乱，无不敬仰。晚辈在犍为码头下船寻访大人，不料大人已回京复旨了。"

司马相如笑道："说来也真不凑巧，真是阴差阳错。"

"呵呵！这样说来，二位今日相聚，还要感谢我了。贤侄提到蜀布、邛竹杖，使我想起一件事情。在回归途中，我路过大夏时曾见过蜀布和邛竹杖，都十分精巧。商贾说，这些都是从身毒贩运而来。身毒在大夏东南约数千里，以此度之，身毒距我大汉应比大夏更近，倘是开通西南道，我大汉与身毒通商货贸亦无碍矣。"

张骞的话将三人的心带到了远方的未知世界，都为即将到来的探险而兴奋不已。尤其是司马相如，从元朔三年至今，他许久没有听到这样有见地的话了。

"唉！说起来话长。"司马相如与司马迁换了一个位置，三人朝不远处一方葡萄园走去，"当初从巴蜀归来时，在下就向皇上提出开通西南的谏言。可是，不久公孙丞相去了一趟西南，回来后竟然数次进谏皇上，说开通西南乃是疲中国之策，此后这事就束之高阁了。"

"丞相不知道西南百姓热切盼望着大汉文明么？"张骞问道。

"他哪里是不知道。他向来把西南看作蛮荒之地，把那里的百姓视作异类。"

"皇上怎可听他一面之词呢？"

"这就是他的厉害之处。譬如汲黯常常当庭面诘丞相，说他口是心非，但他非但不恼，而且装出一副木讷的样子。皇上还以为他真是海量呢！"

"立嗣大典之后，丞相就一病不起了，现在是李蔡代行丞相职务，这个人么……"司马相如不说了，他对李蔡的为人也很鄙夷。

阳光透过葡萄架在园林的地上落下大大小小的斑点，偶尔一阵风吹来，荡起"窸窸窣窣"的吟唱。踩在松软的土地上，脚底的力都被泥土消解得了无声息。

眼看就要走出葡萄园，张骞说话了："我回到京都就上奏皇上，重提开通西南，打通通往身毒之道。"

张骞的话使司马相如感到，比起当初提的开通西南的谏言，张骞不唯视野宽阔，尤其是对大汉声威的传播，有着巨大的意义。他心头一高兴，竟然脱口吟出一腔感慨。

> 汉水泱泱而东去兮，至大江而不复回；
> 鲲鹏扶摇而西去兮，度关山以高飞；
> 闻帝音而思乡兮，饮露霜以返归；
> 志高远存万里兮，远瞩乎以天际……

张骞的心随着司马相如的诗句，飞向一个遥远的神秘国度，那里的人们如果知道在他们数千里之外有一个大汉，将会怎样感慨这世间的广袤和博大啊！

多少年后，当司马迁在深夜邀游在漫漫史海，为周边国家作传的时候，他还常常想起元狩元年这个难忘的午后。

令张骞没有想到的是，三天之后，当他怀揣着自己的奏章进宣室殿的时候，就碰上了刘彻蓄积已久的激情——

"呀！张爱卿，你来了！朕正要找你呢！"

皇上以喜悦之情表示了对张骞的热情，这让他有些纳闷，难道皇上已经猜到自己的目的了么？

"爱卿先不急于说，让朕猜猜你来的目的。"刘彻捻动着胡须，用含笑的目光看着张骞。

"如果朕没有猜错，爱卿一定是要向朕上奏开通西南夷的事务吧？"

"皇上圣明！"张骞十分惊异，从怀中拿出一卷竹简，"臣正是为此事来的。这是臣的奏章，恭请皇上圣阅。"

刘彻接过奏章，叹了一口气道："开通西南夷中途搁浅，此朕之失也。当初朕考虑到筑朔方城耗费民力太重，若是继续凿西南道，势必分力。前日，朕召见石庆、庄青翟时，他们一句'兼容并包，遐迩一体'，让朕顿悟。"

"此一时彼一时也！彼时罢通，自有罢通的道理。"张骞说到这里停了停，语气中就有了一层强调的意思，"今臣奏请重开，又与中郎将所说有所不同。"

"哦！"刘彻对张骞的话来了兴趣，"有何不同，快说与朕听听。"

"臣之所谓通西南，不仅在于让皇上的德惠普照西南诸夷，更在于开启汉与身毒国之间的通商贸易。"

"身毒国？朕倒是第一次听说。"

张骞从怀中取出汉与西域各国全图，在案上摊开道："皇上请看。"他的手指伴随着叙述，从长安出发，慢慢地朝着西南移动，到了大夏，转而向东南，越过大夏边界时，他停住了，"臣在大夏遇到商贾，他们言道他们的货产从身毒来。后来臣才知道，那些均来自我大汉蜀郡和西南滇国。身毒国在大汉西南，距离近大夏两千余里。若是与我通商，则不仅可互通有无，更使得我大汉文明远播域外。"

张骞依据从大夏国人那里获得的信息，尽其所能地向刘彻描述了身毒国的地形、物产和民情风俗，然后便将说话的重点转移到从蜀地打通去身毒的道路上来了。

刘彻的目光随着张骞手指而移动，最后静静地留在那一片空白地带，那显然是一方未知的土地。而他的思绪却已驾着畅想的风，在一个比张骞更高更远的时空穿梭。当他的眼睛离开地图的时候，那一双晶亮的眸子就飞动着雄视万里的神采。

"朕记得，爱卿刚回到长安时曾说过，大宛、大夏及安息之属，皆大国，多奇物，民风颇与中国同；而其北有月氏、康居之属，兵强，倘能通过货贿施之以利，诱其入朝，进而以礼仪教化，如此我大汉广地万里，诸语互译，殊俗相容，威德遍于四海，不亦宜乎。"

张骞不说话了，眼睛直直地看着刘彻，这是怎样的一颗雄心呢？皇上要建立一个诸族和谐的庞大帝国，这样的宏图大略让他的思维在瞬间出现了凝滞。

的确，他一时还跟不上皇上那种横空徜徉的思绪，也许从他回到长安的那一天，这种思路就在刘彻的心中萌芽了，只不过今日君臣的一番谈论终于让它破土而出了。他忽然觉得，自己花了几日时间、字斟句酌的奏章现在都显得过于狭隘和肤浅了。

"张爱卿！"

"张爱卿！"

"哈哈哈！朕吓着你了？"刘彻哈哈大笑，洪亮的声音让张骞从惊异中醒过来，及至发现自己失态，他不免有些不好意思："请皇上恕罪，臣……臣……"

刘彻并不在意张骞的表情，继续道："是的，朕的这些所思，高皇帝不曾有过，文皇帝不曾有过，父皇也不曾有过，何况你呢？倘若此事告成，则北方匈奴必陷孤立境地，边患也尽将根除。"

张骞再也无法抑制内心的激荡，起身就跪在了刘彻面前："微臣愚钝，未能体察皇上深意！"

刘彻上前扶起张骞："现在看来，朕当初派遣爱卿凿空西域的初衷也有些狭隘了。是爱卿的西域之行打开了朕的眼界，才有今日之谋略啊！"

话说到这里，君臣之间的心路畅通无碍了。刘彻将自己欲派遣张骞前往蜀郡和犍为郡实施"通身毒道"的计划和盘托出。

"此行意义决不在凿空西域之下，爱卿有何要求尽管提来，朕一定尽量满足。"

张骞十分感动，说道："臣并无他求，只愿皇上派遣熟悉西南诸族风俗语言的使者随往即可。"

"这个不难，蜀郡的王然于、犍为郡的柏始昌、吕越人等均为司马相如当初的副使，不仅熟悉西南情况，而且精于外交谋略，爱卿可持节前往调发。"

张骞听罢，大喜过望："谢皇上，臣不日将动身前往蜀郡和犍为郡，宣皇上旨意。"

张骞准备告退，却又想起一件事情，问道："皇上！臣不日即将离京，只是这未央宫卫尉一职……"

"哦！这个还是爱卿兼任好，你又不是外放做官……"

"皇上隆恩，臣铭感肺腑。"张骞掂得出这份信任的分量。

走出宣室殿，张骞的喜悦都写在了眉梢眼角，他的一颗飘荡而又寂寥的心在这个上午，忽然又凝重了。

他说不清这到底是一种什么情绪，他在心里笑自己，整天思谋着出京，现在皇上再度给了这个机会，自己反而彷徨踯躅了？也许，是因为这个使命太重大了吧！

张骞加快了脚步，他要把这个消息告诉司马相如和司马迁。他现在唯一的心愿就是北线边陲勿生战事，好让他很顺利地完成朝廷的使命。

可事实上，在他离开长安三个月后，北方的战事就吃紧了……

参加汉朝太子册立大典的匈奴使者，在元狩元年八月回到了匈奴单于庭。

伊稚斜的使者耶律雅汗（现在已经是左骨都侯了）觉得，与在长安遭受的冷遇相比，他对草原就有了一种儿子回到母亲怀抱的亲切。

他顾不得驰骋如飞的骏马,俯下身体顺手扯了一把青草,放在鼻翼间贪婪地嗅着,待抬起头时,就看见了前来迎接的马队。

"使君回来了,自次王正在穹庐等候呢!"

的确,若论盼望耶律雅汗的归来,赵信远比伊稚斜迫切得多。在漠南大战回归匈奴后,他的心一直经受着痛苦的折磨。

这倒不是因为过去多年受过刘彻的恩惠而内疚和自责,而是他很希望汉与匈奴能够和睦相处。

耶律雅汗却带回了让他陷入忧虑的消息。

耶律雅汗告诉他说,汉皇对伊稚斜逼死隆虑阏氏表示了极大的愤慨,要他转告大单于,汉廷不会善罢甘休。

对自次王的背叛,汉皇尤其愤怒,他发誓要用匈奴人的血祭奠漠南之役中死难的将士。

依照往年的惯例,在立后或者册立太子这样的大典上,曾与大汉有几代和亲历史的匈奴国,总是被典属国安排在觐见的最前面,可今年却排在了最后,甚至连匈奴使节的名字都没有提,这让他蒙受了前所未有的耻辱。如果不是卫青、霍去病的节节胜利,他们能如此轻慢么?

这说明了什么呢?这说明刘彻对匈奴的战争将会因为卫青甥舅而进入一个新的阶段。

"是的!一切都是因为自己。"这个声音一直在赵信的心头回旋,他仿佛听见长安妻儿的呻吟。

赵信太了解刘彻的性格了,他可以对坚韧不屈、死在汉军刀下的匈奴将领抚恤厚葬,却绝不能容忍任何背叛。

他也太熟悉汉律了,一场巫蛊案就有近万人人头落地。何况他还是一个匈奴血统的将领呢——他的头颅随时都有可能被悬在长安东市的高杆上。

赵信的心里乱极了,他甚至没有听见耶律雅汗的告别,只是茫然地看着使者远去的马队发呆……

冥冥间,他觉得脸颊有些酥麻,抬头看去,原来是一支马鞭轻轻地抽在他的脸颊上。

他现在的妻子、伊稚斜的妹妹、美丽温柔的可西萨仁不知道什么时候站在了身后,正用一双调皮的眼睛看着他。

"夫君在想什么呢?"可西萨仁一点也不像她的哥哥,她黑灰色的眼睛幽深得像北海的湖水,"今天天气这样好,夫君为何不到草原上骑马奔驰呢？"

赵信现在还有什么心思呢?可他抵不了那双眼睛的魔力,他不由自主地上了马,可西萨仁狠抽一鞭坐骑,两匹马便朝着天边飞驰而去。

卫队立即紧紧地追了上去。

可他们却招来了远远的呵斥:"回去！你们给我回去！"

很快,他们在卫队的视野里浓缩成两个小黑点,渐渐地融进草原的深处。

赵信和可西萨仁来到了余吾河畔,清得能看见水底的余吾河静静地流向远方,骏马还没有收住它疾驰的脚步,可西萨仁就急不可待地伸手一拉,两人顿时就滚到草原柔软的胸膛上。

太阳、蓝天、白云让匈奴公主的春心漫过赵信的身体。

他们忘情地搂抱着,从土丘上一直滚到河岸的水草边,可西萨仁的朱唇紧紧地贴着赵信的脸颊,舌尖在这个雄健的男人的口内来回蠕动。

她明白,男人的雄风需要女人的大水去激荡。

她趴在赵信身上,一双手却紧紧地钩着他的脖颈,期待着飓风裹挟她的时刻。但她没有从赵信的眼里看到任何激情时,她全身的热流迅速冷却了。

"夫君有心事么?"可西萨仁从赵信身上爬起来,有些灰心地问道,"有什么不可以对我说的吗？"

……

"我可是你的女人啊！"

……

"夫君不爱我了,夫君心中有了别的女人。"可西萨仁从草地上爬起来,去拿丢在一旁的马鞭,示威似的在赵信面前摇了摇,"匈奴女人的眼中是揉不进沙子的。"

赵信起身走到她身边道:"生气了？"

可西萨仁后退一步,扬起鞭子叫道:"别过来！说不清楚,你就别过来！"

"耶律雅汗大人从长安回来了。"

"那又怎样呢？"

"汉朝的皇上对单于杀了隆虑阏氏怒不可遏,发誓要血袭匈奴呢!"

"那又怎么样呢？这里是漠北,距长城还远着呢!"

"也许那个皇帝正筹划着一场漠北战事呢!"赵信一想到这里,顿时眉宇就蹙郁凝结了,"要知道,我手中可是沾了三千汉军的鲜血啊!若是两国开战,卫青第一个要杀的就是我。"

"那又怎样呢？夫君本来就是匈奴人,回归故乡不是应该的么？"

"是的!我是匈奴人。"赵信吹了一声口哨,坐骑很快就来到面前,他牵了马缰朝回走,像是对自己说,又像是对可西萨仁说的。

"可那样的回归在汉皇看来,就是叛国,就是犯下了诛灭九族的大罪。你不了解汉皇,他甚至不能原谅在作战中无功而还的将军,他最恨的就是背叛了。"

可西萨仁沉默了,夫君的一番话让她的心一下子变得忧郁起来,她拉着马紧走两步,与赵信肩并肩地说话:

"在我看来,汉与匈奴都是天地的儿子,为什么就不能像亲兄弟一样和睦相处呢？"

"唉!"赵信已经上了马,回头看了看踩着马镫的可西萨仁,心想她太善良了,她根本不像她的父亲和她的哥哥,她怎么就不知道这是战争呢？

跟在赵信后面的可西萨仁,嘟嘟囔囔地埋怨她的哥哥,当初就不应该与于单争夺王位,也不该逼死隆虑阏氏。

她担忧一旦重开战火,不知会有多少百姓遭受磨难。为了她的夫君,她也要劝说兄长与汉朝重新修好。

"我要禀奏单于,让他与汉朝再续和睦。"

赵信心想:以单于的性格,恐怕很难。可这话他没有说出口,他怕伤了可西萨仁的心。

前面是一道缓坡,翻过这道坡,就可以看见他们的穹庐。两匹马争先登上坡顶,远处的狼居胥山,眼前广袤的草甸,一顶顶白色的穹庐,便都进入他们的视线了。从远处传来牧羊姑娘的歌声:

高高的狼居胥山啊你可知道？
　　长长的余吾河水你可知道？
　　天灵鸟恋着高天的云彩，
　　歌声才那么委婉动听。
　　山鹰恋着草原的风雨，
　　翅膀才那么搏击有力。
　　姑娘恋着哥哥的身影啊，
　　眼睛才那么水灵。
　　……

　　这是一片多么平静的土地啊，在这草原上生活的，又是一群多么质朴的生命啊！可西萨仁的眼睛湿润了。她记得，当年军臣单于要对汉朝开战时，是隆虑阏氏用柔情化解了战争的烟云，她那时候觉得隆虑阏氏就是美丽的女神。从现在起，她就要做这美丽的女神，用女人的柔情去熄灭男人心中的战争怒火。

　　可西萨仁心里亮了，她催动胯下的坐骑，紧紧地追赶着赵信而去。
　　……
　　时间在赵信的郁郁寡欢中到了十月。
　　匈奴人刚刚举行了祭祀天神的盛大典礼。
　　这天，赵信接到了单于庭的传话，要他立即去单于庭听取耶律雅汗使者的通报，商议匈奴与汉朝的关系。
　　赵信不敢怠慢，急急忙忙赶到单于庭，他发现除了左右贤王、左右骨都侯外，西部的休屠王和浑邪王也来了，宽阔的议事厅内弥漫着马奶酒的芳香。
　　伊稚斜比刚刚登基时又强壮了许多，他的眸子里闪耀着自信的光亮，浑重的声音在穹庐内回荡。
　　"汉廷对我大匈奴使者如此轻慢无礼，是可忍，孰不可忍！"
　　"进兵长安，饮马渭水。"有人高声喊道。
　　穹庐里沸腾了。

有人高呼,要用汉人的脑袋做酒碗,有人要用汉人的心做下酒菜肴。

赵信没有出声,就在靠门的角落坐了。

但还是被伊稚斜发现了。他伸了伸胳臂,平息了诸王和将军们的聒噪,高声喊道:"自次王为什么沉默不语呢?诸位王爷,听听自次王怎么说吧!他是从长安归来的,他一定清楚汉军的底细。"

"好!好!"狂热的呼喊声再次在议事厅上空回荡。

谁也没有注意到,耶律孤涂鄙夷的目光,但赵信觉察到了。他暗暗埋怨单于,在这样的场合让他说话,为什么要提到长安呢?这与打他的脸有什么两样?

他从地毯上站起来,来到地图前,声音显得很沉闷:"各位王爷,各位大臣请看。"

跟随着赵信的手指,匈奴王爷和大臣们惊异地发现,短短几年间,匈奴人不仅失去了河南大片的土地,而且也退出了漠南,从而使西到涿邪山,东到诺水,南到鞮汗山的辽阔草原和大漠暴露在汉军面前。

"目前汉军关注的重点还在上谷、渔阳和右北平一端。只要两位王爷守好那里,汉军就不可能在我西线取得突破。"

耶律孤涂轻蔑地扫视了一下赵信道:"都是自次王建议退守漠北,才致今日之患。我军何不从漠北、河西出兵,与汉军决战,收复失地呢?"

耶律雅汗立即响应。

伊稚斜把目光转向浑邪王和休屠王,问道:"二位王爷怎么看?"

"这?还是浑邪王先说吧!"休屠王看了看浑邪王道。

浑邪王喝一口马奶酒,为的是给自己要说的话找一个缓冲的空间。

他原本是奔着祭天盛典而来的,平心而论,他压根儿就不愿意与汉朝兵戎相见,他不愿看到经过他励精图治才赢得的平安祥和的领地,因此而遭遇汉军铁蹄的践踏。

伊稚斜就有些不耐烦了,催促道:"王爷有何高见,快说吧!"

浑邪王咽下一块羊肉,就开口了:"单于明白,今日汉匈局势,早已不是头曼和冒顿单于的年月了。汉军自建元元年以来,研习我军战法,掠我马匹,战力远非昔日可比,所以本王以为打下去对我大匈奴不利,不如议和。"

"呵呵！王爷是喝醉酒了吧！"浑邪王的话引来耶律孤涂讥讽的笑声，"这是喝奶茶那样轻巧么？如今的汉朝，已经成为鲸吞天下的老虎，你说议和人家就会议和么？单于，臣只有一个字，打！"

耶律孤涂双目充血，被穹庐的热气蒸腾出狼的凶光，他说到激动处，拔出腰刀，划开腕上的皮肤，鲜血滴进银碗，大声吼道："灭不了汉朝，绝不生还！"

这一举动首先在左贤王那里获得了响应，闪着寒光的刀刃划过胸前，一绺长发落地，左贤王狠狠地踩了踩脚下的头发道："谁敢再说言和，本王就让他和这头发一样。"

休屠王站起来，对单于道："汉军敢踏进本王领地，让他有来无回。"说着话，就把手中的羊腿骨摔在地上。

于是主战派纷纷效法耶律孤涂，歃血为誓，一时间扑鼻的血腥伴着疯狂的喊叫弥漫了单于庭。

右贤王和浑邪王茫然地望着伊稚斜，他们很希望单于能够就关系匈奴人生死存亡的大计做出英明的决策。

伊稚斜的思绪被战和的争论推着，一直在高速地旋转。

此刻，主战的力量占据了主导地位，他担心如果违逆他们的意愿，将会引起内乱。

他暗地向赵信问道："如果真的打起来，我们怎么办？"

"眼下不是与汉军决战的时候，依臣之见，我军不妨先进入上谷、渔阳一带，试探汉军的动向，然后诱敌深入，在漠北聚而歼之。"

"好！自次王如此说，寡人心中有底了。"伊雅斜单于站了起来，用他洪亮的嗓音平息了穹庐里的嘈杂，"寡人决计，诱敌于漠北，聚而歼之。请自次王宣布寡人的命令。"

"各位大人。"赵信只说了一句，他的目光就忽然呆滞了。

他看见，他心爱的妻子可西萨仁的身影出现在穹庐门口。

可西萨仁晶亮的眼里闪着泪花，手里捧着两只小小的羊皮袋，一步一步地走进单于议事厅，走到伊稚斜面前，哽咽地问道："单于还记得这两个人么？"

"妹妹，你这是……"

可西萨仁的泪水顺着脸颊，滴在穹庐的地毯上："单于可曾记得，就是这两个女人，把她们的一生都献给了汉匈的睦邻大业。"

"你说她们是隆虑和紫燕？"伊稚斜睁大了眼睛。

"是的，是她们！"可西萨仁顿了顿，"当年王兄在世时，每逢大战之际，阏氏总是用殷殷劝告，给匈奴人带来平静和祥和。"

"你是怎么找到她们的尸骨的？"

可西萨仁哀怨的泪眼看了看伊稚斜道："王兄为了单于的宝座，可以将于单赶到中原，也可以逼迫隆虑阏氏自刎，但是匈奴的百姓没有忘记她们。就在王兄追击于单的那天夜里，我们栾鞮氏部族的几位老人，趁着夜色将阏氏的尸骨搬到姑衍山深处火化，将她们的骨灰藏了起来。有一天，我打猎到了那里，才带她们回到漠北。"

"你也太大胆了吧？竟敢背着寡人收拾汉人的尸骨！"

可西萨仁反驳道："她已经不是汉人了，她是匈奴国的阏氏，是我的王嫂。"

"那又怎么样呢？她们让于单投降汉朝，就是大匈奴的敌人！"

"单于这样说，不感到羞愧么？那些总是想把匈奴人推向战争的人才是匈奴真正的敌人。"

可男人们躁动的火气很快将公主的声音蒸成水汽。

伊稚斜愤怒道："栾鞮氏怎么生了你这只绵羊，寡人已经决定要打这一仗，你出去。"

"王兄！你能不能冷静些？"

伊稚斜不再理会可西萨仁，对赵信道："送她回去。"

赵信拉着可西萨仁离开单于庭："这些人都疯了，你还理他们干什么？"

可西萨仁仰面朝天，凄然地呼唤道："神圣的太阳神啊！请您拯救这些狂热的灵魂吧，熄灭他们胸中的欲火，复苏他们的良知和人性吧！让阏氏的在天之灵安息……"

用仇恨点燃的狼烟，伴随着匈奴大军卷起的风尘，终于在十月下旬，飘到上谷郡府沮阳上空。

前方急报飞来的时候,上谷太守郝贤正与长史在府上发愁。

每年这个时候,朝廷都要求各郡上报一年的租赋、刑狱等情况,朝廷根据计簿对太守进行考核,有功者赏,有过者罚。

各地所上计书,最后集中到丞相府,由计相把这些计簿存档保管。

春风秋雨又一年,可上谷军民这一年真不容易。漠南之战后,虽说伊稚斜接受赵信的谏言,将主力撤往漠北,可事实上,为了引诱汉军深入,骚扰从来就没有中断过。小者数千人,大者上万人,烧杀抢掠,无所不为。特别是居住在长城脚下的百姓,饱受战乱之苦。

在大汉戍边的太守中,像郝贤这样,几次随卫青出征、以战功而封侯的一郡之长屈指可数。他从来不惧怕战争,也不怕上报刑狱等情况。上谷百姓身兼耕战,很少有人触犯刑律。唯有租赋,最让他头疼。完不成朝廷的额数,就要受到处罚。

"大人说怎么办呢?"长史翻阅完计簿,眉头就皱在了一起,"又是入不敷出啊。"

"差多少?"

"将近四成。"

"是啊!百姓为了躲避战乱,哪有时间种地呢?"郝贤站了起来,望着窗外开始凋落的树叶,一脸的惆怅。

"我这个太守当的……唉,哪里抵得上京畿的一个县令呢?想起来真是愧对朝廷,愧对皇上啊!"

长史道:"大人总得对朝廷有个交代啊!"

郝贤点了点头。他很感谢长史,跟了他这么多年,可从来没有怨言。

"年年难为你,我内心总觉不安。"

"大人何出此言,这是下官分内之事,大人这样说就见外了。"

郝贤还能怎样呢?面对这样的挚友,他不再犹豫,问道:"匈奴今年有两次入侵吧?"

"三月一次,五月一次,虽说规模不大,边塞百姓已不堪其扰了。"

郝贤掰着指头计算,这两次都在万人以上。我军为御敌,征集本郡的男丁一万人,以补充兵员损失,使得现有军伍扩充了四屯,凡因戍边而无力耕作的丁户,免征赋税一年。这些男丁戍边的花费,置办兵器,训练的费用,这些加在一起,足以弥补赋税的亏空了。

长史有些担心道:"朝廷还要核计的。倘若发觉虚报,这可是欺君大罪啊!"

郝贤叹了口气道:"如不这样,又有何方法呢?百姓已经够苦了,我们如再来个涸泽而渔,酿成民乱,朝廷追究下来,一样获罪。"

"话虽如此,可……"

"万一被查出来,凭着你我跟随大将军出生入死,他总不能坐视不理吧?烦劳仁兄按照我们刚才说的,将这计簿重做一遍,等你我重新核计之后,仁兄也该启程去长安了。"

"唉!"长史接过计簿,就告辞了。

刚要离去,却见一守城的司马奔跑着进来,说塞上的烽烟传过来了。

郝贤的心顿时绷紧了:"何时看见的?"

司马喘着气道:"刚才卑职上城巡检,闻到空气呛人,忙朝远处看,原来十里外的山头上烽燧滚滚,想来匈奴人已经越过阴山了。"

郝贤不禁倒吸一口气,从身后的剑架上拿起宝剑,就出了府门,奔往北门城楼。长史不敢怠慢,也紧紧地追过来了。

各部司马看见太守和长史,立即整肃军容,严阵以待。每一个城垛口都有一名张弓待发的士卒守着,这让郝贤的心安定了不少。凭借以往的经验,匈奴人起码要在五天后才能到达,他还有时间进一步加固城外的要塞和堡垒。他传令城外塞堡驻军,枕戈待旦,严防匈奴军突袭。

然后他又转身对长史道:"我连夜写好奏章,大人后日就启程回长安,将军情奏明朝廷。"

"哦!对了,一定不要忘记去拜访大将军,就说他的信我收到了。"

待他回头俯瞰城外时,眼见城西也硝烟弥漫了,原来通往代郡的烽燧也点着了。

战争,让男人们热血沸腾,也让脚下的土地躁动不安起来。

郝贤就这样举着手中的宝剑,走进了元狩二年的岁初……

第十九章

谈笑帷幄定战局　廷议重案见人心

元狩二年(公元前121年)十月十五日,夕阳将余晖洒在长安城头的时候,上谷长史终于赶到了京都。

一路上,他都在想见了卫青该怎么说。

往年每一次进京,郝贤或者长史总是先到大将军府,除了向卫青禀报军情防务外,再就是叙叙旧情。

但今年不同,毕竟上计中有造假行为,这让长史一想起来心里就有些不踏实。

他在驿馆安顿住下后,简单地用了些膳,就直奔大将军府。

卫青听到禀报,忙将长史迎到客厅。

喝了些热茶,长史先转达了郝贤对卫青的问候,接着道:"郝太守有奏章呈送皇上,还没有来得及送往丞相府。"

卫青道:"丞相近来有恙,署中诸事都委与御史大夫代理了。好在皇上有旨,中朝有事,可以直接面奏,长史且回驿馆歇息,我这就带奏章到宣室殿面见皇上。"

"大将军且慢,下官还有话说。"长史随即将行前与郝贤商议好的租赋等事项一一禀告给卫青,"这些年上谷战事频仍,军民疾苦,入不敷出。郝太守请大将军在皇上面前奏明情况,希望朝廷能体谅一二。"

"哦!是这么回事。"卫青沉默了好久没有说话。

他也有自己的难处,依照朝廷制度,上计乃丞相职责所辖,中朝直接插手,不合规制,难免有人议论。

还有就是,代理丞相署理朝事的李蔡,虽说早年曾经跟随他出征,有过显赫战功。但在入朝任御史大夫后,却热衷于应酬逢迎了。同朝奉君,心却相隔了。

当然,卫青也没有回绝郝贤的要求,在吩咐府令送客的同时,他说了一句话:"倘若遇到机会,我自会说话的。"

"如此,下官代太守谢过大将军了。"

离开大将军府,长史便有了一种隐隐的担忧。回到驿馆,他反复地摩挲手中的计簿,一时没有了睡意……

戌时三刻,卫青已穿过北阙,来到未央宫宣室殿门前,他轻声向守候在外的包桑问道:"皇上还在批阅奏章么?"

包桑努了努嘴,低声道:"已经批完了,正和霍将军在里面谈论兵法呢!"

"烦请公公禀奏,就说卫青有急事上奏。"

"大将军稍待,咱家这就进去。"

看着包桑进了宣室殿,卫青便将腰间的宝剑摘下来,准备挂到剑架上。只见那上面也放了一把宝剑,不用说,那是霍去病的。

自从漠南之战后,霍去病在皇上心中的地位与日俱增,只要有空,皇上就让他待在侍中,闲暇之际,君臣谈论兵法,相语甚欢。而一场漠南战役打下来之后,让霍去病成熟了许多,他对兵法有了浓厚的兴趣,而且能够结合自己的临阵决断,延伸发散,每每总有"新见"献给皇上。

相比之下,卫青因为忙于署中公务,很少与皇上如往昔那样没有拘束地交谈了。他心头倒没有什么失落,只是羡慕年轻人那种生机勃勃的样子。

想想自己,眼看就要进入不惑之年,心中就多了几分焦虑。

人生苦短,时不我待,他已经在内心打定主意,要向皇上请求,亲自统率三军,出境与匈奴决战。

卫青正想着,包桑便出来了,说皇上宣他进殿。

走进宣室殿,就听见刘彻响亮的声音:"卿之所言,乃朕之所虑也。我军今后就是要深入敌境,寇可往,我亦可往!"

他看见卫青,就招了招手:"爱卿也快来听听,朝廷如若像霍去病这样的将领多一些,何愁匈奴不灭?"

"承蒙圣恩,臣不胜感激。"

当着卫青的面听到皇上的褒扬,霍去病心里既高兴又不安,生怕出了这殿门,舅父会指责自己过分得意,但卫青此时已经没有心思去顾及这些了,他心中想的唯有上谷的战事。

"陛下,上谷太守郝贤有奏章呈送,恭请皇上圣览。"

刘彻打开奏章,浏览一遍,眼里就掠过异样的光芒,他高声对霍去病道:"拿灯来!"

来到汉匈形势图前,刘彻的目光由东向西慢慢移动,最后停在河西,他回头向卫青问道:"匈奴军此举意图何在?"

"依臣观之,匈奴进犯上谷,不过是诱兵之计,欲诳我军进入漠南。"

"那依爱卿之见,这一仗该如何打呢?"

"臣以为匈奴军必在漠南设伏,因此我军不可轻进,我军应以其人之道,还治其人之身,仍可设伏于沽水两岸,待敌撤退之时,我军乘胜追击,定可大胜。"

"哦!"刘彻又转而向霍去病问道,"爱卿的意思呢?"

霍去病看了看卫青,目光中似乎是征询的意思。

卫青催促道:"皇上问你呢,看我作甚?"

"皇上,沽水一战是匈奴难以忘怀的痛,必不会轻易重蹈覆辙。兵法云:'出其不意,攻其不备。'倘若我军进军河西,必给敌以意外打击。"

"爱卿快快详细奏来!"

"臣捕获匈奴单于季父罗姑比后,曾审问过他的当户,据其供词所言,河西以休屠王和浑邪王为主,有大小十数个部落。他们各自为政,只服从于单于,而相互之间却常常结怨。而休屠王与浑邪王也以为,祁连山山高万仞,终年积雪不散,飞鸟犹不能过,何况人呢?所以,我军正好趁敌军麻痹之际,出兵河西。"

"那翻越祁连山,爱卿以为可以吗?"

霍去病道:"兵法云:'上下同欲者胜。以虞待不虞者胜。'而上下能否同欲,要在为将者的谋略。只要我军勠力同心,胜券在握矣!"

"爱卿能不能再说得详细些?"

"如若臣此次入河西,必先击分散衰弱之敌。据张骞大人言,河西金城、令居一线,以乌鞘山分岭,共有五个部落,皆弹丸之地,我军倘能越过乌鞘山,定能初战大胜,震慑敌酋。继而向西北进发,则能力克浑邪王和休屠王之军……大军所过之处,降者存,而抗者诛。"

"卿之所言,正合朕意。河南之战我军避实就虚,驱逐了白羊人和楼烦人,新辟了朔方郡。所以打下河西后,大汉亦要在此设郡,治理众庶,修道明法,以图长治久安。"

刘彻的一番话,让霍去病茅塞顿开,打仗的思路也更加清晰。他转脸去看卫青,却见他皱着眉头,沉默不语,便打住了话头,等待舅父的陈说。

可卫青很是为难,他不知道该怎样表达此刻的思绪。

他的心思还在上谷。从李广到郝贤,许久以来,上谷作为与匈奴对阵的前沿,为朝廷的安定付出了巨大牺牲,而郝贤的艰难和不易,卫青心里最清楚,随着皇上将战事重心转向西线,就意味着上谷军民将要付出更大的代价了。

在若明若暗的灯火中,卫青仿佛看见郝贤忧郁的眼神,他觉得不管皇上做出怎样的决定,他都有责任说出自己的担心和忧虑。

"皇上圣明。进军河西确为克敌之上策,然而……然而这样一来,上谷必不堪重负了。"

"这个朕明白。"刘彻撩了撩衣袖道:"朕正是要郝贤拖住左屠耆王,为河西之战赢得先机。"

"不过据臣所知,上谷近年来由于匈奴的不断进犯,农商萧条,租赋薄微,用度不济,长期坚守,恐怕……"

"爱卿多虑了,朕会让大农令和计相妥善处置的。"

刘彻人到中年,略显发胖的身躯在灯影中晃动:"请爱卿转告郝贤,只要他能将左屠耆王拖住三个月,朕就益封他两千户!"

卫青还想说什么,却被刘彻打断了:"两个月前,张骞出使西南夷的时候,就在这个地方朕曾对他说过,既然大月氏、康居等国的臣僚喜欢大汉之物,何不以之贿赂其朝野,等他们归附之后,再施以教化,如此则可广地万里,威德遍于四海。朕今日就是要告诉二位,对河西的用兵只是第一步,接下来朕还要他们归顺大汉,共享华夏文明。"

卫青终于明白了,为什么皇上要派遣张骞再赴西南,为什么要用上谷的牺牲来换取河西的战局,他那颗博大的心不仅拥抱着脚下的五色土,也拥抱着天下九域。

他觉得自己此刻唯一的选择就是抓住机遇,让皇上准许他作为出征河西的统帅:"皇上,臣愿率领大军,兵出陇西,收复河西。"

几乎就在卫青说话的同时,霍去病也向刘彻请战:"请皇上恩准臣率军进击河西!"

"你掺和什么,还不退下?"卫青不悦地看了一眼外甥。

可刘彻笑了,霍去病身上散发的虎虎生气,让他想到了很多,唉!天若有情,让人永远这样年轻该多好。

"爱卿当年率军打仗的时候,不是也还年轻么?若是朕当初瞻前顾后,还会有今天的大将军吗?"

卫青有些不好意思道:"臣不是这个意思。臣只是想说,去病仅经历漠南一战。虽战功赫赫,毕竟刚初试锋芒,尚需历练。"

冬夜淡淡的月色在殿外铺出碎银般的清波,偶尔有寒风穿过,显出几分清冷,但两位将军的请战却让刘彻强烈地感到需要有一个缓冲的氛围,他向包桑问道:"现在何时了?"

"现在是亥时一刻。"

"去弄点酒来,朕与二卿饮上一爵。"

包桑出去不一会儿,几个黄门就奉上了温热的酒酿。刘彻接过酒爵道:"河西战策的确定,朕要赐二卿一爵。"

卫青、霍去病正待谢恩,却听刘彻道:"且慢,朕要先就河西战役的统帅点将了。"

刘彻说着,就将酒爵举向霍去病:"朕敕封你为骠骑将军,统率万骑出陇西……"

"皇上!"听说要派遣霍去病去陇西,卫青急了,"皇上!他还年轻!"

"爱卿不必过虑,须知英雄需待少年时。你我都不妨做个伯乐,给霍去病一个机会嘛。"

"皇上！臣……"

"明日早朝以后,朕就要前往雍城了。丞相今年有恙,爱卿就以骖乘的身份随朕同往吧。"刘彻上前抚着卫青的肩膀,话语中就带了亲情,"阿姐也经常埋怨朕,说你们夫妻离多聚少,朕甚悯之,你就在京多住些日子吧,有机会也去向太子讲讲兵法。至于统兵出征,来日方长,总有打仗的机会！"

皇上把话说到这个份上,卫青还能再说什么呢？虽然他一时还不能去除心头的遗憾,可皇上让自己骖乘去雍城,这是不能推辞的。

"谢皇上。"

"好了,大家饮了此爵就散了吧。"刘彻道。

霍去病道："臣还有一个不情之请,请皇上容许。"

卫青在心中埋怨霍去病道："有事明日早朝上说吧？"

"不！甥儿现在就要说。"

卫青正要申斥,却听见刘彻说话了："呵呵！今夜朕高兴,爱卿有话尽管说。"

"昔日大将军出征,皆赖期门军勇猛,此次臣兵出陇西,恳请皇上恩准臣在各军挑选勇武之士和马匹。"

霍去病丝毫不掩饰青春年少的烂漫和稚气,这让刘彻觉得十分可爱,禁不住哈哈大笑道："朕就准了爱卿的奏请！"

刘彻再次举起酒爵道："为了河西大胜,干了此爵。"

送走卫青和霍去病,包桑对刘彻道："皇上,亥时三刻了,您该歇息了。"

"哈哈！"刘彻舒展了一下胳膊,"朕今夜高兴,毫无睡意啊！"

包桑有些为难,说话的声音就低了许多："王夫人早已沐浴,正等着皇上呢！"

"朕如何把她给忘记了？好！送夫人到温室殿！"

"诺！"包桑尖着嗓子答道,步履轻快地朝外面走去。

包桑深知皇上的习好,每当朝事顺畅、心情愉悦时,也正是他对女人需求旺盛的时候。

王夫人沐浴之后，芬芳馥郁，赤条条躺在被中，一双春波荡漾的杏眼正焦急地朝外望着，还时不时地对伺候在身边的宫娥发着小脾气。

她也有自己的苦衷，尽管被长公主引荐给皇上以来，虽多次被宠幸，却是雨露入心而不见结果。听到今夜要陪侍皇上的口谕后，她的那颗心从午后起就不安分了。

她多希望这一夜能够播下龙种，好让卫子夫不敢轻看自己。可直到亥时三刻还不见宫中来人，她不免有些烦躁，正要宫娥到门口去看看，就听见黄门在门外喊道："皇上有旨，宣夫人进宫。"

陪侍皇上也不是头一次，可这声音还是让王夫人转怨为喜。她掀开被子，那洁白的身躯便都一览无遗地呈现在宫娥们面前。

唉！王夫人自怜地叹息，这玉做的身体，什么时候才能结出属于自己的果实呢？

她被送进温室殿，放在榻上，闭着眼睛遐思那销魂一刻的到来。不一会儿，就听见耳边有宫娥说道："皇上寝安。"

接着就是脚步声，她的心就突突地雀跃起来。是的，她做梦都想着生一个皇子，当粉色的时刻到来时，她憧憬着皇上今夜能如新婚一样。

刘彻的精力始终是旺盛的，繁忙的政务并不影响他征服女人的欲望。

现在，在暖融融的温室殿里，刘彻托起王夫人绵软的身体，她丰盈的乳房因为腰肢的曲线而更加挺拔。

也许是因为忘情，王夫人"哎哟"一声，腰肢就挺起来，与刘彻紧紧地缠绕在一起。

在王夫人如醉如痴地承受着欢愉之际，刘彻长啸一声，激情渐渐地退去，帷帐里留下的却是汗水浥湿的气息。

"皇上！"王夫人白嫩的手指缓缓地滑过刘彻的胸膛，"臣妾每念皇上恩泽，总是感激涕零。"

"呵呵！夫人若能为朕怀个龙种就好了。"

"皇上！"王夫人的头歪进刘彻的怀中，撒娇地笑道，"臣妾一定不负皇上所望。"

她揣摩着刘彻的心情，进而道："臣妾还是想与皇上去雍城。"

"那是祀五畤,是面对天地诸神的大典,事关社稷,只有皇后才能去。"

"皇上,都是沐浴过皇上恩泽的女人,皇后能去,臣妾为什么……"

"住口!"刘彻没有等到王夫人说完就用力一推,她就离开了他魁梧的躯体,"来人!送夫人回去。"

……

公孙弘终于在元狩二年三月,在霍去病率领汉军进军河西的日子里,走完了八十年的人生,生命像风中的烛光渐渐暗淡了。

那是怎样的凄风苦雨呢?阴风呼呼地掠过山峰,将滴滴细雨洒在长蛇一样的山道上,身后是看不见底的万丈深渊,前面是枯树昏鸦,一座小桥,徘徊着那么多模糊的身影。

哦!那不是窦婴和田蚡么?在他们身旁走着的不是莽撞的灌夫和精明的韩嫣么?这些建元以来的朝臣,如今都聚在这桥头,听不见他们在说什么,只看见旋风卷起的沙尘,在他们的头顶盘旋。从身边走过的是谁呢?那不是主父偃和严助么?他们如今也聚集到这里了。

他们正用嘲笑的目光看着公孙弘,似乎在说,虽然你一世圆滑,逢迎周转,却最终逃脱不了奈何桥头的相聚,黄泉路上的相随。

忽然狂风大作,当年的故人旧僚顷刻间化为乌有,一群装束古怪的男女分立桥头,邀他过去。

"恭迎大人,贺喜大人,到天帝身边来……"

公孙弘眷恋地回头看去,就见深渊的对面,是阳光照耀的未央宫宣室殿。

是啊!他还有许多话要对皇上说,还有许多的军国大事等待着他去处理,公孙弘声嘶力竭地喊道:"皇上……"

"老爷!老爷!"耳边似乎有人呼唤,公孙弘一个哆嗦就醒了,一身冷汗,脚手冰凉。

他睁开浑浊的眼睛,就看见两鬓斑白、泪水盈盈的夫人问道:"老爷!您这是怎么了,吓死妾身了。"

"哦!刚才做了个噩梦。"喝过夫人递来的安神汤,公孙弘问道,"朝廷无事么?"

"张大人来了。"

"快请他进来。"

张汤走到公孙弘身边,眼睛有些湿润:"恩师可有好转?"

公孙弘摇了摇头道:"太医的药吃了不少,就是不见效。"

"皇上对恩师十分挂念,差学生前来探视,说还要亲自前来呢!"

"衰朽之身,不能为国家分忧已经够惭愧了,怎么还敢惊动圣驾呢?近来朝中有何大事,老夫都快憋死了!"

"冠军侯又率军出征了。"

"还是皇上深谋远虑啊!"公孙弘不无感喟,"现在是少壮竞奋之年,将军驰骋之岁啊!"

"上谷太守郝贤犯事了。计相和计室掾史查出,郝贤上计有弄虚作假、隐瞒租赋之嫌。"

公孙弘闻言很吃惊:"如何会是这样呢?他一向处事谨慎,不务虚言,为何……"

"学生亦感不解。"

"皇上知道了么?"

"还没有上奏。因为郝贤是卫青爱将,此案就牵扯到中朝与外朝的关系,学生还请恩师指点。"

公孙弘不知道该怎样回答,这的确是一个十分棘手的问题。考核上计固然是丞相府的职责,可中朝的地位远在外朝之上,卫青在皇上心中比丞相显赫了许多。

公孙弘问道:"那李蔡大人如何看呢?"

"他么?虽然代理丞相处理署中诸事,可一遇见这样的难事,就要学生直接找恩师。"

公孙弘在心里骂他是个滑头,口里却道:"唉!他曾随卫青多次出征,有阵前马后之情,遇见这样的事情也不免为难。"

他这会儿的思想很复杂。如果说几个月前他向皇上提出归侯让贤,只是因为没有被选中太傅而失落,那现在他就不得不认真地考虑真的归隐了。

说起来有些伤心,在这个年轻人云集的朝廷里,像他这样岁数还在做丞相的人,简直是凤毛麟角。

可这些年自己究竟做了些什么呢?

建元三年(公元前138年),第一次入仕,就被派往匈奴,无功而还,还差点丢了性命。

元光五年(公元前130年),二次被推荐为贤良,奉诏出使西南夷,连他自己都说不清楚,为什么在唐蒙和司马相如看来大利于朝廷的盛事,而在他的眼中就成了疲中国之事了呢?

那一次,公孙弘感受到了皇上的不悦和恼怒,心中忐忑了好些日子。好在皇上的注意力很快就转移到北方去了,他庆幸地躲过了一劫。

生活是良师。公孙弘在仕途上学会了忍受委屈,学会了执白守黑。虽说在御史大夫和丞相任上谈不上多少建树,却也没有遇到多少坎坷,反而将主父偃、董仲舒一个个地挤出朝廷。

现在,他又得面对郝贤这个棘手的案子。他并不糊涂,觉得必须摆脱此事,绝不能在自己离开这个人世之前,纠缠到一件复杂的人事纠葛中去。

圆滑也罢,逃避也好,别人说什么都不重要了。

公孙弘从榻上坐了起来,喘息了许久,才向外面喊道:"来人!笔墨伺候。"

"恩师!您这是……"

公孙弘示意张汤坐在案几旁,目光中就流出老去的哀伤:"你就代老夫写一道奏章吧。"

> 臣少时家贫,牧豕海上。年四十,乃学《春秋杂说》。蒙陛下圣恩泽惠,两招贤良,臣虽有周公之忠,愧无周公之才。陛下不以臣愚钝浅薄,封为列侯,位在三公。臣虽追随左右,诚无汗马之劳。前曾有奏,愿归侯,乞骸骨,避贤者路。陛下闻之,书报于臣,多有抚慰。臣每思及此,感激涕零……

公孙弘用枯瘦的手抚了抚胸口,半响才平息下来。

张汤握着毛笔,抬眼看了看公孙弘,心里就不由得发怵。

他看到的是一张灰色带青、青中泛紫的、布满皱褶的老脸,而昔日那双幽深莫测,总是希图穿透别人内心的眼睛,现在蒙着绝望的蓝光。

看来丞相真的不久人世了,他不敢多想,急忙低下头去,在竹简上记下公孙弘的心语。

> 今臣以残年衰朽之身,负薪之疾日忧,恐来日无多,难报圣恩。故伏乞陛下,臣去之后……

公孙弘说到这里又停住了,他润了润干裂的嘴唇。
"恩师有话尽可对学生说。"
"你跟随老夫多年,才干远在李蔡之上,可他现今是御史大夫……"
"恩师的意思学生明白了,学生能有今日,全赖恩师擢拔。恩师怎么说,学生就怎么写。"
"你能这样想,老夫就放心了。"

> 臣去之后,御史大夫李蔡,温婉恭和,庄重稳定,可履相位……廷尉张汤,深谙律令,断狱判案,除暴安良,惩恶扬善,削藩平叛,屡建殊勋,臣恳请陛下迁之为御史大夫。臣……

公孙弘的声音越来越弱……
"恩师!恩师……"张汤扔掉毛笔,抓着公孙弘的胳膊呼唤。
公孙弘睁开眼睛,凄然笑道:"刚才老夫又到了那桥头了,看见主父偃一脸的血迹,正要过去,却听见你在呼唤我,这就又回来了……老夫不能过去,老夫还有话要对皇上说呢!"

> 臣虽封侯拜相,而常为布帛粗粟,非汲黯所谓沽名钓誉者也,乃臣富贵不淫,三省之举矣;俸禄散予故人宾客,素无所余之钱,非为朋党比周,意在减于制度,率下笃俗者也。……

公孙弘去了,在交代完茫茫心绪之后,一双枯瘦的手无力地垂在榻下。

张汤上前把着脉搏,那泪水就涌出了眼眶……

时间是元狩二年三月戊寅日。

消息飞报到未央宫,刘彻赐他青铜铸棺,葬于麓台。

三月壬辰日,李蔡继任丞相,张汤为御史大夫,一切都如公孙弘奏章中所请。

刘彻除了命有司安排好他的葬礼外,还尊重了他的遗愿,这在以往是不曾有过的。

无论是卫青还是汲黯,都很困惑,却又不知道原因。

那天散朝之后,汲黯没有如往常那样在司马道上等候卫青,而是径直上了车驾,回府去了。倒是李蔡有意追上了卫青的脚步道:"当年在下曾随大将军出征,受益良多。没有大将军,就没有李蔡,往后还望大将军多加指点。"

卫青回答得十分得体,虽致贺忱却绝无溢美之意:"大人荣任丞相,可喜可贺。丞相是陛下的辅佐,臣僚的表率,愿大人好自为之,切勿负陛下之恩。"

李蔡希望卫青说得更多,但当他抬起头时,卫青已走完司马道,上了车驾。

那背影,留给李蔡患得患失的感觉。

诏令颁布的当晚,张汤就被邀到了李蔡府上。平日里,张汤与李蔡过从并不甚密,如今同为三公,自然共同话题就多了。

当务之急,是两人都必须面对郝贤弄虚作假的案子。

李蔡之所以急于找张汤,一则因为这是自己署理丞相时发生的案子,过去还可以推给公孙弘,如今就算是烫手山芋,他也只能捧在手上。二则张汤是公孙弘的门生,公孙弘肯定有所交代,他需要借此机会探个究竟。

屏退左右,张汤举手作揖道:"恭喜丞相,贺喜丞相。"

李蔡举起茶盏笑道:"同喜!同喜!"

张汤赶忙道:"下官不敢当。"

饮下热茶,彼此也就打开了话匣,说到今天朝会的情景,张汤提醒李蔡注意两个人的神态,一个是郎中令李广,一个是右内史汲黯:"看来李将军和汲大人内心不服啊!"

李蔡放下茶盏,看了一眼张汤道:"我那位堂兄只知道打仗,哪里懂什么政事。倒是那位汲黯,会不断为难你我。"

"丞相慧眼。眼下最棘手的,莫过于郝贤上计作假一案。下官最怕汲黯拿这个说事。"

"这……依大人之见呢?"李蔡问道。

"仅是郝贤倒也无所谓,但他背后有大将军。"

李蔡点了点头,这也是他眼下所忧虑的。

尽管卫青的自律朝野有目共睹,可他毕竟不是普通的阁僚,难保他不在郝贤的问题上私心自用。

李蔡又问道:"大人有何高见呢?"

张汤道:"此事下官也不知所措,正想向大人请教呢!"

官场的事有时候是很微妙的,彼此都知道该说什么,不该说什么,却从来不先开第一口。彼此也都读得懂对手眼里的意思,却宁愿装出一副懵懂的样子。

眼下的两位就是这样,那种沉默等待给张汤留下与公孙弘在一起时完全不同的感觉。

这时候,李蔡站了起来,走到窗前淡淡笑道:"此案说难也难,说不难亦可以周转回旋的,呵呵……"

李蔡话说了一半,只见他抬手拉了幔帐,一泓如水的月光就被隔在了窗外。他和张汤出了书房,来到院中央的鱼池前。他顺手捡起一块石子投进水中,平静的水面霎时涟漪起伏,将水底的月亮切割成模糊的碎片。

这一连串看似不经意的、没有任何刻意的举止,很快被张汤猜透了,他也回应了李蔡一个双掌推开的手势,两人便会心地笑了。

张汤双手打拱,连声道:"丞相果然高明,下官真是惭愧!惭愧!"

李蔡却平静道:"我可什么话也没有说。"

"嗨!我的丞相大人,就不要打哑谜了吧。"张汤挽着李蔡的胳膊,显出恭敬而又亲昵的样子,"大人的意思很明白,一是推开是非,二是投石击水。"

李蔡摸了摸下颌道:"我等不愿得罪卫青,可有人就敢面折于他。一个连皇上见了都要敬之三分的人,还怕卫青么?"

"下官明白了。丞相的意思是干脆将这个案子上奏皇上,提交廷议,让别人去说。大人这是一石二鸟之计啊!高,实在是高啊!"

"大人不愧是公孙丞相的得意门生,呵呵……"

"下官这就回府上起草奏章去。"

两人出门一看,已是月上中天了。

事情的发展正如李蔡所料。几天以后,张汤与新任廷尉赵禹将一道联名奏章提交到了朝会,刘彻照便批阅廷议。

果然,在朝会上,汲黯站出来义正词严地要求对郝贤给予处罚。他并不考虑郝贤与卫青的关系,也不在乎卫青对这件事情的态度,只管依据大汉律令,陈说此事的利害关系。

"近年来,府库空虚,用度不支,固然出于对外用兵,然郡国上计不实,弄虚作假亦令人瞠目。此风蔓延,扰乱朝纲,非严惩不能正视听、明章法!"

他的谏言很快获得了朝臣们的赞同,特别是张汤和赵禹,不管他们政见平日多么相左,但现在都站在了主罚的一边。

张汤的眼睛没有闲着,他时不时地窥视着卫青的表情。

他看到卫青的嘴唇几次张了张,脚步也悄悄地挪了挪,但最终还是把话忍了下去。

的确,卫青有些为难,无论从哪个角度讲,郝贤虚报上计都是不可宽恕的。但他清楚,上谷的案子有很大的不同。当朝堂上谴责和声讨的声音不断高涨时,他就算是有多少隐情也说不出口了。

卫青明确地表示了对汲黯的支持。他这个态度,让李蔡和张汤很吃惊,他们原本是想借这个案子,把汲黯推到大将军的对立面,却不料他竟然赞同这个建议。

李蔡觉得,这是他说话的最佳时刻。

"大将军言出于法,令下官十分感动。核准上计,乃下官职责所在,大将军一言既出,下官处置起来就坦然多了。"

这圆滑的表态,貌似公允的话语,不仅封住了卫青的口,而且也赢得了刘彻的赞许。

"好!中朝与外朝同心同德,何愁纲纪不振。汲黯听旨,你即日赴上谷宣达朕的旨意,将郝贤革职,交廷尉府查办。"

走出未央宫前殿,李蔡与张汤、赵禹相互看了一眼,淡淡地笑了。他们渐行渐远的背影让卫青心中像压了一块石头,沉重而又沉闷。

他回头一看,原来汲黯从后面跟上来了,他就有意识地放慢了脚步。

"大人如何才出来呀?"卫青问道。

"呵呵!皇上刚才交代,让在下去上谷前,先到少府寺和大农令处催促驰援上谷的粮草上路,要在下转告上谷长史,一定要拖住左屠耆王部,保证霍将军河西战局。"

卫青感喟皇上思虑的周密,他觉得没有必要再对汲黯陈说那些让他纠结的隐情了。

汲黯何等聪明,他知道大将军在这里等他,绝不是为了和他说些闲话,他干脆直截了当地揭开卫青的心意:"在下明白,大将军一定是为了郝贤才在此盘桓的。"

卫青脸上便挂着尴尬的笑意。

"呵呵!什么都瞒不过大人。"

"大将军一定对在下朝堂上的话有所指责吧?"

"哪里会呢?只是……"

"大将军不用说,在下清楚上谷目前的处境。然则鞭扑不可以废于家,刑罚不可以废于国,征伐不可偃于天下。用之有本末,行之有逆顺尔。皇上倘若对作假之风不加以惩治,又何以服天下之心呢?至于上谷近年民生不济,用度超出,也是实情。但现在做下此等欺君瞒下的事情,太守当然难辞其咎了。"汲黯说到这里,话锋一转,"至于其他不得已的隐情,等郝大人回京之后,你我自然不能坐视不理。"

话说到这里,卫青觉得说什么都是多余的了,只留下一句:"请大人带话给郝贤,让他好自为之。"

"嘚嘚嘚"的马蹄声搅乱了汲黯的心情,仿佛夏日天空的阴云,在汲黯的心头越积越厚……让他一时想起了许多往事。

同朝共事多年,他从来没有见过大将军的情感这样复杂而又忧虑。

记起在池阳阅兵时,自己曾当着皇上的面批评他不爱士卒,那时候这双眼睛是清澈单纯的,可现在这双眼睛却给他一种另外的印象。

汲黯感到这次上谷之行异乎寻常。

回府的路上,他一直在想,到了上谷该对郝贤说些什么,就满足于宣示皇上的诏书么?他该怎样面对满面边尘、血染战衣的将士呢?律法与战事、刑罚与职责到底该怎样平衡呢?他还未想清楚。

由郝贤的案子,汲黯又想到了朝廷的新格局,想到了那次与李广的叙话,那情景与今日卫青和自己的相见何等相似。

那天也是在司马道上并肩而行,也是心事重重。于是,他们不约而同地想到了一个去处:到蓝田庄园去浇愁解闷。

他们虽然一个是峨冠博带的文官,一个是戎马倥偬的将军,可行事的风格却是如此的相近。他们都看不惯那种阿谀逢迎的谄媚,更不习惯那种繁文缛节,说走就走,一路就奔往白鹿原了。

灌强见两位前辈到来,喜出望外,急忙张罗筵席。三人举爵相邀,倒也快意。酒过三巡,灌强毕竟年轻气盛,对朝廷的职官安排颇有微词,尤其对他和李广的遭遇感到不公。

"要论治国理政,莫过于内史大人,若论起封侯拜将,莫过于叔父。可皇上是怎么想的,放着贤人能士不用,偏偏地选了人品中下的李蔡和张汤呢?"

只知道杀敌立功、保国戍边的李广几乎没有时间去考虑自己的命运,然而这一回,他却心动了。

"贤侄!皇上没有错,这是老夫命中注定的。前些日子,老夫曾请王朔为老夫看相,问他自汉匈开战以来,每临大战,老夫都在其中,然终无尺寸功,这是为何?你猜王朔怎么说?"

汲黯笑看着他,李广继续道:"这老儿竟然反问老夫是不是被人记恨?老夫告诉他,当年为陇西太守时,曾诱杀过八百名羌人。那老儿竟然……"

灌强是个急性子,嘴里吃着东西,还瓮声瓮气地道:"叔父就快人快语,快说给我等听嘛!"

李广仰起脖子,喝了一爵酒才道:"他说老夫之祸,莫过于对已投降的俘虏大开杀戮,这样会积下许多的罪过,这就是老夫不得封侯的原因。那时候老夫年轻气盛,不承想造了如此大孽,如今想想也是自食其果。"

汲黯劝道："两军交战,岂能无死,将军怎可轻信方士妄言呢?"

由李广想到郝贤,汲黯忽然发现这两位战将竟都先后做过上谷太守,命运又是如此的相似。

汲黯的马车经过郎中令府时,他望着黑乎乎的府第,禁不住又想起李蔡和李广的人品来。平心而论,灌强没有说错,论起人品,李蔡根本不能与李广相比,然而却能平步青云,位至三公,而李广却只能望尘莫及。不唯李广,就是自己自入京以来,虽不敢妄称栋梁,却每到要紧关头,总是一马当先地替皇上分忧,不也是仕途固步么?

这让汲黯那个从来不敢深想,却又不得不想的困惑重新回到心头。皇上究竟是怎样的性格呢?说他冷酷,但像自己这样敢于直言的人却常常得到他的宽恕;说他英明,却又屡屡用了一些行为不正的人担当大任,让像李广这样的人受委屈;说他怠惰,他为大汉的中兴呕心沥血,屡屡做出惊天动地的决策;说他勤政,他又常常对声色犬马乐而不疲。唉!皇上太复杂了,他猜不透这些,也只有在心底问自己……

车驾继续慢慢前行,车与人的影子投在地上,时而颀长,时而扁短,恰似汲黯漫漫的心思,被风扯着,飘飘荡荡,浓浓淡淡。

皇上也是人,他虽然倡导广开言路,但是像自己这样面折龙颜,经常在朝堂上疾言厉色,又怎么能够长久呢?

是的,从上谷回来,自己也该想想自己的退路了。

汲黯正这样想着,就听驭手"吁"地一声,车驾停在了府门前……

第二十章

汲黯上谷查军情 去病祁连出奇兵

元狩二年四月,汲黯奉诏到了上谷郡治所沮阳。

郝贤率领长史等一干人出城迎接朝廷使者。

结局早在长史回到前线时,郝贤就已经预料到了。因此汲黯的到来,他并不感到意外。

唯一让他放心的是,驰援的粮草早于汲黯三天就到了,这让苦苦坚守了三个月的军民终于暂时结束了饥饿的煎熬。

"皇上没有忘记我们啊!"

那一天,郝贤长跪黄尘,头贴着地上很久,泪水湿了面前的黄土。

从元狩二年正月到现在已经三个月了,左屠耆王率领的匈奴军把沮阳围得水泄不通,而呼韩浑琊的军队则分为两部,一部沿着延水流域,与驻守在宁县的西部都尉在广宁、茹县一带展开交锋。另一部分则沿着阳乐水流域,与驻守在女祁的东部都尉鏖战。

战争初期,汉军凭借平时的粮草积蓄,使双方形势处于拉锯状态。可这些从当地征集的壮丁,很快就处于穷于应付的被动地位,不得不向内地撤退。

二月的一天,汉军与呼韩浑琊的军队在茹县南的下落遭遇,双方打得很惨烈,匈奴军追着撤退的汉军从县城穿越而过,他们沿途抢掠财物,掠夺人口,一把火烧了城中的房屋。

等他们呼啸而来的时候，汉军早已越过冶水，进入到海坨山的密林之中。

失去了目标的匈奴人，把愤怒倾泻在了逃难的百姓身上。

男人都打仗去了，剩下的只是些老弱妇孺。面对匈奴人的铁蹄，他们除了惊恐、躲藏，毫无还手之力。

而此刻，这些百姓正在庄主的带领下，向山谷转移。

庄主在心里埋怨太守，他为什么要将所有的壮丁都征到前线去呢？难道百姓的命就不值钱么？

站在一块大石后面，他远远瞧见了追过来的匈奴军。他本来腰间还挂着宝剑，可为了保护百姓，他将兵器递给了身边的一位老者，自己徒手出现在敌军面前。

奔驰在前面的匈奴千夫长被这个手无寸铁的汉人给镇住了，他勒紧马缰，战马一声长啸，马队顿时停住了，数百双眼睛齐刷刷地投向他。

双方对视了片刻，庄主声音洪亮地问道："你们不在漠北牧马，反而千里驰驱来到这里，不就是贪图汉人的财物么？我愿意用本庄的财物换得百姓的安全，怎么样？"

"什么？"匈奴千夫长指着庄主，放声大笑地问身后的部属，"你们说怎么办？"

其中一个百夫长挥舞着战刀喊道："杀了他！"

"杀了他！"

……

眼看匈奴军一步步逼近大石，庄主明白了，今日拼亦死，不拼亦死，倒不如拼个血洒河谷，也不枉做一回顶天立地的男子汉了。他从老者手中接过宝剑，便朝匈奴千夫长一个直刺，匈奴千夫长横空一个劈刀，庄主接住了，并顺势把他拉下马来，两人在山谷的溪水边杀作一团。

庄主不愧是当年的部曲首领，剑锋冷峻，招招进逼。不一刻，匈奴千夫长便气喘吁吁了。匈奴士卒眼看千夫长招架不住，纷纷拥上来将庄主团团围住。庄主左冲右突，前面的匈奴士卒纷纷落马倒地，后面又潮水般地拥了上来。眼看突围无望，庄主趁着敌军退缩之际，仰天长啸，用剑自刎了。

匈奴士卒们又是一阵乱刀,把庄主剁成了碎块。

"庄主!"大石背后的老者,不顾生死地扑了上来。

"庄主!"几位中年的户长也跟了上来。

"庄主!"女人们哭喊着拥了过来。

"爷爷!"孩子们惊恐地哭叫着。

战争!让人的兽性在血雨中迅速膨胀,让善良在金戈铁马面前显得如此无助。

老者捧起一缕庄主的头发,喷火的眼睛投向匈奴人:"你们杀一群无辜的百姓算什么英雄?简直是禽兽不如!"

千夫长一刀下去,老人的头就滚落在地了。

为了女人,男人们手挽手倒在了血泊中;为了孩子,女人们前赴后继地连成血肉的城墙。

匈奴千夫长飞快地扫了一眼女人们便喊道:"小儿杀掉,女人留下。"

女人们被生死存亡逼出愤怒的烈火,她们用身体保护着身后的孩子们,义无反顾地面对匈奴人的战刀……

之后,按照千夫长的吩咐,他们将掳来的女人手脚捆了起来,放在马背上。他们离开山谷时,都没有再看一眼河谷内的尸体,留在那里的只是庆贺胜利的歌声:

> 山鹰凭借草原的风,
> 才能展翅翱翔。
> 匈奴的战刀靠敌人的血,
> 才能擦亮。
> 催动胯下的战马,
> 踏破凤凰山阙。
> 挥舞手中的战刀,
> 扫落边塞的风雪。
> 我们是太阳的儿子,
> 没有谁能够阻止,

匈奴人征战的步伐。

……

两天以后,守卫下落的司马冲出匈奴人的包围,回到了沮阳城,他沮丧地跪在郝贤面前请罪:"卑职有罪,下落失陷了。"

这本在郝贤的预料之中,因此他更关注的是下落的百姓:"那百姓呢?"

……

"说!百姓呢?"

……

"莫非……"

长期在郝贤属下履职,司马深知郝贤视百姓重于一切,他知道瞒不下去,但他更清楚,扔下百姓不管,等待他的将会是什么。

"下落的百姓在凤凰山谷遭到匈奴军的屠杀,死亡千人,卑职有罪,请太守责罚!"

"我真想一刀结果了你!来人!将罪人拿了,听候朝廷发落。"郝贤恨声道。

接下来,战事的发展让现实变得越来越严峻。

随着战场形势的变化,撤进沮阳的人越来越多,本来贫瘠的沮阳一下子面临着巨大的粮草压力。

开始,还可以做到按时发放粮食,但随着人口剧增,各军的口粮由每日三餐改为两餐,到后来只能维持一天一餐。士兵们空着肚子上城坚守,时有士卒昏倒在城头。至于百姓,那更是苦不堪言。

有一天,巡城的司马来报,说城东南发生了分食人尸的惨剧。

那一夜,郝贤站在冷风吹过的城头,整整一夜无眠。他感到严峻的关头到来了,一旦沮阳失守,那不仅意味着在大汉东边防线上被撕开,而且直接影响到西线战场的大局。自己革职事小,边境的百姓从此将陷入水深火热之中。

就在这时,朝廷援助的粮草到了。

郝贤知道,这大概是他最后一次接到来自长安的援助了,因为上计作假,等待他的将是以欺君之罪被押回长安……

此刻,郝贤的心情反而平静多了。上计作假是他提出来的,他不会推卸责任。

因此,当汲黯宣读完皇上的诏书后,他没有丝毫意外,他还是像接到朝廷援助那天一样,跪地叩谢皇恩。

当晚,郝贤召集长史、幕僚和各路司马宣布了朝廷的旨意,在新任太守到来之前,长史暂时署理太守职事。

夜阑更深,等人都散去后,郝贤对汲黯道:"大人旅途劳顿,还请早些歇息,罪职还要到城上去查看一下。"

汲黯的心就有些悸动——一个即将身陷囹圄的太守,一个曾封侯的将军此刻还能恪尽职守,他很感动。他决定与郝贤一起前去巡防。

"这怎么可以呢?"郝贤不知怎样回绝汲黯的要求,"这……下官可是戴罪之身啊!"

"暂且不提这个。"

"只是这样屈尊了大人。"

"将军何出此言?你我同朝多年,我是那种雪上加霜的人么?"

汲黯的为人他知道,要是不让他同往,反倒显得不近情理。长史见夜间风大,遂为汲黯准备了披风。

"边城风大,夜间寒冷,大人披上这个,可以挡挡风寒。"

"将军终年与风雪为伴,我吃这点苦又算得了什么?"

两人走出府门,沿途见换岗的士卒穿梭来往,虽然气氛有些紧张,却是有条不紊。而巷间之间,百姓都纷纷献出自己的财物用于抗敌。大家见了郝贤,便停下脚步,立在路旁向他致意。

汲黯感慨道:"将军处境如此艰难,军伍却如此整肃,百姓却如此齐心,我着实没有想到。"

"大人言重了,要是朝廷的粮草晚到十天,罪职也担心不攻自乱呢!"

说着话两人就到了城墙脚下,他们登上北城楼,虽说时令已是四月,可是边塞的夜依旧是春寒料峭,冷风吹起汲黯和郝贤的披风,呼呼直响。

汲黯不禁打了一个哆嗦,转脸看去,只见郝贤临风而立,身影被夜幕包裹成一尊挺立的石像。他自然又是一番感慨,且不说那些坐而论道的京官们抨击起边塞的守将来疾言厉色,他们哪里知道卫国戍边的辛苦呢?他由此而想起李蔡、张汤等人,心想真该让他们也做几年的边关太守。

正想着,就听见郝贤道:"大人请看。"

顺着郝贤的手指看去,城北的山坡上篝火旺盛,传来匈奴人的高歌声,在天幕上形成一道别样的风景。

"依照惯例,匈奴人一般都是在抢掠了边城百姓的财物后就会匆匆退去,这次却盘桓了许久。他们就是要等大将军率我军主力到来,引入大漠而歼之。"

汲黯道:"可这一回他们失算了,他们不会想到皇上会舍弃东线,而剑指河西。"

"这正是皇上的圣明之处。霍将军眼下大概已经出了陇西,直奔祁连山呢!匈奴人向来认为,祁连山飞鸟难过,而我军却能翻越它,敌人岂能不惊?"

汲黯裹了裹披风道:"依我看来,霍将军之所以能够纵横河西,一赖皇上运筹帷幄,二赖将军你在东线牵制。只是这样一来……"

"我军虽然物资匮乏,但匈奴人也好不到哪儿去,他们远途跋涉,估计粮草也消耗得差不多了。现在朝廷粮草一到,我军士气高涨,百姓人心稳定,下官纵是戴罪回京,也无憾了。"

回来的路上,两人没有说话,灰尘呛着鼻子,沙粒落在肩头。汲黯几次想打破这种沉默,但搜肠刮肚却找不出一个话题。

而郝贤的内心此时十分复杂。太守的印信已经交出,这里的军政各务都与他没有关系了,就是现在将他锁进囚车,他也无话可说。可是如果他披戴枷锁,当着上谷军民的面出城,将会给战事带来怎样的影响呢?想到这,他鼓起勇气道:"大人,罪职还有个不情之请。"

"大人有话尽管直说,只要我可以办到。"

"如此罪职冒昧了。"郝贤先向汲黯作了一揖,然后道,"因为罪职而使大人千里奔波,罪职内心很是不安。"

"大人这是怎么了?有话就说嘛。"

"好!如此罪职就斗胆了。"这时,一队换岗的士卒从身边走过,他们整齐的步伐和抖擞的军姿,更增添了郝贤的勇气,"大人也看到了,上谷军民数十年来之所以饱受匈奴之患而忠汉之志不移,全在历任太守的苦心经营。现在军中除长史和司马外,部属们尚不知下官获罪的消息。为了稳定人心,罪职冒昧请大人明日离开沮阳时,不要对罪职施以枷锁。"

"如此忠心为国,我答应你!"汲黯毫不犹豫道。

"如此,罪职就谢过大人了。"

夜幕浓重,可汲黯似乎看到了郝贤眼中的泪光。男儿有泪不轻弹,汲黯掂得出这泪的分量。

"大人这是为何?快快请起。"

郝贤站起来又道:"罪职不愿惊动部属和百姓,希望大人明晨子时就押罪职回京。"

"好!一切都依大人安排。"

有郝贤这样的忠臣良将,真是皇上之幸,大汉之幸!汲黯的手与郝贤紧紧握在了一起。

"霍将军知道了,会感谢大人的。"汲黯感慨道。

……

霍去病从狄道出发,经数日行军,终于翻越了乌鳌山,前面山势逐渐下沉,他们进入了一条宽不过一里的狭长谷道。谷道两边峭峰相夹,横空悬挂,欲飞似坠。他此时才知关于祁连山山势的描绘不是虚说,现实甚至比文字叙写有过之而无不及。

站立道旁,看将士们从身边走过,霍去病情不自禁地回头望去,乌鳌山已经被甩到身后,成了他们惊心动魄的回忆。

对生在中原、长于长安的霍去病来说,第一次作为西路军统帅出征,想起刚刚过去的六天,不禁感慨造化的扑朔迷离。

那是怎样的六天啊!乌鳌山上的气候飘忽不定,刚刚还是艳阳高照,只要山谷间飘来云彩,顷刻间就风吼雪飘,寒气刺骨。

刀子一样的风刮过脸面,头发上、肩膀上落下厚厚的雪花;风吹透铁甲,贴着将士们的脊梁,透心的凉;漫天的雪雾,从这个山头飘到那个山头,迷住了本就不好走的道路,一不小心就会坠落百丈崖底。

早在大军进驻狄道时,陇西太守就提醒他一定要备足御寒物品。但还是有不少的士卒没有翻过山峰,就永远地葬身在大山深处。

在这样的气候下,多在山上待一个时辰,就意味着要多付出生命的代价。未战而先折兵,他难以面对这些士兵的亲人。

霍去病十分严肃地对李桦道:"传令各路司马,督促将士们加快速度下山,千万不要停下来。"

"诺!"

李桦的话还没有来得及出口,就听见耳边传来雷鸣般的吼声。接着,对面山坡上卷起冲天的雪尘,从峻峭的崖顶滚滚而下。顷刻间,十几名年轻的身影就被淹没了。

霍去病和李桦惊呆了。

生命的旅途有时候就是这样,乌鳌山以这样的冷酷接纳了一群青春的躯体。

那一天,李桦没有从霍去病的眼中看到一滴眼泪,这种坚韧和深沉似乎超越了他的年龄。在以后的日子里,每打一仗,霍去病的心就覆上一层冰,或者裹了一层铁,使他的性格变得越来越无情。

后来,河西大战结束后,当皇上颁赐封赏时,朝廷中有人也议论过,说他带兵严酷。

可只有李桦知道,这种严酷背后所潜藏的是侠骨柔肠。

此时,当他们即将走出大山的时候,霍去病还来不及感慨,就把思路转到对战事的部署上来了。

李桦领着前军司马赵破奴从当地找来的向导来到霍去病面前。向导说往前再走三十里,就出了谷口,南部是匈奴人的河西草原,往北走就是荒漠。

"驻扎在此地的可是浑邪王的军队?"

"此地是遬濮王的辖区。"

霍去病又详细地询问了匈奴军的习惯和部署,向导也只能回答个大概,霍去病听了不甚了了。但他很快释然了,这个向导是从陇西流落到此的汉人,又能知道多少呢?

霍去病要李桦率领人马加快前进,务必赶在黄昏前把行辕移到距匈奴最近的谷口。在李桦即将出发的时候,霍去病又叫住了他:"传令下去,凡从谷口进来的人,两日内不能出谷,违令者斩!"

当夜,汉军在古浪谷宿营,沿着谷道一片帐篷,绵延长达十里。霍去病的行辕在距谷口约二里的一座山洞里。李桦事先选了这洞,刚刚把一切收拾好,霍去病就带着卫士到了。

一进洞口,他就觉得一股暖气扑面而来,驱除了身上的寒冷,他定神去看,才发现是用干牛粪生了火。

李桦道:"此地寒冷,树木稀少,当地的牧民都是用牛粪取暖的。"

"将士们都有么?"

"禀将军,从午后进入谷道时起,各路司马和校尉就令什长带着士卒去拾牛粪,现在大概都生上火了,说不定正在围着火堆吃着糇粮呢!"

霍去病点了点头,又要卫士下去传话,取暖也要隐蔽。说完这些,他才抓了一把糇粮,和着干脯塞进了口里。

自打离开狄道,他一路上就吃这个,现在到闻个那味就饱了。但他还是伸了伸脖子,强迫自己咽下,然后坐下来询问军情:"探马回来了么?"

话音刚落,就听见谷道上传来沉闷的马蹄声。李桦出门去看,只见两人骑着马匆匆上坡来了,原来是军侯和屯长。

军侯瑟缩着身体,牙齿打战,说话都显得僵直了:"将军在么?"

"正等着二位呢!"

两人将一路侦察所见一一禀报,霍去病又详细询问,然后才命他们回营休息。他回头看着李桦的时候,那喜色就抑制不住地飞上眉梢了:"结合向导和探马所报,遬濮王确实不知道我军已到。这真是天赐良机,速传令下去,连夜拔营,兵分四路,夜袭匈奴军营。"

接着,他又对每一路司马详细地做了安排:第一路赵破奴部以三千人马西行古浪中部,占领五台岭;第二路高不识部以两千人马北上,袭击姑臧之敌;第三路仆多部由他直接率领,直捣遬濮王庭。

霍去病激励道:"告诉将士们,古浪草原牛肥马壮,不想吃糇粮,就奋勇杀敌,打胜了就吃好的!"

"诺!"

李桦不敢怠慢,迅速传令去了。霍去病也命卫士灭了火,然后收拾行装,披挂上马,准备出征。

出了洞,借着深夜寒冷的星光看去,全副武装的汉军骑兵和步兵潮水般地从眼前走过,虽然看不清他们的面容,然而那有力的步伐,那飘荡在寒夜中的旗帜,还有那沉沉的马蹄声,让霍去病都感到了一种大战在即的气氛。

他对自己的军令很满意,一路上将士们都冻坏了、饿坏了、苦坏了,草原的马奶酒和肉食对他们该有多么强烈的诱惑。

他最后回望了一眼黑乎乎的,只待了半个时辰的山洞,很潇洒地扬起马鞭,冲下山坡,融入茫茫夜色之中。

……

横亘在河西草原南缘的祁连山,有如上苍垂落在人间的一道巨大的石壁,不但分开了河水与内陆水系,也把世居在这里的匈奴人与外界隔开了。只要每天赶着牲口懒散地漫步在辽阔的草原,看一眼心中的"母亲山"在蓝天下的雄姿,他们就能够触摸到太阳的温暖,感受到大地的恩泽,就从虔诚的目光中流露出一份安逸的惬意。

当卫青收复河南和漠南的时候,当左屠耆王和呼韩浑琊在上谷与汉军展开大战的时候,遫濮、狐奴部落的子民们似乎根本就不知道汉军的存在,大战对他们来说依然很遥远。

他们非常自信,飞鸟都过不了的祁连山,对汉军来说是永远不可逾越的屏障。

可是战争就在这个春天打破了遫濮人的酣梦。

汉军越过祁连山时,遫濮人正在举行盛宴迎接匈奴太子乌维。

乌维是奉伊稚斜的诏命来金城相亲的。这对远离单于庭的遫濮王来说,简直是天赐恩泽。他把自己的几个女儿唤来,轮番为太子斟酒。

遫濮王聪明绝顶的三女儿娜仁托娅更是千方百计地向太子示爱,她穿上从汉人那里换来的锦帛做成的新衣,敷上胭脂,熏了从月氏国传来的香料,捧着银碗盛的马奶酒,轻风一样地飘到乌维面前,声音柔柔地说道:"请太子满饮此碗。"

在乌维接过酒酿的那一刻,歌声也如酒香一样地醉入他的心里:

> 百灵鸟儿唱啊云雀儿飞，
> 那是尊贵的客人到草原来了。
> 马蹄儿响啊牧笛儿吹，
> 那是英雄的太子到草原来了。
> 姑娘啊比月亮温柔比太阳热烈，
> 那是被哥哥的爱醉了。
> ……

娜仁托娅一双晶亮的眼睛里，除了荡漾出女人的妩媚和温柔，还带有女人的野性，乌维被这双眼睛迷得神魂颠倒，醉得一塌糊涂。

这一切遨濮王都看在眼里，只要娜仁托娅做了太子妃，他见了那个趾高气扬的休屠王还有必要点头哈腰么？只要太子看中她，他要亲自送女儿到单于庭去。

当晚，乌维和娜仁托娅就相拥在温暖如春的穹庐里，爱的欲火送他们走进了玫瑰色的梦幻，情的骏马载着他们驰骋在爱的草原。两人都期待着在九月的祭天之时举行他们的婚礼盛典。

半夜里，他们被牧羊犬的狂吠惊醒，乌维一把将娜仁托娅抱在怀里，问道："发生了什么事情？是不是汉人打过来了？"

娜仁托娅给了太子一个深吻："哪来的汉人呀！祁连山终年积雪，他们就是插上翅膀也飞不过来啊！"

但乌维还是嗅出了异常，他起身穿衣摇头道："不对！如果不是汉人来了，那就是部落起了纷争，我得去看看。"

他刚刚束好腰带，就听见门外传来急促的呼唤："太子快起来，汉军杀过来了。"那是遨濮王子巴图鲁的声音，娜仁托娅迅速拉开穹庐的门帘，遨濮王和巴图鲁带着一股冷风进来了。

两人脸上都充满狐疑和惊恐，他们难以相信汉军会神话般地出现在古浪草原。

乌维一边收拾行装，一边说道："简直不可思议，难道他们是从天上飞下来的么？"

遬濮王在一旁催促道："事情紧急，请殿下与巴图鲁换了行装，带着娜仁托娅北上吧！"

"怎么能这样呢？这不是置王兄于绝境么？"

"殿下乃单于太子，如果有个闪失，父王怎么向单于交代呢？殿下就快快换装吧！"说着话，巴图鲁上前扒了乌维的袍子就穿在自己身上。

看着乌维换了服装，遬濮王道："卫队就在外边等着，殿下快走！"

"王爷……"

"快走……"遬濮王在乌维的马屁股上狠狠抽了一鞭，那马竟没有嘶鸣，就迎着大风，撒开四蹄，飞进了夜幕。

遬濮人从来没有如此仓皇过，估计乌维和娜仁托娅的马队走远了，遬濮王才翻身上马，对巴图鲁道："传令给古浪当户，让他的军队全力阻击汉军。"

夜色中，遬濮王沙哑的声音被风吹得断断续续："子民们，匈奴的兄弟们，我们的故乡不安宁了，汉人打进来了，我们要捍卫自己的土地。"

祁连山在回应："捍卫……"

古浪河在回应："捍卫……"

可是一切都晚了，长久的安宁让遬濮王的军队消磨了刀锋的尖锐，古浪当户的第一道防线不到半日就溃散了。

霍去病不断发出命令，要求军队不要被战利品束缚住手脚。赵破奴使一杆长枪冲在队伍前面，他连续冲破几拨匈奴士卒，终于找到了守卫古浪的当户。

赵破奴隔着几丈远看去，这当户身穿黄亮的牛皮铠甲，散发披肩，与络腮胡混在一起，模样凶煞煞的。显然他也将赵破奴误认成霍去病了，他放马疾奔，挥动双刀，直向赵破奴砍来。

赵破奴并不接招，虚晃一枪，将坐骑后退了一丈多，然后立即从当户的侧面刺来。当户一惊，来不及躲闪，左臂中了一枪，手中的刀掉在地上。赵破奴趁机又是一枪，可惜没有刺中。当户掉转马头，朝弓弩阵前跑去。赵破奴立即看穿了当户的意图。他双腿夹着战马，紧紧咬住当户不放。当户发现摆不脱他，又转头仓皇迎战，两人就在弓弩阵前厮杀起来。

匈奴弓弩手只看见刀光闪闪,马来马去,却不知从何下手。两人战了几十回合,赵破奴一枪将当户刺于马下,然后立即向弓弩手冲去。他们的战刀扫过匈奴人的头颅,飞溅的血花染红了战马的铁蹄。日近午时的时候,汉军已冲到了巴图鲁防守的地区。

巴图鲁的军队是清一色的骑兵。

为了掩护女人和老人转移,巴图鲁将骑射摆在防卫前沿,接着是持长枪的骑兵,第三道才是持马刀的骑兵。因此,当汉军到达的时候,首先遭遇了密集的箭雨。冲在前面的汉军纷纷中箭落马,霍去病一看便急了,两脚狠劲拍打战马,直朝着指挥的裨小王压来。他一枪挑住裨小王,在空中旋了一圈,"刷"地扔在地上。

裨小王一死,匈奴军队不战自溃,士卒惊慌失措地扔了手中的弓箭,纷纷向后退去。汉军士气大振,所过之处,吼声如雷,战刀闪闪:

"杀啊……"

"杀啊……"

匈奴军被汉军猛烈的攻势所震慑,跪地投降者连成一片。霍去病继续追击逃敌,凡持戈顽抗者,尽皆命丧刀下。

未时一刻,巴图鲁横刀立马出现在草原的腹地,紧紧随在霍去病左右的李桦告诉他,来者就是伊稚斜单于的太子乌维。

"果真是他么?"

"属下的兄长曾随大将军在漠南与伊稚斜对过阵,只有单于太子才有这样的装束。"李桦又看了看,才自信地点了点头道,"没错,一定是他。"

这消息顿时让霍去病的眼中闪耀着灼灼光彩,那男人的雄性、将军的刚性和野性立即交融成一种亢奋。他令仆多率领一支军队,绕到山后面进行包抄。

"必须生擒献给皇上。"霍去病随即催马冲了过去,对着巴图鲁喊道,"我汉军所过之处,投降者生,反抗者死,你下马投降,本将军可饶你不死。"

巴图鲁挥动战刀,吼道:"你见过狼向羊投降吗?我是单于太子乌维,看你小小年纪,竟敢犯我国土,杀我子民,你就不怕做刀下之鬼么?"

霍去病也不答话,催动坐骑迎了上去。

汉军与匈奴军在草原上拉开了惊天地、泣鬼神的厮杀，碧澄的蓝天被涂成了血色，沉睡的草原被渗入地下的鲜血催醒，远方积雪皑皑的祁连山山头飘着团团彤云——这是河西匈奴人灾难的日子。

每个汉军将士都希望挣回爵位，好为父母妻子赚上几亩薄田，免几年赋税。他们砍下匈奴士卒的首级，就把他们的耳朵割下来，然后又立即投入新的厮杀。

巴图鲁与霍去病刀来枪去，厮杀了几十个回合，两人的呼吸都有些急促了。一直没把霍去病放在眼里的巴图鲁暗暗吃惊，这个少年将军将一杆钢枪使得天旋地转，让他眼花缭乱，几次想攻击都没有奏效；而霍去病也为巴图鲁的臂力所震撼，可他更清楚，从意志上压倒敌人，比在他身上留下几道伤疤更有效。

霍去病越战越勇，而巴图鲁却因为牵挂着遫濮王和妻儿，刀法越来越混乱。他明白，如果继续恋战，结果一定好不到哪儿去，他卖了一个破绽，拨转马头，就向西面的土丘跑去。

巴图鲁登上土丘，只见霍去病矫健的雄姿，被奔马带起的烟尘裹着，恰似一条翻云覆雨的蛟龙，挟着雷电，狂飙而来。

巴图鲁情知如果再战，必败无疑，正要转身朝土丘下的河谷跑去，不料却被一条索套绊倒，连人带马被生擒了。

等霍去病赶到面前，巴图鲁已被缚了手脚，一身血污地站在那里。

率军伏击的仆多上前，一脚踢在巴图鲁的腿上骂道："见了骠骑将军为何不跪？"

霍去病翻身下马，拦住仆多，脸上飘过一缕和风微笑道："太子若能降我大汉，本将军会奏明朝廷，皇上定会厚待太子，赏地封侯，岂不比这逐水草而居的漂泊生活好吗？"

"哼！"巴图鲁从鼻翼间挤出一声冷笑，事情果然不出他和父王所料，汉军之所以紧紧咬住他不放，是因为把他当成了单于太子。

此刻，巴图鲁一脸释然，他完成了父王的嘱托，为乌维太子和妹妹赢得了奔往漠北的时间。

巴图鲁面向北方，眼角涌出了两行泪水，他"扑通"一声跪在地上，大声喊道："神圣的太阳神啊，请保佑太子吧！"说罢，他便冲向一位汉军什长的钩镰枪，什长心头一惊，忙握紧了手中的武器。孰料这正中巴图鲁下怀，他迎着什长的气力，让枪尖刺进了自己的胸膛。

他痉挛着倒在地上，气息奄奄地对霍去病道："能与将军对阵疆场，是巴图鲁的幸运，将军倘念我忠于主人，就补上一枪，好让我痛快地到太阳神的身边去吧。"

霍去病迟疑片刻道："好！本将军就成全了你。"随即便抬起手中的兵器，结果了巴图鲁的性命。

看着巴图鲁渐渐冰冷身体，霍去病丢了兵器，满怀钦敬地叹息道："虽为败军之将，却是忠贞男儿，死亦壮烈。传令下去，依照匈奴习俗，好生安葬。"

傍晚，灰黄的太阳被西北风裹挟着，滑向覆满积雪的祁连山后。风送走太阳，似乎还未尽兴，肆虐的脚步伸向草原的各个角落，驱走白日仅存的暖气，使草原显得更加空旷和寂寥。

在将士们清理战场时，许多尸体蜷着的手指动一动就碎成几块。这惨状让霍去病的心情不免沉重起来，他对李桦道："将两军将士葬在一起吧！他们虽各为其主，可没有过错。"

第二天夜里，当汉军将士就着烧得暖烘烘的牛粪，用牛羊肉和马奶酒犒劳被糇粮刮完了油水的肚子时，霍去病在中军大帐举行了翻越乌鳌山以来的第一次军前会议。

汉军的出其不意给河西匈奴军沉重打击，仅仅只有两天，他们的铁蹄席卷了包括遬濮、狐奴在内的五个部落，基本实现了皇上"以驱敌拓土为目标，人众辎重弗取"的旨意，斩首两千余级，俘获遬濮和狐奴王等。

霍去病举着盛满马奶酒的银碗，率领众将高呼"皇上圣明"，然后与大家一起将酒一饮而尽。

他环顾了一下灯火下的诸将，一个个红了眼睛，黑了颜面。河西的风用了仅仅不到二十四个时辰就将他们雕琢成地道的草原人。看得出来，将军们疲倦极了。可他却不能给他们片刻的休整时间。

"各位！我知道将士们很疲倦，可我军务必乘胜追击，不可犯穷寇莫追的大忌。"说着，他向从事中郎招了招手。

李桦应声来到地图前,指着北方道:"我军进入河西以来,虽然初战即胜,然这只是第一步。在翻过焉支山后,我军遭遇的第一个障碍将是折兰王、卢侯王的军队,据属下派出的细作禀告,他们已经在金城一带布防,试图阻止我军西进。"

霍去病坚毅的声音敲打着大家的心房:"我军经过古浪之役,军力已不足一万,现在又远离边塞,故只宜速战。"

作为三军统帅,霍去病明白兵不斩不齐的道理,因此在众将即将离去之时,他矜持而又肃然的宣布道:"有功者赏,贻误战机者斩!"

会后,李桦给火盆里添了几块牛粪,然后说道:"将军劳累多日,也该早些歇息了。属下还要到各个营帐去看看。"

那稳健的脚步声回响在霍去病的耳际时,让他在寒夜里领受到一种自外向内的温暖。

李桦兄长式的关爱与他的尽职尽责,天然交织成一种宽厚的、儒雅的行为,让霍去病常常有一种在军事上他是统帅,而在做人上李桦堪称老师的感觉。

他发现只要有李桦相随,他任何时候都是气清神定,有条不紊的。

风在帐外呼啸,尽管牛粪烧得很旺,还是抵不住寒意的侵袭,此刻他才发现,长安在情感上是那么的亲近。而且这种感觉,从来没有像现在这样强烈。

他想,长安现在一定是花团锦簇、草长莺飞的日子,皇上此刻在干什么呢?他也许正在焦急地等待着前方的战报,也许正在批阅大臣们的奏章呢!

想起出征那天,皇上亲自送行的宏大场面,他心里就热乎乎的——也只有在这一切都很沉寂的遥夜,阳石公主那双浸满离愁别绪的眼睛才会再度在他的心头荡起阵阵涟漪。

那是未央宫中的依依话别。那一天,他遵照母亲的训诫,到宫中向皇后辞行,阳石公主一刻不离地雀跃在身旁,影子一样地围着他转。她毫不掩饰对他的喜欢,她寻找了各种由头与他在一起说话。

如果说上一次进宫时,他对阳石公主的挥别更多的是带了亲情的成分,那么此次辞行,他觉得她看自己的目光中含了一种让他难以释怀,却又一时说不清的意味……

在皇后生的几个公主中,阳石公主是唯一对习武情有独钟的女子,她总是从舅父卫青那里借兵书来看,这使得皇上对她有了一种父亲之外的偏爱,也使得她与霍去病之间的话语多了许多。只要是在宫中相遇,她都要霍去病将那些古今打仗的故事说给她听。

送别那天,阳石公主拒绝了宫中安排的车驾,而是一身戎装,骑着战马来为霍去病送行。他至今也说不清楚,日夜都盼望建功立业、效命疆场的他,为什么在走过横桥时,就忽然有了那一瞬回眸。

在那一刻,他看到了在送行的阵列中,阳石公主手中举着皇上特命工官处为她铸造的宝剑;在那一刻,他从公主的眼睛中看到了与手中的宝剑多么不对称的泪花。以他的情感阅历,一时还揣摩不透宝剑与眼泪是怎样合成了阳石公主复杂的感情的,然而,那一幕却让他那么刻骨铭心。

也许是受了舅父太多的影响,这时候的霍去病,血液中涌动的是男人驰骋沙场的滚滚激流,是将军力拔山兮的英雄气概,是用手中利剑铸造生命丰碑的鸿鹄远志。几个月来,他几乎没有时间想起这些值得他回味的细节。

可今夜他忽然发现,有些东西一旦进入心里,注定终生相伴。

霍去病下意识地将一块牛粪夹进火盆里的时候,他用冰凉的双手搓了搓脸,迅速将思绪转到眼前的战事上来。

"是的!明日送往陇西郡的战报也该上路了。"

霍去病庄严地签封了奏章。

远方传来一声狼叫,他不由得"哦"了一声。时间过得真快,随着东方渐露的晨曦,元狩二年四月的第一天到来了。

第二十一章

焉支山巅飞剑影　上林捷报扫浮靡

河西！曾是月氏人的祖土,也是月氏人无法抹去的痛,这是一帘被刀剑斩碎的梦。

南有祁连山,北有龙首山,焉支山被金童玉女一般的"兄长"和"姐姐"呵护着,静静地躺在河西草原的蜂腰地带,它以苍郁松柏,潺潺溪水和云蒸霞蔚的妩媚展示了上苍对它的偏爱。

于是,草原给了它一个漂亮的乳名——珊丹。

珊丹盛产红蓝花,月氏的女人摘回这种花,用蒺藜灰或草木灰汤汁,洗过十遍,直到花的颜色非常纯净之时,才装进布袋绞取花汁。然后选了上好的醋石榴,去籽捣碎,加入饭浆水,制成漂亮的胭脂。

在朝拜太阳神时,她们会庄重地涂在两颊。从此大月氏的女人就成了天底下最美的女人,她们朝霞般的腮红让男人们眼睛发亮,她们窈窕的身影被男人们追逐。草原上,河流边就荡漾起她们高亢的歌声:

　　山丹丹花哟是山梁的盛装,
　　芬芳的胭脂擦亮了姑娘的脸庞。
　　远行的哥哥呀你可知道,
　　妹妹脸上的花儿为你开放。
　　没有蜜蜂花儿就会枯萎哟!

没有哥哥妹妹的心会忧伤。
远去的骏马哟请你停一停，
捎去盛了胭脂的香囊。
就说妹妹守着穹庐等哥哥，
盼你亲手把胭脂敷在妹妹脸上。
天边的云彩哟请你慢行，
把我的歌声带到远方。
哥哥听了妹妹的歌唱，
就会策马回到远别的故乡。
……

于是，这山就有了一个美丽的名字——焉支山，后来有人也叫它胭脂山。

可是，六十多年前在这发生了一场战争，匈奴冒顿单于率领他彪悍的军队，一举打败了在此称雄百年的月氏人，用他们国王的头骨做了酒器。从此河西成为匈奴人的领地，冒顿单于将焉支山以西的千里草原封给了浑邪王和休屠王。

无论是浑邪王还是休屠王，都曾不可一世地宣称，汉军可以在东线与匈奴人进行一场又一场的战争，可对祁连山南的匈奴人却奈何不得。休屠王甚至放言，如果有一天汉人敢踏上自己的领地，那么他们的头骨将会与月氏王一样，被作为酒器。

霍去病在六天之内就扫灭令居至金城一线的五个部落，接着他们翻越乌鳌山、焉支山，取了折兰王和卢侯王首级的消息，让浑邪王和休屠王陷入一片惊恐之中。难道一个十九岁的小孩率领的汉军，真的如逃到他营中的匈奴士卒所说，是飞越了乌鳌山、焉支山，然后再降到珊丹草原上的么？

逃难的匈奴百姓说，汉军手中所持不是普通的兵器，而是神秘的飞刀，寒光闪过，尸横遍野。

逃来的匈奴士卒说，汉军不是普通的将士，而是来无影、去无踪的魔鬼，他们马蹄携带起来的风，吹过草原就会使人头落地，血流成河。

地处河西东部的休屠王，首先感到了战争的逼近。如今，河西草原上只剩下两个部落，如果他不能和西邻的浑邪王联起手来，那么他们谁也难逃虎口之羊的结局。休屠王迅速派使者去浑邪王那儿言明利害，表示要与他组建联军。

与休屠王相比，浑邪王更明白唇亡齿寒的道理。尽管在以往的日子里，他对休屠王妄自尊大的浅薄和浮躁显得不屑一顾，但大敌当前，这一切都显得不重要了。

浑邪王向休屠王伸出了诚意的手，双方的战前会议选在休屠泽畔的王庭举行。

大战在即，他们很快直奔主题。

浑邪王老迈的眼里充满了忧虑，连奶茶喝到嘴里是什么味道都没有感觉。他对一代代单于违背和亲盟约，出尔反尔，在边境不断挑起战事表示了微词："自古国家兴盛需要和平的环境，而我国屡次对汉朝大兴兵戈，才有丢失河南之痛。而这一回，若不是单于听了赵信的蛊惑，进击上谷，汉朝怎么会进攻河西呢？"

休屠王对浑邪王的话很不以为然："王爷怎可诿过于单于呢？是那个汉朝皇帝欲灭我匈奴，侵我河西，夺我焉支山。不杀霍去病，难平我心头之恨！"

这样的争论在过去就曾发生过多次，眼下他们不想继续这些争论，于是迅速地把话题转到大军的部署上。

"先不说这些，还是想想如何退敌吧！"

休屠王自信道："霍去病年不过十九，兵不过万人，之所以能够长驱直入，皆因为各个部落怯战自保，因此被一一击破。他现在之所以那么张狂，是因为乳羊没有尝到狼的厉害，只要我们两部携手，不要说是一个娃娃将军，就是卫青来了，也将是我匈奴人的刀下之鬼！"

浑邪王问道："两军合一，选将至为重要。不知王爷欲使哪家当户统领大军？"

休屠王道："王爷的儿子昆邪尔图与霍去病同龄，自幼跟随王爷习武演兵，精通战法，我愿意将所部人马交与他统率。"

休屠王的轻敌尊大，让浑邪王吃了一惊，他看了一眼在旁摩拳擦掌的昆邪尔图,果断地摇了摇头:"你是说他?不行!他不是霍去病的对手。汉军连破七部,可见刘彻知人之明。"

他这一说,昆邪尔图不满意了,从地上站起来,"刷"地拔出战刀,圆睁双眼,那沉闷的声音就在穹庐里回荡:"孩儿如何就不行了?莫非这霍去病真就是神兵天将不成?汉皇能把万余精兵交给霍去病,父王却对孩儿……"

他后面的话没有出口,就被休屠王截住了:"我都信得过昆邪尔图王子,大王还有什么担心的呢?王子统兵,我将与您一起,祈求上天保佑我军克敌制胜。"

话说到这个份上,浑邪王还能说什么呢?汉军每日以数百里速度逼近,军情已不容许他们坐在这里浪费时间。

可知子莫如父,浑邪王了解儿子的性格,彪悍有余而才智不足。他担心王子不能服众,于是对休屠王道:"联手抗敌,要在合力,昆邪尔图年轻,初试锋芒,还请大王严令属下当户,不可拥兵自重,贻误战机。"

"这是自然!"休屠王一手拉着浑邪王的手,一手抚着昆邪尔图的脊背道,"我今夜就召集当户宣布命令,有敢违令者……"他转身从身后的墙壁上摘下刀,递到昆邪尔图手中,"有敢违令者,唯此刀是问。"

接着,休屠王又把一个让浑邪王无法拒绝的请求提出来:"既是联手迎敌,我当然也责无旁贷,因此请大王允许我的儿子金日磾为副帅,不知大王意下如何?"

"如此甚好,免得当户们不服调度。"浑邪王立即道。

午后的太阳,被草原的沙尘染成橘黄色,懒洋洋地悬挂在天空。走出穹庐,抬眼望去,草原弥漫着阴郁的战争气息。

浑邪王眼中顿时充满了泪水,他不敢去看昆邪尔图,他不愿给儿子的情绪蒙上一层阴霾。他现在要做的就是迅速调集人马,去迎战霍去病的大军。

第二天,浑邪王和休屠王率领当户们在休屠泽畔举行了隆重的祭天仪式,祈祷太阳神保佑他们打胜仗,祈祷月亮神保护匈奴的父老乡亲平安。仪式刚刚结束,就见远处一阵烟尘滚来,一个骑兵来到两位王爷面前,喘着气道:"禀告二位大王,汉军距此不足二百里了,请二位大王速做决断。"

休屠王挥了挥手道:"再去打探,如有消息速速来报。"

昆邪尔图向休屠王建议道："汉军来势凶猛，大王还是到父王那里暂避锋芒，待小侄杀退汉军，再请大王归来。"

休屠王谢绝了他的好意："贤侄以为休屠人都是贪生怕死之辈么？你尽管放心，我在此为你们看管粮草，以解后顾之忧。"

他的这个心思昆邪尔图一下子看不透，但是浑邪王早在休屠王提出让他的儿子担任副帅时就明白了，休屠王怎么可能离开自己的领地呢？不要说这里有他须臾不能离的祭天金人，更重要的是他不想给浑邪王趁机扩大领地的机会。

联军的两位主帅，昆邪尔图十九岁，金日䃅十七岁。草原给了昆邪尔图高大剽悍的身材和好大喜功的性格，从登上帅位之时起，他就表现出战必胜的勃勃雄心。而与此相对应的是，同样是在草原长大的金日䃅却生得身材略显单薄而又性格沉静。

在商议如何部署兵力时，金日䃅很少说话，大多时间都是听昆邪尔图在说。

当两个人坐在一起的时候，金日䃅十分吃惊，是不是当初太阳神让他们投错了胎，昆邪尔图倒很像父王，而自己的秉性却更像浑邪王。

他们商定在焉支山西北二百里处构筑防线，金日䃅的军队在北，昆邪尔图的军队在南，然后再派小股军队诱敌深入，形成夹击之势。

尽管战役的思路已经敲定，但金日䃅的少言寡语还是让昆邪尔图有些忐忑不安。分手的时候，已经上马的昆邪尔图追着北去的金日䃅问道："副帅对我军的胜算有几分把握？"

金日䃅驻马眺望北上的骑兵道："两军相逢勇者胜，我担心我军不输在兵力上，而是输在勇气上。"

"副帅怎能这样说呢？"

"眼前的形势就是这样，汉军自进入河西以来，连下五部，前几日又杀了折兰王和卢侯王，这给我军将士的心里涂上了阴影。我们还是要审时度势，好自为之。"说罢，他作了一揖，就策马而去了。

"老鼠的胆子，休屠王怎么会有这样一个儿子？"昆邪尔图望着金日䃅的背影，朝地上鄙夷地吐了口唾沫。

马蹄踏破草原三月的寒意,冲散灰蒙蒙的雾霭,在焉支山北麓荡起久久的回声……

匈奴联军任命昆邪尔图为主帅、金日磾为副帅的消息很快地通过细作传到霍去病的军营,李桦笑着心想,这回真成了年轻人之间的斗智斗勇了。

大概男人都是这样,那种棋逢对手的快感往往会在瞬间调动他们体内的亢奋,霍去病对匈奴联军的两位主帅十分感兴趣,脸上甚至现出孩子气的天真。

"知己知彼,百战不殆,依中郎观之,昆邪尔图与金日磾,哪个更强?"

"据属下所知,这昆邪尔图好大喜功,骄横跋扈,时刻觊觎着浑邪王位。而金日磾虽然已被立为王太子,却比较沉稳,虽比昆邪尔图小两岁,却持重而多思,言少而虑周,颇有儒将之风。"

"好!骄兵必败,古今一理。敌军企图从南北夹击我军,依中郎看来,我军……"霍去病指着地图,看了一眼李桦。

"将军的意思属下明白了,与其伤其十指,毋宁断其一指。"

"对!他们守株待兔,我军不妨集中军力,放马追兔,沿焉支山北麓夜行,奔袭昆邪尔图军营。传令第一路司马赵破奴,第三路司马仆多,人不卸甲,马不卸鞍,时刻待命。第二路司马高不识,立即率军北上,在姑臧附近阻击金日磾。"

草原的天气说变就变,午后从西北涌来的云团很快地笼罩了整个天空,到了下午申时三刻,漫天大雪就纷纷扬扬地落下来了,顷刻间,漫天皆白。到了傍晚,更是狂风大作,整个河西草原成了一个冰窖。

霍去病走出中军大帐,一阵冷风迎面扑来,他稍感凉意,却禁不住喊出声道:"此乃天助我也!传令下去,立即开拔,进击昆邪尔图!"……

战机来临,时不我待,第一、三路司马率领本部,迎着风雪向昆邪尔图的大营奔来。尽管身着棉甲,头戴风帽,但是从长安来的汉军,在这样的天气下行军仍是举步维艰。霍去病不免有些心急,他传令执法士兵,持着马鞭督促行军速度。一不小心,鞭子就会落到谁的头上,接着便是粗鲁的骂声:"你想死呀?如此慢腾腾的。"

通人性的战马似乎听到了主人焦灼的心跳,一个飞跃就蹿出一里多路,鼻子里喷出的热气不一会儿就结了冰。

途中,一位什长因战马失蹄而滚落在地上。坐骑受惊,朝天嘶鸣,声音随着寒风而去,霍去病立即命队史上前一刀宰了战马,接着又狠狠地鞭笞什长。

"夜袭行军,有喧嚣者,斩！"从夜色中传来霍去病严厉的声音。

赵破奴不敢怠慢,命令君侯以下军官向下传递,将士们的心顿时紧张起来,纷纷调理好战马。

风雪掩盖了汉军的声音,二百里的路程,不到两个时辰,就已经甩在身后,在后半夜借着雪色望见昆邪尔图大营的时候,霍去病看看左右,李桦和曹掾们的眉毛和胡须都结了冰珠。

军侯、屯长们按照司马的命令,扬了扬手中的马鞭,数千人马齐刷刷地卧倒在山梁后的雪地里。霍去病仔细观察了前方匈奴人的营地,他们还亮着灯火,隐隐约约有巡逻哨兵瑟缩的身影。

赵破奴向霍去病问道:"将军,现在是不是发起进攻？"

霍去病摇了摇头:"先观察一下再说。"

直到看见有几个匈奴军士出来小便,确信昆邪尔图没有发现汉军的行踪后,霍去病才回头向赵破奴有力地挥了挥手。赵破奴命一直跟在左右的掌旗手挥动帅旗,顷刻间,雪地深处,蓑草丛中,战马奋蹄,旌旗猎猎,刀枪如林,年轻的汉军将士在旗帜的导引下冲向敌营。

"杀！……"

"杀！……"

那声音像是四月的雷声,自远及近向四面八方扩散。在营门前值守的哨兵还没有回过神来,就被砍下了脑袋。

汉军突入营地,从营帐之间通道上走来一支巡逻的队伍,为首的百夫长抬头看去,天哪！朦胧夜色中,铺天盖地,都是汉军的骑兵。

匈奴军完全没有料到汉军会在这样恶劣的气候下发动进攻,他们在梦中被大火烧醒,乱作一团,仓皇迎战冲进营寨的汉军。

追随在昆邪尔图身边的裨小王要部下们奋力抵挡,他径直赶到中军大帐掩护昆邪尔图突围。

裨小王刚走到营前,就看见昆邪尔图披挂整齐,催着战马冲了过来。他急急地问道:"怎么回事?发生了什么事?"

裨小王回道:"汉军雪夜偷袭,来得突然,我军陷入混乱,殿下还是先撤退吧!"

昆邪尔图骂道:"未战而先言撤,你还是匈奴人么?"他手起刀落,斩了裨小王,身边的匈奴将士顿时精神振奋起来,跟随昆邪尔图奋力朝前冲去,刚刚冲到西北角,就与赵破奴相遇。

昆邪尔图挥动长矛迎过来,两人厮杀了十几个回合,赵破奴渐感不支。这时候,就听见匈奴军中有人喊道:"殿下小心,不可恋战!"

原来霍去病看这将领年龄与自己不相上下,颇有些马上功夫,便知这就是那个声言要与自己对阵的昆邪尔图了。

霍去病低声对仆多耳语几句,他便冲到右侧火光暗处,对正在大战的昆邪尔图喊道:"殿下快走,大王被擒了。"

"呀!"昆邪尔图心中大惊,究竟有多少汉军呢?父王不是在一百里之外么?怎么就做了汉军的俘虏呢?

昆邪尔图顿时乱了方寸,无心再战。他一声怒吼,便拨转马头,连连刺倒十几名包围上来的汉军,意欲冲出重围,向北而去。

霍去病拉开强弓,"嗖"地一箭飞去,不偏不斜,正中了他战马的后臀。战马受伤,一个蹶子将昆邪尔图摔在地上,他立即被汉军擒了。

这雪好像是专为汉军的奔袭而下的,到晨曦初露、汉军将士们清扫战场时,雪住了,风也息了。待李桦带着曹掾们安置好霍去病的中军大帐时,东方彩霞托着一轮红日,从遥远的草原边缘冉冉升起,照亮了银色的世界。

霍去病隐隐听到冰雪消融的声音,春天的脚步已经踏上了这片辽阔的土地。

"传令下去,凡投降的,一律不杀。"

他脸上绽放出自信的笑意,他相信元狩二年的春天属于他十九岁的青春年华。回到被烧牛粪烤得暖烘烘的中军大帐,昆邪尔图被押了过来。

他看了一眼面前的霍去病,头倔强地扭向一边。

李桦道:"败军之将,见了骠骑将军,为何不跪?"

昆邪尔图轻蔑地笑道:"偷袭营寨算什么英雄?倘若两军对阵,谁胜谁负,还说不定呢!"

霍去病也回以蔑视的冷笑:"亏你还是三军统帅,岂不知出其不意,攻其无备。休屠王不是放话说,我汉军过不了祁连山吗?可本将军就是过来了!"

昆邪尔图道:"这样轻易败在你的手中,我心难服,将军若是放我回去,来日阵法上一见高低。如果真的输了,本帅甘愿俯首称臣。"

"哼!你以为还有机会么?"霍去病说完就要人将昆邪尔图押下去。他刚刚转身,就见卫兵一只手托着一个盘子,上面盛了麦面和干牛肉丝做的糇粮,另一只手端了一碗化开的雪水进来,请霍去病用餐。

昆邪尔图的脚步停住了,一脸的困惑,难道席卷了匈奴七部的汉军就是靠着这样的粗粮雪水支撑的么?他不顾军士们的推搡,将目光投向霍去病。

当霍去病艰难吞咽糇粮,又捏起一束干牛肉去蘸碗中水的情景映入他的眼帘时,昆邪尔图的心暗暗悸动了,似乎从这个细节中懂得了什么。骤然间,他有了一种毛骨悚然的感觉,一种与屈辱没有关系的失败感。

昆邪尔图忽然觉得眼前一片灰暗,沮丧地垂下了桀骜的头。

午后,从姑臧传来了高不识的消息,说他趁着雪夜进击了金日磾的大营,大败敌军,金日磾趁着夜色逃往了西北方向。汉军一鼓作气,拿下休屠王庭,休屠王丢下祭天金人,逃到浑邪王那里去了。

霍去病大喜,传令速将金人送来,与昆邪尔图一起送往长安。

草原的夜,把远方的祁连山、乌鳖山和龙首山笼罩在黑色的帷幕下。一场大雪,让祁连山增添了新的巍峨和俊秀,霍去病此刻的心就像这土地,涌动着希望的嫩芽。

生活是多么瞬息万变而又大道如常,几个月前,狭长的河西走廊还分布着大大小小十几个匈奴部落,而一场大战之后,大汉的文明之光就照进每一顶穹庐了。

送走赵破奴和仆多之后,霍去病望着帐外浓浓的夜色,听着偶尔从远处山坳里传来狼叫声,丝毫没有睡意,昨日的、眼前的、未来的一切,似乎有序,又似乎纷乱地牵动着他的思绪。

河西之役,汉军获浑邪王子、相国、都尉、裨小王等各级官吏数百人,斩首八千九百余级,收休屠王祭天金人,战果大大地超出了他的预想。

在扫灭七个部落之后,汉军所过之处出现了权力真空,他需要奏明皇上,请朝廷尽快考虑在这里设置郡县。

生活就这样把这些迫切的问题摆在了他的面前,这让他第一次感到,战争绝不仅仅是攻坚克难,厮杀流血,更重要的是活在刀光剑影背后的百姓,还有与这些百姓血脉相连的土地。

打仗对他来说没有任何问题,他是天生的行家,可处理这些复杂的问题,他还是第一次。他顿然有了一种说不清的惶恐——他多希望皇上能够在这时候出现在他的面前。

望着准备出帐的李桦,霍去病轻轻喊了一声:"中郎!"

"将军还有吩咐么?"

"要是不累的话,能否陪我叙叙话?"

"诺!"

……

当霍去病在河西纵横捭阖的时候,刘彻在李蔡的陪同下进了上林苑。

元狩二年的盛夏,上林苑增添了一道新的风景——来自南越国的驯象。它们每天在这里扮演各种憨态可掬的形象,吸引着刘彻和王公大臣的目光。

自建元六年闽越之围解除后,一直支撑着脆弱飘摇的南越国国王赵眛,在经历了十二年战战兢兢、提心吊胆的岁月之后,丢下他的臣民去了。当年跟随严助到长安担任宿卫的南越国太子赵婴齐接到这个消息后,怆然涕下。他不知道汉廷是否容许他回国奔丧,更不清楚皇上对王位的继承人会做出怎样的考虑。

就在他愁肠百结的时候,刘彻在未央宫宣室殿召见了他。刘彻让他依照祖制回到番禺去主持先王的葬礼,筹备登基事宜,并且册封他在长安的妻子为王后,立他的儿子赵兴为太子。

汉廷做出这样的决定,让他很无奈,按照立长不立幼的规制,他在南越国内的妻儿顺理成章地应该成为王后和太子,但是赵婴齐自知生死都在刘彻的掌握之中,他根本无力扭转这种局面。

不管怎么说,他还是很感谢刘彻在他作为人质、滞留长安期间,没有难为他,而且最终还支持他登上了王位。回到番禺后,他才知道,父王早在前年就向皇上表示要赠送驯象和能语鸟的意愿,只是还没有等到贡奉的时间就薨了。而且汉廷在得知这一意愿后,也在上林苑中建了观象观。

遵照赵眛的遗志,赵婴齐精心挑选了几头驯象和几只鹦鹉,在暮春的日子送到长安来了,随行还带来了驯象手,安排在上林苑表演,以供皇室欣赏。

李蔡和张汤对这次观赏十分热心和重视。从驯象和鹦鹉到达京城的第一天起,李蔡就不断地找水衡都尉商量,要求驯象手和驯鸟手一定要教会大象学会朝拜,教鹦鹉学会说"恭迎皇上""皇上圣明""皇后安康"等话语。待一切筹备就绪,李蔡还特地要司马谈选了一个吉祥的日子,让皇上和皇后来观看驯象和鹦鹉表演。

作为上林苑二十五观之一的观象观,虽名曰"观",其实也建得富丽堂皇,并且与其他宫观用复道连了起来。刘彻、卫子夫以及百官、妃嫔在昨日就浩浩荡荡地出了京城,从复道上进入观象观。

水衡都尉率领苑中的令丞们早早地在观前恭迎皇上的到来。刚刚下了轿舆,就听见耳边传来"恭迎皇上""恭迎皇后"的叫声。清晰柔丽,分外动听。

李蔡急忙上前解释:"皇上,鹦鹉们正恭迎您的到来呢!"

"呵呵!"刘彻和卫子夫来到一排鸟笼前,仔细地端详笼中的鸟儿,果然是羽毛翡翠,目光炯炯,甚是好看。

"朕早就听说南国有鸟能人语,现在一见,果然如此。"

他遂要包桑给每个笼子里添了鸟食。于是,那鸟儿的嘴里就又说出一番让人惊异的话来:"谢皇上隆恩!谢皇上隆恩!"

众人无不称奇。

待刘彻和卫子夫离开时,鸟儿又说道:"恭送皇上。"

刘彻问道:"这鸟儿天生就会说话么?"

李蔡紧跟一步,上前禀奏道:"皇上,这鸟儿天生聪颖,只要驯养数日,就会人语了。"

刘彻看了看李蔡道:"这真是天下之大,无奇不有啊!"

李蔡见刘彻的兴致很好,忙道:"待会还有驯象嬉戏,憨态可掬,请皇上御览。"

张汤今天没有来,他正忙着审理郝贤的案子。

刘彻与卫子夫在看台上就座,他们居高俯视,面前是一个很大的圆形表演池,李蔡指着池左方的门道:"皇上,待会驯象就由此门入观。"

刘彻点了点头,李蔡就越发地眉飞色舞了,及至看到卫青一脸的肃然,才收住话头,在自己的座位上坐了。

卫青心中的不快总是毫不掩饰地写在他的脸上。从走进观象观开始,就没有看到他一丝笑容。这个李蔡,作为当朝的宰辅,不去辅佐皇上打理朝政,却弄了此等异物取悦皇上,其居心何在?

一座观象观,得花去多少金子?而上谷太守郝贤却为拮据的军费犯了上计作假的罪。要不是前几日早朝后皇上钦点他骖乘陪同,卫青是决不会来这个地方的。

他现在最关心的是廷尉府将如何给郝贤定罪。

他心不在焉的样子早就被长公主看在眼里,她暗地用胳膊肘撞了撞卫青,小声道:"夫君这是怎么了?观象乃皇上理政之余的小憩之举,臣下陪观亦是荣耀,夫君为何却闷闷不乐?"

卫青没有回长公主的话,依旧正襟危坐,他暗地打量了一下皇上身边的卫子夫,竟然从姐姐的脸上读出了与自己一样的心境。

卫子夫的弯眉蹙郁出淡淡的不悦,她对李蔡的阿谀奉迎十分不满。这李蔡邀功取宠,比起当年的田蚡和公孙弘真是有过之而无不及。公孙弘虽然从不犯颜直谏,却没有弄了这些玩物来讨皇上欢心。可是作为皇后,她又能说些什么呢?

卫子夫摇了摇头,示意卫青不要做出什么偏颇之举,然后就一直看着下面的表演场发呆。

在刘彻坐定约一刻之后,场内乐声大作,先演奏了他亲自写的《白麟歌》:

朝陇首,览西垠,雷电燎,获白麟。

……

辟流离,抑不祥,宾百僚,山河飨。

……

刘彻听得很认真,这乐曲与他当时和现在的心境都很契合,他脸上露出惬意的神态。看来,公孙弘之后李蔡任丞相确是名副其实啊!别的不说,仅是把这样一场驯象表演就安排得妥妥帖帖,这就足见他办事滴水不漏。是的,他需要卫青、霍去病去为他开疆拓土,他也需要李蔡这样的人为他创造消闲和舒适的环境。

刘彻轻轻捻着胡须,满意地点了点头。而这一切,隔着卫青的李蔡很快地就知会在心,他不失时机地朝下面挥了挥手,场内立即鼓乐喧天,五头驯象排着整齐的队列,踩着鼓点走进了表演场。

那驯象身披绢帛,头戴彩绸,缓缓地走到场中间,在驯象者的指挥下,面台而立。驯象者手拿了一只竹做的教鞭,逐个地碰了碰大象的鼻子,口中喊道:"恭祝皇上龙体福寿。"大象们前蹄合拢,后腿直立,鼻子轻摇,小眼放光,忠贞和虔诚的憨态引来全场的掌声。

刘彻看得高兴,便喊道:"赏驯象者千金!"

包桑立即尖着嗓子喊道:"皇上口谕,赏驯象者千金!"

"谢皇上。"驯象者话音刚落,就见身边的大象都跪倒在场中央,扬着鼻子向刘彻致意。

"哎呀!大象通人语啊!"看台上的王公大臣、皇后妃嫔们纷纷惊叹。

刘彻一高兴,又道:"赏驯象者千金。"

包桑又尖着嗓子喊道:"皇上口谕,赏驯象者千金。"

卫子夫在旁边听着皇上一个劲儿地赏赐,再转头看去,卫青不知什么时候已离席而去。

刘彻正在兴头上,每转换一个花样,就赏赐一次,到上半场即将结束时,驯象者已获得了一万五千金的赏赐。

"皇上!"卫子夫轻轻呼唤。

刘彻看了看卫子夫问道:"皇后有事么?"

"臣妾有些不适,想到御宿去歇息片刻。"

"好！皇后随意。"刘彻让包桑安排宫娥服侍卫子夫离席，自己又把目光投向表演场。

而此时，卫青与汲黯在观外的林荫间相遇了。

"大将军为何也出来了？"汲黯问道。

"出来透透气，大人回京也有些时日了吧？"

"一月有余了。"汲黯对皇上兴之所至的赏赐早已心怀不快了，只是他环顾左右，同僚们引领垂涎，除了跟着喊"皇上圣明"之外，灵魂都被驯象勾去了似的，哪里还记得前方的将士正在浴血河西，鏖战上谷呢？现在，他看见卫青，一肚子的话再也憋不住了。

"大将军说说，刚刚死了一个不求进取的公孙弘，现在又出来个专事逢迎的李蔡，皇上岂不要玩物丧志，居安忘危乎？"

卫青叹了一口气道："外朝的两位大人……唉……"

汲黯明白，卫青指的是沆瀣一气的李蔡和张汤。

"大将军出师定襄，所得赏赐不过千金，可一个驯象者，不到半个时辰，竟有一万五千金，您说……"汲黯一说起赏赐，就情不自禁地想起了在上谷的感受。

"在下此次到上谷，看到边陲军民忍饥挨饿，奋力抗敌，郝太守为大局将个人荣辱置之度外，真是让在下铭感肺腑。再看看这些尸位素餐、无所事事之徒，真是令人寒心。"

说起郝贤，卫青心头的沉重和牵挂更甚于汲黯，现在他只盼着西线的战报早日到京，好为减轻郝贤的罪责寻找一个恰当的理由。两人正说着话，就看见道上飞来一骑，却是李晔，他们便知道是河西的消息到了。

果然，李晔送来的战报让卫青和汲黯倍受鼓舞，恰逢此时，上半场表演结束，他俩远远地望见皇上在李蔡和包桑的陪同下进了观旁的"御宿"歇息，两人便交换了一下眼色，一同进了"御宿"的门。

品着水衡都尉准备的香茗，刘彻正和李蔡等人兴致勃勃地谈论着驯象的神奇。看见卫青和汲黯走了过来，刘彻高声道："这半天为何没有看见二卿呢？"

卫青上前道："皇上，河西来战报了。"

刘彻启开战报,大略浏览了一遍,就情不自禁地念出了声——

臣率戎士逾乌鳖、讨遬濮、涉狐奴,历五王国,辎重人众摄謺者弗取,几获单于子,过焉支山千有余里,杀折兰王、斩卢侯王,锐悍者诛,全甲获丑,执浑邪王子及相国、都尉,斩首虏八千九百六十级,收休屠王祭天金人……

"李晔来报,浑邪王子与祭天金人一同押解到京了。"

"好呀!朕没有看错人。朕早说了,兴大汉者,非少壮有力者不能为之。传朕旨意,让中书令起草诏书,益封霍去病两千户,大军暂驻河西待命。"

刘彻将战报交到包桑手中,那种为前线消息所掀起的心潮,迅速地从胸间发散出来。

"河西大战还打破了我军长期以来不敢击敌巢穴的成例,从此我军驰骋千里,长驱直入,战场将不再以边塞为界。寇可往,我亦可往!"说到高兴处,刘彻对霍去病的欣赏溢于言表,"霍去病者!大将军之才也!"

李蔡这会儿听见皇上谈兴甚浓,急忙上前道:"皇上圣明!"本来后面还有许多赞语,但他看到卫青脸色阴沉,就知趣地退到一旁。

不过,在汲黯看来,此刻正是提出郝贤一案的最好时机。

"皇上!臣记得当初皇上有言,只要郝贤牵制东线敌军三个月,就要加赏封侯,现在河西大捷,臣请皇上对郝贤开恩,功过相抵,从轻处置。"

李蔡现在最不愿意听的就是郝贤的案子,当初他把这块烫手山芋甩给汲黯的时候,原本是要脱身的,孰料回到京城后,汲黯对此案的看法与离京前有了很大差别。

李蔡就是李蔡,他并不去纠缠汲黯,而是设法去转移皇上的注意力。

"皇上,"李蔡看了看门外的阳光道,"驯象表演即将开始,请皇上入观。"

换了别人,没人有胆量敢阻止皇上去看舒心和惬意的演出,可遇到了汲黯,事情就不是那么顺利了。汲黯一脸的矜持,他看了一眼李蔡道:"驯象之于人命,孰为轻重,不待臣言,皇上自会明察,何劳丞相提醒?"

这就是官场的奥妙,一切较量就潜藏在这种看似平淡的阐述中。李蔡让汲黯一句话逼到了墙角,情急之中道:"这还用皇上费心么？郝贤所犯罪行,乃欺君罔上、败坏政风之罪,诛其三族犹不能平息朝野之愤。"

但他没有想到,这话一出口就被汲黯抓到了话柄。

"丞相还有资格奢谈政风么？上谷、河西战事正紧,丞相却弄了这些驯象来嬉戏,岂非玩物丧志？依下官看来,丞相乃败坏政风之罪首。"

"你……"李蔡一时口塞。

刘彻的脸就有些挂不住了,与其说汲黯是在批评李蔡玩物丧志,毋宁说是在暗责自己怠慢朝政。任何一个大臣说出这样的话来,他一定会龙颜大怒的。可是偏偏遇见了这个以直言无畏而受到自己多次褒扬的汲黯,他也只能迂回巧妙的周旋,寻求化解的台阶。

"呵呵！朕日理万机,情牵河西,理政之余,心神稍松。况乎驯象乃藩国一奇,朕偶尔观之,亦不为过,何故爱卿大动如此肝火？"

"皇上明察。"汲黯不但没有回头的意思,反而趁势道,"臣听说,春秋时的卫懿公因玩鸟成痴而丢掉江山,所谓蚁穴虽小,而致溃堤千里。皇上身系大汉社稷,不可不谨言慎行。倘若有人复赵高之伎,当诛灭三族。"

这一回,李蔡以为抓住了汲黯的话柄,立即疾言厉色道:"大胆汲黯,竟敢影射皇上是卫懿公和秦二世,该当何罪？"

看驯象表演引起了一场风波,这是刘彻所没有想到的。现在两位大臣各执一词,互相指斥,更是微风起于青萍之末。

而刘彻的内心是很清楚的,他了解汲黯,虽然词锋犀利,却绝没有奸佞祸心。为此一时意气,而治了汲黯的罪,传将出去,朝野会怎样看待自己呢？他更清楚,如果因为看一场驯象而导致君臣失和,那么最受影响的还是前线的战事。

他多需要有人出来缓和一下这剑拔弩张的气氛,当他抬眼打量了一下沉默的卫青后,就听到了他一番及时雨的陈奏。

"皇上,臣以为御观驯象,亦为汉与南越乃主藩之故,既彰吾皇体察之情,又显大汉海纳百川之怀。内史大人的话虽尖刻了些,也是因为上谷一案,不免心急,然忠心可鉴。"说着,卫青走到李蔡面前,话语中就带了安抚,"丞相乃三公之首,百官之率,就不要计较口舌之争了吧！依臣看来,郝贤一案,事关朝廷诚信和律令,皇上不妨圣裁之后,再看驯象亦未为晚。"

李蔡慑于大将军的地位,自然不再执拗。

汲黯却暗暗吃惊,眼前的卫青哪里还是那个在池阳练兵场上用皮鞭抽打士卒的典护军呢?想想当初自己的指责,已恍若隔世,这大概就是诤友之间的相互砥砺吧!

至于刘彻,他所期待的局面终于由卫青出面而促成,心情自然也是云开雾散,一脸晴朗了。

"如此甚好!传朕旨意,郝贤上计作假,败坏政风,罪不容赦,然其作战有功,令其赎为庶人,闭门思过。"说罢,刘彻又笑着对汲黯道,"朕总得给朝野一个交代吧。"

见到刘彻的心情好转,李蔡又不失时机道:"皇上还是快去看驯象吧,后面更精彩呢!"

但刘彻却摆了摆手,他的心思已不在驯象表演了,一封来自前线的战报让他的心飞到了河西。

"起驾回宫,朕要与大将军商讨全面出击匈奴的大计。六百里加急速传张骞回京。"

这话让卫青的心"咯噔"一下:"看来,皇上要打大仗了。"

在刘彻转身走出"御宿"的一瞬间,李蔡的眼里流露出依稀的失落。而卫青与汲黯相互看了一眼,都长长地舒了一口气。

也只能是这个结局了,下一步该想想如何为郝贤压惊了。卫青在心里想。当然,他不会忘记身边这位内史大人。

……

"母后!"

"母后!"

卫子夫昏昏沉沉地在梦境中漫步,突然听到耳边有人呼唤。她睁开惺忪的眼睛,就看见阳石公主阳光灿烂的脸庞。

"什么事情让你一惊一乍的?"

"母后,表兄在前方打胜仗了。"阳石公主按捺不住心头的兴奋,生怕母亲没有听清楚,又重复了一句,"表兄打胜仗了。"

宫娥们看见皇后醒了,立即打来热水,待洗漱完毕,就悄悄地退了出去。卫子夫有些口渴,喝了一盏茶,心里就滋润多了。当她慈爱地打量着身边女儿时,那一双凤眼就闪烁着惊异的光芒。

这孩子今天怎么了?眼睛水汪汪的,脸庞粉盈盈的,胸脯也挺得高高的,周身都带着喜气。卫子夫嗔怪道:"看你如此高兴,去病真的打胜仗了?"

"战报都送到父皇那里了,斩首八千九百余级,还俘获了浑邪王子呢!"

"是么?"卫子夫笑了,"你表兄是个将才。"

"孩儿就喜欢看表兄骑马射箭的样子。"

"哦?你身为公主,须谨慎才是。"

"母后!孩儿不就是给母后报信么?"阳石公主有些不好意思,亲昵地依偎在卫子夫的身旁,享受着那份情窦初开的甜蜜。

她也说不清楚究竟是什么时候把霍去病藏进心底的。当霍去病率领大军走过横桥的那一刻,她的眼里就充满了泪花。从此,她的心为霍去病而跃动,她的梦为霍去病而缠绕。多少次在梦里看见表兄一身血迹,醒来后她就独坐到天明。

宫闱深深,她纵是有千种心绪却也无法对别人诉说。

有一天,她到宫中向父皇和母后请安,卫子夫心疼地抚摸着她美丽的脸道:"几天不见,你这小脸怎么瘦了一圈呢?"还当场就要传太医来诊脉。阳石公主拦住了母后,口里直说没病,可心里却在埋怨母亲,您如何就不知道女儿的心思呢?女儿这是牵挂着表兄啊!

好了!现在战报来了,阳石公主的一颗心终于落地了,她闭着眼睛遥想霍去病纵马河西、驰骋疆场的雄姿,她的心都笑了。

第二十二章

决战河西驰万马 旌指雁门动千军

乌维与娜仁托娅虽然回到单于庭多日,但仍然被噩梦缠绕着,终日惊魂不定,而伊稚斜的心情也因此而跌到了几年来的谷底。

六年前他用同族的鲜血染红王冠的时候,曾嘲笑军臣单于的窝囊,发誓要重振老上单于时的威风。可现在当他坐在单于庭内,听乌维叙述霍去病扫荡河西草原的情景时,禁不住心冷血虚。

他不甘于就这样地败在刘彻的手下,他要报复,他要以数倍的疯狂洗雪河西的耻辱。

在元狩二年五月初的祭天大典期间,他要浑邪王和休屠王重整旗鼓,准备收复失地。并且他对左屠耆王和呼韩浑琊围攻上谷不克,撤退到大漠的行为表示了极大的愤怒。

"不报此仇,誓不罢休。"伊稚斜扯下墙上的双方形势图,准备将它撕碎的时候,就被自次王赵信拦住了。

"单于息怒,越是在这个时候,单于越需要冷静。"

"难道就此罢了不成?"

"不!汉人能够对我大匈奴实行避实就虚,我军为何不能也来个避强击弱呢?"

"什么意思?"

"据臣派往上谷的细作报告,上谷太守郝贤因弄虚作假被汉廷治罪。雁门、北地和右北平自李广奉旨回京后,其后任皆庸碌之辈,故我军重心仍应在东线。"

议事一直持续到第二天黎明,伊稚斜严令左屠耆王和呼韩浑琊所部人马星夜南下,向雁门、北地和右北平三郡同时发动进攻。

"踏破长安!饮马渭水!"伊稚斜对各部落头领和大王们大声怒吼着。

但包括左右贤王、左右骨都侯在内的匈奴大臣们几乎一无例外地感到了它的空洞和无望。河南丢了,从漠南撤退了,现在河西也危在旦夕。大家都预感到,匈奴人离开河西的日子也不会太久了。

伊稚斜现在最担心的还是河西战况,他不能确定浑邪王和休屠王的军队能否将霍去病逐出草原。而此刻,浑邪王与休屠王的军队已撤到了居延泽西岸。

傍晚时分,浑邪王沿着居延泽岸心事重重地散步。草原的暖风吹化了祁连山上的冰雪,它们汇成弱水奔腾的激流,这也正是居延泽碧水连天的季节。

在匈奴人心中,居延泽是太阳神和月亮神的浴池。每天,新浴的太阳从这里冉冉升起,照耀着辽阔的河西草原。夜幕降临的时候,它又是月亮梳妆的玉镜,将千里银波收入湖中。

可这一切,与浑邪王有什么关系呢?他老迈昏花的眼睛掠过水面,心早已飞到了千里之外的长安。

与休屠王丢失祭天金人相比,他有着更深的疼痛——他的儿子昆邪尔图现在就在长安,他不能不为儿子的性命考虑。

这些天,他一直在想如何把自己对战争的看法说给休屠王听,但休屠王满腹的怨气和对战事的盲目乐观阻挠了他的这个想法。

那是他们辗转到居延泽的第三个夜晚,两位大王不约而同地走到了一起,奶茶的浓香在休屠王的穹庐里弥漫,马奶酒也喝得当户们印堂红亮,但从远方飘来的歌声却使这些草原的男人们眼眶发热:

失我祁连山,使我六畜不蕃息。

失我焉支山,使我妇女无颜色。

……

一位当户将一碗马奶酒灌进肚里,狠狠地拍打着自己的胸膛,愤怒地叫道:"耻辱!这简直是奇耻大辱!匈奴的男人不能保护自己的女人,还算男人么?匈奴的男人丢失了女人们心爱的焉支山,还算男人么?"

一位相拔出腰刀,割去了耳朵的一角,鲜血顿时顺着耳垂流到脖颈。女奴拿了草药为他疗伤,却被用力推开了:"匈奴的男人难道连护群的公狼都不如么?"

"大王!我们要打回家乡去。"大家泛红的眼睛都看着浑邪王和休屠王。

"大王,打吧?"

这样的气氛,使得浑邪王没有勇气将自己的思谋公之于众了,他起身整了整衣冠,然后匍匐在地,面朝东方,拜过太阳神和月亮神。他抬起头时,已是泪光盈盈了。

"各位,失去河西草原,我与各位一样心痛。但汉人目前士气正旺,眼下该如何御敌,待我与休屠王商议个万全之策再做打算!喝完这酒,大家都散了吧!"

不一会儿,穹庐里就只剩下三个人,休屠王终于憋不住了,问道:"大王今日说话为何吞吞吐吐的?"

"大王觉得这仗还能再打下去么?"

"为何不能?虽说汉人士气正旺,可你我的实力并没有大伤,只要重新振作起来,不仅可以夺回失地,还可以结束河西部落林立、各自为战的局面。"

"太子以为如何呢?"

金日磾抬了一下眼皮道:"据细作来报,汉将公孙敖正率领援军越过贺兰山,朝居延泽方向而来。霍去病有了公孙敖,无异于猛虎添翼。而我军接连失败,士卒谈虎色变,未战已经先怯了。再打下去……"

看着金日磾一副垂头丧气的样子,休屠王的气就不打一处来。未战而先失其志,这还是自己的儿子么?他失望地看了一眼金日磾和浑邪王,心中想:你们不是我大匈奴的雄鹰……

作为从军臣单于时代走过来的部落首领,浑邪王亲历了汉匈和亲带来的福祉。而现在对他来说,切肤之痛是儿子做了汉军的战俘,他不愿再打下去。

"大王,太子,我有一不得已而为之的主意,说出来,成则成,不成则废。"休屠王和金日䃅望着浑邪王,眼里充满了探求。

"为了使部族兄弟免遭涂炭,我的意思,不如暂且降汉,待日后再作打算。"

"不可!"休屠王断然地转过身,眼里顿时露出冰冷的凶光,"王爷怎可生如此之念呢?难道狼还被羊吓破了胆?"

"可现在汉人是虎,不是羊。"

"哼!大王是担心昆邪尔图吧?"

"你……"

休屠王在浑邪王面前站定,冷漠道:"大王的这个心思在昆邪尔图被俘时就已经生出了,只是今天你亲口说出来,我还是很震惊。"他"嗖"地从腰间拔出战刀,慢慢从手上划过,"大王如欲降汉,先得问问我的刀答不答应!"

浑邪王脸色铁青,一瞬间刀已出鞘,两刀相撞,"当"地碰出火花。

金日䃅连忙上前分开两人的刀:"父王且息怒,有话先好好说。大敌当前而先起内讧,必定人心离散,那我们就不攻自破了。"

休屠王这才怒气冲冲地回刀入鞘,依旧一脸不屑:"是他骨软志衰,卖主自保,我才……"

金日䃅摇了摇头:"伯父也是为匈奴百姓着想。不过,依小侄看来,目前尚不到走此路的时候。"

金日䃅一番话让紧张的气氛缓和过来。

浑邪王诧异道:"莫非贤侄有破敌之策?"

"小侄也是苦思冥想才得此一策。"他来到地图前,指着居延泽东岸道,"霍去病远途跋涉,意在速战。七部落之所以倾覆,是因为毫无准备。因此我军应采取疲敌之策,尽量避其锋芒,迂回辗转。霍去病寻找我军主力不遇,必然南归,我军就可趁机发起反攻击……"

"笑话!汉人会听你的调遣?"休屠王嗤之以鼻。

"即使汉人改变行军路线,我军也该努力避免与其遭遇,也不至于遭受重创。依我看来,我军下一步应向西穿过沙漠,在冥泽以东、小月氏以西集结,寻机出击。"浑邪王顿悟道。

"伯父说得对!如父王没有异议,那孩儿就下令了。"

"那就先这样吧!"休屠王点头同意。

大军刚刚在这里驻扎,又要开拔,这种飘忽不定、被追赶的日子何时才能结束?走出穹庐,茫茫一片夜色,浑邪王在心里自问:"难道河西真的完了么?"

金日䃅从身后赶来,为父亲的无礼表示歉意。

浑邪王笑道:"大敌当前,同心协力才对。此等小事,我是不会挂在心上的。对了,你的军令下了么?"

金日䃅点了点头:"智者千虑,必有一失。霍去病一定以为我军会顺着弱水南下。"

"但愿此行能给我们带来一线生机。"

后半夜,联军按照金日䃅的命令,摘了马铃,又用蓑草裹了马蹄,趁着夜色,悄悄朝西南退去。

居延泽的涛声渐渐远去,弱水河的浪花也淡出了浑邪王的视野,只有月亮冰冷的银辉,在草原上映出它苍老的、有些佝偻的身影。从山洼里传来乌鹊凄凉的鸣叫,浑邪王的眼睛模糊了,他在心底呼唤道:"昆邪尔图,你在哪里?"

……

在浑邪王和休屠王的联军西撤两天后,霍去病的大军渡过居延泽,踏上了西岸草原与大漠的交汇点。这也许是天意,也许是将军的共识,霍去病的行营就安在原来匈奴人的大营上。

步入中军大帐,霍去病来不及歇息,就向先期到达的李桦问道:"公孙将军还没有消息么?"

"最后一次接到公孙将军的急报是在四天前,从那以后,就没有任何消息了。"

霍去病摸了摸牛粪的灰烬道:"匈奴人还没有走远。倘若此时能够与公孙将军会师,那我军定能趁势奔袭,再打一场好仗。"

他站在行营门前,望着远方,皱了皱眉头问道:"中郎以为,浑邪王和休屠王会向什么方向撤退呢?"

"依属下看来,他们一定沿着弱水南下,与在那里的酋涂王、单桓王、稽沮王和呼于屠王的军队会合,阻止我军西进。"

"擒贼先擒王!我军要咬住浑邪王和休屠王不放,至于那些小部落,在大势下,只会降汉自保的。"

霍去病又询问了将士的情况,李桦道:"数月来到处转战,长途跋涉,将士们都很疲劳,将军是否考虑在居延泽西岸休整数日,等待与公孙将军会合?"

霍去病几乎没有任何犹豫就摇了摇头:"不可。仗打到这个份上,双方拼的就是意志了,我们要集中力量,打掉敌人最后的一点精气神。我军在此滞留一日,敌人则去之千里。传令下去,留一路驻居延泽,阻敌北撤,另两路随我明晨出征,追击逃敌。贻误战机者,军法从事!"

看着李桦离去,霍去病跨上了马,前往中路司马仆多的营地。马蹄踩在松软的青草上,发出沉闷的响声,春天在五月才真正到了广袤的河西草原。当他们刚翻过乌鳌山的时候,这些花儿、草儿还都蜷缩在冻土之下。可一夜春风,它们竟然争先恐后地开放了,黄的、红的、粉的、白的铺满了行营周围。要不是战争,这正是姑娘们扑蝶采花的日子。

忽然,从不远处传来女人的呼救声,打断了霍去病的思绪。只见浓密的草丛中,一个汉军士兵与一个逃难的匈奴女子撕扯在一起,那女子被士兵压在身下,衣襟半开。她手里握一把尖刀,却因力弱而被士兵死死按住。

女人的倔强显然激起了男人压抑许久的雄性,他趴在女人的身上喘着粗气,竟没有发现霍去病已站在了身后。

"畜生!"霍去病大骂一声,鞭子狠狠抽打在士兵身上,"打死你这禽兽不如的东西!"

士兵慌张地从女人身上滚下来,跪倒在霍去病面前求饶:"将军饶命,小的往后再也不敢了。"

"哼!你还有以后么?"霍去病抽出宝剑,一道寒光从卫兵眼前划过,那人头就滚落到草地上,脖颈喷出的血水迅速地染红了周围的野花。

"那姑娘呢?"霍去病收回宝剑,向卫兵问道。

"刚才趁乱逃走了。"

霍去病冷眼看看士兵的尸体,目光扫过卫兵的脸庞道:"就地掩埋了,告诉中郎一声,就说他阵亡了,多予抚恤。你们记住了,倘若你们目无军法,就与他是同样的下场!"

"诺!"

……

大军沿着弱水奔袭两日,却没有发现匈奴联军的踪迹。

第三天,大军便进入了祁连山北麓的小月氏。

李桦刚迎霍去病进了中军大帐,就听见辕门外有人说话,他上前去查探,只见一部落酋长装束的老者,身旁跟了一位身着汉人服饰的中年男子正在营外求见。那个中年男子把老者的话翻译给李桦听,原来他是小月氏国的相国,称有大事要禀告骠骑将军。李桦不敢延误,忙把两人迎进帐内。

两人一见霍去病,都愣住了。这就是那个让匈奴人闻风丧胆的霍将军么?看上去只不过是个十八九岁的少年啊!

一番客套之后,霍去病便问道:"相国此来,不知有何赐教?"

相国忙作揖道:"小月氏王久闻汉皇泽被四海,德惠八域。故特命本相前来迎接汉军入境。"

"谢大王盛意。本将军曾听说贵部早已迁至妫水一带,原来是传言啊!"

"唉!这是一段不堪回首的往事。"

"哦?"

相国娓娓道来:"自大月氏国西迁后,几十年来,匈奴单于视吾国为奴,任意侮辱驱使,无所不为。我王闻听汉军到来,朝野都喜出望外啊!"

说到这里,相国向外面招了招手,只见数十名羌人抬着牛羊和酒酿进来了:"我王希望将军转奏大汉皇上,小月氏国愿臣服大汉。这是我国绘制的河西匈奴兵力分布图,以作觐见之礼。"

霍去病展图浏览,只见各个部落一目了然,不禁大喜过望,连声说道:"谢相国大人,这真是雪中送炭啊!"当晚,汉军在中军大帐设宴款待相国,除赵破奴外,高不识和仆多也都作陪。

送走客人后,朗月当空的天空逐渐变暗了,一副山雨欲来的架势。霍去病召集高不识和仆多到中军大帐商议大军下一步行动。

"各位,连日来我军沿弱水南下,一路追击,却始终未见浑邪王和休屠王的踪影。但是这次却意外发现在合黎山与祁连山之间,尚存在几个小部落。诸位说说,我们该如何处置?"

李桦道:"我军离京前,皇上曾下旨在河西设郡。倘若不尽灭河西匈奴,必致后患。因此属下以为,不如我们先顺手牵羊,扫灭盘桓在这一带的小国。"

"中郎之见,末将赞同。此所谓小敌之坚,大敌之擒也。"仆多也表示附和。

霍去病十分高兴部属们能了解自己的用兵意图,于是下令准备。

当晚,两路司马合为一军,趁着夜色直插东南,奔往祁连山与合黎山之间的弱水上游地区,进击这一带的单桓王、酋涂王、稽沮王和呼于屠王的军队。

经过一夜的急行军,在第二天辰时,霍去病的骑兵就突然出现在他们面前。单桓、酋涂、稽沮和呼于屠虽系匈奴小部族,但因为从浑邪王和休屠王那里得知了情报,早已将诸部军队合为一军,做好了迎敌准备。

汉军打得十分艰苦,南北十数里的弱水上游,青草被马蹄踩成泥浆,双方将士的尸体横陈在弱水岸边,鲜血染红了河水。

傍晚,李桦前来禀告,说匈奴军有朝合黎山一带撤离的迹象。

霍去病闻此笑道:"这样一来,他们必败无疑了,赵破奴的军队正在那里等着呢!传令下去,不给其任何喘息之机!"

当夜,弱水上游的匈奴军在单桓王和酋涂王率领下,拖着疲惫的身躯,向北转移。

暗夜里,传来单桓王与酋涂王悲凉的叹息。

单桓王叹道:"闻听霍去病的人马,都是从汉军中选拔的,能以一当十,难怪……"

"因此我们这些平时放牧、战时打仗的子民不是他们的对手,但愿今夜不要遭遇袭击。"酋涂王担心道。

大军驰驱百里后，战马们忽然双耳高竖，前蹄腾空，朝着北方发出"啾啾"的嘶叫。接着，军中的战马也跟着叫了起来。单桓王紧勒马缰，大叫一声："不好！前面有埋伏！"

话音刚落，就听见从不远处传来喊声："匈奴人哪里去？还不下马投降？"

他们并不知道那是赵破奴派出的一千骑兵，正循着弱水上溯，寻找浑邪王和休屠王的踪迹，不期与单桓王遭遇。

单桓王惊慌中举起战刀，向他的将士喊道："要活命就冲过去！"

两军很快就混在一起，黑夜里，一团团黑影，忽而散，忽而聚，忽而东，忽而西，刀剑相撞，碰出火花点点。没过多久，奋力拼杀的酋涂王就发现西南角的匈奴队伍败了，有不少的将士放弃了抵抗，纷纷跪倒在地，向汉军投降了。他很快就意识到这是霍去病的追兵到了，于是他挥起战刀，杀开一条血路，冲到单桓王身边，惊慌地喊道："大王，我军被包围了。"

单桓王回首身后，只见自己的军队大部分人都已放下武器，无心再战。夜色中，传来一个年轻人洪亮自信的声音："汉皇天威，震慑河西。匈奴败局已定，各位大王若是识时务，何不早日归顺朝廷，共享汉皇恩泽？"

"咚"地一声，随着手中战刀滑落，单桓王与酋涂王滚下马鞍，绝望地跌坐在地上。他们被汉军缚了，押到霍去病的面前。

"二位大王受惊了。"霍去病上前为他们解了绳索，"各位大王没有想到会在这样的场合下相聚吧？"

单桓王抬起头来，看见的是怎样一幅情景呢？是稽沮王的黯然神伤，是呼于屠王的低头不语，是单于阏氏的蓬头垢面，是数十名王子和公主的默默哭泣。他在心中暗暗慨叹："河西之失，真是天意啊！"

……

刘彻几乎每天都接到来自河西的战报，又不断以六百里加急的速度向前方传达旨意。而此刻他的注意力已移到雁门、北地一带的东线战场了。

此前，公孙敖已奉旨率部出北地郡，进入河西与霍去病军会师了。如果不出意外，从西南归来的张骞也该到京了。刘彻决计由张骞和李广率军出雁门，开辟东线战场。

不错！张骞已经回京，现在就在塾门等候皇上召见。

尽管不断看到熟悉陌生的同僚们进进出出，但张骞还是感到时光似乎在自己这儿停止了。

过了一会儿，他就不由自主地抬头看看外面的树影。他还在心里嘲笑自己：这么大年纪了，心境还是这样毛躁，散朝到现在，也不过半个多时辰，皇上一定有要紧的事情处置。于是，他又耐着性子坐了下来。

包桑过来了，张骞赶忙起身见礼道："公公辛苦了，皇上……"

"皇上今日确实太忙了。虽说许多事情早朝时通过了廷议，但诸多具体事务都要由皇上一一听有司陈奏。"

两人刚刚说了一些话，就看见宗正和廷尉出了宣室殿，嘀嘀咕咕地向宫外走去。多年来，特别是担任未央宫卫尉的经验告诉他，皇上召见宗正和廷尉，一定是事关诸侯王或宗室，但这话他又不便直问，就拐了一个弯说道："下官离京数月，朝廷是要举行什么大典么？"

"唉！"包桑叹息一声，身体缓缓倾斜到张骞面前，声音小得只有两人听见，"哪里呀？是江都王刘建犯事了！"

"哦？"

"论起来刘建也是皇上的亲侄子，他不为宗室争光倒也罢了，最不该的是他闻听淮南王谋反，自己也私造兵器，制皇帝玺。他恐事情败露，又与王后召闽越巫女，施巫蛊诅咒皇上，您说这……"

"下官昨日刚回京，没有赶上早朝，不知皇上如何处置呢？"

"皇上特地颁诏严厉斥责刘建谋逆行为，说他所行无道，虽桀纣之恶也不止于此，当以谋反诛族，他闻听后就自杀了。今日早朝，廷议就废除了江都国，其地也并入了广陵郡。"

"皇上圣明。藩国不除，迟早要生祸患的。"一想到这些皇室子弟的堕落，张骞倒为自己孑然一身而欣慰了，"要是生了个纨绔子弟，倒不如没有的好。"

"大人言之有理。"

包桑起身朝宣室殿门外看了看，见没有人出来，又转身坐在张骞的对面："大人回朝已有数载，依然孤身一人，皇上几次有意为大人赐婚，却都被大人婉谢,这究竟是为什么?"

张骞放下手中的茶盏,无奈地笑了笑,心想中人们又怎能理解人间的真爱呢?他长叹一声道:"自从纳吉玛葬身昆仑后,下官的心就死了。"

包桑于是暗地指责自己,好好地怎么倒提起了他的伤心事呢?真是糊涂了,他忙寻了个借口起身出了垫门。此时,李广也出了宣室殿,从剑架上取了兵器向这边走来。张骞连忙上前搭话道:"老将军别来无恙?"

"张大人回京了。"李广急忙还礼。

"皇上诏书催归,在下未敢延宕。"

"大人回来的正是时候,近来匈奴因为在河西吃了大亏,又在雁门、北地两郡杀我边民,掠我财物,皇上诏命你我不日率军出境御敌。"

"能追随老将军上阵杀敌,乃在下三生有幸。"

张骞说的是心里话,虽说被封为博望侯,但真正带兵打仗对他来说还是第一次。

"大人身在匈奴多年,对匈奴军情和地理当十分了解。有了大人协助,那胜利就有了一半把握了。"李广也真心赞扬道。

这时候,从宣室殿传来包桑的声音:"皇上有旨,张骞觐见。"

张骞忙与李广拱手相别,他解下腰间的宝剑,放在剑架上,就跟着包桑进了大殿。他发现卫青、李蔡、张汤和汲黯都还没有离开,心中就明白了八九分。皇上让自己参加这样的议事,胸中对汉匈战争必是有更加宏大的思路。

可当他的目光与刘彻热烈的眼神相撞时,那一路上的愧疚和郁闷一时全都涌上心头。

当初从蜀道通身毒的建议是自己提出的,而今自己却两手空空地回京,他真不知道见了皇上该如何陈述。

"臣有负圣命,罪该万死。臣奉诏命前往蜀郡,寻找大汉与身毒之间的通道,到达滇池后,我们遇见滇王,他竟不知滇国与汉孰大。及至闻我大汉地大物博,文明昌盛,便欣然派遣熟识路径之人引汉使至昆明,孰料昆明之地无君长,杀了汉使,最终也没有找到与身毒之间的商道。皇上六百里加急宣臣回京,臣所要做的第一件事情,就是向皇上领罪。"

宣室殿十分寂静,不过立马就被皇上洪亮的声音打破了:"平身!爱卿一路风尘,辛劳之至,朕甚悯矣。此非爱卿不能,乃时不济也!朕宣爱卿回京,是因为朝廷要启动第二次河西大战。"

当听到大汉的权威遭遇羌人的挑战时,刘彻的眼睛眯成一条轻蔑的线,他相信只有兵戈才能把大汉的文明传播到每一个蛮荒的角落。那些试图阻止大汉文明的酋长们,充其量只是得到了一个苟延残喘的机会。用不了多久,他将用刀和箭将那一方混乱而没有秩序的土地变成大汉的一个郡。不过眼下,他最关心的还是张骞对河西战役第二阶段的看法。

刘彻站起来,在大臣们的面前踱着步子,滔滔不绝地阐释自己的布局和思路:"我军河西一战,一举横扫匈奴七个部落,其中一个重要的原因是上谷军民牵制右屠耆王达三月之久,为河西赢得了战机。兵法云:'夫霸王之兵,伐大国,则其众不得聚',故朕以为,朝野应该改变单线作战思想,使敌各部不能相顾。"

"皇上圣明!"李蔡在这样的场合总是最先响应皇上的号召,"元朔五年,臣随大将军出兵朔方,正是在于出其不意,使敌措手不及。"

"丞相所言甚是。依臣观之,匈奴在西线失利,必欲东线报复。据边城战报,近来匈奴左屠耆王所部在雁门、北地两郡杀掠百姓,显然是意在吸引我军东移。"卫青也赞同道。

"二卿所言,正是朕之所虑,因此朕决定由李广与张骞率部出雁门,击东线之敌。刘彻的目光又转向张骞,"兵法又云:'军行有险阻、潢井、葭苇、林木、翳荟,必谨复索之,此伏奸之所也。'爱卿对匈奴山水熟稔在胸,可否就我军今后如何进攻直陈于朕?"

刘彻的坦荡和宽容卸掉了张骞心头的压力,他走向匈奴全图的脚步也轻松多了。听着卫青详细介绍霍去病一路过关斩将、驰骋千里的故事,张骞再一次回到了那段难忘的岁月,整个的心神都跟着霍去病的足迹去了。当卫青的手指向居延泽时,张骞心中就清晰地出现了一幅汉军的行军路线图。

"皇上,各位大人请看,在我军的沉重打击下,匈奴未来必然采取北退策略。据臣在匈奴多年经验,匈奴人北退一般沿三条路线:一条是越过休屠泽沿河水北上;一条是过焉支山,沿石羊河北去;一条是沿弱水,走居延泽北归。"

"大人高见！"卫青为张骞的话而兴奋起来，说话的声调高了许多，"我军今后的进军方向应该是：公孙将军率军从北地南部过河水北进，翻越贺兰山，涉过大漠进至居延泽地区。转而由北向南，沿弱水而进，与霍去病大军会合，而后继续西进，经过小月氏，再转向东南进击，进至祁连山与乌鳖山之间的弱水上游一带……"

"且慢！让朕来想象一下。而后，我军突然出现在浑邪王和休屠王的背后，将匈奴北撤之道堵死，使河西地区的匈奴军处于孤立无援之境，最后一举而灭之！"刘彻的手紧紧地压在那一大片土地上，浊重的呼吸掀起丝绸的一角。

"皇上圣明！"

张汤一直没有说话，当皇上说到断匈奴北归之路时，他脑际中忽然闪现出一个人来，于是立即禀奏道："皇上，臣还有一计，当可使敌不战自乱，而我军则可收事半功倍之效。"

刘彻眼睛一亮："爱卿说的可是昆邪尔图？哈哈哈！朕怎么把这一招给忘了，浑邪王投鼠忌器，必不敢与我军决战。"

张汤接着道："倘若他率部来降，大汉收复河西之地则指日可待！"

"爱卿所言，正合朕意！议事结束，汲爱卿即刻前往典属国府传朕旨意，以上宾之礼待昆邪尔图，促其劝降浑邪王。哈哈哈！今日是朕最感快慰的一天。"说到这里，刘彻从内心发出爽朗的笑声。

"臣还有话说。"汲黯忙道。

刘彻在这样心境下是愿意听任何话的，他笑道："这半晌没有听到爱卿的声音，你有何高见，快快说来。"

"虽说现在战事仍在进行，但有一件事情必须从现在就开始考虑。河西置郡，需选择善守土御敌者为太守。凡事预则立，不预则废，还请皇上明察。"

"这个朕已想到了。"刘彻很感念汲黯总是比别人先看一步，这样的人虽多倨傲，却总能在紧要关头呈奉良策，"爱卿不妨西出陇西，一则劳军，二则考察河西山川地利，为置郡筹谋。"

"皇上垂爱，臣铭感肺腑，只是一则臣早已不在主爵都尉任上，劳军赏赐事宜理应由主爵都尉府承担；二则是郑当时大人近来提醒臣，去年关中大旱,京畿屡有饥民聚众滋事,臣作为右内史,除暴安良责无旁贷。臣请皇上由现任主爵都尉朱买臣前往河西劳军。"

刘彻捻着胡须,沉吟了一下道:"这个朱买臣处事倒是谨慎,只是朕觉得他书生气太重了些。不知丞相以为如何？"

李蔡道:"内史大人所言不无道理,只是近来朝野风传,这个朱大人刚休了糟糠之妻……"

"丞相此时说这件事情干什么？"汲黯拦住了李蔡的话头,"此非朱买臣见异思迁,实因早年其妻嫌贫爱富,弃他而去。他流落京师,蒙严助举荐,得沐圣恩。前年他回故里省亲,其妻跪于门首,欲续前缘。他怒其趋炎附势,遂命随从捧水一钵,泼于地上,意为覆水难收矣。"

"好！朕就准奏,命朱买臣西出陇西劳军,辑录河西民情,最迟年底以前,要在河西置郡。"

这时候卫青说话了:"皇上！臣……"

刘彻笑着摆了摆手道:"爱卿的意思朕明白,可……可朕更清楚,如此大的战事,朕身边不能没有爱卿的参赞谋划。"

卫青收回期待的目光,比起在前方冲锋陷阵,坐镇朝中远不如取匈奴首级过瘾。但是皇上的信赖让他不好再说什么,此刻他的心境杂陈了多种滋味,毕竟担当重任的是自己的亲外甥。但对一个用边关冷月浇铸铁甲、用塞外胡霜砥砺剑刃、用累累战功赢得将士尊敬的将军来说,不能直接与强敌对于阵前,还是有一种说不出的落寞。

……

昆邪尔图睁开惺忪的睡眼,觉着阳光十分灿烂,刺得他的眼睛有些迷离。过了好一会儿,他才看清了窗外的景色。

牡丹花在艳阳下摇曳着绰约的风姿,远远看去,花瓣上的露珠映射着太阳的光泽,虽然这是短暂的耀眼,但它们依旧为这个世界留下了自己的风采。

木槿花从浓密的树叶中伸出羞怯的脸庞,调皮而又浪漫地送给这个世界第一缕笑靥。

而从地下冒出的嫩笋,在短短的两个多月间,长得和老竹一样高了,翠翠色的枝叶在晨风中吟唱着五月的惬意。

沿着竹林旁边的小径往前看，那是驿馆的第一道门。此刻，正有几位婀娜的侍女端着面盆和早膳，婷婷袅袅，晨风轻盈般地上楼来了。

睹物思人，昆邪尔图的眼睛模糊了。此刻，他的父王也许正在和霍去病的大军厮杀。

而让他更不解的是，他本来是以俘虏的身份被押解到长安的，现在却享受到国宾的待遇，每日在这驿馆中锦衣美食。他很惶恐，这是不是传说中上路前的一个环节呢？要杀就杀，还要当作贵宾看待，大汉的皇帝究竟想干什么呢？听说大汉的皇帝年龄并不大，还不到四十岁，他与匈奴的单于一样么？

译令在前，侍女们在后，已经沿着楼梯缓缓地进了门。昆邪尔图赶忙摆出一副正襟危坐的样子，等待着命运的宣判。然而，他从译令的脸上看到的是欢迎与热情。

"殿下昨夜睡得好么？"译令体贴地问道。

昆邪尔图不置可否地点了点头。

侍女摆好面盆，将洁白的丝巾浸泡在冒着热气的水中，然后声音很柔和地请道："请殿下净面。"

昆邪尔图走到面盆前，迟疑了片刻才把手伸进水盆。热水净面是他最不习惯的，匈奴人一年四季都是用冷水擦脸。可有什么办法呢？一个俘虏是没有资格提出要求的。

"请殿下用过早膳，换装更衣，有位大人正等着殿下呢！"译令道。

"你们这是要干什么？是要我死么？"昆邪尔图恐惧地跌坐在榻上。

译令笑道："殿下多虑了，这位大人是要陪殿下去见皇上的。"

昆邪尔图忐忑不安地用完早膳，尽管典属国命匈奴来的厨师烹制了肥美的羊肉，侍女们捧上香甜的马奶酒，可昆邪尔图却没有一点胃口。

撤去盘盏，侍女们立即上来帮他更衣，等穿戴整齐后，又一前一后地捧着铜镜到他面前。昆邪尔图临窗而立，看到了镜子里消瘦的面容。从被押解到长安那一刻起，他的心就从来没有松弛过，只要一看见有士兵进驿馆的门，他就有死亡临头的感觉。

汲黯与典属国早已在下面等候，他们看见昆邪尔图下了楼，就迎了上去:"皇上今日要召见殿下,殿下是骑马去呢?还是乘车去?"

"还是骑马吧!匈奴人是马背上长大的。"

"还是乘车吧!殿下来长安多日,还没有看看长安城呢!"典属国道。

汲黯在一旁道:"就依殿下,骑马进宫,我与殿下一道骑马同往。"

汲黯和昆邪尔图在未央宫卫士的护卫下,骑着两匹马出了驿馆大门。

上了杜门大街,每走一段汲黯就放缓速度,向昆邪尔图介绍长安的风土民情,宣扬大汉的文明。

昆邪尔图也第一次领略到了什么叫高屋广厦,什么叫长街通衢,什么叫土被朱紫,什么叫皇气氤氲。仅是一条杜门大街,他们就走了半日。路过东市的时候,汲黯驻马挽辔,有意识地与王子并肩而行。他指着矗立在市中心的旗亭楼说,这是我朝处决罪犯的刑场,凡是枭首的,头颅都要在刑场东南角的高杆上悬挂数日。

昆邪尔图听着,就觉得脊梁一阵阵发冷,脸色也苍白了。看着这一切,汲黯那双犀利的眸子里弥散出微妙的笑意。

两人各怀心事来到皇宫外,北阙司马带着卫士上前牵了马,汲黯就陪着昆邪尔图步行进宫。

未央宫宫苑更是让昆邪尔图目不暇接。那些雄伟壮观的阙楼,那漫长而又笔直的司马道,那一座座耸天而立的宫殿,任何一处建筑都顶得上几个单于庭。来到宣室殿前,包桑已早早地肃立在殿外等候,他看见两人到来,就上前引路道:"大人、殿下,请随咱家进殿,皇上正在宣室殿呢!"

当昆邪尔图和汲黯跨过殿门的时候,一幅让昆邪尔图震惊的画面展现在他眼前。

刘彻身着玄色铁甲,腰挎宝剑,正和大将军卫青站在匈奴全图前,他们意气风发的谈笑使这位匈奴王子心悬在了半空。

卫青道:"皇上,霍去病从前方来报,说我军深入河西两千余里,渡居延,收服小月氏,在弱水一带围堵住大批匈奴军,斩首虏三万零二百级,俘获单桓王、酋涂王、稽沮王、呼于屠王、单于阏氏和王子等五十九人,相国、将军、当户、都尉等六十三人,迫降敌人两千五百人。"

刘彻道:"霍去病有大功于汉,让朱买臣带上朕的旨意,益封他五千户。

封鹰击司马赵破奴为从骠侯,校尉高不识为宜冠侯,校尉仆多为辉渠侯。"

"霍去病还说,我军目前沿弱水向北,分三路堵死了浑邪王与休屠王大军去路,河西指日可得。"说完,卫青将霍去病的战报递给刘彻。

"好!好呀!真是铁骑万里,铁骑万里呀!"

昆邪尔图听到这里,"扑通"一声跌倒在地。包桑忙命两名黄门上前扶起,只见他两行热泪顺着眼角流了下来,口中讷讷自语道:"父王完了……河西完了……"

汲黯暗地与卫青交换了一下眼色,两人都觉得,戏演到这里已达到目的,该收场了,遂上前道:"殿下受惊了。皇上在此,殿下还是快快参见吧!"

昆邪尔图纳头便拜:"昆邪尔图拜见大汉皇上。"

刘彻看了一眼昆邪尔图道:"你就是昆邪尔图王子吧,快快平身。"

昆邪尔图打量着面前的这位皇上,果然气度不凡。他小心地站了起来,问道:"陛下,我的父王……"

刘彻看了看卫青,卫青会意道:"浑邪王现被我军困于弱水下游,断炊数日,危在旦夕。但皇上垂爱四方,为使匈奴百姓免遭涂炭,特意召殿下前来商议拯救之策。"

"这……不知皇上要我做什么?"昆邪尔图十分疑惑。

汲黯道:"两国兵戎相见,原不得已而为之。只要浑邪王率军降汉,皇上必开天恩,一定会厚待他。大王安危,系于殿下。"

昆邪尔图明白河西大势已去,继续顽抗,不仅父王难逃一死,自己生死亦全在汉皇一道诏令,倒不如暂做降汉之举,他日从长计议,于是忙道:"皇上若能休兵罢战,昆邪尔图愿修书劝降父王。"

"殿下深明大义,朕心甚慰。子曰:'四海之内,皆兄弟也。'从此河西汉人与匈奴人皆为大汉臣民,和睦相处,共享太平。来人!"

"奴婢在!"包桑应声上前。

"命御膳房置酒,朕要宴请昆邪尔图王子。"

"诺!"

包桑快步向殿外走去,在经过卫青和汲黯身边时,他从两人的脸上读出了难以抑制的喜悦。

第二十三章

干戈化帛定河西　瀚海染血泪雨飞

元狩二年的五月,关中平原洒下八百里金色,渭渠的漕运进入一年中最繁忙的日子,专供太子刘据读书的博望苑也终于落成了,李蔡不失时机地奏请刘彻到苑中巡察。

博望苑是继观象观之后,李蔡的又一得意之作。虽然在册立太子大典以后,少府寺就抽调了京城的能工巧匠施工,但是李蔡还是时不时地要到工地看看,对这样一件关乎王朝承继的大事,他是绝不会让别人插手的。他不在乎汲黯、司马相如以及东方朔这些人怎样看?他们再怎样反对,但是为太子建一座用来读书和会见宾客的苑囿,他们也是绝不敢有任何微词的。

他想起汲黯搅乱了皇上的观象观之行,现在依然耿耿于怀。

"倨傲不羁,目无君长,烹之可矣,枭首可矣。"他在心里骂着汲黯,紧追随着皇上的脚步。

博望苑建在西城偏北的金城坊一带,地址是皇上选的。这里距长乐宫不远,却又有一段距离,太子在这里读书交友,既可以随时在父皇、母后身边,又可以有自己的独立环境。皇上希望从太子幼年起,就培养他独立主政的能力。

博望苑的面积较之当年的思贤苑大了许多,从大门进去,萧墙后是一巨大的花坛,里面栽了蜡梅、牡丹、木槿等各类花草。转过花坛,八所厅堂便错落有致地坐落在那里,它们的功用也是不一样的,或读书、或演武、或对弈、或抚琴等。另外,还专门建了客馆,以备太子稍长之后招徕门客。

刘彻注意到,葱郁的树木虽然环着各个堂庑而种植,却与房舍保持了一段距离,李蔡就此奏请说,林木不宜离堂庑太近,这是为太子安全计。因为秦始皇曾在兰池宫遇盗,就是因为树木离房舍较近,掩饰了刺客的踪迹。刘彻觉得这李蔡虽不及公孙弘熟稔儒学,办事却要细密多了。

"皇上!请这边走。"李蔡在前面引路,来到了一座广庑高轩的厅堂。大家跨进大门,但见四壁排着整齐的书架,上面陈列着诸子百家典籍,层层叠叠,"此为专供太子阅读,用一年的时间,由太常寺专指定博士校勘、评点、抄写的。"

刘彻将典籍放回原处,点了点头道:"爱卿此举功德无量,校勘正误,拨乱指谬,不仅于太子有益,也防止了百家典籍因为抄本混乱,谬误流传,误人子弟。你可以让太常博士们依据这个本子,继续抄写,发往郡国,供各地贤良研读。"

"诺,臣即刻安排。"李蔡说着话,心里对刘彻的情绪已经掌握了八九分——皇上兴致很好,只要皇上高兴,别人就奈何不了他。

走出厅堂,大家远远地看见从后花园走来一群人,原来是刘据和他的老师石庆和庄青翟,他们听说皇上到了,急忙出来接驾。刘据看见父皇,急忙上前参拜。刘彻微微颔首,要他们平身,说完就拉起了刘据的手。

被父皇牵着手,这一情景在刘据幼小的心灵中,似乎仅有那么几次。当刘彻的体温从指间缓缓流向他的手掌时,刘据觉得他就是一个父亲,而不是坐在朝堂上的皇帝。他多么希望父皇什么话也不说,就这么永远地牵着自己。

但是,刘彻的手就在他的殷殷期望中撒开了,站在面前的依然是那个指点江山、让他畏惧的皇帝。

刘彻严肃地对儿子和他的老师们说道:"为你建博望苑,是要你养心、修身,然后担当治国平天下之重任。二位爱卿负道德教化之重任,不可因其是太子而放纵,不然不仅有失朕望,于国尤其有害。"

石庆和庄青翟忙回道:"皇上圣意,微臣谨记在心,不敢疏于职守。"

"近来你都读些什么书呢?"

"父皇……"刘据正要回答,目光却瞅着刘彻的身后道,"舅父来了。"

刘彻回头看去,果然卫青向这边走来了——边关有报,无论晨昏旦暮,都要随时禀奏,这是刘彻对大臣的要求。卫青找到这里来,必是急事,他便再也没有心思在博望苑漫步了:"大将军急至,必是边关事急,你且随太傅、少傅到厅堂读书,朕改日再来问你。"

只是李蔡有些失落,两次陪同皇上都是让边报给搅了。

"谢父皇。"刘据退到一边,这才发现身上都惊出一身冷汗。再看看身边的两位老师,面色苍白,越发让他感到了父皇的威严。

在回书房的路上,刘据的心里疑团越来越重,难道坐上皇帝的宝座,就是为了让人怕么?若如此岂非成了孤家寡人?回到书房,掩上厅堂的门,刘据终于憋不住了,问道:"敢问两位老师,父皇果真如此令人畏惧么?这样累不累呀?"

他原本是想从两位老师这里获得答案的,孰料石庆和庄青翟听了这话,"扑通"一声跪倒在地,一脸的恐惧道:"殿下,此话千万不敢再说。传将出去,老臣就没命了。"

刘据赶忙扶起他们道:"老师不必这样,我不说就是了。"

这样的皇上,宁可不做。刘据在心里想,嘴上却说道:"还是请太傅继续讲《论语》吧。"

刘据心不在焉地拉开面前的竹简,就听见隔壁演武厅传来刘彻的怒吼声:"李广老迈,张骞误国,公孙无能,朕要杀了他们以谢天下!"

刘据"激灵"地打了一个颤,书就溜到了地上。

"太傅!"刘据扑到石庆怀中惊道,"父皇怎么了?那么大的脾气,我……害怕……"

"殿下!有老臣在,有老臣在。"石庆抱着刘据的头,一时找不到合适的词语表达自己的心境,这是他和庄青翟自担任老师以来第一次看到太子如此惧怕皇上,他的心头油然地生出莫名的担忧——太子如此懦弱,怎么能够……这本不是一个臣子应该有的念头,他们不敢再往下想……

刘彻抬起头,向身边的包桑问道:"你说说,他们……他们与匈奴打交道多年,怎么就不如一个初战即胜的霍去病呢?传朕旨意,张骞坐留迟候期、公孙敖坐行留不与骠骑会,交廷尉诏狱审理。李广虽有功,然损失将士三千,功过相抵,无赏。骠骑将军霍去病益封五千户。"

但是卫青很快用另一个十分惊人的喜讯冲淡了刘彻因为东线战役失利带来的烦恼:"遵照皇上的旨意在朔方郡筑城的大行李息飞报朝廷,说浑邪王和休屠王在霍去病军的猛击下,遣使前来商谈降汉事宜,因此事关系重大,他不敢妄自做主,上奏朝廷,请皇上定夺。"

刘彻看着奏章,沉吟良久才问道:"二位爱卿以为浑邪王和休屠王是真降还是诈降呢?"

李蔡道:"匈奴人向来狡诈多变,往往以诈降作为缓兵之计。依臣之见,与其抚之,毋宁击之。赖皇上圣明、骠骑将军神力,一举扫灭河西残敌,免除后患。"

"那依爱卿之见如何?"刘彻问卫青。

"丞相所虑,不无道理。然兵法云:'故善用兵者,屈人之兵,而非战也;拔人之城,而非攻也;毁人之国,而非久也。'我大汉进军河西,非为取敌首虏,而在以全策争于天下,现匈奴浑邪王和休屠王来降,正合圣意。臣以为,宜顺势为之,以圣德抚之。"

"倘若中途有变呢?"李蔡问道。

"丞相问得好。此事朕已考虑过,为以防万一,朕命霍去病率军受降。倘彼真降,朕将厚待之。倘彼心怀叵测,尽可灭之。"

"皇上圣明!然浑邪王乃蛮夷胡人,岂可封赏太重,恐朝野……"李蔡担忧道。

"哈哈哈!丞相何以如此小气?以万户之与河西相比,孰大?以区区封赏之与大汉江山相比,孰重?想来爱卿不难估量。"刘彻转身面对墙上的匈奴全图,抒发自己的情怀道,"朕就是要告诉伊稚斜,大汉照样可以让河西牛肥马壮,羌笛牧歌。士可以为国尽力,民可以安居乐业。"

李蔡不由得有些尴尬,心底生出几分惶恐,暗暗埋怨自己这次为什么就没有揣摩透皇上的心思。

不仅是李蔡,就是卫青也感到震惊。他想到前年夏日,他们曾在未央宫的一番谈话,皇上当时就引了司马相如和庄青翟"遐迩一体"的话来描绘他心中的天下一统。那时候,河西尚在匈奴人手中。他原以为这不过是皇上的一种设想,孰料今日皇上言出即行,相比之下,自己倒显得有些迟钝了。

可他们还是没能跟上刘彻高速旋转的思维,就在李蔡选择恰当的说辞之时,刘彻的思绪早已转到战后的赏罚上去了。一提到霍去病,他立刻眉飞色舞,喜上眉梢,话也就多了:"朕要在京城为霍去病新建府第,为他择定佳偶,早日完婚。大将军当年初胜匈奴时,已过弱冠之龄!可霍去病呢?年仅十九岁啊!真乃天降大才于我大汉矣!"

刘彻只顾自己在思想里纵马徜徉,根本没有顾及李蔡尤其是卫青的感受,及至发现只是自说自话,而两位重臣沉默聆听时,便忽然地知道了其间的不妥。

"哈哈哈!"刘彻走到卫青面前,"霍去病不是爱卿的外甥么?他能有今天,皆仰赖于爱卿的言传身教啊!"

李蔡急忙赶在卫青前面说道:"大将军育才有功,然依臣看来,还是皇上慧眼识才。皇上知人之明,胜于尧禹;善任之明,过于文武。"

丞相把话说到这个份上,几乎堵住了卫青的嘴,本来他还想谏言皇上,万不可赏之太过,助长了他的傲气,可现在如还说这话不是等于指责皇上么?李蔡把调子定得那么高,使他无可奈何:"丞相所言极是,臣每思及此,铭感肺腑,唯有肝脑涂地,以报皇恩。"

"好!那就这样,命中书令拟诏,褒扬有功,惩治有罪。"刘彻忽然想起了浑邪王太子昆邪尔图,问道,"让昆邪尔图写的劝降书好了么?"

李蔡忙道:"写好了,臣下去后就命典属国呈送皇上。"

"力促浑邪王尽快做出抉择。大将军先看看这劝降书,如无不妥,就让朱买臣带去河西。"

"诺!"

……

此刻,刘彻的心并没有宁静下来,霍去病带给他的兴奋送他进了梦乡,又伴着他回到现实。他觉得阳石公主的眼光不错,如果促成了她与霍去病的婚姻,那是再好不过的事情……如果说,前些日子他对平阳公主提亲还有所顾虑的话,那么现在他再也不能拘泥于母后临终的嘱托了,他要为朝廷的大局着想。

"包桑！移驾椒房殿。"他要将前线的消息告诉卫子夫,要当着她的面表明他对霍去病与阳石公主婚姻的支持。

五天以后,这是朱买臣离开京城的日子。阳石公主的心飞过渭河,追着他浩浩荡荡的队伍而去了。

在霍去病鏖战河西的日子,阳石公主就将表兄装进了梦中。前方战场的每一个变化,都牵动着公主的心。她分享霍去病的战绩,担忧他的安危。只要有从陇西或河西来的信使,她都要千方百计地从母后那里探取河西的只言片语。多少个夜晚,她一人凭栏独坐,望着一轮皎月,放飞着自己的思念。

那天,阳石公主瞧见朱买臣队伍那西去的旗帜,让她似乎听到来自河西的呼唤。

登上咸阳北原,朱买臣心底生出对京都的眷恋。自从被严助推荐到皇上身边后,他还是第一次以主爵都尉、朝廷钦差大臣的身份,到那么远的地方劳军。从接到皇上的诏命时起,一种幸运和担忧的心绪就一直缠绕着他。他怕因为自己的疏忽而辜负了皇上的信任。在即将西去的十字路口,他像张骞当年一样,从渭河岸边的垂柳上折了一枝嫩柳,插在自己的汉节上。

"皇上！臣就此告别了。"朱买臣心底默默地想着。

就在他回眸的一瞬间,看到一队人马朝这边奔来了。他的第一个念头就是皇上改主意了,但是他很快否定了这种想法。他双目聚精会神地望着烟尘中的马队！哦！他看清了,那是阳石公主的马队……

他立刻意识到一定是皇后有话要带到边关,朱买臣急忙翻身下马,跪倒在路旁道:"臣朱买臣参见公主殿下。"

"平身！"随着公主的声音,朱买臣抬起头,顿然眼前亮了。阳石公主身着银色盔甲,衬蓝色战袍,骑一匹白色骏马,煞是英武。唯独那双眼睛,时不时地闪过女儿家的温柔。再看她身边的宫娥,也都一个个全副披挂,腰挎宝剑。

"不知公主驾到,有何赐教？"

"听说大人要去河西劳军。我这里有两样东西,烦劳大人转交表兄。"

"为公主效劳,实乃微臣的荣幸。"

阳石公主解下腰间刻了自己名字的宝剑和玉佩——一只雕刻很精细的

玉燕,交到朱买臣手中。

"公主还有话要臣转达吗?"

"不用了!表兄见了这两样东西,自然会明白的。时间不早了,大人快赶路吧,祝大人一路顺风!"说罢,阳石公主扬鞭而去,渐渐淡出了朱买臣的视线。

朱买臣收好赠物,拨转马头,对部下喊道:"上路!"

队伍如激流一样向好畤方向奔去了……

朱买臣一行到达霍去病军的大本营小月氏国时,已是九月了。

长安正是秋高气爽的季节,而在河西草原,早晚的气温已经很低。来自长安的使者带来了皇上的恩泽,驱除了冰冷的寒意,让霍去病和将士们的心暖烘烘的。

庆功盛典的地址选在弱水源头的呼蚕河畔——小月氏归顺大汉后,霍去病建议国王给月氏人聚居的地方起名禄福,寓意小月氏人从此摆脱匈奴的压迫,迎来吉祥和福祉。

朱买臣在典礼上宣读了刘彻的诏书。霍去病率领的三路司马都获得列侯的封赏,这表明皇上看重的不仅仅是他,而是这一支由他统率的军队。

军中爆发出欢呼:

"皇上圣明!"

"皇上圣明!"

……

声音被秋风带向远方,在祁连山麓经久不息。

当朱买臣命人抬上皇上赏赐的御酒时,霍去病油然想起那些永远长眠在草原深处的将士们,他虽然以较小的代价取得了战争的全胜,可那也是三千条生命啊!皇上的诏书没有提到他们,可霍去病忘不了他们。他庄严地捧起御酒,走到前台对着台下的将士们高声道:"兄弟们,此乃皇上赐予我的御酒,但河西大胜,乃我全军将士奋力同心。因此,此酒我不能独饮,当与军中将士共醉。然杯水车薪,何以为之?我闻禄福城中有泉,故注酒入泉,军民共饮,也可邀那些在天之灵与我等同醉如何?"

台下顿时欢呼雀跃,一张张被草原风雨雕琢的脸上挂满了泪水,"皇上

"万岁"的呼声一浪高过一浪,使坐在台上的朱买臣和公孙敖为之动容。

公孙敖眼角溢出泪花,惭愧道:"末将真是心中有愧啊!若非末将贻误战机,河西残敌何止今日不灭?"

两人正说着,就见霍去病捧着酒坛在将士们的簇拥下,来到禄福城东南角的泉水前,将御酒坛高高举过头顶,倒进泉中,顿时,伴着泉水的浪花,禄福城都弥散着醉人的酒香。

霍去病没有想到,他的这个举动却为禄福城带来了一个美丽的名字——酒泉。

当日中午,全军盛宴,以泉当酒,官兵同乐。

接下来的日子,从事中郎李桦按照霍去病的吩咐派遣使者,持了昆邪尔图写给浑邪王的劝降书前往匈奴军营;而霍去病则陪同朱买臣沿着弱水流域,考察地形地理,为朝廷设置郡县提供依据。半个月后,当他们回到禄福城时,使者也带回了浑邪王愿意降汉的消息。

是夜,霍去病在中军营帐为朱买臣和公孙敖设宴饯行,李桦作陪,虽然劝酒之声此起彼伏,可同是举杯相邀,心境又是何等的不同,功臣的愉悦,钦差的荣耀,罪臣的忧郁,就这样地被杂乱地缀结在一起。热情的笑意毕竟掩盖不住心灵的殊异。公孙敖在将所部人马交给霍去病后,早早地告辞了。明天,他将同朱买臣一起启程回京,去接受廷尉府的追究。

出了中军大帐,公孙敖觉得身上有些冷,似乎冷风穿过铁甲,直向他的身体内钻。造化竟然如此捉弄人。漠南一役,他无功而还,本已觉得脸上无光,可河西大战,他竟然又一次失期。上苍似乎从来就没有将立功的机遇赐予他。皇上诏命他进军河西,与霍去病大军会师,他没有丝毫迟滞,就率军奔往北地郡了。然而,贺兰山一场迷雾彻底击碎了他的希望。等到他的军队到达居延泽东岸的时候,霍去病的大军早已沿着弱水逆流而上了。

他就这样失去了一次与骠骑将军并肩围歼浑邪王和休屠王军队的机会。

现在,踩着沉沉的夜色,回望霍去病中军大帐的灯火,他说不尽的惆怅和苍凉。离开了卫青,他感到了从未有过的孤单。

夜已深了,李桦对霍去病说要到营中看看,也离去了。整个中军大帐就剩下朱买臣和霍去病。

"时候不早,末将送大人歇息去吧。"霍去病道。

朱买臣摆了摆手道:"不忙!下官受人之托,还有两样东西要转交将军。"言毕他捧过镂金鞘宝剑,又从袖中取出丝绢包裹的玉燕,"此乃阳石公主托下官捎给将军的。"

"公主可有话带来?"

"没有,公主说将军见了这两样东西,不言自知。不过,皇上此次益封将军五千户,连先前食邑达到七千多户,快赶上大将军了,可谓功成名就。下官离京前,皇上就说要为将军造府第,择佳偶呢!"

"皇上的隆恩我铭感肺腑。"霍去病望着帐外远方站在月光下的祁连山黑魆魆的身影道,"然我志在灭除匈奴。只要匈奴还在,我是不会考虑成家的。"

"难得将军如此宏志,真乃大汉之幸也。"

朱买臣在卫兵的护送下离开中军大帐,走出了好长一段路,回看身后,霍去病的高大的身影被灯火映在帐篷上,祁连山一样的伟岸。

月光西斜,绵柔似水,在营帐外泻下静谧的银波。忽然从城外的山坳里传来一声雁鸣,那是母雁催促雁群远征的呼唤。霍去病的心被这声音带到了千里之外的长安。捧着刻镂了公主名字的宝剑和温润的蓝田玉燕,他没有了一丝睡意。仿佛公主就站在帐外的月光下,静静地看着他,那一双清澈的眸子里藏了多少牵挂和眷顾。

从他漠南战后去见皇后的那一天起,他就一次又一次地承受了公主火辣辣眼神的灼烤。处在他这个年龄的男儿,与他的表妹一样对异性目光极度的敏感。然从小就生活在舅父建功立业光环下的霍去病清醒地意识到至少在目前,他绝不可以对公主表示什么,他不愿意刚刚起步的事业因儿女情长而受到任何的干扰。

"公主!原谅我吧。"霍去病轻轻地收起宝剑和玉燕,藏进自己的行囊,回到案头,他很快就沉入到受降的思谋中去了。

"还是皇上深谋远虑。"霍去病反复揣摩着皇上的口谕,就惊异皇上远在京都,却对前线的形势洞若观火。的确,在浑邪王身后站着的是匈奴单于和各个部落,因此,对他任何的和议抑或是投降的举止都不能不有所防范,必须辅以强大的军力方可有备无患。

刚刚被封为宜冠侯的高不识在庆功盛典后就回到弱水下游的营地去了。临行前他曾经反复叮嘱,一定要紧紧盯住龟缩在和黎山谷的休屠王的军队。现在看来,还得把从骠侯赵破奴的军队摆到羌谷河的上游。对!还得将辉渠侯仆多的军队和公孙敖移交给自己的所部摆在正面,形成三面夹击之势,这样受降可保万无一失了。

霍去病抬起头来,看了看西边天际的残月,对帐外喊道:"来人!传从骠侯、辉渠侯和从事中郎前来议事。"

山坳里,一声雄鸡的啼叫,打破了黎明的寂静。

……

谁也没有想到,事情就在这雄鸡一啼中发生了微妙的变化,就在霍去病送走钦差、部署好兵力的第二天,浑邪王差使者送来了休屠王的人头。

"大王已于昨夜杀了休屠王,捉拿了休屠王太子金日磾,时刻准备迎接将军的到来。"来使道。

"你且下去歇息。"霍去病立即找来仆多和李桦商议应对之策。

仆多道:"看来浑邪王这回是真的投降了。"

李桦道:"几个月来,在我汉军的穷追猛击之下,浑邪王承受着来自单于和休屠王等各方面的重压。而他的儿子又在我朝京都。杀了休屠王,至少表明了他降汉的决心。"

"诸位所言甚是有理。"霍去病盯着面前的人头,"然古今战例中亦不乏以苦肉计迷惑敌方的。因此,我军以不变应万变,告诉浑邪王,三天以后在羌谷河畔受降。"

九月,随着祁连山冰雪的封冻,羌谷河进入它的枯水季节,河水比之短暂的夏日小多了,但却很清澈。如果不是经历过河西惊鬼泣神的厮杀,没有目睹那惨烈的画面,有谁能相信这清清的河水曾经被汉与匈奴健儿的热血染得通红呢?谁能想到这黄色的土地上曾经横陈了成百上千的尸体呢?

一切似乎都已过去,展现在眼前的是清一色的大汉旗帜,在秋风下映着灿烂的阳光。投降的匈奴军虽然还没有来得及换装,可头盔却与汉军一般无二了,只有帽盔下的眼睛表明他们的身体中依旧流着匈奴人的血液。

浑邪王率领他的裨小王、当户和相等站在队伍的前列,等待着霍去病的到来。

浑邪王很欣慰,在休屠王被杀、金日䃅被捉时,金日䃅的兄弟金伦与降军站在了一起。他不但密报了父亲和兄长的行踪,而且亲自缚了金日䃅,送到了他的营中。

这使他的举止少了许多障碍。

时间刚过午时三刻,霍去病率领军侯以上的军官从汉军阵营中走出来了,左边是仆多,右边是李桦,霍去病身着玄甲,腰束玉带,头盔上的红缨把他青春的脸映照得分外精神。

站在对面的浑邪王却发现,霍去病的身边多了一位为他持枪的卫士。但他没有多想,也许是军威的需要吧!

再看看汉军阵营,全都换上了崭新的战衣,一个方阵前面两面旗帜,一面上书巨大的"汉"字,一面是"霍"字,把整个队伍划分成整齐的棋盘状,一个个青春的身影肃然挺立,一匹匹战马头颅高扬。这情景让浑邪王从心底发出由衷的赞叹。

受降的地点选在距各自军阵二十丈的空旷地带。

浑邪王来到霍去病面前,行大汉礼节,肃然而又沉闷地道:"我率领部下各裨小王、当户,自今日起归顺大汉,永不反叛。"言罢,便将浑邪王的印信和旗帜双手呈送到霍去病手中。

然而,就在浑邪王的手刚刚举到半空的时候,"嗖"地一声响,从匈奴阵营中射出一支利箭,扎在浑邪王的手背上,顿时鲜血如注。浑邪王大叫一声"有刺客",几乎就在这同时,听到一个声音骂道:"你等强盗,侵我国土,灭我种族,杀我父王,此仇不报,更待何时!杀啊!"

浑邪王昏晕中听出,这是休屠王子金伦的声音,他情知自己受骗了,金伦是借他的手除掉了他走向太子宝座的障碍。

对面的匈奴军队立即骚动不安了。有的站在那里迟疑徘徊,有的已经跟随在金伦身后向汉军发动冲击。霍去病忙对仆多道:"保护大王回营。"说完,他接过长枪,飞身上马,朝迎面而来的裨小王就是一枪。两人马上交锋不到一个回合,霍去病将他刺于马下,被冲上来的汉军擒了。

这时候,左边的山谷里杀声震天,埋伏在密林中的高不识率领大军压过来了。

静静的羌谷河水再也无法舒缓地流向北方,被汉军砍下的叛军头颅顺着河流而下,在浪花中洇出一团团殷红的血涡。

匈奴叛军在兵力对比悬殊的时刻,显示出困兽的顽强和疯狂。也许他们在跟随休屠王子金伦做最后一搏的时候,早已断绝了生存的念头。面对越来越多的汉军,他们毫无惧色。一位匈奴的都尉一连砍倒几名汉军后,刀刃被骨骼崩出了一个个的豁口,绝望中抱住一位汉军的什长,从高坡上滚进羌谷河中;一位匈奴的千夫长刺倒一个迎面冲来的汉军,喘息着爬上山坡,向密林边缘跑去,却被身后的乱箭钉在了一棵树上,血顺着松树的虬枝,一滴一滴地流进脚下的泥土。

两个部族之间的仇恨把脚下的土地燃烧得一片灼热,金伦和他的部属不但将复仇的刀举向汉人,也举向浑邪王部族的女人们,他们撕开女人们的皮袍,一刀下去……可未等他从狂笑中回过身来,就被身后的汉军从背后穿腹而过……

霍去病在为浑邪王和俘虏金日磾杀开一条进入汉军营地的血路后,已经回到了他的统帅位置。他站在一面高坡上,冷静地观察着战场的形势,并且不断地让从事中郎挥动手中的旗帜,向汉军发出指令。

赵破奴一部按照指令,迅速地护送已经投降的匈奴军离开羌谷河,向着禄福城撤去。

仆多率领他的部属集中清剿留在河谷的叛军。

到午后,匈奴叛军渐渐不支,金伦重新调整兵力,留一部分士卒断后,自己率领大部分人马向着弱水下游逃去。

没有走出几里,就遭遇了高不识的阻击。

望着从河两边土坡上冲下的汉军,听着惊天动地的喊杀声,金伦明白中了霍去病的埋伏,仓皇应战,没用几个回合,就被高不识取了首级。

高不识提着首级,勒住马头,朝着四面逃窜的匈奴叛军大喊:"金伦首级在此。降汉者存,顽抗者亡。"

叛军的百夫长、千夫长们见大势已去，都放下了武器。

到夕阳渐渐地投入祁连山怀抱的时候，杀声散去，河谷里沉寂了。

霍去病走向山坡，与高不识、仆多相遇在烽烟未尽的河川，望着留在河滩里、河水中的一具具尸体——这是河西战役的最后一幕。

李桦告诉霍去病道："这一仗下来，斩首八千余。"

"现在降军尚有多少？"

"号称十万。"

"人数并非首要，要紧的是河西从此将回归大汉。"

抬头去看，夕阳不知什么时候已隐没在祁连山背后，只把微弱的余光留给散发着血腥的羌谷河畔。

……

匈奴军终于在张骞大军到达右北平长城外的前夕撤退了。

可战争的残烟余火依然炙烤着他的心：一具具还没有来得及清理的尸体，一面面被战火焚烧得残缺不全的军旗，一阵阵扑鼻的硝烟呛味，一片片被烧焦青草后裸露的土地，在张骞的眼前呈现。

连张骞坐下的战马也被眼前的惨烈所触动，低头吻一唇灼热的土地，抬起头看着远方，从喉咙里发出悠长的悲鸣。

哦！它一定是看到了血泊中的那个童稚少年的尸体。匈奴人的刀从他的脸上砍下，头颅只剩下一半，隐约可见一只仇恨的眼睛。

牲畜都懂得战争的残酷，何况张骞呢？他不忍把目光停留在那张不忍卒睹的脸上，催动坐骑朝前走去，就看见李广将军的儿子、司马李敢的身影。

从他披着征尘的战袍，从那一张汗污的脸，从溅在战马辔头上的血迹上可以想象，刚刚结束的这场厮杀是何等惨烈，张骞的心头骤然地蒙上了一种负罪感。

"老将军呢？"张骞翻身下马，上前一步拉住李敢的手，"下官来迟了。"

李敢的眼眶红红的，压抑着复杂的心绪道："到长城脚下送灌强去了。"

"灌强怎么了？"

"唉！"李敢长叹一声，"如果不是灌强挡住了匈奴的流矢，现在躺在坟茔里的，可就不是他了。"

张骞明白了,他唯有在心里自责自己的失职。

张骞现在想起这次率军出征一路上的遭际,仍然是一帘苦涩的梦。且不说在追赶李广队伍的途中,不断遭到匈奴小股军队的骚扰,大大地延长了进军的行程,要命的是那一场接连下了五天的大雨,将他的骑兵阻隔在长城以北的山中。等到他的骑兵赶到时,李广军被左屠耆王的军队围攻,死伤甚重。

"此役之失,咎在下官。"张骞面对苍天,捶打着自己的胸膛。

"将军还是去见见父亲吧。"对于张骞的失误,李敢无言评说。怨么?恨么?可该恨谁呢?他深知张骞与父亲之间的情谊,可这毕竟是三千子弟的生命啊!

两人拨转马头往回走了大约五里,远远地望见在山坡背风的地方耸起一片坟茔,李广的背影被清晨的阳光定格在苍茫的蓝天下。黑色的盔甲,银色的发须,褐色的战袍,包裹着一个苍凉的、高大的身躯。也许是太悲痛的缘故,他的背看上去有些佝偻。

他们慢慢地走向边缘的坟茔——那是灌强长眠的地方,从骑郎到从事中郎,灌强一直跟着李广,他的墓冢比普通士兵的高大了许多。

"贤侄!老夫送你来了。"李广哽咽的声音中夹带了浓浓的悲怆,"让你躺在远离家乡的塞外,老夫于心不忍啊!"

这声音让张骞的心都碎了,他已经顾不得身份,俯身就跪倒在了李广的面前:"老将军,下官来迟了,下官有罪啊!"

李广随即跪在张骞的身旁道:"张将军来送贤侄,你可以瞑目了。"李广的诉说,伴着五月的风在天地间飘荡——

"老夫知道!你的家在长安,心在长安,老夫本想带你回去,可是老夫不能,自古将军殒身疆场,葬骨青山。老夫若是带你一人回去,这些长眠在塞外的将士该如何想?"

"有你在这里撑着,兄弟们不会感到孤单,你知道么?"

"有你在这里站着,匈奴人的噩梦就不绝,你就是一段长城啊!"

"你就安心地睡在这里吧,你的庄园老夫会派人照管好的。你先祖的坟茔老夫会经常去祭扫的。"

李广终于无法控制自己的情感,而放声大哭:"贤侄啊!是老夫害了你啊！如果老夫不带你到右北平，你本可过安分日子的。若老夫不同意你这次随军出战，也不会让你命殒黄沙。贤侄呀，老夫……哎咳咳……"

"人已去矣，父亲还要节哀。"李敢在一旁劝慰。

哭声在长城上荡起阵阵回音——山在哭泣，草原在哭泣……

而每一声哭泣，都是一把利刃，戳在张骞的心窝。是的，如果不是自己行军失期，东线之役绝不会打得如此惨烈！

李广怨恨地看着张骞："事已至此，将军哭有何用，哭有何益！将军知道么？那是三千少壮的命啊！就这样……"

"下官一定向皇上陈奏自己渎职之罪，以下官之死抚慰关中子弟亡灵。"

"糊涂！"李广站了起来，拂了拂膝盖上的尘土道，"已经死了三千子弟，难道将军还要做三千零一个么？"

"老将军……下官……"

"回营说话。"

战马载起两位将军，也载着昨日的故事，载着两颗苍凉的心。

说起来也是李广性急，在久等张骞不至时，他只有率领部属四千人马先行越过了长城。临行前，皇上亲自交代，仗要放在塞外打，他没有理由违背皇上的旨意。大军出塞四百里的时候，就遭到了左屠耆王的伏击。四万匈奴军将四千汉军团团围住。

那是怎样的情景呢？满山遍野都是黑压压、望不到边的匈奴人，所有突围的路都被堵死，匈奴人的目的很明确，就是要以强大的兵力迅速击垮汉军的斗志。

面对一张张惊恐的脸，李广明白，如果不稳定军心，那后果将不堪设想。他看了看身边的李敢，立刻意识到只有让儿子冲入敌阵，才能唤起汉军的斗志，驱除怯战的阴霾。

"李敢听令！"李广声嘶力竭地喊道。

"末将在。"

"命你率一屯骑兵，杀入敌阵。"李广指着东南方向，几乎是咬着牙齿道，"看见了么？向东南方杀，那旗下必然站着匈奴的将军，只要冲散了匈奴人的阵脚，我军必然士气大振。"

"诺。"李敢勒转马头就要离去,李广在身后喊道:"儿啊!此一去生死两可,你害怕吗?"

李敢摇了摇头:"害怕?那孩儿还是飞将军之后么?"

他束了束腰带,对身后的骑兵大吼一声:"随我来。"便高举大刀,催动坐骑,一把大刀左劈右砍,只见匈奴骑兵纷纷落马。李敢一路冲锋,如入无人之地。等到他们再度回到李广身边时,脸上、身上,都沾满了匈奴士兵的血。李敢手里提着一颗匈奴当户的头颅,将之摔在马下,抹一把汗水。

李广登上高坡,对汉军将士高喊道:"看见了么?只要我军勠力同心,匈奴必败。往南四百里就是长城,长城以内乃我大汉父老,堂堂大汉军人能容忍匈奴人残杀我们的父老乡亲么?"

"不能!"

……

李广父子的浩然壮气不仅使汉军的情绪很快地稳定下来,进而膨胀为狭路相逢勇者胜的自信。李广对从事中郎灌强道:"匈奴居心,在于冲散我军,分割围歼。命各部成圆阵排列,人刀朝外,只要我军不被冲散,就能够等到援军到来。"

"诺!"灌强站在李广身边,挥动旗帜,汉军迅速聚拢,构筑起环形防御阵形。外围布置了强弩军,以对付敌军的袭击;第二队为骑兵,以备在箭矢用尽时,迎击来犯之敌;第三层为步军,掩护大军撤退。

这一切立即引起了左屠耆王的关注,他看了看身旁的呼韩浑琊问道:"李广这是准备做顽抗么?"

"汉军成此阵形,表明他们已没有攻击能力,意图坚守待援,我军只要以强弩领先,骑兵随后,敌阵自破。"

"好!就依将军,命令我军万箭齐发,不给敌人喘息之机。"顷刻间,箭矢如大雨倾泻到汉军阵地,汉军成片倒地落马。不到两个时辰,汉军死伤过半。听着那些年轻的生命中箭时的惨叫,看着自己的部属一个个地死在匈奴的箭雨之中,李广冷峻的脸剧烈地抽搐着,李敢的泪水禁不住奔涌而出。

"父亲!还击吧!否则,我军就完矣!"

"不!"李广决然地摇了摇头,"我军箭矢不多,不到万不得已,绝不能发。"

"难道就看着将士们毙命么？"

李广脸色铁青，不再理会李敢，眼睛直视前方，密切地注视着敌情的变化，就在这时，匈奴的箭弩停止了射击。骑兵迅速越过弓弩手，冲向汉军阵地。

为首的是谁呢？那不是曾经逼死韩安国将军的呼韩浑琊么？这个老对手，从来就没有离开过东线战场。此刻，他的心里一定腾跃着强烈的立功欲望吧？好！老夫今日就让你埋骨荒漠！

李广镇静地举起了那张曾经射虎的大黄弓，满拉弓弦，屏住呼吸，一矢飞出，不偏不倚，正中呼韩浑琊的咽喉。呼韩浑琊口中喷出一股鲜血，翻身落马。

临阵失将，匈奴军心大乱，汉军的弓弩手趁机发动反击，一千多支利箭几乎在同一时间射向匈奴的骑兵，匈奴军在丢下数百具尸体后退却了……

李广脸上紧绷的肌肉终于出现了依稀的活泛，站在黄昏落日的余晖下，他眯眼眺望对面山包上左屠耆王的军营。夕阳在他风雕霜刻的脸上，在他洒满征尘的肩头，在血染的盔甲涂上一抹深沉的橘黄，一切仿佛都凝固在落日的光晕中。脚下子弟的尸体，催下将军浊重的泪水，而匈奴的仓皇撤退，又让他的嘴角滞留了轻蔑且倨傲的笑。

这样子，让李敢和灌强的心里十分担忧。灌强递上一囊水："伯父！喝口水解解渴吧！"

李广推开水囊，仍然一声不吭地凝视对面的山峁，似乎要把一座山吞进自己的腹中。从小投军，戎马一生，他身上缺少司马相如的诗意，却不缺乏一位将军、一个父亲、一个长辈的情感。脚下这片土地，曾留下多少陇西子弟的骨骸，曾漂泊着多少家乡亲人的亡灵：

元光五年的雁门喋血……

元朔六年的漠南烟云……

元狩二年的右北平御敌……

这些将士，有的是当年他从故乡带出来的，有的是慕名而来的，有的是遵诏从陇西招来的。每一个人心系的都是一样的父母恩、儿女情和故里恋，可自己究竟给了他们什么呢?跟了族兄李蔡的,现在最少也做到军侯或者屯长了。而他除了将他们留在大漠孤烟的塞外,给予他们的只有边关的冷月,身上的铁衣,粗糙的糇粮外,还有什么呢?

就让老夫多陪伴你等一会儿吧!李广心想。可危机就在这平静的瞬间降临了。一支流矢穿越黄昏飞向李广。灌强敏锐地捕捉到那与风摩擦的声音,他一步冲上前去,用力把李广推开,那支飞箭却穿透了他宽阔的胸膛……

灌强倒下了,倒在了李广的身边。李广把灌强抱在怀里,声泪俱下地呼唤:"贤侄!贤侄……"

灌强睁开光芒弥散的眼睛,从喉咙里传出模糊的声音:"大汉可以没有灌强,但……不……不能没有……"

"贤侄!是老夫害了你呀!"

现在,当李广与张骞谈起刚刚过去的一切时,依然禁不住内心一阵阵绞痛。

"他是有恩于老夫的啊!元光五年雁门一战,老夫损失千人,后赎为庶人,是他接老夫到蓝田庄园的啊!后来,皇上开恩,重新任命老夫为右北平太守,从那时候起,他就一直跟着老夫,不想……"

"本来出征前,老夫曾要他回蓝田,灌门到他这一辈,人丁稀缺,老夫担心对不住灌婴老将军。可他不愿离开老夫,谁知这次竟成不归之途。"

"所幸的是,他的死使我军同仇敌忾。第二天,以两千人马对匈奴军万人,拼死力战,适逢将军已至,匈奴军仓皇退入大漠。原想以衰朽之身,再立功业,不想一战下来,老夫所部仅余千人。唉……真不知道该如何面对皇上……"

"父亲不要想得太多,皇上一定能够论功行赏的!"看见父亲心事重重的样子,李敢心里很不好受。

张骞点了点头:"老将军以四千士卒对敌数万,终将匈奴驱退,将士勠力,血洒疆场,功在大汉。若说此役失利,咎在下官,回到长安,下官将奏明朝廷,自请处罚。"

李广叹道:"你我个人进退荣辱算什么?可三千子弟丢在了这里,老夫一想起来就心痛啊!"

不管是因为粮草不济,还是因为山雨阻隔,张骞觉得现在说什么都是多余的了。回望身后山坡上的三千座坟茔,张骞在心里对自己说:"你有愧于这些长眠在边塞的将士,你应该承担一切应当由你承担的责任。"

第二十四章

爱在英雄心事定 贷贳风波强项官

阳石公主这些日子就像刚刚绽放的月季,眼角眉梢都洋溢着喜气。

霍去病班师回朝的消息,让她觉得冬天的脚步似乎还很远,长安的每一缕阳光都比往年这个时候更加温暖,惬意。

可是,她却有些心不在焉了。

她不时地抬头看着天空,就埋怨时间过得太慢。她看着眼前穿甲戴盔、全副武装的宫娥们也开始不顺眼了。

"看看!你们都成什么样子了?稀稀松松的,还像个士卒么?"阳石公主朝指挥演兵的宫娥喊道。宫娥们的招式顿时乱了,有的干脆傻愣愣地站在那里,不知所措。

阳石公主的气就不打一处来,上前就给了宫娥一马鞭:"知道卫大将军和霍将军是怎样演兵的么?如果在他们那里,你的脑袋早就搬家了。"

宫娥手中的剑"当"地一声掉在地上,眼泪也哗哗地挂在腮边了,她"扑通"一声跪倒在地求饶道:"公主饶命,奴婢再也不敢了。"

"起来!"

阳石公主让宫娥们站成一排,挥舞着手中的宝剑道:"霍将军征讨河西,现正率十万降卒班师回朝。他是我的表兄,我是要请他来观看演武的,你们这个样子不是给我难堪么?你们继续练习,如果敷衍应付,小心我的鞭子!"

她想了想自己这会儿的心情,暗自笑道:自己心里不平静,心猿意马,却拿宫娥出气,这和表兄差远了吧?

她又开始想着法儿来缓和紧张的气氛:"我就为你们做个示范。"

说罢,她一人独自拔剑起舞,用心去塑造着自己在表兄心中的形象,她的舞剑让宫娥们看得眼花缭乱。

领头的宫娥知道公主的心事。唉!女人心中装了男人后,不管是痛苦还是折磨,都是幸福愉悦的。这大概就是爱情的魔力吧!

舞完一遍,阳石公主轻轻擦了擦额头的汗水,对宫娥们道:"你们去练吧,我休息一会儿。"

于是,宫娥们重新拉开阵势,每两人结成一对,各自以对方作为目标,开始演练剑法。

她赧颜地笑了,也许只有皇帝的女儿才能如此蛮不讲理吧?

霍去病回朝的日子越临近,她的心绪就越复杂。她希望早日看见他,却又怕因为没有准备好而使他失望。她希望父皇出面帮她玉成婚事,但却从心底里期待这事由霍去病亲口说出来。

阳石公主收回心神,瞧见从花园的偏门进来一个人影——原来是皇后身边的春香,后面还跟着椒房殿的舆轿,说是皇后召见。

阳石公主的脸上立时笑开了花,问道:"莫非是表兄有什么消息了?"

"这……皇后娘娘没有说,只是奴婢看见长公主好像进宫来了。"

阳石公主的脸就立时拉下来了,她知道姑母去见母后,一定离不开她与表弟的婚事。

"不去!"

阳石公主说罢,转身就要往回走。春香上前拦住道:"既然是皇后口谕,公主不去不仅违制,而且娘娘心里也不好受。"

"可去了之后我能说些什么呢?"

"奴婢知道公主为这事烦恼,其实皇后也一样。"春香近前一步,说话的声音明显就低了,"骠骑将军不日即可到京,公主可要拿定主意哦!"

"谢谢姐姐提醒,我这就进宫去。牵马来!"

春香忙在一旁道:"皇后娘娘为公主准备了舆轿呢!"

可阳石公主就在春香的呼唤声中跨上了马,就直奔椒房殿去了。

阳石公主的身影一出现在殿门口,长公主的眼睛就顿时亮了,说话的声音也抬高了许多:"哎哟!看看,几天不见又长高了不少,出落得清荷玉立,真是好看!"

　　"你姑母今天来……"

　　"姑母有话不妨直说,孩儿洗耳恭听。"阳石公主说着便坐在卫子夫身边,摆弄着手中的玉蝴蝶,一副满不在乎的样子。

　　长公主见此心里很不舒服,这孩子什么时候变得如此大大咧咧的了?可当着卫子夫的面,她又不好发作。

　　她这回来与其说是为了儿子,倒不如说是为了自己。所以她把这一肚子不快暂且忍着,用宽容的语气道:"虽说长得青笋逢春,枝叶翡翠,可毕竟是个孩子,贪玩图新也是常理,譬如伉儿……"

　　阳石公主斜睨了一眼姑母,不以为然道:"姑母可不能这么说,蕊儿可与伉儿不一样。蕊儿就羡慕表兄,率军征战,建功立业。"

　　长公主被噎了一句,胸口堵得慌,便把目光投向卫子夫。

　　卫子夫怎会不明白女儿的心思呢?可她是皇上的姐姐,惹恼了她,后宫也不得安宁。

　　"你姑母拿来藩国进贡的珍奇宝物,是专门给你的,你看看喜不喜欢?"

　　"是啊!是啊!"长公主忙令丫鬟捧上一个银盘,上面盛了一簇玉雕的鱼儿,紫中泛红,红中带绿,与真的一般,"女孩子就喜欢这些精致什物,想着便给你带来了。"

　　阳石公主看了一眼盘中的鱼儿,笑着道:"看来姑母还不了解蕊儿的秉性,蕊儿自小生就一个男孩子的性子,从不喜欢那些花花绿绿的东西。再说这样珍贵的东西,蕊儿怎敢领受呢?"

　　卫子夫在一旁眼见长公主脸上已阴云密布,正要说女儿几句,却被长公主抢在了前头:"你这孩子怎么如此不懂长幼有序?我好心来看你,你却是如此轻慢,看来是我高攀了!"长公主说着,又把矛头对准了卫子夫,"皇后是怎么教的女儿,没大没小的。伉儿哪一点不好,怎么就配不上她呢?好了,就算我自作多情,此事不劳皇后,我直接面奏皇上好了,告辞!"

　　卫子夫忙起身挽留,阳石公主却笑了,上前挽住长公主的胳膊道:"弄了半天,姑母是为了伉儿的事啊!既是如此,姑母何不早说?为何还要转这么大一个圈子?"

卫子夫也劝道:"都是蕊儿无礼,还请公主入座,不跟她一般见识了。"

长公主见此也就重新坐下了,她说话的口气也平和了许多:"我想玉成这桩婚事,不单是为了自己,也是为了大汉江山啊!"

"姑母所言之事,母后已对蕊儿说了多次,蕊儿也不是没有想过,只是……"

"有话可尽管讲出来!"长公主身体向前倾了倾,眼睛直勾勾地望着阳石公主。

"只是蕊儿有个不情之请,还请姑母谅解。"阳石公主顿了顿,"蕊儿自小尚武,倘若表弟能像表兄那样,越祁连,过居延,蕊儿……自然……"

"罢了!"长公主再也忍不住了,"你这不是拿霍去病来呛我么?霍去病有什么了不起的?我最瞧不起的就是这些只会打打杀杀的男人。"

阳石公主比起姑母的尖刻毫不逊色,她反唇相讥道:"既然最瞧不起霍去病,那让表弟也弄个冠军侯来当当呀!"

"不稀罕!不要说一个霍去病,就是你卫氏一门,哪个当年不是我府上的奴婢?"

这话一出口,卫子夫的脸色一下子就变了,平日里柔情似水的眼睛冷若冰霜,说出口的话也带着明显的愠怒:"公主说够了没有?公主有恩于子夫姐弟是不假,可也不能总拿往事伤人啊!左一个打打杀杀,右一个浅薄之至,公主是不是嫁给卫青也后悔了?公主若再如此无理,恕妹妹就不奉陪了。"

卫子夫说着,就朝外面招了招手喊道:"春香!送客。"

这一来长公主的面子更挂不住了,她怒气冲冲地站起来,撅了撅朱唇,鼻子里哼出几许轻蔑:"哼!当了皇后又能怎么样……"然后愤愤出殿去了。

卫子夫惊呆了,这就是当年那个送自己进宫时温婉可亲的长公主么?她竟然在椒房殿里撒起泼来,这成何体统?

卫子夫黯然神伤地坐在榻上,也不说话,眼泪顺着两颊哗哗直流。这样子让春香好生伤心,她忙跪在卫子夫面前劝道:"娘娘玉体要紧,千万不要为此事伤心。"

"唉！我这是……"卫子夫咬了咬嘴唇，颤抖着肩膀抽泣。

阳石公主杏眼里喷出愤怒的火光，叫道："好一个泼女人，椒房殿是什么地方？竟在这里撒野！孩儿这就去杀了这个女人，替母后出气！"说话间她就从腰间拔出宝剑，追了出去。

卫子夫看着姑侄两个先后出了殿门，心想坏了，若真的动起手来，弄出人命怎么得了……天……

她心中焦急，可嘴唇只打哆嗦，说不出话来，只是用手着急地指着殿外。

守在门外的黄门和宫娥见状，立时拥进椒房殿，春香抱着卫子夫一边呼唤，一边喊道："还不拦住公主，还愣着干什么？"

"母后！"只听殿外一声叫喊，阳石公主跑了进来，扑进卫子夫怀里。

她憋在胸间的那口气，到这时候才缓了过来，只是脸色还是一片苍白，对跪在面前的女儿道："你呀！还是不懂事。此事你父皇早已说过，由他来管，你急什么啊！"

"母后！孩儿知错了。"

卫子夫觉得手背上热乎乎的，她睁开困倦的眼睛一看，却是阳石公主的泪水落在了手指间。

在场的黄门、宫娥们的一颗心总算落了地。

元狩三年（公元前120年）岁初，朝野都在为迎接霍去病班师而忙碌着。

从长安北门到京畿咸阳，两地之间长达十里的道路旁，每隔一里就搭建起一座门楼，上面挂满了各种饰物，每一座门楼上面都飘扬着"汉"字彩旗，它们被冬日的寒风吹得哗哗直响。

横门外搭建起一座很大的平台，上面铺着红色的地毯。平台的中央，以皇上为核心，两边依次布置了大将军、丞相、御史大夫的座位，两边各插着四面"汉"字大旗，上面绣了青龙、白虎、朱雀、玄武等图案。

由羽林军精壮士卒组成的仪仗队，每天在横桥北端反复演练，四排五列的队伍由各路司马带着，从步伐到阵列，从行注目礼到高擎刀剑，每一个环节都一丝不苟，整个过程都有军正署的令丞监督，士卒一不留神鞭子就会落在头上。

"皇上圣明""大汉威武"的喊声在咸阳原上荡起此起彼伏的回声。

刘彻即将在横门外举行盛大的仪式,随着河南、漠南与河西战役的大胜,匈奴元气大伤,不仅汉朝的疆域向北方和西北大大延伸,而且在相当长的一个时期内,边境都将赢得一个比较安定的环境。

在去年九月底的朝会上,刘彻提出要发车两万乘组成车队仪仗,彰显大汉的军威;还要赏赐浑邪王及其部属三十万金。

两万乘车辆,这是一个怎样的数字呢?李蔡和张汤都无言以对。当年强秦也不过号称兵车万乘,带甲百万。现在到哪里去筹措如此庞大数量的车辆呢?

可李蔡明白皇上的性格,也明白此役在皇上心中的分量,外朝只有遵旨执行。

他立即想到,这事也属于内史府的职责。哼!那个汲黯不是总以敢说真话,犯颜直谏而自居么?那就让他去得罪人吧!

"陛下!臣以为此举正可大张我大汉国威,至于车辆征集,可以长安为主,不足之数可在京畿各县调集。"

张汤不待其他大臣说话,就立即出列表示赞同:"两万乘车辆摆在咸阳原上,那将是多么宏伟的场面,这正好可以煞煞匈奴人的威风。"

刘彻立即打断了张汤的话:"爱卿这说的是什么话?匈奴降将有何威风?浑邪王归顺大汉,就是我大汉臣民,何需震慑?朕这是要做给伊稚斜看的,朕要让他知道,在大汉域内,匈奴人同样可以封侯拜将。好了!此事就不用议了,车辆之事就由汲爱卿负责督办。"

散朝以后,走到司马门外,卫青向汲黯问道:"大人也以为可以筹措这么多车辆么?"

汲黯摇了摇头:"只是苦了百姓了。只是如果今天在下要是当面顶撞皇上,就正中了李蔡等人的下怀,下官要用事实感化皇上。"

连日来,汲黯起早睡晚,昼夜奔忙,简直到了"一饭三吐哺"的地步。他又是召集京畿各县令到署中,交代朝廷的旨意,又是派遣属下到街巷、乡村督促进度。

朝廷出钱在百姓中征集车马,叫作"贷贳",由长安市令具体负责支付

"赀金"。可朝廷给的钱到了乡间,往往被层层克扣,到百姓手中就所剩无几了,于是百姓就不买账。

市令征不到车辆,就派人强行征集,百姓纷纷藏匿车马,导致官民关系十分紧张,常常看到官府抓了车主,吊在树上拷打。求饶声,痛哭声不绝于耳。

汲黯听了汇报之后心里很不是滋味,他把内史丞和长安市令找来,对他们说道:"朝廷要的是车马,而不是百姓的愤怨。如今官兵到处抓人,弄得鸡犬不宁,若是激起事变,你我就是十个头颅,也经不住东市的快刀。"

长安市令苦着脸道:"下官何尝不知道此间的利害,可现如今百姓中的刁钻之人,藏匿车马,到时怕贷赀不齐,皇上怪罪下来……"

"糊涂!荀子有言,故有社稷者而不能爱民,不能利民,而求民亲爱己,不可得也。皇上要我等贷赀车马,可没有让你们强取的意思。"

"大人,下官……"

长安市令还想说话,可内史丞却拦住他道:"就按照内史大人的吩咐去做吧。"

汲黯怎会不理解属下的苦衷呢?他明白只有自己把责任承担起来,属下才不至于提心吊胆。

"我明白你的意思,朝廷命内史府征集车马,此乃事关大计,当尽力而为,不可懈怠。万一无法复旨,我自会奏明皇上的。"

汲黯还叮嘱他们道:"百姓不可乱抓,赀金不可少给,职责不可懈怠,每日必须向内史府禀报一次征集计数。"

话虽这样说,可谁又能保证糟践百姓的事情不会发生呢?

这一天,刘彻在卫青、李蔡、张汤、汲黯、周霸等人的陪同下,到咸阳原上来查看盛典筹备事宜了。

他身着银色盔甲,衬红色战袍,腰挎宝剑,骑着一匹当年卫青在河南战役时缴获的赤色战马。因为皇上这身装束,所以陪同人员除张汤和汲黯外,曾上过战场的卫青、李蔡、周霸也都一身戎装。

一路走来,沿途彩楼高耸,仪仗威武,这让刘彻心中大悦,连连褒扬周霸办事得力。

刘彻的马鞭轻轻地打在战马身上,轻松惬意地走过横桥,他向卫青问道:"如果朕没有记错,周卿在漠北之战时,曾随在大将军左右吧?"

"皇上好记性,周大人当时在微臣军中任议郎,秉公执法,军中传为美谈。"卫青赞道。

"就是苏建那件案子吧?朕记得。"

周霸看了看卫青,没有说话。原来此事他曾改变过看法,他觉得自己在苏建的案子上有些偏颇,曾私下向卫青和苏建表示过歉意。现在皇上旧事重提,他倒有些尴尬。

说话间,他们就到了横桥的北端,应该是车马的阵列了。一万五千辆从京畿征集来的车辆,被少府寺的大匠们涂上了清一色的黑漆,每一辆车上站着戎装一新的四名士卒,一名驾车,三名持戟。他们看见皇上到了,一个个肃然挺立,行注目礼。

当刘彻从车阵中穿过的时候,车上爆发出有节奏的喊声:

"皇上圣明!"

"大汉威武!"

……

刘彻被这雄壮的喊声震得热血沸腾。

这车马、这气壮山河的军队、这广袤无垠的土地,使他对战争有了一种身临其境的感觉。他忽发奇想,如果这个时候匈奴突然来犯,他就会御驾亲征,体验战场搏杀的快感。他甚至生出一种生不逢时的感慨,历来开国君主,没有不马上取天下的,像他这一代的君主,就很少出征了。

刘彻勒住马头,满意地看了看汲黯问道:"两万车马都备齐了么?"

汲黯并没有打算隐瞒难处,直接说道:"勉强征集到一万五千辆车马,还有五千正在征集中。"

刘彻皱了皱眉头:"大军已过了西县,不日将进入虢县,爱卿如此慢慢腾腾,岂不要误了大事?"

对汲黯的责备,刘彻向来是很有分寸的,他并不像对其他人那样声色俱厉。但汲黯就这脾性,有话从来不憋在肚子里。看着在一边冷眼旁观的李蔡和张汤,他反而提高了说话的声音:"皇上……"

话还没有出口,却发现皇上、卫青和李蔡等人的目光"刷"地一下都朝西转去了。天啊!映入眼帘的是一幅多么惨烈的画面。

两个士卒把一辆马车赶得飞快,鞭子在空气中发出"叭叭"脆响,马蹄自远及近,"嘚嘚嘚"地响过莽原,车驾后面卷起团团烟尘,从烟尘中传来撕心裂肺的惨叫声。

"不好!出事了!"汲黯心头一沉,也不管身边的皇上和朝廷的大员,在坐骑屁股上狠抽一鞭,朝前冲去。

车驾在莽原上疾驰,汲黯的马迎着车驾奔去。

车驾上的士卒显然已经发现了对面来的奔马,高举鞭子大喊道:"闪开!竟敢阻挡朝廷的车辆。"

汲黯并没有回答,也举起了手中的马鞭。

士卒见来人并不惧怕威吓,心也虚了,想减慢速度,却不能奏效。而汲黯的马已到了面前,他扬手就给了士卒一马鞭,那士卒的额头眼见得就涌出一股热血。

士卒捂着头喊道:"好呀!你竟敢殴打官府差役,不要命了?"

但他这话刚一出口,头上又是一鞭子。

"睁开你的狗眼看看我是谁?"

士卒定睛一看,并不认识,但凭他身上的官服,便明白此人官职必在长安市令以上,他仓皇地滚下车,跪倒在地连道:"小人有眼无珠,求大人饶命!"

这时候,车驾后面的惨叫声已转为微弱的呻吟。

汲黯一脸怒气转到车后,才发现车尾拴着一个人,浑身被车驾拖得衣衫褴褛,皮肉裸露,血迹斑斑。

"这是怎么回事?"

士卒口中嗫嚅,支支吾吾。汲黯又是一鞭子下去,他脸上又多一道血印。

"说!否则要了你的性命!"

"大人饶命,小人马上就说!"

原来他们一大早就到京畿的乡村去征集马车,这次他们去的是安陵邑,他们发现这家农户把车马藏在了柴火堆里,又坚决不给马匹,双方发生冲突，他们干脆抢了车马，将人拖在车后一路回京。"

汲黯没有听完，就怒不可遏了，他雨点般的鞭子落在两个士卒的肩头，他们抱着头在地上打滚。汲黯一边打，一边骂道："百姓乃衣食父母！殴打百姓，如同虐待双亲。我今日就教训你们，免得你们以后不忠不孝！"

两个士卒不敢再求饶，只任汲黯抽打，不一会儿，身上的戎衣都被打得褴褛不堪。

这时候，长安市令急忙赶来，吩咐差役将车主扶上车，到京城疗伤。然后又来到汲黯面前，满怀歉疚道："都是下官疏于职守，致使士卒目无法度，请大人治罪！"

"你不要命了？此事就发生在皇上眼皮底下。"

汲黯虽然能够体谅长安市令的难处，可"贷赁"车马虽由内史府经办，但市令却是负责支付"赁金"的；抗旨不遵，藏匿车马的嫌犯由廷尉府负责，士卒是由中尉府调遣的。今日之事，论理应由周霸处理，还不知道他会不会因此而留下一个故意找碴儿的印象呢！

"记住本官说的'三不'，违令莫怪我鞭下无情。"

汲黯说罢，正要翻身上马，却见皇上和大家都到了。他赶忙下来，来到皇上面前。

"刚才发生了何事？爱卿如此着急前来。"刘彻问道。

"陛下，是两名士卒因征集车马而残害百姓。"

"竟有如此作为？"

"不瞒陛下，这样的事自征集车马以来，屡有发生。"汲黯说着，看了看卫青和周霸。

卫青和周霸交换了一下眼色，点了点头。

"那个农户呢？"

"已经派人送到城中疗伤去了。"

刘彻"哦"了一声道："传朕口谕，令淳于意前去看看。"

汲黯道："只是外伤，无须惊动太医。"

刘彻收回目光，往汲黯身后看了看，眼神立时冷却了。

"长安市令何在？"

六百石的长安市令平日里都在汲黯的署中公干,哪有机会见到皇上?只有在皇上出行时才能远远地望着威威赫赫的警跸、浩浩荡荡的护卫。

他做梦都想聆听皇上的旨意。可现在,他却胆怯了。

刘彻语气很重的问话,让他的心里战战兢兢的,连"小臣在"这几个字都说得结结巴巴。

仓皇间,刘彻的斥责下来了:"班师在即,朝廷命你督办'贷贳'事宜,你却玩忽职守,怠惰松懈,该当何罪?"

"陛下,小臣……"

"这两个差役是从哪里回来的?"

长安市令嗫嚅支吾了半天才道:"从安陵邑来。"

刘彻一听气就来了,怒道:"你们好大的胆子,竟敢在先帝眼皮下残害百姓、渎职敷衍,朕不办你,律令威严何在?"

口谕一下,李蔡和张汤的眼神暗地向汲黯和卫青这面移动,那笑看似不经意,却是冷冷停留在他们的嘴角。

他们知道,现在最难堪的就是这两个人。

可接下来的情景却让李蔡和张汤张大了口,半天合不拢嘴。

当刘彻跨上坐骑准备离开时,汲黯冲上去拽住了马缰奏道:"皇上慢行,微臣有话要讲。"

汲黯脸上的肌肉没有一丝松动,双手由于用力而暴起一条条的青筋。那马见有人拦挡,一时起了性子,前蹄在地面上磕出阵阵声响,高扬的头发出阵阵嘶鸣,一副桀骜不驯的样子。

卫青一看急了,生怕惊了马会危及皇上的安全,他上前去拉汲黯的胳膊,要他放开马缰。

若是放在平日,以汲黯的力气哪里是卫青的对手,可人有时候就是这样,有气在胸中激荡,汲黯一把拦住卫青道:"大将军且退后,下官现在就需奏明皇上,否则我将欠下一条人命,无颜面对皇上恩德。"

只要汲黯出头,李蔡和张汤的目的就达到了。他们相信皇上今天再也不会像以往那样对这个迂腐网开一面、手下留情了,他们觉得现在要做的就是在皇上的怒火上再加一点油。

李蔡立即收起刚才还挂在脸上的微笑,高声喊道:"汲黯,你到底要干什么?要造反么?"

而张汤也对着身边的警跸怒道:"还不将这反贼拿下!"

卫青愣住了,事情发展到这一步大大出乎他的意料,情急之中他扯了扯周霸的衣袖。

周霸并不糊涂,李蔡等人借机清除异己的图谋逃不过他的眼睛,他接着张汤的话吼道:"你们不可乱来,误伤了皇上,我要你们性命!"待警跸们住了手,周霸又道,"汲大人手无寸铁,一介书生,不过意气用事罢了。"

这是一个多么合理的理由,李蔡和张汤只能看着事情僵在那里。

这又是一个多么重要的缓冲时刻,每个人似都在高速调整自己的情绪,都在寻求事情的转机。

刘彻勒住马头,扬起手中的马鞭,只要这一鞭子下去,汲黯的一只胳膊大概就得废了。可就在马鞭即将要落下的时候,他被那双炯炯有神的眼睛给震撼了。

那是一双怎样的眼睛啊!它平静得如同水波不兴的湖面,坚毅得像一块站立的石壁,真实得使你无法回避它的光芒。

多少年了,朝上朝下,君臣往来,刘彻只有从汲黯的眼里才读得出这么多意味。

马鞭慢慢放了下来,他在自问刚才的决定是不是有些草率的同时,一句宽容的话便说出口了:"好呀!朕很久都没有见你发驴脾气了,朕今天就给你一次机会,让你把话说完。"

一听这话,汲黯便感动了,他立即跪倒在地谢道:"谢皇上。"

刘彻甩了甩战袍的袖子道:"刚看你的样子,好像非要把朕拉下马不可。你有话就直说吧!"

"臣斗胆启奏,长安市令无罪,请皇上独斩汲黯,民乃肯出车矣!"

"朕已恕你无罪,你站起来说话。"

汲黯站了起来道:"皇上,浑邪王一路东来,朝廷安排沿途各县盛情款待,已是前所未有,以致令天下骚动,为何疲弊中国而以事夷狄乎?"

"这……"刘彻心中暗笑真是个可爱的书生,他怎能深解朕的远虑呢?就冲这点，就不与他计较了，"朕喜欢爱卿的率直，然此事牵涉到治国方略……"

"皇上之言差矣。"汲黯此话一出口，在场的卫青和周霸大吃一惊，眼见得李蔡和张汤又要发难，却又被刘彻拦住了，"朕已恕他无罪，索性就让他把话说完。"

汲黯抓住这个机会，立即把最近明察暗访所得消息毫无保留地说了出来。

"据臣所知，仅是京畿各县因藏匿车马坐当死者就达五百人，如此下去，百姓必怨声载道，皇上亦失德于天下，臣为社稷计，故……"

汲黯说到这里，李蔡就不答应了。他冲出人群，指着汲黯的鼻子骂道："好你个汲黯，你渎职敷衍，又为长安市令开脱罪责，皇上不予追究已属仁慈宽怀，孰料你不知进退，竟敢妄言皇上失德于天下，分明欺君犯上，是可忍，孰不可忍！"

"臣也认为不可对汲黯姑息，乱了君臣之序。"张汤帮腔道。

卫青见刚刚平息的风波又险象环生，心想这些人到底要干什么？是唯恐天下不乱么？

他觉得作为中朝的核心人物，在这个时候必须站出来。他与周霸交换了一下眼色，双双来到刘彻面前。

"皇上，虽然汲黯出言犀利，然胸怀坦荡，从无二心。倒是有人挟嫌报复，指是为非，心怀叵测！"

周霸也道："今日残害百姓一事，臣负有失于管教之责，臣愿领罪。只是请皇上宽恕汲大人耿介，让他一心督促征集车马。"

朝廷大臣之间这些龃龉，长安市令何曾见过？只听说署中小吏们朋党比周，尔虞我诈，孰料这些大人物也……

他不敢深想，觉得要不是强行征车，也不会有汲大人鞭笞那两个士卒之举；要不是皇上责问自己，也不会殃及汲大人。自己死何足惜？要是没了汲大人，李蔡之流不更加肆无忌惮了么？

这样一想，长安市令倒也坦然。他爬到刘彻面前，那复杂的心绪变成喉头的哽咽："皇上！以小臣的卑微，能够一瞻龙颜，今生再无遗憾。贻误皇命，咎在小臣,与汲大人无关。小臣一死,轻若鸿毛,可大汉不能没有汲大人啊!皇上!"

他的头在初冬坚硬的土地上磕出了血。

"请皇上降臣死罪。"

……

他看到路旁有一块巨石,上书咸阳界三字,他没有丝毫犹豫,一头撞了上去,不一会儿就气绝身亡了。

"市令大人……"汲黯紧紧地抱着市令,悲怆地呼唤道,"你怎可如此糊涂啊?"

汲黯抬起头,愤怒地盯着李蔡和张汤,从牙缝里挤出冷笑:"哼……两位大人这回满意了吧?"

刘彻很吃惊,长安市令的举动大大出乎他的意料。

汲黯流着泪道:"兄弟!皇上就在面前,你有何话不能说?却要走此绝路?兄弟啊!你自跟随我以来,多有辛劳而少有安逸,是在下对不起你啊!"

这种超越幕僚之间的情感,让刘彻感动和震撼。他缓步走到汲黯面前,低声道:"人已去矣,爱卿还要节哀。长安市令恪尽职守,追封为勤勉侯,秩千石,以制厚葬。卿等位列三公九卿,当以市令为范,同心同德,上下协力,迎接骠骑将军凯旋!"

中朝和外朝之间的冲突,因长安市令的自杀而渐息烽火,他们在刘彻的安抚下各怀心事地站在了一起。

刘彻一回到未央宫,包桑就禀奏道:"大农令郑当时和长公主前来求见,现在墊门等候。"

"何时来的?"

"大约一个时辰了。"

"真会找时间,你去回他们,就说朕累了,不见!"

"这……"包桑迟疑片刻,还是劝道,"看郑大人忧心忡忡的样子,一定是有要事禀奏。"

"那就传郑当时来见,让公主回去。"

"可听公主那意思,好像是从椒房殿那边过来的,说是皇后和阳石公主合起来欺负她怎么的……"

"女人们就是事多。"刘彻厌烦地皱了皱眉头,"好!快宣公主来见朕,说完了好回去。"

长公主一进殿,就哭得像个泪人似的。

"皇上!你可要为臣妾做主啊!母后去了,皇上再不替臣妾说话,臣妾就没有活路了。"

刘彻一听心中就烦了,可这毕竟她是自己的亲姐姐,也只能耐着性子问道:"到底怎么回事?"

包桑递上一盏热茶,长公主喝了之后心情就平静多了,然后她断断续续地讲完了在椒房殿的遭际,末了还气愤地说道:"皇上!您说说,蕊儿竟拿霍去病做比较,说伉儿如果能带兵打仗就嫁给他,这不是欺负人么?"

刘彻"哦"了一声,原来阿姐至今仍没有放弃结亲的想法。唉!也是皇后太柔弱了,总是碍于过去的情面,不敢直说。而朕的这个大姐呢?偏又喜欢拿过去说事,皇后就越发地开不了口了,看来这话还真需要朕当面告诉她。

"此事阿姐无须再奏,这与皇后母女无干。"

"皇上说什么?臣妾不明白。"

"朕有意将蕊儿许给霍去病,等他从河西回来,朕就要当面对他说这件事情。"

"哦?是这么回事。"

长公主愣住了,原来这一切都是弟弟的主意,她怎么就一直认为是卫子夫做的呢?

她知道弟弟个性,又是皇上,哪能拿了自己的话当儿戏呢?何况霍去病眼下在他心中的地位丝毫不亚于卫青,又岂能是她几滴眼泪所能改变得了的。自己之所以不遗余力地攀这门亲事,原本就是奔着太子去的,现在连皇上都不同意这件婚事,就算勉强做成了又有何意义呢?

长公主的心乱了,她不知道该怎样继续与皇上的谈话,泪水再度模糊了她的眼睛,口张了几次,却说不出一句话来。

就在她的迟疑中,刘彻说话了:"满朝的王公大臣如云似雨,朕回头与大将军商议一下,绝不会委屈了伉儿。阿姐要没有事,就先回府去,朕还有事呢!"

这不是下逐客令么?长公主觉得再待下去也没有意思,于是站了起来,准备离去。她眼里写满了哀怨:"皇上把母后的临终嘱托都忘了,臣妾这就告退。"说罢一甩袖子,就出殿去了……

"朕的这个姐姐啊!"刘彻叹一口气,对包桑道,"宣大农令来见。"

自韩安国之后,郑当时是在大农令位置上履职最长的。与他一起的许多老臣,升迁的升迁,致仕的致仕,去世的去世,只有他还在为朝廷奔忙。

当年那个干练的大农令早已不在了,他老了,眉毛、须髯都变白了,走进宣室殿的步子也都是缓慢的。

在倾京都之力举行班师受降大典的时候,他会带来什么消息?

刘彻对这位建元以来的老臣表示了不同他人的尊重,他免去了参拜礼节,要郑当时坐到自己的对面说话。在问话的时候,他的声音也提高了许多,好让郑当时听得清楚些。

可郑当时一开口,就把一个难题摆在了他的面前。

"陛下,去秋以来,山东诸郡水灾频仍,民多饥乏。陇西、北地、上郡戎役繁重,田多荒芜。臣忧思重重,早起晚睡,千方百计,筹措财粮,以保军费之用度。然饥民日增,聚保山泽,堪为其忧。臣不敢欺君罔上,只能据实奏报,恳请圣裁。"

怎么所有的难事都在这时候聚到了一块呢?刘彻从咸阳原上带回的烦恼又增添了一层,要不是看在大农令高龄的分上,他早就发脾气了。

可现在,他只好耐着性子问道:"那依爱卿之见,该如何应对呢?"

"啊!粮食贵?"郑当时听得很费力,"物以稀为贵。现在遭了水灾,粮食当然贵了。"

"朕说该如何应对?"刘彻提高了声音。

"哦!老臣明白了。依臣观之,民生艰难,皆因豪强兼并,囤积居奇,欺行霸市,贫者益贫而富者益富。请皇上下旨,派遣谒者到各地劝民多种宿麦,凡富豪假贷贫民者以名闻。另外,凡遭遇水灾之郡,尽开郡国仓廪,赈济灾民……"

"还有呢？"

"皇上说齐鲁？齐鲁不就是山东么？"

刘彻尴尬地皱着眉头道："朕问的是还有没有其他事情！"

"有！当然有。还请皇上下旨，减陇西、上郡、北地一半戍卒，如此则三郡之民略可休养生息。"

看来！此老尚算明白。刘彻的心里获得了少许欣慰，如此年迈老臣，尚思虑如此周密，这一点就比公孙弘强多了。

"好！"刘彻提高了声音，"就依爱卿所奏。朕立即下旨给各郡，令其照办！"

眼见天色不早，刘彻对包桑道："如果没有别的事情，安排人送老爱卿回去。"

包桑来到郑当时面前，附耳高声道："皇上请大人回府呢！"

"回府？公公那么大声干吗？老臣耳朵还没有聋呢！"

可郑当时并没有离开的意思。

"大农令还有话说么？"

郑当时犹豫了片刻道："臣还有一言，不知道该不该奏明皇上？"

刘彻点了点头。

"依臣观之，民生艰难，皆因战事频仍，连年不断。故臣斗胆奏请皇上在河西之战后，暂息兵戈，令民得以休息。"

这怎么可能呢？仗打到这个份上，匈奴已成强弩之末，怎么能停下来呢？近来不少人都这样说，刘彻最不愿意听的就是这话。他觉得大农令也和汲黯一样的固执。

此时此刻，刘彻满脑子都是胜利，都是受降，都是霍去病的影子，都是浑邪王拜在阶陛之下的享受。看来，老爱卿也该颐养天年了。班师大典后，这事就该提上议事日程了。

刘彻站起来，亲自搀扶着郑当时道："时间不早了，爱卿所奏之事朕都准奏了，剩下的事情爱卿不必操心了，还是回府休息去吧！"

他又命包桑拿出一些补品，赐给了郑当时。

郑当时立即就涌出了浑浊的泪花，借着冬日的阳光看去，皇上的温暖就像这太阳一样让他从身上暖到心里,他那庄严的责任感被皇上脸上的笑容感化为一种勇气。

"皇上!臣还有话说,为了民生,息战……"

但是,他的话没有说完,就被包桑送出了宣室殿。

"老而昏聩。"刘彻看着郑当时的背影,默默道。

"陛下,他已经走了。"

"嗯,走了好。"说完这句,刘彻不解地向包桑问道,"从一大早起来,朕就不断遭遇烦恼事,朕是不是真的错了?"

包桑尴尬地笑了笑,然后又把一道奏章递到刘彻手上,说是赵禹送来的。

刘彻打开奏章,那是对在河西战役中贻误战机的公孙敖、李广和张骞的审理结果。他说三人对所犯罪责供认不讳,依律当判斩刑,请皇上定夺。

刘彻的笔在空中停了半天,终于落下几行字:

罪虽当斩,前功可追,准予赎为庶人。

写完这些,刘彻忽然觉得很累,便躺在了榻上。

第二十五章

莽原见证山海誓　汉皇痴迷思倾国

元狩三年十一月初,盛况空前的班师大典如期在横门外举行了。

从河西归来的军队,按照汉军三成、降军二成的比例重新整编,分驻在咸阳原上南北二十里,东西百十里的境内。

浑邪王率领部分匈奴降军,与霍去病一起穿越由一万八千辆车马,十数里楼门和庞大仪仗队伍组成的通道。他们越过横桥,在横门外的华表下集结。

浑邪王走到渭桥中段,勒住马头,俯视泱泱渭水,河面上船舟如织;仰视眼前的长安,巍然耸立,十分壮观。

第一次感受大汉的山川形胜,紫土秀木,他的心境一下子变得十分复杂。

当汉使送来昆邪尔图的劝降信时,他悬了几个月来的心一下子落了地。他从信中获得了儿子还活着的消息,这让一向主张汉匈和睦相处的他进一步坚定了降汉的决心。

可现在,他忽然有了一种仓皇,他不知道河对面的汉官将怎样看待他的行为。

过了渭桥,霍去病提醒他下马步行。

抬头看去,迎面站着三位汉朝大臣。太常寺官员将他们一一介绍给浑邪王,他得知最年轻的一个乃是大战河南、漠南的卫青,心里便增添了几分尊敬。

"久闻将军大名,今日一见果然气度非凡。"

"王爷深明大义,我朝闻之,亦是十分欣然。奉皇上诏命,我将王子还给大王。"卫青说毕,拉过昆邪尔图。

父子双目对视,心头顿时生出久别重逢的感慨。只是这样的场合,所有的话语都在目光中了。

浑邪王与霍去病在检阅台前肃立,待三公同刘彻坐定后,才缓缓登上检阅台,向刘彻行参拜大礼,之后便献上了河西山川图和各个部落的旗帜,表示从此归顺大汉。

这些程序之后,大行宣布向浑邪王赐御酒。

浑邪王接过酒,只浅浅地用嘴唇沾了沾,又递给身边的黄门。

接下来,张汤庄严地颁布了诏书,敕封浑邪王为漯阴侯,食邑万户,其王子昆邪尔图、裨王呼毒尼等皆为列侯。

皇家乐队高奏《大风歌》,彰显大汉威仪。

伴随着雄浑的乐曲,刘彻站了起来。他走到前台,一手牵着霍去病,一手牵着浑邪王,对台下军容整齐的士卒们道:"从今以后,大汉在河西设立武威、酒泉两郡。浑邪王与朕情同手足,胡汉亲如兄弟,共享太平。"

台下立即爆发出震天动地的喊声:

"大汉威武!"

"皇上万岁!"

……

入城的时候,朝廷专为浑邪王父子安排了车驾,就跟在刘彻之后。

刘彻特赐霍去病"骖乘",一路上他从皇上目光中感受到亲切和满意。

诏书上虽然对浑邪王率众投降给予了高度评价,但刘彻对辞令与现实的差距了然在胸,他怎么可能将十万多匈奴军队安置在京畿之地呢?

没过几天,他就接受卫青和汲黯的谏言,将匈奴降军分别迁到陇西、北地、上郡、朔方、云中五郡,让他们回归民间,牧羊、稼穑。

霍去病这些日子成了汉朝众目翘望的人物,整日里宴请不断,觥筹交错。这既让他感到风光,也成为他的负担。

他很希望这喧哗的日子能尽快结束，好让他有时间去看望母亲、拜见总是牵挂他的皇后娘娘。

他一回到京城，就听少府寺的官员说，皇上为他安排了新的府第，并且很热心地为他择偶，这让他多少有些不安。

从内心讲，他觉得现在还不是谈婚论嫁的时候，但无论如何，他也不能辜负了阳石公主千里赠剑的一片深情，他觉得有必要让阳石公主了解自己的态度。

可现在……他连留给她的一点时间都没有。

好在今天一大早，椒房殿的黄门传来皇后口谕，要他谢绝一切宴请，进宫叙话。

太阳刚刚升起，空气中还透着料峭的寒意。但对在河西大战中餐冰饮雪的霍去病来说，这气候根本算不了什么。

是非经过不知惜，霍去病怀着感恩的情愫走进了久违的椒房殿。

卫子夫和阳石公主都在。卫子夫看霍去病的目光透着亲情和温柔。

"看看！人都瘦了，也黑了。个子倒长高了，像个将军了。"

"看母后说的。"阳石公主在一旁说话了，"表兄本来就是将军么！"

两个年轻人的眼神就在这一瞬间相撞了。

霍去病很快就从阳石公主的目光中感受到了异样的色彩，那是久别重逢的激动，是情窦开放的炙热。

卫子夫是过来人，年轻人心理微妙的变化自然逃不过她的感觉，何况皇上早就有意要在这个春天为外甥和女儿完婚。

她现在想说的是，希望外甥在名利面前保持应有的清醒。

"皇上封你七千户，与你的舅父几乎比肩，这是皇上的恩典，你在任何时候都不可以居功自大，辜负了皇上。"

"娘娘的教诲臣谨记在心。"

卫子夫点了点头，在询问了他母亲近况之后，就开始转向正题："你自归朝以来，大宴小宴不断，我就不犒劳你了。今日宣你进宫，是要说一件事情。"

卫子夫看了看阳石公主道："你先退下，我有话要单独与去病说。"

"母后！"阳石公主不情愿地向后殿去了。

卫子夫以姨娘的身份向霍去病转达了皇上的意思,要他趁在长安的日子,与公主择日完婚。

"我知道你是带兵之人,随时都可能奉命出征,因此此事不宜拖延。"

霍去病正想着该怎样表达自己的意思,又不至于造成误解的时候,包桑带着皇上的口谕进来了,要他和阳石公主一同去看府第。

卫子夫于是开心笑道:"这下我倒省心了。快备车辇送将军、公主去太常街。"

"臣是骑马来的,还是骑马去吧。"

阳石公主的脸上就笑成了一朵花,大声说道:"既然表兄不乘车驾,那蕊儿也骑马去,正好一路可以向表兄讨教。"

卫子夫无奈地笑了笑道:"我生来喜爱清静,怎的生了你这个男儿的性格?"

二人上马,包桑在前面带路,一路向太常街奔来。远远地看见门前早已簇拥了一大堆的人。待到了跟前,霍去病才发现,这原来是淮南王的府第,现在已经修葺一新。

包桑说道:"新修的府第,在街巷深处,等竣工后再搬过去。"

刘彻此时正和少府刘产、太常周平一起察看府第的花木和屋宇,门内空旷的场地边沿都栽了青松。

"少将军自幼习武,公主也不喜欢花花草草,种些松柏之类,倒也见岁寒不凋的气质。那个地方应该竖一旗杆,上书'汉骠骑将军',让他时刻记着自己的职责。"刘彻很满意,又问道,"马厩在哪里?"

刘产奏道:"在后院,有专人为将军养马。"

"少将军喜爱匈奴马,有耐力,跑起来快,厩中多养这些马。"然后刘彻又问身边的周平道,"书房的书籍可都备齐了?"

"都办齐了。"

"好!我朝以儒立国,作为将军,不求他如博士那样取精用宏,可总要知其大要才是。朕知道他从小就不喜欢读书,可到了今天这个位置,不读书就如同瞽者,当不了大任。"

三人正说着话,就听见耳边传来霍去病参见的声音。

刘彻的脸上立即就充满欣喜,亲切地要他们平身。

霍去病站了起来,倒显出了几分矜持。过去在侍中时,他与皇上说话没遮没拦,有时候还耍点小孩脾气,一场仗打下来,倒拘束了许多。

"臣年纪尚轻,些许小功,皇上如此抬爱,臣不胜感激。"

阳石公主在一旁听了,撇着嘴笑道:"表兄学会说客套话了?"

霍去病便不好意思地红了脸。

"小弟见过兄长。"

刘彻仔细看去,却是一个少年,与霍去病十分相似,便问道:"这是……"

霍去病急忙答道:"此乃臣弟霍光,年幼不懂事,惊动了圣驾,请皇上恕罪。"

孰料霍光扭着脖子道:"兄长这是什么话?有志不在年高,皇上给小臣一些人马,臣照样可以斩将夺旗。"

霍去病觉得他越说越没有边了,正要呵斥,却被刘彻笑着拦住了。他亲切地问道:"你愿不愿意到朕的身边来呢?每日研习兵法,日后朕必大用,好吗?"

皇上这番话让霍去病十分感激,他忙对霍光道:"还不快谢皇上!"

"谢皇上隆恩。"

霍光那笨嘴笨舌和别扭的举止,引得阳石公主掩口大笑。

霍光的脸就红了,起身跑到校场上去了。刘彻的眼神一直追着霍光,他已从内心喜欢上这个少年了。

一群人说着话便来到前厅,刘彻道:"朕今日到此,一则看看骠骑将军的府第建得如何了;二则也有几句话想与他说说。"

刘彻的话刚落音,周平和刘产就明白了皇上的意思,站起来与包桑一起退下了。

刘彻看了看阳石公主道:"蕊儿也退下吧,朕想和去病单独谈谈。"

阳石公主娇嗔道:"孩儿与表兄情同手足,父皇有何话还要瞒着孩儿?不嘛!孩儿就想听表兄说打仗的事儿。"

"你呀!你们三姐妹,就你难缠。"刘彻疼爱道。

其实,在三位公主中,他最喜欢的就是阳石公主,她虽是女孩,但心气却很高,有他的影子。

"好!此事关系你和去病两人,朕也就不瞒着了。"

刘彻换了一个坐姿,尽量给他们一个轻松的形象:"你们年纪也不小了。朕的意思,趁眼下战事不紧,你们早日完婚,也了却朕的一桩心愿。"

在等待回答的时候,阳石公主悄悄把目光移到霍去病身上,她多希望他如决胜战场一样果断地做出回答。

可她没有在霍去病那里听到积极的回应,却是沉默。

难道他不愿意接纳我的一片痴情么?难道战事让他麻木了对爱的感觉么?阳石公主坐不住了,起身呆呆地站在那里,一会儿看看父皇,一会儿看看霍去病,不知道该怎样面对这个场面。

哦!她看见了,霍去病抬起头,整了整衣冠,那是做出决定的前兆。

阳石公主两颊顿时泛起了红晕,一双灼热的眸子在霍去病身上扫来扫去。

"皇上的厚爱微臣没齿难忘,不过,匈奴未灭,何以家为?臣还年轻,请皇上体谅臣的忠心!"

刘彻道:"完婚与打仗并不冲突,立业和成家可并行不悖啊!"

霍去病坚决地摇了摇头:"匈奴灭国之日,乃臣完婚之时。请皇上允准臣的奏请!"

"你就不能再考虑一下?"

"臣意已决!皇上要是逼臣完婚,毋宁杀了臣!"

"好!好男儿志在疆场。朕就允了你的请求,到时朕亲自为你主持婚典。"

天哪!他怎会说出这样的话来?父皇又怎会答应他的奏请?这世上果真只有战争么?男人之志难道只有靠刀剑去实现么?阳石公主的心一下子落到了万丈深渊。她马上逃离这里,泪眼婆婆地跑了出去。

刘彻的血液被霍去病的热情迅速点燃,君臣之间的话题立即转到未来的战局上来。阳石公主是怎么走的,去了哪里?他们全然不知。

直到包桑慌慌张张地进来,打断了他们的谈话。

"哦!是回宫了么?"

"公主骑着马冲出府第大门。"

不好！霍去病心里"咯噔"一声，公主一定是被他的话伤害了。

刘彻也似乎感到了刚才的失语，对霍去病喊道："快去追呀！"

"诺！"霍去病来不及多说，就出了大厅。

冲上太常街头，一路追到横门外，马却停住了，一个劲地在原地打转。

霍去病勒住马头，驰道两旁，人来人往，就是不见阳石公主的身影，一种茫然和自责涌上心头。

忽然，他的脑际闪过一道亮光——她一定去了那里。

霍去病扬鞭催马过了横桥，跑出五里地的样子，果然看见一匹枣红马拴在路旁的树上，阳石公主正靠着大树眼望蓝天垂泪呢！

这是阳石公主委托朱买臣赠剑的地方。

霍去病下马来到树下，轻声问道："怎么跑到这里来了？"

阳石公主不说话，却哭出了声。

"怎么了？"

"问你自己吧？"阳石公主给了霍去病一个背影。

"唉！臣……"霍去病想解释刚才自己的话，但是话一出口，却成了，"到那边林子里坐坐好么，为兄有许多话要对你说。"

唉！什么叫情不自禁？什么叫鬼使神差呢？霍去病轻轻一声呼唤，阳石公主心里那层薄冰就化了。

两人牵着马，走过田间小径，就到了一片松树林子。

松开马缰，解了马鞍，找了一块干净的地方坐下，霍去病就看着泪眼婆娑的阳石公主，等着她对自己的指责。

可阳石公主却双手扯着地上的枯草，肩膀在微微地抽动，传来轻微的唏嘘声。

林子里的空气显得很沉闷，两颗心似乎都在期待对方主动迈出一步，却又都没有勇气自己先放马过去。

这比在战场上取匈奴首级难多了。霍去病觉得如果自己今天不说话，恐怕坐到天黑也不会出声。

霍去病在心里笑着自己，眼看都快二十岁了，还显不出男人对女儿家的大度。

"公主一定误解了为兄的意思。公主的赠物为兄一直珍藏着,公主的心意为兄也明白。"

"明白还那么绝情。"阳石公主的眸子闪着泪花,"左一个匈奴未灭,何以家为;右一个匈奴灭国之日云云,难道匈奴不灭,表兄就一辈子不结婚了?"

"为兄不想欺骗公主。"

"那我呢?"阳石公主目光中充满了哀怨,"我怎么办?为了表兄,我已和姑母闹翻了。"

"为兄知道!"霍去病望着远方的渭河,那些童年的愁苦就如这水一样流过他情感的河床。

在记忆中,他是一个缺少父爱的孩子。早年,私生子的名分让他受够了屈辱,而自母亲随姨娘进宫,被皇上赐婚改嫁了陈掌,自己就很少再看见她了。

阳石公主是这个世界给他真爱的女人,他觉得对这样一位把心交给自己的姑娘,任何伤害都是不能容忍的。

霍去病平生第一次伸手为一个女孩擦拭了眼角的泪水,也是第一次感受到女儿家的泪水是这样清新和一尘不染。

他突然领悟到一个深爱着自己的女子最需要听到的是什么。

"请公主放心,为兄今生非公主不娶。如有食言,形同此木。"说着,他便一剑下去,一段松枝随即落地。

阳石公主上前捂住了霍去病的嘴道:"谁要你发毒誓的,你心里有我便是了。"说完便扑到霍去病怀里。

霍去病一时陷入了短暂的仓皇,连道:"公主!这……"

"表兄……"

阳石公主在霍去病的额头烙下一方情感的印记,也把它烙进了自己的心里。可她渴望的不仅仅是这些,她要得更多,她多希望霍去病的雄风唤起她蓄积许久的懵懂。

"表兄!……"阳石公主睫毛闪动,口齿不清,两颊潮红。

霍去病的心被阳石公主的火热撩拨得风狂雨骤,在情感的闸门前惊涛拍岸,几乎要冲破最后的防线。

可就在此时此地,他却听到了边关战马的长啸,闻到了战场的硝烟。于是亲密的潮头迅速消退,他们回归了平静。

"等着我!公主!那一天不会太久了,好么?"

"嗯!"阳石公主幸福地浅笑着。

霍去病挽起她的胳膊道:"你还信不过一个统率千军万马的将军么?"

阳石公主从地上拾起宝剑,插回剑鞘道:"我们回去吧!"

"好!"霍去病牵了马,与阳石公主一前一后走出柳树林,就来到西去路口。公主见此便道:"知道么,我就是在这里把东西交给朱大人的。"

正是正午时分,道路两旁的车流、人群越来越多,其间不乏官员和衙役,呵斥声、催促声此起彼伏。京畿一下子来了这么多人,这让阳石公主很惊异,她问霍去病这些人是干什么的?

霍去病忧郁的目光望着伸向远方的道路,叹了一口气道:"这些人都是从山东过来的灾民。去年秋天那边闹水灾,皇上开仓赈济,仍是杯水车薪。于是皇上又下旨迁徙七十万灾民前往新秦和朔方。前日我遇见郑当时和汲黯大人,他们说仅这一项,就花去朝廷数十万钱。皇上也不容易啊!"

迁徙的人们喝过赈济的粥又疲惫地上路了,煮粥的炊烟重新袅袅升起,准备迎接下一批灾民。

霍去病忧郁的眼神一直追逐着他们的身影,心里想着必须尽快地结束战事,以节省民力。

……

刘彻的思想没有一天停止运转——他的人生已进入最成熟的时期。他终日里盘算的就是如何巩固和扩大河西战果,书写历史新的辉煌。

班师大典过后不几天,他就颁布诏书,大赦天下。

他从没有忘记滇地曾阻止他开通身毒道的事,一旦缓过劲来,他就筹划着用武力去征服这个狂妄自大的南方夷族。

为了训练水军,他诏令在长安城西南开凿昆明池,引来了潏河、沣河和滈河水,开辟了方圆近四十里的宽阔水面。

时序刚刚进入七月,他又颁布一道诏书,减去陇西、北地、上郡一半的戍卒,适当放宽了徭役。诏书到达三郡,官民为终获一个休养生息的机会而庆幸。

与此同时,由张汤和赵禹修订的大汉律法也进入了更加严酷的实施期,废免的大小官吏越来越多,以致早年空荡的廷尉诏狱,如今已是人满为患。

刘彻干脆就征发他们去开凿昆明池,也免得朝廷再为征发徭役而与百姓发生冲突。

四季轮回,大汉王朝就在这样紧张的脚步中又迎来了一个秋天。

李蔡的情绪就如这秋风一样清爽而又浪漫。真是天赐良机,去年南越国送来了通晓人语的鹦鹉和大象,今年敦煌又献来一匹神马。

那献马的人竟是一个发配到边塞的刑徒,名字叫暴利长,他是在一个晨曦微露的黎明,被一声仰天长啸惊醒的。他冲出门一看,天哪!那是一幅怎样的情景呢?那池水如同巨鼎中烧开的水,浪花翻卷,那映在水中的晨光如同五彩霓虹,金鳞银甲;那从水底发出的怒吼声如同春雷,震耳欲聋。

过了大约一刻,但见一道水柱直上九天,与云彩交织在一起。

正当他大惊失色之际,一匹神马踏着水花,从祥云间轻轻落地,站在了他的面前……

马突然张口说道:"请带我去长安见皇上。"

暴利长道:"带你去见皇上有什么好处?"

"免除你的罪罚。"

这是上苍赐予的神物。于是,他潜入长安城,通过早年的一位朋友找到李蔡,声言要将这神马献给皇上。

这传奇是真是假没人知道,但一匹比先前的"天马"还要高大的神马,却让三公九卿都见到了。

李蔡没有丝毫犹豫,就把献马的机会抓在手里。他说服卫青先将神马送到上林苑驯服,然后再作为皇上的坐骑。

马的性子很烈,人还没有走到跟前,它就发了性子,前蹄腾空,一副桀骜不驯的样子。

卫青上前拽住马缰,刚刚跨上马背,它一个蹶子就把他摔了下来,两只环眼望着跌倒在地的卫青,不知是得意还是嘲笑?

卫青被烈马逗得兴起，从地上爬起来就冲上前去，想重新上马，孰料那马也变了计策，只围着卫青兜圈子，就是不让他得逞。如此三番，卫青便气喘吁吁，满头大汗了。他看了看马监，说了一句"廉颇老矣"，便将鞭子丢到一边。

在卫青与神马周旋的时候，霍去病一直在一旁摩拳擦掌，及至卫青"败"下阵来，他已经按捺不住，一个箭步冲了上去，死死地抱住马的脖子强往下按。于是，马与人展开了较量。

一个使出浑身的力气，想将对方扳倒在地。

一个愤怒地要摆脱来者的羁绊，后蹄立地，向后腾起。

一个脚下磐石，重若千钧。

一个四蹄生风，发出"嘚嘚嘚"的声响。

霍去病被带出好几步远，却始终没有松手。

那马的前蹄跪下了，鼻孔间喷出灼热的气息。卫青看着，忽然想起当年与野猪搏斗的情景，口中喊道："去病当心！"

就在这时，险情发生了。

马趁着霍去病一不注意，就腾身一跃，前蹄就朝着他踏来了。

霍去病一个鲤鱼打挺，躲过了攻击，再一个空翻，跃上马背，双手紧紧抓住鬃毛不放。

大家刚刚舒了一口气，不料险情再生，神马忽然来了一个就地打滚，想把霍去病压在身下。就在众人的心提到嗓子眼的时刻，只见霍去病一个滚翻，离开了神马，稳稳地站在了几米远的地方。

这一场人马角逐，看得众位大臣心惊肉跳。

李蔡急忙上前询问："少将军无恙吧？"

霍去病喘着气，脸上露出讪讪的笑意："晚辈河西转战，也没有像今天这样筋疲力尽。"

李蔡尴尬地揩一把额头的汗水道："少将军无恙就好，无恙就好。"

他高涨的情绪开始回落，他暗自庆幸驯马的不是皇上，否则，自己就是死罪。

他暗地里骂那个献马的暴利长，这家伙几乎要陷自己于不忠。他还想求得宽恕,去死吧!

就在三公九卿们相互交换眼色、唏嘘之际,耳畔却传来包桑细长的喊声:"皇上驾到!"

糟了!皇上到了。李蔡的手心顷刻之间就冒出汗来。

他对皇上的性格再清楚不过了,他总是喜欢享受挑战的快感。年轻时,他就凭借勇力屡次要去搏熊,如今又怎么会在一匹烈马面前退却呢?

他一定会借降服烈马的机会宣扬他摄制四海、鲸吞域内的气度和力量,那样一来,他献马博得皇上欢心的初衷就被打破了,他多日来的苦心经营就会付之东流。

刘彻今天轻衣简装,内着橘红色深衣,外罩荷绿色短袍,脚蹬一双绣了云头的软靴,腰扎银色玉带,头戴一顶紫金冠,看上去分外精神。

其实,听说卫青、霍去病在上林苑驯马,他早就来了。他只是不让包桑声张,在一旁默默地看了许久。

两位将军与神马搏斗的情景让他生出不尽的感慨,他不禁问自己是否还有当年的雄心和勇力?御座坐久了,连他自己都觉得老了。

但此刻这匹桀骜不驯的烈马唤起了刘彻久违的情怀,他顾不上大臣们的参见,就冲到了马前高声道:"让朕来看看,它究竟有多厉害?"

李蔡闻言大惊道:"皇上!万万不可,皇上乃万乘之躯,万万不可!"

接着,卫青、张汤等也都纷纷上前劝谏。

只有霍去病年轻气盛,反而赞同刘彻的举动:"臣在侍中多年,深知皇上胸怀天下,勇力过人,既然这马将来皇上要骑,不妨今日一试。"

卫青的脸顿时沉了下来,责备道:"你作为骠骑将军,朝廷重臣,不该如此轻率。万一那马伤了皇上,你如何向天下交代?"

霍去病笑道:"舅父多虑了,有孩儿在一旁护着,敢保万无一失。"

刘彻脸上也露出了自信的微笑:"众卿在朝多年,倒不如一个年方弱冠的年轻人。"

他说着话就来到神马旁边,一手托起神马的下颌,一手梳理着它的鬃毛,像是与一位久别重逢的故人说话,言词中多了许多的亲近与平和。

然后他轻轻一跃,翻身上了既无鞍鞯,又无辔头的马背,用手拉着它的鬃毛,那马一声嘶鸣,朝前跑去。

众臣追着人马的背影望去,只见那马周围,祥云缭绕,五彩绚烂;马头上隐约飘着两团火,照得刘彻金光四射。

卫青、霍去病大惑不解,自与匈奴开战以来,他们俘获战马数十万匹,什么时候见过如此神驹呢?

那么烈的野牲,见了皇上竟通得人语,服服帖帖,莫非上苍果真要赐神马于汉廷?

而李蔡这时再度陷入了仓皇和惊恐,他对着神马驰去的方向,几乎是带着哭腔祈祷上天保佑皇上平安。

他这一跪不要紧,刚刚还沉浸在神马传奇中的大臣们似乎都在一瞬间意识到了事态的严重,呼啦啦地跟着跪倒了。

卫青见状,对霍去病和警跸们喊道:"速去护卫皇上!"

"嘚嘚嘚……"一队人马朝南去了……

可刘彻并没有与追赶他的队伍相遇,当他一阵风似的回到驯马场、安然无恙地站在失魂落魄的大臣们面前时,竟然对大家的行为大惑不解:"卿等这是为何?"

听见耳边传来皇上的声音,李蔡的心终于松弛下来,人也如散了架一样瘫软在地。半天,他终于哭声道:"皇上回来了!皇上回来了!臣……"他不知道该怎样去表达自己此刻的心情。

刘彻轻舒气息,慢撩衣袖,从马监手中接过辔头,给神马戴上;马监立即捧来一副鞍鞯,捆上马背,牵着马绕场一周,回到皇上身边的时候,就见那马身上渗出殷红色的血,刘彻用手去摸,汗腥扑鼻。

李蔡心中的忧虑又加了一层,后悔当初怎么鬼使神差,弄了这不祥之物回来,这不是自招其祸么?

"臣罪该万死,不该听信奸人妄言,致皇上受惊!"

当他正准备接受训斥时却听到刘彻爽朗的笑声:"受惊?哈哈哈!朕腾云驾雾一番,好不快哉!何来受惊一说?众卿不必担惊受怕,张骞当年从西域归来时,曾说那里有汗血宝马,其日行千里,汗为赤色,想来就是此马了。"

他告诉大家,方才骑在马背上的时候,他有一种扶摇九天的畅快,一种

俯瞰人间的恢宏,心中悠然地卷起滚滚诗浪:

> 太一况,天马下。沾赤汗,沫流赭。
> 志俶傥,精权奇。籋浮云,晻上驰。
> 体容与,迣万里。今安匹,龙为友。

当刘彻朗朗的诵声在大臣们耳际回荡的时候,李蔡终于走出了恐惧,他还来不及体味皇上的意思,就迫不及待地高呼道:"皇上圣明!"

接下来的日子里,李蔡一门心思地筹划着扩大神马的效应,让这场几乎成为灾难的事件化为自己头上的光环。

皇上热衷于武功军备——那是他和卫青、霍去病之间的感情维系,根本没有他李蔡的机会;皇上同样也喜欢文学、音律。那天,在别人梦酣的时候,他抄录了皇上的诗句,长长短短还真不少,他的眉头便展开了。

一天早朝时,他把一个筹谋许久的谏言提到了刘彻面前。

"臣跟随皇上左右,每读皇上佳作,如获至宝。回到府上晨读晚吟,如饮甘露,日积月累,十分可观。惜乎宫中多闻贤良文士之作,而少有皇上诗作入乐,倘能设置一有司,专工音律,广搜天下诗词,则不仅皇上诗作流传域内,且春秋以来之'诗'乐也不至于流失。"

"依爱卿之见,这官署该用何名呢?"

"臣早思虑好了,就叫乐府。"

"何人可以担当此任?"

"此人臣已物色良久,他叫李延年,早年曾做过乐倡。通音律,善歌舞,研习新声,颇有功力。"

"有这等人才,朕倒是想看看。"

几天以后,李蔡就带着李延年进了宣室殿,亲自为刘彻演奏。

一曲终了,刘彻心旌摇荡,心花怒放。当即敕封李延年为协律都尉,总揽宫中乐舞诸事。

李蔡自己都没有想到,他这唯利之举,竟然孕育出光华灼灼的"乐府"诗体来,这也算是歪打正着吧。

转眼重阳节到了,按照刘彻旨意,李延年精心组织排练的"乐府"歌会在未央宫前殿如期举行了。

歌会的主调当然是皇上写的《白麟歌》和《天马歌》,李延年费了几个通宵,亲自谱了曲子试唱,直到感觉对了皇上的口味,才拿出去交乐坊排练。

司马相如、东方朔等人也都拿出自己的得意之作,为歌会锦上添花,建元以来的文士们,终于迎来了可以与将军们媲美的、属于自己的盛大节日。

虽然他们对皇上把一个宦官擢拔到两千石的协律都尉颇些微词,可这歌会毕竟给了他们一个扬眉吐气的机会,他们也就不去计较了。

大约是辰时三刻,晨光刚露,司马道上已是熙熙攘攘了。

李蔡和张汤一前一后地进了司马门,他们一路上谈笑风生,满面风光。

李延年是他们推荐的,他们自然很看重这场歌会,因此对赴会者也就热情了许多,一路走来,遇见人就打招呼。就是与平日里不待见的汲黯说起话来,也随和了许多。

"内史大人也来了?"

"丞相举荐的高人,下官也想看看他有何等能耐,能让皇上如此神魂痴迷。"汲黯显得有几分矜持,可接着就不无讥讽地说道,"丞相和御史大夫好眼力,弄了个中人来总领乐府,开我朝乐音之先河啊!"

听闻此话,李蔡和张汤的脸上就很不自在。在这种场合,他们最怕的就是与汲黯周旋。

张汤悄悄地拉了一下李蔡,两人就准备离去,偏偏汲黯盯着不放:"两位大人慢走,下官还有一事请教?"

李蔡、张汤只好停住了脚步。

"下官前日到昆明湖工地巡视,看见李广和张骞在那里开凿引水渠道,这是为什么?皇上不是允准他们赎为庶人了么?"

李蔡尴尬地寻找着理由搪塞:"既已成为庶人,当然少不了徭役。"

"他们是何人?是战功赫赫的将军,是凿空西域的功臣!"汲黯的声音里带了不平和愤懑。

"可他们也是罪人啊!不是他们,三千将士能葬身荒漠么?"李蔡不满道。

此时,司马道上人越来越多。张汤明白,再这样争下去只能被同僚们笑话,忙出来打圆场道:"今天是重阳歌会,是个高兴的日子,两位大人就不要再争了吧!"

这时候,汲黯也看见了司马相如和东方朔,便收住话头道:"这事下官一定要当面禀奏皇上。"说完,他便转身招呼文士们去了。

张汤看了看李蔡道:"大人走吧,跟这狂徒计较什么?"

两人都觉得在这样的场合被奚落指责,太没有面子了。

等着瞧,迟早要将你这个狂人逐出京城。李蔡在心里想。

上午巳时一刻,刘彻出现在未央宫前殿。他今天心情很好,整个人看上去很精神。一同前来观看演出的,还有卫子夫和刘据。

刘据第一次见到如此宏大的场面,看什么都惊喜。春香在一旁悄悄提醒道:"大臣们都盯着殿下呢,殿下还是沉稳些好。"刘据懵懵懂懂地点了点头。

大臣们依照文武两班分别就座,每个座位前的案几上都摆上了产自上林苑的柑橘、栗子等时令水果。刘彻与卫子夫坐在上首,中间留出宽敞的空间作为表演区。

午时一刻,看着大臣们相继坐定,刘彻高声说道:"众位爱卿,荀子曰:'礼别异,乐和同。'夫乐者,和之不可变者也,乐之务在和人心。朕设置'乐府'之要旨,不仅在于传承《韶》《武》之雅乐,更在于推进大汉乐舞之兴。今日歌会,非徒雅颂之声,多为朕与文士新作,乃在革故鼎新,和心适行。"

说罢,包桑便走到出场口,向李延年小声说了几句,大殿内立时钟磬盈天,管竽齐鸣。七十名童男童女组成的表演拉开了演出序幕。

女子长袖飘拂,细腰态妍;男子身如游龙,步如驰马;在一旁,又有七十名童男童女引吭高歌:

> 太一况,天马下。沾赤汗,沫流赭。
> 志俶傥,精权奇。籋浮云,晻上驰。
> 体容与,迣万里。今安匹,龙为友。

听着歌声,刘彻的眼前就浮现出天马降临那个早晨的万里云霞,就飘过一幅幅乘马横天的挟雷弄电,就有了一种疆场持戈的心驰神飞,仿佛回到了与卫子夫初识时的浪漫。

他对卫子夫道:"皇后与朕共舞如何?"

卫子夫脸上泛起两团红晕:"自进宫以来,臣妾久已不曾起舞了,恐怕……"

"当年朕的祖父文帝也曾与慎夫人歌于灞陵,不过图个与民同乐罢了。"说着,他拉起卫子夫的手就进了舞池。

娴静太久,卫子夫的身体虽有些许丰腴,然一旦舞将起来,依旧身轻如燕,婀娜窈窕。

这一切都唤起了刘彻被战事和朝政几于湮没的激情,他高大的身影伴着音乐的节奏穿梭于童男童女之间。刘彻是气吞云霓的巨龙,他让卫子夫的心醉了,一个旋转,卫子夫就到了刘彻面前,两人相拥,就听见殿内爆发出雷鸣般的掌声。

卫子夫心中此刻似有冥冥的旋律在响起:

风过窗前余梅香兮,唯君与我共舞;
花沾清露邀晨星兮,唯君与我共舞;
雪映冰姿雕玉树兮,唯君与我共舞;
月笼渭水烟笼纱兮,唯君与我共舞。
……

刘彻舞得兴起,对坐在下面的文士们喊道:"朕与皇后起舞,不如与卿等共舞如何?"

其实司马相如、东方朔等人早已如痴如醉,跃跃欲试。皇上一道口谕,大家纷纷起身响应,大殿内一时人头攒动,气氛热烈。

那些刚入京不久,便见皇上与文士们共舞一厅的人们,一个个目瞪口呆,算是开了眼界。

汉制,逢节庆君臣共舞于庭,在这个秋日的上午,节日被刘彻推向新的高潮。

李蔡并没有闲着,在众臣聚精会神地观看演出的时候,他却起身向后殿去了。在那里,他悄悄地对李延年耳语了几句,又回到座位上。

一曲舞罢,刘彻携着卫子夫回到座上,举爵与大家共饮。李蔡不失时机地来到刘彻面前,一脸热情道:"皇上,值此歌会之刻,协律都尉感念皇上恩德,特谱新歌一首,献与皇上。"

"哦?李爱卿精通八音之和谐,熟稔雅颂之要旨,朕就听听。"

李延年峨冠博带地来到众人面前。

早年进宫时的净身,使得他的嗓音尖细高扬。他明白,像他这样不男不女的人登堂入室向来被朝臣们鄙视,两千石秩禄并不能改变他的自卑,走进大殿,他的眉目一直垂着,不敢直视场内的气氛。

可当他一旦放喉高歌,立即就忘记了一切屈辱:

　　北方有佳人,
　　绝世而独立。
　　一顾倾人城,
　　再顾倾人国。
　　宁不知倾城与倾国,
　　佳人难再得。
　　……

那歌声委婉中夹带着凄楚,惆怅中暗含着期待。尤其是对"倾城倾国"的描述,说是清晰却又隐约,说是模糊却又明朗,引得刘彻遐思不绝,心想这究竟是怎样的美人呢?竟然倾倒了一城一国的人,朕怎么就无缘一见呢?

刘彻表情上的微妙变化,卫子夫看得清清楚楚。皇上身边多几个美人倒在情理之中,何况自己毕竟不比当年,而那个王夫人虽屡蒙圣露,至今却未怀皇子。

她担心的是这个还在歌中的女人,有一天如果真的来到皇上身边,夺了自己的宠爱不说,要紧的是她如果生个龙子,太子日后的地位就会受到威胁了。

可偏在这时,刘据说话了:"父皇,何谓倾城倾国?"

天！卫子夫心头一沉,脸上就不悦了:"太子年幼,问这些干什么？"

可刘彻的心此时早已被李延年的歌声勾走了,他高兴道:"李爱卿一曲歌罢,令朕心旷神怡,赏金三十。"

"慢！臣有话要向皇上启奏。"大家随着喊声望去,只见汲黯起身向刘彻这边走来了。李蔡与张汤交换一下眼色,那意思是说:"这狂徒又来搅局了……"

汉武大帝

杨焕亭 著

③ 天汉雄风

长江出版传媒　长江文艺出版社

目 录

第 一 章	整饬盐铁诏官营	赏雪乐坊遇佳人……001
第 二 章	李广报国再请战	公主伤别痛阳关……019
第 三 章	大将军漠北布阵	霍去病北海扬威……036
第 四 章	李广刎颈泣神鬼	卫青抱愧念忠魂……055
第 五 章	温柔夜里倾国恋	无疆亭下伤情别……074
第 六 章	巡察风波漫朝野	秋雨玄甲哭骠骑……091
第 七 章	连环案毁两重臣	兴国计出双英杰……110
第 八 章	秋风辞载悲凉意	酎金案拷忠义心……128
第 九 章	上林悲风问心惘	阴山勒兵凌胡霜……147
第 十 章	嵩山群峰呼万岁	泰岳松涛恸哀音……166
第十一章	绝爱失爱各自痛	君情臣魂天地分……183
第十二章	香魂一缕随水去	思念不尽伴月来……201
第十三章	念罢美人又北顾	尊官贰师还西征……218
第十四章	两年受降成梦影	三载远征千马回……235
第十五章	天汉光照苏武志	战云搅动李陵心……252

第十六章	纵弟秽乱延年死	为友激辩太史冤	269
第十七章	错中错李陵蒙垢	忍上忍太史守志	286
第十八章	巫蛊又生宫闱乱	歧见远疏父子情	304
第十九章	相望无言亦无恨	林深山静心不宁	322
第二十章	落叶萧萧长安树	阴霾重重汉宫秋	338
第二十一章	卫后抱恨自裁去	父子反目动刀兵	355
第二十二章	刘彻痛思平叛误	燕王心随立嗣浮	372
第二十三章	霍光观画体君意	汉皇一怒斥红颜	390
第二十四章	钜定籍田感民意	轮台罪己明得失	408
第二十五章	恨满关河残梦断	情绝汉宫悲歌终	424

后　　　记　……………………………………………………………　442

第一章

整饬盐铁诏官营 赏雪乐坊遇佳人

刘彻见汲黯一脸肃然,便明白他是冲李延年来的。

他担心影响到卫子夫和刘据的情绪,于是道:"歌会到这个时候也将落幕了,皇后先带据儿回宫去,朕还有话要对众卿说。"

"那臣妾先告退了。"卫子夫对刘彻不征求她的意见就直接让她回宫,心里感到瞬间的不快。但她生性内敛,在这样的场合她只能顺应皇上的旨意。

她拉着刘据的手,很得体地向大臣们道:"众卿与皇上尽欢,我身子有些不适,就先走了。"

谁也没有注意到,卫子夫在说这些话的时候,眼睛已经湿润了。

李延年的一首歌打乱了她的思绪,而皇上为什么要她离开,她比谁都清楚,那个只在歌里的女人已经让皇上心绪不宁了。

可刘据一百个不情愿离开,噘着嘴说道:"孩儿还要看一会儿歌会。"

出了前殿,卫子夫说话的声音就重多了:"你这孩子,怎么如此不懂事,要知道你现在是太子,为何如此沉迷笙箫歌舞呢?"

刘据听了母后的训诫,委屈地哭了。

好在石庆和庄青翟也跟了出来,好歹劝走了太子。

卫子夫回眸身后,惆怅地叹了一口气,对春香道:"起驾回宫……"

这边,刘彻正在和汲黯说话。他说道:"今日重阳佳节,朕举行歌会,意在与众卿同乐,爱卿有事改日再说不迟。"

汲黯上前一步,站在表演区的中央道:"臣所奏之事,正与歌会有关。"

看着汲黯毫无妥协的意思,刘彻不免有些烦躁,皱了皱眉头:"说吧!说吧!"

"臣闻王者作乐,上承祖宗,下化兆民。今皇上得一马而歌之,且列入宗庙必奏之曲,臣不知道,先帝们能不能听得懂?"

刘彻断然打断了汲黯的话:"不就是一首歌么?朕也是图个君臣同乐。朕就依爱卿,不入太庙行了吧!"

但汲黯不过是借歌会寻个说话由头而已,他很快就把话题转到了为李广、张骞的申诉上。

"臣记得皇上曾感叹朝廷人才不足……"

刘彻心想,这老儿究竟要说什么?怎么这会又说到这个?但他还是耐着性子道:"是啊!怎么了?"

"然皇上性格峻严,群臣或小有犯法,或有欺罔之举,动辄诛杀,无所宽宥,这样还有谁敢举荐人才呢?"

汲黯此语一出,卫青、司马相如等人都睁大眼睛心里想,这老儿今天是不是疯了,怎么能说出这样的话来呢?

尤其是张汤,他觉得这是一个击倒政敌的绝佳机会,便悄悄地拉了拉李蔡的衣袖。

李蔡却摇了摇头,低声道:"不急!先看他说些什么。"

"建元以来,陛下求贤甚劳,却未尽其用,辄已杀之。夫以有限之才恣无已之杀,臣恐天下贤才将尽,还有谁能与陛下共同治理天下呢?"

汲黯这话直指刘彻,他想发脾气却又不知该从何说起,只好寻找理由搪塞道:"此事就不劳爱卿多虑了。朕不患天下无才,而患不能识之。才是什么?不就是有用的器皿么?既然有才而不肯为朕所用,不杀他又留着干什么?"

这次又轮到卫青、司马相如、东方朔等人为皇上这番辩解而震惊了。

"臣明白,以臣之卑微虽不能屈陛下,然臣甚以陛下为非,愿陛下自今改之。"

"汲黯!"刘彻拍着案几怒吼道,"你究竟要干什么?"

汲黯平静地撩了撩袍袖道:"臣要说的是,张骞、李广,二人皆有功于朝廷,如今却被发配去修昆明湖……"

这话一出口,李蔡和张汤立即慌了神。皇上根本不知道这件事,如果揭发出来无异于是说他们欺君罔上。

张汤立即摆出激愤的样子道:"汲黯,你今日之举皆因皇上惜才爱才,每每宽容,而你不思回报皇恩,反而得寸进尺,若陛下容忍此风蔓延,必将圣威扫地。"

李蔡则以自责的语气道:"汲黯位列九卿,僭越犯上,臣难逃罪责,请皇上将臣与汲黯一起问罪。"

可他们却发现刘彻冲他们来了:"快说!究竟是怎么回事?"

李蔡急忙道:"李广、张骞本当斩首,皇上开恩,令他们赎为庶人。因此臣命他们去修昆明湖,也是给他们一个思过的机会。"

"哼!"李蔡的话遭受到汲黯的奚落,"丞相真会大义灭亲啊!可李广不仅是丞相的族弟,还是大汉的功臣。至于张骞,出使西域十三年,妻儿都死在昆仑山下,朝野闻之垂泪。唯独丞相……"

刘彻也很吃惊:"他们虽然有罪,可也曾是朝廷大臣,为何不禀朕知道?"

"这……臣……"李蔡不知道该如何回答。

汲黯借此话锋一转:"丞相动辄以下官触怒天颜,如今自己却犯下欺君之罪,这该如何处理?"

这种情况司马相如看得明明白白。今天,皇上没有任何理由治汲黯的罪,也绝不会为了两个罪臣去杀了平日殷勤的李蔡和张汤。

他步履悠悠地来到刘彻面前,脸上十分平静,因为口吃,所以说话的速度也慢了许多:"皇上今日欢歌,意在重阳嘉会。圣意昭然,圣恩浩然,各位大人如此剑拔弩张,未免拂了皇上的一番美意。皇上向来看重与群臣之'众乐乐',既是歌会,自然不能无歌。昔日臣过宜春宫,曾吟就一赋,今日献上以作终场之娱。"说完,他便高声吟诵起来——

> 登陂陁之长阪兮,坌入曾宫之嵯峨。临曲江之隑州兮,望南山之参差。……观众树之蓊薆兮,览竹林之榛榛;东驰土山兮,北揭石濑。弭节容与兮,历吊二世。

念到这里，司马相如打住了，他对刘彻道："夫为赋者，上以美政治，下以化黎首，下面的文字，须得皇上不降罪，臣才敢吟出。"

刘彻"哦"了一声，司马相如他了解，在任何时候他都会把握分寸，说到底也无其于《长门赋》吧！

"朕恕你无罪。"

"谢皇上！"

司马相如转过身来，面向众位同僚，朗朗吟诵道：

> 持身不谨兮，亡国失势。信馋而不寤兮，宗庙灭绝。呜呼！操行之不得，墓荒秽而不修兮，魂亡归而不食。

这些文字因为他的口吃而被分成若干节，听起来不那么顺畅，可在场的众臣却捕捉到不同的信息。

"信馋而不寤兮，宗庙灭绝"这几个字，就扎到了李蔡和张汤，两人几乎同时站起来指着司马相如的鼻子骂道："司马相如，你竟敢摇唇鼓舌诽谤皇上，该当何罪？"

司马相如脸上掠过一丝微笑："皇上都宽恕了下官，丞相和御史大夫就不必小题大做了吧？吾皇德比尧舜，功盖文武，秦皇亦望尘莫及，况乎昏庸之二世？两位大人如此曲解在下辞赋，莫非对皇上口诚而腹诽乎？"

李蔡和张汤没想到口吃的司马相如会出这一招，一时情急，百口莫辩，就双双跪倒在刘彻面前了："皇上，臣等绝无异心，请皇上明察！"

刘彻怎会听不出司马相如的弦外之音呢？他觉得司马相如比汲黯可爱多了，他既让朕知道了他的意思，却又不给你难堪。

他心里比谁都清楚，平时对贤良们的宽容和喜欢，恰是一种御人之术。他们信马放言，乘兴吟咏，却多为诵讽之词，无伤社稷根基，无权柄之求，却能调节朝廷议事时的气氛，缓解紧张的关系，愉悦皇上的心情。更重要的是，每当他纠结的时候，这些人总能出来为他排解尴尬。

刘彻顺着司马相如的意思，责备李蔡和张汤道："丞相、御史大夫还嫌不乱么？你们也退下！"

刘彻看了看包桑，他便尖着嗓音喊道："皇上有旨，歌会到此为止。"

出了未央宫前殿，大臣们各自散了。

快要出司马门的时候，卫青、汲黯紧走几步，追上将要登车的司马相如。

汲黯谢道："今天要不是大人的那赋……"

司马相如爽朗地笑道："在下这不过是小智慧，比起两位大人，在下可差远了。在下现在急着回府，改日再到两位府上讨杯酒吃，如何？"说罢，就拱手告别了。

卫青与汲黯相视一笑："文士们都这样，落拓不羁……"

"可皇上喜欢他们。"

可皇上关于人才的一番话，卫青在心底是不能认同的。他进一步感到，在皇上身边，他务必时时小心谨慎，否则就会有杀身之祸。

汲黯看着卫青的样子，便问道："大将军为何沉默不语呢？"

"在下是在想，皇上喜欢他们，自有一番道理。"

"是什么道理？大人说说！"

"呵呵！论起统兵打仗，在下勉力可为，可谈及这些事情，在下就总是想不透。"

汲黯诡谲地笑道："恐怕不是大人没有想透，是太过谨慎罢了。"

在汲黯看来，皇上喜欢文士与喜欢从西域来的天马无异。用则御之，不用则弃之。

这个汲黯，总能看到事情的真谛，这些可都是皇上秘不示人的啊！

卫青没有接汲黯的话茬，两人走完司马道，临上车前，卫青低声劝道："大人往后需把自己的嘴管牢些……"

转眼冬天来了。

郑当时坐在书房里，望着外边纷纷扬扬的大雪，一双日益老去的眼睛闪过短暂的希望之光。

瑞雪兆丰年，刚进入十一月，上天就给了关中一个好兆头。

郑当时期待今年有个好收成，好缓解连年战争带来的财力紧张，使国家逐渐充盈起来。

但是,大雪拂不去接下来的愁绪。

各地纷纷向朝廷奏报,说眼下县官用度太紧,而那些富商大贾们则暗地干起了铸钱的营生,动辄获利数以万计,却不佐国家之急。他们甚至勾结官吏,偷漏朝廷赋税,弄得朝廷入不敷出。

郑当时担任大农令多年,懂得钱币失控对朝廷的危害。

私铸钱币,往往偷工减料,成色逊于朝廷铸币。可流入市易的量却大大超过了京师发出的钱币数量。真假币混淆,朝廷没有办法准确掌握钱币的总量,结果弄得是物价飞涨,百姓不堪其苦,而府库收入却没有增加。如此下去,府库日益空虚,市易日益混乱,弄不好就要动摇社稷的根基。

与此同时,盐铁走私也在全国滋生蔓延,危及朝廷的赋税。有些诸侯用走私盐铁的收入,打造兵器,伺机谋反。

赈济各郡水旱灾害需要钱!

正在进行中的战事需要钱!

宫廷日益增加的用度也需要钱!

皇上把各地的奏章都批阅给郑当时,要他办理。他的头就大了,觉得在这九卿之中,大农令是最难当的差事。

皇上一句话,要为骠骑将军建一座新府,工关处只管派人到少府寺提钱,至于钱从何处来,那不是他们的事情。

浑邪王率部投降,皇上一道诏书,要百万安置费用,钱从哪里来?那不是皇上考虑的事情,是你郑当时的责任。唉……什么时候退了,这些烦恼也就没有了。

这些日子,他一直在琢磨如何加强朝廷对赋税的掌控,如何打击各地走私铁盐的行为。

年前,有人向他推荐齐地的煮盐巨头东郭咸阳、南阳冶铁大户孔瑾、洛阳商人桑弘羊,说这三人求真务实,忠于朝廷,纳赋甚巨。又对盐铁业十分熟稔,如果与他们一起切磋盐铁和币制改革,也许可以帮助朝廷摆脱目前的困境。

郑当时详细地考察了这三个人的来历。

东郭咸阳的盐业为当地郡守直管,多年来纳赋贡税甚丰,从未有过偷漏行为。

孔瑾所冶之铁，悉数解往京师，入朝廷府库，成为铸造作战兵器的重要来源。

至于桑弘羊，更是精于理财之道，十三岁就入侍中，言利事，析秋毫，尤其是以心算著称，在郑当时的心中更是一绝。

他已将这三人的情况奏明皇上，并要他们拿出一个可供朝廷资鉴的思路。他们说好今天一起去见皇上的，想必也该到了。

郑当时看着窗外还在飘的雪花，心想等各项规制走上正轨，自己无论如何也要向皇上辞去大农令。

正想着，他们就到了。郑当时脸上顿时有了喜色，忙起身前去迎接，却因为坐得久了，两腿有些发颤。府令上前搀扶，却被他推开了。他蹒跚地走出了书房，步入漫天大雪之中……

院子里已积雪盈尺，只有供行人行走的小径才被府役打扫得干干净净。因为三位的到来，郑当时的脚步也不像往日那么沉重了。

对改制抱着极大热情的郑当时，一脸笑容地迎接道："三位到了，老夫有失远迎，恕罪……"说着就向三人拱手行礼，东郭咸阳、孔瑾、桑弘羊于是十分感动老大人的平易近人。

东郭咸阳将拟就的改制方案呈给郑当时，他大体上浏览一遍，果然是思路清晰，针砭时弊。于是他心中就又有了打算，他要向皇上举荐他们担任自己的副手，掀起一场元狩变革。

"好！让三位费心了。皇上还在宫中等着呢，我们进宫去吧。"

从北阙进去，就看见大雪覆盖下的宣室殿。包桑正朝这边张望，显然皇上是等急了，都是这恼人的雪。

"哎呀！大人怎么才来呀？皇上都让咱家看了几次了。"

这一句话，就让郑当时的心里暖烘烘的。四个人跟着包桑进去，刘彻伏案批阅奏章的身影就映入了眼帘。他们的脚步声惊动了刘彻，他抬起头来，那眼中就充满了喜色。他立即放下手中的朱笔，话语中多了朝堂上几乎没有的温暖："老爱卿偌大年纪，就不要多礼了！"

刘彻看着依次落座的东郭咸阳、孔瑾和桑弘羊，他们虽然年轻，却已是盐业、冶铁业和商贾巨擘，话便多起来了。

"卿等欲为朝廷谋复兴之策，朕已从老爱卿那儿多有所知，此乃朕第二次就盐、铁、钱币诸事问计于卿等，你们尽可知无不言言无不尽，勿藏峰掩山。"

郑当时呈上奏章，刘彻迅速在上面来回扫视，读着读着，就念出了声："盐铁官营！盐铁官营！"他兴奋地拍打着手中的竹简，又埋头去看，又念出了声，"颁行皮币，是何意思？"

郑当时道："我朝素来以金市易，多有不便，臣闻上林苑中多产白鹿。故奏请皇上以鹿皮为币，张值为四十万钱。王侯宗室朝觐、聘享，均以皮币荐璧，然后得行。"

刘彻又问道："何谓皮币荐璧？"

桑弘羊急忙答道："臣等之意，各诸侯国进献璧玉珍宝，以皮币作为衬垫之物，皮币每张四十万钱，由少府寺独制。这样所奉献者，就不仅仅是玉璧珍宝，还有皮币。"

"如此甚好，改换钱币，亦可抑制兼并之风，朝廷亦可统制钱币。"

"此意出自何人？"

郑当时指了指一边的桑弘羊，刘彻就高兴地笑出了声："爱卿在侍中没有白待。"

接着，郑当时与东郭咸阳、孔瑾又分别就统一浇铸银、锡两种钱币做了说明。

银锡币分为三品，大的为纹龙圆币，值三千；中者为方形，值五百；小者为多椭圆形，龟纹，值三百。

东郭咸阳道："半两钱自秦以来，流通已有近百年，现在民间私铸成风，因此臣以为应废除半两钱，改铸三铢钱。"

孔瑾也道："新币推行后，皇上应诏令天下，今后凡私铸钱币者，皆以死论罪。"

郑当时又补充道："我朝钱币管理归少府寺，而皇上将钱币铸造交由大农令处。职责交叉，多有不便，请皇上明察。"

刘彻沉吟片刻，觉得既是让他们做事，就不能有掣肘，便道："爱卿之言朕明白了,明日早朝,朕就将之交与廷议,如果没有异议,钱币管理就转归大农令处。"

他站了起来,在宣室殿内走了一圈,整个人有了一种跃跃欲飞的清爽。

"朕就命东郭咸阳、孔瑾为大农丞,桑弘羊以计算用事,协力郑爱卿整饬盐铁,改换钱币。明日早朝时,朕就颁诏!"

第二天,雪还在下,长安的大街都积了厚厚的雪。官员们怕误了早朝,比以往提前了半个时辰。

朝会讨论了郑当时关于改革钱币和盐铁官营的陈奏,在这个事关朝廷财力的问题上,大家暂时抛却了分歧,一致赞同推行改革。于是刘彻当朝宣布了盐铁官营的具体政策和措施:

一、禁私营盐铁业,私造钱范、冶铁器物没入郡县。

二、盐铁改为官营。盐民不得自置煮盐器具,器具悉由盐官供给,盐民食宿仰于郡县。采掘矿山,冶炼铁器统归官营。自诏令颁布之日起,民敢私铸铁器、煮盐者,钛左趾。

三、设置盐官、铁官统管其事。

四、盐铁专卖。盐铁由朝廷按官价收购、贸易。

诏书还特别强调:

一、征缴算缗。诸贾人、末作各以其物自占,算缗钱二千为一算。诸小工商者减半抽税。凡乘坐马车者(官吏和军戎不在此列),一乘抽税一算,载货车抽二算,船五丈以上抽一算。

二、鼓励告缗。凡隐匿不报资财者,民可告发,经查属实者,被告财产被全部没入郡县、戍边一年,告发者可得被没收财产一半。

无论是卫青、李蔡、张汤,还是两千石以上官员,都为朝廷启动了新一轮的改制而振奋。

如此君臣和谐、中外朝一致,多年都不曾见过了。

刘彻的情绪因此而十分兴奋,散朝以后,未央宫前殿只剩下他和包桑。

元狩年间的朝事是多么顺利,麒麟兽的出现,天马的东来,河西两郡的设立,货币和税赋制度改革的启动,象征着王朝将迎来一个新的中兴。此时此刻,他忽然感到,如果不出去走一走,会辜负了上苍的一番美意。

他放下手中的朱笔,对包桑说道:"陪朕到雪中走一走如何?"

包桑看了看门外,宫苑内的树枝上都积满了厚厚的雪,便劝道:"皇上!还是等雪住了再去吧,看这天就像一座冰窖。奴婢担心皇上……"

"呵呵!将士在这样的天气里照样操练,照样出征,朕出去转转又何妨,不必说了,走吧!"

"观雪最好的地方莫过于复道,奴婢已命人将雪清扫干净。请皇上……"

话还没有落音,就听见殿外传来黄门的声音:"长公主驾到……"

"哎哟!皇上,如此良辰美景,不去赏雪,待在殿里不闷得慌啊?"

长公主说着话,眼睛就瞪着包桑:"你也真是的,也不替皇上想想。"

"哦!阿姐来了。这么大的雪,阿姐进宫有何事呢?"

"臣妾是怕皇上劳累,特地邀您赏雪来了。"

刘彻心中就有些感动,尽管前些日子为了阳石公主的婚事姐弟之间有些别扭,但一脉骨肉还是把他们牢牢地系在一起。

"好!朕就陪阿姐走走。"

姐弟俩说着就上了复道,包桑跟上脚步问刘彻道:"要通知皇后来么?"

没等刘彻开口,长公主抢过话头:"今天是我陪同皇上赏雪,是刘氏自家人相聚,就不劳皇后了吧。"

刘彻知道因为封侯以及阳石公主的婚事,两个女人之间有些芥蒂,所以也就不强求她们见面:"皇后身体娇弱,如此冷的天就免了!"

"你听到了吧!"长公主藏在帽子里的眼睛笑眯眯的,看上去很温暖。

……

居高临下看着雪中的长安,自是另外一番雄伟和壮观。远远地望去,长乐宫和未央宫在过去的一年间又增添了不少的殿堂,庞大的建筑群此刻都被大雪绘成鳞次栉比的琼玉世界,各个宫殿之间道路上,宫娥和黄门们来来往往。

两宫的司马道上,黄门每隔半个时辰就要清扫一次积雪,这一切让长公主的眼睛有些发热。

"看到这些,臣妾总是回忆起在宫中的那些日子。"

"是啊!在这样的雪天里,阿姐常带着朕到雪地里嬉戏。"

"皇上那时候可顽皮呢!喜欢追着打雪仗。"

"说起打雪仗,朕那个时候很羡慕乡间幼童的无拘无束。"

刘彻的眼睛眯成一条线,陷入久远的回忆,他的神情被往事攀扯出依稀忧郁:"自朕登基以后,那样的日子就更远了。"

长公主被刘彻的话深深感染了,其实她自己又何尝不是呢?与卫青走在一起,因为出身的不同,每每为朝廷和后宫的许多事情产生歧见,最近为了阳石公主和卫伉的婚事,不仅让皇上不高兴,卫青也有好长时间不能原谅自己。

难道都是自己错了?长公主可不这样认为,她断定皇后已把昔日的一切都忘记了。

哼!你不念恩,可就怪不得我不讲情面了。

这时,传来一阵美妙的歌声:

北方有佳人,

绝世而独立。

一顾倾人城,

再顾倾人国。

宁不知倾城与倾国,

佳人难再得……

"皇上!您听听,这歌声何其美妙啊!"

"哦!这不是重阳节李延年唱的那个曲么?今日为何换成女声了?"

刘彻的眼里顿时闪烁着兴奋的色彩。比起李延年的歌唱,这歌声透着婉丽和温柔。随着古琴的旋律,轻轻袅袅,从掖庭旁边的乐坊飘来,直入刘彻的心田。只是那悠长的咏叹中带着点滴的哀怨。

她望着琴弦的眼睛一定是泪蒙蒙的，要不，那琴声怎么会是湿漉漉的呢？

刘彻忘了周围的黄门和宫娥，忘了陪同他的长公主，忘了眼前大雪弥漫的宫苑，灵魂随着乐声去了。

"皇上！"包桑在耳边轻声呼唤，刘彻没有回答。

他的灵魂在乐声中游荡，依稀看到一位身着蛋清深衣的美丽女子在水中央飘着。风儿吹起一片片轻纱，掠过悠悠秋水。蝉衣染绿淡淡的雾霭，托起她绰约的风姿，水鸟般的轻盈，而她的歌声宛若一池涟漪，在河床上荡漾。

"皇上！"长公主伸开纤细的手在刘彻面前晃动，他却没有任何反应。

刘彻的灵魂依着女子缓缓而行，走进了一片亭台楼榭处。

"皇上！"黄门和宫娥们跪倒在雪地上齐声呼唤。

刘彻正待与女子叙话，却听见耳边的呼唤，那灵魂就立刻回到复道上来了。

"你们这是为何？还不快快平身！"

包桑问道："皇上！您刚才怎么了？吓坏奴婢了。"

刘彻顿觉不好意思："呵呵！朕看到这一天的飞雪，就想起了霍去病曾对朕讲述过祁连飞雪，终年不消，而我军跨越天险，横扫匈奴……想着就走神了。朕吓着你们了吧？"

"呵呵！"长公主嘴角一撇，似笑非笑地捕捉着刘彻脸上的表情，她自信读透了皇上的心事，而她更确信刘彻根本不知道这一切都出自她的安排。

"皇上知道这歌者是何人？"长公主不待刘彻回答，便很随意地道出了歌者的身份，"她就是协律都尉的妹妹，可是个玉做的美人，皇上不去看看么？"

长公主望着雪中的乐坊，她知道刘彻的性格，虽然他胸怀江山，可他每天也等待着美丽的女人。

果然，刘彻矜持而又不失风度地说道："好！朕就随阿姐去看看！"

在长公主的陪同下，刘彻来到乐坊，李延年早已迎出了门外，他们似乎忘了天寒地冻，无一例外地跪在雪地上。

李延年自然跪在最前面，看见刘彻等人进了院子，他们立即低下头齐刷刷地喊道："乐坊小臣恭迎陛下。"

皇上示意他们平身时,他们才一个个颤抖着站了起来。

乐坊内倒是暖和多了,看那些歌舞伎,一个个摇曳如柳,绰约如花。

李延年当然不会放过这个向皇上献媚的机会,将她们一一介绍给皇上和长公主。

"皇上驾临乐坊,微臣无比荣幸。此是乐坊的歌舞曲目,请皇上钦点,微臣让他们演奏就是了。"

刘彻接过曲目,浏览了一遍,顺手点了两个曲子,他指着"北方有佳人"的曲目问道:"此曲何人所唱?"

李延年眉宇间闪过依稀欣喜,却谨慎而又得体地说道:"此乃臣妹李妍所唱。"

"哪位是爱卿的妹妹呢?"

"臣妹正在后面更衣,准备为皇上歌舞呢!"

"乐坊近来都有何新曲目?"

"近来臣琢磨着以前的群舞,其中有些难免滥竽充数。因此臣特别排练了独舞、双人舞和三人舞,使舞者各尽其才,各展其姿。"

这话刘彻听着心里舒服,他打量着李延年,见他生得天庭饱满,明眸皓齿,想来他的妹妹应是倾城倾国的佳人了。

"好!就依卿所奏,选几支上好的舞曲给朕看看。"

"诺!"李延年欢快地回答。

他也没有忘记长公主,接着问道:"公主还想看什么,小臣这就去安排。"

长公主心里暗笑,这家伙倒会演戏,一切都天衣无缝,嘴里却道:"我是陪同皇上来的,皇上喜欢什么,我自然就看什么。"

"谢公主!"李延年脚步轻快地去了。不一会儿,就看见随着器乐的旋律,一个窈窕女子,且歌且舞地旋转而出。

当她背对大家的时候,那是一缕春风洗绿了的云彩,携带着绿色的雨丝,从万里苍穹,悠悠地飘落人间;

当她侧身婉转的时候,那是一棵碧玉妆成的弱柳,长发垂腰,宛若绿绦落地,散出满目风情;

当她面向众人舞姿翩翩的时候,那是一轮初浴出水的满月,冰清玉洁,

皎颜清辉,顿时照亮了整个舞厅;

当她仰面屈膝,下腰伏地,散开一对长袖时,那是一只饮露含珠的丹凤,双目迷离,巧笑倩兮:

> 啊……
> 北方有佳人,
> 绝世而独立。
> 一顾倾人城,
> 再顾倾人国。
> 啊……
> 一顾倾人城,
> 再顾倾人国。
> 啊……
> 一顾倾人城,
> 再顾倾人国。
> ……

这声音在乐坊内徘徊回旋,经久不息,也在刘彻的心头起伏跌宕,回环复沓,缠绕着他的心。

长公主在一旁揣摩,觉着这李延年实在是个乐神,他懂得皇上需要什么,他的妹妹应该向皇上奉献什么。

那个"一顾倾人城,再顾倾人国"的重叠简直妙不可言,恰当地而又不露声色地把美人的魅力展现在刘彻面前。

她偷偷地打量身边的刘彻,他的目光已被李妍的舞姿深深吸引住了。

"哼!卫子夫,看你怎么办!再过两年,等李妍生下皇子,你那皇后的位子恐怕也岌岌可危了。"

对长公主而言,刘据是侄子,李妍将来生的儿子依然是侄子,谁当太子,对她来说都是一样的。

她正在那里盘算着,李妍的舞蹈结束了。在李延年的引领下,她缓缓来到刘彻面前。

"皇上,此乃微臣家妹李妍。"

"臣妾参见皇上。"李妍轻盈地跪在刘彻面前。

长公主在一旁提醒道:"抬起头来。"

毕竟是第一次拜见皇上,李妍不免有些胆怯,头虽然抬起来了,目光却不敢与皇上相视。但他还是发现了这个女人与卫子夫和王夫人的异样之处。

那一对春山,摇落百媚千娇;那一双秋水,涟漪荡漾不绝。

那身体虽比王夫人消瘦了些,却比卫子夫当年丰腴。再想想刚才的舞姿,也与卫子夫有很大的不同,卫子夫追求的是对男人的依靠,而她却如歌中所唱的那样,是"绝世而独立",处处表现出与别人的异样。

这样的女人不在自己身边,岂不委屈了她?

正这样心猿意马地想着,李妍抬起头来,两人的目光一相撞,刘彻便被灼得燥热。

"李延年筹办乐府有功,赏百金,帛百匹。其妹赏五十金,帛五十匹。"

"谢皇上。"李延年忙不迭地跪在地上。

刘彻却站起来对长公主神秘地笑道:"时辰不早了,朕要回宫了,阿姐也早些回府歇息。包桑留下,看看公主还有何安排?"

"诺。"包桑答道。

长公主脸上开满了灿烂的笑容,她送皇上走后就回到乐坊,一进门就笑嘻嘻道:"李妍熬到头了。请公公把皇上的意思转告给掖庭令,让他给李妍安排一座僻静居处。"

长公主尖细的手指轻轻抚着李妍的肩膀,话语中就带了柔柔的温情:"哟!瞧这肩膀长的,真是柔若无骨、丰若有肌,天生一个美人啦!将来妹妹荣华了,可不要忘记我哦!"

李妍急忙就要行礼,却被公主拦住了:"妹妹这是干什么?往后就是一家人了,等妹妹为皇上生了龙子,我还是他的姑姑呢!"

李延年在一旁看着两人亲热的样子,觉得似在梦中。遥想命运将会发生转机,就有一股暖融融的热气自内向外地散发。

"公主之于妹妹,恩同再造,微臣只有为皇上、为公主鞍前马后,才能报这瀚海之恩啊！"

……

入冬以后的几场大风下来，渭河水面上眼见着就结了厚厚的一层冰，平原也在这样的日子里凝固了它的身体，一锹下去，只是几道白印。可在工地监工的羽林卫拿着鞭子，督促加快进度。

李广心里觉得很悲哀。这些年轻人本是良家子弟，可怎么到了一些人麾下，就变得没有人性了呢？

虽然他们对张骞和自己不是那么疾言厉色，但他就是看不惯他们的蛮横。

李广从工地回到府上，已是下午申时一刻，雪还在下，他从心底感谢这场雪，否则他和张骞还得和那些刑徒一样忍冻苦熬。

李陵看祖父回来了，忙上前帮他拍掉肩上的雪花："祖父一定冻坏了吧？"

李广摸了一把眉毛说道："快去让你祖母弄些酒来，老夫要驱驱寒。火就生在书房，老夫想独自一人饮酒。"

李陵知道祖父心里烦，也就不再说什么，遂去了后房。

冬日天短，早早地天就黑了。

李广独自一人生了炭火坐在书房，烫着酒，一爵一爵地喝着。听着风在门外肆无忌惮地怒吼，这几个月的屈辱和不平又重新回到他的眼前。

当初，带着战争的创伤回到长安，他原本也没有打算活的，可皇上又一次让他赎为庶人，这让他十分感念。就为这一点，他就不能颓废怠惰，要等到再上战场的那一天。

但他等来的是什么呢？一天，少府寺传了御史大夫的话来，要他去参加开凿昆明湖。

李广不怕吃苦，多年军旅生涯给了他一副餐风饮露的肠胃，也给了他一副铁骨铮铮的身板。他只是不明白，为什么不让他战死疆场，而是要用这样的苦役去折磨他。

传话人一走，李陵就怒不可遏地撕碎了御史大夫的手令，声言要面奏皇上，讨个说法！

李广当即就给了孙子一记有力的耳光,他不容许李陵如此轻慢朝廷的文书。

"你都快成年了,怎么还像个孩子?那文书即是朝廷,即是皇上,这事传将出去,你死了不要紧,连累李氏家族百数口,你不成了千古罪人了么?"

"难道族祖对此事也坐视不理么?"李陵说的是李蔡。

"你指望他?他现在是官迷心窍,只知道取悦逢迎,哪还顾得上我们……你快去收拾行李,老夫明日就到工地去,权当是为三千陇西子弟守灵。"李广叹了一口气。

可他没有想到,在那里他又见到了同为庶人的张骞。

这可真是同为沦落人,相逢心自知了。休息时,他们常常坐在一起叙说各自的心事,打发寂寞的时光。

现在回到家中,没有了说话的人,他反倒不习惯了,尤其是这样的雪天,若有老友登门,一坛老酒,围炉叙话,也好忘记那些缠绕心头的委屈。

想到这里,李广下意识地朝外面看了看,却不料发现府令陪着一个人,朝书房走来了。哦?那不是张骞么!李广急忙起身迎出门外:"如此大雪,大人为何来了?"

"想陪将军说说话,一个人在府上也沉闷无聊。"

张骞说着就进了书房,一股暖气迎面而来,驱走了身上的寒意。

李广忙命人切上好的牛肉,两人相互邀约着喝了起来。

说到几个月来的遭遇,彼此都不免感慨万千。李广已几次被判死罪,旋又赎为庶人,倒也罢了。可张骞还是第一次遇见这样的事情,他曾一度心灰意冷,以为此生就这样了。但就在昨天,一个新的消息给他灰暗的生活里投进了一缕阳光。

"将军知道么?又要打仗了。"张骞夹起一块牛肉,就放进了嘴里。

"哦?大人怎么知道的?"李广的眼里顿时有了光彩。

"从宫里传出的消息说,皇上对汉军不能穿越漠北很不以为然,决心打破这个常规。听说朝会已经决定,大将军与骠骑将军各率五万人马,从马四万匹,加上步兵转输和后续军旅共数十万人,将从定襄出击匈奴。"

"这么说,老夫可以……"话说了半截,李广又收了回去,他端起酒就灌进腹中,那目光便黯淡了,"唉!老夫戴罪之身,又在做无望之想罢了。喝酒!喝酒!"

张骞眼见李广的眼圈红了,心中好一阵酸痛,安慰道:"将军千万不要如此想,将军身经百战,战功赫赫,皇上是不会忘记将军的。"

"大人是说老夫还可以重赴边关么?"

张骞点了点头:"将军不妨进宫奏请皇上允准。"

"能行么?"

"现在正当用人之际,将军又熟悉匈奴军情,皇上一定会慎重考虑的。而大丈夫生当建功立业,死亦慷慨悲歌。在下亦虽戴罪之人,也正要奏明皇上,重启西域之行。"

说起来张骞还是晚辈,与李广相差十几岁,可此时此刻,他们的两颗心就这样地相互温暖着、相互砥砺着。

李广的心被张骞说得热乎乎的,他一把抓住张骞的手道:"大人所言甚是!老夫明日就进宫面奏皇上。"

"将军果然宝刀不老,雄风依旧!"张骞向李广拱手。

这时雪也住了,从薄薄的云层间露出朦胧的月光……

第二章

李广报国再请战 公主伤别痛阳关

朝廷决定要在元狩四年(公元前119年)出击漠北,这消息让李广冷却的心再度复燃。

张骞一走,他就要人捧出他的大黄弓,牵来铁色战马,在校场上跑了五圈,连续射穿十几个挂在槐树枝上的铜钱,才从府令手中接过酒爵,一饮而尽。

"廉颇虽老,尚能披挂,老夫岂可做伏枥老骥!"

这一夜,李广做了一回不眠人。他把自己关在书房里,让李陵替他认真地写了一道奏章——

臣李广上疏皇帝陛下:

臣本布衣,承先祖遗风,世受国恩。文帝时,匈奴入萧关,臣从军击胡,屡经战阵,驰马疆场。吴楚兵乱,臣追随太尉,克敌昌邑。后屯兵上谷、上郡,驱匈奴于塞外,被甲胄于边城。臣虽有失,然忠贞可见,虽春秋日高,然雄志不减。闻陛下欲出击漠北,臣夜思边月,剑鸣于耳,引弓奋矢,持戈待发,愿以臃肿之躯追随大将军左右,为国效力,以报陛下知遇之恩。

更漏刚刚报过卯时,他就按捺不住心头的激动,直奔未央宫。

在塾门等待皇上召见的时刻,他兴冲冲地与张骞谈论起自己此次出征的设想。

"倘若皇上恩准了老夫的奏章,老夫就要自请担任前军主将,将生擒单于,为三千陇西子弟报仇!"

可朝会上公布的出征将军中没有他,皇上倒是下了一道诏书,恢复他郎中令的职务。

"难道老夫请战,就是为了一个郎中令么?"

在司马门前,张骞正等着他:"看来皇上没有让老将军出征的意思。"

李广也不说话,只是叹息。

张骞劝道:"依在下的意思,将军不妨再写一道奏章向皇上求情。"

"能行么?"

"庄子曰:'真者,精诚之至也,不精不诚,不能动人。'只要将军锲而不舍,相信皇上会被感动的。"

"好!就依大人!"

当晚,李广又写了一道奏章——

郎中令臣李广昧死再拜上疏皇帝陛下:

闻陛下出征漠北,未准臣请战之奏,臣心急如焚。右北平一战,臣所部三千子弟,葬身瀚海;从事中郎灌强,乃忠烈之后,亦埋骨他乡。臣每念及此,悲戚断肠。陛下圣恩浩荡,赦臣折军之罪,复郎中令之职。臣此次请战,非为求封赏之机,而为慰三千忠魂;非为私心自用,而为社稷尽忠。纵战死疆场,亦无悔矣……

奏章还是由李陵执笔,却费了半宿时间。写完奏章,李广早已泣不成声了。

李陵对祖父的做法很不以为然,卷起竹简道:"不出战就不出战,祖父何必强求?"

"你还年轻,不了解老夫的心。"李广说着挥手就要李陵出去了。

一代人有一代人的见识,他不求李陵理解自己,而在乎皇上的态度。

自奏章送上去后，他几乎天天到塾门等候消息。

他这个样子让包桑十分感动，转身便进了宣室殿。

"启奏皇上！"包桑望着匈奴全图前刘彻的背影，小心翼翼道。

刘彻没有回头，手继续沿着定襄一代缓缓移动，嘴上答道："你有何事？若非大事，就待会儿再说。"

"李广求见。"

"朕不是恢复了他的郎中令了么？他还有什么要求？"

"他要向皇上请战。"

"唉！这个李广，真是倔。"刘彻不得不停下来，"老将军是何时来的？"

"这几天一直在塾门等着，说皇上若是不见他，他就一直等下去。"

刘彻知道，这已是李广第五次请战了。要说，他这一辈子……刘彻轻轻叹了一声道："好！宣他来见。"

"诺！"

包桑的脸上立即显出了笑容。看着老将军焦躁地等待的身影，他心里也不好受。好了，只要皇上答应见他，他就没有白等。

"皇上口谕，传郎中令李广觐见。"

话刚落音，李广就把宝剑递到了他的手里。虽然是冬天，但李广胸中呼出的气还是热乎乎的。

这老儿，来之前一定喝了不少的酒。他在心里想。

李广一身玄甲，配褐色战袍，朱红盔缨，与如雪的须发形成鲜明的对照。他起于卒伍，向来不善心机，但为了最后一次求战，他还是费了一番心思的。他破例没有穿朝服，而是披了盔甲，以示誓赴疆场的决心。

"臣李广参见皇上。"

人事更迭，建元以来的老臣已是寥若晨星，何况他是身历三代的将军呢！刘彻像对待郑当时一样把欢悦呈现在李广面前："平身！"

"谢皇上。"

刘彻又要赐座，但李广谢绝了："臣经年在外，骑马征战，臣还是站着好。"

刘彻知道李广的脾气，也不勉强："朕明白将军的意思，但朕顾及将军年事已高,不忍你鞍马劳顿,还请体会朕的用心。"

"皇上!"李广一撩战袍,再次跪倒在地道,"臣若是欲在安逸中了却残年,就不会披着甲胄进宫来了。"

"将军这又是何必呢?如今朝廷新秀迭出,不说大将军和骠骑将军,就是老将军的虎子李敢也无比勇猛。朕虽不敢说是猛将如云,也是群英荟萃,何劳将军……"

刘彻说到这里就打住了,但李广还是猜出了皇上的意思。

"皇上是说臣已经老了?"李广觉得一股意气顺着上焦,很快地蔓延到喉结,"皇上如此轻看老臣,令老臣无地自容。"

"老将军起来说话,朕绝无轻视之意。"

李广站了起来,目光中含了不尽伤感:"臣虽年迈,然每餐尚能食斗米,肉二斤,可拉三百石强弓,请皇上恩准臣与朝内年轻将领们一比高下。臣若输了,就不再提出征之事;臣若胜了,就请皇上恩准老臣随军出征!"

李广一番慷慨陈词,说得刘彻也是心潮澎湃,他走到殿中央道:"老将军言重了,朕绝无轻看老将军之意,朕只是以为……"

可李广这时候却像一个孩子似的,伤心地哭了起来,这弄得刘彻、包桑和一干黄门、宫娥无所适从。

刘彻望着再度匍匐在地的李广,一时语塞,亲自上前去扶。

"皇上!臣有几句心里话想对皇上说。"

"老将军有话就说。"

李广的哭声渐渐平息,有些报颜道:"三千子弟葬身大漠,乃臣之罪也。臣若是放弃了此次出征的机会,岂不冷了三千亡灵的心?百年之后,臣又有何颜面去见战死疆场的大汉将士?"

话说到这个份上,李广的心迹已十分了然。大汉有如此重情重义的老臣,乃王朝之幸,社稷之幸,还有什么理由不让他回到战场上去呢?

刘彻亲自为李广拂了拂战袍道:"老将军一番肺腑之言,令朕感慨万千,朕允准将军出征就是了。"

李广的心情现在才算平静了:"臣代三千子弟谢过皇上,臣这就回府备战!"

走出殿门,李广从剑架上拿回宝剑,向包桑道了一声谢,开怀的笑意就写在了眉宇间:"哈哈哈!找张骞喝酒去!"

张骞这些日子很忙,每天早朝之后,他就要到典属国署中为挑选的使团年轻人讲授西域的风土人情,为二次出使西域做准备。

同是出使西域,可情势是多么的不同。他不用再担心会被匈奴扣押,还可以旌旗猎猎地穿过漫长的河西草原,浩浩荡荡地西去。武威的太阳任他享受,酒泉的美酒任他畅饮。

岁月就这样在张骞面前展开崭新的风景。

他再也不会有旅途的孤单和寂寞。就在他西去的同时,卫青率领的大军将直击漠北。

仿佛一幅巨大的长卷,在汉军冲锋陷阵的宏阔背景下,一群身负和睦使命的使者,将驼铃声播撒向远方。

傍晚的飞雪偶尔飘进窗口,吻着张骞被火烘烤得热辣辣的两颊,皇上白日在宣室殿与他的谈话又随着清凉的白雪回到心头。

"爱卿此去招乌孙国东返敦煌,与我大汉联手抗击匈奴,朕甚欣赏。为此,爱卿所带器物不可小气。"

皇上的气魄,无形中给张骞的西行增添了胆气。这会儿他已将清单列好,明日一早就去少府寺提取。

在这个雪花纷飞的日子里,他多希望患难之交李广能与他一起分享这份喜悦。

真是心有灵犀,暮色渐沉的时候,李广披着雪花上门来了。

他一进府门,就喜不自胜地对张骞说道:"皇上已经允准了老夫的请战奏章。"

"呀!可喜可贺。"张骞一边帮李广拍打肩头的雪花,一边就往书房走去。

两人来到书房,张骞吩咐丫鬟弄些酒菜,他要和李广分享心头的喜悦。

"不是说皇上不允么?"

李广呷了一口茶,从胸中吐出一股热气道:"唉!要不是老夫连着五天在塾门硬磨,今生大概真的没有机会再上战场了。"

张骞点了点头道:"总归还是了却了一桩心愿。"

李广很感谢张骞的善解人意,当他环顾了一下书房时,就觉得他太需要一个女人了。

"大人真的就这样一人独处?看看这书房乱的。"

张骞沉默了一会儿,抬起头时眼睛就有些湿润了:"唉!在下忘不了纳吉玛倒在血泊中的惨状。多少年了,在下一闭眼,他们母子趴在地上,手伸向东方的模样就浮现在眼前,唉……"

李广的心也被那一双发红的眼圈弄得忐忑不安,心想,情究竟是怎样的呢?叫这堂堂男儿一想起来就柔肠九曲,泪水盈眶。

"此行西域,在下也要了却一番心愿,就是带纳吉玛母子回家。"

酒菜上齐后,张骞让仆人们都退下了,偌大的书房里,只剩下两个曾沐浴过战争血与火、经历过世间炎凉的将军。

张骞掌勺给李广的耳杯中斟满酒,然后各自举杯饮了。

热酒浇心,炉火暖身,饮过三巡,李广问道:"大人怎么想到要出使乌孙国呢?"

"此乃在下的终生夙愿。纳吉玛母子不惜牺牲,为的什么?就为我大汉与夷狄和谐一体,在下不能让他们的血白流啊!这乌孙国在文帝时曾被月氏击败,冒顿单于收留乌孙余部,军臣单于曾于元光二年指派猎骄靡率领乌孙人远征大月氏,随后猎骄靡在那里立国,以族名为号,故名乌孙国。然军臣单于死后,乌孙国不肯复事匈奴,遂战事频起。然惜乎国小财拮,兵微将寡,难成大器。故在下以为,若能远结乌孙国,进而连接大宛、康居、大夏,则皇上在元狩元年提出的'广地万里,重九译,致殊俗,威德遍于四海'的夙愿就可实现了。"

"好!祝大人一路顺风。"

李广将手中的耳杯伸向张骞,碰出清脆的声响。

"也为老将军的凯旋,干!"张骞红着脸站起来,向李广敬酒。

也许是两位至交太激动了,在碰杯的时候,竟然手指颤抖,那耳杯"当"地一声,就跌落在地,成了碎片。

"这是怎么了?是老夫喝醉了么?"李广头有点晕,跌坐在火盆旁。

"不就是一个耳杯么?不妨事,不妨事,让下人再拿一个来就是。"

张骞说着就蹲下收拾残片,他觉得好生奇怪,这残片不多不少,正好六块,而且每块碎片大小均等,他反复地查看,也没有发现旧伤的茬痕。

张骞捧起耳杯残片,望着残留酒香的地毡,心中忽然有一种不祥的预感。他不禁垂下了头,半晌才缓过神来,对着门外喊道:"菊香!"

"大人有何吩咐?"

"去告诉府令,让他备车,老爷我要送李将军回府……"

车驾在厚厚的积雪上行走,十分缓慢,只有马铃声在夜色中清脆地回响。

一路上,李广睡得很沉,时不时地说一些梦话:"灌强!老夫来看你了……"

张骞一听,心就一个劲地往下沉。

到了李府门前,李陵早在那里等候。

张骞抱歉道:"都怪我没有节制,老将军今日饮多了,还请贤侄好生照顾。"

"爷爷是因为皇上允准了他的要求,心里高兴!"说完,李陵就要上前去扶李广。

"哈哈哈!你笑爷爷老了么?拿剑来!"李广朝着身边的府令喊道。

李陵与张骞挥手告别后,就来到李广的身边说道:"外面冷,爷爷还是早点歇了吧?"

李广抬头看了看天空,不知道雪什么时候已经停了,月亮从云层里透出隐约的身影。他有些清醒,又似乎还有些醉意,他从府役手中接过宝剑,喊道:"灌强,老夫来也……"

李广把一柄精钢宝剑舞得蛟龙转腾,一边舞一边还对着李陵喊道:"你站在那里看什么,还不来陪爷爷,来呀!来呀!哈哈哈……"

李陵被爷爷的气概感染了,他从腰间抽出宝剑,两人就在月下对舞起来。一个是宝刀不老,一个是生机勃勃;一个是招招密不透风,一个是步步严丝合缝。

府役们很久没有看过这样精彩的剑术了,一个个情绪高涨,掌声不断。

可就在这时,李广忽然看见一个人从树影下走了出来。他立刻撇开李陵，朝着树下奔去："灌强！快来陪老夫舞剑啊……"

李陵心中不禁一惊，剑就跌落在地，刚才舞剑出的一身汗这会儿被风吹着，冰凉冰凉的。

这预示着什么？李陵不敢往下想，他跟着爷爷的脚步来到树下，就听见李广对着树在说话。

"灌强啊！你为何不说话，呆呆地站在那里作甚？老夫知道，你的胸口还带着匈奴人的箭，你的眼睛从……从来就没有闭上。"

淡淡的月色下，李广从胸中呼出浊重的酒气："贤侄！你知道么，皇上已允准老夫出征了，老夫终于有机会为你报仇了。你……"

泪水顿时模糊了李陵的眼睛——唉！战争，你是怎样一个鬼魅？竟让一位老人这样为之执着呢……

即使千里冰封的雪天，也无法让匈奴人战争的烽火平息下来。

河西战役的大败，大片土地的易主，浑邪王的投降，这一个个沮丧的消息，让伊稚斜觉得在部落诸王面前颜面无光，也使他感到无法面对已投进太阳神怀抱的军臣单于。

"都是自次王的馊主意，才使大匈奴蒙受了失土丧国的奇耻大辱。"伊稚斜用马奶酒消磨着惆怅的时光，他撕一大块牛肉塞进嘴里，口齿不清地骂道，"要不是可西萨仁是寡人的胞妹，真恨不得一刀结果了这叛逆的性命。"

这是元狩四年的春天，尽管时序已是二月，但狼居胥山仍覆盖着厚厚的积雪，余吾河水也只在盈尺的冰层下静静地流淌。

伊稚斜掀开穹庐的窗帘，望着天地皆白的漠北草原，眼里浮现出孤狼的悲哀。他在心里问自己，这是天命注定匈奴人要从自己这里走向衰落，还是太阳神对自己用部族内部残杀而掌权的惩罚。自从自己掌握权柄以来，匈奴人的战事簿上，似乎还没有胜利的记录。

当刘彻接纳了于单的时候，他还信誓旦旦地宣称要"踏破长安，饮马渭水"，后来却越打距长安越远，匈奴的疆域也越打越小，随之而来的是各个部落王爷们的怨声载道。

他终于明白了做匈奴的单于与做左谷蠡王是多么的不同。

他现在唯一的希望就是在今年春夏之交能够与汉军打上一仗，以消除国内日益不满的情绪。

伊稚斜仰起脖子,喝完银碗里的最后一口酒,就听见穹庐外响起了马蹄声。

是谁在这个时候来单于庭呢?又会带来怎样的消息呢?

"单于在么?"他听出来了,是左屠耆王的声音。他在这个时候来,一定是前线有了战事。

"大王,单于正在里面喝酒呢!"

"那你去通报一声!"

伊稚斜没等卫士传话,就对门外喊道:"不用通报,你直接进来好了。"

左屠耆王撩开门帘,就闻到满屋的酒气。

伊稚斜招了招手,让左屠耆王坐到自己的对面,他又吩咐下人呈上马奶酒,又撕了一块牛肉递给他道:"来!陪寡人喝一杯。"

左屠耆王把牛肉放回面前的银盘道:"单于真就这样终日泡在酒里么?"

伊稚斜苦笑道:"不然又能怎样呢?前方战事不顺,寡人心烦。"

左屠耆王道:"眼下烦心的事又来了。"

伊稚斜立即睁大眼睛问道:"汉人又来了?"

"正是!边境细作来报,近来汉朝军队调动频繁。"说着,又从怀里掏出一张羊皮道,"来自长安的消息,汉皇对自次王所谓汉军不能横渡大漠的预言很不以为然,很可能要发动对漠北的攻击。"

"好啊!寡人秣马厉兵,就为了这一天。你说说,这仗该怎么打?"

"此一时彼一时也,今日匈奴军力已远不如当年。河西之役,汉人以万人胜我数十万人,军中恐汉心理十分严重。"

伊稚斜摆了摆手道:"别绕圈子,你就说如何打吧!"

左屠耆王心中有些失望,这个伊稚斜啊!这么些年了,怎么还是这样急功近利呢?

"臣以为,还是召集各部王爷和大臣们到单于庭商议之后再定。"

"唉!你也听他们的?看看那些王爷们,一个个脑满肠肥,一提起汉军就浑身打战,还指望他们为国雪耻吗?"伊稚斜愤愤道。

左屠耆王道:"不管怎样,单于都该让臣下知道战与不战的利害!"

其实，汉军要在漠北打战的消息，赵信知道得并不比左屠耆王晚。他毫不怀疑这种可能性，经过河西之役，战争的主动权已由匈奴这边转到了汉朝那边，这一点他比谁都清楚。

因此，在五天后的单于庭议事会上，当其他人要求打仗的呼声喊得震天响的时候，赵信坐在一个角落一直沉默不语。这很快就引起了右大将呼韩昆莫的注意。

"自次王怎么不说话呢？有何破敌的良策，为何不陈奏单于呢？"

赵信依旧低着头，只管喝着奶茶。

但是，呼韩昆莫的话却把大家的目光转到了他的身上。

"是啊！是啊！自次王在汉多年，总该对汉军的虚实有些了解才是。"

"自次王为何沉默不语呢？莫非也是畏惧么？"

"哈哈哈……"单于庭里弥漫着讥讽的大笑，赵信脸上一阵阵发烧。

尽管单于把亲妹妹嫁给了他，但他还是能感觉得到人们眼中的轻蔑和冷漠。

匈奴人对投降变节的人向来是视为异类的。

六年了，只要太阳从东方升起，他就注定要经受这种被瞧不起的折磨。

只有在夜里，拥着可西萨仁入梦的时候，他的心才会获得一份安稳的栖息地。

可现实是严酷的，他可以对别人的蔑视置之不理，但他不能不回答单于的问话。

"单于，臣正在思虑这话该怎么说才好呢！"

"你有话就说，犹豫什么？你不说出来，寡人又怎会知道自次王的想法呢？"伊稚斜佯装大度道。

赵信站起来走到穹庐中央，看了看众位大臣道："各位以为如果开战，我军胜算的把握有几成？"

看着大臣们愕然不语，赵信接着又把第二个问题说了出来："敢问诸位大王和将军，目前对于匈奴人来说，是守土重要呢，还是进攻重要呢？"

"你这话就等于没说！当然是守土重要了，可不进攻又如何拒敌于家园之外呢？"左屠耆王反问道。

"问得好。"赵信踱着缓慢的步子又道,"在长安时,臣曾熟读过《孙子兵法》。那里面说,能自保方可言胜敌。依臣看来,我军与汉军决战的时机已去,为今之计,当以自保为要!"

伊稚斜打断了赵信的话道:"你就说该如何应对吧。"

赵信环顾了周围一双双盯着的眼睛,仍然心存踯躅,吸了几口气,一副要说的样子,临了又咽了回去。

伊稚斜气就不打一处来,怒道:"自次王怎么了,说话吞吞吐吐,欲言又止,你要急死寡人么?"

左右屠耆王和左右骨都侯也都动了气,纷纷埋怨赵信故弄玄虚,蛊惑人心。

没办法,到了这个份上,赵信不得不把埋在心里的话说了出来。

"单于,臣闻善用兵者,修道而保法,故能为胜败之政。"

"什么意思?"

"这句话的意思是说,既要保存自己,又要战胜敌人,就必须内修政治,邦交谨慎,确保法纪。而自保之法不仅是打仗,也可开邦交啊!在敌强我弱的形势下,重开和亲之议乃自保之上策。如此一来,汉军断无出兵理由,而我军也可蓄积力量,以图重新崛起。"

这话一出口,立即在大臣之间引起轩然大波。眼看左右屠耆王、左右大将"刷"地抽出腰间的战刀。呼韩昆莫更是横眉冷对,明晃晃的刀尖挑着赵信的领口,冷笑道:"我倒要剖开你的心看看,到底是黑是红,为何帮汉人说话?"

这原本就是赵信预料中的结果。他紧闭双眼,五内下沉,等待着单于的判决。他没有为自己的言语而后悔,只是如果今天一定要死,那没能够见上可西萨仁一面就是他唯一的遗憾了。

他平静地倾听着周围的动静,多希望此时伊稚斜能理智地思考他的谏言,做出明智的选择。

单于庭里静极了,人们的喘息声都可以清晰地听出节奏。冥冥中,赵信听到了死神走近的脚步声,他的血在凝固,脑子里一片空白。

大臣们都目不转睛地盯着伊稚斜,他紧紧地揪着粗壮的胡须,看着阳光一缕缕地在天窗上悄悄地移动。

老实说,赵信关于重开和亲的谏言,让他的思想在一瞬间出现了停滞。隆虑阏氏死了才刚刚几年,和亲这个词对他来说好像恍若隔世,太久远了。

他知道刘彻与隆虑阏氏的感情。在这笔债还没有偿还,而汉军处于优势的情况下,重开和亲之议是多么的不现实。

隆虑阏氏自刎之后,娶汉朝女人做阏氏一直是他梦寐以求的愿望。他一想起军臣单于与隆虑阏氏在一起的情景,就妒火中烧。

他原以为这辈子再也不可能看见像隆虑阏氏那样美丽的女人走进草原了。可这个赵信,偏在这个时候提出重开和亲之议,他内心很清楚,现在谈和亲,无异于投降。

他也清楚,留下赵信,也会为今后留下一条后路。

伊稚斜的习惯是,在做出重大决定之前,总要不断地摸摸挂在耳朵上的巨大耳环,如果反复在耳环上摩挲,那就证明他是举棋不定。

决定命运的举动出现了——伊稚斜的手离开了银碗,移到了胸前。大臣们有的屏住呼吸,有的喜形于色,有的翘首以望,赵信虽然闭着眼睛,他有一种预感,决定生死的时刻到了。

"赵信乱我军心,本当斩首。寡人姑念其初犯,从轻发落,令其闭门思过。"

伊稚斜站了起来,野狼般的眼睛扫视了一下面前的大臣们,浓重的鼻音在穹庐内荡起嗡嗡的回声:"各位大王、将军!从来没有主动把头伸进狼口中的羊,匈奴人没有拿祖土送给别人的习惯。漠北是我大匈奴单于庭所在地,是祭祀太阳神的圣土,是我们世代生息的地方,怎能拱手送给汉人呢?我们先后丢了河南、河西和漠南,这都是寡人的错。寡人愧对列祖列宗,今天当着众卿的面,寡人断发代首,向列祖列宗谢罪!向太阳神谢罪!"他说完就"嗖"地一下割下一缕长发。

"这次汉军来攻,我匈奴军民务必严阵以待,同仇敌忾。若再言和,就跟此发一样。"伊稚斜率先冲出穹庐,面东而跪,"伟大的太阳神,保佑匈奴人战胜汉人吧!"

单于的话在诸王和将军们心中掀起一阵飓风,他们凭着一腔热血,当着太阳割下自己的长发,从心底发出怒吼:"誓与单于共生死!"

当主战的情绪在匈奴的大臣间蔓延的时候,赵信再也不提和亲的想法。

赵信并没有改变对决战前途的忧虑,他回到穹庐,已冷汗淋漓,人一下子瘫倒在地了。

"夫君这是怎么了?"

美丽的可西萨仁支走了身边的女奴,将赵信紧紧抱在怀里。

"夫君!说话呀……夫君……"可西萨仁哭出了声。

"差点见不到夫人了。幸亏单于圣明,我才能再看到你。"赵信伸出手拂去妻子的泪水。

可西萨仁让赵信安静地躺在自己怀里,两双手攥在一起。她俯下身体,深情地吻着他,两人的泪水就交融在一起。

赵信闭着眼睛道:"人这一辈子会犯很多的错,有些是不可追悔的,有些是追悔不尽的。我今生最大的错误就是不该再次回归匈奴,那点男人最后的自尊都因为这一步之错而被摧毁殆尽。"

"夫君……"

可西萨仁捧起赵信的脸道:"夫君千万不要这样想,夫君本来就是匈奴人么。"

善良的她才不管赵信是汉人还是匈奴人呢!在她眼里,他是自己所爱的男人,她要全心地呵护他。

"我明日就去找单于,劝他重开和亲。"

赵信给了可西萨仁一个无奈的笑,心里的话却是:"可西萨仁啊,大战就要来了……"

这个世界太小了,为什么总要让两个倔强而又高傲的女人碰在一起呢?

汉军誓师仪式已经结束,刘彻和卫子夫已经回未央宫去了。但是有两个女人却紧紧地追着大军,走过了横桥。

分多聚少,本是将军们的生活。可这一次出征,长公主的心就比往年纷乱得多。她真担心因自己的任性而影响了卫青的情绪,她有时候也在心里埋怨自己,为何不让所爱的人没有牵挂走向战场呢?

可她的性格就像一匹烈马,她总是想挣脱理智的缰绳而自由自在地狂奔。

出征前夜，她与卫青又发生了本不该发生的争吵。

躺在卫青的怀里，她口无遮拦地鄙夷皇后的出身，埋怨她不识时务。说自己想求阳石公主嫁给卫伉，应该是她的荣幸，可皇后偏偏坏了她的大事。

当她发现卫青不说话，只是静静地听着的时候，她不免就得意忘形起来。她将如何认识李延年，如何巧妙而又在不知不觉中把他的妹妹推入皇上怀抱的事情，毫无隐瞒地说给卫青。

她从卫青的怀里坐起来，那凤眼就露出了凶光。

"哼！"她似乎忘记身边还有一个姓卫的丈夫，恶狠狠地说道，"在这皇室内，谁要是敢与我作对，我让她生无安宁之时，死无葬身之处。"

可她没有想到，她的话还未落音，耳边就传来了怒吼声："够了！你还有完没完？"

"怎么了？"长公主惊恐地看着丈夫。这是结婚以来，她第一次看见卫青发这么大的脾气。

"至于么？我不就是随便说说么？"

的确，卫青长期隐忍的怒火终于因为长公主的肆无忌惮而爆发了。

"左一个歌伎，右一个奴婢。公主不知道吗，我也曾是骑奴啊！公主是不是也鄙视我呢？既然如此在意，又何必当初？何况公主可以另择夫君。"卫青说完，就起身到书房去了。

长公主顿时后悔了，自己这是怎么了？竟然说出如此让夫君无法接受的话。

卫青在书房里过了一夜，长公主一人守着偌大的卧房，打发着寂寥的长夜。她几次走到书房门外，又退了回去。

她的桀骜和矜持，使得他们近在咫尺而心隔两处。

这一次她对卫青的伤害太重了，卫青已不是昔日的卫青，他本来倔强的性格更无法原谅她的出言不逊。

卯时一刻，卫青披挂上马，去参加誓师盛典。她追到门外，也没见卫青回头看一眼。

看这事闹的？当卫青挥动手中的宝剑发出命令、回眸向亲人告别的时候,那眼睛让她的一颗心战栗。

刀剑之下无老少。对将领和士卒来说,每一次出征都意味生离死别。凯旋了,无异于另活一世;死了,连向亲人告别的机会都没有。

在生死面前,任何恩怨都显得微不足道。大军驰过渭桥时,卫青已从心底原谅了长公主。他不愿意带着心结上阵,那样会影响他的决策。

他坚毅的目光中透出温柔,是那么让她难以抗拒,让她惆怅满腹。

当然牵动长公主情怀的,也不仅是卫青,还有另外一个男人,这就是她的儿子——平阳侯曹襄。

阳石公主拒婚之后,皇上把卫长公主嫁给了曹襄,并钦点他跟随大将军出征漠北。这是皇上给他的一次建功立业的机会——说来他年龄也不小了,与霍去病同岁。

她本想上前与儿子说几句话,可曹襄借故回避了。

自从她与卫青的事被儿子发现后,他就搬出去住了——他至今也不愿意承认卫青的继父地位,这成了她无法对别人诉说的痛。

因为与卫子夫的关系很僵,儿媳卫长公主至今也没有与她说上几句话。

唉!他大了,由他去吧!自己还是多想想卫青吧!

此刻,长公主的车驾追着大军,来到了咸阳北原。在与卫青执手相别时,长公主哭泣道:"原谅我的任性。"

"公主保重!管好伉儿几个,不可让他们惹是生非。"卫青说完便翻身上马。

大军越来越远,渐渐淡出了长公主的视野,府令在一旁提醒道:"公主,将军已经走远了。"

"多嘴!我知道。"

大家于是便不敢高声说话,只呆呆地站在那里听候发落。

"回府!"长公主命令道。

车驾掉转马头,却听见前面传来嘈杂的声音。

长公主对府令说道:"看看去。"

府令催马到前面一看,心中不禁一惊,天哪!是阳石公主。这不是冤家不聚头:一个是皇上的亲姐姐,一个是皇上的爱女,怎么能让她们碰到一起呢?

都是丫鬟、宫娥前呼后拥,都是骑奴、府役威风凛凛,仗着主子的地位,谁也不愿意让道。

府令觉得以自己的身份处理不了这样的纠纷,他急忙转身回来,向长公主禀告了情况。

"又是那个丫头!"长公主嘴角流露出不易觉察的冷笑,"真是不知天高地厚,满朝文武,哪个见了我的车驾不让道?翡翠,随我去看看。"说着,她便踩着府役的脊背下了车。她远远地望见,阳石公主牵着马也朝这边走来了。

什么东西,自作多情。长公主在心里骂道,却住了步子,等待阳石公主的到来。

阳石公主的脚步是沉重的。

又是一年燕子回,最为恼人是春风。冬天的时候,她与霍去病就在道路往南的一处松树林中发下了海誓山盟,等到剿灭匈奴的那一天,他们就要鸾凤和鸣。

在之后的日子里,他们几乎每隔一段时间,就要来到这林子练习刀马,切磋武功;回味人生,憧憬未来。

在相互凝望中谱写着相爱故事,送走一寸寸甜蜜的时光。

可是今天,她心爱的人走了,率领着他的大军走了。

阳石公主擦了擦腮边的泪珠,就听见耳边传来冷冰冰的声音:"哟!还掉泪了,为小情人的吧……"

阳石公主抬起头,长公主高傲的脸盘就映入她的眼里。阳石公主避开长公主的冷嘲热讽,彬彬有礼道:"哦!姑母也来送大将军了。蕊儿有礼了!"

"担当不起。"

长公主对阳石公主的谦恭不屑一顾:"你是皇后的爱女,又是骠骑将军的……我如何敢接受如此尊贵的行礼呢?"

"姑母!"阳石公主耐着性子道,"蕊儿知道,姑母对蕊儿没答应与伉弟的婚事而心存芥蒂。姑母爱子心切,蕊儿感同身受,可那是父皇的旨意,与蕊儿何干?"

"是啊!与你是没有关系,可与你娘就有关系了。"

长公主根本不去看刘蕊脸上的难堪,只顾自说自话道,"想当初若非我向皇上引荐,皇后焉有今日?可你瞧瞧她都干了些什么?真是忘恩负义……"

"姑母!"阳石公主打断了长公主的话,"姑母有话尽可以对母后去说,当着下人的面说这些,像什么样子?"

"哼!你还有脸说下人,令我哑然失笑。听说你经常出入于骠骑将军府,并马于咸阳原头,你敢当着下人之面说么?卫伉是没有什么功劳,可他也是列侯呀!霍去病又怎么样?功劳大,风险也大,战场上刀枪无情。哼!"

长公主踩着府役的背重新坐回车驾,对府令和翡翠喊道:"回府!"

可她的人马却没有丝毫动静,因为她的肆无忌惮激起了阳石公主身边宫娥们的愤懑,一个个持刀肃立,拦住了公主的车驾。

"闪开……"长公主提高了声音,"你等要造反么?"

那些披着软甲的姑娘们似乎没有听见长公主的呵斥,眼睛齐刷刷盯着阳石公主。

长公主心里有几分惊慌,问道:"蕊儿!你要干什么?我今天要是有个闪失,皇上饶不了你。"

阳石公主向宫娥们使了使眼色,大家收势插刀入鞘。然后对自己的护卫队伍喊道:"让开!让姑母先行……"

之后,阳石公主在马屁股上狠狠抽了一鞭子,追上长公主的车驾,隔着窗,她高声说道:"姑母!为人要宽厚些,否则是要遭天谴的。"

当长公主的车驾走远的时候,阳石公主却泪水盈眶:"表兄!珍重……"

阳关尽头,不见将军的身影,只留下马嘶的余音在经久不息地回荡……

第三章

大将军漠北布阵　霍去病北海扬威

后半夜,可西萨仁两腮挂着泪水,在赵信的怀中进入了梦乡。

回味着夫妻之间说话的全部内容,赵信却总是理不出一个头绪。

直到穹庐外的岗哨进行交接之后,他才意识到,他和可西萨仁已和这个国家生死依偎在一起了,没有匈奴国的存在,他们注定只能做汉朝的刀下鬼。

他要说服伊稚斜避开汉军的锋芒,把保存实力放在第一位。

天刚刚放亮,草原还沉浸在一片宁静之中,赵信轻手轻脚地出了穹庐,直奔单于庭来了。

伊稚斜刚刚洗漱完毕,正在穹庐外练习刀法,远远地看见赵信疾马奔来,心知是与昨天的军事会议有关。

"自次王这么早来,不知是为何事而来?"伊稚斜屏气、收势,深深地吸了一口气道。

"臣昨晚想了许久,觉得有些话还是与单于单独说好。"

"好!进去说话。"伊稚斜说着,先自进了穹庐。

"谢单于!"

赵信跟着掀开门帘,看见女奴们正忙着帮单于整理穹庐,把热腾腾的奶茶倒进银碗,放了一些油炸的牛羊肉和果子在旁边。

几碗奶茶入腹,伊稚斜便问道:"自次王对战事有了新的想法?"

赵信不答反问："单于认为此战该如何应对呢？"

"嗯！寡人不是在问你么？"

"说打仗容易，可这打仗毕竟不是喝奶茶。"赵信比喻道。

"这还用你说么？"

赵信抬起头看了一眼单于问道："单于知道近年来我军与汉军作战为什么连连失利么？"

伊稚斜摇了摇头。

赵信于是便把考虑了很长时间的想法陈说在单于面前："依臣看，我们不是输在兵力悬殊上，而是输在眼光短浅上。匈奴立国已有数百年，却没有一部兵书，也不研习汉人的兵法，故步自封，以为自己很了不起。自刘彻登基以来，一再窥探我军战法，不但我军铸刀的秘密被他们偷去，而且连坐骑也换成匈奴的马匹。而我军至今仍然用老眼光去看待他们，动辄饮马渭水，这不是闳大不经、无据妄说么？还有大家都喜欢偏安一隅，河西的大王们断言汉军过不了祁连山，结果让他们打个措手不及。"

伊稚斜的银碗空了，但他却忘记了续茶，因为赵信的话字字敲在他的痛处。他迷离着双眼问道："那依自次王来看，这仗还能打么？"

"现在已不是打不打的问题了。细作来报，汉军以卫青为统帅，霍去病出定襄，李广为前将军，公孙贺为左将军，赵食其为右将军，曹襄为后将军，已于近日越过长城，向北而来了。而我国内决战呼声甚高，单于若是弃战，无异于不战而降。"

伊稚斜惊道："依自次王说来，这仗必败无疑了？"

"从战术上看，汉军此次出兵总结了河西之战的取胜之道，他们首尾呼应，左右一体，显然是欲以十倍之数进击我军。敌我力量悬殊，决战谈不上，硬碰更非上策，眼下以自保最为重要。"

赵信拿过一个大碗，代表汉军；又拿过一个小碗，表示为匈奴军。先将大碗从下往上移，然后将小碗往左移。

"这就是避实就虚，声东击西。"

"寡人明白了。你是说汉军欲图寡人而不肯罢兵，我们就来个将计就计。寡人这就传令下去，对外放话说，寡人欲在东线迎击汉军，而暗中则把军队调往西线。"

"如果我估计没错,此次汉军在东线出击的必是霍去病。其人虽然勇猛,却过于年轻,若闻单于在东线,势必长驱直入,我军可在迂回中相机歼敌,等他明白过来,我军早已反攻过来,一定会打他个出其不意。在此之前,单于要将我军的辎重粮草悉数北撤,只留给汉军一片空荡荡的沙漠,看它如何北进。"

"看来自次王在长安没有白待呀!"伊稚斜快人快语,但很快便意识到自己的错误,因为他已觉察赵信的脸红了。

穹庐外开始沸腾起来了。

一轮金色的太阳从东方升起,照着积雪覆盖的狼居胥山,照着冰层融化的余吾河水,隐约可以听见冰块碎裂的声音和涛声在草原上回旋——这是匈奴人朝拜太阳神的时刻。

无论是贵族还是百姓都比往日更加显得虔诚、严肃,有的人脸上笼罩着难以掩饰的悲怆。

伊稚斜走到祭坛的金人旁边,他端起马奶酒,用指尖蘸了洒向天空:"臣民们,又要打仗了。汉军即将进攻漠北,男人们立即到指定的地点去集合,老人和女人携带车辆辎重北撤,让我们祈祷神圣的太阳神保佑匈奴人吧,把汉军赶出大漠。"

从祭拜的人群中传出悲哀的哭声,接着便蔓延开来。尚未开战,先闻哭声,一种不祥的预感迅速覆盖了单于的心田。

"是谁在那里号丧呢?"

伊稚斜把愤怒的目光投向人群,立即就有士卒从人群中架起一个年轻人,摔到伊稚斜面前。

年轻人浑身发抖,瘫软在地上,祈求饶命。

伊稚斜没有丝毫的怜悯和犹豫,就朝着带队的百夫长大吼一声:"拉下去,用他的血祭祀太阳神。"

士卒拖着年轻人向祭坛走去。

刽子手手起刀落,那青年的头颅就飞到雪地上去了。

士卒捧着血淋淋的人头,放上祭坛。

伊稚斜再次地率领臣民跪倒在太阳神面前，他布满血丝的眼睛掠过跪在地上的臣民们道："臣民们！你们看见了么，这就是未战怯阵者的下场！"

赵信的眼前满是飞落雪地的人头，一个接着一个。

而站在这血色边缘的是一头凶狠的公狼，它朝天长鸣的声音传到狼居胥山，又被弹了回来，在山峦间荡起经久不息的回声。

……

卫青从定襄越过长城，长驱千里，终于在三月初遭遇了匈奴军。

当晚，队伍在大漠上宿营，刚刚布置好中军大帐，李晔就领着细作前来禀报，说匈奴阵营旌旗飘扬，营帐林立，营寨内也是喊杀阵阵。显然，他们已经做好了迎战的准备。

卫青十分惊奇匈奴人情报的准确和迅速，对李晔道："匈奴军虽然屡屡受挫，但它毕竟是一支长期奔驰在大漠的劲旅，你立即去通知各路司马，要他们以武钢车布置连环营寨。完了之后立即回来，我有要事与你相商。"

这武钢车外壳上包裹着一层铁皮，沿营寨四周布置，每车四卒，呈圆形结构，浑然一体，可以四面警惕敌人的偷袭，只要一环开战，则可连环策应。虽然十分坚固，却是惧怕火攻。

在李晔即将离去时，卫青又反复叮嘱需防匈奴人火攻，然后才转过来思考战局。

匈奴人在汉军到来前，已将百姓和辎重撤往狼居胥山以北，只留下空荡荡的草原和沙漠。虽然已经到了三月，可胡杨的叶子才刚刚透出点点绿色，让人感觉春天的脚步何其缓慢。

站在营帐前，卫青望着绵延数里的营帐，临行前皇上的叮嘱再度在耳边响起。

河西大战，十万匈奴大军投降汉朝，彻底扭转了自高皇帝以来的局势。匈奴人再次北撤，意味着他们以后南来，将会更加不易。

刘彻强烈地感觉到，战争的主动权已经完全掌握在自己的手中。

那是长公主陪他去乐坊听李妍演唱"北方有佳人"的第二天，刘彻召卫青到宣室殿，指着汉匈形势图上漠南那一片辽阔的空间说道："近日定襄、代郡太守来报，匈奴军在我边城杀掠之后，忽然北撤，漠南已无人影。叛将赵信,断言我军不敢劳师袭远,大将军以为如何?"

卫青沉思良久道:"虽兵法有云:'百里而争利,则擒三将军,劲者先,罢者后,其法十一而至。'然则兵无常势,倘若运筹有度,未尝不可!"

"远途奔袭,骑兵为首。依你看,我骑兵战力如何?"

卫青道:"河南、漠南、河西三战,我军掳匈奴战马数十万匹,横渡大漠应无问题。臣所虑者,乃辎重、粮草能否跟得上。"

"此亦朕之所虑也!朕已命少府寺、左右内史,并诏命边关郡守,征集马匹四万,步兵数十万,转输辎重,接济粮草。"刘彻并不等卫青回答,便将漠北大战的想法和盘托出,"朕欲破敌人之狂言,祭天狼居胥山,饮马余吾河畔。不知大将军以为如何?"

刘彻说完,仰天大笑,那笑声迅速积聚成车辚马啸的骤风,将卫青卷到了大战的前沿。

第二天朝会上,刘彻颁布了进军漠北的诏令。

卫青发现,皇上并没有将霍去病所部交与他,这表明河西之战后,霍去病在皇上心目中的地位迅速上升。

他担忧年轻的霍去病能不能担得起如此重任。

帐外响起了脚步声,那是李晔的。卫青的思绪被打断了。

李晔详细地陈述了武钢车的部署及各路司马的防守重点,卫青满意地点了点头。卫士呈上来糇粮,两人简单地用了晚餐,就进入正题。

"你说,单于会不会就在对面呢?"卫青问道。

"据探马报告,此部乃匈奴军主力,想来单于应该在此无疑。"

卫青抬头看了看李晔说道:"我也是作如是想。擒住伊稚斜乃皇上旨意,他杀害隆虑公主,已成为皇上心中难以平复之殇。临行前,皇上严令我必取单于首级。"

他起身转向身后的地图,眉毛又凝结在一起:"行前朝廷对两军形势估计过于乐观,现在看来,匈奴已早有准备,明日先出动五千骑兵探探虚实。"

两人正说着,就见前将军李广拿着昨日捕获的匈奴俘虏的供词进来了。

"据俘虏所言,单于就在前面。"

卫青闻言大喜道:"此天助我也!"

这消息也让李广感到十分振奋,俘虏是他的军侯抓的,他又是前将军,擒拿单于这头功当然非他莫属。

李广直截了当道:"请大将军下令,末将作为前将军,愿意率部前往擒拿单于。"

卫青站起来与李广道:"我希望由老将军与右将军赵食其并为一军,从东道出发,对单于形成合围之势。"

"大将军这是何意?末将为前将军,擒拿单于乃是本分,今大将军中途易令,命末将与赵将军改出东道,末将十分不解。"

"不瞒老将军,皇上临行前曾叮嘱,老将军春秋已高,恐有闪失,所以……"

"末将只闻皇上诏令末将为前将军,而不曾听说对大将军有此告诫。大将军这样做,莫非想贪擒获单于之功?"

"老将军一世英名,难道要违抗军令么?"

"是大将军违背旨意,私自将前将军改为东道军,反倒怪罪末将。"

李广说着话出帐去了,李晔追到帐外劝道:"老将军有话好说,何必动怒呢?"

李广又甩出一串话来:"大将军若不收回成命,末将将率部独自出击匈奴。"

第二天,李广差人送来一书,再次申明了昨晚的理由。

卫青看了什么也没有说,提笔修书一封,差人送到前将军处。

李广接过书信问道:"大将军没有留下什么话么?"

"大将军令卑职带给老将军五个字:急诣部,如书。"

拆开书,第一行就透露出凛凛杀机:

将军戎马一世,当知军中无戏言。倘若误了军机,休怪我忍痛割爱。

"好一个忍痛割爱。"李广讷讷自语,他怎会不明白"将在外君命有所不受"的道理呢?卫青完全可以以违抗军令的罪名杀了他。其实,对于死他并不害怕,只是还没有为三千子弟报仇,就这样死在主帅刀下,他觉得太不值得了。

李广回转身时,已恢复了一位老将军"含刀饮剑"的理智。

"请转告大将军,老夫遵命就是。"

这边,李晔打发送信人上路后,将一个百思不得其解的问题提到了卫青面前。

"大将军为何不让李将军担任前锋呢?"

"唉!这是皇上的意思,皇命难违。皇上本意是不让他出征的,后来他一再请求,皇上才勉强答应了。可第二天,皇上就召我进宫,暗中叮嘱一定不能让老将军靠近前沿。皇上也是为了他好!"

"属下明白了。"李晔为刘彻对一个老将的细心关怀所感动。他更被卫青的侠骨柔肠所感动,他为自己能够在卫青身边做事而分外满足。

但是,这一回李晔错了,只一心参赞军务的他很少窥探别人的内心,更没有注意到从拿到供词到李广负气辞别这短暂瞬间卫青心理的微妙变化。

听了李晔的回答,卫青满意地笑了。

他为内心仅有的那点私心没有被人发现而感到欣慰,是的!擒住单于,这是何等的殊勋,这样的机会他是绝不可能拱手让给别人的。

与李广一样,他有一种预感,打完这仗,他大概也就只能待在中朝了。皇上的性格他知道,像他这样不断获得封赏的人,总有一天会让皇上不放心的,他也应该急流勇退。

这样想着,卫青便道:"请中郎速传两位公孙将军和后将军到帐下议事。"

"诺!"

这三人一个是他的连襟,一个是他的恩人,一个是长公主的儿子,说起话来自然少了许多的生分。

正是月上中天的时候。走出帐外,抬头望月,李晔惊异地发现,浩浩星空中,被众星拱卫的北斗星竟然位置偏南了。

……

漠北的第一仗,于次日辰时二刻由卫青命令发起进攻。

汉军骑兵的神速遏制了匈奴强弩的发挥,一万名匈奴骑兵与五千汉军骑兵很快地胶着在一起。

赵信的军队企图以优势兵力对公孙贺与曹襄的骑兵形成合围,却不料被卫青识破,他利用匈奴军以部族为骨架、管制分散的弱点,以公孙贺一军牵制赵信,而以公孙敖和后曹襄所部集中攻打耶律孤涂的军队。

双方的骑兵像决堤的洪水,在辽阔的草原上掀起波峰浪谷,将士的耳边只听到呼呼的风声和嘚嘚的马蹄声。

陷入极度疯狂的士卒们,眼里看到的再也不是一个个人,而是一丛丛草芥,战刀扫过,立即倒下一片。

生命从没有像战场上的这样坚韧,为了将对方置于死地,为了求得自己的生存,哪怕遍体鳞伤,仍然奋不顾身地冲向敌人。

生命也从来没有像战场上的这样短暂,刚才还高举战刀、狂呼冲锋的年轻骑兵们,瞬间就身首异处。

战马哀嘶着围着它的主人旋转,它想用自己的体温唤醒它的主人,可留给它的只有惨烈。

公孙敖率领部下死死咬住耶律孤涂的当户不放,不断削弱敌人的有生力量。

他十分感激卫青将这次立功的机会从李广那里转给自己,希望能够在这次战役中亲手擒住伊稚斜,好洗雪多年带兵出战、多年无功的耻辱。

他率先冲到当户面前,挥动手中的大刀,直取当户的命脉。

匈奴当户伸出长枪,刺向公孙敖的咽喉。

公孙敖奋力挡开当户的兵器,迎头砍去。

匈奴当户架开公孙敖的大刀,拨转马头,朝东奔去。

公孙敖猛击马腹,战马腾跃追出数十丈远,正在厮杀中的汉军和匈奴军被两位将军的气势所震撼,混乱中竟然闪开一条路。眼看马头就已咬住敌人,在匈奴当户惊慌回头时,却被迎面冲来的曹襄取了首级,一股鲜血从脖颈处喷涌而出,匈奴当户跌下马去。

曹襄似乎并不看重这些,将手中的首级扔给公孙敖身后的卫兵道:"也该他遭殃,被晚辈碰上,替前辈结果了他的性命!"

马上相逢,第一次参战的曹襄看到公孙敖一脸的血,吃惊地问道:"前辈受伤了？"

公孙敖一抹两颊，哈哈笑道："哪里！哪里！这是匈奴人的血，吃牛羊肉的，连这血都散发着膻气。"

说着他又指着曹襄的脖子笑道："看看你也一样啊！彼此！彼此！"

曹襄用手去摸自己的脖颈，天哪！也是血迹斑斑。

这个开国丞相曹参的后代，平日在京城里过惯了安逸的生活，直到这时候，才明白先祖当年跟着高皇帝打江山的不易。

公孙敖问道："少将军可见单于否？"

曹襄摇了摇头。

公孙敖有些失落："难道他没有在军中么？"

抬头望着天空，已是太阳西斜，估摸大约未时时光，耶律孤涂在留下近千具尸体后撤到二十多里之外。

两人正欲商议要不要继续追击，忽然传令兵来禀报，大将军要他们速去。

两人匆匆来到卫青已经移到前沿的军帐，禀报了战况。

这一场下来，汉军斩匈奴首虏近千，俘获战马数百匹。

两位唯一感到遗憾的是，没有能够亲自擒住伊稚斜。

卫青沉思了片刻，告诉公孙敖和曹襄道："伊稚斜虽然生性鲁莽，却也不乏诡谲和狡黠，在我军围追堵截下，必是转到赵信的军营中去了。公孙贺的军队现正咬住赵信，可赵信部的兵力多于我军，双方正展开拉锯战，打得十分艰难，你们现在暂时放弃追击耶律孤涂，集中兵力围歼赵信，务求生擒单于……"

匈奴的当户们根本不知道，当他们包围公孙贺率领的汉军时，卫青已派遣公孙敖和曹襄从两翼包抄过来。

公孙贺很沮丧。其实他对赵信并不陌生，只是没有想到赵信军的战力如此顽强。

双方战至中午，公孙贺军渐渐不支，阵形开始出现混乱。

令他大惑不解的是，他始终没有看见赵信的影子。反倒是他手下的当户们，愈战愈勇。他这才领悟到，这个通晓汉匈战法的赵信实在难以对付。他忙令属下司马收缩军阵,向不远处的土丘集结,试图凭借高地御敌。

精疲力竭的公孙贺催动坐骑,冲上一个土丘,正要集结军队突围,忽然他看见远处一面书写着"卫"字的大旗,脸上立时露出喜色,忙振臂高呼道:"大将军援军来了,杀啊!"

他率先冲入敌阵,左冲右突,匈奴骑兵一个个落马,他杀出一条血路。

直到这时候,公孙贺才与赵信遭遇。

赵信一条长枪,斜刺横挑,汉军士兵哪里是他的对手,被他杀得人仰马翻。他与各路当户在血肉横飞中聚集在一起,大家互相交流战况后,才知道卫青已经反包围了他们。

赵信令旗手将旗帜插上高地,好让将士们能从各个方向看到它。谁知那小个子旗手刚刚冲上高岗,就被追上来的汉军拦腰砍在马下。

赵信被激怒了,冲上去就从后面给了汉军骑兵一枪,然后忙招呼身边的亲兵重新扛着旗帜上了高岗。

公孙贺挥着大刀,很快将左右的匈奴骑兵驱散,对正在酣战的赵信喊道:"无耻叛贼,还不下马受死?"

昔日好友,战场相逢,赵信心里很不是滋味,边接招边说道:"国之交战,不废私情,将军还是请回吧!"

公孙贺道:"本将军平生最恨者,乃背主叛国之人,且吃我一刀!"

两人就这样厮杀了半个时辰,赵信退守到一面坡前,不经意地朝远处眺望了一下,眼睛直了。怎么草原上都是汉军呢?那写着"卫"字的大旗下面一定是汉军统帅卫青,他的心顿时乱了。

人生如戏,上次他还信誓旦旦地对卫青表示要生擒单于,这次却做了护卫单于的先锋。

随着大旗的挥动,汉军的阵形演绎出百般变化,几乎每一个口子都被堵死了。

赵信意识到围歼公孙贺的机会不再,突围的希望也慢慢变小,可他现在最担心的还是单于的安危。他放弃了对公孙贺军的打击,要当户们收拢兵锋,向北突击——那里有他们的大本营。

"大将军请看……"李晔指着远方,对卫青道。

"怎么了？"

"那边……"顺着李晔手指的方向看去，卫青的眉毛顿时凝结在一起——在东北方向，密不透风的包围圈被撕开了一道口子。

卫青拍打着战马的鞍鞯，情不自禁地唏嘘一声——指挥冲破这个缺口的将领会是谁呢？他脑际忽然地闪过一个名字——赵信，一定是他！

对了，伊稚斜此刻一定与赵信在一起。

卫青几乎是声嘶力竭地对李晔喊道："你赶快带几个人去，告诉公孙敖和曹襄，走脱了单于，我斩了他们的脑袋！"

"诺！"李晔不敢怠慢，率领士卒冲下丘陵。

可还是晚了。回望西天，太阳似乎对草原怀着不尽的眷恋，而沙尘就从太阳的怀抱中开始了肆虐的狂舞。狂沙裹着黑云由远及近，沙粒打在脸上，火辣辣地疼；风折断了旗杆，卷着旗帜满天飞舞。

卫青撩起战袍，遮了脸颊，向刚才还在喊杀连天的地方看去，哪里还有大战的影子，出现在面前的只有漫天黄沙。并且分不清哪儿是沙尘，哪儿是人。

这样的天气对长期生活在草原和大漠的匈奴人，是撤退的最好机会。

卫青猛催坐骑赶上李晔，大声喊道："告诉公孙敖和曹襄，赶快收拢包围圈，决不能让单于走脱了。"

一句话说完，他已呛了一嘴的沙，但他已顾不得这些，从腰间抽出宝剑，就冲进了沙尘中心。

"跟上大将军！"李晔招呼着身后的卫士，紧随着卫青的马迹而去。

……

马疲劳极了，只要一松鞍鞯，就立即有马匹倒在地上再也起不来了。人也饥饿到了极点，沉沉的夜色中倒地一片。

战事胶着到了极点，每个时辰都显得如此的漫长。

卫青现在最关心的是单于的去向。

"单于呢？"夜色中这是卫青严厉的声音。

将军们掂得出这声音的分量，在这简单的句子背后，是人头落地的杀戮。

曹襄透过暗夜看到卫青举起宝剑,他担心再这样沉默下去,卫青真的就要杀人了。他上前小心翼翼地说道:"刚才末将的左校捉到一个俘虏,他供称单于在耶律孤涂的掩护下趁着风沙北逃了。"

"为何不早禀报?"卫青挥起巴掌,狠狠地朝曹襄抽去。曹襄的脸上立即爆出五道指印,嘴角淌出腥咸的血。

自从父亲曹寿去世后,母亲一直把他视为掌上明珠,呵护有加,什么时候挨过如此重的耳光呢?放在长安,这是绝对不能罢休的,可现在他只能忍着,他才刚刚二十岁,他不能用生命去试大汉的军法。

可卫青还是不解恨,道一句回朝再与你算账。便翻身上马,向北追去了。

将军们不敢怠慢,纷纷整顿所部,沿着普奴河西岸追击。

当东方晨曦渐露,一抹银灰划破黑暗的时候,真颜山的身影进入卫青视线,战马一个响鼻,驻足在山下的一株红柳树旁,再也不肯往前走了。

卫青向紧跟在马后的李晔问道:"这是什么地方?"

"这山名叫真颜山,山前有座城叫赵信城。我军已追击了二百多里,还是没有见到单于的踪影。不过……"

"不过什么?"

"此役我军斩杀匈奴万人,而自身仅伤亡千人,算是大胜了!"

卫青微微点了点头,叹息道:"唉,还是让单于走脱了。"

"大将军不必如此气馁。单于狡诈,加之风沙太大,他趁机走脱也在情理之中,大将军不必自责。"

卫青抬头看了看土筑的赵信城,问道:"城中可有匈奴军?"

"我汉军一路奔袭,所向披靡,此地匈奴人闻之溃散,早就向西北方逃走了。"

"传令下去,大军进入赵信城休整三日。"

"诺!"

李晔转身上马,正要离去,又被卫青喊住:"我军深入漠北一千二百多里,此地不可久留,告诉各军做好南撤准备。"

他们进入赵信城的第二天晚上,风沙停息后的漠北草原沉浸在如水的月光下。

登上城头,眺望西北,真颜山被淡淡的月色涂成水银的凝重;举目南顾,二百多里外似乎还可以听到大战的余音;当一切回归宁静的时候,卫青的心境却是复杂的。

　　现在,他一肚子的话却化为一句简单得不能再简单的心语:"这些日子本将是不是太严厉了?"

　　"这是战时,大将军再怎么严厉,将士们都是理解的。"

　　"不过,我前些日子对李老将军还是有些过分了。"卫青长叹了一口气。

　　一想起李广和赵食其,他刚刚放松的情绪又骤然紧张了。

　　"东道军为何至今仍无音信呢?要是他们及时赶到,单于也许早就做了俘虏。"

　　月光涂在卫青的额头,映出他沉郁的眼睛。

　　……

　　当卫青准备将军队撤回漠南的时候,从代郡出发的霍去病正率领着他的军队在东线疾进。

　　皇上给予他的权力舅父也不曾享受过。他可以任意在全军挑选最善战的将军和最精锐的队伍,为他配备熟悉匈奴地形的降将复陆支和伊即轩作为参佐。

　　将领中,除了从骠侯赵破奴是河西战役的老将外,昌武侯赵安稽、北地都尉卫山、校尉李敢都是新到他属下履职的将军。

　　汉军从长安出发的时候还是一路,可是到了渡过河水,路过太原郡的时候,忽然接到朝廷六百里加急发来的急令,根据边关奏报,怀疑伊稚斜还在东线,诏命就此分军,东路军由霍去病节制,出代郡迎击匈奴左屠耆王和左大将的军队。

　　皇命如天,卫青连夜召开军事会议,部署分军事宜。

　　卫青向霍去病问道:"兵力是否充足,需不需要从我这调一位将军过去?"

　　霍去病道:"不必!兵不在多而在精,将不在广而在勇。"

　　第二天,两军在汾河岸边作别时,他还是从舅父的目光中感到了一种无言的忧虑。

这是一种无形的压力,让霍去病感到了肩头责任的沉重。

军队刚刚出塞四百里,他便派复陆支进入匈奴纵深地带,打探敌方军情。在他的军队在漠南推进了一千多里时,复陆支回来了。

他禀告道:"左屠耆王所部呼韩昆莫就在前方二百里处驻防,依末将看来,匈奴军防备松弛,伊稚斜很可能不在左屠耆王营中。"

"哈哈哈!自负往往是失败的前兆。"霍去病嘲笑左屠耆王的妄自尊大,"不管伊稚斜在不在这里,我军都务求多杀敌人,使匈奴人见到我汉军就胆寒。"

接着,他下达战令——

从骠侯赵破奴率军在东侧,阻击驰援之敌。

昌武侯赵安稽从西侧突入敌营,到处放火,以乱军心。

校尉李敢以火光为号,从正面突袭敌营。

天刚刚变黑的时候,从西垂的日边生出的黑色风暴,自西向东跨越千里大漠。它让伊稚斜得以逃脱,可在这里,却为霍去病军攻克敌营创造了良机。

左屠耆王断定,在这样的天气状况下汉军绝不会冒着迷路的危险进军。他邀了呼韩昆莫到他的穹庐饮酒。

左屠耆王抓起一块羊肉塞进嘴里,就对着外面黑漆漆的暗夜大叫道:"神圣的太阳神送来了让汉军致命的风沙,不劳将军动手,风沙会让他们葬身大漠的。让风做我们饮酒的鼓乐吧!"

可呼韩昆莫却没有那么乐观,霍去病在河西的"奇兵天降",让他至今都觉得不可思议,这个善于出其不意的人显然比卫青更难对付。在左屠耆王酩酊大醉酣然睡去时,他走出穹庐,就看见西北角火光冲天,传来喊杀声。

"不好!敌人来偷袭营寨了。"

呼韩昆莫对值守的士卒喊道:"快去叫醒大王!"言毕,自己就提刀上马,率部向外冲去了。

迎面杀来一位年轻将领。哦!那不是李敢么?右北平大战中曾与他对垒。

李敢显然也看见了他,于是便催动坐骑,上前就是一枪,呼韩昆莫急忙架起双刀接招,被李敢的枪杆死死压住。好长时间,彼此都能听见对方的喘气声。

忽然，李敢拉开距离，转身奋力刺去，只见得呼韩昆莫的右臂血流如注，刀都握不住了。

一向从容镇定的他有些沉不住气了，慌乱中回身朝东南撤去，李敢也不追赶，弯弓搭箭，一箭射去，呼韩昆莫跌落马下，等到李敢跑过去时，他已经气绝了。至此，呼韩浑琊兄弟都死在了李广父子的箭下。

李敢没时间多想，他对身后的骑兵喊道："搜索左屠耆王穹庐！"

穹庐里一片狼藉，空无一人。左屠耆王早已带着几名当户和亲兵仓皇北逃了。

这让霍去病有些遗憾，因此当赵破奴、赵安稽等将领询问下一步行动时，他发脾气了："还用问么？追！一直追至狼居胥山下！让汉军的气势威震匈奴！"

暴怒的吼声使复陆支和伊即轩后来一想起骠骑将军就不寒而栗，他们甚至猜测这个年轻人身上是不是流着匈奴人的血液。

大军一路向北，中途与匈奴左大将遭遇。

对左大将来说，这大概是他一生中遇到的最猛烈进攻。

左大将并不像左屠耆王那样轻敌，即便是在沙尘弥漫的昨夜，他的军队依旧负戈，张网以待。

霍去病的到来让他觉得有一种前所未有的亢奋，他希望能亲手擒住汉朝刚刚升起不久的将星。

可让他十分吃惊的是，匈奴军意志的坍塌甚至比余吾河水的解冻更令人触目惊心。当左屠耆王部全线溃退的消息传到军中时，他的当户们一下子失去了狼性。他声嘶力竭的命令在那些溃退的当户面前是多么的苍白无力。

看着当户们纷纷后撤，左大将觉得自己是多么无力，他无奈地把曾驻守了多年的领地丢给了汉军。

他希望能在比车耆、屯头王、韩王的领地阻击霍去病的进攻，可他又错了。赵破奴第一仗就取了比车耆的首级，而赵安稽、卫山、李敢所部连下了屯头王和韩王的领地，并俘获了他们以及所有放下武器的部属。

担任主攻的李敢没有辜负父亲的期望，率先将汉军军旗插上单于庭背靠的狼居胥山。

那一夜，左大将怀着悲痛的心情去寻找伊稚斜了，是夜色掩盖了他的行踪，否则他也难逃被俘的命运。

此战后，李桦兴奋地禀报道："此战汉军阵斩比车耆，俘获匈奴屯头王、韩王等人，将军、相国、当户、都尉等八十三人，俘虏和斩杀匈奴吏卒七万余人，几乎全歼了匈奴左屠耆王部。"

霍去病听着这些前所未有的数字，轮廓鲜明的脸上充满了喜悦之情。

他觉得应该在这里留下汉军的功绩，因此，从占领狼居胥山那天起，他就命赵破奴和赵安稽分别在狼居胥山和姑衍山上各建一座祭坛，祭祀天地，抚慰亡灵。

站在狼居胥山的一面高坡上，望着山下黑压压的俘虏，霍去病不尽感慨。

屈指算来，他们距离长城已有两千多里了，可他却没有旷远寂寞的感觉。征战的欲望让他觉得皇上就在身边，而一路进击的兵戈铿锵，对他来说就像司马相如在竹简上走笔一样快意。

当余吾河水升起的岚气在空气中缥缈时，霍去病的眼睛被春阳照得眯成一条线，那白色的雾霭把他带回刚刚结束战斗的战场。

霍去病向李桦问道："祭坛可否筑好？"

李桦道："连日来，将士们顾不得疲劳，日夜苦干，即日即可筑起。"

霍去病有些不耐烦道："你认为快么？依我看来还是太慢了。他们是想等匈奴人反攻过来么？你去告诉军正，严令加快速度，贻误工期者，鞭笞五十！"

"喏！"霍去病眉头皱了一下，从口中发出一声呻吟，旋即又恢复了恼怒，"速去呀！"

这细微的表情没有逃过李桦的眼睛，他知道霍去病一定是箭创又疼了。

李桦现在想起来还是很后悔，为什么自己当初就没有发现这支冷箭，而像灌强那样壮烈地殉职呢？

大汉可以没有李桦，但不能没有霍去病。

军医官在诊断之后说，那箭是有毒的，虽然药物可以排掉一部分毒，但是不能根除。他这病不能发怒，一发怒，毒就会侵蚀他的身体。

可他的性子，动不动就怒形于色，如何得了呢？

李桦一想起来就发愁："将军！您的伤……"

霍去病挥了挥手道："你怎么如此啰嗦？难道我会死了不成？"

李桦本来还准备谏言战后休整的，霍去病这话一出，等于封住了他的嘴。从河西战役开始，他就发现霍去病在带兵上少了卫青的宽严相济而失之太酷。

在卫青属下的兄长李晔常常向他忆起卫青关爱士卒的故事。但在李桦的记忆中，霍去病的手中永远只有一条鞭子。

也许是年轻气盛吧，李桦常用这样的理由说服自己。他转身准备下山，却瞧见山下走来一个身穿甲胄之人，原来是赵安稽。

本来皮肤就黑的赵安稽，由于连日来的劳累，脸上黑中都带了青紫。

"将军在么？"

李桦手指了指山上的那棵松树道："在那里！正为祭坛进展太慢的事情生气呢！"

"末将前来正要禀报将军，祭坛已经修好了。"

李桦闻言，一颗悬着的心落了地，忙与赵安稽一同前来见霍去病。

……

中午，卫青派人送来的战报，说西路汉军已经内撤。

手握战报，霍去病沉默良久，讷讷自语道："为何如此仓促地撤退呢？为何不趁势一鼓作气，将匈奴人赶出漠北呢？"

两天后，霍去病在狼居胥山上举行了盛大的封禅仪式。

月亮恰似一轮玉盘照着广袤无垠的草原，照着挺拔峻峭的狼居胥山，照着冰冷宁静的大漠。

祭天台上，火光辉煌。按照大汉的礼仪，祭祀品用全牛、全猪、全羊作为"牺牲"。

在汉军用了半个月筑成的台场上，聚集着火把方阵。

中间一条通道，一边是匈奴战俘，一边是汉军将士。茫茫夜色中，那千万火把与天上的千万颗星，早已没了分界，融为一体。

约莫戌时一刻，霍去病在李桦、赵破奴、赵安稽、卫山、复陆支和伊即轩的陪同下登上了祭天台，李敢率部负责警戒。

夜风飕飕,灯火摇曳,霍去病的脸庞在火光下呈现出凝重的铜红,他魁梧的身躯似乎也为狼居胥山增添了一座新的山峰。

酉时二刻,一干人在祭坛前站定,担任主祭官的李桦宣布祭祀开始。立时鼓乐高奏,只是这乐声中掺入了胡乐的旋律,让台下的俘虏们心头掠过对故乡的思念。

接着,李桦宣布朝拜木、火、土、金、水五色社稷之神,霍去病率领将军们和台下的人一起庄严肃穆地行三叩九拜之礼,立时就有全副武装的士卒抬着"牺牲"出现在坛前。

赵破奴宣读了祭文。这时,台上鼓乐再度响起,那声音借着草原的夜风,传到旷远的角落。

当夜色中传来很苍凉的匈奴乐曲时,包括屯头王、韩王在内的匈奴战俘,眼眶立时充满了泪水。那是丢失土地的伤痛,是思乡的苦涩,是割舍不断的种族血缘。

这时候,从祭坛上传来李桦洪亮的喝声:"面向东方,朝拜神圣的月亮神!"

战俘们抬头看去,只见霍去病和将军们依照匈奴的礼节,虔诚地拜倒在月光之下。

李桦遵循朝拜的节奏高声唱道:"神圣的太阳神、月亮神,保佑汉匈百姓共沐大汉文明,万世亲如兄弟!"

这是战俘们没有想到的,就在这一刻,他们对霍去病胜利的原因,似乎也明白了一些。

在火把的明灭中,屯头王和韩王暗地交换了眼色,他们彼此都发现各自的目光在悄悄发生着变化——少了些仇恨,多了些信服。

他们从霍去病身上感受到了那个远在数千里之外的汉皇胸怀。

霍去病洪钟般的声音在狼居胥山的峰峦叠嶂间,在苍茫的漠北草原上,在每个汉军将士和匈奴战俘的心头久久回荡。

"自今日起,漠北不再是蛮荒之地,无论是汉人还是匈奴人,都是我大汉臣民,共沐圣德。"

从汉军的方阵中爆发出威严、雄壮的声浪:

"大汉威武!"

"皇上圣明!"

匈奴战俘们的嘴颤抖地嗫嚅着,似乎是迎合那浪潮,又似乎在默默念着伊稚斜的名字。

他们很难用准确的话语描述此刻的心境……

第四章

李广刎颈泣神鬼　卫青抱愧念忠魂

霍去病进军北海的脚步并没有动摇卫青将大军撤回漠南的计划。

这是多么郁闷的撤军啊！在回程的日子里，卫青不断打听李广、赵食其的去向，结果都是消息茫然。

难道他们遭遇匈奴劲旅，全军覆没了么？

若是这样，总该有逃回的士卒吧？

难道是因为那夜的沙尘暴，他们全都被掩埋在沙丘下了么？

这怎么可能呢？赵食其不必说，李广几乎一生都在长城内外与匈奴人周旋啊，他不该犯这样的错误啊！

所有能想到的原因，他都想到了。他一次次地设想原因，又一次次地否定。

他让李晔派出多批队伍寻找，可带回来的消息没有一条让他高兴的。

公孙敖的前军前来禀报，前面就是五原郡了，五原太守正等着大将军凯旋。

这是一块让他感慨万千的土地，他曾在这里书写了漠南大捷的辉煌，也书写了赵信叛降、苏建赎为庶人、无功而返的灰暗。

东道无音，谈何凯旋？

卫青的心没有丝毫的轻松。

虽然他现在必须考虑的是如何向皇上交代，可那是近万条生命啊！

"公孙敖将军那里没有李、赵两位将军的消息么？"

"禀大将军，没有！"送信的军侯道。

"一旦有消息，立即禀告本将。"

"诺！"军侯行过军礼，就上马离去了。

太阳隐没在苍山背后，漫长的一天终于过去了，可比起军务繁忙的白天来，草原冰冷的长夜对他那颗忐忑的心更是煎熬。

在晚霞散去最后一缕余光时，卫青转身往回走。

"不！明天就要驻五原的军队全部出动去寻找，活要见人，死要见尸。"

晚宴早已备好，李晔则早早地在帐中等候。

这是他们自出征以来最丰盛的一顿晚餐，五原太守长史送来了烹制得精致可口的牛羊肉，热气腾腾的肉香和鼎锅里的酒香在帐中弥漫。

卫青入座后，李晔给他斟满酒，话语中就充满了钦佩和安慰。

"自我军出塞后，一路鞍马劳顿，大将军连一顿安心的饭也没有吃上，今日就请大将军饮下此爵。"

卫青端起酒爵，几度起落，但还是饮下了李晔的敬酒。

可这酒在他的嘴里是苦涩的，那辛辣的感觉难以言表。

跟着李晔的劝酒，五原郡长史道："本来太守大人要亲自来迎接大将军的，可太守想，这是我军凯旋后经过的第一座城，而它过去又曾是匈奴单于住过的头曼城。在这里祝捷，一则可以震慑匈奴，声援北去的骠骑将军；二则可以鼓舞边陲军民的士气。他说要留下精心筹备，下官就代太守敬大将军一爵，聊表边城军民的敬意。"

然玉液琼浆浇不散心事重重，卫青举在手中的酒爵就再也送不到嘴边去了。

"这酒还是等东道军回来时再饮吧！"卫青放下酒爵，眉宇间掠过一丝惆怅。

帐外忽然传来马蹄声，每一声都会搅动这帐中人的心鼓。

李晔第一个冲出帐外，就见那骑马人在问大将军的住处，原来他是后将军曹襄派来的信使，说在漠北与漠南的交界处发现了李广、赵食其的队伍，来禀报大将军。

接过信札，他不敢怠慢，转身就朝帐内跑去，边跑边喊："大将军，东道军找到了！"

"什么？你说什么？"

"东道军找到了！负责断后的曹将军在漠北和漠南交界处遇到他们，他们说是因为那夜风沙而迷路了。"

"哦！"卫青沉吟着，就觉着那颗心随着草原的风沙从高悬的长空飘落下来。

他觉得自己很疲倦，目光也有些模糊。

"速命他们南撤，并把迷路的经过详细陈述。"说完这些，卫青又对五原长史说道，"我今日不胜疲累，就此告退，众将尽可畅饮。"

卫青终于在一种复杂的心绪中睡去了。灯火下，他黝黑的额头渗出点点汗珠，每一滴都让李晔想起漠北大战的每一个细节。

那样子让李晔心里很不好受，他吩咐卫士要好好照顾大将军。

就在他将要走出营帐的时候，身后传来卫青的梦语："公主！卫青……公主……"

李晔被感动了，唉！男人有的不仅是铮铮铁骨，也有百转回肠的柔情啊！

大将军！做个好梦，回到公主身边去吧……李晔在心里道。

他清楚，卫青夫妻虽然贵为大将军和长公主，可他们爱得那样的辛苦，那样的沉重，以致大将军揣着心结奔向了战场。

他多希望大将军活得轻松些，幸福些。

这时候，从巡营的士卒那里传来了敲打梆子的声音："小心火烛！"

……

现在想来，那七天七夜，对李广和赵食其来说，还像一场噩梦。

尽管李广认为卫青把生擒单于的机会夺走有违统帅的品格，尽管他对卫青不顾"东道军"面临的艰难而愤懑，可负气归负气，他还是把郁闷丢在一边，而是十分珍惜这最后一次与匈奴的对阵。

当晚，他就赶赴赵食其处商议北进方略。

第一次参与进击匈奴的赵食其，对能与李广合军而十分高兴，可要命的是，他没有找到熟悉漠北地形的人作为向导。

"唉!将军大意了!'不用向导者,不能得地利',我军由此进击,欲与大将军会师,需越过瀚海,横渡大漠,一路险象环生,若无熟悉路径之百姓作为向导,恐怕我们连命都保不住,遑论击敌?"李广担心道。

赵食其心头一沉,脸上顿时十分尴尬:"末将对塞外地形一无所知,现在即刻去找百姓,以弥补过错。"

可已经晚了,匈奴人早在他们到来之前就席卷百姓而去,除了留给他们一堆堆牛羊粪便和撑过穹庐的地坑之外,就是头顶带不走的太阳。

站在草原上,望着苍鹰在遥远的天际盘桓,赵食其一脸的愧疚。

李广明白,现在只能靠自己的经验去应对一路的不测。他迅速与赵食其调整了战略,让自己的军队走在前面,赵食其的军队走在后面,一旦前面遇险,部队立即南撤。

那是一个春寒料峭的早晨,刚刚度过一天的李广与赵食其执手相别。

"将军请切记,兵者,凶器也。将不畏死,然不做无谓之死,士卒亦有父母妻儿,也不可做无谓牺牲。"

三天以后,他们进入大漠。

无边无际的荒凉沙漠在太阳下一片金色,常常走出数十里,连一丛草都碰不到,数千人的队伍,在沙梁上像一支细流,缓缓地流过一道道沙丘。

太阳火辣辣地炙烤着大地,炙烤着将士的身体。没过多久,大家就喉咙干得冒烟,本能地去摸腰间的水囊。

每当这个时候,就有军候在耳边提醒:"省着点吧,还不知道要走多远,断了水,就只有等死了。"

好不容易等太阳落下去,身上的汗水早已被日暮时分的风吹干了,接下来等待他们的却是奇冷,风都像长了爪子似的,直往脖颈里、袖筒里钻。

这样的气候,不要说从未到过塞外的赵食其,就是常年戍边的李广也感到十分无奈。

他不断地发出指令,要部下做好必要的准备,避免因伤病影响行军,还派出身边的曹掾,把情况及时地通报给跟在后面的赵食其。

此刻他正站在一道沙梁上,看着队伍从面前经过,忽然感到十分孤单。灌强走后,本来三儿子李敢一直跟在他的身边。可是,出兵漠北前,霍去病在军中选能征善战之士,点名要走了李敢。

新任从事中郎又太软弱,遇事就只有一句话——唯将军之命是从。

他连个商量的人都没有,他又想起了灌强。

"唉!若是灌强在,老夫何至如此?"

他就这样想着,好像看见在沙漠岚气的氤氲中,灌强走过来了。

哦!是灌强,他来陪老夫了!李广兴奋得眉毛颤动,一边喊着灌强,一边催动战马,朝沙梁下跑去。

"灌强!灌强……"

可他失望了,那边走过来的不是灌强,而是新任从事中郎。

年轻的他被李广的喊声弄糊涂了,问道:"将军!灌强是谁?"

李广讪讪地笑了笑,他不愿意让人明白自己的心境,那是个让他一想起来就伤感的故事。

"有事么?"

"前面有一片胡杨林。"

"胡杨林?"李广的眼睛立时亮了。他知道茫茫沙漠,寸草不生,只有红柳和胡杨坚强地活着。

"传令下去,大军于胡杨林中宿营。传话给赵将军,向胡杨林靠拢。"

半天烈日下的行军,将士们都渴坏了,也饿坏了。一坐下来,都纷纷解开食袋,拿出糇粮,就着水囊,吞咽起来。

李广靠着一棵倒地的胡杨坐了下来,他舔了舔干裂的嘴唇,没有一点食欲,只是看着将士们吃。

从事中郎拿着糇粮和水过来道:"将军吃一点吧?"

李广抹了抹嘴唇问道:"将士们都有水喝么?"

"有!属下一再告诫大家,要节省水。估计还可以维持两天。"

"好!只要坚持两天,即可走出大漠,与大将军会师。"

多日来,李广第一次对从事中郎投以赞许的目光……

李广太累了,那糇粮还在嘴里嚼着,就进入了梦乡。

在梦中,他又一次看见了灌强。

灌强还是那样英姿勃发,他率领三千子弟与匈奴厮杀起来了,他们人人手中都握着上天的法宝,匈奴一遭遇就大败。

李广抚着灌强胸口的箭创问道:"还疼么?"

天哪!一股鲜血从创口喷射而出,血洒满了李广的脸,模糊了他的视线。

血人一样的灌强,和他的三千弟兄被风吹走了。

"灌强……灌……"李广追着,绝望地呼喊道。

耳边传来急促的呼唤声,李广睁开疲倦的双眼,原来是从事中郎和两位司马。

"哦!老夫梦见灌强了。"李广说着便站了起来,他从司马和从事中郎眼中发现了依稀的惊慌和茫然。

从事中郎指着西方太阳落下的地方说道:"将军!您看看那是什么?"

李广转脸看去,太阳早已被淹没,沙尘自西向东,铺天盖地而来。

"不好!"李广大喊道,"传令下去,大军立即开拔,逆风而行。"

从事中郎不解地问道:"为何逆风而行?"

李广的吼声在风中显得是何其的微弱:"军令如山,违令者斩!"

大军顶着沙尘,跋涉一夜,直到第二天黎明风沙渐渐平息的时候,才发现又回到了胡杨林的边缘。而昨天他们宿营的地方,早已隆起一道新的沙梁,那片胡杨林也只剩下一半。

他们一整夜都在原地打转,大军迷路了。

李广急忙唤来前军司马,要他派人沿着来路,寻找赵食其的队伍。

这一趟又过去了三天,当李广终于与赵食其的队伍在漠北和漠南的交界处相遇时,早已过了会师的日期。

卫青已在做南撤的准备,负责断后的曹襄一见面就告诉他们,伊稚斜逃了。

李广和赵食其都明白,等待他们的将是什么。

"此次贻误军机,咎在老夫。老夫已决定向大将军请罪。"李广道。他说的是真心话,他决定把所有的失误承担起来。他已经老了,而赵食其还年轻。

赵食其清楚皇上要的是什么,因为失期而走了单于这又将意味着什么,这不是谁能承担的问题。即使李广把所有的罪名都背起来,也无法减轻自己的罪责。

赵食其望着李广的背影，一时不知道该用什么话来表达自己的心情。他虽然第一次与李广共事，可关于他的人生遭际，赵食其在长安就知道不少。

他知道上天对李广不公，论战功，李蔡不能望其项背，可李蔡现今是丞相；论资历，张汤不能比其十一，可张汤现在是御史大夫。

他心里有怨，他本来是前将军，可大将军临时换将，他只能带着沉重的心事踏上征程。

可如今他却要将一切责任承担起来。

他这一辈子光明磊落，心胸坦荡，可上苍啊，为什么忠烈之士，总是命途多舛呢？

赵食其不敢再往下想，急忙追了出去。

……

李广沉沉地睡去了，只有在梦中，他才能忘记痛苦。直到李晔到了营外，他的从事中郎才唤醒他。

"你干什么？"他很不高兴地瞪着这个年轻人。

"老将军，李晔大人来了。"从事中郎尽量把声音压得很低。

可是李广却不那么在意，说话仍然声若洪钟，大着嗓门喊道："来了就来了，慌什么？"

李广用冷水擦了擦脸，然后走出营帐，却不见了李晔的人影，只看到留有一封信札。

打开信札，一看那熟悉的笔迹，就知道是卫青的。除了开头礼节性的问候外，整封信的言辞都充满着责备，信的最后写道："将军失道，误行期，致单于遁逃，我欲上书报天子失军曲折，请将军见信后，速到幕府对簿。"

李广将信札扔在案头，讪笑着自语道："事情都明摆着，还对什么簿？要追究就追究么，来那么多曲曲折折做什么……"

话还没说完，他就不耐烦地对帐外高喊道："备马！我要出营！"

第三天，暮色降临草原的时候，李广回来了，司马们还没有等他来到营门前，就迫不及待地迎了上去。

"将军回来了？"

"回来了。"

"大将军怎么说？"

"老夫已将事情经过禀报给大将军，失道之责，尽在老夫，诸位无罪。"

"老将军……"司马们不约而同道，"大将军明知道东道无水草，却硬要分道，如今把一切推到老将军头上，这公平么？我等这就去大将军处对簿，为老将军讨个说法。"

司马们便要打马离去，却被李广厉声喝住："回来！你们以为这样就可以救老夫么？糊涂！你们如此鲁莽，只会加重老夫罪责，殃及数千部属，孰轻孰重，你们不难明白。回去！你们这就回营去！"

"走呀！你们要气死老夫么？"

"走！再不走，休怪老夫无情了。"李广说着，便抽出箭矢，拉开了弓……

看着大家散去，李广对从事中郎道："今晚你就辛苦一下，老夫累了，想一个人静一静。"

说罢，便进帐去了。

跟了李广这么长时间，从事中郎多少也摸着了他的一些脾性和嗜好。临行前，他没有忘记叮嘱卫士为李广煮一些酒。

虽说是三月半了，可草原的夜间仍是冷冰冰的。从傍晚起，风就在帐外拉着哨子般地鸣叫，这声音让远离故乡的人心中徒增寂寞和伤感，只有滚烫的酒暖着身体，暖着漫漫思绪。

可这酒给李广带来了什么呢？

那是漫过心头的感恩情绪。他怎能忘记呢？当年皇上还是太子时，就不断在大臣中打听他，而那时候他还在边陲担任太守；皇上登基那年，隔着千里，他却听见皇上的呼唤。

这世间一定有灵犀可通！就凭这一点，他一辈子都记着皇上的恩泽。

那是漫过心头的人情温情。说起来大儿子李当户仅仅比皇上小一岁，生他那时，自己正在军侯任上，妻子来书让他给儿子起名，他略加思索就在信札上题了"当户"二字，他要儿子记住，做他的儿子就要从小立下戍边报国的志向。

那时还是太子的皇上对当户的亲昵甚至超过了宗室的兄弟，动辄传进宫去。有一次，陪读的韩嫣在与皇上搏戏时言出不逊，惹恼了当户，他便在宫中追打着韩嫣。皇上慧眼,从那时就认定当户必为忠臣义士。

唉!物是人非,韩嫣死了,当户也早早地走了,只留下白发人陪伴皇上。可你都干了些什么呢?你辜负了皇上的期待啊!

那是漫过心头的依依离别。前天到了大将军幕府,且不说卫青的严厉指责,那对簿刀笔小吏的尴尬,就让他无地自容。

那些年轻的曹掾冷眼看着他,他们以大将军幕僚的身份审视眼前的老人。他们根本不知道,当他们还在母腹中躁动的时候,李广早已是朝野闻名的校尉了。

可他没有机会说这些,这让他觉得脸上太无光了。

唯一让他欣慰的是李敢的消息,李敢夺了左屠耆王的旗帜,把军旗插上了狼居胥山,是诸将中斩匈奴首级最多的。儿子没有让他失望,他可以放心地走了。

夜风送来枭的叫声,送来士卒的嘈杂声,送来战旗的哗啦声。

这一切,对李广是多么熟悉,又是多么陌生。

早年的那些勃勃雄气,中年的那些壮怀激烈,老年的那些伏枥壮志,都将成为过去。明天,他将作为孤魂,看着将士们踏上归程。

李广喝了最后一杯酒,从腰间拔出宝剑,他要用自己的鲜血染红剑刃,以报皇上的恩泽。

可当宝剑架上脖颈的时候,他停住了。

他就这样离去,会让跟随他南征北战的司马们伤心,他总该跟他们道个别吧。他已很久没有握过笔了,他不愿意惊动门外的卫士,于是便撕了战袍,咬破中指,写下了最后的别语——

广结发与匈奴大小七十余战,今幸从大将军出接单于兵,而大将军又遣广部,行回远而又迷失道,岂非天哉?且广年六十余矣,终不能复对刀笔之吏……

他很坦然,半宵的酒让他对死有了归去的感觉。

他很宁静,对一生的追忆,使他对死有了解脱的释然。

他很清醒,对身后的透彻参悟使他对死有了特殊的"快意"。

他重新举起手中宝剑,没有丝毫的犹豫,便朝脖颈拉去——血,从喉结处喷出,浸染了营帐的帘幕,他"哼"都没有哼一声,就重重地倒在了榻上。

风太大,以致值岗的卫士都没有听到李广倒地的声音。可他分明看见,一颗流星划过天际,在山梁后消失。

"又要死人了。"

卫士这样想,可他唯独没有想到,那陨落的将星就在他的身边。

太阳又将灿烂的光芒洒在大地的各个角落,风息了,草原开始了它暖洋洋的一天。司马们依照安排,早早地督促部下们投入了紧张的操练。

只有从事中郎心头隐约觉得不安。昨夜老将军与他分手时的神情搅得他整宿没有合眼,他来不及梳洗就急忙奔向李广的营帐。

在那里他看到的是老将军僵硬的躯体。身边的血已凝固,他的脸上没有痛苦,也没有怨恨,像是走完了很长一段路而安详地睡去了,眉眼是那样的平静。

从事中郎的泪水洒到地上,他撕心裂肺哭道:"老将军,您怎么可以这样呢?"

哭声惊动了整座军营,数千将士听闻这一噩耗后几乎同时放下了手中的兵器,朝着李广营帐的方向跪倒,军营里哭声一片。

赵食其接到噩耗纵马奔来,扑到李广身上,哭声在草原上空久久回荡:

"老将军!是末将害了你啊!"

"老将军……"

……

大军渡过泾河,登上一面高坡,咸阳原苍茫的身影就展开在眼前。

熟悉的秦宫残垣,熟悉的西去驰道,熟悉的松柏蓊郁。乡情的亲昵立即充满了将士们的胸怀。特别是那些第一次出征的士卒,更是被似箭的归心驱使着,眉眼间都写满了喜悦。有的走着走着,就情不自禁地伸手去拽路边的叶子,可身后立即就响起呵斥的声音:"老将军尸骨未寒,你等竟有这等闲情逸致,配当他的下属么?"

刚才还显得活跃的队伍立时沉默了。

大家回过头去，就瞧见不远处缓缓行走的李广灵车，还有护送灵车的从事中郎。

"老将军！您回到京城了。"

从事中郎不断地叮嘱护灵的卫士，越是接近京城，越要尽心尽责，万不可以因为疏忽而让老将军的在天之灵不安宁。

在灵车要下坡的时候，他轻轻地对李广的遗体道："老将军您躺好！车驾要下坡了。"

话一出口，从事中郎眼里已满是泪水。他小心翼翼地掀开车帘，虽一路越关山，过长城，没少遇风沙，可李广脸上竟没有一丝蒙尘，依然颜面红润，神态安详。

莫非上苍真让他的灵魂也回到长安了么？

从事中郎很惭愧。他知道老将军对他不大满意，动辄用灌强来比照。但他始终生不出对老将军的一丝怨恨。

盖好蒙在李广脸上的面纱，就听见耳边传来马蹄声，他抬头一看，原来是李晔。

虽然都是从事中郎，都是为主将赞画军务，可论官阶，他比李晔低多了。他急忙上前行礼，李晔在马上回礼道："老将军灵柩平安否？"

"一切都安好，前面就是安陵了，大军要不要在此停留？"

"大将军有令，大军直接向京城进发。"李晔说罢，便打马而去。

此时，李晔的战马已经随在了卫青的车驾旁边，他用简练的语言禀告了查看灵柩的情况，卫青点了点头，又闭上了眼睛。

前边是李广的灵柩，后面不远就是押解赵食其的囚车，他们就像两块石头，重重地压在卫青的心头，让他透不过气来。

从得知李广自刎的那一刻起，卫青的心绪就陷入极度的烦乱。的确，他也没有想到事情会是这样一个结局，他多么不愿听到一位身经百战的将军用搏杀匈奴的剑结束了自己的性命。

他捧着李广遗书的手颤抖了，及至他亲赴李广军营，看到他的部属哀声动地的样子，他那难言的折磨就从心底生起，迅速地笼罩了整个身心——是不是从一开始自己就错了？

不！自己没有错,错的是他们,他们为什么不寻找熟悉地形的人担任向导呢？在回朝的路上,他不断寻找理由为自己开脱,可每一条理由都让他觉得苍白无力。

还有,那些沿途百姓为李广送行的情景,不断地在他眼前出现。

大军越过长城进入上郡的那个正午,灵车刚到肤施城,眼前仿佛是漫天飞雪的世界,城头上,白旗迎风飘荡,白绫凌空飞舞;

街道两旁的树木上,挂了白色的丝绢;

身着玄甲、头裹白布的将士和素衣素服的百姓,跪满了一条街,痛哭的声浪从城门口一直延续到太守的府门前。

"李大人！您醒醒,看看肤施百姓再走啊！"

"李老将军！您死得冤枉啊！"

一位老者拉着自己十岁的孙子,扑到李广的灵柩前,抚着灵车,一声接着一声喊得人心碎:"李将军!您还记得么?孩子他娘就是您从匈奴人手中救出来的啊！"

老者拉过孩子,让他给李广磕头,孩子的头在地上磕得"咚咚"直响,可老者还在那里诉说:"孩子长大了,可您却走了,李将军……"

有几位士卒上前扶着老人离开,可是那哭声却让卫青十分感慨,一个活在百姓心中的人,不容易啊！

这时候,有几位士卒捧着上好的酒菜,匍匐来到灵车前,噙着泪的呼唤听起来有些模糊不清:"老将军!您生前带兵打仗,士卒不饮水,您不先饮;士卒不食,您不先食。今天,我等备了酒菜,您就吃点再上路吧！"

老实说,这种情景让卫青内心有些不舒服,他也曾想过驱散百姓和将士,可最后还是忍住了,他怕激起众怒,到时局面不好收拾。

"一切很快就会过去,随他去吧。"

那酒香随风飘向长空。忽然有人惊呼道:"看！老将军饮酒了。"人们纷纷抬头,就见云端上一位老将军举杯畅饮,爽朗的笑声如雷贯耳,从九天落到肤施城。

等到人们膜拜完毕,抬头再看,除了几片云彩,什么也没有。

百姓们断定老将军的灵魂没有走,他一直在跟着汉军的步伐。

那一夜,从上郡太守的宴席上回来后,卫青独自一人坐在案头,反复读着从事中郎拟定的奏报,久久不曾睡去。

功劳簿里没有李广的名字,事实上也不可能希图朝廷给他个什么。可白天百姓和将士祭祀的情景却让他不得不问自己,究竟什么是功劳?老百姓心中的李广究竟是怎样一个人?

从进入侍中到担任典护军,从组建期门军到成为朝野注目的大将军,皇上对他的封赏不可谓不重。以他的年龄得到的名誉是李广一生都没有得到的。

可与李广相比,他觉得总缺了什么。是什么呢?是老百姓的那份爱戴,是在百姓心中永远抹不去的那一份尊敬。

有些人死了,却活在百姓的心里。

越是靠近京都,他就越觉得自己铸成了今生都不能安宁的大错。而这错,从他强令李广分道的那一刻起就开始了。

关于李广自刎的消息,他早已奏报朝廷。他只是不知道,皇上对这件事情怎么看。

大军到达池阳时,属下的人禀告说,朝廷在获知李广的死讯后,以六百里加急催促李敢回朝料理丧事。

他不知道该怎样地面对李敢。显然,他的任何解释都无法排解李敢的一腔疑窦。

唉!他一定把这个仇记在了自己身上。

卫青长叹一声,睁开了眼睛。车驾已经上了横桥。进入八月,渭河的水量大了许多,宽阔的水面看上去让他有些头晕,莫非渭水也在为李广鸣咽?

他很快发现,因为李广的死,朝廷没有举行如河西大捷那样盛大的班师仪式。

横门前列队迎接的是朝中的重臣:李蔡、张汤、汲黯和李息等。他们峨冠博带,衣冠楚楚,没有任何吊唁的迹象。

在九卿的行列中,他看到了一个熟悉的面孔,一身有异于其他臣僚的素衣,那不是李敢么?在他的身旁,还站着一个穿着孝服的青年,那又是谁呢?哦!他记得李广曾说过,他的大儿子李当户身后留有一子,叫李陵,想必就是他了。

距离太远,他看不清他们的表情。

运载灵柩的车驾靠在横门外偏右的空地上,仍然由从事中郎率领着李广生前的卫士守护,而赵食其的囚车还在横桥以北。

卫青走下车,率领公孙贺、公孙敖、曹襄与李蔡、张汤等人一一相见,映入他眼帘的都是一样的笑脸:

"大将军辛苦了。"

"大将军鞍马劳顿。"

……

可当他来到汲黯面前的时候,却看到了一张冰冷得没有表情的脸。

他并不计较这些,他这些年是汲黯看着走过来的。

连皇上都让之三分的汲黯在卫青眼中更是奉为上宾的长者。因此,不管汲黯如何冷若冰霜,他依然是尊敬和礼遇。

他郑重地向汲黯打躬作揖问道:"内史大人这些日子可好?"

"面对老将军亡灵,大将军真以为可以心安理得地接受皇上的赏赐么?扪心自问,大将军可有愧乎?"汲黯不答反问道。

卫青的脸腾的一下从额头红到了耳根,刚才的笑容就僵直在脸上。他不敢面对汲黯那双犀利的眼睛。

好在这时候,李蔡说话了:"大将军卫青、骠骑校尉李敢接旨!"

制曰:大将军卫青出定襄,趋漠北,击匈奴有功,然单于逃脱,难辞其咎,不赏,即任大司马。骠骑将军霍去病率师躬将所获荤允之士,约轻赍,绝大漠,涉获单于章渠,以诛北车耆,转击左大将双,获旗鼓,历度难侯,济弓卢,获屯头王、韩王等人,将军、相国、当户、都尉八十三人,封狼居胥山,禅于姑衍,登临瀚海,执讯获丑七万有四百四十三级,师率减什二,取食于敌,卓行殊远而粮不绝。以五千八百户益封骠骑将军。右北平太守路博德属骠骑将军,会兴城,不失期,从至梼余山,斩首捕虏二千八百级,封路博德为邳离侯。北地都尉卫山从骠骑将军获王,封为义阳侯。从骠侯赵破奴、昌武侯赵安稽从骠骑有功,益封各三百户。渔阳太守解、校尉李敢皆获鼓旗，赐爵关内侯，解食邑三百户，李敢二百户。校尉自为爵左庶长，李敢袭任郎中令。钦此！

"这诏书肯定是李蔡帮皇上字斟句酌写的。"跪在地上的卫青想。

诏书中的言辞很符合皇上的性格。批评卫青唯一的错误就是让单于走脱，而李广之死，诏书里连一个字也没有提到，可他听得出来，李敢继任郎中令，无异于曲折的指责。

卫青透过这些文字，嗅到一种令他忧虑的信息：因为霍去病的崛起，他正在淡出皇上的视线。

自大汉立国以来，还没有出现过的两人共掌兵权的现象，而皇上却开了先例，这意味着什么呢？这忧虑以致让他没有听见李蔡要他谢恩的声音。

"卫青谢恩。"

"卫青谢皇上隆恩。"他仓促地回答道。

耳边传来唏嘘抽泣的声音，他悄悄地看了一下，李敢的膝下被泪水湿了一大片。

接下来，就是迎接李广的灵柩回府。这个由李蔡主持，既代表朝廷的意思，又属于李氏家族的私事，那些与此事没有多大关系的大臣，三三两两的都驱车回府了，只有卫青、汲黯留下来与李敢一起料理后事。

这种冷清使李敢压抑了许久的悲愤如决了堤的河水，哗哗地倾泻而出，他一下子扑到李广的灵前放声大哭道："父亲！孩儿来迎您回家了……父亲呀，您告诉孩儿，这究竟是如何一回事？父亲，您死得冤枉啊！"

跪在李敢身旁的李陵，哭声带了怨气："爷爷！请您告诉孙儿，是何人害了您？孙儿要替您报仇！"

卫青和李蔡都很尴尬。

李蔡与李广，这对从陇西走出的同族兄弟，因为政见相左而平素很少来往，何况这是一个十分棘手敏感的难题。

两个大司马的设置，对卫青甥舅来说，荣耀光华，而这却意味着外朝的权力进一步缩小，他今后的仕途更多了风险，他不能不小心。因此，对李陵的哭诉，他表示了有度的不满。

"陵儿糊涂！战场情势，因时多变，生死难料，何况你爷爷乃自刎而死，朝廷不追究已属万幸，你何由迁怒于他人呢？"

李陵可不管这些，年少气盛的他满心瞧不起面前的这位族祖。

"大爷此言，不觉愧疚么？"

李蔡觉得没有面子，正要斥责，却被卫青用眼色拦住了。

卫青并不想让事态进一步恶化，李陵毕竟还是个孩子，他完全可以不计较，他关心的是李敢的态度。他慢慢走到李敢身边，轻声道："人死不能复生，还请将军节哀。"

李敢忽地从灵柩旁直起腰身，愤愤地看着卫青道："大司马峨冠被身，怎能体会到末将的哀痛呢？如果不是大司马中途易令改道，家父焉有今日之故？大司马贪功邀宠，私心自用，却徒害一条性命，敢问大司马闻皇上诏书，果真心安理得么？"

李敢一番话激起了李陵更大的怒火，他"嗖"地从腰间拔出宝剑，口里骂道："好个卫青贼人，李陵今日结果了你，然后去见爷爷！"

这情况让李蔡大惊，他想上前阻拦，却又怕伤了自己，只是远远地喊道："陵儿不可无礼！"

汲黯一步上前，夺了李陵手中的宝剑，扔在地上，厉声道："糊涂！你爷爷还在车上躺着，你要让他的一颗忠良之心不得安宁么？"

张汤这会儿一直没有说话，他冷眼看着事态的发展，他倒希望李陵真能在卫青身上留下剑伤，这样他就可以堂而皇之治李敢的罪了。

这倒不是因为他和李敢有什么过节，而是他要借此给皇上留下执法如山的印象。他心中早就认为，李蔡在丞相这个位置上是多么不合适，实在需要一个干练的人来接替他。谁呢？除了他张汤，还会有谁？

可汲黯的出现，再一次打乱了他的图谋。

而张汤毕竟是张汤，他很快也由冷漠转为热心："内史大人言之有理，少将军还是要让亡人先入土为安啊！"

李陵呆住了，良久他才扑到灵车上，撕心裂肺地哭起来，这哭声让汲黯心中一阵阵地绞痛。

"爷爷！您醒醒，孙儿有好多话要对您说啊！"

"爷爷……"

……

安顿好军队，交代任安代他署理军中事务，卫青就准备回府上去。

任安知道卫青因为横门前的变故心中不快，安慰道："李陵年轻，李敢因为父亲新丧，不免有失礼仪，大司马不要往心里去。"

卫青道："不怨他们，都是我的错。"

两人向门外走去，卫青看着身边的任安，愧疚涌上心头。

任安作为长史，在他的身边已经多年了，却不曾有升迁的机会。他觉得，也不能总把他留在身边。

"近来益州缺一刺史，我欲向皇上举荐，不知你意下如何？"

任安道："属下在大司马麾下心情舒畅，报国有门。至于升迁，就顺其自然吧！"

"足下的诚意我心领了，只是委屈于我帐下，也不是长久之计，到了益州可独当一面，也可以为朝廷多做些事情。"

任安听此十分感动，道："既然如此，属下先谢过大司马了。"

卫青没告诉任安他这样做的原因，他是考虑到自己需要急流勇退了。近来，汲黯那句"为官者，不可功高盖主"的告诫总在耳边徘徊，他怕自己不慎连累了属下。

酉时二刻，卫青回到了府邸。

楼门依旧地檐牙高凿，灯火依旧地温暖亮丽。可不知为什么，他却没有了归家的愉悦。

车驾离府门越近，他就越要驭手放慢速度，一任八月的夜风吹着他郁闷的胸膛。

车驾在门前停住，府令急忙地率领府中大小人等迎出门来。

"恭迎大司马回府！"府令道。

可卫青并不关心这些，他的目光在人群中迅速地搜索，却没有发现长公主。

"公主呢？"

"这……"

"说！公主呢？"

府令道："公主午后就进宫去了。"

"难道她不知道班师的消息么？"

"启禀大司马，公主听说大司马回朝，喜出望外。这几天来，一直督促下人打扫书房，清扫演武场。只是上午宫中来人说，皇上召公主进宫观看李夫人排演的歌舞。"

"李夫人排演的歌舞？"

"是啊！就是李妍李夫人。"

卫青"嗯"了一声，就进了府门。

府令边跟着边道："公主临行时说，让小人伺候好大司马，公主还让厨房备了上好的酒席，等待大司马归来，小人这就命丫鬟们上菜。"

卫青摆了摆手道："不必了，我已在军营里吃过了。你安排沐浴，我要休息。"

"诺！"府令匆匆去了……

他太累了，一场漠北之战打下来，他不仅身体累到了极点，心也累到了极点。

尽管入睡之前，他有看兵书的习惯，可这竹简今天都变成了催眠的什物。没有看几行，他就酣然入梦了。

呀！他又回到了漠北，看见了一脸血迹的李广。李广匍匐着身体，在沙梁上爬行，手中握着那把自刎的宝剑，口中喊着灌强，身后是一串深深浅浅的足迹。

他紧紧地追着李广，可怎么也追不上。忽然，李广站了起来，一双血色的眼睛死死地盯着他，声音嘶哑地喊道："大将军有负于我！大将军有负于我！"

老将军，卫青有愧啊！老将军，卫青有负于您。卫青追着风沙狂奔，试图留住李广的脚步，却总是若即若离。眼看快追上了，却又渐渐飘远了。突然，他脚下一绊，就觉得自己落入一条黑乎乎的深渊，身体一个劲地往下沉。

从悬崖上传来呼唤声，他抬头看去，呀！那不是长公主么？长公主披头散发，含泪的声音穿越沙尘。

"青!快回来……"

"青!跟我回家……"

"青呀……我的青……"

忽然,风停了,沙息了,他一个趔趄,就跌入了长公主的怀抱。

"青!你醒醒……"

他睁开沉重的双眼,原来是长公主回来了,她的脸紧紧地贴着他的胸膛,那样的温暖,那样的柔软……

第五章

温柔夜里倾国恋　无疆亭下伤情别

有了第一次,就有第二次。乐坊的相遇,宛若冬雪识得一夜东风,顷刻化作汩汩春水,在刘彻的心扉催开新的"瑶芳玉叶"。

大军离开长安的第二天,长公主就把对卫青的牵挂暂时搁在心底,而一心一意地为搭建李妍与皇上之间的虹桥而奔忙起来。

这事情,任何一个朝臣做起来都会显得嘴拙舌笨,而长公主却十分得心应手。

她已经向皇上谏言,纳李妍为夫人。虽然皇上没有明确表态,但他的心思她早已揣摩到了。她相信,只要有了一夜的狂欢,皇上的册封还不是一句话。

长公主很谨慎地绕开卫子夫这个皇上很敏感的话题道:"臣妾知道,皇后年事渐高,又主后宫诸事,虽说不上日理万机,却也是劳心费神。有了李妍服侍皇上,她也好将心力多给些太子。"

她多日的奔忙,终于促成了这场歌会。舞罢乐止之后,一直陪在刘彻身边的长公主看得出来,李妍的品貌、才艺和舞技已经入了他的心。

皇上临行时对包桑道:"伺候夫人到清凉殿。"之后又回头冲李妍笑了笑,就上车驾走了。

送走皇上,李妍看着长公主,一脸的窘相。

皇上临行前的一句话,一缕笑,那宠幸的意思都在不言中了。

她的心就突突跳个不停,她不知道等待她的将会是什么,她把求助的目光投向长公主。

长公主的眼睛笑得眯成一条线,好使这女人的轮廓在自己视线里更清楚些:"慌什么呢?到宫里来的女人都得有这一回。皇上也是人,对女人也很体贴呢!"

"可奴婢还是……"李妍不好意思地垂下了头,飘逸的长发就很自然地从肩膀的一边垂下来了,益发地楚楚动人,而那睫毛上也挂了泪珠儿了。

长公主就有些不高兴道:"流什么泪呢?皇上可不愿看见一个泪人儿躺在身边。"

她俨然以姐姐的身份开导李妍,软语中就带了威胁:"这宫中粉黛成群,有人在宫中一生都得不到皇上宠幸。你倒好,还……"

后半截的话她咽了回去,她知道李妍是个聪明人,不需要说得太多。

看看已是酉时二刻,长公主惊叫了一声,心想今天不是卫青回来的日子么?一想到卫青,长公主立时停不住了,她立即唤来翡翠斥责道:"你怎么如此健忘?今日乃大将军归来之时,你为何不提醒我一句?"

"是!奴婢知罪了。"翡翠答着话,心里却分外地委屈:你那个性子?谁敢说呀,不要命了。

她急忙招呼丫鬟们,服侍长公主上车。

李妍和掖庭令送到门口,长公主临上车的时候,又回头嘱咐道:"好好梳妆,且待良宵吧。"

"奴婢明白了!"李妍道。

"怎么还奴婢、奴婢的?你已经是夫人了,以后自己注意些。"

长公主走了,李妍望着远去的车驾、丫鬟、骑奴,忽然觉得心里空落落的,没了主意。

这些日子,皇上对李妍的上心,掖庭令是看在眼里的。他觉得这个女人今后不可以轻看了,忙招呼身边的宫娥说道:"赶快伺候夫人。"

就在这个时候,他看见了一个身影,原来是李延年。他这时候来,肯定有话要对妹妹说,掖庭令和乐师们很知趣地退下了,把偌大的一个乐坊大厅留给了李氏兄妹。

李延年最关心的还是皇上对妹妹的态度,在众人退下后,他直截了当地问道:"皇上没有宠幸妹妹么……"

"兄长,你怎么好……"

"皇上对妹妹如何,可关乎李氏的荣辱呢!若是妹妹能为皇上生个皇子,那就……"

"兄长,你还说……"李妍脸上有些不高兴。虽是一个娘肚子里掉下的肉,可李妍最看不惯哥哥拿自己作为靠近皇上的诱饵。

"时间不早了,兄长还是早些歇息吧!明日还要排练呢!"

"好!为兄这就走。"李延年从妹妹绯红的脸色上已经明白,她即将要属于皇上了。

兄长走了,李妍长长地舒了一口气。想想即将到来的那个时刻,就止不住流下了泪水,她说不清这泪该是甜的,还是咸的。

掖庭令来了,道:"宫里来人了,催夫人进宫呢!"

李妍赶紧拭去泪水,坐在梳妆台前,一面想心事,一面任宫娥们打扮。

这对女人意味着什么呢?是意味着从此告别浪漫的青春?还是意味着成为真正的女人呢?

她的父母都曾是乐倡,早年在乡间为人吹吹打打,在她的记忆中,出嫁是一个十分庄严的日子,是要鼓、笙、竽、箫迎娶的。

程序不仅是一种礼仪,更象征这个女人在新家的地位。特别是婚礼那天,夫妻双双参拜天地、祖先和高堂之后,才表明从此在这个家庭的地位得到了承认,才具有了支撑门户的资格。

李妍记得,小时候母亲向她讲起这些事情时,眼里总是溢着幸福的光彩,母亲说女人一生不容易,这一天是一辈子都忘不了的。

可在这宫中,皇上一句话就决定了自己的命运。

这对女人到底是幸运还是不幸呢?这时候,李妍多么希望母亲能在自己身边。

可宫院深深,她就像一只没入大海中的小舟,任凭风浪拍打,茫然而又恐惧地漂荡着。

但不管怎么说,这是她人生的一个转机,且不说他是皇上,仅从女人出嫁的角度去看,她也满足了。

李妍就是怀着这样的心情被宫娥们敷粉描眉,梳妆打扮的。然后她被脱去了衣裳,赤裸裸地裹进被子,送进清凉殿了。

临上轿舆的时候,李妍很纳闷,这宫中的女人都穿着开胯露裆的裤子,不就是为了皇上方便么?可皇上还要让女人脱了衣裳,这不是……不容她细想,轿舆就动了。

清凉殿里,自有另一批宫娥伺候。她们帮助李妍去了身上的被子,送进熏了香草的帷帐。

合了帷帐,那蜻蜓点水一样的脚步就从耳边远去了,倒是帐外阁中有几位宫娥细微的呼吸游丝一样地传进来。

她本想向她们打个招呼,可进宫前掖庭令就反复叮嘱,只要躺上了这张榻床,就不能由着性子,而只能一心想着皇上。

是啊!躺在这张皇榻上的女人,她不是第一个。可现在她不愿意去想这些,她宁愿把自己想象成第一个。

情到底是怎样一件东西呢?此刻,它就像一条清流,在李妍的血脉间涌动,给她白皙的肌肤涂上润泽的光亮,那芬芳从每个毛孔中淡淡地散发出来,弥漫了整个帷帐。

这时候,一个脚步声渐渐地近了!近了!

接着,就听见宫娥们伺候皇上的声音,宫娥们的声音有些瑟缩:

"皇上万岁!"

"嗯!退下。"

女御长为刘彻撩开帷帐,皇上就赤裸裸地站在榻前。

李妍有些慌张,心跳骤然加速,她不敢端详这个白天刚刚看过她跳舞的男人,下意识地闭上了眼睛。

刘彻近来心境分外的好!

虽说漠北战役出征时数十万人马,归来时几乎损失了一半;民间征集的十四万用于运输的马匹,回到长安时也不到四万匹。可这又有什么呢?从周文王到秦始皇,哪一代君主开疆拓土能不付出代价呢?

他已经颁布诏书,在漠北、漠南设置屯官,养兵屯田,这样不仅可以减轻朝廷负担,而且军人也不至于懈怠松散。他下一步的目标,该是征讨西南的滇国了。

但这并不影响他宠幸自己喜欢的女人,而且多年来他有一个习惯,国政越是顺畅,他就越需要女人灵与肉的浸润。

而他的姐姐长公主,总能把王朝最漂亮的女人适时地送到自己面前。

现在,赤裸的刘彻亢奋而又昂扬地站在皇榻之前,看着面前一丝不挂的女人,眼睛都被迷住了。

呀!这是上苍怎样造化的一个身体哦!她的头发浓密黑亮,衬托着一张白皙玉润的瓜子脸,晶莹的皮肤下充盈的都是晶莹透亮的水。

一双弯眉,悠悠颤动的睫毛,微微翘起的鼻梁,还有绽放着微笑的朱唇,就那么天衣无缝地在脖颈的曲线上,聚合成水光月华的迷离。

哦!什么叫作关不住的春色呢?什么又叫作锁不住的春情呢?那一对饱满挺拔的乳峰被她的气息摇曳着悠悠的节奏,像成熟的水蜜桃一样散发着娇艳的诱惑。

一只贪婪的欲望之虎就这样从刘彻的心底奔出,向着密林深处扑去。

当刘彻有节奏地抚摸她的时候,就有了新的发现,这女人每一块肌肤都对他的抚摸有着极度的敏感。

他的指尖刚刚触及她细长的脖颈时,她的嘴唇便粲然地溢出吃吃地笑。

刘彻俯下身体,舌尖在李妍身上轻轻地来回摩挲。对情窦开启的李妍来说,她需要这种抚摸,她盼望这种抚摸,她渴望享受皇上传递的温柔。

"皇上,臣妾……"她柔柔地扭动着腰肢,本能向刘彻贴了上去。

"皇上……"她的小嘴翘起,紧紧地贴在刘彻的唇上,那芬芳的气息,绵延不绝地沁入刘彻的心脾,撩动着他心里的野马。

两人都处在情不自禁地亢奋中,都享受在蒸热的气韵中,都感觉到了那兴奋时刻的降临。于是,这一切癫狂都那么顺理成章,那么呼应契合……

"嗯……啊啊……皇上……"李妍的头侧向一边,一副享受的娇态。

这简直是妙不可言的乐章,女人越是紧缩,刘彻的征服欲就越是强烈。他不断地发起冲击,不断地变换着姿态,似乎只有穿透这幽深的泉底,才足以表现出他的至高无上,他的雄起劲健。

"哎哟……皇上……"

几滴殷红的血花滴在身下的丝绢上,洇成鲜艳的花。而他们情欲的水晕恰似一池涟漪的碧水,从血花周围由浓而淡地渗向四面,在一刻前还洁白无瑕的丝绢渲染成神秘的生命图腾。

李妍第一次被一个男人如此揉搓,她明白,这个夜晚在她的生命中是多么重要。明天早晨,当太阳升起在长安城头的时候,她不再是那个歌伎了,也不再是那个经历了与母亲生离死别的姑娘了,她将以一个真正的女人出现在汉宫的女人群中。

皇上的身体是那么的宽阔,感觉是那么的有力,以致在她躺在皇上怀中的时候,仍然难以平复那颗春情荡漾的心,心里默默期待着第二次高潮的到来……

这一夜对刘彻来说,创造了他生命的又一个辉煌,那种与卫子夫相处太久而带来的情感疲累,那种与妃嫔们在一起的单纯发泄,迅速被这个叫作李妍的女人那种别样的性感所取代了。

按礼制,夫人与皇上云雨之后,是要送回掖庭的。可刘彻不管这些,他留住了李妍。

直到丑时三刻,两人才拖着酸困的筋骨,相拥着进入了梦乡。

李妍一觉醒来,披衣起身,来到外间,轻声问女御长道:"现是何时了?"

女御长道:"启奏夫人,现在是卯时一刻。"

李妍"呀"地一声,回身进了帷帐,嘴张了几次,却没有喊出声来,皇上昨夜折腾得跟年轻人一样,可毕竟他也年近不惑了,她不忍心叫醒他。

她一想起两位兄长,就不由得生气。尤其是李延年,他那双眼睛总是盯着自己和皇上的事儿,好像一次床笫之欢就可以让他们青云直上。男人不去想建功立业,靠自己的本事赢得地位,还算是个男人么?

昨夜临睡时,皇上问道:"夫人有何要求,尽可对朕言说,不必拘束。"

她回答皇上的却只有一句话——臣妾只求时时承受皇上雨露,别无他求。

知兄莫如妹,李延年、李广利,还有那个不晓世事的兄弟李季,他们既没有卫青的才干和殊勋,也没有霍去病的胆识和忠勇,就知道跟在皇上后面献媚。

她已暗地打定主意,绝不在皇上面前提任何给家人加官封爵的请求。在这一点上,她尤其敬重皇后卫子夫。

刘彻睁开惺忪的睡眼,就看见李妍含情脉脉的眼睛,问道:"朕是不是睡过了?"

李妍微笑着说道:"还没有呢!尚有二刻时辰。"

刘彻将李妍拥在怀里,吻着她的睫毛和红唇:"那朕还要一次。"

可李妍是清醒的。看着时间已到了卯时三刻,她立即提醒道:"皇上,该上朝了。"

"朕今天就拥着夫人睡一整天,不上朝了。"

李妍摇了摇头道:"这样怎么行呢?"

"朕乃一国之君,都不可以给自己一点时间么?"

李妍偎在刘彻怀中,柔柔地说道:"那么多大臣都看着皇上呢!皇上不上朝会冷了大臣们的心的。臣妾身心都在皇上这里,待皇上打理完朝政,如何都行。"

刘彻俯下身体,在李妍的额头留下了一个亲吻道:"你真是善解人意,不知何时能为朕生一个皇子呢?"

李妍没有回答,只是报以柔柔的笑。

这还真让她不好回答。她清楚,在这个深宫中,母亲往往是靠儿子得以显贵的。可这事是能够强求的么……

不管卫子夫怎样压抑着自己的忧郁,眼看着皇上在自己的眼皮底下移情别恋;也不管可怜的王夫人在沉疴的折磨中丢下了自己梦寐以求的儿子刘闳走了,皇朝还是在一片漠北大胜的喜庆中走进了元狩五年(公元前118年)的春天。

元狩五年的朝政,似乎并不像与李妍在一起那样让刘彻激情和愉悦。

虽说废了三铢钱,更铸五铢钱,并且还找了一个响应朝廷、积极申报资财的卜式,又是封爵,又是赐官,可那些行商逐末之徒,至今仍然在观望等待,消极应付,更不用说捐财捐物以补府库之虚了。

可就在这个关头,郑当时却撒手人寰,抛下一大堆难题走了。

一场漠北战役打下来，国家财力捉襟见肘，入不敷出，现任大农令严异一筹莫展，让刘彻一想起来就心烦。

　　严异是李蔡举荐的，可就在前日，有人举报李蔡竟与不法商贾勾结，盗卖先帝寝园外面的堧地。

　　虽说这只是一块空闲地，可因为它在皇陵旁边，有人就想借此沾点皇气，自然就寸土寸金了。

　　举报的上书是通过北阙司马投送的，恰逢张汤上朝路过这里，这文书自然顺理成章就落到他的手中。

　　面对这份举报，张汤的眼睛眯成一条缝，他从这些文字中看到了一丝机会。

　　老实说，从公孙弘举荐李蔡为丞相那天起，他就在心底瞧不起这位李广的族弟。他认为这个丞相就该他张汤来做。

　　李蔡太过势利，不足成大事，这是张汤对他暗地里的评价。

　　好了！今天这个机会终于来了。

　　张汤脸上露出了轻蔑的笑意，自言自语道："丞相大人，休怪下官冒犯了。"

　　他没有将上书呈给皇上，而是直接到了丞相府上。

　　"丞相大人！您身为当朝宰辅，盗卖堧地，下官真有些不可思议。"坐在李蔡的客厅里，张汤说道。

　　"御史大人怎可听信小人谗言，我身为当朝丞相，岂可如此不知轻重？"李蔡一副吃惊的样子，但张汤从中听出了色厉内荏。

　　张汤扬了扬手中的竹简说道："这是有人给皇上的上书，不仅详述了卖地所得金数，而且细节清楚，人证亦在。"

　　李蔡脸色顿时变得苍白，他摸不透张汤手里究竟握有多少证据，他由辩解转而求助张汤。

　　"事已至此，皆是我一时糊涂，还望大人念在同僚的分上，救我一回。"

　　张汤没有给李蔡丝毫的回旋余地，道："若是其他的事情倒好办，唯有这堧地一案，事关龙脉，下官猜测皇上一定会亲自审理的，下官纵有此心，也回天无力啊！"

张汤说着,就把大汉律令的相关条款念给李蔡听。听着、听着,李蔡就浑身发抖起来:"完了!我不该一念之差,铸成大错啊!"

见此,张汤便起身告辞,临别时留下了一句话:"何去何从,大人好自为之吧!"

从相府出来,张汤没有回署中,而是揣着上书直接进了未央宫宣室殿……

案子发生在李蔡身上,让刘彻十分吃惊。

第二天早朝时,刘彻对着大臣们怒吼道:"堂堂丞相,竟然干出盗卖先皇寝园堧地的丑事,是可忍,孰不可忍!"

接下来,他又斥责张汤道:"你身为御史大夫,负有监察之责,却听任李蔡胡作非为,该当何罪?"

张汤满脸的愧疚,说的话却充满了自责:"李蔡图谋不轨,臣察之久矣!然慑于他宰辅之位,臣是敢怒而不敢言啊!"

说完这些,张汤慢慢拉下笏板,悄悄观察皇上的表情。

果然,皇上的神色越来越严峻,最后只说了十分简单的几个字:"将李蔡依律下廷尉府审理。"

张汤掂量得出这几个字的分量,说起话来不免有些结结巴巴:"启奏皇上,李蔡他……"

"他如何了?"

"他……"

"说呀!"

"他……"张汤战战兢兢道,"李蔡昨夜于府上饮鸩自尽了。"

张汤隐瞒了一个细节,那就是他在相府施加的压力和暗示。

李蔡一死,张汤以为仕途上的障碍搬掉了。

刘彻颓然地坐在御座上道:"尚未审理,就先死了?你们是怎么搞的……"可很快他的思路就转过来了,"此乃李蔡自感难脱其罪,引咎自毁。"

面对情绪紧张的群臣,刘彻用训诫的口气说道:"李蔡曾跟随大将军屡建战功,在丞相任上也不可谓不尽职,然晚节不保,正所谓'为山九仞,功亏一篑',你们要引以为戒。"

大臣们悬着的心这才放了下来。

刘彻挥了挥手,算是翻过了这烦恼的一页。

"那个出使匈奴的任敞回京了么?"

典属国低着头,不敢看着刘彻。他谨慎地朝前迈了一步,害怕地说道:"启奏皇上,任敞被匈奴扣留了。"

"为什么?不是匈奴重启和亲之议么?"

刘彻说的是元狩四年秋天的事情,漠北战役后,伊稚斜慑于汉军的压力,也为了休养生息,恢复元气,他接受了赵信的建议,重提和亲。

刘彻曾下令廷议。汲黯、博士狄山等以为,连年战争,民生疾苦,应趁着匈奴大败之际,重开和亲,与民休息。丞相长史任敞甚至提出更大胆的设想,要将以往汉与匈奴的关系降格为朝廷与外臣的关系。从来没有邦交经验的他自告奋勇地向刘彻提出,要出使匈奴。

现在几个月过去了,任敞竟然被扣。

刘彻顿时感到自己的权威受到了挑战,他把气都撒到当初主张和亲的大臣们身上。

"任敞无能,有辱使命;你等昏庸,推波助澜,畏敌怯战,才致匈奴气焰嚣张,无视大汉国威,该当何罪?"

看着群臣一个个低头不语,他直接点了汲黯的名:"汲黯,你平日总是滔滔长论,言之凿凿,今日为何三缄其口?"

刘彻讽刺的目光直逼汲黯,站在一旁的狄山汗如雨下,六神无主。他暗暗窥视汲黯,不知内史大人怎样应付狂怒的皇上。

汲黯面无惧色,坦荡如昔,撩了撩衣袖,举起笏板,准备回答皇上的问话,却不料张汤插了进来。

刚刚还惊魂未定的张汤从皇上的声音中判断出,李蔡的风波已经过去,他现在需要把握机遇,既给政敌猛烈一击,又能迎合皇上的心意。

张汤充满了对汲黯的愤懑:"狄山愚儒,不足以与之论国政。而汲大人身为内史,位居九卿,却置大局于不顾,违逆圣意,强主和议,现在竟致我大汉国威受损,大臣被扣,依臣看来,汲黯当斩。"

此言一出，大臣中一片哗然，有埋怨张汤趁火打劫，落井下石；也有人批评汲黯不识时务，锋芒太露。大家先看了看刘彻，又纷纷把脸转向汲黯。

而此时汲黯却分外冷静，似乎皇上的斥责早在他预料之中，张汤的进言他也不屑一顾，大臣们的议论好像也离他很远。

汲黯老多了，鬓边出现了隐约可见的依稀白发。可只要他说话，只要他的声音在舌尖上震荡，那眼睛顿时就犀利得让人不敢面对。

他举了举手里的笏板道："臣以为匈奴出尔反尔，乃蛮夷之性使然，非和亲之错。"

"难道是朕错了？"

汲黯近前一步，站到与张汤平行的位置，继续阐述着自己的理由。

"政之失误，咎在臣下。前者浑邪王降汉，陛下为彰我国威，想在京畿征集两万辆车马，可官吏又不兑付贳贷，以致民怨沸腾，五百无辜百姓身首异处。试问御史大夫可曾与皇上分滴水之忧？可曾有一言半语的谏言？"

汲黯冷冷地盯了一眼张汤，话里就充满了讥讽："御史大人倒是与丞相沆瀣一气，蒙蔽圣听。若说下廷尉诏狱，臣以为第一个该绳之以法的，就是这位巧言令色、鲜仁寡情的张汤大人。"

张汤从鼻翼间发出轻蔑的哼声，旋而又怒形于色道："好个汲黯，名为指责同僚，实则非议皇上，该当何罪？"

张汤看了看身后的赵禹，示意他出班帮腔。

与张汤一起修订汉律的赵禹觉得，李蔡之后，张汤很可能成为丞相的首选，那御史大夫一职又该谁来接替呢？

他迅速做出了回应："臣也以为汲黯目无皇上，诽谤朝政，非严惩不能正朝纲。"

朝臣中围绕汲黯的命运，很快分成对立的两派。

公孙贺、李息等虽然站在汲黯一边，却因为漠北之战中卫青无封无赏的缘故，到现在都在朝堂上硬气不起来了。

他们多希望卫青、霍去病两位大司马能站出来说话，可他们却奉了诏命，犒劳从北海班师的将士们去了。

他们也知道刘彻对汲黯的情感，很希望这老头能退一步，认个错，好得到皇上的谅解，其实，刘彻又何尝不想如此呢？

这么多年相处，他了解汲黯的性格，况且今天廷议的是和亲的是非，他不愿意看到耿介刚直的汲黯身陷囹圄。只要他能识时务，知进退，收敛身上的傲气，不为主张将他治罪的人提供口实，他就可以寻找台阶了结此事。

可眼前这位汲大人，哪里有认错的迹象呢？

他身体挺得板直，头扬得老高，梗着脖子，瞪着眼睛，一副理直气壮的样子，依旧在那里掰着指头历数元朔以来朝政的弊端。

刘彻听着听着，脸色由涨红转为蜡黄，又由蜡黄转为铁青，继而由铁青渐渐泛白。

张汤和赵禹等人交头接耳，准备再次启奏，发起对汲黯的弹劾。

公孙贺、李息的心悬到了半空，那种紧张丝毫不亚于临战前的气氛。

"皇上啊！请您大开圣恩，赦过汲黯吧！"两人正这样想着，就听见一声怒吼："罢了！"紧接着，刘彻将手中的竹简"砰"地摔在地上。

随之，便有一批大臣应声跪倒在地，齐声喊道："臣请杀了汲黯。"

"杀了汲黯。"

……

在这一片喧嚣声中，公孙贺、李息的声音是多么的弱小。

站在一旁的包桑吃惊地看着跪倒在殿内的群臣，仓皇地搓着双手不知所措。

接下来，是雷霆之前恐惧的寂静。谁都知道，汲黯的命运系于一人。主杀者和主赦者，都迫切想从刘彻那里听到自己希望听到的声音。

时间一丝丝地流走，大家的心却在一点点地紧缩。在众人的心中，好像时间静止了，空气也停止流动了。

可许久之后，他们却从刘彻的口中听到了两个字："退朝！"

接着包桑跟着喊道："退朝……"尖细的声音终于给这个凝固的时刻带来了一点活气。

等到大家抬起头来时，皇上已经走了。

张汤等人彼此看着对方，都不知道这是怎么一回事。他有些颓然地垂下两只颀长的胳膊，朝着殿外走去。

汲黯是最后一个离开的,他看了看御案,眼睛湿润了。

……

长安的桃花在三月开出一片云霞和浪漫。

出了灞城门,大道两旁,一簇簇的桃花挂满枝头。一株株垂柳柔枝轻舒,丝绦飘荡,从眼前一直绵延到数十里外,宛若一道翠绿的帘幕。

从烟霞里走出三匹马,一辆车驾。车驾里坐着一位妇人,一边走,一边用丝绢擦拭着泪水津津的眼角,还不时回头望望渐行渐远的京都,眉眼充满了眷恋。

马上的三位则放任马儿的蹄子敲打着春日的大道。

"不管怎么说,皇上那天匆匆退朝,实在是圣明之举。"说话的是李息。

"是啊!说到底,皇上还是不忍降罪于大人,皇上从内心还是喜欢汲大人的。"接着李息的话茬,卫青说道,"只可惜在下那天不在,否则,绝不会让这个张汤兴风作浪的。"

汲黯打心底感念皇上的宽容。

要说他来京城已有多年,每每在朝堂冲撞皇上,从来没为一己私利,他相信皇上也明白这些,所以才一次次的不与他计较。那天要不是皇上退朝,那局面会不堪设想。

汲黯甩了一下马鞭,对卫青说道:"这也怪不得大人,大司马也是奉了皇上的诏命去办事了。"

其实,汲黯那天真的没有打算活着走出未央宫前殿。

这些年他得罪了不少人,他们就愁没有机会置他于死地呢!

在即将离开长安的时候,汲黯一想起朝会之后皇上对他的单独召见,仍然铭感五内。

在宣室殿,皇上的目光是多么的复杂。

那是惜其刚而不能柔的怨;伤其峣而不知折的怒;是用之扎手,弃之不舍的哀。

按理说,皇上比汲黯小了许多岁,可那会儿倒像是面对一个不懂事的小孩,每句话都是语重心长。

"你这个内史大人呀!这些年来,你真以为朕怕你么?朕是喜你憨直忠贞,从不腹诽,才处处容忍你,可你却不知进退,越来越不像话。朕虽素来不提倡黄老,可有时候觉得老子之言也不无道理,你难道不知水至柔而又至坚的道理么?非得每次都要弄得剑拔弩张才痛快啊?你叫朕如何说你呢?"看着汲黯低头不语,刘彻又缓了语气道,"你在朝中结怨甚多,再待下去,不仅你处处难受,朕也不好处置。朕考虑,京城已非卿久留之处了,你赴淮阳如何?"

汲黯一愣:"皇上之意……"

"朕决定任你为淮阳太守。"

汲黯心中掠过一丝悲凉,早年在东海太守任上的情景瞬间涌上心头。

那时候他年轻,学黄老之言,好清静无为,又善择官用人,各县县令都是经他亲自推荐才得到朝廷任命的,所以,他虽然没有耗费多大气力,辖内却河清海晏,一派升平。可看看眼下的自己,鬓发斑白,牙齿脱落,就算到了那里,还会有什么作为呢?

汲黯跪在地上道:"谢皇上隆恩。可今非昔比,臣已经老了,皇上倘若认为臣衰朽无用,臣可以辞去内史,归家养老。而淮阳乃楚地之郊,地僻路遥,臣……"

刘彻看着汲黯,心中也不好受,在他的印象中,这是自汲黯进京以来,第一次说软话。

"唉!爱卿误解朕的意思了。朕外放爱卿,非因爱卿年老之故,实在是淮阳民风刁悍,私铸钱币之风甚盛,历任太守禁而不止。朕欲借重于卿,卧而治之。当然,爱卿到了那里,也可以避避锋芒,待有机会,朕还要召爱卿回来的。"

话说到这个份上,汲黯还能再说什么呢?毕竟自己是和亲的倡导者,而单于爽约伤了皇上的自尊。

汲黯也是个知难而进的性格,皇上一提推行五铢钱所遇到的障碍,他就有些坐不住了,就有了一种责任感。

"皇上圣恩,臣感激涕零。臣什么也不说了,打点之后即可赴任。"

当天,刘彻在宣室殿小宴,破例地为汲黯饯行,又传了李息作陪。席间,大家谈到右内史的继任,刘彻认为义纵较为合适。

汲黯还是不改直言的性格,说义纵生性怠惰,沉湎酒酿,还望皇上多加提醒,话里的君臣情义让刘彻十分感慨。

"难得爱卿如此中直敢言,朕将会以爱卿为楷模,时时训诫于他的。"

现在,皇上话语的余温尚在,他却要启程离京了。

看着眼前草长莺飞、桃烟柳雨的情景,他有一种说不出的心情。

往年,这正是皇上郊祀踏青的季节,右内史的责任就是整顿民风,清扫道路。那个义纵,会把这一切安排好么?一想到这些,他又感到几分焦虑。

好在卫青送行,他的那点烦恼也只是春夜疏雨一般,瞬间即去了。

前面就是无疆亭,亭外一丛翠竹,新笋破土,几枝桃花,娇艳欲滴,间有垂柳两棵,新枝婀娜,平添了几分野趣。

卫青赞道:"此端好景,正是叙话的好去处,昨夜在下备了些酒菜,不妨就在这里小酌几杯,也好说说话。"

"一切听从大司马安排。"

卫青于是命人在亭子间的石案上摆了酒菜,又请汲夫人下车同饮。

卫青先举杯敬汲黯夫妇。汲黯十分惶恐,道:"大司马乃三军统帅,中朝砥柱,下官何德何能,能承受得起如此厚意?"

卫青将酒爵举在胸前,那话语中满含浓浓的情义:"大人何出此言,在下的感激之情都在酒里了。"

卫青说罢,饮了爵中的酒:"在下以骑奴之身,能有今天,不敢忘记大人之恩。"

汲黯饮下一爵,忙摆了摆手说道:"大司马何出此言,要说大人的前程,还是皇上天恩浩荡。"

"在下年轻鲁莽,带兵严酷,若不是大人指点迷津,恐怕也会像张汤那样被人唾骂了,何谈建功立业呢?此等教诲,在下没齿不忘!"卫青说着,又为汲黯斟满一爵。

李息这时也站了起来,举爵为汲黯送行:"皇上也不过是为了暂避风波,将来还要召大人回京的。京都、南疆,气候殊异,大人还要多多保重。大人的子女皆已成人,各有所成,大人此去也没有多少牵挂了。"

卫青又转身向汲夫人敬酒。夫人的眼睛红红的,只是垂泪点头,却默默无言。卫青不忍再看,借与李息说话转过身去。

这些热心的话,说得汲黯心里暖烘烘的。他觉得这些年的京官没有白做,最重要的是有了这么多知己。

情之所至,汲黯的话还是离不了为皇上分忧。他觉得如果现在不说,怕将来就再也没有机会了。

他站起来给卫青和李息斟酒,眼里充满了庄重和忧虑,说出的话也含着酸涩和痛楚:"请两位大人饮了此爵,下官还有话说。"

"大人有话尽管说。大人与我情同手足,还用如此么?"李息道。

"大人若有事交代,在下肝脑涂地,决不推辞。"卫青也庄重道。

"不!你们还是饮了再说。"

汲夫人见夫君的倔劲又上来了,不免有些着急,暗地拉了拉他的衣袖,那意思是说,现在你都是离京的人了,还计较什么呢?

汲黯却浑然不觉,照旧梗着脖子道:"饮了再说。大人不饮,下官宁可不说。"

"好!"卫青看了看李息道,"饮了再说。"

同朝为官,大家知之甚深,以他的脾气,他们如果不接受这份沉重的情怀,只怕汲黯要把满腹的心事带到淮阳去。

现在,当卫青和李息端起酒爵,饮下晶亮的液体时,也把汲黯的嘱托和信任化进了自己的情感。

汲黯这才仰起脖子,饮了爵中之酒,话也就随之出口了:"下官虽离京而去,可心却无时无刻不系于社稷……淮阳、京都,千里迢迢,下官不可能再参与朝议。虽然李蔡之后,丞相一职空缺。然以下官观之,张汤觊觎相位久矣。他为人智足以拒谏,诈足以饰非,务巧奸之语,辩数之词,他的所作所为,绝不是为了社稷,为了天下,而专以逢迎皇上为能事。只要皇上不愿意,他就千方百计地诋毁;只要皇上高兴,哪怕是错的,他也会指鹿为马,颠倒是非。"

汲黯站了起来,扶着亭子的廊柱,双眼透过巳时的阳光,朝着长安望去,只有天边的浮云,只有夹道的杨柳,不见城头的大旗,不见未央宫的阙楼。

"下官如今一去,最担心的就是像张汤这样的人,内怀奸诈以御主心,外挟贼吏以为威重。大司马常在皇上左右,李大人位居九卿,还请时时提醒皇上早除之,否则奸佞得势,公等……"

汲黯这番话让卫青和李息心中沉甸甸的,仿佛压着一块千钧巨石,他们急忙执手扶着汲黯道:"大人的意思在下明白了。在下与李大人定不负大人期望,定会为大汉社稷扶正祛邪,绝不与奸佞之辈同流合污。"

汲黯紧紧地握着卫青和李息的手,说话时喉头有些发颤:"如此,下官纵然老死淮阳,亦无憾了。"

四人同时举爵,饮下了最后的送行酒,汲黯传来府令,服侍夫人上车,拱手与卫青和李息告别道:"下官就此告别了,二位大人保重。"

汲黯正准备离去,只听卫青道一声"大人慢行",便松了手中的缰绳,只见卫青从道旁的柳树上折下一根枝条,来到马前,递给汲黯道:"在下多次出征,每每离京,司马相如总是吟《诗经》中的诗句折柳相送,时间长了,在下也记下了。正所谓'昔我往矣,杨柳依依。今我来思,雨雪霏霏'。大人拿上这柳枝,不管走到天涯海角,长安就在大人身边了。"

"大司马……"汲黯只觉得眼睛热辣辣的。

第六章

巡察风波漫朝野　秋雨玄甲哭骠骑

李蔡自杀、汲黯离京,很多人都把目光转向了朝廷的相位。

可皇上诏书下来后,却是大出许多人的预料:庄青翟转任了丞相,高陵侯赵周继任为太子太傅。

这个新的格局,让张汤十分不解,但他又能说什么呢?多年为官的经验告诉他,在这个时候,一句话说不好,不仅会功亏一篑,有时甚至会招来杀身之祸。

他只有耐着性子,寻找新的机会,把政敌踩在脚下。

他清楚,让皇上闹心的不仅是先帝陵寝的埌地被倒卖,更是推行的盐铁、币制和算缗变法进展十分缓慢。

尤其是朝廷的缗钱令已颁布数年,但民间逃缗现象还屡有发生。而且,逃缗的大都是富户豪强。

张汤觉得,整治这些人靠庄青翟这样的书生是不行的,最后还得靠他。

因此,在十月初的朝会上,张汤推荐由御史中丞杨可负责告发逃缗者,凡情况属实,将没收偷漏缗钱一半奖励给告发者。

这种办法产生了巨大的诱惑力,在郡国掀起了一股旋风。特别是在京畿各县,开始的时候,告发者大体还能据实而告,到了后来,知情者告之,不知情者编了假案也来告。有些邻居之间发生了口角,也借机诬告对方逃避算缗。

杨可派使者抓回来的罪犯那可是真假难辨,没几天,到处就人心惶惶,鸡犬不宁了。

这消息很快就传到义纵那里,他就有些坐不住了。

这一半是出于职责所系,另一半是出于对御史大夫属下之人霸道的愤慨。于是,他传来内史丞,要他以"乱民"罪,将杨可派出的人悉数抓回,严加审问,录下狱词。

可他没想到,在几天后的早朝上,他的那些狱词远不如张汤列举的数字更吸引皇上的注意力。

张汤道:"虽有报假案者,然瑕不掩瑜,自推行告发逃缗者、奖励一半财产的制度以来,得民财以亿计,足可以充实府库,缓解眼下的拮据。其中还发现,各地官僚富豪隐瞒奴婢以万计;田地大县数百顷,小县百余顷。"

"好好好!"刘彻轻轻地敲击御案,表示着满意。

"传朕旨意,没收所得各县土地,由水衡都尉、太仆、大农官署耕种,所得充入府库。搜出的奴婢则充任杂役或释之。"

张汤趁机弹劾义纵,说他假借逮捕杨可的使者为名,行废弛皇上诏命之实。

义纵欲图辩解,刚刚才开口,就被刘彻喝住了:"自己的事情一塌糊涂,还吹毛求疵,指鹿为马。去年朕在鼎湖病愈回京,路过你的辖内,道多不治,坎坷崎岖,车驾颠簸,朕还没有问你的罪呢!"

结果,义纵被弃市,人头在东市挂了许多日子。庄青翟每次路过那里,就禁不住毛骨悚然,他无论如何也无法相信,因为在自己辖内抓了几个人就被处弃市这个严酷的现实。

以人为鉴,以致他每每于宣室殿与皇上谈论起"盐铁官营"的事来,不得不字斟句酌,小心翼翼了。

这一天,他们的话题依然没有离开"变法"的主题。

刘彻问道:"爱卿说说,盐铁官营,利国利民,为何却收效甚微,这症结究竟在哪儿呢?"

庄青翟似答非答道:"前些日子,微臣筋骨疼痛,到太医坊诊病。淳于大夫为微臣做针灸,说到通则不痛,痛则不通,乃气阻滞也。"

刘彻"哦"了一声,道:"听爱卿的意思,政之不行,气不通耳。此乃郡国出于私利,消极对抗之故?"

庄青翟点了点头道:"皇上明察秋毫,见微知著,微臣想应该是这个道理。"

"依爱卿之见,将何以处之呢?"

"微臣近日反复思索,郡国之所以对朝廷诏令阳奉阴违,皆因督察不严。因此臣认为可派人持皇上符节,赴各地督察,鼓励吏民举报不法商贩和贪官污吏,查出一个,就严惩一个,如此则政风大变,新政推行亦无碍矣!"

刘彻击节称道:"爱卿此言,正合朕意。此事就交给御史大夫去做吧!"

"这……"

"爱卿有话不妨直说!"

庄青翟建议道:"臣以为可从太常寺抽调几名博士,与侍御史们一同前往督察。"

"好!就依卿所奏。"刘彻觉得,这个庄青翟做了一段时间太子太傅,明白多了。

庄青翟进一步奏道:"另外,盐铁官营和算缗主事悉归大农令署,因此此事是否也要严大人参与,还请皇上明示?"

刘彻点了点头道:"丞相所言之事,明日早朝一并廷议吧!"

从宣室殿出来,庄青翟一摸脖颈,汗津津的,心跳也比平常快了许多。

他为自己经过巧妙的周旋而没给张汤留下大权独揽的机会而放心了许多。

这些年,庄青翟虽然没有在外朝供职,但他对张汤此人有些了解。身负监察之责的张汤,素来心理阴暗,让他还没有进入这个圈子,心里就先有了压力。

第二天早朝时,大臣们对派人奔赴各个郡国督察没有什么异议。

"好!朕决定此事由张汤总管,大农令严异辅之。"刘彻高兴地点了点头。

接下来的日子,刘彻召见了从太常寺选出的博士褚大、徐偃和御史台抽出的侍御史等人到宣室殿训话,要他们到郡国督察时,一定要放手办案,也要注重证据,务必做到法有准绳,罪有应得。

在这些日子里,张汤也没有闲着,当侍御史们从宣室殿回到署中时,他都会将他们一个个叫去,问皇上讲了些什么,他们有什么体会。

"各位!你们说皇上眼下最关心的是什么呢?"

王侍御史答道:"当然是新政了。"

"那皇上最喜欢听的消息又是什么?"

李侍御史则回答道:"禁盐铁私营和新币推行啊!"

杜侍御史则不解地问道:"丞相从太常寺抽调了三名博士同往,请问大人,我等将如何处之?"

张汤眼里就露出轻蔑的笑意,脸色忽然变得严肃了:"靠那些书呆子?哼!什么事情都不要办了。不管博士们怎么说,你们只管放手办案。为了皇上的新政,多杀几个人又有何妨?历来变法没有不流血的。"

"如果那些书生要阻拦呢?"

张汤摆了摆手道:"不要理他们,也不要争辩,就当他们不在就行了。"

……

现在,时序已经进入元狩六年(公元前117年)八月。

严异不断接到徐偃等人从郡国传来的报告,言说自推行币制改革以来,各地查出盗、造、铸币者达百万人,死者数十万人。

严异向来是个认真的人,也曾在地方任过职。在他看来,私铸钱者,必是王侯之家,郡县无可奈何;凡走私食盐者,必是豪强,非有万金而不能为之。现在一下子查出了这么多嫌犯,这其中会不会有冤案呢?会不会是这些诸侯豪强,假皇上诏令,行兼并吞噬之风呢?

严异的眉头一下子紧锁了,要真是这样,那岂不违背了皇上推行新政的初衷?

接下来的日子,徐偃和褚大又传来书信,说三位侍御史持着朝廷符节,到了郡县便逼供、诱供,他们虽然屡次提醒,但侍御史们根本不听。

河内太守闻听朝廷钦差将要到来,就悬梁自尽了。

上党郡壶关县县令,由于惧怕朝廷钦差,干脆用绳索绑了全家,投了黄河。

雁门的勾注山,原是朝廷打造兵器的精钢产处,侍御史们硬是要那些作坊主承认是私自冶铁,他们被逼无奈,跳了冶炉。

褚大怕闹出不可收拾的局面,危及自己的妻儿老小,恳请严异让他返回京都。

这两种情况交织在一起,使严异觉得此事干系重大,不容延宕。他急忙带了文书,到丞相府上来找庄青翟了。

庄青翟闻听后就觉得很奇怪,说道:"昨天老夫还听御史大夫向皇上禀奏,各个郡国遵照旨意,雷厉风行地查处案件。几位侍御史办案得力,没收了大批私钱型范。短短两个月内,盐铁官营,如飓风一样席卷宇内。"

严异急道:"大人仔细想想,天下刘姓诸王那么多,能铸钱者也不过淮南、衡山等国;至于走私食盐的嫌犯,这数十万人可不是一个小数目啊!"

经严异这么一说,庄青翟也觉出了事情的严重,不禁建议道:"事情来得突然,大人是不是先将情况通报给御史大夫?"

严异便有些不寒而栗,道:"御史大夫的为人丞相不是不清楚,他一贯揣摩上意奏事,指望他把这些禀奏皇上,恐怕……"下边的话没有说完,庄青翟已猜出了意思。

"好!那就直接面奏皇上。"

第二天早朝时,大臣们刚刚站定,张汤就第一个出列向刘彻奏事。

"据奔赴各地查案的侍御史报告,河东太守不遵法令,极言盐铁官营不便,有损工商之利,已被缉拿廷尉府审理。会稽太守整治私盐有功,入狱者数千人,监狱容纳不下,后来搜罚做官营煮盐的刑徒,也省了朝廷的费用……"

张汤讲得津津有味,听得刘彻频频点头,他及时命令道:"古语云:'鞭笞不可弛于家,刑罚不可废于国。'凡逆于新政者,均以法罪之。"

待张汤退下后,刘彻又高声问道:"大农令来了么?"

严异急忙出列答应。

"可有事禀奏于朕?"

严异犹豫了一下,还是决定把所知道的事情奏明皇上。他之所以这样,除了职责所系外,更在于自己平时廉直,并没有把柄落在张汤手里。

"刚才张大人所奏,与实情稍有出入。"

"哦?"

他的话一出口,就引起刘彻的关注:"有什么出入?说给朕来听听!"

严异道:"据太常博士褚大、徐偃等人发来的文书称,不少郡国豪强假皇上之诏,名为官营,实则兼并。朝廷查处的数十万人走私私盐者,其间不少是为私盐巨头雇佣的百姓,如此下去,朝廷之德废矣。"

这话让刘彻听起来就有些不高兴了,他忍着性子问道:"还有么?"

严异道:"据褚大的报告,郡国对新币使用也感不便。"

"怎么不便?"

"郡国反映,今王侯朝贺献苍璧,折价数千,而一张白鹿皮币面值四十万,这有些本末倒置。"

"还有呢?"

"这……"

就在严异犹豫之际,庄青翟说话了,他列举了侍御史在各地逼死郡守县令的情况后,不无忧虑地说道:"微臣担忧因此而酿成内乱,请皇上明察。"

听完他们的陈述,刘彻转而向张汤问道:"可有此事?"

"据侍御史报告,这几个郡的官员借盐铁官营之名,在辖内大行兼并之风。名为官盐官铁,实则有三成入了私囊。他们闻听朝廷派人巡察,畏罪自杀也在情理之中。若是朝廷就此作罢,臣恐往后官营废矣。"张汤回禀道。

严异到这时候才觉出皇上刚才一连串发问的语气里,实际上已带了不悦的色彩。果然,张汤说完后,皇上的指责就下来了。

"自郑当时去世后,大农府毫无建树,以致新政徘徊不前,朕这才命人巡察郡国,惩治不力。孰料你不报喜倒也罢了,反倒报这些对朝廷的指责。难道只有让诸侯们大肆铸钱,滥起私盐,朕的功德才算圆满了么?若是这样,朕宁可不要这个德。"借这个话题,刘彻继续责备道,"听丞相说你一向廉洁忠直,可在朕看来,不能做好分内之事就是不忠不直,与有罪无异,你要有郑爱卿一半就好了!"

"丞相如何看呢?"刘彻又把话转到了庄青翟那里。

"这……"皇上点到自己,他就没了推脱的理由。且此事事大严异事先也告诉过自己,因此就更没有推脱的理由。

"新政没有错,币制变革也没有错。张大人所言不尽是虚言,而严大人的意思,臣以为是请朝廷辨别真伪,对假借盐铁官营而营私者,要严惩不贷。至于所谓新币不便者,不过是郡国一己之见。严大人奏明皇上,意在使皇上警惕诸侯中的不轨者,请皇上明察!"

"众位爱卿都是这样看么?"刘彻环顾站在下面的大臣们问道。

大农府计相桑弘羊正要说话,却见侍中霍光匆匆走进殿来,对包桑耳语了几句,等包桑小声转奏给皇上时,眼见他的脸色都变了。

接着,就听包桑喊道:"今日早朝就到这里,各位大人回署吧!"

……

元狩六年的秋天比往年似乎来得早了一些。长安街头的树叶开始发黄,被秋风吹着,飘飘荡荡地在街头飞舞。从南山生出的灰色云块,终日笼罩在京城上空,终于积成霏霏的秋雨,滴答地唱起了季节的哀歌。

雨一下起来,就没个停。只有安门大街、太常街、尚冠街、华阳街的车驾照旧每天按时到未央宫集散。

霍去病很久没有上朝了。自随皇上从甘泉宫狩猎归来,他的箭创就复发了。

一年多来,那恼人的箭创就不断地折磨着他,只要遇到雨天,就疼痛难忍,他真担心从此再也不能提枪上马,驰骋疆场了。

从第一次随舅父进军漠南时起,他就抱定信念:军人就算要死也要死在战场上,绝不能死于安逸。

他才二十四岁,憧憬着有一天再度挥师北上,可上苍为什么对他如此残酷呢?

七月,箭创周围的皮肤渐渐地发黑发紫,并且出现溃烂。

进入八月,伤口溃烂不断扩大,而且浑身发起阵热。

开始的几天,他总是向皇上"赐告",到后来刘彻干脆批准他长期在府中养病,不再参加早朝。

这天霍光要到侍中点卯,临行时来到榻前,问他有什么话要带给皇上。霍去病撑起身体说道:"替为兄带话,要感谢皇上隆恩。"

"对公主有什么话要说么?"

霍去病摇了摇头道:"没了。"

"哦！都是弟弟笨头笨脑,你俩的话怎么好让我转达呢？还是等公主来了,兄长自己说吧。"

霍光冒雨走了,霍去病盯着窗外发呆。他看着这雨珠,就好像是阳石公主的泪珠。

一向喜欢舞枪弄刀的她,现在也终日守着霍去病,督促丫鬟们把药熬好,看着他服下,又亲自调好外敷药敷在他的伤口处。

她一个公主,从小金枝玉叶,锦衣玉食,何曾受过这样的苦呢？可现在为了他,却……霍去病每日盘桓在心头的唯有愧疚。

一个人的时候,他排解病痛的唯一办法就是想心事。

回顾自己的人生,他觉得后悔的事情不多。

要说遗憾,只有两件事。

一件是他没有能亲手擒住伊稚斜,漠北之战后,他曾向皇上提出,一定要亲率大军再次北征,可现在看来,这恐怕是没有希望了。

另一件让他情感纠结的事,就是李敢的死。

卫、李两个家族的仇恨,自漠北之战后就更加深了。李敢身为郎中令,每日不离未央宫,卫青是中朝砥柱,常要进宫向皇上奏事。低头不见抬头见,多少次在司马道上相遇,卫青都主动上前打招呼,可他得到的总是李敢的怒视。

端午节,皇上在未央宫前殿置酒,李敢借酒醉之机寻衅滋事,打了卫青。

其实,卫青并没有将这件事看在眼里,可霍去病却不依了,他一直寻找机会,欲图报复。果然,中秋节皇上到甘泉宫狩猎,他趁机向李敢射出了复仇的一箭。

那一刻来得如此突然,等到陪同的大臣们赶到时,刘彻已经命人拔去了李敢胸前的箭。李敢的嘴微微张着,似乎有什么话要说。

刘彻要包桑把经过描述给大家听。于是,李敢的死因不是被暗箭所伤,而是为了保护皇上被一头公鹿抵死。

皇上诏令厚葬李敢,以褒扬他的忠义之举。但无论是卫青还是霍去病,都明白皇上的苦衷。

霍去病从甘泉宫回来后,箭创就复发了,而且一天比一天严重。

这难道是上苍对自己的惩罚么？

其实，当他躺在病榻上的时候，就后悔了。

霍去病使劲地摇了摇头，试图把这些烦恼事驱除出去，却不想牵动了伤口，疼得他直咧嘴。

这时耳边传来了脚步声，接着是丫鬟站在门外小心禀告的声音。

"禀大司马，公主和二少爷来了。"

"哦！"霍去病睁开眼睛，里面立时有了光彩。

"他们来了，在哪里？"

他还没有回过神来，府令又来禀报道："皇上和皇后驾到了。"

怎么一下子来了这么多人，霍去病想着，心里很是不安，想要挣扎着起来，却被从门外进来的霍光按住了。

"皇上带太医来了，为兄长治病。皇上口谕，不让兄长起来。"霍光说道。

"这怎么可以呢？君臣相见，臣却卧榻不起，这不是折杀微臣么？"

"兄长少安毋躁，小弟去去就来。"

"唉！为这恼人的伤口，惊动了如此多的人，我……"霍去病长叹一声，不知该说些什么好。刚刚喘了一口气，皇上、皇后和阳石公主就进来了。

"表兄！"阳石公主一声呼唤，泪水就哗啦淌了下来。

相爱的人感觉是多么敏感，仅仅一天没见，阳石公主就觉得霍去病又瘦了许多。

卫子夫暗地拉了拉公主的衣袖，忧郁的眼神意思很明白——你这样哭哭啼啼只能加重去病的疑虑。

其实，要说内心难过，还要数刘彻了。眼前的霍去病，哪里还有当日驰骋河西的英姿呢？他面容清瘦，黄中泛着青紫。

"辛苦爱卿了。"

霍去病压下心头的感慨，尽量使自己的神态变得轻松些："臣些许小疾，惊动圣驾，分外惶恐。"

刘彻转身对身后的三位太医道："霍爱卿驱马塞外，纵横漠北，功在社稷。今染沉疴，朕甚悯之。你等皆当今名医，务必精心诊治，明白么？"

秦仲、淳于意和秦素娟忙道："臣等将竭尽全力！"

卫子夫对秦素娟说道:"你一向诊脉果断,处方谨慎,大司马必是中毒很深,你还要多费心思才行。"

说完,她又招呼人把从宫中带来的补品抬进来,叮嘱丫鬟们好生服侍,不可疏忽。

霍光见机便奏请皇上、皇后和公主到前厅用茶,等候太医诊断结果。可阳石公主却执意要留下。

刘彻和卫子夫知道女儿的脾气,只好由她去了……

三位御医依次为霍去病诊脉。

秦仲的小心谨慎,淳于意的沉着稳健,在秦素娟看来,不免有些保守又拘谨。

及至秦素娟上前,听那脉搏,弱而浮,时有间歇或停顿,心中顿然有了八九分的判断。撤了脉枕,她对阳石公主说道:"请公主稍待片刻,臣和父亲、师叔向皇上禀奏之后就来开方子。"

但无论是霍去病还是阳石公主都从秦素娟的话中听出了弦外之音。

霍去病道:"生死有命,秦太医有话不妨直说,好让在下心中有数。"

这话一出口,阳石公主的眼泪就下来了。

秦素娟看了看父亲和淳于意道:"大司马不必忧虑,虽然匈奴箭头含有剧毒,然我大汉地广物丰,定会找到排毒除痈的法子,化险为夷的。"

阳石公主心事重重的样子,让秦素娟不忍将霍去病的病情隐瞒下去,但她还是选择了一种很委婉的方式说给公主听。

朝廷重臣大病在身,刘彻根本没有品出今天茶的味道,他不断地朝门外张望,弄得陪伴在身旁的包桑提心吊胆,生怕皇上发脾气。

看见三位太医和公主走来,包桑急忙上前迎候。

果然,刚一进门,刘彻就迫不及待地问道:"诊断结果如何?"

秦仲和淳于意彼此看了看,嘴张了张,又缩了回去,刘彻的脸色就更加阴沉了。

秦素娟很清楚,事情到了这个地步,隐瞒结果只能自取其罪。

她轻舒一口气,就跪倒在刘彻和卫子夫面前:"启奏皇上。请皇上恕臣无罪,臣才好说话。"

"恕你无罪，快把真情奏上来！"

秦素娟用简明的话语告诉刘彻和卫子夫，霍去病所中之毒乃匈奴人用毒草和动物胆汁蒸煮而成，一旦中毒，毒气会顺着血脉向体内慢慢扩散，腐烂人的皮肉，侵蚀人的筋骨，最后致人死亡。

"恕臣直言，大司马这毒，而今已入膏肓……"

"什么？你说什么？"秦素娟后面的话还没有出口，就被刘彻打断了，"你的意思是……"

秦仲和淳于意脑中霎时一片空白，那大祸临头的恐惧使他们嘴边只剩下"微臣有罪"四字了。

倒是秦素娟的坦然和直率让刘彻刮目相看，示意她继续说下去。

秦素娟继续道："依臣观之，大司马时日有限了，请皇上为大司马安排后事吧。"

她毕竟是个女人，面对一个年仅二十四岁的生命即将熄灭，她还是忍不住泪水盈眶，泣不成声。

"此天折我大汉矣！"刘彻长叹一声，黯然神伤地垂下头去。

等他抬起头来的时候，包桑看到，皇上自登基以来，第一次为一个将军流泪。

"起驾回宫，传丞相、御史大夫、大行、宗正到宣室殿议事！"刘彻断然下令道。

"不！"阳石公主拦住皇上，撕心裂肺地哭道，"一定是他们玩忽职守，耽误了大司马的病情，父皇应该把他们下狱！"

"蕊儿！你冷静些。"刘彻拍了拍公主的肩膀，迈开步子走出了前厅。

"母后。"阳石公主扑到卫子夫怀中，母女相拥而泣。

阳石公主无论如何也不能接受这个现实，望着窗外的秋雨，似乎是在问自己，又似乎是在问上天："为什么，这究竟是为什么？"

卫子夫的手颤巍巍地拂过公主的肩头，一任公主的泪水洒在身上："蕊儿！想哭你就哭吧！"

"母后！"阳石公主一声长叹，昏倒在卫子夫怀中。

"蕊儿！蕊儿！"卫子夫抱着公主，焦急地呼唤道，"秦太医！秦太医！"

秦素娟应声上前，狠狠掐了掐公主的人中，只听见公主从胸中呼出一口气："表兄……夫君……"

接着，阳石公主就要挣扎着起来去找霍去病，秦素娟趁势拉过公主的手，慢慢地按摩，不一会儿，公主慢慢安静下来了。

秦素娟的中指按在公主的腕部，就觉得那脉象圆滑如按滚珠，跳跃而欢快，心中暗暗吃了一惊，忙对皇后说道："请娘娘屏退左右，微臣有事要禀奏。"

当前厅只留下卫子夫和阳石公主时，秦素娟道："恭喜娘娘，公主有喜了！"

"什么？你再说一遍。"

"公主有喜了。臣观公主脉象，从'寸'至'尺'有如行云流水，依次跳来，而且'寸'的脉象跳动比其他的更明显，估计是个男婴。"

听完秦素娟的陈述，卫子夫心中便明白这是怎么一回事了。

"今日之事，你不可以对任何人说，泄露出去，拿你是问！"

卫子夫严肃的目光扫过眼前的面孔。她俯下身体，深深吻了女儿的额头，叹道："蕊儿！我要奏明你父皇，即日为你们完婚。"

"母后！孩儿……"阳石公主的头抵着卫子夫的胸口，又哭了。

……

九月中，在走完二十四年的人生旅程后，汉大司马、景桓侯霍去病带着对阳石公主深深的爱和对大业未竟的遗憾去了。

尽管这是预料中的事情，而且一个月以来，茂陵东侧的将军墓冢按皇上的诏命，为彰显河西之役殊勋，依祁连山的山势而筑。

葬礼的筹备也由宗正寺、太常寺和大行令分工负责，加紧进行，可当庄青翟传来大司马西去的消息时，刘彻还是禁不住潸然泪下，正在批阅奏章的朱笔也掉在了地上。

刘彻仰天长叹，良久才对等在一旁的庄青翟说道："传朕旨意，发属国玄甲为大司马送葬，朕要亲自送他上路。"

"皇上！这……"庄青翟和包桑不解地看着皇上。

"朕的话你们没听明白么？你们是在顾忌朕是一国之君，不该如此吗？"

刘彻阴沉着脸,"可你们可曾想过,自建元以来,收复河西,驱逐匈奴,去病之外,夫复何人?他这一去,大汉顿失中流砥柱,朕是何等悲伤啊!"

皇上要亲临霍去病的葬礼,本来就很隆重的殡仪一下成为朝廷官员们争相向皇上献殷勤的舞台。

不管平日里意气相投还是政见相左,现在都把矛盾搁置在一边,而一心一意地筹办起丧事来了。人人都以能够出席霍去病的葬礼为荣,生怕落下了自己。

而卫青却一病不起了,霍去病先他而去的事实,对他的打击太大了。

这是建元以来规格最高的葬礼。出殡的日期定在九月二十五日,但霍去病的灵柩、主持葬礼的有司、出席葬礼的官员、护灵的仪仗几天前就出发了。

走在前面的是高举招魂幡的庞大仪仗,后面接着是霍去病的灵柩。

刘彻特别恩准霍去病以"樟棺"之礼葬之,与诸侯王无异。棕红的棺木散发着清凉的香气,弥漫在通往茂陵的驰道两旁。

硕大的棺木由四匹匈奴马拉着。那些马个个体格雄健,昂首挺胸,是刘彻亲自挑选的。

为霍去病灵柩驾车的是金日䃅——他现在早已不是马监,而迁入侍中了。前几日,他向皇上奏请,要护送霍去病上路。皇上允准了。现在,他就坐在执辔的位置上,眼里满是哀伤。也许,今天这个场面让他想起了河西的往事……

仅是大臣的车驾就达数百辆。这葬礼简直就是一方舞台,见证着每一个人的人格。

这也是大臣规模最大的葬礼,三十万大军,由各路校尉、司马和将军统领着,一律的玄甲,军阵的前锋已到了茂陵,而后面还在长安城外。

一代将星的陨落,使举国都笼罩在悲凉之中。

皇后与阳石公主坐在同一辆车驾上,她们紧紧地依偎着,抚慰着对方心中抹不去的痛。

眼前车马萧萧的威仪,身边飘飘霏霏的旗幡,将士撼天动地的哭声,又怎抵得上她们对亲人的思念。

阳石公主渐渐觉得,自己的身体离开了车驾,在天空中追着霍去病的灵魂,一会儿到了河西,一会儿又到了漠南;一会儿到了雁门外的长城边,一会儿又到了漠北的狼居胥山。

她望着自己,不知什么时候竟也披上铠甲,与霍去病并马奔驰在漠北草原。那草原真是多么辽阔,怎么也走不到边。

霍去病指着远处的狼居胥山道:"那就是当年受命封的狼居胥山。自漠北之战后,那里再也没有单于庭了。"

前面是一片粉色的野花,霍去病拉着阳石公主走进花丛,告诉她,匈奴人称这花叫锦鸡花。如今这花也属于大汉了。

他们静静躺在鲜花丛中,说着从来也没有机会说过的那些话。

阳石公主问道:"表兄还记得横门前的送别么?你就只看了我一眼,就义无反顾地策马走了,可我的心仿佛……在表兄奔赴战场的日日夜夜里,我常常走神,错把窗外竹林风声当了你的脚步。"

霍去病道:"为兄并非草木,孰能无情?在接到公主赠剑和信物那天,我正追击着匈奴逃敌,可我那夜久久没有睡意,生怕辜负了你。"

阳石公主道:"有了咸阳原上的海誓山盟,我很满足了。"

"可我给不了你那么多,因为边关烽火未熄,我不能、也没有理由被儿女私情缚住手脚,而撇下皇上的宏图大志不顾。"

阳石公主不说话了。她觉得此时此刻说什么都是多余的,她就想静静地依偎在霍去病的怀抱。

一阵风吹来,霍去病"呼"地站了起来,大喊一声:"伊稚斜!哪里走?"

他一个口哨,立时就有一匹神马来到面前,霍去病翻身上马,追着远方的黑云去了……

"表兄!你回来!"阳石公主睁开眼睛,四下里搜寻,"我刚看见表兄了,他没有死,他还活着。"

卫子夫的心都碎了,女儿的神情让她的心剧烈地收缩着,她对驾车的人说道:"缓些行,切勿颠坏了公主。"

卫子夫抚着阳石公主洒满泪水的脸颊道:"儿啊!你不可以这样,你腹中怀了去病的骨肉,你要为他着想。你是当朝公主,不可如此。自去病沉疴不起,你父皇日渐消瘦,去病的离去,他也很伤心啊!"

"母后！女儿心里苦啊！"

……

刘彻的车驾就在前面，霍光为皇上执辔。

虽然被队列和警跸隔着，可刘彻还是听到了阳石公主的泣诉。

他们才刚刚完婚，霍去病就走了，这该是多么的残酷？

他知道女儿对于自己为了漠北之战，而延迟了他们的婚期而怀着怨气。可她哪里知道，霍去病的死对他来说是何等的切肤之痛。多日来，他没有吃过一顿舒心的饭菜，只要一端起碗筷，就会看到霍去病的影子；他也没有睡过一个安稳觉，只要一闭上眼睛，霍去病就会出现在他面前。

"去病是为朕辛劳而亡的。"刘彻固执地这样认为，不断地埋怨自己为什么没有给他一个喘息的机会。

现在，躺在灵柩里的霍去病，听着生前一直没有机会听到的皇上心里话。

"爱卿与朕虽隔了一代，可朕拿爱卿当知音啊！"

只有刘彻知道霍去病弥留之际的牵挂，他的心在积雪皑皑的祁连山，在鹰的故乡狼居胥山。他下诏命陇西、张掖、酒泉三郡太守采献祁连巨石，分布于墓冢周围。

"从此，爱卿的灵魂与天地同在，与大汉社稷同在！爱卿的功绩若日月昭昭，祁连为证！"刘彻闭着眼睛，在心里说着。

朝廷不仅举行了国葬，还要"黄肠题凑"，以柏木黄心致累棺外，木头皆向内。墓室的外回廊堆垒木条两千四百根，隐喻去病二十四岁的人生历程；四壁堆垒各三十层，刘彻要让大汉朝野、让域外藩国都明白，霍去病在他的心中与刘氏诸王一样。

执辔的霍光，听着皇上的喃喃自语，淌下了酸涩的泪水。

皇上对霍去病的思念让他思索着以后的路该如何走。

"皇上！兄长已去，皇上龙体关系大汉社稷，还要节哀才是。"

刘彻点了点头道："你要以兄长为范，以后才能担当大任。"

"臣谨遵皇上旨意。臣将来也要率军开疆拓土，以光大汉盛德。"

前面有战马的嘶鸣，刘彻抬头看去，原来是侍中金日磾在车驾前勒住了马。

"有事么？"

"启奏皇上，灵车已至槐里县北，漯阴侯（即浑邪王）请求觐见皇上。"

"哦！他也来送去病了？宣他来见！"

"诺！"金日䃅闻言，忙令羽林军在驰道两旁散开，警跸们也纷纷面朝外，背靠车驾，肃然挺立。

金日䃅去了不多时，刘彻就听见不远处传来沙哑的哭声。

"霍将军！你如何就走了呀？我还有多少话要对你说呢！霍将军！你一世英名，英年早逝，我该向何人讨教啊？"

不一会儿，浑邪王和他的部属在刘彻的车驾前跪倒了一大片，不少人割了耳朵，断了长发，甚至用弯刀划破自己的面颊——这是匈奴人哀悼亲人的方式。鲜血一滴滴地在他们面前的土地上开出了殷红的花朵。

刘彻的眼睛又一次阵阵发热："卿等对霍将军一片深情，感怀至深，卿等有何话就对朕说。"

"皇上！没有霍将军，臣等焉有今天？臣无他求，只求为霍将军殉葬，陪将军远行。臣等乞求陛下恩准。"

"请陛下赐臣一死！"

"请陛下赐臣一死！"

……

刘彻道："卿等岂可出如此谏言，当初霍将军越关山，度大漠，引领爱卿归附长安，绝非要卿等随他而去，而是要卿等为汉匈和睦尽忠竭力，倘若朕准了卿等的奏请，岂不让霍将军在天之灵寒心么？"

"这！"浑邪王长叹一声，"可臣……"

"卿等情怀让朕甚是感念，待朕百年之后，将卿等刻石为像，永立茂陵如何？"

"臣谢皇上隆恩。"浑邪王率领部属再次跪倒在地。

人群中又一次爆发出动地的哀声："将军走好！"

伴随着匈奴人的哀恸，羽林军阵中也哭声绵延，此起彼伏。

金日䃅抬头看去，天空中不知什么时候飘起了雨丝，轻轻落在关中广袤的沃野；南望南山，太阳早已隐没在团团乌云之中。金日磾不敢耽搁，来到刘彻面前："陛下，茂陵就在前面了。"

"哦！爱卿到新居了。"刘彻含着热泪道。

茂陵东北角矗立起一座雄伟的墓冢，上面遍布祁连奇石。

在以后的几个月里，刘彻诏命从修筑茂陵的大匠中抽调一些人过来，将从南山采来的秦石依自然形态，雕刻成马、牛、虫、鱼。特别是"跃马"和"马踏匈奴"的雕塑，形神兼备，呼之欲出。人们都说那是霍去病的灵魂转化成石马来护卫大汉社稷的。

茂陵邑的百姓更是传得分外神奇，说是一天夜深人静时，一位商贾夜出入厕，忽然听到邑外喊杀连天，远远瞧见东北角的电光闪闪，两位年轻将军乘着天马，在空中杀得难解难分。忽然，就看见星光下一道弧光，有颗人头咕噜噜落了地，第二天早晨去看，却是一块石头。人们从此就断言，霍去病并没有去，他就在茂陵为皇家守陵。

元鼎元年冬十一月，这是个雪落长安的日子，褚大、徐偃和侍御史们从郡县回来了。朝会上，张汤力主对已下廷尉诏狱的太守们处以斩刑，以大张盐铁官营局面。

他的谏言获得了廷尉司马安的积极响应。

其实，在处置触犯刑律者这点上，庄青翟、严异与张汤并无根本冲突，只是他们认为盐铁官营的案子，从京都到地方牵累数十万人，有违常理。

因此，庄青翟和严异再次主张，廷尉府和各郡县有司务必认真甄别，不要造成冤案。对于被裹挟的百姓，好让他们尽早回到家乡去。

刘彻在这些日子最关心的还是新政的推行。当着大臣们的面，他严厉责备了庄青翟和严异，说他们优柔寡断，办事不力，要他们多向张汤学习，并当殿准了张汤的奏章。

庄青翟和严异直到走出未央宫前殿，仍然是一头雾水，不知该向张汤学些什么。

京城杀戒一开，各地的人头也就像切瓜砍菜一样不可遏止。每天从地方传来的充满血腥味的文书让庄青翟十分纠结。

他做了一个估算，如果照这样杀下去，人数会远远超过当年的巫蛊案。

他没有勇气,也没有胆量将这个实情报告皇上,心里一直叹息:唉!要是汲黯在就好了。

而严异则从此以后,就越发地沉默了。

他一想起散朝那天张汤冰冷的目光,就心里发慌,有种大祸临头的恐惧。

他不再到庄青翟府上讨教,怕因此而连累了丞相。

冬深的日子,他一人骑着马,到郊外去了。

出了长安城,向西北走大约几里地,就是渭河。河水早已封冻,看上去白茫茫一片。河的拐弯处,枯槁的芦苇被雪压得严严实实。但就在这冰天雪地间,一株蜡梅正孤独地在开放,在银色的背景下金灿灿的。虽然只有几朵,却是生机勃勃的。

严异在梅树下站了许久,嘴唇动了动,却说不出一句话来。

他忽然有了一个发现:自那天朝会后,他变得不会说话了,嘴里表达的总是跟不上心里所想的。

严异觉得脚趾有些发麻,他知道这是天冷的缘故,在最后看了一眼孤梅后,就转身向岸边不远的酒店走去。

酒旗被雪冻得生硬,沉沉地垂着。客人也不多,严异进店,示意要了两样小菜,一鼎热酒,正要驱寒,却被一声"严大人"给打断了。那人一边拍打肩上的雪花,一边和严异说着话:"严大人不认识下官了?"

严异觉得面生,也不说话,只是摇了摇头。

那人便笑道:"严大人真是贵人多忘事啊,下官就是御史台的杜侍御史啊!"

严异点了点头,嘴唇动了动,表示认识了,并邀他在自己对面坐下。

杜侍御史也不客气,从鼎锅里盛了酒,然后自己饮了。

刚刚从郡县巡察回来的他很快就把话题扯到盐铁官营上来。

"严大人可知,下面都感到盐铁官营多有不便呢!"

严异不答话,只是埋头喝酒。

杜侍御史又道:"听说严大人也在朝上言说盐铁官营诸多弊端。"他说着,还伸出大拇指赞扬严异敢于直言。

严异不知道该怎么回答才好，嘴唇动了几下，依旧是毫无声息。

这场酒喝得十分沉闷，午后未时一刻，严异丢下杜侍御史，自己一人出了店门，上马回城去了。一进府门，就坠入梦乡。直到后半夜，他才被府令焦急的声音喊醒。

"出什么事了？"

府令急道："廷尉府来了不少府役，声言要见大人。"

严异很坦然地笑了笑，起身穿衣："本官平日两袖清风，怕什么廷尉府？"

他刚刚走进客厅，连招呼都没有来得及打，就听为首的队史喊道："拿了！"

府役们立即上前，给严异戴了镣铐。严异一边抗争，一边问道："你们这是为什么？"

队史出示了御史大夫手令说道："奉御史大夫令，今以'腹诽罪'捕你，有理请到廷尉府讲吧。"

"腹诽罪？"严异的嘴嗫嚅着，最终没有辩白。

腊月初，严异以"腹诽罪"被判处弃市。

那天倒是没有下雪，天空阴沉沉的，张汤像当年对李文一样，早就在严异的口中安了钢卡，直到他人头落地的那一刻，也没有给这世界留下一句话。

张汤为自己发现这一罪名而兴奋了好些日子。

他以此对刘彻陈奏道："今后谁敢在内心非议朝政，严异就是下场！"

第七章

连环案毁两重臣 兴国计出双英杰

丞相府现在的人员十分充实,仅长史就设了三位。

这可不是三位平庸的人物,他们分别是曾做过主爵都尉的朱买臣、做过右内史的王朝和做过济南王相的边通。

从表面上看,派遣巡察使的谏言是庄青翟提出来的,而其实都是出自这三位幕僚的主意。

他们的本意是要借丞相的政绩压一压张汤等人的气焰,以泄各自在任上饱受欺凌的恶气。却不料这事反而被张汤接了过去,又一次成了向皇上邀功的机会,并且还白白搭进了右内史和大农令两条人命。

自严异以"腹诽罪"判处弃市以来,墼门往往是"一鹞入林,鸦雀无声",只要远远看见张汤过来,朝臣们就都封了口,一个个正襟危坐,目不斜视,生怕因为嘴唇动了几下惹来"腹诽"大祸。

可人总是"终日而思"的精灵,封得了口,封不了心。

这会儿,丞相署中三位长史还是按捺不住心头的激愤,议论起近一年来发生的是是非非。

说到义纵,大家心知肚明,他不是死在拘捕杨可下属这件事情上,而是在不治京畿之道,太怠于职事了。

至于严异就不免太冤枉了,这么一个忠于职守、勤政廉直的人却遭此下场,实在是太悲惨了。

朱买臣在火盆边暖着手,看着窗外的春雪,纷纷扬扬地飘过官署回廊,在墙根落了薄薄的一层。他触景生情地长叹一声道:"雪里埋尸,终不得久啊!"

正在起草公文的王朝停下手中的笔道:"听阁下的语气,这是话里有话啊!"

朱买臣伸了伸脖子,神秘地问道:"想听吗?"

边通就在一旁打趣道:"你就别卖关子了,究竟是怎么回事?"

朱买臣掩上门,说话的声音低得只有两位同僚听得见。

"知道么?御史大夫当年办的李文一案近来有了新证。当年李文被牵扯进巫蛊案,就是张汤用钱买通小吏鲁谒居做的假证。事隔多年,有人看见张汤不惜屈御史大夫之尊,亲自为他按摩病足,怀疑其有把柄握在鲁谒居手中。鲁谒居死后,他的弟弟犯了事,想通过张汤帮忙,孰料他竟然佯装不知,这下便惹恼了鲁谒居的弟弟。他一纸文书,将当年张汤与鲁谒居合谋诬陷李文的事告到了廷尉府。"

朱买臣说到这里,眨了眨眼睛道:"据说,接到这文书的是廷尉府的一位中丞,名叫减宣。此人与张汤有隙,于是便私下里把案情查得清清楚楚,却慑于张汤今日的权位而没敢上奏圣听。"

边通思索道:"阁下的意思是,这事若是让皇上知道了……"

"呵呵……"

"呵呵……"

三人相视而笑,那意思都在不言中。

王朝做了一个握拳的姿势:"到时候,新账老账一起算,不信扳不倒这个奸佞。"

门外响起踩雪的脚步声,三人急忙打住话头,回到自己的案几前,一本正经地批阅文书。

进来的是丞相庄青翟,他一屁股坐下,气喘吁吁地骂道:"小人!十足的小人!"

朱买臣一听这语气,就知道丞相一定与御史大夫之间发生了不愉快的事,他一边整理案头文书,一边劝解道:"大人何必和这个奸诈阴险之徒生气呢？"

庄青翟长叹一声道："能不招他倒也罢了，皇上竟要张汤追究老夫的失察之罪呢？"

朱买臣"哦"了一声，他是知道这事的原委的。

自大司马霍去病去世后，皇上一直精神不振，早朝的时间比过去短多了。已过了四十岁的皇上也越来越听不进逆耳的话。

就在这时，又发生了孝文皇帝寝园瘞钱被盗的案子。

这瘞钱是埋在地下专供亡灵用度的，先帝的瘞钱被盗，这是继李蔡盗卖景帝寝园堧地之后又一重大的案件。庄青翟不敢怠慢，立即找到张汤，相约在朝会上面奏皇上。

"先是李蔡盗卖堧地，现今又有人盗掘瘞钱，人心不古如此，我朝这是怎么了？"

张汤道："此案干系重大，下官亦不敢妄断，还是奏明皇上为妥。"

"我也是这个意思，只是依我看来，此案像是乡野无赖所为。"

张汤道："这很难说，李蔡不就是一个例证么？"

"御史大夫精通我朝律令，既是如此，你我就如此奏明皇上了。"

"好！一切就依丞相。"

谁知到了朝堂，张汤却一改宫门前的承诺，声言他不知陵园瘞钱被盗之事，倒认为丞相奉诏祭祀，经常出入于陵园，有失察之责。

刘彻大怒，当着众位大臣的面，严责丞相，诏命张汤会同廷尉府严查此案。

面对朝夕相处的几位幕僚，庄青翟伤心地说道："李蔡死后，老夫在这个位置上战战兢兢，如履薄冰，不想竟遭此诬陷。也该老夫有此一劫，只能自认倒霉。"

庄青翟返朝不久，并不知道有多少人身受张汤诬陷之苦，别的不说，就他身边的三位，哪一个不曾受过他的排斥呢？

王朝在庄青翟对面坐下，轻描淡写道："此乃预料中事。李蔡之后，他原以为丞相非他莫属，孰料皇上却选了大人，他自然不会善罢甘休的。"

边通却恨恨道："姑息养奸，必有后患。平时丞相总是劝我等息事宁人，现在他却将手伸向大人了。"

元光年间入朝的朱买臣毕竟年长些,他走到三人面前说道:"我们现在与丞相是一荣俱荣,一损俱损,绝不能让小人得志,奸佞横行。"

"那依阁下之见呢?"

朱买臣让一个曹掾在门外守着,才压低声音对众人道:"如此这般……"

庄青翟有些惊恐:"这行么?"

"只要有了人证,他即便浑身是嘴也辩不清楚。正所谓以其人之道,还治其人之身。"朱买臣冷笑道。

第三天一大早,雪还没有住,天气很冷,可张汤却早早地出了门。他伸手抓了一下飘在空中的雪花,踌躇满志地笑了。

一个"失察"罪名加在庄青翟头上,他这回死定了。他在心底很鄙夷这个书呆子,他以为大汉的丞相是那么容易做的么?

哼!我可以将李蔡击倒,你庄青翟就更不在话下。

庄青翟一死,朝廷将没有谁能比他有资格更适合做丞相了。他虽觉得这雪来得晚了些,却预示着这个已拉开序幕的春天该属于自己了。

从身后传来的赶车声打断了他的思路。张汤回头看去,庄青翟的车驾换了两匹红马,竟以飞快的速度从他的身旁冲了过去。

车轮扬起的雪尘,落到张汤脸上,十分冰冷。

庄青翟板着面孔,目不斜视,似乎张汤是素不相识的路人。

走完司马道,进了塾门,庄青翟一边跺着脚尖的雪,一边谦恭地向各位同僚打着招呼。他看见张汤进来,故意高声说道:"等天晴之后,我请大家到咸阳原上一游,以解朝事之累。"

看见刚刚康复的卫青,庄青翟越过其他同僚,迎了上去,关切地问道:"大司马近来可好?"

卫青微笑着点了点头。

庄青翟又大声道:"只要大司马出现在塾门,大家的心里都是亮堂的。"

朝臣们都十分吃惊,懦弱的丞相大人怎么一下子又刚强自信起来了。

张汤进来得晚,只看到最后的一幕。他心里不免觉得好笑:都快要死的人了,还乐个什么?

辰时二刻，刘彻出现在朝会上。他一眼就看见卫青出现在大臣中，那种久违的愉悦一下子就涌上了眉头。霍去病走后，他就是中朝唯一的中心了。

刘彻知道他的这种欣慰已通过脸上的笑传给了卫青，因此，在微微点头之后，他就把议题直接转到瘞钱被盗额度案件上来。

"张爱卿！先帝陵寝瘞钱被盗案可有眉目？"

张汤回道："臣正与廷尉一起加紧侦查，不日便有结果。"

张汤的话音刚落，就听见庄青翟接着道："皇上，瘞钱一案已真相大白。"

这突如其来的一声，就像晴天响了一声炸雷，不仅张汤，连刘彻也很吃惊。

前日朝会，这个庄青翟还语焉不详，时隔二天，竟然像换了一个人。大家纷纷睁大眼睛，把目光集中到他身上。

庄青翟今天反应分外敏捷，不等张汤回过神来，就在皇上和朝臣面前爆出一个石破天惊的消息："皇上！臣奉诏四时祭祀于陵园，失盗之事自有臣责，因此臣连夜搜查，现已查明，此案是御史大夫张汤与商贾合谋。"

庄青翟这话一出口，他并不着急详说细节，而是冷静地环顾了一下四周。果然，朝臣中一阵骚动。

"堂堂御史大夫，竟干出这种鸡鸣狗盗之事，真乃我朝奇耻。"

"平日里标榜清廉，清风两袖，今日……"

这样的结果，是刘彻没有想到的。虽说张汤为人刻薄，善于逢迎，心里不那么坦荡，觊觎相位也由来已久，这些他都了解。正因为如此，所以在李蔡犯案后，他思之再三，最终选择了庄青翟继任丞相。可要说他与别人合谋盗取先帝寝园瘞钱，这让他难以置信。

张汤来到庄青翟面前，冰冷地质问道："无凭无据，丞相竟信口雌黄，诬陷下官，就不怕皇上治罪么？皇上，此乃丞相诬陷之词，请皇上明察！"

事关外朝重臣，刘彻不得不谨慎。

"庄青翟！你看着朕说话，此事果真与张汤有关么？"

"臣身居宰辅之位，对汉律了然在心，岂能随意诬陷他人？"

"可有证据？"

"这是臣审理张大人旧友、商贾田信的口供，请皇上圣览。"庄青翟说着，就从袖间拿出一卷绢帛,递给包桑。

刘彻大体浏览一遍,上面不但有作案的时间、地点、经过,还有嫌犯的画押。

田信在口供中说,他在盗掘陵寝瘞钱时,不料被张汤发现,于是,他便与张汤商议,将所盗之钱藏起来,等将来事情平息,再与张汤平分。

刘彻放下口供便问道:"朝廷之事,商贾是如何知道的?是否有人勾结商贾呢?"

张汤道:"也许有吧?"

"那请御史大夫告诉朕,此人是谁呢?"

张汤知道,此时说错一句话,将会给自己带来杀身之祸,于是选择了沉默。

"好你个张汤!"刘彻阴沉着脸道,"你乃当朝御史大夫,位居三公,竟然如此下作,蔑视先帝,盗取瘞钱,该当何罪?"

张汤一时无措,只有跪在地上。

刘彻又问道:"盗贼何在?"

庄青翟道:"现正在长史王朝府中看押。"

"张汤!"刘彻愤懑地将口供掷向张汤,厉声道,"证据在此,你有何话可说?"

张汤脑子里一片空白,不知道该怎样解释眼前发生的一切。

一切来得如此突然,以致以"见事风生"而自信的他竟无法将许多细节串成一个完整的情节。他无法相信这些事情与自己有关,可事实摆在面前,连他都无法推翻。可他就是想不通,这些证据是怎样造出来的。

他绝望地跪倒在刘彻面前道:"皇上圣明,臣区区小吏之子,能有今日,全赖陛下。臣虽位居三公,却洁身自好,谨言慎行,岂可有此污行?丞相所言,乃是诬陷,请皇上明察。"

毕竟张汤曾以执法严峻,给刘彻留下了深刻的印象,毕竟他曾以办事干练,赢得了刘彻的青睐,事情到了这个地步,刘彻真希望廷议能有助于廓清案情真相。

"众位爱卿!"刘彻扫视了一圈殿内的群臣,"朕将此案交与廷议,众卿有何看法,不妨一一奏来。"

皇上的话一出口,张汤就颓然跌坐在地,知道自己完了。这些年得罪了多少人,陷害过多少人,排斥了多少人,连他自己也说不清楚。

正因为如此,后来有案件他都尽量不在朝堂议论,而习惯于事后单独奏禀皇上。可今天,他没有这样的机会了。

这时候,一个听起来很平静的声音却让他感觉到大殿在摇晃。

这是卫青的声音,他从怀中掏出一札上书,呈送给刘彻道:"此臣前日到太医坊诊病,路过北阙,恰逢廷尉中丞减宣,他说经多年查访,当年李文一案为张汤与鲁谒居合谋所为。他慑于张汤权位,要微臣转呈皇上,请陛下明察。"

张汤只觉得大殿的横梁塌了,直朝着自己的胸口压过来,他顿时昏厥了……

张汤的入狱,一扫大臣万马齐喑的局面,无论是朝堂上还是各署中,笑声多了,同僚之间走动多了。

但作为外朝宰辅的庄青翟却没有丝毫轻松。

皇上已几次在朝会上就盐铁和币制的变革进展太慢而斥责外朝,他也清楚在瘗钱被盗案中靠刑讯逼出来的狱词也很虚弱,一旦皇上知道了真相,他的头随时都会挂在长安东市的高杆上。

他现在急需要做的,就是做几件实在的事情,提高朝野对新政的信心。

可早年倾心于黄老,后来改学儒家的庄青翟对农商关市之道根本不懂。他常把自己关在书房里苦思冥想,为什么严异宵衣旰食,却在新政上毫无建树?一天,他在和长史们外出踏春时,把这个问题提到朱买臣面前。

朱买臣呷了一口茶道:"丞相应该知道,不是勤政廉直就能推动新政的。用非其人,越勤政,说不定离目的越远。"

庄青翟想了想,觉得这话是有些道理,于是便问道:"你说说眼下该怎么做?"

"依下官看来,新政要继续往前,须倚重两个人。"

"可是孔瑾和桑弘羊?"

"对!不是下官夸海口,一个孔瑾或桑弘羊,足以当一百个严异。"

"好!"庄青翟的眉头顿时展开了,他来回踱着步子道,"再过两天就是春分,你约他们两位到城外踏青,老夫要向皇上举荐他们。"

"好!"

看着日色已近中午,朱买臣起身准备回府,脚刚刚迈出丞相公署,却被庄青翟拉住道:"若是能就新政拿出一些新举措,老夫在皇上面前说话就更踏实了。"

朱买臣笑着点了点头,心里却道:还用你啰嗦,就干练这一点说,你比张汤差远了。

清明节后的第五天,刘彻在庄青翟的陪同下,到渭渠巡视漕运了。

行前,他口谕给孔瑾和桑弘羊随行。

当包桑传完皇上的旨意离去时,孔瑾和桑弘羊无言相视许久,两人有种预感,他们的机遇来了。

春雪融后,渭河的水涨了不少,站在水监公署的楼台上举目远眺,虽没有汹涌波涛,却也浩浩荡荡。漕运船只在渭渠口入渠转向东南,傍南山而去。撼天动地的号子随风在渠河之间回响。

  白日当头照呀!
  嗨呀!嗨呀!
  渭水滔滔流呀!
  嗨呀!嗨呀!
  脚下步步稳呀!
  嗨呀!嗨呀!
  两眼朝前瞅呀!
  嗨呀!嗨呀!
  ……

这情景和歌声,让刘彻想起前任的大农令来,他由衷地感慨道:"朕自推行新政以来,大农令中有所建树者,唯韩安国与郑当时耳。当年郑爱卿对朕承诺三年通水,结果还提前开了漕运。"

庄青翟听得出皇上是借着追怀故人,曲折批评当朝的臣僚们怠于政事,不思进取。他忙在一旁说道:"郑大人一世英名,实为臣等楷模。"

不料刘彻接下来的话却让庄青翟无论如何也不敢回应了。

"虽说张汤盗先帝陵寝瘗钱,罪该万死。然朕每每想起他的勤于政事、严于自律来,还是难以释怀。"

从水监署的楼上下来,刘彻和一干大臣沿着渭渠岸柳行间缓缓前行。

柳叶很瘦,透过树隙,可以看见因为无雨,麦子显得十分低矮,刘彻的眉毛又"锁"了起来。他在心里埋怨死去的严异,就觉得庄青翟此时推荐大农令很及时。

刘彻回头看了一眼跟在身后的孔瑾和桑弘羊道:"丞相举荐你们的奏章和你们的上书朕都看过了,今天要你们随朕出来,就是想听听你们的陈奏。"

孔瑾上前一步道:"郡国之所以感到盐铁官营不便,不在新政本体,而在转输遥远,资费甚高。臣近来思虑,朝廷若能在盐铁产地设均输官,以京都实价就地收买,屯于官署,贵则卖之,贱则买之,既可以使富商大贾无所牟利,又可以供给百姓之需求。如此,则盐铁官营名则符实,利在朝廷。"

刘彻又向桑弘羊问道:"爱卿也是这样看么?"

桑弘羊回道:"孔大人所言,亦臣之所见。只是臣以为,我朝元狩年间所铸白金,因郡国铸钱未能有效禁止,致使真假混淆,不仅使钱币失控,造成物价上涨,而且使朝廷失信于民。因此臣建议将铸钱回收,以利新币推行。"

此刻,庄青翟也在旁边建议道:"皇上还可诏令天下,非上林三官钱不能行于天下。"

徘徊了许久的盐铁官营和币制变法,终于在元鼎二年的春天有了新的思路,这让刘彻因为瘗金盗窃案而带来的阴影渐渐淡去了。

刘彻停下脚步,等孔瑾和桑弘羊拱手站在面前时,双手就分别按在他们的肩头:"明日早朝,朕就诏命孔瑾为大农令,桑弘羊为大农丞,望二卿勿负朕望。"

孔瑾和桑弘羊纳头便拜:"谢皇上隆恩,臣等当为社稷鞠躬尽瘁,肝脑涂地。"

其实,从皇上的决定中最受鼓舞的还是庄青翟。他希望皇上能因为新政的顺利推进而淡化对瘗钱盗窃案的印象。当晚,他兴冲冲地回到相府,就要朱买臣、王朝和边通一起饮宴,庆贺风波的平息。

可朱买臣却不那么乐观,他知道皇上不是那么容易健忘的,而且这朝廷也不是平湖秋月,水波不兴,说不定在哪儿就会翻船。

夜阑席散,众人起身向丞相告辞时,朱买臣留下了一句让大家酒醒的话:"树欲静而风不止,诸位大人多加小心吧!"

但是,当日子平静的一天天走向春天深处,走向夏天的时候,仿佛一切真的过去了。

谷雨刚过,就从上林苑三官处传来喜讯:三官钱的流行杜绝了假币的流行。仅从京畿各县的情况来看,三官钱型范精准,成色足,尤其是铸造手段高妙,很难仿造。

孔瑾主抓的均输官也相继离京赴任。

让刘彻欣喜的是,孔瑾不仅深谙他的用人喜好,所选人才都是少壮精锐之士,而且都是商贾世家出身,熟悉贸易之道。大农府报来的奏章说,朝廷的财政状况近几个月也大有好转。

"哈哈哈!这个孔瑾,还真是个人才!"

刘彻每天阅读这些奏报,心情就像暮春的风一样,温暖中渐渐融入了夏日的热流。就在这样的季节里,再次出使西域的张骞也回来了。

社稷依旧,河山历新。

庞大的大汉使团和数十人的乌孙国使团走下咸阳原时,张骞一直在追忆着第一次回归时的感觉。然而,那辛酸和寂寞早已随大汉疆域的延伸和国力的强大而渺无踪影了。且不说他们此次一路西去,畅通无阻;就是所到之处,百姓更是倾城迎送。现在横桥对面迎接乌孙国使团的阵列,也让他找到了作为大汉使节的尊严。

张骞暗地打量了一眼身边的乌孙国使节昆寙,在心里暗笑乌孙国王昆莫的目光短浅,他竟然因为对大汉的孤陋寡闻,而对皇上联手破匈奴的诚意漠然置之。

偏安一隅就可以享国长久么?笑话!张骞目光中掠过短暂的鄙夷,旋即恢复了平时的热情,他指着前方道:"使君请看,前面就是皇上派来迎接使君的大行李息、右内史苏纵和典属国。"

昆宬"哦"了一声，口张得老大。他惊讶地看着眼前的一切，长安的壮观，汉官的威仪，让他有一种如在梦境的感觉。

李息已经老了，却仍不失将军的气度和老臣的稳健，当张骞介绍昆宬时，他雍容大度地上前，以汉朝的礼节表示了对远道而来客人的欢迎。

"请使君到驿馆歇息，明日皇上将在未央宫前殿接见使君。"

李息邀张骞同乘一辆车驾，引导着使团朝长安城内走去。

途中，张骞对李息道："此次没能说服乌孙国内附，下官甚觉愧对天恩，无颜见长安父老。"

李息抚着张骞的肩膀道："使君两次出使西域，迢迢万里，风餐露宿，彰显大汉国威，何愧之有呢！"

当李息问他是否找到纳吉玛母子时，张骞伤感地摇了摇头："当初离开时，下官特意在那里用石头垒了标志的，可这次去，大漠茫茫，那里早已被沙海掩埋。"

李息沉默了一会儿道："闻听使君即将归来，我已向皇上辞归，并举荐你为大行令。"

他告诉张骞，在他离开长安的这些年里，朝廷发生了许多事情。李蔡死后，现任丞相是庄青翟，而御史大夫张汤因为涉嫌盗卖先帝陵寝瘗金而入狱。而经过这些事情，皇上也日见消瘦了。

一听到这些，张骞的心就一下子沉重了，他恨不得立即就去拜见皇上，他有许多话要对皇上说。

第二天，刘彻在未央宫前殿召见了乌孙国使者昆宬。昆宬转达了昆莫国王对他的问候，并献上了乌孙器物、果蔬和战马的清单。刘彻口谕，典属国会同少府寺，挑选大汉布帛、银器等，待昆宬返国时，一并回赠。他特别叮嘱庄青翟，在乌孙国使节逗留长安之际，一定要带他到各处看，让他多了解一些大汉的风土人情。

"睦邻方可邦兴，远交才可结友，互通才能开眼，此乃朕凿空西域之根本也。"

送走乌孙国使节，刘彻单独留下张骞。

一进宣室殿门,张骞就跪下了。

"未能说服乌孙国东归内附,臣有负于皇上重托,臣罪该万死!"

刘彻让包桑阻挡一切大臣来见,自己则拉着张骞相向而坐,一脸宽容地看着他,丝毫没有责备的意思。

"国之邦交,在自愿互利,非一厢情愿可致。然朕相信,爱卿此次所获绝不亚于上回,快快与朕奏来。"

张骞隔着案几,向皇上作了一揖:"臣在乌孙国逗留经年,发现乌孙国君臣皆惧匈奴,毫无东归意愿。臣觉着与其徒留此地,耗费时日,倒不如多道出访,广结西域诸国。臣遂将随行三百余人,分为数拨,持我大汉符节,分赴大宛、康居、大月氏、大夏、安息、身毒、于阗等国。臣东归时,这些使节有的已经到达目的地,不久,将会有书报告于朝廷。"

张骞说着,便从随身带来的行囊中拿出新绘的西域各国图,一个个指给刘彻看。

"依臣观之,西域诸国,地广人稀。南北有大山,中央有河;河有两源,一出葱岭,一出于阗。其地东接玉门、阳关,西则以葱岭为界。臣所遣副使,循南道,西逾葱岭,则出大月氏、安息;循北道,西逾葱岭,则出大宛、康居、奄蔡焉。这些国家,长期被匈奴奴役,臣要副使以大汉资财,厚贿其国,欲图使其臣服我国。臣启程回国时,赴安息副使差人捎来书信,言说我汉使达到安息时,安息有二万人出城出迎,盛况空前。安息百姓如今才知道,在万里之外,有大汉这个地域广大的国家,有皇上这样伟大的君主。"

刘彻的眼神随着张骞的介绍在西域各国盘桓走游,他嘴上连道:"此次出使,虽然费时不足五年,然爱卿对西域各国情势之熟稔,远远超过元朔三年。"

尤其让刘彻兴奋的是,当年他欲出蜀郡,从滇国通身毒道的设想,终于在此次出使西域时得以实现。

"身毒乃我朝西南之大国,其道一通,则商贾货流纷纷南下,源源不断,外可远播大汉文明,内可给富于民,充实府库。爱卿啊!你此次又立了一大功啊!"

张骞忙道:"赖陛下神威,臣才得以西行。倘若皇上有意,臣愿再赴西域！"

刘彻看了一眼张骞，哈哈大笑道："看看！爱卿的两鬓都白了，可壮志依旧。这倒让朕想起荀子的一句话，涂之人可以为禹也！朕与爱卿都不再年轻了，这些年来，朕看着建元以来的老臣走的走，去的去，人越来越少了，朕不免有些寂寥，这次爱卿回来了就不要再走了。朕已准了李息的辞呈，不日将任命你为大行令，早晚就在朕身边说说话。"

皇上话里的伤感，说得张骞心里酸酸的，忙道："臣谨遵皇上旨意。臣……"

刘彻见张骞欲言又止，问道："爱卿还有何事么？"

"臣听说李老将军去了，臣想到郎中令府上祭祀一下。"

刘彻背过身去，没让张骞看见他复杂的表情："李敢他也去了。"

张骞十分吃惊，正要问皇上缘由，不料包桑这时慌慌张张地跑进来道："皇上！出事了，出事了！"

刘彻立时一脸的不高兴道："何事如此慌张？"

"廷尉来报，张汤在狱中自杀了。"

"什么时候？"

"今日凌晨。"

刘彻近乎发怒地喊道："快传廷尉来见！"

……

三月初的明月悬挂在春寒料峭的夜空。

张汤终于醒了过来——他是被几只觅食的老鼠吵醒的，他环顾周围，黑漆漆一片，从墙角散发出的霉味告诉他，这是让许多人畏惧的廷尉诏狱。

这里曾关过大行王恢。

这里曾关过丞相窦婴。

他曾在这里把御史中丞李文送上了断头台。

现如今，终于轮到他了。

一只硕大的老鼠，从墙角摸过来，用尖利的牙齿撕扯着他的鞋子，"吱吱"的叫声立刻招来鼠群，他用力甩开脚镣，砸死了咬开他鞋尖的那只老鼠，其他的老鼠才四散而逃。

这真是报应,当年他因为厨房丢肉,演绎了一出审鼠的闹剧,并且从此与汉律结下了不解之缘。现在,他制定的严刑峻法套在了自己的脖子上,这多少有点作茧自缚的意味,并且现在连老鼠都不怕他了。

身陷囹圄的时候,打发时光的最好方式就是追忆往事,张汤也不例外。这几天,他回顾了从长安小吏到御史大夫的经历,发现自己的仕途生涯与别人截然不同。

他从步入官场的第一天起,就把一人之下,万人之上作为唯一目标。

他喜欢一切按自己意志旋转的那种感觉。

他喜欢看着别人俯首帖耳的样子。

他喜欢听到政敌被打趴下时的哀鸣,那是让他亢奋的最美音乐。

这些让他一方面不容许别人高居于自己之上,另一方面,他也从不贪恋金钱女色。

他这种性格常常让他的对手感到棘手。

他凭执法严苛,扫除了仕途上一个个障碍,甚至圆滑过人的李蔡至死都没有弄清是谁给了他致命的一击。

至于庄青翟,他原本就没放在眼里,可自己偏偏就败在了他手上,这难道不是天意么?

他根本没想到,这个貌不惊人的老朽,竟然照搬了他诬陷人的本领,如法炮制了伪证,把他与瘗金盗窃案扯在一起,并运用得如此天衣无缝,以致他明知此事纯属子虚乌有,却无法为自己辩解。

而卫青的举证,加速了皇上的定案。

这个中朝首辅的每一句话,不仅皇上相信,就是大臣们也没有人怀疑。这不仅是因为他的地位,更因为他的为人连张汤也挑不出任何瑕疵。

张汤明白,他多年来一直守着一个底线,就是绝不轻易把卫青当成政敌。所以,他与卫青之间没有过节。

望着窗外投进来的淡淡月光,追忆着当时皇上的眉目,却是十分地模糊,隐隐约约只记得几个字:怀诈面欺。

他了解皇上的性格,他最不能容忍的就是被臣下蒙骗,皇上用了最严厉的措辞,这预示着被枭首弃市的结局在等着他了。

白天，赵禹列举了八条罪状前来对簿。其实赵禹也清楚，所谓对簿不过是个程序而已。

行前，他命人备了些酒菜，与张汤在狱中席地对饮，当谈及皇上发怒，赵禹一针见血地指出："大人有今日，心里应该清楚。如今大家指控你的事情都有根据，皇上很重视这件案子，想让你自己妥善处置，不然为什么还要多次对簿呢？"

赵禹走了，可张汤听出了他话里的意思。他万念俱灰，与其遭受酷刑，倒不如自裁，一死了之。

可就这样不明不白地死去，他不甘心。下午，趁着仅有的光亮，他向皇上上了最后一道谢罪书。

"罪臣屡受皇恩，死无憾矣，然臣与瘗金被盗案毫无干系，陷害臣者，乃丞相与三长史也。请皇上明察，还臣清白之身。"

他痴呆呆地看着几行因心绪烦乱而写得十分潦草的笔迹，流下了辛酸的泪水。

后半夜，窗外飘起了稀稀疏疏的雨丝，从谯楼上传来更鼓苍凉的声音，张汤最后望了一眼窗外，心里呼唤道："皇上，臣走了，皇上保重！"

"咚……"元鼎二年（公元前115年）三月新一天的更鼓敲响了。

……

望着张汤的遗书，刘彻刚才与张骞畅谈时明朗的心境又沉重起来。

人之将死，其言也善。

他相信，一个垂死之人在即将离开人世时，他的话应该是可信的。

他一遍又一遍地推敲着上书中的每个句子，追溯此案前前后后的细节，越想就越觉得蹊跷。

刘彻向赵禹问道："爱卿曾到狱中与张汤对簿，你对此有什么看法呢？"

赵禹没有直接回答，只是陈述了当时的一件事："那天廷尉府到王朝家中抓人时，嫌犯已悬梁自尽了，这不能不说是此案的一大疑点。"

刘彻从牙齿缝中发出冷叹："莫非此案真……"

赵禹进一步上前道："这是廷尉府审理此案的奏章。"

廷尉司马安在他的奏章中说，张汤死后，他奉诏去查看张汤府邸，他全部的家产不过五百金,甚至办理丧事都很艰难。灵柩摆在厅堂,用幔帐隔着,棺木十分平常,与普通百姓无异,而且还是有棺无椁。

因为张汤获罪的原因,还可能是他生前伤人太甚,以致没有人来吊唁。

张母面对廷尉府的询问,竟然没有泪水,话语中透着女人的刚烈。

"别的不敢说,可我儿这清廉,却是青山为证!妾身绝不相信他会伙同巷间小人,盗掘先帝陵寝瘗金!"

司马安发现,张母把张汤的尸体运回府上时,竟是用的牛车。这让他很费解,一个为达目的而不惜刑讯逼供、诬陷政敌的张汤,与一个洁身自好、家无积蓄的张汤是怎样重叠在一起的呢?那些无奸不贪、枉法必贪赃的议论为何就被张汤打破了呢?

刘彻看着奏章,手抚腮帮沉思许久,终于决计对瘗金一案重审,诏命将庄青翟、朱买臣和边通等下狱。

消息很快传到丞相府,当晚,边通便在府中饮鸩。

朱买臣没有走,他一直陪着庄青翟等着廷尉府的拘捕。他对参与构建伪证的行为没有后悔,因为他当时的目的就很明确,他要为严助报仇。

尽管他知道严助所犯罪行绝不容赦,但他还是不能容忍张汤杀了他。

他之所以面对张汤一次次的欺凌而忍耐,就是为了等这个机会。

司马安带人进入丞相府时,朱买臣正和庄青翟在书房里喝酒,他推开冲上来的士卒,亲自给庄青翟弹了弹肩上的灰尘,才伸出了双手。

在庭审公堂,庄青翟对自己的行为毫不讳言。监审的赵禹不明白,为什么堂堂大汉丞相要造伪证陷害他人。

庄青翟淡然一笑道:"大人素与张汤交好,那就请大人问问张汤,他为何要编造假证陷害他人呢?"

赵禹又问道:"那当年赵绾之死,与你可有关系?"

庄青翟仰头看了一眼廷尉府的屋顶说道:"无须多问,当年盗走赵绾奏章的代女就是我派往赵府的。"

审理竟然这样顺利,赵禹和司马安都没有想到。

第二天早朝后,当刘彻在宣室殿看到庄青翟的狱词时,一时心绪十分复杂,他无法评价这场瘗金盗窃案中各人的是是非非,更无法在心底给这两个重臣一个精确的描述。

人!实在是太复杂了。

庄青翟紧步张汤的后尘,选择自杀结束了生命,他没有留下任何话语。

司马安在派人为他收尸时想,也许这就是罪有应得。

张汤与庄青翟的死,给朝廷蒙上了瑟瑟的氤氲。

朝野围绕新一任外朝人选私下议论了多日,而处在两难之中的便是刘彻。

这些天,他将元朔以来的朝臣一个个从眼前过了几遍,忽然,他吃惊地发现,一向自诩儒学昌盛的大汉朝,竟然找不出一个深孚众望的丞相和一个既刚正廉直,又精于朝政的御史大夫。

那一天,刘彻传卫青到宣室殿,要他效仿周亚夫,以军职兼任丞相。

卫青思之再三,还是坦诚地辞谢了。

"不是臣有意推辞,而是臣现已官居大司马,常有如履薄冰、如临深渊之感,生怕朝臣议论。若再兼任丞相,真就成了众矢之的了。到时候,不仅丞相做不好,恐怕连兵务也废弛了。"

"可朕反复考虑,却无合适人选。"刘彻站了起来,来回踱着步子,一副无奈的样子。

卫青道:"微臣举荐一人,不知皇上看合不合适?"

"谁?"

"太傅赵周如何?"

刘彻想了想,摆摆手说道:"恐怕很难胜任。他是荫庇祖先的功绩走进朝廷的,少有建树,讲讲学倒还可以,要做丞相,恐怕难以服众。"

卫青道:"人无完人。微臣当年不也是骑奴么?请皇上考虑先任用一下。赵大人宽厚有德,是眼下最好的人选。"

"那就这样吧!御史大夫人选,朕意就让石庆来做,眼下也只能如此了。"

赵周是在博望苑中接到皇上的圣旨的,前任庄青翟的命运,让他在接到诏书时,有了一种大祸临头的恐惧。

赵周是没有野心、也没有多少欲望的人。

父辈的遭遇,给他留下了深刻的印象。景帝中元元年,他的父亲因为拒绝跟随楚王刘戊反叛而被杀，先帝为了追念功臣而封他为高陵侯。

而他入朝以来将心思都用在研习儒家典籍上，当初皇上命他接替庄青翟为太子太傅，他还真有点受宠若惊的感觉。

他很安于每日在博望苑里讲习儒家经典，这不仅符合他的性格，而且也使他避免了与朝臣之间的龃龉。

可谁知道先帝陵寝瘗金被盗的一场大案，竟把他推上了风口浪尖。

赵周回到府上，把自己关在书房里，在心里历数建元以来朝廷人事的变动，竟有一个让他心惊肉跳的发现——除公孙弘终老任上之外，从窦婴到田蚡，从薛泽到李蔡，没有一个是善终的。

而随着皇上年岁的渐长，这种转换的频率也越来越短。公孙弘四年，李蔡和庄青翟仅仅在位不过三年。

这个朝廷怎么了？他不禁在心里疑惑。

不仅如此，御史大夫也一样更换频繁，今日还在署中处理政事，明日说不准就有什么罪名落在头上。

他在这个时候接任丞相，心里能轻松得了么？

第八章

秋风辞载悲凉意 酎金案拷忠义心

卫青刚刚进入甘泉山二里地时,就望见宫苑周围烟云缭绕,隐约有火光闪闪。宫内传来祭祀的乐音,围着翠峰旋转,许久才渐渐散去。

他望了一眼紧随在身后的李晔道:"速去禀告丞相,就说我有紧急军情奏明皇上。"

"诺!"

李晔去了不一会儿,赵周就跟着来了。

彼此见过礼,卫青便问道:"皇上这会儿在殿里么?"

赵周长叹一声道:"皇上昨夜几乎未眠,坐在祠坛旁祭祀太一神,坛中烈火彻夜熊熊,炊具、皇榻都搬到了坛旁。"

卫青让李晔带着卫队在外边守着,他跟随赵周进了宫。

这甘泉宫本是在秦朝林光宫的基础上扩建的皇家避暑之地,从景帝时起,每到六月,皇上就携带着皇后来此居住,直到中秋之后才回返。自元朔以来,刘彻又笃信方士,在这宫中建了专供祭祀的台、观、坛。宫苑从莽林的边缘一直绵延到山脚下。

赵周说:"皇上从陇西巡视回来后,就直接进了甘泉宫。"

卫青沉默无言。皇上刚刚才五十,为何就变成这样子了呢?

在祠坛外守候的包桑瞧见卫青和赵周,忙上前迎候。

卫青问道:"公公,皇上在哪呢?"

包桑指了指寒露观,没有说话。

从观内传出刘彻浑厚的吟诵声,断断续续,起起伏伏的:

秋风起兮白云飞,草木黄落兮雁南归。
兰有秀兮菊有芳,怀佳人兮不能忘。
泛楼船兮济汾河,横中流兮扬素波。
箫鼓鸣兮发棹歌,欢乐极兮哀情多,少壮几时兮奈老何。

赵周闻此道:"这是皇上在河西汾阴为后土祠写的。"

他至今仍不能忘记,在离开汾阴县时,登上楼船,望着滔滔东去的汾水,刘彻一副黯然神伤的样子。

听得出来,皇上的心境是复杂的。眼前初冬的阴冷,满树的黄叶,南归的大雁,都引起皇上太多的联想。

他感叹着青春不再,老去的凄凉。

他难以忘怀卫青、霍去病带给他的快意,也难以忘怀张汤、庄青翟带给他的创伤。

赵周听得潸然泪下,唏嘘不止。这惊扰了坛内的刘彻,他问道:"是丞相在外面么?"

赵周忙道:"启奏陛下,大司马从京城来,有紧要军情奏报。"

"哦!大司马到了,让他到紫殿等候。"

……

从寒露观出来,刘彻立时就判若两人,由缥缈的虚空中回到现实,忍不住发泄对河西战后边事松弛的不满。

"上个月(元鼎五年十月)朕登崆峒山后,巡狩陇西,太守竟毫无准备,以致朕与随行从官无法就食。朕随后北上萧关,率数万骑勒兵新秦中,竟然发现千里边塞无亭障。边关如此懈怠,还能保匈奴不会卷土重来么?朕一怒之下,斩了北地太守以下数十人。而你身为大司马,总领朝廷军务,可不能浑浑噩噩!"

卫青十分惶恐和不安,忙道:"此臣治军不严,自当自省。皇上指斥,让臣振聋发聩。"

刘彻挥了挥手道:"此事也不能全都怪你,自韩安国、李广之后,霍去病又早早离朕而去,文官乏才,武官乏将。朕欲命中书令拟一道诏书,发往郡国,令两千石以上官员举荐人才。"

"皇上圣明,臣回京后即刻去办。"

接着,卫青把文书呈送给刘彻道:"臣今日来,就是为这个事情。种种迹象表明,南越国欲图谋反。"

刘彻大体浏览了一下文书,抬起头问道:"去年,南越王太后请求内属,朕念赵婴齐在世时,忠于汉室,故诏准。并赐其丞相吕嘉银印,内比诸侯。到现在时间不过一年,他们就要谋反,真是岂有此理!"

卫青解释道:"皇上有所不知,此次反叛的主谋正是吕嘉!"

"哦?"

"据从南越国传来的消息说,吕嘉连续担任三代南越王的丞相,宗族为大吏者达七十余人。他的几个儿子都娶了南越王室的公主为妻,他的几个女儿又都嫁给南越王室,在国内盘根错节,势力庞大。早在南越王太后上书请求内属时,他就多次阻止,后又称病不见朝廷使者。眼见南越王太后内附意决,遂发动政变,杀了幼主和王太后,气焰甚是嚣张。"

"大汉天下,岂容逆贼作乱!"刘彻抽出宝剑,"刷"地一剑下去,面前的白玉案几碎为两截,"传朕旨意,朕要讨逆伐罪,震慑诸藩。"

刘彻目光射人,卫青仿佛又看到了当年运筹帷幄、决胜千里的皇上。

卫青明白了,既对生命充满了眷恋,又把江山紧紧地拥在怀中,这就是皇上的性格。一向对方士不屑一顾的他,心底生出期待:倘若上苍有眼,真赐皇上永寿,那该是大汉的福祉……

议完大事,卫青骤然就有了一种紧迫感,他跨上战马,如腾云一般朝京都驰去。

李晔见此很吃惊,他已经很久没有看到大司马如此意气飞扬了。他不敢懈怠,招呼身后的卫队,紧紧地追了上去。

可战争从来就不是单纯的军事行为,它的背后是国家人力、物力的较量。

等刘彻回到长安,要真正打一场彰显国威的战争时,国力早已不像当年那样应付自如了。

首先面临的现实是,自元鼎三年以来的连续灾害,使朝廷不得不拿出大量物资赈济灾民,又免除了一些郡国的赋税。

其次,皇上近年来热衷方士求神之事,在京都和离宫广建神坛,用度十分庞大。

另外,这次战争的战场远在南方,主要靠水战,需要大量战船,这样不只费用巨大,而且也十分费时。

朝会已就此廷议了几次,孔瑾几度呈送的关于财物筹集的奏章,都因为过于拘谨而被刘彻否定。

朝廷不得不将进军的时间一延再延,最后才确定在秋季发起讨伐,好留出时间筹备军需。

这也是刘彻最烦躁的一段日子,他每天不断对前来奏事的少府、大农令和大司马幕府的官员发脾气,严令他们尽力筹集财力,最迟也得八月进兵。

一天,刘彻正在批阅奏章,忽然从一道清秀的奏稿中看到了一个似曾相识的名字——卜式。

他的奏章每个字都散发着男儿志在战场的豪情,彰显了士者忧国的情怀:"臣闻主愧臣死。群臣宜尽死节,其驽下者宜出财以佐军,如是则强国不犯之道也。臣愿与子男及临菑习弩博昌习船者请行死之,以尽臣节。"

刘彻被感动了,他立即找来赵周,询问卜式的情况,可赵周却不甚了解。

他又找来卫青,问道:"朕怎么觉得,这个卜式好像在什么地方见过?"

"他现在就在齐国任相。"接着,卫青又与刘彻一起回顾了几年前河西大战时,卜式慷慨捐出二十万钱资助朝廷迁徙贫民的壮举。

刘彻"哦"了一声,身体向后仰着道:"朕想起来了,就是那个不愿意做官,而愿意放羊的卜式啊!真是时艰见忠贞,我朝像卜式这样的臣子多一些,何愁江山不兴,社稷不固呢?朕要赏赐卜式,令天下臣民效仿,为国尽心出力!"

接着,刘彻坐了起来,从案头拿起朱笔,洋洋洒洒地写道:

> 朕闻报德以德，报怨以直。今天下不幸有事，郡县诸侯未有奋繇直道者也。齐相雅行躬耕，随牧畜悉，辄分昆弟，更造，不为利惑。日者北边有兴，上书助官。往年西河岁恶，率齐人入粟。今又首奋，虽未战，可谓义形于内矣。其赐式爵关内侯，黄金四十斤，田十顷，布告天下，使明知之。

刘彻聚精会神地写着，卫青也在一边全神贯注地看着，在他的印象中，这大概是皇上自建元六年以来唯一的一道亲笔诏书。这让他对征讨南越在皇上心中的分量又多了一层理解。卫青不懂行文的起承转合，他更多的是透过文字感受皇上的胸怀，意识到自己责任的重大。

从宣室殿出来，卫青没有回大司马府，而是直接奔了左内史儿宽的官署。

儿宽此刻正召集辖内的县令，商议为朝廷筹集军备的事宜。他闻听大司马到了，遂急忙出府迎接。

进了客厅，席地坐定，儿宽便问道："大司马此来必有要事，下官当不遗余力。"

"我今日前来，是要给阁下看一样东西。"卫青说着，他从怀中拿出中书令抄写的诏书副本。

儿宽仔细地读了一遍，不禁为卜式的忧国情怀而动容，连道："此举乃社稷之望！吏民之望！自下官上任以来，在辖内奖掖农耕，轻徭薄赋，虽不敢称物阜民丰，然则辖内各县官民丰润却是实情，听说朝廷要南下平叛，下官正召集各县县令商议筹集财物。大司马若能屈尊一见，定可鼓舞人心，凝聚众志，共赴时艰。"

卫青忙道："我乃一介武夫，谈不上屈尊。既然来了，就不妨把卜式的义举告知诸县令，也好高标风范，蔚成风气。"

两人相携到了前堂，各县县令平日对卫青七战匈奴、横扫大漠的传奇多有耳闻，今日一见，不仅相貌奇伟，而且举止儒雅，又多了几分钦敬。及至听了卜式的介绍和皇上褒扬的诏书，大家更是士气大涨，纷纷表示回去后，要加紧筹集财物辎重，以报效朝廷。

接下来的几天里，卫青又走访了当年跟随他征战的公孙贺、公孙敖、李息等将军,大家纷纷拿出积蓄的家财,以应朝廷急需。每一次分手揖别,走出属下府邸时,他总是心怀歉疚,觉得给他们的太少,有了事,却总是先想到让他们付出……

几天后的朝会上,刘彻又以儿宽为垂范,严厉地斥责列侯们尸位素餐,只知向朝廷求赏,而不愿"拔一毛而利天下"。他尤其点了新任太常、太后的兄长、盖侯王信的名:"你何功于汉,竟然身居高位,宅甲京都,膏地连属?今天下不幸,你竟然装聋作哑,熟视无睹,百年之后,你有何颜面去见太后?"

遭到亲外甥的斥责,王信觉得很没有面子,可他也只能垂首恭听……

七月,刘彻敕令伏波将军路博德出桂阳,下湟水;楼船将军杨仆出豫章,下浈水;归义越侯严为戈船将军,出零陵,下离水;甲为下濑将军,下苍梧。皆将罪人,江、淮以南楼船十万人,越驰义侯遗别将巴、蜀罪人,发夜郎兵,下牂牁江,浩浩荡荡地开往番禺。

诏令颁布第二天,太子刘据破例不待召见就前来觐见父皇。

刘彻很诧异,放下手中的奏章和朱笔问道:"你不在博望苑中习书,为何到宫中来了?"

"父皇,儿臣请求担任此次讨伐南越的监军。"

刘彻又吃了一惊,道:"你?小小年纪,为何想领兵出战?"

刘据撩了撩袍袖,近前一步说道:"儿臣已经十九岁了,骠骑将军当年出兵漠南不也是这岁数么?"

刘彻笑道:"你和他不一样,你是太子,当学治国御臣之术,要心无旁骛。"

刘据有些着急,出口便道:"父皇当年睢阳破案时,不也是太子么?"

刘彻仔细打量面前的太子,心中浮起一种难以名状的温暖。这些年,他整天忙于打理国政,运筹战事,不经意间太子已经变成一个翩翩青年了,看那眉眼、那体魄,听那说话的声音,都深深嵌着自己的影子。

他的心瞬间便有了触动,恩准他的话就在舌尖上滚动,可他还是将话收了回去,究竟为什么?他一时也说不清。

刘彻给了儿子一副很严肃的表情:"朝事眼下还不需你分心,下去吧!"

他重新埋头批阅奏章,不再理会刘据。过了一会,他抬起头时,看见刘据还站在那里,脸上就有些不高兴了,高声对包桑说道:"送太子回博望苑。"

刘据极不情愿地离开宣室殿,很长时间,他的呼唤似乎还在刘彻的耳边回响。

"一样的父爱,两样的心境,朕这是怎么了……"刘彻伸了伸酸困的臂膀,茫然地问着自己。

这事在处理朝政之余,总在刘彻心头盘桓,直到出征前一天,卫青到宣室殿奏事时,刘彻才将自己的思虑说出。

"前几日,太子进宫要朕允准他担任此次平叛监军,被朕回绝了。"

卫青"哦"了一声,道:"皇上不准自有道理,只是太子已不小了,历练历练,对日后执掌朝政也有好处。"

刘彻捋了捋胡须道:"朕是如此想的。朕主政时,汉家诸事草创,加之四夷侵凌中国,朕不变更制度,后世无法遵循,不出师征伐,天下不安,为此者不得不劳民。若后世都如朕所为,则重蹈亡秦之覆辙也。"

卫青道:"陛下所虑圣明,不过臣……"

刘彻挥手截住卫青的话头说道:"朕知道爱卿想说什么,朕只是觉得太子敦厚好静,必能安天下,朕是要他做一个守成之主啊!朕知道,太子因为朕不恩准他出征有些怨气,皇后也不理解,故请爱卿以朕意晓之。"

卫青领旨谢恩。

走出宣室殿,卫青还在想皇上为什么在这个日子里和他谈起这番话。

也许是出于一腔爱子之情吧!他在心里默默地这样想。

路博德出征那天,卫青、赵周率众官员到灞城门外相送。

路博德一脸严肃地来到赵周面前,抱拳作揖道:"宫中卫戍,下官已做周密安排。皇上安危,系于天下,下官走后,还请丞相早晚照应。"他转过身来,对卫青行了军礼,言语中就多了许多的追念,"末将有幸跟随骠骑将军北征匈奴,得以封侯,此情没齿不忘。末将离京期间,倘逢祭祀之日,还请大司马遣人代末将向骠骑将军敬酒。"

说罢,他跃身上马,正要号令出发,却听见耳边传来呼唤声。

众人回头看去,原来是皇上刚刚诏封关内侯的卜式。他后面跟着几位年轻人,个个生龙活虎地朝这边来了。

卜式来到卫青和赵周面前,躬身行礼道:"下官区区齐相,未有寸功于朝廷而得封侯,实乃皇恩浩荡,终下官一生而难报万一。今将犬子四人交与将军,往死南越,卫我大汉社稷!"

卫青闻此对卜式说道:"足下此举,义薄云天。我大汉数十万大军,不日即会于番禺,也不缺足下几位虎子,足下还是将其带回,日后定有报国机会。"

卜式却没有丝毫回转的意思,道:"所谓君子一言,快马一鞭。当初下官上书朝廷要率子请战,绝非戏言,今日大司马若拒绝了下官的请战,岂非要陷下官于不义?"

话说到这个份上,无论是卫青还是赵周,都没有理由再阻挡卜式送子从军。

路博德更是感慨卜式父子的忠心,于是上前问道:"各位可以驾船么?"

卜式的长子急忙回道:"回将军,小人自小在海边长大,颇通水性,擅于撑船。"

路博德大喜道:"如此甚好,你就随我左右,早晚教习水卒操船。"说罢,他朝身后的从事中郎和卫队高声喊道,"上马!"

大汉的旗帜伴随着"嘚嘚嘚"的马蹄声向东去了……

送走讨伐大军,刘彻觉得很疲倦。

那种"少壮几时兮奈老何"的悲凉又重新回到他的生活中。他常常会在批阅完奏章后望着宣室殿内的一切发呆,偶尔会伴随着悠长的叹息:"上苍有知,当赐我彭祖之寿。"

从甘泉宫回来后,他要赵周寻访方士,求延缓衰老之法。

皇上寻求长寿之法已有些年头了,当年赵周在太常寺任博士的时候,就听说过皇上曾请方士李少君炼制丹药,引起了朝野的议论。

元狩四年,皇上又拜方士李少翁为文成将军,并于甘泉宫中筑高台,上画天、地、太一诸神,整日祭祀。后来,李少翁把自己书写的符语藏于牛腹,用来蛊惑皇上,后被识破。不久,宫中就传出消息说,李少翁因为吃了六月的马肝身亡。时间刚刚过去六年,皇上又开始寻找长生之法,倘若自己重蹈当年覆辙,岂不要城门起火,殃及池鱼?

可皇命如天,他只有硬着头皮四下奔波。他是个儒生,向来对方士之术是不屑一顾的,因此,他忙碌多日,却不得要领。

一天,赵周独自一人驾车郊游时,却不料碰见了乐成侯丁义。这丁义乃高皇帝功臣丁礼的重孙。在听了他的心思后说,他认识一位方士叫栾大,与李少翁师出同门。声言能见神仙,寻到长生不老药。

赵周闻言,急忙将栾大带进宫引荐给皇上。

刘彻在听了栾大的一番陈词后,竟然相信栾大就是神仙的使者,在短短的几个月间,连续敕封他为五利将军、天士将军、地士将军、大通将军、天道将军。刚刚进入四月,刘彻又一道诏书敕封栾大为乐通侯,而刚在不久前,皇上才把丈夫刚刚去世不久的卫长公主嫁给了栾大。

这一回,赵周真的害怕了。

卫长公主是皇后卫子夫的女儿,他最怕的就是卫青过问此事。

果然,在一天早朝后,卫青就在司马道上等他,见面之后,卫青直截了当地问道:"皇上将当朝长公主嫁给方士,丞相不怕落下欺君的罪名么?"

赵周顿时脸色通红,低下头只管走路,不敢看卫青。

卫青见他没有说话,警告道:"若是公主有个闪失,丞相休怪我言之不预!"

过了好些日子,卫青的话还在耳边萦绕,这让赵周一想起来,就心神不定。他最大的期盼就是栾大尽快找到神仙,求到长生之药,使他摆脱尴尬。

在朝廷为平叛忙于筹集军资的日子里,栾大向皇上告辞,往东海寻神仙去了。

他一去数月,竟然杳无音信。

此时,赵周坐在塾门,全身就像针扎般的难受,他猜不透皇上宣他来干什么。

"皇上有旨,宣大人觐见!"包桑颠颠跑过来道。

"皇上心情可好?"

包桑摇了摇头:"大人见了皇上可要谨慎些。其他,咱家就不多言了。"

赵周小心翼翼地进殿,跪倒在刘彻面前道:"臣赵周参见陛下。"

刘彻抬眼看了看赵周问道:"栾大呢?"

"陛下！栾大往海中寻求神仙尚未归来。"

"他不是神仙使者么？难道与常人一样跋山涉水不成？"

"皇上圣明,臣也做如是想。"

"莫非又是一个李少翁不成？"

赵周能体会皇上等待的焦急,立即表示道:"臣下去后马上遣人往东海寻找,催他早日带延寿丹药回京。"

赵周正要告退,却见包桑满怀欣喜地进来道:"皇上,吉祥降临了！吉祥降临了！汾阴县的巫者发现了一只巨鼎,御史大夫石庆派精通金石的使者前去验看,确系真品,现正在塾门候旨。"

哦！刘彻心中暗道,这不正应了栾大的神仙征兆么？忙宣石庆觐见。

赵周这时候的心情才松了一些,忙上前道:"宝鼎出世,乃大汉社稷之福,臣贺喜皇上！"

石庆向皇上禀奏了发现和验看大鼎的过程。刘彻听了,自是喜出望外,当即决定,迎宝鼎于甘泉宫,并告知宗庙和上帝。

"知会各郡国,十月在甘泉宫朝觐上寿贺。"

安排完这一切,大家发现皇上累了,连忙告退。

出了宣室殿,石庆发现赵周布满皱褶的脸上汗水淋漓,脸颊也红彤彤的,像涂了朱粉,笑着说道:"大人一定热坏了吧？"

赵周指了指石庆的鼻尖,也憨憨地笑道:"彼此彼此！老夫每天战战兢兢,唯恐获罪于皇上。日子一久,只要听见传召就会冒汗。"

石庆虽然没有搭话,内心却有着同感。建元年间他曾在太皇太后身边做事,那时还觉得老太太难以捉摸;如今做了太子太傅和御史大夫,才真正理解了什么叫作伴君如伴虎。现在倒觉得那太皇太后和气多了……

元鼎六年(公元前111年)十月,在一年一度的雍城祀五畤前夕,刘彻忽然下了一道诏命,要列侯献金助祭。

朝臣们虽对出兵南越没有积极响应,但为祭祀天地献金却是毫不迟疑。

少府寺依据皇上的诏命,对所有献金做了核查,结果发现不少黄金成色不够,显有欺君之嫌,少府寺卿不敢耽延,急忙到丞相府禀告。

赵周正为筹集献金之事的顺利而大喜,准备向皇上写奏章报喜,却不料少府寺的一盆冷水,浇灭了他兴奋的火焰。他大致浏览了一下献金清单,十分吃惊地问道:"献金成色不够者竟达一百〇六人?"

少府寺卿道:"丞相也知道,前几个月,南越王太后请求内附,引起臣下反叛,卜式上书请出兵,并献上资财助军。皇上封其为关内侯,要群臣响应他的做法,孰料应者寥寥,皇上十分生气,让他们献金也是对他们的惩戒。"

赵周苦着脸道:"可这样一来,是害了老夫啊!"

赵周再仔细一看,涉案名单中竟然有两个令他心悸的人物:卫不疑和卫登。

"这是怎么回事?为何将他们也牵扯进去了?"

"唉!"少府寺卿叹了一口气道,"他年少不谙世故,又是大司马之子,列侯以为拉他进来,皇上就会网开一面。"

唉!赵周不知道该怎样评价列侯们的行为。在过去为太子讲书时,他不止一次列举古来忠贞义士为君主不惜剔骨割肉,不惜抛却生命的故事,可现在发生的一切,哪里还有国士的影子呢?

赵周不敢相信的是,这些位居列侯的大人们,为了向皇上讨赏,无所不用其极,可如今国家有事了,却冒着杀头的危险,以假充真,甚至连皇上都敢欺骗,这世道究竟怎么了?

一份报喜的奏章,就这样被"酎金案"变为了请罪疏。

消息很快就传到椒房殿,卫子夫的心情就不安起来。卫氏一门列侯甚多,她最担心的就是那些侄子陷进去。

一大早,她就要人去传卫青过来说话。

卫子夫看着病后消瘦的卫青问道:"大司马近来忙些什么呢?"

"臣弟近半年来一直在处置南越之乱呢!"

"不是南越王太后自己提出要内附的么,怎么又乱了呢?"

卫青呷了一口茶水说道:"南越之乱生于臣下,不关王室。"

卫子夫闻言眉头就蹙到了一起,随即便问起震动朝野的酎金案。

"为何一下子牵涉进去那么多人呢?"

卫青娓娓道来:"其实此事也与卜式有关。此次平息叛乱,卜式父子率族人请缨于前阵,皇上闻言,下诏褒奖卜式,赐关内侯,昭告天下。然郡国、列侯竟漠然视之,致使皇上龙颜不悦,恰逢秋祀在即,皇上下令列侯献金助祭,并严加审核。这一审就出事了,他们竟用了成色不够的金子诓骗朝廷,皇上闻言大怒,听说已下诏削去了一百多位列侯爵位。"

"我也正为此事忧虑。"卫子夫朝前挪了挪道,"你一家四位列侯,可千万不要陷进去!"

"眼下尚无他们涉案的消息。"卫青说着,叹了一口气,"臣弟这几个儿子,唉……不立功倒也罢了,又喜滋事,不思进取,公主又多有恣惠。"

"你也不要总怪公主,常言道:养不教,父之过。你既为父亲,自当教子成才,不能总顾着朝廷之事。本来当初皇上就不该封襁褓之中的孩子为列侯,以你的家境,也不缺这个!依我之意,这空头爵位不要也罢,倒不如你自请于皇上,削了他们的爵位,也免得那些居心叵测的人打他们的主意。"卫子夫喝了一口热茶,继续道,"我年龄大了,皇上不能总守着一个色衰的女人,一旦有变,要紧的是太子。因此,你一定要谨慎行事。"

"太子近来可好?"

"人大了,心也大了。皇上要他学儒,他却结交一些古怪之人,为此被皇上多次申斥。"卫子夫忧虑道,"而且皇子也越来越多,李夫人去年又生下一个,我担心他这样不知思过,会……"

卫青看着面容憔悴的皇后,心里很不是滋味,她不但忍受着皇上移情别爱的痛苦,还要为自己揪心牵挂,他纵然不能为姐姐排解一二,也不应给她徒添不必要的烦恼。想到这些,卫青道:"皇后所言极是,臣明日就进宫去,恳请皇上削了他们的爵位。"

"此事你还得说服公主才行。"

卫青点了点头,可他心里明白,要说服虚荣的妻子并非易事。他已在心底打定主意,绕过公主,径直面奏皇上。

看着天色不早,卫青起身告辞,这时春香急忙进来禀告:"长公主哭哭啼啼进宫来了!"

话音未落,刘嫣推开殿门,一下子扑到卫子夫的面前:"母后!女儿……"

"究竟怎么了?哭成这个样子?"卫子夫不悦道,"都是大人了,你怎么……"

刘嫣早已哭成了泪人儿,话都说得断断续续的:"母后!栾大他……"

"栾大怎么了?你好好说……"

"栾大他被父皇下狱了。"

卫子夫一下子惊坐在地上:"我早该想到这一天的。栾大每次在长安作法,吸引大臣与皇上一起观看,然后就信誓旦旦地宣称要前往东海寻找神仙和长生不老药。可每次回来,都没有带给皇上多少惊喜,却总有许多说得过去的理由。这不!刚刚新婚不久,就……"

刘嫣又看了看卫青,喘着气道:"恳请舅父劝劝父皇,饶过栾大,刘嫣已没了曹襄,栾大再一死,刘嫣还有何脸面苟活于人世……舅父……"

卫青本来就不静的心就更乱了。

唉!这真是个多事的岁初啊!怎么一波未平一波又起呢?

……

当卫青回到大司马府时,却看见府上的车驾正停在门口,长公主正要上车。他急忙下马,上前问道:"你这是要去往何处?"

"进宫!"长公主愤愤地说着,"大司马整天忙得不着家,可你知不知道,不疑和登儿已被牵进酎金案了。"

"啊?"卫青心里"咯噔"一声,皇后担心的事情终于发生了。

可他现在担心的是,依长公主这性子,如果说出什么不得体的话来,惹恼了皇上,不仅于事无补,反而会雪上加霜。

眼见天色已晚,卫青说道:"此案十分复杂,一两句话也说不清楚,你还是先歇息一晚,明日我进宫面君,恳请皇上开恩,事情也许还有回转的余地。"

长公主见卫青如此果断坚决,冷冷地盯了他一眼道:"好!我就听你这一回,看看你如何救自己的儿子!"说罢,她拂袖便进了府门。

当晚,卫青唤来儿子们到书房问话。

两个平日被母亲娇惯得无法无天的公子,这时才感到了事情的严重。

卫不疑小声说着原委:"皇上的诏命颁布后,就不断有人来找孩儿,说是冲着父亲的战功,冲着孩儿是皇家外甥、皇后侄儿的分上,就算皇上发现了献金成色不足,也会法外开恩的。"

卫青听到这里，再也无法遏制一肚子的怒火，上前就给了两人一个耳光，骂道："蠢材！一对蠢材。别人是拿着你当挡箭牌，你们知道么？"

他们遭到父亲如此重责，捂着脸一个劲地喊着："母亲救命！"

长公主冲进书房，杏眼圆睁，冲着卫青喊道："你在外面还没有威风够么？回来还拿孩子撒气，算什么本事？"

"你可知他们都干了些什么？别人欺君罔上，拉着他们来垫背，蠢！"

"那又怎样？难道皇上还要杀了我儿不成？他要敢那样，我就死在他面前！"长公主骄横道。

"你……"卫青叹了一口气，"千里之堤，毁于蚁穴。不洁身自好，迟早是要出事的。若有朝一日，我不在了，你们何去何从？"

这一夜，翡翠也是一夜不眠，她听着隔壁高一声、低一声的争论，从内心深处替大司马抱屈。

长期伺候长公主，她最清楚长公主是怎样借着皇家的威势，放纵自己儿子的。现在出了这样的事情，她不但不自责，反而怨天尤人，这让大司马心里能好受么？

忽然，从隔壁传来卫青清晰的声音："早知今日，何必当初？"

翡翠心里一惊，她猜不透大司马说这话的意思。她多希望看到他们琴瑟和鸣，一家和和气气。

更漏刚过了子时三刻，卫青就起床来到书房。

翡翠打来温水，为大司马洗漱。卫青擦了一把脸，抬头问道："昨夜你都听到什么了？"

翡翠摇了摇头。

卫青道："就算听见了，也只能烂在心里，绝不可传将出去。"

卯时一刻，卫青已乘车上朝了。一路上，他不断地整理着思路，思谋该怎样面对皇上的斥责，该怎样应对栾大一案。

走完司马道，就远远地听见塾门里人声嘈杂。一进门，大家的目光就集中到他身上。

"大司马到了！"官员们纷纷上前打招呼，卫青微笑着回应，眼睛却在人群中寻找丞相的影子。终于，他发现赵周低着头躲在一个角落。

"丞相,栾大一案到底是怎么回事？"

"完了！一切都完了！"赵周抬起老泪纵横的脸望着卫青,"都是栾大害了我啊！"他紧紧拉着卫青的手,目中满是求救的渴望,"请大司马看在老夫为太子授业的份上,恳请皇上饶恕老夫的失职之罪吧？"

那双冰凉的手使卫青无论如何也说不出回绝的话。可因为儿子,他自己已是"酎金案"的当事人,命运都还未卜,哪谈得上去救别人呢？

辰时二刻,大臣们按照序列,整齐肃然地站在未央宫前殿,几乎每个人都感到了今天气氛的不寻常——殿门外多了许多卫士。

刘彻出现在大家面前,刚才还嘀嘀咕咕的臣僚们立即安静下来。

果然,刘彻今天没有让包桑代他宣布早朝的程序,而是很阴沉地问道："赵周来了么？"

就这一句,让站在丹墀内的大臣们起了一身鸡皮疙瘩,至于赵周,早已是不寒而栗,战战兢兢地出列答道："臣在！"

"你知罪否？"

"臣……微臣知罪。臣作为当朝宰辅,却对官员疏于管束,致使百余名列侯欺君罔上,卷入酎金案,臣罪该万死。"赵周说着就瘫着跪下了。

可刘彻却不理他了,转头要赵禹、廷尉周霸和少府寺卿当庭禀奏"酎金案"的审理结果。

今天,赵禹是所有大臣中最镇静的。他不慌不忙地从衣袖间拿出竹简,历数列侯所献酎金的缺斤短两、成色劣恶、欺瞒朝廷等罪状。

凡是在场的大臣,每读到一个人的名字,立即就被剥下朝服,拖了出去,塞进司马门外早已备好的囚车。

当场有十几名大臣获罪,一时间"皇上饶命"的喊声不绝于耳。

卫青发现公布的名单中没有卫不疑和卫登的名字,可他们确实也在削侯之列,这是皇上给他卫青留了面子啊！

赵周几次昏厥过去,等他再度醒来时,跌跌撞撞地爬到刘彻面前,额头在大殿的砖地上磕得咚咚直响,他哽咽着说道："酎金一案,皆臣之罪,请皇上赐臣一死！"

刘彻从鼻翼间哼出冷笑道："你就想死么？事情还没了呢！你说说栾大究

竟是怎么回事呢？是你骗了朕，还是他骗了朕？"

赵周的精神彻底垮了，老迈的脸上泪流成河："陛下，栾大乃乐成侯丁义所荐，他的斗旗术皇上也是亲眼见了的。"

"大胆！你不认罪，反倒诿过于朕。王温舒何在？将你跟踪所见告知于他。"

中尉王温舒应声出列——这个用屠刀和监狱让自己辖内的盗贼闻风丧胆的将军，用自己粗糙的语言描述了栾大的东海之行。

栾大一路上晓行夜宿，越是接近东海，就越心虚。

来到长安几个月，李少翁之死一直是讳莫如深的话题，更是他心头难以驱散的阴影。

他很清楚，事情一旦败露，他的下场将会比李少翁更惨。因此，当他一天天走近濒临东海的琅琊郡时，他甚至想从此隐居深山或乘船流浪到海中的孤岛上，销声匿迹。

可他终究不是不食人间烟火的神仙，他丢不下五利将军的光环，更忘不了从卫长公主那里获得的快乐。

在琅琊郡最豪华的客栈住下时，他忽然觉得自己过于谨慎了。嘿嘿！千里之外的皇上怎么会知道自己见没见到神仙呢？

人一高兴，不免就忘乎所以，栾大没有想到的是，这一夜，有三位商贾模样的人敲开了他的房门。那领头的自称来自临淄，要到海边贩些海货。

他狡黠的眼睛围着栾大转了转，忽地就发出一声惊叫："呀！先生乃神人也！"

栾大惊异地看着对方，眼里充满了迷惑："客官何以见得？"

"不瞒先生，"那人眨了眨眼睛，"在下乃前朝徐福的后裔，名徐禄。今日一见先生，顿感先生周身紫云环绕，仙气弥漫，就自知遇到了仙家。"

他的话遭到两位同行者的嘲笑："大哥这在诓谁呢？我们怎么就看不见呢？"

徐禄道："你们不晓通神之法，如何能看得见？"

这话栾大不仅爱听，而且因为与他三人结识，一路上的恐惧和寂寞也渐渐远去了。

这一夜,他们围着鼎锅,吃着烤猪、蒸鱼,三位轮番向栾大敬酒。

夜阑席散之际,栾大已酩酊大醉了。

他举着酒杯,来到楼道的走廊,凭栏望月,临海听涛,醉语中就泄露了秘密。

"皇上!休怪栾大蒙蔽圣听,实在是黄金耀眼,公主勾魂啊!这世上哪有神仙?哪有不死药呢?连前人徐福都逃往海中,栾大岂能超脱凡尘?哈哈哈……不死药……神仙……哈哈哈!"

第二天一大早,太阳刚刚跃出海面,睡梦中的栾大和三位客商就被店家唤醒,言说海上有奇景出现。

四人奔出房间,居高远眺,果然岚霭蒸腾,波涛汹涌的海面上浮起一座都城,那里层楼叠翠,树影婆娑,人头攒动。

这情景让栾大盘算了一路的腹稿一瞬间臻于完善,他知道该怎样应对皇上了。

他回到房间,收拾行李,准备回长安去。他觉得离开卫长公主太久了,他有点想她了。就在这时,三位客商进来了。

还是徐禄先问道:"先生这是要到哪里去?"

栾大回道:"回长安呀!"

徐禄问道:"不死药找到了么?"

"先生不是看见了么?神仙就在海中的瀛洲岛上,可他们今日聚会,岛上三五日,世上已百年,只有待明年再来了。"

"栾大!恐怕你没有明年了。"三位商贾立时亮出身份。栾大心里一哆嗦,又看见了七窍出血的李少翁。

……

"逆贼栾大现已羁押在廷尉诏狱!"王温舒最后道。

刘彻从案头拿起一沓文书道:"这是监视的司马一路快马密送的奏报,赵周,你还有何可说的?"

刘彻回到御座,就向身边的包桑摆了摆手。

包桑捧起早已拟定好的诏书,尖声念道——

制曰：查丞相赵周疏于职守，'酎金案'迁延列侯百零六人，竟知情不奏；且荐人失察，致逆贼栾大欺君罔上，蛊惑众心，二罪并处，着即革去丞相职务，交廷尉府查办；乐成侯丁义，妄举方士，欺瞒圣听，着即削去侯爵，处以弃市；逆贼栾大，坐诬罔，腰斩。钦此！

在包桑宣诏的时候，赵周晕倒在殿堂上。他没有听到诏书所列的罪状，就被卫士拖了出去。在被塞进囚车的时候，他仍没有醒来，只有银须沾满了口中的白沫，将一腮美髯粘成一撮。

大臣们一个个面如死灰，木然地看着眼前发生的一切。

卫青的目光一直追着赵周，直到他老迈的身体从眼前消失，耳边似乎还回响着辕门求助的声音。

他几次欲挪动脚步，走到大臣面前恳请皇上对丞相从轻处罚。

可就在那一瞬间，他看见皇上转向自己的目光，他很快就读懂了那目光中的意味，是一种冷酷的拒绝，一种断然的制止，一种隐约却是严厉的责备。

他于是选择退却而惭愧地低下了头。

是的！皇上毕竟看了皇后的面子，没有让赵禹点卫不疑和卫登的名字，但他知道，此事必然还要在宣室殿中延续。

此时，包桑又传下了皇上的另一道诏书——

制曰：御史大夫石庆，宽仁敦厚，着即任丞相，封牧丘侯；齐相卜式任御史大夫。钦此。

散朝了，大臣们各怀心思走出了未央宫前殿。

卫青没有同新丞相石庆说一句话，就加快脚步出了司马门，径直上了车驾。

驭手挥动马鞭，车驾早于其他臣僚离开了未央宫——他要告诉长公主，事情已经过去了；他还要训诫儿子，让他们以对朝廷的忠诚来洗刷耻辱。

明天，他将进宫面见皇后，他想告诉姐姐，他的儿子们的爵位已被酎金案的狂风吹落尘埃，不复存在了……

石庆是最后一个离开的。

李蔡自杀了,庄青翟自杀了,赵周下狱了……那下一个是不是就到自己了呢?

他不敢想,脑子里一片空白。

依照惯例,在宣布了新的任命之后,皇上一般都要留新任丞相到宣室殿谈话,可今天没有。

正午时分,天空渐渐阴了,灰色的云团很快覆盖了长安。

上车的时候,石庆抬头看了看天空,没头没脑地说了一句:"阴雨天又来了。"

可不?车驾刚刚走动,密密匝匝的雨点就落到了宫墙外的柳树枝头。

第九章

上林悲风问心惆　阴山勒兵凌胡霜

赵周走了,博望苑从此再也听不到他的声音,看不到他的身影了。

但刘据总觉得他就在某个角落里站着,有时候,他读着读着,就听见耳边有赵太傅与他一起切磋的声音。

可当他回过神来的时候,却发现面前坐着的是新任太傅卜式。

他也很怀念第一任太傅庄青翟,他从孩童时起,就被他牵着手出入于思贤苑,常常在梦中被他背回宫中。

可这两个人现在都死在了父皇的刀下,他连送他们最后一程的机会都没有。

刘据开始厌倦博望苑单调枯燥的生活,他会无缘无故地发脾气,甚至罢课,这些情况让卜式感到十分为难。虽说他是太子的老师,可再怎么说他们之间也是君臣关系,卜式既不能撒手不管,又不能批评太过。

他知道前两位太傅对太子的影响太深了,他们相继死于非命,成为太子心中的痛。他不忍看他终日被痛苦折磨。于是,当元封元年(公元前110年)冬天到来的时候,他劝刘据到上林苑狩猎,去散散心。

但这个请求,却遭到了刘彻的拒绝:"你不是年年都随朕出行么?为何现在又要一个人去?你是太子,急于嬉戏,岂不误了正业?"

刘据便说道:"父皇刚刚登基时,就外出狩猎,可孩儿已经大了。"

刘彻就有些不悦:"你怎能与朕比呢?朕那时已主社稷,而你现在还是太子。"

刘据心想,难道父皇让孩儿永远做太子么?从庄青翟、赵周到现在的卜式,都不断提醒他在与皇上说话时,一定要慎之又慎,尤其不能提年龄这个敏感的话题。

一天,当刘据向母后请安时,遇见了进宫的大司马卫青。在说到皇上没有恩准他外出狩猎时,他希望舅父能在父皇面前说说话。

第二天朝会之后,刘彻就留卫青到宣室殿,就"酎金案"涉及卫不疑、卫登一事训诫了他,要他对儿子严加管教。

说到教子,刘彻毫不隐晦对长公主的不悦,他语重心长地对卫青说道:"不疑与登儿乃皇家外甥,若不加收敛,必有辱大司马门风。朕的这位姐姐,仰仗自己是皇室贵胄,从来都不知道收敛,朕知道这也让大司马为难。"

卫青听到这些话十分感动,表示回府后一定将皇上的旨意转达给长公主。接着,他们就将话题转到了太子身上。

卫青道:"前日皇后召见微臣,适逢太子向皇后请安,臣欣喜地看到太子这几年多有长进。"

刘彻放下手中的竹简道:"朕也有同感,前日他奏请独行狩猎,朕只是考虑他体力稍弱,因此没有允准。"

"臣有一言,不知当讲不当讲?"

"爱卿有话不妨直言。"

"依臣观之,大汉自立国以来,天子皆是文武治天下。文帝阅兵细柳,景帝平定七国之乱,陛下运筹帷幄,北击匈奴。故臣以为,让太子通过狩猎来历练武功未尝不可,这也彰显我大汉传统。"

刘彻听完哈哈大笑道:"朕明白了,大司马是来为太子说情的啊!哈哈哈!"

卫青忙解释道:"臣听了皇上的训示后有所感触,因此随意说来,请陛下勿怪。"

"爱卿之言不无道理,今日爱卿就传朕口谕,允准他便是。"

刘据从心底感谢舅父为他争得了这次机会。

现在,当胯下的乌骓马带着他在林间穿梭的时候,那种凭虚御风的激情瞬间化为青春的豪气。在他左边是太子詹事侯勇,右边是穿着绿色箭衣的二姐阳石公主。

队伍奔跑了十余里地,终于看见一头掉队的小鹿被老虎扑倒在地。

它可怜凄凉的鸣叫只持续了片刻,就被老虎咬断了喉咙。

机会来了。

刘据的心突突地跳着,拉开了弓,一箭出去,却因为用力不够,箭落在距老虎几尺远的草丛中。

侯勇的心一下子提到了嗓子眼,生怕太子遇险。他情急之间,催马一纵越过刘据的战马,把太子挡在了身后。就在这时,只听"嗖"地一声,阳石公主射出一箭,不偏不倚,正中那头老虎的眼睛,那家伙疼痛难忍,扔下小鹿,朝狩猎队伍扑来了。

阳石公主心平气定,第二支箭早已离开强弓,正中老虎的咽喉,一股浓血从虎口喷出,它挣扎了一会儿,气绝了。

空气在凝滞了须臾之后,狩猎队伍中爆发出一阵狂呼声。

刘据收了手中的弓箭,不无嗔怪地说道:"我正要发箭,姐姐却……"他虽然嘴上这样说,可内心还是对二姐充满了敬意。

水衡都尉在一边奉承道:"以殿下臂力,只要神清气定,肯定大有所获的。这次只是第一次,不小心而已。"

有了射虎的经历,接下来就顺多了。日近中午的时候,太子已猎了一头鹿、两只兔子,然后回到了距狩猎区最近的葡萄宫。

水衡都尉在前面带路,沿着萧瑟的林间道路走进了宫殿区,才发现这宫殿道路的别致。在通往殿门的大道两旁,种满了葡萄,它婀娜婉转地盘旋上葡萄架,守望着冬日的林苑。数十个花工趁着天暖,正聚精会神地修剪着果枝。

刘据感兴趣地问道:"这些养花、养鹿之人是从何而来的啊?"

水衡都尉回道:"微臣是后来才来此任职的,不大清楚。据说这是三十多年前,皇上到苑中狩猎,要天下贫户都来苑中养鹿、养马,衣食悉由朝廷供给,殿下现在所见的乃他们的后人。"

"哦!"刘据应了一声,他无法想象年轻的父皇,在上林苑的那个秋夜里,以怎样的胸揽天下,怎样的心怀黎民,做出了如此英明的决断。

前面是一段粉墙回廊,过了回廊,就是宫门了。

刘据远远地看见霍嬗和儿子刘进在门口玩耍,他顿时忘记了一路的疲累,把马缰交给侯勇,加快脚步走了过去。

刘进也发现了父亲,跌跌撞撞地跑了过来,口齿不清地喊道:"父王!父王!"

相比之下,霍嬗显得懂事多了,他很笨拙地上前跪倒在地道:"霍嬗参见太子殿下!"

想着这孩子一出世就没有父亲,太子心头不禁一阵酸楚,赶忙上前抱起霍嬗道:"好孩子,这又不是在宫中,叫舅父就行了。"

"快下来!"阳石公主从刘据怀中接过霍嬗,正色责备乳母道,"你怎么可以让太子殿下抱孩子呢?"

刘据看了一眼阳石公主说道:"是我要抱的,不关她的事。"

乳母这才敢从阳石公主怀中抱过孩子,可霍嬗就是不愿意离开母亲的怀抱。

看见太子和公主进了殿,正在叙话的卫长公主刘嫣和史良娣都站了起来:"殿下回来了?"

"哦!"刘据把儿子递到乳母怀里,洗漱完毕,姐弟们就在轻松的氛围中叙话了。

刘据问道:"大姐你怎么不去狩猎呢?"

刘嫣脸上便泛起了几朵红云:"殿下明知阿姐不习武功,偏偏又问,不是取笑阿姐么?"

史良娣生性温婉,忙在一旁打圆场道:"殿下哪敢取笑姐姐呢?自家姐弟,说说趣话,解个闷罢了。"

这时,阳石公主也洗漱完毕,出来掩口笑道:"想来当初姐夫也是马上取匈奴首级的将军,姐姐怎就不喜欢刀马呢?"

刘嫣脸上就有些不悦:"姐姐哪里有妹妹的天分呢?姐姐只知道皇家公主该习礼仪,知春秋,整天打打杀杀的,哪像个女儿家?"

"姐姐这话是什么意思?难不成在姐姐眼里,妹妹就不是一个女儿身吗？"

"呵呵,你不是大司马的夫人么？"

"你！……"阳石公主的泪珠儿就挂在了眼角。

霍去病已去了八年了,这八年来,她尤其不能听的就是别人拿霍去病说事,那是她情感之殇。

刘据看着姐妹俩这样言语针锋相对,心里很不是滋味,道:"你们这是怎么了？宫闱深深,平日里见不着面,好不容易聚到一起了,却是这样话不投机,若是母后知道了,不知道有多伤心呢？"

两个先后失去丈夫的女人这时都感觉到刚才的话有些过分。

"都是妹妹不好,一时冲动,请姐姐宽恕。"阳石公主先道歉道。

"妹妹……"

史良娣总在这时拣舒心的话把大家的心往一块儿捏:"两位姐姐如此甚好！人生苦短,虽然珍肴美味终日满腹,但不如日日愉悦相伴啊！"

说着话,水衡都尉进来禀奏道:"酒菜已经备好,请太子和公主用膳。"

"请太傅、詹事一同用膳吧！"

菜肴很丰盛,每个人的面前都摆着上林苑产的肉类、菜蔬。中间还放着一盆蒸豚,右首一盆烤鹿肉,左首一盆黄口——用上林苑蓄养的雏鸟烹制而成,另外席间还不断轮番更换,酒也是苑中酿造的醇酒。

随着鼎锅的升温,酒香满庭,驱走了初冬的寒意。水衡都尉格外殷勤,不断地敬酒劝饮。酒过三巡,太子的脸渐渐地潮红了。

这不是因为酒的熏蒸,而是因为史良娣那句劝慰众人的话一直在他耳边徘徊。此次出来狩猎,他何尝不是为了排忧解闷呢？

论年龄,他已经长大了,可在父皇的眼中,他仍是一个孩子。

去年平定南越叛乱,他多希望能初试锋芒,为日后执掌国柄赢得一些经验,父皇拒绝了他的请求。结果一仗下来,仅封侯拜将者就达数十人。

他也是有了儿子的人,他不知道如此下去,将来坐在皇位上如何对儿子述说自己的过去。

不知是老了,还是不识时务,卜式这时举起酒杯道:"皇上深谋远虑,运筹帷幄,一举平定两越,至此南方尽归大汉。请太子和公主举杯,为皇上、为大汉祝福！"

　　杯虽然举起来了，可在刘据心里，却是另一番滋味。这与自己有什么关系呢？自己不还要在博望苑中读书么？

　　这杯酒成了他和太傅之间的隔膜，他有话都不愿意说了。

　　史良娣在一旁看得泪水盈盈，筷子就再也伸不到佳肴里去了。只有她知道太子心里的痛苦，忙对坐在对面的詹事侯勇道："太子不胜酒力，还请先生扶他下去歇息。"

　　可刘据挡开了侯勇："你何其多事？上酒！我今日要与太傅一醉方休。"

　　侯勇为难地看着史良娣，见她坚决地点了点头，才带了两名卫士搀扶着太子出去。

　　"你们这是干什么？我没有醉！我还要喝！"

　　卜式愣住了，他不知道自己敬酒错在哪里？

　　当晚，太子一干人就在葡萄宫中歇息。太子和史良娣住在主殿，刘嫣和阳石公主住在偏殿，卜式则单独住在苑中专为大臣设置的驿馆内。

　　晚膳以后，刘嫣意外地来到了阳石公主的住处——一场郁闷的酒宴，一下子冲开了横亘在她们心灵深处的那堵墙。

　　一切都是从细节开始的——刘嫣抱起霍嬗，光滑的脸颊亲了亲孩子的额头道："多聪明的孩子啊！大司马若是知晓，该是何等高兴！"

　　阳石公主两眼充满了泪花，委屈地说道："为什么上苍对我们姐妹如此不公呢？姐姐没有守住曹襄，连那个栾大也没了。真是上苍不公啊！"

　　刘嫣道："在外人看来，皇家的儿女锦衣玉食，从来没有忧愁，可有谁知道我们的苦楚呢？"

　　阳石公主愤愤道："可儿女在父皇的眼中，都成了棋子，他要打仗，就把女儿嫁给将军；他要寻长生不老药，就把女儿嫁给方士，到头来，大家一个个都做了寡居的人。"

　　开始的时候，刘嫣还能平心静气地聆听，到后来，终于哭成了一个泪人儿。

　　霍嬗睁着两只充满稚气的大眼睛问："母亲，你们怎么哭了呢？"

　　阳石公主接过霍嬗，紧紧搂在怀里，泣道："嬗儿！你还小，等你长大就明白了。"

刘嫣擦了擦泪花说道："有时候还真不如百姓家的女儿好呢！"

说到弟弟刘据，两人都感到他活得很不舒畅，也都感到了母后失宠后给太子带来的不利。

刘嫣道："听说父皇对刘髆很亲呢！"

"可不是么？重阳节那天，父皇登高，那么多儿子就带着他。"阳石公主附和道。

"父皇该不会想另立太子吧？"

"不会吧！他母亲病恹恹的，哪里是做皇后的样子呢？"

"可据妹妹所知，父皇近来对太子可很不满呢！"

刘嫣沉默了，她想着妹妹的话，还真有几分道理。父皇坚决不让太子做监军，不就是对他不放心么？

阳石公主道："别人可以不关心太子，可你我不能不关心他。"

霍嬗这时候已经睡着了，阳石公主唤来乳母，灯光下，霍嬗的泪珠儿还在腮边挂着，公主就忍不住心疼。

"是啊！保护太子，保护母后，也就是保护我们自己。"刘嫣点了点头道。

夜已经深了，她站起来准备离去："小不忍则乱大谋。父皇现今身体健旺，我们还要告诉太子，凡事以忍为上。"

送走姐姐，阳石公主回到殿内，偌大的宫殿空荡荡只剩她一人，她对霍去病的思念又爬上心头。

"表兄，我们的嬗儿都七岁了，可你到哪儿去了呢？"阳石公主想着，想着，泪水又顺着腮边流下来。但她没有去擦，自霍去病去后，她就喜欢上了这咸涩的味道。

刘据一觉醒来，天已经黑了下来了。他头疼得厉害，史良娣忙用热水为太子敷了头，又端来醒酒汤喝了，太子顿时清爽了许多。待宫娥退下之后，太子很歉疚地对史良娣道："我心情郁闷，有些失态，请夫人见谅。"

史良娣眼睛有些湿润，可还是莞尔一笑道："是臣妾考虑不周，让太子喝多了。"

"进儿呢？"

"已经睡了。不过太傅在隔壁正等着太子接见呢！"史良娣道。

"他来干什么？"

"看样子有话要说。"

"那好吧。"刘据说着就坐了起来。史良娣就要传宫娥来为太子梳洗，却被他拦住了，"这是在郊外，随意一些。不过既是太傅来见，夫人还是先回避一下吧。"

史良娣唤了宫娥，提着灯火，就出门去了。

卜式轻轻推开大门，隔着几步远，就向太子跪下道："都是臣糊涂，让殿下多饮了酒，臣罪该万死。"

"是我心情高兴，多喝了几杯，不关太傅之事，平身吧！"

刘据示意卜式在对面坐下。两人坐了一会儿，卜式先打破沉默道："臣与太子相处数月，因才疏学浅，讲书不免有疏漏之处，请太子恕罪。"

刘据双眼望着卜式道："太傅的书讲得很好，我每每聆听，都受益匪浅。"

这显然是应付之类的话，卜式听得出来。如果自己不能坦诚直言，那他与太子的隔膜就很难消除。

"臣本儒生，手无缚鸡之力。殿下狩猎，邀臣同来，臣不胜感激。所以臣有些话想对殿下说。"

刘据看着卜式，不置可否地点了点头。

卜式问道："不知殿下对庄青翟与赵周两案如何看待？"

太傅突然问到这个问题，让刘据有些惊讶，他睁大眼睛看着卜式，似乎想看出他内心的想法。

卜式并没有期待从刘据那里获得回答，他直接陈说了自己的看法："短短几年间，先后有两任丞相被投入监狱，自杀的自杀，弃市的弃市。殿下是否觉得朝廷丞相更换过于频繁，对朝事不利呢？而郡国对皇上推行盐铁官营，多感不便，臣在御史大夫任上曾就此事向皇上建言，可不久皇上便免了臣的职务，臣就这样到了殿下身边。"

"哦！"刘据沉吟一声。

"皇上早年独尊儒术，朝野欣然，可近年来多信方士之言，才有栾大一案。去年,皇上又生出封禅泰山的想法,邀儒生们廷议。臣谏言皇上,如此一来,恐违礼制。然皇上终罢儒生之议,定在明年出巡……我朝不是尊崇儒术么?为何儒生的话皇上听不进去呢?"

刘据仍然没有回应卜式的话,但他对以上诸多事情有强烈的同感。他是太子,说话时不得不有所斟酌。

"我记得庄太傅曾说过,唯淡泊而可益寿,父皇也应该深谙此理的。"

有些话,他只能在内心共鸣。从十六岁开始,他对父皇频繁更换大臣就有忧虑。不过那种遇知音的感觉在这个冬夜让他许久以来寂寞的心获得了温暖,他很快恢复了平静和淡然。

"太傅所言,我会考虑的,只是这样的话,不可再传到外边了。"

但在兴头上的卜式,又提起了平定南越的旧事:"南越国灭,西南尽归大汉,固然是我朝盛事。但令臣不解的是,皇上为何要拒绝殿下担任监军的请求呢?"

这话直戳刘据的内心痛处,他眉毛微微地蹙了一下道:"夜深了,我也有些累了,太傅还是先回去休息吧。"

卜式告辞了,他走出殿门,迎面吹来一阵风,他打了一个寒战,不知道今晚的拜见是祸是福,会给自己带来怎样的结果。

"皇家的人都是这样的深藏不露么?"

……

阳石公主一回到府上,府令就告诉她二少爷霍光来过了,说今天还要过来。

"他没说有什么事么?"阳石公主虽然这样问,但她心里清楚,霍光如此急于见她,一定有要紧的事。

在丫鬟们梳妆的时候,阳石公主的思维飞速运转,会是什么事情呢?是母后身体不适么?还是父皇要召见她?想来想去,也没有理出个头绪来,这时候,就听见院内说话声传来:"公主回府了么?"

"回来了,正等着大人呢!"

阳石公主忙传话道:"请二少爷到前厅稍坐,我即刻就来。"

稍后,这对叔嫂就坐在客厅里说话了。

"皇上诏命嬗儿为奉车都尉了。"

阳石公主笑道："父皇也真是的,他还只是个孩子呀!"

"明春皇上还要带他去泰山封禅呢!"

阳石公主的笑意僵住了。父皇这是怎么了?从京城到齐鲁,山高路远,嬗儿如何受得了?再说了,只要有霍嬗在身边,就如同霍去病在身边,难道父皇不知道么?

阳石公主站起来就要往外走,嘴里嘟哝道:"我即刻进宫,要父皇收回成命。"

"公主少安毋躁,此事臣以为是不是由太子出面更好些?太子毕竟已成年了,他的话皇上总还是要考虑的。"霍光在一边建议道。

"母后不可以出面么?"

"皇后不是不可以说,只是近来皇上的心思都在李夫人身上,这个时候皇后出面,怕多有不便。"

"嗯!那就依你的。"阳石公主想想也是。

霍光走了,这一夜,阳石公主破例让霍嬗与自己同住一室。

霍嬗见此分外高兴,头依偎母亲的怀里甜甜地睡着了。看着梦中嬗儿嘴角溢出的笑,阳石公主又禁不住泪水流个不停,手反复抚摸着儿子黑亮的头发,心中却一遍遍地呼唤着霍去病的名字,直到黎明才昏昏睡去。

第二天,当阳石公主来到博望苑时,却在这里遇见了父皇。

走完长廊,进了讲书堂,阳石公主明显地感到今天气氛的异样。

父皇高大的背影遮挡了她的视线,使她看不见刘据和卜式的表情,只听见他高声训斥道:"朕要你研习春秋之意何在?就是要你察古而知今。《吕氏春秋》曰:'不学,其闻不若聋;不学,其见不若盲;不学,其言不若爽。'朕早就有言在先,你现在的主要职责就是积学储宝,察天知地,日后兴汉的任务就在你身上!可你……"

"盐铁官营乃朕勘定之国策,你竟敢胡言多有不便,你究竟在替谁张目?"

"父皇……"刘据正要说话,被一旁的卜式拉了拉袍裾,遂收了话头。

这一细微的变化并没有逃过刘彻的眼睛,他转而把火发在卜式身上:

"朕记得你在御史大夫任上,就多次对盐铁官营说三道四,一定是你在太子耳边吹风……"

阳石公主意识到自己来得不是时候,正要退去,却被父皇看见了。

也许是因为霍嬗即将随自己出巡,阳石公主的出现,使刘彻一肚子的火消退了许多,说话的口气也渐渐缓和了。

"唉!"刘彻叹了一口气,对刘据道,"你是要继承大汉社稷的。为君之道,要统摄四方。盐铁官营,虽伤及郡国私利,然于国有利,因此地方多有抵触,乃是常理。可你作为一国太子,岂可如此糊涂?"

"还有你,"刘彻指着卜式道,"你要认真体会朕的意思,朕不久就要出巡,朝中大事还要丞相与太子打理,你不可以再生事端,平身吧!"

"孩儿明白了。"

趁着刘彻转身的机会,阳石公主上前道:"孩儿参见父皇。"

刘彻挥了挥手道:"平身吧!你来是与太子叙话的吧,朕就不听了。包桑,起驾回宫!"

阳石公主的眼泪就下来了:"父皇!孩儿……孩儿……"

"唉!你怎么哭了?有话就说么。"

"父皇,嬗儿受封奉车都尉,孩儿深感父皇皇恩浩荡。"

"那你为何还哭呢?"

"只是嬗儿年幼,既不能为父皇执辔,又不能为父皇保驾,从京师到齐鲁,山高路远,请父皇念及去病只留下嬗儿这一条根,就不要让他出巡吧!"

"糊涂!"刘彻看了一眼伏在地上的阳石公主道,"难道只有你疼爱嬗儿么?朕是要带他去见世面。"

"可他还小。"

"小?你知道朕那时候是什么样子么?那一年,朕的姐姐隆虑公主远嫁匈奴,送别之日,朕登上横门城楼,望着姐姐远行的身影,发誓要灭了匈奴。如果父母都像你这样溺爱孩子,将来还能成什么器?"

"父皇!去病他……"阳石公主哭伏在地上不肯起来,刘彻便更加不高兴了。

"你休再多言,朕意已决。嬗儿虽名奉车都尉,然朕让霍光与他同去,这样不会有事的。"

阳石公主把求助的目光投向太子,刘据便忍不住替姐姐说道:"父皇,孩儿有话要说。"

"你何其多事?"刘彻不耐烦地看了一眼刘据道。

"孩儿以为,皇姐所言不无道理,大司马为国捐躯,唯留此子,倘若有个闪失,岂不让他在天之灵心寒。"

"罢了!"刘彻怒吼一声,"你是在指责朕么?"

"孩儿不敢……"

"什么不敢?"刘彻怒斥道,"像你这样软弱犹豫,岂可担得了大任。好了!朕离开京城之后,军国诸事悉委于卫青,你就在这苑中读书思过,待朕回来再与你计较。"

刘彻说罢,就怒气冲冲地起驾回宫了。

他的轿舆去了多时,刘据、卜式和阳石公主还依然一动不动地跪在那里——他们的脑子里一片空白……

元封元年十月底,刘彻带着霍嬗,率十八万精锐骑兵北上巡狩了。

三十多年了,这是刘彻第一次亲率汉军北巡。他终于实现了当太子时的誓言——御驾亲征,横扫匈奴。

现在,当他站在阴山之巅的单于台,环顾四周的群峰时,情绪分外的亢奋。

一路上,十八万精锐骑兵旌旗穿越千里,浩浩荡荡地越过大漠草原,何其雄气盈天。

而他现在站的地方,不是别处,就是当年匈奴单于曾站过的祭天台。五十年前,这对大汉而言,是多么遥不可及的梦想。但是,他做到了。

当阴山吹来的风掠过他的额头时,他觉得自己并不老,如果匈奴人还敢南来一步,他的剑锋就会直指北海,他的军队就会直捣单于庭。

他一面勒兵北上,一面派东方朔带着他的诏书、率领使团去拜访匈奴新单于乌维。

那诏书的语气,与当年老上单于致吕太后的书如出一辙,完全是强者对弱者的戏谑和叫阵——

> 南越、东瓯咸伏其辜,西蛮、北夷颇未辑睦。朕将巡边陲,择兵振旅,躬秉武节,置十二部将军,亲率师焉。单于能战,天子自将待边;不能,亟来臣服。何但亡匿幕北寒苦之地为!

他回想着自己的措辞,觉得太痛快淋漓了。

他向陪他一起视察边陲的御史大夫儿宽、北地太守郝贤问道:"卿等说说,那个小单于会杀了东方朔么?"

郝贤道:"皇上此次北巡,威震匈奴。依臣看来,匈奴必不敢动汉使毫发。"

此次重新出山,郝贤十分感念皇上没有忘记他。元狩五年,皇上北出萧关,发现沿途千里无亭障,大怒而斩了北地太守。而卫青在这个时刻,在皇上面前举荐了他。

两年了,他没有辜负朝廷期望,北地辖内,亭障林立,武塞连属,皇上看了十分高兴,郝贤便不再为当年河西之役的胜利而付出的代价而感到委屈了。

"卿之所言甚合朕意,若匈奴敢斩使节,朕便师出有名了。"

儿宽道:"皇上圣明,汉使能否平安归来,皆赖我军战力。"

"爱卿所言极是。"

"今日漠南无王庭,狼居胥山下无汗帐,臣终于明白当初皇上要死守上谷,而不给匈奴西援的深意了。"郝贤说道。

刘彻笑了。

至于儿宽,他虽不习武功,可看到十八万精兵摆在阴山南北,他那颗心也禁不住情驰神往了:"皇上圣德,胜过尧禹,虽文武亦不能及也。"

看着太阳西垂,暮风渐起,儿宽和郝贤担心皇上会感染风寒,劝他回到行宫去。刘彻一边沿着石级而下,一边对身边的包桑道:"传朕旨意,要公孙贺出九原两千里、赵破奴出令居千里,摆出与匈奴决战之势。"

大家正说着话,就见台下有一人正向台上张望,郝贤一眼就认出那是霍光,他正牵着霍嬗。

刘彻一见面就责备霍光道:"嬗儿年龄尚小,北国风寒,你怎么让他在日暮时外出呢?"

"是嬗儿闹着要见皇上的,说不见皇上就不吃饭。"

刘彻一听心就软了,他看着外孙,眼里就满是慈爱。

"唉!你怎么不听话呢?"说着,他就抱起霍嬗上了车驾,"好!你就随朕回去,今夜就和朕一起睡。"

这个细小的动作,让儿宽很是感动,他不敢怠慢,忙上了自己的车驾,一干人向北河城中去了。

夜里,霍嬗与刘彻睡在皇榻。虽是貂裘裹身,可霍嬗还是眼泪汪汪,向刘彻要娘亲。

刘彻十分感慨,"生于忧患,死于安乐",这孩子一出世,就被皇后和母亲宠着,哪里像他的父亲呢?

刘彻向霍嬗身边偎了偎道:"你听过你父亲的事吗?"

霍嬗摇了摇头,却不像刚才那样可怜兮兮了,他好奇地问道:"臣的父亲是什么样子呢?"

"好!朕就讲给你听。"刘彻搂着霍嬗,伴着塞外的夜风,整个人就沉浸在对霍去病的追念中了。

一个个风雨搏击的故事,使霍嬗心中对父亲很模糊、很遥远的形象渐渐清晰起来。

"臣长大了也要像父亲一样带兵打仗。"霍嬗带着一份满足进入了梦乡。

一连二十多天,刘彻都是过着规律的生活:清早出门巡视,正午回来用膳,稍事休息后,就批阅从长安带来的奏章;休息间隙,就看着包桑与霍嬗嬉戏。

一天,公孙贺飞马来报,说匈奴的单于庭又悄悄地向北迁徙了。

"迁往何处了?"刘彻的脸色严肃地问道。

来报信的校尉回道:"据探马报告,迁往北海以北很遥远的地方去了。"

"哦!"刘彻看着案头的地图,手指顺着北海北移,频频点头道,"这个乌维太胆小了！传旨，明日起驾，沿来路返回甘泉宫。"

……

乌维单于登基已四年了。

与当年军臣单于登基是何等的不同，那兵强马壮的骑兵早已没了踪迹，匈奴人再也没有力量回到漠南辽阔的草原，南下对乌维来说不过是依稀无望的残梦。

单于庭关于收复失地的议论不知进行了多少次，可只要一说到出兵，无论是左右屠耆王还是左右骨都侯，或低头不语，或将汉人说得不可战胜，或顾左右而言他，那为难和畏惧都写在脸上了。

可对从小在马背上长大的乌维来说，他怎么会忘记漠北之役给匈奴人带来的耻辱呢？卫青和霍去病率领的大军长驱直入，像驱赶羊群一样地打到北海，他的父亲伊稚斜带着他和不足百人的卫队逃到北海以北的大漠深处。半个月后，当他们憔悴不堪地回到单于庭时，右谷蠡王竟然自命单于，意图取代父亲。

这样的国家还有希望么？

虽然父亲在部族的拥戴下重新掌握了国柄。但连年的风刀霜剑，对背叛的愤懑和痛心，使得当年不可一世的他身染疾疴，怀着无法割舍的情感而去了。

乌维至今仍然对父亲弥留之际的遗言记忆犹新——"记住……回到漠南去，那里是我们的故乡。"

可四年以来，他只在梦中才能回到童年时玩耍的大漠和草原。

河西之战的梦魇一直折磨着他，也折磨着娜仁托娅。多少次看见遬濮王子血淋淋地走进梦境，说着战争的惨烈；多少次风雪交加的深夜，从远方传来遬濮王悲怆的呐喊："太子！快走！"

醒来后，娜仁托娅偎依在他的怀里，泪水湿了他的胸膛。

"是霍去病杀了父王，杀了王兄。"娜仁托娅抬起头望着乌维，"这仇何时才能报呢？"

"唉！"他不知道该怎样回答阏氏的问话，未来在他的心中，是遥远和渺茫的。

其实,现在想来,他觉得八年前是有一次收复失地的机会的。当长安来的细作告诉他霍去病去世的消息后,他顿时觉得大汉倒了一根擎天柱。他立即召集各个部落的王爷、将军,商议南进,可竟然没人敢统兵出战。

几年前,将领们都将赵信北迁的主张视作卖国,可现在,当老迈的自次王再度提出继续北迁的时候,大家竟以为这是匈奴生存的唯一途径。

岁月流逝而乡思不绝。多少个夜晚,乌维一人走出穹庐,南望天空,不觉潸然泪下,从心底唱出酸涩的歌:

  远方的青草啊!你可记得?
  匈奴人走过你身旁的脚步声。
  老去的牛羊哦!你可记得?
  余吾河清流潺潺,给了你丰美的乳汁。
  故乡啊!你在我的梦里,
  依旧美丽如初。
  何时才能催动战马,
  回到你的怀抱。
  如果我有一天永远离开了你,
  请在白云里聆听我的歌声。

这是十月初祭祀大典过后不久的一天,思乡的情绪如波涛一样地扑打着乌维的胸膛,使他再也不愿意待在穹庐里靠闷酒打发时光了。

当太阳从北海的水面上冉冉升起时,他在女奴的伺候下披上了久违的甲胄,携着阏氏、八岁的儿子乌师卢和卫队出发了。

塞外的风吹动着他的长发,绚烂的太阳光衬托出马刀的冰冷和锋利,胯下的战马发出"啾啾"的嘶鸣,让他的思绪一下子回到了刀光剑影的战场,他已许久没有这样的感觉了。

队伍沿着北海西岸南下数十里,就到了昆丁匈奴部落的领地。

冬日的草原脱去了绿色,裸露在苍穹之下,没有嫩草的季节里,牛羊都入了圈,草原益发显出它的空旷和寂寥来。乌维并没有打猎的兴趣,他是为了寻找过去岁月的那种感觉。

往南走千里就是狼居胥山了,可那里却不属于匈奴人了。

"唉!匈奴人驰骋大漠南北的日子永远地消失了。"

在他的记忆中,祖先开拓疆土的故事常让他觉得作为匈奴人十分骄傲和自豪。那时候,匈奴在发给汉朝的国书上常常这样写着:"上天所立大匈奴单于敬问汉朝皇帝无恙。"而汉朝却只写着"汉朝皇帝敬问大单于无恙。"可眼下……

阏氏深知单于的心事,她催动坐骑,与乌维并肩而行。她温柔地安慰道:"来日方长,单于也不必太伤感。"

"唉!"乌维从卫队千夫长手中接过皮囊,喝了一口酒,重重地叹了一口气道:"寡人愧对祖先啊!"

乌维俯身抓了一把沙子,撒向风中,他希望这风带去他对故乡的思念。这情景让阏氏有些受不了,她凄婉地望着单于,不知道该说些什么。

在乌师卢眼里,他无法理解父亲的心情,也读不懂母亲眼里的惆怅,可在乌维看来,儿子应该知道自己的故乡在哪里了。他扬起马鞭,指着远方的草原道:"孩子!记住,在南边的狼居胥山下,那是我们的故乡!"

乌师卢眨着眼睛问道:"那我们怎么不回故乡去呢?"

"因为那里被汉人占了,我们回不去了。"

"孩儿长大以后,一定要杀了汉人,回故乡去。"

乌维抚摸着儿子的头,摇了摇头。

太阳神给他的儿子一个聪明的头脑,却没有给他草原之鹰的身体。

身后传来急促的马蹄声,乌维回头看去,是右屠耆王句犁湖率领马队追来了。乌维对句犁湖怀着深深的感激,当初他们归来时,是他支持父亲重新掌握了权柄。而父亲驾崩后,又是他第一个扶持自己承继了单于的大位。

乌维常想,要是没有右屠耆王和自次王,他也许就会在王位的纷争中流落异邦,葬身大漠了。

卫队在后面远远地跟着,两人牵着马沿着湖岸漫步。

乌维问道:"近来汉朝那边没有什么消息么?"

句犁湖回道:"汉朝发来了诏书。"

"何时到的？寡人为何不知道？"

"今天刚到。臣赶到单于庭,听说您已出来狩猎,因此追至此处。"

"那个刘彻都说些什么？"

句犁湖唤过译令,他从怀中拿出一卷绢帛,念道:"制曰:南越、东瓯咸伏其辜,西蛮、北夷颇未辑睦。朕将巡边陲,择兵振旅,躬秉武节,置十二部将军,亲率师焉。……"

"罢了!"译令正念着,却被乌维厉声打断了,他脸色铁青道,"这是什么？如此狂言,无异对匈奴宣战! 汉使呢？"

"现正在驿馆等候单于。"

"回去!寡人倒要看看,这汉使究竟是什么样子!你速去传自次王到单于庭议事。"乌维对句犁湖说完,一干人就打马北去了。

身后传来悲凉的歌声:

亡我祁连山,使我六畜不蕃息。
失我焉支山,使我妇女无颜色。

这歌声,让愧疚、愤懑、仇恨交织的情感一路上折磨着乌维的心,复仇的火焰迅速吞噬了往日苍凉悲郁的心绪,化为马鞭的节奏,抽打着坐骑。

那马似乎也懂得了主人的心情,它四蹄生风,不到一个时辰,乌维、赵信已坐在单于庭等着汉使了。

东方朔在匈奴主客的陪同下进入豪华的穹庐。以胜利者姿态来到匈奴的他,虽然依旧不失汉使的彬彬有礼,可从他的眼里露出的桀骜,从他嘴里吐出的每一个字,都充满了轻蔑和挑战的味道。

"本使臣奉皇上诏命转告单于,南越王的头颅已悬于汉宫北阙。吾皇如今陈兵塞上,今单于能战,我皇自将待边。"东方朔用余光打量着面前三位匈奴君臣的反应,他长长的冠带随着话语的起伏而颤动,"吾皇深感单于漂泊之苦,如果单于怜悯匈奴生灵,不如南面而事于大汉。"

当他看到乌维终于无法保持作为一国之君应有的平静时,他笑了。他的笑声在穹庐中回荡,他终于激怒了这位自登基以来就怯战畏敌的年轻单于。

这也是皇上的意思，皇上的目的就是以此作为北巡的序幕。

果然，在他笑声还未落地，耳边便传来了句犁湖的怒吼声："大胆狂徒！本王今天先结果了你！"说着他便拔出了战刀。

东方朔毫不畏惧，反而平静地转过身来，儒雅地向单于施了一礼问道："单于，您果真要砍了本使的头么？难道您就不怕吾皇再来一次北海之役么？请单于恕本使直言，如果真的打起来，那外臣料定单于庭还要北迁。"

"你……"乌维的手指颤抖着指着东方朔，从牙缝里逼出凛凛杀气，"来人！把这狂徒拉出去砍了！"

卫队立即应声进来，四把明晃晃的刀直指东方朔。

乌维冷笑道："你想把寡人的头挂在汉宫北阙么？那寡人就先将你的头挂在单于庭前的高杆上。"

可就在这时，他看到了一双无奈的、沉郁的眼睛——赵信很坚决却是不易察觉地对乌维摇了摇头，他立即明白了，回身对卫士道："将这狂徒押下去，好生看管。"

"单于这是怎么了？"卫队押着东方朔退出后，句犁湖很不以为然地说，"像单于这样当断不断，难免会受其害。"

乌维没有理会句犁湖，却直接问赵信道："自次王今日怎么了？为何要暗示寡人放过东方朔？难道寡人要忍了这口气不成？"

赵信呷了一口马奶酒道："臣怎会不理解单于的心境呢？可是漠北之战后，我军元气大伤，数年之间已无力再战，刘彻正是抓住了这一点才来挑衅。倘若现在杀了东方朔，不正中他的下怀么？"

"都是你……"乌维将一肚子火发在主客身上，他手起刀落，主客的头颅就落地了。

"唉！寡人如此懦弱，将来如何面对父王？"他心中十分懊恼。

第十章

嵩山群峰呼万岁 泰岳松涛恸哀音

元封元年春节前夕,东方朔带领使团回到了长安。

朝会上,他以诙谐幽默的语言,绘声绘色地向皇上描述了乌维听了诏书之后如坐针毡,匈奴的诸王和大臣们围绕战和而互相指责的情景。

大汉朝野都被皇上在岁近知命之时而雄风不减当年,执鞭凌北的气势所感染。这也是他勒兵阴山的目的之一。

自元鼎元年以来,刘彻就强烈地感觉到,自从霍去病去世后,汉军仿佛失去了灵魂,将军们不能居安思危,士卒无心枕戈待旦。他担心如此下去,多年来苦心经营的军队有一天会坍塌溃散,失去对匈奴的震慑作用。

另外,他也是为了实现封禅泰山的夙愿,扫除边境的不安因素,他不愿在出巡的日子里被边关战事干扰。

东方朔的归来再次印证了匈奴继续北迁的消息,他完全可以放心循着当年秦皇的足迹去进行一次朝圣之旅。

关于封禅的筹备,早在元鼎六年夏就开始了。

第一件要做的事,就是要寻找封禅的渊源和礼仪。可太常王信要博士们遍查经典,却不得要领。只从《尚书》《周礼》中找到一些天子为表示对宗庙和天地的虔诚,要亲自射杀"牺牲"的零星碎片。刘彻于是又命儒生们研习射杀"牺牲",起草关于封禅的礼仪。

方士和儒生围绕封禅礼仪常常争得面红耳赤。儒生们希望皇上的举止持之有故,于是从五帝追溯到三皇,又从三皇追溯到泰皇,越追越远,可还是莫衷一是,有的甚至得出了"封禅用希旷绝,莫知其仪礼",皇上此举"不与古同"的结论,惹得刘彻脸色十分难看。

而以公孙卿为首的方士们就不同了,他们只要皇上高兴和相信,别人怎么看都无所谓。一天,公孙卿到宣室殿觐见皇上,君臣一开口,就把话题集中到封禅上。

皇上称徐偃、褚大等为"龋儒",公孙卿很快就从皇上的这些话语中得知他对儒生的不满,他就在心里很快打好了腹稿。

"臣闻黄帝封禅,是为与神仙对话,以求延寿不老。所以细枝末节的东西都不重要,最重要的是皇上能通过封禅直接到蓬莱与泰皇'笋席'而坐。"

"哦!真是这样么?"刘彻的眼睛现出许久不曾有过的亮光,"这么说来,朕的封禅之举是合上仙之意了?"

公孙卿肯定地点了点头道:"皇上见微而知著,封禅泰山,乃是利在社稷、功垂千秋的盛典,微臣愚钝,然愿随皇上前往泰山。"

这已经是几个月前的事情了。

从阴山归来后,刘彻就摒弃了儒生们的谏言,他打定主意,一开春就出行。

散朝之后,刘彻召东方朔到宣室殿详细询问了匈奴北迁的事情,道:"朕此次东巡,爱卿就随朕左右。司马相如一走,爱卿就是为数不多朕可以毫无拘束叙话的人了。"

东方朔忙躬身道:"论出使郡国,安服南夷,臣不及长卿;论辞赋才情,臣亦不如相如。然臣忠汉之心,与中郎将无异,能在陛下左右,实乃臣三生之幸。"

刘彻感慨道:"爱卿大智,自是深谙朕心!行封禅之事,其实也是司马相如的遗愿。"

如果说霍去病的去世成为刘彻心中永远抚不平的伤痛,那司马相如的离去,也使刘彻的心弦永远地失去了一位知音。

他在刘彻的心中总是那样浪漫不羁,那样音声相偕。

这不单是他的诗词歌赋愉悦了刘彻的身心,更在于他多次以使者身份南去巴蜀、滇国,将大汉文明延伸到蛮荒域外。

他也不像汲黯那样,过于刚硬固执,他不但多次排解了朝堂上的纷争,并且很巧妙地让许多争论化为共识。

他为废后阿娇作的那篇洒满怨恨的《长门赋》,让刘彻不但没有反感和疏远他,反而为他的才情所震撼。

司马相如患消渴症多年,直到他去世,刘彻才忆起往日君臣叙话时的一些细节——司马相如不断地要宫娥为自己续水。

"爱卿为何如此焦渴,难道在府中没有茶饮么?"刘彻常常如此打趣地问司马相如。

司马相如并不解释,只是笑笑。

有一次,刘彻偶患小恙。淳于意为他诊病时无意间说起司马相如的症状,他说此病名曰消渴症。

几天后,刘彻特召司马相如到宣室殿,要淳于意为他诊病。

淳于意开了药方,等司马相如告退后,他告诉皇上,中郎将沉疴已久,纵使扁鹊再世,亦无回天之力。

司马相如走后,他为皇上留下了谏言:

> 臣蒙皇上垂爱,奉事左右,君臣诗文唱和,愉悦情畅;臣深感皇上宏业,胜于秦皇。故臣以病躯残身,请陛下行封禅大典,福荫万世,永固社稷……

在司马相如离去后,刘彻每每读起这上书,久久不能释怀。

刚刚交上正月,皇上就急不可待地从长安东巡了。

太史令司马谈是力主"封禅"的朝臣之一,他早在几天前就奔赴洛阳,为皇上祭祀嵩山做准备。

此去必经之地缑氏,城边的太室山对日益老去的刘彻有着强烈的诱惑。

为了皇上出行安全,洛阳太守从接到皇上诏命之时起,就出动重兵,清山戒严,禁止百姓上山朝拜。就连轿舆所经过的道路,也由军队抢修。

司马谈本来就是追求完美的人,何况这是朝廷举办的盛典呢?从祭祀的礼器到祭献的"牺牲",他都一一过目,还要记下来,以备向皇上禀奏。

虽然官阶不高,但他肩负的重任使太守、郡丞和县令们都不敢对他说的话有半点疏忽。

正月二十八日一大早,浩浩荡荡的祭祀队伍就上了山,祭祀规模和气魄丝毫不亚于雍城祀五畤。

这样的场面,司马谈早已司空见惯。让他不解的是,当钟磬鼓乐烘托出祥和的气氛,皇上登上太室山敬献"牺牲"时,从山下传来震天动地的欢呼声:

"皇上万岁!万岁!万万岁!"

"万岁!万岁!万万岁!"……

这声音在群山间回荡着,经久不息。

这欢呼是从哪里来的呢?

司马谈断定,这是来自"太一上界"的恩赐,他赶忙把这个想法禀奏给了皇上。

刘彻十分惊异道:"朕真的可以活到万岁么?"

司马谈道:"天帝如此说,自然不会错的。"

刘彻大喜过望,立即下诏扩建太室祠,禁无伐其草木,并以山下三百户为奉邑。

大臣们也纷纷顺从天意,在朝见皇上时就口称"万岁"了。

司马谈因此也受到皇上的赏赐。

司马谈兴奋了好几天,方士算什么?他们专以妄言欺瞒圣听。现在,连嵩山都欢呼皇上万岁,这不是社稷永固的象征么?这让他追随皇上去泰山的心情更迫切。可就在这时,他却病倒了。他不得不滞留洛阳,眼巴巴地看着皇上的车驾远去。

多年来,他为了完成自己的心血——写一部自《春秋》以来全新的史书而付出得太多了,这次病倒,他就担心可能要抛下未完的巨著而去了。

对朝廷来说,像他这样一个六百石小吏的去世,是不会有任何波澜的,可对他来说,让终其一生编著的史书搁浅,他不甘心。

前些日子,他托人带信给远在西南的司马迁,要他直接赶到洛阳。

他没给家中片纸只言,他不愿意让相濡以沫的妻子为他担心。从长安出发时,他回了一趟家,向夫人告别,夫人泪眼蒙眬地劝道:"老爷能否向皇上赐告,不去了呢?"

司马谈道:"封禅乃朝廷大典,亦是我职责所在,岂可失去这千载难逢的机会。"

那天,他已走出了很远,还看见夫人倚在门首相望,他心里充满了歉疚。

司马谈不敢再往下想。

身体虽然日益沉重,可他的心一刻也没有闲着,在等待儿子的日子里,他觉得有许多事情还要做。上一次司马迁回京时,说到编史,父子商量要采用一种全新的结构来完成他们的夙愿。

一年来,他已撰写了不少人物,可总觉得自己的语言太枯燥,活生生的人物到了自己笔下,怎么就简单了呢?少了血肉和情感,还是等儿子将来再润色吧!

太阳悄悄爬上窗棂,司马谈喝过汤药,就开始阅读。

这样的阅读并没有持续多长时间,他就感到分外疲倦,头上冷汗淋漓,手也不停地发抖。他回到病榻,喝了一杯热茶,要书童掩上房门,就疲倦地闭上了眼睛。

可他没有想到,这一躺下去,他就再也没有起来。

司马谈在昏睡中觉得自己跟着皇上到泰山去了。他看见一群方士拜倒在皇上面前,争先恐后地说着自己在蓬莱、瀛洲、方丈三座仙山上看到了神仙,尤其是那个让他十分厌恶的公孙卿,更是说得神乎其神。

而那些只知在皇上面前唯唯诺诺的大臣们,也纷纷述说着自己的神奇遭遇。

司马谈迅速越过拜倒在地上的人群,大声喊道:"皇上……皇上……"

"老爷!老爷!"

这是书童的声音,他睁开干枯的眼睛,就看见书童伏在榻前,眼泪汪汪地呼唤着。

"现在是何时了?"

"老爷!你已昏睡四天了。"

司马谈喘息了许久,慢慢地缓过气来,问道:"公子还没有回来么?"

"西南山高路远,可能还需要些时日。"

"唉!老夫怕是见不到他了。"

两人正说着,就听见门外传来说话声。书童急忙出门去看,正是司马迁风尘仆仆地站在门外与当地百姓说话,他急忙迎上前去道:"公子可回来了!老爷他……"

"老爷怎么了?"

"老爷他……"

司马迁顾不得再询问,就径直奔向内室,来到父亲的病榻前。

"父亲!孩儿回来迟了。"

司马谈伸出枯瘦的手抚摸儿子的额头,一脸的慈爱:"回来就好!回来就好!西南乃蛮荒之地,你必是吃了不少苦。"

司马迁含泪掖了掖父亲的被头说道:"孩儿这就去找城中最好的郎中为父亲诊脉。"

"我的病自己心里清楚,你就不必费心了,还是说说编史的事吧!"

"不!"司马迁不由分说,叮嘱书童为父亲做些可口的饭菜,自己转身就出了门。

约一个时辰后,司马迁回来了,身后跟着一位郎中装扮的人。

他来到榻前对父亲说道:"这位先生是淳于思,乃宫中太医淳于意的族兄,医道超绝,洛阳人称'回春妙手'。"

淳于思询问了前几日求医用药的经过,然后又诊脉看了很久,才站起来对司马迁道:"请公子借一步说话。"

两人来到前厅,司马迁便急急地问道:"家父的病重么?"

淳于思道:"在下观大人脉象,极虚无力,乃精气内损,气血不调所致。敢问公子,大人近来可有畏寒咯血之症?"

司马迁急唤书童前来答话,他道:"前日晚上,大人咳嗽不止,小人急忙递了热水为大人平喘,不料大人一阵猛咳,竟然有浓血咳入杯中。当时小人就吓坏了!"

"今日痰中可有血?"

书童点了点头。

"你先下去吧,我与公子有话要说。"

看着书童掩了门,淳于思语气凝重地说道:"不瞒公子,令尊此病谓之肺痨,乃长期劳累、饮食不佳所致。"

"那依先生看来,该如何治呢?"

淳于思叹了口气道:"令尊身体极其衰弱,恐怕……"

司马迁急忙截住了话头:"还请先生多施妙术,拯救家父。"

"这样吧,我先开两剂汤药,务必今日煎服,倘若今夜病情缓解,或许有救,否则……"

在送走淳于思时,他反复叮嘱,此病最易殃及他人,大家不可太近,以免染上。

当晚,书童抓药回来,司马迁亲自煎了送到榻前,刚刚拿起勺子,却被司马谈挡了回去:"郎中不是说我这病无法治了吗?你看着我回话,你要不说实话,我就不吃这药!"

"父亲的心思孩儿明白。"司马迁说着,话语中就多了劝解,"可您要知道,倘若不服药,您的身体可能一天也支撑不了,这多年来的夙愿也将付之东流啊!"

司马迁将碗举过头顶,跪倒在司马谈面前。

"好!为了这书,我就服了这药。"在司马迁送药的那一瞬间,司马谈看到了儿子眼中的泪光。

司马迁走出房间的时候,心中暗暗发誓,为了父亲,他要把这部旷古绝今的史书写出来。

接下来的日子里,司马谈一边艰难地喝着苦涩的药汤,一边强撑着病体向司马迁交代哪些稿子已经完成,哪些稿子还要进一步的补充和润色,哪些稿子只是起了一个提纲,哪些甚至还只是一堆纷乱的材料。

每介绍完一卷,司马迁都用皮绳紧紧地捆扎好,整齐地放在一边。

让司马迁高兴的是,父亲的气色在这些日子里竟意外好了起来,特别是在整理文稿时,那双眼睛时不时地就发出熠熠光彩,而思维也非常清晰。

一次,在整理先秦诸子的传记时,父亲的一番宏论让司马迁大开眼界。

父亲将先秦以来的诸子百家梳理为六家,写出了一篇足以惊世的《论六家指要》。这可是包括董仲舒、公孙弘都没有过的新见呀!

司马迁惆怅的心情因此出现了一缕希望曙光,他从内心感谢淳于思妙手回春,相信奇迹一定会出现在父亲身上。

日子在他俩早起晚宿的忙碌中一天天走到了四月中旬。可就在父子俩完成《平准书》《河渠书》提纲的那个晚上,司马谈的病情忽然恶化了。

晚饭的时候,司马谈还喝了几口鲜汤,然后说自己有点累,想到榻上躺一会儿。

扶父亲到内室躺下后,司马迁就进了书房,开始整理西南之行的见闻。这些手记让他对西南诸夷有了新的认识,不管他们的生活方式怎样千姿百态,可说到底他们都是华夏文明的分支。这些亲历使他的描写突破了以往史官的枯燥和艰涩,生动刻画了这些人的生活状态。

司马迁写得很投入,透过那些有生命力的蝇头小隶,他仿佛看见了父亲期待的眼神。

就在这时,书童来不及敲门就冲了进来,上气不接下气道:"不好了……公子……老爷他……"

司马迁心头一沉,那笔就不听使唤了:"不要急,老爷怎么了?"

书童哭出了声:"老爷吐血了!"

司马迁一边向外走,一边对书童道:"快去请郎中!"

昏暗的灯光下,地上洒着一摊血,司马谈已昏迷过去。

司马迁去摸父亲的脉,已经十分微弱。他的眼泪顿时如决堤之水,涌流而出。

"父亲!父亲啊!您怎么可以弃孩儿而去啊!"

司马谈蒙蒙眬眬听见司马迁的呼唤,他想伸手去摸儿子,却无论如何也抬不起手来。倒是儿子紧紧地抓着自己的手,哽咽道:"父亲!您醒了。"

司马谈凄然地笑了笑道:"堂堂男儿,你哭什么?"

"父亲……"

"我心里十分清楚,只是时间问题。"司马谈道。

"不会的!父亲会好起来的!"

173

"你怎么如此不懂事?站起来,你这样怎能让我安心地走呢?吾祖乃周室太史,你若为太史令,当光大祖业啊!"

司马迁忍住眼泪道:"孩儿记住了,不管遇到多少艰难险阻,孩儿都会矢志不渝的。"

"好!这才是司马氏的后人。"司马谈眼角溢出昏黄的泪水,"今皇上接千岁之统,封禅泰山,为父却不能随行,此命不该我矣!我去后,你必为太史令,速往泰山去见皇上。"

他望着窗外,呼吸越来越急促:"皇上!臣……"

一股咸腥直往外涌,鲜血从口中喷出——司马谈在这个四月的夜色中,带着不尽的遗憾走了。

窗外,新春以来的第一场雨从九天降落,滚滚的春雷从屋顶滚过,又向远方滚去。

……

"轰隆隆……"

后半夜,刘彻被雷声惊醒了,滂沱大雨倾盆而下,偶尔有闪电划过,可以看见站在殿门外值岗的卫士的身影。电光过后,一切又陷入黑暗之中。

霍嬗一下子从皇榻上爬起来,扑到刘彻怀中。

刘彻伸出手臂,一把搂住霍嬗,半是抚慰半是批评道:"怕什么?你如此胆小,将来还能带兵打仗么?"

话虽是这样说,可他还是对如此猛烈的雷声感到怪异,想到刚才梦中的情景,他就更没有了睡意,朝着殿外大声喊道:"来人!"

丞相石庆、御史大夫兒宽、奉车都尉霍光、黄门总管包桑、卫尉路博德应声进入殿内。刘彻把霍嬗交给霍光,向站在面前的侍中近臣们问道:"众卿是否觉得今夜雷声有异常之处?"

霍光看了看又睡去的霍嬗道:"夏日打雷,自古亦然。这本属阴阳气动,只是惊扰了皇上,臣等很感不安。"

但是,包桑随口而出的一句话引起了刘彻的注意。

"哦!你也梦见司马谈了?"

"诺!"中人的嗓音本来就尖,加上受了些惊吓,听起来就有些发颤,"皇上,奴婢在梦中看见太史令一脸的血。"

这情景让刘彻不禁"啊"了一声,道:"朕刚在梦中看见的司马谈与你所述一般无二,这可奇了?"

想起离开洛阳时司马谈就身染病疾,一种隐忧暗暗爬上刘彻心头,"莫非他真的……走了?"他犹豫了片刻,还是说出了那两个不愿意说出的字。

想起昨日在梁父山礼祠"地主",刘彻还是感到了司马谈没有随行的遗憾。

那是何等庄严的场面。

丞相、御史大夫和侍中官员们都换上了皮弁。刘彻的皮弁以十二颗五彩玉石饰其缝中,走在太阳下,闪闪发光,有如满天星斗。随行祭祀的官员,也按官职大小,配有数量不同的饰品,一个个"琼弁玉缨"。

为了表示对祭奠的重视,刘彻亲自张弓射杀了用作"牺牲"的牛。

梁父山本是泰山前的一座小山,可因为这典礼的宏大和铺张,一时鼓乐喧天,香烟袅袅。矗立在山下的封坛宽二丈,高九尺,不仅超过了秦始皇当年的封坛,也是自周以来历代封坛中最雄伟的。坛下埋着只能由天地诸神看的玉牒,上面写着密而不传的文字,以此作为与神明沟通之用。

奏完鼓乐,献完"牺牲",刘彻亲率官员数百人向地神膜拜。"地主"之神在隆重的氛围中享受了自秦以后最高的礼遇。

可刘彻还是有些不满意,因为负责历法和起草具体程序的司马谈在洛阳病倒了,他虽然"秩低、俸薄",但许多事情别人却取代不了。刘彻还担心因某个环节的纰漏而获罪上天。

这不,当晚就电闪雷鸣,大雨滂沱,联系到梦中情景,他就对滞留洛阳的司马谈牵挂了。

"等天明雨住之后,速遣人前往洛阳看望太史令,以表达朕的体恤之意。"刘彻对包桑说道。

经过一夜大雨,泰山以它崭新净洁的雄姿矗立在东海边,雨后的太阳照耀着群峰云海,非常壮观。而坐落在奉高城中的行宫,经历了几个时辰的震颤后,又恢复了往日的威严和宁静。

刚刚用过早膳,石庆、儿宽、东方朔和泰山太守卜军赶到行宫禀奏,言说昨夜大雨，山流倾泻，可否改日上山。

刘彻摇了摇头道："祭祀时辰，乃以律以历而为，岂可擅改？丞相、御史大夫、太常留在山下筹备禅事，霍光、霍嬗、东方朔等随朕上山。"

刘彻看了看站在一边的泰山太守卜军道："卜爱卿在此为官数载，熟悉当地风俗，就随朕一起吧。"

车驾到达山前，换乘由卜军安排的轿舆上山。虽然一夜大雨，然上山的石级却依然坚固，沿着石径拾级而上，每走一段路，抬轿的就有人来替换。

沿途多古树名木，郁郁葱葱，大雨之后，愈益苍翠。每到一处，卜军总是殷勤介绍景观，他风趣的语言常常让刘彻把爽朗的笑声洒向苍山云海。

在五棵松下，刘彻的目光很快就聚焦在中间的一棵巨松上。这松龙身虬枝，硕大的树冠浓荫遮蔽，树身前倾，使得右首的一枝粗干伸向山下，宛若一位饱经沧桑的老人，迎接前来朝拜的人们。

刘彻若有所思道："这松树形似巨龙，想来也有些年头了。"

东方朔在一旁解释道："皇上慧眼，昨日臣到达泰山，到兰台查阅，才知这树乃轩辕黄帝亲手种植，沾了龙的气息；臣又查明，当初轩辕氏乃以'熊'为祖，在打败蚩尤之后，遂以龙为祖。"

"这样说来，朕乃龙的传人，封禅泰山更是势所必然了。"

卜军不无惋惜地说道："其实，泰山最壮观的是日出，可一夜大雨……"

正处在兴头上的刘彻对没有看到日出，似乎并不在意。一路走来，但见雨后的群山万壑间，时而白云滚滚，如浪似雪；时而乌云翻腾，翻江倒海；时而如千里棉絮，婉丽柔美；时而若汪洋大海，浪谷波峰；座座峰峦恰似海中仙岛。

由于山高路陡，加上四月天气，等到了山顶，君臣都有些气喘吁吁了。

站在岱顶，俯瞰四方，大有登临仙山琼阁之感。刘彻禁不住心潮起伏，当即对身边的卜军道："朕要在这山顶勒石立碑，以为纪念。"

卜军赶忙道："臣这就去办，只是这字……"

刘彻笑了笑道："这字就由朕来写好了。"

卜军喜出望外："皇上铭字，传之万世，真乃本郡百姓福祉啊！"

东方朔在一旁纠正道："大人此言差矣。泰山者，乃大汉之泰山；天下者，乃大汉之天下，皇上立碑，乃天下百姓福祉。"

霍嬗听着这些绕口的话，睁着大眼睛好奇地问道："什么福祉，天下的？我都听糊涂了。"

"你还小，等你长大就知道了。"刘彻笑着说完，便将霍嬗交给包桑，转身向霍光问道，"爱卿看朕的封禅与秦始皇相比如何？"

众臣纷纷言道，秦始皇怎么可以与皇上相比呢？

汉兴五世，隆在建元，内修法度，外攘夷狄，举躬俊茂，无与伦比，盛世封禅，万民欢呼。

当年秦统一天下时，疆域也不过北至九原，南到百越，东及朝鲜，西接祁连山。而我大汉收复河南、河西；长驱漠南、漠北；灭滇国，收夜郎，平定两越。皇上大业照耀千古，封禅泰山，受命、功至、德洽、符瑞，正当其时。

然而，刘彻却不以为然地摆了摆手道："众卿所言不无道理。然朕思之，始皇依法治国，当年封禅，儒者曾以'莫知其仪，不与古同'而非议，不足为怪；而朕自建元以来，尊崇儒术，何以言及封禅，儒生依旧以'用希旷绝，莫知其仪'而难之。众卿说说，究竟是始皇错了，还是朕错了？"

众人没想到皇上会提出这样的问题，一时不知道该如何回答。

倒是平日诙谐幽默的东方朔此时却说出一番引人深思的话来："荀子曰：'分均则不偏，势齐则不一。'和实相生，同则不继，唯和而不同才能繁茂。"

东方朔说到这里便收住话头，轻轻摇着羽扇观看山景了。刘彻很吃惊，这个貌不惊人却才气逼人的东方朔，怎么一下子就揣摩到朕之所思了？

现在看来，罢黜百家是有些过了。不过这些都是刘彻秘不示人的心里话，他对群臣来了个一笑了之。

看着东方朔悠闲的样子，刘彻不免觉得他很可爱。他不像司马相如始终不脱书卷气，而是在才情中透出几分滑稽和诙谐。

当晚，刘彻一干人就在山上过夜。这一夜，他们说到了霍去病的英年早逝，祖孙两人都流了泪，刘彻更是感慨道："你父去后，这是折了朕的臂膀啊！"

也许霍嬗还不能完全读懂刘彻的情感，可他在梦中的喊"杀"声，却给刘彻很大的慰藉。

"毕竟是将门之后,将来又是一员虎将。"

……

第二天,刘彻等人下山,走到半路的时候,他忽然想起来泰山前赴东海寻神仙不遇的遗憾,遂对陪同的大臣们道:"封禅大典后,朕打算亲赴蓬莱仙山求仙,众卿以为如何?"

霍光随即劝道:"所谓神仙,都出于方士之口,连栾大都说从未亲眼看见过。况皇上乃九五之尊,天之骄子,岂可深入大海?"

卜军辖内方士虽多,却从来没有验证过其言真假,也劝刘彻慎行。

"朕屡拜神仙不遇,实乃朕不诚也。朕此次亲往蓬莱,必会感动神仙,岂有不见之理。公孙爱卿陪朕同去如何?"

公孙卿的脸上很不自在,嘴上支支吾吾说不上话来。

他掂得出皇上话里的分量,如果真到了大海中,仍然看不见神仙的影子,那等待他的就只有李少翁和栾大的下场。

公孙卿正不知道如何回答,没想到多事的东方朔竟主动站了出来。

"皇上能不能听臣几句陈奏?"他把羽扇散淡地插进腰带,向刘彻施了一礼,"臣以为,仙者,得之自然,不可躁求。若其有道,不忧不得;若其无道,虽至蓬莱见仙人,亦无益也。"

"呵呵!按爱卿说来,朕是无缘一见仙人了?"

"非也!只要皇上下第还宫,静处以待之,仙人将自至。"

刘彻喜欢的就是东方朔这一点,既不阿谀逢迎,也不固执己见,一样的话到了他的口中,说出来总让人觉得舒服。

"好!朕就听你一回,在甘泉宫筑台迎候仙人。"

皇上这话一出口,公孙卿就松了一口气,他很庆幸自己躲过了一场灾祸,但是他的心并没有因此松懈,他知道皇上始终没有放弃寻找神仙,他需要找到避免栾大之祸的对策。

下山后,有司早已将大典诸事准备完毕——这是封禅大典的第二幕,是祭祀天帝的庄严仪式。完成这个仪式,封禅才算真正完成。

第三天的早晨,当东海升起的太阳昭示着新的一天开始的时候,盛大的封禅仪式进入高潮。

典礼选在泰山东北的肃然山举行,规模与在梁父山祭祀后土一般无二,以显示天地一礼。

走在最前面的刘彻今天穿着杏黄色的祭祀服,手里捧着从江淮请来的灵茅。他目光直视前方,步履稳健。跟在他身后的大臣们仿照皇上的姿态,手里捧着五色土,亦步亦趋。那脸上的神圣,那心底的肃穆,都使得整个仪式笼罩着神秘、朦胧的氤氲。

在献"牺牲"后,刘彻率领群臣向上天行三叩九拜大礼,然后太常宣读了东方朔撰写的《封泰山》文。等到他们站起身的时候,鼓乐高奏《唯泰元》,三百多名头戴华冠的歌舞伎,随着音乐高歌起舞:

> 唯泰元尊,媪神蕃釐。
> 经纬天地,作成四时。
> 精健日月,星辰度理。
> 阴阳五行,周而复始。
> 云风雷电,降甘露雨。
> 百姓蕃滋,咸循厥绪。
> ……
> 钟鼓竽笙,云舞翔翔。
> 招摇灵旗,九夷宾将。

伴随着歌声,大典进入尾声,可刘彻的心潮却是波澜迭起。随着思绪的起伏,朦胧中,一条风雨斑驳的道路从远方铺来,那不是皇气充盈的大汉驰道么?路中央,警跸护卫,高车巨辇,六犊竞奋,车上坐着的是那个十六岁的少年天子。

两旁的又是谁呢?

是素来温文尔雅的卫绾;是一向雷厉风行的窦婴;还有善于察言观色的田蚡、素食布被的公孙弘、博学鸿识的董仲舒、汉节高擎的张骞、敢言直谏的汲黯、白发银髯的李广、器宇轩昂的霍去病、风流倜傥的司马相如。

再后面还有严助、张汤……

他们一个个别朕而去,可今日都簇拥到泰山之麓,是要随朕一起朝拜天地么?

哦!看他们有的谈笑风生,有的沉郁不语,有的泪光闪闪……

唉!朕已非当年,渐渐老了……

朕将到坐落在奉高城外西南的明堂去接受朝臣的朝贺,他们也会随朕去吧?

刘彻站在禅坛边,在万众中寻找他们的影子,可是匆匆忙碌着的只有石庆、儿宽、侍中近臣和卜军的随员们,他不禁有些怅然若失。

是的,三十多年了,人一茬一茬地走,朝臣一轮一轮地换,他们就像过客一样从自己身边经过。生活就这样被时光分割成记忆的片段,时不时地从心灵的最深处跳出来,带给他几分无奈和焦虑。

一直盘桓在刘彻情绪中的那些庄严和兴奋,忽然纷乱得没了头绪。

突然,霍光匆匆赶到他身边,带给他一个震惊而又沮丧的消息:"皇上,嬗儿坠崖身亡了。"

"什么?你说什么?"

"嬗儿坠崖身亡了。"

"啊!"刘彻长啸一声,昏厥过去了……

等他再度醒来时,已经躺在奉高城中的行宫,身边站满了随行的大臣们。刘彻扫视了一下人群,就挣扎着要起身。包桑连忙上前扶着他说道:"皇上龙体要紧,万万不可。"

刘彻甩开包桑,朝大臣们怒吼道:"你们不去寻找嬗儿,围着朕做什么?"

他指着霍光的鼻子斥责道:"朕把嬗儿交给你,你竟让他坠崖,你该当何罪?"

"皇上!"霍光手捧着血迹斑斑的衣物,跪倒在刘彻面前,"臣罪该万死!臣遍寻沟壑,最后只在一处断崖找到这件深衣。请皇上赐臣一死!"

石庆、儿宽也跟着跪下了:"皇上!如果能够让皇上减轻痛苦,臣宁愿一死!"

"臣宁愿一死!"卜军也跪下了。

大臣们随即跪倒了一大片。

刘彻愣住了，难道朕要把他们统统处死么？要这样，朕为何要来泰山封禅呢？刘彻呆呆地望着大殿内，沉默半晌，从胸中发出断肠的呼喊：

"去病！是朕对不起你的在天之灵啊！"

"蕊儿！朕不该违了你的心愿，带嬗儿来泰山啊！"

在场的大臣们闻言，无不泪落尘埃。

包桑的心一直没有落地。昨夜皇上在山上留宿时，他心中就隐隐不安，就觉得似乎会有什么事情发生，谁料这竟然在霍嬗身上应验了。

他还发现少了一个人——自离开洛阳后就不离皇上左右的公孙卿。这个时候，最应该在场的就是他了，可他……

殿外响起了急匆匆地脚步声，包桑禁不住回头看，只见公孙卿风风火火地进来了，那在衣襟上飞舞的风带来的却是他欣喜的声音："恭喜皇上！贺喜皇上！"

这声音顿时把大臣们的目光吸引到他的身上。

霍光"腾"地从地上跳起来，上前就揪住公孙卿的衣领，怒吼道："好个可恶的方士，我们正为失去霍嬗而悲痛，你却说出如此禽兽不如的话来，我一刀宰了你！"说着，那宝剑就架在了公孙卿的脖子上。

可谁也没有想到，公孙卿说出的话却让霍光举在空中的宝剑停住了。

"霍嬗羽化成仙，岂非我朝幸事？"

公孙卿挣脱霍光，来到刘彻面前，庄严神圣地向刘彻奏道："在皇上与大臣们向天帝朝拜之际，臣忽然看见东北角的山谷间飞来五彩祥云，云端上站着的，正是皇上日夜渴望见到的蓬莱神仙。那神仙按住云头对臣说，昨夜皇上入梦时，他在东海望见泰山顶上霞光万道，就知必有仙界之人相伴皇上。他屈指掐算，果然发现霍嬗实非凡人。他今日前来，是带霍都尉回蓬莱仙山的，来日必佑我大汉享国万代。言罢，他便拉着小都尉腾云而去了。"

"信口胡说！"石庆打断公孙卿的话道，"既是仙去，为何留下血迹斑斑的深衣？"

"这个丞相就不懂了，大凡羽化登仙，必须脱胎换骨，方能到达仙界。"公孙卿这一番云山雾罩的话让大臣们一时陷入迷惘。有信以为真的，也有满腹狐疑的，更有嗤之以鼻的。

儿宽怒道："公孙卿惑乱封禅大典，该弃市！"

石庆举了举手中的笏板道："自李少君至公孙卿，这些方士皆欺君罔上之徒，以妄说取悦皇上。臣请陛下下令将这狂徒腰斩于泰山之下，以慰奉车都尉之灵。"

侍中的近臣们纷纷要求惩办公孙卿，一时喊杀声不绝。霍光自是愤而当先，将手中的宝剑指向公孙卿的喉咙，只等皇上发话。

刘彻的伤痛戛然而止，他顺着公孙卿的话想来，很快便把霍嬗之死与祭祀天地联系起来。他相信是自己的虔诚感动了神仙，只不过因为自己专注朝拜，又一次失去了与神仙见面的机会。

"霍嬗是代朕去见神仙了，他到了神仙身边，带给他和大汉的却是万世的福祉。"刘彻这样想着，说话的语气也变得意外平静了。

"先生之言甚为有理，嬗儿果真仙去，亦是他的造化。既然他是仙界灵童，就是朕也留不住的。也许朕此次带他前来，就是神仙点化之故。"

谁都没有想到事情会是这样的结局，谁都没有想到当年仗剑问天的皇上会用这样的自我欺骗去面对一个逝去的小生命。

一时间，大臣们的脑里一片空白。

半天，儿宽才用试探的语气问道："皇上！明日明堂朝贺……"

"朕乃大汉天子，岂可失信于天地和黎民百姓？明日明堂朝贺，如期举行！"

"诺！"儿宽辞别刘彻，正要离去，却被叫住了，"明日明堂上要供奉霍嬗仙灵的神位。"

……

霍光永远记住了这个日子，而他狐疑的眼光直到走出行宫，都没有从公孙卿的身上挪开。

第十一章

绝爱失爱各自痛　君情臣魂天地分

知春莫如鸟儿。

一轮残月还在西天挂着，太白星俯瞰大地的时候，它们已经耐不得寂寞，在合欢树的枝头"啾啾"的歌唱。那歌声清脆悦耳，传递着绵绵的深情和爱意。

鸟儿不知道人的惆怅与伤情。

李妍再也无法躺在榻上了，朝外面喊道："紫云！紫云！"

女御长紫云闻声急忙过来，掀开帷帐，轻声道："夫人醒了。"

李妍叹了一口气："这恼人的鸟儿叫个不停，我岂能安卧？"

"奴婢这就把它们赶走。"

紫云正要朝外走，李妍却叫住了她："还是算了！听它们恩恩爱爱的，我也不忍棒打鸳鸯。对了，皇上还没回来么？"

"皇上昨日就回京了，说不定一会儿早朝完了就会来看夫人。"

"哦！我身体为何就不见好呢？"

"夫人不必过于伤感，时逢新春，万木争荣，阳气升腾，夫人的身体必会日渐康复的。"

李妍凄然一笑道："但愿吧！"

话虽如此，可李妍心里明白，自己这病恐怕是回春无望了。前年皇上到泰山封禅时，她的病已见端倪，她多么希望皇上留在京城，让她能感觉到他的呼吸。可皇上还是不断地出游，寻找长生不老之药。

皇上四处巡游，不要说她，即便是皇后又如之奈何？

前日卫子夫来探视时说，皇上到了零陵郡，在九嶷山上祭祀虞舜。接着又到了江都郡，登上了天柱山，并且乘船游了浔阳江，并亲自射死了江中的恶蛟，然后又折转北上，到了琅琊海边。最后，又到了泰山。要不是卫青病重，皇上大概会在甘泉宫过夏了。

李妍看着窗外那一对依偎在合欢树上的鸟儿，想起与皇上在一起的那些缠绵悱恻的日日夜夜，竟不由自主地流泪了。

她只觉得上天太残酷了。她的病是在生皇子刘髆时落下的，几年了，人也日渐消瘦，脸上的春色也日渐退去，乌黑的头发日渐粗糙，一丝丝地往下掉。

在这个妃嫔成群的深宫，女人活的是什么呢？就是春驻颜面，没有了姿色，就如敝帚一样，迟早是要情绝爱弛的。

而更让李妍伤心的是，刘髆自生下来之后，就身体衰弱，病恙不断。

开春以来，她冥冥中有一种黄泉路近的感觉。似乎有一个声音在呼唤她，催她上路。

有时候，她从梦中惊醒，就是一身冷汗。这情景，紫云看在眼里却痛在心头。

而皇上在何处呢？晨昏旦暮，日落月升，皇上只在李妍的期盼中。

紫云进宫的时候，还是个孩子。太后驾崩后，她就跟着皇后，李妍被皇上宠幸后，紫云就被任命为女御长到她的身边来了。

唉！这世间注定红颜薄命么？果真如此，那这世间也太不公平了。

看着时候已经不早了，紫云对李妍道："皇上既然已回到京城，不定何时会驾到，奴婢这就去唤宫娥为夫人梳妆。"

李妍摇了摇头道："不必了，病恹恹的，脂粉遮不住红颜衰去，何须枉费心力？"

其实她心里打不开的是一个结。

那是元鼎四年的事情，皇上闻听当年黄帝铸鼎于荆山，后得与神仙相通，乘龙而去，只把衣履留在了人间。他当即对跟在身旁的方士公孙卿说：

"诚得如黄帝,吾视去妻子如脱屣耳。"

这话出自皇上之口,让她想起来就伤心。

紫云还想劝说李妍,但看到她坚决地摆了摆头,并顺势歪倒在榻上,就把后半截话咽了回去。

她刚刚躺下,黄门就传进话来,她的两位哥哥——李延年和李广利来了。

他们来干什么?李妍厌烦地皱了皱眉头道:"命他们来见。"

李延年、李广利带来了皇上将要驾临丹景台的消息。他们要妹妹赶快梳妆打扮,要她光彩照人地出现在皇上面前,并要她借机为他们多多美言。

听着听着,李妍就禁不住来气了:"二位兄长为何而来?是传皇上口谕,还是寻觅你等升迁之机?该如何打扮,我焉能不晓,何劳兄长多舌?我累了,想歇一会儿。"

李延年、李广利分外尴尬,他们对妹妹这样绝情很是不满,心想,早知今日,当初就不该千方百计把她送到皇上身边来。

两人刚刚转身,就听见殿外传来包桑的嗓音:"皇上驾到!"

李延年有些慌了手脚,又转身来到殿内对紫云道:"快请夫人梳妆,皇上都进殿了。"

紫云无奈地朝里面努了努嘴。李妍不但躺下了,而且还用被子蒙了脸。

李广利没有经历过这样的场面,一时间抓耳挠腮,乱了手脚:"这可如何是好!"

着急中他们听见皇上落轿的声音,接着,包桑喊道:"皇上驾到,请夫人接驾!"

李延年和李广利随着包桑的声音跪倒了:"臣李延年、臣李广利迎接圣驾。"

刘彻并不在意他们的恭谨,问道:"夫人呢?"

两人相互看了看,双双屏住呼吸,不敢说话。

紫云主动上前答道:"启奏皇上,夫人玉体欠安,还请皇上到前厅用茶,待奴婢禀明夫人,前来迎驾。"

刘彻"哦"了一声,似乎明白了什么,遂对众人道:"你等先退下,朕要探视夫人病症。"

紫云见状,忙上前轻声说道:"夫人!皇上探望夫人来了。"

李妍没有回应,紫云又唤道:"夫人,夫人……"

如此接连呼唤几次,李妍始终没有露面,却从被里传出微弱的声音:"臣妾久病在床,形容毁坏,无颜见皇上。臣妾唯愿皇上照顾好髆儿和兄弟。"

这声音让刘彻心头一酸,手抚着夫人的被角道:"朕知道,夫人久病,身上倦怠,不起来就不起来吧,夫人要托付髆儿和兄弟,那也该让朕看看你,当面托付,岂不善哉?"

李妍在被里道:"礼曰:'妇人貌不修饰,不见君父。'妾身实不敢蓬头垢面以见皇上,请皇上回去吧!"

隔着锦被,紫云也能感觉到李妍的痛彻心扉,不过这有什么呢?皇上既然宠爱夫人,还会计较她的病态么?

果然,刘彻又俯下身体,对着锦被里的夫人道:"夫人这又是为何呢?夫人不妨见一见朕,朕不仅加赐千金,还要封夫人兄弟官职。"

"唉!封不封官职,全在皇上,不一定要见臣妾。"

"不!朕今天就要看看夫人。"刘彻说着,上前拉开被角,可还没有等他看清李妍的面容,夫人就把头转向另一边,只是嘤嘤地涕泣,不再说话。

映入刘彻眼帘的是什么呢?

是没有梳理,已经不见当年风采的头发。

可他的性格固执而又倔强,越被拒绝,他越是要看。

可他没有想到,外表娇花弱柳的李妍竟然比他还固执,她始终只给刘彻一个背影。

让他吃惊的是,伴随着夫人的哭泣,她脖颈间的青筋清晰可见,当初的丰柔早已荡然无存。

刘彻轻轻呼唤道:"夫人只要转过脸来让朕看一眼,朕也好命太医为夫人治病啊?"

李妍没有回答,泪珠儿顺着脸颊直流。

刘彻的自尊心受到了强烈的冲击,他对李妍的哭声也由刚来时心痛转为不悦:"朕自远方归来看你,你使使小性子也就罢了。可没有休止,恐怕就太不知趣了吧！朕就是再宠爱你,也不能不要面子吧？"

刘彻愤然起身,对着殿外喊道："包桑！起驾回宫！"

随着黄门的喊声,李延年和李广利仓皇地跪倒在地："臣恭送圣驾！"

刘彻拂袖而去,宽大的衮袖,扫在李延年脸上,热辣辣地疼。他回看丹景台时,愤怒的目光冰霜一样地拂过李氏族人的心头,让他们有一种大祸临头的感觉。

直到皇上的轿舆走出好远了,他们都没敢抬起头来。

紫云对李妍的两位兄长在心里表示了有度的鄙夷,她像是对他们,又像是对黄门、宫娥们,不冷不热地喊道："皇上都走远了,各位是不是该起来了？"

李延年和李广利当然听得出紫云话里的意思,只是不敢发作,自我解嘲地笑了笑,跟着紫云进了殿。只见李妍躺在榻上,泪眼蒙眬地朝外面看着,他们一肚子的埋怨霎时涌上了心头。

"夫人这到底是怎么了？刚才皇上要见夫人,你只给他背影。现在皇上走了,你反而转过脸来,这不是故意让为兄难堪么？"李延年气道。

"岂止是难堪,简直是目无尊长,目无皇上！妹妹见一见皇上又如何？"李广利不知道怎样才能表达自己对妹妹的愤懑,说起话来也结结巴巴的,"为兄就是不明白,妹妹为什么那么怨恨皇上呢？"

紫云听着这些让夫人伤心的话,忙道："二位大人就不要说了,究竟是夫人的病要紧,还是大人的前程重要……"

李妍欠了欠身体,那呼吸就急促了,但她还是强撑着拦住了紫云："我听着呢,让他们把话说完。"可两兄弟却缄口不言了,只是暗地打量着妹妹。

"你们让我如何说呢？"李妍咳嗽了一阵,又沉默了一会儿,才接着用那低得只有倾耳才能听到的声音说道,"兄长焉知我之所思啊！"

李妍说着,眼圈又红了,那积攒了多日的委屈,那在心中掂量了多日的话和割舍不下的情感,都在看着家人的这一刻奔涌而出了："非我不见皇上,之所以如此,正是要把二位兄长的前程托付给皇上啊！兄长应知,妹妹因容貌姣好,才得以宠幸于皇上。然自古以来,以色事人者,色衰而爱弛,爱弛则恩绝。皇上之所以眷顾于我,乃在昔日妹妹之姿容。然今妹妹病重容毁,今非昔比，若贸然见之，皇上必因厌恶而弃之。如此，皇上还肯怜悯兄长么？"

李延年和李广利面对妹妹忧伤的目光，一脸的愧色。直到走出丹景台，他们都没有勇气回头再看一看病中的李妍。

"夫人！二位大人走远了。"紫云提醒道。

"哦！走远了……皇上走远了。"李妍情感的堤坝终于被悲哀冲毁，她伏在紫云的肩头放声大哭起来——她病得太久，哭声也只是细细的音律，宛若秋蝉。

跟着皇上的轿舆出了丹景台，包桑一路都在纳闷。李夫人今天这是怎么了，为何坚决不见皇上呢？而皇上愤而离去，却也不传太医来为夫人诊病。这两人怎么了？

包桑正想着，就听见皇上的口谕："移驾椒房殿。"

包桑又摸不着头脑了。皇上已有近十个多月没有去皇后那里了，难道今天忽发恻隐之情，动了去看皇后的念头？不管怎么说，这对日渐老去的皇后来说，是件幸事。

包桑的心情顿时好了起来，朝着后面的黄门、宫娥喊道："皇上口谕，移驾椒房殿。"

于是，轿舆转而朝椒房殿的方向去了。

包桑哪里知道，这会儿卫子夫也正在对着窗外暮春的景物而垂泪呢！

这一年来，卫子夫心力交瘁，人又老了许多。

两个公主，一个因栾大的案子至今寡居不嫁；一个因为失去了心爱的儿子一直疯疯癫癫，神志不清。这让她一想起来就泪水沾襟。

四年的时间倏忽即逝。皇上那年离京时带走了一个活蹦乱跳的霍嬗，回来却是一套空空衣冠，这成了她永远抹不去的记忆。

那次从泰山回来后，霍光不敢去见日夜思念儿子的阳石公主，只有先来拜见卫子夫。

其实，霍嬗遭遇不幸的消息，早在霍光进宫前卫子夫就知道了，只是当那一件皇上御赐的小朝服摆在面前的时候，她还是忍不住泣不成声，悲痛欲绝地呼唤道："嬗儿！我的嬗儿！"

她几度哭昏过去，醒来时，就看见坐在榻前的霍光和秦素娟。她向霍光问道：“皇上对这件事情怎么处置？”

霍光直到秦素娟退出后才禀告道：“皇上相信方士的话，认为霍嬗去了仙界，要太常祭祀天地时，在'五帝'旁边竖起霍嬗的神位。”

卫子夫不再说话，只是默默地流泪。她知道皇上沉醉太深，不再指望他会就霍嬗之死，给女儿一个理由。

她明白自己的身份，她必须站在皇上一边，去说服女儿相信，霍嬗遭遇不测绝非皇上的本意。皇上是嬗儿的外祖父，他所做的一切，都是因为太怀念霍去病了。

她要霍光与椒房殿詹事一起接阳石公主到她的身边，她要用母爱去抚慰她的创伤。

可是，当女儿出现在她的面前时，她却不知该如何说了。想来想去，话题还是绕不过霍去病。她回忆起霍去病少时的逸事，不厌其烦地重复那些阳石公主早已耳熟能详的故事，她越是说得详细，阳石公主就越断定母后召她来绝不仅仅是为了说这些。

"母后召孩儿来，一定另有话说。"

卫子夫凄然一笑道：“就是想和你说说话。”

"不！一定有什么事，请母后不要绕弯子，就直接告诉女儿吧！"

卫子夫明白迟痛不如早痛的道理，事情拖得越久，对女儿的伤害就越重。她从春香手里接过霍嬗的衣冠，颤颤巍巍地递到阳石公主手里：“嬗儿他……嬗儿他……嬗儿他……追随上仙去了。”

"嬗儿……嬗儿！"阳石公主一把夺过霍嬗的衣冠，一声撕心裂肺的长叫，就昏过去了……

她从此就没有再清醒过，终日生活在幻境里。

阳石公主身边的丫鬟说——她会在夜里对着窗外问，你们看见大司马和奉车都尉了么？他们就在窗外骑着马舞剑呢！他们要我陪他们习武呢！呵呵！你们看不见的。

她从此就没有再痛苦过，有时候睡到半夜，她会忽然要丫鬟为她穿甲戴盔，去牵战马，说是大司马在泰山等她去救嬗儿。

她从此就忘记了公主的威仪，常常会披头散发地抱着霍嬗的衣冠，大骂府令耽误了奉车都尉上朝的时辰。

"惹恼了我，一刀杀了你！"公主登上车驾，看着战战兢兢的府令莫名其妙地大笑。

那笑声让大家毛骨悚然。

让卫子夫最为难堪的是，有几次在宫中遇见皇上，阳石公主竟然"去病！表兄！夫君"地乱叫，惹得皇上十分不快，把愤懑都发在了皇后身上："堂堂宫苑，如此胡言乱语，成何体统？封了大司马府，从此不让她出门。"

卫子夫哭拜在刘彻面前，请他饶恕蕊儿的无知，怎么说她也是皇上的亲骨肉啊！

有谁能说得清楚，一个神志昏迷的公主心底的那一份酸楚；又有谁能说得清楚，妻子儿女与江山社稷，在刘彻心中的分量呢？

可怜的蕊儿。

这不！殿外又传来她憨憨的笑声："嘿嘿！嬗儿！娘的嬗儿。嘿嘿……娘这就带你去见皇上。"

卫子夫听见这声音，禁不住又泪流不止，急忙要春香到院子里去看看。

春香跑出殿门，看见阳石公主蓬头乱发，衣衫不整，语无伦次地在那自说自话。她换上一副笑脸，软语细声地劝道："公主呀！您让我抱抱孩子，皇后在殿内等着呢！"

"嘿嘿！皇后，谁是皇后？嬗儿才是皇后呢！嘿嘿……嘿嘿……"阳石公主傻傻地笑着，抱着枕头旋转了一圈，又低下头去亲意念中的孩子，"嘿嘿！皇后，嬗儿是皇后了！嬗儿是皇后了！嘿嘿……"

春香小心地走上前，顺着公主说道："小少爷何其威武，来日必是大汉栋梁！"

公主笑了："是么？他可是去病的孩子，皇上的奉车都尉，还要去早朝呢！"

春香讪讪地笑道："公主忘记了？皇上巡视去了，尚未归来呢！公主不妨暂且回府，等皇上回来，奴婢立即禀报公主如何？"

阳石公主亢奋的情绪低落了，吻着枕头道："嬗儿呀，皇上不在宫中，就随了娘回去吧，嘿嘿……"

公主上了车,朝驭手喊道:"送都尉大人回府。"随即,大家呼啦啦地走了。

春香进了椒房殿大殿,看见卫子夫还在那儿流泪,于是便上前道:"皇后,公主走了。"

卫子夫擦了擦眼角的泪水:"整日疯疯癫癫的,何日才能好哦?"

春香劝道:"皇后何不让她进来坐坐,开导开导?"

"唉!"卫子夫长叹一声,"不是我无情,实在是因为皇上已回京,说不定何时驾到,看见她这个样子……"

皇后没有再说下去,但春香已猜出来了。她是怕皇上看见,万一封了大司马的府门,那不等于杀了她么?

春香想法子排解皇后的抑郁:"哪能那么巧呢?皇上来之前,总要知会皇后的。"

可这一次,皇上就是没有打一声招呼,听听!从宫门外传来包桑的叫声:"皇上驾到!"

椒房殿许久没有听到这样的声音了,以致大家一时都反应不过来,直到包桑第二次高声传话进来,卫子夫才意识到皇上真的来了。

"臣妾恭迎圣驾。"只这一句,卫子夫就忍不住泪眼婆娑,可抬起头的时候,嘴角还是溢出了愉悦的笑容。

刘彻显然还没有从对李妍的怨气中转换过来,说话的声音很重:"平身!"

卫子夫心中就打起鼓来,这又是怎么了?十个月未来,来了就怒气冲冲的。

刘彻见卫子夫在自己的对面坐下,便对包桑道:"你们先退下。"

刘彻呷了一口热茶,忍不住话就出了口:"真是气杀朕了。"

卫子夫莞尔一笑,给刘彻的盏里续上了茶水:"何人如此不知深浅,惹皇上生气了?"

"还会有谁呢?朕去看她,她竟然拒而不见!"

卫子夫明白了,皇上说的是李妍。

"李夫人一定是觉得沉疴日重,不忍皇上瞧见衰颜。"

刘彻瞪了一眼卫子夫道:"这是什么话?朕何时嫌弃过她?朕对她说,如果让朕看上一眼,就让她的兄弟为官,可她到朕走时都未转过脸来。好了,她不愿意见朕,朕从此就不再见她!"

这话放在过去,也许卫子夫会责怪李妍,可是那一天两人在病榻前谈了许久,她就知道了李妍的心思。

卫子夫看了看皇上道:"皇上能容臣妾说两句么?"

刘彻虽然没有说话,可他也没有阻止。

"依臣妾看来,皇上还是不懂李夫人的心。"

刘彻很诧异:"你说朕不懂她?"

卫子夫不紧不慢地说道:"夫人不愿见皇上,是替皇上着想。想昔日夫人姿容如花,皇上宠爱有加,如今病了,皇上看见一脸的病态,未免伤心,她是想着让皇上记住她往日的容颜呢!"

"就算是这样,可她又为何不理解朕的良苦用心呢?"

卫子夫向前挪了挪,目光充满真诚和理智:"这正是李夫人的可贵之处,她同臣妾一样,不愿意李氏族人借她的关系谋取官位。皇上想想,李夫人不干政,可是社稷之福,江山之幸啊!"

卫子夫悄悄打量着皇上神色的细小变化,眼见他脸上活泛了,就知道他听进了自己的话。

果然,刘彻低头捻须思忖了一会儿,抬头说道:"听皇后如此一说,朕也觉得委屈了李夫人。"

"臣妾不敢做如此想,臣妾只是觉得李夫人也不容易,她可是日日夜夜盼着皇上回来呢!"

刘彻看着卫子夫,感叹岁月是那么无情,给她涂上了秋的色调,而唯一不变的是她对自己的情感。

两人眸子相撞的一瞬间,刘彻忽然生出一缕无以言说的愧意。

"那依皇后之见,眼下朕该如何处置呢?"

"李夫人这病,虽然现今日益沉重,可只要有一线生机,就该尽力救治,还请皇上听一听秦素娟关于夫人病情的禀奏。"

"还有呢?"

"自李夫人进宫以来,虽蒙皇上宠幸,却从未为兄弟族人请官。皇上若是体恤一二,给予其兄为国建功立业的机会,这也许有益于她的康复。"

话说到这儿,刘彻的臂膀不自觉地伸过案几,握住了卫子夫的手。

"难得皇后如此宽仁,朕立即遣人处置。来人!"

包桑应声进来,刘彻要他立即知会秦素娟,午后到宣室殿禀奏夫人病情,同时要丞相和大司马到宫中议事。哦!他想起来了,大司马病了:"朕早说要去探大司马的,这一回来……"

卫子夫道:"他毕竟是长公主的夫君,于此于彼都能体察圣恩的。"

"唉!朕的两位大司马……"卫青的病让刘彻又想起了霍去病。

天地尊神啊!朕一趟趟地祭祀,您为何不能赐阳寿于朕的臣下呢?

刘彻的目光暗淡了,只要思念霍去病,霍嬗之死就总是缠绕他。

"蕊儿近来好么?"

卫子夫沉默了一会儿,便按着事先准备好的话说道:"好多了,还经常念叨皇上呢!"

"哦!如此就好。都几年了,可霍光还是不相信嬗儿仙去的事实,怀疑其中有诈。"

卫子夫便不再说话,而对春香使了个眼色。

春香去了不一会儿,就回来奏道:"午膳已经备好,请皇上用膳。"

"呵呵!"当刘彻把目光转向卫子夫时,他被她温柔的眼神融化了。

"好!朕今日就与皇后一起进膳。"

这久违的声音,在卫子夫听来是多么的温暖。

元封五年(公元前106年)清明那天,卫青从茂陵返回京城后,就病倒了。

与其说是受了风寒,倒不如说他像一颗燃烧的星,终于在元封五年的春天渐渐冷却,甚至有了熄灭的预兆。

从元狩六年到元封五年,整整十一个年头,卫青一直没有踏进茂陵邑一步。

这不仅因为他是霍去病的长辈,以长者悼念少者,于礼制有违。还因为他的心承受不了那种生命易碎的压力。

可这一次,他却不顾皇后和长公主的劝阻,在清明的前两天,约了赵破奴、公孙贺和公孙敖,驱车去了茂陵。

坐落在茂陵司马道东侧的霍去病墓,自东南向西北逶迤起伏,俨然一座小祁连。

那一次,皇上没有恩准卫青的请求,而是把大战河西的机会给了霍去病。而现在,那里已设立了酒泉、张掖、武威、天水四郡。

站在霍去病墓前,卫青忽然想,假如当初是他率军西去,将会是怎样的结局呢?

卫青看见赵破奴的眼里含着泪水,他一定是想起了与霍去病一起风餐露宿的那些日子。

唉!他身上去病的影子太多了。元封三年,他奉诏进击车师国,一举俘虏楼兰王,而后又发兵围困乌孙、大宛边境城池达数月之久。他还在从酒泉到玉门的数百里边陲上修筑亭障,这是何等巨大的业绩啊!

朝廷像这样的将军不多了!

茂陵县令听说大司马来谒陵,急忙带着属下前来迎接。

皇上的陵寝,已经修了三十六年了。当年栽下的松柏树苗,如今都长成了大树。高大的松枝从高筑的墙头伸出,十分挺拔。

茂陵县令道:"少府寺依照皇上的口谕不断改进,陵高和陵体都大大地扩充了,现在茂陵已成了诸陵之最。"

这些让卫青有些迷惘,皇上一方面到处寻求长生不老药,另一方面又不断地扩充陵墓的面积,这二者在皇上心里,究竟是怎样相处的呢?

这一天晚膳后,茂陵县令准备了美酒和佳肴招待各位。酒至半酣,大家的话就多了起来。

公孙贺问道:"请教大司马,朝鲜一仗是如何打的?"

他说的是元封三年的事情,刘彻派驻扎在山东的楼船将军与来自燕、代的左将军组成联军与朝鲜大战于溴水之上。朝鲜右渠王坚守不出,数月不下,两位将军围绕战和发生争执。刘彻见久攻不下,又派济南太守公孙遂前去节制,孰料这个公孙遂竟然取缔了楼船军。

此事上报到朝廷,卫青觉得此事事关社稷安危,奏报之后,刘彻一怒之下便斩了公孙遂。

"可惜!骠骑将军若在,定当饮马辽东,横刀朝鲜。"赵破奴遗憾道。

公孙敖将一口酒灌进肚里,长叹一声:"将军所言,亦我之感。霍将军之后,朝廷再无如此将领了。"

公孙贺接着道:"虽说两越平定,可那焉能与两位大司马相比呢?数来数去,也就只有路博德还算是从骠骑将军军中出来的,那个杨么,竟然罔视朝廷,待价而沽,实在可恨!"

卫青一直没有说话,可将军们的话引起了他强烈的共鸣。

这两年皇上起用孔瑾、桑弘羊推行盐铁官营,日见其效。大农令呈送给皇上的奏章说:"一岁之中,太仓、甘泉仓满,边余谷;诸物均输,帛五百万匹,民不益赋而天下用饶。"

可相反的是,将才却渐渐不济,作为中朝之首,他自觉责任甚大。此次皇上回京,他一定要陈奏朝廷,希望皇上下诏命各郡推举贤才。

"各位所言甚是,皇上定会广纳贤才,我等皆皇上股肱之臣,推举良将,责无旁贷。"卫青道。

赵破奴闻此建议道:"依末将看来,侍中霍光,相貌奇伟,心胸大度,喜武知兵,颇有景桓侯之风,大司马何不向皇上举荐,令其担当重任呢?"

"大人又不是不知道,他与我……"

卫青的话还没有说完,公孙敖就接上了话道:"自古外举不避仇,内举不避亲。大人如觉得不方便,就由下官直接面奏皇上。"

卫青点了点头。

公孙敖早已是朝廷老臣,如果由他来出面,自然少了许多是非。

夜已经深了,卫青举杯站起来对大家道:"难得闲暇相聚,喝完这爵中之酒,大家都歇了吧。"

第二天,下起了蒙蒙细雨,卫青忽然起了雨中踏青的意念。他邀集几位同行,换车乘马,披着雨丝,朝着邑外去了。

赵破奴道:"桃花雨最是入骨,大司马不比当年,还是待雨住后再外出不迟。"

公孙敖也劝卫青还是谨慎为好。

"我自任军职以来,风雨数十年过去了,还怕这蒙蒙细雨么?"卫青说着话就出了门。

正是麦子出穗的时节,被雨水洗涤一新的田禾,显得更加碧绿葱茏。麦垄间,分布着星星点点金黄菜花,倒也有些情趣。

路过司马相如的墓时,他忽然忆起解东瓯之围时与他相处的日子,像这样的雨天,他若是同行,定会诗兴大发的。

过了司马相如的坟茔,是一田间小径,众位将军下马步行,朝着霍去病墓东南方向的一处高地走去。

登上高坡,转目西望,施工中的茂陵气势磅礴,回眸霍去病墓,与高坡遥遥相对。卫青凝视良久,忽然冒出一句话来:"此处甚佳。"

公孙敖不解道:"大司马此话何意?"

"诸位看看,这高坡西伏茂陵,北与去病墓相对,倘若我百年之后葬于此地,岂不与去病对茂陵形成拱卫之势,也不枉与皇上君臣一场了。"

一句话说得在场的人沉默不语。

许久,公孙贺故意怪道:"大人也是,好好的踏青,却说出如此令我等寒心的话来。"

卫青很豁然地笑了笑道:"人活百岁,终有一老,凡事预则立,不预则废么。"

可没有想到,一回到京城,他就一病不起了。

对长公主来说,卫青的病是她彻骨的痛。那早年的爱如海潮,那天各一方的魂牵梦绕,那久别之后的绵绵依偎,甚至为儿子的前程,为与皇后之间的疙疙瘩瘩,夫妻之间发生的争吵,如今都成了温馨的回忆。

她有时候一个人坐着,看卫青昏迷地睡去,就自责自己之前太任性,太好面子,没有很好珍惜眼前这个男人。

这些日子,她几乎把所有的精力都用来照顾卫青。隔两天就传太医来诊脉问病,调整处方,然后看着翡翠煎好药,自己亲自伺候卫青服下。她多希望自己的爱能创造奇迹,重新看到夫君能出现在朝会上。

即使不能,只要他能早晚与自己一起叙话,排解寂寞,就够了。

可卫青病疴日沉,她的心事也就愈来愈重,常常彷徨地对翡翠道:"愁煞我了。"

她还有许多事情要办。

大儿子曹襄早早地去了。下面三个儿子因为牵涉矫制和酎金案先后被削掉了爵位,而卫伉一度还被罚修城池,她不能不为儿子的前程考虑。

儿子们再不争气,可毕竟是自己生的,又是皇上的外甥,她要趁卫青还在的时候,了却这事。

皇上一回到京城,她就进宫去了。一把鼻涕,一把眼泪地诉说心中的烦恼,说卫氏家族两代人为大汉江山出生入死,一个累死了,一个病倒了,若是没有他们,皇上还能率领十八万大军扬威于漠北么?她说到伤心处,声声呼唤着母后……

刘彻对这位秉性随了窦太主的姐姐,只有忍让和抚慰:"阿姐稍待,明日早朝后朕即去探视大司马。"

现在日已上三竿,长公主要府令在门口探看皇上有没有驾到。

府令刚刚走到门口,却不意撞在进府来的霍光身上,顿时灵魂都飞了,忙道罪该万死。

霍光明白,他定是受了长公主的训斥,于是宽容地笑了笑,就径直来到前厅拜见长公主。

长公主立即换了笑脸,以舅母的身份迎接霍光。眼睛却跳过霍光的肩头,朝身后打量:"皇上呢?不是要来么?"

"皇上正和丞相商议采纳舅父奏章,以解人才匮乏之急。皇上命我前来禀告公主,他随后就到。"

"看看!自己都病成这样了,还惦念着朝事。"长公主撇了撇嘴。

霍光了解长公主,也不与她计较。他来到内室,见卫青面色灰暗,形容憔悴,人已瘦得不成样子,心里霎时沉重了:"太医来过了?"

"别提这些庸医了,药吃一剂又一剂,可就是不见起色。一会儿皇上来了,一定要奏请治他们的罪。"

等翡翠退下去后,卫青无奈地看了看长公主,轻叹一声道:"你呀!就不要给皇上添乱了。太医们尽了心,是上苍不予我阳寿罢了。"

"哼！为军惜将，为病怜医，满朝唯有夫君如此柔肠。"长公主愤愤不平。

卫青摇了摇头，不再与长公主理论，却道："我有几句话想与光儿单独说说，可以么？"

"好！他是你的亲外甥，有话就说吧。"长公主说着，就喊翡翠扶自己到前厅迎驾。

内室只剩下卫青和霍光，他挣扎着要坐起来，霍光忙拉了锦被在他身后垫好，呼吸才均匀了些。

霍光的手扶过卫青的肩膀，他十分惊异，这还是那个决胜千里的大将军么？经历过丧兄之痛的霍光预感到，舅父也将不久于人世了。

他第一次撇开官职而用了最亲的称呼与卫青说话。

"舅父！舅父有话尽管说，我一定转奏皇上。大汉不能没有舅父啊！"霍光眼里噙着泪水道。

"唉！你都做了侍中了，还如此脆弱。保护太子的重任还要你来承担呢！"卫青示意霍光在案头坐下，"舅父自知阳寿已尽，然有事托于皇上，惜哉无力，还是请光儿代笔吧。"说着话，卫青就喘了起来。

霍光忙递热茶过去，卫青喝了一口，才又说话——

大司马臣卫青上疏皇帝陛下：

  臣本平阳骑奴，蒙陛下不弃，拔于末尘，臣屡沐圣恩，每思及此，感激涕零。臣子无尺寸之功，襁褓之中而得以封侯。然臣教子不严，三子纨绔，触犯律令，有负圣望，臣不胜惭愧之至。臣自知沉疴难愈，臣去之后，三子未可复爵。公主与陛下同胞情深，早年丧夫，今又孀居，还请陛下相怜，悉心关顾，臣于九泉亦含笑矣。臣生为大汉之臣，死亦魂归汉土，恩请陛下准葬臣于茂陵……

听着卫青啼血溅泪的奏章，霍光才知道这些年，他不仅活得很累，而且活得很苦。尤其是三位表弟触犯律令，成了他的一块心病。

写着写着，霍光就不由得泪水涌流，写完后，卫青看了看，盖上大司马的印玺。

"你一定要转呈皇上,我累了,休息一会儿。"

"如此,外甥就告退了。"

帮着卫青躺好,霍光来到前厅,却见皇上坐在那里,正和长公主说话。他急忙上前参见,并呈上了卫青的奏章,刘彻浏览了一遍,长叹一声问道:"大司马这会儿怎么样了?"

"舅父说有些累,睡了!"

"好!朕就在这儿等他醒来。"

趁着这个机会,长公主把在心中盘桓许久的请求说了出来:"臣妾不敢再提不疑和登儿的事情,只是伉儿当年矫制,乃是年幼无知,现在大司马又病疴不愈,皇上看……"

刘彻捧起卫青的奏章道:"大司马在奏章中写得明白,朕现今想来,当年要是听了他的谏言,也不至于后来……"

"当年的事已经过去了,皇上不必自责。如今卫青病成这样,皇上难道……"长公主说着话,声音就哽咽了,随口喊了一句,"母后啊!女儿……"

刘彻最怕听的就是这句话了,忙道:"阿姐就不必再提旧事了吧,朕怎么会忘记母后的临终遗嘱呢?这样吧,待大将军醒来,朕当面与他商议之后再定吧。"

"如此!臣妾先谢过皇上了。"长公主说着,眉头一皱,又想起一件事情来,"乐坊近来又进来几位歌伎,皇上要不要看看?"

自李妍病后,宫中确没有刘彻可心的女人,他不免有些寂寞。可现在是什么时候,大司马病着,他会有此心思么?只见时候不早了,他便要霍光去看看卫青醒来没有。

霍光去了片刻,就踉踉跄跄地回来了,他声泪俱下地跪倒在了刘彻和长公主面前:"皇……皇上,舅父他……去了。"

"夫君……"这消息如晴天霹雳,长公主一声惨叫,朝内室奔去。

刘彻对惊在一旁的包桑吼道:"还不快去照看公主?"

他随之也站了起来,却有些昏厥。霍光急忙上前与黄门一起扶着皇上来到内室,只见长公主伏在卫青胸前,放声恸哭,口里声声呼唤道:"夫君呀,你好狠心啊!你怎么可以撇下我而去了呢……"

卫青面色苍白,静静地躺在榻上。

仿佛经过一场漫长的远征,他沉沉地睡去了,没有遗憾,没有痛苦,一任长公主如泣如诉的念叨。

刘彻忽然觉得很疲惫,他坐在榻上,想站起来,却使不上力。十一年前,霍去病走了;十一年后,卫青也走了。他们仿佛两座山峰,在他的眼前崩塌。

他想说什么,嘴张了张却说不出来。这可把包桑吓坏了,他上前摸了摸刘彻的手,冰凉冰凉的,他急忙喊道:"皇上!皇上!"

半响,刘彻才缓过气来。他走近卫青,亲手为卫青蒙上了洁白的丝绢。

"大司马,朕的爱卿,朕来迟了。"

霍光看见泪珠挂在刘彻的眼角,颤巍巍的,很心酸……

两天后,刘彻下诏,谥号烈侯,葬于茂陵,起冢似卢山。

第十二章

香魂一缕随水去 思念不尽伴月来

茂陵又添了一座巨大的坟冢,太子刘据的心也从送别大司马那一天起,积下了像山冢一样的块垒。

卫青薨陨的消息他是在博望苑中听到的。他当时的第一反应就是自己身后的一座山崩塌了,从此守护他的就只有母亲卫子夫了。

他沉默良久,抬起头来时,双眼都浸在咸涩的泪光中了,他的呼唤似博望苑中的风吹皱的荷池,波浪绵延不绝。

在大司马府吊唁时,他看到了憔悴不堪的母后。母后此时与他有着一样的忧郁和痛苦,可她在任何时候,都总是为了父皇而把一切的委屈隐忍在心底。

自从漠北和河西战役后,父皇就没有再给舅父统军出征的机会,但她依旧不断地提醒舅父,凡事要约束自己,以致他后来在朝堂奏事都谨小慎微,言语不畅了。

她不是不知道,长公主常为儿子与卫青发生龃龉,拿出身伤害他们,可每次都是在母后的开导下,以舅父的道歉而结束。

父皇一面借助卫氏甥舅,为大汉拓疆开土,另一面又对舅父在朝野的威信睁眼警惕着,所以,母后总是要舅父宁可大智若愚,也不可锋芒外露。

与当年表兄霍去病去世相比,舅父的葬礼规模不免逊色,既没有发属国玄甲,父皇也没有亲自送大司马到茂陵安排,而只写了"功垂千秋"绢帛。

刘据相信，面对舅父的亡灵，母后一定有许多话要说。然而，在椒房殿詹事代她行祭奠之礼时，她只是抚摸着大司马的灵柩默默流泪。

他发觉母后忽然一下子变得很迟钝了，在登上銮驾时，几乎都挪不动脚步了……

这情景让刘据很难受，也由此而生了对父皇的诸多怨恨。且不说那些因为后宫纠葛给母后带来的伤害，单是父皇笃信方士让两个姐姐承担了那么多痛苦，这让刘据一想起来就心垒郁结。

从大司马府回来，他请太傅卜式为他拟了一道奏章，提出要亲自送舅父到茂陵，看着他安葬。

父皇很快地就允准了他的奏疏，并特意安排金日磾为他驾车。这让他觉得父皇对他来说，是一个难以捉摸的谜。

葬礼之后许久，无论是刘据还是卫子夫，都无法走出失去亲人的悲痛。

每一次请安时，刘据都要陪母后说说话，以放松她的心情。叙话时，刘据一般不让女御长和黄门、宫娥在一边。

这一天，母子俩又在未央宫椒房殿里饮茶叙话。

刘据还是按捺不住，把平日听到的和自己想的在母亲面前发泄一番。

他端着茶杯，对卫子夫道："母后有所不知，现在朝廷没人愿意做丞相了。"

"量才任官，选贤用能，是你父皇的事。你只要读好书就是了。"

刘据却不以为然："孩儿作为太子，怎么能对社稷大事熟视无睹呢？孩儿听说自庄青翟、赵周之后，就没有人再敢接任丞相了。太傅石庆，接任之后甚至伏地而泣。泱泱大汉丞相，这副模样能不让人寒心么？"

先来的刘嫣坐在太子下首，接话道："还有，大司马薨后，几位表弟都被父皇忘记了。外面传得可多呢！说朝廷大兴方士，滥筑宫观，百姓不堪重负，纷纷逃亡。"

"还有！这些年父皇对霍嬗的死讳莫如深，一直没有个令人信服的说辞，可怜妹妹她至今……"

卫子夫听得出来，女儿的话带着深深的失落。他们摆不脱卫氏家族曾经拥有的荣耀，这倒也情有可原。可她是皇后，不能任由他们这些情绪蔓延滋长。

卫子夫看一眼面前的儿女道:"这是你们父皇的事情,你们悉心体味就是,这些话在我这里说说就罢了,出去不许张扬。"

可刘据还是按捺不住心头的怨气:"霍嬗之死之所以束之高阁,都是因为父皇沉醉于长生不老之故。"

他知道,这是母后心中难以平复的痛。他不说,母后永远也不会说。

可卫子夫却听不下去了,很不高兴地打断了刘据的话:"你勿复多言,我听着就心烦。你五天一次来请安,来了就惹我烦恼。好了,我累了,你们退下吧。"

"如此,孩儿便告退了。"刘据闷闷不乐道。

刘嫣站了起来,哀怨地看一眼卫子夫道:"母后,您这样优柔寡断,不仅伤害了自己,也让儿女们纠结。"说完,她含泪走出了殿门。

"嫣儿!嫣儿!"卫子夫追到门口,却见刘嫣与刘据一先一后上了车驾。

春香过来问道:"公主怎么了?好像很伤心似的?"

卫子夫长叹一声:"国事家事,为何事事都如此闹心呢?"

她反身进了大殿,可心却再也安静不下来了。

她不得不承认儿女说得有道理。眼看李夫人的儿子刘髆一天天长大了,对太子的威胁也越来越大,可她这个身为皇后的母亲却毫无办法。

想着,想着,卫子夫的眼泪就掉下来了。

"唉!摊上这样一个无用的娘,儿啊……"她在心里埋怨自己的脆弱。

春香早晚跟随在皇后左右,最了解她的心事,可也只有安慰的份:"娘娘!时候不早了,您该歇息了。"

"哦,不了,我就靠在榻上养一会儿神。"

谁知这一养就睡过去了,迷迷糊糊听见人声,她睁开眼睛,就见春香着急地呼唤道:"启禀娘娘,不好了!公主沉湖了!"

"什么?你说什么?"卫子夫一惊便坐了起来。

"阳石公主……沉湖了。"

"啊"地一声,卫子夫昏了过去。宫娥和黄门们顿时慌了,围着皇后又哭又喊。春香抱起皇后,轻声呼唤:"娘娘!娘娘!您醒醒!"

卫子夫从昏迷中醒过来,已是一个泪人,嘴里讷讷自语:"是我害了蕊儿啊!"

"事已至此,皇后还要节哀。"

卫子夫忍着悲痛,挣扎着坐起来问道:"公主在哪儿沉的?"

"听说是在大司马府后花园的荷池中。"

"车驾伺候,我要去看蕊儿……"

湖水在吞噬了一个脆弱的生命后,早已恢复了往日的宁静。

湖畔三步一岗,五步一哨,羽林卫以严整的队列筑起了一道人墙。大司马府的丫鬟、府役们被隔在人墙外,阳石公主的尸体停放在榻床上。

眼见皇后的轿舆来了,大家纷纷让开道路。

太子和刘嫣在离开未央宫后就听到了阳石公主沉湖的消息,面对母后,两颗破碎的心顿时悲痛地号啕起来。

"母后!孩儿来迟了。孩儿愧对姐姐呀!"

"母后!妹妹她……委屈呀!"

从未央宫到大司马府,这段路在卫子夫的心中有千万里长。一路上,她只觉得车毂旋转得太慢。她的泪水不断上涌,又不断地被逼回心底。

当她出现在宫娥和黄门们面前的时候,她的泪水最终化为矜持的平静。

"站起来!身为一国太子,国之储君,哭哭啼啼,像什么样子?"

在春香的搀扶下,卫子夫来到榻床跟前,她颤颤巍巍地掀开蒙在阳石公主脸上的白绢。阳光下呈现出一张平静的、没有痛苦的脸,似乎诉说着荣华而又惨淡的人生。

经过漫长的跋涉,她累了,沉沉进入了梦乡,踏上了生命的归途。这样的结局对神志昏迷多年的她来说,未尝不是一种解脱。

卫子夫为女儿盖好白绢,硬没有让泪水滚出眼角。

"你们是何人先看见公主的?"

阳石公主的贴身丫鬟芸香战战兢兢地跪在皇后面前道:"奴婢罪该万死。昨晚,公主忽然要奴婢备车,说奉车都尉该上朝了,奴婢好言相劝,她才安静下来。奴婢伺候公主服了安神汤,看着她安静地睡去,才到值更室休息。不想打了个盹儿醒来,公主就不见了。大家在司马府内找了个遍,最后在湖里看见了公主。奴婢看见公主的时候,公主就漂在湖面上,奴婢急忙禀告府令,才将公主打捞了上来。请娘娘赐奴婢一死,奴婢好陪伴公主,娘娘……"

芸香的痛哭声引得周围的人跟着流泪,她含泪呈上一片绢帛,说是在公主内室发现的。

卫子夫接过绢帛,泪眼婆娑地看去,那字字句句都是啼血的痛,都是彻骨的冷:

冉冉兮日月轮回以成岁,梦魇魇而无醒;倏倏兮斗转星移以过隙,怅恋恋而无忘。夜漫漫独倚栏杆而望月兮,遥问君胡不归?拭剑光犹闻瀚海而马嘶兮,若啸虎之驰骋?抚琴弦素指而颤颤兮,君其以静聆?父子共御云霓以凌空兮,知我之遥念?思君不见而柔肠寸断兮,欲觅君于苍冥;思儿不见而绝尘归去兮,唯黄泉而相聚……

卫子夫读着,整个的人都随着女儿的泣诉而去了。

"这是她写的么?"

"奴婢说不清楚,奴婢只是看到,这几年公主在神志清醒的时候,总是捧着司马相如大人的文章念,而且一念就是一个通宵。"

这时,府令急忙呈上一卷竹简道:"此乃公主昨夜读的文章。臣巡夜时,路过公主窗前,听到'左右悲而垂泪兮,涕流离而从横。舒息悒而增欷兮,蹝履起而彷徨。揄长袂以自翳兮,数昔日之愆殃'的声音。"

卫子夫接过来一看,就见这几句下面都做了记号。再一看,天哪,那辞赋不是别的,正是司马相如的《长门赋》。

卫子夫顿时就有了一种沉重的负罪感。

唉!多年了,她以为阳石因思念去病和嬗儿而神志昏迷,谁知她是忍着常人难以忍受的苦,受着骨肉分离的痛。她始终清醒地活着,她的疯癫和呓语是对这个世界的抗争。

阳石公主没有远去,她此刻就在风儿飘过的云彩间,她看着流泪的人们——没有人能理解那一刻她的愉悦、幸福和轻松……

喝了芸香的安神汤,阳石公主抱着"霍嬗"睡去了。

亥时二刻，她从梦呓中醒过来了，瞅了瞅身边的枕头，凄然的笑意掠过忧伤的眼角："这榻床上本该还有一个人的，而如今却是形影相吊。"

她已不记得自己抱着枕头到处乱跑的事情了。

她从枕边拿起司马相如的文章，那是她在清醒时思念亲人的唯一寄托。这其间有许多片段她都可以熟练地背诵下来。

  抟芬若以为枕兮，席荃兰而茝香。忽寝寐而梦想兮，魄若君之在旁。惕寤觉而无见兮，魂廷廷若有亡。众鸡鸣而愁予兮，起视月之精光。

她的泪水打湿了竹简，拿起挂在床前的腰带，顺势在上面写下了自己的怀念和忧伤……

  父子共御云霓以凌空兮，知我之遥念？思君不见而柔肠寸断兮，欲觅君于苍冥；思儿不见而绝尘归去兮，唯黄泉而相聚……

写着，写着，她似乎看见霍嬗从榻上站了起来，朝自己走来。

她吹了吹绢布上的墨迹，嘻嘻笑道："嬗儿不要闹，娘这就带你去见皇上。"

子时的夜色还很浓，只有月儿弯弯地挂在大司马府高高的旗杆上。阳石公主抱着"霍嬗"出了内室，悄悄朝院内走去。

穿过密密的竹林，走完曲折的回廊，就到了后花园门前。

她轻手轻脚地迈过那道门时，忽然就看见前方一束灿烂的灯火，似乎有人冥冥间呼唤她跟着灯火，飘荡地来到湖畔。

那该是多么不可思议！湖心岛上站着的那个人不就是她日夜思念的霍去病么？他依旧盔甲被身，威武英俊。只是他身边的那些卫士她一个也不认识，他们身上穿的，也不是朝廷配发的玄甲。哦！站在他身边的那位少将军是谁呢？是她的嬗儿！

阳石公主扔了怀里的枕头，忘情地朝着他们父子扑去。

"嬗儿！这些年你到哪里去了啊？娘想得好苦啊！"她目不转睛地看着湖

心的岛屿。

"嫱儿！你真到仙界了么？"她越过一丛丛花木，朝着湖心的岛屿奔去。

"夫君，我这就来和你们团聚了。"她毫无顾忌地扑向湖水。

五月的湖水并不冰冷，清幽的涟漪漫过阳石公主的头顶，那一缕渐渐生出白丝的头发在水面上漂着。

"母后！这都是父皇……"

刘嫱扑到卫子夫的怀中，却被她断然推开了："你不要再说了，你清醒些好不好？"

刘据在一旁暗暗叹息，为母亲的为难，也为自己的进退维谷。

卫子夫没有把女儿的死迁怒于芸香，她回转身来向大司马府府令问道："你们禀奏皇上没有？"

"皇上驾到！"

还没有等府令回答，她就听见从后花园门口传来包桑那尖细的声音。

皇上来了，他的身边跟着宗正刘安国和太常赵弟。

刘据和刘嫱没有任何热情地随着母亲跪在地上，迎接皇上的到来。

而只有在这一刻，卫子夫的泪水才如决堤的溪水，哗哗涌出眼眶。

"皇上……臣妾……"卫子夫的心弦不断弹奏着这四个字，却最终没有连成一句完整的话语。

刘彻来到阳石公主的榻前，俯下身子，轻轻掀开白绢，什么话也没有说，只是久久地注视着那一张如玉雕一样的脸庞。

在三个女儿中，刘彻最喜欢她尚武习兵的性格。也许，正因为爱之愈切，才有霍嫱的泰山遭际，可刘彻至今都没有对霍嫱的"仙去"有过丝毫怀疑。

他读着阳石公主的临终遗言，就断定她是到蓬莱仙山寻找儿子去了。

跪在地上的儿女和皇后，多希望从他的眼里读出失去亲人的忧伤，从他的话语中聆听父爱的慈祥。是的！他们看见皇上眼眶边晕了一圈红。可它是那么短暂，倏忽间就消失了。

刘彻道："你们平身吧！不必过度悲伤，朕已问过公孙卿，蕊儿已于昨夜子时到蓬莱仙山去与去病和霍嫱相聚了。"

"皇上！臣妾……"卫子夫终于无法抑住一腔悲愤，与刘嫱相拥而泣。为阳石公主的离去而悲愤,为皇上的痴迷和沉醉而寒心。

刘据因跪得太久,从地上站起来时,有些双膝发颤。满腔的悲愤把父子君臣之间的礼仪挤到狭小的空间。

"父皇!恕孩儿直言,父皇这样做,不觉得对姐姐有愧么?父皇如此对神仙之道痴迷,不觉得对母后太残酷了么?"

刘彻先是语塞,继之就气粗了,他无法忍受太子的诘问而怒上眉头:"放肆!你怎么可以这样与朕说话。来人,还不与朕拿下!"

这时,只听见从旁边传来一声:"据儿!你要干什么,还不向你父皇认错!"

那是卫子夫的声音……

元封六年,注定是一个萧瑟的年份。

卫青与阳石公主相继离世后的九月,李夫人也怀着无尽的牵挂和眷念去了。

在李妍最后的日子里,卫子夫又一次表现出她的宽怀和仁德。她一天一趟地前往丹景台,向秦素娟询问李妍的病症。

这一天,卫子夫一走进丹景台,就看见秦素娟从内室出来,两眼噙着泪水,情知大事不好。她不由分说,就赶到病榻前,握着李妍的手道:"妹妹有话尽可对姐姐说。"

李妍的目光忽然闪烁出异样的光彩托付道:"请姐姐照顾好髆儿,妹妹再无牵挂。"说完便闭上了眼睛,香魂一缕缕散去……

她去世的时候,刘彻正在宣室殿与石庆、儿宽等人商议派遣使团去匈奴吊唁单于的事宜。

重阳节前夕,乌维单于带着没能南归的饮恨去世了,年少的乌师卢登基。匈奴人又一次选择向西北远方迁徙。哀伤忧郁的歌谣伴随着马队的远行,留在身后大漠的足痕中,很快就被风吹来的沙尘掩盖。

包桑将李夫人去世的消息告诉刘彻时,他的心一下子就乱了。李妍拒不见他的纠结顷刻间就冰释了。

他将事情交给石庆,便让儿宽速传宗正和太仆为夫人筹办葬礼事宜,然后就匆忙赶往丹景台了。

刘彻径直走入内室,就看见李妍那张熟悉的脸早已没了昔日的娇艳,蜡黄中透着苍白,而曾经柔软丰腴的身体也瘦骨嶙峋。

至此,刘彻明白了夫人当初拒不见他的用心。

他忽然觉得,这丹景台是上天专为淑良雅操的女人恩赐的。卫子夫、李妍,只要沾了这里的地气,没有一个不懿德馨香的。

卫子夫向十分伤怀的刘彻建议道:"夫人自入宫以来,贤淑仁爱,德馨流芳,臣妾恳请皇上以皇后之礼葬之茂陵。"

刘彻又一次吃惊地看着卫子夫,一时竟不知该说些什么好。

李夫人走了,在茂陵西侧矗立起一座高大的墓冢,与王太后在阳陵的墓冢可以一拼大小。只是卫子夫万万没有想到,多年之后,她作为大汉的皇后却死无葬身之地……

这诸多变故使得改元成为包括刘彻在内的朝野人士的共识。

年轻的太史令司马迁与太中大夫公孙卿、壶遂率先向刘彻呈上奏说:"帝王必改正朔,易服色,所以明受命于天也。……陛下躬圣发愤,昭配天地,臣愚以为,三统之制,后胜复前圣者,二代在前也。今二代之统绝而不序矣,唯陛下发圣德,宜考天地四时之极,则顺阴阳以定大明之制,为万世则。"

这奏章在刘彻的案头放了数日,每天打理完国政,他都会拿出来反复地浏览揣摩。他要有司找来历代历法,上溯三代,下迄嬴秦,一一参验。终于在十月的一天,他决定将奏章交朝会廷议。

石庆、儿宽等认为,嬴秦以降,十月为岁首,与农时节气错位,多有不便,宜行新历。

司马迁也道:"臣与精通律历者落下闳、邓平诸君测算,年为三百六十五日二十五分,月为二十九日八十一分之四十三。以孟春正月为岁首。如此则日月如合璧,五星如连珠。上利朝廷循晦朔而朝觐祭祀,下利农桑据节气而耕作。请皇上定夺。"

群臣皆以为司马迁言之有理,纷纷赞成改元变历。

刘彻于是下诏,改元太初,汉历名为《太初历》。

从这一年起,岁首与正月合为一体。

太初元年的正月,就在这喜与忧的动荡中来到了。

过了初五,长安的各街各巷纷纷挂起千姿百态的花灯,整个京城变成了一个花灯的世界。

官府、商贾、百姓都把灯节看成过年的最后一次喜庆。灯虽有大小、繁简、精粗的差别,然而,心境却都是一样的。

未央宫、长乐宫的歌舞百戏也在加紧排练,鼓乐、笙声每日一大早就在乐坊上空飘荡,直到午夜才渐渐平息。

到处都弥漫着歌舞升平的氤氲。从皇上到三公九卿,都暂时将烦恼抛在一边,一心一意地投入到迎接上元节的喜庆中。

李妍走后,深知刘彻性格的长公主想方设法不断为皇上排解寂寞,可有了与李妍那段销魂的岁月,其他女人在刘彻心中就黯然失色了。往往是一夜纵欲,就弃若敝屣。

这种有增无减的思念,在年节之际就更加强烈。

正月初十,公孙卿与石庆在未央宫不期而遇了——朝会要在上元节之后才恢复,但深察皇上心境的公孙卿心里没闲着,正盘算着如何满足皇上求仙的心愿;而石庆却是因为边关军情十分紧急,耽误不得才来的。

石庆对这古怪的方士平日是不待见的,同朝为官,见了面不免寒暄几句,相携着去见皇上。可是,当他们来到温室殿前的时候,却看见包桑和一班黄门站在殿外。

"向公公恭贺新禧。"两位不约而同地向包桑问候道。

"多谢了!两位大人新春嘉庆,不在府上欢宴,为何进宫来了?"

"皇上起居可好?"石庆问道。

包桑叹了一口气,指了指殿门。两人就听见从殿内传出歌伎的吟唱声:

> 何灵魂之纷纷兮,
> 哀裴回以踌躇。
> 势路日以远兮,
> 遂荒忽而辞去。
> 超兮西征,屑兮不见。

浸淫敞恍,寂兮无音。

思若流波,怛兮在心。

包桑的眼泪横一道竖一道的,都流进了深深的皱纹里。他也不知道擦拭,只是嘴里讷讷自语道:"皇上孤单哟!皇上孤单哟!"

这情景让石庆再也没有勇气走进温室殿去打扰刘彻的情绪了,他猜到这会儿刘髆一定陪着皇上。他打定主意将战报暂缓几天呈上去,于是便对公孙卿道:"大人!我等还是回吧!皇上如此心情,你我奏事不是自找没趣么?"

"呵呵!大人所言极是。大人有事可先回府上,下官还有几句话要对包公公说。"公孙卿眨了眨眼睛道。

"如此,老夫就先走了。"

走上司马道,石庆还在纳闷,这个公孙卿究竟要干什么?难道他还嫌朝廷不够乱么?不过,这话他也只是在心里盘桓而已。

而这边,公孙卿已与包桑说完了话。

"多谢公公指点。"公孙卿一脸谦恭,"请公公转告皇上,微臣只有借助夫人的衣冠才能召回夫人。正月十四之夜,月上城头之刻,夫人定当准时归来。"

"果真么?"

"呵呵!公公何其多疑?下官有几个脑袋,敢欺蒙圣听?"

但包桑还是满腹疑惑,孰料刘彻听了这个消息后,却深信不疑,他断定整天与仙人打交道的公孙卿一定能了却他的思念。

他立即要包桑送去了夫人的衣物、首饰,并且特别要包桑转告公孙卿,夫人最喜欢斜插芙蓉的发式。

从正月初十到十四,算来也不过四天时间,可刘彻那颗心从准了公孙卿的奏章时起,就一刻也不安宁了。

凭栏仰望天空,他觉着太阳像是停在了头顶,怎么一个时辰过去了,还纹丝不动呢?

他埋怨公孙卿为何非要等到十四晚上,他还谢绝了掖庭引荐的美人,似乎只有这样,才不辜负了夫人的冰清玉洁;他如醉如痴地想象着那个缠绵的时刻是怎样销魂动魄。

他按照公孙卿的请求,把温室殿腾了出来,好从容营造夫人归来的氛围。

执手相别叹时短,人约黄昏怨日长。

正月十四一大早,刘彻就派包桑到温室殿来打探消息,却被公孙卿的徒儿们挡在殿外。他们说天上人间,阴阳两界,仙人告知夫人已经起程,只是必待午夜亥时才能与皇上相见。

好不容易挨到太阳在山后隐没,长安城头的暮钟响过三通,晚霞才依依不舍地散去。草草地用了晚膳,刘彻要包桑传来了皇子刘髆。

刘髆已经五岁了,夫人就是因为生他才落下病根的。夫人走时,他只有两岁,母亲对他来说,只存在于乳母的描绘中。

这是多么神秘的相聚!黄门不能陪伴,宫娥不能跟随,皇上的身边只有包桑和刘髆两人。

脱去了蒙在身上的圣光,刘彻成为一个慈祥的父亲,他含着忧伤的目光在儿子身上流连良久,都不愿离去。

唉!这些年忙于寻仙问药,对内推行盐铁官营,对外征伐异邦,儿子是怎么长到现在这个模样的,他几乎一无所知。看着他温文尔雅,举止文静,处处留着他母亲的影子,刘彻对李妍的思念就越发九曲回肠了。刘彻的眼睛渐渐被泪花模糊了,他有了一种歉疚。

"来!到父皇身边来。"刘彻向儿子伸开双臂。

刘髆走向他的脚步是怯生生的,带着些许冷漠,稚嫩的话语不乏宫廷的客套:"谢父皇。"

他终于依偎在刘彻的怀抱里,但刘彻感觉得出来,他远没有当年刘据在自己面前所表现出来的随意和率性。

"想你娘么?"刘彻试图用抚摩拉近与儿子的亲情,却被他头一歪躲过了。

"孩儿想娘。"

可接着,刘彻很快感到儿子对母亲的陌生。

"听乳娘说,孩儿的母亲很好看,这是真的么?"

"真的！你母亲是天底下最好看的人。"

"有皇后娘娘好看么？"

这让刘彻怎么回答呢？自李妍去世后，刘髆就跟着卫子夫，他对皇后的印象比他娘还深。他既感到欣慰，又感到酸楚，漫不经心地答道："你的娘和皇后一样好看。"

但他没有从刘髆那里得到积极的回应，而等来的却是儿子的沉默。

他觉得这样的说话十分别扭，而且还有些压抑。而他更担心的还是日后他与太子之间的关系。他用模棱两可的话，试图冲淡一下眼前的沉闷："等你大了，有了王妃，自然就不难明白。"

"孩儿不要王妃，孩儿只要自己的娘。"

谢天谢地，他终于再没有刨根问底下去。刘彻连忙道："今夜就让你见到娘。"

"真的？"

"父皇乃九五之尊，岂有戏言？"

月儿在云彩间漫步，未央宫庞大的建筑群被夜色模糊成一片混沌。

更漏已是亥时三刻，守在冷月下的包桑冻得脚手麻木。这时公孙卿的徒儿出来了，小声对包桑道："夫人已经归来，现正在殿内恭迎圣驾呢！"

包桑长长舒了一口气，转身就朝宣室殿跑去。人还没有进门，尖细的嗓音先传进刘彻的耳朵："回来了！回来了！"

刘彻的心一下子就涌出如潮的情波，来不及答话，就拉着儿子朝外走去，登上早已伺候在殿外的轿舆。

在塾门值更的卫尉路博德赶来道："天黑夜深，就让臣率领警跸护卫皇上移驾吧？"

"不必了。"刘彻朝路博德摆了摆手，轿舆就向温室殿奔去。

转过回廊，远远地瞧见公孙卿早已在殿前迎接，刘彻没有下轿，就迫不及待地问道："夫人在何处呢？"

"夫人正在殿内恭候。不过，在见夫人之前，臣有要事向皇上禀奏。"

刘彻下了轿舆，急道："爱卿有话快说，须知朕之盼夫人归，若望断云山之切啊。"

"皇上,夫人与皇上现为天人两界,阴阳相隔,因此皇上只能远看而不能近之。其二,人仙不同语,所以,皇上和殿下有话尽可以对夫人说,夫人却是不能与皇上说话的。"

"那朕又如何得知她听见了朕的声音呢?"

公孙卿眨了眨眼睛道:"这个不难,夫人若是点头,就是听懂了皇上的旨意;夫人若是摇头,就表明她不同意皇上的话;夫人若是抖动肩膀,那是因为她见到皇上而觉得悲喜交集。"

话说到这里,刘彻有点不耐烦了,向里迈开脚步:"朕知道了,爱卿还是快些带朕去见夫人吧!"

公孙卿急忙跟着皇上的脚步道:"为了分开阴阳,皇上与夫人之间隔着一道幔帐,皇上千万不能越过幔帐,否则仙人怪罪下来,皇上今后殊难再见夫人。"

后面的话刘彻是否听清,公孙卿不得而知。他唯一的希望就是皇上不要看穿了他的玄机。

看着皇上的身影进了温室殿,他不等包桑传话,就抢先朝殿内喊道:"皇上驾到!"

温室殿里的所有灯火在这一刻都熄灭了,只有幔帐后面的亮着。那婀娜的身影就在幔帐后面亭亭伫立,隐隐约约的青蓝深衣,飘飘扬扬的束腰锦带,盘旋而上的云鬟发髻,一支银簪穿髻而过,如含露芙蓉摇曳其艳。

只是那面目却若隐若现,似是而非。

一道幔帐把他们分开,可当"夫人"看见皇上和刘髆时,那锁不住的思念,顷刻间化为衣襟沾泪的哭泣。

血脉是催生亲情的细雨,让所有被岁月砌筑的隔膜在一瞬间坍塌。

当刘髆遵照父皇的旨意向母亲拜倒的那一瞬间,从舌尖上涌出的每一个字都浸渍了他这个年龄难以承受的痛。

"娘!您到哪里去了?娘!孩儿长这么大,却不知道娘的模样。娘啊!孩儿从来不知道被娘怀抱的滋味,您既已归来,为何不抱抱孩儿啊!"

可当小刘髆抬起泪眼,看见的却是一个用手捂着脸的影子时,他就绝望了,他转身抱住了刘彻的腿,放声大哭:"父皇!您不是皇上么?皇上的话娘一定会听的,您就让娘走出来抱抱孩儿吧!孩儿要娘……孩儿要娘……"

这情景大大地出乎了公孙卿的预料,他那颗冰冷功利的心也被刘髆的哭声一点点地酥软,不过这意念就像划过夜空的流星一样,很快就冷却了。他最担心的是皇子这样哭闹下去,皇上果真要与"夫人"见面,那他所营构的虚假都会昭然若揭。

公孙卿没有任何犹豫,果断地打断了刘髆的哭声:"殿下恋母之情,微臣感同身受,可殿下要明白,夫人现在是仙界之人,不可与凡人通语。"

可思母心切的刘髆哪顾得凡间仙界,他只想要他的母亲,他用君臣的口气大骂公孙卿多事:"你敢拦挡我见娘,我就要父皇砍了你脑袋,扔到上林苑去喂老虎。"

说着说着,他又缠着刘彻要娘,任性的刘髆没有发现,他的父皇早已泪流满面了。

的确,从金屋藏娇到现在,刘彻从来没有为一个女人这么不顾尊严地一任泪水尽情流淌,儿子的声声呼唤更让他心力交瘁。

"皇儿!你听朕说。"刘彻捧着刘髆的脸,泪珠儿就打在刘髆的腮边,"皇儿!公孙大夫没有说错,你母亲现是仙界中人,不可与世人有肌肤之接。你虽非太子,却也是皇子,不可有非礼之举。先让朕和你的娘说几句话好么?"

刘彻示意包桑带刘髆下去,然后又对公孙卿道:"爱卿也退下,朕想单独与夫人说说话。"

刘髆去了很久,呼唤的哭声还在刘彻的耳边回荡。

此刻,站在黑魆魆的温室殿里,望着幔帐后面的身影,刘彻分明感受到了李妍的体温和气息。

哦!她没有走,她还活着,活在一个琼林阁榭、玉宇仙山的世界里。

他分明看见,夫人轻移莲步,缓缓来到他的面前。她的目光依旧皓如明月;她的脸颊依旧玉润清露;她的肌肤依旧白皙如雪;她的丹唇依旧含华吐芳。

哦!刘彻积累许久的话都在这个时刻化为珍珠,一颗一颗散落在初春的寒夜。

"夫人啊!朕现在明白,当初你为何不愿意见朕了,你是要朕永远记得你的娇容美颜啊!而朕当初却无故委屈了夫人。其实,朕也是爱之愈切啊!今日归来,夫人一定原谅朕了吧?

"夫人啊!你可知道,你这一去,朕失去了美艳绝伦的知音,髆儿失去了兰心蕙质的亲娘。夜来朕独倚栏杆,遥问上苍,昊天茫茫,夫人何不归?

"夫人啊!朕不知多少次夜阑人静之际,含泪独吟《李夫人歌》,而沉沉夜色,凄清如许,心音有谁听?今夜,朕就把它读给你听。"

美连娟以修嫮兮,命樔绝而不长,饰新宫以延贮兮,泯不归乎故乡。惨郁郁其芜秽兮,隐处幽而怀伤,释舆马于山椒兮,奄修夜之不阳。秋气潜以凄泪兮,桂枝落而销亡,神茕茕以遥思兮……

精浮游而出畺。托沈阴以圹久兮,惜蕃华之未央,念穷极之不还兮,唯幼眇之相羊。函荾获以俟风兮,芳杂袭以弥章,的容与以猗靡兮,缥飘姚摩愈庄。燕淫衍而抚楹兮,连流视而娥扬,既激感而心逐兮,包红颜而弗明。

他似乎听见了李妍接着自己的诵读而吟唱。

"皇上啊!你可记得,那一夜,皇上在灯下含泪疾书,有清风越窗而入,卷起绢帛一角,那是臣妾,把皇上写的字一个个吞进腹中去了。从此,皇上对月而歌,臣妾就在云间唱和;皇上临风起舞,臣妾就在长空舒袖。"

谁说人神不同语,锁不住的心,让万里之遥近在咫尺;谁说天壤不同高,隔不断的情,让相爱的灵魂携手共舞在天地之间。

公孙卿啊!你为何要用一道幔帐把夫人与朕隔在两界?

上仙有意,你就该让朕与夫人夜夜相聚,何苦吝啬只给了元夕前夜这短暂的时光呢?

刘彻情不自禁地朝前挪动着脚步。哦!她哭了,她一定哭了。

她柔弱的肩膀剧烈地颤抖着,刘彻相信,只要他向前走近一步,就可以与夫人拥抱在一起。可当他还没有来得及迈出脚步的时候,幔帐后面的灯就熄灭了。

月亮早在他与夫人说话的时候,就躲进了云里。温室殿里一片漆黑,刘彻几乎是在灯火熄灭的同时,发出了严厉的斥责:"何人如此大胆,胆敢阻止朕与夫人相聚?"

周围传来窸窸窣窣的响动,却没有人回答他。

刘彻的目光在暗夜里搜索夫人的行踪:

"夫人!夫人你在哪里?"

"夫人!夫人……"

温室殿恢复了灯火灿烂的辉煌,公孙卿谦恭地站在面前,谨慎而又平静地说道:"皇上,现在已是子时,夫人该启程回仙界了。仙人开恩,允准夫人在子时之前与皇上相聚,如过时不归,当受天条责罚。"

"不!都是你编了瞎话来骗朕,朕明明听见夫人说话了。朕要治你欺君之罪!"刘彻恼怒地说道。

"那是皇上思念夫人心切,心神高度凝聚之故。人在此时,与梦幻无二啊!"公孙卿并不惊慌,他了解刘彻的性格,自过了五十岁,他对方士的依赖就日益重了。

他自信做得天衣无缝,皇上并没有看出任何破绽。

刘彻怅然若失地"哦"了一声,跌坐在地毡上,沉默良久,他对着窗外朦胧的月色仰天长啸——

去彼昭昭,就冥冥兮,既下新宫,不复故庭兮。呜呼哀哉,想魂灵兮!

超兮西征,屑兮不见。浸淫敞恍,寂兮无音,思若流波,怛兮在心……

第十三章

念罢美人又北顾 尊官贰师还西征

上元节后第二天,刘据接到父皇要他参加次日朝会的口谕。

包桑向他转达皇上谕意的时候,他正与卜式探讨儒学提倡的"君道"与"臣道"。

卜式得知这一消息,就迫不及待地放下手中的书卷,向刘据表示祝贺:"过了年,殿下就二十四岁了,依理是该参与朝议了。"

刘据也抑制不住内心的激动,因为父皇的口谕不仅让他获得在朝会上建言的机会,更表明了他、当然也包括母后在皇上心中的地位。此刻,刘据从心底感谢一任又一任太傅的传道授业。

尽管他知道母后或许早已知道皇上的决定,但他还是满怀欣喜地希望与母后分享这一喜悦。

他收好书卷,又到后室痛快地沐浴、更衣之后,就登上车驾急匆匆地奔椒房殿而来。

车驾进了杜门,急急行驶。兴奋的心情使他不时撩开幔帐,欣赏着还没有散尽的节味。

春风随人意,红萼伴心开。

刘据进了椒房殿,他发现道旁的梅花都开了。粉色的、深红的、白色的,疏枝横斜,暗香浮动。春香正带着宫娥,采了一捧捧鲜花准备回去。她们看见太子,纷纷避在路旁施礼:"恭迎太子殿下。"

"母后可已起床？"

春香笑着回道："皇后娘娘早已起来,这会儿正询问昌邑王的功课呢！"

刘据"哦"了一声,就被在殿内的刘髆瞧见了。他忙转身打拱道："太子哥哥到了,弟弟有礼了。"

那模样看上去煞是可爱,眉眼里都是李夫人的影子。卫子夫脸上充满温暖道："髆儿虽说年幼,却懂得长幼有序。你们兄弟都流着刘氏的血,只要精诚协力,大汉江山才能永固。"

刘据和刘髆几乎不约而同道："谨遵母后旨意。"

卫子夫知道,刘据这个时候来必是有事,遂要春香带着刘髆出去玩耍。

当殿内只剩下他们母子的时候,刘据忍不住问道："母后真对父皇与李夫人相聚不计较么？"

卫子夫看一眼刘据,脸色就严肃起来了："娘虽不信仙人相通,然追思至亲是人之常情,你父皇虽贵为九五之尊,却也是有七情六欲的男子,思亲怀爱,何错之有？更何况李夫人生前,严己宽人,德范淑媛,你父皇难以释怀也在情理之中。"

刘据又道："看母后刚才与昌邑王亲密无间的样子,倒如己出一般。"

卫子夫就有些不高兴道："再怎么说,他也是你父皇亲生。你如此胸襟,将来还怎能心怀天下？"

刘据忙道："孩儿不是这个意思。"

"是不是这个意思,娘就不多问了。你不在博望苑中听书,来这里有何事？"

刘据的脸色这才有些轻松,忙道："孩儿来是要告诉母后,父皇命孩儿参加后天的朝会呢！"

卫子夫并不意外,说话的语气也分外平静："此事娘已知道了,正要让詹事去传你呢！"

在刘据低头喝茶的时候,卫子夫眯着一双凤眼,细细打量眼前的儿子。当年的童稚小儿,如今已长成一位须眉男儿。一刹那间,泪水漫过眼角。

刘据在霍去病府邸对刘彻的冲撞,使她这些天一直悬着一颗心。现在皇上的一道谕旨,表明他已原谅了儿子。

但卫子夫在这时候依然是清醒的。这孩子不仅继承了她的宽怀雅量，更有刘彻的坚毅和倔强，他们父子之间今后难免不会再发生龃龉。她觉得只有自己才会对儿子说一些别人不便或不敢说的话。

卫子夫放下手中的茶杯，目光专注地看着刘据道："你父皇让你上朝，是为君为父的关爱，你要细细体会。"

可刘据的回答却令她很意外："父皇十六岁时就临朝理政，孩儿年近而立，才有机会参加朝会，想来十分惭愧。"

卫子夫对儿子的回答多少有些失望，解释道："你与父皇境况何其殊异。你父皇如今身骨健旺，雄风依旧。你作为太子，当先学为臣之道，方能渐知为君之道。"

看刘据没有再争辩，卫子夫继续道："你在朝会上的一举一动，朝臣们都看着呢！所以，你要小心谨慎，当说则说，不当说要三思斟酌，明白么？"

"孩儿明白了！"

"明白就好！自你表兄与舅父故去后，卫氏一族势孤力单，也就只有几位跟随大司马征战的老臣仍在记挂，这一点你务必记住。"

刘据虽然没有回答卫子夫的话，但她从儿子的目光中知道，他听进去了。

"好了！你也是有儿子的人了，娘也不想多说，你回宫后好好想想吧。春香，送太子！"

卫子夫就这样结束了与刘据的谈话。

正月十八，上元节后的第一次朝会在未央宫前殿举行。

辰时二刻，朝会正式开始。

出使匈奴的左内史咸宣首先出列陈奏，说此次参加乌师卢单于登基大典，他一路所见，匈奴部族之间人心各异，新任单于生性多疑，国势日衰。他从怀中拿出一封匈奴左大都尉耶律雅汗给皇上的信。

"哦！呈上来。"

打开信札，刘彻的眼睛骤然睁大了，兴奋地高声道："众位爱卿！耶律雅汗在信中声称，去年雪灾降临草原，牲畜冻死近半，匈奴国内人心不稳。匈奴新主即位后，对异姓部落大肆杀伐，而他之所部，也在征讨之列。为保全氏族,他欲杀单于降汉,请朕派兵接应。"

这一突如其来的消息,让曾经参加过漠北战役的公孙贺、公孙敖、赵破奴等将领一时无法应对,可却把刘彻的思绪从对李夫人的悲怆追念中迅速牵引出来,唤起了他自卫青故去后一度冷却的雄心。

放下信札,刘彻环顾了一下面前的大臣们道:"如何应对匈奴之变,朕愿闻各位爱卿之计。"

话意虽不乏征询之意,可石庆却从皇上亢奋的目光中捕捉到了那种必欲为之的快意,他立即选择了赞同:"微臣以为,此乃一举剿灭匈奴的良机。倘若能杀了单于,则北海之地属汉,我疆域扩展何止万里?"

与匈奴打过多年交道的太仆公孙贺则道:"匈奴人狡黠多变,不知是不是诈降还很难说,此事还是需要谨慎从事。"

儿宽选择了支持丞相:"元封元年,臣随皇上勒兵阴山,眼见匈奴大势已去,匈奴人闻汉军至而丧胆。因此微臣认为若能策动匈奴内变,不失为灭敌良机。"

赵破奴、公孙敖等人也都纷纷进言:"当年若不是骠骑将军河西受降,何来今日的武威、酒泉诸郡。左大都尉既然有意降汉,这可是河西之战后又一次不可多得的机遇。"

这一封来自远方的信札,让他们再度看到剿灭匈奴的夙愿指日可待。

善于把握臣下情绪的刘彻很满意廷议的结果,适时地将大臣们的谏言集中为朝廷决策。

"众位爱卿!"刘彻挥了挥手臂,正要说话,就听见刘据的声音在耳畔响起来。

"父皇!儿臣有事要奏!"

刘彻眉头微微皱了一下,道:"有话尽可奏来。"

刘据向刘彻行了一礼,又提了提气,像是向刘彻奏事,又像是对大臣们的谏言发表议论,道:"众位所述皆在策应匈奴左大都尉。然在儿臣看来,此乃匈奴内部纷争,是其虎狼之性所致。我大汉劳师袭远,得不偿失;其次,我朝多年来对外用兵,以致财力拮据,府库不济,为今之计,在休养生息。儿臣恳请父皇,敛兵息戈,外结睦邻,内倡农桑,则大汉可享国万世也!"

这一番话如投石击水,顿时在大臣间引起骚动。大家都很吃惊,太子这哪里是在谈论匈奴之事,这明明是在指责大汉国策,伤害皇上那份敏感的尊严啊!而且还是这样的毫不忌讳!包括丞相和御史大夫在内的阁僚们除了呆望着太子外,一句话也说不上来。

公孙贺情知刘据闯祸了,必然会招致皇上的雷霆之怒。作为卫氏宗族的至亲,他暗地为太子捏了一把汗,他悄悄挪到太子身边,拉了拉他的衣袖道:"殿下,说话还需谨慎些。"

"谨慎什么?让他说!"显然,尽管公孙贺的声音很低,但还是被刘彻听见了。

"哼!"刘彻哼声中隐含着不满,"朕风雨一生,倒不如太子明白了!"

公孙贺忙打圆场道:"太子年轻,说话不免欠思忖,请皇上原谅。"

"他还年轻么?朕登基时,比他还小八岁!"

霍光也在一旁劝道:"太子说话爽直,也是率性而为,还请皇上海涵。"

"朝会之上,可以信马由缰么?"

刘彻干脆把刘据撇在一边,面向众位大臣,话语间明显地带了怒意:"我朝自建元以来,力行新政,南夷咸服,匈奴北遁。迤迄一体,国泰民安,岂是几句狂言浪语所能抹杀的?太子肆意指责朕,是为不孝;无视为大汉捐躯的英烈,乃为不仁。朕若不是看在大司马忠贞报国,早就……"

刘彻后半句话还没说出口,就看到大臣们呼啦啦跪倒了一片。

石庆伏地而泣,那眼泪不知含了多少沧桑:"臣追随先帝与太皇太后,目睹先朝许多旧事。前车之鉴,臣望皇上三思啊!"

儿宽也谏道:"丞相之言,忠心可见,请皇上三思。"

廷尉杜周却岔开了矛盾焦点,道:"教不严,师之过也。请皇上将太傅卜式问罪!"

刘据虽在公孙贺的督促下跪地垂首,可一听说要问罪于太傅,又急了,出口便道:"儿臣不过说了一些事实。父皇要治儿臣的罪,儿臣毫无怨言,只是此事与太傅无关。"

"罢了!如此冥顽,气杀朕了!"刘彻狠狠击打着公案,怒吼道,"太傅卜式,未尽师责,责令其与太子一起闭门思过。无朕旨意,不可出博望苑。"

"因杅侯何在？"

"臣在！"公孙敖答道。

"命你率一万人马，去漠北筑受降城，策应匈奴左大都尉归汉！"

"诺！"

随着刘彻声音落地，大臣们的心逐渐松弛下来。

二月二惊蛰的子夜，从南山头滚过的雷声预示着万物从这一天开始，将伸展希望的身姿，向这个世间展示生命的魅力。

黎明时分，下了一阵细雨，到辰时就停了。公孙敖选择在这天出发，是要借"龙抬头"的祥瑞，祈祷他此次北上顺利。

横桥十分湿润，但并不泥泞。马蹄踩在上面，听上去有些沉闷，恰似他此刻的心境。

今非昔比。往年出征，他总是追随着大司马的身影，他把大司马看作是军队的灵魂，即使处在危急关头，只要看见"卫"字大旗飘扬，他仍然能够神清气定。

如今，斯人已去，他的行旅徒添了难以言表的孤独和寂寞。

他没有文士们的丰富联想，因此这寂寞就只能是一种憋闷。

战马走到横桥中央，公孙敖一如往年习惯地回望了身后的长安，皇上在宣室殿与他说话的情景就油然地回到眼前。

皇上从来没有如此感叹朝廷将领的匮乏，他对公孙敖在这关头请缨出征给予了由衷的褒奖。当着石庆的面，皇上赏赐他金百斤，帛五十匹。

"将军年事益高，依旧慷慨出征，朕甚慰之。朕虽不忍你远途劳苦，然策应左大都尉，事关剿灭匈奴大局，朕反复思虑，唯将军担得起此任。"

皇上的赏赐和话语，让公孙敖陷入无言的惶恐，他生怕自己辜负了皇上的期望。

刘彻一只手按在他的肩头说道："为将之要，在于静而不躁，稳而不浮，勇而不谩，藏而不露，秘而不宣。此次受降，将军应切记我为策应，不可先动，若是打草惊蛇，必然功亏一篑。须待左大都尉举事成功，我方能北去接应。"

"臣谨遵皇上旨意。"

刘彻接着道："尽管漠南已无匈奴人，可匈奴军善于偷袭，因此将军此去,一要秘行,二要警惕匈奴骑兵偷袭。"

……

公孙敖现在想起来,皇上的每一句话都不是无的放矢,看来,皇上对自己过去多年无功的原因知之甚深啊!

他策动马鞭,挥去如潮思绪,在登上咸阳原时,却听见身后有人喊道:"将军请慢行!"

他勒转马头看去,却是赵破奴和霍光从身后追来了。三人马上见礼,公孙敖问道:"二位大人怎么来了?"

霍光道:"将军乃舅父旧属,沙场宿将,此番离京又逢春秋渐高,晚辈放心不下,故赶来送行,还望将军一路平安。"

赵破奴则带来了一个好消息:"将军还没离开京城,皇上就又有了新的思路。"

"哦?"

"皇上念及漠南距匈奴单于庭太远,已命末将率两万骑出朔方,以接应左大都尉归汉。"

公孙敖惊叹皇上是如此的深谋远虑,更为能与赵破奴并肩作战而高兴,当他问及何时出兵时,赵破奴道:"皇上认为,在受降城竣工之后、左大都尉举事之前,末将所部一定要到达浚稽山。"

三人并马向西北而行,眼看就要走过安陵,公孙敖回身揖手道:"千里送行,总有一别,二位请回吧。我此去少则半年,多则年余。大司马薨后,我所系念者,唯太子也。我拜托两位,为大汉社稷计,请悉心保护太子。"

霍光忙向公孙敖回礼道:"请前辈放心,太子与皇上之间的纠葛晚辈略知一二。究其原因皆在太子涉世不深,易听信他人,晚辈会时刻提醒他的。"

赵破奴也有同感:"老将军所忧不无道理。如今皇上的几位皇子相继长大,据末将所知,皇上对昌邑王刘髆甚是偏爱。去年,皇上敕封诸皇子,相继命其出京就封,唯独刘髆留在京城。虽说理由是身体羸弱,却也难免不会中途生变。"

经这么一说,霍光也感到事情的严重,看来他必须进宫向皇后提个醒了。

午间的太阳驱走了料峭的寒意，望着悄然西去的队伍，无论是赵破奴还是霍光，都感受到公孙将军是怀着沉重的心情离开的。

他们有一个共同的担心：皇上在上元节前夜的那一场人神相逢，究竟意味着什么呢？而正月十八朝会上父子的冲突又会带来什么影响呢？

这些事他们只是在心里想着，不管是不是心照不宣，可谁也没有说出口。

此时，在遥远的大宛国国都贵山城，国王毋寡和他的朝臣们正在为如何应对汉使车令而争论不休。

车令是持汉皇符节来到大宛的。他们一路上过菖蒲海，越葱岭，不仅带来了大汉的威仪，更带来了皇上远结邦交的诚意。他们一住进大宛国驿馆，就要主客转奏大宛国王，说汉皇闻大宛多善马，欲以金易之。

机敏的车令拿出仿照汗血马浇铸的鎏金马，以表示汉皇对大宛马的喜爱和向往。他没有忘记大国使节的尊严和气度，在主客被金光闪闪的鎏金马耀得眼花缭乱时，他适时施加了微笑背后的压力："不知主客是否听说我大汉浞野侯以七百骑活捉楼兰王的消息？"

主客迷茫地点了点头，他不知道面前这位膀大腰粗的使节为什么要这样说，不知道他接下来又会说些什么？

车令接下来的话锋所指，就在金与马的交易了："我大汉带甲百万，猛将如云。北驱匈奴，南平两越，诸侯诚归，天下咸服。小小大宛国，自不在话下。然我大汉乃礼仪之邦，素不以强凌弱，以兵屈人，故遣本使前来，以金易马，还请主客向贵国大王转达我皇谕意。"

这种亦威亦利的话，主客当然听得出来。赵破奴生擒楼兰王就发生在不久前，这使他对汉使有了一种本能的敬畏，说话就不那么流畅了。

"请使君放心，我一定上达汉皇谕意。"

离开驿馆，主客不敢有丝毫拖延，就把车令的要求禀告给相国昧蔡，他话里行间的惊恐让相国很不舒服。

"本相素闻汉使明礼仪，知进退，为何主客如此惧之？"

主客唯唯诺诺，未将那些威胁之语说出。

第二天,毋寡便召集国师、相国和将军们商讨易马之事。

昧蔡向来主张和睦相处。当年张骞出使西域时,他还是个十几岁的小孩。他亲眼看见了汉使雍容大度的风采,也羡慕大汉琳琅满目的器物。从那时候起,汉皇刘彻的名字就深深嵌入他的脑海。如今,刘彻遣使到来,这该是远交睦邻的良机。

"以汉朝之强比我之弱小,汉皇大可不必这样,可直接令我国贡马。汉皇以金易马,实为向我国表达善意。而我国不缺善马,何不以我之所有,易我之所无呢?臣以为应该以盛礼接待汉使,准他们前往贰师城挑选良马。"

但昧蔡的这个谏言遭到了国师的反对。他十分鄙夷昧蔡对汉朝的态度,嘲笑他不知汉朝距离大宛之远。

"相国知道,汉朝离我大宛实在太远了,中间隔着盐泽,要穿行十分困难。如果绕道北行,则会被匈奴人阻挠;如果改行南道,就要穿越千里大漠。历来汉使都难以穿越这一险境,遑论大军到来。所以依臣看来,不是汉朝酷爱和睦,实是对我国无能为力之故。"

从东部重镇郁城赶来赴会的亲王兴桀更是极力主张拒绝汉朝的请求:"贰师宝马,乃大宛珍宝,岂可轻易让予他人呢?"

毋寡被国师说动了,他一拍桌子下定决心道:"好!就依国师。金子和金马留下,不予贰师马,遣返汉使。"

当晚,国师就到驿馆转达了国王的意思。不过,他很快将眼神聚焦在精美的鎏金马上。那高扬的头颅,那整齐的鬃毛,那硕大的四蹄,把贰师马的雄健表现得淋漓尽致。国师为汉朝有如此能工巧匠而感到惊诧,那想据为己有的意念随着目光的流转而急剧膨胀起来。

当他伸手试图去抱鎏金马时,立即被车令拦住了。行伍出身的他给大宛国师的第一个惩罚,就是让他的胳膊如刀割一般疼痛。继之,他将鎏金马抱在怀里,严斥大宛国君臣见利忘义。

"大宛如此轻汉,本使岂可将鎏金马与你。"

"嘿嘿!大汉虽大,然远兵难解近危;大宛虽小,却可将你投入牢狱。何去何从,使君自可斟酌。"随后,他就要随从上前抢夺鎏金马。

"站住!"车令大喝一声,"国师认为这样就可以让本使屈服了么?本使左臂抱马,右臂持节,你等若敢再强行一步,本使宁可将这马摔成碎片,也不会令你等得逞。"

国师不愿再与车令周旋,大喊一声:"连人带马,与我拿下。"

不料随着他的喊声,只听"砰"地一声,车令将鎏金马摔在地上,顷刻间,一匹体格雄健的鎏金马变得面目全非。

国师颓丧地看着眼前的一切,茫然不知所措。他不能理解,是什么竟能让一位臣下如此凛然不可侵犯。

当日,车令带着使团愤愤离去。临行前,他留下一句话——明犯强汉者,虽远必诛!

昧蔡送车令一行出城,拱手致歉道:"使君遭此冷遇,咎在大宛,使君回到长安,万望奏明汉皇,勿轻动兵戈。下官代大宛百姓谢过使君了。"

消息传到长安,已是太初元年清明节了。

清明前夕,刘彻口谕李广利,让他陪昌邑王到茂陵为李夫人扫墓祭祀。

春雨霏霏,站在李夫人的陵冢前,李广利不知该怎么向刘髆描述他的母亲,他至今仍不能原谅妹妹生前不肯为他求官的行为。虽说死者长已矣,可死者为何就不能替生者想一想呢?

李夫人的陵冢静静矗立在茂陵,李广利的话带着湿漉漉的雨迹,在心间徘徊:"妹妹,你现在安寝在茂陵,这意味着宫车晏驾之后,将与你相伴永远。可你曾想过,你的兄弟今后如何在朝廷立足,你的儿子如何在诸子中争锋呢?"

他这些心语,在刘髆泪眼问话时,转换为对外甥的期待:"昌邑王记着,你若有一日执掌国柄,千万不要学你母亲。"

"母亲怎么了,还请舅父您告诉我。"

"唉!这怎么说呢?"李广利牵起刘髆的手,准备上车,"你母亲是个好人,就是太死心眼了。"

"哦?"刘髆直到坐上车驾,仍没有理解舅父的话。皇后不是说母亲雅操蕙质,是后宫风范么?焉何舅父如此评价母亲呢?

一路上,李广利再也没有和刘髆说起过李夫人,倒问了不少他在皇后那里的事情。刘髆对李广利说,皇后待他很好,不仅常常关心他的健康,还对他的功课问得很细。

　　李广利又是一片茫然。难道她不知道皇上很宠爱昌邑王么？不知这卫子夫是怎么想的，看来，世间的女子都是读不透的书啊！

　　但是，当车驾进了长安城时，李广利的思绪已转向了另一个方向。他打定主意，要盛赞朝廷对李夫人墓冢的呵护。他还要把这些想法告诉兄长李延年，让他最好再写一首可以与《北方有佳人》媲美的歌，以此来抓住皇上的心。

　　回到府上，还没有洗去一路风尘，府令就来禀告，说协律都尉有要紧事，请他过府叙话。李广利喝了一口热茶，就急忙来到李延年府中。

　　兄弟在前厅坐定，李延年简单地问了问扫墓的情况，便道："皇上今天召为兄到宣室殿去了。"

　　"哦？"

　　"皇上说贤弟为大汉建功立业的时候到了。"

　　"怎么回事？兄长能不能说得清楚些？"

　　李延年将汉使在大宛国的遭遇，以及在回国途中，使节在郁城被杀的经过讲述一番后道："皇上闻之大怒，当即点名拜兄弟为贰师将军，率军讨伐大宛。"

　　李广利没想到，自己出城仅三五天时间，命运就发生了如此重大的转机。

　　"不知皇上能给予小弟多少人马？"

　　"为兄对兵务不懂。听公孙贺说，大宛弹丸之地，兵弱将寡，三千强弩军足以灭之。"

　　"三千兵马？太少了吧？皇上平定南越，发兵都在十万。"

　　"用兵之道，还是听皇上的。皇上说行，就一定行。"

　　听李延年说得如此肯定，李广利才知这一仗是非打不可了，但他对自己却没有信心。

　　"依兄长看，小弟能担此重任么？"

　　"卫青、霍去病能行，兄弟为何不行？"

　　李广利无奈地摇了摇头，看来兄长弄音律可以，说起打仗来还是如隔重山啊！统兵打仗可不是谱曲吟歌，那是对将才见识的考验。李广利不得不承认，对兵法他只是略通一二，与卫青、霍去病不可相提并论。

虽然统兵打仗的事情李延年说不清楚，但此次出兵对李家的利害关系他比谁都清楚。李延年在厅中踱了一圈后，话语的分量就明显加重了。

"朝廷眼下的形势你应该清楚，太子与皇上政见相左，就在前几日的朝会上，他还不赞同皇上出兵大宛。皇上将诸王都遣往封地，唯独留下髆儿，你知道这意味着什么？朝廷那么多将军，皇上唯独点名要你西征，这又说明什么？"

话说到这里，李广利豁然明白了，频频点头道："还是兄长把一切看得明白。"

兄弟俩分手时，李延年送李广利到府门口，临上车时，他又叮嘱道："记住！现在是箭在弦上，不得不发，望兄弟切勿彷徨。"

果然，第二天当刘彻在宣室殿召见李广利时，把话说得很透彻："爱卿应该明白，夫人生前谨守朝制，从未为你们谋一官半职。就因为这个，她才让朕眷念不已。朕也考虑过对李氏族人加以封赏，然太祖高皇帝曾经誓约——非功莫侯。因此朕今日点将，这是要让你立下战功。封众人之口，望爱卿能领会朕的苦心。"刘彻指着西域全图高声道，"大宛距我朝甚远，虽使者皆言其国弱，然毕竟未知其详。故朕除发兵六千外，还从郡国集结'恶少'四万人，归你节制。朕固然要大宛马，可朕更要的是大汉国威，朕就不信，小小的大宛国不会被朕的数万铁骑踩得粉碎！"

……

皇上的气概让李广利很受鼓舞，在咸阳西的十字路口兄弟相别之时，他向李延年和三弟李季许诺，他要向皇上献上千匹贰师马，还要捧着毋寡的头颅站在未央宫前殿。

在打马奔上征程的时候，李广利当初盘桓在心头的怯战情绪渐渐被功利的期望所取代了。

对仕途前程的兴奋，与兄弟相别时的憧憬，依旧伴着他军旅的脚步，然而，严酷的现实很快就击碎了他的梦幻，他没想到战事却进行得如此艰难。

六月，大军到达酒泉。郡守早就接到了朝廷的诏令，李广利一到，他就将所筹集的棉甲、酒食,悉数交给西征军。

出了玉门关,往前走一千六百里就到了楼兰国都。

正是大漠落日时分,看着硕大的太阳在沙海边缘一点点地沉没,茫茫戈壁一望无垠地在面前展开,余晖下的楼兰国都苍凉地站在晚风中,满目萧瑟。当夜,西征大军就在城外安营。

匆匆用过糇粮,李广利召集各路司马到中军议事。

李广利道:"大军离开长安时,皇上一再嘱咐,此次主要目的是取大宛马,因此我军沿途所过之西域各国,只要他们愿为我军供给粮草,就不必擅动兵戈。"

司马们散去后,李广利留下从事中郎,要他从军中选一曹掾进城与楼兰王阐明来意,并要他们供给粮草。

可第二天,当曹掾来到城下时,楼兰军却拒不开门,只是将信件用吊篮吊了上去。

过了大约一个时辰,从城头上投下一张用羊皮书写的信件,要曹掾转交汉军主帅。

信送到中军大帐,李广利展开一看,竟是用汉文写就——

> 曩者汉与楼兰,相互往来,邦交甚好。然汉使西来之势日频,多者年三五批,少者年一二批,途经鄙国,所要辎重、马匹甚多,鄙国乃沙海小国,不堪其负。今大军过境,数万之众,逾于鄙国人口,恕难应对,还乞将军明鉴。

出境第一关竟遭到阻挠,这大大出乎李广利的预料。他当即决定,由校尉李哆率一千人马攻城。

李哆率军从东门攻打,他站在高处朝城内观察,发现这虽是一座土城,却建得别具特色。城中东北角有一座烽燧,显然兼有传递情报和瞭望的功能;再看看周围的城墙,夯土中夹杂着坚硬的戈壁石,一层一层密集地垒起来。每一个城垛后面,都藏着弓箭手。

李哆传来一位君侯,要他率领强弩军,以密集的弩机和弓箭射杀守城士兵。

　　君侯大旗挥动,立即便有几百支箭向城头飞去。几轮过后,却没见城上守军还击,仿佛这是一座空城,只有烽燧顶端的楼兰旗帜穿了几支箭。

　　这时,数百步军早已按捺不住,扛着云梯朝城下冲去。可前面的士卒刚刚攀到一半,就被楼兰人煮沸的羊油烫得滚下云梯。待云梯上的士卒跌落后,守城的楼兰军又扔下火把,不一会儿,云梯就纷纷断裂。

　　仗一直打到中午,汉军在城下留下十几具尸体后,不得不撤到楼兰军弓箭的射程之外。

　　经过一个上午鏖战,汉军士卒一个个唇焦口燥,腹内空空。入口的糇粮因为缺水,粘在喉咙处就是咽不下去。

　　午后,李广利接到楼兰使者送来的信,他们申明并无与大汉为敌之意,实在是因为汉军人数过多,难以承受。倘若汉军不需他们供给粮草,则对汉军过境不予干涉。

　　楼兰王在信中还特别提醒,西行途中必经辖内白龙堆,此处常有沙暴,状如巨龙,军行其间,极易迷路。为助汉军过境,他特选向导五名并带水数百囊,助汉军通过。

　　李广利向李哆和从事中郎问道:"此事该如何处置?"

　　从事中郎道:"楼兰王所言,似无虚应之嫌。平心而论,以四万人口之国,供我数万汉军之需,确是难以承受。"

　　李哆也附和道:"楼兰王能派向导来,足见其诚意。我军若是在此拖延,必然贻误行程,末将以为应速速过境,实为上策。"

　　"如此就依大家。"

　　李广利当即修书一封,交与楼兰使者带回。

　　一天后,大军进入白龙堆沙漠。举目远眺,沙海茫茫,几十里不见一点绿。太阳更加酷热,炙烤着大地。

　　李广利登上一座山丘,他回看大军,弯弯曲曲地在沙梁间蹒跚,宛如一条巨龙。这时,他看见有几个黑影倒在沙谷里,便急忙唤来向导询问,原来是有人耐不了干渴,倒在沙海里了。

　　李广利发脾气道:"为什么不给他们水喝?"

向导在一旁解释道:"将军有所不知,进了沙海,最要命的就是缺水,若是救了他们,其他人会因为缺水而走不出去,如此,大军就完了。"

"哦,原来如此。告诉军正,令将士节制用水。"李广利朝战马狠抽一鞭,冲下山坡去了。

谢天谢地,汉军没有遭遇沙暴。走出沙海,前面有一片绿洲,士卒们才解了水荒。

李广利疲惫极了,他躺在胡杨树下,望着士卒们纷纷俯身牛饮,心头就不免生了诸多惆怅。

粗略估计了一下,大军距长安已有六千里了,但这对西征军来说,还只是个开头。若是沿途都是如此恶劣的环境,不要说打仗,只要将这几万人的命保住,就不容易了。想到这些,李广利觉得眼角有些酸涩。

这时候,从事中郎送来了一囊清水,李广利喝了一口,觉得远不及长安的甘甜。

接下来,大军所经过各国,都怀着唇亡齿寒的心理。汉军得不到粮草补给,往往要花巨大的代价攻下城池后才能吃上一顿饱饭。

十月,汉军终于推进到大宛国的边境重镇——郁城。

当晚,军队在距郁城三里的叶河河谷驻扎。

眼见各路司马均已到齐,李广利让从事中郎将军情通报给大家。

"自出玉门以来,我军死伤的士卒已三成左右。由于沿途各国拒绝接济我军,眼下我军粮草仅能维持数日。"展开地图,从事中郎继续道,"据细作来报,郁城王兴桀就是截杀汉使的元凶。他料定我皇必不肯罢休,早已严阵以待。"

李广利环顾坐在四周的司马们,接着从事中郎的话道:"本将军以为攻打郁城宜速战速决。攻下此城,不仅可以解决我军粮草困乏之危,更是打开了通往大宛国都贵山城的通道。传令下去,明晨卯时攻城,第一个破开城门者,赐爵三级;斩敌首者,赐爵一级。军正阵前督战,有退缩不前者,斩!"

凌晨卯时,星光还躲在云层深处,天空漆黑一片。李哆命所部君侯率领士卒悄悄来到城下,抬头看去,城头上除了几盏昏黄的灯外,并无巡逻的哨兵走动。

敌军似乎真睡了，没有任何迹象表明守城的大宛军有所警觉。可当第一批攻城的士卒刚刚登上城墙，还没有来得及站稳脚跟时，就只见夜色中寒光一闪，数十名汉军的头就滚进了护城河。接着，从城墙上射出数千支蘸了羊油的火箭，霎时一片火海，将黎明前的郁城照得格外鲜亮。

李哆站在城外，见此情景，气急败坏地大骂兴桀奸诈。

而与此同时，从城头上传来兴桀的声音："城下的汉军听着，速去禀告你家主帅，就说本王在城中等他来喝酒。哈哈哈！"

李哆气得脸色铁青，挥动宝剑，命令军队攻打城门。汉军的弓弩手以密集的箭雨将城楼的敌军死死压住，攻城的军队扛巨木撞击城门，半个时辰过去了，那城门仍是岿然不动。

李哆转而命令用大火焚烧，可又一个时辰过去了，城门却依然丝毫未损。他们并不知道，郁城城门是用厚厚的铁板，内夹葱岭采来的石板做成，抗得住击打，耐得了焚烧。

仗打到正午，仍然毫无进展。大宛军似乎已看出汉军疲惫，不可能持久，遂采取以逸待劳，以守为攻的战术。汉军只要攻城，必然伤亡惨重，而寒冷也在一步步地逼近汉军。

这是十月底的一个夜晚，鹅毛大雪随着西北风来到叶河两岸，将散落在河谷的汉军营帐冻成一堆堆冰锥。战衣单薄的汉军士卒吃着干涩的糇粮，吞着冻齿的白雪。为了相互取暖，往往几个士卒抱在一起，在寒夜里永远地睡去了。

后半夜，从事中郎起来查哨。他走到一顶帐篷前，看见一个值更的哨兵。他轻轻喊了几声，没有回应。他上前一摸，那哨兵的整个身体都僵硬了。及至沿着帐篷走了一圈，竟发现有数百士卒在寒风中冻死，这仗还能打么？

从事中郎不敢耽搁，急忙来到中军大帐，向李广利禀明情况。

这时候，天已大亮，各路司马也纷纷来报，说昨夜大雪中死伤甚众。

李广利"扑通"一下坐在地毡上，仰天长叹道："此天亡我也。"

"为今之计，我军要速决去留。如继续这样下去，就是大宛军不来袭扰，我军也会被冻死饿死的。"从事中郎建议道。

军正也附和道："依下官之见，眼下我军不如撤回敦煌，然后向朝廷飞报军情,请皇上定夺。"

李广利睁开疲倦的双眼,那目光十分暗淡。

"好!传令下去,即日撤军回敦煌。"说完,他懊丧地垂下了头……

第十四章

两年受降成梦影 三载远征千马回

左大都尉耶律雅汗紧紧追着前面逃跑的一只黄羊,一跑就是十几里。有几次,那猎物明明早已在射程之内,他都拦住了卫士举起的弓箭,喝令继续追赶。

跟在他后面的几位当户都不解,但还是急忙策马跟了上去。

"大人这是要干什么?他是在怜悯黄羊么?"巴尔呼当户迷茫地问着身边的乌云其当户。

乌云其摇了摇头:"我也觉得奇怪,难道大人要玩猫捉老鼠的游戏吗?"

查尔奴当户的黑马老了,总比这两位当户慢了许多,当他好不容易追上前面的马尾,就迫不及待地问道:"两位大人刚才说什么呢?"

巴尔呼笑道:"好狼从不吃陈肉,好话从不说二遍。"

查尔奴喘着气:"那好啊!我就告诉左大都尉,说你们背后妄议他。"

乌云其忙打圆场道:"我们在说大人今天不知是怎么了,眼看到手的肥羊硬是不让属下狩猎。"

查尔奴不说话了,他在心里嘲笑他们比牛还蠢,一点也不懂大人的心思。他明白,左大都尉是借狩猎的机会躲开乌师卢单于的眼线,以便商议如何归降大汉。昨夜,他只对查尔奴坦白了自己的心事。举事的日期越近,他的心就绷得越紧。

马队飞驰而过的地方,蓑草一片片倒下。

那只黄羊几度摔倒,又几度挣扎着爬起来,拼命向前奔去。它发现前面有一块突起的石头,就绝望地撞了过去。石头上飞溅出血花,黄羊痉挛了一会儿,就慢慢平静了。

这情景,强烈震撼着耶律雅汗的心。走兽都知道宁可粉身碎骨,也不愿为人掳的道理,何况人呢?他跳下马,用马鞭拨拉了一下羊头,竟发现除了羊头顶有细小的血渍外,黄羊整个身体都干干净净的。

不知为什么,他的心头霎时有一种说不出的悲凉。

耶律雅汗命卫士抬了黄羊,他便登上高坡,眼前就呈现出一片洼地,虽然已是秋天,草色泛黄却依旧十分厚实。他很满意这地方,如果没有人泄密,谁能想到密草丛中聚集着一群密谋起事的人呢?

几位当户已跟了上来,耶律雅汗要卫队长布置好岗哨,然后就牵马下了坡。

此刻,在烈火的炙烤下,黄羊发出浓浓的肉香。烤肉的卫士每翻一次,都会向冒着油脂的羊肉上洒下各种佐料。

耶律雅汗回望了一眼四面的高地,确信安然无恙时,才对面前的三位当户道:"我今天以打猎之名邀各位前来,是要告诉大家一件天大的事情……"

查尔奴突然打断道:"大人没发现少了一个人吗?"

原来是昨晚相约的封都尉乌尔禾吉没有来。

耶律雅汗道:"他也许是母羊下了崽,也许是猎狗生了小狗。不用等他,我们继续吧。"对乌尔禾吉他还是放心的,他看着乌尔禾吉长大,平日里乌尔禾吉也拿他当父亲看。

"大家也看到了,自乌师卢即位后,对非呼衍氏、兰氏和须卜氏的部族大肆杀伐,现在是人人自危。如此下去,匈奴会自取灭亡啊!"

"谁说不是呢?昨天一次就杀了三百多人,刽子手的刀刃都卷了。"巴尔呼附和道。

乌云其从地上揪起一把蓑草,扔进火堆:"他们简直是一群野兽,不但杀了自己的兄弟,还把他们的心掏出来烤了吃。"

查尔奴听着听着,就愤恨出声来:"我的兄弟也是当户,就因为为被关起来的族人说了几句话,就被杀了……"

卫士把烤好的黄羊抬了上来,耶律雅汗从腰间拔出尖刀,狠狠地插在黄羊的腹部道:"为使匈奴百姓少受血光之灾,我决计生擒乌师卢,然后归降汉朝。"

其实,这件大事耶律雅汗早已与他们谈了多次,因此大家并不感到意外。只是乌云其还是担心,左大都尉势单力薄,难以对呼衍氏、兰氏和须卜氏形成围剿。

"这个各位不用担心,汉皇十分看重这次举事。他于去年派遣公孙敖在漠南筑城,迎接我军,前不久又派遣赵破奴率部到浚稽山接应。如果没有差错,我的使者此时正在前往汉营途中。"

耶律雅汗对成功充满了信心,他要查尔奴将具体部署通报给大家。

查尔奴俯下身体,在羊皮上画线部署,从怎样麻痹左右屠耆王,到怎样擒拿左右大将军;从怎样争取左骨都侯,到如何包围乌师卢的穹庐,几乎都涉及了。

查尔奴道:"汉皇最嫉恨的就是伊稚斜单于杀了他的姐姐隆虑阏氏,所以我们一定要活捉乌师卢。"

耶律雅汗举起马奶酒,高声道:"为了部族,为了各位的前程,干!"

四只碗刚碰在一起,还没有来得及喝下马奶酒,突然一支飞箭过来,不偏不倚,穿过查尔奴的脖子。

耶律雅汗一个虎扑,紧紧地抱住查尔奴:"查尔奴!你怎么了……"

查尔奴睁开眼睛,艰难地说道:"大人!乌尔……乌尔……叛徒……"

巴尔呼和乌云其"嗖"地拔出腰刀,背靠背站着。他们朝四周看了看,顿时惊呆了,那里哪还有左大都尉的哨兵呢?现在全都是乌师卢的卫队,在洼地周围形成一道人墙。

从坡上传来右骨都侯耶律孤涂老迈的笑声:"哈哈哈!本侯身历三位大单于,还没有见到哪家部族举事会成功的,你们想没有想过会有今天呢?"他转过脸,要乌尔禾吉站到前边来。

耶律孤涂很鄙夷这位出卖主子的年轻人,不无讽刺地说道:"朝他们喊话,要他们上来,跟本侯回去受审。"

因为距离太远,一切都有些影影绰绰,可耶律雅汗仍能在密集的人群中,分辨出那熟悉的身影。

乌尔禾吉被两个士卒押着,看上去很狼狈,也许是心中有愧,也许是生命受到威胁,他被风吹来的喊声显得十分苍白:"义父,放下刀吧!单于已知道了你们的全部罪行,早点投降,也许还能落个活命。"

接下来是耶律孤涂的话:"给你们半个时辰,再不回头,休怪本侯无情!"

耶律雅汗没有回应,他只是觉得自己和乌尔禾吉都很可悲。

乌尔禾吉的母亲是汉人,曾在汉匈交战中被裹挟到匈奴。她不甘背井离乡,就在一个深夜,将乌尔禾吉托付给她的牧羊犬,然后自己骑马逃到塞内。

乌尔禾吉被左大都尉的夫人抱回家时,几乎没有了体温,是夫人用自己的身体救活了他。

现在回想起来,他不该给这个汉族弃婴那么多关爱,更不该将他视作亲生,而把许多举事的细节告诉他,并让他做各个当户之间的联络人。

而乌尔禾吉的可悲在于,他并不知道乌师卢单于最恨的就是背叛主子的软骨头,现在还对未来抱着幻想。

耶律雅汗狠狠地摇了摇头,把乌尔禾吉从自己情感中彻底扫了出去,他向身边的两位当户问道:"二位后悔了么?"

"草原上只有兔子才后悔,什么时候见过雄鹰后悔过呢?"

"是雄鹰就该撞死在崖壁上,而不能做了猎人的俘虏。"

耶律雅汗又向身边的卫兵问道:"你害怕么?"

"属下的父母都被乌师卢杀了,属下孤身一人,死而无憾。"

"好!拿火把来!"

耶律雅汗从卫兵手中接过火焰熊熊的衰草,先点燃了自己的皮袍,接着又把火引向两位当户,最后才点着了卫兵。

耶律雅汗借着灼热和疼痛,一把将两位当户和卫兵紧紧抱住。

他用尽最后的力气,朝着南方高喊道:"汉皇啊,请你拯救匈奴百姓吧!"

"太阳神啊!我们来了……"

他们倒地后四溅的火星,很快将洼地变成一片火海。

……

浚稽山矗立在郅居水南岸。

赵破奴的军队,在这山林中驻扎已经六个月了。

可左大都尉的军队在哪里呢?自上个月送走前来联络的匈奴使者之后,就再也没有任何消息。

秋日短暂,刚刚过了申时一刻,天就渐渐昏暗了,赵破奴看了一眼血色的残阳,刚刚在中军大帐坐下,就见从事中郎带着一位浑身是血的匈奴人进来,原来就是上次来联络的使者。

他一下子扑倒在赵破奴面前道:"赵将军,大事不好了!"

从事中郎命人送来茶水,使者一饮而尽后,遂将自己的遭遇一股脑道出:"卑职奉左大都尉之命,前来报告会合地点,不料中途被单于抓住。乌尔禾吉向单于告了密,左大都尉等人被围自焚身亡。卑职在射杀乌尔禾吉之后奋力逃出,现在,左屠耆王的大军已向浚稽山而来。"

安顿好使者歇息,赵破奴的情绪顿时沉重了,他埋怨左大都尉不谨慎,不仅害了自己,也将汉军置于被动之地。

第一次独当一面,赵破奴觉得自己肩上的担子与过去是多么的不同,没有人为你拿主意,一切都得靠自己。

时间紧迫,已不容他召集各路司马议事,赵破奴焦虑地对从事中郎道:"传令下去,命左路司马向北,造成向单于庭进军之势,使匈奴军不敢轻易南下;右路司马向受降城方向突进;中路军跟随我直击左屠耆王军。"

赵破奴摆出这样的阵势,就是要给左屠耆王造成汉军早已洞悉其目的、张网以待的错觉。果然,当晚左屠耆王没有大规模进攻,而只派了前锋做试探性进攻。

黎明时分,匈奴军前锋行进到郅居水南岸的时候,与赵破奴遭遇,双方在河谷地带展开厮杀。养精蓄锐的汉军士气分外高涨,中军司马与匈奴当户接战,双方大战十数个回合不分胜负。

赵破奴见匈奴当户力猛,大吼一声:"司马退下,待我取其首级!"

匈奴当户听到身后有人怒吼,一时分心,就被赵破奴挑下马去,立时毙命。

赵破奴收回长枪,观望了一下河谷地带,只见汉军已将匈奴军团团围住,喊杀声激得郅居水发出一阵阵呜咽。到了巳时,匈奴军大势已去,纷纷投降。

到这时候,赵破奴的脸上才有了活色,他对从事中郎和中路司马下令道:"事已至此,接应已成泡影,我军当务之急是向受降城撤退,与公孙将军会师拒敌。传令左路司马迅速南撤,右路司马在距受降城二百里处接应我军。"

可他没有想到,在他与匈奴军前锋激战之时,乌师卢率领的八万骑兵已将他的左路军歼灭在东撤途中,并在距受降城四百里处的丘陵地带设伏,等着他的到来。

他也没有想到,看破他计策的不是别人,而是已故匈奴骁将呼韩浑邪的三弟呼韩昆丁。他断定赵破奴一定不会北进,而必然会向受降城突进。

这是第三天的午后,草原在干旱了几个月后,天空中终于铺开了厚厚的黑云,似要下雨的样子。赵破奴率领七千余人离开郅居水岸,向东南方撤退。

秋风吹着天上的云团,自西向东涌动。赵破奴觉得那云低得伸手就可以抓下来,他的心情十分沉重,眉头也挤得很紧。

在这样的天气行军,一旦下起雨来,就会面临意想不到的危险。赵破奴勒住马头,问道:"距受降城还有多远?"

从事中郎在风中展开地图,瞅了一眼回道:"照图上看,现在至少还有四百里。"

赵破奴一摔马鞭,有些急了:"严令各部加快进军,务必于明日中午前与公孙将军会师。"

在从事中郎即将离去之时,赵破奴又喊道:"命令将士提高警觉,谨防埋伏!"

傍晚时分,风越刮越大,天空飘起了小雨。从事中郎来报:"大军已疾行数十里,将士疲惫,可否休整一下?"

赵破奴立即正色道:"你是想让大军陷入匈奴军重围么?赶快加速行军,违令者斩!"

从事中郎正要转身传令,就听见雨中传来"喔嗬嗬"的声音,一阵接一阵地朝汉军涌来。

赵破奴飞身上马,朝远处眺望,只见成千上万的匈奴骑兵从四面飞驰而来,马刀汇成的丛林,搅动着雨雾。

"不好!我们中了埋伏!"

从事中郎看着滚滚而来的敌军,惊道:"将军!我们该怎么办?"

"速令中路司马率军朝南突围,能出去多少就出去多少!"赵破奴挥动着手中的长枪,一马当先地冲进了敌阵。

以八万之众对七千人马,匈奴军胜券在握。呼韩昆丁建议乌师卢单于不急于阵前肉搏,要他发挥强弩优势,轮番射杀敌人。

汉军远途而来,弓箭有限,不到半个时辰,就有一千多将士死于箭下。

敌军的用意赵破奴看得很明白。他率领数百骑,拨开箭雨,舞动长枪,把一个个匈奴弓弩手挑在地上。身后的将士被将军的气概所感染,一个个奋力拼杀,匈奴弓弩手在留下一批尸体后,纷纷后撤。

赵破奴令从事中郎挥动战旗,召唤部属朝余吾河北岸退却。

天完全黑了下来,匈奴军停止了进攻。赵破奴拖着疲累的身体靠着一棵树。他舔了舔干裂的嘴唇,吩咐从事中郎到河边弄些水来解渴。他喊了数声却不见回应,凭着直觉,他知道从事中郎已殒命疆场。

他又喊卫兵,只听见暗夜中传来微弱的呻吟:"赵将军,我在这里。"

赵破奴顺着声音上前抚着卫兵,天哪,他的双腿从膝盖以下被匈奴军砍掉了。

"我本农人,如今没了双腿,以后也无法苟活了。请将军给我一刀,也少了许多痛苦。"

赵破奴的心在滴血,他所带出来的将士,大部分都是农家子弟,每个人都被一大家人盼望归去。

他摸着卫兵的脸颊道:"你还是个孩子啊……你先躺着,我去弄些水来。"

可他这一去,就再也没有回来。

他刚刚把头盔伸到水里,就被从身后落下的网给罩住了……

那一刻,他的脑海里只闪过一句话:"皇上!一切都完了!"

"完了?怎么可能就这样完了呢?"刘彻反复看着右路司马的上书,似乎不相信这一切。

公孙贺道："公孙将军从受降城送来奏章,请皇上圣览。"

刘彻看了包桑呈上来的奏章,终于相信左大都尉举义失败,赵破奴的中路军和左路军全军覆没。

"那赵破奴呢？"

"赵将军为乌师卢单于所掳。"

"公孙敖呢？"

"公孙将军坚守受降城,乌师卢见久攻不下,又怕中我军埋伏,遂向北撤退了。"

刘彻将奏章摔在案头,朝公孙贺怒吼道："此建元以来最大耻辱,赵破奴误国。"

公孙贺闻此,便不敢此时再把来自大宛的消息禀奏给刘彻了。

其实,公孙贺压根儿就不想做这个丞相。

太初二年正月,窝囊的石庆在丞相位上度过了八年之后去世了——这是公孙弘之后唯一善终的首辅。大臣中竟没有一个人愿接任丞相的,他们不是称病请皇上赐告,就是以年迈体衰而请致仕回乡。

公孙贺在接到皇上的诏命时,跪在宣室殿里,以"鞍马骑射为官,材诚不任丞相"为由而拒受印绶,惹得刘彻拂袖大怒而去。

平心而论,公孙贺觉得赵破奴的遭遇完全是因为左大都尉举事失败所致。可现在说这些皇上会听么？他正踯躅间,刘彻又问话了。

"西边怎么样？贰师将军现在何处？"

"这……"

"这什么？莫非他也让朕在一个弹丸之国面前颜面扫尽。"

公孙贺呈上自敦煌发来的奏章,他没有说任何话,只是打量着刘彻的表情。果然,刘彻看了没一半,就已是脸色铁青了,他对包桑喊道："传御史大夫儿宽、搜粟都尉上官桀等前来议事。"

包桑道："御史大夫正在病中,已请告多日了。"

"难道你没有听懂朕的话么？"

包桑不敢怠慢,急忙出殿去了。

公孙贺问道:"皇上,此事要不要宣太子一同商议?"

刘彻坚决地摆了摆手道:"罢了!成事不足,败事有余,朕眼不见心不烦。"

公孙贺心里"咯噔"一下,赶紧收住了话头,但内心已打定主意,要见一见皇后卫子夫。

半个时辰后,上官桀、儿宽进了未央宫。

脸色蜡黄的儿宽在两位黄门的搀扶下进了宣室殿,挣扎着要向皇上跪拜。

君臣直接进入正题,几位大臣就浚稽山和大宛之战开始商议对策。

公孙贺反复掂量之后说道:"浞野侯被俘,受降城已成为一座孤城。依臣之见,不如命公孙敖将军撤回塞内,命朔方太守和北地太守屯垦漠北,以作长久御敌之计。"

刘彻沉吟良久,不得不承认眼前这个现实:"我军新败,一时很难再图北进。传朕旨意,命公孙敖班师回京!此事一了,那么大宛之事怎么办呢?"

儿宽支撑着病体,说话的声音虽然衰微,可表达出来的意思却是思虑很久的。

"皇上,臣以为……"儿宽咳嗽了一阵后,继续道,"眼下……匈奴新胜,必生南下之意,臣以为……此时不如且罢了击宛之兵,专力攻胡。"

说罢,儿宽就觉得胸口堵得慌。

包桑见状,忙传黄门上来捶背,半天儿宽才缓过气来。可此刻,刘彻却是一脸的不悦。

"御史大夫之言差矣!大宛弹丸小国犹不能下,则大夏等国必渐渐轻汉,乌孙、轮台等则会轻慢汉使,岂不为外国所笑?"刘彻将目光投向上官桀,"爱卿以为如何?"

上官桀毕竟年轻,他很快就理解了皇上的意思,忙道:"皇上圣明!微臣以为大宛之战不仅是取马,而在于震慑西域各国。若我军中途撤回,则西域诸国必畏于匈奴,叛汉而去。"

"丞相也这样看么?"

公孙贺忙道:"上官大人所言,臣深以为然。"

"好!"刘彻的情绪,因为各位大臣与自己意见相似而好转了不少,"朕绝不容许西域各国轻慢大汉。"

刘彻的声音在宣室殿内回荡,公孙贺许久没有这种感觉了:"所谓木叶将落,震而坠之。拟诏给贰师将军,朕在明年将发士卒六万,牛马无数,不拿下大宛决不罢休!"

上官桀深为皇上的磅礴气势所震动,那建功的热血顿时涌上心头,请缨道:"臣愿奉诏前往敦煌,助贰师将军降服大宛。"

"如此甚好!爱卿不日即奔赴敦煌,朕等着大捷的消息!"刘彻情之所至,言犹未尽,来到公孙贺和儿宽面前道,"朕早年曾说过,兴大汉者,非少壮有力者不能为之。自卫青甥舅去后,朕许久不闻将军请战之声了。"

这话让公孙贺很惭愧。自卫青去后,中朝之首长期空缺,他实际是以将军之身而总揽中、外朝事务,却不能在关键时刻为皇上分忧。他正要说话,却听见包桑一声惊叫,大家急忙上前,只见儿宽脸色发青,昏厥过去了。

"速传太医!"刘彻大声喊道。

……

敦煌在长安阳气暖渭水的日子里,还像一座冰雕,没有生机地雄踞在大漠腹地。

李广利昨夜喝了太多酒,一直睡到很晚才醒来,他简单地用了一些早膳,就坐在帐中理事:"朝廷还没有消息么?"

从事中郎摇了摇头。

他的眉头就紧蹙了:"年前就去了奏章,想来也该到了啊!"说着,他就收拾起案头的文书。

两人打马出城,在大漠上缓缓而行。他们展眼望去,南面是气势雄伟的祁连山,西面是浩瀚无垠的大沙漠,北面是嶙峋蛇曲的北塞山,东面是峰岩陡峭的三危山。

巡逻兵手持武器,瑟缩着身体在营区穿梭。

天气很冷,李广利拉了拉头上的风帽,忽然觉得自己很孤独,就像一个被抛弃在天涯的弃儿,离家是那么的遥远。

当年他是多么羡慕和嫉妒卫青、霍去病的高车巨辇,爵禄皇皇,还因此对妹妹拒绝在皇上面前举荐耿耿于怀。如今,当他跻身近臣之列,并做了讨伐大宛国的主帅后,却发现这是一爵苦酒。

当初接过主帅印绶时,他原以为大宛弹丸之地,唾手可得,可不料几个月过去了,战事却进行得如此艰难。

恳请班师的奏章去了很久,却杳无音讯?是皇上出巡不在京城,还是朝廷生变,无暇西顾……

李广利苦思冥想,不得要领。

他很羡慕他的兄长李延年,靠着乐技,就可终日陪伴在皇上身边,而自己却要吃这份苦。

唉!妹妹!你害苦为兄了。

他越是心烦,不顺心的事情就总往眼里钻。刚刚登上一面坡,他就看见一位伍长正用皮鞭抽打士卒。从事中郎上前询问,原来是这位士兵拒绝操练。

"你是王公还是贵胄,竟敢不操练?"李广利怒问道。

其实,以他的身份是没有必要去过问的,只是他心里憋得难受,要寻找一个发泄的对象。

"那么多将士为国捐躯,为何独你活着?你是贪生怕死之徒么?"

那士兵害怕了,"扑通"一声跪倒在地,祈求饶命。可李广利却越骂越生气,骂到激动处,从腰间拔出宝剑,手起剑落,那士兵血淋淋的头就在手上了。

他使劲将头扔向很远的沙堆,冷哼道:"如此贪生怕死之徒,只配喂野狗。"

他这样的发泄已不止一次了,以致后来士兵看见他,就有大难临头的感觉。

"扫兴!"

一大早就遇到这样的事情,太不吉利。他再也没有心思转下去了,便拨转马头朝大营走去。远远地他就看见军正在中军帐外等候,他刚刚下马,军正就迫不及待地上前告诉他,皇上的敕令到了。

"哦!皇上怎么说的?"

"下官还没有看。"

"哦？"李广利对从事中郎道，"快去传李哆来，就说皇上的敕令到了。"

正午的时候，李哆从十里外的军营赶来了，大家很严肃地开启了皇上的敕令。但是，李广利仅看了几行，就觉得大事不好。皇上对他久久攻不下大宛给予了严厉的斥责："朕念及夫人，委卿重任，然卿之所为，甚失朕望。夫大宛者，西域弹丸小国，竟敢蔑视大汉，不贡汗血马，倘若其谋得逞，则车师、康居、乌孙、轮台、大夏诸国必轻汉矣……"

皇上的敕令根本没有退兵的意思，反而要继续发兵攻打大宛，大有不达目的决不罢休之势："望卿不负朕望，攻下大宛，使西域震恐，彰大汉国威！"

看来，在攻下贰师城之前，长安是回不去了。

李广利收起敕令，对从事中郎道："传令下去，各营加紧操练，等待援军。"

晚上，敦煌太守前来拜访，李广利又一次喝得酩酊大醉。

四月，敦煌周围的骆驼草刚露出一点绿芽，援军就相继抵达敦煌。

让李广利吃惊的是，皇上虽然人在长安，却对此次战役运筹帷幄。除主力军向西进击外，又发十八万大军进驻酒泉、张掖，还派李陵在居延、休屠两地屯兵数万，与酒泉形成夹击之势，摆出一副打大仗的阵势。

皇上的目的很明确，就是要告诉西域各国——顺我者昌，逆我者亡。

皇上不仅派来上官桀助他攻打大宛，而且还派了一名执马校尉和一名驱马校尉，专事挑选良马。

军前会议由李广利主持，上官桀宣读了皇上的敕令。

李广利道："皇上严令我军西进，现在是箭在弦上，不得不发。但西进途中，最大的障碍莫过于郁城。如何攻打郁城，不知众位有何高见？"

李哆去年就攻打过郁城，知道此城易守难攻，可一时也想不出什么好办法来，因此也拿不出什么意见。

李广利遂将目光转向上官桀，问道："大人为何一言不发呢？"

上官桀喝了一口茶水，觉得水中有一股咸味，远不如长安的水甜，但还是闭着眼睛咽进腹中："下官初到，不明情势，因此不敢妄言。不过，下官离开长安时，皇上曾叮嘱过，用兵之道，在于因时而变。我军上次失利，是因为大宛人有备,这次就不同了,郁城守敌新胜,骄兵必然轻敌。因此,下官愿率部攻打郁城,以牵制救援之敌。"

"这样行么?"李广利犹豫道。

"下官相信皇上。"上官桀很自信。

军前会议一直开到深夜,众人商定在敦煌西分军。上官桀率领所部人马直奔郁城而去。

大军浩浩荡荡向西进击,一路上,旌旗招展,军伍塞道,转输车马相望。果然,这次情形与上次大不一样了。所到之处,各国纷纷开城迎接,箪食壶浆。那些试图顽抗者,都遭到灭顶之灾。大军到贰师城下的时候,正是五月上旬。

安营扎寨,稍事休整后,李广利就和军正、李哆和从事中郎去看地形。

李广利勒住马头,举目望去,午后的阳光照着坐落在河谷里的贰师城,呈现出一种凝重。城不算高,全用戈壁石砌成,不要说与硕大的长安城相比,就是在敦煌这样普通的边城面前,都显得十分简陋,可它却让大汉失去了多少男儿!

对他来说,如果这次再失利,那结果就不仅仅是受到皇上的斥责了。

李广利收回目光,向身边的众人问道:"各位认为,我军该如何克敌制胜呢?"

"我军乃远征之师,不可久战。"李哆分析道。

"大人言之有理。"军正手指前方,对李广利说道,"将军请看,贰师城之所以选在河谷地带,是因为瀚海缺水。据当地百姓说,此城用水皆赖于东南方葱岭之融雪。若是我军一面从正面佯攻,另一面在城外开挖渠道,断其水源。不用数日,城中则会人心大乱,城必破之。"

"妙!我军此行目的,在夺取大宛宝马。如此蛮荒之地,我军占之无益。何况中间隔着许多小国,节制多有不便。若是他们愿意献出宝马,我军即可班师。"李哆又道。

众人各抒己见,这让李广利的思路逐渐清晰。

"好!明日一早便攻打贰师城!"他下定决心。

他们回到大营时,看见上官桀和他的军侯也来了。

上官桀看见李广利一行人，急忙迎了上去道："下官前来听候将军调遣。"

"大人一路辛苦了。"

李广利下马步行，与上官桀一同向中军大帐走去。

路上，上官桀说道："果然不出所料，郁城王兴桀毫无防备，在遭我军突袭后，逃往康居。而康居王闻我大军一路西指，兵锋正锐，因此不敢收留他，命人缚了送至我营。孰料，当夜他伺机逃离，被下官的军侯一剑结果了性命。"

李广利闻言大喜，连道："郁城已破，贰师城指日可待矣。"

当晚，李广利在大营宴请各位将军，大家商定由李哆攻城，上官桀率部挖渠断水。

夜深人散之后，上官桀留了下来。卫士上了茶，两人相向而坐，李广利问道："自大人来敦煌后，一直忙于公务，没有时间叙话，不知皇上近来可好？"

上官桀放下茶杯，话中充满忧郁："皇上精神尚好，只是十分思念夫人。"

"唉！我这个妹妹，也太让皇上伤心了。"

"其实，让皇上揪心的事情还多着呢！将军不知，自大司马去后，匈奴又复南侵，为接应匈奴左大都尉降汉，皇上派遣浞野侯赵破奴率军北去浚稽山。后来，匈奴左大都尉事泄，赵将军回师时，在受降城东南遭匈奴军埋伏，赵将军被俘，除先归的右路军外，全军覆没。消息传来，皇上震怒，赵将军一世英名也毁于一旦。唉！"上官桀平复了一下心情，接着说道，"下官的意思，想必将军已经明白。此仗我军只能胜，不能败。否则，你我必成罪臣。"

"多谢大人指点。"李广利谢道。

送走上官桀，李广利传来从事中郎："今晚让全军提高警觉，我们一定要拿下贰师城！"

第二天辰时，李哆率部在贰师城下与大宛军展开了一场大战，双方骑兵在河谷里厮杀了半日，突然汉军骑兵撤出战斗，埋伏在高坡后的弓弩手顿时箭雨倾泻，大宛军毫无防备，死伤惨重。在城头观战的大宛国王忙鸣金收兵，从此坚守不出。

汉军每日都纵横戈壁，杀声震天，摆出一副决战的架势。不管敌军是否应战,直至日落方回营。

如此盘桓月余。这一天,上官桀风尘仆仆地来到大营。一下马,他就迅速奔向中军大帐,对正趴在案头观看地图的李广利道:"禀将军,改道之渠已经开成了。"

李广利抬起头来,来不及寒暄,就朝着帐外喊道:"拿酒来!"

"下官料定,用不了几日,大宛人必来献马。"上官桀接过卫士呈上的酒酿,一饮而尽,"下官已派重兵沿渠巡守,大宛军必不敢来取水。将军可令士卒带着水和干粮,在城下食用。城内大宛士卒见此眼馋,必然厌战。"

"大人如此妙算,此乃天助我也!如果此次大胜,也不负皇上封我贰师将军之名了。"李广利握着上官桀的手道。让他没有料到的是,眼前这个搜粟都尉,多年后却成了皇上的托孤重臣之一。

以后的日子里,汉军对贰师城便围而不攻。每日晨曦初露之际,戈壁上马蹄如涛,旌旗映日,各路校尉在城周围轮番演阵。待到正午酷热之时,汉军只留弓弩手防敌,步军则集结在胡杨树下,喝水吃干粮。

这样的等待,对求胜心切的李广利来说,是段难熬的时光。在细作没有带回消息的时候,他甚至对继续围城失去了耐心。

他明白,军正随时都会将这里的情况报告给朝廷。他找来上官桀,将自己的担心告诉了他。

"大人说,大宛国会投降献马么?"

上官桀看着李广利,很肯定地说道:"将军请放心,下官料定两日之内必有消息。"

"军中无戏言,这可是用我的项上人头当赌注呀!"

"呵呵!下官心中有数。"

大军西行的这些日子,上官桀就觉得这个李广利眼光短浅,患得患失,绝非统兵之才。只是以他现在的地位,不便言明罢了。

事情的发展果然不出上官桀所料。这天午后,李哆就来了,他带来了一个让李广利十分震惊的消息。

"潜入贰师城的细作回报,大宛国内发生变故,相国昧蔡与人合谋围了王宫,杀了大宛国王毋寡,现在正酝酿着献马投降呢!"

"这个上官桀,果然是料事如神啊!"李广利心头一下子轻松了许多,他对从事中郎道,"吩咐下去,让执马校尉和驱马校尉做好准备。"

不过李哆建议道:"事虽如此,但为防有诈,今夜我军还应攻打外城,给敌人造成压力,促其速降!"

"有这个必要么?"

"有备无患。"从帐外传来上官桀的声音,他在听到消息后也赶来向主将祝贺。

"我军攻城,不仅要促其速降,目的还在于震慑西域诸国。我军所到之处,战未尝不胜,攻未尝不取也。"

李广利暗暗惊异,上官桀总是比自己先看一步。他心里有一种说不清的感觉,究竟是什么,他也不知道。可眼下他来不及多想,此刻最重要的是宝马尽快到手。他觉得,今天是决定他命运的关键时刻。

"如此则可保万无一失。今夜子时造饭,亥时攻城。我在大营静候佳音。"

太阳将它的光芒洒到戈壁的各个角落,贰师城周围一片沉寂,远去了人喊马嘶、烽烟火光和兵戈的撞击。一夜无眠的李广利伸了伸酸困的胳膊,仓促地擦了擦脸,就见从事中郎进来了。

他喜形于色道:"李将军趁夜攻破外城,俘获大宛国大将煎靡,消息传进城中,满城震恐。这不,一大早,大宛国相国昧蔡就捧着大宛国王的人头,在营外等候了。"

"真的?"

"军中无戏言。"

李广利眼里多日来第一次有了自信的光彩,情绪也亢奋起来:"快传各位大人到中军大帐来。"

做完这一切,他忽然陷入一种仓皇,好像这一切都在梦中。他似乎看见,皇上已经跨上宝马,驰骋在咸阳原上了……

走过队伍组成的长廊,走过战刀架起的拱门,坐在右首的上官桀却没有从来人眼中发现些许惊恐。这昧蔡不是等闲之辈,他立即暗示李广利以国宾之礼迎接来客。

李广利会意，率领众人迎了上去，热情地邀他进入帐中。眜蔡先将毋寡的人头献上，然后才落座开口说道："天兵远途而来，鄙国未能远迎，请将军恕罪。"

李广利道："本将军率军前来，皆因贵国君王言而无信，实非得已，还请相国原谅。"

"本相今日前来，正为此事。尚有不敬之言，还望将军海涵。"

"相国有话但说无妨。"

眜蔡站了起来，向在场的将领们施了一礼，语调骤然严肃道："鄙国素来敬仰大汉文明，然新王不尊盟约，致使贵国劳师远征，鄙国百姓生灵涂炭。今我等顺应民心，杀了毋寡，献上宝马，以表重修睦好之意。将军如果答应，那当然是鄙国百姓之福。如果将军不答应，鄙国将尽杀宝马，拼死一战。这样一来，恐怕西域各国都要群起而与大汉为敌了。"

李广利沉吟片刻，神情肃然道："两国交战，原为宝马。既然毋寡已死，宝马可得，大汉自然不会再战。请相国转告贵国百姓，大汉不日将撤军。"

"如此，本相在此代鄙国百姓谢过大汉皇上！"眜蔡上前面朝大家，高声道，"诸位！从此以后，汉与大宛永结睦好，永不再战。"

眜蔡的话赢得经久不息的欢呼声，大家纷纷起身，走向对方执手言和，长达三年的战争在笑声中化解。趁着这个气氛，眜蔡适时提出了要求："为两国永久和睦，本相以为两国立个誓约为好，不知将军以为如何？"

上官桀忙在一旁道："相国此议甚好。"

李广利也深以为然，当下就派出上官桀与眜蔡议定誓约条款。经过半日斟酌谈判，誓约乃成，眜蔡与李广利分别代表两国盖了银印。

当晚，李广利在营中设盛宴招待大宛国众人，又回赠了玉器、布帛，直到黎明，大宛国众官才相继离去，只有眜蔡与马监留下帮助汉朝挑选宝马。

选马的仪式在城外戈壁上进行，五千多匹宝马聚集在茫茫戈壁上，远远望去，黑压压一片。李哆带着执马校尉和驱马校尉，与大宛国的马监在马群中穿梭察看。

选马一直进行了十多天，最终，一匹匹千里良驹从中选出，被送往长安，送给翘首以盼的皇上。

第十五章

天汉光照苏武志 战云搅动李陵心

汉朝对大宛用兵的结果就是获得了一千多匹汗血宝马。

当这些奔跑之后、浑身淌出赭色汗水的马群,在调教之后整齐地站在北军大营的校场上时,刘彻的诗情又一次澎湃的爆发和挥洒。

铺开竹简,他耳边尽是马蹄踏过大地的轰鸣,眼前是群马争鸣的雄壮。

> 天马徕,从西极,涉流沙,九夷服。
> 天马徕,出泉水,虎脊两,化若鬼。
> 天马徕,历无草,径千里,循东道。
> 天马徕,执徐时,将摇举,谁与期。
> 天马徕,开远门,竦予身,逝昆仑。
> 天马徕,龙之媒,游阊阖,观玉台。

他最满意的就是"涉流沙,九夷服"这句,那是他许久以来的夙愿。

他招来李延年,要他将之谱成乐曲,没过几天,宫内宫外到处都是《天马歌》的传唱声。

尽管朝臣私下对皇上为了马匹不惜大动干戈而心怀犹豫,可在刘彻的感觉中,这是汉朝自卫青、霍去病之后又一精彩之作。

他觉得太初这个年号远远不能彰显眼下的风光,更不足以展示大汉的气概。于是,在太初四年秋,他又开始酝酿改元。

皇上诏书一下,新任御史大夫王卿立即召集了太常石德、太史令司马迁等人,寻找能让皇上称心,又能为社稷带来福祉的祥瑞字眼。

其实,最忙的还要算司马迁。

这些日子,无论是在署中还是在府上,他满脑子都是改元。

为了能集中精力,他每晚只吃一块蒸饼、喝一杯热茶,就一头扎进书海,直到午夜才伸伸酸困的腰腿,走出书房,将满腹的遐想放飞在月色之下。

正是长安的八月,他凭栏仰望,银汉像一条玉带横穿夜空,牵牛、织女隔河相望,西斜的月光静静地俯视着大地。

司马迁心里冥冥升腾的意念,越来越清晰。那是《诗经·小雅》里的两句:"维天有汉,鉴亦有光。"

他忙转身进了书房,饱蘸浓墨,伏案写道——

太史令臣司马迁上疏皇帝陛下:

> 曩者太祖兵出汉水,与楚逐鹿中原。夫汉水泱泱,据有形胜,乃有垓下之捷。及至都定长安,据三蒙之巉巇,挽渭水之汤汤,至有文景,胜于成康。诗曰:"维天有汉,鉴亦有光。"建元以启,陛下内修仁政,外和万邦。今天马西来,陛下咸德,遍于四海,正应天有汉之举。臣顿首启奏,改元天汉,光前裕后,万世咸宁……

写完奏章,已是晨曦临窗,司马迁心潮澎湃,稍事洗漱,就直奔御史大夫署去了。

王卿正为改元一事着急,司马迁的奏章让他大喜过望,他和司马迁一起,兴冲冲地进了未央宫。

朝会上,司马迁的奏章让刘彻和群臣的思绪,在一时间穿越了大汉近百年的风雨,感慨盈胸,纷纷道:"改元'天汉',上顺天意,下合民心。"

"众卿之言,甚合朕意。古云天汉,其称甚美。"刘彻抑制不住内心的激动,从御座上站起来,"拟诏,自明年起改元'天汉'!"

众臣齐呼:"吾皇万岁!万岁,万万岁!"

此时，公孙贺出列禀奏道："匈奴新单于且鞮侯的使者已抵达长安，有文书呈上。"

刘彻从包桑手中接过文书，大致浏览了一遍，会心地笑道："'天汉'年号未启，已是鉴亦有光了。包桑，将且鞮侯的文书宣与众卿知晓。"

包桑清了清嗓子，念道——

匈奴大单于敬问大汉皇帝无恙：

我儿子，安敢望汉天子？汉天子，我丈人行也。昔日句犁湖单于所行逆于国之睦邦，背昆弟之约，拘汉使路充国等，今悉放归，遣使来献。

匈奴这几年也是灾难不断，乌师卢单于在平定左大都尉叛乱不久，就溘然长逝。匈奴立乌师卢季父句犁湖为单于，一年之后他也死了。且鞮侯在风雨飘摇中接过权柄，他的第一个举动就是向汉朝示好。

局势变化如此之剧，是公孙贺、王卿不曾料到的。

前不久，皇上还多次召李广利在宣室殿议事，欲趁伐宛之威，北上征讨匈奴呢！谁知大军未动，匈奴倒先派使者来了。

这是近百年来，匈奴第一次以尊长来看待与汉朝的关系。公孙贺多次出战匈奴，最能体味这转变中蕴涵着的意味。仗打得太久了，国家需要休养生息。他觉得此时正是重修两国关系的大好时机。

"皇上！既是匈奴有意求和，我朝亦应讲信修睦，遣还所扣匈奴之使者。"公孙贺建议道。

首先出列响应的是李广利："皇上，臣以为丞相所言，正应了天汉吉瑞。"

桑弘羊、上官桀也纷纷出列奏道："我朝应趁此时机，休兵罢战，大兴农桑，以使民殷国富。"

刘彻很专注地倾听着众臣们的意见，不时要中书令完整笔录。此时此刻，他想了很多。孙子曰："主不可以怒兴师，将不可以愠致战；和于利而动，不合于利而止。怒可以复喜，愠可以复悦。"此时不正是怒而复喜，愠而复悦的良机么？

"众位爱卿！自古战争皆非得已，朕甚嘉匈奴之义，欲遣返所扣匈奴使者,不知哪位爱卿愿持节前往?"

刘彻的话音刚落,就听见朝臣中有一个洪亮的声音答道:"臣愿前往!"

大臣们循声看去,只见中郎将苏武英姿勃勃地出列了。作为当年与苏建同历战阵的将军,公孙贺不胜感慨,忙将苏武介绍给皇上。

刘彻的眉宇间露出一丝喜色,他端详着苏武,发现苏武果然气度不凡,不禁十分欣喜。他当即要大鸿胪转告匈奴使者,天汉元年春,将以中郎将苏武为使者,送还匈奴使者,答谢匈奴大单于。

这是天汉元年最盛大的风景,与当年张骞西行何其相似。

早春的风带着料峭的寒意,吹动苏武怀中的汉节,在阳光下分外耀眼。虽然送行的规模不大,但在苏武的心中,却一样是使命庄严,一样别意悠悠。

司马迁今日破例没有坐车,而是骑马一直送他过了横桥,拱手道:"此去关山重重,还望仁兄保重。"

"谢贤弟,愚兄……"苏武沉吟了片刻,话却没有说出口。

"仁兄有话可尽管直说。"

"唉!说来羞于启口。夫人年少,幼时多有宠惯,任性娇为,还望贤弟多加关照。若愚兄久去不归,亦可让她改嫁,二老就烦劳贤弟了。"他从怀中拿出一方绢帛,交给司马迁,"贤弟请看,如无不妥,就请转交给夫人。"

司马迁捧在手中,却是一首诗——

> 结发为夫妻,恩爱两不疑。
> 欢娱在今夕,燕婉及良时。
> 征夫怀远路,起视夜何其。
> ……
> 行役在战场,相见未有期。
> 握手一长叹,泪为生别滋。
> 努力爱春华,莫忘欢乐时。
> 生当复来归,死当长相思。

这诗写得沉郁苍凉,司马迁一时语塞,竟不知如何回应。

往日郊游饮酒,他们只觉得苏武性格刚烈,却不想他也有如此柔肠。

已经过了咸阳西,司马迁向苏武揖别道:"仁兄尽可放心前去。此次出使,乃皇上博施德惠,以义还义,仁兄不久即可荣归。"

苏武还礼,随后打马而去……

转眼就是端阳节,刘彻口谕李延年在未央宫中举办了盛大的歌会,君臣同欢共舞,直到日暮残晖,才尽欢而散。

大汉官员的车驾从来没有这样拥挤在尚冠街上,尽管大家看到丞相公孙贺的车驾都纷纷自觉让道,但他还是觉得比平常慢了不少。这样也好,他正好利用这时间想想白天的事情。

闭上眼睛,皇上骑着汗血宝马在校场上风驰电掣的雄姿、和大臣们一起吟唱《天马歌》的潇洒,都使公孙贺惊异于皇上的精力和才思。

显然,皇上从天马身上感受到征服的快感,一种"九夷来服"的满足。

  太一况,天马下。沾赤汗,沫流赭。
  志俶傥,精权奇。籋浮云,晻上驰。
  体容与,迣万里。今安匹,龙为友。

他哪里像一个五十多岁的人呢?

天子就是天子!公孙贺在心中感慨。可他的心境却没有因为歌舞而有丝毫的愉悦。

坐在缓缓而行的车驾上,他还在想,三年的大宛之战除了带回千匹汗血宝马外,究竟还给大汉带来了什么?

是大旱之后灾民们聚葆山泽为匪为盗吗?是数万名子弟的尸骨遗落在西去的路上吗?他觉得这场征伐与河南、河西、漠南、漠北之战是多么不同。

那大宛之战的最终获益者是谁呢?哦,是那个用将士的鲜血垒起高冠的李广利。

此战之后,随之而来的是大肆封赏:

李广利做了海西侯;上官桀调任少府;凡参与此战的将领,或被任命为诸侯相,或升任郡守。

李广利早已忘了兵屯敦煌时的患得患失，他已深切感受到妹妹身后的余光是怎样照耀他们的家族的。

他不但自始至终地陪着皇上喝酒、舞蹈，而且那洋洋自得的神气，让公孙贺想来心里就不舒服。

"哼！如此小人得志，乃国家之祸矣！"

"大司马一职一直空缺，皇上会不会将之给予刚刚从大宛归来的李广利呢？"公孙贺进一步想。

刚一想到这点，他内心就极度不安，他忧心昌邑王刘髆会因李广利的得宠而危及太子。

"吁！"驭手一声吆喝，打断了公孙贺的思路。他抬头一看，府门口的灯笼都亮了，府令正在门首张望。

看见公孙贺走进府邸，府令道："丞相外出之际，府上来了一位不速之客。"

"是何人？"

"夫人也不认识。他脸色黧黑，衣衫褴褛，一副落魄的样子，可是腰间却持有朝廷的门籍，称曾跟随霍大司马征战河西。"

公孙贺迷惑了，又问道："此人现在何处？"

"正在客厅等候大人呢！"

"好！你且退下，待老夫前去瞧瞧。"

他整了整衣冠，来到客厅外，借着灯火看去，那人却正在埋头看竹简。公孙贺"啊"地一声，这不是被匈奴俘虏的赵破奴么？

他跪倒在公孙贺面前，接着是悲郁的哭声："丞相，末将回来了！末将在匈奴漂泊，无一日不思念皇上和朝廷啊！"

公孙贺的心被哭软了，双手扶起赵破奴道："老夫知道，将军受苦了！请将军先沐浴更衣，老夫为将军摆宴洗尘。"

半个时辰后，他以清爽全新的面容坐在公孙贺面前。

公孙贺特地唤出夫人为赵破奴敬酒："将军一说曾随去病打过漠北，老身就顿觉亲近了不少。只可惜去病英年早逝，留下一条根也……"

公孙贺打断道："赵将军跋涉而归，你提这些伤心事作甚？还是早早歇息去吧。"

在客厅里只剩下两人的时候,公孙贺问道:"赵将军一世英雄,为何此次出征竟全军覆没了呢?"

赵破奴叹了一口气:"一言难尽,等有机会再详细说给大人听。末将此次冒死回来,是要向皇上禀奏一件要事,苏武大人被匈奴扣留了。"

这话一出口,公孙贺的眼睛就直了:"这是不是传言呢?议和乃且鞮侯单于之意,他怎么会出尔反尔呢?"

"一切皆起于那个善于阿谀逢迎的张胜……"赵破奴一五一十地开始回忆起来。

滞留匈奴的长水人虞常与朝廷副使张胜重逢于异国他乡,互诉离乡之苦。

虞常道:"我的家眷俱在长安,我没有一天不思念他们,副使能不能带我回长安去呢?"

张胜就不免有些为难:"足下被匈奴俘获,无寸功于汉,下官也是爱莫能助。"

这时候他们想到了一个人,那便是匈奴的丁零王卫律。

卫律本是匈奴人,却自幼随父亲在长安长大,对儒术颇有心得,后经李延年引荐入朝为郎。元狩年间,他官拜中郎将,曾作为博士狄山的副使出使匈奴。狄山因要匈奴称臣,触怒单于而被扣,而卫律却降了匈奴,并被封为丁零王。

消息传到长安,刘彻大怒,多次派人潜入单于庭,欲图刺杀他,均未果。

张胜怂恿道:"若能借机除之,则皇上必重赏足下。"

虞常想了想道:"这个不难。卫律最喜夜间饮酒,在下就邀他饮酒,待他酒醉之后,趁机劫持,逃回长安。"

"长安离单于庭遥遥数千里,沿途风险不断,这……"

虞常笑了笑道:"大人不必多虑,如今漠北、漠南皆无匈奴重兵,只要进入漠南,我们便安然无恙了。"

"如此甚好!倘若能连阏氏一同劫走,皇上即可雪隆虑公主被害之仇。"张胜又进一步蛊惑道。

"这……阏氏穹庐防守严密,只怕……"

智者千虑,必有一失。正当虞常部署伏兵时,却不料消息被泄露出去。卫律先行拘捕了虞常,重刑之下,他当夜便供出了张胜。

张胜眼见事情败露,不得已禀告苏武。

苏武闻言大惊:"大人在朝多年,为何出此下策?两国邦交,岂可用游侠之策?"

张胜惭愧之至:"事已至此,还需大人力挽狂澜。"

苏武仰天长叹:"事已至此,本使有辱圣命,何以见皇上啊!"说着,他从腰间拔出宝剑,顺着脖子一抹,那血就染红了前胸。

张胜见此,忙夺了宝剑,将苏武抱在怀里,命医者包扎伤口。

当卫律将苏武自杀的消息禀奏单于后,且鞮侯深为苏武的气节所感动,他对卫律道:"匈奴得虞常,就像得了一只黄羊;而得苏武,就是得了一只鹰。如果你能劝他归降,寡人定有重赏。"

过了些日子,苏武伤势好转,卫律便依照单于的旨意,带重金到汉使的穹庐中来了。

"使君身体康复,本王甚是欣慰。单于忧心使君大人身体,命本王前来探望。"卫律向苏武行礼。

"多谢单于好意。"苏武坐起来招呼卫律坐下,"不知单于见我大汉文书,可有回复?"

卫律入座时不意撞到了汉节,苏武立时一脸的肃然:"汉节乃我朝象征,请大人自重。"

直到卫律小心翼翼地将汉节放回原处,苏武脸上的表情才舒缓了一些:"单于出尔反尔,岂是君主所为,传将出去,不怕成为邻国笑柄么?"

卫律道:"若非张副使节外生枝,怎么能生此突变呢?"

"张胜策动事变,乃私举也,大汉皇上定会依律追究。单于不该迁怒本使,危害邦交。"

可卫律却转过话题道:"单于敬仰大人,使君若是归顺匈奴,本王敢保大人荣华富贵。"

"哈哈哈!此话从大人嘴中出来,不觉刺口么?"苏武的目光中满是轻蔑和讥讽,"想当初丁零王在汉,皇上待你不薄,你却背主投贼,今有何颜面来劝降?本使虽是一中郎将,如屈节辱命,虽生犹死,有何面目归汉?"言罢,当着副使常惠的面,苏武再次抽刀自裁,被常惠拦腰抱住……

客厅里一片沉寂,鼎锅里的酒干了,杯子里的酒干了,公孙贺与赵破奴相对而坐,许久无语。还是公孙贺打破了沉闷:"如此说来,苏大人归汉无望矣?"

"匈奴人见劝降不成,又将苏大人投至地窖,以死威胁,终不能使其屈节。匈奴顾忌我大汉之威,遂将苏大人发配北海牧羊去了。末将亦被匈奴流放到草原的,有一日,遇见了滞留匈奴的常惠,他要末将千方百计回到长安,将汉使遭遇禀奏给皇上。末将一路扮作商贾,才得以越过边塞,回到大汉。"

公孙贺十分感慨,这就是霍去病的部属。他回到长安,连自己的家门都没有进,就先来丞相府禀告使节情况,公孙贺油然拉住赵破奴的手道:"请将军放心,老夫明日就将苏大人境况禀奏给皇上。"

向司马谈的神位深深地磕了三个头,司马迁回望了一眼不远处父亲的坟茔道:"父亲!孩儿这就走了。"

正是五月,青青的坟草比去年又长高了许多。光阴荏苒,父亲已枕着河水的涛声长眠了十一个年头了。

走上阳关道,他深情地望了望妻子道:"回去吧!照看好孩儿们,让他们学会做人。"

"回来也不多停些时日。"夫人眼里闪着泪花,她没忘记往书童手里塞了个包袱,亲切地说道,"老爷就靠你多费心了。"

"大人乃小生恩师,师母就放心吧。"

大儿子对父亲心存怨气,瓮声瓮气地问道:"敢问父亲,您何时带孩儿去京城念书呢?"

夫人拉了拉儿子的手道:"你怎么如此跟父亲说话呢?"

可儿子就是不依,挣脱了母亲的手:"别家的小孩父亲在京城做官,都带着他们去念太学,父亲倒好……"

司马迁看着儿子倔强的身影,不知该如何向儿子解释这一切。当年司马谈弥留之际反复叮嘱他,宦海沉浮,仕途险恶,莫带家眷到京城,他无法违背父亲的遗愿。

亲不亲,故乡人。每一次回来,乡亲们总要到村头送别,这让司马迁有些承受不起:"晚辈何德何能,敢劳尊长前来相送?"

"大人为何这样说?大人这是荣耀故里啊!"

司马迁把这看作是父老乡亲的期待,再次拜谢道:"晚辈绝不负尊长厚望,就此作别了。"

他正要上马,却听见不远处传来喊声:"太史公请慢行!"

来者是一位朝廷命官,因为乡人是不习惯于这样称呼的。及至到了跟前,他才发现来人是夏阳县令。

"不知太史公回乡祭祀,多有得罪,还请宽恕。"县令上前施礼道。

"下官回乡祭祀,纯属私举,怎好劳动县令大人呢?"

县令很谦恭地摆了摆手道:"哪里哪里!下官久慕大人声名,今日大人回乡祭祀,使县域生光,下官在县府略备薄酒,还请大人赏光。"

司马迁面露难色道:"此次回乡,皇上恩准时日有限,下官祭祀完毕,即刻返京,朝廷事多,就不叨扰了。"

"再紧也不在乎一顿饭的工夫吧。"县令又看了周围的三老,眉头一转道,"要不就选几位长者一同进城赴宴,也了却大人的乡情。"

"县令大人的盛情下官心领了,实在是因为公务在身,耽搁不得,下次回来,一定过府拜访。"

"这……"县令一脸的无奈。夏阳在京城做官的不止司马迁一人,哪一个回来不是前呼后拥,唯恐别人不知道,可他……县令说不清是应该尊敬他,还是应该鄙夷他。愣了半天才回过神来,对身边的县丞道,"回去!"

司马迁一路疾驰,只在合阳县境打了个尖,就又出发了。

大约在申时,他们便到了渭南县城。牵马从东门进去,周围店铺林立,酒旗飘飘,店家招呼过往客人的声音热情而又鲜亮。

"醪醴!甘甜的醪醴,快来吃啊!饱腹又解渴!"

司马迁这才觉得这一路走得太急,又饥又渴,便对书童道:"听闻渭南醪醴甘美,不妨在此歇歇脚如何?"

"诺。"

喊来店小二牵马到后院喂料，两人进店找了僻静处坐了。司马迁举起耳杯，正要和书童干杯，就见一位年过而立的佩剑汉子进门来了。

店家看这汉子刚毅清俊，器宇不凡，心生敬畏却又面露难色："壮士来晚了一步，僻静之处刚好有人坐了。"

汉子也不恼怒，很文雅地说一句："既是如此，那你去弄些茶来，我在此等候就是了。"

这平常的一个举止，却让司马迁顿生敬意，他起身来到汉子面前，作揖问道："敢问阁下尊姓。"

那汉子急忙起身回礼道："在下李陵！敢问足下……"

"在下司马迁。"

"呀！"两人都愣住了，似乎是久别重逢，又似乎是人生如初见。

"在下闻听太史公之名，如雷贯耳，今日一见，果然玉树临风，气度不凡。"

"原来阁下就是李都尉，真乃将门之后啊！"

既是心仪已久，也就少了许多客套。司马迁邀了李陵入座，又加了几样菜蔬，干脆喝起酒来。

邀杯请盏，互诉倾慕，一个时辰之后，两人都有些醉了。

当晚，三人就在此处住下了。书童一人在隔壁，司马迁和李陵却要住在一起。

中间一个案几上放了些醒酒的果品，两人躺在床上，看着朗朗的月光从窗口照进来，洒在床前；不远处，传来渭河的涛声，两人的心境也像这滔滔渭水，在胸间滚动了。

"将军不是在酒泉么，如何到了此地？"司马迁问道。

"唉！"李陵喝一口茶道，"五月是祖父的忌辰，蒙皇上恩准，在下回天水祭扫了祖墓，又到蓝田替灌强世叔看了看庄园，替他祭扫了祖墓。"

司马迁十分感慨道："巧了，在下也是回乡祭祀父亲的。"

他还告诉李陵，他近来正在撰写卫青、李广等将军的列传。他觉得漠北之战李广将军失期自刎与大司马贪功有关，而且对朝廷不了了之的态度也觉不公。

"那仁兄打算如何来写这一段呢？"

"家父当年曾经反复教诲在下，为史者其事须核，其文须直，不虚美，不隐恶。在下不敢违背父训，更不敢违逆史德，当秉笔直书。"司马迁说着就坐了起来，"包括皇上在这件事情上的暧昧态度，在下也不会回避的。"

"难得仁兄如此耿介，让李陵肃然起敬。其实世事沉浮，宦海无常，大司马早已作古，史事唯后人评说。当初祖父因失期自刎，咎在大司马易道。不瞒仁兄，在下曾耿耿于怀，一心想着报仇。十数年之后，方知此乃无气量之举，每思及此，就很惭愧。"

"将军所言，令在下深悟其间苦衷。"

李陵点了点头道："想想叔父当年，真不该寻衅滋事，打伤大司马。"

"霍将军一世英名，唯射杀李将军，乃白璧生瑕。"

"祖父与大司马的过节，殃及霍将军和家叔，现在看来都是意气之举。家叔不该寻衅报复，而霍将军更不该下此毒手。"

司马迁深表赞许："冤冤相报何时了，难得将军如此襟怀。"

"其实祖父这一生，英名盖世。然为策应河西战役，孤军深入，致使三千陇西子弟葬身大漠，在下以为此不可取。仁兄不可忽略，要以此警示后人。"李陵又道。

"那是！史家同样不可隐瞒皇上的错误。千秋兴废，以史为鉴。"司马迁频频点头。

他觉得两颗心又近了许多，在这朗月当空的夜晚，他为自己找到了知音而欣慰。

这时候，已是月上中天，夜风徐徐。毫无睡意的李陵不改将门之后的气概，一高兴就想骑马："这样的月夜，我们何不策马奔腾，以尽其兴。"

司马迁笑道："贤弟总忘不了驰骋疆场。这个时候城门早已关闭，如何出得去呢？"

"可不是么？"李陵摸了摸后脑勺，憨憨地笑了，"既是毫无睡意，那我们就对着这月亮，做竟夜之谈如何？"

司马迁点了点头……

雄鸡在城中唱出第一声晨曲时,书童睡醒后只见隔壁灯还亮着,惊异地问道:"敢情两位大人一夜未眠啊!"

两人看着书童懵懂的模样,哈哈大笑。

书童不解:"大人为何发笑?"

司马迁也不回答,道:"快收拾行李,回京吧!"

李陵哪里知道,一场新的战事正在酝酿中。

他在京城住的是祖父留下的府邸,刚刚进得府门,府令就禀报道:"黄门来过了,说要您明天一早到宣室殿参见皇上。"

"没有说是何事么?"

"没有!只说事情紧急,将军不可贻误。"

第二天,李陵早早地来到塾门。包桑告诉他,皇上正和丞相与贰师将军议事,要他等候。

而此刻,宣室殿里的气氛却显得异常的紧张沉闷。

苏武被扣,使朝廷很震惊,刘彻觉得这一仗非打不可,他不能容忍一个败国之主如此不讲信义,出尔反尔。在大宛之战中春风得意的李广利更是随着皇上的意思推波助澜,力主开战,而且主动请缨。可是,他的请求遭到了包括公孙贺在内的外朝和侍中官员的反对,刘彻心中就很不高兴。

公孙贺看脸色就知道皇上误解了自己的意思,但他也知道可能很难说服皇上通过交涉去求得苏武的归来,可他并不打算退缩,他说话的语气总是充满着平和,一点也看不出焦躁。

"皇上,"公孙贺撇开身边的李广利道,"此次匈奴之所以突生变故,乃副使张胜策划暗杀所致。臣以为,泱泱大汉,岂可用游侠手段。因此眼下当务之急,是要且鞮侯单于遣送张胜回国,依大汉律令治罪,如此则匈奴知此举原非朝廷之意,自会恢复邦交,再续和睦。贸然开战,则理不在我方。"

"哼!"刘彻看了一眼公孙贺,转脸来向王卿问道,"爱卿以为丞相之见如何?"

由于长期在地方担任郡守,对京城仕宦官场摸不着深浅,王卿还来不及思考这些争论背后的用意,只能凭借直观说出了自己的意见:"臣也以为,如果能够通过交涉消除误解,则少了大军鞍马劳顿,省了百姓长途转输。近年来郡国大旱,连年歉收,民间也需要休养生息。"

这是王卿第一次在重要的议事场合说话,他不仅让公孙贺感到欣喜,而且也让久在侍中的东方朔刮目相看。不待皇上询问,东方朔就随着王卿的后面说了话:"皇上,大宛之战得不偿失。李广利无能,致使一个小小的大宛,竟然打了三年,白骨数万。如今又请缨进击匈奴,此乃置百姓疾苦于不顾。"他讽刺的目光掠过贰师将军的额头,"将军之胜,乃万家之痛;将军之荣,乃夫人之光;将军之才,不及两位大司马十之而一。将军请缨,未免不自量力!"

过去只听说这个东方朔滑稽幽默,才思过人,傲岸不羁,是个人见人怕的主,李广利却从来没有领教过。刚才这一番话,噎得他半天回不过神来,情急之中,他赶忙跪倒在刘彻面前道:"臣之请缨,完全激愤于匈奴言而无信,绝无私心,请皇上明察。东方朔曲解臣意倒也罢了,然他指斥朝政,罪在不赦,请皇上将此贼下狱治罪。"

这话如果是别人说的,刘彻也许会怒发冲冠,可对东方朔,他却感到了憨态可掬的亲切。他挥了挥手,对李广利道:"东方朔的话,爱卿就不要计较了。话虽不好听,可也是对爱卿的警示。望爱卿不负朕望,务求大胜。朕为爱卿物色了一位将门之后,可助你一臂之力。李陵来了么?"

包桑回道:"李将军已到了多时,现在塾门等候皇上召见。"

"宣他进来!"

"诺!"

包桑应完,朝殿外喊道:"皇上有旨,李陵觐见。"

随着悠长的声音向殿外传去,公孙贺明白皇上是决意要打这一仗了,于是他又问道:"浞野侯该如何处置?"

刘彻此刻的心思都在对匈战争上,便很轻描淡写地对公孙贺道:"既然回来了,就让他赋闲一段时间。待有司询问之后,再做定夺。"

大臣们此刻的心都是不平静的。王卿满目仓皇,六神无主;李广利表情僵硬,愤愤不平;只有东方朔依旧谈笑风生。在殿门口遇到李陵时,公孙贺没有勇气回应他的问候,而懵懵懂懂地上了司马道……

战争在每个人心中的分量和位置是如此的殊异。刚才在塾门,李陵已听说苏武被扣一事,多年的兄弟情谊,加上血气方刚,都使他的情感站在出战的一方。

他对皇上要他负责为贰师将军转运辎重表示了谢绝："臣所将屯边者，皆荆楚勇士也，力可扼虎，射可命中，转运辎重，岂不可惜？况臣与苏武乃金兰之交，仁兄遭难，臣心忧如焚。因此臣愿自当一队，到兰于山南牵制单于，使其不敢全力对付贰师将军。"

刘彻捻着胡须，在大殿里踱着步子，思考着李陵的每一句话，他对李陵的熟悉甚至超过了刘据。

自李广、李敢去世后，刘彻就一直将他留在身边，像对霍去病一样对他耳提面命。他了解李陵的才思，可这毕竟是他第一次独立作战，他还是把自己的担心说了出来："此次出战，朕务求全胜，可没有骑兵配给你啊！"

"臣不要皇上配备骑兵，臣将以少胜多，只用步兵五千，足可以直捣单于庭。"李陵没有给自己留一丝余地，而他的勇气和胆识又让刘彻似乎看到了李广一双让匈奴畏惧的眼睛。

"好！爱卿壮志可嘉！不过……"刘彻一手按着李陵的肩头道，"朕将派路博德在半路上迎接你。"

"谢陛下隆恩。"

五月正午的太阳很热，可李陵因心境的原因却似有爽风拂面的感觉。走完司马道，上了车驾，他竟然对驭手道："你坐到后面去，本将军亲自来驾车！"

"将军！这如何使得？"

"少啰嗦。"

李陵接过马鞭，"叭"地在空中甩出一个脆响，他首先想要把这个消息告诉给司马迁，好让他在李广列传里再添精彩的一笔……

重阳节第二天，刘据约姐姐卫长公主一起来向卫子夫请安。

皇上在重阳节邀群臣在未央宫前殿举行歌会，就是没有让他赴会，这让他心里很郁闷。

刘据、史良娣和王子刘进一家人在椒房殿前下了车，沿路走来，两旁的秋菊开得正盛，金灿灿的，散发着浓浓的"瘦香"，开败了的，花丛下面落了一层厚厚的花瓣。这情景让刘据蓦然惊醒，自己已在太子位上二十多年了，他也即将进入而立之年。

人生苦短,他觉得时间过得太快。但一想起与父皇之间的那些疙瘩,他又觉得每一天都是如此漫长。

史良娣知道太子因为父皇没有口谕他赴重阳歌会而心情郁闷,免不了又要在母后面前发些牢骚,所以,在路上她悄悄拉了拉刘据的衣袖道:"待会到了母后面前,多说些高兴的事情。"

刘据没有回答,只顾与刘进说话:"这菊花看起来比牡丹清素,也不及荷花耀眼,可它却最耐得寒霜,最后才残落。它以自己之死,迎来雪中梅花的开放,是花中的君子。"

"父王,孩儿明白了,这花是有灵性的。花品即人品,做人就要像菊花一样,不屈寒霜,不坠流俗,清气洁志,顶天立地。"

刘据很高兴儿子的悟性,道:"进儿说得对,待会儿见了祖母,你就这样说,祖母一定笑逐颜开的。"

史良娣又拉了拉刘据的衣袖,还没来得及说话,春香就迎上来了:"太子殿下驾到,皇后娘娘正在殿中等候呢!"

刘进第一个跑进大殿,跪倒在卫子夫面前:"孙儿叩见祖母!"

儿女请安,对她来说已是司空见惯,而隔辈人却让她从那一颦一笑中,感受到血脉的延续。卫子夫赶忙俯下身体,扶起刘进,一把就搂进了怀里:"看看,又长高了。"

刘进道:"父王近来要孙儿读《大学》呢!"说着,就摇头晃脑地背诵起来。

卫子夫亲昵地抚摸着刘进的头发,道:"进儿出息了。"

此时,刘据、史良娣和卫长公主进了大殿。在他们向皇后请安的时候,刘进偎依在卫子夫怀里,没有下来。

史良娣责备道:"娘与你父王、姑母给祖母请安,你倒偎在那里,不懂礼仪。"

卫子夫一边要他们平身,一边道:"他还只是个孩子嘛。"

刘进从卫子夫怀中出来,要春香带他到院子玩纸鸢,母子三人于是边喝着茶边叙话。

"母后知道么,又要打仗了。"向母亲请过安,刘据在对面坐下道。

卫长公主接过太子的话："不过这次统军的是那个已故李夫人的兄长李广利。"

卫子夫对这种局面并不是无所感触，可她知道，这是她不得不面对的现实。眼前对匈奴的战争，皇上看重的不仅是国家的尊严，也是为了维护他那颗被胜利支撑着的自尊心。可李广利节制军队，的确让她感到不安，却又不能当着儿女的面说。

"人事有代谢，现在你父皇不用他又用谁呢？"

"不在于用谁，而在于这场仗要不要打。"刘据道，卫子夫对任何事情都是一种宽容和忍让的态度，这让刘据感到失望和无奈，"母后身居宫闱，对外事知之甚少。大宛之战把盐铁官营积累的资财消耗得差不多了，如果现在再兴兵戈，百姓免不了又要受苦。"

"可不是么？外面传闻可多了。说是这个李广利自从封了海西侯后，整天宴请不断，府门前的车驾都望不到头。现今的官场怎么成了这个样子？"卫长公主不无讽刺地说道。

"父皇给李广利一家的赏赐超过了以往许多大臣。而现在朝廷送礼成风，有些官员送礼花费太大，就暗地加收各种课税，或兼并土地，把建元以来'限民名田'的成果冲击得七零八落。"

他们这些消息都是从哪里得来的？把卫子夫听得心惊肉跳。她不愿意再听下去，正色道："巷间传言，你们也相信？你们都是皇室贵胄，一举一动朝臣都在看着，千万不可被流言所惑。我知道你为父皇没让你赴重阳歌会而耿耿于怀，这种娱乐对你真这样重要么？你父皇不传你去，是怕你染上声色之欲啊！"

可刘据接下来的话，却让卫子夫真的不安了。

"不仅是这次重阳歌会，自上次孩儿对出兵大宛提出异议后，父皇就不再口谕孩儿参加朝会了。"

卫子夫的眉毛骤然蹙在一起，她将前后许多事情往一块联系，就感受到了压力。她觉得应该找公孙贺来问问情况。

这想法还没有下眉头，椒房殿黄门总管进来禀告："娘娘，丞相求见。"

卫子夫立即意识到，丞相的到来一定与太子有关。

她对儿女道："你们要是没有事，就先回宫去吧，我与丞相有话要说。"

第十六章

纵弟秽乱延年死　为友激辩太史冤

李季从小黄门背上爬了起来，系好衣带，挤着淫邪的眼睛问道："舒服吧？"

小黄门常明扭了扭屁股，坐起身来道："又不是第一次了，何必问呢？"

"那你舒服不舒服？"

常明胆怯地点了点头。

李季嘿嘿笑了，那舌头又伸到常明口中，两个男人紧紧拥抱在一起。

经过来回地折腾，两个人都有些累了，依偎在一起说话。

常明问道："宫内外的女人那么多，公子不去找她们，却来奴婢这里纠缠，图个什么？"

李季笑道："萝卜青菜，各有所爱，再说，你的声情与女人何其相似，嘻嘻！"

常明知道，这事一旦被发现，就是死罪。因此每次过后，他都要后怕几天，见了包桑头都不敢抬。

可当他与李季在一起的时候，又能说什么呢？李氏兄弟现在是炙手可热的人物，连丞相见了都要让他三分，何况他一个小小的黄门。

这是掖庭一个十分偏僻的角落，是用来关那些有罪的宫女的，平日里很少有人来。他们就在这个阴暗之处一夜又一夜地寻求着快感。

现在，谯楼上的钟鼓已经敲过四更，再有一个时辰天就亮了。而卯时正是大臣们上朝的时节,黄门必须赶在这之前到岗。

常明内心忐忑不安,提醒道:"公子!时候不早了,该回去了。"

"不急,再玩会。"李季说着又要来。

常明佝偻着身体,乞求道:"奴婢万万不敢,黄门总管马上就要点卯了。"

"怕什么?有我呢!"

"公子,朝廷律法无情,触犯律法你我就都完了。"

"律法!哼!律法不过是一纸空文,能奈我何?要知道,我可是海西侯的兄弟!"

在李季从他的身上站起来,穿戴整齐,离开小间,沿着掖庭侧门悄悄溜出去之后,常明哭了,哭得很伤心。

他说不清这是为了自己的命运,还是为了肉体的折磨和心灵的创伤。难道这个世界注定是如此么?李季回去了,躺在将军府里可一头睡到日色过午,有人伺候梳洗、用膳,完了就是骑马打猎,糟践百姓,而他却要拖着酸痛的身体前去应卯。

常明在心里骂着,趁黎明的朦胧,朝掖庭的点卯处艰难地走去。

看到掖庭黄门总管拿着竹简高声吆喝着,他庆幸自己没有迟到,他尽量挺直身体,不让别人看出破绽,可当每个人领了当日的差事就要散去时,他还是被身边的一位小黄门拉住了。

"常明!你怎么了,走路一拐一瘸的?"

"没有啊!我好好的。"

"没准你是偷了宫中的宝物,拿到宫外去卖,被强人打了吧?"

"就是!要不,昨日看你还清清爽爽的,怎么今天就成了这副模样?"

"老实说!作甚去了?"

"真没干什么。"他被逼到墙角,瑟缩着身体,浑身冒着冷汗,眼看都要哭了。

"不去应事,你们在吵闹什么?"掖庭黄门总管闻声赶来,大声呵斥着。他看到缩在墙角的常明,骂道,"点卯时就见你脸色失常,不大对头,这会儿又如此模样,说,你作甚去了?"

一位小黄门上前禀告道:"公公,这小子被人把腿打瘸了。"

"哦？所为何事？"

随着黄门总管的问话，常明喊了一声"公公饶命"，就跪倒在地上了。这一跪不打紧，疼得他"哎哟"一声叫了出来。

黄门总管见此情景觉得十分奇怪，眼珠骨碌碌直转。这让常明毛骨悚然，正忐忑间，只听见总管喊了一声："把他的裤子扒了！"

黄门们便纷纷上前，七手八脚，没费工夫，常明的裸体就暴露在晨光之下……

后宫发生如此丑闻，隐瞒下去，最终只会殃及更多的人。掖庭黄门总管不敢怠慢，匆匆地赶往未央宫去向包桑报告。

大约一个时辰后，包桑和掖庭黄门总管已拿着常明的口供出现在椒房殿。

卫子夫刚刚梳洗完毕，听说包桑求见，就有些不高兴："一大早就来烦我，问问他们有何要紧之事，不能等到午间来奏么？"

"包公公不曾细说，看样子很急。"

"让他进来吧。"

可当他们出现在皇后面前时，两人却相互看着，不知道该从何说起。

卫子夫问道："你们不是有事要奏么？怎么不说话？"

"这……"包桑不知怎么说，于是用眼神示意掖庭黄门总管，一副公事公办的样子。掖庭黄门总管只好大略把事情的经过说了一遍，其间省略了许多龌龊的经过。

卫子夫没等他说完，就明白了八九分，她抬头时眼神就愠怒了："我反复交代，对宫中之人要严加管束，可你们却如此纵容，做下此等禽兽不齿之事，该当何罪？说！那个该死的东西是谁？"

掖庭黄门总管急忙呈上常明的口供。卫子夫浏览了一遍，问道："这李季是何人？"

包桑接过话道："此人乃贰师将军胞弟。"

闻言，卫子夫倒吸一口冷气，便知此事很棘手。不过她旋即恢复了平静，问道："此事皇上知道了么？"

包桑摇了摇头："因为事发后宫，因此先来奏明娘娘。"

卫子夫沉吟片刻，转脸来对春香道："你让詹事宣丞相到宫中来一趟，顺便请廷尉吴尊一同进宫。"

遣走春香，卫子夫回头对两位黄门总管加大了压力。

"败坏后宫风气，依律我就可以定你们死罪。不过，念在你们终日伺候皇上，我姑且饶了你们。既然案情牵涉到协律都尉和海西侯，情势不免复杂，何况我看到的也只是那小黄门的一面之词。一切还是等丞相和廷尉审理清楚后，直接禀奏皇上吧！"

这是何等聪明的女人啊！她把案子交给丞相处理，既回避了与贰师将军的冲突，又摆脱了后宫干政的嫌疑——出了椒房殿，包桑依然为卫子夫的聪明感叹不已。

公孙贺从皇后那里回来，立即把王卿、吴尊和霍光召在一起，商议李季与中人淫乱一案。他知道这既是打击李氏兄弟的良机，又是维护太子地位的必须之举——毕竟他和太子也有着千丝万缕的联系。可久经宦海的他却以维护贰师将军声誉的语气很巧妙地把话题切入到对案件的审理上："现在，贰师将军正在前线与匈奴苦战。所以，此案的关键是李季的行为是不是两位兄长的纵容，老夫不希望牵涉李将军，可若是其兄长纵容犯罪，那么我们就只有如实禀奏皇上了。"

霍光当然明白丞相这番话里的意思，随即建议道："依下官的意思，吴大人应该先将李季密捕，连夜审问，免得节外生枝。"

"霍大人所言极是。应该马上行动，以免走漏消息。"王卿也附和道。他对李广利兄弟不把自己放在眼里早有腹诽，现在有人出来替他出气，他自然愿意顺水推舟。

而吴尊是公孙贺去年举荐到廷尉任上的，他当然不会放过这个知恩图报的机会，当即表示赞同。

公孙贺特别强调，对常明之事一定要严守秘密，不可声张。

李季是很讲究的，每次到掖庭他都要用泡着香料的温水把自己洗得干干净净的。他觉得这种特殊的香味，对已经女性化的中人有着催情的魔力，这可以让他兴奋，带给他刺激。

看看亥时到了，他穿戴好宫人的服饰，就蹑手蹑脚朝掖庭狭长的复道溜去。他完全不用担心不能进去,因为常明早已为他仿制了一把侧门的钥匙。

可这一回,他错了。

他刚刚打开那扇鲜为人走的小门,就被人从身后套了布袋,扛在肩头。他想喊,嘴里却被绢帛塞着。直到被丢在廷尉大堂的时候,他才知道,常明已经招供。

吴尊命府役将口供拿给他看,他顿时就蔫了。审讯并没有多难,李季面对每一个可以令嫌犯粉身碎骨的刑具,很快就招供了。两位兄长其实早知道他的行为,只是念及去世的李夫人,因此容忍和放纵他。

第二天早朝后,公孙贺和吴尊就携着常明和李季的口供来到宣室殿。

刘彻这时候正为路博德飞马传来的一道奏章烦恼,听了公孙贺的陈奏后,把一肚子的愤懑都发泄到协律都尉身上。

"好啊!朕的赏赐益重,子弟怠惰骄恣者益多,朝廷还有规矩没有?"刘彻冷笑着,越说越生气,"将士们在前方流血,他们竟然干下如此败坏风俗的勾当。是可忍,孰不可忍!"

刘彻把常明和李季的口供掷向案头,声色俱厉地向吴尊发出口谕:"身为协律都尉,又是中人,竟不顾羞耻,朕若是姑息养奸,岂非让皇家蒙羞。速将李延年下狱审理!"

包桑从殿外匆匆进来,附耳对刘彻道:"协律都尉已在塾门等候多时,求见皇上。"

"让他去死吧。"

刘彻对吴尊的迟缓十分不满,严厉地呵斥道:"愣着干什么?还不去办!"

"诺!"

吴尊从宣室殿出来,看见李延年正忐忑不安地朝殿门口看。显然,他已得知了李季的罪行。他也许还抱着侥幸的心理,希望皇上看在妹妹的分上,法外开恩。

"速将逆贼李延年拿下!"吴尊一声暴喝,羽林卫迅速上前将李延年扭住。

"你等大胆,竟敢侮辱协律都尉,待会见了皇上,让你们个个碎尸万段!"

吴尊讥讽的眼光掠过李延年的额头,道:"皇上恐怕不会再见你了,我的李大人,走吧。"

李延年绝望地朝宣室殿门口大声呼叫:"皇上,臣冤枉啊……"未及喊完,他的嘴就被堵上了。

"荒唐!真是荒唐!"刘彻还没有从刚才的愤怒中走出来,又被新的烦恼所缠绕。

他向公孙贺发泄着对李陵的不满:"当初是他主动提出要率兵深入敌境的,朕不仅准奏,而且还派路博德前去接应。可前不久路博德飞报说,李陵以为现正是匈奴草丰马肥的季节,战恐不利,要等明春出战。你说说,究竟是路博德畏敌,还是李陵怯战?"

其实当路博德的上书一到京城,公孙贺就先看到了。他凭借自己的战场经验判断,如果说李陵建功心切,贸然进击,还说得过去;要说怯战不进,只能是路博德的主意。

为了弄清原委,公孙贺连夜写了一封密札,六百里加急送到前线,要李陵将实情奏报朝廷。现在,一个多月过去后,已经有结果了。

公孙贺从衣袖中拿出李陵送来的上书和地图道:"李陵来书,有要事禀奏皇上。"

"他还强调不宜出战么?"

"非也!"公孙贺与包桑一起,在案头铺开了李陵所绘的地图,"事实上,李将军率领步军五千,沿弱水北上千里,到达浚稽山扎营。路博德率领的骑兵到达浚稽山以南的龙勒水上游,来回搜索,毫无发现,于是又回到受降城休整。此乃李陵属下陈步乐送来的沿途敌军阵势图,请皇上御览。"

"这么说,他们根本就没见面?"

"想来应该是这样。"

"路博德老迈昏庸,险些让朕委屈了李陵。"

"是非曲直,还要等到战事结束后才见分晓。"公孙贺没有急于下结论。皇上的脾气现在越来越怪,他若是把话说死,一旦形势有变,连回旋的余地都没有了。

"李陵正当盛年,但愿他不负朕望。"

……

天时人事日相催,转眼就到了天汉二年(公元前99年)十月。

从前方传回的战报并不乐观,匈奴人显然采取了诱敌深入的战术。因此,李广利从酒泉出发,一路上几乎没有遭遇阻击。但是,当汉军南撤时,却遭到匈奴右屠耆王大军的伏击,损失惨重。

另一路从西河出发的大军由公孙敖率领,与路博德先期到达的汉军会合于涿涂山。可他们是越老越胆小,总是避着匈奴军,走走停停,瞻前顾后,虽然队伍庞大却毫无所获。

"李广利误国!路博德误国!公孙敖误国!"刘彻对着朝会上的大臣们咆哮。

公孙贺和王卿一个个低头不语,任凭皇上在那里发泄心中的怒火。

倒是霍光安慰道:"李陵乃将门之后,即使因力量悬殊不能大胜,也一定能挽回危局,不至于败给匈奴。"

司马迁也道:"臣与李陵乃莫逆之交,深知他的秉性和气节。"

散朝时,刘彻特意叮嘱公孙贺:"只要有李陵的消息,都要立即送到宫中。还有!关于李延年、李季兄弟入狱的消息,你要严密封锁消息,以免扰乱李广利的军心。"

"请皇上放心,臣深知此间利害。"公孙贺答道。

可从情感上说,他倒希望李广利节节失利,最好流亡匈奴。这样,剪除李氏家族就是一件顺理成章的事。

皇上年纪已经大了,他唯恐中途生变,闹出一场废立风波来。那样,他就既对不起卫子夫,也对不起卫青和霍去病了。

对司马迁来说,他根本没有兴趣理会大臣们的这些明争暗斗,他关心和牵挂的是李陵的安危。

这一天黄昏,司马迁照例来到李府。他是这里的常客,与府令已经很熟悉了。因此,当他一进府门,府令就直截了当地对他说道:"大事不好了,李将军的一位军侯从前方潜回,说是将军在浚稽山遭到单于大军的围攻,处境十分危急,夫人这会儿,正坐在厅中垂泪呢!"

司马迁心里"咯噔"一下,觉得隐隐作痛。府令后面说了什么,他根本就没有听见,而是直奔了客厅。

"情况究竟如何？请夫人告知。"

"唉！"夫人忍不住哭出了声音，"夫君危险啊！匈奴且鞮侯单于率三万之众将李陵围于浚稽山谷，李陵率领部下勇战数日，斩首两千多人。匈奴不知底细，不敢轻进。不料他属下的一个校尉降了匈奴，很快汉军的处境急转直下，现时尚不知……"

"夫人不必担心，以将军智勇，必能转危为安。"

"唉！大人哪里知道，路将军竟然袖手旁观。"

"有这等事？"司马迁很吃惊，路博德是跟随霍去病多年的老将，他怎么可以这样置朝廷大局于不顾呢？

司马迁如芒刺在背，在客厅待不下去了，他现在最关心的是皇上对这件事情的态度。

"夫人不必担心，我这就到丞相那儿去打探消息。"

出门时，司马迁嘱咐道："此事先不要告诉老夫人。"

从丞相府回来，司马迁的心就更加沉重了，事情远比夫人所说要严重得多。

路博德和公孙敖报来一个十分惊人的消息，说李陵已经投降匈奴，余部四百多人逃回汉军大营。

深秋冷月孤零零地悬挂在院内那棵槐树梢头，周围的星辰稀稀落落地撒在天空。

司马迁再也没有心思埋头在浩如烟海的史籍中了，他独自一人在书房前踱着步子，以致夜露湿了鞋尖而浑然不觉。他思绪纷乱，在京都与大漠间徘徊。

那是出征前的话别。也是这样一个上弦月的时光，两人喝了许多的酒。

李陵微敞衣襟，双臂撑着酒桌，说多年以来，他最讨厌的就是朝野喋喋不休地议论李广难封，这深深刺痛了他的心。这次皇上把建功立业的机会给了他，他发誓要用匈奴人的首级为《李广列传》增添精彩一笔。

"那时候，请仁兄不要忘记写上李陵乃李广之孙，大汉骑都尉。"

夜阑相别，司马迁牵着马缰道："愚兄在京城等待贤弟的佳音，归来之日，你我一醉方休。"

言犹在耳,可你现在何处呢?

……

匈奴人用两千具尸骨的代价,终于把李陵堵在了狭长的浚稽山谷。他们在从投降的人那里获知李陵和他的校尉韩延年没有后援时,就一面发起进攻,一面派兵喊话,要李陵和韩延年投降。

死!李陵不怕,怕的是军心动摇。

但他还是对路博德抱有幻想,心想,只要率部向南撤退,走出这条山谷,也许就可以与路博德和公孙敖在山南会师。

可这是多么惨烈的撤退,箭矢用尽了,辎重丢尽了,活着的三千将士,拆了车辐充作兵器,伍长以上的军官只剩下短刀。难道祖父当年让三千陇西子弟葬身沙漠的悲剧又会在自己身上重演么?

不!

困境中,他拒绝军吏要他流亡匈奴的劝告,对韩延年道:"军人惧死,还称得上是壮士么?将军若有机会回到长安,当明我志……"

靠着一棵松树睡去,李陵在梦中看见了司马迁。他隐约听见太史令在呼唤他:"李陵!你还活着么?"

一个激灵,他睁开沉重的眼睛,却不见司马迁的影子。

月亮已经隐没在山后,留给山谷墨色的朦胧。他推了推身边的韩延年道:"趁着夜色,将军速速南撤,否则等到天明,只有束手就擒。"

韩延年站起来,从身边的鼓手手中拿过鼓槌,想击鼓起士,鼓却不响。借着微光一看,原来鼓面早已被匈奴的箭射穿。

李陵望了望疲惫的韩延年,脸上挤出一丝苦笑:"总共不过百骑,还用得着鼓吗?"

匈奴人很快地从灌木中惊起的飞鸟做出汉军要逃的判断,千余名骑兵围追而来,韩延年急道:"将军率部南撤,末将断后!"

"还是你先走,我断后!"

韩延年不再说话,手持短刀冲进敌阵——他再也没有回来。

士卒一片片倒下,也将李陵的壮志撕成碎片。

"当"地一声,李陵将短刃丢在地上。为了避免无谓的牺牲,李陵放弃了最后的抵抗……

当余部四百多人在军侯的率领下退入汉军要塞时，他们的耳际仍然响着几日前李陵遣散他们的声音。

"仗打到这个分上，败局已定。我不忍各位兄弟葬身大漠，你等可随军侯散去，日后如果能回到长安，可向皇上陈奏兵败真相。"

曹掾给每人分了二升糯米、一块冰，大家就出发了。从此他们再也没有听到将军的消息。

军侯面对守塞的将领，放声大哭："将军一定殉国了。"

可还没有等到要塞将领传信给酒泉太守，第二批回来的汉军就带来了李陵投降的消息……

月上中天，清凉如水，云际间传来一声孤鸿的嘶鸣。

司马迁抬头看去，多么希望从孤鸿口中落下只言片语。

那天，李陵兴冲冲地奔来，告诉他将率步军单独出击的消息，而他却把一个十分不愿提起的问题摆在了李陵的面前："如果遭遇围困，贤弟将会怎样处置？"

李陵不假思索道："真到了那一步，我当效法祖父，杀身成仁，绝不苟活屈节。"

"不！他一定还活着！"司马迁望着月光，在心里对自己道。

阳关相别时，李陵曾道："家父去世早，家母孀居一生，含辛茹苦。我无法报答，却要让她牵肠挂肚。此番前去，若埋骨他乡，家母和妻儿便托仁兄照顾了。"

一个热血男儿，说到母爱，竟然泪洒尘埃，如此大孝之躯，怎会面对强敌，屈身求生呢？

司马迁怎么都不愿相信这个事实。

书童一觉醒来，隔着窗棂望见司马迁的背影，一下子慌了神。他轻手轻脚地来到太史令身边，小心问道："大人心中有事么？"

司马迁摇了摇头。

"小人知道，大人是在牵挂李将军，可他在千里之外，大人就是着急也无济于事。现在已是寅时二刻，大人彻夜不眠，明日以疲累之身，又怎能上朝奏事呢？"

哦！都寅时了！司马迁沉吟着进入书房，眼前摊开的是正在修改中的《李广列传》，难道这是上苍的暗示么？

"李陵，我的兄弟，真到了那一步，你会如老将军那样以身殉国么？你会的！我相信我的眼光。"

司马迁打定主意，要在朝会上为李陵辩护，他朝着门外喊道："备车！"

他记下了这个日子：天汉二年十一月初十……

塾门人头攒动，熙熙攘攘，李陵的投降成为官员们议论的中心。每一条消息都让司马迁的心阵阵紧缩。

"知道么？李陵投降匈奴了。"

"可惜！将门之后，就此身败名裂了。"

"不会吧！李陵从小就跟随李广将军，又长期待在侍中，深受皇恩，怎会有如此有辱家门之举呢？"

"呵呵！大人不相信吧？听说龙颜大怒，那个为李陵送信的陈步乐自杀了。"

"还有呢！昨日后半夜，廷尉府把李陵的母亲和夫人都抓了起来，发现老夫人并无丧子之哀，因此断定李陵投降无疑。"

司马迁强撑着上前，发现说话的是上大夫壶遂，就知道绝非传言了，可他还是忍不住问道："大人也相信李陵会屈节么？"

"哦！是太史公啊！"壶遂急忙起身。虽说两人秩禄、官阶差别很大，可司马迁的才气和为人素来是受到朝野尊重的。他和司马迁来到塾门外，说话的声音就小多了。

"李陵一家俱已入狱。皇上震怒，丞相惶恐，连御史大夫都一夜未眠。此事非同小可，下官知道大人素与李陵交好，不过今日朝会说话还是小心些好。"

司马迁自是十分感激，忙打拱相谢。

尽管司马迁平日对壶遂不是很待见，可这个时候，他的一句话都会让他感到温暖。

从未央宫前殿传来包桑悠长的声音:"辰时已到,请各位大人上朝。"

司马迁定了定神,跟随丞相、御史大夫等朝殿门口走去。这平日里不知走了多少遍的熟路,今天却是如此漫长。他每朝前迈一步,都觉得膝盖分外沉重。

刘彻准时出现在朝堂,他昨夜是在钩弋宫过的。

李陵投降匈奴的消息破坏了他与钩弋夫人温存的兴致,让他一夜都陷在郁闷和烦恼中,直到丑时才昏昏睡去。

晨光中,刘彻的脸看上去有些浮肿,它虽然使得日渐爬上脸颊的皱纹浅了一些,却掩盖不了日益老去的容颜。当那阴沉的目光扫过朝堂时,大臣们都齐刷刷地垂下了头。

朝会的议题非常集中,就是怎样处置李陵投降匈奴的问题。

从丞相以下,只要是站在这个大殿里的,几乎都采取了一边倒的姿态。纷纷斥责李陵叛敌变节,投降匈奴的行为。

刘彻一直面色冰冷地听着大臣们的陈奏,当鼎沸的人声渐渐平息的时候,刘彻忽然问道:"司马迁来了么?"

司马迁没有听见皇上的叫唤,此刻在他的眼前呈现的是一幅幅血淋淋的画面——

李老夫人躺在血泊中,在她的身边躺着的是尸身渐冷的李陵夫人;再远一些,是被血水浸透了深衣的李陵儿女们。他们刚来到这个人世,还没有来得及品尝人间的冷暖,就成了异界的冤魂。整整百口人命啊!

"司马迁何在?"刘彻在大臣中寻找着他的影子。

这一回司马迁听到了,他走出朝列,用笏板遮住了泪水浸湿的眼睛,答道:"臣在。"

"朕记得!当初是你极言李陵可以挽狂澜于既倒,现在你还这样认为么?"刘彻冷漠的目光中带着讽刺。

司马迁对刘彻的质问没有表现出丝毫的意外,声音响亮地答道:"皇上,臣现在仍然不改初衷。"

"哼!"跟在冷笑后面的是严厉的斥责,"说你是书生,果然迂腐不堪!事实俱在,你还有何话可说?"

"请皇上容臣详细禀奏。"司马迁向前迈了一步,好让皇上能够更清楚地听见自己的陈述,"臣观李陵,事亲孝,与士信,常奋不顾身以殉国家之急。其素所蓄积也,有国士之风。如此一位看重名节的将军岂能轻易屈节?倒是那些私心自用,不顾大局,只求保全妻子的人妒贤嫉能,肆意扩大李陵的罪行,实在令人痛心。"

司马迁这话一出,大殿内一阵骚动,公孙贺正待说话,却听见刘彻严厉谴责的声音:"罢了!朕何须明察,这个软骨头,既是被匈奴俘获,就该效仿他的祖父,以死殉国,孰料他竟然……"

可司马迁却并没有因为皇上震怒而有丝毫收敛,反而更加激昂地辩解道:"即便是李陵投降,也必有不得已的缘由。况且,李陵提步卒不满五千,深輮戎马之地,抑数万之师,虏救死扶伤不暇,悉举引弓之民共攻围之。转斗千里,矢尽道穷,士张空拳,冒白刃,北首争死敌,得人之死力,虽古名将不过也。"

司马迁的声音因为激动而变得沙哑,泪水顺着脸颊,打湿了俊美的胡须,满腔的悲愤割断了他的语序。

"他……他虽战败,然……然对敌之杀伤和摧毁足以昭示天下,即便暂时委曲求全,也是为了日后报答汉室啊!臣乞皇上开瀚海之恩!"

司马迁缓缓抬起头看着刘彻,但他没有从刘彻那里获得任何希望,等来的却是暴怒。

"吴尊何在?"

其实,从司马迁为李陵辩白时起,吴尊就在御史大夫身后窥视着这一切。

结局是在预料之中的,他明白等待司马迁的只有诏狱。可是,当刘彻点他的名字时,他还是禁不住打了一个寒战,以致回答皇上的话都有点口吃。

"臣……臣……臣在。"

接下来,仿佛一切都陷入了死寂,只有刘彻浑重的呼吸声敲击着每个人的心。每个人在这无声的空间中,似乎心跳声都被放大了。

当刘彻用冰冷的语言打破这难耐的沉寂时,大臣们的心声被惊得戛然而止。

"将司马迁下狱,严加审理。"

"将李陵全家下狱,以儆效尤。"

司马迁的眼前泅出漫天血红。他被羽林卫押出未央宫的那一刻,仍然倔强地扭头喊道:"皇上,李陵是冤枉的。"

冬天的脚步循着节气一步不落地踏上了北海的草原。

先是刀子一样的冷风一连吼了几天,接着,大雪覆盖了枯槁的草地,冰封了湛蓝的湖水,匈奴人最难熬的漫长季节到来了。

苏武一觉醒来,发现炉子里烧的牛粪不知什么时候灭了,整个穹庐变成一座冰窖,身上似乎裹了一层冰,每一丝毛发都失去了温暖与活力。唉!平日里还可以勉强取暖的毛毯,在这样的日子里简直薄如丝绢。

苏武不再睡觉,在穹庐内来回踱步,舒展筋骨,祛除寒意。

对已在北海放牧一年的苏武来说,回大汉去,是支撑他活下去的唯一信念。

往手上哈了一口气,苏武掀开穹庐的门,禁不住"啊"了一声。大雪在梦中已让辽阔的天空与苍茫的草原浑然一体。他惦记着羊圈里的十几只羊,本能地拿起靠在边墙的汉节,心中掠过无言的酸楚。

离开长安时,那汉节曾带给他和平的希望。可一场事变,不但将两个国家推向战争,而且也让他的回归变得越来越渺茫。

只有这汉节让他觉得必须活着,有一天回到长安去,回到皇上身边去。

苏武走出穹庐,眯着眼睛看着大雪。想必长安现在也是冰雪覆盖的深冬了吧,那时候,他和李陵都在侍中供职,每日在皇上身边参谋政事,帮助皇上整理文书。闲暇之际,两人还常常外出郊游。

那一年端阳节,他俩骑马沿着渭水一路走去。正是渭河涨水的季节,水面浩渺宽阔,他们的思绪回到了屈原年代。

苏武驻马,等后面的李陵赶上来道:"当年屈原就是沿这汉江放逐的。"

李陵笑道:"这怎么会一样呢?屈原当年是遭人迫害,又不为楚怀王所信,才被放逐的。而我们现在可是皇上身边的人,皇上惜将爱才,雄图大略,即使秦皇也不可比,此正是你我建功之时。"

苏武毕竟年长几岁,感慨道:"为兄所言在于人生的遭际。宦海沉浮,前程多变,难免你我不会遇到奸佞。说不定哪一天,我们也会离开长安,到一个偏僻的角落去。"

李陵虽然从内心对苏武的忧虑不以为然,却还是问道:"果真到了那一天,仁兄将何以处之?"

苏武勒住马头,望着从脚下远去的渭水,若有所思地说道:"家父与令祖曾是多年同僚,自为兄初晓人事,家父就不断地教诲我,君子有杀身以成仁,无求生以害仁。果真到了那一天,为兄宁为玉碎、不为瓦全。"

虽是郊游闲语,可这话仍让李陵十分感动,他在马上打躬作揖道:"李陵当以仁兄为楷模,恪守忠孝节义之德。"

……

现在,命运果然将苏武抛在了遥远的北海。

匈奴人的威胁他不怕,吞雪咽冰的苦他也不怕,他最难忍耐的是寂寞和孤独。他已许久没有听到乡音了,他真担心长此下去,舌尖上再也滚不出长安话中那种沉雄、粗犷的节奏。

他不敢想这些,一想心就剧烈地痉挛和疼痛。而他殷殷牵挂的还有两位好友——李陵和司马迁,他们还好么?

苏武使劲地摇了摇头,把这些痛苦驱除出自己的脑海。他出门刚刚迈开第一步,就深深陷在盈尺的积雪里,他想退回去,可羊圈里传来头羊凄凉的叫声,让他打消了退却的念头。

羊现在是他唯一的伙伴,没有它们,他会更寂寞。

羊群瑟缩着,抗御寒冷的本能使它们挤在一起,昨夜临睡前添的干草蓬乱地被踩在脚下。

苏武有些枯瘦的手抚摸着一只只羊,传递给它们一息温暖。可当他的目光停在墙角那只永远睡去的羊时,还是下意识地打了一个冷战,昨夜的风雪又使他的伙伴少了一个。

这种日子不会再有人光顾这里,苏武俯下身体,开始清理脚下的积雪。

雪太厚,不一会儿他的额头就热气腾腾的,寒冷渐渐远去,人也有了活气。他抬眼朝远处张望,发现在苍茫的雪原上,有几个黑点在缓缓朝这儿移动。

他的眼睛顿时潮湿了,生出活过来的不尽欣慰。

那是于靬王属下的千夫长和他的亲兵。一共三个人,五匹马,马背上驮着的是何物呢?大概是冻羊肉吧!匈奴人就靠这个度过漫长的冬天的。

此刻,千夫长已经站在苏武的穹庐前,寒冷加上雪中跋涉,使他们一个个脸色青紫,嘴角干裂得没有一滴水分,只有那野性的眼睛仍被雪照得发亮。

"千夫长受累了!"苏武说着,就将他们请进了帐内。

等干牛粪冒出红红的火苗时,他把白雪倒进鼎锅,不一会儿,穹庐里就有了生机。

喝下千夫长送来的马奶酒,苏武觉得舌尖不再僵硬,话也多了不少:"感谢于靬王这样大冷的天还来关照苏武。"

于靬王是且鞮侯单于的兄弟。去年秋天,他刚刚被流放到北海不久,于靬王就率部到这里狩猎了。他毫不隐晦对单于的不满,他一直记得左骨都侯吐突狐涂的教诲,向来以汉匈和睦为己任。可且鞮侯单于哪听得进去呢?

苏武牧羊就在于靬王的领地,有一天,他到北海湖畔狩猎,就邀苏武同往。

他很惊诧,看上去文质彬彬的苏武竟射得一手好箭。一场狩猎下来,他的猎物远远超过了自己的部属。这次邂逅使他们成了朋友,每隔一段时间,于靬王就会派人送些酒食来。但是,千夫长接下来的话却让他刚刚复苏的感觉一下子冰凉了。

"这是我最后一次为使君效劳了。"

"怎么,单于知道了?"

千夫长摇了摇头:"不是!于靬王已于前日暴病身亡了。"

"啊?!"

千夫长试图用滚热的马奶酒驱除心中的悲痛:"于靬王弥留之际,要我速送些食物给使君,不想这风雪……"

苏武十分震惊,接着就按匈奴人的风俗,朝东方拜倒了。

"神圣的太阳神啊!请您保佑于靬王升天吧!"

"事已至此,使君也不必伤心。往后,使君要好自为之。"千夫长安慰道。

在不经意间,他提到了一个人的名字,"使君认识李陵么?"

"李陵?"苏武眼里发出异样的光彩,"岂止认识,那是在下的兄弟。快说说,他怎么了?他到了贵国么?是作为大汉的使节迎接在下回归的么?"

这一连串的问话,让千夫长有些应接不暇,倒不知道该不该告诉他更多的事情。

但这犹豫也只是一闪念,既然已是朋友了,就不该瞒他了:"他投降了。本来单于要他来劝降使君,但都被他谢绝了,我觉得他是无颜再见使君。"

这些话苏武没有听见,他的脑子里一片空白,他不相信将门之后,大汉的骑都尉会这样不顾气节,拜倒在单于脚下。可在千夫长向他描述了浚稽山大战之后,他就不得不相信了。

"贤弟!你是一失足成千古恨呀!难道你不顾长安的妻儿了么?"苏武暗暗叫苦。他不再说话,沉闷地喝着马奶酒,目光直直地盯着远方……

第十七章

错中错李陵蒙垢　忍上忍太史守志

刚刚进入天汉三年春季，李广利统帅的六万骑兵和七万步兵又从朔方出发，与路博德的一万人马会师于阴山脚下。与此同时，韩说率领三万步兵从五原出发，公孙敖率领骑兵万人、步兵三万人从雁门出发，摆出与匈奴决战的架势。

正在患病中的且鞮侯单于也不甘示弱，远途行军至余吾水南岸。双方在余吾河流域展开长达数十日的拉锯战，不分胜负，而公孙敖却因与右屠耆王的交战中屡屡失利而退回塞上。

今非昔比，汉军再也打不出当年卫青、霍去病那样的军威，主将不是平庸无能，就是老迈怯战，这让刘彻陷入了前所未有的焦虑。

公孙贺看得清清楚楚，大汉又进入一轮将领匮乏期。

可汉军的屡屡失利，却加重了刘彻对李陵的怀疑，担心他参与了匈奴的军事部署。

"这个李陵，自幼受李广熏陶，又在侍中多年，对大汉了如指掌，若是他为敌所用，那朕就是再派二十万大军也无济于事啊！"刘彻向坐在对面的公孙贺道。

公孙贺早有许多话想对刘彻说，只是慑于他越来越古怪的脾气而不敢轻言罢了。如今见皇上说了话，他便把盘桓在心头许久的主意说了出来："皇上所虑，也正是臣之所忧。何况李陵投降一事至今也没得到证实，因此臣认为可派一支军队潜入匈奴,若是李陵未降,即可迎之回国;若是果真降敌,也宜速除,以绝后患。"

"好!就依爱卿!六百里加急传朕旨意,命公孙敖率军潜入匈奴,打探虚实。"

皇上的旨意传到军营,一生平庸,而今又老迈的公孙敖犹豫了。他一想起前些日子与年轻少壮的右屠耆王大战,还有些后怕。

几天后,他率领亲信沿着余吾河水走了一圈,随后一份战报便发往长安。

"臣奉旨深入匈奴,捕得生口,皆言李陵为兵以备汉军,故臣无所得。"

"李陵果然降敌叛国。"刘彻终于在吴尊的奏章上批红,将关在诏狱的李陵全家诛灭。

边境战事不顺,国内麻烦也接踵而至。

天汉三年,御史大夫王卿因为非议榷酒酤新制而自杀。

这项由大农令桑弘羊提出的变革,遭到了京城商贾的抵触,朝中也有不少人对官府垄断酒市颇有微词。

各地刺史纷纷上书,声言县令们借机敛财,肆意抬高酒价,官员们吃饭都捉襟见肘了。

这些,都迫使刘彻不能不放慢战事的节奏。

于是,和议从幕后走到前台。

八月,东方朔率使团抵达单于庭。

其实,双方心里都很清楚,这不过是战争的缓冲期,台面上的微笑终究代替不了战场上的剑拔弩张。但无论是刘彻还是且鞮侯,都确实需要这一缓冲的机会。

幽默诙谐的东方朔,即使在宴会上也不改他调侃的性格。

"单于真是惜才如金啊!"东方朔嚼着羊肉,说话有些模糊不清。

"哈哈哈!使君何出此言?"

"哈哈!我朝的苏武和李陵不都被单于留下了么?老朽正想着,此次会不会也被单于留下呢?"

且鞮侯单于有些不好意思:"使君言重了,寡人怎敢夺汉皇所爱呢?"

"难得单于胸襟开阔,既是这样,本使就直说了,请单于送苏武和李陵回国。"

单于十分惊异东方朔的敏锐,支吾道:"这……"

"看!单于还是不愿意让他们回国么!"

"非是寡人不允,实在是因为苏使君去向不明,待寡人寻访之后,一定安排大人见面。"

"那李陵呢?"

话说到这个地步,单于只好答应尽快安排他们见面。

五天后,李陵与东方朔在余吾河畔的穹庐里见面了。逆境中相遇,汉使的每一句话,都催下了李陵思乡的泪水。

双方坐定后,东方朔第一句话就问道:"将军怎么可以如此轻率投降匈奴呢?陇西父老闻听之后,皆以将军不齿呀!"

"皇上也相信臣投降了匈奴么?"

"两次向朝廷的奏报都是如此说。尤其是最近一次,皇上派遣公孙敖前来迎将军归国,中途捕得俘虏,声言将军不但降了匈奴,而且还参与余吾河之役,难道此非事实么?"

李陵睁大了眼睛,不解地问道:"末将何时曾见过公孙将军?"

东方朔沉默了很久才道:"即便阁下未见公孙将军,然降胡之举终不能得到皇上宽谅。"

"唉!传言真可置人于死地啊!"李陵将一杯马奶酒灌进肚中,仰天长叹。

东方朔听出其言必有蹊跷,忙上前扶住李陵道:"老夫此次之所以主动请缨,虽说是为了重开和议,可也是为了弄清将军投降原委而来。究竟情况如何,还请将军快快告诉老夫!"

李陵叹气道:"投降的是一个叫李绪的塞外都尉,而不是末将啊!现在李绪已是匈奴的封都尉,大人可以对质。"

诙谐的东方朔突然严肃了,一下子跌坐在地毡上,两眼直愣愣地看着李陵,口中讷讷道:"误传杀人啊!误传杀人啊!"

看着东方朔的脸色,李陵便知情况不好,急忙倒了一碗奶茶给东方朔喝,这才让他缓过气来。

李陵手抚东方朔胸口道:"大人有话尽管说,末将能承受得住。"

"唉!将军!你可害了一群人啊!太史令为你辩白,因此获罪被处以腐刑。你一家百口被尽数诛灭,尸体三天都无人敢取。"

东方朔陷入一片茫然。都说社稷之兴,以人为本。可到头来谁又把人命当一回事呢?为了逃避责任而不惜编造假话欺瞒皇上,为了推诿错误而不惜诬陷他人。这世道到底怎么了?巧言令色,虚伪狡诈的结果是一百多条人命成为冤魂,而他们却面不改色。

哦!李陵呢?东方朔这才发现,李陵不知什么时候不见了。他踉踉跄跄奔出穹庐,面对旷野高声喊道:"李将军……李将军……"在辽阔的草原上,他的声音显得是那么的微弱。

"唉!老夫昏聩矣!为何要如此絮叨?"东方朔跌坐在穹庐外,像个做了错事的孩子,热泪涌流,"李将军,都是老夫一时糊涂啊!"

"使君这是怎么了?"

不知什么时候,一个人站在了他的身旁。东方朔抬眼看去,哦!这不是当年陪同苏武来匈奴的副使常惠么。

"足下怎会在这里?"

"在下牧羊路过这里,看见大人就过来了。"

听完东方朔的一席话,常惠道:"李将军不过一时伤情,要找个地方安静一会儿,大人不必担心。在下的穹庐就在不远处,大人且去坐坐,在下也有许多话要对大人说呢。"

"好!老夫也十分牵挂苏大人的下落。"

坐得久了,东方朔两腿发酸,几乎站不起来,幸亏常惠扶了一把。

刚要离去,就听见耳边传来马蹄声,原来是左大将的卫士长率亲兵赶来了。那人下得马来,直奔到东方朔的面前,施了一礼道:"使君,单于请您回去。"

"单于有何吩咐么?"

"卑职不知!请使君上马。"卫士长很客气地指了指东方朔的坐骑道。

东方朔明白了,其实从进入单于庭那刻起,他的一切就都在匈奴人的监视之下,他不可能自由地与人接触。

常惠当然对这一切了然于胸,他上前为东方朔牵住马缰,看着他很艰难地上了马,道一声"大人保重",自己便拾起羊鞭,融入羊群之中了……

李陵睁开眼睛,周围一片漆黑,只有天空冷漠地看着他。摸摸身上,冰凉凉、湿漉漉的。

大漠的八月秋夜,气候已十分寒冷了。他头疼得厉害,像要破裂一样。

"我怎么到了这里?"他像是在问自己,也像是在问大漠。

他有一种要被黑夜吞没的恐惧,而从远处传来的狼叫声告诉他,他离匈奴人的军营已经很远了。他站起来摸了摸冰冷的脸颊,尽力回忆曾发生过的一切。

当战马闻着气息赶来,很温顺地吻着他的额头和双手时,他想起来了,想起了东方朔告诉他的一切。

他忽然觉得,自己一下子变成了漂泊在草原的一片枯叶,长安那棵大树已经离他很远了。

在那个让他蒙受屈辱的夜晚,他放下了手中的武器,放弃了最后的抵抗,只是不想让部下再做无谓的牺牲。

即使他被带往单于大营的时候,他的心仍然紧紧地依偎着长安,这也成为他一年来一直没有对单于的招降给予回答的缘由。

可现在,长安对他来说已是一个梦,一个永远难以抹去的梦魇。不要说回去已不可能,就算回去了,等待他的也只有身死族灭的下场。

活着,也许还有昭雪的一天。

李陵牵着马,在漆黑的夜里,高一脚、低一脚地返回单于大营。他要好好梳理一下自己的感情,对今后做一个决断。

李陵觉得无法再继续徘徊下去,开始一点点地回忆起这一年间与单于交往的每个细节。

抛开君主身份,他从且鞮侯单于身上发现了许多与刘彻相同的东西。尽管一年来,李陵艰难地坚守着心底那道情感底线,有时候甚至冷酷地将单于挡在自己穹庐之外,但单于却表现出了极大的耐心。

他不断地向李陵请教汉朝的礼仪文化。

他让李陵教他学说长安的语言。

且鞮侯单于并不像他的祖先那样古板僵化，他的博闻强记和机敏聪颖常常让李陵想起在刘彻身边的日子。

在短短的一年间，他不仅学会了近千个汉字，而且不用译令就可以与李陵流利地谈论两国间的大事。

且鞮侯单于一样懂得亲缘关系对维护君主的地位很重要，他曾不止一次托人游说，要将自己的妹妹阿维娅嫁给他。可是，每次都被李陵婉言谢绝了。

此事虽是由且鞮侯单于提起的，可阿维娅那颗放飞在草原上的心从此却无法宁静了。

开始的时候，她是秉承单于的旨意去说服李陵的。但连她自己也说不清楚究竟从什么时候开始，她渐渐忘记了单于的嘱托，发疯地爱上了李陵。

阿维娅的心像草原蓝天一样开阔，她似乎并不在乎他已有妻儿，而只在意他在自己身边的现实。

阿维娅的心像北海一样湛蓝和澄澈，她并不计较多次被李陵拒绝，而依旧要亲兵按时给他送去马奶酒、牛羊肉和皮袍。

阿维娅的心像草原的锦鸡花一样亮丽，有一次，李陵远离单于庭去放羊，被突如其来的大风雪冻僵在野外，是阿维娅亲自为他搓擦身体，拯救了他的生命。

往事历历在目，如果不是阿维娅，他李陵也许会像苏武一样地被流放到一个不为人知的角落，与羊群做伴，默默度完一生。

李陵在暗夜里寻找各种理由来说服自己。但要他选择投降，却仍是一件不容易的事。

他现在只有一个心思，只有活着才有机会回到长安，才能洗刷加在他头上的种种不公。

平常之时，人们总觉得慷慨赴死，乃成仁之勇。可如今走在漆黑的草原，聆听狼叫的李陵才真正体会到，弃死图活、忍辱负重比见辱拔剑不知要难多少倍。

李陵在夜色中摸索着回大营的路，可走了半天，发现又回到了原来的地方。他颓然地从马背上下来，疲惫地坐在草地上，望着天空密布的星辰，撕心裂肺地大喊:"父亲,宽恕孩儿的不孝吧!"

夜空中的长啸,在空旷的草原久久回荡。天边出现了星星点点的火光,越来越多,越来越密。

滚滚而来的马蹄声震得大地微微颤动,李陵警觉地坐起身,从腰间拔出宝剑。

火光渐渐近了,纷乱的叫喊从暗夜中传来:"李将军!李将军……"

李陵眼角一热,说不上是什么感情,只是呆呆看着前方。

"李陵!李陵!你在哪里……"

李陵听到了,那是阿维娅。那野性的声音此刻像夜莺一样悦耳,让他冰冷的心一下子温暖了许多。他竟然鬼使神差地向远方的火光高声喊道:"公主!李陵在这里……"

"李将军就在前面,随我来……"

"啪!"那是阿维娅甩动马鞭的声音,在黑夜中是那么脆亮。

马队来到了面前,将李陵团团围住,他的脸色不再苍白。借着火光,他看见了阿维娅眼角的泪花。

"将军遇到什么不开心的事了,深更半夜跑到这里?"

一句话刚落,就将李陵紧紧地抱住了。

就在这一刻,李陵的心理防线溃塌了,他任凭阿维娅搂着,承受着她毫无顾忌地狂吻。

几天后,且鞮侯单于邀请东方朔出席了李陵和阿维娅的婚礼。左屠耆王、左大将、右屠耆王、右大将以及各路当户纷纷献礼祝贺。婚礼由右骨都侯耶律孤涂主持。

且鞮侯单于高举银碗,面向东方高声祈祷:"神圣的太阳神啊!请您保佑阿维娅夫妇过好日子,多生几个狼崽吧!"

随后,他来到东方朔面前道:"昔年皆是汉朝女子远嫁匈奴,今日寡人将妹妹嫁给李陵,请使君饮了这杯。"

东方朔笑道:"汉匈原本是兄弟,可你这个兄弟却总是跑到兄长门前兵戎相见啊!"

"兄长亦常大兴兵戈,致我六畜不蕃息啊!"

双方诡谲地笑了笑,冲淡了争论的气氛。东方朔机敏地转移了话题:"但愿自今日起,两国息兵罢战,永修睦好。"

且鞮侯单于点了点头。之后,他转身朝大家高声宣布道:"诸位王爷、大臣!寡人的乘龙快婿李陵,乃大汉李广将军之后,今日与公主结为夫妻,寡人要送他一件珍贵的礼物。寡人要封他为右校王。"

东方朔的脸上幽默诙谐顷刻为愤怒所代替,愤然站起来道:"单于是要羞辱大汉么?"

使团的随员们也呼啦啦地站了起来,齐声喊道:"单于是要羞辱大汉么?"

气氛顿时紧张起来,且鞮侯单于的两个儿子左屠耆王和左大将手持腰刀,围了上来,刀刃闪着寒光,透着凛凛杀气。

东方朔冷冷地看一眼左屠耆王,接着放声大笑,在草原上空荡起阵阵回音:"单于是想重演劫持事件么?在这样的时刻,闹出如此风波,传将出去,不要说吾皇雷霆震怒,师出有名;若是西域各国知晓,还敢与贵国交往么?届时吾皇振臂一呼,天下响应,匈奴能不陷入灭顶之灾么?"

在这样的场合,李陵一脸的尴尬,他不知道该怎样出面去平息这一触即发的冲突。他完全没想到单于会突然宣布封赐,这不仅会加深汉朝使团对自己的怀疑,还会激起有些匈奴大臣对自己的嫉妒和仇恨。

他的目光焦急地在阿维娅和单于的脸上来回流转,他希望单于能拨云见日,尽快结束这并不让他愉悦的婚礼。

"你们意欲何为?寡人在此,岂容你们无理,还不放下兵器!"单于对左屠耆王和左大将厉声喊道。

耶律孤涂趁势道:"大喜之日!我们舞起来吧!"

李陵长舒了一口气,当他看到单于很谦恭地走到东方朔身边,邀他加入狂欢的人群时,他庆幸这场风波过去了。此时,阿维娅更是泪光盈盈地拉起他的手,冲进了人群。

草原上的锦鸡花啊向着太阳神开放,
姑娘的心啊追着雄鹰飞翔。

亲爱的人儿啊你可知道，

　　没有太阳神哪有月亮的光芒。

　　亲爱的人儿啊……

书童送来益州刺史任安的来书时，司马迁正坐在书房里发呆。书童连叫了几声，他才从纷乱飘忽的思绪中清醒过来。

"有事么？"司马迁木然问道。

"老爷！是益州刺史任安大人来书了。"

"哦！"司马迁从书童手里接过书札，随口又问道，"还有事么？"

书童犹豫了一下道："夫人又来书了。"

"搁一边吧！"

"老爷！这已是第五封信了。老爷还是回一封信报个平安吧！"

"啰嗦！不是叫你搁一边么？"

"诺！"

书童拿着信札退了出去，十分不解：真是个怪人，夫人的信不看，却把别的书信看得那么重要。

司马迁怎会不理解书童的用心呢？可对一个中人来说，他还有什么资格让一个女人为自己牵肠挂肚呢？

短短的几个月，他的胡须脱光了，皮肤变细腻了，声音也尖细了。只要对着镜子看一眼，他就觉得从此再也没有脸去见夫人，只能将那一份珍爱深深藏在心里。不仅如此，他发誓今后不许儿女们来看他，而愿一人与孤灯相伴，完成父亲的嘱托。

是的！这样的耻辱知道的人越少越好；这样的痛苦，最好由自己一人承担。

他打开任安的书札，就看到了一段让他很难回答的话。

子长吾兄：

　　菊月已至，遥思长安，暑流渐拂。然益州酷热依旧，夜来无眠，引笔杂叙，望兄勿以烦倦为殆。前书曾言，期吾兄以慎于接物，推贤进士为务。书去数日,了无消息……

唉!这位任大人,怎么知道自己此时的心境呢?

在京城的日子,任安是朝中与司马迁谈得来的几个官吏之一。他们的友谊超越了官阶,以兄弟相称,这在当时的京城,是很罕见的。

元封五年,皇上下诏,在全国设立十三刺史,曾经在卫青军中任过多年长史的任安,被派往益州履职。

临行前,司马迁在外城的亭子里摆酒为任安饯行。两人相约,要尽其所能,为朝廷荐才选能。可现在他这个样子,怎么还可能实现这个约定呢?

任安没错,他的埋怨也不是没有道理;何况,益州距离京城,遥遥千里,他大概还不知道自己蒙受了如此大辱吧。

司马迁本不想再撕开的伤口,却被这预料之外的书札刺得隐隐作痛。

看来,今夜他又要与凉夜孤灯相伴了。

司马迁唤来书童,要他闭门谢客,然后就把自己关在了书房里。

从何处着笔呢?唉!还是从他对自己的埋怨写起吧。司马迁掸了掸笔尖,先写下了任安的文字。

太史公牛马走司马迁再拜言,少卿足下:

曩者辱赐书,教以慎于接物,推贤进士为务……仆非敢如此也。

依照司马迁的性格,每次写信,在写下对方的名字后,总要停笔静思片刻,以便寻找恰当的措辞。可是今天刚刚写下"少卿足下",那沉寂不久的心事就如决堤的大水,倾泻而下了。

顾自以为身残处秽,动而见尤。欲益反损,是以独抑郁,而谁与语?谚曰:"谁为为之,孰令听之……"

故祸莫憯于欲利,悲莫痛于伤心,行莫丑于辱先,诟莫大于宫刑。刑余之人,无所比数。……如今朝廷虽乏人,奈何令刀锯之余,荐天下之豪俊哉!

司马迁渐次弥合的伤口就这样被重新撕开，渗出点点鲜血。

在那个把耻辱刻进灵魂的日子里，司马迁第一次感到了人为刀俎，我为鱼肉的滋味。

几个膀大腰圆的牢役死死地按住他，一柄锋利的刀刃伸向他的下身。一声惨叫，他昏了过去，等到醒来的时候，折磨他的不仅是肉体的痛苦，更是人们从此将用异样的目光去注视他。

他随后听到的第一个消息，就是李陵家被族灭。他果断地要前来探监的书童星夜赶回夏阳，让司马家的人改姓氏，以表明他从此与夏阳没有任何关系。

司马迁不是那种贪生怕死的人，可他却需要苟活于世的勇气，不为别的，就为完成父亲的夙愿。

  人固有一死，或重于泰山，或轻于鸿毛，用之所趋异也。太上不辱先，其次不辱身，其次不辱理色，其次不辱辞令，其次诎体受辱，其次易服受辱，其次关木索、被箠楚受辱，其次剔毛发、婴金铁受辱，其次毁肌肤、断肢体受辱，最下腐刑极矣！

的确，他曾多次想结束自己的生命，以洗刷加在祖先身上的耻辱，可父亲临终前的声音总在耳边徘徊，那是比泰山还重的嘱托。

相比完成一部旷古迄今的史书，这样轻率地死去该是多么糊涂。现在，李陵降了，苏武流落异邦，也只有远在蜀地的任安能理解他的心迹了。

  夫人情莫不贪生恶死，念父母，顾妻子，至激于义理者不然，乃有不得已也。今仆不幸，早失父母，无兄弟之亲，独身孤立，少卿视仆于妻子何如哉？且勇者不必死节，怯夫慕义，何处不勉焉！仆虽怯懦，欲苟活，亦颇识去就之分矣，何至自沉溺缧绁之辱哉！且夫臧获婢妾，犹能引决，况若仆之不得已乎？所以隐忍苟活，幽于粪土之中而不辞者，恨私心有所不尽，鄙陋没世，而文采不表于后也。

司马迁愤然擦去眼角的泪水,尽情地描绘自己孜孜以求的宏图。

仆窃不逊,近自托于无能之辞,网罗天下放矢旧闻,略考其行事,综其终始,稽其成败兴坏之纪,上计轩辕,下至于兹,为十表,本纪十二,书八章,世家三十,列传七十,凡百三十篇。亦欲以究天人之际,通古今之变,成一家之言。草创未就,会遭此祸,惜其不成,是以就极刑而无愠色。仆诚以著此书,藏之名山,传之其人,通邑大都,则仆偿前辱之责,虽万被戮,岂有悔哉? 然此可为智者道,难为俗人言也!

司马迁用笔舔着伤口,用笔书写着人生悲愤,用悲愤激励活下去的勇气,用勇气支撑自己完成父亲的未竟之业。这一切,都化为对任安的诉说,铺满了洁白的绢帛。

他不知道府令是什么时候出现在门口的,直到他放下手中的笔,捧起信札时,才看见府令仓皇的眼神。

"出什么事了?"

"包公公来了。"

"哦!包公公来了。"司马迁迅速调整思绪,出了房门。

来到前厅,包桑见到司马迁,站起来道:"皇上传大人进宫问话呢!"

"公公知道是何事么?"

"大概还是李陵的事,东方朔大人从匈奴回来了。"

司马迁的眉毛紧蹙了一下:"李陵一家尽遭诛杀,下官也受了惩罚,皇上……"

"东方朔大人带回了李陵新的消息,大人不妨一听。"包桑解释道。

进了未央宫,包桑安排司马迁在塾门等候,自己先进去复旨了。进了殿门,他就听见刘彻正在和东方朔说话。

"可他最终还是叛朕而去了。"

"可事情总有个缘由。"东方朔还是为李陵辩解道。他这一辈子最大的欣慰是皇上从来没有因为他犯颜直谏而对自己疏远,所以他说起话来也没有像其他大臣那样瞻前顾后。

"李陵在匈奴被扣年余,拒金银于身外,远美女于穹庐,唯系念皇上,然……"东方朔的声音骤然加重,带着难以遏制的义愤,"恕臣直言,若非路博德畏敌如虎,徘徊不前;若非公孙敖蒙蔽圣听,李陵岂能孤军作战,陷入胡军的重重包围呢?他们身为老臣,如此不顾大局,实在令人寒心。"

刘彻脸上有些尴尬:"这事不是已经过去了么?"

"人命关天,焉能视同儿戏?因为他们弄虚作假,使李家百余人死于无辜,太史公蒙受腐刑。此风蔓延下去,今后还有谁愿意为社稷出生入死呢?"

"照爱卿这么说,难道是朕错了?"刘彻颇有些不悦。

东方朔毫无退让之意:"皇上乃九五之尊,臣不敢妄议。只是这些人各求自保,目无社稷,陷忠良于不义,应该依律问罪。"

"这个朕自有方寸。"但是,刘彻还是不能原谅李陵与单于的妹妹结为夫妻,"就算朕委屈了他,可他也不该与匈奴女人结婚呀!"

"哈哈哈!皇上是说李陵与匈奴公主成婚一事么?依臣看来,这未必不是一件好事。"

"哦?"

"臣在婚礼当夜与李将军促膝交谈,深为他思念皇上、思念长安之情所动。我朝自太祖高皇帝以来,与匈奴通婚亦非罕事。公主尚可远嫁匈奴,匈奴公主为何就不能嫁给汉人呢?"东方朔向前挪动一步,目光中就多了智慧的光彩,"李将军在匈奴,等于我朝在单于身边安了一个钉子,或和或战,皇上完全可进退自如啊!"

人就是这样奇怪,再尖锐的谏言,从东方朔口里出来,刘彻就是生不起气来。他不得不承认东方朔说得有道理:"你呀!三寸之舌,可起死回生。"

"皇上过誉了。"

瞧见包桑进来,刘彻便知司马迁到了。他转脸对东方朔道:"爱卿鞍马劳顿,一路辛苦,可以退下了。"

"那微臣告退了。"

出殿的时候,东方朔与司马迁擦肩而过,他憔悴的面容让东方朔看着揪心,可在皇上的眼皮底下,他又不好多说什么,只是暗暗道了一句"保重",便出宫去了。

有了刚才与东方朔的一番对话,面对司马迁,刘彻的眼里就充满了歉疚和真诚:"现在看来,是朕错怪爱卿了。"

皇上如此坦率地承认自己错了,让司马迁有些措手不及。几多怨艾、几多辛酸都化为一句最简单的话语:"臣枯槁之躯,何足道哉!只是李陵一代名将之后,臣……"

刘彻挥手截住了司马迁的话头:"李陵一案且不说了,朕只是觉得城门起火,殃及池鱼,爱卿为此受了牵连,朕甚不安。爱卿有何求,尽可道来!"

"臣无所求。"

"朕拟任卿为中书令,为朝廷起草诏令,如此爱卿亦早晚可在朕身边。"

司马迁的心被一种无言的痛苦抽打着,一阵阵疼痛。

皇上这个任命说明了什么呢?这个任命与其说是皇上对自己重视,毋宁说更大的侮辱,因为这个职务此前都是在中人中选择的。

可司马迁又一次做出了忍辱负重的选择,似乎比任何时候都要平静。

"臣……谢皇上隆恩。能够每日在皇上身边聆听圣谕,臣不胜荣幸。"

可接下来,皇上就向他提了一个尖锐的问题:"爱卿,如果要你来写李陵一案,你将如何处之?"

皇上这是在试探自己,司马迁似乎早已预料会有这么一天,几乎不假思索地答道:"史家之德,在不隐恶,不掩善,不逢迎,求其真也。"

"朕知道你会这样说,难道你对朕也要这样么?"刘彻叹了一口气。

"皇上的意思……"

"朕知道,李陵一案多有蹊跷,朕自会给众卿一个说法。然李陵投降已成事实,那过程就不必细究了吧!"

"不可!"司马迁挺了挺脊梁,脸色顿时严肃了,"李陵降胡,情非得已。若非那些心怀叵测之人,怎会有李陵今日呢?倘若皇上当时能耐心听完臣的陈奏,是非曲直不难清楚。可皇上……"

"罢了!"刘彻说话的声音也提高了,"是朕让他降胡的么?他有今日,咎由自取,与朕何干?"

"臣不敢!皇上是要臣隐匿此事真相,以保声誉么?荀子曰:'君子博爱而三省乎己,则知而无过也。'陛下若非偏听,则博爱之恩施与忠良,李陵岂能背汉降胡;陛下若能自省,则百姓仰之若北辰。"司马迁跪在地上道。

"大胆!"刘彻的衮袖从司马迁的脸上扫过,"朕不相信,你还能再死一回。"

司马迁知道,这是皇上怒极的习惯动作。可事已至此,他没有任何退路,也许接下来等待他的是重新被投入牢狱,但死过一次的司马迁已将这些看得很淡了。

他暗下决心,就是立即赴死,也不能对不起长眠在地下的父亲。

他抬起头来,很坦然地整了整冠冕道:"皇上可以立即将臣处以极刑,可皇上能封住天下人之口么?皇上难道不明白,史书不唯书之典籍,亦存之人心。纵然皇上杀了臣,后来的太史令依然要拂尘还真的。"

说罢,司马迁不再说话,静静等待着厄运的到来。

太阳悄悄收敛了灿烂的光芒,大殿里渐渐暗下来。云从南山滚滚而来,压在长安城头。

这风来得也太奇怪了,漩涡一样在空中旋转,吹得未央宫内高大的树木发出"呜呜"吼声,艰难地摆动着身体。

这云也十分奇怪,南边来的黑压压的,东边来的红彤彤的,而西边来的确是土黄色的,好像有蛟龙在云海中翻滚出没。

宫娥和黄门们惦记着皇上,匆匆向殿内奔去,可包桑的一只脚刚刚迈进宣室殿,就听见里面传出刘彻的怒斥声:"出去!都给朕出去。"

包桑仓皇地定在了殿门口,进也不是,退也不是。他回身向宫娥和黄门们挥了挥手,大家就纷纷退到塾门内,眼巴巴地看着黄门总管的肩头落下了铜钱大的雨滴。

"怪了!都九月了,还下这样的雨。"

"轰隆隆……"一阵惊雷掠过长安城头,在宣室殿上空炸响。

包桑"扑通"一声就跌倒在地,尖叫道:"九月了,还打雷,这老天怎么就发怒了?"

"皇上!皇上……"他再也顾不上皇上的呵斥,一头扑进大殿,可跟跟跄跄的他却看到了另一幅情景——

刘彻望着殿外，喊声盖过了隆隆雷声："苍天在上，朕自即位以来，道德行为，天日可鉴，朕何惧哉？朕就准了你的所奏，千秋功罪，任后人评说吧！"

"皇上！"司马迁和包桑同时跪倒在了刘彻面前。

……

雷声在未央宫宣室殿上炸响的时候，公孙贺的车驾刚刚停在自己府邸门前。府令拿着斗笠上来，却被公孙贺挡开了，他脸色铁青地问道："公子可曾过府？"

府令摇了摇头。

"速传他来见我。"公孙贺说着话就进了府。

夫人见老爷气呼呼地回来，便知肯定是遭遇了不快，忙唤来丫鬟为他换了干净的深衣，又安排膳房煮了姜汤。

"气杀老夫了。"公孙贺喝着汤还是打了两个喷嚏。

"谁又惹老爷不高兴了？"夫人轻提裙裾在公孙贺对面坐了下来。

"还有何人？就是你那不肖子。"

夫人笑道："夫君一定又是听到什么传言了，他都当了太仆，老爷还不放手？"

"哼！防着防着就出事了。"

"夫人想想，皇上要不是看在皇后和老夫的份上，以他公孙敬声，了无寸功，能做到太仆？老夫是丞相，他官居九卿，你说他还有何不满足呢？可他偏搅到榷酒酤一案中了。"

"不会吧？平日里没有听他说过呀！"

"糊涂！如此蝇营狗苟之事，他会对你说？桑弘羊、上官桀看在与他同为九卿的分上，暗中通报老夫，说他利用皇上的榷酒酤诏令，四处敲诈勒索，弄得民怨沸腾。有人秘密投书到北阙司马那里，幸而被老夫发现，否则送到皇上那里，他十个脑袋也不够砍的！"

"有这事啊？老爷！你可要救声儿呀！"

正说着，公孙敬声就过府来了。他一进门，也不看二老脸色，就急匆匆地说道："听说因杅侯因为夫人作祟巫蛊被下狱了。"

公孙贺从牙缝中挤出一丝冷笑道："老夫看你也快了。"

"父亲又听到什么了？"公孙敬声说着，就要在母亲身边坐下来。几年太仆的生涯，让一个瘦削的中年汉子发福了。

"站着听话！问你自己，装什么糊涂？"公孙贺大声喝道。

公孙敬声愣神地看着父亲，心里埋怨父亲何其多事，再怎么说自己也是有妻儿的人了，还这样管着？可口里却道："孩儿有什么错，请父亲指教。"

"你近来在外面都干了些什么？"

"孩儿每天出于私门，入于公门，尽职尽责，从无违律之举呀！"

看着公孙敬声若无其事的样子，公孙贺干脆将事情点破："哼！你是欺老夫年迈么？说说，榷酒酤诏令颁布以来，你都干了些什么？"

公孙敬声暗暗吃惊，可还是心存侥幸，不相信父亲这么快就掌握了他的劣迹。

"一定是有人对孩儿位列九卿有微词，编排了谣言诬陷孩儿，父亲万不可听信啊！"

"混账！"公孙贺扬手就给了他一记耳光，"人家都投书到北阙司马那里了，你还装糊涂，老夫看你是活腻了！是不是要皇上下一道诏书，让你也尝尝廷尉府的滋味呢？"

公孙敬声一听便知道穿帮了，只好如实地交代了一切。他说自己是被拉进去的，没想到会惹出麻烦。

公孙贺打断了他的话，指着儿子的鼻子道："人家为何拉你进去？还不是你有个当丞相的父亲！当年酎金案，不是有人就拉了卫不疑和卫登么？若是皇上知晓，你轻则丢官，重则腰斩东市。你一人死倒也罢了，可你会殃及公孙一族啊！你想想，元狩以来死了多少丞相？又有多少人被灭族？"

公孙敬声这才觉得事情严重了，求饶道："事已至此，还请父亲指点迷津。"

"你今夜就将钱还给那些关闭的民间酒肆，也好让他们在朝廷收买中少些损失。好在投书就在为父手中，明日召桑大人和上官大人来，要他们对属下严加管束才是。"

公孙敬声还要听父亲叙话，公孙贺黑着脸道："你在这干什么？还不还钱去？"

"诺！"

雨还在下，公孙敬声出了府门，在心里埋怨父亲太胆小——都做了丞相，家境倒不如那些侍中的官员。

上了车，公孙敬声没有好气地对驭手道："走吧。"

车驾在尚冠街上碾出咯咯的声响，渐渐地远去了。

看看外面雨越下越大，公孙贺忽然觉得自己对儿子太苛刻了，不过此念想旋即就消失了："此事绝不能拖，越拖麻烦越大。夫人心疼了是不是？"

"唉！官做得再大，在娘的心中，总是孩子。"

"夫人是要他的命呢？还是要……"

"唉！老爷不必说了，妾身明白这个道理。"

卫君孺说着，就问起公孙敖的事来："公孙夫人巫蛊惑众，可公孙将军罪不至死啊！怎么也被皇上判了腰斩？"

"晚节不保啊！名义上是纵容夫人，实则是谎报军情，在李陵一案上说了假话。他不死，皇上如何向众臣交代呢？"公孙贺起身，准备去歇息，"说来他也是大司马的挚友，为了营救大司马，还曾得罪了陈皇后，可他……"

"这样说来，还真应该经常提醒敬声。"卫君孺又一次想起了儿子，她在心里暗地寻思，"明日妾身也该进宫看看皇后了。"

第十八章

巫蛊又生宫闱乱 歧见远疏父子情

卯时刚过,刘据早早动身,准备去赴早朝。

史良娣一边吩咐宫娥伺候太子漱洗,一边吩咐黄门准备车驾。刘据看着灯影中的她,心中就生出春水般的感动。

算起来史良娣陪伴他已度过了十六个春秋,她总是泰然地过着相夫教子的生活,安心地做个温顺的皇家儿媳。

有时候,刘据因与父皇之间的分歧而郁闷烦躁时,反倒是她做了打开心结的钥匙:"父皇一生,搏击风云,自然比殿下知道得多,殿下还需深解父皇的用意。只要父皇龙体康健,大汉江山永固,殿下就是终生做太子又有什么呢?殿下如有谏言,不妨心平气和地禀奏,父皇从谏如流,又如何会拒亲子于千里之外呢?"

唉!她受母后的影响太深了。刘据总是这样在心中不经意地想。

他穿戴整齐,史良娣又呈上银耳汤:"今日早朝,殿下凡事一定谨言慎行,臣妾和进儿在宫中等殿下归来。"

刘据点了点头正准备出门,却看见春香带着一个黄门来了。

刘据问道:"母后有何旨意么?"

春香道:"皇后凌晨起来,在神明台接了晨露,和了玉屑,此可清心明目,请殿下带给皇上。"

刘据接过玉盏,正准备上车,春香又道:"殿下慢行!"

"还有事么?"

"皇后要奴婢带话给殿下,朝会上千万不要与皇上发生龃龉,凡事要克制些。"

"知道了!你转告母后,我自有分寸。"

刘据的心伴随着车毂的旋转而忐忑不安。前些日子,詹事侯勇从外面回来,说他去上林苑办事,不意驭手打了个盹,车驾驶上了驰道。待他急忙要驭手改道时,却看见了水衡都尉江充在那里。

"哎呀!你怎可如此疏忽?驰道乃天子专道,王侯将相犹不敢越过半步,何况你这个詹事?"刘据当时就如此斥责。

事情虽然过去了好些日子,可他不知道江充是否将此事告到皇上那里。

昨日,皇上命钩弋宫黄门总管苏文传来口谕,宣他前去朝见。他的心就一直不定,但愿父皇不是为了越过驰道这事……

而此刻,刘彻正在钩弋宫前殿等候臣下的到来。

过了夏至,长安的气候又进入暑季,刘彻正做着移驾甘泉宫的准备。

往年离京,依照惯例,他要在未央宫前殿召开御前会议安排朝事。可今年由于小恙不断,且身骨日益沉重,朝会就不得不改在钩弋宫举行。

自征和元年(公元前92年)以来,刘彻发现自己喜欢在回忆中打发时光了。

他会在批阅奏章的时候,忽然停下笔来,看见祖母太皇太后步履蹒跚地向他走来,那拐杖点击殿砖,敲出清脆的节奏。

他会在暮色中,望着一点一点被苍山吞没的夕阳而叹息。这时候,母亲王太后就会回到他的身边,那双忧郁的眸子就像儿时一样注视着他。

有时候,走在钩弋宫的回廊间,他会莫名其妙地笑出声来,口里喊着——卫青、去病,你们说说,今日大军可有捷报飞来啊?哼!他们——公孙贺、公孙敖、李广利,一个个都不中用。看来这兵还是要二位爱卿来带,朕才会放心啊!

这没头没尾的话常常弄得包桑惶恐不安:"皇上!他们已走了多年了,而今都在茂陵呢!"

"哦!他们都去了么?都走了?他们为什么要弃朕而去呢?"刘彻睁开迷

离的双眼,嘟哝着。他忽然想起一个人来,"公孙贺呢?他不是丞相么?怎么也不来看朕?"

包桑的泪水此刻就在心底流淌了。唉!这是当年那个叱咤风云的皇上么?他什么时候变得如此健忘了呢?真是人生一世,草木一秋啊!说老就老了哟!

"皇上,公孙贺去年因为儿子公孙敬声擅自挪用北军军资而被诛灭三族了,现今的丞相是刘屈氂啊!皇上难道忘记了?"

刘彻古怪地笑了笑道:"朕怎么会忘记呢?那个公孙敬声,说起来还是朕的亲戚,竟然敢在甘泉宫的路上埋下人偶诅咒朕,他们父子死有余辜!"

嗨!听听!包桑脸上露出一丝苦笑,这会儿他又明白了。

他很欣慰,这些年后宫血案不断,牵扯的中人何止千百,可他因为洁身自好而始终没有离开过皇上。他宁愿就这样陪着皇上一直朝前走,直到有一天倒在人生的旅途中。

包桑这样想着,就闻到风中飘来一阵兰花的芬芳。他抬头一看,原来是钩弋夫人迈着轻盈的脚步过来了。

阳光给夫人水色的脸庞涂上清荷的粉嫩,使本来就很青春的皮肤益发白皙透亮。如果不是皇上到北方狩猎,这样的女人在宫中是绝对找不到的。

"哦,是夫人到了。"包桑上前迎接。

钩弋夫人莞尔一笑道:"皇上还在忙么?"

"正批阅奏章呢!"

"我让御膳房备了燕窝汤,给皇上补补身体。"说着,她就向身后招了招手,两个宫娥捧着汤盏便走进来了。

"夫人对皇上体贴入微,令老奴感激涕零。请夫人去见皇上,老奴就在外边守着。"说着,包桑很知趣地出了殿门。

钩弋夫人来到刘彻面前,轻声莺语道:"臣妾拜见皇上。"

"这是在钩弋宫,又不是在未央宫前殿,夫人何必多礼?"刘彻笑着应道,眼睛直盯着她,问道,"夫人昨夜睡得好么?"

钩弋夫人不好意思地低下了头,两腮泛起玫瑰色的云霞——这不是明知故问么?昨夜折腾个不停,睡得好不好他还不清楚么?

"臣妾为皇上做了燕窝汤,请皇上尝尝。"

这汤经夫人一吹,果然滴滴生香,刘彻喝了一口,精神好了许多。想起刚才自己的问话,也情不自禁地笑了。

"皇上笑什么?"

"呵呵!"刘彻眨了眨眼睛,狡黠道,"不告诉夫人。"

这时候,从殿外传来孩子的哭声。刘彻问道:"是胶东王吗?"

"正是皇儿。"

"夫人快去看看,乳母怎么搞的?让皇儿如此啼哭?"

"臣妾这就去看看。"

望着钩弋夫人的倩倩身影,刘彻自语道:"光阴荏苒,转眼弗陵都四岁了。"

老年得子,刘彻把刘弗陵看得比其他皇子更金贵。

那年的四月,他北巡到了河间县。在一个雨后天晴的日子,他忽然起了狩猎的意念。

水衡都尉江充急忙安排下去,第二天早上,一干人便飞鹰走狗、浩浩荡荡地出发了。

在围场里,猎犬紧紧地追着一只小鹿,那弱肉强食的场面让刘彻顷刻间忘记了老迈,他挽起银弓,"嗖"地一箭出去,那惊慌失措的小东西就不见了。

漫山遍野的羽林军,循着皇上指点拉开了网。

他钻出丛林,被眼前的景致惊呆了。

在一面缓坡前,那只受了伤的小鹿正躺在一位女子怀里。那女子目似明珠,面如满月,唇含丹露,肤若蕴玉。

也许是鹿儿伤口流淌的血刺痛着她娇弱的心,眼看着泪珠从那双眸子里溢出,落在可怜的小生灵身上。

羽林军正待上前抢猎物,却被刘彻拦住了。那一刻,他觉得这尘世凝固了,听不见鸟鸣犬吠,远去了马嘶人沸。在这位女子面前,阳光、春风、青山和绿水都黯然失色。

他就那么静静地站在远处,看着女子和她怀中的小鹿。

而她此刻正心痴神迷地为小鹿无辜受伤而流泪,及至发现面前有位仪表不凡的男子用如醉如痴的目光打量她时,白皙的粉脸立时布满霞绯,怯生生地喝道:"你好生无礼,何以如此看着我?"

刘彻自来到人间,除了父皇母后可以训斥责备外,没有人不畏惧他。现在竟有一位山野女子敢骂他无礼,他先是一惊,继而新奇地问道:"敢问小姐,此鹿可是你家的么?"

女子道:"不是我家的又怎样?"

她生气了,他反倒被她的气恼逗笑,又问道:"小姐家居何处?"

"我家就在山下,干你何事?"女子怀着警觉的心理,抱着小鹿往后退,她一不小心被身后的荆棘绊倒,那双瘦小的手立时溢出了血。

他至今想不起来,当时到底是出于恻隐之心,还是被那美艳所倾倒。他忘了汉皇的威仪,忘了有那么多眼睛看着他这个人间至尊。他忙不迭地扔下了手中的弓箭,扯下袍裾一角,替她包了起来。只是这时候,他才惊异地发现,原来这美貌女子生了一双蜷着的手。

那种难以言状的缺憾顿时铺满了刘彻胸怀,他不无怜悯地轻轻抚着女子蜷缩的五指。就在那一瞬间,奇迹发生了,倏然间那手豁然展开,光洁如玉,手心有两个形如银钩的胎痣。

她兴奋,她惊讶,她相信这流血的小鹿为自己引来了贵人,她竟然忘记了恐惧和彷徨,摇晃着自己的纤纤细指,笑了。

"哈哈哈!……"刘彻和他的卫士们也都笑了。

这笑声从缓坡前一直蔓延到山谷那边,惊起一群野鸽子,它们扑啦啦地飞向天空。

羽林卫们纷纷拉开弓箭,可就在这时,女子冲到他们面前,摆着手喊道:"不要!不要!它们安安静静在林子里生活,惊动了就已经不好了,可你们还要射杀它们,多可怜呀!"说着,泪珠子就又掉了下来。

只有一颗善良的心才会如此呵护鸟儿,刘彻被深深感动了,喝令大家收了弓箭,看着野鸽子飞过山梁,消失在天际。

"现在想来,那真是上苍安排的巧遇啊!"陷入回忆的刘彻眼角荡漾出一丝笑意,他伸手摩挲着胡须,"钩弋!你是上苍赐予朕的啊!"

就这样,那女子被称为钩弋,跟随刘彻回了长安,被封为婕妤。她用山花一样的娇艳和质朴填补了自李妍去世后皇上情感的空白。

在一个月色皎洁的静夜,刘彻感受了她通体散发的芬芳。

那是河间山野草色花露的芬芳,是令他销魂的芬芳,是卫子夫和李妍都不曾有过的芬芳。

与卫子夫在一起的那些年月,她总是要在进宫之前,用玫瑰花泡的汤细细沐浴;而李妍却要在皇上到来之前醉入舞蹈,直到出了一身汗后才去沐浴,于是,那身体的每一个部位都洋溢着乐律的柔性。

而钩弋不用这些,用山泉洗出来的、用山花滋养出来的馥郁和清香,就在她的呼吸中。

刘彻在这时候,回想起二十多岁时的青春年月,沉寂了许久的激情被钩弋的呼吸点燃了。

恢复宁静以后,她有些倦怠,脸上洋溢着满足的笑意。

"你为何发笑?"

钩弋夫人没有回答,她转过身来,端详着面前这张宽额美髯脸,慵懒地说道:"别人都说在皇上面前很害怕。"

"你看朕可不可怕?"

她没有回答,只是紧紧依偎在皇上的身边,抚摸着他的胸膛。唉!这就是那个装着大汉万里江山的胸膛啊!

处在青春期的钩弋很快就郁郁寡欢了,帝王之家,居有琼楼亭榭,食有山珍海味,行有宝马香车,动则宫娥相随,可她却神不守舍,时常心不在焉。

有一天,刘彻屏退左右,温存地要她一吐心中的郁闷。

钩弋泪眼蒙眬地说道:"皇上待臣妾恩深似海。然臣妾在这深宫之中,听不见田间牛犊的呼唤,望不见菜花麦浪的阡陌,臣妾想家了。"

她的憨直不但没有惹恼刘彻,反倒让他觉得这女人难得有一片淡泊之志。

他捧着钩弋的脸,深情地说道:"这有何难,朕就在这城南为你建一座钩弋宫,使你时时能游于田垄乡间如何?"

从那时起,她就觉得皇上也是有七情六欲的人。为了报答皇恩,就一定要为他生一个皇子……

太始三年(公元前94年),皇子生下来了,刘彻为他起名刘弗陵。

想到这小家伙,他脸上就挂着慈父的欣慰。

包桑这时进来了,他打断了刘彻的思绪:"大臣们的车驾正陆续到来,水衡都尉江充先一步到了,说是有事求见皇上。"

"哦!他来了,那宣他进来吧。"

近来,刘彻对江充的印象很好。此人办事干练,从不拖泥带水。

可包桑怎么都觉得这人有种说不出的阴冷,不过他就是个老迈的黄门总管,皇上喜欢,他也不能说什么。来到殿门前,包桑尖着嗓子喊道:"皇上有旨,江充觐见。"

身材高大的江充春风得意地进殿来了。阳光照在他冷峻的脸上,在眼睑处涂下重重的阴影。走过包桑身边的时候,他露出谦恭的笑,可很快就消失了。

曾是赵王门客的江充怎么也不会想到,当年因为得罪了王太子刘丹,他不得不逃到京城,凭借自己的三寸之舌,将他们置于死地,而且还赢得了皇上的信任。

说起来,那真是绝处逢生。当他听说当年主父偃就是因为投书而受到皇上的召见,就有了孤注一掷的冲动。

他清楚,皇上越是老迈,对诸侯王就越是警觉。他把自己关在客栈房间里,一连数日,极尽详致地描述赵王如何淫乱后宫,礼抗朝廷;怎样图谋不轨,蠢蠢欲动。

他将上书交与北阙司马时,又惶惶不安。可他一转身,将自己上下打量了一番后,就笑了。除了这一领深衣外,他身无分文,还有何顾忌呢?纵然身死灯熄,亦不过孤影独魂,有何可惜的?

他赌赢了。皇上不仅龙颜大怒,命宗正寺严查赵王,而且还召他做了水衡都尉。

逢凶化吉,他得意地站在了朝会的序列。

现在,他又揣着一条重要的消息,先于其他人来见皇上了。他虽然没有把握判断皇上的态度,可他觉得这个险值得一冒。

"皇上,臣有一事不知当讲不当讲?"

刘彻看了看江充道："爱卿平日直言敢谏，何故今日青山半掩，难于启齿？"

"皇上明察。此事牵涉太子殿下，微臣不能不慎重。"

"太子？太子又怎么了？"

于是江充把那天撞见太子詹事驾车驶上驰道的事说了一遍，还添油加醋道："臣当即将这个人抓了起来，可太子当晚就派人拿钱去找臣，让臣千万不可将此事禀奏皇上，说只要隐瞒了此事，还有重谢。可臣反复思量，如果不据实陈奏，臣就犯了欺君之罪。"

"哦！有这回事？"刘彻想说什么，却最终没说出口。

的确，太子越来越不像话了，不仅非议朝政，还干出此等僭越之事，岂非急不可耐？可这毕竟是父子间的纠葛，也是他秘不示人的御人之术，怎可当着臣下的面怒形于色呢？他很平淡地笑了笑道："朕知道了。爱卿据实禀奏，做得很对。"

江充纳头谢恩，刚刚站起来，便见钩弋宫黄门总管苏文进来了。

"皇上，太子到了。"

"嗯，朕知道了，传他进来吧！"

江充揣摩不出，皇上为什么此时传太子来，苏文的话让他觉得继续待在这里会十分尴尬，于是他匆忙向皇上告退。

刘弗陵此时正和钩弋夫人在木槿花下玩耍，他奶声奶气地对母亲说道："父皇要带孩儿去甘泉宫玩耍，孩儿要父皇带母亲和孩儿一起去，父皇答应了。"

钩弋夫人闻此幸福地笑了。

刘弗陵见母亲高兴，便随乳母回去，一转身，他看见宫门上写着三个大字，便缠着母亲问。

"这三个字乃'尧母门'，是你父皇写的。"

"孩儿的娘不是母亲么？父皇为什么写'尧母门'呢？"

这一问，就勾起了钩弋夫人的心事。

那是多么难忘的一段岁月啊！别人都是十月怀胎，可她的弗陵竟然在腹中待了整整十四个月。生他的那天，东方忽发奇光，直冲宫中，弗陵就在这光中呱呱坠地了。

刘彻闻讯,从甘泉宫赶来,抱着儿子连说像他,又道当年尧帝的母亲怀他时,也是十四个月,遂将这寝宫之门命名为"尧母门"。可这对一个小孩子来说,他懂么?

"唉!你还小,等你长大了,娘再细细讲给你听。"

"娘!孩儿现在就要听嘛。"

"听话!快和乳娘回宫去。"

刘弗陵不高兴地噘着小嘴不理娘了。

可小孩子就是小孩子,当他看见刘据的身影时,立即忘记了刚才的烦恼,朝太子跑去:"太子哥哥!太子哥哥!"

其实,刘据早已看见了钩弋母子。论年龄,他的儿子比刘弗陵还要大好几岁。虽然碍于辈分,但他在内心也由衷惊叹钩弋的美艳。尤其是当他得知,夫人教子甚严,对母后一向很尊重,就觉得钩弋在父皇身边,也是父皇的福分。

此刻,看到他们母子亲密的样子,刘据心中又生出爱的温馨,因为他也有过这样烂漫的童年。

这样想着,刘据来到钩弋面前,施了一礼道:"夫人好!"

钩弋夫人忙回道:"殿下好!"

未及二人叙话,刘弗陵也上前彬彬有礼道:"弟弟参见太子哥哥!"

太子仁恕宽厚,这话一点不假。他见刘弗陵聪明多智,心中先自喜欢了几分,连忙上前抱起了刘弗陵,对夫人道:"听说父皇偶患小恙,我心忧如焚,好在夫人在旁,我和母后就放心了。"

说罢,刘据放下弟弟,向前殿去了。

自从皇上移驾钩弋宫后,父子有好些日子没见面了。可前日苏文传了皇上口谕,要他参加御前会议,他就不得不来了。

但他不明白,已将自己拒之朝会外许久的父皇,为什么又突然想起他了呢?他带着疑惑的心情,跨进钩弋宫前殿。

"平身!"刘彻挥了挥手,脸上没有一丝喜色。

太子欠了欠身体道:"孩儿闻知父皇龙体欠安,忧心如焚。然未领圣谕,不敢轻动,请父皇恕罪。"

"百行孝为先,论心不论迹,朕不怪你就是了,坐吧!"

但刘据没有坐,却近前拜道:"孩儿来钩弋宫时,母后要孩儿将玉露呈送给父皇,祝父皇龙体安泰。"

刘彻"嗯"了一声,刘据趁机向外招手,黄门就捧着银盘进来了。

接过玉盏,细细端详着这晶莹的液体,刘彻心头不禁怦然一动。他看得出来,这是从神明台采来的。

神明台建在建章宫内,台上铸有金人,掌托银盘,承接雨露。据方士们说,饮下含了玉屑的甘露,就可以延年益寿。而其中又以朝露最为珍贵,只有在日出之前采之,才是上品。

刘彻饮过玉露,顿觉神清气爽,也就在这一刻,他心头掠过一丝愧疚。

是呀!从王夫人到李妍,再到眼前的钩弋,他已不止一次地冷落皇后了,可她却毫无怨言。

"你母后近来可好?"刘彻问道。

"母后还好,只是十分牵挂父皇。"

"你近来都在读些什么书?"

"遵父皇旨意,孩儿近来正听太傅讲授《春秋》。"

"《春秋》微言大义,治世者不可不读。"

刘据十分感念父皇的教诲,正待将话题深入,却听见包桑在殿外喊道:"皇上有旨,传丞相刘屈氂、光禄大夫霍光、贰师将军李广利、车骑将军金日磾、水衡都尉江充进殿议事。"

父子也暂时刹住了话头,刘据就坐在父皇身旁,而朝臣们也都鱼贯而入,以大礼参拜。

"臣等叩见陛下!太子殿下!"

"众卿平身!"

"谢陛下!"

待众臣坐定,刘彻道:"长安盛暑将至,朕欲移驾甘泉宫,意将政事委与太子和丞相署理,众卿以为如何?"

皇上这样说,大家自然没有不同的声音,刘屈氂尤感恩宠,他是去年公孙贺犯事后直接从涿郡太守的任上调到京城做丞相的。大家觉得许久都没有这样的气氛了,连禀奏朝政时的心境也轻松了许多。

李广利奏道:"匈奴入五原、酒泉一带,骚民扰边,连杀两名太守,请陛下定夺!"

"看来,漠北诸战之痛匈奴已忘记了!"刘彻鄙夷地笑了笑,"那贰师将军就不辞辛劳,和光禄大夫一起出击匈奴,务必挫其锋芒,使之不敢南图吧。"

"诺!"李广利和霍光同时答道。

刘彻的举重若轻深深感染了刘据,他来到刘彻面前道:"父皇,儿臣已过而立,至今无寸功于汉,儿臣愿率军西去,讨伐匈奴!"

刘彻笑道:"众将勇当其劳,以逸馈你,岂不善哉?"他挥了挥手,要刘据回到自己的座位上。

刘据觉得十分惋惜,他不明白父皇怎么就读不懂他的心呢?怎么就不给他立功的机会呢?但慑于父皇的威严,他也不好再说什么,只是那眉头却更加蹙郁了。

刘屈氂接着奏道:"白公所凿之渠已经竣工,渠长三百里,可灌良田四千五百余顷,请陛下为此渠命名。"

刘彻闻之大喜:"朕自登基以来,所为使天下愁苦,不可追悔。今白公凿渠,利在庶民,功在社稷,即命名为白渠,众卿以为如何?"

大家皆以为然。于是,苏文铺开素绢,刘彻当殿写下"白渠"二字,交刘屈氂凿石碑一块,竖于渠旁。

接着,宗正寺上奏,元封六年册封的几位王爷——燕王刘旦、广陵王刘胥等,在任上严于律己,勤于国政,名声甚好。

刘彻点了点头,对刘据道:"你身为太子,要在每年十月朝觐之际,对他们多加提醒,要他们安国守邑,忠于朝廷。"

"儿臣遵旨。"

"昌邑王近来如何?"

宗正道:"太医说殿下脉象微弱,身体欠佳,眼下……"

"昌邑王之疾亦朕之所忧,"刘彻的话语中就多了许多慈爱,"他母亲去的早,朕整日忙于朝政,委屈他了!"

谁也没想到,皇上的话在李广利心中起了微妙的变化。那是隐藏在目光后的欣喜——只要外甥还在京城,他这仗就值得去打。

日近中午,刘彻有些疲倦,正想休息,谁知江充忽然出列奏道:"上林苑禁卫在苑中掘出两个人偶,上书诅咒皇上之词,请陛下圣裁。"

这消息迅速吹走了刘彻脸上的和风,他的脸色越来越难看。多年来,为巫蛊之案,数万人头落地,为何还有人如此妄为,难道就不怕死么?

"可曾对过笔迹?"

"笔迹娟秀柔软,似出于女子之手。依臣观之,显系后宫希幸夫人所为。"江充似真似假的话语,正迎合了刘彻的心境。

这几年,在查处巫蛊案时,多有朝臣牵扯其中。早年有李文,近来有公孙敖、诸邑公主、卫伉、公孙贺父子等,虽说事后也甄别出有冤、假、错的,可为了维护皇帝的尊严,刘彻从心底就没有打算平反。

这样做,倒也风平浪静了一阵。可谁知道,后宫又出了这样的事。

李夫人走后,有多少人希望获得皇上的宠爱呀!可自从他把钩弋带回长安后,她们便都从他的眼里消失了。久而久之,积怨必多,这是不言自明的道理!刘彻的思路循着江充的撩拨,向深处发展。

已到垂暮之年,而又熟知兴亡更替的他,常常从历代君王的宫廷悲剧中看到自己的影子。

不要看诸皇子早晚榻前问安,实际上有哪一个不时刻觊觎皇位呢?这也是他长期以来宁愿让太子冷在一旁也不愿意让他染指军事的秘密。

他们中也许有人盼着自己速死,可一想到死,他意识深处那对生的眷恋,就促使他的情感迅速朝怀疑和嫉恨倾斜,于是他的胸膛开始起伏,呼吸也急促起来。

大臣们都为江充的这一消息感到震惊,甚至还来不及判断该怎样应对。那一幕幕惨烈的场景让他们一想起来就心惊肉跳,生怕厄运有一天会落到自己头上。

在这个特殊的御前会议上,对巫蛊案反应最敏锐的还要数刘据。苏文来传旨之前,他和太傅石德就在博望苑里谈论公孙贺案。他们认为那是被奸人诬陷所致,其中嫌疑最大的就是这个江充。

今日他又要故伎重演，利用父皇对巫蛊的嫉恨而将杀戮引向内宫，这是刘据不愿看到的。

"父皇，儿臣闻子不言怪力乱神，足见其谬误。所谓巫诅之说，亦为民间亡命之徒所为，此事若涉及后宫，未免会殃及池鱼。"刘据的一番话在大臣中引起共鸣，大家纷纷表示还是以安稳为要。

江充眼见自己孤立，也不说话，只是将目光暗暗投向苏文。

刘彻把这一切看在眼里，问道："苏文有话要说么？"

苏文低眉顺眼道："上有陛下太子，下有丞相诸卿，奴婢不敢多嘴。"

"朕特准你说。"

"奴婢斗胆，凡事耳听为虚，眼见是实。水衡都尉何不将人偶呈上，请皇上与诸位大人一观呢？"

"人偶微臣已经带来了。"说着，江充从袖内拿出人偶，呈给刘彻。

与一年前的大致一样，只是字体更加娟秀，明明白白地写着——征和乱，刘彻死。

在场的大臣们见物证已在，也不得不相信确有其事，于是纷纷谴责起做人偶者心怀叵测，唯恐天下不乱。

刘彻将人偶置于案头，两指捋着胡须，一对眉宇微微颤动。对他来说，现在要考虑的已经不是要不要来查处此案了，而是由谁来负责了。他阴沉的目光扫过面前的大臣，最后停留在江充身上。

他觉得眼前这位都尉虽然品级较低，却敢于直陈己见。尤其敢直指后宫，足见其胆识和忠诚。只是以都尉之职查案与朝廷体制不符，出入宫禁也不方便，他正思虑应该如何为办案铺平道路。

物物相降，本是世间普遍的道理。皇上的目光使江充如芒刺在背，极不自在。他猜不透皇上那种多变冷酷的目光。因而，当他耳边传来"如此乱臣贼子，倘若逍遥法外，国将永无宁日"的怒吼时，他竟四肢发软，跌倒在地上。

"朕令江充为御史大夫，总领巫蛊一案。"

刘屈氂与霍光交换了一下眼色，彼此都从对方的眼中读出了惊异。但是，他们似乎被一种力量催促着，包括李广利在内，都不约而同地对皇上的动议表示了赞同。

"好！就这样吧。"

刘彻转过身来对包桑道："朕此次去甘泉宫,只带苏文,你就休息了吧。"

"谢皇上隆恩。"包桑说话的时候,泪水在眼眶里打转。

他老了,皇上不再需要他了。他记得皇上曾说过,只要他能够像黄帝那样羽化登天,他对夫人们都可以弃若敝屣。他包桑又算什么?

他正难过着,只见刘据眼睛瞟了一下江充,再次站起来道："父皇,儿臣还有事要奏。"

江充不由得打了一个激灵。

刘据担心的是,这个要职落入江充手中,定会有更多的人遭殃。社稷大事,岂可如此轻率?而大臣们竟唯唯诺诺,到这个时候,他也顾不得礼仪了,高声道："清查巫蛊一案,还请父皇三思。任命江充一事,也请父皇收回成命。如此势利小人,岂可担此大任?"

刘彻不悦地看了一眼刘据道："你是要朕早死么?"

刘据闻此惶恐地跪倒在地："社稷大事,请父皇三思。"

"你要挟朕么?朕意已决,还不退下!"

刘据缓慢地站了起来,揩去额头的汗水,转身朝殿外走去。他沉重的步履,在廊柱间激起阵阵回音……

从南山涌来的乌云,悄悄地笼罩了长安城头。

午后的风渐渐大了……

"母后！下雨了！"卫长公主对昏睡了一个时辰的卫子夫叫道。

卫子夫睁开昏花的老眼问道："现在是何时辰了？"

"大概是酉时二刻吧。"

"哦！天都快黑了,你就在这里陪我用晚膳吧。"卫子夫看了看外面的天,叹一口气,"据儿去了都一天了,为何现在还没回来？"

"太子都过了而立之年,母后的心还要操到何时啊？"卫长公主说着,就扶起卫子夫朝膳房走去。

"唉！你岂能了解母亲的心呢？"卫子夫在心里说。自从刘据被立为太子那天起,她的心就没有一天安生过。

卫青、霍去病去后,她曾寄希望于公孙贺。不管怎么说,君孺与她是亲姐妹,他又是丞相,在皇上身边,无论如何也可以遮风挡雨的。唉!谁知去年一场巫蛊案,就那样眼睁睁地看着他没了。

她清楚地记得,出事前几天,公孙贺到椒房殿拜见时,还推心置腹地谈到了皇上和太子之间的龃龉。

丞相要她转告太子,小不忍则乱大谋,现在不是较真的时候,尤其不要触动皇上年龄这敏感的心事。可谁知道,没过几天,事情就发生了……

唉!糊涂的姐姐呀!你再爱子心切也不能用人偶去诅咒皇上啊!你明白一世,如何老了倒做出如此愚蠢之事,你让卫子夫无颜见皇上啊!

公孙一族五百余口,都做了刀下之鬼。刘屈氂以宗亲身份,一举升为丞相。

从情感上说,他与皇上亲近,却不意味着与太子亲近。皇上那么多儿子,谁知道哪个与丞相私下有关联呢?再说了,他与卫青、霍去病从无交往。

卫子夫不担心自己,她是担心太子。

虽然李夫人的儿子刘髆被封为昌邑王,可这孩子从戴上王冠的那一天起,就病病恹恹的,听说最近又咯血了,怕是……

倒是那个小小的刘弗陵让她不安。他的母亲钩弋是一朵盛开的鲜花,皇上的心都被她勾去了。他不但为她造了一座远离掖庭的钩弋宫,而且自己也搬到了那里,以致大臣们奏事也不再往宣室殿了。

皇上在那里住久了,与刘弗陵的感情深了,会危及太子的地位的。

不!儿子从七岁就被立为太子,已等了二十多年了,绝不可再生变故,哪怕周围的旁枝都被砍掉了,她这个做母亲的也要挺身出来,为儿子遮风挡雨。

可她唯一能够做到的,就是让皇上高兴,让皇上回忆起早年相濡以沫的往事。

她找来詹事,要他到神明台守着。子时一过,伴随着气温渐渐降低,那盘桓在神明台上空的水汽凝结成晶莹的露珠,一滴滴落入金人的手中。待接到七成的时候,詹事才小心翼翼地将玉盏呈上。

卫子夫又命人将从西域贡来的玉碾成粉末和在甘露里,又加了蜂蜜,要太子带给皇上……

卫长公主来向卫子夫请安时,又带来一个惊人的消息:"母后知道么?恐怕又要杀人了?"

卫子夫嗔怪地看了一眼公主:"一惊一乍的,你又从何处道听途说的?"

卫长公主觉得,母后待在椒房殿里,真被一道宫墙隔绝了。她在母亲的对面坐下,声音带了几分神秘地说道:"听说水衡都尉江充在上林苑掘出两个人偶,要拿给皇上看。"

这一回卫子夫认真了,问道:"果真如此吗?"

"宫里都传遍了。"

卫子夫沉默了,只觉得背脊一阵发凉,眼前又浮现出去秋长安东市惨不忍睹的场景。

公孙贺在最后时刻,仍喊着冤枉。

卫君孺早在被推上囚车那一刻就昏了,她没有知觉,没有痛苦地就结束了脆弱的生命。

平日里骄奢淫逸惯了的公孙敬声几乎还没来得及看一眼身边的人们,头就咕噜噜地滚向一边,殷红的血喷射到半空。

五百口人,刽子手从早上杀到黄昏,刀口都蹦出了许多豁口。

卫长公主每次来,都含着泪把姨母临刑前的惨状讲给她听。每讲一次,她都像害一场大病,要躺几天才能缓过气来。她想把自己的痛苦说给皇上听,可一道"尧母门",把她和皇上彻底隔开了。

她只有在夜深人静时,祈求天帝保佑大汉不要再发生残杀的悲剧。可眼前这两个人偶,又将会掀起怎样的风波呢?

卫子夫心神不定,不断地朝外看,她多希望太子能带给她欣慰的消息。

晚膳,卫子夫简单地喝了点粥,就放下了筷子。刘据没有回来,就是山珍海味摆在面前,她也没有食欲。刚刚撤掉案上的菜肴,就听见殿外有人说话。

"殿下回来了?"这是春香的声音。

"母后还没有歇息么?"刘据终于回来了。

"哪里谈得上歇息呢?殿下要再不回来,恐怕娘娘又会一夜无眠。"

"快去通禀,就说我要见母后。"

卫子夫听出是刘据的声音，朝外面喊道："还通禀什么？快进来吧！"

卫子夫先问了儿子一些家常之事，然后就牵挂起刘彻的身体来。

"你父皇的病怎么样了？"

"父皇精神着呢，哪来的病？"

听儿子的口气，卫子夫就知道在御前会议上父子俩肯定又发生了冲突。

"你怎么可以如此议论你父皇呢？"卫子夫批评道。

"不是孩儿不遵母后旨意，实在是因为父皇一意孤行，听不进群臣的谏言。"

卫子夫听了眉头一皱，劝道："儿啊！不是娘说你，你父皇这一生经历了多少风雨，他的一步都够你学一辈子的。不要以为你大了，成熟了，可论起打理国政来，你尚需历练啊！"

看着刘据，卫子夫心中掠过一丝不易觉察的不快。可接下来当听到皇上已擢拔江充为御史大夫，负责查处巫蛊案时，她的忧虑迅速取代了刚才的不快。

尽管从理智上讲，她不相信哪个妃嫔会因为遭到冷遇而冒杀头的危险去诅咒皇上，可直觉告诉她，窗外的这场雨来得很玄，似乎预示着什么。

"你府上近来有陌生人么？"卫子夫向卫长公主问道。

卫长公主摇了摇头："自栾大死后，府上死气沉沉，谁愿意去呢？"

卫子夫"嗯"了一声，又把脸转向太子："东宫近来进了什么陌生人么？"

"没有啊！"刘据一头雾水地应道。

"你再仔细想想。"

"哦！孩儿记起来了。近日府上来了一位叫常融的小黄门。"

"根底清楚么？"

"是黄门总管派遣来的，孩儿哪管得了这些？母后难道怀疑此人有鬼？那孩儿把人退回去吧！"

"那倒不必。杯弓蛇影，无异于引火烧身。"卫子夫以过来人的身份告诫道，"倘是江充抓住驰道之事不放，皇上必然起疑。现在他一得势，免不了一番折腾，你们一定要小心谨慎，不可大意。"

"还有！"卫子夫加重了语气，"往后府上进人不可轻视，免得遭人暗算。"

对母亲的告诫,卫长公主很不以为然,她站起来望着外面的雨雾道:"他能怎么样呢?他敢动太子么?敢动公主么?逼急了,我就去让父皇杀了他!"

刘据无奈地苦笑道:"你还指望父皇会保护我们么?"

卫子夫的脸立时黑下来,斥道:"不许这样说你的父皇!"

一声惊雷,从椒房殿上空滚过,淹没了卫子夫微弱的声音……

第十九章

相望无言亦无恨　林深山静心不宁

自从长安成为汉朝国都后,坐落在渭河上的横桥,不知走过了多少金戈铁马,响过了多少车铃马啸。

每一次离开长安时,他们的心境又是多么相异。或眷顾,或茫然,或雄心万丈,或泪雨凝咽。

李广利站在横桥北首,回望晨曦中的长安城,眼神中就带着太多的意味。

桥还是那座桥,城还是那座城,可现在已物是人非,他的心境与当年西征大宛时已大不一样了。

那时是李家的黄金岁月,李妍得宠,李延年如日中天,使他进军大宛戴上了一圈耀眼的光环。

他不是不知道,由于自己的平庸和胆怯,致使这场战争整整打了三年,死去的士卒和百姓是漠北战役的几倍。而且,战争每一步,几乎都是被皇上压着向前走的。

不过要紧的是,他为皇上带回了一千多匹汗血宝马,让他从李季案中脱身,并获得了海西侯的封赏。

妹妹走了,兄长也被那个不争气的弟弟拖进了坟墓。从天山回来后的很长一段日子,他都在提心吊胆中度过,生怕有一天皇上会把刀也架在自己的脖子上。

他的恐惧不是没有道理,他认为皇上在妹妹之后很快就会寻找一位美女填补情感空白。皇上有这个权力,也是这样的性格,可皇上偏偏对妹妹魂牵梦萦,难以忘怀。这一点让他怎么也揣摩不透。

李广利没有司马相如的才情,他根本体会不来《李夫人歌》中那销魂动魄的爱,他只是觉得,只要皇上放不下妹妹,他就还有机会。

现在,他驻马晨光中,心思已由妹妹转向外甥、昌邑王刘髆了。

太子先是失去了霍去病,进而又失去了卫青,而昌邑王就不一样了,他还有自己这个从大宛凯旋的舅父。至于那个刘弗陵,他能有谁呢?除了他母亲,几乎没有大臣站在他背后。那在太子日益与皇上不和的时候,除了昌邑王有可能取代太子,别人都不可能了。

他一直望着桥南——他在等一个人。他要为刘髆扫清通向太子之位的障碍,就不能离开这个人。

残月终于在朝霞中隐没在蓝天深处,太阳才刚刚从苍山背后洒出一缕缕金线,一切都还如雾里看花般显得影影绰绰。

当那个身影出现在横桥南的时候,李广利的瞳仁就亮了!

他终于来了——那便是丞相刘屈氂。他骑一匹雪青马,带着数十名卫士向这边来了。

"丞相到了!"李广利以军人的习惯在马上向刘屈氂作揖问候。当初他将自己的女儿许配给刘屈氂之子时,只是因为他是中山靖王之子,没有想到这位涿郡太守会这么快就成为朝廷的宰辅。

"将军好!"刘屈氂打着招呼,回身对身后卫士道,"你等在后面等着,本相与将军有话要说。"

李广利会意,马鞭轻轻一抽,有灵性的马儿立即撒开腿,将卫士甩开。

前面就是秦宫的断壁,两人松开了手中的马缰,并排行走。李广利侧脸看了看刘屈氂道:"前些日子的御前会议,丞相可看出什么端倪了么?"

"将军是指皇上与太子之间的龃龉么?"

李广利点了点头。

"依我看,皇上与太子似乎积怨甚深。"

昨日,刘屈氂奉令为出征的将士举行"祖道"仪式时,两人约定在咸阳原上见面。他怎会揣摩不透李广利的心思呢？其实，在钩弋宫御前会议后，他已想到了这一层。所以，当李广利向他提出这个问题时，他就没打算回避。

"不要看太子外表柔弱，可是内里性格倔强，如此下去，终有一天父子要反目的。"

"果真有那么一天，那依丞相看，谁最有可能被立为太子呢？"

"这……"刘屈氂扬鞭策马，尽量与李广利靠得近些，说话的声音也轻了许多，"依我看，皇上最喜欢刘弗陵。"

"哼！是那乳臭未干的小儿么？"李广利轻蔑地撇了撇嘴，"哪轮得上他！那髆儿往哪里放呢？"

"将军所言不无道理，他虽年幼，可其母却是当今后宫最得宠的女人啊！"

"因此下官才求助丞相啊！"李广利朝刘屈氂倾斜着身体，进一步陈明利害关系，"下官与丞相是儿女亲家，日后昌邑王登基，一定不会忘记丞相恩德。"

刘屈氂没有立即回答，却丢开马缰，让坐骑散淡地前行，好让自己集中精力思考这个问题。

他当然明白其中的利害关系，他同刘据本来就没有深交，现在更应该疏远和回避他；而刘弗陵还太小，背后没有实力人物支持，一旦皇上驾崩，是很难站稳脚跟的；也只有这昌邑王靠得住。

可当他把心底的盘算换为话语时，就变成了老谋深算的从容。

"将军与我何等关系，这个岂能不知？孰亲孰远，我岂能掂量不出？假如真有那一天，我一定尽心竭力扶持昌邑王。不过，废立之事，非同小可，今天的话就说到这……"

两人在马上揖别，李广利望着刘屈氂道："愿早日相会于京城。"之后，他便率领卫士打马而去了。

刘屈氂并没有急于转身，一直看着李广利消失在大道的尽头。他心中忽然生出一种无以言状的沉重——忐忑不安而又茫无头绪。

他知道，自己之所以能从涿州太守任上一举升为当朝宰辅，最关键的是他也姓刘，因为一场场的"巫蛊"案使皇上对异姓大臣产生了诸多的怀疑。

若论皇亲，他应该称刘彻为皇叔，也许正因为如此，皇上才将他擢拔到身边，但是他又并非刘氏嫡系，也摸不透皇上的心意；若讲功劳，他无寸功于朝廷，因此不得不依赖像李广利这样的人物。他无法想象，今天的承诺将会是怎样的结果……

北海的春天，总是姗姗来迟，可它就像一位过客，又从湖边匆匆而去。接着，夏天就来了。

这是一年中最美的季节。沿湖的野草醒了，各色的花儿开了，白桦林的新叶怕辜负了上苍赐予的温暖，仅仅几天，就长得肥厚而又浓密。

苏武把羊群赶上山坡，然后找一块地方坐了下来。他望着从南方归来的候鸟，聚集在湖畔密林深处，开始孕育新的一代。

屈指数来，他在这个四面重山的"海边"已经整整十年了，不知道当年随他一起来的兄弟还有几人活在人世，更不知道皇上将会怎样对待他的家人。

没有人告诉他这些，也没有人和他说话，有一段时间，他发现自己舌根僵硬，连大汉的"汉"都说不好了。

一个人忘记了自己的母语，这意味着什么呢？他哭了……

曾给他许多照顾的于靬王去世后，三年多的时间，王庭中断了他的供应，他三九天吞雪食草，也没有掉过一滴泪水；那年冬天，唯一与他相伴的羊只被盗，他也没有流过眼泪。

可这次他哭得很伤心。从那天起，他开始对着北海说话，对着群山高歌，吟诵记忆中的《离骚》，吟诵皇上的《天马歌》……

太阳暖暖地照在他身上，空气中散发着淡淡的花香，他呆呆地望着湖心那块被浪花簇拥的石头。于靬王曾告诉他，它是匈奴人心目中的圣石。

看着看着，他就觉得那石头上像坐了一位窈窕的女子。

哦！是她，是他年轻美丽的妻子。

想起在长安的年月，他们每年的端午、重阳，常常乘车去游曲江池。他们年龄相差十岁，妻子从小被父母宠爱着，不免有些任性和撒娇。

新婚宴尔的日子，他总是像兄长一样让着她。有一天，当李陵和他小聚的时候，以调侃的语气笑他缺少男子气概。

他不辩解，一任李陵编排出各种故事去铺演，末了，他却说出一番令挚友惊奇的高论。

"贤弟可知，娇女者，非独巧笑倩兮，亦间嘤咛之佻，稚童之顽，即所谓风情之美也欤。若夫言听计从，逆来顺受，与人偶何异？"苏武说着，连自己也笑了。

可在他奉诏即将出使匈奴的那个晚上，他对自己一向很可意的女人有了一种无以名状的忧虑。

老母需要尽孝，幼儿需要抚养，可她的性格还像孩子一样！高兴起来了，喜形于色；郁闷来了，哭哭啼啼，总要他多方抚慰才破涕为笑。他担心从来不为衣食发愁的妻子，能不能在他离京的日子经管好这个家。

夫妻相处的最后一晚，妻子哭得很伤心，她要他求皇上另遣人去匈奴。苏武抚摸着妻子的头发，将特意买来的银钗插在她的头上。

"皇命如天，岂可视同儿戏呢？"苏武拉起妻子的手道，"从今以后，苏门就赖夫人多加劳苦了。"

离开长安那天，妻子携了儿女到横门外送行，眼睛哭得红肿。

可他皇命在身，汉节就在手上，甚至连为她擦去眼泪的机会都没有……

唉！想她，她就来了。

他张口朝湖心喊，她却若无其事地看着远处一群白天鹅。等他再细眼一看时，石头上什么也没有，只有闪闪的阳光在水面洒下万点珍珠，映得他睁不开眼。

要不是远处传来战马嘶鸣的声音，他真要在这里坐到天黑了。

苏武很久没有听到马蹄声了，他迅速回头，用手遮住强烈的阳光，朝远处眺望。

哦！原来是一个马队正朝这边奔来，而跑在前面的那个身影是那么熟悉。

管他是谁呢？现在对苏武来说，能看到这么大一群人该是多么奢侈啊。他迅速跑下山坡，向马队跑去。哪怕死在他们刀下，也总算是孤独之后，与人打了一次交道。

在相隔几十步远的地方，他听见来人喊道："子卿兄！子卿兄！"

在这遥远的地方,有谁会如此亲昵地称呼他呢?而且声音是这样熟悉。苏武痴痴地看着来人,昔年的一双明目,现在看什么都是影影绰绰的。

此时,他们面对面站着,相互看了许久,苏武终于认出对面站的是李陵!

哦!是李陵,他还活着。

而李陵此刻还愣在那里,他不敢相信,眼前这个须发灰白的老人就是曾与他结下生死之交的苏武。

当年英俊潇洒的苏子卿到哪儿去了呢?

那个在渭河边与他一起纵论天下的将门之后到哪儿去了呢?

世事多么残酷,同在大漠,这第一次见面竟跨过了八个春秋。李陵再也无法抑制思念的潮水,紧紧地抱住了苏武。

"子卿兄……"

"少卿弟……"

他们哭了很久,才抬起头来。

苏武用疑惑的目光望着李陵,问道:"贤弟此来是不是要当单于说客?"

李陵有些不自在道:"仁兄远在北海,大概不知且鞮侯单于已经驾崩。现在是狐鹿姑单于执掌国事,小弟就是借这个机会才能来看仁兄,以了却昼夜思念之情。此地不是说话之处,请仁兄带小弟去你的住处吧。"

苏武指了指山坡上的羊群:"它们……"在这里,唯一让苏武感到自己存在的,大概就只有这些羊了。

李陵立即对身后的卫士道:"留两人替苏使君放羊。"然后,他亲自扶苏武上马,这情景又让他心中一阵疼痛。天哪!他的腿竟这样僵硬,连马镫都踩不住了。

苏武上马后,很自然地抱紧了汉节。这个极不起眼的举止,却让李陵的心悸动了。

来到山下的背风处,就是苏武的穹庐,那里已破烂不堪,有几处大洞都是用松枝编织了羊毛堵上的。进到里边,除了几件简单的随身物品外,唯一说得上起眼的东西就是汉使的冠冕。

苏武习惯地将汉节放在冠冕的旁边,这是他多年来的信念,只要看见这两样东西,他就觉着皇上在他身边。

靠门的羊毛毡上，堆着一些黑乎乎的东西，李陵问道："这是……"

苏武笑着解释道："此物唤作地毛，可以充饥。"

"仁兄就食此物？"

苏武点了点头："于靬王去世后，王庭就断了供给，愚兄就是靠这个度过冬季的。"

李陵"哦"了一声，接下来就唏嘘不已："唉！传说兄长在北海'渴饮雪，饥吞旃'，就是指的此物吧？"

说话间，卫士已呈上切好的牛羊肉和马奶酒。

"仁兄，苦了你了！饮了这杯，你我兄弟好好说话。"李陵端起银碗，那泪水就滴在酒中了。

苏武脸上掠过凄然的笑意："男子汉何必如此？愚兄这不是好好的么？"

酒过几巡，苏武还是经不住一肚子的疑问，放下酒碗问道："愚兄至今依然不解，当初贤弟为何要投降呢？"

李陵往碗里斟满酒，然后仰起脖子一饮而尽，随着就是一连串的叹息。

"小弟之降，实属万不得已之举。整整一年，小弟都在等待朝廷来人接我回去，可最终等来的是什么呢？是皇上误把李绪当成了小弟。我李氏一族，一百多口人死于刀下。我的妻子，我的儿女……还有司马兄，因为为小弟辩白而遭受腐刑。"

苏武是第一次听到这血淋淋的消息，很是震惊："皇上一向明察秋毫，为何会听信不实之信呢？"

"唉！一言难尽。皇上曾派公孙敖与路博德出塞接应小弟，可他们道听途说，未曾见到小弟，就谎称小弟已降匈奴。皇上未明真相，自然不肯饶恕小弟。"

可苏武内心还是不能接受李陵投降的现实，但他并不打算批评李陵，也不打算劝他回归。路在每个人脚下，历史并不是写在司马迁的竹简里。他从没有想过与汉节分离，或为了活命而低下头颅。

"酒喝到这里，小弟有话要说。"李陵给苏武斟满酒，然后把碗举过头顶，生怕苏武打断了自己的话，"小弟此番前来，一是看望仁兄，二是单于闻小弟与兄长素来交好，因此让小弟来劝仁兄，单于愿虚心相待。"

苏武接过酒碗,放在地上道:"贤弟来看望愚兄,愚兄不胜感激。至于降胡,贤弟无须多言!"

"降不降尽在仁兄,你我兄弟一场,八年方得重逢,仁兄总该让小弟把话说完吧?仁兄既然不能归汉,即便于此不改初衷,可茫茫北海,有谁知道仁兄孤守忠义呢?"

苏武诧异地看了一眼李陵,感慨当年同游渭河的时候,他是何等的慷慨激昂。

"贤弟此言差矣!夫君子者,正其心而修其身,贵在反之求诸己。子曰:'为仁由己,岂有他哉。'愚兄自己内心求得安宁即可,何须他人知道呢?"

"糊涂呀,仁兄!你这样做有什么好结果呢?大概你还不知道走后家中的情景吧?你到匈奴不久,太夫人听说仁兄被扣,忧虑成疾,郁郁而去,是小弟亲办的后事;嫂夫人年少,得知兄不归来,改嫁出走,留下一女两男,至今十年,生死不知。"李陵说到这里,语调更加忧郁,"且陛下春秋日高,法令无常。自元狩以来,丞相、御史大夫以下官员被诛者数十家,就连皇后之姐卫君孺、姐丈公孙贺、外甥卫伉皆不能免,何况你我呢?往事不堪回首,仁兄到底为什么如此苦苦坚守呢?"

苏武饮完碗中之酒,消瘦的脸上充满了血色。趁着中午天热,他敞开衣襟,拍打着肋骨清晰的胸膛道:"愚兄不才,了无功德,一切皆陛下赐予,位列将军,封爵拜侯。愚兄每思及此,无以为报。而臣事君,犹若子之事父也。子为父死,死而无恨,请贤弟不要再说了。"……

当晚,李陵和苏武同室而寝,相语竟夜。苏武只是听,不再回话。

到了第三天,苏武觉得再这样每日重复降与不降的话题,不但自己痛苦,对李陵也是一种折磨。

清早起来,他干脆直截了当地对李陵道:"贤弟在此已逗留数日,如此下去,单于会起疑心的,贤弟还是早点回去复命吧!"

李陵面露难色,抚着苏武的掌心道:"难道就没有一丝回旋的余地吗?请仁兄听小弟这一次吧!"

"贤弟勿复再言!愚兄自被扣匈奴,已历十载。若是要降,何须等到今日?贤弟再欲劝降,无异于逼兄自戕。"

"仁兄何必如此呢？"

苏武一脸严肃道："愚兄自到匈奴，已死过多次，亦不在乎这次。"说着，他便拔出腰刀，在腕上划开一道口子。

"唉！仁兄，小弟什么也不说了。"李陵扑了上去，夺下腰刀，不尽的愧疚伴着刀的落地油然而生。

"唉！仁兄真义士也，相比之下，小弟之罪天不能容。"说着，他跪倒在地，向苏武拜了三拜，将带来的牛羊肉和马奶酒悉数留下，并留下一匹马，然后自己率卫士走了……

"贤弟！"苏武追着李陵的马队喊着，却终究没有看见他回头。

"走了，都走了，从此北海又只有苏武和你们了。"苏武抚摸着头羊自言自语道。

马队在遥远的天际化为一抹黑点，苏武忽然有了一种莫名的失落。不管怎么说，他们毕竟兄弟一场，尽管在一些重要的问题上无法一致，可抛开这些，他从那么远的地方赶来看自己，这份情显得多么珍贵。

苏武的这种思绪渐渐化为浓云，在他心头越积越重。哦！他记起来了，昨夜两人同榻叙话时，李陵告诉他，说又要打仗了。

"贤弟！但愿你不要做使亲者痛，仇者快的事啊！"苏武在心里祈祷。

……

清晨，是甘泉山最美的时刻。东方渐露的曙红，将远山近水装扮得若隐若现，朦朦胧胧；不一刻，陇原与青天连接处，燃烧起瑰丽的朝霞。于是，那山、那水、那树全都染上了一层酱紫色，在晨风中迎接那不凡时刻的到来。

终于，太阳像一颗成熟的蜜橘，跳出云海，跃上山头。于是，整个世界便立即充满了生机和活力。雾的氤氲在山谷间飘荡；花的芬芳在溪水旁弥漫；黄鹂的歌喉在枝头婉转；鹿群的身影在林间出没……

坐落在甘泉山南麓的甘泉宫，宫殿依坡而建。站在坡上，便可以望见红墙碧瓦的殿堂鳞次栉比，环抱它的甘泉山，虽没有南方山水的钟灵毓秀，却因这黄土而具有苍凉厚重的气韵。

据说当年秦始皇曾为它的起伏逶迤和厚重苍翠而沉醉，遂在这里修建了林光宫。项羽进兵咸阳，帝都化为灰烬，只留下甘泉山深处的避暑胜地。

而今,旧宫依然栉风沐雨,新宫又琼楼叠翠,绵延数里。自刘彻登基以来,每年六月都会来这里避暑纳凉。

元鼎六年秋,甘泉宫忽然长出一株九茎灵芝,奇香馥郁,流光溢彩。有方士奏道,此草乃仙人所赐,皇上若趁此修建高楼,必可上达天庭,夜遇仙人。

刘彻立即诏令在长安筑蜚廉观,在甘泉宫筑益寿、延寿二观。三观均以《道德经》中所授之玄机构造布局,观中央建着一座高十数丈的台榭,上绘乾坤八卦图,每日香烟缭绕,以迎神灵。

后来,又有好事者说,神、人之间虽存感应,然下界须有路。刘彻于是又命人造一座通天台,上置各种祠具,等候神仙到来。

刘彻的心,经过这青山绿水的洗涤,去除了许多的烦躁和俗事,逐渐归于宁静。

昨夜,披着融融的月色,他同钩弋夫人临窗而坐,听夏夜的山风徐徐从窗前吹过,心境惬意极了。

借着月光,钩弋夫人的额头像玉雕一样平滑光洁,一双水波滋润的眸子衬托出青春粉嫩面容,是朦胧夜色掩饰不住的秀丽和端庄。

他有些不能自已地揽住了钩弋的纤腰,她有些不好意思,一任皇上拥着自己,就那么懒懒地靠在皇上的肩头,柔声道:"皇上……"

"与夫人在一起,朕甚快慰。"

"皇上还为太子烦恼么?"

"早知今日,当初何必立他?"

钩弋沉默了一会儿,她知道,大凡为一个人生气,就表明很看重他在心目中的位置,皇上如果真想废掉太子,还用如此艾怨么?

钩弋压根儿就没有让儿子取代太子的想法,更不愿意看到他们父子反目。

"皇上!请听臣妾一言。表面上看来,太子似乎有不合礼仪之举,可依臣妾观之,此正是太子忠诚可嘉之处。"

"哦?"这个平日从不过问朝政的女人,居然说出这一番话来,使刘彻感到新鲜,"何以见得呢?"

钩弋夫人微微一笑道:"以皇上之尊,诸位皇子,三公九卿,谁不畏惧呢?

有些人为讨皇上欢心,总不免说些顺耳奉承的话。倒是太子,说话直来直去,显得真诚呢!"她一手按着刘彻的手心,眼里流露出少有的成熟,"太子已在位几十年,屡次参与朝议,受皇上耳濡目染,自不会乱了方寸。再说,废立关乎国运兴衰,也不是一句话的事,愿皇上三思。"

这样的私房话说起来,要比御前会议的气氛轻松许多,尤其是出于他所爱的女人之口,就带了脂粉香,便悄悄抚慰了刘彻心头的不平。

月光下细细端详着这个可爱的女人,一件藕荷色的深衣,一对白酥的丰乳,像两座高耸的山峰,呼之欲出。刘彻便不安分了,他拉起钩弋的手,就朝殿内走去。黄门、宫娥们会意,很快就掩上殿门。

往常的日子里,都是宫娥们伺候夫人脱衣的,可今天钩弋的一番话引起了刘彻的兴致,他干脆把宫娥们拒之殿外。

"朕今日要亲自为夫人宽衣。"

像欣赏一件精美的艺术品,他更愿夫人一点一点把美丽展现在自己眼前。他先慢慢地解开她的衣带,然后又轻轻拉下她粉色的护胸,于是一对玉兔似的双乳突兀地隆起在灯火下,浑圆而又坚挺。待整个衣襟解开,夫人平滑雪白的小腹微微起伏着,柔韧而又光滑。

这简直就是个玉人儿,从她眸子里荡出的每一丝波流,都炙烤着刘彻的欲望。他们遐想的风帆,在情爱的大海里游荡……

这是刘彻最舒心的日子。可人在尘埃中,是不可能超然事外的,真是忙来发愁,闲来也发愁。尽管行前总是一再对丞相和太子表明,他想找一僻静处,安心静养几天。可是,没过几天,他就觉得不问军国大事是一种折磨。于是,御前会议也搬到甘泉宫了。

大臣们了解皇上这脾性后,干脆什么都不做主,都拿到御前廷议,何况今年又发生了那么多事。

只是这样来来去去,办事效率就明显降低了,刘彻又焦急起来。

今晨到延寿观焚过香之后,他就匆匆地来到紫殿,看看有没有消息。

苏文早已命人将紫殿收拾得整整齐齐。他知道皇上在批阅奏章时,有一个焚香静心的习惯,于是,他特地选了上好的香料,燃出袅袅的青烟。刘彻一进门,便禁不住深吸一口气道:"好香啊!"然后,他在案几后坐下,呷了一口茶问道,"有否让朕快意的消息啊?"

"皇上,好事多着呢!这些竹简奴婢昨晚就为皇上整理好了。"苏文回道。

刘彻先翻开一卷竹简,大略浏览了一遍,眉头就兴奋地飞动起来,那是李广利和霍光发来的战报。

战报上说,匈奴右大都尉卫律所部遭李广利伏击,损失惨重。李广利乘胜追至范夫人城,匈奴远遁;而另一路霍光所部还未接战,匈奴闻听霍光乃霍去病胞弟,便先自怯战,连夜撤退了。

这消息让刘彻为之一振。

"李、霍二人果然不负朕望。拿酒来!"

苏文有些不安道:"夫人说皇上不可多饮。"

刘彻笑了笑道:"不可多饮,非是不饮,朕今日心中高兴!"

苏文拿来酒,刘彻举爵一饮而尽,又翻开了第二卷竹简。

那是桑弘羊呈上来的奏章,说是白渠题词碑已经刻好,揭碑典礼那天,白渠边锣鼓喧天,万民欢腾。黎民百姓深感皇上圣明,祝福皇上千秋万岁。

这消息有如三伏的凉风,拂过刘彻心头。国以农为本,特别在边陲宁静的岁月里,他一直关注农桑,兴修水利,将浩荡皇恩撒向民间。

刘彻又一次击节称快,对苏文道:"你也来一爵,与朕对饮如何?"

苏文忙辞谢道:"谢皇上隆恩,奴婢怎敢与皇上对饮呢?这折杀奴婢了!"

刘彻仰起头,将酒一饮而尽,殿内就留下他爽朗的笑声:"传旨,免渭北旱原赋一年。"

接着,他又俯下身体批阅案卷,这一次却没有刚才的兴奋。

在众多的奏章里,他没有看到江充独具风格的笔迹。这个在他眼中处事干练的御史大夫,为何此次如此拖沓?

"御史大夫这两日为何没有消息?"

苏文一听这话,心里便打起鼓来,他本想将江充临行时交给他的锦囊托出,可他当时分明说,不见人不拆囊,而那应该出现的人却始终没有出现。

想到这里,苏文道:"横桥相别时,记得御史大夫曾向皇上禀奏,一旦有了结果,便会来报。奴婢想,不久就会有消息的。"

苏文也许说得对,查案必须做到取证准确,需要花些时间的。

眼见日近中午，刘彻从案头站起，舒了舒筋骨道："朕腹内空空，让膳房弄些吃的来。"

两人走出殿门，听见从墙外的校场上传来喊杀声。

烈日下，金日磾穿着一件黑色战袍，手持一把利剑，劈杀斜刺，激起阵阵掌声和喝彩。

旁观的羽林卫将士中，有几人颇有些胆量，上前要和他比试。金日磾也不拒绝，校场上一来一往，没几个回合，那些人便觉体力不济，拱手称服了。

刘彻看着看着，就笑出声来。人生是多么离奇，当年的休屠王太子何曾想到，他后来不仅成了汉朝的一名将军，而且在长安娶妻生子。

他再也不是当初那个带领河西匈奴军与霍去病大战的少年了。刚到长安时，他的身体尚有些单薄，数十年过去了，他完全变成一名健硕的将军。而后来发生的许多事都让他与刘彻之间关系更密切了，甚至超越了汉人之间的信赖。

从骏马监到驸马都尉，刘彻让侍中官员教他大汉礼仪，并为他取了一个叫"翁叔"的字。他举止有度，刘彻喜欢他的忠诚，更喜欢他的木讷。他常常入侍左右，出则"骖乘"，以致朝廷贵戚对他十分嫉妒，暗地里都埋怨皇上得一胡儿，反贵重之。

孰料刘彻知道后，反而赏之愈厚。这份情感让金日磾终生记挂在怀。这次他自请随驾到甘泉宫，就是为了护卫皇上。

"疾风而知草之劲矣！"刘彻由衷地感慨。多年来，许多人与他离心离德，而金日磾却依然如故地忠诚于他。

刘彻看得入神，竟然忘记了午膳。苏文在一旁看了，不得不上前提醒。

"哈哈哈……"刘彻仰天大笑，遂要苏文将御酒拿来犒赏练武的将士。

等一切安排妥当，钩弋夫人和小皇子已等候多时了。

……

傍晚时分，常融出了太子宫，匆匆向尚冠街走去。

御史大夫的府门紧闭，常融上前轻轻叩击，须臾门里透出一个人影："哦！常公公到了，大人已等候多时了。"

进得府门，从萧墙绕过去，是一株枝繁叶茂的黄杨，夜色给小径留下斑驳的树影。远远地瞧见江充手握竹简,站在门口,很热情地打招呼:"常公公到了,有请!"

"让大人久等了。"

尽管常融在东宫当差,伺候的是当朝太子,可第一次这么近地与御史大夫说话,心中也不免有些慌乱。

屏退左右,江充一双黑亮的眼睛看着常融,很谦恭地说道:"公公整日伺候太子,功在大汉,本官在这里谢过了。"

这话若放在包桑、苏文身上,倒也不算什么,可对年仅二十岁的常融来说,不禁让他有些受宠若惊,更有些承受不起。难道御史大夫不知道他在宫中的地位么?

"大人折杀咱家了,伺候好太子,是咱家的职责和本分。"

精明的江充早已从他不安中觉察到一种卑微和怯懦。苏文说得对,这样的人最好利用,也最好掌控。他随之大笑起来,于是常融便越发感到不自在了。

大笑之后,江充恢复了平和,连连邀请常融喝茶。

"公公来本官的府邸,就如同回到了自己的家,无须如此戒备!本官今日请公公来,是因为皇上行前反复嘱托,让本官照顾好太子。因此本官想问问太子的情况,也好尽一份职责。"

常融一听此话,就在内心问自己是不是太谨慎了。不就是问太子读书、吃饭和参与朝政的事么?当他把这些择要点叙说了一遍后,江充不但表现出浓厚的兴趣,同时也流露出些许的不满足。

"太子平日里都结交些什么人呢?"

"这……"常融拉长了说话的语调,"不瞒大人,咱家平日只想着伺候太子,替皇上分忧,却不曾留意宫中来人之身份。不过,依咱家猜想,来人不外乎皇亲贵戚,王孙公子。"

"哦?"江充因势利导地问道,"公公可曾听到他们聚到一起时,说了些什么吗?"

这看似不经意的问话,却使他的心一下子绷紧了。

"呵呵……"常融打着哈哈,眼睛却暗地在江充脸上窥视。那是怎样的一双眼睛啊,幽深得见不到底。一进门他就与自己有说有笑,可这笑里总觉得有让他猜不透的东西。

"每一次来了人,太子就让咱家退到外面,因此无法回答大人……"

常融的这点心思怎么可能瞒得过江充呢?他依旧全神贯注地听着,依旧笑容可掬地点头,仿佛两位知心朋友间的夜话。他相信自己的能力,只要他继续诱导下去,就一定能获得自己想要的东西。

江充端起茶杯,再次邀请常融喝茶,而且有意无意地提起了前些日子钩弋宫的御前会议。

"听说钩弋宫御前会议后,太子埋怨皇上不让他西征,可有此事?"

常融很吃惊,急问道:"大人是如何知道的?"

江充微微一笑,不谙世故的常融终于顺着自己的思路来了。可他并不急于追问,他继续创造着宽松的气氛,老于世故地笑道:"父子间发生一些争论,本属常理,何须大惊小怪?"

常融的心理就在这样的气氛中渐渐松弛了。虽然他所说的都是些零碎的东西,可对江充来说,几乎每一件都是有价值的,都可以与他正在查的巫蛊案联系起来。

看着时间不早了,江充起身道:"公公稍坐,本官去去就来。"

常融忙也站起来道:"大人请便。"

可江充这一去便过了许久,常融等得十分焦急,正要向府令询问,却见从门外冲进来几个廷尉府役模样的人来,不由分说就将常融压倒在地。

"你们竟敢私自绑架太子府黄门,难道不怕死么?"

"哈哈哈……"

他听见厅外一阵大笑,江充便进来了。

他已是另外一副脸色,眼里充满了轻蔑,连说话的声音都带着嘲笑:"你是太子府的黄门么?竟敢私议太子,论律该斩!把口供拿了他看!"

府役捧着笔录,常融粗粗浏览一遍,浑身筛糠般地颤抖个不停,那上面记录的不是别的,就是刚才他所谈的有关太子议论皇上的细节。只要这口供到了太子手里,他必死无疑。

此时他才明白,自己掉进了一个预设的陷阱,只是他自己还不知道,这一切都与他那个奉为义父的苏文有密切的关系。他冷汗淋漓地看着江充,一副心慌意乱的样子。

在他画押之后,江充立即让府役们放开常融,说话的语气比刚才还要和气,几乎每一个字都含着对这位年轻人的关爱。

"本官知道,公公与苏总管情同父子,本官怎会加害朋友的义子呢?至于刚才所言,本官暂且放到这里,你只要按照本官嘱咐去做,不但毫发无损,说不定有一天也会像司马迁那样,弄个中书令干干。好了!这次让公公受委屈了。本官还有事要处理,具体事宜府令会向你说明白的。"

听见江充出门的脚步声,常融颓然地低下了头……

第二十章

落叶萧萧长安树　阴霾重重汉宫秋

转眼间刘彻离开京都三个多月了,时序已到了八月。

自送走父皇后,刘据一直处在心绪不宁的彷徨中。

那天,看着浩荡的车队驶上咸阳北原,他才收回忧郁的目光。他想说的话太多了,可父皇却没给他机会。

在刘彻离开京城的日子里,尽管讲述《春秋》的活动仍在博望苑按部就班地继续,尽管每日都有大臣前来请示朝事,可刘据的精神却无论如何也集中不起来,他挥不去父子相别时的冰冷。他感觉许久以来所担心的事似乎在日益临近。因此,在石德讲书时,他常常走神。

石德任太子太傅较晚,面对的是而立之年的刘据。刘据对军国大事不仅关注,而且总是与史载前事比较,形成自己的见解,这给他留下了博学慎思的印象。这使他不得不调整教授方法,更趋向于从微言切入,从一时一事引发议论。

刘据对这种方法很喜欢,他们的议论常常碰出智慧的火花。这比之过去更实事求是,更心地默契,两人的关系渐渐地超越了君臣和师生,而带了挚友的意味。

可这超乎师生的关系发展下来,就发生了微妙的变化。石德的情感在不知不觉间向刘据一边倾斜,他也顺着太子的思路而对皇上的朝事颇有微词。

他们今天讲的是"鲁隐公十一年冬十一月"发生的一件事情,那位羽父先想说服鲁隐公杀了自己的弟弟,让自己当宰相,当他的请求被拒绝后,竟然背叛了鲁隐公,转而去煽动桓公弑兄自立。

石德讲到这里,借题发挥道:"殿下,一部《春秋》言尽兴废之理。而朝之兴废,在于用人。依臣看来,这鲁隐公兄弟都算不上明君,像羽父这样的乱臣贼子,朝三暮四,无非图私利耳。然他们却不能识其面目,难免不祸起萧墙啊?"

可他却没有从刘据那儿得到满意的回应,等来的确是沉默。

石德很不满足,站起来施了一礼再问道:"殿下以为然否?"

刘据这才从沉思中醒过来,不禁赧然一笑道:"刚才我想起一件事,故而失态,请太傅见谅。"

"哦!殿下想起何事?"

"太傅以为江充其人如何?"

石德顿觉吃惊,原来太子并未走神,而是由史想到了当前。

石德掩上门,小声道:"藏而不露,口蜜腹剑。去年公孙贺那桩案,就是他一手酿成的。"

刘据站了起来,临窗而立,长长地叹了一口气。

窗外白云悠悠,黄门和宫娥来来往往,鸟儿在老绿的槐林、松柏的枝头歌唱。他想,父皇此刻在甘泉宫一定过得很惬意吧?他忘不了少年时父子相亲的情景。

那时候,母后正值青春,每年一到六月,都是他和父皇、母后一起在甘泉宫中度过的。

在记忆中,父皇是威严的,也是慈祥的。他不能忘记十岁夏天的那晚,父皇和他沿着甘泉宫旁的一条小径散步,坦率地说着年轻时的一些孟浪行为。

阳光西斜,在山间投下浓密的树影,刘彻偕刘据缓缓地走在山道上。坡很缓,天气也不那么热,时间很充裕,他们完全不用着急赶路,而将自己散淡地置于斜阳碧树间。

警跸们在身后跟着,父子似乎都可以听到彼此的心跳。

话题很分散,先是说到了为君者的道德,进而又说到了七国之乱,连刘彻自己都不知道,他们是怎样说到自己早年孟浪的行为上去的。

"人在年轻时,往往虑事不足,朕在年轻时,也曾多有狂悖。"

刘据很吃惊,父皇竟是如此坦率。

当年,父皇刚刚把母后接过来时,两人感情甚笃,常常结伴到终南山下打猎。有一天,当他们踏着月光赶到长安城下时,城门已经关了。守门的司直在城头喊话:"皇上有旨,私自开城门者,斩无赦,小吏岂敢违背皇命!"

父皇无奈地看了看母后,唉!他怎么会想到,有一天会被自己的诏命堵在城外呢?他没有理由违背自己颁布的法令,于是两人回头来到沣河岸边,寻一农家借宿。

父皇轻叩柴扉,开门的是一老者,他见是着一身锦袍的官员,气就不打一处来:"你们只知游猎,从来就不知百姓死活,现在想来借宿,除了猪圈,没有地方给你们住!"

年轻的父皇何曾受到如此奚落,一道诏书就将阿城以南,周至以东,宜春以西的农人籍没迁徙,广袤的关中平原被扩充为上林苑。

刘彻说起这段往事,笑着摇摇头道:"现在想来,那实是一个误农伤民之举。你既为太子,万不可步朕的后尘啊!"

父皇曾当着自己的面忏悔过,那曾强烈地感染了刘据。

往事不堪回首,留下的只是依稀梦影。

自他进入而立之年后,就逐渐感受到父皇的固执和偏狭,听不进忠言,惧怕老去;多疑和孤僻。这一次,他带着刘弗陵和钩弋夫人去了甘泉宫,却把母后冷落在长安……

一想到母后,他的心就益发苦涩。昨日,在母后处当差的黄门王谦来报,说江充率人手持皇上诏命,从御花园到寝宫,一块砖一块砖地挖掘搜索人偶,已有几位夫人因忍受不了这种侮辱,香消玉殒。

母后最后也难幸免,江充派人把母后的寝宫折腾得凹凸不平,连放一张榻床的地方都没有了。

他到底要干什么?他要将母后怎么样?这万里河山到底还姓不姓刘?……

刘据再也没有心情听石德讲授那些遥远的宫廷血腥,将手中的《春秋》抛在一边道:"这书我不读了,治史与治国相去远矣!"

石德于是无言。给太子当老师，他就是在刀刃上过日子，唯一的选择就是悄然退出去，掩上书堂的门。

世上最折磨人的就是有话无处倾诉，有情无处宣泄，郁闷中的刘据下意识地拨动了身旁的琴弦，他说不清是什么力量使一曲《无衣》从他的指尖流出：

岂曰无衣？与子同袍。
王于兴师，修我戈矛，与子同仇！
岂曰无衣？与子同泽。
王于兴师，修我矛戟，与子偕作！
岂曰无衣？与子同裳。
王于兴师，修我甲兵，与子偕行！
……

琴声伴着歌声，如大海奔流，万马低吟，时而慷慨激昂，时而纤弱婉转……

这时候，常融拿着一把拂尘，貌似悠然地踱着步子，时不时地注视着假山后的一丛月季，看看没有什么破绽，才又向前踱去。

转过假山就是一座小桥，他装作拾履，慢慢地蹲下去，用袍裾将身后的一块地方盖住，从地上掀起一块方砖，看看所埋之物安然无恙，这才放心地站起来。

迈过小桥，迎面走来一群玉面桃花的宫娥，她们见了黄门，纷纷上前施礼。常融与宫娥搭讪之后，就急着往前殿去了。

在通往前殿的路上走着，他的心一刻也轻松不了。想起十几天前与江充的会面，他仍然走不出那场噩梦的阴影。

当府令要他在宫中埋人偶时，他就知道自己再也回不了头。

平心而论，自他到太子府以来，刘据待他十分宽容。可那一纸留下他指印的"供词"，就把枷锁套在了他身上。

江充毫不掩饰地告诉他，此事乃苏公公的安排。

而一提到苏文,他便没有话说。他本来是一个孤儿,那年到京城行乞,流落街头,因向店家讨要残羹而遭殴打。恰巧苏文从那里经过,为他买了饭菜,并且带他回了家。从此,他的人生就进入一个新的境界。

苏文教他宫廷礼仪,让他学习怎样待人接物。一天,苏文说要送他去宫中做黄门。他虽然年少,却也知道受阉割的痛苦。可对迫切需要改变命运的他来说,这一切都不重要了,何况苏文把黄门每日不离皇上左右,随时可以向皇上进言的情景描绘得非常诱人呢?

常融虽然极不情愿,可又不得不埋人偶。他在心里暗下决定:这是第一次,也是最后一次。

幼稚的他哪里知道,他已经没有第二次了。他的手,将在长安制造一场风声鹤唳的血案。

他路过博望苑书堂,从里面传出苍凉的琴音和低沉的吟唱:

> 岂曰无衣?与子同袍。
> 王于兴师,修我戈矛,与子同仇!
> 岂曰无衣?与子同泽。
> 王于兴师,修我矛戟,与子偕作!
> 岂曰无衣?与子同裳。
> 王于兴师,修我甲兵,与子偕行!
> ……

那凄婉、那沉郁,让常融为之动容,他不敢久停,怕自己在一瞬间动摇了决心,便急急忙忙向前殿奔去。

这首《无衣》是刘据最喜欢的一首,那铿锵有力的节奏,那同仇敌忾、气壮山河的威势,都让他血脉偾张。两位大司马曾传令在军中传唱,以壮军威。可自他们去世后,他便弦断少知音,许久不曾动过琴了。现在,这歌声就在他的指尖流淌,可有谁能解其中的情怀呢?

他悲愤交集,泪如雨下,琴弦"当"地一声就断了。刘据大惊,朝外面喊道:"太傅!太傅……"

石德闻声赶来,见太子双手捂脸,伏在琴上。他还没有来得及问话,侯勇便进来奏道:"外面人声嘈杂,好像是江充带人来搜查了。"

"哦!该来的还是来了。"难怪琴弦断了,它是提醒我大祸已经临门了啊!

刘据将断了弦的琴推到一边,令侯勇出去察看动静,要石德回避。

石德似有预感,眼含热泪道:"殿下,此时此刻,老臣无论如何也不会离开的。"

刘据强打精神劝慰道:"太傅放心,清查巫蛊,乃父皇诏命,我身为太子,岂能违抗,太傅在反而不便,请您暂时回避。"

"殿下,那老臣就先行告退了。"走出殿门,他还是不放心,又折回来叮嘱道,"殿下须当从容,才不致授人以柄。"

石德刚进入小憩的侧室,江充的人马就呼啦啦地冲进太子府。

羽林卫玄甲被身,执戈持戟,一个个杀气腾腾;与此同时,博望苑的两厢中冲出一群禁卫,列队整齐,剑拔弩张。

侯勇手持宝剑,大喝一声:"光天化日之下,何人如此大胆,竟然闯入太子府中,难道你们不怕死么?"

一位队史上前回道:"我等奉御史大夫之命,搜查巫蛊,实是有命在身,还请詹事见谅。"

"搜查巫蛊,与太子何干?"

"这个末将就不知道了,末将只是奉命行事。"队史虽然话音柔和,却仍示意兵卒朝内拥来。

侯勇凛然而立,对禁卫喝道:"谁敢近前一步,杀无赦!"

两边刀光闪闪,空气骤然紧张起来,大有一触即发之势。

就在这时,从书堂内传出太子的声音:"詹事少安毋躁,让他们进来!"

禁卫"哗"地一步,让开一条道,这时候,江充匆匆赶来了。

江充并没有任何逾越的狂悖,而是文质彬彬地上前施礼道:"微臣叩见太子殿下,臣奉皇上旨意,清查巫蛊一案,惊动太子,臣深感惶恐。"

"难道御史大夫怀疑我诅咒父皇不成?"

江充拱手道:"微臣不敢。微臣只是奉旨行事,还请殿下体谅臣的难处。"

"御史大夫倘若从府中搜不出人偶,该当如何?"

江充依旧笑容可掬:"微臣亦愿殿下清白,臣也好向皇上复旨。"

话说得如此冠冕堂皇而又滴水不漏,刘据自然没有阻挡的理由。

羽林卫在队史指挥下,在博望苑出出进进了大约一个时辰,却没有搜出任何证据。

刘据心中愈益坦荡:"我素来严谨,江大人既是奉旨而来,不妨验看仔细,也好了却大人心中疑窦,还我一个清白。"

此举正中了江充下怀,他暗中看了看跟在太子身边的常融,他的手微微向后指了指。

"谢殿下宽容,微臣也是出于无奈。"言罢,他带着一干人向后花园散去。

石德和侯勇急忙来到太子身边,不约而同道:"殿下受惊了。江充借诏书之威,实在是欺人太甚。"

侯勇圆睁两眼道:"若非殿下约束,臣早就一刀结果了他。"

刘据摇头叹道:"他也是奉旨行事。"

石德知道,如果太子事发,他也脱不得干系。刚才他分明看见江充出苑时,面带杀机,他顿然感到了危机的逼近。

"殿下素来宽仁,可防人之心不可无啊!"

"他又能把我怎样?"

"殿下之言差矣!我朝多少人因巫蛊冤死刀下?今日江充来者不善,殿下可矫节捕他入狱,治其罪。"

"唉!我乃太子,怎可擅自做主?倒不如辞去太子之位,也许还可以保公主和母后平安。"

侯勇急忙接道:"太子此言又差矣!臣闻皇上离京时,对巫蛊一案查意甚坚,倘小人先一步诬告于圣前,殿下就是辞去太子之位也于事无补。臣以为,太傅所言极是,先捕江充入狱为好。皇上远在甘泉宫,只要殿下封锁消息,皇上回京,就说江充欲劫持太子、丞相,意图谋反,故而治罪。"

石德亦劝道:"事急矣!詹事速去调集禁卫,须臾江充返回,一切都晚了。"

侯勇闻此转身就朝门外走去。

刘据惊道:"太傅这不是要陷我于不忠不孝么?"

石德近前一步劝慰道："殿下放心,臣誓死追随殿下。"

"早知宫廷如此险恶,倒不如做个寻常百姓,也少了许多事端。"刘据话音刚落,江充便带着一干人从门外进来了,他一副茫然困惑的样子。

等到了刘据面前,他拱手道："微臣有要事奏。"

太子扭过头来。

"臣在太子御座下面、后花园牡丹下面和双拱桥上共掘得人偶六个,请问这……"

这时羽林卫已将六个人偶一字排在太子面前。

"这……你看该如何处置?"刘据先是一惊,旋即平静了下来。

"臣当如实禀奏皇上!"

"我胸襟坦荡,岂会干这等下作之事,分明你蓄意陷害。"

太子话音刚落,就见一宫娥泪流满面地跑进来了,她断断续续地道："娘娘……和小王子投湖了!"这消息如晴空霹雳,刘据只觉眼前一黑,险些倒下。

前天夜里,夫妻俩还为近来宫廷动荡不安,人心惶惶而相坐良久。当时史良娣还安慰说他是皇长子,又是太子,就是有事,也绝对与他无涉。她还反复叮嘱身边宫娥,近来凡事小心谨慎,不要给奸人留下把柄。可刚过了一天,他们就死于非命。

"想我堂堂太子,竟无力保护自己的妻儿,我何为太子?何为男人啊!父皇!您在哪里?孩儿何罪之有?竟要遭此浩劫?父皇!父皇……"

跟随太子多年的石德和侯勇,顾不上征得太子同意,怀抱汉节,手指江充,疾言厉色道："江充奸臣,祸国殃民,皇上早知你素存异心,令你查处巫蛊,不过欲擒故纵而已。皇上临行时,早授太子以节,还不跪下受缚。"

这一出江充着实还没想到,顿时他目光迷离,犹疑彷徨。这时听见身后有人喊道："御史大夫,谨防汉节有诈!"

一言未了,石德挥动汉节,侯勇从侧室冲出,一剑结果了那人性命。

江充大惊,忙向身后的羽林卫喊道："还不将这反贼拿下!"

羽林卫中有人正欲动手,侯勇一把将血刃横在手中,大吼一声："休得妄动,一切听令于太子。"

江充惊慌中回头看去,两厢廊庑下、墙头上,禁卫军军容整齐,早有所备,一张张弓弩直对着天井,他顿时慌了。

悲愤交加的刘据,在众人的扶持下,从台阶上一步一步地走下来,目光含着愤怒:"你这乱臣贼子,手无寸功,凭阴险狡诈,下欺文武阁僚,上蒙皇上视听,今日若不杀你,国无宁日,来人,快将这贼子首级取下!"

江充这才觉得事态的严重,忙求饶道:"微臣素知殿下与皇上情感笃重,巫蛊之案,臣只是奉诏行事,实出于无奈,殿下若是饶了臣,臣一定在皇上面前澄清是非……"

见太子毫不动容,他"扑通"一声跪倒在地,头在砖上磕得"砰砰"直响。

刘据"嘿嘿"冷笑道:"逆贼,没有想到你还会有今天吧?"说着他夺过侯勇手中的利剑,向跪在地上的江充刺去,顿时,江充血流如注,喷在博望苑的柱子上。

侯勇扯下一片战袍,擦了血迹,骂道:"不要让这贼子之血污了神圣之地。"

随来的羽林卫见大势已去,纷纷跪倒在地,表示愿听太子之命。

侯勇让人将那些蛊惑人心的人偶烧掉,而石德则在一旁提醒太子,让常融去禀明皇后此事。可待他们回身寻找时,却发现常融早已不见了……

"皇儿,你闯下大祸了!"卫子夫听说刘据杀了江充,愁容顿时就上了眉头,"他是钦命的御史大夫,位列三公不说,他还肩负着清查巫蛊的皇命,你杀了他……"

从清查巫蛊以来,天天就守在卫子夫身边的卫长公主,对母后的忧虑表示了适度的不屑:"母后总是忍让,结果都让那些乱臣贼子欺负到头上来了。"

卫子夫狠狠地瞪了一眼卫长公主道:"你懂得什么?你们只图一时泄愤,若你父皇得知消息,看你们怎么收场?"

从建元二年进宫至今,卫子夫目睹了无数腥风血雨,却从来没有把它们同自己的命运联系起来,可如今,她也不得不面对这一情况了。

刘据望着卫子夫蹙郁的眉头,心底一下子沉重了:"孩儿也是出于对江充的义愤,孩儿若不杀了他,到头来还是要危及母后的。"

卫子夫落泪了："儿啊！为今之计，要先得到丞相襄助。若是丞相与你站在一起，也许还有回旋余地。你速遣人到丞相处，通报江充谋反罪行，丞相若是个明白人，一定会临危受命，同舟共济的。"

卫子夫更清楚，在这个生死关头，无论是她还是刘据，都不能乱了方寸。以江充的作为，也真是死有余辜。想到这点，卫子夫昂然抬起头来，一改往日的和颜悦色，对春香和詹事严厉地道："皇上如此信任江充，然彼不思图报，反而趁皇上离京之际，密谋造反。我依照大汉律令，剪除国贼，以正朝纲。从现时起，两宫禁卫，严阵以待，有违令者斩无赦！"

她又对石德道："烦劳太傅速到丞相府通报事变缘由。"

"诺！"

卫子夫又对侯勇道："我素知你忠直，你须臾不可离太子身边，要选派最亲近的士卒护卫。椒房殿詹事何在？"

"臣在！"

"我平日待你不薄，现今国逢危难，命你率领宫中禁卫，守卫宫门，以保皇宫安全。"

"诺！"

卫子夫又叮嘱春香道："你不可离开我半步，派出练过武功的宫娥打探城内消息，随时回奏。"

"诺！"

卫子夫安排完这一切，才对刘据道："你速去传懿旨，告令百官，言明江充谋反之事；并部署兵力，以确保京城安定。"

卫子夫的镇定，使刘据忐忑不安的心平静了下来。回到太子府，他立即以皇后的名义发中厩车载射士，打开武库，分发兵器。

傍晚，天色又阴沉下来，从南山传来沉闷的雷声，风掠过长安城头，吹得旌旗"哗啦啦"直响。

刘据焦急不安地等待着丞相府的消息。他不断地派人前去瞭望，可是，直到天黑下来，仍不见太傅的踪影。

宫娥捧上晚膳，被刘据喝令撤下。直到京城亮起灯火的时候，石德终于出现在太子府。

刘据迫不及待地问道:"丞相如何说?"

可口干舌燥的石德张着大口,却说不出一句话来。侯勇忙要宫娥捧了茶水,石德润了润喉咙,才挤出一句令人沮丧的话来:"丞相说尚未见皇上虎符,北军无由发兵。"

"还有呢?"

"丞相说,事已至此,要太子少安毋躁,他连夜派人到甘泉宫奏明皇上,请求定夺。"

这不等于把实情都告诉了皇上么?这样一来,还能造成既定局面么?刘据沮丧地坐在地上,一时没了主意。

事情到了这个地步,无论是石德还是侯勇都清楚没有退路了,侯勇道:"当断不断,反受其乱。我们既然可以矫节杀了江充,也可以劫持丞相,逼他承认江充谋反。"

"眼下兵力不足,怎么劫持丞相?"

"倒是有两处有兵。"

"快快讲来。"

"为今之计,殿下不妨矫诏放出牢中刑徒,由臣率领捉拿丞相;另外,据臣所知,当年浑邪王降汉后,皇上曾将余部分屯各处,长水一带就有一部。这些人平日对汉军状况知之甚少,殿下亦不妨矫诏,招其进京。"

刘据搓着手来回踱步,举棋不定:"矫诏!矫诏!此乃欺君大罪也!"

石德看刘据失魂落魄的样子,不免失望:"殿下不可犹豫,保住了殿下,就是保住了汉家江山。殿下可一面令禁卫加强戒备,一面于长安城内广贴檄文,言明殿下是奉节除奸,皇上临行托朝事于殿下,臣下焉有不信之理?"

刘据默然领首,待侯勇离去后,他登上宫墙,望着灯光黯然的长安城,心中阵阵绞痛。

不久前,他还秉承母后旨意,祈求父皇万寿无疆,孰料残酷的现实竟将他推向父子相残的地步。要命的是,一旦自己举兵不成,血洒长安的就不止他一人了。

"上苍啊!刘据何负于你,却要遭此天谴啊?"

第二天,长安的大街小巷都贴满了太子的檄文:"帝在甘泉病重,疑江充谋反,诏发三辅之兵……"可城内的百姓却有种异样的感觉,檄文虽然言事变之烈,历数江充谋反罪状,却未见巡逻的兵卒增加。

酒肆茶舍的商贾们在大感不解的同时,暗祈罢兵息戈,好让他们一如既往地安心做生意。

……

刘据的估计没错,当侯勇率禁卫来到丞相府时,府令说丞相在太傅离开时,就匆匆坐上车驾走了,至今未归,也不知去向……

"此事关系重大,我未见皇上兵符,实在不敢贸然行事。"昨晚,刘屈氂在详细听了太傅的述说后,用一句很谨慎地回答婉拒了太子的请求。

可石德竟猜不透刘屈氂那迷离目光后深藏的心机,还是抱着一线希望而不愿离去:"丞相!江充谋反之心已昭然若揭,太子剪除国贼上合天意,下顺民心。"

"太傅勿复再言,我恕难从命。"

"不！太子护驾之心天日可鉴,丞相若能助一臂之力,日后……"

刘屈氂挥了挥手道:"太傅请回吧,请先容我奏明皇上。"

"丞相……"

"送客！"刘屈氂毫不犹豫地下了逐客令,石德便跟跟跄跄出了丞相府。

的确,事情来得太突然了,让他有些措手不及,可诛杀江充却为他排除了一个障碍——这个令人生厌的小人,一心想着攀附刘弗陵,迟早会成为国贼。

面对突如其来的事变,他需要做出慎重的抉择。

早在钩弋宫的御前会议上,他就摸清了皇上的心思,因此他断定,不管太子出于何种目的,皇上都不会原谅他。他发现,上天就这样把消除太子的机遇降在他面前。

在与石德说话的那一刻,他的思绪一直在高速运转,他对自己在这场事变中的角色已有了清醒的认识。太傅一走,他就立即传来了长史,要他连夜奔往甘泉宫,向皇上禀奏京城的事变。

酉时三刻刚过,刘屈氂的车驾就已停在了北军大营的门口。

积了后半天的雨云终于在震天响的雷声中将大水泼洒在天地间。

刚刚从益州刺史任上调任北军使者护军的任安听说丞相来访，急忙到营门口迎接。看见站在大雨中的刘屈氂，他很吃惊地问道："夜色漆漆，大雨滂沱，丞相何故匆匆来此？"

"事急矣！容老夫进营详叙。"

安顿丞相坐下，任安问道："发生了什么事？"

刘屈氂喝了一口茶，才开口道："太子杀了清查巫蛊案的御史大夫江充。"

"哦！有这等事？"

"太子以江充谋反、维护京城安定为由，要老夫征发北军，被老夫拒绝。案件是非曲直一时分辨不清，老夫岂可轻信传言。而且，大汉律令——见虎符才可发兵，老夫没有见到皇上虎符，贸然发兵，也有违律令。考虑到太子会持节要将军发兵，老夫才连夜冒雨赶来，怕将军不慎，殃及家人。"

任安十分感谢刘屈氂在这个关头对自己的提醒："请丞相放心，末将一定严守营寨，不见虎符，绝不发兵……"

"在没有接到皇上诏命之前，老夫也不准备再见太子，今夜老夫就暂借将军大营歇息了。"

现在已是凌晨子时，在距中军帐不远的地方，刘屈氂已经进入梦乡，可任安却毫无睡意了。

虽然长期在外，但太子的为人他还是有所了解的，他不相信太子会无故把宝剑刺向一个位列三公的御史大夫。皇上对司马迁处以腐刑的事使他断定，江充的死一定与皇上有关。

他应该如何处置？

他多么需要一位智者为他指点迷津，假如司马迁在身边，他一定能为他找到一个合理的途径。可作为中书令，他现在就在甘泉宫，在皇上的身边。

要是大司马活着也好。早年，他在卫青府上做舍人，后来被推荐到军中任郎中，直至将军长史。他亲身感受到卫青的儒将风度，每临大事的冷静和沉着。

唉！今后不会再有这样的砥柱了，在这个雷声大作的夜晚，任安觉得自己有些进退维谷。

唉！京城如此混乱，皇上为何还要到甘泉宫去避暑呢？

帐外传来脚步声，他抬头看去，原来从事中郎进来了。

"将军还没睡么？"

"睡不着啊！"

"一定是为京城的事吧？"

"中郎相信江充谋反么？"

"依属下看来，江充羽翼未丰，还没有这个胆量。"

"那就是太子试图借巫蛊案取代皇上？"

"太子为人宽仁，也不可能生出此等妄举。一定是江充意图陷害太子，才遭此毙命之灾。"

"那依中郎之见……"

"属下以为在事态未明之前，北军还是不要介入为好。"

"倘若太子持节前来发兵呢？"

"我朝除皇上曾命严助持节前往会稽发兵外，就严令不见兵符绝不可发兵。将军没有理由冒违大汉律令之险呀！"

"感谢中郎提醒。"任安终于心安下来，随即命令道，"传令北军将士，紧闭营门，一律不得外出，违令者斩！"

今晚，刘彻破例没有批阅奏章。午后，他同司马迁连下了五盘棋，以连胜四局而结束。接着，他又在苏文的陪同下登上通天台，焚香叩首，诚邀仙人降临。他不免有些累——毕竟是上了年岁的人了。

用过晚膳，刘彻便早早地睡了，很快就进入梦乡。

他晃晃悠悠来到通天台前，举首望去，台上站着一位鹤发童颜的仙人。

那仙人一看见刘彻，就轻摇拂尘道："刘彻，到贫道身边来。"

惊异的是，他不用拾级而上，就到了仙翁身边。

仙人捋着美髯道："难得你诚心筑了通天台，贫道才得以降临人间。果然是大汉兴盛，帝业辉煌……哈哈……"

"弟子盼仙翁若久旱之盼望甘霖，今日得见，实乃三生有幸，未及远迎，还祈大仙恕罪。"

仙翁摆了摆手道:"你有何求,尽可道来。"

刘彻又虔诚地施过一礼道:"弟子为帝嗣一事困惑,还请仙翁指点迷津。"

仙翁北望甘泉,道出一番玄妙密语:"一阴一阳,一长一短;一大一小,一兴一亡。"

刘彻越发如坠五里云雾,急忙跪倒在通天台上道:"请仙翁明示。"

"天机不可泄露。"仙翁将手中的拂尘一甩,便隐入五彩祥云中,只有洪钟般的笑声留在通天台上,久久不绝……

刘彻正待要喊,那仙翁却已不知去向,而自己却似单骑在山中行走。

枯树遮道,雾霭重重,他呼唤钩弋夫人,回答他的却是风声;他呼唤刘弗陵,看见的却是迎面扑来数千木人,手持木棍,直将他追至悬崖边上。他身下的坐骑惊恐中飞越山崖,不料却跌入深谷。刘彻大叫:"吾命休矣!"

一个激灵,刘彻醒了,他摸了摸,浑身都是冷汗。再看看窗外,除了朦胧的夜色外,哪里有什么仙翁、木人?

从殿外传来格斗声和喊声:"大胆狂徒,还不快快受死!"

刘彻跳下皇榻,"嗖"地从鞘中拔出宝剑,就冲出殿了。

透过雨雾,朦胧的夜色中,三个黑影杀作一团,那一高一矮身穿夜行衣者,一个如蛟龙出水,一个如猛虎下山,把手中的短刀舞个密不透风。迎战他们的那位彪形大汉,从鼻翼间发出哼哼声,听得出是金日磾。

虽然是面对两人,可金日磾却毫无惧色。他挥动手中的宝剑,招招紧逼,将一个黑影逼向绝地。如此酣战,令刘彻眼花缭乱,他欲上前助战,然毕竟年事已高;再看看大殿四周,弓弩手张弓搭箭,欲引待发。

刘彻大声疾呼:"不要伤了金将军!"

那黑影经这一喊,顿时分了神,被金日磾回身一剑,刺在咽喉,便重重地倒了下去。

高个一看矮个已成亡魂,自知非金日磾对手,再也无心恋战,卖出一个破绽,便回身要走。金日磾哪会给刺客机会,飞身而起,便截住了高个的去路。夜色中寒光一闪,高个应声毙命。

金日磾擦了擦血迹道:"让皇上受惊了!"

刘彻把剑插入鞘中问道:"何人如此大胆?竟敢黑夜行刺?"

羽林卫早有人将二人首级奉上,刘彻借着灯光一看,顿时惊呆了:"怎么会是马河罗、马通兄弟,他们是受何人差遣呢?"

是金日磾首先发现了刺客的踪迹。

自从随驾移到甘泉宫后,金日磾因水土不服,一日腹泻数次。皇上酣睡的时候,他腹中隐隐作痛,便急忙地向羽林卫叮嘱一番,三步并作两步朝厕房跑去……

蹲在厕中,多年养成的习惯让他注意着外面的动静。

金日磾一生最大的欣慰和幸运莫过于皇上对他的知遇之恩。在他的记忆中,自古贵中华,轻夷狄。可英明的皇上却不以种族论亲疏,对他信任有加,他相信上苍有意要他终生陪伴皇上。虽然他父亲死在霍去病的刀下,可他从未有非分之想。为了皇上,他就是舍去自己的生命也在所不惜。

就在他步出茅厕的时候,忽然看见黑影一闪,他的第一个反应就是有刺客,他没有任何犹豫,就迎了上去……

听着金日磾的奏报,刘彻唏嘘道:"板荡识忠臣,朕风云一世,却不能理好宫中之事,真是愧对列祖列宗啊!"

恰在这时,苏文从暗处走来,一边喊着"奴婢救驾来迟,乞皇上恕罪",一边从怀中扯出一道锦囊,呈于刘彻面前:"此乃御史大夫自京城发来,请皇上御览。"

汉时的锦囊,类似于今日的信封,用一丝织袋子密封。

这锦囊在苏文怀中揣了多日,直到今夜见人,才煞有介事地拿了出来。

刘彻拆开锦囊,将绢书由右至左仔细看了一遍后,一双眼睛先自直了,胸中如有一块大石堵着,气喘吁吁。

从建元初年登基至今,刘彻征讨匈奴、平定西南、凿空西域、扫平大宛,早已对流血抛尸、刀光剑影司空见惯了,只是眼前这场事变来得太突然。这几个月,在钩弋夫人劝导下,他本来已经打算待十月回京后,要和太子做一次坦率谈话,谁知此刻却发生了太子派遣刺客的事件,他的精神被重重击倒了。

他虽与太子在巫蛊案上存有分歧,但是自己却是看着他长大的。他认为太子柔弱，因而无法把太子与刺客联系在一起，从情感上也无法接受太子谋反的现实。

可这密札字字如刃，直刺他饱经沧桑的心。他只觉喉咙中有一股热血朝外涌，未已，血已喷出口，长呼一声，昏厥过去了。

众人见皇上如此情景，急忙将他扶进大殿。刘彻躺在皇榻上，双目紧闭，也不说话，两道浊泪默默地顺着眼角淌了下来。

钩弋夫人自进宫以来，何曾见过皇上如此失魂落魄。她也不管周围站满了黄门、宫娥和大臣，一头扑在刘彻身上，放声大哭道："皇上！您这是怎么了？皇上……"

"不关你的事。你暂且到偏殿休息，朕有事同众卿商议。"

"皇上，您要保重啊……"钩弋夫人泪水盈盈，一步三顾地出殿去了。

"朕自信有一双识人慧眼，却不料事出太子，朕情何以堪？宫中生此事变，朕能不忧思么？"

刘彻遂问苏文道："长安生乱，丞相何在？"

"昨夜接到丞相飞报的奏章，言太子谋反，丞相已暂避北军大营了。"

"国有大事，他竟然回避，朕要他只是摆设么？"刘彻从榻上坐起来，要一直没有说话的司马迁草诏，命刘屈氂持虎符前往北军大营调遣人马，平定叛乱。

"传朕旨意，皇后纵容太子诛杀御史大夫，命宗正刘长乐、执金吾刘敢奉诏前往椒房殿，收其玺绶，令其闭门思过。"

"皇上！"司马迁迟疑了片刻。

刘彻不耐烦地看了看司马迁："还迟疑什么？难道要朕亲自拟诏不成？"

司马迁退下后，苏文顺势把第二条消息告诉刘彻："从长安来的使者说，太子在京城广贴檄文，声言皇上在甘泉宫患病，奸臣欲作乱，因此奉节发兵讨逆。"

"逆子！竟敢诅咒朕，这哪里还有骨肉之情？"

这个意外的消息，让刘彻意识到事情的严重，他不能再在此滞留。

想到这一层，他就再也在榻上躺不住了，他果断地站起来，对金日磾道："传朕口谕，即日移驾长安，朕要亲自平叛……"

第二十一章

卫后抱恨自裁去 父子反目动刀兵

皇上的诏书飞抵京师后,形势急转直下。

宗正刘长乐第一个看到皇上废后的消息,他连夜到丞相府去找刘屈氂。可得到的回答也是如此——丞相在前几天就外出了,一直没有回来,也没有任何的消息。

皇命如天,他不敢怠慢,转而来到执金吾刘敢府上。

太初元年,刘彻下诏,将管理京城卫戍的中尉改称为执金吾。

"皇上要你我收回皇后玺绶,此事事关重大,却又延误不得。"刘长乐道。

"丞相不在,皇命紧急,大人以为如何处置为好?"刘敢也焦急道。

在朝多年,他们亲眼看见皇后忍辱负重,宽容大度,一心一意管理后宫,尤其对自己的亲属管束甚严,素来为大家所敬仰。现在,皇上忽然要废去皇后,两人都觉得不可思议,却又无可奈何。

"皇上远在甘泉宫,不明京城情况,丞相就该速派人前去澄清是非,为何却对你我避而不见呢?"刘敢不解。

刘长乐讽刺道:"丞相虽与你我是同宗,然他的为人下官却不敢恭维。他是见事发于皇上与太子之间,生怕殃及自己,故脱身而走。"

"皇上离京时,将朝事委于他和太子,他能回避得了么?"

"此次事变,咎在江充,皇后若能忍耐,绝无此等不得已之举。"

"大人所言,下官深以为然。我朝自立国以来,从吕太后到窦太后,哪一个像皇后这样置身事外，安于后宫呢？只怕废了皇后，恐怕再也不会有这样的好人了。"

刘长乐摊了摊手道："废立均在皇上，你我臣下只有奉诏行事罢了，皇后深明大义，也不会怪罪到臣下身上。"

"话虽如此，可对皇后来说，未免伤骨痛心。"

"唉！"刘长乐沉思片刻道，"皇上要你我收回皇后玺绶，未曾言及其他。你我就依诏行事，以礼相待，其他的就任由皇后自处吧！"

"好！就依大人。"刘敢道。

半个时辰后，他们率领羽林卫就在皇宫前集结了。

夜色朦胧，椒房殿詹事看见宫外一下子来了这么多人，而且岗哨布置得十分严密，心里就不由得紧张了，对着下面喊道："何人如此大胆，竟敢夜闯皇宫？"

"请詹事通报，本官奉诏前来见皇后。"刘长乐回道，并扬手展示皇上的诏书。

"皇后正在安寝，请大人在此等候，待下官前去通报。"说着就回身进去了。

大约过了一刻，詹事出来了："皇后要见两位大人。还说两位大人率兵进去也可，或随在下进去也可，任由大人选择。"

面对如此大度冷静的皇后，无论是宗正还是执金吾都觉得，深更半夜，兴师动众显得是多么的多余，用刀弓去对付一个女人，又是多么的无谓。

刘敢命令身后的将士后撤，自己随宗正一起进宫去见皇后。

沿着长长的司马道，走过一座座宫观，越是深入，他们的步子也越慢，觉得每一步都是沉重的。

透过殿内的灯火，他们看见印在窗棂上的身影，便都不由自主地停下了脚步，对詹事说道："我等就在外面等候，请大人前去禀奏皇后。"

此时，春香正在焦急地劝阻着皇后："两位大臣深夜进宫，必是与京城事变有关，娘娘还是暂避为好，由奴婢去见他们。"

"皇上的圣旨是下给我的，我却避而不接，岂非罪上加罪？"

"可他们带来了羽林卫，奴婢担忧娘娘的安危。"

卫子夫惨然一笑道："我避得了一时,避不了一世。"

"娘娘……"

"开门去吧！"卫子夫不再说话,一脸肃然地在殿中打坐。

殿门开了,从里面传出皇后温柔坦然的声音："二位大人请进,我已恭候多时了。"

两人几乎不约而同地跪在了殿门前,拜道："臣等叩见皇后娘娘！"

"两位大人平身,请进殿说话。"

"诺！"

……

卫子夫是在梦中被春香唤醒的。她太疲倦了,一连三天,她不断派人去打听刘屈氂的消息,可他似乎从这世间消失了。

皇后的心充满了忧虑,难道他死于乱军之中么？还是被囚在某个角落？还是……已死了一位御史大夫,如果丞相再有个三长两短,那她这个皇后可就真是罪不容赦了。

直到今夜子时,她才昏昏沉沉地睡去。她在梦里看见太子被一群人追杀,太子浑身是血,在前面奔跑。那些追他的人,一个个青面獠牙。太子一边奋力奔跑,一边喊着："父皇救我！母后救我！"

她眼睁睁地看着太子被砍下一只胳膊,只是心疼地大叫了一声："据儿……"

春香扶着她的肩膀呼唤："娘娘！您醒醒！娘娘！"

"据儿呢？据儿在哪里？"她目光迷离地在四下寻找。

"太子正与太傅一起处理善后事宜,刚才还遣人来问候过。"春香回道。

她一下子就瘫倒在榻上。

"唉！我刚才做了个噩梦,看见太子被人砍下了一只胳膊。"

春香变着法儿安慰道："梦与现实恰好是反的！娘娘的梦正好说明太子安然无恙。"

这时候,詹事在门外禀奏,说宗正和执金吾求见……

两位大臣来到殿内,一如既往地向皇后请安："深夜打扰,微臣深感不安,还请皇后恕罪。"

卫子夫挥了挥手道:"既是深夜来访,必是不得已。有话大人不妨直言。"

刘长乐展开皇上的诏书念道:"皇后卫子夫接旨。"

"皇上万岁!万万岁!"卫子夫随着宗正的声音便跪下了。

接下来,就听见宗正的宣读声——

  制曰:卫子夫身为皇后,不思皇恩,纵容太子密谋反叛,着即交回玺绶,闭门思过;查长公主涉嫌巫蛊一案,发廷尉诏狱审理。

"谢皇上隆恩。"卫子夫向诏书深深地叩拜,然后缓缓地站起来,对宗正和执金吾说,"请两位大人稍待,我去去就来。"

卫子夫转身进了内室,捧出皇后玺绶,含泪道:"皇上,臣妾把这一切都还给您了。臣妾不能再侍奉皇上,唯乞皇上念在与据儿的骨肉之情,饶了他吧!皇上……"

她的哭声在宫中回旋,在场的每一个人都被皇后的哭声弄得很心伤,连两位大臣的眼睛都红红的,想不出办法排解皇后的情殇。

卫子夫用哭声把过去几十年的幸福、情深、温馨和浪漫都翻了过去,她仿佛又回到了在平阳公主府上做歌伎的年月。在春香的搀扶下,她对宗正和执金吾道:"请两位大人转告皇上,京城事变,皆臣妾所为,与太子无关。皇上要惩罚就惩罚臣妾吧!"

时光已是卯时,宗正和执金吾宣完圣旨,收回了玺绶,就出宫去了。卫子夫收回目光,对身边的黄门和宫娥们挥了挥手道:"你们也退下吧,我累了……"

偌大的殿内只剩她一个人,卫子夫顿时感到一种无以言状的孤独和无助。

她踉踉跄跄地挪到梳妆台前,铜镜里映出她日渐衰老的容颜。

万万千千事,千千万万情,她忘不了,也扯不断。那年平阳府的一夜相欢,皇上亲自为她画了"八字眉"。从那时起,她就没有改过眉形。而今春山依旧,色衰爱弛,新欢含笑,旧人垂泣。

美丽女人是皇上生活的调味品,一刻都不能少,而卫子夫却只能一夜一夜地数着星星打发时光。她安慰自己的唯一理由就是他是皇上，他有这个权力。

但她心中一直有个不为人知的底线，那就是决不能动摇太子的地位。这种保护的意念在卫青、霍去病去世后更加强烈。可现在皇上听信谗言，竟向亲骨肉举起了刀剑。

放下去尘封经年，捡起来新鲜如初。太子是刘彻盼了十三年才到来的第一个皇子，他承载了刘彻与卫子夫之间多少难忘的温馨和甜蜜啊！

那些日子，政事之余，刘彻几乎把所有的时间都给了据儿。有一次，他抱着刘据正逗得高兴，却不料刘据"哗哗"的尿了他一身，卫子夫内心十分不安，谁知刘彻却笑了，说据儿的尿就是大汉的滔滔江水。

这样的日子仿佛就在眼前，而如今，大汉江河里行走的两条船却这样不能见容，此天意乎？人祸乎？

这种端倪是从什么时候开始的？

是后来李妍生了一个刘髆么？

是再后来钩弋夫人生了一个刘弗陵么？

她说不清楚，但她知道，这宫里的纠葛绝不是他们父子间单纯的政见相左，那后面总有复杂的枝枝蔓蔓。

尽管她恳求宗正转告她的心愿，希望皇上能够饶恕太子，可她内心清楚，这不过是自己的最后一丝系念而已。

事实上，随着她和卫长公主的获罪，太子的地位已不复存在了。一个连儿女都保护不了的母亲，还有什么颜面苟活人世呢？明天，她也许会被囚禁进冷宫，在那里终老一生。

卫子夫油然想起一个人来——那是已去世多年的阿娇皇后。这个忌妒心很强的女人是那么挥之不去地让卫子夫活在她的阴影里。

如果当初真遂了阿娇的心愿，她成为出宫人，到一个远离京都的角落，也许就不会有今日的恩断义绝。

人生往往是这样的相似，当年阿娇因为涉嫌巫蛊案被废了皇后之位，而今，她也将步阿娇的后尘。

现在回忆起来，那次立嗣大典前夕她去探望阿娇，她那些只有女人才能读得懂的话简直就是对自己今日遭际的预见。

阿娇说,男人的心中只有女人,没有爱。他们感到厌烦了,就会像丢掉一件破衣一样把所有的承诺抛在一边。

而那时候,沉浸在爱河中的卫子夫又怎么会深思另一个女人用血泪换得的人生真谛呢?

那一年,皇上巡狩回来,一路上十分羡慕黄帝乘龙登天,道:"嗟乎,诚得如黄帝,吾视去妻子如脱屣耳。"

李妍曾因为皇上的这句话而病体沉重,她也曾为此而垂泪竟夜。

他如今果然将妻儿们当成随时可以抛弃的敝屣了……

是呀!与其像阿娇那样痛苦地活着,倒不如一了百了地死去。

也许阿娇是对的!也许李妍也是对的!

……

司马道今天对春香来说显得那么漫长,好像没有尽头;而她的耳边似乎总有一个人在唤她回去。

她回头看去,除了晨曦中的树影,什么也没有。再走一段路,那声音又在耳边徘徊,如此几番后,她觉得是自己的心在作怪。

可当司马道将要走完的时候,她的心忽然颤动了一下:"不好!皇后……"

后面的话没有出口,她就转身往回跑。

春香跑着跑着,眼泪就流个不停,由于心慌,她"啪"地一声摔在地上,可她顾不上这些,爬起来就继续向前跑,裙裾都被花刺拉开了一道口子……

卫子夫慢慢从梳妆台前站了起来,她眷恋的目光扫过这殿内的每一件物什:

那堆在书架上的一卷卷的书籍;

那案头才刚刚开始订正的音律;

那散发着她的气息,也留下皇上体温的帷帐。

这一切是多么熟悉,可她却要撒手而去了,说来也没有什么牵挂的。

阳石公主死了,她死得没有痛苦。

卫青死了。他生前战战兢兢,如履薄冰,可最终也没能为儿子赢得宽恕,卫伉也随着巫蛊案而化为青烟了。

她的姐姐卫君孺去了,她的长公主也不能幸免。

眼下,她最难割舍的就是太子,也许她的死会触动皇上心底的软处,念起他们的情分而给太子一条活路。

她觉得自己必须向皇上申明,所有的错都是自己铸成的。卫子夫这样想一阵,流一阵泪,擦干眼泪又接着想。终于,她走向案头,铺开绢帛,蘸墨写道:

臣妾卫子夫上疏皇帝陛下……

刚写了一个开头,她就又盯着手中的笔发起呆来。

……

天渐渐亮了,椒房殿的轮廓越来越清晰,可春香的眼前仍然是一片模糊,一不小心,她又碰在一棵松树上,擦伤了膝盖,她却毫不在意,继续向前跑去。她没有发现,詹事也从后面追上来了。

晨曦在窗棂上涂上一抹光亮,照到卫子夫的额头,她觉得不能再犹豫了,必须做出选择。

臣妾有负圣恩,激于江充扰乱后宫之愤,致使禁卫失手伤命;又调两宫卫士,广发檄文,声言讨逆平叛。此事惊动圣驾,罪在臣妾,臣妾唯有以死谢罪……

春香终于来到了殿前,她远远地看见黄门、宫娥都站在殿外,忙问道:"皇后娘娘呢?"

一位宫娥道:"娘娘说她累了,要歇息,不让奴婢们打扰。"

"你们哪?这么多年了,娘娘睡时身边离开过人么?"

春香不再理会他们,上前推开殿门,只见皇后躺在地上,胸口插着一把短刀,周围渗出血迹。情知自己的担忧成为现实,春香万千悔恨瞬间涌上心头,一头扑到卫子夫身上。

"娘娘啊！您为何要如此啊！"

"娘娘啊！您醒醒啊……"

春香哭了许久，回头只见周围已经跪满了黄门和宫娥，大殿内哭声一片。

詹事道："事已至此，哭亦于事无补，太子殿下正在危难之中，现在千万不能让他知道皇后的消息。"

春香擦干眼泪站起来，点了点头，随后便对宫娥和黄门们道："从现在起，任何人不得随意出宫。"

詹事想拔出短刀，发现那刀插得太深，可见皇后是用了怎样的决心才告别这个世界的。

春香用玫瑰熬的水汁为皇后洗涤长长的灰发，她缓缓脱下皇后染了血渍的衣饰，竟惊异地发现皇后的肌肤依旧洁白如雪、细腻如玉。

她俯下身体，舒展皇后握紧的手，就看见了那绢帛。

"娘娘啊！您这是为何呀？……"

"御长节哀啊！"

这声音春香熟悉，是少府寺太医秦素娟。女人见了女人，更是柔肠寸断，春香一回身就抱住了秦素娟。

秦素娟眼里噙着泪花，轻轻抱着春香的肩膀，哽咽道："御长要知道，现在京城一片混乱，太子生死未卜。为今之际，我们要妥善保护好皇后玉体，待事情安定后再行安葬，我进宫也是为了此事啊！"

春香默默不言，和秦素娟一起为皇后整理好妆容，皇后看上去倒没了自杀的痕迹，仿佛经历了一场长途跋涉，累了，睡了。

"李夫人都被葬进了茂陵。皇后呢？反而连个归宿都没有。若是局势再乱下去，真担心会被抛尸荒野。"春香越想心里越难受，禁不住又潸然泪下。

秦素娟在一旁看了，忙劝道："现在还不是悲伤的时候，还是赶快设法把皇后的玉体藏起来吧。也许有一天，皇上明白过来，会重念旧情而为皇后厚葬呢！"

春香和詹事点了点头。

这时候，天已经亮了，雨在黎明时又倾盆而下，苍茫地覆盖了长安的大街小巷……

刘据哪里知道,早有人在甘泉宫为他的"兵变"作了伪证,在他矫节将诛杀江充的檄文贴满长安街头的时候,刘彻已秘密回到长安,就住在城西建章宫。

对此反应最灵敏的,还要数刘屈氂。

刘彻的车驾刚从甘泉宫起程,苏文就暗中遣人传了消息给他,所以,当皇上到达京城的第二天,他就赶来觐见了。

当苏文向刘彻禀奏说丞相在等待召见时,刘彻的脸色顿时充满了"乌云":"哼!朕正要问罪于他,他倒来了,宣他进来!"

刘屈氂一进大殿,就伏地跪拜,声言自己是罪臣。

刘彻冷眼瞅着下面,故意道:"朕离京时,将朝政悉数委于丞相,丞相何罪之有啊?"

刘屈氂便一脸的尴尬,正为适当的说辞而思索时,耳边却传来愤怒的申斥声:"好个刘屈氂,太子谋反,御史大夫被杀,如此重大变故,你身为丞相却犹豫彷徨,数日不见踪影,以致京城动荡,人心浮动,该当何罪?"

"微臣罪该万死。"刘屈氂头抵地面,话听起来就不那么清楚,"臣于事变当日,即前往北军营中与护军使者任安商议平乱。然我朝有制,不见虎符不能发兵,臣未得皇上兵符,故而延宕贻误。至于京城事变,臣在前往北军之时,已差长史飞报甘泉宫。臣身为宰辅,未能平抑变乱,请皇上治臣死罪!"

"罢了!"刘彻一声怒吼,刘屈氂惊恐地抬头望着皇上,心想这个丞相是当到头了。不料刘彻接下来的一句话,却是大大出乎他的意料。

"朕命你持兵符调集京畿三辅兵马,平息兵乱,并昭告百姓,捕斩反者,自有重赏。"刘彻又恢复了当年挥师河西时的气度,"告诉任将军,要各门司直,紧闭城门,不可放走一个叛贼,违令者斩无赦。"

刘屈氂退出大殿时,刘彻又在身后喊道:"若捕获刘据,不可伤他,速押解建章宫见朕。"

苏文十分惊异,现在的皇上与甘泉宫病榻上的皇上简直判若两人。

可当惊魂未定的刘屈氂跟跟跄跄走出殿门后,皇上却疲惫地倒在席上,双目紧闭。

苏文小心翼翼地上前唤道:"皇上!皇上!"

"朕累了,扶朕回去。"

……

第三天傍晚,侯勇从外面回来了。

刘据问道:"刑徒都放出来了么?"

"都放出来了,大概有数万人。刑徒们感谢太子,纷纷表示要为太子而战,府库的兵器也发给了他们。"

刘据又问道:"依二位看,此等可否稳安大局。"

石德道:"这些人未经操练,用来搜捕江充余党尚可,若是要守卫京师,迎接皇上归来,臣以为还是要求助于任安的北军。"

"没有虎符,能行么?"

石德道:"据臣所知,任安曾在大司马麾下多年,与他情谊甚笃,其事汉也忠,其为人亦诚,现殿下遭人诬陷,他绝不会作壁上观。"

"唉!今非昔比,我正在危难中,最害怕的是人乘我危,负义打劫。"

侯勇道:"殿下不试,怎么知道呢?"

刘据举棋不定:"只是兵出无由啊!"

侯勇又道:"这有何难?殿下可矫节杀了江充,也可矫节调动北军。"

"此事是否应先禀明母后知道。"

看刘据优柔寡断的样子,石德忙上前劝道:"现在夜色沉沉,十丈之外观物不清,正是矫节的大好时机,殿下如此彷徨,臣只怕误了大事。"

"母后那边一天都没有消息,我有些担心。"

"皇后一向处事稳健,如有不测,一定会告知殿下的,殿下还是先调兵吧。只要北军出面,乱局自会平稳下来,皇后自会无恙。"

"那事不宜迟,二卿就随我一同前往北军大营吧!"刘据最终下定了决心。

夜色!掩盖了罪恶,也淹没了人心。当刘据朝北军大营出发的时候,刘屈氂正在任安帐内宣读皇上的诏书。他在内心暗自庆幸自己当初判断的正确。若是站在太子一边,那这颗头颅还会在项上么?

皇上虽然指责他没有果断平息事变,可把调动北军的虎符交到了他的手里,这本身就给了他一个机会。这倒不是他对太子有多深的仇恨,而是与李广利的关系决定了他必须做出这样的选择。

当刘屈氂把虎符与任安手中的另外一半严丝合缝地对在一起时,丞相的威严也就上了眉头。

"请将军奉诏发兵。"

"这……"任安沉吟道,"丞相也相信太子会谋反么?"

"将军为何至今仍狐疑不定呢?"刘屈氂觉得这个任安与司马迁一样的迂腐,"皇上明察秋毫,我等身为臣子,怎敢怀疑诏书呢?"

这话的分量有多重,任安十分清楚。他知道自己根本没力量扭转眼前的局面,他唯一的选择就是发兵擒拿太子。

他传来从事中郎,传令道:"令各路司马率军平叛。"

"属下遵命。"从事中郎正要离去,忽见一位值岗的司马进帐来,附耳对任安说了几句。

"带了多少人马?"

"夜黑雨大,看不清,走在前面的有三个人,中间一人好像是太子。其他的两位没有见过。"

"你先退下。"

待司马离开后,刘屈氂问道:"有何变故?"

"太子此刻就在营门外。"

刘屈氂眉头掠过一丝笑意,站起来道:"正要擒他,他倒寻上门来了。此时不动,更待何时?将军与我一同出营擒拿刘据如何?"

"就依丞相。"

从营门外传来太子的喊声:"护军使者任安听令,我奉节讨逆,江充已死,余党在逃,皇上命我平息叛乱,请将军接旨出兵。"

话音刚落,刘屈氂就催动坐骑,在旗下说话了:"太子焉敢矫诏乎?本相和护军使者已接到皇上诏书,命我等擒拿太子,平息叛逆。本相念殿下与皇上骨肉之亲,不忍刀兵相见,殿下若是明白,不如自缚请罪,我定禀奏皇上,请皇上宽恕殿下。"

刘据虽貌似镇静,但毕竟是矫诏,听了刘屈氂的话,先自怯了:"丞相何出此言，江充谋反，父皇诏我讨逆，丞相反诬我谋反，岂不滑稽？"

刘屈氂近前一步，一手持皇上诏书，一手持虎符，大声道："诏书、虎符在此，太子还不下马就擒！"

刘据情知局面已无法挽回，不免口内嗫嚅。倒是侯勇拍马上前，怒目圆睁，骂道："丞相好生无理，太子有何叛逆之由？江充误国，丞相不闻不问，反诬太子谋反，天理何在？"

刘屈氂也不搭理，看了看任安。任安命鼓手擂动战鼓，各路司马纷纷杀出营寨，朝着太子冲去。任安不顾刘屈氂的阻挡，紧追冲在最前面的司马而去，喊道："不要伤了太子！"可声音却被杂沓的马蹄声淹没。

石德和侯勇见此，忙簇拥着太子向覆盎门退去。

覆盎门司直田仁，听见远方一片喊杀声，便知城中生变，忙要门卒加强戒备。

晨曦中，他瞧见三五骑匆匆而来，借着城门灯火，他认出那是太子。一瞬间，他忆起太子的恩德大义。

那已是太初年间的事了。一天，太子外出狩猎晚归，田仁当值，以大汉律令将太子拒于城外。那是九月落霜的日子，当太阳在城头升起的时候，田仁开门，见太子的眉宇都挂了银霜，一干随从都怒不可遏，要杀了田仁。孰料太子拨开刀剑，宽仁地说道："大汉有如此中直之臣，乃社稷之幸矣！"

这件事虽已过去几年，但田仁每每想来，便从心里感激太子。

此时相遇，田仁急忙上前施礼道："田仁叩见殿下。"

侯勇手持血刃，情急语重地说道："有人要加害太子，请司直速开城门，放太子出城，日后太子登基，定加官晋爵。"

田仁忙令门卒开了门，太子出了城，向东而去。

之后五天，太子余部与汉军在长安城北展开巷战。

可依靠舍人和门客们统领的刑徒们根本不是汉军的对手，皇宫周围尸横遍地。

与此同时，从三辅各县赶来的军队，也在京畿展开大搜捕。有些多年前的刑徒被重新抓起来，当场斩首。

到第五天傍晚，太子余部完全丧失了抵抗力，活着的人被悉数抓获。

司马迁后来追记这段流血的日子，沉痛地写道："死者数万人，血流沟中。"

长安事变让刘彻的心头笼罩着一层比阴雨更沉重、更灰暗的阴霾。

数日来，宫内一片沉闷。苏文更是如履薄冰，每日清晨起来，他都是悄悄给皇上收拾好龙案，然后就大气不敢出地垂首而立，等待皇上的驾临。

窗外的雨声淅淅沥沥，如泣如诉，伴着雨声，手杖的声音在回廊上"咚咚"作响。苏文急忙出殿去看，只见两位宫娥搀扶着皇上，步履蹒跚地走来了。

宫娥们常常调换，皇上身边的大都是年轻美貌的姑娘，新面孔很多。

关于皇上的故事一代代传颂着，传到她们这一代的时候，皇上已是龙钟老人了。宫外的人把皇上想象得很神秘，而她们这些人却深知皇上的忧乐。

自长安事变后，她们亲眼看到皇上一夜之间须发尽白，话更少了，每夜都睡得很晚，一卷卷地翻阅早年的诏令、文书，有时候直到更漏报晓。

其实，无论是苏文还是宫娥，他们看到的只是皇上的外表，却无法了解他复杂的内心。

长安事变带给他的内伤，远比建元二年被窦太后削掉权力要深刻得多，这让他许久以来的希望都幻灭了。

他多么希望这件事能很快过去，好让他将精力转移到重新立嗣的大计上来。可刘屈氂送来的消息，却让他十分沮丧。刘屈氂说，刘据出逃后，至今了无踪迹。

"都是些清谈之徒，要紧关头，总是让朕失望。"刘彻将奏章推向一边，又拿起一卷，很快眉头就皱起来了，向苏文问道，"此书是怎么回事？壶关令狐茂是何人？"

苏文忙道："这是北阙司马送来的一份上书，据说这令狐茂乃壶关县三老乡贤。"

"哦？"刘彻应了一声，展开书简，那字里行间都是为太子的辩冤之词：

……由是观之，子无不孝，而父有不察，今皇太子为汉适嗣，承万世之业,体祖宗之重,亲则皇帝之宗子也。江充,布衣之人,闾阎之隶臣耳,陛下显而用之,衔至尊之命以迫蹙皇太子,造饰奸诈,群邪错谬,是以亲戚之路隔塞而不通。太子进则不得上见,退则困于乱臣,独冤结而亡告,不忍忿忿之心,起而杀充,恐惧逋逃,子盗父兵以救难自免耳,臣窃以为无邪心。

刘彻读着读着,手就禁不住击打公案:"哼!都要朕的人头了,他还敢言难自免?朕和他是父子,还言什么'进则不得上见',这不是指责朕么?"刘彻放下上书,对苏文道,"你速传河东太守进京,朕倒要看看,这个令狐茂究竟有几个脑袋?"

"诺!"苏文不敢怠慢,转身向殿外走去。

出了殿门,过了回廊,却听身后的黄门喊他回去。苏文有些摸不着头脑,折身又进了殿门,却见刘彻白花花鬓发下一张铁青的脸:"你要陷朕于昏庸不义么?"

苏文顿时惊心高悬,"扑通"一声就跪倒了:"奴婢罪该万死,请皇上恕罪。"

"朕向来褒敬乡贤,礼待三老。你何不阻拦朕刚才的盛怒,传将出去,朕不是要失信于民么?"

苏文战战兢兢道:"奴婢……"

刘彻又古怪笑了:"这上书且放在这里,朕倒要看看,是朕错了,还是他错了。"

"上天!"苏文暗叹一声,顿觉冷汗淋漓,衣服都湿透了。

刘彻接着埋头看奏章。这还是刘屈氂送来的奏章,他弹劾护军使者任安,不思报效朝廷,见事变起,按兵不动,坐观成败;又和廷尉合谋,为放走太子的司直田仁开脱。

"看看!一个个都背朕而去。"刘彻一手按在竹简上,一手拿起朱笔,略思片刻,发狠地圈了任安、廷尉和田仁的名字。

"传中书令来,为朕拟诏。"

"诺!"

苏文去了不一会儿，司马迁来了。虽然他的胡须脱光了，可这个夏天，朝廷太多的变故使司马迁的头发也白了不少，脸上的皱纹也更多了。

为完成父亲的遗愿而无休止的熬夜，他的眼睛早已失去了光彩，背也明显的弯了。

司马迁已从苏文那里知道了事情的原委。他没有从苏文的话里读出任何倾向，可苏文却明白刘屈氂的心思，他是希望皇上除掉任安，为李广利掌握北军、刘髆继任太子扫清障碍。

这当然不是苏文愿意看到的，他已把目标定在了刘弗陵身上——凭他在钩弋夫人心中的地位，这个小孩子继任太子将会为他带来更大的权力。

他知道，以自己目前的地位，根本不可能让皇上改弦更张，眼下只有这个与任安交谊久远的中书令才有胆犯颜直谏。

在进入前殿的时候，苏文有意拉了拉司马迁的袍袖，狡黠的眼睛转了转，关心的话就不经意地出口了："皇上正在气头上，大人说话要小心才是。"

司马迁没过多思忖苏文的话，对任安命运的关注，使他一踏进大殿，就直截了当地问道："臣闻皇上要将护军使者治死罪？"

刘彻也不避讳："长安事变，他竟按兵不动，坐观成败，倘若刘据图谋得逞，他岂不将刀弓指向朕了？如此逆贼，如不早除，必为后患。朕宣你来，就是要拟诏收取任安军柄，发廷尉诏狱审理。"

虽然刘彻示意司马迁坐下，可他还是站着道："在动笔之前，皇上能否容臣禀奏一二？"

"你不是又要为任安开脱吧？"

"皇上一言九鼎，臣不敢妄言开脱。不过依臣看来，任安忠贞不贰，朝野共知。如此一位忧国爱民之臣，皇上可以明察，何用微臣求情？"

"爱卿的意思，朕是昏庸到不辨是非的程度了么？"

"臣不敢！"

"既然如此，爱卿拟诏就是。"

"皇上！诏书好拟，人头落地事大，请皇上三思。"

"如此说，你是不愿拟诏了。"

"臣不能因为自己不谨慎，而铸成千古遗恨。臣请皇上收回成命，选任能臣明察长安事变缘由，将真相诏告天下，如此皇上恩德广布四海，人皆称颂。"司马迁说着就跪下了。

刘彻被司马迁的执拗激怒了，在他的记忆中，这已是第三次与司马迁发生冲突了。

"朕要杀了你。"

可当他手指向司马迁时，却感到了一阵乏力和困倦。

"朕要将你发廷尉诏狱治罪！来人……"

可他没有从司马迁脸上看到任何惧色，他看到的只是一张平静的脸。

司马迁轻轻弹掉肩头的灰尘，又整了整冠冕，伸出两只手给应声冲进来的羽林卫。

"臣知道皇上只要一句话，就可置臣死地。何况据臣所知，此次巫蛊案已经牵连数万人，皇上当然不在乎臣一个人。大汉失去一位中书令，于社稷毫无损伤。臣只是忧心，一场巫蛊案下来，老臣寥若晨星，不知还有谁敢在皇上面前说一句真话。人固有一死，或重于泰山，或轻于鸿毛。臣为大汉社稷而死，死而无憾。"

刘彻疲惫地跌坐在御座上，对羽林卫挥了挥手："你们先退下。"

苏文这时进来禀奏道："丞相求见。"

刘彻舒了一口气，从心底觉得刘屈氂来得太及时了，不仅让他摆脱了与司马迁对峙的尴尬，也缓冲了他愤怒的心境。

他对梗着脖子站在一旁的司马迁道："你先退下吧，回头朕再与你理论。"

"皇上保重，臣告退了。"

司马迁出殿的时候，与刘屈氂打了个照面，他冷峻的目光扫过丞相的额头，让刘屈氂有点发怵。

刘彻再也不愿攀扯那些理不清的是非，直接要刘屈氂派人代司马迁起草诏书，罢任安军职，与田仁一起下狱。

刘屈氂当然没有二话："臣今日回去，就命长史起草诏书。"当然，他也没有放过在皇上面前自责的机会，他悄悄打量着皇上，在确认皇上没有指责他时，便不失时机地把新消息告诉了刘彻。

"据报,北军司马景建已捕获太子太傅石德,大鸿胪商丘成捕获太子宾客张光。"

刘彻点了点头,这些人的结局是不言而喻的,刘彻用"杀无赦"的简单字句,把他们从与刘屈氂的谈话中删了出去。

可接下来的消息,却让刘彻十分吃惊。

"宗正刘长乐与执金吾刘敢在宗正府上饮鸩自杀了。"

刘彻顿然地坐正了身体,眼睛睁得老大,问道:"何时发现的?"

"昨夜子时府令禀报的消息。"

"他们留下什么话了么?"

"他们留下了遗书,臣带来了。"刘屈氂说着,从衣袖中拿出一副绢帛,递给刘彻。

绢帛上的话不多,可字字滴血,声声含泪——

　　皇后一生,仁惠贤淑,两宫上下,传为美谈,皇上命臣收回玺绶,臣不敢不尊;皇后薨殒,臣等痛彻心扉,唯有一死,方能告慰皇后在天之灵……

后面的字迹很模糊,似乎还可以闻到淡淡的酒味。刘彻收起绢帛,沉默不语,良久,刘彻才闭着眼睛挥了挥手道:"丞相退下吧!"

……

第二十二章

刘彻痛思平叛误　燕王心随立嗣浮

刘彻宣田千秋进宫的时候,他正手持长戟,在长陵高庙寝殿前值岗。

送走宣诏的黄门,田千秋想皇上召见他,一定与自己去年长安事变后的上书有关。

那是一道为太子辩冤的上书。

看看自己,都已六十岁了,还在长陵当个执戟郎,此前大概只有文帝时的冯唐有过这样的经历!

他说不清这是祸还是福!

离开守了数十年的长陵,他在心里说,福也罢,祸也罢,总不枉见皇上一面。

刘彻见到田千秋,第一句话就是:"爱卿的上书朕看过了。"

田千秋抬眼看着刘彻,就感叹着岁月的无情,皇上与自己一样,也成了一位迟暮的老人。

他有些惶恐,忙回道:"小臣只不过是说出了其他人欲说而未说的话,还请皇上恕罪。"

"朕并无怪你的意思啊!"刘彻说话时已带了嘘叹的尾音,而且语速也非常缓慢。

借着白日都亮着的灯火,刘彻眯起眼睛细细打量面前这位一生都守着皇陵的执戟郎,竟没感到他有多老,八尺长的身材依旧笔直,脸色依旧红润。

"既然来了,朕想当面听听爱卿的陈奏。"

田千秋的心一下子落到实处,胆子也增了不少。

"依大汉律令,子弄父兵,其罪不过鞭笞;况乎太子杀江充,乃剪除奸佞,何罪之有?皇上圣明,自会明察秋毫。"

"去岁,壶关三老令狐茂也是如此说。只是……"

田千秋悄悄看了一眼刘彻,暗自想笑,原来皇上早已知道错了,只是抹不下那个面子而已。

"依臣之浅薄,焉能有此深见?"

"哦?此话怎讲?"

田千秋一本正经道:"去冬的一个夜晚,臣梦见一仙翁,手持拂尘,脚踩祥云,降落高庙,对臣言说太子一案乃冤案,要臣投书北阙。"

他发现这样的编纂远比直接陈说要有力得多。皇上果然神情专注,要田千秋把每一个细节都告诉他。

刘彻朝前挪了挪:"父子之间,向来是说不清道不明的,可爱卿却道出了其间的是非曲直。此乃神仙警示朕,要爱卿辅佐朕呀!朕就拜爱卿为大鸿胪!"

田千秋起身就拜倒在刘彻面前,说话的声音也带着枯木逢春的喜悦。

君臣重新落座,刘彻问道:"朕近来身体越来越沉重,因此立嗣迫在眉睫,朕想听听爱卿的意见。"

在进京的路上,田千秋早已料到皇上会向他问起这件事,因此并不意外。

"立嗣事关国脉。臣以为在立嗣之前,尚有两件大事需要办理。"

"爱卿所言两件大事,朕已经想到了。朕近来已派出人马,化装成民间百姓,打听太子下落;又要商丘成遣人寻找皇后葬处,了却了这两件事情,朕才好向朝野有个交代。"

"微臣所想也正是这两件事,不想皇上都料到了。微臣以为,找回太子,皇上便无须为立嗣焦虑,大汉国脉便无忧。"

说到这里,两人都觉得很投机。

"如据儿有事,朕的几个儿子中,谁堪立为储君?"

田千秋虽在长陵守墓，可视线却一直没离开过朝廷。苏文与江充一心想拥立刘弗陵；而刘屈氂与李广利又要为刘髆扫清障碍，不管他们怎样明争暗斗，却都把刘据视为共同障碍，这便是巫蛊案发生的根本缘由。

这些，田千秋都看得明明白白的，但他现在还不能挑明。

"这？微臣久在长陵，对朝廷诸事不甚了解。依微臣之见，只有查清太子一案真相，才好将立嗣理出头绪。"

刘彻默默点头，认为田千秋说得在理。

"朕欲将清查太子一案之事委于爱卿，如何？"

这正中田千秋下怀，他也不推辞，立即表示道："臣将不负皇上厚望，一定将太子一案查个水落石出。"

看着天色不早，田千秋起身告退，却见苏文进殿来禀奏，说商丘成正在塾门等待皇上召见。

"哦？难道皇后葬处找到了？既然爱卿身负查案之责，那也听听御史大夫的陈奏吧。"刘彻忙对田千秋道。

可商丘成进殿时，却带进一个衣衫褴褛的乡间女子。刘彻的脸色顿时阴沉了："朕要你探听皇后葬处，你却带回一位乡人，难道她知道皇后在何处么？"

商丘成近前一步道："请皇上仔细看看，她说曾在宫中供职，有要事奏明皇上。"

刘彻缓缓地围着女子转了两圈，禁不住"啊"了一声："你是春香？"

"奴婢参见陛下。"春香跪倒在地，泪水稀里哗啦地淌了下来，"陛下！奴婢终于见到陛下了，奴婢在外漂泊，日夜都盼着能见到陛下啊！"

春香的哭声，撕开了刘彻心中的隐痛，他喉头哽咽道："这些日子你到哪里去了？是不是一直在陪伴着皇后？"

"快将太子的情况向皇上禀明啊！"商丘成在一旁提醒道。

"太子他……"

刘彻伸长脖子，一连声问道："太子怎么了？快说！……"

看见刘彻迫不及待的神情，田千秋担心他一旦知道太子如遭遇不测，会承受不了，便与商丘成交换了一下眼色，上前道："皇上累了一上午，就让臣先询问清楚,再禀奏不迟。"

刘彻跌跌撞撞地坐下,挥了挥手。

一连几天,田千秋都在署中听春香叙述太子落难的故事。

"妾身是在流亡途中遭遇太子的。"已经梳洗干净的春香开头说道。

太子在那天黎明逃出京城后,一路被羽林卫追击,危急关头,石德与他换了马,引开了羽林卫将士。他化名刘江,逃到湖县城东南十五里的泉鸠里,在一位叫丁三的草鞋匠草舍里暂时安身。

丁三对别人说,他家来了一位念书的表弟。

又过了些日子,丁三又从城里带回一位名叫春草的女人,说是为表弟找了一位漂亮的嫂子。其实她是饿昏在湖县城南的溪水边,被丁三发现的。

哦!这不是春香么?尽管铅华尽去,满目风尘,可太子还是一眼就认出了她。

春香回忆道:"在彼此对视的那一瞬间,我们的眼里都充满了惊恐。我们怎么也不会想到,还会在这个偏僻的角落里相遇。"

田千秋问道:"那以后的日子呢?"

"为了太子的安全,我们在暗地里相约,按化名称呼。他平日里叫我嫂子,我称他兄弟。可天有不测风云,一场意外把太子推向绝境。"

太子他觉得,这山坳简直像一座囚笼,锁住了他的身,也锁住了他的心。

一日,太子早早地就起来了,提出要与丁三一起去县城卖草鞋。

"万万不可!"还没有等丁三回答,春香便说话了,"现在城里很混乱,听说朝廷出了大事,到处抓人,虽说此事与兄弟无关,可兄弟毕竟是外乡口音……还是安心在家中待着吧!"

"任他抓谁,与我有何关系?"太子坚持要出去。

"不行!不能去。"春香便急了,上前扯住了太子的衣袖。

太子便不高兴了:"嫂嫂请放手,刘江落难,承蒙大哥关照,今日进城,不过想借机小酌几杯,略表谢意。嫂嫂总不想陷刘江于不仁不义吧!"

唉!他就是这样的性格。春香便放手了,紧走几步,来到丁三面前道:"夫君!既是如此,妾身就把兄弟交给你了。"

春香用手帕擦了擦眼角,低下头:"唉!谁知大祸就从这一刻降临了。"

日色刚过晌午，一担草鞋就卖完了。他俩心中高兴，便穿街走巷，寻到一僻静干净的酒肆小酌起来。太子斟满酒，正要感谢几个月来丁三的照顾。却听见耳边有人喊道："饮酒者，可是太子殿下？"

他下意识地转脸一看，天哪！那不是侯勇那夜遣往椒房殿的舍人么？他立即后悔进城了，一边说足下认错人了，一边拉起丁三就走。

出城五里后，太子告诉丁三，他不是什么落难书生，而是城里张榜通缉的当朝太子。

"他们途中商定，让太子带着妾身暂避到丁三的姑母家，可还没有来得及离家，羽林卫就到了。丁三被射死，太子不肯就范，便跳沟葬身青山了，可怜太子……"春香无法控制住自己，嘤嘤哭泣。

"难道羽林卫没有发现御长你么？"

"这还多亏了丁三的娘，她把妾身藏在后山的一个洞里，自己却死在乱刀之下。"春香说到这里，牙齿将嘴唇咬出了血，"大人！太子冤枉啊！"

"太子与你在泉鸠里的那些日子，说了什么吗？"

"说了！"言毕，春香又开始回忆当时的情景，"我们在泉鸠里待了多日，却只能用眼神交流，始终没有单独说话的机会。一天，雨后初晴，山上长出了许多蘑菇，丁三娘要妾身带她的干儿子到后山采蘑菇散心。那天上午，我们在一起说了许多话，说到了皇后的离去，说到了长安因这场事变而致数万人流血的悲哀。太子曾道：'真正诅咒父皇的不是后宫夫人，而是刘屈氂和李广利的夫人。'"

妾身当时很吃惊，问太子是如何知道的？

太子说，那还是皇上刚刚离京不久，一天，他要一位黄门到丞相府去邀刘屈氂进宫议事，孰料丞相不在府上，黄门遂要府令带他去见夫人，却不料遇见了内者令郭穰。

郭穰向黄门摆了摆手道："别去了。下官刚看到丞相夫人与海西侯夫人一人拿着一个人偶，也没有听清她们说些什么，隐约只听到'好让刘髆早日为太子'话。"

黄门回来，将这消息告诉了太子，可敦厚的太子宁愿相信是黄门看错了，听错了，也不怀疑丞相夫人会有如此之举。

"还有呢？"

"有人看见，出征五原那天，丞相一直将李广利送过了咸阳西。而后不久，就发生了巫蛊的传闻。"

田千秋理了理鬓边的灰发，站起来道："御长所言事关为太子平反，你可否将之书写成文，本官也好向皇上禀奏。"

"只要太子冤情能够大白于天下，春香就是死也值了。"

"御长言重了，本官知道御长对汉室忠贞不贰。只是今日所言，御长不可再对他人说起。"

……

接下来，田千秋又以春香所言为线索，察访了多家官员和宫内的黄门、宫娥，终于将太子一案的来龙去脉彻查清楚。这时候也到了征和三年（公元前90年）六月。

几天以后，田千秋到钩弋宫来拜见皇上。

上了司马道，他远远地就瞧见苏文正陪皇上在院内看花。

皇上看见田千秋，便招了招手，他就来到皇上身边："真是不可思议，好好的一圃芍药，怎么会突然一夜间凋零呢？"

田千秋环顾了一下花圃，果然一株株花落叶黄。按理说，现在正是叶绿花红的季节，为什么会发生如此怪事呢？

他暗自打量苏文，只见他脸色煞白，惊恐不安，口里正哆嗦其词："都是奴婢有罪，奴婢该死。"

他就不明白，像苏文这样的小人，怎么会留在皇上身边？但话到嘴边，却是对皇上的劝慰："皇上也不要太在意了。草木水陆之花，各有秉性。就说这芍药吧，喜水。现正是六月，京城久旱无雨，凋落也是常情。"

他深知皇上笃信方士，生怕他又向神仙、灾异方面想。

不过这一回，刘彻却对田千秋的话深以为然，回头就给了苏文一个冷脸："你身为钩弋宫黄门总管，终日浑浑噩噩，专事逢迎，有几句真言正行呢？哼！"

与田千秋说着话，他们走过一丛竹林，刘彻又是大吃一惊，原来这林中竹子不知什么时候都开了花，米粒大小的花贴在枝丫间。刘彻知道竹子开花乃"竹亡"征兆,他那刚刚被田千秋浇灭的心火又燃烧了起来,回身就给了苏文一拐杖:"朕看你是活到头了!来人!"

在宫内值岗的羽林卫将士立即拥上前来,只等刘彻下令。田千秋见状,忙上前劝道:"陛下息怒!为一丛花草置气,臣担心陛下龙体不安。"

刘彻于是向羽林卫挥了挥手,又对苏文道:"你退下吧,朕不愿再看到你。"

两人转过竹林,又走了一段回廊,就到了钩弋宫大殿。

君臣落座,刘彻就问道:"朕要你查的案子如何了?"

"臣已将太子一案查清!"言毕,他便将江充与苏文如何合谋制造巫蛊冤案;如何编造假证欺君罔上;刘屈氂和李广利的夫人怎样诅咒皇上等一一禀奏了一遍,说到细节处,田千秋还适时地列举了人证。

刘彻开始还能平心静气地听着,及至说到太子蒙难,皇后死无葬身之地时,他也不言语,只是泪水哗哗流个不停,从喉咙里发出可怕声音。田千秋怕皇上有个闪失,急忙要黄门传太医。孰料刘彻摆了摆手,从胸中吐出一句话:"朕是伤心啊!朕的据儿啊!"

周围人见皇上缓过气来,悬着的心才纷纷落地。

刘彻接下来的第一件事,就是要身边的黄门速传包桑进宫。

"朕这一年来冷落了他。"

黄门走后,刘彻要宫娥们扶他在榻上躺下,昏花的眼睛示意田千秋近前来,说出口的话就充满了自责和惭愧。

"记得刚刚得到太子反叛的消息时,朕在甘泉宫中叹息自己识人不准,用人失察。现在看来,朕冤枉了太子和皇后,平定所谓的反叛才是真的用人失察了。

"朕见苏文喜欢陵儿,又总是想朕之所想,因此就借故将包桑从身边赶走,此非黑白不辨乎?

"朕以为江充刚直勇为,不仅拒听太子忠言,反而任他为御史大夫,最终酿成内乱,此非忠奸不分乎?

"刘屈氂、李广利包藏祸心,朕竟授他们以重任,任其滥杀无辜,逼死皇后,此非不识人、不知人乎?"

"唉!"刘彻仰天长叹道,"朕这一生内修纲纪,外抗匈奴;拓疆开土,焕焉可述。然于今观之,朕上愧于列祖列宗,下负于江山社稷啊!"

在刘彻检点自己的得失时,田千秋一直没有说话。他是个聪明人,知道这些话如果不让皇上说出来,不但内心憋得难受,而且立嗣也无从谈起。

刘彻说完这些话,心里也平静了许多。他从榻上坐了起来,精神为之一振。

果然,他一开口,就一连发出几道旨意:

"传朕旨意,将刘屈氂下狱,命霍光速拿李广利归案。"

"传朕旨意,在湖县城修筑'思子宫'和'望归思来台',寄托朕的哀思。"

"传朕旨意,命春香、秦素娟寻找皇后遗骸,朕要厚葬之,以慰她在天之灵。"

此时,一个黄门则进来禀奏道:"少府寺卿上官桀求见。"

"宣他进殿,朕正要问他《周公辅成王图》画得怎样了。"

上官桀也正为此事而来,刘彻遂对田千秋道:"爱卿也随朕看看如何?"

"臣遵旨。"

他听到这话的时候就猜到了皇上的意思,而皇上邀他前往,也绝不仅仅是去赏一幅画,必有更深的意思。

一幅画画了一年,画师被送进牢狱的就有好几个。以致一些画师在接到皇上的诏命后,就洒泪向妻儿诀别。

周公何许模样?画师们已无从可考,只是依照荀子在《非相》中所描绘的,其形曲折,不能直立,身如断蕾,丑陋不堪的样子去作草图。刘彻很不满意,一怒之下将许多人投入了诏狱。而接二连三的失败,使他到后来都有几分灰心了。

上官桀道:"现在这位画师,是臣遍访民间,才在岐山周原找到的,据说他是周公的后裔。"

"哦?如此想来也不会相去太远。不过,朕要的不仅仅是形,更在于画能体味朕的深意。"

画室就在不远处,沿着回廊再走一段路,拐一个角就到了。

上官桀要去通报,却被刘彻制止了。

三人就在画师背后悄悄站着,他们抬眼望去,这画已经做好了八分。画面上凄风愁雨,天昏云暗,一老者正在顶风前行,他背后的襁褓里,婴儿正在熟睡。那老者两道剑眉横卧,一双慧眼炯炯有神,特别是两颗晶亮的瞳仁,把大周万里江山收于眼底。

再顺着看下去,画师笔下的周公,体格雄健,眉目嘴唇,棱角分明。脸的上半部,极似霍光,下半部又与金日䃅相似。

刘彻顿时以为这位画师善解上意,将他的伤感、思考、期望和嘱托都融入画中去了。

他对身旁的田千秋赞道:"不错!不错!"

那画师听见身后有人声,回头一看,见是皇上,急忙放下笔,惶恐不安跪倒在地道:"小人不知皇上驾到,罪该万死。"

刘彻笑了,不无赞赏地说道:"你知朕心,何罪之有?站起来说话。"

田千秋并不精于画道,却能察言观色。他看见刘彻喜形于色的样子,就知道这画必是触动了刘彻一个秘不示人的心迹——那就是托付大臣们辅佐太子。

于是,他凑上来眯着眼睛看了一会儿,然后"啊呀"一声,惊动了在场的人:"此画关键在于一个'诚'字。想周公当年为了辅佐成王,不惧流言蜚语,臣每思之,都佩服得五体投地。"

上官桀忙接道:"大人慧眼。下官在画师开笔之前,就令他一定要画出一代忠良的风范来。"

刘彻不无开怀道:"还是二位爱卿懂朕的心思啊!"

他又要黄门传金日䃅前来观画。

不一刻,金日䃅便来了。刘彻屏退左右,只留田千秋、上官桀和金日䃅在身边。

"朕今日兴致盎然,特邀将军前来观画,爱卿可看出这画的意境么?"

金日䃅笑了笑道:"不就是一个老者背着孩子么?"

刘彻"哦"了一声,随即恍然:也难怪,他是匈奴人,又是将军,怎么可能对周公的故事知道许多呢?

他转脸面向田千秋,问道:"想来这些往事爱卿一定很熟悉吧?"

田千秋也不推辞，便侃侃而谈："当年周武王驾崩后，留下年幼的成王，尚在襁褓之中。周公担心为争夺王位而致天下大乱，便征得相父吕望和召公同意，代成王摄行国政。他每日手捧卷册，背负成王临朝理事，常常忙得'一饭三吐哺'。"

上官桀接着道："可周王室中有管叔和蔡叔者，诬周公有代成王之意。周公涕泪怆然地解释道，'我之所以不避嫌疑代理国政，是怕天下人背叛周室，没法向我们的先王太王、王季、文王交代。三位先王为天下之业忧劳甚久，现在才刚成功。武王早逝，成王年幼，只是为了完成稳定周朝之大业，我才这样做。'直到成王成年后，周公方还政隐居卷阿岗，终老天年。"

"以史为鉴，乃知兴衰。自太子一案后，朕自感心力交瘁，方士炼了丹药，然朕服后却毫无回春之效。近来，朕反复思忖，朝中不可一日无嗣，朕年高体衰……"话说到这里，刘彻的眼睛有些湿润了。那种悲凉，那种期待，那种信赖，让金日磾十分揪心。

他明白皇上的意思，也为皇上的良苦用心感慨不已。他正想着该如何应对，刘彻又说话了："朕不敏，赖宗庙赐各位爱卿于朕，朕就将立嗣重任托付给诸位了。"

金日磾向刘彻面前挪了挪，左右看了一下才道："皇上，臣有话要说……"

田千秋在一旁看着，也猜到了八九分，自己才刚刚入朝，如此天机，若是对了皇上的心思，倒也罢了；若是与皇上所想相去甚远，岂不祸及自身？他很快就找到了一个离开的理由："皇上，臣初到京城，还要熟悉署中各事，如无他事，臣便告退了。"

上官桀很快听出了田千秋话里的意思，也忙不迭地说道："臣署中也还有诸多杂事，臣也告退了。"

刘彻一心只想听金日磾说话，根本没深究田千秋和上官桀的心思，便挥了挥手道："那你等就退下吧！"

见两位大臣离去，金日磾才继续道："皇上！胶东王还小，而夫人也……"

刘彻很吃惊地看着金日磾，一时沉默不言。

金日磾声音压得更低："皇上！先朝诸吕之事，想来皇上不会忘记吧？"

"哦！这……朕当然记得。"刘彻的声音拉得很长。让他震惊的是，他所担心的连金日䃅这样的将军都想到了，那肯定有更多的人忧虑。

"不过，夫人与吕后不同，她温良恭顺，从未觊觎后位。再说，她也不同于李夫人，她没有外戚，不至于……"

金日䃅感到了自己的失言，立即请罪道："皇上，臣……不该……"

"朕没有怪你的意思，爱卿也是为大汉江山着想，此事容朕思虑之后再说。"

"诺。"

"此画做成后，需派一办事缜密之人送酒泉霍光将军处。爱卿看谁去合适呢？"

金日䃅想了想道："桑弘羊去最好！此人办事干练，皇上尽可放心。"

"好！就让他去，爱卿回去后就传旨意给他。"

金日䃅告退了，却把他的声音留在了刘彻的耳畔。这一夜，刘彻独坐案头，眼看月光西垂，却毫无睡意。

金日䃅没有顾忌的谏言，不断在他的眼前出现……

他说的没错，尤其是一个匈奴人能够如此直言，足见其没有私心。

母壮子弱，这是自太祖高皇帝后，摆在他面前的又一个严酷现实。

他记得父皇临终时，曾反复叮嘱他，要警惕后宫干政。

……

皇上将立新嗣的消息很快成为朝野关注的中心，特别是外放到封国的几个儿子，心里顿时起了波澜，无法再安宁地待在封国了。

转眼就是十月，一年一度的诸侯朝觐到来了。

燕王刘旦的车驾晓行夜宿，经过多日奔波，终于驶过华山，在关中平原上疾疾奔走。

南望南山，它在秋日的云彩下更见透迤起伏；而雾霭下的渭水两岸，是成片渐渐泛黄的庄稼。这与蓟城完全是不一样的风采。

毕竟他也是皇上的儿子，一路上高车巨辇，警跸护驾，旌旗遮日，队伍前后拉了几里。仅是跟在警跸后面的车驾，就达十数辆，上面都装满了为父皇上贡的银器、布帛和北国的皮毛。所过郡县，高接远送。可这一切，都无法排解刘旦心头的寂寞和孤单。

越是接近长安,刘旦就越是回忆起小时候与刘据在一起的那些日子。

人与人之间森严的等级,是刘旦懂事后从包括母亲在内的后宫女人那里感受到的。

说起来他在皇子中排第三,论理在诸王中也是居于兄长地位的,可他的母亲李姬与太子的母亲皇后卫子夫在父皇心中的地位,那是不可同日而语的。

他是父皇为母亲一时美色所动而结成的胎珠。不仅仅是他,他的兄弟广陵王刘胥也是如此。父皇身边美女如云,母亲不过是匆匆过客,充其量也就因为生了两个儿子,而比那些虽承蒙雨露,却腹中空空的女人们多让父皇看了几眼。直到母亲去世,都没能进入夫人的行列。

这种尴尬使那些势利的黄门们总向他们投来鄙夷的目光。

这倒也罢了,毕竟刘据是皇上的嫡长子,理所应当地应受到父皇额外的恩宠。可李夫人的儿子刘髆,却也备受父皇的呵护;据说现在那个钩弋夫人生下的刘弗陵,也是父皇的掌上明珠。这让刘旦一想起来就愤愤不平,都是庶出,为什么他们要高自己一等呢?

让刘旦十分感念的是刘据的兄弟情深。

在太子哥哥的眼里,谁生的并不重要,要紧的是他们身上都流着刘家的血脉。童年时,他们是一起的玩伴;后来,他也就成了博望苑的常客,他在那里结识了刘据身边的宾客,读到了许多皇宫珍藏的书籍。

有时候到棋房下棋,刘据从没有只赢不输的霸道。刘旦天资聪颖,常常出其不意,把刘据逼成输局。刘据也不脸红,老老实实承认自己败了,并按事先约定,甘受处罚。有时候,刘据赢了,就在苑中摆酒,兄弟们行酒令,刘旦又总是占先。

这种玩耍,常常引起太傅们的不安,都说这君不君、臣不臣的,将来可怎么得了?

这样的日子直到元狩六年,才不得不结束了。父皇一道诏书,要他离开京都,到蓟城就封。

离京那天,刘据专程在外郭亭为他饯行,兄弟洒泪相别。

就在那一次话别中,他第一次听到哥哥对父皇求仙无度的微词,他心中就有了一种隐忧。

后来,长安事变消息传到蓟城,他身边的谋士、贤才们跃跃欲试,要他举兵南下,以解救皇上的名义,打回长安去,却被他拒绝了。他认定太子哥哥是冤枉的,认为自己此时搅和进来,无异于趁火打劫。

后来,从京城来的使者说,太子流落他乡,不见踪迹。一向尚武的他竟洒下了悲怆的泪水——是为太子,也为自己。

母亲早在他童年时就早逝了,如今又没有了皇兄,他在京城再也没有一个可以做竟夜畅谈的人了,他唯一的希望就是能够见到他的同母胞弟广陵王刘胥。兄弟二人一南一北,只能借书信寄托彼此思念。

第二天,他们的车驾到达骊山脚下的栎阳县。当地县令奉了内史之令,在县府盛情地款待这位来自北方的亲王。

席间,县令说皇上十分怀念冤死的太子,在太子罹难的湖县城西建了思子宫和望归思来台。而说到朝中变化,县令就谨慎多了。他说刘屈氂已被投入诏狱,丞相的位置一直空着,由商丘成署理。

他也不多问,他知道像县令这样的官吏也不可能给予他太多消息。何况,在这些人面前探问立储,会给自己惹来许多麻烦。

饭后小憩片刻,队伍又向长安进发了。

薄暮绕空的时节,车队终于来到长安城下,在东门外迎接刘旦的正是商丘成。

这样的接待规格让刘旦十分意外——一场巫蛊案下来,父皇与儿女的距离大大拉近了。

"殿下一路劳顿,辛苦了。"商丘成依照君臣的礼节,参见了刘旦。

刘旦忙在车上回礼道:"大人辛苦了。"

接下来,车驾就在商丘成的引导下,进了长安东门,最后拐进了华阳街——一条居住着王室贵胄的地方。燕王的王府在华阳街深处。

为了十月的朝觐,早在一个月前,少府寺就派人把王府粉饰一新,挂上了节庆的灯笼。远远望去,光焰灼灼,倒也没有了往日人去楼空的寂寥。

商丘成唤来府令,很认真地询问了各项事宜,在确认没有任何疏漏之处后,便来到前厅向刘旦禀奏道:"今日天色已晚,殿下还是早些歇息。各路诸侯赴京之日,微臣还得到他处看看,在此便先行告辞了。"

"辛苦大人了!"刘旦表示出自己的感谢。

刚刚送走商丘成,还没有来得及沐浴,府令就来禀告,说广陵王过府来了。刘旦换下风尘仆仆的冠服,改穿一件深衣后,便来到前厅。无须寒暄,兄弟二人就紧紧抱在一起了。

"想煞小弟了。"

"为兄虽远在幽燕,可没有一刻不思念你呀!"

"没了母亲,京城唯一挂念的就是父皇了。"

"弟之所言正是为兄之情也。如今能拜见父皇,已是你我的奢侈之望啊!"

兄弟俩相对而坐,府令命人在厅中置了鼎锅,不一会儿,锅中沸腾,酒香满庭。

刘胥端起酒爵,对刘旦道:"经年不见,如隔数载,小弟先敬皇兄一爵!"

他正要饮下,却被刘旦拦住:"这第一爵酒应先敬父皇,祝父皇万寿无疆!"

刘胥也满斟一爵,高高举过头顶:"这第二爵,敬远去的母亲,愿她护佑你我兄弟康宁平安!"

接着,刘旦又斟了第三爵,俯身洒向地面,口中讷讷自语道:"太子皇兄,弟与你同饮了。"

刘胥透过这些细节,触摸到刘旦复杂沉重的内心。

其实,他们心里都明白,当初父皇要他们离开京城,就是为了避免兄弟之间相互猜忌和争斗。

可在刘胥看来,诸王对父皇百年之后国脉的关注,并没有因为人去他方而有丝毫减弱。

眼下,谁来接替太子之位,再度成为宫廷内外议论的中心。昨日他一到长安,昔日的旧属们就纷纷登门前来拜见,说皇上有立刘弗陵为太子的意图。

这话让他听了心里很不是滋味。怎么会轮到刘弗陵呢?就算老二齐王刘闳早逝,起码在他的前面还有燕王刘旦、广陵王刘胥、昌邑王刘髆嘛!哪一个不比他强?

但是他也清楚,站在刘弗陵背后的,不只是父皇和钩弋夫人,还有一大批像金日磾这样的辅政大臣,任何不慎都会给自己带来麻烦。

因此,他对自己的旧属道:"本王久居江南,对朝廷人事不甚了解。再者,江南风光秀丽,气候宜人,本王已陶然于彼,乐不思归了。"

他其实是把一肚子的话留给胞兄:"皇兄难道对立嗣从未有过关心么?"

"想有何益?你我并非嫡出,父皇焉能赐爱?"

"可那个刘弗陵就是嫡出么?他的母亲也不是皇后啊!"

"为兄在蓟城就听说了此事,论起来,确有既不合制也不合理之处。然父皇一言九鼎,至今仍无意为兄回京,这显而易见,他的关注都在刘弗陵身上,为兄哪还敢有非分之想?"

"皇兄怎可以这样说呢?事关大汉社稷,你我身为皇子,岂可视而不见,听而不闻呢?"

"兄弟言之有理,只是你我远在封国,鞭长莫及啊!"

刘胥毕竟年轻,将一口酒灌进肚里后,胆气又增加了几分:"父皇春秋日高,朝廷之变故关乎社稷运命,我等总该有所作为才是。"

"那依兄弟之见呢?"

刘胥向前挪了挪双膝道:"据我所知,父皇老而多疑,总担心有人谋害他。皇兄倘能面奏父皇,请缨担任皇宫宿卫,如此则不但可以留驻京城,而且能掌握两宫兵马,一旦有变,也好应对呀!"

"能行么?"

"皇兄不妨一试,纵然父皇不允,你我再回封国也不迟。"

刘旦沉思片刻,点了点头道:"好!就依兄弟。"

两人举起酒爵,余下的话都散于酒中了。

临分手时,刘旦叮嘱道:"此事只你我兄弟知道,万不可泄露出去。"

送走刘胥,刘旦便躺进了热气腾腾的浴盆。可他的心还在朝廷立嗣的风雨中穿梭,从昌邑王刘髆到胶东王刘弗陵的影子,一个个从眼前流过。最后,他的思绪集中在父皇身上。他不知道父皇会不会恩准他留在京师,一时沉思其中,宫娥们是怎样伺候的,他也就浑然不觉了。

接下来的日子,就是法见、大见、朝会、筵席、互访、王公结伴到上林苑狩猎等活动,十天的时间倏忽即逝。

眼看启程离京的日子一天天临近,无论是刘旦还是刘胥,都觉得要说的话不能再拖了。他到钩弋宫去了几次,都被挡在了宫外。包桑告诉他道:"皇上有旨,朝觐期间,诸王有事就在朝堂说,或呈上奏章,钩弋宫乃皇上与夫人居处,概不能进。"

"我没有别的意思,就是想向父皇问安。公公想想,我远在蓟城,一年只回来一次,想看看父皇,这不违制吧?"

包桑也觉得是这个道理,便对刘旦道:"待老奴瞅个机会,再禀告陛下。"

好在昨夜宗正寺传来消息,说皇上因朝觐多日,劳累过度,偶染小恙,诸王离京前,可允探视一次。

这是天赐的良机!为避免嫌疑,他和刘胥商定分开觐见。

刘旦一下车,恰逢承袭了太医令之职的淳于舫从宫中出来了。

两人虽没有直接见过面,可法见那天,淳于舫已从商丘成口中得知这个身材高大魁梧,气质颇像皇上的王爷就是皇上的三子,他急忙上前施礼。

刘旦向他询问皇上的病情。

淳于舫道:"劳累过度,加之心情郁闷,故精神不爽,微臣已开了几剂汤药调理,应该没有大碍。"说罢,他便告辞出宫去了。

包桑笑容可掬地迎接着每一位进宫的亲王。刘旦会意地点了点头,遂要包桑进去通禀。

不一会儿,包桑便站在殿门口喊道:"皇上口谕,燕王觐见。"

进了殿,远远瞧见刘彻躺在榻上,正和田千秋说着什么。刘旦便跪在了大殿中央,几乎是一声接一声地呼唤着爬到了刘彻的榻前。

"父皇遭遇采薪之忧,孩儿心如刀绞,孩儿昨夜焚香净手,祷告上苍,愿以孩儿泥土之躯,换得父皇龙体康健。"说着说着,他唏嘘涕泣,竟然言不成声了。

这情景让田千秋为之动容,忙上前劝慰道:"皇上只是偶染小恙,太医已经看过,不日即可恢复,殿下不必过于悲伤。"

他觉着,父子相见,自己在一旁多有不便,遂起身告退,可却被刘彻拦住了。

"你留下,待会儿朕还有话说。"

田千秋便不好再坚持,只好静坐在一边,听他们父子说话。

"孩儿久在幽燕,迢迢千里,无法榻前尽孝,早晚请安。每思及此,孩儿痛心不已。"刘旦越说越伤心,竟自大哭不止。

田千秋暗中观察燕王的一举一动,觉得事情一旦做过了头,就不免显得虚假。

果然,刘彻听不下去了:"逆子!你如此号啕,是要朕速死么?"

刘旦的哭声戛然而止,惊恐地看着皇上。

刘彻抬了抬眼皮道:"你的孝心朕心领了,朝觐已经结束,国不可一日无君,你还是早些回封国去吧。"

刘旦分明感觉这话就是逐客令,分外冰冷。

"孩儿不想回幽燕了。"

"哦?"

"孩儿……"刘旦说着说着,眼泪又涌出了眼角,"孩儿此次回京,眼见父皇春秋日高,故恳求父皇留孩儿在京守着。孩儿不求别的,宿卫足矣。这样,孩儿也可早晚在榻前尽孝。"

话说到这里,田千秋已明白了刘旦的来意,他相信皇上也和自己的感觉一样,只是这种父子间的谈话,他不便插嘴,便不动声色地打量着刘彻神情的变化。

他从皇上脸上先是看到了吃惊和迷惑,继而又看到了不悦和沉闷,接着是烦恼和愠怒,最后又回归了平静。

"不可!"刘彻看了一眼身边的田千秋道,"幽燕自古乃兵家必争之地,又靠近匈奴。朕之所以封你在幽燕,正是期待你经略有方,固我疆土。你岂能胸无大志,沉湎京都?"

"父皇……"

刘旦正要继续,却不料包桑进来对刘彻耳语几句,刘彻就一下子呆了,神色仓皇地挥了挥手道:"你先下去,明日即启程回蓟城。你的陈奏,待朕与众臣商议后再做定夺。"言罢,他不再理会刘旦,而是要包桑速传宗正寺长史来见。

刘旦刚刚离开大殿,刘彻就仓皇地跌坐在榻上,长叹一声道:"此天杀我也!"随之潸然泪下,"髆儿!髆儿!你为何就离朕而去了呢?"

第二十三章

霍光观画体君意 汉皇一怒斥红颜

夜风呼呼地掠过长空,李广利勒马站在风中,一脸茫然。

"我军伤亡如何？"他向跟在身边的从事中郎问道。

从事中郎的声音有些沙哑:"开始的时候,我军依靠精弓良弩,射杀匈奴人无数,可由于弓矢越来越少,匈奴骑兵已突破了我军防线。日落时分,各路司马报来的死亡人数总计在两千人。"

事情怎么会弄成今天这个样子呢?这是入朝以来,李广利最投入的一场战役啊！

这动力的源头就是他与刘屈氂咸阳原头的盟约,一切都是为了让刘髆登上太子之位。战事一开始很顺利,匈奴人节节败退。左路军和右路军几乎没有遇到匈奴的抵抗就全胜而归。

两军派使者前来提醒李广利班师,可他当时一心想为自己的外甥挣足做太子的资本,就婉言谢绝了他们的劝告,然后率领大军越过居延泽,一直打到范夫人城。

可就在这时,他忽然接到了好友送来的密信,说刘屈氂夫妇已卷入了巫蛊案,并阴谋欲立昌邑王刘髆为帝。皇上知道后龙颜大怒,已于去年十二月,将刘屈氂腰斩于东市,将其妻枭首于华阳街,将军夫人因受到牵连也被下狱。

那一夜,他传来从事中郎,借酒浇愁道:"你说我该如何应对？有亲不能见,有家不能归?这仗打下去还有何益?"

"眼下还不是将军气馁的时候。将军可曾想过,夫人、家室都在狱中,如果回去,稍不留意,皇上也会将将军下狱的。"

"依中郎看,我只有客死异国了?"

"将军眼下只有一条路可走。"

"快说!"

"继续北上,寻机与匈奴决战。倘能大胜,皇上必念及将军殊勋,宽恕将军及家室。"

李广利长叹一声:"看来也只有如此了。"

那是一场冒险的厮杀!在左右两路大军回撤的形势下,他率部长驱千里,孤军深入,随时都可能遭遇匈奴的埋伏。可他顾不了这些,他要的是皇上的信任和宽容。在歼灭右大将所部后,他迅速地将大营向前转移,并在军前会议上与长史发生了大战以来的第一次冲突。

"不妥!"长史在李广利话音刚落的时候,便站起来说话了。他详细分析了敌我的态势,一针见血地指出,"汉军现在距离后方已很远了,如果没有援军策应,是很难取胜的。"

他的话立即得到了决眭都尉和各路司马的响应,大家纷纷建议李广利撤军,到酒泉与霍光会合,然后再从长计议。当十几双眼睛一齐投向李广利的时候,他们从那里得到的却是冰冷,是恼怒。

"我心意已决!传令下去,明日卯时出兵,直驱北上。有取右贤王首级者,我自当奏明朝廷,以求皇上封赏!有动摇军心者,斩!"

然求胜心切的李广利不知道,狐鹿姑单于闻知汉军意欲北上,已亲率五万大军张网以待了。果然,汉军还没有来得及扎营,狐鹿姑单于率领的五万精兵就席卷而来了。一场厮杀下来,又有两千多名将士抛尸郅居河畔。

李广利眼中满是匈奴人用刀剑织成的囹圄,有几次,他将剑抹向自己的脖颈时,都被匈奴人用枪隔开了——显然,匈奴人是要活捉他。

夜幕降临,双方厮杀暂停,李广利来到半山坡上撑起的一顶帐篷里,向从事中郎求助:"现在我军该怎么办?"

"为今之计,我军应趁夜撤到酒泉,与霍将军会合。"

"将士太疲劳了,明日再撤退吧?"

"不可!等到天明,就是想走都走不了了。"

"我军疲劳,匈奴军亦疲劳,我估计今夜他们不会进攻的。明日黎明便出发,等到他们醒来时,我军已离开数十里了。"

"将军……"从事中郎还有话说,却被李广利制止了。他眼中充满了失望,认为将军患得患失,会给他们带来灾难的。

果然,匈奴人没有给他们机会,就在他倚着一块石头想休息一会时,却忽然听见一股声音从夜色中传来,好像是山坳里刮起的风声。

不好!匈奴人进攻了!从事中郎顾不得多想,一边大喊着匈奴人来了,一边跨上坐骑来到李广利面前。

各路司马这时也都赶来了,李广利立刻下令道:"各自率部朝南撤退,先到范夫人城集结,然后退入酒泉。"

"伤兵呢?"

"轻者带上,重者就地处置。"

"他们可是家乡子弟啊!"

"带上他们,我们都得死!无须多言,速去集结队伍,迟则晚矣!"李广利下了狠心。

司马们刚刚离去,喊杀声四起。李广利惊慌中上了马,率领从事中郎和近身卫士朝南奔去。可刚走出不远,他就遭遇了一个匈奴当户。他无心恋战,应付了几个回合就逃了,那当户也不追赶,只是命令他的部属在后面喊道:"李将军,你抵抗无益,快下马投降吧!"

他刚跑过一道沙坡,只听见"扑通"一声,就连人带马跌入匈奴人挖的陷阱中去了。

时年正是征和三年八月。

……

半个月后,狐鹿姑单于在郅居水南岸,为李广利举行了盛大的婚礼。

曾与他对阵的卫律、左贤王以及左右骨都侯和右大将都按单于的旨意赶来赴宴。

李陵没有参加,他选择在这个日子和妻子阿维娅到北海边看苏武去了,他不愿意在这种场合与李广利相见。

狐鹿姑单于同意了右校王的请求。

自元狩二年置郡以来,酒泉郡的禄福城先后迁来中原数十万人到这里定居,现在城池的规模已很可观了。

中原百姓与羌族、戎族和睦相处,使它成为大汉在河西一带的军事重镇,也是大汉的屯兵前沿。霍光率部撤到兄长霍去病当年鏖战的旧地,不禁生出许多感叹。

匈奴军与汉军刚刚接触,就匆匆撤退了。与他对阵的将军不是别人,就是曾经的汉骑都尉、现在的匈奴右校王李陵。

两军在蒲奴水流域展开九天的拉锯战,霍光一直在寻找与李陵正面接触的机会,但直到匈奴军撤退,他都没有能够与李陵见面。李陵为什么不与他打照面呢?可能是出于心中的愧疚吧?

从事中郎赶上来,与霍光并马而行。霍光问道:"近来营中军纪如何?"

"唉!怎么说呢?"从事中郎叹了一口气,"李广利投降后,他的部分属下辗转到了酒泉,常常到酒肆借酒浇愁,长此下去,军心必然涣散。"

霍光勒住马头,脸色严肃起来:"治军不严,必受其乱,怎么可以如此放纵呢?朝廷有制,非节庆之日,严禁军中饮酒。传令给各路司马,校尉醉酒者,杖击五十;什长醉酒者,鞭笞三十;伍长醉酒者,鞭笞二十。"

"诺!不过还有些士卒经常与民争水,还打伤百姓。"

进入酒泉时,霍光就命令军士不能与老百姓争水。可还是有些士卒违反军纪,这让他十分恼火:"自古以来,凡伤害百姓者,没有不身败名裂的。凡糟践百姓者,斩!"

太阳已近正午,两人驱马回城。霍光松了马缰,让速度慢下来,为的是不打扰正在市易的百姓。

酒泉不同于京城,长安的店铺都是分门别类地被设置在不同的街区,边城的店铺却都是混杂在一起。交易的物品也是琳琅满目,内地的布帛织锦、西域的玉器宝剑、羌人的羊毛制品、匈奴的银器宝马,一应俱全。

前面簇拥着一堆人,这引起了霍光的注意,他对从事中郎道:"你去看看,那是怎么回事?"

从事中郎挤进人群一看,就明白了,又是士卒与百姓为水起了纷争,几个年轻的士卒把一个当地人打倒在地。

"光天化日之下,殴打手无寸铁的百姓,成何体统?"霍光的脸色顿时阴沉了,向卫队挥了挥手喊道,"将那几个士卒押过来!"

士卒们低着头,就知道今天闯了大祸。

霍光用鞭子挑着为首士卒的下巴,冷笑道:"没有仗打,筋骨不舒服了?这泉是你家的么?"

士卒战战兢兢地摇了摇头。

霍光厉声道:"这酒泉流着皇上的浩浩恩德,可你们目无法纪,与百姓争水,今天本官倘不让你们长点记性,说不定哪天就会干出杀人越货的勾当。来人,给我打!"

顷刻间,卫队的皮鞭就在士卒的脊梁上开了花。

几个士卒开始还本能地躲避着,到了后来,连躲避的力气都没有了,一动不动地躺在地上直呻吟。

在场的百姓都看呆了。他们想起霍去病当年将御酒倒在泉中的情景,又见霍光严厉责罚部属,顿生由衷的敬仰,几位长者纷纷上前求情:"乡人亦有越礼之处,还请将军息怒,宽恕了他们。"

霍光把马缰交给身边的卫士,双手扶起长者道:"今日之事,都是本官治军不严。大军驻扎酒泉,对父老乡亲多有叨扰,本官已很不安。今日部属又做出此等伤民之举,还请乡亲们原谅。"他回身对几个躺在地上呻吟的士卒道,"看在父老的分上,且饶了你们。如再有此类举止,定要你们项上人头!"

人群中爆发出呼声,霍光连连向长者作揖。

走了好长一段路,身后还传来百姓的欢呼:"吾皇万岁!万岁!万万岁!"

回到行辕,酒泉太守已等候多时了。一见霍光进来,急忙站起来作了一揖:"朝廷来人了。"

"哦!不知是哪位大人?"

"桑弘羊大人。"

"哦!是桑大人来了,是不是皇上又催促进兵了?"

"不像！桑大人只是说，皇上有口谕要当面传给将军。"

当晚，霍光在行辕设宴迎接桑弘羊。席间，霍光不时谈到对长安的思念和对皇上的牵挂。

"李广利已投降匈奴，我担心皇上春秋已高，身心承受不了如此变故。"

桑弘羊只是喝酒，夜深席散之后，桑弘羊才告诉霍光，皇上听到李广利投降匈奴的消息后，昏倒在钩弋宫。

"李广利所部七万余人，回来者不过十之一二。"

"这究竟是怎么回事？"桑弘羊问道。

"唉！说起来与刘屈氂一案有关。李广利闻听夫人入狱，皇上要缉拿他，心中生惧。有人建议他若能斩匈奴左大将，也许皇上会宽恕他。他在取其首级后，本该撤军，孰料他拒听忠言，贪功冒进，遭匈奴单于大军的伏击，最终被俘。"

桑弘羊沉默良久后想：李广利之失，不在战局，而在品节。

桑弘羊告诉霍光，先期回朝的商丘成做了御史大夫，曾在长陵高庙守陵的执戟郎田千秋，做了大鸿胪。

霍光凝视着手中的酒爵问道："太子一案查清楚了么？"

"事实证明，太子一案完全是江充等制造的冤案。真相大白后，皇上思念皇后和太子心切，日渐消瘦了。"

霍光饮干酒酿，重重的呼吸代替了千言万语。

长安兵乱时，他正与李陵大战，是断断续续听到一些只言片语。可因为与皇后的关系，使得他对太子与皇后的安危十分关心。他相信，太子绝不会僭越犯上。

现在，是非终于清白，霍光除了欣慰外，更为这场杀戮伤了大汉的元气而痛惜。

"从京城来的人纷纷传说，长安屠城五日，死伤数万人。"

桑弘羊道："这不是传说，是真情，驰道两边的阳沟都淌着血水。"

一轮明月透过营帐，静静地照着两人，掌灯案头，霍光对桑弘羊道："大人此行应还有其他的事吧！"

桑弘羊点了点头，从囊中取出《周公辅成王图》，摊在案头道："下官此行,就是奉了皇上诏命,将这个转交给大人。"

霍光借着灯火,看了一下之后,就向桑弘羊问道:"皇上没有别的什么'谕意'么?"

"皇上说,该说的话都在画中,将军看了就自然明白了。"

霍光于是埋头看画,很快就入神了。

他不仅在画上看到了金日磾的影子,也看到了自己的影子,并且还看到了皇上忧郁、沉重、期盼的目光。

那谁是成王呢？那是皇上将要立的新嗣啊！

往事如烟,所有的痛,所有的伤,所有的忧郁都散去了。

"大人！您说……"霍光谨慎地把目光投向桑弘羊。

"皇上要立新嗣了！"桑弘羊并没有拐弯抹角,"皇上的意思将军难道还不明白么？这幅画在您去年赴前方后,就由上官桀监工开笔了。画工连画了多幅,都因为不谙皇上深意而被下狱,可见皇上用意之深啊！"

"当然明白！只是我还不知道……"

"还能有谁呢？"

"莫非……"

桑弘羊笑道:"你我不妨用水书之案头,看可否不谋而合。"

两人蘸了茶水,在案头写了三个字,就把目光投向对方。胶东王——两人几乎同时写下这个称谓。

霍光很吃惊,心中疑问这是不是上苍有意安排了的。

五十多年前,当今皇上身为胶东王的时候,曾围绕废立有一场血腥的争斗,现在,又一个胶东王在废立的紧要关头进入朝野视线,这到底意味着什么？

皇上为什么要册封刘弗陵为胶东王呢？是要在这个王爷身上找回当年的梦么？他又为什么千里迢迢的送来一幅画呢？皇上的忧虑在哪里呢？霍光看了看桑弘羊,又在案头写下了四个字道:"皇上担心的是这个吧？"

"哎呀！大人果然才思过人。"桑弘羊用袖头抹去"钩弋夫人"四个字,一双精明的眼睛等待着答案。厅内一下子非常寂静,只有这时候,塞外的风声才进入他们的耳际。

"母壮而子弱,又是大汉一个关口啊!"良久,霍光讷讷自语道。

"大人明鉴!因此皇上才有了托孤的思虑。不过这只是下官的猜想,下官姑妄说之,大人也不妨姑妄听之。"

"我知道此中利害,今夜之叙只在你我心中。"

可桑弘羊却突然换了话题,问道:"将军,此去轮台有多少路程?"

霍光不知道桑弘羊为什么忽然问起这个,随口答道:"大概两千里之远。"

"下官在想,自太初三年占领轮台以来,汉匈之间的战场已经移至天山南北,即使从陇西、天水、酒泉诸郡调运粮草,也是长途转输,不堪其力。倘若能在轮台屯田、筑亭,岂非戍边与省减两利?"

霍光惊异地打量着桑弘羊,心中叹道,桑弘羊真乃经国济世的良才,一趟西行,竟有这么多收获,那喜色就爬上了眉梢。

"倘能如此,当然再好不过了。"

"有将军这句话,下官就放心了,此次回京,下官就奏明皇上,力求早日实施此议。"

"好!"霍光站了起来,向桑弘羊作了一揖,"烦劳大人奏明皇上,就说皇上的意思臣明白了,臣虽愚钝,然为匡扶社稷,不惜此身。"

……

送走桑弘羊,踏着月色回来,子时三刻都过了。

一轮朗月西去,虽天上人间,可那玉兔、桂树都看得清清楚楚。

酒泉的月,总给人冰冷的感觉;加上已是十月,那月色携带的寒意,被风卷进心中。

走进帐内,一股暖气扑面而来。从事中郎一定来过了,霍光心里一阵感激。

烘了烘冰冷的手之后,霍光在案头坐下来。

往日在这样的冬夜,他很快就会进入梦乡,可今晚,他却全无睡意了。重新摊开《周公辅成王图》,看着看着,整个灵魂似乎都附在了周公身上了,那一颗心也飞到了皇上的身边。

卷起画轴,铺开绢帛,他庄重地写下了"光禄大夫臣霍光上疏皇帝陛下……"

可刚开了个头,他就停下了。他之所以没有直接委托桑弘羊把自己的奏章带给皇上,是因为事关重大,生怕自己的不慎给这位同僚带来不便。

其实,从情感上说,他对钩弋夫人并无恶感。她也不像宫中其他妃嫔那样争宠掠爱,若不是生了一个被皇上看中的儿子,她又怎么会成为王朝的障碍呢?

霍光不是没有心结。卫氏一族死的死,亡的亡,现在在朝堂上与之有亲缘的就只有他一个人了。他想向皇上陈奏,即便另立新嗣,也该给皇后恢复名分,哪怕是一座衣冠冢,也要安葬在茂陵,位于李夫人之上。

可这样一来,皇上又该怎么想呢?自己不是要背着逼主的罪名么?而且,这也违背了皇后生前的品格,更让已长眠在茂陵的卫青、霍去病泉下不安。

霍光将胶东王与其他皇子一一做了比较。刘弗陵年幼、娇弱,燕王与之相比,更具皇上的雄才大略。他不但与刘据一样喜欢读书,更喜欢结交贤士、习武弄兵。可自离开长安后,就不断听到他在封邑内大造宅邸的消息。而且他心理阴暗,这是为人主的大忌。再者,他和广陵王均乃李姬之子,并非嫡出……

李妍所生的刘髆,承继其母温厚的品格,又因皇后生前多加关照,倒是宽厚、温雅,只是早早地去了。

数来数去,也就只有一个胶东王了,可他偏偏有一个年轻的母亲。

霍光放下笔,来回踱着步子,反复思忖着奏章该怎样写,话该怎样说?

进入侍中以后,他遍阅春秋往事,因内宫干政而致乱者数不胜数。他觉得,一幅《周公辅成王图》就是大汉江山传续图,他站在了王朝的风口。

在关系到大汉前途命运的问题上,他没有选择,他必须要把该说的话说出来。可这些话又不能太具体,太具体了会伤及皇上的情感。

他掸了掸笔尖,俯下身体,把反复掂量斟酌的言辞落在洁白的绢帛上。

臣观画卷,感慨万千。陛下忧思,臣深会意。初,成王年少,周公乃摄行国政,兴礼乐,改度制,而民和睦,颂声兴。行政七年,夜以继日,坐以待旦,一沐三握发,一饭三吐哺。及成王长,乃还政于朝,北就臣位。贵而愈恭,富而愈俭,胜而愈戒,乃人臣之极范也。

陛下不以臣愚钝,诚征立嗣大计,此大汉国脉之基,社稷永固所系。臣不可不慎思,亦未敢不慎言。然则,为人臣者,忠信而不谀,谏争而不诎,臣不敢以私抉择,不敢以私取与也。

诗曰:"温温恭人,维德之基。"胶东王虽少,而性宽仁,智敏慧,堪当国嗣。然夫人春秋尚富,臣不得不存诸吕之忧。自古子弱而母壮,未有不危国者也……陛下圣君,好同而尚贤,使能而飨盛,故臣不揣浅陋,直陈胸臆……

写完奏章,雄鸡便唱出了第一声啼晓。而从事中郎也进帐来了,他一看就知道霍光又是一夜未睡。

"将军……"

霍光站起来,封了奏章,对他说道:"速派可靠使者送往长安。"

"诺!"

从事中郎接过奏章,准备出帐,霍光又叮嘱道:"不必告知桑大人了。"

……

入冬以后,皇上就带着刘弗陵搬回未央宫去了,而将夫人留在钩弋宫中。

皇上没有说为什么这样做,而且临行时也没有向夫人提起,而只是让包桑转达了他的意思,说陵儿从现在起要独处了。

钩弋夫人虽然心里感到憋屈,可她很快就说服了自己。

皇上说得对,陵儿已五岁了,也该学习礼仪典籍了。可接下来发生的事,却让她的心境涂上了一层阴影。

皇上自离开后,就再也没有宣她到未央宫,也从来不让她传陵儿到钩弋宫。她说不清楚其中的原因。

是因为长安事变让太子遭受了不白之冤么?可她想来想去,这件事都与她没有关系。在甘泉宫时,她不止一次为太子辩白,劝皇上父子重归于好。可后来,怎么就发生了太子谋反的叛乱呢?

是因为那个入狱的苏文么?她对苏文的好感,仅仅是因为他对陵儿的呵护和关爱。她信守母亲传给她的做人规则,那就是知恩图报。因此,苏文的入狱她也觉得不理解,曾谏言皇上从轻发落。可即便是错了,也不应该如此啊!

她已有多日没有看见皇上了,她担心宫娥们不能照看好他的起居,黄门不能时刻守在他的身边。

她现在已把皇上看成生命的全部了。看不见他,她会寝食难安。

夜里躺在榻上,耳朵却不放过殿外任何一丝动静。她多么希望皇上传她到未央宫,可每次都等到月影西斜,换来的却是满腔失望。

每次御膳房来问饭菜的搭配,她总是点几样皇上喜欢的菜肴。她多么期待皇上能不期而至,与她吃一顿饭。可直到檐下的菊花都凋落了,皇上还是没有来。

那种殇菊的凄婉笼罩着钩弋夫人的情绪,人也越来越消瘦了。每天卧榻的时间多,走动的时间少。在芸香眼里,生性活泼的钩弋夫人现在话越来越少,有时候一天都很难听她说一句话。

一天,芸香为钩弋夫人梳头,发现她的头发越来越燥,而且大量的脱落,她在心里断定夫人一定生了病,于是便问道:"夫人身体不舒服么?要不要传太医来?"

"不用了,我就是看那些菊花落了,心里有些不好受。"

说这话的时候,其实她心里已有了打算。她要亲绣一幅《菊祭》,为了远行的香魂,也为了抚平自己心头的忧伤。

听说夫人要绣花,宫娥们就收拾好绣架,准备好丝线。平日里,钩弋夫人在绣架前坐定,大家都不能远离,只能簇拥在一旁看着。可今天她发话了,要她们都退下,只留芸香一人在身边。

今天,钩弋夫人下针的动作有些迟滞,不像往日那样针走线飞。刚刚开始绣,眼睛又不由得潮湿了。虽然针是刺在洁白的绢帛上,可也是刺在她心底啊!

钩弋夫人被这种理不清的情绪,牵出了诸多的回忆。

从甘泉宫回到京城,长安那场战乱的枝节通过芸香和苏文的口,不断传到她的耳里,让她总是摆不脱卫皇后、卫长公主的影子。

她从来就没相信皇后会策动一场反叛,说起来,她与皇后相差了一辈,甚至比太子还要小几岁,可自打她进宫,皇后就视她如姐妹,从未有过严责和申斥。

刘弗陵出生时,皇后亲自上门探望。她曾担心,皇后看了寝宫门口的"尧母门"三字,会不会心生不快。可直到皇后离开,她也没有从皇后的脸上发现一丝愠怒。皇后倒是说,皇上多一个皇子,是大汉江山的福祉。

这样一位贤淑的女人,怎么会对皇上有异心呢?

之后的日子,她曾多方打听皇后的下落,却知之甚少。后来听说春香回到了宫中,从一个不为人知的地方找到了皇后的时候,已是白骨累累,香消玉殒了。

据苏文说,本来皇上是要把皇后葬在茂陵的,可皇后临终遗言,声明自己教子不严,无颜葬在茂陵,因此此事就作罢了。

苏文跟皇上回到京城后,说话办事都是小心翼翼的。却屡次在她面前暗示,太子已埋骨青山,皇上有意立陵儿为太子。

她虽然从理智上告诫自己,立太子是皇上的事,但她从内心还是感谢这个跟在皇上左右的中人。

可有一天,皇上一道口谕,苏文也入狱了,据说罪名是陷害太子。她无法相信,如此一位和善的黄门,怎可能去陷害他人呢?

她忘不了苏文在被押上囚车时,留下"夫人保重,大王保重"的声音。

从未央宫那边传来的消息说,朝野有不少人认为,之所以会出现这种局面,是因为皇上太宠爱她和陵儿了。风言风语说得很难听,甚至把她比作褒姒和妲己。芸香曾谏言她将这些议论禀奏给皇上,但她拒绝了。

可她感到很委屈。她从来没有非分之想,只是想待在皇上身边,怎么就被卷进了一年前的事变了呢?

钩弋一想到这些,就分心了,手指被针刺出了血。她"哎哟"一声,忙放进嘴里吮吸。那咸咸的味道,把她的思绪带到了与皇上邂逅的岁月。

没有皇上,她这双手至今还会蜷在一起;没有皇上,就不会有她后来的欢愉和幸福。

半个时辰以后,第一朵菊花的轮廓越来越清晰。枝叶还没有展开,可钩弋的心已经碎了,竟伏在绣架上哭泣不止。

芸香吃惊地看着钩弋,呼唤道:"夫人!夫人!您怎么了?"

钩弋凄然一笑,便挺起身体,将绣针插在绢帛上道:"今日就先绣这一朵吧!我累了。"

"夫人如不想绣了,奴婢安排人来绣。"

"不!她们不了解我的心思。"

钩弋离开绣架,进了内室,芸香急忙落下帷帐,轻手轻脚地退了出来。

钩弋哪能入睡呢?

芸香刚刚出去了不一会儿,就回来了,并带给钩弋夫人两个消息。

"从未央宫那边过来的黄门说,昨日,刘屈氂游街示众后,被腰斩于长安东市。"

"哦!他诅咒皇上,罪有应得。"钩弋夫人不以为然。

"还有呢!黄门们说,今日廷尉府要在横桥北行刑,要火焚苏文,以祭太子亡灵。"

"什么?你说什么?"钩弋"呼"地从榻上坐起来问道,"现在是何时了?"

"辰时三刻。"

"詹事何在?"

钩弋宫詹事应声进殿道:"夫人有何吩咐?"

"你速去横桥,让他们刀下留人,我要进宫面奏皇上,对苏文从轻发落。"

"夫人!万万不可啊!"芸香劝道。

"苏文有罪,罪不至焚。"

"夫人三思,苏文焚刑,乃皇上御批,夫人贸然阻拦,违逆陛下……"

"我不为别的,就为他对陵儿的一片真心……"

人老就是一瞬间的事情。就好像喝得酩酊大醉,一觉醒来,就须发皆白了。

刘彻在梳洗时,常常对着铜镜中的自己发呆。

从钩弋宫搬回来后,他不再坐在案头批阅公文了,而是靠在榻上,让包桑把竹简递给自己。

从包桑手中接过竹简时,他忽然愣愣地看着眼前这位跟了自己许久的黄门总管,发出神秘的笑声。

包桑有些尴尬,不好意思问道:"皇上为何如此看着老奴?是老奴脸上不干净么?"

"呵呵!你说人也真怪啊!朕这一辈子,后宫有多少妃嫔,可临到老了,还是觉着与你在一起舒心啊!"

包桑很感动,也很惭愧。他也老了,论起来还比皇上要大,腿脚没有了早年方便。

"奴婢老迈,还能伺候在皇上身边,乃是天大的荣幸。"包桑说着,就从案头拿起银钗,为皇上拨了拨灯花。

刘彻今天批阅的是田千秋关于太子一案真相的查验以及对几位涉案人的处置谏言。他就着灯火,眯着眼睛看了半天,只觉得那上面的字迹模模糊糊的。

"朕看不清了。"他收起竹简,对包桑道,"自今日起,令人来代读。"

"诺!"

包桑出去不一会儿,就引来一位年轻的黄门。他跪在刘彻面前,展开奏章,小心翼翼地读起来。

田千秋在长陵为郎的岁月里,读过不少春秋战国时期的典籍,长于叙述。特别是关于长安事变的每一个故事,都强烈地冲击着刘彻的情感。

那天从覆盎门逃出后,太子率领百名禁卫,一路来到弘农郡的新安县。新安县令李寿,乃元狩年间举荐的贤良,在京城候任时,曾由太子舍人张光引荐,得以在博望苑中拜见太子。太子的敦厚宽仁,给他留下了深刻的印象。

在得知长安事变的消息后,他就认定太子必是被奸人陷害。于是他躲过北军和羽林卫的追击,将太子一干人藏于隐秘处,并放话说太子一干人往东去了。孰料追兵东去数十里,一无所获,便在新安县四门布置了岗哨,张贴了通缉榜文,严查进出之人。

是日,太子望着守在门外的禁卫和新安县令,心境十分烦乱。他觉得郡国遍贴通缉榜文,即使逃出新安,也还会在别处倾覆。与其这样东躲西藏,倒不如悬梁自尽,结束自己的生命。

登上石鼓,面对绢帛,他又生了许多的纠结和不舍。觉得自己愧对为了引开官军,与自己换了战马、如今还不知生死的太傅石德;愧对吉凶未卜的侯勇;愧对几十年来跟随在左右,如今正在长安城内抵抗的舍人和门客;他更舍不下的是,为了自己而遭受折磨的母后。那时,他还不知道皇后已经自杀的消息。

他将绢帛套进脖颈,用力蹬开脚底的石鼓,便觉得呼吸断绝,昏迷不醒了。

那石鼓倒地时的一声沉闷,重重地敲在李寿的心头。

"不好!太子有事。"李寿转身向门内冲去,却发现门关着。跟在他身后的从卒张富昌一脚踹开大门,就见太子悬在空中。张富昌一剑割断绢帛,李寿便从下面抱住了太子,连声呼唤:"殿下!您怎么了?殿下!您醒醒!"

太子的灵魂离开躯体后,在茫茫夜空中飘荡,忽然听到有人呼唤,他睁开沉沉的眼睛,发现自己躺在李寿怀里,不禁潸然泪下:"你们为何要救我?我死了一了百了。"

李寿一手抱着太子,一手接过张富昌递来的热水,一滴一滴地喂到太子口中。

"太子此言差矣。我们冒死护救殿下,所为者何?就是期盼有一日能真相大白于天下。殿下贸然一死,岂非自认有罪,也给奸佞提供口实?"

叙述完这段后,田千秋总结道:"臣闻疾风乃知秋草之坚劲,岁寒而晓松柏之不凋,板荡乃识人臣之忠贞。李寿、张富昌者,忠信端悫,出死无私,致忠而公,是为功臣,然因太子罹难,至今隐匿皋泽,岂非圣朝之失乎?"

刘彻听到这里,摆手喊了一声"停"。年轻的黄门吃了一惊,还以为是自己念错了而惹恼了皇上。孰料,刘彻在感叹"又一个汲黯"之后,睁开眼睛道:"朕多年来,屡屡诏命两千石以上官吏举非常之人,于今方知,'鹤鸣之九皋,声闻于天',传朕旨意,封李寿为邗侯,张富昌为题侯。"

包桑急忙递过朱笔,刘彻思忖片刻,除了批示二人封侯之外,又加任李寿为未央宫卫尉。

刘彻放下笔,扬了扬手,示意黄门继续读下去。可接下来记述的事情,不仅让刘彻吃惊,而且几乎汗颜了。

  陛下以太子谋反故,令郡国吏民以巫蛊相告言者,案验多不实。谗言罔极,交乱四国。然则,陛下不省察,深过太子,发盛怒,举大兵三百里而求之。三公自将,智者不敢言,辩士不敢说,更有甚矣,泉鸠里以兵刃围捕太子者,陛下封赏至厚,任以北地太守。其所谓亲痛仇快者欤。

  这些事都是刘彻亲历的,听着听着,他就不觉心底战栗,冷汗淋漓,拼尽力气大喊一声"罢了"。

  包桑和年轻的黄门立即跪倒在地,连道奴婢罪该万死。

  刘彻颓然地靠在榻上:"不关你们的事,朕是自愧不已啊!"

  良久,刘彻从榻上挣扎着坐了起来,又在田千秋的奏章上加了一条:"北地太守追捕太子,罪在不赦。族其户。"

  见刘彻有些累了,包桑问道:"皇上还要继续批奏章么?"

  "还有要紧的么?"

  "霍将军的上书到了。"

  "哦!"刘彻沉吟一声,"你们先退下,朕自会观之。"

  拆开信札,就着灯火看去,刘彻就感叹霍光的周详,他连皇上上了年纪都想到了,字写得很大,也很清晰。比起霍去病来,霍光不仅有将才,而且文墨通畅。一字一句,言辞恳切,胸臆坦荡。

  "哦!他真的读懂朕的谕意了。"刘彻在心里对自己说。可读到后来,他的眉毛就紧锁住了,霍光所言之忧,竟与金日磾所虑、自己心头所系如此相通。

  但是,毕竟他与钩弋夫人有长达八年的耳鬓厮磨,毕竟她是陵儿的母亲,毕竟她在李妍去后,给了自己情感和精神的抚慰。现在,因为立嗣而要将她……他一时无法面对这残酷的现实。

  收起信札,刘彻觉得很累,人靠在榻上,心却不能归于宁静。眼前流过的,都是与她在钩弋宫中度过的情景。

  包桑这时又进殿来了,他轻轻地唤道:"皇上!皇上!"

  刘彻睁开眼睛,觉得有些昏花,问道:"有事么?"

  "夫人求见,现在塾门候旨。"

"这个时候她来做什么?"

包桑摇了摇头:"夫人只说有要紧事求见皇上。"

"哦!宣她进来吧!"……

钩弋夫人清瘦的身影出现在温室殿门口,她看上去很憔悴,很疲倦,那双悲怆的眼中也流露出不掩的焦虑。

仅仅分开一个多月,现在出现在面前的钩弋对他就陌生多了,除了陵儿维系着两人的心,往年的那些临池观鱼,月下漫步,似乎都已经很遥远了。一如雾里看花,留在记忆里的都是些虚渺的影子。

刘彻说不清从什么时候有了这种感觉,也不知道从什么时候对她有了一种莫名的疏远和厌倦。总之,她在这个时候到来,弄得他很不高兴。

"朕没有宣你,何事如此着急,非要亲自进宫禀奏?"刘彻折起霍光的上书,头也没有抬。

钩弋觉得皇上的话里没有温度,举止间早就丢了早年的烂漫和婀娜,而循了生分的宫廷礼节。

"臣妾叩见皇上。"

"有事你快说,说完就回宫去。"

"臣妾问皇上龙体安康。"

刘彻便显得有些不耐烦:"朕还没死呢?你有何事,快说!"

这冷冰冰的话,让钩弋打了一个寒战,说话的声音就显得颤悠悠了。

"臣妾听说皇上要火焚苏文,可有此事?"

"此廷尉所判,与夫人何干?"

"臣妾请皇上对苏文从轻发落。"钩弋也很吃惊,不知自己的勇气是从哪里来的,还没有等皇上回话,就喘着气将自己想说的话都说了出来。

"苏文触犯哪条刑律,被判火焚,臣妾不清楚。然臣妾记得,他在钩弋宫当差之时,一心一意伺候臣妾和陵儿;臣妾记得,陵儿三岁时,不小心绊倒在皇宫阶前,鼻孔流血不止。太医说用头发闷煅炮制的血余炭,才可止血。苏文二话没说,就剪下自己的头发,救了陵儿。没有苏文,焉有陵儿?因此臣妾恳求皇上,念在他一片赤诚,饶了他的死罪……"

"罢了!"刘彻打断了钩弋夫人的话,语气就重了,"夫人休要再说,苏文与江充合谋陷害太子,致大汉险些绝续,不用说火焚,就是死上千万次,犹不能平朝野之愤。"

"皇上,臣妾……"钩弋额头贴地,那长发都散在殿中央,"臣妾请皇上三思。"

"晚了!朕如果没有猜错,苏文现在早已成一堆灰烬,夫人还是回去吧!"

"臣妾已命人前去阻止。陛下一道谕意,即可保其性命。"

"放肆!"刘彻"嗖"地从榻上坐起来,手指钩弋怒吼道,"你好大的胆子,竟敢阻止朝廷行刑,难道你不知道后宫不可干政的训诫么?"

"皇上!臣妾……"

"休得再说!朕念及陵儿年幼,屡屡宽谅于你,孰料你不知深浅,竟敢阻止朝廷行刑,你项上到底有几颗人头?"刘彻怒气填膺,狠狠拍打榻床沿,"气杀朕了!来人!"

未央宫卫尉进殿道:"臣在!"

"送夫人回宫,闭门思过。"

"谢皇上隆恩。"钩弋夫人从地上站起来,凄婉地看一眼刘彻,一颗心就此碎了。她转过身时,流下了两行辛酸的泪水。

她脑子里一片空白,在自己的记忆中,她怎么也找不出两人独处时杀气腾腾的皇上,也无法将眼前的皇上与温柔乡里的男儿联系起来。

在即将走出温室殿的那一刻,她用力挣脱羽林卫,疾步跑到殿中央,那哭声中就多了许多幽怨。

"皇上!自皇上回到未央宫后,臣妾就没有再见到陵儿,臣妾恳请皇上,能让臣妾看看他……臣妾想他啊……"

刘彻愤怒地斥责着羽林卫,又对钩弋夫人吼道:"你目无朝廷法纪,愧为人母,永不可再见陵儿。还不退下!"

"皇上……"钩弋夫人被羽林卫簇拥着出了温室殿,很长时间,刘彻的耳际还回旋着她呼唤儿子的声音。

"夫人!休怪朕无情。悠悠万事,社稷为大!朕若再柔肠,只怕……"

第二十四章

钜定籍田感民意　轮台罪己明得失

征和四年(公元前89年)的春节,刘彻是在孤独中度过的。

除夕这天,太常寺、宗正寺遵照旨意,在未央宫举行了盛大的祭祀仪式,两千石以上官员都参加了。

太常考虑到皇上年事已高,祭祀不便,就由商丘成率领群臣,向天地敬献"太牢",还演奏了宏大的祭祀礼乐,祝大汉风调雨顺,国泰民安,祝皇上千秋万岁。

刘彻虽没有出现在仪式上,可每位朝臣都得到了盖有皇帝玉玺的"名刺"(一种木制的贺卡),向群臣贺岁。

未央宫的乐舞一直延续到午夜,朝臣们才相继散去。

刚才还喧闹的前殿,除了灯火依旧绚烂外,留下的就只有打扫殿堂的黄门和宫娥,一下子冷清了许多。

包桑盼咐完之后,就急忙回到了温室殿。

刘彻还没有睡,正就着灯火观书,他听见包桑进来了,就放下手中的竹简问道:"都散了?"

"嗯,大臣们都回府了,准备明天向皇上贺年呢!"包桑说这话时,不由得一阵心酸。

昨日,他征询了皇上的意见,是否要宣钩弋夫人进宫。可皇上很不高兴地回绝了,说不见也落得清静。他又问皇上是否传哪位妃嫔进宫,皇上却转过脸去,不再回应,包桑便不好再说什么。

在他的记忆中,皇上好像是第一次在没有夫人的陪伴下守岁,他担心这样会让皇上憋出病来。

"皇上!奴婢请胶东王过来一起与皇上守岁吧?"

刘彻摆了摆手道:"他年纪尚小,熬不了夜的,你就陪朕说说话吧!"

包桑点了点头,忙答了一声:"诺!"

他又唤来伺候在一旁的黄门,耳语几句,不一会儿,就见御膳房的人搬来了鼎锅和菜肴。

"宿岁迎年,奴婢备了一些椒柏酒,祝皇上万寿无疆。"

刘彻笑道:"好!朕就借这酒祛病除瘴,吐故纳新!你就与朕一起喝吧!"

包桑惶恐地举起酒爵饮了。

喝到卯时,刘彻就在案头睡去了。包桑怕惊醒他,就命宫娥给火盆里添了许多木炭,又轻手轻脚拿来锦被,为皇上盖了。然后一干人站在殿门口,听着皇上沉沉的鼾声。

刘彻在梦中看见了父皇和母后,他们都不老,父皇看上去还是四十多岁的样子,母后依旧端庄美丽,而他也还停留在十六岁的年龄。他们似乎是在未央宫,又似乎是在凌霄殿迎接他们的儿子。在这个一夜分两岁的时刻,他们没有问朝廷的修治,也没有问对匈战争的胜负,他们在四下里搜寻,追问着阿娇、卫子夫和刘据的去向。

他很尴尬,无法给他们一个解释。倒是阿娇、卫子夫和刘据从云端上走来,走到了他们面前。阿娇与卫子夫早已没了早年的恩怨,她们像亲姐妹一样地双双向父皇和母后贺岁。

不一会儿,父皇和母后都隐没在云雾深处,而他也不再是自己,而成了刘据,被人追杀,眼看那刀就架在了脖子上,他大喊一声"母后救我",就醒了。

刘彻睁开眼睛一看,身边站满了黄门和宫娥,再看看肩头的锦被,才知自己睡着了,他伸了伸酸困的胳膊问道:"现在何时了?"

"卯时三刻,大臣们已在墊门等候了。"

刘彻站起来感慨道:"自今日起,朕又添了一岁。"

辰时二刻，刘彻出现在未央宫前殿。伴着洪亮、悠长的钟声，在京的王侯、将相，以及各级官员，拿着相应的礼物鱼贯而入，来到御座前向皇上献贡、贺岁。

万岁的声浪在宫阙上空久久回旋。

齐王刘闳、昌邑王刘髆相继早殇后，胶东王刘弗陵成为唯一留在京城的皇子。卯时刚过，他就要宫娥们伺候自己梳洗，嚷嚷着要去给父皇拜年。

宫娥们觉得刘弗陵聪颖可爱，又逢新年，打扮起来也格外上心。沐浴、梳发、更衣，从头到脚都透着新年的喜气。教习礼仪的黄门让他将过程演练了一遍，确信不会出错时，才上了轿舆，赶往未央宫。

当刘弗陵很庄重地奉上精美的玉璧时，他恭贺父皇的话也出了口："儿臣代母亲恭贺父皇万岁万岁万万岁！"

刘彻心中忽然生出一阵绞痛，可在这个日子，在这样的场合，一切都被随之而起的乐舞淹没了。

刘彻虽然一脸笑容，享受着新岁的喜庆和温暖，可在他的内心却别有一番滋味。早年，他对这年复一年的狂欢乐而不疲，随着年龄增大，他就越来越觉得这种年复一年的祝福没多大意思了。不要看那些王侯们朝贺时言之凿凿，可有多少人是真心希望皇上延年益寿呢？更让他心烦的是，这种朝贺实际上是在告诉他，生命就在这喜庆的氛围中悄悄流逝了。

宏大的饮宴和歌舞，到午后未时才落幕。在朝臣们散去后，刘彻留下了商丘成、田千秋、金日磾和上官桀，到温室殿议事。

朝廷从腊月二十三之后，就不再早朝了。所以议事的程序也很简单，就是皇上有意在正月巡狩东莱，出海寻找神仙。

"太子一案乃是上天警示于朕，足以见朕之不诚。故朕有意在元宵节后，浮海求仙，不知众卿以为如何？"

大年第一天就谈论求神觅仙，皇上这举动不仅让大家不解，甚至每个人心头都充满了畏惧。

商丘成道："虽说正月立了春，然则寒意凛冽，微臣恐皇上龙体欠安，因此还是等到春暖花开的时节去为好。"

"商大人所言，臣深表赞同。皇上春秋日高，龙体关乎社稷，不可不慎。"

金日磾直截了当地谏言皇上应取消此次巡幸，"臣来自河西，对海性知之甚少，然臣以大漠之性推论，海之性想必也是喜怒无常，变幻莫测的。皇上未及熟知，怎可贸然前往？"

上官桀的话虽然不像金日磾那样直接，却也表达了不赞同皇上冒险的意思："岁逢元日，万象更新，正是人间好时节，即使是仙人亦心向往之。皇上巡幸之事，臣以为宜缓。"

刘彻没有想到，大臣们会众口一词地劝他放弃巡幸，于是心中老大的不快，脸也拉下来了。

"正月朔日，一元复始，你们却要坏朕的兴致，是何道理？"

"臣等是担忧皇上龙体，别无他意。"众人忙道。

"呵！你们是怕误了自己的节庆吧？"刘彻没好气地说道，"自征和元年以来，朝事多有不顺，朕思虑已久，实乃神仙谴朕之不诚。故朕巡幸东莱，亦是为社稷着想。朕意已决，卿等不必再说。元宵一过，田千秋、上官桀、桑弘羊随朕前往。朝中诸事，悉由商丘成和金日磾署理，卿等退下吧！"

皇上口谕一下，商丘成、上官桀等，一整个春节就忙得不亦乐乎，又要向东莱郡太守发急报，又要为皇上备好长途巡行的车驾、辎重、禁卫、警跸等。等一切准备妥当后，队伍就浩浩荡荡向东莱出发了。

二月初，刘彻到了东莱，东莱太守早就为皇上准备了巨大的楼船，停泊在码头。众人远远望去，那依据宫廷建筑风格打造的楼船，被海浪托着，忽上忽下，宛若云上仙阁；回看东莱山，祥云缭绕，紫气充盈。难怪方士们都将这里看作神仙往来的居所。

就在刘彻到达东莱的当晚，田千秋避开刘彻，对东莱太守道："皇上年事已高，千万不可掉以轻心，能不让皇上下海，就一定要寻找理由阻止。"

太守明白了大鸿胪的意思，每日到行宫向刘彻禀奏海浪情况，总是说风高浪急，不宜出行。

这样延宕了数日，刘彻心中就生了疑窦。这一天，东莱太守刚一进门，刘彻就来了一句："你可知罪否？朕来此巡幸，非图观光游览，乃在寻拜神仙，你却以海阔浪急为由，阻朕与神仙见面，该当何罪？"

太守顿时陷入慌乱，幸亏田千秋在一旁，他忙上前打圆场道："微臣这几天与太守天天出城观潮,却是波涛汹涌,不见天日。明日微臣再去打探,定当及时禀奏皇上。"

说来也巧,第二天东方刚放亮,郡中便有人来报,说有海市蜃楼出现。太守听罢,匆匆赶到行宫,只说今日风定浪息,请皇上登船看日出。

刘彻听罢,顿时来了兴致,速传田千秋、上官桀、桑弘羊赶往海边,自己则在警跸的护卫下,匆匆先行了。

刘彻刚刚登上楼船,几位大臣也到了。太守引导众人登上二楼,大家凭栏望去,但见茫茫雾霭中,海面上出现了一座都市,闾里纵横,街巷如织,驰道宽阔,车马往来,行人匆匆。一会儿,一座宫阙横空,宫门前的楼阙,高大巍峨,隐约还有旗帜飘扬……

田千秋心中吃了一惊,这不是长安么,为何会在这海上出现?他与上官桀、桑弘羊交换了一下眼色,却无论如何也不敢说出口,生怕皇上认起真来。

刘彻对海上奇景产生了浓厚的兴趣,惊诧了一声,就对东莱太守道:"速传朕的口谕,张帆开船,朕要出海。"

众位大臣不约而同地惊呼道:"皇上,您这是干吗?"

刘彻笑道:"还是公孙卿说得对,心诚则灵。朕亲来海边,果然神仙就在海中等朕,朕要登上那海中仙阁。"

大臣们顿时懵了,三颗心随着皇上的情绪起伏,却不敢明确地阻止。

田千秋趁着皇上进舱的机会,忙向东莱太守问道:"楼船船体可固?水手水性如何?若遇危机,可否化险为夷?"

东莱太守一一做了回答,末了还保证道:"下官有几颗脑袋,敢拿皇上的安危当儿戏?"

田千秋这才放心进了舱,站在皇上身边。

楼船劈波斩浪,向海市蜃楼驶去。

上官桀知道海市蜃楼乃浪中幻境,太阳升起后即会消逝。他虽然陪伴在皇上左右,内心却在祈祷上苍,让幻境早早散去,好让皇上那颗不安的心归于平静。

他正这样想着,就听刘彻大呼道:"这是怎么回事?仙阁为何消逝了?"

大臣们顺着皇上的手看去,眼前除了滔滔巨浪外,哪儿还有什么层楼叠翠,巷间纵横呢?

刘彻焦急地拍打着船舷道:"仙阁隐去,此朕心不诚之故。速命水手加快船速,朕要于大海深处寻找仙山!"

刘彻正催促东莱太守,却见海天连接处生出团团黑云,顷刻间海面狂风大作,巨浪拍打着船体,颠簸异常。除了长期在海边的东莱太守和水手,所有人都五内翻腾,呕吐不止。

田千秋顾不上自己不舒服,就对羽林卫喊道:"护卫皇上!"话未落音,就被掀倒了。

上官桀冲到皇上身边,抱着皇上喘气道:"皇上,微臣来了。"

刘彻眩晕加上呕吐,几次倒在舱底。田千秋、桑弘羊、包桑、太医令和一干黄门宫娥守在皇上周围,干着急而没有办法。

东莱太守冲进舵舱,严令舵手急速回港。

一场寻找神仙的闹剧,就这样在仓皇中收场。

接下来几日,东莱郡大风掠地,雨雪肆虐。刘彻在行宫中养病,为没能见到神仙而郁闷,弄得大臣们奏事时也一个个提心吊胆。

时间很快就到了二月底。这一天,东莱太守拿着京城的急报来找田千秋,田千秋不敢怠慢,忙呈送给刘彻看。

商丘成在奏报中说,二月二惊蛰那天,天气分外晴朗,云彩都躲到山后去了,只把大海一样湛蓝的天空呈现给大地,京城的百姓都为万物复苏而兴奋。可天有不测风云,午时三刻,从蓝天深处滚来一阵雷声,掠过雍城山川土地,随之,两块巨大的陨石自天而降,落到一条悠长的山谷中。据当地的亭长所说,那陨石其色如鳖,落到地上时,还很烫手。

除此之外,商丘成在奏疏中还说,胶东王殿下安好,只是钩弋夫人几次要见殿下,询问皇上如何处置。

刘彻放下奏疏,一脸严肃地对田千秋道:"传朕旨意,绝不可以让她见陵儿。立嗣未决之前,由御史大夫为胶东王讲书。"

合上札板,刘彻望着外面的苍穹,许久才叹息道:"此又上天谴告于朕矣!"

两块陨石不仅撞击了他脚下的土地,也让他心绪不能安宁。他带着这样的心绪来到泰山脚下的钜定县,他对自己一生的反省,就从这一天开始了。

在封禅之后,皇上又一次登临泰山,来到当年自己亲手题字的巨石旁。他手指慢慢地抚摩过石匠刻下的每一个字,心中有说不尽的感慨。

恍惚之间,从第一次封禅至今已过去二十一年了,石上的笔迹依旧清晰可见。当年跟随他的老臣一个都不在了,他们有的是无疾而终,有的是死于罪刑。

他清楚地记得,霍嬗就是在那次封禅中罹难的。多少年来,他都宁愿相信那是上苍让霍嬗羽化登仙,而不愿反省自己在呵护小外孙时的过失。屈指数来,那年霍嬗七岁,算起来现在也该二十八岁了,比他父亲去世时还要大。他要是活着,也许又是一员骁将。

现在站在泰山石刻前,他对自己造成公主和皇后的伤害怀着暗暗的自责,他开始明白,那些所谓的羽化登仙,不过是方士们编纂的诳言而已。

公孙卿死了,他要是活着,朕一定要用他的头祭奠嬗儿母子。

抚今追昔,他感喟一代代人的风景。回眸身后的田千秋、上官桀、桑弘羊,他唯一的希望就是他们能够帮助自己完成立嗣的大计。

"朕自即位以来,所为狂悖,使天下愁苦,不可追悔。"刘彻用这样的语气对身后的田千秋道。

这番话让田千秋知道皇上现在悔悟了,于是,他把心中想了许久的谏言说了出来。

"方士能言见神仙者甚众,而无显功,皇上寻觅多年,了无结果,足见方士之言虚妄。臣奏请皇上从今以后罢方士之术,严责蛊惑人心之术。"

"爱卿所言极是。从今以后,敢言方士之术者,斩无赦!朕多年愚惑,为方士所欺。天下岂有仙人,尽妖妄耳!朕自省作为,终晓自然之理。节食服药,乃健身根本。"

大家相互看了看,每个人的目光中多了许多的钦佩,纷纷谴责方士祸乱朝纲。

上官桀道:"我朝任吏之中,应悉除对方士的封侯拜将,勿使其恃权弄威,蛊惑皇上。"

桑弘羊的谏言更为具体:"微臣以为,可命郡国遍查方士,致死人命者斩,游说诓骗者充徭役,发边陲屯垦。"

可刘彻的心思很快就到另外一个目标去了。

"朕多年来,倾心对匈之战,多误农桑。"刘彻倚石,眺望山下,正是土地解冻、万木复苏的季节。一望无际的田野间,农人们赶着耕牛,犁开芬芳的春泥,撒下一季的希望,一种回归农本的意念顿时充满刘彻心胸,他转脸对桑弘羊道,"往年都是在京郊籍田,朕今年就在钜定县选一块地亲耕吧。朕的意思,从今以后,我大汉君民,当勤力务本,振兴农桑,明白么?"

为朝廷财力拮据而没有少受过刘彻责备的桑弘羊,心一下子热了。往日那些因谏言罢兵息战而遭受的冷眼,那些为筹措前方所需资财而疲于奔命的委屈,还有对朝廷为充实府库而不惜卖官鬻爵的忧虑,都被皇上的情感冲淡了。

"诺!臣立即去办!"

桑弘羊一贯干练,没有丝毫怠慢,他就对身边的齐郡太守和钜定县令道:"请两位大人速速下山安排,皇上要在此籍田。"

尽管桑弘羊内心清楚,所谓"籍田"不过是一种仪式,可他毕竟是皇上劝农之举,对王朝风气的影响实在是太大了,毕竟战争已经进行得太久了……

籍田礼选在钜定城外县府的公田。皇上要亲耕的消息让整个钜定县沸腾了,"皇上什么样?""皇上握犁会是怎样的姿态?"等等话题从当日午后就成了街谈巷议的中心。

第三天东方刚刚放亮,城外的公田四周就拥满了四里八乡的百姓,大家都在七嘴八舌的议论着。

"皇上耕田,也要穿了短衫吧!要不弄脏了华衮怎么办?"

"那当然,皇上也是人嘛!"

"小心!皇上可是天子哦!你不怕掉头么?"

太阳姗姗地爬上东方山头,将金色的阳光洒满大地,露珠在道边刚刚复苏的青草上闪着亮光,经过一夜净化的土地渗油般的滋润。

大约辰时三刻,城门开了,绵延数里的羽林军卫士和县府的衙役们浩浩荡荡地踏上了通往公田的道路。接着,由田千秋引导,由上官桀驾车,警跸护卫的皇家车队下了坡,就到了公田旁。

羽林军很快组成一道人墙,把百姓与皇上的车队隔开;警跸们站在车驾两旁,警惕地关注着周围的一切;而衙役们则辟开一条通道,直到地边。

上官桀首先跳下车,来到守候在田边的齐郡太守和钜定县令面前询问"籍田"的筹备情况,随后来到车前邀请刘彻下车。

当刘彻被包桑搀扶着走下车时,人群中爆发出雷鸣般的声浪:

"皇上万岁!"

"皇上万岁!"

……

刘彻环顾四周,人群已黑压压地跪倒了一片。

尽管没见到皇上之前,人们尽其所能地想象着皇上的风姿,可现在,却没有谁敢偷偷看一眼面前这位掌握着万里江山的至尊。

依据"籍田"礼仪,是要先祭祀天地和五谷之神的。因此,在公田的东南角现在已经搭起了一座祭坛,上面摆上了天地诸神的神位。

刘彻在田千秋、上官桀、桑弘羊的陪同下庄重地登上祭坛。乐队高奏雅乐,刘彻率领随行官员向天地行三叩九拜大礼,台下的百姓也随着司仪的喊声拜祭天地。接着,桑弘羊代表皇上宣读颂词:

> 昊昊上帝,地载天覆。太一乃母,大化两仪;阴阳相辅,五行相生。在天为云,在地为雨,入土为露,润我玉田,壮我嘉禾,美我桑蚕。皇皇大汉,经天纬地,威德广布,四海咸宁,北辰中居,群斗垂拱;民安其业,农桑是首,春耦其耘,稼穑乃丰,朕亲躬耕,垂范众生……

这种往年例行的祭祀,因为皇上的到来而越发庄严和肃穆。百姓们此时感到的不仅是前几天,上天落了一场春雨的恩泽,更有皇上的圣德。他们都庆幸,无尽的戎役终于从征和四年开始,逐渐为农桑所代替。

有几位乡邑的三老眼角淌着泪水,在桑弘羊的颂词刚刚落音时,就率先高呼着"皇上万岁"的口号。

刘彻的眼睛有些湿润,看着眼前的百姓也有些模糊了。如果不是这次来钜定"籍田",他又怎么可以听到百姓盼望结束战争、安居乐业的呼声呢?

他的耳畔又一次响起少年时期太傅窦婴那殷殷不绝的警示——民为贵,社稷次之,君为轻。他对这句话从来没有像今天这样的感同身受。

"唉!朕有负于天下百姓的厚望啊!"

刘彻被随员簇拥着来到地头,早有亭长和三老为他准备好了犁铧和耕牛。

刘彻挽起短袖,操起犁把,前面有年轻的农夫牵牛,两边有两名警跸护驾,他于是便开始了"籍田"第一犁。

犁铧掀起一阵阵泥浪,百姓又是一阵欢呼。刘彻握着犁把的手渗出津津汗水,亭长为他选了最短的田垄。可等犁到了地头,刘彻已是气喘吁吁了。

"唉!朕果真老了。"刘彻把犁把交到农夫手中,有些赧颜地想。

接下来,是赐种。

齐郡太守和钜定县令将准备好的种子递给刘彻,然后由他赐给钜定的三老。

三老中的最长者代表百姓感谢皇上的恩典,下拜的时候,都有些颤颤巍巍。

眼前这情景让刘彻忽然想起前年那个冒死为太子辩冤的令狐茂。不要看他们爵无一级,官无一冕,可有时候,他们却是最能反映民意的。

也许是因为太祖高皇帝出身亭长的原因,从立国以来,大汉就把推举三老作为教化黎首、雅善风俗的国策。

刘彻上前扶起长者,叫包桑赐酒。于是包桑盛了从行宫带来的酒酿,来到三老面前,尖着嗓音唱道:"御酒三杯,赐予三老,谢恩!"

三老接过御酒,禁不住老泪纵横。他们打量着皇上,虽与他们年龄不相上下,却还将万里江山担在肩头,何曾言老呢?

他们除了再次向皇上表示感谢外,那酒无论如何也不敢独享了。只是用嘴唇轻轻沾了沾,就依次传递给身后的老者……

皇上力劝农桑的旨意,将从这里开始,在不久的未来将传遍各个郡国。

太阳已经升得很高了,料峭的春寒渐渐淡去,从土地里蒸腾的水汽,把空气烘得暖洋洋的。

刘彻就在"万岁"的呼喊中登上了车驾,队伍在走出很长一段路程后,他回眸望去,正午的田垄间,农夫们赶着耕牛,那鞭声汇成宜人的春曲,久久地在心头荡漾……

皇上来钜定"籍田",让齐郡太守十分荣耀,他不断与钜定县令拟定一个个节目,以让皇上在齐郡的日子每一天都过得愉快。

躬耕回来,他就思谋着为皇上安排一次游钜定湖。

这个奏章是通过包桑呈送给皇上的,包桑走进行宫,看见田千秋正和皇上说话。

刘彻接过奏章,粗粗浏览了一遍,转给田千秋问道:"爱卿以为如何呢?"

田千秋看后道:"现在天气转暖,皇上既然来此,也不妨一游。太守之奏,有益健体,比方士们强多了。"

"如此甚好!那就依卿所奏。传朕旨意,明日游湖。"

"诺!"包桑转身便离去了。

齐郡太守备了三条楼船,一条由他与钜定县令乘坐,为皇上作引导;第二条船是专为皇上准备的巨大楼船,上面各种器具、饮食一应俱全。齐郡太守请皇上登船时,刘彻却拉着田千秋的手道:"爱卿多日劳苦,就与朕同乘一船吧!"

田千秋很是激动,就跟刘彻上了船。

第三条船上坐的是上官桀和桑弘羊,还有羽林卫。

钜定湖波光粼粼,春水荡漾。刘彻站在甲板上,视野内,一碧万顷,浩渺无垠,湖对面的山丘,只留下一抹青蓝。回想起前些日子的海上遇险,刘彻道:"毕竟湖与海不同,平和多了。"

田千秋眯着眼睛望着远方,跟着皇上的话音道:"陛下有所不知,钜定湖可与长安的人凿湖不一样,若是发起怒来,也是阴风怒号,樯倾楫摧。"

刘彻"哦"了一声,恍然道:"看来这水性一如人性,知之,则利;茫之,则害啊!"

"皇上圣明。"

"朕在年轻时曾读了荀卿的《君道》,不甚了解,总以为朕一人权鼎在手,即可号令天下。今番出海游湖,方悟他所言'水则载舟,水则覆舟'的道理。"

见田千秋点了点头,刘彻继续道:"君者,舟也;庶人者,水也,君以此思危,则危将焉而不至矣?"

前面有一沙洲,湖水于此处形成一个漩涡,楼船绕沙洲前行时,出现些微的晃动和倾斜。田千秋触景生情道:"民之情若水,顺之,则长风万里;逆之,则有覆舟之危啊!我大汉历五世而鼎兴,乃在知民意也!"

刘彻觉得,田千秋的话说得在理。他悄悄地打量着田千秋,忽然就想起建元初年的丞相卫绾来。这两人的性格何其相似,既不像窦婴、汲黯那样锋芒毕露;又不像公孙弘那样喜欢朝后奏事。这样的人若是做了丞相,阁僚们大都会心悦诚服的。只可惜当时自己太年轻,总以为卫绾太迟暮,跟不上趟。

也许,只有经历了这么多风霜,才真正明白什么叫知人善任。

"爱卿好自为之,朕望爱卿能担大任啊!"

这话来得太突然,让田千秋还来不及思考。尽管他知道自己在年龄上与皇上不相上下,可终究入朝太晚,资历尚浅,尚不敢有多余之念,可皇上目光中的信赖却让他把皇上的期待看成一种责任,就无法将那份自谦说出口了。

"谢皇上隆恩。"

田千秋没有想到,他在钜定湖上与皇上的谈话,会给他的仕途带来了意想不到的转机。

在另一条船上,上官桀与桑弘羊却始终没有绕开"立嗣"的话题。

"大人到了酒泉,定然知道光禄大夫对立太子的想法吧?"

桑弘羊摇了摇头:"这位霍大人不要看岁逢中年,可处事却是滴水不漏。他看了皇上送去的《周公辅成王图》后,只说了一句'在下知道了',就再无下文。"

"哦?"上官桀看了一眼桑弘羊,"太子已薨一年,案情也真相大白,国嗣却依然空虚,这终非长策啊?"

"可不是么?京外的几位皇子引领眺望,蠢蠢欲动,再拖延会出事端的。"

上官桀点了点头:"此次回京,下官将面奏皇上,劝皇上早日立嗣,免得夜长梦多。"

从前面船上传来皇上的笑声,打断了他们的谈话。桑弘羊看见田千秋与皇上相谈融洽的样子,说道:"这位田大人入朝时间不长,却是好花逢春啊!大人不觉得皇上很借重他么?"

上官桀没有直接回答桑弘羊的话，但他心里已有了预感，田千秋恐怕在大鸿胪的位子上不会太久了。

三月底，刘彻回到长安。第一件事就是任田千秋为丞相，封为富民侯——这离他担任大鸿胪相隔不到一年。

不管商丘成对皇上此举多不理解，也不管上官桀、桑弘羊等人内心怎么想，一场巫蛊案给朝廷带来的创伤，使这些人暂时把个人荣辱放在一边，不约而同地形成了一个共识：王朝再也经不起折腾了，他们需要勠力同心维持一个稳定的局面。

田千秋并不忘乎所以，他比谁都清楚自己的分量和皇上的封赏对朝野的震动。

因此，在走进丞相府的第一天起，他就不等九卿前来禀告署中事务，而是自己先去拜访他们了。这一招，是包括商丘成在内的阁僚们万万没有想到的，因此，许多的芥蒂和不满都被他的笑容化解了。

商丘成甚至对桑弘羊道："这个执戟郎出身的田千秋比起公孙贺来，少了许多傲岸和矜持。他那笑容可掬的好脾气，就是让你有千般的不满，都说不出口。"

的确，田千秋给朝廷带来了一股新风。他从不独断专行，总是在听了大家的陈述之后，就投来商量的目光，接着就是以征询的语气，说出自己的见解……

如此一来，那些曾做过公孙贺阁僚的九卿们，越来越觉得凡事只有经过田千秋指点后心里才踏实些，才有底气拿到朝会上去讨论。

立夏前一天，桑弘羊约了商丘成一起到丞相府来了，他们名义上是邀请丞相去郊游踏青，可一见面，还来不及寒暄，就被田千秋看破了心思。

"两位大人到访，不仅是为了到曲江池去赏花吧？"田千秋坐在席上，热情地邀商丘成和桑弘羊用茶。

"唉！什么事都瞒不过大人这双眼睛。"

商丘成呷了一口茶，润了润嗓子笑道："以大人的年龄，莫非真炼成了火眼金睛？"

"呵呵！说什么呢？"田千秋并不讳言自己执戟郎的经历，照样开心笑道，

"老夫只不过在长陵待的时间长了些,经历的事多了些。有事两位大人不妨直说。"

"如此下官就不揣浅陋了。"桑弘羊于是将自己到酒泉考察边城防务,如何与霍光一起谈论永久保持边陲的稳定,如何招募丁壮屯垦戍边,以减少长途转输带来财政负担的新思路陈说了一遍。

"两位大人的意思是要老夫出面向皇上陈奏此事么?"

"是呀!大人!"

商丘成和桑弘羊看着田千秋,正在想眼前这个老头是何等的聪明哦!正要说话,田千秋却替他们开口了:"这个不难,老夫既然是丞相,自然责无旁贷,再说此议利国利民,皇上一定会准的。"

田千秋给两位同僚续上茶水,问道:"呵呵!还去踏青么?"

"去!如此春光,岂能辜负?"

"好!"

第二天朝会一开始,田千秋首先出列陈奏了三件事情:第一件事是,大农令府为解决财力拮据,奏请民每口增赋三十钱;第二件事是,边城轮台以东,现有可灌田地五千顷,大农令府建议遣卒屯田,多种五谷。并每隔十数里,修筑亭障,将边城连成一片。第三件事是,新任大鸿胪建议,招募死士以送匈奴使者回国名义,行刺单于。如此,不仅可威慑西域各国,同时也可以帮助已与我朝联姻的乌孙国抵御匈奴。

"臣以为,上述有司所陈,于国于民两利,请皇上准奏。"

还没有等刘彻问话,商丘成、桑弘羊率先响应。桑弘羊更是慷慨激昂,主动请缨道:"倘若皇上恩准所奏,臣愿再赴酒泉,招募丁壮,固我疆土,远播圣德。"

刘彻听得很认真,很专注,眼睛来回在群臣和三人之间旋转。

虽然丞相、御史大夫和大司农异口同声奏请他恩准,但他还想听到不同的声音,于是他把目光转向了桑弘羊:"霍光对此事如何看?"

"霍将军以为此举是长治久安之策,要微臣转奏皇上,请皇上早日付诸实施。"

"哦?"刘彻沉吟片刻,又向一直没有说话的上官桀问道,"爱卿以为如何呢?"

"臣以为……"上官桀有意拉长了回话的节奏,思索着皇上问话的用意。

精明的他很快就知道了皇上的心理。他断定皇上要他说话,绝不是要他附和田千秋等人。他几乎没有犹豫,就提出了截然相反的主张。

"皇上!丞相和两位大人所言,固国利民,忠贞可嘉。然依臣看来,匈奴自乌维单于之后,每况愈下,虽小有骚扰,毕竟已是强弩之末。眼下是南夷来服,西域震慑,海清河晏,正是兴农务本的大好时机。皇上在钜定躬耕籍田,吁民务本,致力农桑。丞相曾随皇上东行,现在又提出募卒屯垦,未免有违皇上初衷。故臣奏请皇上,罢民口增赋三十钱;罢轮台屯垦之议。"

话说到这里,上官桀就打住了话头,想听听别人的反应。果然,在一旁记录的司马迁说话了。

"臣以为上官大人之议上附天意,下顺民心。我朝自元狩以来,战事频仍,赋税日增,民不堪其苦。臣恳请皇上准上官大人之奏,悉罢丞相之议。"

在司马迁附和上官桀的奏议时,田千秋一刻也没有放过对皇上表情的窥视,当他透过皇上的频频点头,捕捉到他内心的波澜时,就立即意识到皇上在钜定行宫的那番自责绝非一时心血来潮。

于是,他立即拨转方向,向皇上靠拢了。他不仅盛赞上官桀和司马迁的深谙圣意,而且转而毫不含糊地收回自己的奏议。

"两位大人的奏议令千秋顿开茅塞。臣不胜惶恐,还请皇上恕罪。"

但刘彻并没有责备的意思,只是不再提及屯垦和增赋,而把自己从钜定回京一路的所思摆开在大臣们面前。

"曩者朕之不明……乃致贰师败,军士死略离散,悲痛常在朕心。今又请远田轮台,欲起亭隧,是扰劳天下,非所以优民也,朕不忍闻!大鸿胪等又议欲募囚徒送匈奴使者,明封侯之赏以报忿,此五伯所弗为也。且匈奴得汉降者常提掖搜索,问以所闻,岂得行其计乎!当今务在禁苛暴,止擅赋,力本农,修马复令,以补缺、毋乏武备而已。郡国两千石各上进畜马方略补边状,与计对。众卿以为然否?"

谁也没有想到皇上会当着数百名两千石以上大臣深省既往之过,以致他的话音刚落,大殿内就出现了瞬间的寂静,继之就爆发出震撼大殿的共鸣：

"皇上圣明！"

"皇上万岁！"

"好！"刘彻按下大家的呼声，对司马迁道，"爱卿就依照朕这个意思，草拟一道诏书，颁发各个郡国，使天下尽知朕意。"

朝会进行到这里，本已进入尾声，包桑按刘彻示意，正要宣布散朝。孰料宗正却匆匆出列，把一道奏章呈给刘彻。看到这道奏章后，刘彻的眉宇逐渐凝聚到一起，刚才满脸的和风细雨一扫而空，代之以阴沉和愠怒了。

大家都猜不透这奏章上究竟说了些什么，一个个的心都提了起来，及至皇上用力拍击案头，都顿时惊出了一身冷汗。

"大胆！好个刘旦！"刘彻愤懑地将奏章掷于案头，"去年十月，诸侯朝觐，他就提出要滞留京都，被朕拒绝。孰料今又重提旧议，上书要回京都，名为宿卫，居心何在？"

刘彻并不要求大臣们对此事发表意见，而且他也清楚，没有哪位大臣敢对皇上父子之间的纠葛说三道四。他干脆直接对司马迁道："传朕旨意，斩呈报上书的使者于北阙，削燕王良乡、安次、文安三县，以儆效尤！"

……

从大殿出来，田千秋的心稍稍安定了些。入朝以来，他第一次看到皇上如此震怒，这让他觉得立嗣不可再拖延了。正踌躇间，就听见身后有人叫了一声"丞相"，他回头看去，却是上官桀。他放慢脚步，上官桀紧走两步追上来道："今日朝会上的事情，丞相一定有所参悟吧？"

"老夫愚钝，还请大人明示。"

上官桀就在心里笑田千秋的滑头和狡黠："皇上立嗣的目标已经很明显了，看来非胶东王莫属啊！"

"哦？呵呵……"田千秋很谨慎地回了上官桀的话，然后就上了自己的车驾先走了。

"这个精明的执戟郎……"上官桀望着田千秋远去的背影，由衷地感叹道。

第二十五章

恨满关河残梦断　情绝汉宫悲歌终

日食是自西向东慢慢开始的。

整个蓟城一片慌乱，里正和亭长命沿街的店铺搬出各种铜器、铁器，使劲地敲着，而王宫的卫队也把数十面大鼓擂得震天响。

喊声、哭声、鼓声和各种敲击声响彻了王城的各个角落。

燕王刘旦在黄门和卫队的陪伴下，站在王宫殿前，眼看着悬挂在蓟城上空的太阳被黑暗一点点吞噬，他情不自禁地打了一个寒战。

他的心瞬间飞到长安。

天象在这个时候出现，对朝廷、对父皇，意味着什么呢？对自己，又意味着什么呢？是不是父皇要离他而去了。

那么之后，该由谁来撑起这多难的江山呢？

前不久，他接到刘胥发来的信札，信在路上整整走了两个多月。信写得很伤感，充满了对母亲的怀念和对父皇的艾怨：

> 广陵七月，淫雨霏霏。引笔欲言，涕泪怆然。母之遗爱，父之厌恶，庶几心碎。长安千里，迢若两世。归期渺渺，意冷心灰。然朝廷风谲云诡，暗流四伏，弟引领北望，忧思漫漫，以兄之才略，为何偏安一隅？唯期皇兄，早作安排……

他的心被胞弟的信炙烤得火热。去年十月朝觐时,因为向父皇提出宿卫京城的请求被拒绝,这让他想起来愤愤不平。他自认在皇上诸子中,除了刘据,自己无疑是佼佼者。

　　刘旦博通经史,熟稔兵法,尤其是到了幽燕后,他广纳贤才,善结文学,王府辞赋颂声不绝于耳,门前佩剑之属相望于道。他仿照年轻时的刘彻,招募幽燕子弟,在境内组建禁卫军,排兵布阵,演军习武。短短几年间,这些人已成为一支精锐之师。这一切都使他觉得,无论从资质还是才情上,都该是刘据之后的太子当然人选。

　　三月间,皇上去海边寻仙不遇,进而在钜定"籍田"的日子里,刘旦也没有闲着。他找来燕相董汉,分析父皇此刻的心理。

　　这个董汉是董仲舒的族侄,当年皇上一纸诏令,将叔父发到江都国,一去就是六年,后来又长期赋闲在家。即使被举荐到朝廷后,皇上还是没让他留在长安,而是到了蓟城。

　　这一切,都使他与皇上的情感疏离,而更倾心于燕王殿下。

　　董汉也以为,除了刘旦,皇上的诸子中,再也没有谁可以担得起储君大任。于是便建议道:"朝觐之后,又是数月,之所以没有立嗣,足见皇上举棋不定,殿下何不再派使者入京,陈明原委,或许皇上心动,会召殿下回京。"

　　刘旦十分感谢董汉,道:"倘若事成,本王将拜爱卿为丞相。"

　　就这样,刘旦再度坠入梦中,从使者离开蓟城的那一天起,他就一直焦急地期待着父皇的召见。

　　可直到秋风染红燕山枫叶的日子,每日从殿前流过的只有携带着秋意的白云,只有吹落一片片黄叶的秋风。

　　使者仿佛离去的黄鹤,连一声回应的鸣叫都没有,反倒是日食在他烦乱的时候来临了。

　　刘旦收回目光,不再看太阳被黑暗吞噬的情景,对身边的黄门道:"快去传望气者来为本王占卜。"

　　"诺!"

　　不一会儿,望气者来了。还来不及参拜,刘旦就迫不及待地问道:"你看看,这天象对本王来说,是吉是凶?"

"殿下！这是大大的吉兆呀！"望气者把目光从天上转向刘旦的时候，脸上露出了十分的惊喜。

"哦！这怎么说？"

"殿下请看！"

刘旦仰望天空，那是一幅多么奇幻的画面：

随着黑暗一步步退却，太阳又恢复了它往日的绚烂，耀眼的光芒让王宫的一切重新沐浴在亮丽和温暖之下。

"圣光重现，山川焕绮，此贤君践位，创业垂统之征兆啊！"

到了这一刻，刘旦的脸色才有了一丝活泛，他吩咐黄门赏赐望气者金五十，帛十匹，但话里却带了责备的意味："本王要你占卜吉凶，乃是为父皇龙体担忧，岂可妄言贤君践位，创业垂统。你下去吧！"

目送望气者的身影消失在潋滟的秋光之中，刘旦对董汉道："此人不可留，速传内史，将其缉拿入狱，密杀之。使者一回来，立即禀奏本王！"

"心外无刀！"董汉心底忽然冒出一个可怕的字眼。

现在，慌乱和惊恐已经过去，蓟城恢复了往日的秩序和气氛。大约在巳时，董汉带着长安的使者匆匆进宫来了。

日食发生的前一个时辰，使者刚刚到达蓟城。这一巧合让董汉有种莫名的不祥之感。曾精研过叔父《春秋繁露》的董汉，很自然地把天象与王国的命运联系在一起，使者在这时到来，是否预示着朝廷已掌握了燕王的所为？

他迎面拦住正要出宫的黄门总管，悄悄地耳语了几句，黄门总管的脸色顿然严肃了，转身就朝身后的王宫大殿跑去。他一边跑，一边喊道："圣旨到，燕王殿下接旨！"

跟着他的声音，是黄门依次的传呼："圣旨到……燕王殿下接旨……"

这声音让刘旦的心"咯噔"一下，就悬在了空中。不容多想，他就急忙地跪在了大殿中央，习惯地喊出了"父皇万岁！万岁！万万岁！"

使者板着面孔，不苟言笑，宣读诏书的声音呆板而又冰冷。

制曰：呜呼！小子旦，受兹玄社，建尔国家，封于北土，世为汉藩辅。呜呼！獯鬻氏虐老兽心，以奸巧边氓，朕命将率，徂征厥罪，万夫长，千夫长,三十有二帅,降旗奔师,獯鬻徙域,北州以妥。

朕于汝有诚,悉尔心,勿作怨,勿作棐德,勿乃废备,非教士不得出征。然则,王不尊法度,不修武备,因怨腹诽,意图回京,甚失朕意。斩来使于北阙,即削去良乡、安次、文安三县,以为警示,钦此。

一卷诏书,压在大殿内每个人头上,大家似乎觉得周围的空气都停滞了。

这突如其来的消息,彻底击碎了望气者对天象的见解。皇上用词严厉,以致他都不知道该怎样接诏书了,只是僵直地跪在那里望着冰冷的地砖发呆。直到使者几次提醒"跪谢皇恩"后,他才断断续续地说:"臣……谢……谢皇上隆恩。"

董汉送使者离开大殿后回到王府,看见大厅的摆设碎了一地,刘旦手举着一尊铜鼎,狠狠地向窗口砸去,只见窗棂被砸坏,鼎从窗口飞出去,落在花坛里,压坏了一片金菊。

他似乎还不解气,从腰间拔出宝剑,哗啦啦地朝对面的四神砖雕砍去。火花闪过,宝剑三折。刘旦拾起剑刃,向门外掷去。黄门、宫娥们一个个伏地垂首,面如土色。

刘旦颓唐地仰天长啸:"同为皇子,为何有尊卑之别啊?父皇!"

董汉见此情景,只好默默地站在一旁不说话。

过了一会儿,刘旦逐渐冷静下来,对董汉道:"传内史和诸将到王府议事。"

董汉大约去了半个时辰,内史和将军们就到了。他们已从董汉那里得知了王爷的情绪,因此说话都小心翼翼地。

刘旦将朝廷的诏书重重扔向案头,大声道:"本王要回京尽孝,何错之有?不允也就罢了,还要削去本王封地,岂有此理?"

几位臣下没有说话,只是茫然地看着刘旦发泄。

"难道本王非父皇亲生么?"刘旦说着,从剑架上抽出宝剑,"刷"地砍去了案几的一角,"不准回京也就罢了,还将寡人的使者斩于北阙,是何道理?寡人也斩了来使,悬挂在蓟城城头,看其能奈我何?"

前将军忙劝道："殿下！您千万要三思！"

"父皇既然无情,就休怪本王无义,本王欲起兵蓟城,众卿以为如何？"

此话一出,董汉就"扑通"一声跪下了："殿下！这万万不可！"

"为什么？难道本王怕一个孩子不成？"

"殿下且息雷霆之怒。"

"是可忍,孰不可忍！"

"殿下能听微臣一言么？"

见刘旦示意他站起来,董汉撩了撩袍裾,话里就带了感恩和亲近："臣自来到燕国,深受殿下恩宠,举凡大事,皆咨询于密室,询问于王庭。有道是,士为知己者死,故臣冒死进谏殿下,当今之计,一定要忍。"

"为什么？眼下正是立嗣紧要关头,本王忍了,就等于把大汉江山拱手送给那个无知小儿！"

"至少眼下不宜轻动。"

"哦？有何原因,你说来本王听听。"

"当年吴楚七国起事之际,打着'清君侧'的旗号,是因为朝廷还有一个晁错在皇上身边。现在殿下言说声讨胶东王,可他现在连太子都不是,殿下这是将剑锋指向皇上啊,父子相残,两败俱伤,此一不宜也！

"虽胶东王年幼,然他背后是霍光、田千秋、金日䃅、上官桀诸重臣,他们哪个不是皇上的心腹呢？此二不宜也！"

"哦！"

内史接过董汉的话道："燕国辖下不过十数县,地不过数百里,兵不过五万,今与朝廷相抗,岂非以卵击石？太子矫节,亦葬身深谷,此乃前车之鉴,殿下不可不察,此三不宜也！"

"内史所言,亦正是微臣想要说的。"董汉朝刘旦面前挪了挪,顺着思路一步步地把分析引向深入,"请殿下自度,王上与淮南王,孰强？淮南王在寿春经营数十年,一俟反叛,土崩瓦解,况殿下在蓟城不过数年,根基尚浅……"

刘旦点了点头。

董汉又道："请殿下再自度,殿下与梁王相比,孰强？"

"本王所效者,正是梁王。"

"然梁王终其一生未能立为储君,正在于其锋芒毕露啊!因此,依臣看来,小不忍则乱大谋。殿下眼下戒急用忍,乃明智之举。"

"唉!可现在忍无终期啊!"刘旦在案几后坐下来,怅然叹息。

董汉很后悔当初不该谏言刘旦派使者到京城,不过,他从皇上的诏书中还是捕捉到一些抚慰燕王的信息。于是,他以试探的语气问道:"臣有些话不知当讲不当讲?"

"唉!都什么时候了,你还这样的嗫嚅其口,说吧!"

"皇上年届七旬,春秋已高,又因太子一案,心力交瘁,百年之后,即便是胶东王继位,那时候殿下也完全可以用难符国望取而代之。"

"嗯!那时候本王就不用再担僭越之名了。"刘旦舒一口气,"就请爱卿传本王旨意,将良乡、安次、文安三县归还郡守,再向朝廷写一道奏章,就说本王铭感父皇隆恩,定当修政理,强武备,不负圣望。"

……

圣洁的太阳神遭遇黑暗侵袭的时候,草原上一派狼藉和慌乱。

狐鹿姑单于率左右大将、左右骨都侯、各路亲王和他的臣民们,呼啦啦地面朝东方,跪倒在单于庭外,悲哀地呼唤:

"神圣的太阳神啊!请您战胜黑暗,还匈奴光明吧!"

"神圣的太阳神啊!请您拯救多难的匈奴人吧!"

当狐鹿姑单于举起手中的银碗,将马奶酒撒向天空之际,忽然一阵头晕,险些跌倒在地,他的儿子左大将眼快,一把扶住了单于。

"父王,您怎么了?"

"不碍事,只是有些疲倦。"

"父王还是进穹庐歇息吧!"

"糊涂!"狐鹿姑单于挥手拨开儿子,"太阳神正蒙劫难,匈奴危在旦夕,寡人如何能心安地回穹庐去呢?"

狐鹿姑单于回过头去,又开始祈祷:"神圣的太阳神啊!请您拯救匈奴吧!"

"拯救匈奴吧!"……

哭声在秋风中弥漫,人们不敢抬头看天,生怕那一幕击碎了他们虔诚的心。

狐鹿姑单于沙哑的嗓音穿越哭声,直抵每一个匈奴人的心底。

"子民们!你们哭什么呢?有太阳神护佑,灾难是不会降临到匈奴人头上的。"

可单于庭的女奴来告诉他,阏氏的病又重了,他于是感到,这是上天对自己的惩罚。他没有将祖先的基业发扬光大,反而连恢复失地的希望都十分渺茫,上天能不降罪于他么?他因方寸迷乱而对眼前的一切都那么茫然无措。

"阏氏的病又重了。"他小声对身边的卫律道。

"臣也忧心如焚。"卫律苦着脸道。

其实,从日食刚刚出现时起,他的眼睛就一直没有离开过单于。作为较早投降的汉人,那种生存的欲望迫使他时刻关注单于情绪的变化。自李陵和李广利来到草原后,单于在事关汉匈关系的问题上,更看重他们的谏言,这让他很失落。一年来,他一直在寻找机会,希望能给政敌致命一击。

当日食已侵入到太阳三分之一时,他认为机会到了,他暗暗拉了拉单于的袍袖,小声道:"请单于进穹庐,臣有要事禀奏。"

狐鹿姑单于迟疑了一下,还是进了穹庐,卫律就跪在他面前了。

"丁零王这是为何?有什么事不能等等再说么?数千子民还在等着寡人呢!"

"臣正是为单于分忧而来。"

"哦?"

"臣斗胆启奏,单于冷静回想一下,自去年李广利归降之后,我大匈奴诸事是不是越来越不顺当了呢?先是单于身染疾患,数月卧榻,接着是去冬冰雪之劫,牲畜死伤数万头,今年以来,阏氏又久病不起,到现在终于酿成太阳神遭劫,草原陷入黑暗。"

"这与李将军归降有何关系呢?"狐鹿姑单于不以为然道。

卫律转脸看了看外面越来越黑暗的天空道:"请单于听听外面子民们的惊慌,就知道臣不是蓄意妄言了。"

狐鹿姑单于细细一听,外面传来匈奴人的怒吼声:

"杀了李广利,祭祀天地!"

"杀了李广利,还匈奴人平安!"

他惊慌地站起来朝外走去,只见人声鼎沸中,巫师披头散发,戴着面具,在人群中翻腾跳跃,口中念着咒语。

这突如其来的变故让李广利一下子变得十分害怕。他想求助于李陵。可此时,李陵还在居延水以北的浚稽山。

他慌乱中奔向自己的坐骑,可刚刚踩上马镫,就被追上来的左大将拉下来,被捆了手脚推到单于面前。

"单于!臣对匈奴可是忠贞不贰啊!"在被一名士卒踢倒在地之时,李广利绝望地喊道。

可没等他喊出第二声,嘴里就被塞了一块羊皮。

巫师闭着双眼,以上天的语气道:"吾弟子匈奴大单于听宣,降将李广利屡斩匈奴首级,罪孽深重,触怒上天,日月合光,冰雪结凝,阏氏沉疴,只有杀了他,灾星才能隐去,天日才能重现。"

狐鹿姑单于听了不知所措,他哪里知道,这一切卫律和巫师已密谋许久了,日食只是为这个图谋的实施创造了条件。

卫律低声催促道:"大匈奴安危,系于一念,单于不可再犹豫,速做决断吧!"

狐鹿姑单于仓皇地环顾周围,左右大将、左右骨都侯一个个金刚怒目,于是他对李广利很脆弱的系念就被斩断了。他在心里为杀人寻找着理由——这是上天的意志,寡人奈何不得。他面对东方喊道:"愿李广利的人头能唤回神圣的太阳神!"

李广利最后一线希望被彻底粉碎了。心如死灰的他在走向断头台时,忽然对当初的行为有了迟滞的忏悔:"李广利赴死之日,乃匈奴大难降临之际,李广利即便身首异处,也要诅咒匈奴,亡国灭种!"……

可匈奴人祭拜的声浪淹没了他的声音:"归来吧!伟大的太阳神,用李广利的血驱除您身边的黑暗吧!"

一群匈奴女人唱起了祈祷的歌谣:

我的太阳神啊,
你灿烂的光芒照耀草原。
你伟大的圣灵,
给了匈奴人不屈的生命。
你血染的风采,
永远与英雄的单于同行。
你高山一样的灵魂,
护佑匈奴人与天地同在。
……

进入食甚之时,刘彻正与司马迁在未央宫宣室殿阅读郡国对"轮台罪己诏"的复旨上书。

"中书令对日食在这时发生怎么看呢?"当太阳被黑暗完全吞没,长安陷入一片骚动不安的时候,刘彻向在一旁整理奏章的司马迁问道。

司马迁在奏章中看到,霍光在接到皇上的诏书后,已将军务移交给酒泉太守,启程回朝了;而郡国对皇上罢征伐之事表示了拥护和支持,这让他很高兴。他看得太投入,甚至没有听见皇上的问话。

自被处宫刑后,他衰老得很快,耳朵背了,眼睛也花了。在埋头整理书稿的时候,他常常目光呆滞,对周围的一切毫无所感。

"中书令为何心有旁骛?连朕的询问都没有听见?"

司马迁抬头看了看刘彻,有些尴尬道:"哦!臣是为郡国盛赞皇上罢轮台屯田之举而高兴呢!"

这一年,作为中书令的他多了一项责任,那就是为皇上解读文书和奏章。当明白皇上的问话后,司马迁道:"此乃日月天象。春秋以来,屡有记载,不足为奇,皇上大可不必为此担心。"

"可日食在朕身体欠安之刻而至,朕……"

"臣记得,皇上早年就曾斥责过天谴之说,为此还放董仲舒出京。"

"此一时彼一时也!那时候,朕还年轻,可如今……"刘彻说着,就把天象与自己前几个月的自责联系起来了,"依卿看,朕这一生……"

司马迁放下了手头的事情,却不知道该如何回答皇上的问话。

皇上在位五十多年,亲历了多少血雨腥风,又有多少功过得失,他是无法用几句语言去概括的。违心地礼赞和膜拜,显然有违于他的良知;如果仅是批评,皇上会将之与李陵一案联系起来,以为自己对他的处罚耿耿于怀。

刘彻皱了皱眉头,犹疑地看着司马迁道:"爱卿不会嫉恨朕吧?"

司马迁很吃惊,皇上的目光看上去虽然很浑浊,但瞳仁的那一点晶亮,仍像狼一样地充满着怀疑,幽深而又可怕。

这是他这样的人眷恋权柄、眷顾生命的独有孤独。没有一个可以信赖的人,只要站在他的面前,他随时都会将之想象为自己的敌人。因此,相伴他的人头上总是悬着一把剑,说不定什么时候就会厄运降临。

司马迁正踟蹰间,却发现殿外的太阳开始复亮,一线灿烂的光芒投在殿门口。

因为经历了一场黑暗,那光在他的眼里就分外明亮,甚至有些耀眼。就在这时,一个身影进了大殿,那是包桑,他那老态龙钟的样子就是一面镜子,让司马迁想到了自己的屈辱。

他真担心自己控制不住,会把写在自己书里的那些话说给皇上听。好在刘彻也看见了包桑,立即对司马迁道:"日食已经过去,朕也算是落了心。今日就到这里,爱卿也早些回府上歇息吧。"

久在皇上身边,司马迁已熟悉了皇上这话后面的潜台词——他有要事与包桑商议,需要他回避。

他从心里庆幸包桑为他解了围,很知趣地把皇上批阅过的奏章整理好,起身向皇上告退。

宣室殿现在就只有刘彻和包桑两人了,他示意包桑坐下,问道:"日食生时,宫内外还算安定吧?"

"皇上,两宫卫尉严阵以待,还算安定。"

"这是上天警示朕要快些立嗣呢!夫人还好么?她用膳了么?"

"皇上,膳食送去了,可夫人坚持不用。"

"吩咐下去,好生照看她。"

一想到钩弋,他的心就隐隐作痛。九年了,他从未觉得她这样的陌生。

当年将她带回长安时,他只感到她身上散发的野性。他相信长安的道德文章、亭台楼榭,一定能够雕琢出一个新的钩弋。但是现在,他发现自己错了。

已做了母亲的钩弋,一旦固执起来,却让他感到吃惊……

从她面壁思过至今已近一年,刘彻一直坚守着两条,一不让她与刘弗陵见面,二是他从此也不再传钩弋进宫。

他不是没有经历难耐的寂寞和痛苦,但他更知道如果没有这种痛,他将永远无法走出割爱的那一步。她毕竟是他喜欢的最后一个女人,她曾排解了他多少寂寞和孤独,让他一次次忘记了老去。要将她从心中抹去,那该要承受多么大的折磨。

即使在分离的日子里,钩弋夫人也会托包桑转达对皇上的牵挂。

这样的生活持续了一段日子,刘彻开始问自己是不是对她有些过分?其实她是很单纯的,她不过是念及苏文对儿子的关照才生出了违制之举。一天,他终于决定要找个契机,让她回到自己的身边来。

终于,机会来了。

中秋节前夕,刘彻要包桑告知田千秋,他身体欠佳,就不与民同乐了,而是直接去了城南的钩弋宫。

月上渭水的时候,钩弋穿越后花园竹影婆娑的花径,走进了刘彻的视线。

哦!她瘦多了,昔日水光潋滟的脸颊失去了早先的丰润,那双明月一样的眼睛留下的只有泪水浸渍的阴影。

这个大汉最尊贵的男人被钩弋夫人的泪水泡软了心,原本是要等钩弋认错后才说话的他,再也无法保持那种僵硬的矜持而站了起来。

钩弋也在这时跪在了刘彻面前:"臣妾拜见皇上。"

刘彻挥手指了指对面的座位道:"坐吧!"

他已经打定主意,不再重提旧事,不再抖落伤痕。

钩弋夫人虽是坐下了,可她的眼睛还是在四下里顾盼。刘彻知道,她是在寻找刘弗陵。

刘彻不是没有想到这点，可有立嗣的大计在面前挡着，他在即将登上车驾的那一刻还是放弃了带儿子来见母亲的打算。

包桑这时出来圆场道："皇上龙体欠安，又要看望夫人，就让胶东王代他去与朝廷大臣们同乐了。"

这是一个冠冕堂皇而又让钩弋无话可说的理由。只是这样一来，刚刚缓和的气氛又显得沉闷了。

一边赏月听乐，一边品尝鲜果酒肴。刘彻不断地询问钩弋，几乎是皇上问一句，她就答一句，虽然很得体，却少了往日的活泼和浪漫。

刘彻心中的不悦就渐渐翻腾了，眼看着冰冷就挂上了眉宇："今日就到这吧，朕累了。"

笙管箫瑟戛然而止，乐师、歌姬们本来是为讨皇上欢心而装出来的笑意立时凝在脸上。

包桑忙抬头看了看月色道："皇上！时间还早呢！"

"朕累了，送她回去。"刘彻不等包桑说下去，就毅然站起身来，那铁青的脸色彻底地打消了包桑劝阻的意念。

"皇上！臣妾有事要禀奏。"就在刘彻即将离开时，钩弋突然说道。

"不必了，回去吧。"

"不！臣妾知道，今日与皇上一别，不知还能不能相见，纵然皇上赐臣妾一死，臣妾还是要说的。"

"好！朕就听你说说。"

"臣妾听说，御史大夫商丘成又被皇上杀了？臣妾闻说，他的罪名也是诅咒皇上。请皇上明察，自天汉以来，因此被杀的大臣数以百计，连公孙贺都不能幸免。臣妾恳请皇上万不可再听信小人谗言，再生杀伐。"

刘彻终于明白，为什么当弥合伤痕的机会摆在她面前时，她始终没有回转的表示。原来她根本就不认为自己错了，几个月的闭门思过反倒使她越来越执拗。

她现在这个样子，将来会怎样呢？就是皇儿能登基，又怎能独掌大汉的权柄呢？不！他决不能带着这沉重的忧虑完成立嗣大典。

"朕念你乃陵儿生母，原本希望你能改过自新，孰料你冥顽不化，固执己见,毫无悔意!来人,送她去掖庭思过!"

包桑大惊,转到掖庭,那意味着夫人从此就是一个罪人。

刘彻登上车驾时,还甩下一句话:"你就从此断了母子见面之念吧。"

身后传来钩弋悲凉的呼声:"皇上,臣妾要见陵儿……"

情感与理智,国运与私情,有时竟如此水火不容。

而白日一场日食,让刘彻再度陷入抉择的两难。他怎可让自己沉浸在春秋经史中呢!他随意拿了一卷,字里行间常常映出钩弋夫人的身影。他疑心是灯火暗淡的缘故,于是叫道:"来人!添油拨灯。"

宫娥近前查看一番,便奏道:"皇上,油尚满,只是无灯花。"

挥退宫娥,再去阅卷,书中又印出他与钩弋相依相偎的画面来。

是河间丛山的邂逅。

是上林苑驱马的欢悦。

是甘泉宫月夜的缠绵。

这样的情景反复出现,让他觉着这书不能读下去了,遂将竹简推到一边。他站起身时,却听见腰间有清脆的声响,低头一看,是久已不大把玩的鸡血石玉佩。

那年,刘彻带着钩弋到甘泉宫避暑,那是一个清风明月的夜晚,月光将如水的柔情洒在钩弋夫人的肩头,她从枕边拿出这枚鸡血石玉佩道:"臣妾蒙皇上垂爱,无以回报,这祖传之物乃臣妾进宫时家母所赠,虽不名贵,却情义无价,今日就送给皇上。"

刘彻将玉佩托在掌心,看那饰物晶莹剔透,红得耀眼,虽然有些粗糙,却掩不住造化的玉润,天然的玲珑。

他拉起钩弋,对着窗外的朗朗青天道:"上苍有情,赐我佳人,誓生同死……"

这话听起来,仿佛就在昨夜,可他们的心现在却何其遥远……

钩弋夫人临窗而坐,遥望冰轮横空,银辉皎皎的长安秋夜,泪光盈盈。

她被转到掖庭狱又一个多月了,人也更加的消瘦,苍白的两颊泛着黄色……难道红颜从此随风去,唯留孤影,度这遥夜了么?

她已经很久没有对镜梳妆,临窗描眉了。

从进入掖庭狱的那天起,她的希望就彻底幻灭了。女为悦己者容,可她为谁打扮呢?

月影透过龙柏的空隙,将一缕柔光投射在砖地上,映出钩弋清瘦的身影,蓬松的发髻上有枝金灿灿的凤钗在摇曳,那是多少美好的记忆。

那是太始四年的中秋之夜,她和皇上坐在甘泉宫的廊庑间赏月,皇上抚着她的掌心道:"朕要送夫人一件珍品。"后来,她得到了这枝金钗。

皇上还记得这金钗么?钩弋猜不透美人与江山在皇上心中的位置,她只知道,长安兵乱后,皇上的脸色说变就变了。

钩弋至今想来,也没觉是自己的任性,她认为自己只不过是说了些真话而已。究竟错在哪里?可让皇上从此不让她见自己的陵儿,天下的君主都是这样的绝情么?

钩弋惊慌地环顾了一下四周——她似乎听见了陵儿断断续续的哭声。是陵儿!一定是陵儿!他一定想母亲了。

"陵儿!我的陵儿!"钩弋忘记了这是掖庭狱,忘记自己是戴罪之身,就向门口扑去。

"请夫人回去。"女卒冷冰冰地说道。

"你等竟敢阻拦我去见陵儿?"

"请夫人息怒,皇命难违。"

钩弋手把窗棂,柔肠寸断:"皇上!臣妾无罪啊!臣妾要见陵儿!"

女卒不忍看钩弋一眼,讷讷道:"夫人!这是掖庭狱,皇命如天啊!"

后半夜,天色又阴沉了。

丑时时分,竟下起了雨。钩弋毫无睡意,刘弗陵的哭声一直在她耳边萦绕。

回溯过往,她觉得这皇宫就是一座监狱。从陈皇后的被废到卫皇后的失宠;从刘据的死到自己的入狱,一章一页都是如此血泪斑斑。什么是非曲直?什么天理人情?一切都是围绕皇上的情绪旋转的。

她曾想到了死,可有刘弗陵牵着她的心,她走不出这一步。

一想到陵儿,她就心痛欲裂,为了陵儿,她也要忍辱活下去。她决定向皇上悔过,从此不再过问皇上的事情。她将灯火移到近前,铺开竹简,写下了一行娟秀的字迹。

可刚开了个头,就听见门外传来脚步声,她忙站起来查看,原来是包桑进来了。

"皇上口谕,宣钩弋觐见。"

哦!皇上没有忘记我。钩弋的泪水再度模糊了眼睛。她看了看自己,这个样子怎么去见皇上呢?面对铜镜,她急忙地梳妆起来。临出门的时候,她也没有忘记将皇上赠予的金钗重新插好。

朗月西流,时光已是卯时一刻。

刘彻喟然长叹:"朕就宽恕她吧,朕要约法三章,绝不让她干政。"可回到案头,霍光那从酒泉来的"密奏"却在眼前展开。

"然立嗣之计,关乎社稷,今胶东王年幼,夫人青春……皇上不可不慎……"

他在大殿里来回踱着步子,一次次在心里问自己:难道她除了一死,就别无他法了么?

殿外的脚步声打断了他的思绪,接着就传来了说话声:"殿下要见母亲,也该到明日再说。"

"不!我现在就去见父皇,求他恩准我去见母亲。"

此刻,胶东王已跪在刘彻面前。

大臣们都说,胶东王体形壮大,敏捷多智。刘彻借着灯火望去,果然很像童年时的自己。

"启奏父皇,儿臣要见母亲。"

"朕早有旨意,你不得与母亲相见,回去吧!"

刘弗陵泪水夺眶而出:"请父皇开恩。"

"放肆!像你这样儿女情长,怎么能承继大汉皇统?"

"父皇!儿臣什么都不要,儿臣就要自己的母亲……"

"住口!还不退下!"刘彻朝门口喊道,"来人!送胶东王回去。"

刘弗陵畏惧地望了刘彻一眼,极不情愿地出殿去了。

刘彻闭上双眼,斜倚卧榻,什么时候落雨了,也不知道。刘弗陵的出现,让他心头的阴影更加浓重。

"没有今日之痛,焉有明日社稷之宁?"刘彻握了握爆满青筋的手,在心底最后说道。

熟悉的脚步声从殿外传来。哦!是她来了!唉!他不愿再想,也不能再被情丝纠缠了。

"臣妾叩见皇上!"是钩弋的声音,但刘彻没有睁眼。

"宣诏吧!"他挥了挥手,转过脸去,不再看眼前的女人。

宗正早已在那里候着,他展开诏书念道——

> 制曰:查夫人钩弋,不守宫禁,妄议朝政,本当戮于东市,念其抚育皇子有功,着即赐死。

宣读完诏书,两个黄门便将一丈白绫置于地上,大殿里出现了令人窒息的死寂。

钩弋听着将自己推向死亡的诏书,先是惊恐,继而平静,转而泪如雨下。

命运弄人,她自知已无法挽回。对于生,她不再存有奢望;对于死,也就没有了恐惧。既然这诏书出自皇上,表明那一段令她欢心、令她痛苦的恋情已化为乌有。

她庄重地跪在刘彻面前,行了三叩九拜之礼,然后默默地向皇上辞别。对于陵儿,她也不想再嘱托什么。

他作为皇嗣已是不争的事实,只是这一切她再也看不见了。

行罢大礼,她将金钗摘下,说道:"皇上!臣妾将这个还给您了。"

刘彻仍没有睁开眼睛,但从嘴里说出的每一个字都令周围的人毛骨悚然:"去吧!你不得活。"

钩弋把金钗放在案头,从地上拾起白绫,披上肩头,头也不回地朝殿外走去。

雨越下越大,拍打着宫苑的竹林松涛,发出低沉的哀鸣。钩弋仰望着乌云翻滚的长空,凄然而又深情地呼唤道:"陵儿!不要忘了你的母亲。"

"陵儿!不要忘记了你的母亲……"

这声音,在黎明的风雨中久久飘荡……

包桑和芸香双双扑倒在刘彻面前："皇上,老奴不解,为何立太子非得要用夫人作代价呢？"

"皇上,夫人她……"芸香哭成了泪人儿。

"住口！"刘彻依旧双目紧闭,似乎已把所有的事忘得干干净净,他脸上僵硬得没有一丝表情,"国脉大计岂是你等愚人所能知道的？以往国家之乱,大都因主少母壮也！"他不再说话,仿佛灵魂已经离开躯体,眼前只是一尊躯壳。

后元二年(公元前87年)二月,刘彻终于病倒在五柞宫。

在京城总理朝政的田千秋闻言,急忙带了太常和少府两寺的太医,赶到这座矗立在耿峪河畔的皇宫。

刘彻很清醒,他知道自己将不久于人世,因此,他看到田千秋,第一句就道："朕之病久矣,已无药可治,何须太医徒劳？爱卿近前来,代朕拟诏。"

"既然太医来了,还是为皇上先诊诊脉,众臣都期望皇上早日康复啊！"

刘彻挥了挥手,虽然无力,但田千秋已经明白皇上的意思,也不再强求。他铺开简册,道："臣谨遵皇上旨意。"

刘彻的诏书很简单,很扼要——

> 制曰：霍光任大司马大将军；驸马都尉金日磾为车骑将军；大司农桑弘羊为御史大夫；太仆上官桀任左将军。

虽仅有短短五十余字,可皇上说完之后,已精疲力竭,无力地躺在榻上。之后,刘彻把他们召到五柞宫,托付后事。

霍光问道："如有不讳谁当嗣者？"

刘彻对霍光道："爱卿难道没有看懂朕的画意么？立少子,君行周公事！"

皇上的信任,令霍光泣不成声,他拉着金日磾一起拜倒在刘彻床前固辞道："臣不如金将军,愧领周公之任。"

金日磾言道："臣！匈奴人！不如霍大人。若臣摄政,未免使匈奴轻汉。"

刘彻睁开沉重的眼皮,打量着金日磾。当年的匈奴王子,如今也已年届花甲了。他曾养过体格健壮的匈奴马,他曾杀了与宫人淫乱的儿子,他曾在甘泉宫擒拿刺客。刘彻一手拉着霍光,一手拉着金日磾,而眼睛却盯着一旁的上官桀道:"卿等皆朕托孤之臣,当勠力同心,辅佐少主,光大汉室……"

二月十二,己丑,诏立刘弗陵为太子。

二月十四,丁卯,刘彻驾崩于五柞宫,谥号孝武皇帝。

同年,刘弗陵即位,改年号始元,是为汉昭帝。

后　记：与历史相约
——写在《汉武大帝》之后

修订完三卷本长篇历史小说《汉武大帝》的最后一章，我长长地舒了一口气，点燃一支烟，走出斗室，沿着"绿柳才黄半未匀"的渭河长堤，一路漫步而去。春天，总是最早挂上垂柳柔嫩的枝条，舞动青天的柔风，吹皱一湖涟漪，在我面前铺开季节的明丽。

"咸阳二三月，宫柳满金枝。"这是李白当年莽原放歌的纵情，恰如我此时的心境。

记忆穿过岁月的帘幕，带我回溯远逝的光阴。每一个诗意的日子，都留着我生命的足痕，撒着我耕耘的汗水，流淌着我对这片古老土地的深情。

六年前的那个春天，当我在键盘上敲出《汉武大帝》这几个镌刻在历史长河中的汉字时，眼前的这些垂柳，都还是"色浅微含露，丝轻未惹尘"的娇躯弱枝；现在六年过去了，它们已呈现出"杨柳郁氤氲，金堤总翠氛。夹岸笼溪月，兼风撼野莺"的壮观了。

这是近两千个晨曦薄暮的远征，我与这些垂柳一起，撒一路翠绿，散一路婆娑，播一路柔情，用"神圣的文学"编织着色彩斑斓的梦幻，用手中的笔皴染灵魂深处的每一缕情结。

当一百多万字的书稿在我笔下一章一章走到终点时，我也由一个当年踌躇满志的中年人步入温馨从容的夕阳余晖了。

我们脚下的这方土地太厚重，太博大，我一直担心自己的一支纤笔不能承载那"尚武与进取""重让与敬贤""象天与法地"的大汉雄风。

天汉雄风

汉武大帝,是一个与秦皇、唐宗并肩站立在中国历史上的顶尖人物;是一个缔造了天汉雄风的政治家;是一个运筹帷幄、决胜千里,为中国多民族融合作出杰出贡献的军事家;是一个用侠骨柔情书写人性沛然的男人。

关于他的专著,汗牛充栋,不胜枚举;以他为题材的文艺作品争光耀辉,珠玑璀璨。因此选择这个题材,不仅对我是一个严峻的挑战,也曾引起我周围文友的担忧。可我相信,艺术从来就是个性的,一百个作者的笔下,就会塑造出一百个汉武大帝的勃勃雄姿。

因此,那个春天,在我长篇小说《往事如歌》研讨会刚刚落音之际,就义无反顾地从千年古都咸阳起锚,划着文学的双桨,去寻找那个期待了很久的梦。

这寻梦的历程是如此地充满了荆棘和峦嶂。我首先遇到的问题是不知如何去处理历史真实与艺术真实的关系,为此,我花费了大量的时间去阅读浩如烟海的史籍。六年过去了,一部《史记》已"韦编三绝";一部《汉书》已读成残片;一部《资治通鉴》已多处破损;更不必说,为了考证一条河名、一座山名的古今沿革而翻遍当代名家的学术专著。

可我知道,历史的真实并不等于艺术的真实。我需要用文学的思维,艺术的笔触去塑造数百个艺术形象。他们既活在他们的时代,又该是站在文学画廊中的毫无重复之弊的形象;他们既是书写了一代风云的英雄,又是血肉丰满的人;他们既是穿越岁月的生命个体,又是承担着诸多矛盾,并在这些矛盾中保持着性格特征的存在。

对汉武大帝,我从一开始就不愿仅仅把他塑造成一位立志改革、开疆拓土的单纯政治人物,而首先将他还原为一个人,一个雄才大略的政治家、一个被爱燃烧的热血男儿、一个才情横溢的诗人、一个对生命充满憧憬和恐惧的封建帝王。

对作品中不可回避的战争,我也不愿简单地用所谓的"正义"与"非正义",或传统的"收复"之类的窠臼去界定它的性质,而是从民族融合的角度去展示贯穿在战争中的各民族的英雄主义。

战争,不仅仅使得匈奴人遭受了深重灾难,也让汉族百姓遭遇被踩躏、被屠杀的命运。无论是卫青还是霍去病,他们在席卷匈奴的军事进攻中,都不得不为匈奴将领的英雄气概所震撼。战争也使两国人民深切感到,只有民族融合才能让他们摆脱苦难,只有各民族和睦相处,才能共生共荣。

对爱情这个人类永恒的主题,我也努力从人性出发,去讴歌英雄和普通人心灵中的情爱旋律,他们热恋与离别,欢歌与悲泣的故事,诠释了爱的真谛。

对环境的描写,我力求突出文化的地域性。这是我的出发点,它是否达到了我所追求的,只有读者才是公正的评判者。

这寻梦是如此的艰难和漫长。不仅生命在这六年中经历了从中年到暮年的过渡,更是文学之旅的跋涉与攀登。我自知不属于那种靠才气挥洒激情的写作者,因此,唯有在"三更灯火""五更鸡啼""秃笔成冢"(电脑键盘换了三次)的磨砺中感受文学的快慰。

从"桃红复含宿雨"的初春到"荷动知鱼散"的盛夏;从枫叶如丹的秋色到盼雪寻梅的隆冬,这小小的办公室成为我精神徜徉的领域。在我看来,这是一种孤独的享受,也是一种寂寞的沐浴。

没有谁会去关注一个老人在简朴大楼的一角寻求文字的乐趣,不久的将来,我将回到家里,过一种没有任何约束,却也是极不习惯的日子。因此,我将十分珍视生活给予我的哪怕每一秒的时间。感谢生活,感谢岁月,终于使我在2012年的春季完成了这部长篇小说。

感恩!是人性的本然,是道德的行为外化。我不能忘记,在这近两千个斗转星移的时光交替中,曾给我诸多关爱的文朋诗友,曾为我分担了诸多重负的家人。我尤其要感谢河南文艺出版社原主编单占生先生、编辑部主任许华伟先生、崇文书局的韩敏社长、长江文艺出版社的田敦国编辑。我曾为沈雁冰先生编辑姚雪垠先生的长篇小说《李自成》的艰辛付出而感慨,我从以上四位先生的高尚职业精神中感受到新时期编辑群体的风采,那一条条中肯的修改意见,那些坦诚至真的心灵交流,成为我今后创作的宝贵财富,没有他们的殷殷指导,鼎力提携,就不会有《汉武大帝》的问世。在此,我怀着感恩的情怀,表示深切的感谢!

我将以此书亲吻予了我生命的秦川大地。